Dime quién soy

Julia Navarro ha cautivado a millones de lectores con las ocho obras que ha publicado hasta la fecha: *La Hermandad de la Sábana Santa*, *La Biblia de Barro*, *La sangre de los inocentes*, *Dime quién soy*, *Dispara, yo ya estoy muerto*, *Historia de un canalla*, *Tú no matarás* y *De ninguna parte*. A ellas se suma su obra más personal, *Una historia compartida*. Sus libros se han traducido en más de treinta países y de *Dime quién soy* se ha producido una ambiciosa serie de televisión. En 2024 ha publicado *El niño que perdió la guerra*, una emocionante historia sobre el desarraigo, el poder transformador del arte y la sinrazón de los totalitarismos.

Para más información, visite la página web de la autora: www.julianavarro.es

También puede seguir a Julia Navarro en Facebook:
Julia Navarro | Oficial

Biblioteca

JULIA NAVARRO

Dime quién soy

Papel certificado por el Forest Stewardship Council®

MIXTO
Papel | Apoyando la silvicultura responsable
FSC® C117695

Penguin Random House Grupo Editorial

Octava edición con esta portada: enero de 2015
Vigesimosegunda reimpresión: octubre de 2025

Travessera de Gràcia, 47-49. 08021 Barcelona
Diseño de la cubierta: Penguin Random House Grupo Editorial
Fotografías de la cubierta: Plaza Roja © Adri Berger / Getty Images;
Puerta de Brandemburgo, diciembre de 1964 © Allan Hailstone. Sellos: El Cid, 1940. General Franco, 1949 © Sociedad Estatal Correos y Telégrafos S.A. Mes de la Amistad germano-soviética, 1951 © Erich Gruner

Printed in Spain – Impreso en España

ISBN: 978-84-9032-222-2
Depósito legal: B-3.379-2013

Compuesto en La Nueva Edimac, S. L.
Impreso en Liberdúplex
Sant Llorenç d'Hortons (Barcelona)

P 3 2 2 2 2 K

Para mi madre,
sin ella no habría llegado hasta aquí.

Para mis abuelos Teresa y Jerónimo,
por su cariño y generosidad,
y por lo mucho que he aprendido de ellos.
Su recuerdo siempre me acompaña.

Y para mi querida amiga Susana Olmo,
por las muchas risas compartidas.

Agradecimientos

A Riccardo Cavallero quiero agradecerle su apoyo decidido y confianza en mis novelas. Tiene el talento de hacer lo difícil, fácil.

Y como siempre, al equipo de Random House Mondadori que ha hecho posible esta novela. Gracias a todos por su ayuda y a Cristina Jones por su paciencia.

También a Fermín y Álex por estar siempre cerca.

GUILLERMO

1

—Eres un fracasado.

—Soy una persona decente.

Mi tía levantó la vista del folio que tenía en las manos. Lo había estado leyendo como si el contenido del escrito fuera una novedad para ella. Pero no lo era. En aquel currículo estaba resumida mi breve y desastrosa vida profesional.

Me miró con curiosidad y siguió leyendo, aunque yo sabía que no había mucho más que leer. Me había llamado fracasado no con ánimo de ofenderme, sino como quien afirma algo evidente.

El despacho de mi tía resultaba agobiante. En realidad lo que me incomodaba era su actitud altiva y distante, como si por haber triunfado en la vida le estuviera permitido mirarnos al resto de la familia por encima del hombro.

Me caía mal, pero yo tampoco había sido nunca su sobrino favorito, por eso me sorprendió cuando mi madre me dijo que su hermana quería verme con urgencia.

La tía Marta se había convertido en la matriarca de la familia, incluso dominaba a sus otros dos hermanos, el tío Gaspar y el tío Fabián.

Se le consultaba todo, y nadie tomaba una decisión sin haber recibido su visto bueno. A decir verdad, yo era el único que la evitaba y quien, al contrario que el resto de mis primos, nunca buscaba su aprobación.

Pero allí estaba ella, orgullosa de haber salvado y triplicado el patrimonio familiar, un negocio dedicado a la compraventa y reparación de maquinaria, gracias, entre otras razones, a su oportuno matrimonio con el bueno de su marido, el tío Miguel, por quien yo sentía una secreta simpatía.

El tío Miguel había heredado un par de edificios en el centro de Madrid, cuyos inquilinos le reportaban buenas rentas todos los meses. Más allá de reunirse con el administrador de los edificios una vez al mes, nunca había trabajado. Su única preocupación consistía en coleccionar libros raros, jugar al golf y escapar con la menor excusa de la mirada vigilante de mi tía Marta, a quien había cedido gustoso esas reuniones mensuales con el administrador sabiendo que ella tenía la inteligencia y la pasión necesarias para acertar en todo cuanto hacía.

—Así que tú al fracaso lo llamas ser una persona decente. Entonces, ¿crees que todos los que triunfan son indecentes?

Estuve a punto de decir que sí, pero eso me habría supuesto tener un disgusto con mi madre, de manera que decidí dar una respuesta más matizada.

—Verás, en mi profesión ser decente suele conducir a que te quedes sin empleo. No sabes cómo está el periodismo en este país. O estás alineado con la derecha o lo estás con la izquierda. No eres más que una correa de transmisión de las consignas de uno o de otro. Pero intentar contar simplemente lo que pasa y opinar honradamente, te lleva a la marginación y al paro.

—Siempre te había tenido por un chico de izquierdas —dijo mi tía con cierta sorna—. Y ahora gobierna la izquierda...

—Ya, pero el gobierno quiere que los periodistas afines cierren los ojos y la boca ante sus errores. Criticarlos significa el extrañamiento. Dejan de considerarte uno de los suyos y, claro, como tampoco eres de los otros, te quedas en tierra de nadie, o sea en el paro, como estoy yo.

—En tu currículo pone que ahora trabajas en un periódico digital. ¿Cuántos años tienes?

Me fastidió la pregunta. Ella sabía perfectamente que estaba en la treintena, que era el mayor de los primos. Pero era su forma de demostrarme el desinterés que sentía por mí. Así que decidí no decirle cuántos años tenía puesto que era evidente que ella ya lo sabía.

—Sí, hago crítica literaria en un periódico de internet. No he encontrado otra cosa, pero al menos no tengo que pedir dinero a mi madre para comprar tabaco.

Mi tía Marta me miró de arriba abajo, como si fuera la primera vez que me veía, y pareció vacilar antes de decidirse a hacerme su propuesta.

—Bien, te voy a ofrecer un trabajo y además bien pagado. Confío en que estés a la altura de lo que esperamos de ti.

—No sé lo que quieres ofrecerme pero mi respuesta es no; aborrezco los gabinetes de prensa de las empresas. Si he venido a verte es porque me lo ha pedido mi madre.

—No pienso ofrecerte ningún puesto en la empresa —respondió como si fuera una locura el que yo pudiera trabajar en la empresa familiar.

—Entonces…

—Entonces quiero hacerte un encargo para la familia, algo más personal; en realidad, algo privado.

Mi tía continuaba mirándome sin estar segura de si no estaría equivocándose con su propuesta.

—Se trata de que investigues una vieja historia familiar: una historia relacionada con tu bisabuela, mi abuela.

Me quedé sin saber qué decir. La bisabuela era tema tabú en la familia. No se hablaba de ella; y mis primos y yo apenas habíamos logrado saber algo del misterioso personaje, de quien estaba prohibido preguntar y de quien no existía ni una sola fotografía.

—¿La bisabuela? ¿Y qué es lo que hay que investigar?

—Ya sabes que soy yo quien tiene casi todas las fotos de la familia, y había pensado hacer un regalo a mis hermanos las próximas Navidades. Por eso empecé a seleccionar fotografías antiguas para encargar copias. También busqué entre los papeles y documentos de mi padre, porque recordaba haber visto alguna más entre sus cosas y, efectivamente, encontré algunas y... bueno, entre los papeles había un sobre cerrado, lo abrí y allí estaba esta foto...

Mi tía se volvió hacia la mesa de despacho y cogió un sobre del que sacó una fotografía. Me la dio vacilando, como si temiese que yo fuera un manazas y aquella imagen no fuera a estar segura en mis manos.

El retrato tenía los bordes rotos y el paso del tiempo lo había impregnado de una pátina amarillenta, pero aun así resultaba fascinante la imagen de una joven sonriente vestida de novia y con un ramo de flores.

—¿Quién es?

—No lo sé. Bueno, creemos que puede ser nuestra abuela, tu bisabuela... Se la enseñé a tu madre y a mis hermanos y todos coincidimos en que nuestro padre se parecía a ella. El caso es que hemos decidido que ha llegado la hora de indagar qué pasó con nuestra abuela.

—¿Así, de repente? Nunca nos habéis querido decir nada sobre ella. Y ahora tú encuentras una foto que crees que puede ser de nuestra antepasada y decides que hay que averiguar qué pasó.

—Tu madre te habrá contado algo sobre ella...

—Mi madre me ha contado lo mismo que tú has contado a tus hijos: prácticamente nada.

—No es que nosotros sepamos demasiado; nuestro padre nunca hablaba de ella, ni siquiera el paso del tiempo le mitigó el dolor de su pérdida.

—Por lo que sé, no la conoció. ¿No lo abandonó cuando era un recién nacido?

Mi tía Marta parecía dudar entre contarme todo lo que sabía o despedirme de inmediato. Supongo que pensaba que a lo mejor yo no era la persona adecuada para abordar el asunto que se traía entre manos.

—Lo que sabemos —respondió— es que nuestro abuelo, o sea, tu bisabuelo, se dedicaba a la importación y venta de maquinaria, sobre todo de Alemania. Viajaba mucho, y no solía decir ni cuándo se iba ni, menos aún, cuándo pensaba regresar, lo que, como puedes suponer, no debía de gustar nada a su mujer.

—Es imposible que ella no se enterara. Si él hacía la maleta, supongo que ella le debía de preguntar adónde iba; en fin, esas cosas son las normales.

—No, él no actuaba así. Tu bisabuelo decía que él llevaba la maleta en la cartera, es decir, le bastaba con el dinero que llevaba encima. De manera que no le hacía falta preparar nada, iba comprando lo que necesitaba. No sé por qué actuaba así. Pero imagino que eso debió de ser una fuente de conflictos en el matrimonio. Como te digo, tu bisabuelo era muy emprendedor y amplió el negocio, no sólo a la venta de máquinas industriales sino también a su reparación, y en ese momento en España se necesitaba de todo. Un día él se marchó en uno de sus viajes. Durante su ausencia ella hacía la vida que en aquella época acostumbraban las chicas de su posición. Por lo que sabemos, ella acudió a casa de unos amigos, ya sabes que antes las visitas eran un entretenimiento inocente y sobre todo barato. Uno iba a visitar a unos amigos o familiares una tarde, ellos te la devolvían días después, y los salones de las casas se convertían, de esa manera, en lugares de encuentro. En uno de esos encuentros ella conoció a un hombre, desconocemos quién era ni a qué se dedicaba. Una vez oímos que era marino de la Armada argentina. Parece ser que ella se enamoró y huyó con él.

—Pero ya había nacido el abuelo, ya tenía un hijo.

—Sí, y de muy corta edad. Lo dejó al cuidado del ama, Águeda, la mujer que tu abuelo creyó que era su madre hasta que, ya mayor, se enteró de la verdad. Tu bisabuelo se amancebó con Águeda y tuvo una hija con ella, la tía Paloma, hermanastra de tu abuelo; ya conoces esa rama de la familia.

—En realidad no, nunca habéis tenido demasiado interés en que nos conozcamos, sólo los he visto en algún entierro —respondí con cierta insolencia, para provocarla.

Pero mi tía no era de las que respondían a una provocación

si no le interesaba hacerlo, así que me observó con un destello de irritación y decidió seguir hablando como si no me hubiera escuchado.

—Tu abuelo decidió cambiarse el apellido de su madre, por eso se llamaba Fernández de segundo. Cuando se cambia de apellido, hay que elegir uno que sea frecuente.

—Tampoco nunca he conseguido saber cómo se llamaba de verdad —respondí, harto de la conversación.

—No lo sabemos, nunca lo hemos sabido. —El tono de voz de mi tía Marta parecía sincero.

—¿Y a qué viene ahora ese interés por la historia de vuestra abuela?

—Esta foto que te he enseñado nos ha llevado a tomar la decisión. He hecho copias; te daré una porque puede servirte para la investigación. Creemos que es ella, pero si no lo es da lo mismo: ha llegado la hora de saber.

—¿De saber qué? —Me divertía intentar irritarla.

—De saber quiénes somos —respondió mi tía.

—A mí no me importa lo que fue de esa bisabuela, me trae sin cuidado, yo sé quién soy y eso no lo va a cambiar lo que hiciera esa mujer tantos años atrás.

—Y a mí no me importa que a ti no te importe. Si te encargo este trabajo es porque no sabemos qué nos vamos a encontrar, y los trapos sucios, si es que los hay, prefiero que se queden en familia. Por eso no contrato a un detective. De manera que no te estoy pidiendo ningún favor, te estoy ofreciendo un trabajo. Eres periodista, sabrás cómo investigar. Te pagaré tres mil euros al mes y todos los gastos aparte.

Me quedé en silencio. Mi tía me había hecho una oferta que sabía que no podría rechazar. Nunca había ganado tres mil euros, ni siquiera cuando trabajé como reportero en televisión. Y ahora que estaba en una situación profesional lamentable, malviviendo con la crítica literaria para un periódico de la red cuyo sueldo no alcanzaba los quinientos euros al mes, aparecía ella como la serpiente que tentó a Eva. Quería decirle que no, que se guardara su dinero donde quisiera, pero pensé en mi madre, en cómo mes tras mes tenía que prestarme para el recibo de la hipoteca del piso que había comprado y no podía pagar. Bueno, en realidad, me consolé diciéndome que no había nada de deshonroso en indagar el pasado de mi bisabuela y, encima, que me pagaran por ello. Peor habría sido aceptar un trabajo a cambio de contar y cantar alabanzas al político de turno.

—Creo que con un par de meses tendrás suficiente, ¿no? —quiso saber tía Marta.

—No te preocupes, no creo que tarde tanto en averiguar algo sobre esa buena señora. Para mi desgracia, lo mismo dentro de unos días he terminado la investigación.

—Pero quiero algo más —dijo mi tía en tono conminatorio.

—¿Qué? —pregunté con desconfianza, como si de repente hubiera despertado de un sueño: nadie paga tres mil euros al mes por saber qué fue de su abuelita.

—Tendrás que escribir la historia de mi abuela. Hazlo como si fuera una novela, o como tú quieras, pero escríbela. La encuadernaremos y ése será el regalo que haré a la familia la próxima Navidad.

Sometí a mi madre a un exhaustivo interrogatorio para que recordara cuanto pudiera de su padre, o sea, de mi abuelo. La buena mujer dedicó un rato a adornarle con todas las virtudes intentando revolver en mi memoria. Yo lo recordaba alto, delgado, muy erguido, poco hablador. Un día me dijeron que el abuelo había sufrido un accidente de coche que lo dejó impedido en una silla de ruedas hasta que murió.

Todos los domingos, cuando yo era un niño, acudía con mi madre a la casa del abuelo. Allí participábamos de una comida familiar con largas sobremesas en las que me aburría enormemente.

El abuelo nos observaba a todos mientras comía en silencio, y sólo de vez en cuando intervenía.

La tía Marta era la menor de los hermanos. Por entonces estaba soltera y vivía con él, y por eso se había hecho cargo de la empresa de mi abuelo, de la misma manera que había asumido el control de aquella casa enorme y oscura. Así que no guardaba nada en mis recuerdos que me diera una pista sobre la madre del abuelo, la misteriosa señora que un día desapareció abandonándolo en manos del ama de cría.

Tengo que confesar que comencé la investigación con desgana, supongo que por lo poco que me importaba lo que pudiera haber hecho una antepasada.

Empecé a indagar por el lugar obvio: acudí a la oficina del Registro Civil para solicitar una partida de nacimiento de mi abuelo.

Evidentemente, en las partidas de nacimiento figura siempre el nombre de los progenitores del inscrito, así que era la mejor manera de averiguar cómo se llamaba la madre de mi abuelo. Me preguntaba por qué no lo habría hecho la tía Marta en vez de pagarme tres mil euros por ir al registro.

Una amabilísima funcionaria dio al traste con mis expectativas de éxito al decirme que no podía entregar una partida de nacimiento de alguien que había muerto.

—¿Y para qué quiere usted una partida de nacimiento de don Javier Carranza Fernández?

—Es que es mi abuelo, bueno, era mi abuelo, ya le he dicho que falleció hace quince años.

—Ya, por eso le pregunto que para qué quiere usted su partida de nacimiento.

—Estoy haciendo el árbol genealógico de la familia y precisamente el lío está en que mi abuelo se cambió el apellido materno por un problema familiar. En realidad, no se llamaba Fernández de segundo apellido, y eso es lo que yo trato de averiguar.

—¡Ah, pues no puede hacerlo!

—¿Y por qué no?

—Porque si, como usted asegura, su abuelo se cambió el apellido, entonces su expediente está en el Registro Especial, y sólo se puede consultar cualquier dato de ese registro si lo solicita el propio interesado o hay una orden judicial.

—Está claro que el interesado no puede solicitar nada —respondí de malhumor.

—Sí, eso está claro.

—Oiga, era mi abuelo, se apellidaba Fernández y no sé por qué. ¿No cree que tengo derecho a saber cómo se llamaba mi bisabuela?

—Mire usted, desconozco cuáles son sus problemas familiares y además no me interesan. Yo solamente cumplo con mi obligación y no puedo darle ninguna partida de nacimiento original de su abuelo. Y ahora, si no le importa, tengo mucho trabajo...

Cuando se lo conté a mi madre, me di cuenta de que no le sorprendía nada la escena con la funcionaria. Pero tengo que reconocer que me dio una pista que podía servirme para empezar.

—Al abuelo, lo mismo que a nosotros y también a vosotros, sus nietos, lo bautizaron en la iglesia de San Juan Bautista. Allí se casó, y allí nos hemos casado nosotros y espero que algún día también tú te cases en esa iglesia.

No respondí que por el momento mi único compromiso serio era con el banco que me había concedido el préstamo para comprarme un apartamento. Había firmado una hipoteca a pagar durante los siguientes treinta años.

La iglesia de San Juan Bautista necesitaba con urgencia una reparación de la cúpula; así me lo contó don Antonio, el viejo párroco, que se lamentaba de la desidia de los feligreses ante el estado del edificio.

—La gente da cada vez menos limosnas. Antes siempre encontrabas un benefactor para hacer frente a estos problemas, pero ahora... ahora los ricos prefieren poner en marcha fundaciones para desgravar impuestos y defraudar al fisco, y no dan un duro para estas cosas.

Lo escuché pacientemente porque el pobre anciano me caía bien. Me había bautizado, dado la primera comunión, y, si por mi madre fuera, también me casaría, aunque la verdad es que lo encontraba muy mayor para tan larga espera.

Don Antonio se quejó durante un buen rato antes de preguntarme qué quería.

—Me gustaría ver la partida de bautismo de mi abuelo Javier.

—Tu abuelo don Javier sí que se portó bien con esta parroquia —recordó don Antonio—. ¿Y para qué quieres su partida de bautismo?

—Mi tía Marta quiere que escriba una historia familiar y necesito saber algunas cosas. —Decidí responder diciendo casi toda la verdad.

—Pues no creo que sea fácil.

—¿Por qué?

—Porque todos los documentos antiguos están en los archivos del sótano; durante la guerra se revolvieron los registros parroquiales y ahora están desordenados. Tendríamos que volver a ordenar todo lo que hay abajo, pero el obispo no me quiere mandar un cura joven que sepa de archivos y yo ya no tengo edad para poner en orden tantos papeles y documentos; y, claro, tampoco te voy a dejar que andes mirando sin ton ni son.

—No le prometo nada, pero puedo hablar con mi tía Marta para ver si quiere ayudar a la parroquia contratando a una bibliotecaria o archivera que le ayude a usted a poner orden...

—Eso estaría muy bien, pero no creo que a tu tía Marta le importe mucho el estado de los documentos de esta parroquia. Además, apenas la vemos por aquí.

—De todos modos, se lo voy a pedir, por intentarlo no perdemos nada.

Don Antonio me miró con agradecimiento. Era un pedazo

de pan, uno de esos curas que con su bondad justifican a la Iglesia católica.

—¡Que Dios te ayude! —exclamó.

—Pero mientras tanto me gustaría que me dejara buscar la partida de bautismo de mi abuelo. Le prometo que no voy a curiosear en ningún papel ni documento que no tenga que ver con lo que busco.

El viejo sacerdote me miró fijamente intentando leer en mis ojos la verdad de mis intenciones. Sostuve la mirada mientras componía la mejor de mis sonrisas.

—De acuerdo, te dejaré entrar en el sótano, pero me darás tu palabra de que sólo buscarás la partida de bautismo de tu abuelo y no te dedicarás a curiosear... confío en ti.

—¡Gracias! Es usted un cura estupendo, el mejor que he conocido nunca —exclamé lleno de agradecimiento.

—No creo que conozcas a muchos curas, tú tampoco vienes demasiado a la iglesia, de manera que la estadística me favorece —respondió don Antonio con ironía.

Cogió las llaves del sótano y me guió a través de una escalera oculta tras una trampilla situada en la sacristía. Una bombilla sujeta a un cable que se balanceaba era la única luz de aquel lugar lleno de humedad que, al igual que la cúpula de la iglesia, también necesitaba una buena reforma. Olía a cerrado y hacía frío.

—Me tendrá que indicar usted por dónde tengo que buscar.

—Aquí hay un poco de desorden... ¿En qué fecha nació tu abuelo?

—Creo que en 1935...

—¡Pobrecillo! En vísperas de la guerra civil. Mal momento para nacer.

—En realidad, ningún momento es bueno —respondí yo por decir algo, aunque inmediatamente me di cuenta de que había dicho una estupidez porque don Antonio me miró con severidad.

—¡No digas eso! ¡Precisamente tú! Los jóvenes de hoy en día no sois conscientes de los privilegios que tenéis, os parece natural tener de todo... por eso no apreciáis nada —refunfuñó.

—Tiene usted razón... He dicho una tontería.

—Pues sí, hijo, sí, has dicho una tontería.

Don Antonio iba de un lado a otro mirando archivadores, revolviendo entre cajas alineadas contra la pared, abriendo arquetas... Yo lo dejaba rebuscar a la espera de que me dijera qué hacer. Por fin, señaló tres archivadores.

—Me parece que ahí está el libro de bautismos de esos años. Verás, hubo niños a los que bautizaron mucho tiempo después de nacer, no sé si sería el caso de tu abuelo. Si no lo encuentras ahí, tendremos que buscar en las cajas.

—Espero tener suerte y encontrarlo...

—¿Cuándo vas a empezar?

—Ahora mismo, si no le importa.

—Bueno, yo tengo que preparar la misa de doce. Cuando termine, bajaré para ver cómo vas.

Me quedé solo en aquel sótano lúgubre pensando en que los tres mil euros de la tía Marta me los iba a ganar con creces.

Pasé toda la mañana y parte de la tarde dejándome la vista en el libro de bautismos, descolorido por el transcurso del tiempo, pero sin encontrar nada de mi abuelo Javier.

A las cinco de la tarde ya no soportaba el picor en los ojos; el hambre golpeaba mi estómago con tal insistencia que no pude ignorarlo por más tiempo. Regresé a la sacristía y pregunté por don Antonio a una beata que estaba doblando los manteles de misa.

—Está en la rectoría, descansando, hasta las ocho no hay misa. Me ha dicho que si aparecía usted, se lo dijera. Si quiere verlo, salga por ese pasillo y llame a una puerta que encontrará. Comunica la iglesia con la vivienda de don Antonio.

Le agradecí las indicaciones aunque conocía perfectamente el camino. Encontré al sacerdote con un libro en las manos, pero parecía estar dormitando. Lo desperté para darle cuenta del fracaso de mis pesquisas, y le pedí permiso para regresar al día siguiente temprano. Don Antonio me citó a las siete y media, antes de la primera misa de la jornada.

Por la noche llamé a mi tía Marta para pedirle que hiciera alguna donación a la iglesia de San Juan Bautista. Se enfadó conmigo por la petición, recriminándome que no tuviera más consideración por el modo de gastar el dinero de la familia. La engañé diciéndole que don Antonio era fundamental para la investigación que estaba llevando a cabo y que en mi opinión, debíamos tenerle contento para que colaborara. Pensé que el pobre cura se habría llevado un disgusto si me hubiera escuchado hablar así de él, pero a mi tía Marta no la habría convencido de otra manera. A ella poco le importaba la bondad de don Antonio y sus dificultades para sacar adelante su iglesia. Así que la convencí de que al menos hiciera una donación en metálico para ayudar a la reparación de la cúpula.

No fue hasta cuatro días después cuando encontré la ansiada partida de bautismo de mi abuelo. Me puse nervioso, porque al principio no estaba seguro de que fuera la que buscaba.

Teniendo en cuenta que mi abuelo había repudiado el apellido de su madre, cambiándoselo por otro más corriente, el de Fernández, tardé en comprender que aquel Javier Carranza era a quien buscaba.

Bien es verdad que los apellidos Carranza y Garayoa no son muy corrientes, y menos en Madrid, pero aun así se me pasó por alto por el Garayoa. Sí, ahora sabía que la madre de mi abuelo se llamaba Amelia Garayoa Cuní.

Me sorprendió que tuviera un apellido vasco y otro catalán. Curiosa mezcla, pensé.

Extraje del sobre la foto que me había dado la tía Marta como si la imagen de la joven pudiera confirmarme que, en efecto, ella era aquella Amelia Garayoa Cuní que en la partida de bautismo de mi abuelo aparecía como su madre.

Realmente aquella joven de la fotografía debió de ser muy

atractiva, o acaso me lo parecía a mí porque ya había decidido que realmente era mi bisabuela.

Leí el registro del bautismo varias veces hasta convencerme de que era el que buscaba.

«Javier Carranza Garayoa, hijo de don Santiago Carranza Velarde y doña Amelia Garayoa Cuní. Bautizado el 18 de noviembre de 1935 en Madrid.»

Sí, no había lugar a dudas, aquél era mi abuelo y la tal doña Amelia Garayoa su madre, que había abandonado al marido y al hijo para fugarse, al parecer, con un marino.

Me sentí satisfecho de mí mismo diciéndome que me estaba ganando los primeros tres mil euros prometidos por mi tía.

Ahora tenía que decidir si la hacía partícipe de mi hallazgo o si continuaba investigando antes de desvelarle el nombre de nuestra antepasada.

Le pedí a don Antonio que me permitiera fotocopiar la página donde aparecía registrado el bautismo de mi abuelo, y tras jurar solemnemente que le devolvería el libro intacto y a la mayor brevedad, me marché.

Hice varias copias. Después fui yo quien insistió a don Antonio que guardara aquel libro original bajo siete llaves, pero que lo tuviera a mano por si volvía a necesitarlo.

Ya sabía cómo se llamaba mi bisabuela: Amelia Garayoa Cuní. Ahora tenía que encontrar alguna pista sobre ella y pensé que lo primero era buscar algún miembro de su familia. ¿Habría tenido hermanos? ¿Primos? ¿Sobrinos?

No tenía ni idea de si el apellido Garayoa era muy común en el País Vasco, pero convenía que viajara allí cuanto antes. Llamaría a todos los Garayoa que encontrara en los listines telefónicos, aunque aún no había decidido qué iba a decir a mis interlocutores... si es que me cogían el teléfono.

Pero antes de irme de viaje, pensé en echar una ojeada al listín telefónico de Madrid. Al fin y al cabo, mi bisabuela había vivido aquí, se había casado con un madrileño. Quizá tenía algún familiar...

No esperaba hallar nada, pero para mi sorpresa encontré dos familias Garayoa en la guía de Madrid. Apunté los teléfonos y las direcciones mientras pensaba cómo debía proceder. O bien les llamaba, o bien me presentaba directamente a ver qué pasaba. Me incliné por lo segundo y decidí que al día siguiente probaría suerte con la primera dirección.

2

El edificio estaba situado en el barrio de Salamanca, la zona rica de Madrid. Estuve un rato paseando por la calle intentando fijar en la retina cada detalle de la finca y sobre todo ver quiénes entraban y salían, pero al final lo único que conseguí fue llamar la atención del portero.

—¿Espera a alguien? —me preguntó mosqueado.

—Pues no… o mejor dicho sí. Bueno, verá, es que no sé si en esta casa vive la familia Garayoa.

—¿Y usted quién es? —quiso saber, y con su pregunta me di cuenta de que efectivamente allí había algún Garayoa.

—Pues un familiar lejano. ¿Podría decirme quién de los Garayoa vive aquí?

El portero me miró de arriba abajo intentando convencerse de que yo era una persona a la que se podía dar esa información, pero no terminaba de despejar sus dudas, de manera que le enseñé mi carnet de identidad. El hombre lo miró y me lo devolvió de inmediato.

—Pero usted no se llama Garayoa…

—Garayoa era mi bisabuela, Amelia Garayoa… Mire. Si le parece, usted consulta a los Garayoa que vivan en esta casa y si me permiten subir a visitarlos, subo, y si no, me marcho.

—Espere aquí —me ordenó, y por su tono de voz deduje que no quería que entrara en el portal.

Impaciente, aguardé en la calle, preguntándome quién viviría en esa casa, si alguna vieja sobrina de mi bisabuela, o primos, o sencillamente unos Garayoa que no tuvieran nada que ver con mi familia. A lo mejor, me dije, el apellido Garayoa era tan común en el País Vasco como el Fernández lo era en el resto de España.

Por fin el portero salió en mi busca.

—La señora dice que suba usted —me anunció sin tenerlas todas consigo.

—¿Ahora? —pregunté, aturdido, porque en realidad no esperaba que nadie me recibiera sino, al contrario, que el portero me mandara desaparecer.

—Sí, ahora. Suba usted al tercero.

—¿Tercero derecha o izquierda?

—La casa de las señoras ocupa toda la planta.

Decidí subir por la escalera, en vez de coger el ascensor, para que me diera tiempo a pensar qué iba a decir a los que vivían en aquella casa, pero mi decisión aumentó la desconfianza del portero.

—¿Por qué no coge el ascensor?

—Porque me gusta hacer ejercicio —respondí, desapareciendo del campo de visión de su mirada inquisidora.

Una mujer aguardaba ante la puerta abierta; de mediana edad, con traje gris y el cabello corto. Noté que me miraba con más desconfianza que el portero.

—Las señoras lo recibirán ahora. Pase, por favor.

—¿Y usted quién es? —pregunté con curiosidad.

Ella me miró como si mi pregunta hubiera violado su intimidad. Me observó con disgusto antes de responder.

—Soy el ama de llaves, me encargo de todas las cosas de la casa. Cuido de las señoras. Esperará en la biblioteca.

Al igual que el portero, hablaba de «las señoras», lo que me hacía suponer lo evidente: que allí vivían dos o más mujeres.

Me condujo hasta una sala espaciosa, con vetustos muebles de caoba y las paredes recubiertas de libros. Un sofá de piel de color marrón oscuro junto a otros dos sillones ocupaban un extremo de la estancia.

—Siéntese, avisaré a las señoras de que está usted aquí.

No me senté, sino que me puse a curiosear los libros perfectamente encuadernados en piel. Me llamó la atención que, salvo libros, no hubiera ningún otro objeto en la biblioteca, ni un adorno, ni un cuadro, nada.

—¿Le interesan los libros?

Me volví avergonzado, como un niño al que pillan metiendo la mano en el tarro de la mermelada. Balbuceé un «sí» mientras miraba a la mujer que me había hablado. Su aspecto no delataba una edad concreta: podría tener cincuenta o sesenta años.

Alta, delgada y de cabello castaño oscuro, vestía con elegancia un traje de chaqueta y pantalón y, como únicos adornos, llevaba unos pendientes y una alianza de brillantes.

—Perdone que la haya molestado, me llamo Guillermo Albi.

—Sí, eso ha dicho el portero, sé que le ha mostrado el carnet de identidad.

—Era para que no desconfiara, en fin, para que viera que no soy un loco.

—Bueno, un poco raro sí que es que se presente usted en esta casa preguntando si vive aquí alguien de la familia Garayoa, y afirmando que su bisabuela era Amelia Garayoa…

—Pues aunque parezca raro es la verdad. Soy bisnieto, o eso creo, de Amelia Garayoa. ¿Sabe usted quién es?

La mujer esbozó una sonrisa amplia y me miró divertida antes de responder.

—Sí, sé quién es Amelia Garayoa. En realidad soy yo, y es evidente que no soy su bisabuela.

Me quedé sin saber qué decir. De manera que aquella mujer, que de repente se me antojó que se parecía a mi tía Marta, era Amelia Garayoa, y, efectivamente, dada su edad no podía ser mi bisabuela.

—¿Se llama usted Amelia Garayoa?

—Sí, ¿le parece mal? —me preguntó con ironía.

—No, no, en absoluto; perdone, es que... en fin, todo esto es un lío.

—Para empezar, me gustaría saber a qué se refiere cuando dice «todo esto es un lío» y, en segundo lugar, ¿quién es usted? ¿Qué quiere?

El ama de llaves entró en la biblioteca antes de que yo pudiera responder y anunció solemnemente:

—Las señoras los esperan en la sala.

Amelia Garayoa me miró dudando si debía o no conducirme a esa sala donde al parecer otras señoras esperaban.

—Mis tías son muy mayores, pasan de los noventa años cada una, y no me gustaría que turbara su tranquilidad...

—No, no lo haré, no es esa mi intención, yo... me gustaría explicarles por qué estoy aquí.

—Sí, convendría que nos lo explicara —respondió con sequedad.

Salió de la biblioteca y yo la seguí azorado. Me sentía un intruso a punto de hacer el ridículo.

La sala era espaciosa, con dos amplios miradores. Pero lo que más llamaba la atención era una imponente chimenea de mármol en la que crepitaba la leña. A cada lado de la chimenea había un sillón orejero, y frente al fuego un sofá de piel negro.

Dos ancianas que parecían gemelas ocupaban los sillones. Tenían el pelo blanco y lo llevaban recogido en forma de moño. Vestían idénticas faldas de color negro. Una lucía un jersey de color blanco y la otra de color gris.

Ambas me observaban con curiosidad sin decir nada.

—Le presento a mis tías abuelas —dijo Amelia—. Este joven se llama Guillermo Albi.

—Buenas tardes; perdonen mi irrupción, son ustedes muy amables al recibirme.

—Siéntese —me ordenó la más anciana, la que llevaba el jersey blanco.

—Le hemos recibido porque mis tías así lo han decidido, yo

no era partidaria de hablar con un extraño —cortó Amelia dejando claro que, si por ella fuera, me despediría sin más.

—Lo entiendo, ya sé que no es muy habitual presentarse en una casa diciendo que uno tuvo una bisabuela que se apellidaba Garayoa y preguntar si saben ustedes algo de ella. Les pido disculpas y espero no molestarlas demasiado.

—¿Qué es lo que quiere? —me preguntó la anciana del jersey gris.

—Antes que nada, quizá sea mejor decirles quién soy... Mi familia tiene una pequeña fábrica, Máquinas Carranza, que dirige mi tía Marta; les voy a dar la dirección y los teléfonos, así ustedes pueden indagar sobre mí, y yo regreso cuando ustedes sepan que soy una persona de bien y que no hay nada raro en mi visita...

—Sí —dijo Amelia—, usted me va a dejar todas sus direcciones, es lo mejor, y su teléfono, y...

—No seas impaciente, Amelia —interrumpió la anciana del jersey gris—, y usted, joven, díganos de una vez qué quiere y a quién busca y cómo ha dado con esta casa.

—Me llamo Guillermo Albi, y al parecer tuve una bisabuela que se llamaba Amelia Garayoa. Digo al parecer porque esa bisabuela es un misterio, sabemos poco o casi nada de ella. En realidad, no hemos descubierto cómo se llamaba hasta ayer, cuando encontré la partida de bautismo de mi abuelo, y allí figuraba el nombre de su madre.

Extraje del bolsillo de la chaqueta una fotocopia de la partida de bautismo de mi abuelo y se la acerqué a la anciana del jersey blanco. Cogió unas gafas que tenía sobre la mesa y leyó con avidez el documento, me clavó una mirada acerada y sentí que estaba leyendo hasta mis pensamientos más ocultos.

No pude sostener aquella mirada, de manera que desvié la vista hacia la chimenea. Ella le entregó el documento a la anciana del jersey gris, quien también lo leyó detenidamente.

—Así que usted es nieto de Javier —afirmó la anciana del jersey gris.

—Sí, ¿lo conoció usted? —pregunté.

—¿Y cómo se llama la esposa de Javier? —añadió la anciana del jersey gris sin responder a mi pregunta.

—Mi abuela materna se llamaba Jimena.

—Siga con su historia —terció la anciana del jersey blanco.

—Verán, mi tía Marta, que es la hermana de mi madre, encontró hace poco una foto y pensó que podía ser de su misteriosa abuela desaparecida. Como yo soy periodista y ahora estoy pasando una mala racha, prácticamente estoy en el paro, se le ocurrió ponerme a investigar qué sucedió con Amelia Garayoa. En realidad, ni mi madre ni mis tíos supieron hasta ayer cómo se llamaba su abuela. Su padre se cambió el apellido Garayoa por el de Fernández, y parece que nunca hablaba de su madre; en la familia era un tema tabú. Durante un tiempo creyó que su madre era Águeda, el ama de cría, con la que mi bisabuelo tuvo otra hija. Supongo que debió de ser muy duro enterarse de que su madre lo había abandonado. Ninguno de sus hijos se atrevió nunca a preguntarle qué había sucedido, de manera que en la familia no tenemos ninguna información.

—¿Y por qué quiere su tía Marta saber qué fue de la madre de su padre? —preguntó Amelia Garayoa, la sobrina nieta de las dos ancianas.

—Pues, porque, como les he dicho, encontró una foto y pensó que podía tratarse de esa Amelia Garayoa, y se le ocurrió que yo podría escribir una historia, la historia de esa mujer. Mi tía quiere regalar el relato a sus hermanos las próximas Navidades. Será un regalo sorpresa. Y no quiero engañarlas: a mí poco me importa lo que mi bisabuela hizo y las razones que la llevaron a ello, pero ya les he comentado que estoy pasando por un mal momento profesional y mi tía me va a recompensar generosamente por esta historia. Tengo una hipoteca que pagar y, la verdad, es que me da vergüenza seguir pidiendo dinero a mi madre.

Las tres mujeres me observaban en silencio. Caí en la cuenta de que llevaba más de media hora en aquella casa y que no había parado de hablar, de explicarles quién era, mientras que seguía sin saber nada de ellas. Tonto de mí, me había sincerado hasta el ridículo, como si fuera un adolescente cogido en falta.

—¿Tiene esa foto que encontró su tía? —preguntó la anciana del jersey blanco con voz temblorosa.

—Sí, he traído una copia —respondí, y la extraje del bolsillo de la chaqueta.

La anciana esbozó una amplia sonrisa al contemplar la imagen de aquella joven vestida de novia.

Las otras dos mujeres se acercaron para mirar la imagen. Ninguna decía nada, y su silencio me ponía nervioso.

—¿La conocen? ¿Conocen a la muchacha del retrato?

—Joven, ahora nos gustaría quedarnos a solas. Usted quiere saber si conocemos a esa Amelia Garayoa que al parecer fue familiar suyo... Puede ser, aunque el apellido Garayoa tampoco es que sea infrecuente en el País Vasco. Si nos deja esa fotocopia de la partida de bautismo y la foto... nos sería de gran ayuda —dijo la anciana del jersey gris.

—Sí, no tengo inconveniente. ¿Creen que puede ser un familiar de ustedes?

—¿Qué le parece si nos deja su teléfono? Nosotras nos pondremos en contacto con usted —continuó hablando la anciana del jersey gris, sin responder a mi pregunta.

Asentí. No podía hacer otra cosa. Amelia Garayoa se levantó del sofá para despedirme. Incliné la cabeza ante las dos ancianas, murmuré un «gracias» y seguí a la mujer elegante que me había guiado hasta el salón.

—Lo que sí es una casualidad es que se llame usted como mi bisabuela —me atreví a decirle a modo de despedida.

—No lo crea, en mi familia hay muchas Amelias; tengo tías, primas y sobrinas con ese nombre. Mi hija también se llama Amelia María, como yo.

—¿Amelia María?

—Sí, para distinguirnos unas Amelias de las otras, unas se llaman simplemente Amelia y otras Amelia María.

—¿Y estas dos señoras ha dicho usted que son sus tías abuelas?

Amelia dudó si debía responder a mi pregunta. Finalmente habló.

—Sí. Ésta es la casa familiar; cuando me quedé viuda, me vine a vivir con ellas, son muy mayores. Mi hija vive en Estados Unidos. Somos una familia muy unida; tías, sobrinas, nietos... en fin, nos queremos y cuidamos los unos de los otros.

—Eso está muy bien —respondí por decir algo.

—Son muy mayores —insistió—. Las dos pasan de los noventa, aunque tienen buena salud. Le llamaremos —dijo mientras me cerraba la puerta.

Cuando llegué a la calle tenía la sensación de estar noqueado. La escena vivida me parecía surrealista, aunque en realidad también lo era el encargo de tía Marta y mi desfachatez presentándome en una casa ajena para preguntar a unas desconocidas si sabían algo de mi bisabuela.

Decidí no comentarle nada a mi tía, al menos quería esperar a ver si las señoras decidían llamarme y volver a verme o si, por el contrario, me cerraban su puerta para siempre.

Pasé varios días pendiente del teléfono, y cuanto más pensaba en aquellas mujeres, más seguro estaba de que había encontrado una pista; lo que no sabía es adónde podía llevarme.

—¿Guillermo Albi? Buenos días, soy Amelia María Garayoa.

Aún no me había levantado, eran las ocho de la mañana, y el sonido del teléfono me produjo un sobresalto, pero mucho mayor fue el escuchar la voz de aquella Amelia Garayoa.

—Buenos días —balbuceé sin saber qué decir.

—¿Le he despertado?

—No... no... Bueno, en realidad sí, anoche estuve leyendo hasta tarde...

—Ya. Bueno, da lo mismo. Mis tías quieren verle, han decidido hablar con usted. ¿Puede venir esta tarde?

—¡Sí! ¡Claro que sí!

—Bien, si le parece lo esperamos en casa a las cinco.

—Allí estaré.

No colgó el teléfono. Parecía dudar antes de seguir hablando. Oía su respiración al otro lado de la línea. Por fin habló. Su voz había cambiado de tono.

—Si por mí fuera usted no volvería a pisar nuestra casa, creo que sólo nos va a traer problemas, pero mis tías han tomado la decisión y yo no puedo más que respetarla. Ahora bien, le aseguro que si intenta perjudicarnos, acabaré con usted.

—¿Cómo dice? —pregunté sobresaltado por la amenaza.

—Sé quién es usted, un periodista sin fortuna, un individuo conflictivo que ha tenido problemas en todos los medios en los que ha trabajado. Y le aseguro que si su comportamiento excede lo que yo creo razonable, haré lo imposible por que no pueda volver a encontrar trabajo el resto de su vida.

Colgó el teléfono sin darme tiempo a replicar. Por lo pronto, ya sabía que la tal Amelia María Garayoa había estado investigándome, mientras que yo había cometido el error de quedarme sentado a la espera de una llamada en lugar de haber indagado en la vida de aquellas extrañas mujeres. Me dije a mí mismo que como periodista de investigación estaba resultando un auténtico desastre, aunque como procuro ser benevolente con mis defectos, también me dije que lo mío nunca había sido la investigación, sino la crónica política.

Fui a comer a casa de mi madre, con la que terminé discutiendo a propósito de mi futuro inmediato. A mi madre no le parecía mal que hubiese aceptado el encargo de tía Marta, puesto que eso significaba ganar tres mil euros al mes, pero me recordó que ese sueldo tenía fecha de caducidad, que en cuanto averiguara cuatro cosas sobre la bisabuela y escribiera el relato, debería volver a vivir de mi profesión y, según ella, no estaba buscando ningún trabajo mejor que el de crítico literario en un periódico digital.

Mi madre consideraba que un periódico digital era igual a nada, puesto que a ella jamás se le ocurriría encender el ordenador para leer el diario en la red; de manera que lo que yo hacía le parecía irrelevante. Razón no le faltaba, pero yo estaba demasiado nervioso para escuchar sus quejas, y tampoco quería sincerarme contándole que iba a visitar esa misma tarde a las ancianas. Estaba seguro de que no me habría guardado el secreto y se lo habría contado a tía Marta.

A las cinco menos cinco entraba en el portal de la casa de las Garayoa. Esta vez el portero no me puso inconvenientes.

Abrió la puerta el ama de llaves, quien, con un breve «buenas tardes» seguido de «pase, las señoras le esperan», me acompañó hasta el salón de la chimenea, allí donde había estado la vez anterior.

Las dos ancianas me recibieron con gesto serio. Me sorprendió no ver a su sobrina nieta, Amelia María, así que pregunté por ella.

—Está trabajando, suele terminar tarde. Es *broker*, y a estas horas suele tener mucha tarea pendiente de la Bolsa de Nueva York —me explicó una de las ancianas.

En esta ocasión, la que parecía más mayor vestía un traje negro, mientras que la otra, que había vuelto a optar por un jersey de color gris, más oscuro que el anterior, también lucía un collar de perlas.

—Le explicaremos por qué hemos decidido hablar con usted —dijo la anciana de negro.

—Yo se lo agradezco —respondí.

—Amelia Garayoa es... bueno, mejor dicho, era familiar nuestro. Sufrió mucho cuando tuvo que separarse de su hijo Javier. Nunca se lo perdonó a sí misma. No se puede volver sobre el pasado para deshacerlo, pero ella siempre sintió esa deuda. Jamás pudo pagarla, no supo cómo. Sí le podemos decir que no hubo ni un momento de su vida en que no pensara en Javier.

Pareció dudar antes de proseguir.

—Le ayudaremos.

Escuché con asombro las palabras de la anciana vestida de negro. Hablaba con voz cansina, como si le costara decir aquellas palabras, y no sé por qué, pero sentí que remover el pasado iba a provocarles un enorme dolor.

La anciana de negro se había quedado en silencio, observándome, como buscando fuerzas para proseguir.

—Les estoy muy agradecido por haber decidido ayudarme... —dije, sin saber muy bien qué más añadir.

—No, no nos lo agradezca; usted es el nieto de Javier, y además le pondremos condiciones —replicó la anciana de gris.

Me di cuenta de que su sobrina nieta, Amelia Garayoa, no me había dicho sus nombres; en realidad no me las había presentado, y por eso yo mentalmente las identificaba por el color de la ropa. No me atrevía a preguntarles cómo se llamaban dada la solemnidad que estaban imprimiendo a aquel momento.

—Además, no le va a resultar nada fácil enterarse de la historia de su bisabuela —intervino de nuevo la anciana de negro.

Estas últimas palabras me dejaron perplejo. Primero me decían que me iban a relatar la historia de mi antepasada y luego me anunciaban que ese conocimiento no estaría exento de dificultad, pero ¿por qué?

—Nosotras no podemos contar lo que no sabemos, pero sí orientarle. Lo mejor será que rescate usted del pasado a Amelia Garayoa, que siga todos y cada uno de sus pasos, que visite a algunas personas que la conocieron, si es que aún viven, que reconstruya su vida desde los cimientos. Sólo así podrá escribir su historia.

Quien hablaba ahora era la anciana de gris. Tenía la impresión de estar convirtiéndome en un títere de las dos mujeres. Ellas movían los hilos, ellas iban a dictar las condiciones para permitir asomarme a la vida de mi antepasada, y no me darían ninguna otra opción que no fuera la de atenerme a sus deseos.

—De acuerdo —dije a regañadientes—, ¿qué tengo que hacer?

—Paso a paso, iremos paso a paso —continuó hablando la anciana de gris—. Antes de empezar, tiene que comprometerse a algunas cosas.

—¿A qué quieren que me comprometa?

—En primer lugar, a que seguirá nuestras indicaciones sin rechistar; somos muy mayores y no tenemos ganas, ni tampoco tiempo, para convencerlo de nada, de manera que usted siga nuestras instrucciones y así llegará a saber qué sucedió. En segundo lugar, a asumir que nos reservamos el derecho de decidir qué puede o no hacer con el texto que escriba.

—¡Pero eso no lo puedo aceptar! ¿Qué sentido tiene que ustedes me ayuden a investigar la historia de Amelia Garayoa si luego deciden no permitirme que lo que escriba se lo entregue a mi familia?

—Ella no fue una santa, pero tampoco un monstruo —murmuró la anciana de negro.

—Yo no tengo ninguna intención de juzgarla. Puede que para ustedes resulte tremendo que hace más de setenta años una mujer se marchara de casa dejando a su hijo en manos de su marido, pero hoy en día eso no resulta nada extraordinario. No considero que una mujer pueda ser tachada de monstruo por abandonar a su familia —protesté.

—Son nuestras condiciones —insistió la anciana de gris.

—No me dan muchas opciones…

—Lo que le pedimos no es tan difícil…

—Bien, acepto, pero ahora me gustaría que ustedes respondieran a algunas preguntas. ¿Qué relación tuvieron con Amelia Garayoa? ¿La conocieron? Y por otro lado, ¿quiénes son ustedes? Ni siquiera sé sus nombres… —dije en tono de protesta.

—Verá, joven, nosotras pertenecemos a una época en que la palabra dada tenía valor de ley; de manera que ¿nos da su palabra de que acepta nuestras condiciones? —insistió la anciana de gris.

—Ya les he dicho que sí.

—En cuanto a quiénes somos... como usted ya habrá intuido, somos familia directa de Amelia Garayoa y, por lo tanto, indirectamente familia de usted. En el pasado compartimos con ella sus inquietudes, sus decisiones, sus errores, sus penas... Se podría decir que somos las albaceas de su memoria. Su vida transcurrió paralela a la nuestra. Lo importante no es quiénes somos nosotras sino quién fue ella, y le vamos a ayudar a que lo descubra —afirmó con rotundidad la anciana de negro.

—En cuanto a nuestros nombres... Llámeme doña Laura y a ella —dijo la anciana de gris señalando a la otra anciana— doña Amelia.

—¿Amelia? —pregunté desconcertado.

—Ya le dijo mi sobrina que en nuestra familia hay muchas Amelias... —respondió doña Laura.

—¿Puedo saber por qué esa afición al nombre de Amelia?

—Antes era común poner a las hijas el nombre de la madre, o el de la abuela, o el de la madrina, así que en nuestra familia encontrará unas cuantas Amelias y Amelia Marías. Precisamente a mi hermana le pusieron Amelia María, aunque siempre la hemos llamado Melita para distinguirla de mi prima Amelia, ¿verdad? —dijo doña Laura mirando a la otra anciana.

Por lo menos ya sabía cómo se llamaban las dos ancianas, que por lo que entendía eran hermanas.

—Perdonen que insista, pero me gustaría saber exactamente el grado de parentesco que tenían ustedes con mi bisabuela. Deduzco que eran sus primas...

—Sí, y estábamos muy unidas, eso téngalo por seguro —respondió doña Laura.

—Bien, ahora que hemos llegado a un acuerdo, lo mejor es que usted se ponga a trabajar. Le vamos a entregar un diario, le servirá para empezar a conocer a su bisabuela —afirmó la anciana de negro.

—¿Un diario? ¿De Amelia? —dije extrañado.

—Sí, de Amelia. Lo empezó a escribir siendo una adolescente. Su madre se lo regaló cuando cumplió catorce años, y ella estaba feliz, porque entre otras cosas, soñaba con ser escritora.

La anciana de negro sonreía mientras evocaba el recuerdo del diario de Amelia.

—¿Escritora? ¿En aquella época? —pregunté yo con sorpresa.

—Joven, imagino que sabe que siempre ha habido mujeres que han escrito, y cuando se refiere a «aquella época» no lo haga como si fuera la Prehistoria —intervino doña Laura con aire de enfado.

—Entonces, Amelia, mi bisabuela, quería ser escritora...

—Y actriz, y pintora, y cantante... Tenía unas enormes ganas de vivir y cierto talento para el arte. El diario fue el mejor regalo de cuantos recibió en aquel cumpleaños —afirmó doña Melita—, pero ya le hemos dicho que tiene usted que ir descubriéndola poco a poco. De manera que lea este diario, y cuando lo termine, venga a vernos y le indicaremos el siguiente paso.

—Sí, pero antes de que lea el diario deberíamos de explicarle algo de cómo era la familia, cómo vivían... —indicó doña Laura.

—Perdonen, para aclararme, ¿usted es doña Laura y a usted debo llamarla doña Amelia María como a su sobrina nieta o doña Melita? —pregunté interrumpiendo a doña Laura.

—Como quiera, eso no es importante. Lo que queremos es que lea el diario —protestó doña Melita—. En cualquier caso, joven, la nuestra era una familia acomodada de empresarios e industriales. Gente educada y culta.

—Es necesario que pueda contextualizar lo que pasó —insistió, irritada, doña Laura.

—No se preocupen, sabré hacerlo...

—Amelia nació en 1917, un período convulso de la historia, el año en que triunfó la Revolución soviética, cuando aún no había terminado la Primera Guerra Mundial. En España había un gobierno de concentración, y reinaba Alfonso XIII.

—Sí, sé lo que sucedió en 1917... —Temía que doña Laura se empeñara en darme una lección de historia.

—Joven, no se impaciente, la vida de las personas tiene sentido si se explica en su contexto, de lo contrario es difícil que usted entienda nada. Como le decía, Amelia, y yo misma, crecimos en los años de la dictadura de Primo de Rivera, asistimos a la victoria republicana en las elecciones municipales de 1931 con la consabida proclamación de la República y la marcha de Alfonso XIII al exilio. Luego vinieron los gobiernos de centroizquierda, y en 1932 la aprobación del Estatuto de Cataluña, el intento de golpe de Estado de Sanjurjo, en 1933 el triunfo de las derechas agrupadas en la CEDA, la huelga general revolucionaria de 1934...

—Me hago cargo de que vivieron momentos difíciles —dije intentando cortar el discurso de la anciana.

En ese momento entró en el salón Amelia María, la sobrina nieta de las dos ancianas. La verdad es que me hacía un lío con tanta Amelia. Apenas me miró, besó a sus tías y les preguntó qué tal habían pasado el día.

Después de un intercambio de generalidades al que asistí atento y en silencio, Amelia María se dignó hablarme.

—Y a usted, ¿cómo le va?

—Bien, y muy agradecido por la decisión de sus tías de ayudarme. He aceptado todas sus condiciones —respondí con cierta ironía.

—Estupendo, y ahora, si le parece, mis tías deberían descansar, el ama de llaves me ha dicho que lleva usted aquí más de dos horas.

Me fastidió la manera expeditiva de echarme, pero no me atreví a contrariarla. Me levanté e incliné la cabeza ante las dos ancianas. Fue en ese momento cuando doña Melita me tendió dos cuadernos con tapas de tela de color cereza, desgastadas por el paso del tiempo.

—Éstos son dos de los diarios de Amelia —me explicó mientras me los entregaba—. Trátelos con mucho cuidado, y en cuanto los lea, venga a vernos.

—Así lo haré, y, repito, muchas gracias.

Salí de la casa exhausto, y no sabía por qué. Aquellas ancianas, a pesar de su aparente imperturbabilidad, me transmitían una tensión extraña, y en cuanto a su sobrina nieta, Amelia María, no disimulaba su animadversión hacia mí, seguramente por su convencimiento de que estaba perturbando la tranquilidad de sus tías.

Cuando llegué a mi apartamento, apagué el teléfono móvil para no tener que responder a ninguna llamada. Estaba ansioso por enfrascarme en la lectura de los diarios de mi bisabuela.

3

«¡Soy feliz! La fiesta de mi cumpleaños ha sido un éxito. Mamá es única cuando organiza festejos, y además me ha hecho el mejor regalo: este diario. Papá me ha regalado una pluma y mi hermana, unos guantes. Pero además de éstos he tenido otros muchos regalos, de los abuelos, de los tíos, y mis amigas también han sido muy generosas.

Mi abuela Margot ha insistido a papá para que Antonietta y yo vayamos a pasar con ella el verano a Biarritz. ¡Me encantaría! Sobre todo porque me ha dicho que también ha invitado a Laura, que es mi prima favorita. No es que me lleve mal con mi hermana Antonietta, pero tengo tanta confianza con Laura...

Laura dice que tenemos mucha suerte de tener una abuela francesa, porque a ella le divierte tanto como a mí pasar el verano en Biarritz. Yo creo que la suerte es tener una familia como la nuestra. Tiemblo al pensar que hubiera podido nacer en otra familia. Papá le ha dicho a la abuela que iremos a pasar parte de las vacaciones con ella.

Ahora estoy cansada, hoy ha sido un día lleno de emociones, continuaré mañana...»

El diario de Amelia era el de una adolescente de familia acomodada. Al parecer, el padre de Amelia, o sea, mi tatarabuelo, era vasco por parte de padre y vasco francés por parte de madre. Se dedicaba al comercio y viajaba por toda Europa y también por

América del Norte. Tenía un hermano abogado, Armando, padre de Melita, Laura y Jesús, los primos de mi bisabuela.

A Amelia y a su hermana Antonietta las cuidaba una niñera inglesa, aunque su hada protectora era su ama de cría, Amaya, una guipuzcoana por la que sentían gran devoción, y que continuó realizando otras labores al servicio de la familia.

Mi bisabuela había sido una estudiante aplicada. Al parecer, lo que más le gustaba era la pintura y el piano; soñaba con ser una artista famosa en cualquiera de las dos disciplinas, y tenía un talento innato para los idiomas. Era con su prima Laura con quien compartía sus secretos de adolescentes. Su hermana Antonietta era dos años menor que ella, pero para Amelia eso era una eternidad.

Por lo visto, el padre de Amelia insistía en que sus dos hijas estudiaran y obtuvieran una buena formación. Ambas iban a las teresianas, y recibían clases de francés y de piano.

Mi tatarabuelo debió de ser un personaje un tanto especial porque de vez en cuando viajaba con su familia fuera de España. Amelia contaba en su diario sus impresiones sobre Munich, Berlín, Roma, París..., relatos de una niña llena de ganas de vivir.

En realidad aquel diario me resultó aburrido. No me interesaba nada la vida cotidiana de Amelia y, salvo el descubrimiento de que su prima favorita se llamaba Laura y de que una de sus abuelas era francesa, el resto era un relato almibarado que resultaba tedioso. Por eso decidí volver a encender el móvil, llamar a una amiga y salir a tomar una copa para distraerme. El segundo diario lo dejé para el día siguiente.

> «Tengo tuberculosis. Desde hace días guardo cama y el médico no permite que tenga visitas. Laura ha venido esta mañana aprovechando que papá está de viaje en Alemania y que mamá a las nueve siempre va a misa. Laura me ha traído como regalo un diario como aquel que me regaló mamá cuando cumplí los catorce.
>
> No he permitido que se acerque a la cama, pero su visita me ha proporcionado una gran alegría. Para mí Laura es más que

una prima: es como una hermana, me comprende mejor que nadie, mucho más que Antonietta. Y me ha conmovido su regalo: este diario. Me ha dicho que así me aburriré menos y se me pasará el tiempo más rápido. Pero ¿qué voy a contar si no puedo moverme?»

«Ha venido el médico a verme, y reconozco que me fastidia que me trate como si fuera una niña. Ha dicho que debo continuar descansando, aunque es conveniente que respire aire puro. Mamá ha decidido mandarme al campo, a casa del ama Amaya. Habían pensado mandarme a casa de la abuela Margot en Biarritz, pero la abuela lleva una temporada con resfriados que no se terminan de curar, o sea que no está bien para cuidar a una enferma de tuberculosis. Además, don Gabriel ha dicho que es mejor que respire el aire puro de la montaña.

Mamá está preparando todo para que nos vayamos al caserío de la familia del ama. El ama Amaya me cuidará, mamá tiene que quedarse con Antonietta y esperar a que papá regrese de Alemania, pero vendrá a verme de vez en cuando. Prefiero marcharme a seguir encerrada en esta habitación; si no fuera por las visitas de Laura, me volvería loca. Aunque temo que al final pueda contagiar a mi prima. Nadie sabe que viene a verme, sólo el ama, pero ella no dice nada.»

«El ama Amaya deja que me levante. No me obliga a estar en la cama. Dice que si me siento con fuerzas, lo mejor es que salga a respirar aire puro como dijo don Gabriel. Aquí, en la montaña, lo que sobra es aire puro.

Los padres del ama son mayores, me cuesta entenderlos, porque todo el tiempo hablan vasco, pero el hijo mayor de Amaya, Aitor, me está enseñando. Papá dice que tengo un don especial para las lenguas, y la verdad es que aprendo rápido.

Me llevo bien con Aitor, y también he congeniado con Edurne, la otra hija del ama que tiene mi misma edad... bueno, unos meses más. Aitor y Edurne son muy diferentes, les pasa como a Antonietta y a mí. El ama quiere que Edurne nos acompañe a

Madrid, a servir en nuestra casa. Le he prometido que convenceré a mamá. Edurne es muy silenciosa, pero siempre sonríe, y procura estar atenta al menor de mis deseos.

Papá recomendó a Aitor para que trabajara en una casa del PNV en San Sebastián. Pasa allí toda la semana. Dice que está muy contento con el trabajo, hace recados, está atento a los visitantes y también le encargan algunos pequeños trabajos de oficina, como escribir sobres. Aitor me lleva tres años, pero no me trata como a una cría.

El ama está muy pendiente de él, se siente muy orgullosa de su hijo. La pobrecita casi no ha vivido con ellos, vino a nuestra casa cuando yo nací, y ahora me doy cuenta de que ha debido de ser muy duro criarnos a nosotras en vez de a sus hijos. ¡Les ha tenido que echar tanto de menos!

Hemos ido a San Sebastián para llamar a la abuela Margot; está un poco mejor y ha prometido venir a verme.

A Aitor le sorprende que hable en francés con mi abuela, pero es que siempre hemos hablado en francés. La abuela Margot también habla en francés con papá. Sólo habla en español con mamá, pero es que a mamá no se le dan muy bien los idiomas, y aunque sabe hablar francés, sólo lo habla cuando vamos a Biarritz.»

«He ido con Aitor a pasear por la montaña. El ama le ha dicho que no me canse, sin embargo yo me siento mejor, y le he insistido en que si trepábamos un poco hacia la cumbre, podríamos ver Francia.

Pienso en la abuela Margot. Me gustaría verla, pero aún estoy convaleciente. En cuanto esté mejor iré a verla a Biarritz.

Aitor conoce un camino para entrar en Francia sin necesidad de pasar el control de la aduana. Bueno, me ha dicho que hay muchos senderos que llevan a Francia y que la gente de aquí los conoce, sobre todo los pastores. Su abuelo se los ha enseñado. Al parecer, su abuelo y otros pastores alguna vez se han ganado algunas pesetas con el contrabando. Aitor me ha hecho prometer que no se lo diré a nadie y no lo haré, no quiero pensar en lo que diría mi padre.

Aitor me ha contado que no quiere quedarse para siempre en el caserío. Estudia por las noches, cuando regresa del trabajo. Me lleva sólo tres años. Además, ahora está aprendiendo francés; se lo enseño yo a cambio de que él me siga enseñando vasco.

Aitor dice que yo también soy vasca. Y lo dice como si eso fuera ser especial. Pero yo no me siento especial, me da lo mismo ser vasca o de cualquier otro lugar. No logro sentir lo mismo que él, dice que es porque no vivo en esta tierra. No sé. Me siento orgullosa de llamarme Garayoa, pero porque es el apellido de papá, no porque sea un apellido vasco. No, por más que Aitor me diga, no logro sentir nada especial por el hecho de ser medio vasca.

Ahora hablo en vasco con Aitor y también con el ama Amaya y con sus padres. Me divierte hacerlo. La gente de los caseríos habla en vasco y se asombra al escucharme. No lo hago del todo mal. Aitor ha adelantado mucho en francés. Su madre dice que no le va a servir de nada, que mejor sería que aprendiera bien a ordeñar, pero Aitor no se quedará aquí, lo tiene decidido. Cuando regresa de San Sebastián, trae el periódico. Nos cuenta que la situación política está mal. Mamá suele decir que desde que se fue el rey vamos de mal en peor, pero papá no opina lo mismo, es simpatizante de Acción Republicana, el partido de don Manuel Azaña. Aitor tampoco parece sentir ninguna simpatía por Alfonso XIII. Claro que Aitor sueña con una patria vasca. Yo le pregunto qué haría con quienes no son vascos, y me responde que no me preocupe, que soy una Garayoa.

A la hora de la cena nos ha contado que se formó una coalición de derechas que se llama CEDA y que se presentaron a las elecciones. Yo, la verdad, no sé si eso es bueno o malo, se lo preguntaré a mis padres cuando dentro de unos días vengan a verme. ¡Les echo tanto de menos! Antonietta no vendrá porque aún no estoy curada del todo.»

«Me ha costado mucho volver a separarme de mis padres. Cuando el coche se ha puesto en marcha me he puesto a llorar como una niña pequeña. Don Gabriel ha dicho que aún no estoy curada del todo y tendré que quedarme en casa del ama un tiempo más, pero ¿cuánto? No me lo dicen y eso me desespera.

He convencido a mamá para que permita que Edurne venga con nosotros a Madrid; le he dicho que puede ser una buena doncella, y que se lo debemos al ama Amaya por habernos cuidado tan bien a Antonietta y a mí. Al principio se ha resistido, pero luego ha aceptado, y me ha dado una gran alegría porque me ha dicho que pondrá a Edurne a ocuparse de Antonietta y de mí.

Papá ha regresado preocupado de Alemania, nos ha hablado del nuevo canciller, se llama Adolfo Hitler. Según papá, Hitler hace unos discursos que encienden a la gente, pero a mi padre le inquieta, no se fía de él. Seguramente es porque a Hitler no le gustan los judíos y el socio de papá, herr Itzhak Wassermann, es judío. Al parecer, los judíos han empezado a tener problemas. Papá le ha ofrecido a herr Itzhak que se establezca en España, pero el hombre asegura que es un buen alemán y no debe temer nada. Herr Itzhak está casado y tiene tres hijas, son muy simpáticas, Yla es de mi edad. Han pasado algunos veranos con nosotras en la casa de Biarritz, y Antonietta y yo también hemos ido invitadas a su casa en Berlín. Espero que a ese Hitler se le pase su aversión por los judíos. Después de Laura, Yla es mi mejor amiga.»

«Mis padres han regresado y hemos ido a San Sebastián. Estábamos invitados a merendar en casa de un amigo de papá, es un dirigente del PNV, y papá y él se han pasado la tarde hablando de política.

Mi padre ha dicho que de seguir las cosas tan revueltas, el presidente Alcalá Zamora terminará convocando elecciones anticipadas. Papá ha explicado que las derechas están asustadas por las decisiones que toma el gobierno, y las izquierdas creen que no se están llevando a cabo las transformaciones sociales que esperaban.

No me he movido en toda la tarde para escuchar a mi padre, y eso que mamá y nuestra anfitriona han insistido para que charlara con ellas en otro salón, pero me interesaba más lo que hablaban mi padre y su amigo. No entiendo mucho, pero me gusta la política.»

> «Amaya tiene una amiga de la infancia casada con un pescador. Es una suerte, porque algún sábado nos invitan a salir en el barco. Es pequeño, pero el marido de la amiga del ama Amaya lo maneja con destreza. Llevamos bocadillos y comemos en alta mar. Nos reímos mucho porque siempre nos metemos en aguas francesas. Pero es que en el mar no hay fronteras. El pescador nos ha enseñado a Aitor y a mí a llevar el barco. Su hijo Patxi, que es de la edad de Aitor, es pescador como él, y le acompaña todos los días cuando sale a pescar al amanecer. Creo que si no estudiara me gustaría ser pescadora. ¡Me siento tan bien en el mar!»

Llevaba toda la mañana leyendo el segundo diario de mi bisabuela y debo confesar que este segundo relato me entretenía más que el primero. Por el diario supe que Amelia estuvo viviendo en el caserío de su ama casi seis meses antes de ser dada de alta, y aunque tenía muchos deseos de regresar a su casa, le costó decir adiós a Aitor.

El joven le hablaba de política, intentaba contagiarle con entusiasmo su amor por la «patria vasca», le hablaba de un pasado idílico y de un futuro en que los vascos tendrían su propio Estado.

A mi bisabuela tanto le daba lo que fuera del País Vasco; a ella lo que le importaba era la compañía de Aitor.

> «No ha sido fácil despedirnos. Aitor ha pedido el día libre y lo hemos pasado andando por el monte. Ya conozco cuatro senderos distintos para entrar en Francia; alguno de estos senderos los utilizan los contrabandistas. Pero aquí todos se conocen y nadie denuncia a sus vecinos hagan lo que hagan.
>
> Me pregunto si regresaré pronto y, sobre todo, qué hará Aitor ahora que me marcho. Supongo que conocerá a alguna chica y se casará, es lo que esperan sus abuelos. Lo han educado para que se haga cargo del caserío.
>
> Aunque él no lo dice, lo que de verdad le gustaría es dedicarse a la política; cada día está más metido en las cosas de su partido, y sus jefes tienen confianza en él.
>
> Hace unos días acompañé a Amaya y a Edurne a San Sebastián, fuimos a hacer algunas compras y luego pasamos por la sede

del PNV donde Aitor trabaja. Amaya se sintió muy orgullosa al ver la consideración que todos tienen por su hijo, sus jefes lo elogiaron mucho, y dijeron que tiene un gran porvenir.

Me alegro por él, pero... bueno, lo confesaré: sé que yo no estaré en ese porvenir, y eso me duele.»

«Me voy mañana temprano. Aitor nos llevará a la estación de San Sebastián.

Amaya está triste. Si por ella fuera se quedaría en el caserío, pero dice que tiene que seguir trabajando para ayudar a sus padres y a sus hijos. Sueña con que Aitor se haga político y que Edurne encaje con nuestra familia y se quede como doncella, pero entonces, ¿quién se haría cargo del caserío? Creo que lo que Amaya quiere es que Edurne ocupe su lugar y ser ella quien regrese junto a sus padres.

Los abuelos de Aitor nunca han salido de estas montañas, lo más lejos que han ido es a San Sebastián. Dicen que no tienen interés en conocer nada, que todo su mundo está aquí y que éste es el mejor de los mundos.

Papá suele decir que hay dos clases de vascos, los que salen a conquistar el mundo y los que creen que no hay mundo detrás de las montañas. Él es de los primeros; los abuelos de Aitor, de los segundos. Pero son buenas personas. Al principio me parecían adustos y reservados; eso es porque desconfían de los que venimos de fuera. Sin embargo, cuando vencen su timidez, te das cuenta de que son muy sentimentales.

Algunas noches, después de la cena, nos sentábamos junto a la chimenea y el abuelo cantaba canciones que al principio yo no entendía, pero que imaginaba nostálgicas. Ahora yo también las sé cantar, y sé que papá se va a sorprender cuando me escuche hablar en vasco.

Se acaban las páginas del diario, no sé si volveré a escribir otro. Ya lo he dicho: mañana regreso a casa, y creo que durante mi estancia aquí me he hecho mayor. Me siento como si tuviera mil años.»

Cumplí con lo pactado y telefoneé a las ancianas para decirles que ya había leído los dos diarios y preguntarles cuándo podía visitarlas de nuevo. Pensaba en qué podían haberme preparado para continuar mi «aprendizaje» sobre la vida de mi bisabuela.

No pude hablar con ellas directamente, pero el ama de llaves me citó para tres días después. Decidí dedicar ese tiempo a esbozar el primer relato de la vida de mi bisabuela, aunque, hasta el momento, no había encontrado nada extraordinario.

Doña Melita y doña Laura se asemejaban a dos estatuas. Siempre sentadas en los mismos sillones, pulcramente vestidas de negro y de gris, peinadas con moño, con perlas o brillantes en las orejas y una aparente fragilidad que no se correspondía con el vigor con que me manipulaban.

Aquel día estaban acompañadas por otra mujer tan anciana como ellas. Pensé que era una amiga o algún familiar. No me la presentaron, pero me acerqué a ella para estrecharle la mano, y la sentí temblorosa.

La mujer, también vestida de negro, pero con el rostro más arrugado, y sin joya alguna, parecía nerviosa. Pensé que era mayor que doña Laura y doña Melita, si es que aún se puede ser más mayor una vez cumplidos los noventa.

Observé que doña Melita le cogía la mano con afecto y se la apretaba como intentando darle ánimos.

Me preguntaron por los diarios, que les entregué sin demora, querían saber qué pensaba de Amelia.

—Pues la verdad es que no me parece nada especial, supongo que era la típica chica de familia acomodada de aquella época.

—¿Nada más? —quiso saber doña Melita.

—Nada más —respondí pensando qué se me podía haber escapado, que fuera especial, de aquellos dos relatos juveniles.

—Bien, ahora ya tiene una idea de cómo era Amelia en la adolescencia, y ha llegado el momento de que sepa cómo y por qué se casó —explicó doña Laura al tiempo que miraba de reojo a doña Melita—. Y lo mejor es que se lo cuente alguien que estuvo viviendo con ella, sin despegarse de su lado, durante unos años cruciales en su vida. Alguien que la llegó a conocer muy bien —continuó diciendo doña Laura mientras miraba a la anciana que no me habían presentado y que además no había despegado los labios—. Edurne, éste es el bisnieto de Amelia y don Santiago —dijo doña Laura dirigiéndose a la anciana.

Me sobresalté. ¿Edurne? ¿Sería la Edurne hija del ama, de Amaya? Me dije que no era posible tanta suerte.

La anciana a la que llamaban Edurne clavó sus ojos cansados en los míos y leí en ellos cierto temor. Se la notaba incómoda. Su aspecto era mortecino, como de alguien que, además de tener muchos años, estuviera enferma.

—¿Usted es la hija del ama, de Amaya? —le pregunté, ansioso por escuchar su respuesta.

—Sí —murmuró.

—¡Me alegro de conocerla! —exclamé con sinceridad.

—Sepa que Edurne va a hacer un gran esfuerzo hablando con usted. Tiene los recuerdos frescos, como si todo hubiera sucedido ayer, pero… en fin, está enferma… tenemos una edad en que nos salen goteras por todas partes. De manera que escúchela y no la canse mucho —ordenó doña Laura.

—¿Puedo preguntar?

—Sí, claro, pero no pierda el tiempo con preguntas, lo importante es lo que Edurne puede contarle —respondió otra vez doña Laura—. Y ahora, por favor, váyanse a la biblioteca, allí estarán más tranquilos para hablar.

Asentí. Edurne miró a las ancianas, y éstas hicieron un gesto casi imperceptible como animándola a hablar conmigo.

La anciana caminaba con dificultad apoyándose en un bastón; pasito a pasito, la seguí hasta la biblioteca.

Edurne comenzó a desgranar sus recuerdos…

SANTIAGO

1

«Cuando llegamos a Madrid, doña Teresa me explicó que a partir de ese momento debía ocuparme de sus dos hijas, de la señorita Amelia y la señorita Antonietta.

Mi trabajo consistía en cuidar de la ropa de las señoritas, ordenarles la habitación, ayudarlas a vestirse, acompañarlas a hacer visitas... Mi madre me fue enseñando cómo encargarme de sus cosas. Al principio lo pasé mal, a pesar de tener la inmensa suerte de compartir techo con ella.

Doña Teresa me instaló en el cuarto de mi madre, donde metió otra cama. Aunque la casa era grande, éramos las únicas que vivíamos con la familia, el resto del servicio se alojaba en las buhardillas. Supongo que teníamos ese privilegio porque al haber sido mi madre el ama de las niñas, siempre debía estar cerca para darles de mamar. Luego, cuando las destetaron, ella siguió conservando el cuarto y se quedó de sirvienta para todo. Lo mismo limpiaba que ayudaba en la cocina; hacía cuantas tareas le encomendaban.

Mi madre quería que yo aprendiera el oficio de doncella, dejarme bien situada en la casa, y poder ella regresar al caserío a pasar junto a sus padres sus últimos años.

Yo nunca había visto una casa como aquélla, con tantos salones y dormitorios, y tantos objetos de valor. Temía romper algo, y solía sujetarme la falda y el delantal para, al pasar, no rozar los muebles.

Conocer a la señorita Amelia hizo que el trabajo no me resultase tan difícil. Aunque la situación había cambiado, cuando ella estuvo en el caserío era una más, pero en aquella casa yo no me atrevía a llamarla por su nombre, por más que me insistía en que me olvidara del «señorita».

Lo que sí le gustaba es que habláramos en vasco. Su intención era fastidiar a su hermana, aunque a mí me aseguraba que era para no olvidarlo. Don Juan no quería que habláramos en vasco, y la reprendía; le decía que ésa era lengua de campesinos, pero ella no obedecía.

Por las mañanas solía acompañar a la señorita Antonietta al colegio. La señorita Amelia recibía clases en casa porque aún estaba convaleciente. Por las tardes, cuando regresaba la señorita Antonietta, me permitían estar sentada en un rincón de la sala de estudios mientras una profesora que les ayudaba en sus tareas les hacía hablar en francés y tocar el piano. Me gustaba escuchar las lecciones porque me permitían aprender. En cuanto se recuperó la señorita Amelia empezó a estudiar para maestra, lo mismo que la señorita Laura.

El año 1934 no fue un buen año. Al señor le empezaron a ir mal los negocios. Herr Itzhak Wassermann, su socio en Alemania, estaba sufriendo el acoso de Hitler contra los judíos, un trabajo del que se encargaban los hombres de las SA. El negocio iba de mal en peor, y en varias ocasiones habían amanecido con los cristales de la tienda rotos por aquellos energúmenos. Viajar a Alemania era cada vez más complicado, sobre todo para quienes como el señor aborrecían a Hitler y no le importaba decirlo en alto. Don Juan empezó a adelgazar, y doña Teresa estaba cada día más preocupada por él.

—Creo que papá se está arruinando —me dijo un día la señorita Amelia.

—¿Por qué dice eso? —le pregunté asustada, pensando que si el señor se arruinaba yo tendría que regresar al caserío.

—Tiene deudas en Alemania, y aquí las cosas no van muy bien. Mi madre dice que es por culpa de las izquierdas...

Doña Teresa era una mujer muy católica, de orden, monárquica, y sentía pavor ante los disturbios que provocaban algunos partidos y sindicatos de izquierda. Ella era buena persona y trataba con afecto y respeto a todos los que servíamos en la casa, pero era incapaz de entender que la gente pasaba muchas necesidades y que las derechas que gobernaban no sabían hacer frente a los problemas de aquella España. Practicaba la caridad, pero ignoraba lo que era la justicia social, que era lo que reclamaban los obreros y campesinos.

—¿Y qué haremos mi madre y yo? —quise saber.

—Nada, os quedaréis con nosotros. No quiero que os vayáis.

Amelia se carteaba con Aitor. Mi hermano siempre que nos escribía a madre y a mí metía un sobre cerrado con una carta para Amelia. Ella le respondía del mismo modo, entregándonos un sobre cerrado que nosotras metíamos a su vez en nuestro sobre.

Yo sabía que mi hermano estaba enamorado de Amelia, aunque nunca se atrevería a decírselo, y también sabía que Aitor a ella no le era indiferente.

Un lunes por la tarde, don Juan regresó a casa antes de lo habitual y se encerró en el despacho con doña Teresa. Estuvieron hablando hasta bien entrada la noche, sin permitir que las señoritas los interrumpieran. Aquella noche Amelia y Antonietta cenaron solas en la sala de estudios, preguntándose qué estaría pasando.

A la mañana siguiente, doña Teresa convocó a todo el servicio y nos ordenó que limpiáramos la casa a fondo. La familia iba a celebrar una cena durante el fin de semana, con invitados importantes, y quería que la casa reluciera.

Las señoritas estaban entusiasmadas. Salieron con su madre

de compras y regresaron cargadas de paquetes. Iban a estrenar vestidos.

El sábado, doña Teresa parecía nerviosa. Quería que todo estuviera perfecto, y ella, siempre tan afable, se impacientaba si algo no estaba a su gusto.

Una peluquera vino a casa a peinar a la madre y a las hijas, y por la tarde yo las ayudé a vestirse.

Amelia llevaba un vestido rojo y Antonietta uno azul. Estaban preciosas.

—¡Hacía tanto tiempo que no recibíamos! —exclamó mientras la peluquera le ordenaba los cabellos en tirabuzones recogidos en la nuca con un pasador.

—No exageres, todas las semanas tenemos visitas —respondió Antonietta.

—Ya, pero a merendar, no para una cena.

—Bueno, es que antes no nos dejaban asistir porque éramos pequeñas. Mamá dice que vendrán algunos amigos de papá con sus hijos.

—¡Y no los conocemos! Son amigos nuevos de papá… ¡Qué emoción!

—No entiendo cómo te puede gustar conocer a gente nueva. Será un aburrimiento, y mamá estará vigilándonos para que nos comportemos correctamente. La cena es muy importante para papá, necesita nuevos socios para la empresa…

—¡A mí me encanta conocer gente nueva! A lo mejor habrá entre ellos algún joven guapo… Lo mismo te sale novio, Antonietta.

—O a ti, eres mayor que yo, de manera que tienes que casarte antes. Como no te des prisa te vas a quedar para vestir santos.

—¡Me casaré cuando quiera y con quien quiera!

—Sí, pero hazlo pronto.

Ninguna de las dos sospechaba lo que iba a pasar aquella noche.

A las ocho llegaron los invitados. Tres matrimonios con sus hijos. En total, catorce personas que se sentarían a la mesa ovalada primorosamente decorada con flores y candelabros de plata.

Los señores de García, con su hijo Hermenegildo. Los señores de López-Agudo, don Francisco y doña Carmen, con sus hijas Elena y Pilar. Y los señores de Carranza, don Manuel y doña Blanca, con su hijo Santiago.

Antonietta fue la primera en fijarse en Santiago. Era el más guapo de los invitados. Alto, delgado, con el cabello castaño claro, casi rubio, y los ojos verdes, muy elegantemente vestido; era imposible no fijarse en él. Yo también lo miraba escondida entre las cortinas.

En aquel entonces debía de contar casi los treinta años y se le veía seguro de sí mismo.

A su alrededor revoloteaban las otras señoritas invitadas. Yo conocía bien a Amelia y sabía de sus tácticas para hacerse notar.

Saludó con amabilidad a los invitados de sus padres y se situó junto a su madre escuchando a las señoras invitadas como si le interesara cuanto decían. Era la única de las jóvenes presentes que parecía inmune al magnetismo de Santiago, al que ni siquiera miraba.

La señorita Antonietta, junto a las señoritas Elena y Pilar López-Agudo, intentaba acaparar la atención de Santiago, que se había convertido en el centro de la conversación de los jóvenes invitados. No sólo porque era el mayor, sino también por su simpatía. Yo no podía escuchar desde donde estaba lo que decían, pero tenía a las señoritas embobadas.

Las doncellas sirvieron los aperitivos y a mí me enviaron a la cocina a ayudar a mi madre y a las cocineras, pero en cuanto podía regresaba a mi escondite, desde donde contemplar aquella fiesta que llenaba mis sentidos del olor a perfume y cigarrillos que desprendían a partes iguales las señoras y los caballeros.

Me preguntaba cuál sería el siguiente paso de Amelia para llamar la atención de Santiago. Él se había dado cuenta de que la única que no participaba de la conversación de los jóvenes en la mesa era la hija mayor de los anfitriones, y empezó a mirarla de reojo.

Doña Teresa había colocado en la mesa una tarjeta con el nombre de cada invitado, y Amelia estaba sentada junto a Santiago. Se la veía tan guapa... Al principio ella no prestaba atención a Santiago, hablaba con el joven Hermenegildo, al que habían situado a su izquierda.

No fue hasta mediada la cena cuando Santiago no pudo aguantar más la indiferencia manifiesta de Amelia y se empeñó en iniciar una conversación en la que ella parecía participar con cierta desgana.

Cuando terminaron de cenar, para mí era evidente que Amelia había logrado su objetivo: echar un lazo al cuello de Santiago.

Una vez se fueron los invitados, los señores se quedaron en el salón con sus hijas para comentar cómo había transcurrido la velada.

Doña Teresa estaba exhausta, tanta era la tensión que había acumulado durante la semana en su empeño de que todo resultara perfecto. Mi madre decía que nunca la había visto tan nerviosa, y le extrañaba porque doña Teresa estaba acostumbrada a recibir invitados.

Don Juan parecía más relajado; la velada había servido a sus propósitos según supimos después: estaba intentando asociarse con el señor Carranza para salvar su negocio. Aunque en realidad quien salvó la situación de la familia fue Amelia.

Les escuché hablar, por más que doña Teresa les pedía que bajaran la voz.

—Si Manuel Carranza se interesa, como parece, por el negocio, estaríamos salvados...

—Pero, papá, ¿tan mal nos van las cosas? —preguntó Amelia.

—Sí, hija, ya sois mayores y debéis saber la verdad. El negocio en Alemania no va bien y temo por mi buen amigo y socio herr Itzhak. El almacén donde guardábamos la mercancía, la maquinaria comprada para traer a España, lo han sellado los nazis, no me han permitido acceder a él. Y allí estaba nuestro dinero, invertido en las máquinas. También han confiscado las cuentas del banco. El empleado que teníamos, el bueno de herr Helmut Keller, está preocupado. Haber trabajado con un judío lo convierte en sospechoso, pero es un hombre valiente, y me aconseja que espere; me asegura que intentará salvar lo que pueda del negocio. Le he dado todo el dinero que he conseguido, que no es mucho dadas las circunstancias, pero no podía dejarle abandonado a su suerte...

—¿Y herr Itzhak, e Yla? —preguntó Amelia alarmada.

—Estoy intentando traerles aquí, aunque se resisten; no quieren abandonar su casa. Me he puesto en contacto con la Casa Universal de los Sefardíes, una organización encargada de establecer vínculos con los judíos sefardíes.

—Pero herr Itzhak no es sefardí —exclamó doña Teresa.

—Ya lo sé, pero les he pedido consejo, hay muchos españoles influyentes que los apoyan —respondió don Juan...

—¿Muchos? Ojalá tuvieras razón —protestó doña Teresa con tono crispado.

—También me he puesto en contacto con una organización que se llama Ezra, que en castellano significa «Ayuda»; se dedica a ayudar a los judíos, sobre todo a los que huyen de Alemania.

—¿Podrás hacer algo, papá? —preguntó Amelia compungida.

—No depende de tu padre, Amelia —la corrigió doña Teresa.

—Don Manuel Azaña ve con simpatía a los judíos —respondió don Juan. En fin, parece que el mundo se está volviendo loco... Hitler ha declarado que su partido, el Partido Nazi, es el único que puede actuar en Alemania. Y por si fuera poco, Alemania ha abandonado la II Conferencia Mundial sobre el Desarme. Ese loco está preparando la guerra, estoy seguro...

—¿La guerra? ¿Contra quién? —preguntó Amelia.

Pero don Juan no pudo responderle, porque doña Teresa preguntó a su vez:

—¿Y aquí qué va a pasar? Tengo miedo, Juan... La izquierda quiere una revolución...

—Y la derecha está en contra del régimen republicano, y hace lo imposible porque la República sea inviable —respondió con cierto enfado don Juan.

El matrimonio tenía diferencias políticas, puesto que doña Teresa provenía de una familia de tradición monárquica y don Juan era un republicano convencido. Claro que en aquella época las mujeres no llevaban sus diferencias políticas muy lejos, e imperaba la opinión del señor de la casa.

—¿Y qué vas a hacer con el señor Carranza?

La pregunta de Antonietta sorprendió a sus padres. Antonietta era la pequeña, era bastante silenciosa y reflexiva, mucho más que Amelia.

—Voy a intentar comprar maquinaria en Norteamérica. Los costes serán más altos, puesto que hay un océano de por medio, pero dada la situación en Alemania, creo que no tengo otra opción. Le he presentado un estudio detallado a Carranza, y está interesado. Ahora mi problema es conseguir un crédito para poder formalizar la sociedad... Creo que él me puede ayudar. Está muy bien relacionado.

—¿Con quién? —inquirió Amelia.

—Con banqueros y políticos.

—¿Políticos de las derechas? —insistió.

—Sí, hija, pero también tiene buenos contactos con el Partido Radical de Lerroux.

—Por eso era tan importante esta cena ¿verdad, papá? —siguió hablando Amelia—. Querías causarle buena impresión, y que viera que tenías una casa estupenda, una familia... Mamá es tan guapa y elegante...

—¡Vamos, Amelia, no digas esas cosas! —respondió doña Teresa.

—Pero es la verdad. Cualquiera que te conozca se da cuenta de que eres una gran señora. La señora Carranza no es tan elegante como tú —insistió Amelia.

—La señora Carranza pertenece a una excelente familia. Esta noche, hablando, hemos descubierto que tenemos conocidos en común —sentenció doña Teresa.

—Su hijo Santiago es el más difícil de convencer —murmuró don Juan.

—¿Santiago? ¿De qué quieres convencerlo?

—Trabaja con su padre, y éste le tiene mucha ley. Al parecer, Santiago es un buen economista, muy sensato, y viene aconsejando bien a su padre. Tiene dudas sobre la viabilidad del negocio; alega que la inversión es demasiado grande, él prefiere seguir comprando maquinaria en Bélgica, Francia, Inglaterra, incluso en Alemania; dice que es más seguro —explicó don Juan.

No podía verle el rostro, pero no me costó imaginar que en aquel momento Amelia estaba tomando una decisión: ser ella quien venciera las resistencias de Santiago para salvar a su familia de las dificultades económicas que afrontaban. Amelia era muy novelera, se veía a sí misma como las heroínas de las novelas que leía, y sus padres, sin saberlo, le estaban dando la ocasión de demostrarlo.

Dos semanas después, los señores de Carranza invitaron a don Juan y su familia a compartir el almuerzo del domingo en una finca que tenían en las afueras de la ciudad.

Por aquel entonces don Juan no ocultaba su nerviosismo, dado que don Manuel Carranza empezaba a darle largas en cuanto a asociarse para traer maquinaria de América. Además, la situación política se estaba complicando, España parecía ingobernable.

Amelia estuvo varios días pensando cómo iba a vestirse para la ocasión. Aquel almuerzo dominical era su gran ocasión para apretar el lazo que había colocado en el cuello de Santiago, ya que era consciente de que la invitación de los Carranza se debía al interés que ella había logrado suscitar en éste. Don Juan había comentado que, pese a las reticencias de Santiago, había sido idea de él invitarlos a compartir la jornada del domingo, insistiendo en que fuera acompañado de su encantadora familia.

Sé, porque Amelia me lo contó, que aquel día fue clave en lo que ella llamaba «mi programa de salvación».

El almuerzo se celebró sin más invitados que la familia Garayoa, es decir, don Juan y doña Teresa, Amelia y Antonietta, y desde el primer momento Santiago evidenció su interés por Amelia.

Ella desplegó todos sus ardides: indiferencia, amabilidad, sonrisas... ¡Qué sé yo! Era una gran seductora.

Aquel domingo, Santiago se enamoró de ella, y creo que ella también de Santiago. Eran jóvenes, guapos, distinguidos...

Él, que parecía que iba para solterón, sin novia formal, se había dejado prendar por una jovencita que expresaba opiniones políticas con gran desparpajo: defendía que las mujeres debían conseguir los derechos que les estaban negados; confesaba, ante el horror de su madre, que no tenía la más mínima intención de convertirse en señora de su casa, sino que, si se casaba, ayudaría en todo a su marido, además de ejercer como maestra, que decía era su vocación.

Todas estas cosas y más las fue desgranando con la gracia y simpatía que le eran naturales, y según me contó Antonietta, cuanto más hablaba Amelia, más se rendía Santiago.

Comenzaron a verse a la manera de aquella época. Él pidió permiso a don Juan para «hablar» con Amelia, y el señor se lo dio encantado.

Santiago solía venir casi todas las tardes a visitar a Amelia; los domingos salían juntos, siempre acompañados por Antonietta y por mí. Amelia le permitía que cogiera su mano y le sonreía apoyando la cabeza sobre su hombro. Santiago se derretía al mirarla. Ella tenía un pelo precioso, de un color castaño tan claro que era casi rubio, y unos ojos grandes, almendrados. Era delgada, no muy alta, pero es que por aquel entonces las mujeres no éramos altas, no es como ahora. Él sí que era alto, le sacaba por lo menos la cabeza. A su lado parecía una muñeca.

Santiago terminó sucumbiendo ante Amelia, lo que supuso la salvación de don Juan. La familia Carranza le facilitó un aval para obtener un crédito, y se asociaron con él —bien es verdad que como socios minoritarios— en la nueva empresa desde la que don Juan se proponía comprar e importar maquinaria de América.

Don Juan y Santiago terminaron simpatizando, ya que el joven estaba afiliado al partido de Azaña y era un republicano convencido como mi señor.

—¡Me caso! ¡Santiago me ha pedido que me case con él!

Recuerdo como si fuera hoy a Amelia entrando en la sala de estar donde se encontraban sus padres.

Aquel domingo yo no la había acompañado porque estaba resfriada y le había tocado a Antonietta hacer sola el papel de carabina.

Don Juan miró con sorpresa a su hija, no se esperaba que Santiago se decidiera tan pronto a pedirla en matrimonio. Apenas habían pasado seis meses desde que habían comenzado a salir; además, él tenía previsto viajar la semana siguiente a Nueva York para empezar a visitar fábricas de maquinaria.

Amelia abrazó a su madre, quien, por su expresión, no parecía satisfecha con la noticia.

—Pero niña, ¿qué locura es ésa? —expresó con desagrado doña Teresa.

—Santiago me ha dicho que él no quiere esperar más, que ya tiene edad para casarse, y está seguro de que soy la mujer que estaba esperando. Me ha preguntado que si le quiero y si estaba segura de mis sentimientos hacia él. Le he dicho que sí, y hemos decidido casarnos cuanto antes. Él se lo dirá esta noche a sus padres, y el señor Carranza te llamará para pedir mi mano. Podemos casarnos a finales de año, pues antes no nos daría tiempo a organizarlo todo. ¡Tengo tantas ganas de casarme!

Amelia parloteaba sin parar, mientras sus padres intentaban que se calmara para poder hablar con ella con cierta serenidad.

—Vamos a ver, Amelia, todavía eres una niña —protestó don Juan.

—¡No soy una niña! Sabes que la mayoría de mis amigas o se han casado o están a punto de hacerlo. ¿Qué pasa, papá? Creía que estabas contento de mi noviazgo con Santiago…

—Y lo estoy, no tengo quejas de la familia Carranza, y Santiago me parece un joven cabal, pero sólo hace unos meses que os conocéis y hablar de boda me parece algo precipitado, aún no sabéis el uno del otro lo suficiente.

—Tu padre y yo fuimos novios cuatro años antes de casarnos —alegó doña Teresa.

—No seas anticuada, mamá… Estamos en el siglo XX, entiendo que en tus tiempos las cosas fueran de otra manera, pero hoy en día han cambiado. Las mujeres trabajan, salen solas a la calle y no todas se casan, algunas deciden vivir su propia vida con quien les da la gana… Por cierto, que se ha acabado eso de tener que llevar una carabina cuando salgo con Santiago.

—¡Amelia!

—Mamá, ¡es ridículo! ¿No confías en mí? ¿Acaso pensáis mal de Santiago?

Los padres de Amelia se sentían desbordados por el ímpetu arrollador de su hija. No había vuelta atrás: ella se había comprometido a casarse y lo haría, con o sin su permiso.

Se acordó que la boda se celebraría cuando don Juan regresara de América; mientras, doña Teresa, junto a los padres de Santiago, irían organizando los pormenores de la boda.

Quizá fuera por la influencia de Santiago, aunque a decir verdad Amelia siempre había mostrado interés por la política, pero en aquellos meses parecía más preocupada por lo que sucedía en España.

—Edurne, el presidente Alcalá Zamora ha pedido a Alejandro Lerroux que vuelva a formar gobierno, y va a incluir a tres ministros de la CEDA. No creo que sea la mejor solución, pero ¿acaso tiene otra salida?

Naturalmente no esperaba mi respuesta. En aquella época Amelia hablaba sobre todo consigo misma; yo era el frontón hacia el que lanzaba sus ideas, pero nada más, aunque me daba cuenta de lo influenciable que era. Muchas de las cosas que decía eran un calco de lo que le escuchaba a Santiago.

A principios de octubre de 1934, Santiago llegó muy alterado a casa de los Garayoa. Don Juan estaba en América y doña Teresa se encontraba con sus hijas discutiendo por la pretensión de Antonietta de salir sola.

—¡La UGT ha convocado una huelga general! El día cinco pararán España —gritó Santiago.

—¡Dios mío! Pero ¿por qué? —Doña Teresa estaba angustiada por la noticia.

—Señora, la izquierda no se fía, y con razón, de la CEDA. Gil-Robles no cree en la República.

—¡Eso lo dicen los izquierdistas para justificar todo lo que hacen! —protestó enérgica doña Teresa—. Son ellos los que no creen en la República; en esta República quieren una revolución como la de Rusia. ¡Que Dios nos libre de ella!

Otra doncella y yo servimos un refrigerio al tiempo que escuchábamos la conversación.

No es que Santiago fuera un revolucionario, todo lo contrario, pero creía firmemente en la República, y desconfiaba de quienes la denostaban al tiempo que la utilizaban.

—No querrás que pase como en Alemania —terció Amelia.

—¡Calla, niña! Qué tendrá que ver ese Hitler con nuestra derecha. No te dejes engatusar por la propaganda de las izquierdas, que no traerán nada bueno para España —se quejaba doña Teresa.

Amelia y Santiago se quedaron en la sala de estar, mientras doña Teresa y Antonietta se excusaban aduciendo un quehacer imaginario. La señora no tenía ganas de discutir con Santiago, y a esas alturas ya había aceptado que los jóvenes se vieran sin acompañantes.

—¿Qué va a pasar, Santiago? —preguntó con inquietud Amelia nada más quedar a solas con su novio.

—No lo sé, pero algo gordo se prepara.

—¿Nos podremos casar?

—¡Claro! No seas boba, nada impedirá que nos casemos.

—Pero sólo faltan tres semanas para la boda.

—No te preocupes...

—Y papá aún no ha llegado...

—Su barco atracará dentro de unos días.

—Le echo tanto de menos... sobre todo ahora que está todo tan revuelto. Sin él me siento insegura.

—¡Amelia, no digas eso! ¡Me tienes a mí! ¡Jamás permitiría que te pasara nada!

—Tienes razón, perdona...

Los días siguientes los vivimos con angustia. No imaginábamos qué podía llegar a pasar.

El gobierno respondió a la convocatoria de huelga general decretando el estado de guerra, pero la huelga no fue un éxito, al menos no en todas partes. Aquella noche mi madre me dijo que los nacionalistas no la iban a secundar y los anarquistas tampoco.

Lo peor fue que en Cataluña el presidente de la Generalitat, Lluís Companys, proclamó el Estado catalán en la República Federal Española.

Amelia temía cada vez más por su boda, ya que los Carranza tenían negocios en Cataluña, y uno de los socios de don Manuel era catalán. Doña Teresa también estaba afectada; era medio catalana y tenía familiares en Barcelona.

—He hablado con la tía Montse y está muy asustada. Han detenido a mucha gente de entre sus conocidos, y ella misma ha visto desde el balcón cómo se combatía en las Ramblas. No sabe cuántos muertos ha habido, pero cree que muchos. Doy gracias a Dios de que mis padres no tengan que ver esto.

Los padres de doña Teresa habían muerto, y sólo le quedaba su hermana Montse y un buen número de tías, primos y demás familiares repartidos por toda Cataluña, además de en Madrid.

Amelia me pidió que llamara a mi hermano Aitor al País Vasco para intentar saber qué pasaba. Lo hice y ella, impaciente, me arrancó el teléfono de las manos.

Aitor nos explicó que su partido se había mantenido al margen de la huelga, y que donde realmente había prendido la llama de la revolución era en Asturias. Los mineros habían atacado los puestos de la Guardia Civil, y se habían hecho con el control del Principado.

Mientras, en Madrid, el gobierno encargó a los generales Goded y Franco que acabaran con la rebelión, y éstos aconsejaron que fueran las tropas de los Regulares de Marruecos la punta de lanza de la represión.

Fueron días de incertidumbre hasta que el gobierno sofocó la rebelión. Pero aquello era sólo un ensayo de lo que estaba por venir...

En aquellos días fue cuando Amelia conoció a Lola. Aquella muchacha sin duda la marcó para siempre.

Una tarde, a pesar de las protestas de doña Teresa, Amelia decidió salir a la calle. Quería ver con sus propios ojos los estragos de lo sucedido. La excusa fue la de visitar a su prima Laura, que llevaba varios días enferma.

Doña Teresa le ordenó que no saliera y mi madre le suplicó que se quedara en casa, e incluso Antonietta intentó convencerla de ello. Pero Amelia hizo un alegato sobre su deber de visitar a su prima favorita en un momento de enfermedad, y, desobedeciendo a su madre, salió a la calle seguida por mí. No es que yo fuera por voluntad propia, sino porque mi madre me ordenó que no la dejara sola.

Madrid parecía una ciudad en guerra. Se veían soldados por todas partes. Yo la seguí de mala gana hasta la casa de su prima, que era ésta, la misma donde ahora estamos, y que se encontraba a pocas manzanas de la de Amelia. Estábamos llegando cuando vimos a una muchacha correr como una desesperada. Pasó delante de nosotras como una exhalación y se metió en el portal de la casa a la que nos dirigíamos. Miramos hacia atrás pensando que alguien la perseguía, pero no vimos a nadie, aunque dos minutos después dos hombres aparecieron por la esquina gritando «¡Alto, alto!». Nos paramos asustadas, hasta que los hombres nos alcanzaron.

—¿Han visto pasar a una joven corriendo por aquí?

Yo iba a contestar que sí, que se acababa de meter en el portal, pero Amelia se adelantó.

—No, no hemos visto a nadie, nosotras vamos a visitar a una prima que está enferma —explicó.

—¿Seguro que no han visto a nadie por aquí metiéndose en algún portal?

—No, señor. Si hubiéramos visto a alguien, se lo diríamos —respondió Amelia con un tono de voz de señorita remilgada que yo no le había oído hasta ese momento.

Los dos hombres, policías seguramente, parecieron dudar, pero el aspecto de Amelia los disuadió. Era la viva imagen de la chica burguesa, de buena familia.

Continuaron corriendo, discutiendo entre ellos por haber perdido a la muchacha, mientras nosotras entrábamos en el portal de la casa donde vivía la señorita Laura.

No estaba el portero, y Amelia sonrió satisfecha. El hombre estaría en algún piso a requerimiento de algún vecino o haciendo cualquier mandado.

Con paso decidido, Amelia se dirigió hacia el fondo del portal y abrió una puerta que daba al patio. Yo la seguí asustada, pues imaginaba a quién estaba buscando. Y efectivamente, entre cubos de basura y herramientas se escondía la muchacha que huía de la policía.

—Ya se han ido, no te preocupes.

—Gracias, no sé por qué no me has denunciado, pero gracias.

—¿Debería haberlo hecho? ¿Eres una delincuente peligrosa? —dijo Amelia sonriendo, como si encontrara la situación divertida.

—No soy una delincuente; en cuanto a peligrosa... supongo que para ellos sí, puesto que lucho contra la injusticia.

A Amelia le interesó de inmediato aquella respuesta, y aunque yo tiraba de su brazo instándole a que subiéramos al piso de la señorita Laura, ella no me hizo caso.

—¿Eres una revolucionaria?

—Soy... sí, se podría decir que sí.

—¿Y qué haces?

—Coso en un taller.

—No, me refería a qué clase de revolucionaria eres.

La muchacha la miró con desconfianza. Se le notaba que dudaba de si debía responder o no, pero el caso es que lo hizo sincerándose con Amelia, al fin y al cabo una desconocida.

—Colaboro con algunos compañeros del comité de huelga, llevo mensajes de un lugar a otro.

—¡Qué valiente! Yo me llamo Amelia Garayoa, ¿y tú?

—Lola, Lola García.

—Edurne, ve a mirar con cuidado a la calle, y si ves algo sospechoso, ven a decírnoslo.

No me atreví a protestar y me dirigí hacia el portal temblando de miedo. Pensaba que si los policías me veían, podían sospechar y nos llevarían detenidas a las tres.

Me tranquilizó ver que aún no estaba el portero, y apenas asomé la cabeza para mirar a ambos lados del portal. No se veía a aquellos dos hombres.

—No hay nadie —les informé.

—No importa, creo que es mejor que Lola no salga todavía. Vendrá con nosotras a casa de mi prima. Te presentaré como una amiga de Edurne a la que hemos encontrado de camino. Os darán de merendar en la cocina mientras yo esté con mi prima, y para cuando nos vayamos, habrá pasado tiempo suficiente para que esos hombres hayan dejado de buscarte por aquí. Además, mi tío Armando es abogado y si la policía viniera a buscarte, supongo que sabría qué hacer.

Lola aceptó con alivio la propuesta de Amelia. No entendía la razón de por qué aquella chica burguesa la ayudaba, pero era la única opción que tenía y la aprovechó.

Laura estaba en la cama, aburrida, mientras su hermana Melita daba clases de piano, y su madre tenía una visita. En cuanto a su padre, don Armando, hermano del padre de Amelia, aún no había regresado del despacho.

Una doncella nos acompañó a Lola y a mí a la cocina, donde nos ofreció un vaso de leche con galletas, y Amelia se quedó junto a su prima comentándole su última aventura.

Dos horas estuvimos en casa de don Armando y doña Elena, visitando a Laura; dos horas que a mí se me antojaron eternas porque imaginaba que de un momento a otro la policía llamaría a la puerta buscando a Lola.

Cuando por fin Amelia decidió regresar a casa llegó don Armando, quien, preocupado porque pudiéramos andar solas por la calle con la situación caótica que había en Madrid, se ofreció a acompañarnos. No había más de cuatro manzanas entre una casa y otra, pero aun así don Armando insistió en escoltar a su sobrina. El buen hombre no se extrañó cuando Amelia le informó de que venía con nosotras Lola, a la que presentó como una buena amiga de Edurne. Yo bajé los ojos para que don Armando no viera mi nerviosismo.

—Tu padre se enfadaría conmigo si te dejara ir sola con este caos. Lo que no entiendo es cómo te han permitido salir. No están las cosas para ir por la calle alegremente, Amelia; no sé si sabes que en Asturias se ha desatado una auténtica revolución, y aquí, aunque ha fracasado la huelga, la izquierda no se resigna a dejar las cosas como estaban, hay mucho exaltado…

Amelia observaba de reojo a Lola, pero ésta permanecía con el gesto impasible, mirando hacia abajo como yo.

Cuando llegamos a casa, doña Teresa agradeció sinceramente a su cuñado que nos hubiera acompañado.

—No puedo con esta niña, y desde que se va a casar parece que se ha vuelto más insensata. Estoy deseando que regrese su padre. Juan es el único que puede con ella.

Cuando don Armando se fue, doña Teresa se interesó por Lola.

—Edurne, no sabía que tenías amigas en Madrid —dijo doña Teresa mirándome con curiosidad.

—Se conocen de encontrarse cuando Edurne sale a hacer algún recado —respondió con rapidez Amelia, y menos mal que lo hizo porque yo habría sido incapaz de mentir con tanto desparpajo.

—Bueno, pues si a esta joven no se le ofrece nada, creo que deberíamos ir a cenar, tu hermana Antonietta nos está esperando —concluyó doña Teresa.

—No, si yo tengo que irme, ya voy con mucho retraso. Muchas gracias, señorita Amelia, doña Teresa... Edurne, nos vemos pronto, ¿vale?

Asentí con la cabeza deseando que se marchara y que nunca más volviéramos a verla, pero mis deseos no iban a cumplirse, porque Lola García se cruzaría de nuevo en el camino de Amelia y en el mío.

2

Por si fueran pocas las emociones de la jornada anterior, la mañana siguiente también nos deparó sorpresas.

Santiago había quedado en pasar a ver a Amelia, pero no vino en todo el día.

Amelia estaba primero preocupada y luego furiosa, y pidió a su madre que llamara a casa de los padres de Santiago con la excusa de hablar con la madre de su novio sobre algún pormenor de la boda.

Doña Teresa se resistía, pero al final cedió en vista de que Amelia amenazaba con presentarse ella misma en casa de Santiago.

Aquella tarde Amelia conoció un aspecto de la personalidad de su futuro marido que no podía ni imaginar.

La madre de Santiago informó a la madre de Amelia que su hijo no estaba, que no había acudido a almorzar ni había telefoneado, y no sabía si aparecería a la hora de la cena. A doña Teresa le sorprendió que la madre de Santiago no se mostrara alarmada, pero ésta le explicó que su hijo tenía por costumbre desaparecer sin decir adónde iba.

—No es que vaya a ningún lugar que no deba, todo lo contrario, siempre es por trabajo; ya sabe que mi marido le ha encargado que se haga cargo de las compras para la empresa, y es Santiago quien viaja a Francia, Alemania, Barcelona… en fin, donde tenga que ir. Santiago siempre se va sin decirnos nada; al principio me asustaba, pero ahora sé que no le pasa nada —explicaba doña Blanca.

—Pero usted se dará cuenta de que se va porque saldrá de casa con maleta —respondió un tanto escandalizada doña Teresa.

—Es que mi hijo nunca lleva maleta.

—Pero ¿cómo? Esos viajes tan largos... de tantos días... —exclamó doña Teresa.

—Santiago dice que él lleva el equipaje en la cartera.

—¿Cómo dice?

—Sí, que él se sube al tren y cuando llega a su destino compra lo que necesita; siempre lo ha hecho así. Ya le digo que al principio me preocupaba, e incluso su padre le reconvenía, pero nos hemos acostumbrado. Tranquilice a Amelia, Santiago llegará a tiempo para la boda. ¡Está tan enamorado!

Doña Teresa, sin disimular su extrañeza por el comportamiento de Santiago, dio cuenta a su hija de la conversación con doña Blanca. Pero lejos de tranquilizarse, Amelia se puso más nerviosa.

—¡Menuda excusa tan tonta! ¿Cómo nos vamos a creer que se va de viaje sin maleta y sin decírselo a sus padres? ¿Y a mí? ¿Por qué no me lo ha dicho a mí? ¡Soy su novia! Mamá, yo creo que Santiago se ha arrepentido... que ya no se quiere casar conmigo. ¡Ay, Dios mío! ¡Qué vamos a hacer!

Amelia comenzó a llorar, y ni doña Teresa ni Antonietta parecían capaces de consolarla. Yo las observaba escondida tras la puerta de la sala, hasta que mi madre me encontró y me envió a la cocina.

Aquella noche Amelia no durmió, al menos tuvo la luz encendida hasta bien entrada la madrugada. Al día siguiente me despertó a las siete; quería que me vistiera deprisa para que me llegara a casa de los Carranza a entregar una carta. Había estado escribiéndola durante la noche.

—Cuando Santiago regrese de su viaje, si es que de verdad se encuentra de viaje y no me están engañando, sabrá que a mí no se me hacen estas cosas. Y si es su intención dejarme, prefiero ser yo la que dé el primer paso, me daría mucha vergüenza que nuestras amistades supieran que me ha dejado plantada. Vete enseguida antes de que se despierte mi madre. Se va a llevar un disgusto cuando le diga que he mandado una carta a Santiago anunciándole la ruptura de nuestro compromiso, pero no puedo permitir que me humillen.

Me levanté con premura, y apenas me dio tiempo para asearme y salir ante la insistencia de Amelia. Cuando llegué a casa de los Carranza el portal estaba cerrado, y tuve que esperar a que el portero lo abriera a las ocho de la mañana. Se extrañó de que quisiera subir a esas horas a casa de los Carranza, pero como iba con mi uniforme de doncella, me dejó subir.

Otra doncella tan somnolienta como lo estaba yo me abrió la puerta. Le di el sobre y le dije que se lo entregara a Santiago, pero me respondió que el señorito Santiago se había marchado de viaje, que don Manuel estaba desayunando y doña Blanca aún se encontraba descansando.

Cuando regresé a casa, Amelia me esperaba con un nuevo encargo: debía regresar a casa de los Carranza a entregar un sobre con las cartas de Santiago, esas cartas que se intercambian los enamorados, además del anillo de compromiso. El anillo me ordenó que se lo entregara a doña Blanca en persona.

Yo empecé a temblar pensando en qué diría doña Teresa cuando se enterara, y antes de salir de casa fui en busca de mi madre para explicarle lo que estaba pasando. Mi madre, con buen criterio, me dijo que esperara hasta que ella hablara con doña Teresa y la propia Amelia. Como doña Teresa aún no había salido de su habitación mi madre fue en busca de Amelia.

—Sé que no soy nadie para decirte nada, pero ¿no crees que deberías pensar un poco más lo que estás a punto de hacer? Imagínate que Santiago tiene una explicación a lo sucedido y tú rompiendo el compromiso sin escucharlo... Creo que no debes precipitarte...

—Pero, Amaya, ¡tú deberías estar de mi parte!

—Y lo estoy, ¿cómo podría ser de otra manera? Pero no creo que Santiago quiera romper su compromiso contigo, tiene que haber una explicación aparte de la que os ha dado su madre. Espera a que regrese, espera a escucharlo...

—¡Es imperdonable lo que me ha hecho! ¿Cómo puedo confiar en él? No, no y no. Quiero que tu hija Edurne vaya a devolverle sus cartas y su anillo y que quede claro que se ha terminado todo entre nosotros. Y esta tarde iré a merendar a casa de mi amiga Victoria, allí me encontraré con otras amigas y seré yo quien anuncie que he decidido romper mi compromiso con Santiago porque no estoy segura de mis sentimientos hacia él. No voy a consentir que sea él quien rompa y me humille...

—Amelia, por favor, ¡piénsatelo! Habla con tu madre, ella sabrá aconsejarte mejor que yo...

—¿Qué sucede? —Doña Teresa entró en el cuarto de Amelia alertada por el timbre de voz histérico de su hija.

—¡Mamá, voy a romper con Santiago!

—¡Hija, qué cosas dices!

—Doña Teresa, yo... perdone que haya venido a hablar con Amelia de este asunto familiar, pero como ha mandado a mi Edurne a entregar a los señores de Carranza el anillo de compromiso...

—¡El anillo! Pero, Amelia, ¿qué vas a hacer? Hija, cálmate, no hagas nada de lo que te puedas arrepentir.

—Eso le decía yo —intervino mi madre.

—¡Que no! Yo rompo con Santiago, él lo ha querido así. No voy a permitir que me deje en ridículo.

—¡Por Dios, Amelia, al menos espera a que regrese tu padre!

—No, porque cuando llegue papá, yo ya me habré convertido en el hazmerreír de todo Madrid. Esta tarde iré a merendar a casa de mi amiga Victoria, y allí anunciaré a todas mis amigas que he roto con Santiago. Y tú, Amaya, dile a Edurne que vaya de inmediato a casa de los Carranza, y si no la dejáis ir, iré yo.

También Antonietta entró en la habitación de su hermana alertada por las voces y se unió a las súplicas de su madre y la mía para que reconsiderara su decisión. Fue a Antonietta a quien se le ocurrió una solución: doña Teresa volvería a telefonear a doña Blanca para contarle el disgusto de Amelia y su decisión de romper con Santiago si éste no aparecía de inmediato para darle una explicación.

Con más nervios que ganas, doña Teresa telefoneó a doña Blanca. Ésta prometió que llamaría enseguida a su marido para que intentara encontrar a su hijo dondequiera que estuviese, que ella, juró, no lo sabía; pero hasta entonces solicitaba de Amelia un poco de paciencia y sobre todo de confianza en Santiago.

Amelia aceptó a regañadientes, pero aun así esa tarde fue a merendar a casa de su amiga Victoria junto a otras jóvenes de su edad. Allí, entre risas y confidencias, dejó caer que no estaba segura de no haberse precipitado comprometiéndose tan rápidamente con Santiago, y expresó sus dudas respecto a si debía o no casarse. Ella y sus amigas dedicaron la tarde a analizar los pros y los contras del matrimonio. Cuando salió de casa de Victoria, Amelia se sentía satisfecha: si Santiago la dejaba, siempre podría decir que había sido ella la que realmente quería romper con él.

Poco podíamos imaginar que aquella tormenta en un vaso de agua terminaría algún día convirtiéndose en una auténtica tempestad que arrasaría a cuantos encontró a su paso. Porque cuando dos días más tarde Santiago, que se encontraba en Amberes, llamó a su padre para comentarle algunos pormenores del viaje de negocios, éste le urgió para que regresara rápidamente a Madrid, ya que Amelia se había tomado a mal su desaparición y amenazaba con romper el compromiso. Santiago regresó de inmediato. Aún recuerdo lo furioso que estaba cuando acudió a casa de Amelia.

Ella lo recibió en el salón flanqueda por su madre y su hermana.

—Amelia... siento el disgusto que te he causado, pero no podía imaginar que mi ausencia por cuestiones de trabajo te llevara a querer romper nuestro compromiso.

—Sí, estoy disgustada. Me parece una falta de consideración que te fueras sin decirme nada. Tu madre nos ha explicado que es habitual que lo hagas, pero comprenderás que ese comportamiento es extraño y más en vísperas de una boda. No quiero que te sientas obligado por la palabra dada, de manera que te libero de tu compromiso para conmigo.

Santiago la miró de arriba abajo, incómodo. Amelia había recitado aquella parrafada que llevaba ensayando desde que Santiago telefoneara para anunciar su visita. La presencia de doña Teresa y Antonietta, nerviosas ambas, tampoco ayudaba a que Amelia y Santiago se sinceraran.

—Si es tu deseo romper nuestro compromiso, no tengo más remedio que aceptarlo, pero pongo a Dios por testigo que mis sentimientos hacia ti permanecen inalterables, y que nada desearía más que... que me perdonaras, si es que en algo te he ofendido.

Doña Teresa suspiró aliviada y Antonietta dejó escapar una risa nerviosa. Amelia no sabía qué hacer; por una parte, quería continuar interpretando el papel de dama ofendida, al que había cogido gusto, y por otra, estaba deseando zanjar el incidente y casarse con Santiago. Fue Antonietta la que permitió que los dos novios se arreglaran.

—Creo que deberían hablar solos, ¿no te parece, mamá?

—Sí... sí... En fin, hijo, si continúas dispuesto a casarte con

Amelia, por nuestra parte sólo decirte que te damos nuestra bendición...

Cuando se quedaron solos estuvieron unos minutos en silencio, mirándose de reojo, sin saber qué decirse; luego Amelia rompió a reír, lo cual desconcertó a Santiago. Dos minutos más tarde charlaban como si nada hubiese pasado.

Las familias de ambos respiraron tranquilas. Temían lo peor: un escándalo a pocas semanas de la boda, cuando ya se habían leído las amonestaciones y empezado a recibir los primeros regalos en casa de los Garayoa, y el convite, que se celebraría en el Ritz, había sido reservado y pagado a partes iguales por las dos familias.

Con la excusa del regreso de don Juan procedente de América, las dos familias se reunieron a cenar en casa de los Garayoa; así pudieron comprobar que Amelia y Santiago parecían tan enamorados como antes del incidente. Más, si cabe.

Don Juan estaba vivamente impresionado por lo que había visto en América. Admiraba los esfuerzos de sus gentes para salir de la Depresión y comparaba la sociedad norteamericana con la española. En aquella cena hablaron mucho de política, a pesar de que doña Teresa tenía prohibido hacerlo en la mesa.

—Los norteamericanos tienen muy claro lo que quieren y en qué dirección deben marchar todos juntos para superar la crisis, y están saliendo de ella, el crack del veintinueve pronto parecerá un mal sueño.

—Mi querido amigo, aquí dedicamos mucho tiempo a fastidiarnos los unos a los otros, el bienio social-azañista es un ejemplo —respondió don Manuel.

—No entiendo su desconfianza hacia don Manuel Azaña —replicó don Juan—. Es un político que sabe hacia dónde debemos ir, que defiende que el Estado ha de ser fuerte para poder hacer las reformas democráticas que necesitamos.

—Pues ya ve usted adónde nos ha conducido su política. A mí no me convencerá de que fue un acierto que en el treinta y dos se le diera la autonomía a Cataluña, y claro, los vascos, esa gente del PNV, andan en lo mismo. Menos mal que ahora, tras los intentos de revolución de octubre, la autonomía catalana ha quedado suspendida.

—Papá, hay que tener respeto por los sentimientos de la gente, y en Cataluña poseen un sentimiento de identidad nacional muy fuerte. Lo mejor es, como siempre ha intentado Azaña, encauzar ese sentimiento. Don Manuel Azaña ha defendido siempre una España unida, pero hay que buscar la manera de que todos nos sintamos cómodos en ella.

Santiago intentaba mostrarse conciliador para impedir que su padre terminara enfadándose a cuenta de la política.

—¿Todos? ¿Quiénes somos todos? —preguntó irritado don Manuel—. España es una unidad cultural y sobre todo histórica, pero con esto de las autonomías dejará de serlo, y si no al tiempo.

Doña Teresa y doña Blanca intentaban introducir otros temas para que sus maridos no siguieran hablando de política.

—Creo que van a hacer una nueva representación de *Bodas de sangre* en Madrid —intervino con voz melosa doña Blanca—. García Lorca es muy atrevido pero un gran dramaturgo.

Sin embargo, ambas mujeres fracasaron en el intento de desviar la conversación. Ni don Juan ni don Manuel estaban dispuestos a dejar de discutir de lo que les preocupaba.

—Pero usted estará conmigo que el triunfo de la derecha en el treinta y tres no ha traído ningún sosiego a España. Están deshaciendo todo lo que hicieron los gobiernos anteriores —terciaba don Juan.

—No me dirá que a usted le parecía bien que se pudiera expropiar las tierras a cualquiera por el hecho de ser noble…

—A cualquiera, no. Usted sabe que lo que trató el gobierno de 1931 fue de acabar con la España feudal —replicaba don Juan.

—¿Y qué me dice de la reforma militar de su admirado Azaña? Si se descuida nos deja sin Ejército. Retiró a más de seis mil quinientos oficiales, y mucho hablar de modernizar el Ejército al tiempo que reducía el gasto en Defensa —contestaba don Manuel.

—También hicieron cosas positivas, por ejemplo, la reforma religiosa y educativa... —intervino Santiago.

—¡Pero qué dices, Santiago! ¡Dios mío, hijo, si no te conociera creería que eres uno de esos socialistas revolucionarios!

—Papá, no se trata de ser revolucionario, sino de mirar a nuestro alrededor. Cuando viajo por Europa me da pena ver lo atrasados que estamos...

—Y por eso se meten con los pobres curas y monjas que prestan un apoyo desinteresado a la sociedad. Tú, hijo, que presumes de demócrata, ¿me vas a decir que es democrático prohibir la enseñanza a las órdenes religiosas? ¿Y expulsar a un cardenal de España porque no gusta lo que dice...? ¿Eso es democracia?

—Papá, el cardenal Segura es un hombre de cuidado, creo que todos nos sentimos más tranquilos desde que no está en España.

—Sí, sí, todos esos excesos izquierdistas son los que han hecho que ganen las derechas tan denostadas por vosotros —respondió enfadado don Manuel.

—Y creo que hay motivos para preocuparse por lo que está pasando con las derechas no sólo en España. Fíjate en Alemania, ese Hitler es un demente. No me extraña que las gentes de izquierdas estén preocupadas —replicó don Juan—. Yo mismo soy una víctima indirecta del fanatismo de Hitler. Su política antijudía le ha llevado a suprimir los derechos legales y civiles a los judíos, y a hacer imposible sus actividades económicas. Yo soy una víctima de esa política puesto que mi socio herr Itzhak Wassermann es judío. Nos hemos quedado sin negocio. ¿Saben que nos han roto los cristales del almacén en más de cuatro ocasiones?

—Lo que pretende Hitler es expulsar a los judíos de Alemania —sentenció Santiago.

—Sí, pero los judíos alemanes son tan alemanes como el que más, no podrán privarles de lo que son —intervino doña Teresa.

—No seas ingenua, mujer. Hitler es capaz de todo —indicaba don Juan—. Y el pobre Helmut, nuestro empleado, tiene que andarse con cuidado por el solo hecho de haber trabajado con un judío.

—Sí, es terrible lo que está pasando allí, pero nada tiene que ver lo que sucede aquí con lo de Alemania, mi querido amigo. Yo siento lo que le ha sucedido, pero no compare, no compare... Por lo que nos debemos preocupar es por las amenazas de algunos socialistas que hablan de acabar con la democracia burguesa. Incluso hombres moderados como Prieto han llegado a hablar de revolución.

—Bueno, eso es una manera de intentar frenar a la derecha en sus planes más controvertidos. No pueden deshacer todo lo hecho anteriormente. Prieto les está dando un aviso para que se lo piensen más antes de actuar —argumentó Santiago.

—¡Hijo, no te das cuenta de que lo que ha pasado en Asturias ha sido un conato de revolución que como se extienda por el resto de España va a suponer una catástrofe!

—El problema que tenemos —replicó Santiago— es que tanto las derechas como las izquierdas están maltratando a la República. Ni los unos ni los otros terminan de creer en ella, ni de encontrar su acomodo.

Santiago tenía una visión diferente de la política. Quizá porque viajaba mucho fuera de España. No estaba con las derechas, y aunque simpatizaba con las izquierdas, tampoco les escatimaba críticas. Era azañista, sentía una gran admiración por don Manuel Azaña.

La boda se celebró el 18 de diciembre. Hacía mucho frío y llovía, pero Amelia estaba radiante con su traje blanco de tafetán y seda.

A las cinco en punto de la tarde, en la iglesia de San Ginés, Amelia y Santiago se casaron. La suya fue una de esas bodas de las que se hicieron eco las páginas de sociedad de los periódicos madrileños, y a la que acudió gente de muchos lugares, ya que tanto don Manuel Carranza como don Juan Garayoa tenían, por sus negocios respectivos, socios y compromisos en muchas otras capitales de España.

Doña Teresa estaba más nerviosa que Amelia, y tanto como ella estaban Melita y Laura, que hacían, junto a Antonietta, de damas de honor.

La ceremonia la concelebraron tres sacerdotes amigos de la familia. Y más tarde, durante el convite en el Ritz, Amelia y Santiago abrieron el baile.

Fue una boda preciosa, sí... Amelia siempre dijo que había sido la boda soñada, que no habría podido imaginársela de manera diferente.

Cuando al filo de la medianoche se despidieron de los invitados, Amelia se abrazó a Laura llorando, las dos como siempre tan unidas. Aquella noche sabían que su vida cambiaría, que al menos Amelia dejaba atrás ser la muchacha a la que se le permitían todas las travesuras, para pasar a convertirse en una mujer.»

Edurne se quedó en silencio. Llevaba mucho tiempo hablando, y yo ni me había movido fascinado como estaba por el relato.

Comenzaba a ver el reflejo de lo que había sido mi bisabuela y debo reconocer que había en ella algo que me intrigaba. Quizá fuera la manera en que Edurne la había descrito, o simplemente que había sabido despertar mi curiosidad.

La antigua doncella de mi bisabuela parecía exhausta. Sugerí que pidiéramos un vaso de agua, pero ella rechazó con la cabeza. Estaba allí, hablando conmigo, porque las señoras Garayoa se lo habían ordenado, ella conservaba un vínculo con ellas en el que cada cual tenía su papel establecido: ellas mandaban y Edurne obedecía. Así había sido en el pasado, y así continuaba siendo en este presente en el que ninguna de ellas podía aspirar a tener futuro.

—¿Y luego qué pasó? —pregunté dispuesto a no dejarla que interrumpiera el relato.

—Se marcharon a París de viaje de novios. Fueron en tren. Amelia llevaba tres maletas. También cruzaron el Canal, para ir a Londres. Creo que la travesía fue terrible y ella se mareó. No regresaron hasta finales del mes de enero. Santiago aprovechó el viaje para ver a alguno de sus socios.

—¿Y después? —insistí porque no quería imaginar que la historia se acabara así.

—Cuando volvieron del viaje de novios se instalaron en una casa propia, regalo de boda de don Manuel a su hijo. La casa estaba cerca de aquí, al principio de la calle Serrano. Don Juan y doña Teresa se habían encargado de amueblar la casa, y tener a punto todos los detalles para cuando los novios regresaran de París. Yo me fui a servir a casa de Amelia. No crea que no me costó separarme de mi madre, pero Amelia había insistido en que me fuera con ella. No me trataba como a una sirvienta, sino como a una amiga; supongo que los meses pasados en el caserío habían consolidado entre nosotras una relación especial. A Santiago le sorprendía la familiaridad que había entre nosotras, y de la que él mismo terminó participando. ¿Sabe? Él era una gran persona... Amelia le pidió que le permitiera terminar Magisterio, y él aceptó gustoso; la conocía y sabía que difícilmente podía reducirla al papel de ama de casa. En cuanto a mí, ella se empeñó en que estudiara, en que tuviera ambiciones. Ya ve usted cómo era. Pero, además, a Amelia le influía mucho Lola García, y ésta la convenció para que me enviara a recibir instrucción en un local que tenían los de las Juventudes Socialistas de España. Allí enseñaban de todo: a leer y a escribir a máquina, a bailar, a coser...

—¿Lola García? ¿La que huía de la policía?

—Sí, la misma. Fue una persona clave en la vida de Amelia... y en la mía.

Edurne estaba muy fatigada, pero yo no quería que dejara de hablar. Intuía que lo más interesante era lo que iba a contarme a continuación. De manera que le insistí para que bebiera agua.

—Perdone la pregunta, pero ¿cuántos años tiene usted, Edurne?

—Dos menos que Amelia, noventa y tres.

—O sea que mi bisabuela tendría ahora noventa y cinco años...

—Sí, así es. ¿Quiere que continúe?

Asentí agradecido mientras pensaba qué sucedería si encendía un cigarrillo. Pero temí que de un momento a otro apareciera el ama de llaves o la sobrina de las ancianas, y decidí no tentar a la suerte.

«Apenas había regresado de la luna de miel en París, cuando Amelia se encontró a Lola García. Fue por casualidad. Lola iba tres tardes a la semana a hacer la colada, coser y planchar a casa de unos marqueses que vivían en el barrio de Salamanca, muy cerca del domicilio de su tío don Armando. Una tarde en que Amelia salía de merendar con Melita y Laura, tropezó con Lola. Amelia se llevó una gran alegría, y por más que Lola se resistió, al final aceptó acompañar a Amelia hasta su nueva vivienda de recién casada.

Amelia trató a Lola como si fueran amigas de toda la vida, interesándose por sus cosas, sobre todo por sus avatares políticos. Lola respondía a sus preguntas con desconfianza; no terminaba de comprender a aquella chica burguesa que vivía en una lujosa casa del barrio de Salamanca y que sin embargo le preguntaba con avidez sobre las demandas de los obreros y las causas del descontento social.

Les serví café en el salón, y Amelia me invitó a sentarme con ellas. Yo estaba igual de incómoda que Lola, pero Amelia no parecía darse cuenta.

Lola le explicó que iba a recibir instrucción en una Casa del Pueblo, que allí le habían enseñado a leer y a escribir, que le hablaban de historia, de teatro, e incluso aprendía a bailar. Amelia parecía entusiasmada, y preguntó si me admitirían a mí o debía afiliarme a las Juventudes Socialistas. Lola dudó, y se comprometió a preguntar.

—Supongo que la admitirán. Al fin y al cabo, Edurne es una trabajadora... aunque ¿no te gustaría afiliarte?

—Yo... bueno, nunca me ha interesado mucho la política, no soy como mi hermano —respondí.

—¿Tienes un hermano? ¿En qué partido milita? —quiso saber Lola.

—En el PNV, y además trabaja en una sede del partido...

—O sea que colabora con los burgueses nacionalistas.

—Bueno, tiene un trabajo y además cree que los vascos somos diferentes —expliqué azorada.

—¿Ah, sí? ¿Diferentes? ¿Por qué? Todos deberíamos ser iguales, tener los mismos derechos, no importa de dónde seamos. No, no sois diferentes, tú eres una obrera como yo. ¿En qué te diferencias de mí? ¿En que has nacido en un caserío y yo en Madrid? Nadie nos va a regalar nada, seremos lo que seamos capaces de hacer por nosotras mismas.

Lola era una socialista ferviente y hablaba de derechos e igualdades con una pasión que logró contagiar a Amelia. Iba a recibir instrucción en aquella Casa del Pueblo a la que me llevaría Lola. Aquella misma tarde se decidió tanto mi destino como, sobre todo, el de Amelia.

3

Las visitas de Lola a casa de Amelia se hicieron frecuentes. Hasta que un día Amelia pidió a Lola que la llevara a alguna reunión política del PSOE o de la UGT.

—Pero ¿qué vas a hacer tú en una reunión nuestra? Lo que queremos es acabar con el orden burgués y tú... bueno, tú eres una burguesa, tu marido es empresario, y tu padre también... Te he cogido afecto porque eres buena persona; pero, Amelia, tú no eres de los nuestros.

Amelia se sintió herida por las palabras de Lola. No entendía que la rechazara de esa manera, que no la considerara una de los suyos. Yo no supe qué decir, hacía ya dos meses que asistía a las clases de la Casa del Pueblo y me sentía satisfecha de mis progresos. Me estaban enseñando a escribir a máquina, y temía que si Amelia se enfadaba con Lola, tuviera que dejar de ir.

Pero Amelia no se enfadó, simplemente le preguntó qué tenía que hacer para convertirse en socialista, para que la aceptaran quienes menos tenían y más sufrían. Lola le prometió que hablaría con sus jefes y que le daría una respuesta.

Santiago sabía de la amistad de Amelia con Lola y nunca puso reparos, pero discutieron cuando Amelia le anunció que si la aceptaban se haría socialista.

—Nunca te van a considerar una de ellos, no te engañes —le argumentaba Santiago—. Yo no comparto las injusticias, y ya sabes lo que me parecen los gobiernos radical-cedistas. Estas derechas que tenemos no están a la altura de las circunstancias, pero no me parece que la solución sea la revolución. Si quieres, te llevo un día a una reunión de Izquierda Republicana; son quienes mejor nos representan, Amelia, no Largo Caballero ni Prieto. Piénsalo, no quiero que te utilicen y menos que te hagan daño.

En aquel año de 1935, las derechas habían lanzado una campaña de desprestigio contra don Manuel Azaña. Santiago decía que era porque le temían, porque sabían que era el único político español capaz de encontrar una salida a aquella situación de bloqueo en que se encontraba la República.

Amelia no llegó a solicitar que la aceptaran en el PSOE, pero ayudaba a Lola cuanto podía, y sobre todo compartía con ella la opinión de que aquellas continuas crisis ministeriales y de jefes de gobierno eran la demostración palpable de que ni los radicales de Lerroux ni la CEDA de Gil-Robles tenían la solución para los problemas de España.

Lola pertenecía a la facción más revolucionaria del PSOE, a la de Largo Caballero, y era una apasionada admiradora de la Revolución soviética. Por fin un día accedió a los ruegos de Amelia y la llevó a un mitin en que participaban algunos destacados dirigentes socialistas.

Amelia regresó a casa emocionada a la vez que asustada. Aquellos hombres tenían una fuerza magnética, hablaban al corazón de quienes nada tenían, pero al mismo tiempo ofrecían alternativas que podían desembocar en una revolución. De manera que Amelia experimentaba hacia los socialistas un sentimiento contradictorio.

Santiago, preocupado por la influencia que Lola ejercía en Amelia, empezó a llevarla a algún mitin de Manuel Azaña. Y Amelia se debatía entre la admiración profunda y el desconcierto que sentía por políticos tan distintos, tan distantes, pero igualmente convencidos de la bondad de sus ideas.

Amelia se codeaba por igual con socialistas obreros amigos de Lola que con jóvenes comunistas, o azañistas convencidos como lo eran la mayoría de los amigos de Santiago. Empezó a vivir en dos mundos: el suyo, el que le correspondía por nacimiento y matrimonio, que era el de una chica burguesa, y el de Lola, el de una costurera que quería acabar con el régimen burgués establecido y, en definitiva, con los privilegios de los que disfrutaba Amelia.

Yo solía acompañarla a las reuniones políticas a las que le llevaba Lola, pero no siempre, porque Amelia no quería que dejara de seguir instruyéndome en la Casa del Pueblo.

A principios de marzo, Amelia empezó a sentirse indispuesta. Vómitos y mareos fueron el anuncio de su embarazo. Santiago estaba feliz, iba a tener un hijo, y además pensó que el embarazo serviría para que su mujer aplacara sus ansias políticas, pero en esto se equivocó. El embarazo no le impidió a Amelia seguir acompañando a Lola a algunas reuniones, pese a las protestas de su marido, y de sus padres, porque don Juan y doña Teresa rogaron a su hija que al menos durante el embarazo dejara la política. Pero fue inútil, ni siquiera Laura consiguió hacerla entrar en razón, y eso que su prima siempre fue la persona con mayor ascendente sobre Amelia.

Y, de nuevo, un día volvió a pasar. Santiago desapareció. Creo que era el mes de abril de 1935. Amelia había salido a sus clases de la mañana y por la tarde había ido a casa de sus primas, a las que seguía viendo con frecuencia. Laura seguía siendo su mejor amiga. Le apasionaba la política como a Amelia, pero sus ideas, al igual que las de su padre, estaban del lado azañista.

Cuando Amelia regresó aquella noche, esperó a Santiago para cenar, pero a las once no había regresado, y en la oficina no respondía nadie. Amelia estaba preocupada. En aquellos días no eran infrecuentes los disturbios en Madrid, y sobre todo los ajustes de cuentas entre partidos, de manera que había elementos de la extrema derecha que buscaban la confrontación con las gentes de la izquierda, que a su vez respondían a los ataques.

Aguardamos toda la noche, y a la mañana siguiente Amelia telefoneó al padre de Santiago.

Don Manuel le dijo que no sabía dónde se encontraba su hijo, pero que podría ser que estuviera de viaje, ya que hacía días que tenía previsto ir a Londres a visitar a un proveedor.

Amelia tuvo un ataque de ira. Echada sobre la cama, gritaba y lloraba jurando que no le iba a perdonar a su marido semejante afrenta. Luego pareció calmarse, preguntándose si no habría sufrido un accidente y ella le estaba juzgando erróneamente. Tuvimos que llamar a doña Teresa, que acudió de inmediato con Antonietta para hacerse cargo de la situación. Laura, sabedora de la reacción de su prima, también acudió al conocer la noticia.

Dos semanas tardó Santiago en regresar, y en aquellas dos semanas Amelia cambió para siempre. Aún recuerdo una conversación que tuvo con su madre, su hermana Antonietta y sus primas Laura y Melita.

—Si ha sido capaz de abandonarme embarazada ¿de qué no será capaz? No puedo confiar en él.

—Vamos, hija, no digas eso, ya sabes cómo es Santiago; doña Blanca te lo ha explicado, ella como madre sufría cuando su hijo desaparecía, pero son cosas de él, no lo hace por fastidiar.

—No, no lo hace por fastidiar, pero debería darse cuenta del daño que hace. Amelia está embarazada y darle este disgusto... —comentaba su prima Laura.

—Pero Santiago la quiere —insistió Antonietta, que sentía veneración por su cuñado.

—¡Pues vaya manera de demostrarlo! ¡Casi me mata del disgusto! —respondió Amelia.

—Vamos, prima, no exageres —apuntó Melita—. Los hombres no tienen nuestra sensibilidad.

—Pero eso no es excusa para que hagan lo que les venga en gana —dijo Laura.

—A los hombres hay que aguantarles muchas cosas —explicó conciliadora doña Teresa.

—Dudo que papá te haya hecho nunca lo que Santiago a mí. No, mamá, no, no se lo voy a perdonar. ¿Quién ha dicho que ellos tienen derecho a hacer lo que les venga en gana con nosotras? ¡No se lo voy a consentir!

A partir de entonces Amelia redobló su interés por la política, o mejor dicho, por el socialismo. Nunca más volvió a ninguna reunión ni mitin del partido de Azaña, y pese a las súplicas de Santiago, que temía por su embarazo, Amelia se convirtió en una colaboradora desinteresada de Lola en todas las actividades políticas de ésta, aunque descubrió que su amiga no le respondía con la misma confianza.

Una tarde de mayo acompañé a Amelia y a su madre al médico. Cuando salimos de la consulta, doña Teresa nos invitó a merendar en Viena Capellanes, la mejor pastelería de Madrid. Íbamos a celebrar que el médico había asegurado que el embarazo de Amelia transcurría con normalidad. Estábamos a punto de entrar en la pastelería cuando, en la acera de enfrente, vimos a Lola. Caminaba deprisa y llevaba de la mano a un niño de unos diez o doce años. Parecía que le iba regañando porque el niño la escuchaba cariacontecido. Amelia se soltó del brazo de su madre dispuesta a pedir a Lola que se uniera a nosotras.

Lola no ocultó su incomodidad al vernos. Pero la sorpresa nos la llevamos nosotras cuando oímos al niño decir: «Mamá, ¿quiénes son estas señoras?».

Lola nos presentó a su hijo con desgana.

—Se llama Pablo, por Pablo Iglesias, ya sabes, el fundador del PSOE.

—No sabía que tenías un hijo —respondió Amelia, dolida porque su amiga tuviera secretos con ella.

—¿Y para qué te lo iba a decir? —respondió malhumorada Lola.

—Bueno, me hubiera gustado conocerle antes. ¿Queréis merendar con nosotras en Viena? —propuso Amelia.

Pablo respondió de inmediato que sí, que nunca había entrado en una pastelería tan elegante, pero Lola parecía dudar. Doña Teresa estaba incómoda con la situación y yo preocupada por las consecuencias que pudiera tener el descubrimiento del hijo de Lola, quien finalmente aceptó viendo que era una oportunidad de que su hijo merendara en un lugar de tanto renombre.

—No sabía que estabas casada... —dijo doña Teresa por iniciar una conversación.

—No lo estoy —respondió Lola ante la mirada atónita de doña Teresa.

—¿No tienes marido? ¿Y entonces...? —quiso saber Amelia.

—No hace falta un marido para tener hijos, y yo no me he querido casar. Pablo llegó sin buscarlo, pero aquí está.

—Pero tendrá un padre... —insistió Amelia.

—¡Claro que tengo padre —dijo Pablo fastidiado— y se llama Josep! Soy medio catalán porque mi padre es catalán. Ahora no esta aquí, pero viene a vernos cuando puede.

Lola miró a su hijo con furia, y en su mirada pudimos ver que en cuanto estuvieran a solas no se libraría de una buena reprimenda por haberse ido de la lengua. Pero Pablo decidió ignorar a su madre y seguir hablando.

—Mi padre es comunista. ¿Vosotras qué sois?

Sin que pudiéramos evitarlo, Lola le dio un cachete a su hijo y le mandó callar. Doña Teresa tuvo que intervenir para apaciguar las lágrimas del crío y la ira de la madre.

—¡Vamos, vamos! Tómate el chocolate que has pedido... y

tú, Lola, no pegues al niño, es pequeño y lo único que ha hecho es contar que tiene un padre del que se siente orgulloso, eso no es motivo para que le reprendas. —La buena de doña Teresa intentaba calmar los ánimos de Lola.

—Le tengo dicho que tiene que tener la boca cerrada, que no vaya contando nada ni de mí ni de su padre; hay gente que teme a los comunistas y a los socialistas, y nos puede perjudicar.

—¡Pero nosotras no! Yo soy tu amiga —afirmó Amelia, dolida.

—Ya... ya... pero aun así... Pablo, termínate el chocolate y el suizo, que nos tenemos que ir.

A la tarde siguiente, cuando Amelia y yo estábamos en casa cosiendo, Lola se presentó para hablar con Amelia. Yo hice ademán de salir de la sala, pero como Amelia no me pidió que me fuera, preferí quedarme para enterarme de lo que Lola fuera a contar.

—No te había dicho que tengo un hijo porque no me gusta ir contando mi vida al primero que pasa —se justificó Lola.

—Pero yo no soy el primero que pasa, creía que a estas alturas ya confiabas en mí, en fin, te tenía por mi amiga.

Lola se mordió el labio. Se notaba que traía muy pensado lo que iba a decir y no quería dejarse llevar por su temperamento.

—Eres una buena persona, pero no somos amigas... Tienes que entenderlo, tú y yo no somos iguales.

—Pues sí, sí somos iguales, somos dos mujeres que nos tenemos simpatía; tú me has convencido de unas cuantas cosas, me has hecho ver lo que hay más allá de estas paredes, has hecho que me sintiera una privilegiada y por tanto culpable de serlo. Intento ayudar a tu causa porque creo que es justa, porque no me parece bien tenerlo todo y que otros no dispongan de nada. Pero al parecer para ti no es suficiente, y, ¿sabes, Lola?, no voy a pedir perdón. No, no voy a pedir perdón por tener unos padres estupendos, un marido cariñoso y una familia que me arropa. En cuanto al dinero… mi padre lleva toda la vida trabajando, lo mismo que mis abuelos y mis bisabuelos… Y Santiago, tú le has visto cómo trabaja, cómo pasa los días en la fábrica, cómo se preocupa del bienestar de quienes trabajan para él. Aun así, admito que tenemos más de lo que necesitamos, que no es justo que mientras otros no tienen nada nosotros tengamos tanto. Pero tú sabes, Lola, que no explotamos a nadie, que ayudamos a los demás cuanto podemos. Aunque ya veo que para ti no es suficiente y que nunca te fiarás de mí.

Discutieron, pero al final se reconciliaron, aunque Amelia se daba cuenta de que entre Lola y ella existía una frontera, la de los prejuicios de la propia Lola, y esa frontera le resultaría muy difícil de superar.

Aun así, Amelia se volcó si cabe más en actividades políticas; se ofreció voluntaria para enseñar en una Casa del Pueblo, hacía trabajos de oficina para la agrupación en la que militaba Lola, y cumplía disciplinadamente con cuanto le pedían.

La actividad política de Amelia corría paralela a la de Santiago, ya que en aquel año de 1935, entre mayo y octubre, don Manuel Azaña intervino en una serie de mítines y obtuvo el apoyo de amplios sectores de la sociedad, y a muchos de esos mítines y reuniones de Izquierda Republicana acudía Santiago. Estaba convencido de que la solución a los problemas de España pasaba porque don Manuel Azaña gobernara el país, cada vez sumido en una crisis institucional y económica más profunda.

En el resto del mundo las cosas no iban mejor. Hitler preocupaba al resto de Europa.

Una noche de abril en que los padres de Amelia habían acudido a cenar para visitar a su hija y a su yerno, don Juan comentó satisfecho que la Sociedad de Naciones en Ginebra había condenado el rearme de Alemania.

—Parece que por fin se empieza a hacer algo contra ese loco... —declaró don Juan a su yerno.

—Yo no sería tan optimista. En Europa preocupa y mucho lo que ha pasado en Rusia, temen el contagio de la Revolución de los sóviets —respondió Santiago.

—Sí, puede que tengas razón, parece que el mundo se ha vuelto loco, hay noticias de que Stalin se muestra implacable con los disidentes —dijo don Juan.

Amelia intervino furiosa, sorprendiendo a su padre y a su marido.

—¡No nos creamos la propaganda de los fascistas! Lo que pasa es que algunos tienen miedo, sí, miedo de perder sus privilegios, pero en Rusia por primera vez están conociendo lo que es la dignidad, se está construyendo una República de trabajadores, de hombres y mujeres iguales, libres...

—Pero, hija, ¡qué cosas dices!

—¡Amelia, no te alteres, recuerda que estás embarazada! —Doña Teresa sufría por su hija.

—Sabes, Amelia, me preocupa que digas esas cosas, eres tú la que te estás dejando influir por la propaganda de los comunistas. —Santiago parecía enfadado.

—Vamos, vamos, no discutáis, que no le conviene a la niña. —Doña Teresa aborrecía esas discusiones políticas en las que ahora intervenía Amelia.

—Si no discutimos, mamá. Lo que pasa es que no me gusta que papá diga que las cosas no van bien en Rusia. Y tú, Santiago, deberías desear que al resto de Europa le llegase algo de la Revolución soviética, la gente no puede esperar eternamente a que se la trate con justicia.

Aquella noche Amelia y Santiago discutieron. En cuanto se fueron don Juan y doña Teresa, el matrimonio inició una pelea que terminamos escuchando el resto de la casa.

—¡Amelia, tienes que dejar de ver a Lola! Te está metiendo unas ideas en la cabeza...

—¡Cómo que me está metiendo ideas! ¿Es que te crees que

soy tonta, que no soy capaz de pensar por mí misma, que no me doy cuenta de lo que pasa alrededor? Las derechas nos están llevando al desastre... Tú mismo te quejas de la situación, y mi padre... bien sabes de las dificultades que está arrastrando mi familia...

—La solución no es la revolución. En nombre de la revolución se cometen muchas injusticias. ¿Crees que tu amiga Lola tendría piedad de ti si aquí hubiera una revolución?

—¿Piedad? ¿Y por qué habría de tener piedad? ¡Yo apoyaría la revolución!

—¡Estás loca!

—¡Cómo te atreves a llamarme loca!

—Lo siento, no quería ofenderte, pero me preocupa lo que dices, no tienes idea de lo que está pasando en Rusia...

—¡El que no tiene ni idea eres tú! Yo te diré lo que está pasando en Rusia: la gente come; sí, por primera vez hay comida para todos. Ya no hay pobres, han acabado con los capitalistas que actuaban como sanguijuelas, y...

—Pero, niña, ¡no seas ingenua!

—¿Ingenua yo?

Amelia salió del salón dando un portazo y sollozando. Santiago la siguió hasta el dormitorio, preocupado de que la pelea pudiera afectar al hijo que esperaban.

Amelia estaba cada vez más imbuida de las ideas de Lola, o mejor dicho, de Josep, su compañero y padre de Pablo. Porque Amelia al final lo había conocido.

Una tarde en que Amelia y yo habíamos ido a casa de Lola allí estaba él, recién llegado de Barcelona.

Josep era un hombre guapo. Alto, robusto, de ojos negros, y aspecto fiero, aunque en el trato se mostraba amable, tanto como cauto, y no parecía tan desconfiado como Lola.

—Lola me ha hablado de ti, sé que la ayudaste. Si la llegan a coger, seguramente aún estaría en la cárcel. Esos fascistas asquerosos no sabes cómo se las gastan con las mujeres. Fue una pena que no pudiéramos sacar adelante la revolución. La próxima vez estaremos mejor preparados.

—Sí, fue una pena que las cosas no salieran mejor —respondió Amelia.

Durante dos horas Josep monopolizó la conversación, y así sería en todas las ocasiones en que lo vimos. Nos contaba cómo estaban cambiando las cosas en Rusia, cómo la gente había pasado de ser siervos a ciudadanos, cómo Stalin estaba cimentando la revolución llevando a la práctica lo prometido por los bolcheviques: habían acabado con las clases sociales y el pueblo comía. Se estaban poniendo en marcha planes de desarrollo y los campesinos estaban entusiasmados.

Josep nos describió el paraíso, y Amelia lo escuchaba fascinada, bebiendo cada una de sus palabras. Yo, entusiasmada con lo que contaba, me decía que tenía que escribir a mi hermano Aitor para persuadirle de que reflexionara y abriera su mente hacia las nuevas ideas que llegaban de Rusia. Nosotros éramos campesinos, no señoritos; nuestra gente era como Josep. Claro que sabía que Aitor no me haría ningún caso; él continuaba trabajando y militando en el PNV y soñaba con una patria vasca, aunque se abstenía de decirlo claramente.

En aquel momento no entendí por qué, pero Josep pareció interesarse por Amelia, y durante su estancia en Madrid enviaba a Lola a buscarnos.

Amelia estaba entusiasmada porque un hombre como Josep la tomara en serio. Y es que Josep era un líder comunista en Barcelona. Era el chófer de una familia de la burguesía catalana. Todos los días llevaba a su patrón a la fábrica de textiles que tenía en Mataró, además de acompañar a la señora de la casa a sus visitas, o de acompañar a los niños al colegio. Antes había sido conductor de autobuses. Conoció a Lola durante una estancia de sus señores en Madrid, y habían tenido a Pablo, sin que ninguno de los dos quisiera casarse, al menos eso decían, aunque yo siempre sospeché que Josep había estado casado antes de conocer a Lola. Mantenían una curiosa relación, ya que sólo se veían cuando Josep venía a Madrid acompañando a su jefe, lo que solía suceder una vez cada mes y medio, pues el patrón vendía sus telas por toda España y tenía un socio en la capital. A pesar de esta relación intermitente, Lola y Josep parecían estar bien avenidos, y desde luego Pablo adoraba a su padre.

Por lo que decía, Josep estaba bien relacionado no sólo con los dirigentes comunistas catalanes.

Amelia se sentía halagada de que un militante comunista de su importancia mostrara interés por conocer sus opiniones, y la escuchara. Pero sobre todo Josep dedicaba buena parte del tiempo que pasaba con nosotras en adoctrinarnos, en llevar el agua a su molino, en convencernos de que el futuro sería de los comunistas y que la Revolución soviética era sólo el comienzo de una gran revolución mundial a la que no habría fuerza humana que se pudiera oponer.

—¿Sabéis por qué triunfará la revolución? Porque somos más; sí, somos más los que nunca hemos tenido nada. Somos más los que tenemos un gran tesoro: la fuerza de nuestro trabajo. El mundo no podría moverse sin nosotros. Nosotros somos el progreso. ¿Quién va a mover las máquinas? ¿Acaso los señoritos ricos? Si supierais cómo se vive en la Unión Soviética, los avances conseguidos en menos de veinte años... Moscú cuenta desde abril con trenes subterráneos, un metro con ochenta y dos kilómetros de recorrido; pero siendo eso importante, aún lo es más que las estaciones están decoradas con obras de arte, con arañas de cristal, con cuadros y frescos en las paredes... y todo eso para los obreros, para los que nunca han tenido la oportunidad de ver un cuadro ni de iluminarse con esas lámparas de cristal fino... Ése es el espíritu de la revolución...

Amelia no se atrevió a dar el paso, pero yo sí y pedí a Josep que me avalara para hacerme comunista. ¿Qué otra cosa podía ser una chica como yo, nacida en las montañas, y que había trabajado desde que tenía uso de razón?

Una tarde Lola nos dejó recado en casa para que aquella noche nos reuniéramos con ella y con Josep y unos compañeros comunistas.

Amelia no sabía cómo decirle a Santiago que iba a salir de noche, sobre todo porque en aquellos días los enfrentamientos en la calle entre las izquierdas y las derechas eran continuos, y siempre se saldaban con algún herido, cuando no con algún muerto.

—No tendría que haberme casado —se lamentaba Amelia—, porque ahora no puedo dar un paso sin consultárselo a Santiago.

En realidad no era verdad que hacía partícipe a su marido de sus escarceos políticos, pero salir por la noche sola era más de lo que podía permitirse. Pero siempre fue muy tozuda, de manera que en cuanto Santiago llegó a casa le planteó abiertamente su decisión de salir para acudir a casa de Lola a conocer a algunos amigos comunistas de la pareja.

Tuvieron una discusión que se saldó a favor de Santiago.

—Pero ¿qué pretendes? ¿Crees que con lo que está pasando voy a permitir que te vayas más allá de las Ventas a casa de Lola con gente que no sabemos quiénes son? Si no te importo yo, si ni siquiera te importas tú, al menos piensa en nuestro hijo. No tienes ningún derecho a ponerle en peligro. ¡Menudos amigos esa Lola y ese Josep invitando a una embarazada a que salga de noche por Madrid!

Santiago no cedió, y aunque Amelia trató de convencerle, primero con mimos y carantoñas, luego con lloros, y más tarde con gritos, lo cierto es que no se atrevió a salir de casa sin la aprobación de su marido.

La situación política seguía deteriorándose por momentos, y por más que lo intentaba, el presidente de la República Niceto Alcalá Zamora se veía impotente para lograr el más mínimo consenso entre las izquierdas y la CEDA.

Joaquín Chapaprieta, que había sido ministro de Hacienda,

terminó recibiendo el encargo de Alcalá Zamora para que formara un gobierno, que igualmente terminó en fracaso.

Recuerdo que un domingo fuimos a almorzar a casa de los Carranza. Creo que era octubre, porque Amelia estaba en el último tramo del embarazo, y verse gorda y torpe la hacía desesperarse.

Don Manuel y doña Blanca habían invitado a todos los Garayoa, no sólo a los padres de Amelia, sino también a don Armando y a doña Elena, de manera que allí estaban las primas, Melita, Laura y el pequeño Jesús.

Si recuerdo aquel almuerzo fue porque a Amelia casi se le adelanta el parto.

Don Juan estaba más preocupado que de costumbre porque había recibido una carta del que hasta entonces había sido su empleado, herr Helmut Keller, en la que le explicaba detalladamente en qué consistían las Leyes de Nuremberg promulgadas en septiembre de ese mismo año de 1935. Helmut mostraba su preocupación porque, según la nueva legislación, sólo quien tenía sangre «pura» podía ser alemán; el resto pasaba a ser súbdito. También se prohibían los matrimonios entre judíos y arios. El señor Keller creía que había llegado el momento de que herr Itzhak Wassermann y su familia salieran de Alemania, aunque se lamentaba porque aún no había logrado convencerles para que lo hicieran, aunque había muchas familias judías que ya habían emigrado temerosas de lo que estaba pasando. El señor Keller pedía a don Juan que intentara convencer a herr Itzhak.

—He pensado en ir a Alemania. Tengo que sacar de allí al bueno de Itzhak y a su familia, temo por su vida —se lamentó don Juan.

—¡Pero puede ser peligroso! —exclamaba doña Teresa.

—¿Peligroso? ¿Por qué? Yo no soy judío.

—Pero herr Itzhak sí, y mira lo que ha pasado con el negocio, os han arruinado, lleváis muchos meses sin que ninguna empresa alemana os compre y os venda material, incluso os han acusado de fraude en las cuentas. —Doña Teresa estaba realmente asustada.

—Lo sé, querida, lo sé, pero no han podido probar nada.

—Aun así, os han cerrado el almacén.

—Debes comprender que tengo que ir.

—Si me lo permite, creo que su esposa tiene razón. —La voz potente de don Manuel se abrió paso en la discusión entre don Juan y doña Teresa—. Amigo mío, debería resignarse a la pérdida de su negocio en Alemania, usted ha pagado las consecuencias de tener un socio que no le gusta al nuevo régimen. No creo que arregle nada yendo hasta allí, mejor sería que fueran ellos los que intentaran salir de Alemania.

Se enfrascaron en una discusión en la que Amelia apoyó a su padre con tanto ímpetu que aseguró que ella misma le acompañaría para salvar a herr Itzhak y a su familia, y que dejarles a su suerte sería de cobardes. Tanto se alteró, que terminó sintiéndose indispuesta y acabamos temiendo por su estado.

A principios de noviembre nació Javier. Amelia se puso de parto la madrugada del día 2 pero no trajo su hijo al mundo hasta un día después. ¡Cómo lloraba! La pobrecita sufrió lo indecible y eso que contó con la asistencia constante de dos médicos y una comadrona.

Santiago sufrió con ella. Golpeaba con rabia la pared para descargar la impotencia que sentía por no poder hacer nada para ayudar a su mujer.

Al final le sacaron el niño con fórceps, pero casi la matan. Javier era precioso, un niño sano, largo y delgado, que llegó al mundo con mucha hambre y se mordía los puños desesperado.

Amelia perdió mucha sangre en el parto y tardó más de un mes en recuperarse, por más que todos la mimábamos, sobre todo Santiago. Todo le parecía poco para su mujer, pero a Amelia se la veía triste e indiferente a cuanto sucedía a su alrededor; sólo se alegraba cuando la visitaba su prima Laura o Lola. Entonces parecía que el brillo le volvía a la mirada y ponía interés en la conversación. Por aquellos días Laura había iniciado un noviazgo con un joven abogado hijo de unos amigos de sus padres y todo hacía prever que terminaría en boda. En cuanto a Lola, cuando la visitaba, Amelia nos pedía a todos que las dejásemos solas, lo cual Santiago aceptaba para no contrariarla.

Lola le daba noticias de Josep y de otros camaradas que Amelia había conocido. Y Amelia le preguntaba cómo iban los preparativos de la revolución, de esa gran revolución mundial de la que hablaba Josep y de la que ella quería formar parte.

Con el paso del tiempo, Lola parecía ir confiando más en Amelia, y la hacía partícipe de pequeñas confidencias sobre Josep, y su importancia entre los comunistas catalanes.

—¿Y tú por qué eres socialista en vez de comunista? —le preguntó Amelia, que no entendía por qué su amiga no compartía la militancia política de Josep.

—No hace falta ser comunista para reconocer los logros de la Revolución soviética; además, soy socialista por tradición, mi padre lo era, conoció a Pablo Iglesias... asimismo yo soy partidaria de Largo Caballero, él también admira a los bolcheviques. Lo que pasa es que Prieto y otros líderes socialistas se resisten a Largo Caballero; como no son obreros como él, no entienden lo que queremos...

Eran fragmentos de conversación que alcanzaba a escuchar cuando les servía la merienda. Era la única que podía interrumpirlas, ni siquiera Águeda tenía permiso para entrar en el salón de Amelia.

¡Ay, Águeda! Era el ama de cría de Javier. La trajeron de Asturias porque Amaya, mi madre, no encontró a ninguna ama vasca como hubiera sido el gusto de doña Teresa y de la propia Amelia.

Águeda era una mujer de complexión fuerte, alta, de cabello castaño y ojos del mismo color. No estaba casada, pero un mozo de la minería la había dejado preñada, aunque había tenido la desdicha de perder a su hijo apenas recién nacido. Unos amigos de don Juan la recomendaron para que la trajeran como niñera de Javier y llegó apenas una semana después de haber enterrado a su propio hijo.

Era una buena mujer, cariñosa y amable, que trataba a Javier como si de su hijo se tratara. Silenciosa y obediente, Águeda parecía una sombra benéfica en la casa, y todos le cogimos afecto. Para Santiago supuso un descanso ver a su propio hijo tan bien atendido habida cuenta de la apatía que manifestaba Amelia; ni siquiera su hijo parecía alegrarla.

Dado su estado de debilidad, aquellas Navidades se celebraron en casa de don Juan y doña Teresa. La familia de Santiago comprendía que era lo mejor para Amelia, quien aún no estaba en condiciones de hacer de anfitriona en una festividad tan importante.

En realidad la casa de Amelia y de Santiago estaba a tres manzanas de la de los Garayoa, de manera que para Amelia no significaba un gran esfuerzo desplazarse a casa de sus padres.

Daban envidia. Sí, daba envidia ver a todos los Garayoa, también al hermano de don Juan, don Armando, y su esposa doña Elena con sus hijos Melita, Laura y Jesús, junto a la familia Carranza, los padres de Santiago.

Ayudada por mi madre, doña Teresa se esmeró con la cena. Para mí aquellas Navidades también fueron especiales, las últimas que pasé con mi madre. Estaba decidido: después de Reyes regresaba al caserío, y su marcha significaba quedarme sola en Madrid.

A mi hermano Aitor le iba bien en su trabajo e insistía en que nuestra madre dejara de servir a otros y se ocupara de nuestros abuelos y nuestro pequeño pedazo de tierra. Para mi madre la tierra era tan importante como para Aitor; por aquel entonces, yo me sentía lo suficientemente comunista para ver el mundo con más amplitud donde todo era de todos y para todos, y la tierra no tenía más propietarios que el Pueblo, y no importaba dónde se hubiese nacido, porque no había más patria que el mundo entero ni más hermanos que todos los que éramos obreros.

Pero volviendo a aquella cena… Cantaron villancicos, comieron y bebieron todas aquellas cosas que no llegaban a la mesa de los pobres, aunque quienes servíamos en aquella casa no podíamos quejarnos: siempre comíamos y bebíamos lo mismo que los señores.

Aún recuerdo que cenamos pavo con castañas... Y como solía suceder cada vez que se reunían las dos familias, hablaron y discutieron de política.

—Parece que el presidente Alcalá Zamora está dispuesto a que se forme un nuevo gobierno a cargo de don Manuel Portela Valladares —comentó don Juan.

—Lo que tiene que hacer es convocar elecciones de una vez —replicó Santiago.

—¡Qué impacientes sois los jóvenes! —respondía don Armando Garayoa—. Don Niceto Alcalá Zamora lo que no quiere es dar poder a la CEDA, no se fía de Gil-Robles.

—¡Y con razón! —terciaba don Juan.

—Pues yo no veo salida a esta situación... No creo que las elecciones solucionen nada, porque si gana la izquierda, ¡que Dios nos coja confesados! —se lamentó don Manuel Carranza, el padre de Santiago.

—¿Y qué quiere usted? ¿Que gobierne esta derecha incapaz de solucionar los problemas de España? —Amelia miraba a su suegro con ira.

—¡Amelia, hija, no te alteres! —intentó mediar su madre.

—Es que me da rabia que aún haya quien cree que la CEDA puede hacer algo bueno. La gente no va a soportar esta situación mucho más —continuó Amelia.

—Pues yo temo un gobierno de las izquierdas —insistió don Manuel.

—Y yo uno de las derechas —replicó Amelia.

—Hace falta autoridad. ¿Crees que un país sale adelante con huelgas? —preguntó don Manuel a su nuera.

—Lo que creo es que la gente tiene derecho a comer y no a malvivir, que es lo que pasa aquí —respondió Amelia.

Santiago siempre apoyaba a Amelia aunque matizando las posiciones políticas de ésta. Él, ya se lo he dicho antes, era azañista, no creía en la revolución aunque tampoco defendía a las derechas.

Excepto Amelia, que dijo sentirse cansada y se quedó con su hijo Javier que dormía plácidamente en brazos de Águeda, a las doce la familia se acercó a la iglesia a oír la misa del gallo.

4

El presidente Alcalá Zamora no lograba domeñar la situación de enfrentamientos entre derechas e izquierdas, y el malestar en España era creciente, así que finalmente no tuvo otra opción que convocar elecciones generales para el 16 de febrero de 1936. Ninguno de nosotros podíamos imaginar lo que pasaría después...

Desde el PSOE, Prieto defendía la necesidad de rehacer una gran coalición de izquierdas, mientras que Largo Caballero pugnaba por un frente único con los comunistas, pero no se supo imponer; además, no sé si lo sabe, pero desde Moscú se aconsejó al Partido Comunista una alianza con la burguesía de izquierdas contra la derecha y el fascismo. Sin duda era una posición más realista. Y así nació el Frente Popular.

—¡Amelia, Amelia! ¡Hoy se ha formado el Frente Popular!

Santiago llegó eufórico a casa aquel 15 de enero de 1936, sabiendo que su mujer se llevaría una gran alegría por la noticia. Además, Santiago creía que el hecho de que Izquierda Republicana estuviera en ese pacto con socialistas y comunistas le acercaría a su mujer, cada vez más imbuida en la ideología de su amiga Lola y de Josep.

—¡Menos mal! Es una buena noticia. ¿Y qué crees que harán si ganan las elecciones?

—Lo que he oído a algunos amigos de Izquierda Republicana es que se tratará de relanzar lo que ya se hizo en la legislatura del treinta y uno al treinta y tres.

—¡Pero no es suficiente!

—Pero, Amelia, ¿qué dices? Lo sensato es ir por ese camino. Mira, no me gusta contrariarte, pero me preocupan las ideas que te meten en la cabeza Lola y ese Josep. ¿De verdad crees que los problemas de España se resolverían con una revolución? ¿Quieres que nos matemos los unos a los otros? No puedo creer que seas tan inconsciente...

—Mira, Santiago, sé que te molesta que no comulgue con tus ideas, pero al menos respeta las mías. Lo siento, no me parece justo que nosotros tengamos de todo y sin embargo otros... A veces pienso en Pablo, el hijo de Lola. ¿Qué futuro le espera? A nuestro Javier no le faltará de nada, y eso me consuela, pero no es justo. No, no lo es.

La discusión la interrumpió Águeda, que estaba alarmada por los llantos continuos de Javier.

—No sé qué le pasa al niño, pero no quiere comer, y no deja de llorar —explicó el ama de cría.

—¿Desde cuándo está así? —quiso saber Santiago.

—Ha pasado una mala noche, pero desde esta mañana no ha dejado de llorar y creo que ahora tiene fiebre.

Santiago y Amelia fueron de inmediato a la habitación de Javier. El niño lloraba desconsoladamente en su cuna y, en efecto, tenía la frente ardiendo.

—Amelia, llama al doctor Martínez, algo le pasa a Javier, o si no, mejor vamos al hospital, allí le atenderán mejor.

Amelia envolvió a Javier en una toquilla, y abrazando al niño se fue con Santiago al hospital.

Todo quedó en un susto. Javier tenía otitis, y el dolor de oídos era la causa de que llorara. Afortunadamente no era nada grave. Pero aquel susto impactó a Amelia, que hasta entonces vivía despreocupada de Javier puesto que Águeda se ocupaba de todo, desde bañarle hasta darle de comer.

—Edurne, no soy una buena madre —me confesó Amelia aquella noche entre sollozos, mientras contemplaba a su hijo en la cuna.

—No digas eso…

—Es la verdad, me doy cuenta de que a veces realmente estoy más preocupada de lo que le pasa a Pablo, el hijo de Lola, que de Javier.

—Es normal, sabes que a tu hijo no le falta de nada, mientras que Pablo, el pobrecillo, carece de todo.

—Pero tiene algo más importante: el amor y la atención continua de su madre. —Era la voz de Santiago.

Nos sobresaltamos. Había entrado tan despacio en el cuarto que no nos habíamos dado cuenta ninguna de las dos.

Amelia miró a Santiago con desesperación. Lo que acababa de decir su marido le había herido profundamente, sobre todo porque ella sentía que él tenía razón.

Salió del cuarto llorando. Santiago se acercó a la cuna de su hijo y se sentó al lado, dispuesto a pasar la noche velándole. Yo me ofrecí a quedarme junto a Águeda cuidando a Javier, pero Santiago no quiso, y nos envió a las dos a dormir.

—Un hijo enfermo necesita a sus padres; además, yo no estaría tranquilo, no podría dormir pensando que el niño llora porque le duelen los oídos.

Yo me fui a dormir, pero al día siguiente supe que Águeda se había levantado a medianoche para estar al lado de Javier. Santiago y ella velaron al pequeño, en silencio, pendientes de su respiración.

Amelia amaneció con los ojos rojos e hinchados de tanto llorar y aún lloró más cuando se enteró de que su marido y Águeda habían pasado la noche junto a la cuna del niño.

—¿Te das cuenta, Edurne, cómo soy una mala madre?

—Vamos, no te culpes…

—Santiago estuvo toda la noche con nuestro hijo, y también Águeda, que no es nada suyo, sólo... sólo es...

Sé que iba a decir que Águeda era sólo una criada, pero no lo hizo consciente de que decirlo sería traicionar sus ideas revolucionarias.

—Águeda es el ama de cría —la consolé yo— y es su obligación atender a Javier.

—No, Edurne, no, no es su obligación velar al niño cuando está enfermo, está su madre. ¿Qué me pasa? ¿Por qué no soy capaz de dar lo mejor de mí a mi hijo y a mi marido?

Amelia tenía razón. Su comportamiento era extraordinario con los extraños, por los que se desvivía hasta límites insospechados, y sin embargo cada vez prestaba menos atención a Santiago y a su hijo, y eso que Javier estaba en los primeros meses de vida.

No me atreví a preguntarle si seguía queriendo a Santiago, pero en ese momento pensé que Amelia lloraba precisamente por eso, porque no se sentía capaz de querer a su marido ni de sentir la ternura que una madre siente por sus hijos. Pero no la juzgué porque por aquel entonces, al igual que ella, yo también estaba imbuida por ideas revolucionarias y creía que lo que nos pasaba a mí o a ella era una minucia al lado de lo que le sucedía al resto de la humanidad, y que lo importante era construir un mundo nuevo como el que Josep nos contaba que se estaba conformando en la Unión Soviética.

—Señora, el niño está mejor. Esta mañana le he dado de mamar y no lo ha rechazado. Ya no vomita y está más tranquilo.

Amelia contemplaba a Águeda acunando a Javier. Era evidente que la mujer quería al pequeño y que había venido a cubrir su desconsuelo por el hijo muerto.

El 16 de febrero el Frente Popular ganó las elecciones, aunque por un margen más que ajustado del previsto respecto a la CEDA y las otras fuerzas de la derecha. Mientras que el PNV, el partido de centro del presidente Alcalá Zamora y la Lliga Catalana obtuvieron el resto de los votos.

Con esos resultados don Manuel Azaña lo tenía difícil para devolver el sosiego que el país necesitaba.

La gente estaba harta de pasarlo mal, de que la explotaran, y en Andalucía y Extremadura los campesinos empezaron a ocupar algunas fincas; también hubo huelgas que pusieron en aprietos al nuevo gobierno, y por si fuera poco, gentes de la recién creada Falange se aplicaron a la tarea de desestabilizar el Frente Popular.

Azaña restableció la autonomía de Cataluña y Lluís Companys volvió a la Presidencia de la Generalitat. Y luego hubo un pulso para echar al presidente Alcalá Zamora... Y los socialistas, bueno, mejor dicho, el sector de Largo Caballero, vetaron a Prieto para que no estuviera en el gobierno... Fue un error... No... no se hicieron las cosas bien, pero eso lo podemos decir ahora que ha pasado el tiempo; en aquel momento lo estábamos viviendo y no teníamos ni un segundo para reflexionar sobre lo que hacíamos, ni mucho menos sobre sus consecuencias. ¿Y sabe una cosa, joven?, no, no lo hicimos bien, nosotros que teníamos los mejores ideales, que representábamos el progreso, que teníamos la razón, nosotros tampoco lo hicimos bien.

—Creo que deberías irte una temporada con el niño a casa de tu abuela —le propuso Santiago a Amelia—. No me gusta cómo están las cosas, y en Biarritz estaríais más tranquilos. ¿Por qué no le pides a tu hermana Antonietta que te acompañe?

—Prefiero quedarme. ¿De qué tienes miedo?

—No tengo miedo, Amelia, pero no me gustan algunas cosas que escucho y preferiría que Javier y tú estuvierais fuera una temporada. Me habías dicho que de pequeña siempre esperabas la llegada de las vacaciones para ir a casa de la abuela Margot.

—Es verdad, pero ahora es distinto, prefiero quedarme, no quiero perderme lo que está pasando.

—Se trata de adelantar un poco las vacaciones, nada más, yo me reuniré con vosotros en cuanto pueda. Estoy preocupado, las cosas no van bien, y a tu padre los negocios tampoco le están saliendo como esperaba. Las importaciones de Estados Unidos son ruinosas, y no podemos seguir apoyándole para que traiga la maquinaria y los repuestos de allí, los gastos son demasiado cuantiosos.

—¿Vais a dejar los negocios con papá? —preguntó Amelia alarmada.

—No se trata de dejar los negocios, simplemente hay que cerrar esa línea de importación. No es rentable.

—¡Esto es cosa de tu padre! Sabes bien que mi padre tuvo que cerrar su negocio en Alemania y que por más gestiones que ha hecho los nazis le expropiaron cuanto tenían... y, pese a todo, a tu padre sólo le preocupa el negocio.

—¡Basta, Amelia! Y deja de acusar a mi padre de todos los males de este mundo. En mi familia te quieren y hemos demostrado nuestro afecto con creces hacia la tuya, pero no podemos seguir perdiendo dinero, porque a nosotros tampoco nos va bien.

—Precisamente ahora que gobierna el Frente Popular y que estoy segura de que se van a arreglar las cosas, vosotros habéis decidido abandonar a mi padre...

—No, Amelia, el Frente Popular desgraciadamente no parece que pueda afrontar lo que está pasando. Ya conoces mi admiración por don Manuel Azaña; sé que si dependiera de él... Pero las cosas no son como nos gustarían, y Azaña tiene muchas dificultades que afrontar. Las huelgas nos están desangrando...

—¡Los obreros tienen razón! —protestó Amelia.

—En algunas cosas tienen razón, pero en otras... En todo caso, no se puede arreglar en unos meses lo que no se ha resuelto en siglos, y eso es lo que está pasando, que la impaciencia de los unos y el boicot de los otros al Frente Popular nos están llevando a una situación imposible.

—¡Tú siempre tan ecuánime! —respondió Amelia con ira.

—Trato de ver las cosas como son, con realismo. —En el tono de Santiago se notaba el cansancio por las continuas discusiones con Amelia.

—Mi sitio está aquí, Santiago, con mi familia.

—¿De verdad te quieres quedar por nosotros?

—¿Qué insinúas?

—Que pasas más tiempo con tus amigos comunistas que en casa... Desde que conociste a Josep has cambiado. Si de verdad te importáramos, si pensaras tan sólo en Javier, entonces aceptarías marcharte una temporada con tu abuela Margot.

—¡Cómo te atreves a decirme que no me importa mi hijo!

—Me atrevo porque resulta que Águeda pasa más tiempo con él que tú.

—¡Es su ama de cría! ¿Crees que le quiero menos por asistir a reuniones políticas? A lo que aspiro es a ayudar a construir un nuevo mundo en el que Javier no tenga que sufrir ninguna injusticia. ¿Eso te parece tan malo como para recriminármelo?

Aquellas discusiones agotaban tanto a Amelia como a Santiago, y les estaba separando. Tengo que reconocer que Santiago se llevaba la peor parte, porque sufría por la situación en que vivían; mientras que Amelia, a través de la política, estaba viviendo su propia historia, su marido hacía lo imposible por salvar su matrimonio.

Los enfrentamientos eran cada vez más frecuentes, y tanto los Garayoa como los Carranza eran conscientes del deterioro de la relación entre sus hijos.

Doña Teresa reprendía a Amelia diciéndole que no se estaba comportando como una buena esposa, pero Amelia calificaba a su madre de «anticuada» y de no entender que el mundo estaba cambiando y las mujeres no tenían por qué ser sumisas.

Los Carranza, tanto don Manuel como doña Elena, procuraban no intervenir en las desavenencias del matrimonio, pero sufrían al ver a su hijo preocupado.

Una de las cada vez más escasas ocasiones en que las dos familias se reunían a cenar fue el 7 de marzo. Lo recuerdo porque don Juan llegó tarde y Amelia estaba impaciente por tener que retrasar la hora de comenzar a cenar.

Cuando por fin llegó, traía una noticia que parecía haberle conmocionado especialmente.

—Alemania ha invadido Renania —explicó con voz cansada.

—Sí, lo hemos escuchado por la radio —respondió don Manuel.

—He intentado hablar con Helmut Keller durante todo el día y al final lo he conseguido... El pobre hombre está desesperado y avergonzado por lo que está pasando. Ya saben que Helmut es un hombre sensato, una buena persona...

Don Juan hablaba atropelladamente. Como su fortuna se había torcido el día que Hitler llegó al poder, desde entonces seguía los acontecimientos de Alemania con tanta pasión como si de su país se tratara. También seguía empeñado en sacar de Alemania al señor Itzhak, pero éste insistía en que era su tierra y por nada del mundo dejaría su patria.

—Hitler ha violado el Tratado de Versalles —afirmó Santiago.

—Y el de Locarno —apuntó don Manuel.

—Pero ¿qué le puede importar a él violar tratados internacionales? Algún día las potencias europeas se arrepentirán de no haberle parado los pies —se quejó don Juan.

Al día siguiente de aquella cena, el día 8, Santiago volvió a marcharse de viaje sin avisar. Tardó varios días en regresar, al parecer había ido a Barcelona a reunirse con los socios catalanes.

Amelia montó en cólera, y al segundo día de estar ausente su marido decidió que ya nada la obligaba a guardar ningún tipo de convención social.

—Si él puede ir y venir cuando le viene en gana, yo haré lo mismo. Así que prepárate, Edurne, porque esta noche nos acercaremos a casa de Lola, hay una reunión y asistirán algunos amigos de Josep.

Estuve tentada de decirle que no debíamos ir, que Santiago se enfadaría, pero me callé. Santiago no estaba, y cuando se enterara, habrían pasado unos cuantos días.

Amelia fue a la habitación de Javier a darle un beso antes de que nos fuéramos.

—Cuídale bien, Águeda, es mi mayor tesoro.

—Estese tranquila, señora, ya sabe que conmigo está bien.

—Sí, lo sé, le cuidas mejor que yo.

—¡No diga eso! Sólo procuro darle todo lo que necesita.

Águeda tenía razón: le daba a Javier todo lo que necesitaba, sobre todo el cariño y la presencia que Amelia le escatimaba. No crea que la juzgo, ella hacía lo que creía mejor. Estábamos convencidas de que teníamos que aportar nuestro grano de arena para que el mundo fuera mejor. Éramos muy jóvenes, muy inexpertas, y estábamos convencidas de la bondad de nuestras ideas.

Aquella noche había más gente de lo habitual en casa de Lola. Y allí estaba él, Pierre.

No contábamos que estuviera Josep, porque se había marchado quince días antes, pero al parecer su jefe había tenido que viajar con urgencia a Madrid.

—Pasad, pasad... Ven, Amelia, quiero presentarte a Pierre —dijo Josep, que siempre se mostraba especialmente deferente con Amelia.

Pierre debía de tener unos treinta y cinco años por aquel entonces. No era muy alto, pero tenía el cabello de color oro viejo y unos ojos grises acerados que cuando te miraban parecían poder leer hasta los pensamientos más ocultos.

Josep nos lo presentó como un camarada medio francés, de profesión librero y de visita en Madrid por asuntos de trabajo.

Mentiría si no reconociera que tanto Amelia como Pierre parecieron sentir una atracción inmediata el uno por el otro.

Aunque aquella noche Pierre era requerido para que explicara la situación en la Unión Soviética y, sobre todo, por qué los intelectuales europeos cada vez apoyaban en mayor número la Revolución de Octubre, él no dejaba de buscar la mirada de Amelia, quien le escuchaba en silencio, fascinada.

—¿Por qué no vienes conmigo a París? —le propuso en un aparte.

—¿A París? ¿A qué? —respondió Amelia con cierta ingenuidad.

—La revolución necesita mujeres como tú, hay mucho trabajo que hacer. Creo que podrías ayudarme, trabajar conmigo. Me ha dicho Lola que hablas francés, y hasta un poco de inglés y de alemán, ¿es verdad?

—Sí... mi abuela paterna es francesa, y mi padre antes tenía negocios en Alemania, mi mejor amiga es alemana; el inglés lo aprendí con mi niñera, aunque no lo hablo muy bien...

—Te reitero la invitación, aunque en realidad es una oferta de trabajo. Podrías serme de mucha utilidad.

—Yo... yo no sé en qué.

Pierre la miró fijamente, y aquella mirada estaba cargada de palabras que sólo ella podía interpretar.

—Me gustaría que vinieras conmigo no sólo por trabajo, piénsalo.

Amelia se sonrojó y bajó la mirada. Así, tan directamente nunca un hombre le había hecho una proposición. Como yo estaba cerca, al acecho por si me necesitaba, y había escuchado la invitación de Pierre, me acerqué de inmediato.

—Es tarde Amelia, deberíamos irnos.

—Sí, tienes razón, se ha hecho muy tarde.

—¿Tienes que irte ya? —quiso saber Pierre.

—Sí —murmuró ella, pero sin moverse. Era evidente que no tenía ningunas ganas de que nos fuéramos.

—¿Pensarás lo que te he dicho? —insistió Pierre.

—¿Ir a París contigo?

—Sí, estaré en Madrid unos días, pero no muchos, y no sé cuándo podré regresar.

—No. No puedo ir a París, ya nos veremos en otra ocasión —dijo Amelia con un suspiro.

—¿Qué te impide venir conmigo?

—Tiene un marido y un hijo —respondí yo, aunque me arrepintí de inmediato de haber hablado sobre todo por la mirada de rabia que Amelia me dirigió en aquel momento.

—Sí, ya sé que está casada y que tiene un hijo. ¿Quién no lo está? —respondió Pierre con tranquilidad.

—No, no puedo ir. Gracias por la invitación.

Salimos de casa de Lola en silencio. Amelia estaba enfadada por mi interrupción, y yo temía que eso provocara, más que su enfado, una pérdida de confianza.

No hablamos hasta llegar a casa. Me iba a retirar a mi habitación cuando me agarró del brazo y me dijo muy bajito:

—Si alguien debe saber algo de mí, seré yo quien se lo diga. Tenlo en cuenta para la próxima vez.

—Perdona, yo… no era mi intención entrometerme…

—Pero lo has hecho.

Se dio media vuelta y me dejó allí, plantada en el vestíbulo, hecha un mar de lágrimas. Era la primera vez que se enfadaba conmigo desde que nos conocimos, la primera vez que no la sentí una amiga, sino una extraña.

A la mañana siguiente Amelia se levantó tarde. La doncella nos dijo que había pedido que no la molestaran, y aunque yo tenía el privilegio de poder entrar en su habitación, no me atreví a hacerlo después del incidente de la noche anterior.

No vi a Amelia hasta mediodía; parecía tener fiebre y se quejaba de dolor de cabeza. Su madre, que había acudido a almorzar con ella y a visitar a su nieto, achacó esta indisposición al disgusto que tenía su hija por la ausencia de Santiago; pero yo intuía que el marido no era la causa de su situación febril sino la irrupción de Pierre en su vida, en nuestras vidas, porque nos cambió la existencia a ambas.

Antonietta llegó hacia las seis a buscar a su madre, y Amelia se despidió de ellas aliviada, porque aquella tarde no parecían distraerla ni su madre ni su hermana.

A eso de las siete Lola se presentó en casa. Nada más verla supe que venía enviada por Pierre, porque me pidió ver a Amelia a solas. No sé de qué hablaron, pero es fácil de suponer, porque media hora más tarde Amelia me llamó para decirme que salía a una reunión política con Lola pero que no quería que la acompañara. Protesté. Santiago no quería que saliera sin mí, pero sobre todo me dolía sentirme excluida.

Amelia fue a la habitación de Javier. El niño estaba en brazos de Águeda, y ésta le cantaba. Sonreía y alzaba sus manitas hacia el rostro del ama. Amelia besó a su hijo y salió deprisa, seguida por Lola.

Me quedé sentada en el vestíbulo esperando a que regresara, lo que no hizo hasta pasada la medianoche. Llegó con el rostro enrojecido, sudorosa, y parecía temblar. Le contrarió verme allí, y me mandó que me fuera a la cama.

—Amelia, quiero hablar contigo —le supliqué.

—¿A estas horas? No, vete a descansar, yo no me encuentro bien y necesito dormir.

—Pero, Amelia, es que estoy preocupada, llevo todo el día con una opresión aquí en el pecho... quiero que me perdones por lo de anoche... yo... yo no quería ofenderte, ni inmiscuirme en tus cosas... sabes que... bueno, que sólo te tengo a ti y si tú no quieres saber nada de mí, no sé qué voy a hacer.

—Pero, Edurne, ¡qué cosas dices! ¿Qué es eso de que sólo me tienes a mí? ¿Y tu madre, y Aitor, y tus abuelos? Vamos, no digas tonterías y vete a descansar.

—Pero ¿me perdonas?

Amelia me abrazó dándome unas palmadas cariñosas; ella siempre fue muy generosa y no soportaba ver a nadie sufrir.

—No tengo nada que perdonarte, lo de anoche fue una bobada, tuve un ataque de malhumor, no le des importancia.

—Es que esta noche te has ido sin mí... y... bueno... es la

primera vez que sales sin que te acompañe. Sabes que puedes confiar en mí, que yo nunca diré ni haré nada que te perjudique.

—¿Y qué habrías de decir? —me preguntó molesta.

—Nada, nada, de ti sólo puedo decir cosas buenas. —Empecé a llorar temiendo haber vuelto a meter la pata.

—¡Vamos, no llores! Estamos las dos muy sensibles, debe de ser el tiempo y la tensión política; las cosas no van bien, temo por el gobierno del Frente Popular.

—Tu madre está muy preocupada porque los campesinos ocupan tierras en Andalucía y Extremadura —respondí por decir algo.

—Mi madre es muy buena, y como ella se porta bien con todo el mundo cree que todo el mundo es igual, pero la gente vive en unas condiciones terribles… Además, no se trata de hacer caridad sino justicia.

—¿Te vas a ir?

No sé por qué le hice esa pregunta, aún hoy sigo preguntándomelo. Amelia se puso seria y noté el temblor de sus manos y cómo intentaba no perder el control.

—¿Adónde crees que me voy a ir?

—No lo sé… ayer Pierre te pidió que lo acompañaras a París… A lo mejor has decidido ir a trabajar allí…

—Y si lo hiciera, ¿qué pensarías?

—¿Podría acompañarte?

—No, no podrías. Si me voy tiene que ser sola.

—Entonces no quiero que te vayas.

—¡Qué egoísta!

Sí, tenía razón, era egoísta, pensaba en mí, en qué sería de mí si ella se iba. Bajé la cabeza, avergonzada.

—Si queremos que triunfe la revolución en todo el mundo no podemos pensar en nosotros, debemos ofrecernos en sacrificio.

—Pero tú no eres comunista —acerté a balbucear.

—¿Se puede ser otra cosa?

—Siempre has simpatizado con los socialistas…

—Edurne, yo era tan ignorante como tú, pero he ido abriendo los ojos, dándome cuenta de las cosas, y admiro la revolución, creo que Stalin es una bendición para Rusia y yo quiero lo mismo para España, para el resto del mundo. Sabemos que es posible hacerlo, lo han hecho en Rusia, pero hay muchos intereses en juego, los de quienes no quieren ceder nada, los que defienden sus viejos privilegios… No será fácil, pero podemos hacerlo. Ahora, gracias a las izquierdas, a las mujeres nos consideran; antes no valíamos nada, pero aún no es suficiente, debemos luchar para conseguir la verdadera igualdad. En Rusia ya no hay diferencias entre hombres y mujeres, todos son iguales.

Le brillaban los ojos. Parecía haber caído en éxtasis mientras me hablaba de Stalin y de la revolución, y supe que era cuestión de tiempo, de días, de horas, que Amelia se fuera, pero al mismo tiempo intentaba convencerme de que no era posible, de que no se atrevería a dejar a Santiago y abandonar a su hijo.

5

Durante varios días Amelia continuó reuniéndose con Pierre en casa de Lola. Me dejaba acompañarla, pero en ocasiones, cuando llegábamos a la casa, me enviaba a hacer algún recado para quedarse a solas con él.

Los padres de Santiago fueron una tarde a ver a su nieto y decidieron esperar a que llegara Amelia. Como tardábamos, y eran más de las diez, Águeda y las otras criadas no tuvieron más remedio que confesar que a veces llegábamos pasada la medianoche.

Don Manuel y doña Blanca se fueron escandalizados, y Águeda nos contó que doña Blanca le iba diciendo a su marido que tenían que hablar con Santiago en cuanto éste regresara, antes de que su matrimonio se fuera a pique.

Mientras tanto, don Manuel decidió hablar con el padre de Amelia, y le instó a que metiera a su hija en cintura.

Don Juan y doña Teresa enviaron un recado a Amelia para que no saliera de casa porque irían a visitarla.

—¿Por qué se meterán en mi vida? —se lamentaba Amelia—. ¡No soy una niña!

—Son tus padres y te quieren —intenté calmarla.

—¡Pues que me dejen en paz! La culpa es de mis suegros, que lo lían todo. ¿Por qué se presentan a ver a Javier sin avisar?

—Te llamó doña Blanca —le recordé.

—Bueno, da lo mismo, son unos entrometidos, no sólo no ayudan a mi padre sino que además le piden que hable conmigo. ¡Pero quién se han creído que son!

Don Juan y doña Teresa acudieron a merendar, y mientras doña Teresa se entretenía con el pequeño Javier, don Juan aprovechó para hablar con Amelia.

—Hija, los padres de Santiago están preocupados y bueno... nosotros también. No quiero entrometerme en tus asuntos, pero comprenderás que no está bien que entres y salgas de casa como si no tuvieses ninguna obligación. Eres madre de familia, Amelia, y eso implica que no puedes hacer lo que te venga en gana, que tienes que pensar en tu marido y en tu hijo. Entiende que con tus salidas nocturnas dejas a Santiago en evidencia.

—¿Y cómo me deja Santiago a mí con sus desapariciones? Hace diez días que se marchó y no sé dónde está. ¿Es que él no tiene obligaciones para conmigo y su hijo? ¿Es que por ser hombre todo le está permitido?

—Amelia, ya sabes que Santiago tiene esa costumbre de irse de viaje de improviso, también su madre se lo recrimina. Pero, hija, te guste o no, no es lo mismo; él es un hombre y no pone en juego ni su reputación ni la tuya.

—Papá, sé que no puedes entenderlo, pero el mundo está cambiando, y las mujeres conseguiremos los mismos derechos que los hombres. No es justo que vosotros podáis entrar y salir de casa sin dar explicaciones y nosotras estemos sujetas a la maledicencia.

—Aunque no sea justo, es así, y hasta que las cosas no cambien tú deberías ser prudente, por respeto a tu marido, a tu hijo y a nosotros. Sí, hija, tu comportamiento también nos perjudica a nosotros.

—¿En qué puedo dañaros yo por ir a una reunión política?

—Creo que te estás implicando demasiado y, además, con los comunistas. Nosotros siempre hemos defendido la justicia pero no compartimos las ideas de los comunistas, y tú, hija, no sabes dónde te estás metiendo.

—¡No soy una niña!

—Sí, Amelia, sí lo eres. Aunque te hayas casado y tengas un hijo, aún no has cumplido los diecinueve años. No creas que ya lo sabes todo y no te confíes tanto a los demás, eres un poco ingenua, como corresponde a tu edad, y yo creo que esa tal Lola te utiliza.

—¡Es mi mejor amiga!

—Sí, no dudo que tú seas amiga de ella, pero ¿de verdad crees que ella te considera su mejor amiga? ¿Qué pasa con tu prima Laura? Antes erais inseparables y ahora apenas encuentras tiempo para verla. ¿Por qué?

—Laura tiene novio.

—Lo sé, pero eso no quita para que hayas dejado de ir a casa de los tíos y estar con tus primas como siempre has estado; ni siquiera vienes a casa a ver a tu hermana Antonietta, y ella cuando viene a visitarte nunca te encuentra. Me duele tener que decirte esto, pero creo que no estás siendo una buena madre, antepones la política a tu hijo, y eso, Amelia, no lo hace ninguna mujer de bien.

Amelia rompió a llorar. Las últimas palabras de su padre la habían herido profundamente. Tenía mala conciencia por no ser capaz de darle a su hijo lo que sí daba a su actividad política.

—¡Vamos, no llores! Sé que quieres a Javier, pero tu hijo pasa más tiempo con Águeda que contigo, y eso no está bien.

Los sollozos de Amelia se hicieron más intensos porque sabía mejor que nadie que no era una buena madre y se dolía por ello aunque se veía incapaz de rectificar.

En ocasiones entraba en el cuarto de Javier, lo sacaba de la cuna y lo besaba y apretaba contra su pecho como si quisiera transmitirle lo mucho que le quería, pero sólo conseguía que el pequeño se asustara y se pusiera a llorar, la sentía como a una extraña, y alzaba las manitas buscando a Águeda.

Doña Teresa también hizo un aparte con su hija y repitió los argumentos de su marido, pero no consiguió mucho más que él, tan sólo que Amelia se sintiera culpable y no dejara de llorar. Cuando se iban, escuché cómo doña Teresa le decía a su marido: «Creo que Amelia está enferma, parece que la han embrujado... Esa Lola es un mal bicho, nos ha quitado a nuestra hija».

Dos días más tarde, Amelia envió recado a su prima para que fuera a verla, y Laura no se hizo de rogar y acudió de inmediato a visitarla. Las dos primas se seguían queriendo y confiando la una en la otra.

Yo estaba cosiendo ropa, sentada junto al balcón, y como no me pidieron que me fuera, fui testigo de su conversación.

—¿Qué está pasando, prima? —preguntó Laura.

—Estoy desesperada y no sé qué hacer... Necesito tu consejo, eres la única que me puede entender.

—Pero ¿qué sucede? —Laura estaba alarmada, sobre todo al ver a Amelia más delgada y en ese estado febril en el que se encontraba.

—Me he enamorado de otro hombre. ¡Soy muy desgraciada!

—¡Dios mío! Pero, ¿cómo es posible?... Santiago te adora y tú... bueno, yo creía que estabas enamorada de tu marido.

—Creía estarlo, pero no es así, es el primer hombre que conocí, que no me trató como una niña, y además... Bueno, tú ya lo sabes porque te lo confesé, Santiago me gustaba pero también quería ayudar a papá, el pobre no se ha recuperado de la pérdida del negocio en Alemania.

—Lo sé, lo sé... pero me dijiste que le querías, que te casabas con Santiago por ayudar a tu padre pero que también le querías.

A Laura le angustiaba descubrir de repente que su prima no quería a su marido; ella simpatizaba con Santiago, en realidad era muy difícil no sentir afecto por él. Santiago era todo un caballero, siempre atento y galante, educado, y además tan guapo...

—No sé qué voy a hacer, pero tengo que decidirme.

—¿Decidirte?

—Sí, Laura, el hombre al que quiero me ha pedido que me vaya con él. No sabe que estoy enamorada, sólo me pide ayuda para nuestra causa, para que triunfe el comunismo, y creo que puedo servirle de ayuda... yo, que no soy nadie... pero él cree en mí...

—¿Y él te quiere?

—No me lo ha dicho, pero... yo sé que sí... lo noto por cómo me mira, porque se estremece lo mismo que yo cuando nos rozamos, lo leo en sus ojos... Pero es un caballero, no creas que ha intentado propasarse conmigo, todo lo contrario.

—Si fuera un caballero no te pediría que dejaras a tu familia para ir a hacer la revolución —protestó Laura.

—Tú no lo entiendes, prima. Ser comunista es... es... es como una religión... no se puede conseguir el paraíso sin sacrificios, y quienes creemos no tenemos derecho a anteponer nuestros intereses personales a los de la humanidad.

—¡Por Dios, Amelia, qué cosas dices! Mira, la caridad empieza por uno mismo...

—¡Pero no se trata de caridad, sino de justicia! Todas las manos son pocas para ayudar a la revolución, debemos conseguir que el mundo sea la patria de los trabajadores, seguir el ejemplo de Rusia.

—Sabes que en casa no gustan las derechas y que mis padres como los tuyos son de Azaña, que trabaja porque el país sea mejor, pero el comunismo... Le pedí a papá que me explicara bien todo lo que él sabe sobre los comunistas y la verdad, Amelia, yo no estoy segura de que sea tan buena la revolución.

—¡Pero qué dices! Eso es porque no ven todo lo bueno que nos puede traer el comunismo. Mira lo que está pasando en Alemania con Hitler.

—Pero ni una cosa ni la otra, ¡siempre has sido un poco exagerada, prima! Pero bueno, cuéntame quién es él.

—Se llama Pierre, es francés, sus padres tienen una librería cerca de Saint-Germain, y él les ayuda, y además escribe en algunas publicaciones de izquierdas. Está muy comprometido con el comunismo y viene de vez en cuando a Madrid a ver a los camaradas, a saber cómo están las cosas, a evaluar la situación. También viaja por otros lugares, y además aprovecha para comprar libros para la librería de su padre, ediciones especiales, alguna joya bibliográfica... Pero sobre todo es comunista.

—Sí, ya me lo has dicho, es comunista. ¿Y qué quiere de ti?

—Que le ayude, que viaje con él a visitar a camaradas de otros países, conocer sus dificultades, sus necesidades, elaborar informes para la Internacional Comunista, trabajar para llevar la revolución a todas partes...

—¿Y para eso tienes que dejar a tu marido y a tu hijo?

—¡No me lo digas así! No soportaría que tú también me lo reprocharas, que no me entendieras. Estoy enamorada, no sabes cuánto. Sólo cuento los minutos para estar con Pierre.

—¡Amelia, no puedes abandonar a tu hijo!

Cada vez que le mencionaban a Javier, Amelia se ponía a llorar. Pero aquella tarde había escuchado lo suficiente para saber que a pesar de las lágrimas, Amelia ya había decidido abandonar su casa, a Santiago y a su hijo, y marcharse con Pierre. Aquella fiebre que parecía que no la abandonaba nada tenía que ver con la gripe sino con la pasión que sentía por aquel hombre. Su suerte estaba echada y la mía también.

Aunque Laura le pidió que recapacitara, le juró a su prima que, hiciera lo que hiciese, siempre podría contar con ella. Amelia se sintió más tranquila al saber que su prima nunca le volvería la espalda.

—¿Está casado? —quiso saber Laura.

Amelia se sobresaltó. No había considerado la posibilidad de que Pierre estuviera casado. Ella no se lo había preguntado y él nada le había dicho al respecto.

—No lo sé —respondió Amelia, apenas con un murmullo.

—Deberías preguntárselo, aunque, por tu bien, espero que no

lo esté. ¿Sabes? Siempre he temido que terminaras enamorándote de Josep y eso diera al traste tu amistad con Lola.

Amelia bajó la cabeza, avergonzada. Laura la conocía bien y por tanto se había dado cuenta de que en algún momento también se había sentido atraída por Josep.

—Admiro a Josep, pero no me he enamorado de él.

—Creo que sientes una atracción especial por los comunistas. No sé qué cuentan, pero a mí no puedes engañarme, te fascinan.

—A ti nunca te engañaría, y sí, tienes razón, siento atracción por esos hombres, los veo tan fuertes, tan seguros, tan convencidos de lo que hay que hacer, dispuestos a cualquier sacrificio… No sé cómo no sientes lo mismo…

—Bueno, no he conocido a ninguno que me haya impresionado, bien es verdad que los que conozco son… bueno… la verdad, no me veo enamorándome del mecánico que arregla el coche a papá. ¿Qué tengo yo que ver con él?

—¿Te crees mejor que los obreros? —preguntó Amelia.

—Ni mejor ni peor, sólo que no tengo ningún interés en común. No me engaño, Amelia. Yo también quiero que el mundo sea más justo, pero eso no significa que tenga que casarme con el mecánico. Naturalmente que quiero que él viva bien, que no le falte de nada, pero…

—Pero él en su casa y tú en la tuya, ¿no?

—Sí, más o menos.

—Algún día desaparecerán las clases sociales, todos seremos iguales, nadie ganará más por el hecho de haber estudiado, de haber tenido una familia burguesa, porque haremos desaparecer a la burguesía, a todos aquellos que nos diferencian.

—Pues tú eres tan burguesa como yo.

—Pero yo me he dado cuenta de que es una perversidad que haya clases sociales, y quiero renunciar a todos nuestros privilegios, no veo justo que haya quienes tengamos más oportunidades que otros, me parece injusto que no seamos todos iguales.

—Lo siento, Amelia, no puedo compartir tus ideas. Claro que

creo que todos merecemos las mismas oportunidades, pero, ¿sabes?, desgraciadamente los hombres nunca serán iguales.

—Eso ha sido así hasta ahora. Stalin ha demostrado que es posible una sociedad igual para todos.

—Bueno, bueno, no discutamos de política y llévame al cuarto de Javier, que quiero darle un beso antes de marcharme.

Por la noche Amelia fue a casa de Lola, o eso me dijo, porque no permitió que la acompañase. Me aseguró que Pierre acudiría a buscarla a la esquina de casa y que no andaría sola por la calle. No regresó hasta bien entrada la madrugada. No sé qué sucedió aquella noche, pero cuando llegó a casa no era la misma.

Pasó la mañana muy agitada, y se puso de malhumor cuando su madre le mandó el aviso de que iría a almorzar con Antonietta para pasar un rato con Javier.

Durante el almuerzo estuvo distraída, y a eso de las cinco rogó a su madre y a su hermana que se marcharan alegando que tenía que ir a hacer una visita. Me sorprendió que de repente las abrazara con efusión y reprimiendo las lágrimas.

Cuando doña Teresa y Antonietta se fueron, Amelia se encerró durante media hora en su habitación. Luego salió y se dirigió al cuarto de Javier. El pequeño dormía mientras Águeda, a su lado, hacía una labor de ganchillo.

Amelia cogió al niño en brazos despertándole, y se puso a llorar mientras le besaba susurrando «mi niño, mi niño querido, perdóname, hijo mío, perdóname».

Águeda y yo la observábamos en silencio, desconcertadas.

—Cuida bien a Javier, es mi tesoro más preciado —le dijo Amelia a Águeda.

—Sí, señora, sabe que le quiero como si de mi hijo se tratara.

—Cuídale, mímale.

Dejó el cuarto y yo la seguí sabiendo que iba a pasar algo. Amelia entró en su habitación y salió con una maleta, apenas podía con ella.

—¿Adónde vas? —le pregunté temblando, aunque sabía la respuesta.

—Me marcho con Pierre.

—Pero, Amelia, ¡no lo hagas! —Empecé a llorar mientras le suplicaba.

—¡Calla, calla!, o se enterará toda la casa. Tú eres comunista como yo y puedes entender el paso que voy a dar. Me voy donde me pueden necesitar.

—¡Déjame que te acompañe!

—No, Pierre no quiere, tengo que ir sola.

—¿Y qué será de mí?

—Mi marido es bueno y dejará que te quedes. Ten, toma, tenía algo de dinero reservado para ti.

Amelia me puso en la mano un fajo de billetes que yo me resistí a coger.

—Edurne, no te preocupes, no te pasará nada, Santiago cuidará de ti. Además, siempre puedes contar con mi prima Laura. Ten, quiero que le lleves esta carta. Le explico adónde marcho y lo que voy a hacer, y le pido que cuide de ti, pero no se la des a nadie que no sea ella, prométemelo.

—¿Y qué diré cuando vean que no regresas? Me preguntarán a mí…

—Di que salí a hacer una visita y te dije que llegaría tarde.

—Pero tu marido querrá saber la verdad…

—Santiago sigue de viaje y cuando regrese dile que hable con mi prima Laura, ella le explicará. En la carta que te he dado para Laura le pido que sea ella quien anuncie a la familia que me he ido para siempre.

Nos abrazamos llorando hasta que Amelia se separó, y sin darme tiempo a decir nada, abrió la puerta y salió cerrándola suavemente.

No volvería a verla en mucho, mucho tiempo.»

Edurne suspiró. Estaba fatigada. Durante tres largas horas había hablado sin darse un respiro. Yo había permanecido sin moverme, atento a una historia que, a medida que avanzaba, me iba interesando más y más.

Estaba sorprendido, mucho de lo que había escuchado me parecía inaudito. Pero allí estaba aquella anciana, con la mirada perdida en algún lugar donde habitaban sus recuerdos, y en el rostro una mueca de dolor.

Sí, a Edurne aún le dolía recordar aquellos días que cambiaron su vida, aunque no me había explicado qué había sido de ella después.

Me di cuenta de que no podía forzarla a hablar mucho más, estaba demasiado agotada física y emocionalmente para insistir en que me aclarara algunos aspectos de su relato.

—¿Quiere que la acompañe a algún sitio? —dije por decir algo.

—No, no hace falta.

—Me gustaría ser útil…

Me clavó su mirada cansada al tiempo que negaba con la cabeza. Quería que la dejara en paz, que no la obligara a seguir exprimiendo aquella memoria donde habitaban los fantasmas de su juventud.

—Iré a decir que hemos terminado. No sabe lo mucho que le agradezco todo lo que me ha contado, me ha sido usted de una gran ayuda. Ahora sé mejor quién era Amelia, mi bisabuela.

—¿De verdad?

La pregunta de Edurne me sorprendió, pero no respondí, sólo acerté a sonreír. Era muy anciana; me di cuenta de que tenía esa cerúlea palidez que precede al último viaje, y me puse a temblar.

—Avisaré a las señoras.

—Le acompaño.

La ayudé a ponerse en pie, y esperé a que se afianzara en el bastón que llevaba en la mano derecha. No imaginaba cómo había sido Edurne en el pasado, pero ahora era una anciana extremadamente delgada y frágil.

Amelia María Garayoa estaba con sus tías. Parecía inquieta, y cuando nos vio entrar saltó del sofá.

—Ya era hora, ¿es que no se ha dado cuenta de que Edurne es muy mayor? Si hubiese sido por mí no le habría permitido quedarse tanto tiempo.

—Lo sé, lo sé…

—¿Le ha sido provechosa la conversación? —quiso saber doña Laura.

—Sí, realmente estoy sorprendido. Necesito pensar, poner en orden todo lo que Edurne me ha contado… No me podía imaginar que mi bisabuela hubiera sido comunista.

Se quedaron en silencio y me hicieron sentir incómodo, lo que empezaba a ser un hábito en ellas.

Amelia María ayudó a sentarse a Edurne mientras doña Laura me miraba expectante, y la otra anciana, doña Melita, parecía perdida en sus pensamientos. A veces parecía desentenderse de lo que sucedía a su alrededor, como si no le interesara lo que estaba viviendo.

Yo también estaba cansado, pero sabía que para continuar mi investigación tendría que hablar con ellas.

—Bien, ustedes me dijeron que iban a guiar mis pasos. ¿Cuál es el siguiente? Aunque, bien mirado, yo necesitaría hablar con usted, doña Laura, y que me explicara qué ocurrió cuando…

—No, ahora no —me cortó la anciana—, es tarde. Llame mañana, y ya le diré por dónde seguir.

No protesté, sabía que habría sido inútil, sobre todo porque Amelia María me estaba diciendo con la mirada que si insistía me despediría con cajas destempladas.

Cuando llegué a mi casa dudé en si llamar a mi madre para contarle todo lo que había descubierto sobre la bisabuela o, por el contrario, no decir ni media palabra hasta que no tuviera la historia completa. Al final opté por dormir y dejar la decisión para el día siguiente. Me sentía confuso; la historia de mi bisabuela estaba resultando ser más complicada de lo que yo había previsto, y no sabía si terminaría convirtiéndose en un folletín o en cambio aún me podía llevar unas cuantas sorpresas más.

Me quedé dormido pensando en que Amelia Garayoa, aquella misteriosa antepasada mía, había sido una romántica temperamental, una mujer ansiosa de experiencias, constreñida por las imposiciones sociales de su época; un tanto incauta y desde luego con una clara tendencia a la fascinación por el abismo.

Por la mañana llamé a mi madre mientras me tomaba el primer café del día.

—¡Menudo culebrón el de la bisabuela! —le solté a modo de saludo.

—De modo que ya te has enterado de lo que pasó...

—De todo no, pero de una parte sí, y desde luego era una señora muy peculiar para haber vivido en aquellos años. Vamos, que se puso el mundo por montera.

—Cuéntame...

—No, no te voy a contar nada, prefiero terminar la investigación y escribir la historia tal y como me ha pedido la tía Marta.

—Me parece muy bien que no se lo cuentes a la tía Marta, pero yo soy tu madre y te recuerdo que la primera pista te la di al decirte que fueras a hablar con don Antonio, el cura de nuestra parroquia.

—Ya sé que eres mi madre, y como te conozco, sé que no vas a poder resistir la tentación y se lo vas a contar a tus hermanos, de manera que no te voy a explicar nada.

—¡No confías en mí!

—Claro que confío en ti, eres la única persona en quien confío, pero para las cosas importantes; como esto no lo es, prefiero no decirte una palabra, al menos por ahora, pero te prometo que serás la primera en conocer toda la historia.

Discutimos un rato pero no tuvo más remedio que aceptar mi decisión. Luego llamé a la tía Marta, más que nada para que no creyera que me estaba gastando su dinero sin trabajar.

—Quiero que vengas al despacho y me informes de cómo va la investigación.

—No voy a contarte nada hasta que no te entregue la historia por escrito tal y como me pediste. Ya te he dicho que he podido encontrar el rastro de mi bisabuela, bueno, de tu abuela, y que por fin la familia se va a enterar de lo que pasó, pero necesito trabajar a mi aire y sin presiones.

—Yo no te presiono, yo te pago para que investigues una historia y por tanto tienes que rendirme cuentas de cómo estoy gastando mi dinero.

—Te aseguro que no he hecho ningún dispendio, y que te daré incluso el tíquet de los taxis; pero por ahora, te pongas como te pongas, no voy a desvelarte nada. Estoy empezando la investigación y sólo quería decirte que he conseguido los primeros frutos; vamos, que estoy sobre la pista de Amelia Garayoa. No creo que tarde demasiado en terminar la investigación, y entonces escribiré el relato y te lo entregaré.

No le dije a mi tía que había conocido a unas primas de la bisabuela y que había cerrado un acuerdo con ellas: su ayuda a cambio de leer el manuscrito y dar su visto bueno antes de entregárselo a mi familia. Ya afrontaría ese problema más adelante.

También me había comprometido con mi madre a que sería la primera en conocer toda la historia de nuestra antepasada, así que, llegado el momento, decidiría quién sería la primera o primeras en enterarse; hasta entonces, lo que necesitaba es que me dejaran tranquilo.

La tía Marta aceptó a regañadientes. Luego volví a llamar a mi madre, porque estaba seguro de que mi tía la iba a llamar presentándole una lista de quejas sobre mí.

PIERRE

1

Durante los siguientes días intenté poner sobre el papel de manera ordenada todo lo que me había contado Edurne. Esperaba que las ancianas Garayoa me telefonearían, puesto que sin ellas difícilmente podía llevar a cabo la investigación.

Se me ocurría que debía intentar buscar a la tal Lola, pero la pobre estaría ya en el otro mundo; en cuanto a Pierre, realmente me intrigaba. «¡Menudo pájaro! —pensé—, hay que echarle mucha cara para birlarle a otro la mujer en nombre de la revolución.»

Era difícil que Pierre viviera aún, a no ser que fuera centenario, algo harto improbable, ya que había creído entender a Edurne que cuando Pierre conoció a Amelia le sacaba a ésta unos cuantos años. Ella tenía dieciocho y él pasaba de los treinta; por tanto, las probabilidades de que Pierre estuviera vivo eran nulas.

Cuando por fin me llamó Amelia María Garayoa suspiré aliviado; la verdad es que había llegado a temer que las ancianas se arrepintieran de su oferta y hubieran decidido impedir que continuara mi investigación.

—Mi tía quiere verle —me espetó a modo de saludo.

—¿Cuál de ellas?

—Mi tía Laura.

—¿Y su tía Melita?

—Está muy resfriada y no se encuentra bien.

—Oiga, una curiosidad: doña Amelia y doña Laura, ¿son hermanas? Por lo que leí en el diario de mi bisabuela y me contó Edurne, la mejor amiga de Amelia era su prima Laura. Me hago un poco de lío —intenté resultarle simpático.

—A lo mejor todo esto es demasiado para usted —respondió ella, dejando clara su poca confianza en mí.

—Reconocerá que la existencia de tantas Amelias sorprende a cualquiera —me defendí yo.

—Pues no, verá, una de las bisabuelas de mis tías abuelas se llamaba Amelia, una mujer al parecer muy guapa y querida por toda la familia; tanto, que sus nietos decidieron que si tenían hijas les pondrían el nombre de su abuela. Y eso es lo que hicieron Juan y Armando Garayoa, poner el nombre de Amelia, el de su abuela, a sus primogénitas.

—¡Vaya lío!

—Será un lío para usted, para nuestra familia las cosas están muy claras.

—Que yo sepa, algo tengo que ver con su familia…

—Eso está por ver.

—¡Pero si le enseñé la partida de bautismo de mi abuelo Javier!

—Mire, tengo mis dudas sobre usted; pero es que, además, aunque usted sea nieto del hijo de Amelia Garayoa, ¿a qué viene aparecer de repente con esa estúpida historia de que va a escribir un libro sobre su bisabuela?

—Yo no he dicho que vaya a escribir un libro sino un relato que mi tía Marta encuadernará y lo regalará a toda mi familia en Navidades.

—¡Conmovedor! —Amelia Garayoa lo dijo en un tono de burla que me fastidió.

—Escuche, entiendo sus reticencias, pero yo he sido sincero desde el primer momento y, además, le guste o no, somos familia.

—¡Ah, no! En eso se equivoca. Usted y yo no somos nada por más que se empeñe en buscar parentescos. ¿No pretenderá que ahora de repente los Garayoa nos reencontremos con los Carranza como si se tratara de un folletín?

—Oiga, en eso tiene razón, porque la verdad es que lo de mi bisabuela huele a folletín... pero no, no tengo la más mínima intención de proponer que celebremos las Navidades juntos.

—Ni se le ocurra la idea de que debamos conocernos las dos familias.

—No es mi intención, bastante tengo con sobrevivir en la mía para tener que soportar a otra familia con usted incluida.

—¡Es usted un grosero!

—No, no lo soy, simplemente quiero decirle que estoy de acuerdo en que el pasado, pasado está.

—Dejemos esta discusión inútil. Mi tía lo espera mañana a las doce. Sea puntual.

Amelia María Garayoa colgó el teléfono sin despedirse. Realmente le caía mal.

Al día siguiente acudí puntual a la cita con un ramo de rosas de color rosa. El ama de llaves me acompañó a la biblioteca donde me esperaba doña Laura.

Estaba sentada y tenía un libro sobre las rodillas.

—Ya ha llegado... siéntese —me ordenó mientras señalaba un sillón cercano al suyo.

—¿Cómo está su hermana? —pregunté con un tono de voz preocupado al tiempo que le daba el ramo de rosas—. Le he traído estas flores...

—¿Mi hermana? —inquirió con un deje de extrañeza.

—Su sobrina Amelia María me dijo ayer que doña Melita estaba resfriada...

—¡Ah, sí! Claro que está resfriada, pero ya se encuentra mejor, desde ayer no tiene fiebre. Somos muy mayores, ¿sabe? Y cualquier cosa nos afecta... y la gripe de este año ha venido muy mala. Pero está mejor. Le diré que ha preguntado usted por ella.

Hizo un gesto para indicar al ama de llaves que se llevara las flores y le pidió que trajera café para los dos.

—Bien, ¿qué opina de lo que le contó Edurne? —me preguntó sin más preámbulos.

—En realidad su prima me parece que era una joven bastante atolondrada, con ansias de convertirse en una heroína —respondí a modo de conclusión.

—Sí, algo de eso hay, pero no sólo eso. Mi prima Amelia siempre fue una chica inteligente, inquieta, sólo que se equivocó de siglo; si hubiera nacido hoy, se habría convertido en una mujer notable, habría podido desarrollar todo su talento, pero en aquella época...

—Eso de largarse con el tal Pierre creyendo que debía sacrificarse por la revolución... en fin, que me parece una excusa pueril. Se fue con él porque se enamoró, y se habría ido igual con revolución o sin ella —concluí ante la mirada de espanto de doña Laura.

—Joven, me parece que usted no ha entendido nada. Juzga con mucha ligereza a Amelia. Puede que usted no sea capaz de entender... que no sea la persona adecuada para escribir su historia...

Estaba claro que había metido la pata. ¡Quién me mandaría soltar de sopetón mi opinión sobre mi bisabuela! Intenté arreglarlo como pude.

—¡Por favor, no me malinterprete! A veces los periodistas somos así de impulsivos, decimos las cosas a lo bruto, olvidándonos de los matices, pero le aseguro que a la hora de escribir esta historia lo haré con ecuanimidad y cariño, al fin y al cabo fue mi bisabuela.

Temí que me dijera que me marchara, pero no dijo nada. Esperó a que el ama de llaves, que acababa de entrar, nos sirviera el café.

—Bien, usted dijo que tenía unas cuantas preguntas que hacernos. ¿Qué más quiere saber?

—En realidad son ustedes quienes me tienen que decir de qué hilos debo tirar. Reconozco que sin su ayuda sería muy difícil poder desentrañar la historia de mi bisabuela. También me gustaría que me contara qué sucedió cuando regresó Santiago, mi bisabuelo.

—No le compadezca. Santiago fue un hombre de una pieza, que sufrió, sí, por la pérdida de Amelia, pero que supo sobreponerse con enorme dignidad.

—Pues de eso quería que me hablara, al fin y al cabo ustedes eran la familia más cercana de Amelia.

—Bien, le contaré algunos detalles, pero no tome por costumbre que seamos nosotras quienes le demos información; ese no es el trato. Además, hay cosas que aunque quisiéramos no podríamos contarle porque las ignoramos. Aunque, como usted dice, sabemos de qué hilos tirar. Le tengo preparadas un par de entrevistas más.

Me acomodé en el sillón dispuesto a escuchar a doña Laura, que se había quedado en silencio, como si estuviera pensando por dónde comenzar...

«Al día siguiente de la fuga de Amelia, Edurne me trajo la carta que había escrito mi prima. Era un domingo de finales de marzo de 1936 y todos estábamos en casa. La tengo aquí para enseñársela. En ella, Amelia me decía que se había enamorado de Pierre, que no soportaba la idea de que él se marchara y no volver a verlo, que prefería morir antes que perderlo. También me suplicaba que fuera yo quien explicara a sus padres y a Santiago su ausencia; insistía en que la verdadera causa no era Pierre, sino sus ideales revolucionarios. Pedía perdón a todos y me rogaba que hiciera lo posible para evitar que su hijo la odiara; también decía que algún día regresaría en busca de Javier. Y me pedía que cuidara de Edurne, porque temía que Santiago la pudiera despedir.

Se puede imaginar mi estado de conmoción cuando leí aquella carta. Me sentía desolada, perdida, e incluso traicionada, porque Amelia, además de mi prima, era mi mejor amiga. Desde pequeñas habíamos compartido hasta las confidencias más intrascendentes, estábamos más unidas la una a la otra que a nuestras propias hermanas.

Edurne estaba aterrorizada. Pensaba, y no le faltaba razón, que podía quedarse sin trabajo, que tendría que regresar al caserío. Lloraba pidiéndome que la ayudara. Yo me sentía desbordada por la situación, puesto que con dieciocho años, y en aquella época, se puede usted imaginar lo poco que sabíamos del mundo, y mi prima se había fugado delegando en mí una responsabilidad para la que no estaba preparada. Lo primero que hice fue tratar de tranquilizar a Edurne y prometerle que nada le sucedería, y le dije que regresara a casa de Amelia, y si alguien le preguntaba por Amelia tenía que responder que no sabía adónde había ido. Luego fui a ver a mi madre, que en aquel momento estaba con la cocinera dándole instrucciones porque esa noche teníamos invitados.

—Necesito hablar contigo.

—¿No puedes esperar? No creas que es fácil organizar una cena para doce comensales.

—Mamá, es muy urgente, necesito hablar contigo —insistí.

—¡Cómo sois las niñas de hoy de impacientes! Los mayores tenemos que dejarlo todo para complaceros. En fin, vete a la salita que ahora voy.

Mi madre tardó aún un buen rato en reunirse conmigo; para cuando lo hizo, yo ya me había mordido todas las uñas.

—¿Qué pasa, Laura? Espero que no sea ninguna tontería de las tuyas.

—Mamá, Amelia se ha ido.

—¿Tu hermana? Claro que se ha ido, ha ido a visitar a su amiga Elisa.

—No me refiero a mi hermana Melita sino a mi prima.

—Si no la has encontrado es que habrá salido a casa de sus padres o a visitar a alguien, lo mismo está con esa Lola…

—Se ha ido para siempre.

Mi madre se quedó callada intentando digerir lo que acababa de oír.

—Pero ¿qué dices? ¡Qué tontería es ésa! Ya sé que está enfadada con Santiago por su último viaje... la verdad es que Santiago debería ser más considerado y no marcharse así por las buenas... pero Amelia ya sabe cómo es su marido...

—Mamá, Amelia ha dejado a Santiago.

—¡Pero qué dices, niña! ¡Basta de tonterías!

Mi madre se había puesto roja del sofoco. Le costaba asimilar lo que le estaba diciendo.

—Se ha marchado porque... porque cree en la revolución, y se va a sacrificar para construir un mundo mejor.

—¡Dios mío! ¡No puedo creer que Lola le haya lavado el cerebro hasta esos extremos a tu pobre prima! Vamos, dime dónde está, llamaré a tu padre, tenemos que ir a buscarla de inmediato... imagino que se habrá ido a casa de esa Lola.

—Se ha ido a Francia.

—¿A Francia? ¡Qué estás diciendo! Explícame qué ha pasado, pero ¿cómo puedes decir que Amelia se ha ido a Francia...?

Mi padre entró en la salita alertado por los gritos de mi madre. Se asustó al verla moviéndose de un lado para otro haciendo aspavientos.

—Pero ¿qué pasa? Elena, ¿qué sucede? ¿Te encuentras mal? Espero, Laura, que no le hayas dado ningún disgusto a tu madre, y menos hoy, que tenemos invitados a cenar...

—Papá, Amelia se ha ido a Francia. Ha dejado a Santiago y a su familia aunque algún día volverá a por Javier.

Lo dije todo seguido, sin preámbulos.

Mi padre se quedó mudo, mirándome fijamente, como si no entendiera lo que le estaba diciendo. Mi madre había roto a llorar desconsoladamente.

Les conté la fuga de Amelia a trompicones, intentando no traicionarla, sin nombrar en ningún momento a Pierre.

Mi padre no terminaba de creerse que su sobrina, por atolondrada que fuera, se hubiese ido a Francia a hacer la revolución.

—Pero ¿qué revolución? —insistía mi padre.

—Pues la revolución. Sabes que los comunistas quieren llevar la revolución a todas partes… —respondí sin excesiva convicción.

Durante más de una hora mi padre estuvo preguntándome sin darme tregua, mientras mi madre hablaba y hablaba de la influencia de Lola.

—Tenemos que llamar a Juan y a Teresa. ¡Qué disgusto les vamos a dar! Y tú, Laura, enséñame esa carta que te ha escrito Amelia —me reclamó mi padre.

Les mentí. Juré que, a causa de los nervios, sin darme cuenta la había roto. No podía entregársela puesto que en la carta Amelia contaba toda la verdad, es decir, que se había enamorado de Pierre.

—¡No te creo! —dijo mi padre reclamando la carta.

—Te aseguro que la he roto sin darme cuenta —protesté llorando.

Mis tíos Juan y Teresa llegaron a mi casa apenas media hora después. Mi padre les había insistido en que era urgente que vinieran. Para él suponía un gran sufrimiento tener que decirle a su hermano que su hija se había escapado.

Mi padre me pidió que les contara cuanto sabía, y yo, entre lágrimas, fui diciendo lo que podía.

Mi tía Teresa se desmayó y mi madre tuvo que atenderla, lo que propició que mi padre, mi tío Juan y yo nos refugiáramos en su despacho, donde ambos me insistieron en que les contara cuanto sabía.

No di mi brazo a torcer, y achaqué a la revolución la causa de la fuga de mi prima Amelia.

—Bien —aceptó mi tío Juan—, entonces iremos a ver a esa Lola, que ha sido la causante de meter en la cabeza de Amelia estas ideas extremistas. Ella sabrá dónde está, no creo que le haya dado tiempo a llegar a Francia; en todo caso, nos tendrá que decir dónde encontrarla. Pero primero iremos a casa de Amelia, hay que procurar no alertar al servicio sobre lo que está sucediendo. Espero que Edurne no diga ni una palabra.

Mientras mi madre atendía a mi tía Teresa, fui con mi padre y mi tío a casa de Amelia. Pero aquél no era nuestro día de suerte y cuando llegamos a casa de Amelia nos encontramos con la sorpresa de que Santiago había regresado del viaje por la mañana.

Santiago estaba hablando con Edurne, o mejor dicho, Santiago hablaba y Edurne lloraba.

Él se sorprendió al vernos y yo me puse a temblar. Enfrentarme a mis padres y a mis tíos era una cosa, pero enfrentarme a Santiago...

Mi tío Juan estaba igualmente nervioso. No iba a ser fácil para él decirle a Santiago que su mujer se había marchado.

—¿Qué sucede? —preguntó Santiago con un tono de voz helado.

—¿Podemos hablar en privado? —solicitó mi tío Juan.

—Sí, naturalmente. Acompañadme al despacho, y tú, Edurne... luego continuaremos hablando.

Lo seguimos hasta el despacho, yo rezando por lo bajo, pidiéndole a Dios que hiciera un milagro y Amelia apareciera de repente. Pero aquel día Dios no me escuchó.

Santiago nos invitó a sentarnos, pero mi tío Juan estaba tan nervioso que se quedó de pie.

—Siento lo que voy a decirte... estoy desolado... y te aseguro que no lo entiendo, pero...

—Don Juan, cuanto antes me diga a lo que ha venido, mejor —cortó Santiago.

—Sí... desde luego... lamento lo que ha pasado... pero, en fin, no tengo más remedio que informarte de que Amelia ha huido.

Agarré la mano de mi padre como si fuera un refugio, porque el rostro de Santiago reflejaba una ira sin límites.

—¿Ha huido? ¿Dónde? ¿Por qué? —Santiago intentaba controlarse, pero era evidente que estaba a punto de estallar.

—No lo sabemos ... bueno sí... al parecer se ha ido a Francia.

—¿A Francia? ¡Pero qué locura es ésta! —Santiago había elevado el tono de voz.

—Amelia le ha escrito a Laura para explicárselo —acertó a decir mi padre.

—¿Ah, sí? Bien, leamos esa carta. —Y me miró fijamente mientras tendía la mano a la espera de que le entregara la misiva de Amelia.

—No la tengo —musité—, con los nervios la he roto…

—¡Ya! ¿Y pretendes que me lo crea?

—¡Es la verdad! —Me di cuenta de que a pesar de mi protesta Santiago siguió sin creerme.

La verdad es que siempre se me ha dado mal mentir.

—¿Y qué es lo que Amelia te ha autorizado a decirnos? —Santiago seguía haciendo un esfuerzo por contenerse.

—Pues que se ha ido a Francia a colaborar con la revolución, allí están más preparados para ayudar a extender a todas partes la Revolución soviética.

Lo dije de corrido, me había aprendido la lección.

—Laura, ¿con quién se ha ido Amelia? —El tono de voz de Santiago era duro y cortante.

Me mordí el labio hasta hacerme sangre y se me escaparon las lágrimas.

—Responde, hija —me pidió mi padre.

—No lo sé…

—Sí, sí lo sabes. Tú y Edurne sabéis exactamente lo que ha pasado, cuándo y con quién se ha marchado —afirmó Santiago.

Don Juan y mi padre se miraron con espanto, mientras Santiago clavaba sus ojos en los míos hasta hacerme bajar la cabeza, avergonzada.

—Laura, no le haces ningún favor a Amelia ocultándonos la verdad. Tu prima, mal aconsejada, ha cometido un error, pero si nos dices todo lo que sabes aún lo podemos enmendar —insistió mi padre.

—Es que sé que se ha ido a hacer la revolución… —respondí casi sollozando.

—¡No digas tonterías! —me interrumpió Santiago—. No nos tomes por estúpidos. Mía ha sido la culpa por permitir a Amelia participar en esas reuniones de las Juventudes Socialistas de España a las que la llevaba Lola. Y más aún de haberme hecho hasta gracia que Edurne se tomara su militancia tan en serio. ¿Amelia una revolucionaria? Sí, una revolucionaria acompañada de su criada para que, naturalmente, la señorita no tuviera que molestarse ni en hacerse la cama.

—Amelia no se ha llevado a Edurne —protesté sacando algo de valor.

—No, no se la ha llevado, porque no se lo han permitido. Edurne me ha contado que ella quería acompañarla, pero que Amelia le dijo que no le autorizaban a ir con nadie. Bien, me habéis venido a contar lo que ya sabía, que Amelia se ha ido. Cuando llegué a casa esta mañana pregunté por mi mujer y nadie supo darme razón, y Edurne se puso a llorar cuando le pregunté por ella. Sólo ha alcanzado a decirme la misma tontería que tú, Laura, que Amelia se ha ido a Francia a hacer la revolución.

De pronto Santiago parecía cansado, como si toda la furia que estaba conteniendo se estuviera transformando en resignación.

—Santiago, estamos contigo, dispuestos a ayudarte en lo que sea, pero quiero pedirte que perdones a mi sobrina, es una chiquilla sin ninguna mala intención. —Las palabras de mi padre parecieron revivir la ira en Santiago.

—¿Ayudarme? ¿En qué pueden ayudarme? No se engañe, don Armando, si Amelia se ha ido es que... es que lo ha hecho con otro hombre.

—¡No, eso sí que no! —Mi tío Juan se plantó ofendido delante de su yerno—. No permitiré que faltes el respeto a mi hija. Amelia es una niña, sí, ha cometido un error, pero irse con otro hombre, ¡jamás! No quiero reprocharte nada, pero tus viajes sin avisar no han sido precisamente una manera adecuada de cuidar tu matrimonio.

Santiago apretó los puños. Creo que si no hubiese sido por su exquisita educación y, sobre todo, porque era un hombre que sabía controlarse, habría golpeado a mi tío Juan.

—Quiero creer que Amelia sólo nos habría abandonado a su hijo y a mí por una gran pasión. ¿Abandonar a Javier sólo por la revolución? No, usted no conoce a Amelia. Bien es verdad que nunca se ha comportado como una madre solícita con Javier, pero yo sé que le quiere; en cuanto a mí... también lo creía.

—Hemos pensado en ir a casa de Lola —intervino mi padre—, espero que nos acompañes.

—No, no, don Armando, no les voy a acompañar. No voy a ir a buscarla. Si se ha marchado, ella sabrá por qué y tendrá que asumir las consecuencias.

—¡Pero es tu esposa! —protestó mi tío Juan.

—Una esposa que me ha abandonado.

—¡Pero precisamente tú acabas de regresar de un viaje y cuando te fuiste ni siquiera te despediste de ella...!

Santiago se encogió de hombros. Para él era perfectamente natural el ir y venir sin dar explicaciones, como si fuera una prerrogativa por la que no tenía que excusarse.

—Nos gustaría que nos acompañaras a casa de Lola —insistió mi padre.

—Ya le he dicho que no, don Armando. Y tú, Laura...

No me dijo ni una palabra más, pero me hizo sentir como una malvada.

Salimos de casa de Santiago destrozados. No habíamos podido hablar con Edurne, y yo me alegré porque no sé si habríamos podido seguir manteniéndonos firmes en nuestra versión si nos hubieran presionado a ambas.

Les indiqué dónde vivía Lola. Caminamos deprisa hasta la calle Toledo, hasta dar con el piso que Lola compartía con Josep y donde vivía con su hijo Pablo.

Lola ocupaba una buhardilla a la que llegamos a través de una escalera oscura. Yo sólo había estado en aquella casa en una ocasión acompañando a mi prima. En realidad, ni a mí me caía bien Lola ni yo a ella, de manera que solíamos tratarnos con una frialdad que apenaba a Amelia. A ella le hubiera gustado que fuéramos amigas y, sobre todo, poder compartir conmigo sus andanzas con Lola.

No funcionaba el timbre, así que mi tío Juan golpeó la puerta. Nos abrió Pablo, el hijo de Lola. El chiquillo estaba resfriado, y parecía tener fiebre.

—¿Qué quieren?

—Pablo, estamos buscando a Amelia —acerté a decir antes de que mi tío o mi padre hablaran.

—Pero Amelia se ha ido con Pierre, se fueron anoche en tren —respondió.

Mi tío Juan palideció al escuchar lo que acababa de decir el niño.

—¿Podemos pasar? —preguntó, al tiempo que lo apartaba y entraba.

Pablo se encogió de hombros mientras me miraba extrañado por la situación.

—Es que no está mi madre, ni tampoco Josep.

—¿Quién es Josep? —preguntó mi tío Juan.

—Mi padre.

—¿Y le llamas Josep? —La pregunta de mi tío no pareció sorprender al niño.

—Sí, todos le llaman Josep, aunque a veces también le llamo papá, depende de cómo me dé.

A estas alturas de la conversación ya estábamos en la pequeña estancia que hacía las veces de sala y de dormitorio de Pablo. La buhardilla sólo tenía dos piezas: una era en la que estábamos y la otra, aún más pequeña, donde solían dormir Lola y Pablo cuando no estaba Josep, además de una minúscula cocina iluminada por un tragaluz. Carecían de cuarto de baño; al igual que el resto de los vecinos, tenían que utilizar un retrete situado en el descansillo.

Mi tío Juan buscó con la mirada una silla donde poder sentarse. Mi padre y yo nos quedamos de pie, mientras Pablo se sentaba en otra silla esperando a que le dijéramos qué queríamos.

—Bien, dinos exactamente dónde está Amelia —ordenó mi tío.

—Ya se lo he dicho: en Francia, con Pierre.

—¿Y quién es Pierre? —insistió mi tío.

—El novio de Amelia... bueno, no sé si es su novio, porque Amelia está casada, pero si no lo es, es algo parecido. Se quieren y Amelia le va a ayudar.

Mi tío Juan empezó a sudar, mientras mi padre, atónito por lo que Pablo decía, decidió sentarse.

—Pablo, no digas esas cosas... Amelia y Pierre son sólo amigos... Amelia le va a ayudar a hacer la revolución —intervine yo mirando angustiada a Pablo, intentando decirle con los ojos que no dijera una palabra más.

—¡Cállate! —El tono de voz de mi padre me cortó en seco—. Y tú, niño —añadió—, nos vas a decir todo lo que sepas.

Pablo pareció asustarse de repente, y comprendió que había hablado más de la cuenta.

—¡Yo no sé nada! —alcanzó a decir, angustiado.

—¡Claro que sabes! Y nos lo vas a decir. —Mi padre se había levantado plantándose delante del niño, que le miraba asustado.

—Cuanto antes nos cuentes lo que sabes, antes nos iremos —lo apremió mi tío Juan.

—¡Pero si no sé nada! ¡Por favor, Laura, diles que me dejen en paz!

Bajé los ojos avergonzada. No podía hacer ni decir nada, ni mi padre ni mi tío iban a permitirme intervenir para evitar que el niño hablara.

—Mi madre dice que no soy un esclavo, que no tengo que humillarme ante los capitalistas de mierda —dijo Pablo, intentando darse valor a sí mismo.

—Si no nos cuentas lo que sabes, te llevaremos a la comisaría, la policía buscará a tu madre y luego ya veremos lo que pasa —amenazó mi padre.

Pablo, al que cada vez le brillaban más los ojos por la fiebre y el susto, empezó a gimotear.

—Mi madre es una revolucionaria, y ahora no gobiernan los fascistas. —Fue el último intento de Pablo antes de comenzar a hablar.

—Bien, vámonos a la comisaría; por lo que sé, tu madre tiene algunas cuentas pendientes con la policía, y por muy revolucionaria que sea, la ley es la ley para todo el mundo —afirmó mi padre.

Pablo volvió a buscar mi mirada solicitando ayuda, pero yo no podía decirle nada, aunque rezaba para que el niño no diera ninguna pista que pudiera frustrar la fuga de Amelia.

—Amelia vino anoche a casa, la estaba esperando Pierre. Dijeron que iban a coger el tren, que primero irían a Barcelona y luego a Francia.

—¿A Barcelona? —preguntó mi tío Juan.

—Pierre tiene que ver a unos amigos de mi padre —alcanzó a decir Pablo.

—¿Dónde vive tu padre? —quiso saber mi tío Juan.

—En una calle del Ensanche.

—¿Y cuál es el apellido de tu padre? —insistió mi tío.

—Soler.

—Dime, ¿quién es Pierre? —Mi padre hablaba ahora con un tono de voz suave, intentando tranquilizar a Pablo.

—Es un amigo de mis padres, es un revolucionario de París. Trabaja para llevar la revolución a todas partes, y nos está ayudando.

—¿Es el novio de Amelia? —Mi padre hizo la pregunta sin mirarnos ni al tío Juan ni a mí.

—Sí —musitó Pablo—, ayer cuando Amelia llegó se besaron.

Ella lloraba mucho, pero él le prometió que nunca tendría que arrepentirse por irse con él. Pierre la besaba todo el rato, y Amelia también a él. Se besaban como se besan mis padres… y Amelia le dijo que le seguiría hasta la muerte.

Empecé a toser. La mía era una tos nerviosa, lo único que quería es que Pablo se callara, que no dijera una palabra más, que mi padre y mi pobre tío Juan no siguieran oyendo aquellas cosas.

Mi tío Juan estaba pálido y con el cuerpo tan rígido que parecía un cadáver. Escuchaba a Pablo con los ojos muy abiertos, y en ellos no sólo había sufrimiento, también vergüenza y estupor. ¿Cómo podía imaginar a Amelia besándose con un hombre que no fuera su marido? ¿Era posible que ella se comprometiera con otro hombre hasta la muerte? Parecía como si lo que estuviera escuchando no fuera posible, que se tratara de una extraña, no de su propia hija. De repente parecía darse cuenta de que no la conocía, de que la mujer de la que le hablaban nada tenía que ver con su primogénita, con su hija del alma.

Mi padre se acercó a mi tío invitándole a marcharnos. A duras penas mi tío Juan se puso en pie. Parecía un autómata. Mi padre lo cogió del brazo, ayudándole a dirigirse hacia la puerta. Salieron sin despedirse de Pablo.

—Mañana me voy a Barcelona —me dijo el niño a modo de despedida.

—¿A Barcelona? ¿Y verás a Amelia? —pregunté en voz baja.

—No lo sé, pero mi madre dice que vamos a vivir con mi padre. Está muy contenta. A mí me da pena irme de Madrid, aunque aquí no tenemos a nadie. Bueno, a mi abuela, pero mi madre no se lleva bien con ella.

—Si ves a Amelia dile… dile… dile que sea muy feliz y que la quiero mucho.

Pablo asintió sin decir palabra, y yo salí deprisa, para alcanzar a mi padre y a mi tío Juan.

De regreso a mi casa, mi tía Teresa continuaba llorando. Mi madre le había dado dos tilas y un vasito de agua del Carmen, pero no le habían hecho ningún efecto. Mi madre había llamado a mi prima Antonietta, que estaba sentada, muy seria, sin decir palabra.

—¿La habéis encontrado? —preguntó impaciente mi madre.

Mi padre le contó sin mucho detalle que habíamos estado con Santiago y luego en casa de Lola, y que al parecer Amelia se había ido a Barcelona aunque su destino final era Francia.

Mi tía Teresa lloró con más fuerza y desconsuelo al escuchar el relato de las últimas horas, y sólo alcanzaba a pedir que le devolvieran a su hija.

No sabíamos qué hacer, ni qué decir; aquél fue el día más largo de mi vida.

A media tarde, mi padre, Melita y yo acompañamos a mis tíos y a mi prima a su casa. Estábamos de duelo, pero mi madre había decidido que no podía suspender la cena de aquella noche, ya que entre los invitados se encontraba un matrimonio con dos de sus hijos, uno de los cuales pretendía a mi hermana Melita, y sabíamos que aquella noche iba a pedir oficialmente permiso para cortejarla.

Yo me hubiese quedado de buena gana con mis tíos y Antonietta, pero ellos preferían estar solos.

La cena resultó ser una pesadilla. Mi padre estaba distraído; mi madre, nerviosa, y mi hermana, conmocionada por lo sucedido, apenas prestaba atención a su pretendiente. Bien es verdad que el chico no se desanimó por lo inusual del ambiente y, apoyado por su padre, terminó pidiendo permiso al mío para iniciar relaciones con mi hermana. Mi padre se lo dio sin mostrar ningún entusiasmo. Años después, le contamos a Rodrigo lo que había pasado aquel día. Aunque ahora no venga al caso, le diré que, poco después de comenzar la guerra civil, Rodrigo se casó con mi hermana Melita.

A la mañana siguiente Edurne se presentó en mi casa con la maleta. Santiago le había dado una generosa cantidad de dinero para que regresara al caserío con su madre y sus abuelos.

—Yo no puedo regresar, señorita Laura; mi madre me mata si se entera de que me ha despedido don Santiago.

—Pero si tú no tienes la culpa de lo que ha pasado, tu madre te comprenderá —le dije yo, poco convencida.

—En casa necesitan lo que gano, el caserío apenas da para vivir, y además mi madre me está haciendo el ajuar por si un día me caso.

—El ajuar puede esperar —terció mi madre— y tú allí siempre podrás echar una mano. Además tu hermano Aitor se está situando bien dentro del PNV; mi cuñada Teresa me ha dicho que le tienen muy bien considerado.

—¡Ay, doña Elena, usted no conoce a mi madre! No sabe cómo se va a enfadar. Ella me pidió que me comportara como ella lo había hecho siempre con la familia Garayoa, y ya ve usted lo que he hecho.

Edurne lloraba con desconsuelo y me agarraba la mano suplicando que no la abandonara. Yo me debatía entre lo que me había pedido mi prima Amelia, que cuidara de Edurne, y el peso de la responsabilidad que asumía. Pudo más la lealtad a mi prima.

—Mamá, ¿puedo hablar contigo a solas un momento?

Mi madre me miró con desconfianza; me conocía muy bien y sabía lo que iba a pedirle, así que se hizo la remolona.

—Mira, Laura, no puedo perder más tiempo, tenemos demasiados problemas encima…

—¡Pero si es sólo un momento! —supliqué.

Salimos de la sala y nos metimos en mi cuarto. Para entonces mi madre ya se había puesto de un humor pésimo.

—Laura, tienes que ser sensata —comenzó a decirme, pero la interrumpí.

—¿Qué quejas tienes de mí? ¿En qué te he disgustado?

—En nada, niña, en nada, pero tienes que entender que no

podemos hacernos cargo de Edurne, que es precisamente lo que me vas a pedir.

—Pero, mamá, ¡ella no puede volver al caserío! Tú sabes que Amaya tenía mucho genio…

—Amaya fue siempre una sirviente leal. Ojalá Edurne fuera como su madre, no se habría metido en problemas ni se le habría llenado la cabeza de pájaros sobre la revolución.

—Te lo pido por favor, ¡habla con papá!

—No somos ricos, no podemos meter una boca más en casa. ¿Es que no te das cuenta de la situación? La política está revolviéndolo todo: hay huelgas, desórdenes, algunos locos están asaltando conventos; no sé qué va a pasar… Y tu padre es un bendito, apoya a don Manuel Azaña lo mismo que su hermano Juan, pero yo creo que Azaña no termina de hacerse con la situación…

—¡No me importa la política! ¡Lo que quiero es ayudar a Edurne! Y no me digas que no podemos hacerle un hueco en casa. Puede dormir en el cuarto de tu doncella, a Remedios no le importará. Además, Remedios está mayor, le vendrá bien que le ayuden.

—¡Que no! Que no quiero a una comunista como doncella, no quiero líos en mi casa. Bastante tenemos con lo que ha pasado con tu prima Amelia.

Mi padre golpeó suavemente en la puerta. Había escuchado la voz alterada de mi madre.

—Me voy al despacho, volveré para almorzar. Pero ¿qué es lo que pasa?

—Tu hija quiere que metamos a Edurne en casa, Santiago la ha despedido.

—¡Por favor, papá!

—Mira, lo que podemos hacer es hablar con tus tíos, yo misma iré a visitar a Teresa y le explicaré la situación. Deberían ser ellos quienes se hicieran cargo de Edurne. Al fin y al cabo, Edurne es hija de Amaya, que fue su sirvienta durante muchos años. Ellos sabrán qué hacer.

Mi madre se mostraba terca como las mulas.

—No creo que sea buena idea —dijo mi padre, para mi sorpresa y la de mi madre.

—¿Por qué no? Dime, Armando, ¿por qué no? Edurne no es nuestro problema.

—Amelia es mi sobrina y lo que ha hecho también tiene consecuencias para nosotros, no podemos lavarnos las manos. Mira, Elena, para mi hermano y para Teresa sería doloroso tener que acoger a Edurne. Lo harían, claro, por sentido de la responsabilidad, pero su presencia sería un recordatorio permanente del drama que tienen que afrontar. No, no quiero añadir más dolor a mi hermano y a mi cuñada, y Laura tiene razón, no podemos abandonar a esa chiquilla tonta.

—Es una comunista —respondió mi madre, y parecía que escupía la palabra «comunista».

—¿Crees que de verdad Edurne sabe lo que es el comunismo? Y aunque así fuera, ¿por qué no habría de serlo? ¿Qué le ha dado la vida para ser otra cosa?

—Tendría que estar agradecida a tu familia por lo que ha hecho por ella. La han tratado como si fuera de la familia, lo mismo que a su madre…

—¿Agradecida? No, Elena, las cosas no son como las planteas. La han tratado como a un ser humano y nadie tiene por qué agradecer que le traten como lo que es. Edurne ha hecho bien su trabajo, como lo hacía Amaya; no nos deben nada.

—¡Cómo puedes hablar así! ¡A veces tú también pareces comunista!

—¡Vamos, Elena, no exageres! No confundas comunismo con justicia. Eso es de lo que adolece este país, por eso pasan las cosas que están pasando. Aquí se ha tenido a la gente esclavizada, y ahora muchos se asombran porque el pueblo está reclamando lo suyo.

—¿Y por eso tienen que quemar iglesias? ¿Justificas que los campesinos ocupen las fincas? ¡No son suyas!

—Mira, no vamos a seguir discutiendo, tengo que irme al

despacho, y quiero acercarme a ver a mi hermano Juan. Están viviendo una tragedia con la huida de Amelia, y nuestra obligación es echarles una mano.

La firmeza de mi padre doblegó a mi madre.

—¿Y qué quieres que hagamos?

—Por lo pronto, que Edurne se quede en casa, al menos provisionalmente. Acomódala donde creas conveniente y dale trabajo.

—No quiero que contamine a mis hijas con sus ideas…

—Elena, no insistas, y haz lo que te he dicho —cortó tajante mi padre—. Y tú, Laura, espero que seas sensata. Sé lo unida que estabas a tu prima, pero debes reconocer que se ha portado mal, muy mal, con todos: con su marido, con su hijo y también contigo. No quiero que vayas con Edurne a ningún sitio sin la autorización de tu madre. En esta familia ya hemos tenido bastantes disgustos con la política.

—Te prometo, papá, que no tendrás ni una queja de mí.

—Eso espero, tu hermana Melita es más sensata. Comparte el nombre con tu prima, Amelia, pero quizá el haberle añadido el María, Amelia María, la ha hecho diferente.

—¡Qué ocurrencia! ¿Qué tendrán que ver los nombres con lo que ha sucedido? —dijo mi madre.

Aquella discusión entre mis padres se saldó con Edurne en casa, y su estancia, que iba a ser provisional, se convirtió en permanente. Desde entonces Edurne siempre ha estado conmigo, hasta hoy.»

Doña Laura suspiró. Los recuerdos parecían agobiarla, y se pasaba la mano por la cabeza como intentando ahuyentarlos.

—Quizá usted pueda reconstruir a través de su familia qué fue, a partir de aquel momento, de Santiago. Al fin y al cabo es su bisabuelo. Santiago rompió con los Garayoa para siempre.

—¿Nunca más le vieron? —pregunté desconcertado.

—No quiso saber nada de nosotros. Supongo que vernos le

habría recordado permanentemente la humillación que sentía por el abandono de Amelia. Nunca nos permitió visitar a Javier, ni siquiera a mis tíos, que al fin y al cabo eran los abuelos del niño.

—¡Qué fuerte! ¿Y don Juan y doña Teresa lo aceptaron?

—¡Qué remedio! Se sentían avergonzados, y se culpaban del comportamiento de Amelia. No querían contribuir con su presencia al sufrimiento de Santiago, en realidad no se atrevieron a imponerle su presencia. Santiago rompió toda relación comercial con mi tío Juan, y le aseguro que eso supuso un duro revés para él. Mis tíos prácticamente se quedaron en la ruina cuando cerraron su negocio en Alemania, así que perder el apoyo de los Carranza fue un golpe del que nunca se recuperó mi tío Juan. Después vino la guerra y todo fue de mal en peor. Fueron tiempos difíciles para todos... En fin, le tengo preparada una cita para que continúe su investigación.

—¿Ah, sí? ¿Con quién? —pregunté sin disimular mi interés.

—Con Pablo Soler.

—¿El hijo de Lola?

—Sí, el hijo de Lola. Pero, puesto que usted es periodista, sabrá quién es Pablo Soler.

—¿Yo? Ni idea. ¿Por qué habría de saberlo?

—Porque es un historiador, ha escrito varios libros sobre la guerra civil, y en los últimos años ha participado en debates en televisión y escrito artículos en los periódicos.

—Sí, me suena, pero en realidad nunca me he interesado demasiado por conocer los entresijos de la guerra. En estos años se han publicado tantos libros, ha habido tantas polémicas... Aquello fue una salvajada, y yo, la verdad, es que paso de salvajadas.

—Una actitud estúpida.

—¡Caramba, doña Laura! No se muerde usted la lengua.

—¿Desconocer la historia le hace sentirse mejor? ¿Cree que por no conocerla no ha existido?

—Al menos yo me mantengo al margen de las polémicas de unos y de otros.

—Una actitud incomprensible en un periodista.

—Nunca he dicho que sea un buen periodista —me defendí.

—Bien, dejemos esta discusión. Tenga, aquí está anotado el teléfono de Pablo Soler; he hablado con él, y está dispuesto a recibirle. Tendrá que ir a Barcelona.

—Le llamaré enseguida, y en cuanto me dé cita, iré.

—Bien, entonces no tenemos más que hablar, al menos por ahora.

Doña Laura se levantó con torpeza. Me parecía que envejecía por días, pero no me atreví a ofrecerme para ayudarla a ponerse en pie. Sabía que habría rechazado mi ayuda. Me daba cuenta de que, a pesar de su edad, a las Garayoa les gustaba sentirse autónomas, independientes.

2

Cuando llegué a casa me puse a escribir todo lo que me había contado doña Laura. Lo tenía fresco en la memoria y no quería olvidar ningún detalle.

Estuve escribiendo hasta la madrugada acompañado de una buena botella de whisky. Clareaba el día cuando me metí en la cama, y dormí como un niño hasta que la música del móvil, que había dejado en la mesilla, me devolvió a la realidad.

—Hola, hijo, ¿qué tal te va?

—¡Uf, madre, ya me podías haber llamado a otras horas!

—Pero si son las dos. ¿No estarás durmiendo?

—Pues sí, eso es lo que estaba haciendo, he estado trabajando hasta tarde. Ayer me contaron un montón de cosas sobre la bisabuela y no quería que se me olvidara nada.

—De eso quería hablarte. Verás, Guillermo, estoy preocupada por ti. Me parece que te estás tomando demasiado en serio el encargo de tu tía Marta, y estás descuidando tu profesión. Ya sé que la tía te paga generosamente; escribir sobre la bisabuela está bien como divertimento, pero no para que te despistes y dejes de buscar trabajo en lo tuyo, de periodista.

Sentía la cabeza como un corcho, pero sabía que si mi madre había decidido echarme un sermón nada la detendría, de manera que decidí rendirme de antemano.

—Ya me gustaría a mí que me saliera un buen trabajo. ¿Crees

que no estoy dando voces por todos lados? Pero no me ofrecen nada, mamá. La derecha no se fía de mí porque me considera un «rojo», y la izquierda tampoco porque no les hago la ola, de manera que no tengo muchas salidas.

—Vamos, Guillermo, las cosas no pueden ser como las pintas. Tú eres un buen periodista; además, hablas perfectamente inglés y francés, e incluso bastante bien el alemán, es imposible que con lo que vales no te ofrezcan ningún trabajo.

—Mamá, para ti valgo muchísimo, pero para ellos no.

—Pero las empresas periodísticas no pertenecen a los políticos.

—No, pero como si pertenecieran; unos tienen intereses en unas y otros en otras. ¿No oyes la radio? ¿No ves la tele?

—¡Guillermo, no seas cabezota y escúchame!

—¡Pero si te estoy escuchando! Sé que te cuesta entender de qué va el negocio del periodismo, pero créeme que es así.

—Prométeme que seguirás intentando encontrar un empleo.

—Te lo prometo.

—Bien. ¿Cuándo vendrás a verme?

—No lo sé, déjame que me levante y me organice, luego te llamo, ¿vale?

Superado el trance de la conversación con mi madre, me metí en la ducha para despejarme. Las sienes me latían aceleradamente, y sentía un nudo en la boca del estómago. El whisky había hecho de las suyas.

Eché un vistazo a la nevera y encontré un cartón con zumo de frutas y un yogur. Suficiente para reponer energías antes de telefonear a Pablo Soler. Claro que previamente me metí en internet en busca de información sobre él, y para mi sorpresa encontré que el profesor Soler era un reputado historiador, que había enseñado en la Universidad de Princeton y regresado a España con todos los honores en el año ochenta y dos. Tenía publicados más de una veintena de libros y estaba considerado una autoridad sobre la guerra civil española.

Busqué el número de teléfono que me había facilitado doña Laura.

—¿Don Pablo Soler?

—Al habla.

—Don Pablo, me llamo Guillermo Albi Carranza. Me ha dado su teléfono doña Laura Garayoa, creo que ha hablado con usted sobre la investigación que estoy llevando a cabo.

—Así es.

El hombre no parecía muy hablador, así que fui yo quien continuó hablando.

—Si no es molestia, me gustaría que me recibiera para que me aclarara algunas cosas sobre Amelia Garayoa, que no sé si se lo ha dicho doña Laura, pero era mi bisabuela.

—Me lo ha dicho, sí.

—Bueno, pues, ¿cuándo podría ir a verle?

—Mañana a las ocho en punto.

—¿De la noche?

—No, de la mañana.

—¡Ah!, bueno, pues… bien… si me da usted la dirección allí estaré.

Me lamenté de mi suerte. Me hubiera gustado recuperarme del sueño y del whisky, pero no tenía más remedio que meter cuatro cosas en una bolsa e ir al aeropuerto para coger el primer puente aéreo a Barcelona. Menos mal que la tía Marta no estaba escatimando fondos, porque tendría que dormir allí, y tal y como me encontraba no estaba dispuesto a irme a un hotel de menos de cuatro estrellas.

Pablo Soler resultó ser un anciano alto, delgado, muy tieso para su edad, ya que sobrepasaba los ochenta, aunque mantenía una agilidad sorprendente. Me abrió él mismo la puerta de su casa, un ático situado en una zona residencial de Barcelona.

¡Vaya con el comunista!, pensé al entrar en el espacioso piso decorado con elegancia. En las paredes distinguí un Mompó, dos dibujos de Alberti, un Miró... o sea, una pasta gastada en decoración.

—¿Le interesa la pintura? —me preguntó al ver que se me iban los ojos a los cuadros.

—Pues sí, soy periodista, pero estuve dudando si estudiar Bellas Artes.

—¿Y por qué no lo hizo?

—Para no morirme de hambre. Sé que carezco del talento necesario para hacer algo grande, claro que como periodista tampoco es que me vaya muy bien.

Pablo Soler me condujo a su despacho, cuyas paredes estaban revestidas de arriba abajo por estantes repletos de libros. El retrato de una joven ocupaba el único hueco de la pared donde no había libros. Me distraje mirando el cuadro, porque la joven pintada parecía mulata.

—Es mi mujer —dijo él.

—¡Ah! —fue lo único que se me ocurrió responder.

—Bien, vamos a lo nuestro. Usted dirá.

—Le habrá contado doña Laura que...

—Sí, sí —me cortó—, ya lo sé, está usted intentando conocer la vida de Amelia.

—Pues sí, de eso se trata. Era mi bisabuela, pero en mi familia no sabemos nada de ella, ha sido siempre un tema tabú. Mire, traigo una copia de una vieja foto. ¿La reconoce?

Pablo Soler miró la foto con detenimiento.

—Fue una mujer muy bella —murmuró.

Cogió una campanilla que agitó haciéndola sonar. Acudió al instante una doncella filipina, perfectamente uniformada. Yo no salía de mi asombro habida cuenta de que le tenía por un revolucionario. Pidió que nos trajera café, lo que le agradecí porque normalmente a las ocho de la mañana no suelo estar en mi mejor momento.

—¿Por dónde quiere que empiece? —me preguntó sin más preámbulos.

—Había pensado en que me contara si usted vio a Amelia precisamente aquí, en Barcelona, cuando ella se escapó con Pierre. Por lo que me ha contado doña Laura, precisamente en esos días su madre lo trajo a vivir aquí. Y bueno, si usted pudiera informarme sobre quién era realmente Pierre…

—Pierre Comte era un agente del INO.

—¿Y eso qué es? —pregunté estupefacto, puesto que jamás había escuchado esas siglas.

—Departamento Exterior de Inteligencia, una sección de la NKVD, que a su vez procedía de la Cheka creada en 1917 por Félix Dzerzhinsky. ¿Sabe de lo que le estoy hablando?

Pablo Soler me miraba con curiosidad, puesto que yo me había quedado con cara de alelado en vista de su revelación. Me acababa de enterar que aquella bisabuela mía se había fugado con un agente soviético como quien se va de paseo.

—Sé quién fue Félix Dzerzhinsky, un polaco que se encargaba del servicio de seguridad de Lenin y que terminó poniendo en marcha la Cheka, una policía cuyo objetivo era perseguir a los contrarrevolucionarios.

—Si quiere decirlo así… La Cheka fue aumentando su poder y sus funciones y pasó a llamarse GPU, que son las siglas de Dirección Política del Estado, y luego OGPU, que significa Dirección Política del Estado Unificada. Hasta que en 1934 fue incorporada a la NKVD. Pero a usted le sonará más el nombre de KGB, que es como se llamó a partir del cincuenta y cuatro. En aquel entonces la NKVD estaba organizada como un ministerio; de ellos dependía todo: la policía política, los guardias de frontera, el espionaje exterior, los gulag, y dentro de la NKVD estaba el INO, que estaba formado por un auténtico ejército en la sombra que actuaba en todas partes del mundo. Sus agentes eran temibles.

—¡Caramba con mi bisabuela!

—Cuando Amelia se fugó con el camarada Pierre, no tenía ni idea de a lo que se dedicaba éste. Ni Josep ni Lola le habían dicho nada sobre él, salvo que era un librero de París, y un camarada comunista; tampoco sabían que Pierre era un agente soviético. Y eso que tanto Josep como Lola eran comunistas convencidos, capaces de hacer cualquier cosa que les hubiesen pedido.

—Creía que su madre era socialista.

—Y lo fue al principio, pero terminó militando con los comunistas; a ella no le gustaban las cosas a medias. Lola era todo un carácter.

—Me sorprende que cuando habla de sus padres lo haga con sus nombres de pila...

—Es bueno poner distancia cuando se trata de resaltar unos hechos históricos, pero en mi caso empecé a pensar en ellos como Josep y Lola cuando llegué a la adolescencia. Y, sí, eran comunistas de una pieza, nada ni nadie habría logrado hacer tambalear sus convicciones. Eran tremendos. ¿Sabe? Nunca he dejado de admirarles por su fe en una causa, por su honradez, por su sentido de la lealtad y del sacrificio, pero tampoco he dejado de reprocharles su ceguera.

—Perdone, profesor, le voy a hacer una pregunta que quizá le puede parecer una impertinencia: ¿es usted comunista?

—¿Cree que hubiese podido dar clases en Princeton si lo fuera? Bastante tuve con mis padres... No, no soy comunista, y nunca he participado de ello, de su idea pueril del paraíso. Me rebelé contra mis padres como suelen hacerlo los jóvenes; en mi caso por cuestiones personales, sobre todo con mi madre, pero en aquel entonces yo era un chiquillo que además adoraba a mi padre, y sentía por él una admiración sin límites.

»Si quiere saber qué pienso, se lo resumiré: aborrezco todos los «ismos»: comunismo, socialismo, nacionalismo, fascismo... En definitiva, todo lo que lleva el germen del totalitarismo.

—Pero tendrá usted alguna ideología...

—Soy un demócrata que cree en la gente, en su iniciativa y en su capacidad para salir adelante sin tutelas políticas ni religiosas.

—De manera que le salió usted rana a sus padres...

—¿Cómo dice?

—Es una expresión coloquial. Supongo que los hijos solemos terminar decepcionando a nuestros padres, nunca somos lo que soñaron que seríamos.

—En mi caso le puedo garantizar que así fue.

—Perdone mi indiscreción, procuraré no volver a interrumpirle.

Pablo comenzó su narración.

«Josep admiraba a Pierre. Creo que, aunque no sabía que era un agente de los soviéticos, por sus idas y venidas y su colaboración con la Internacional Comunista, intuía su importancia, sobre todo porque era evidente que Pierre se dedicaba a recoger información. Le interesaba todo, desde cómo se organizaban los comunistas españoles, hasta los movimientos de los trotskistas o la fuerza de la gente de la CNT, de los socialistas, o del gobierno de Azaña. A veces en alguna conversación dejaba caer que había charlado con algún político de las izquierdas, o que había cenado con algún periodista ilustre.

Pierre tenía la mejor de las coartadas: librero, especialista en libros raros y antiguos. Su librería en París era un referente para todo aquel que buscara una edición rara, un incunable, o libros prohibidos. Eso le permitía viajar por todo el mundo, y relacionarse con las gentes del mundo de la cultura, siempre inquietas y abiertas a las novedades, incluidas las ideológicas. De manera que a nadie le sorprendía que cada cierto tiempo este librero llegara a España, y se quedara un tiempo entre Madrid y Barcelona, a la vez que visitaba otras capitales españolas.

Yo era un crío cuando lo conocí. Me hacía gracia que hablara español con acento francés, también hablaba inglés y ruso. Su madre era una rusa que se había casado con un francés. El padre de Pierre compartía ideología con su hijo, pero la madre daba gracias a Dios por haberse librado de la revolución, ya que muchos de sus familiares desaparecieron sin dejar rastro por la política represiva de Stalin.

Ése era Pierre, un hombre que resultaba irresistible a las mujeres porque era galante y, sobre todo, porque las escuchaba, toda una rareza en una época en la que los hombres, incluso los revolucionarios, no se andaban con las sutilezas de hoy en día. Pero Pierre había hecho un arte del saber escuchar, no había nada que no le interesara, nada que considerara una anécdota menor. Parecía que todo lo que le contaban le servía, lo iba almacenando en el cerebro a la espera de que fuera de alguna utilidad. En alguna ocasión mi madre le reprochaba a Josep que no era capaz de escucharla como lo hacía Pierre, y eso que mi padre también cultivaba el don de escuchar, por eso logró convencer a Amelia de las bondades de la revolución.

Amelia se enamoró de Pierre sin pretenderlo. Él era muy guapo, y además diferente; vestía con despreocupación pero siempre elegante; derrochaba simpatía y buen humor, y era extremadamente culto, aunque nunca pedante.

Efectivamente, yo me encontré con Amelia y Pierre en Barcelona a principios de abril del treinta y seis. Mi madre y yo llegamos dos días después de que lo hicieran ellos.

Mi padre había decidido que fuéramos a vivir con él. Había conseguido un trabajo para mi madre como costurera en la casa de su patrón.

La buhardilla en que vivía mi padre era más espaciosa que la que ocupábamos en Madrid. Tenía tres piezas y la cocina aparte, incluso disponía de un pequeño excusado con lavabo, lo que en aquel entonces era un lujo. Estaba situada en la última planta de la casa del patrón de mi padre; se la había cedido para tenerle siempre a disposición, día y noche, por si tenía que salir de improviso o llevar a la señora a algún sitio. Antes de darle tanto espacio, mi padre compartía habitación en otra buhardilla con el mayordomo, pero mi padre le explicó a su patrón que quería vivir con su familia y que necesitaba un espacio donde acomodarlos o, de lo contrario, tendría que dejar el trabajo y buscarse otro.

El patrón le cedió la buhardilla pero pidió a mi padre que no le dijera a su esposa que no estaba casado, que mi madre, Lola, no era su legítima, porque de lo contrario tendrían problemas los dos. A él tanto le daba el estado civil de mis padres; era un comerciante pragmático satisfecho con tener a un chófer a su disposición las veinticuatro horas, y sobre todo discreto, ya que todos los jueves por la tarde mi padre le llevaba a cierta casa, donde le esperaba una joven a la que mantenía; incluso en alguna ocasión, cuando viajaban a Madrid por negocios, ella le acompañaba. Así que llegaron a un acuerdo: la buhardilla grande, pero menos sueldo.

A los pocos días de llegar a Barcelona fui con Lola a casa de doña Anita. Y allí estaba Amelia. Doña Anita era viuda de un librero del que había heredado la librería y sus convicciones comunistas, o acaso fue él quien se contagió de ella. Doña Anita, antes de ser tratada como «doña», había ejercido como planchadora y entre sus clientes estaba la familia del librero. Al parecer, por aquel entonces ella ya militaba con los comunistas. Como era una chica lista, terminó engatusando al hijo, con el que se casó, pero tenía la salud muy frágil y murió a edad temprana de un ataque al corazón. Ella defendió con uñas y dientes frente a sus suegros el quedarse al frente de la librería que había sido de su marido, y lo consiguió. Empezó a organizar lo que ella llamaba «tardes literarias», y logró que acudieran muchos intelectuales, aspirantes a escritores, periodistas y políticos de izquierdas. Precisamente en uno de mis libros, el que escribí sobre Alexander Orlov y la presencia de agentes soviéticos durante los años previos a la guerra civil, me refería también a la librería de doña Anita: era un lugar donde se dejaban mensajes, se pasaba información y se realizaban encuentros discretos entre algunos agentes y sus respectivos controladores.

La librería de doña Anita tenía una escalera interior que comunicaba con su casa, situada en la primera planta de un edificio situado cerca de la plaza de San Jaime. Allí fue donde nos reencontramos con Amelia.

—Lola, Pablo, ¡qué alegría! —Amelia parecía contenta de vernos.

—¿Cómo estás? ¿Va todo bien? —preguntó Lola.

—Sí, sí, soy muy feliz, aunque no puedo dejar de pensar en mi hijo y en...

—¡Calla! ¡Calla! Has tomado la decisión acertada. Tú y Pierre tenéis una misión que cumplir, y además... os queréis. Amelia, has decidido ser una revolucionaria y para serlo tenías que revolucionar tu propia vida de burguesita tonta.

Lola no se andaba con contemplaciones cuando trataba con Amelia. Con el tiempo he comprendido que sentía una secreta envidia por ella. Amelia era guapa, elegante, afable, tenía cierta cultura, y sobre todo la pátina que le da a uno haber crecido rodeado de cosas bellas, libros, cuadros, muebles... Lola primero había sido asistenta y luego planchadora y costurera, y era lo que era: una proletaria llena de ilusiones, convencida de que había llegado la hora de quienes, como ella, nada tenían.

—No puedo evitarlo. ¡Quiero tanto a Javier! Espero que algún día mi pequeñín entienda lo que he hecho, aunque Pierre me ha prometido que volveré a estar con mi hijo, que esta separación es temporal...

Amelia quería engañarse a sí misma, pero Lola no se lo permitía.

—A tu hijo no le faltará de nada, lo mismo que a tu primo Jesús, que es de la edad de mi Pablo y sin embargo... Hay millones de niños que jamás tendrán ni la cuarta parte de lo que tiene el tuyo; es por esos niños por los que tienes que sacrificarte. Olvídate de ti misma, deja tus egoísmos pequeñoburgueses.

Aquella tarde no había mucha gente en casa de doña Anita, quien, por cierto, torció el gesto al verme. Por muy hijo de Lola y Josep que fuera, a ella no le gustaban los mocosos, y lo dijo sin miramientos.

—Aquí el chiquillo está de más.

—No tengo dónde dejarle y Josep me dijo que debía venir aquí a reunirme con él —dijo encogiéndose de hombros.

Lola reconocía en doña Anita a la proletaria que había sido, y a la que reconocía a pesar de la falda de buen corte, de la blusa de seda, de los pendientes de perlas y del cabello bien peinado. A ella no le impresionaba una mujer como doña Anita.

—Esta tarde viene gente importante a ver a Pierre y no quiero que nadie les moleste —insistió doña Anita.

—Pablo no molesta, mi hijo es comunista desde el mismo día en que le parí, y está acostumbrado a las reuniones políticas. Además, conoce bien a Pierre. Díselo tú, Amelia.

—No se preocupe, doña Anita, el niño es muy bueno y no dará guerra.

Josep ocupaba un lugar destacado entre los comunistas catalanes; no era un dirigente de primera, pero sí un hombre de confianza de los jefes. Actuaba de «correo», gracias a su trabajo como chófer y a sus viajes frecuentes a Madrid.

Para un niño, aquélla no fue una tarde divertida. Sentado en una silla, sin que me permitieran moverme, nada podía hacer más que observar. Cuando llegó Pierre, Amelia se dirigió nerviosa hacia él.

—Has tardado mucho —se quejó.

—No he podido venir antes, tenía que ver a unos camaradas.

—¿Y no podías verles aquí?

—No, a ésos no. Y ahora permíteme hablar con esos caballeros que acaban de entrar, luego te los presentaré. Uno de ellos es el secretario de un miembro del Consell Executiu de la Generalitat.

—¿Y es comunista?

—Sí, pero su jefe no lo sabe. Ahora calla y escucha. Tienes que acostumbrarte a moverte en estas reuniones. Sobre todo escuchas, y luego me lo cuentas, ya te he dicho que quiero que te acuerdes de todo por insignificante que te parezca. Mira, procura hablar con los de ese grupo, los de la derecha son dos periodistas que tienen mucha influencia aquí en Cataluña, y el hombre con el que están hablando es un dirigente socialista. Seguro que lo que dicen nos puede interesar. Pídele a doña Anita que te los presente, y actúa como te he dicho, hablando poco y escuchando mucho. Eres muy guapa y muy dulce y no desconfiarán de ti.

Pierre la estaba preparando para convertirla en una agente. Una agente que trabajara para él. Amelia era una señorita distinguida, educada, que podía encajar en los ambientes más selectos sin llamar la atención. Pierre se había dado cuenta de aquel potencial y pensaba utilizarlo a su favor. Eso sí, no tenía la más mínima intención de sincerarse con ella, de explicarle que era un agente del INO. Le había contado medias verdades: que si formaba parte de la Internacional Comunista, que si a veces les representaba en algunos de sus viajes llevando algún encargo a camaradas de otros países... y explicaba estas actividades de tal manera que parecieran del todo inocentes, sobre todo a oídos de una mujer tan inexperta como ella.

Amelia se acercó a doña Anita y le dijo en voz baja que Pierre quería que le presentara a los señores que departían animadamente en el fondo del salón.

Doña Anita asintió y la cogió del brazo iniciando una charla intrascendente mientras se iban acercando a los periodistas y al dirigente socialista catalán.

—Mis queridos amigos, ¿os he presentado a Amelia Garayoa? Es una amiga de Madrid que está de visita estos días en Barcelona. Y me comentaba lo agitada que está la capital, ¿verdad, Amelia?

—Sí, en realidad hay mucha gente que está deseando que el gobierno dé muestras de autoridad ante los desórdenes y las provocaciones de la extrema derecha.

—Sí, habría que pararles los pies —reconoció el político socialista.

—¿Y qué se dice del futuro del presidente Alcalá Zamora? —preguntó uno de los periodistas.

—Qué quiere que se diga. En realidad toda la atención está centrada en don Manuel Azaña.

Los tres hombres se miraron entendiendo que Amelia sabía más de lo que decía, pero ella había dicho aquello por salir del paso. Poco podía imaginar que Alcalá Zamora iba a ser destituido dos días más tarde como presidente de la República. Y es que había una operación política en marcha para llevar a la presidencia a don Manuel Azaña, y algo de eso sabían aquellos tres hombres.

Al principio hablaron delante de Amelia con cautela y luego con confianza. Ella se limitaba a escuchar, asentir, sonreír, pero sobre todo ponía mucha atención en todas y cada una de las palabras que ellos decían, lo cual les hacía sentirse el centro del mundo.

Ésa fue una de las cualidades que Amelia cultivó a lo largo de su vida con éxito, y esa cualidad es la que supo ver, moldear y fomentar Pierre.

Josep llegó tarde acompañado de dos dirigentes sindicales a los que Pierre quería conocer. De manera que aquella velada se alargó hasta más allá de las diez. Fuimos los últimos en irnos, y recuerdo que Amelia me dio un beso mientras me apretaba con afecto. Ella y Pierre se alojaban en casa de doña Anita. Pierre había descartado ir a ningún hotel dado que no quería poner en evidencia a Amelia al compartir habitación con ella. Sabía que debía ir con tiento para que ella no se arrepintiera del paso dado, y por nada del mundo quería exponerla a una humillación. La casa de doña Anita era lo suficientemente amplia como para acomodarles sin restar espacio a su anfitriona, y allí pasarían esos primeros días y muchos más en visitas posteriores. Precisamente sería en casa de doña Anita donde vivirían los primeros días de la guerra civil.

No es difícil imaginar lo que hablaron aquella noche Amelia Garayoa y Pierre Comte.

—Y bien —preguntó Pierre—, ¿qué han contado esos periodistas?

—Criticaban a Alcalá Zamora por haber disuelto las Cortes en dos ocasiones, porque eso no está previsto en la Constitución. Y el socialista decía que no era descartable que Prieto terminara siendo el encargado de formar gobierno. Luego se acercaron Josep y los sindicalistas de la UGT, y uno de ellos aseguró que Largo Caballero no permitiría que Prieto se saliera con la suya.

—A Largo Caballero le cuesta entrar en razón, no entiende que aún no es el momento de un gobierno de izquierdas, que todavía es preciso entenderse con la burguesía que no es fascista.

—Pero eso parece una contradicción...

—No lo es, se trata de actuar de acuerdo con las circunstancias de cada momento. No se puede asestar el golpe definitivo a la burguesía antes de tiempo porque se correría el riesgo de perderlo todo. La burguesía no fascista no puede dar un paso sin nosotros.

—¿Y nosotros sin ellos?

—Sí, sí podríamos, aunque el coste sería mayor. Dejemos que el gobierno republicano de Azaña siga adelante, al menos durante un tiempo...

Volví a ver a Amelia al día siguiente cuando acudió a nuestra buhardilla para charlar con Lola. Siempre cariñosa conmigo, me trajo un paquete de caramelos de café con leche que me supieron a gloria. Parecía feliz, porque según contó a mi madre, Pierre le estaba enseñando ruso.

—Tengo facilidad para los idiomas —confesó.

Amelia y Lola pasaron buena parte de la tarde hablando de lo divino y lo humano; yo las escuchaba atento, porque me fascinaban las conversaciones de los mayores. Además, estaba acostumbrado a estar en silencio y sin molestar durante las reuniones que mis padres tenían con sus camaradas.

—Josep me ha convencido para que deje las Juventudes Socialistas. Y bien que lo siento, porque a mí me gusta lo que dice Largo Caballero, pero Josep tiene razón, no podemos estar cada uno por un lado, debemos compartirlo todo, y el momento es muy delicado, hay asuntos que él no podría contarme si yo estuviera en otro partido.

—Haces bien, Lola. ¡Me parece tan hermoso poder compartir todo con el hombre que amas! Al fin y al cabo, Largo Caballero no se encuentra tan lejos del comunismo, ¿verdad?

—Sí, sí hay diferencias, aunque no tantas como las que tiene Prieto con el PCE. Prieto es demasiado complaciente con los burgueses.

—Santiago simpatizaba con Prieto... Decía que era un político cabal, y se lamentaba del poder de Largo Caballero.

—¡Olvídate de tu marido! Es agua pasada, ahora tienes otra vida, vívela sin mirar atrás.

—Si fuera tan fácil... Lo que siento por Pierre es tan intenso que quema por dentro, pero no puedo dejar de pensar en Santiago y en mi pequeño Javier... Yo les quiero, a mi manera, pero les quiero. Desde que me he marchado tengo pesadillas, no logro conciliar el sueño. En cuanto cierro los ojos se me aparece el rostro de Santiago, y en cuanto me duermo me despierto sobresaltada porque creo estar escuchando el llanto de mi hijo. No puedo dejar de tener mala conciencia...

—¡La conciencia es un invento de la Iglesia! Es la manera fácil de tener dominada a la gente. Si dominan tu conciencia te dominan a ti porque dejas de ser libre. Desde que nacemos, los curas te dicen lo que es bueno y lo que según ellos es malo, y te convencen de que si no haces lo que ellos quieren vas derecha al Infierno. Pero el Infierno no existe, es un cuento para bobos, para tener dominada a la pobre gente. Quieren que suframos en la Tierra para que luego disfrutemos del Paraíso en el Cielo, pero nadie ha regresado del Más Allá para decirnos qué hay. ¿Y sabes por qué? Pues porque no hay nada, después de la muerte no hay nada. Los ricos se han inventado a Dios para dominarnos a los pobres.

—¡Qué cosas dices, Lola!

—¡Digo la verdad! Piensa, piensa dónde ves a Dios. ¿Acaso

Dios hace algo por los pobres? Si todo lo puede, ¿por qué permite tanta injusticia? ¿Por qué permite el sufrimiento de tantos inocentes?

—¡No pretenderás juzgar a Dios, ni mucho menos entenderle! Él sabe por qué nos manda pasar por pruebas dolorosas, y debemos aceptarlo.

—Pues aunque Dios exista, te aseguro que yo no pienso aceptar que mi hijo sea menos que el tuyo, ni que carezca de la educación que va a recibir tu hijo, ni de los mismos alimentos, las mismas oportunidades. ¿Por qué tu hijo Javier y tu primo Jesús tienen que tener ventajas sobre Pablo? Anda, dime por qué.

Lola alzaba la voz y miraba desafiante a Amelia, cuya sonrisa se había convertido en un rictus de dolor. Amelia sufría al ver cuánto odio destilaba Lola y cómo parte de aquel odio lo dirigía hacia ella.

—He renunciado a todo para luchar por los más débiles. He abandonado a mi hijo y a mi marido, mi casa, mis padres, mi hermana, mi familia, mis amigos, y lo he hecho porque creo que el mundo no es justo y nadie tiene derecho a tener más que el resto de los seres humanos. ¿Te parece poca mi renuncia?

—¿Y crees que tenemos que agradecerte la decisión que has tomado? ¿Lo habrías hecho si no te hubieras enamorado de Pierre?

Amelia se levantó de un salto con los ojos llenos de lágrimas. Lola le acababa de propinar un golpe bajo; en realidad había expresado en voz alta lo que todos sabían, lo que ella misma sabía: que de no haber aparecido Pierre, sólo se habría limitado a coquetear con las ideas revolucionarias.

Yo me asusté al ver a Amelia y a Lola mirándose en silencio. En el rostro de Lola se dibujaba la ira; en el de Amelia, el estupor. Al final tragó saliva, respiró hondo y recobró la calma que la había abandonado.

—Creo que es mejor que me vaya. Doña Anita ha invitado a unos amigos a cenar y debo estar allí pronto para ayudarla.

—Sí, de aquí a su casa tienes un buen trecho.

Amelia me besó y en un gesto de ternura me pasó la mano por la cara. Luego salió sin decir nada. Lola suspiró. Josep se iba a enfadar cuando se enterara de que había discutido con Amelia. Si Pierre había elegido a Amelia era porque tenía un valor especial para los intereses de la causa sagrada del comunismo, y era mejor no contrariarla, procurar que no se arrepintiera de haber abandonado a su marido y a su hijo. Pero a Lola le irritaba Amelia, nunca sintió afecto por ella.

Aunque aquél no fue el primer encontronazo que tuvieron, sí fue el que más afectó a Amelia; tanto, que no la volvimos a ver los días siguientes, y fue Josep el que una noche al llegar a casa anunció que Pierre Comte y Amelia se habían ido a París.

—¿Continúa enfurruñada conmigo? —preguntó Lola.

—No lo sé, ni siquiera sé si le ha comentado a Pierre vuestra discusión. Él no me ha dicho nada; en cuanto a ella, continúa siendo igual de encantadora que siempre. Ya sabes que has metido la pata —le reprochó Josep.

—¿Yo? ¡Porque tú lo digas! Estoy harta de esa mosquita muerta, os ha engatusado a todos, a ti también, si no se llega a cruzar Pierre habría terminado liándose contigo. ¿Crees que no me daba cuenta de que te miraba embobada? Y tú venga a adoctrinarla como si te fuera la vida en ello.

—¡Vamos, Lola, no te comportes como una mujer celosa! No me gustas en ese papel.

—¿Ah, no? Pues ya me dirá el señor cómo le gusto e intentaré complacerle. ¿Quiere el señor que baje los ojos y me ruborice cuando me mire?

—¡No digas más sandeces!

Terminaron a gritos, sin percatarse de mi presencia. No era la primera vez que se peleaban, pero nunca de aquella manera. Lola destilaba rabia. Era lógico que así fuera. Ella era una mujer valiente, capaz de grandes sacrificios por sus ideas, y además no sabía utilizar armas de mujer en su trato con los hombres. Les trataba como iguales, y en aquella sociedad, por más que a las gentes de izquierdas se les llenara la boca al hablar de igualdad entre hombres y mujeres, lo cierto es que todos eran fruto de lo que era el país, y aquellos hombres estaban acostumbrados a mujeres sacrificadas, pero no iguales.

Lola había luchado por tener el respeto y la consideración de sus camaradas, se había comportado con entereza y valentía durante los disturbios de la huelga general de octubre del treinta y cuatro. Era una revolucionaria auténtica, por convicción, por origen, y porque la razón le decía que ése era el camino de la liberación para mujeres como ella. Le irritaban, y sentía un íntimo desprecio, los hombres que no se rendían ante la valía de mujeres como ella, y no sabían librarse de la impresión que les causaban mujeres como Amelia. Lola defendía la igualdad, se había ganado el derecho a que la trataran como tal, pero en su fuero interno le irritaba que los hombres se olvidaran de que también ella era una mujer, no sólo un camarada.

3

A Amelia no le fue demasiado bien con su nueva familia en París. ¿Que cómo lo sé? Pues, como le dije, llevé a cabo una exhaustiva investigación sobre los espías durante la guerra civil española para escribir el que considero uno de mis mejores libros. Y Pierre fue un agente muy especial; aparentemente colaboraba con la Internacional Comunista, y eso le permitía entrar en contacto con sus camaradas de todo el mundo, pero la realidad era, como le dije, que pertenecía al INO.

No crea que no me costó reconstruir su vida para poder contextualizar su importancia dentro del movimiento revolucionario y su presencia en la guerra civil. Pasé varios meses en París entrevistándome con gente que tenía informaciones precisas de él; algunos le conocieron, otros tenían información de segunda o tercera mano. Desde luego su *liaçon* con Amelia no fue ningún secreto, y hay documentos que acreditan la presencia de «la bella española» en aquellos días en París.

La madre de Pierre, Olga, la recibió de mala gana. No le gustaba que su hijo uniera su suerte a una mujer casada. El padre, Guy, como buen francés, toleró mejor la situación. Además, conocía bien a su hijo y sabía que éste no se apartaría un ápice de sus obligaciones como revolucionario, ni siquiera por la «bella española». Guy Comte estaba al tanto de la colaboración de su hijo con la Internacional Comunista, al fin y al cabo si Pierre era comunista era gracias a él, pero ignoraba que se hubiera convertido en un agente soviético.

—Así que has abandonado a tu familia por mi hijo —le preguntó Olga sin ningún miramiento cuando Pierre les hubo puesto al tanto de la situación.

Amelia enrojeció. Había sentido la animadversión de Olga apenas cruzó el umbral de la puerta del piso que Pierre compartía con sus padres.

—¡Por favor, madre, trata con más cortesía a nuestra invitada!

—¿Nuestra invitada? Mejor di: tu amante. ¿Acaso no se les llama así a las mujeres casadas que pierden la cabeza por un hombre y dejan su hogar para vivir una aventura que no tiene futuro?

—¡Mujer, no hables de esa manera! Si Pierre quiere a Amelia, bienvenida sea a nuestra familia, formará parte de nosotros. Y tú, hija, no te dejes acobardar por mi mujer, ella es así, dice lo que se le pasa por la cabeza sin pensar, pero es buena persona, ya lo verás, terminará queriéndote. —Y, dirigiéndose a Olga, añadió—: Es tu hijo quien la ha elegido, nuestro Pierre, y debemos respetar sus decisiones.

—Quiero a Pierre, de lo contrario... de lo contrario no habría sido capaz de haber hecho lo que he hecho... y además... creo en la revolución, quiero ayudar... —balbuceó Amelia con los ojos anegados de lágrimas. Se sentía humillada, y puede que por primera vez se diera cuenta de que a los ojos del mundo su decisión la convertía en una paria.

—Madre, Amelia es mi mujer, si no la aceptas nos iremos ahora mismo, tú decides. Pero si quieres que nos quedemos, la tratarás con el respeto y la consideración que merece una mujer que ha demostrado ser valiente y que ha sacrificado una vida cómoda y sin problemas para luchar por la revolución mundial. No sólo tiene mi amor, también mi más profundo respeto.

Pierre miraba a su madre con ira, y Olga se dio cuenta de que si no quería perder a su hijo tendría que aceptar a aquella española loca. Tendría que resignarse una vez más, igual que cuando aceptó que su marido y su hijo fueran comunistas furibundos.

Olga había conocido a Guy Comte cuando era señorita de compañía de una anciana aristócrata rusa, una duquesa, que pasaba temporadas en París. La anciana era una lectora empedernida y gustaba de comprar personalmente los libros, así se convirtió en clienta asidua de la librería Rousseau, situada en el boulevard Saint-Germain, en la margen izquierda del Sena y propiedad de monsieur Guy Comte.

Olga y Guy primero se miraban de reojo. Luego Guy empezó a hablar con ella mientras la duquesa husmeaba entre las estanterías buscando libros. Más tarde, Guy, con permiso de la duquesa, consiguió una cita con Olga. Si por Guy hubiera sido, su relación con Olga no habría pasado de una simple seducción, pero la duquesa no estaba dispuesta a que echaran a perder la reputación de su señorita de compañía, y en cuanto se enteró de que Olga se había quedado embarazada, les conminó a casarse. Ella misma fue madrina de la novia y la dotó con una buena cantidad de dinero.

Ya fuera los años vividos con la aristocracia, ya fuera que no le gustaban los revolucionarios porque constituían una amenaza para su burguesa existencia con su marido librero, el caso es que Olga jamás se dejó engatusar por ideas que, según afirmaba, no sabía adónde conducían. De manera que, para Olga, Amelia era sólo una chica tonta que se había dejado engatusar por su muy atractivo hijo, que la dejaría plantada en cuanto se cansara de ella. Así terminaban esas historias de amores prohibidos; bien lo sabía ella, que se había leído a todos los clásicos rusos. Tolstoi, Dostoiesvski, Gogol, eran su mejor referente.

Pierre disponía de dos cuartos dentro de la casa paterna; uno le servía como dormitorio y el otro, como despacho. Amelia pasó más tiempo en el despacho de Pierre que en el salón de la casa para no encontrarse con Olga. Las dos mujeres se trataban con frialdad y procuraban evitarse.

Amelia se daba cuenta del gran apego de Pierre por sus padres, y cómo, a pesar de las peleas continuas entre madre e hijo, estaban unidos por un profundo afecto.

A Amelia, aquel París le resultó diferente al que había conocido con sus padres. En esta ocasión sus días no los pasaba visitando a su tía abuela Lily, hermana de su abuela Margot; ni tampoco en recorrer museos, como había hecho guiada por su padre junto a su madre y su hermana Antonietta. Le hubiera gustado ir a ver a su tía abuela, pero ¿cómo iba a decirle que había abandonado a su familia? Tía Lily no lo hubiera entendido, seguro que hubiera reprobado su decisión. Pierre parecía tener prisa porque la conocieran sus amistades y, sobre todo, porque tomara el pulso a las actividades políticas de aquella ciudad fascinante donde parecía haber revolucionarios en todas las esquinas. Aun así, siempre encontraba tiempo para seguir con las clases de ruso que a Amelia le hacían tanta ilusión.

A los pocos días de llegar a París, Pierre avaló su ingreso en el Partido Comunista, pese a las reticencias de algunos camaradas, que consideraban precipitado dar la bienvenida a sus filas a una española a la que apenas conocían.

Jean Deuville, un poeta amigo y correligionario de Pierre, fue quien más firmemente se opuso a la entrada de Amelia en el Partido Comunista Francés.

—No sabemos quién es —argumentaba ante el comité de París—, por mucho que el camarada Comte responda por ella.

—¿No te basta con mi aval? Te recuerdo que fue suficiente para que te convirtieras en nuestro camarada —contraatacaba Pierre.

Quizá porque se intervino discretamente desde la embajada soviética o porque Deuville decidió ceder para no perder la amistad de su amigo, lo cierto es que Amelia Garayoa se convirtió en militante del Partido Comunista de Francia. Ella, una extranjera, sin más credenciales que ser la amante de un hombre valioso para los soviéticos que estaba convencido de que la española podía serle de gran utilidad. Lo que Amelia no sabía es que, semanas atrás, el controlador de Pierre le había transmitido las últimas órdenes de Moscú del jefe de operaciones del INO: debería trasladarse a Sudamérica para afianzar y ampliar las redes que se estaban empezando a poner en marcha allí con agentes locales.

El jefe de operaciones le había advertido del carácter, a veces explosivo, de los sudamericanos, instándole a que fuera cuidadoso a la hora de elegir a sus colaboradores.

Pierre no había dejado de pensar en la misión que se avecinaba, y en que necesitaría una coartada más creíble que la de un librero en busca de joyas bibliográficas; eso tenía sentido en Europa, pero no en aquella parte del mundo, que se le antojaba tan lejana como ignota.

Cuando conoció a Amelia, empezó a pensar que la joven podía serle de utilidad. No sólo tenía una belleza delicada y ademanes elegantes, sino que además era una ingenua total, arcilla pura en sus manos, incapaz de ver más allá de sus propias emociones.

Instalarse en México o Argentina como dos enamorados que huyen de un marido abandonado daría verosimilitud a la coartada de por qué debían establecerse en el continente. Y siendo ella española, aún reforzaría más la coartada.

Tenga en cuenta que Pierre era un agente soviético, un hombre que sólo vivía por y para la revolución, y su ceguera era tal que los seres humanos que se iba encontrando en el camino eran sólo peones a los que utilizar y sacrificar en pro de una idea superior. Y Amelia no era una excepción.

Desde que decidió convertirla en parte de su plan sudamericano, Pierre procuró no dar ni un paso en falso con Amelia, ante la que se mostraba como un seductor que había caído en las redes del amor.

Para reforzar la dependencia de Amelia con él, Pierre no dudaba en hacerse acompañar por ella a todas las reuniones de amigos donde podían encontrarse con algunas de las amantes que la habían precedido y con las que intercambiaba alguna mirada cómplice que ponía en estado de inquietud a la española.

De manera que Amelia se vio envuelta en una vorágine de

reuniones políticas desde el mismo día de su llegada, salpicadas por cenas con los amigos de Pierre, algunos de los cuales comentaban a sus espaldas no entender por qué un hombre de sus convicciones y valía se había rendido ante una mujer tan bella pero insustancial dada su ingenuidad.

En aquellos días las conversaciones giraban en torno a Léon Blum, y a las consecuencias de la disolución de Acción Francesa, a cuenta de que en febrero de 1936 unos jóvenes militantes de esta formación derechista agredieron a Blum cuando formaba parte del cortejo fúnebre del académico Bainville.

Y fue precisamente en una cena celebrada en La Coupole para celebrar el cumpleaños de Pierre donde se produjo el primer encuentro entre Amelia y Albert James.

Albert James era un periodista norteamericano de origen irlandés que trabajaba como *freelance* para varios diarios y revistas de su país. Alto, con el cabello castaño y los ojos azules, era bien parecido y tenía gran éxito entre las mujeres. Le gustaba comportarse como un *bon vivant*, era un antifascista furibundo, pero eso no le había llevado a enamorarse del marxismo. No era amigo de Pierre pero sí de Jean Deuville, así que se acercó al grupo a saludar, sobre todo atraído por la presencia de Amelia.

Bebió una copa de champán con el grupo de Pierre y procuró colocarse al lado de Amelia, que parecía estar fuera de lugar.

—¿Qué hace una joven como usted aquí? —le preguntó sin preámbulos aprovechando que Pierre daba la bienvenida a otro amigo que se unía al alegre grupo.

—¿Y por qué no habría de estar aquí?

—Se nota que no es su ambiente, la imagino detrás de unos cristales, bordando, a la espera de que llegue el príncipe azul a rescatarla.

Amelia rió ante la ocurrencia de Albert James, al que encontró simpático a primera vista.

—No soy ninguna princesa, de manera que difícilmente puedo esperar bordando a que llegue el príncipe azul.

—¿Francesa?

—No, española.

—Pero habla francés perfectamente.

—Mi abuela es francesa, del sur, y con ella siempre hablábamos en francés; además, los veranos los pasábamos en Biarritz.

—Habla con añoranza.

—¿Añoranza?

—Sí, como si fuera usted muy viejecita y recordara tiempos pasados.

—No te dejes engatusar por Albert —les interrumpió Jean Deuville—. Aunque es norteamericano, su padre era irlandés y ha aprendido el arte de la seducción de nosotros los franceses, y como suele suceder, el alumno supera al maestro.

—¡Oh, pero si no charlábamos de nada en especial! —se justificó Amelia.

—Además, aunque Pierre no lo parezca, es celoso, y no me gustaría asistir como padrino a un duelo entre dos buenos amigos —continuó bromeando Deuville.

Amelia enrojeció. No estaba acostumbrada a esas bromas desenfadadas. Le costaba acostumbrarse al papel de amante que había asumido entre aquellos hombres y mujeres aparentemente sin prejuicios pero que la escudriñaban y murmuraban a sus espaldas.

—¿Es usted novia de Pierre? —preguntó Albert James con curiosidad.

—Más que su novia, es la mujer que le ha robado el corazón. Viven juntos —apostilló Jean Deuville para no dejar lugar a dudas al norteamericano de que no debía avanzar ni un paso más con Amelia.

Ella se sintió incómoda. No entendía por qué Jean había tenido que ser tan explícito colocándola en una situación en la que se sentía en inferioridad de condiciones.

—Ya veo, es usted una mujer liberada, lo que me sorprende siendo española, aunque me han contado que algunas cosas han cambiado en España y que gracias a las izquierdas las mujeres empiezan a tener un lugar destacado en todos los órdenes de la sociedad. ¿También es usted una revolucionaria? —preguntó Albert James con sorna.

—No se burle —acertó a decir Amelia, que suspiró aliviada al ver acercarse a Pierre.

—¿Qué te están contando estos dos sinvergüenzas? —preguntó divertido señalando a Albert y a Jean—. Por cierto, Albert, muy bueno el artículo del *New York Times* sobre el peligro del nazismo en Europa. Lo he leído a mi vuelta de España y, francamente, me ha sorprendido tu agudeza. Dices estar convencido de que Hitler no se estará quieto dentro de sus fronteras, que su objetivo será la expansión, y señalas como primer «bocado» a Austria, y que Mussolini no hará nada para impedirlo, no sólo porque es un fascista sino también porque sabe que perdería el envite ante Alemania.

—Sí, eso creo. He pasado un mes viajando por Alemania, Austria e Italia y así están las cosas. Los judíos son las principales víctimas de Hitler, aunque algún día lo será el mundo entero.

—La cuestión no es luchar contra el nazismo porque persigue a los judíos, sino porque es una lacra para la humanidad —respondió Pierre.

—Pero no se puede obviar lo que les sucede a los judíos.

—Yo soy comunista y mi único fin es la revolución, librar a todos los hombres de la losa del capitalismo que les aplasta y explota sin permitirles ser libres. Y me es indiferente que sean judíos o budistas. La religión es un cáncer, sea cual sea. Deberías saberlo.

—Hasta para no creer en Dios se tiene una idea de Dios —afirmó Albert encogiéndose de hombros.

—Si crees en Dios nunca serás un hombre libre, estarás dejando que tu vida la determine la superstición.

—¿Y si sólo soy comunista? ¿Crees que seré más libre? ¿No tendré que estar pendiente de las directrices de Moscú? Al fin y al cabo, Moscú quiere salvar a los hombres del mal del capitalismo y muchos termináis convirtiendo el comunismo en una nueva religión. Vuestra fe es más grande que la de nuestros padres recitando la Biblia. No sé si te gustará tanto mi próximo reportaje sobre la Unión Soviética, donde espero viajar muy pronto. Ya sabes que el Ministerio de Cultura soviético ha preparado un *tour* para que periodistas y escritores europeos veamos los logros de la revolución; pero ya me conoces, tengo el defecto de analizar y criticar todo lo que veo.

—Por eso no le terminas de caer simpático a nadie. —La respuesta de Pierre reflejaba cuánto le fastidiaba Albert.

—Nunca he creído que los periodistas tengamos que caer simpáticos, más bien lo contrario.

—Puedes asegurar que lo consigues.

—¡Vamos, vamos, chicos! —les interrumpió Jean Deuville—, cómo os ponéis por nada. No les hagas caso, Amelia, estos dos son así, en cuanto se encuentran se ponen a discutir y no hay quien los pare. Llevan el germen del debate dentro de ellos. Pero hoy es tu cumpleaños, Pierre, de manera que vamos a celebrarlo. A eso hemos venido, ¿o no?

Albert se despidió dejando a Pierre malhumorado y a Amelia sorprendida. Había asistido a la discusión en silencio, sin atreverse a decir palabra. Los dos hombres parecían mantener un duelo que venía de antiguo.

—Es un pobre diablo, que no deja de ser un capitalista como la mayoría de los norteamericanos —sentenció Pierre.

—No seas injusto. Albert es un buen tipo, solamente que no se ha «caído del caballo» como san Pablo; pero la culpa es nuestra, no hemos sido capaces de convencerle para que se una a nuestra causa, aunque tampoco está en contra. Pero si de alguien está cerca es de nosotros, odia a los fascistas —respondió Jean Deuville.

—No me fío de él. Además, tiene un buen número de amigos trotskistas.

—¿Y quién no conoce un trotskista en París? —justificó Jean Deuville—. No nos volvamos paranoicos.

—Vaya, ¡cómo defiendes al norteamericano!

—Le defiendo de tu arbitrariedad. Los dos sois insoportables cuando queréis tener razón.

—¡No me compares con él!

Había ferocidad en el tono de voz de Pierre, y Jean no respondió. Sabía que, de continuar hablando, terminarían discutiendo, y ya se habían enfrentado semanas antes a causa de Amelia, por la que ahora Jean sentía una sincera simpatía al darse cuenta de que era del todo inofensiva.

—Vamos, Amelia, no hay nada que no pueda arreglarse con una copa de champán —dijo Pierre cogiendo a Amelia del brazo y dirigiéndose con ella hacia la mesa en la que estaba sentado el resto del grupo que les acompañaba.

Pierre fue organizando con cautela el viaje que Moscú le había ordenado a Sudamérica. La primera parada sería Buenos Aires, donde el Partido Comunista local parecía contar con gran predicamento entre los sectores culturales de la capital argentina. Desde el punto de vista estratégico, la zona no era vital para los intereses soviéticos, pero el jefe del INO quería tener ojos y oídos en todas partes. Durante su entrenamiento en Moscú, los instructores del INO le habían insistido a Pierre acerca de la importancia de saber escuchar y recoger todo tipo de informaciones por insustanciales que pudieran parecer; en ocasiones, informaciones clave se recogían a miles de kilómetros del lugar donde se iban a producir determinados hechos. También le habían recalcado la importancia de contar con agentes que se movieran por las esferas de influencia del país en que tuviera que operar. De nada les servían militantes entusiastas cuya actividad laboral transcurriera lejos de los centros de poder.

Moscú ya contaba con un «residente» en Buenos Aires, pero carecían de agentes bien situados capaces de trasladar información de interés.

Amelia no quería marcharse de París, y le insistía a Pierre que esperaran un poco más, que aún no se hacía a la idea de estar tan lejos de su hijo. No es que tuviera en mente regresar a España, pero le parecía que si se iba a Buenos Aires, la distancia le resultaría insoportable.

Con mucho tiento y paciencia, Pierre la intentaba convencer de que era mejor iniciar una nueva vida en algún lugar donde nadie les conociera.

—Necesitamos saber si realmente lo nuestro merece la pena. Quiero que estemos solos, sin nadie que nos conozca, sólo tú y yo. Estoy convencido de que nada ni nadie logrará separarnos, pero debemos poner a prueba nuestro amor, sin interferencias, sin familia, sin amigos.

Ella le pedía tiempo, tiempo para hacerse a la idea de que lo mejor era emprender una nueva vida al otro lado del océano. Pierre no quería obligarla, temiendo que ella, angustiada, decidiera regresar a España.

En ocasiones le desesperaba la actitud de Amelia, porque en cuestión de segundos pasaba de la euforia al abatimiento. Con frecuencia la encontraba llorando, lamentándose de ser tan mala madre y de haber abandonado a su hijo. En otros momentos parecía alegre y feliz, le animaba a salir para divertirse un rato perdiéndose como enamorados en cualquier rincón de París.

Su madre, Olga, tampoco le facilitaba las cosas, convencida como estaba de que perdía a su hijo por culpa de la española.

—¡Vas a echar por la borda tu vida por esa mujer! ¡Y no se lo merece! ¿Qué haremos con la librería si no regresas? Tu padre está sufriendo aunque no te lo diga —le reprochaba a su hijo.

La realidad es que Guy Comte aceptaba resignadamente la decisión de Pierre de irse a vivir a Sudamérica. Tenía una fe ciega en su hijo, y estaba convencido de que si Pierre había tomado esa decisión, era la mejor. No obstante, en su fuero interno se preguntaba cómo era posible que su hijo sacrificara tanto por una mujer como Amelia, a la que encontraba bella pero insípida.

El 4 de junio de 1936, Léon Blum se convierte en presidente del gobierno del Frente Popular en Francia. Para entonces, don Manuel Azaña ya ha asumido la presidencia de la República Española en una votación en la que la derecha se abstuvo. Indalecio Prieto no pudo hacerse con el gobierno por el veto del sector largocaballerista del PSOE.

Amelia seguía con inquietud las noticias que publicaban los periódicos franceses sobre España, y sabía que la situación continuaba aún más revuelta que cuando se marchó.

Los amigos de Pierre aseguraban que en España podía suceder cualquier cosa, habida cuenta de que las fuerzas extremas de la derecha no cejaban en su política de pistolerismo y provocación.

Pierre había previsto salir hacia Buenos Aires para finales del mes de julio. Lo harían en un camarote de primera de un lujoso barco que partía de Le Havre.

—Será nuestra luna de miel —le aseguraba él intentando vencer sus últimas resistencias.

A principios de julio, Pierre se reunió con su «controlador» en París. Ígor Krisov parecía lo que no era: un apacible judío británico de origen ruso, dedicado a las antigüedades.

En realidad, Ígor Krisov supervisaba a unos cuantos agentes en el Reino Unido, Francia, Bélgica y Holanda.

Krisov llegó al Café de la Paix y buscó con la mirada a Pierre. Éste leía un periódico, aparentemente distraído, mientras bebía café. Se sentó en la mesa situada al lado de la de Pierre y pidió al camarero que le trajera un té.

—Ya veo que recibió mi mensaje a tiempo.

—Sí —respondió Pierre.

—Bien, camarada, tengo instrucciones para usted. Moscú quiere que vaya a España antes de iniciar su largo viaje.

—¿A España, otra vez?

—Sí, la situación allí se deteriora día tras día, y queremos que hable con alguna gente. En este sobre están las instrucciones. Preferimos que sea usted el que cubra esta misión, serán pocos días.

—Me crea un pequeño conflicto, ya sabe que me he buscado como «pantalla» a una joven española y no se muestra muy convencida del viaje que vamos a emprender; si la dejo sola durante unos días, puede que se eche atrás…

—Le creía más persuasivo con las damas —respondió Krisov con ironía.

—Es una chiquilla. He invertido mucho empeño y paciencia en ella. Y creo que terminará siendo una buena agente, una agente «ciega», pero eficaz.

—No cometa el error de decirle qué es lo que usted hace —le advirtió Krisov.

—Por eso le he dicho que será una agente «ciega», trabajará para nosotros sin saber que lo hace. Es una romántica empedernida y está convencida de que mi único afán es lograr extender el comunismo por el mundo entero.

—¿Y no es así?

La mirada irónica de Krisov incomodó a Pierre.

—Naturalmente, camarada.

—Hemos aprobado la utilización de la señorita Garayoa. Creemos, como usted, que, dadas sus características, le puede ser útil, pero no se confíe.

—Y no lo hago, camarada.

—Bien, nos veremos cuando regrese de España.

El 10 de julio, Pierre y Amelia llegaban a Barcelona y de nuevo se alojaron en casa de doña Anita. Para Pierre era una tranquilidad contar con la hospitalidad de la viuda, ya que ésta se encargaba de Amelia durante las reuniones que él mantenía a lo largo del día. En un principio había pensado en dejar a Amelia en París al cuidado de sus padres, pero descartó la idea sabiendo que su padre nada podría hacer si Olga y Amelia se enfrentaban. Además, Pierre empezaba a preocuparse porque cada día que pasaba Amelia parecía más arrepentida del paso dado, y eso le obligaba a no perderla de vista.

Amelia recibió con alegría la noticia de regresar a España. Le había pedido ir a Madrid para intentar ver a su hijo, y Pierre decidió no decirle tajantemente que no, aunque no tenía la más mínima intención de complacerla.

—¡Vaya, vaya, otra vez tenemos aquí a la pareja feliz! —les dijo doña Anita a modo de recibimiento. Y en esta ocasión, ¿cuántos días podré disfrutar de su presencia?

—Tres o cuatro. Tengo que ver a un cliente que asegura ha encontrado un ejemplar que llevo años buscando. Si las cosas van bien, a lo mejor aún podemos acercarnos a Madrid —respondió Pierre.

—Y usted, Amelia, ¿visitará a su amiga Lola García? Hace unos días estuvo aquí Josep; es un buen hombre, y hay que ver lo orgulloso que está de ese mocoso que tiene por hijo.

Amelia asintió incómoda. Después de la discusión que habían tenido no le apetecía nada ir a ver a Lola. En realidad, empezaba a sentir aversión por su antigua amiga, a la que culpaba de la deriva que había tomado su vida.

Al día siguiente, en cuanto Pierre se despidió de ella para dedicarse a sus quehaceres, Amelia le dijo a doña Anita que iba a hacer algunas compras que le eran necesarias teniendo en cuenta el viaje que iban a emprender a Buenos Aires. La viuda dudaba de si debía dejarla marchar sola, puesto que Pierre le había indicado que tenía que vigilarla, pero aquella mañana recibía un pedido de libros y aunque contaba con un mozo que le ayudaba, no le gustaba abandonar la librería, de manera que permitió a Amelia que saliera sola.

—Pero no tarde demasiado o me preocuparé —le advirtió.

—No se preocupe, doña Anita, no me perderé. Las telas que necesito seguro que las encontraré por los alrededores.

—Sí, ya le he indicado que a dos calles se encuentra la Sedería Inglesa, y allí puede encontrar cuantas telas necesite.

En realidad Amelia tenía otro plan: acercarse a la central de teléfonos para llamar desde allí a su prima Laura. Ansiaba tener noticias de su familia, de su pequeño Javier. Desde que había huido no se había puesto en contacto con Laura, y a sus padres ni siquiera se atrevía a mandarles una carta solicitando su perdón.

Desde París no se había atrevido a telefonear a su prima temiendo que Pierre la intentara disuadir. Se daba cuenta de que por primera vez desde su fuga iba a disponer de unos momentos para estar sola.

Salió de la librería de doña Anita y empezó a caminar sintiendo que estaba a punto de quebrar la confianza que Pierre tenía en ella. Pero de la misma manera que estaba segura de que él tenía sus secretos, ella también tendría los suyos.

Poco podía imaginar Amelia que la suerte no iba a estar de su lado. Cuando en la central de teléfonos se acercó a una empleada solicitándole una conferencia con el número de la casa de sus tíos en Madrid, no se dio cuenta de que el hombre que estaba al lado de la empleada la miraba fijamente con sorpresa. Ella no le recordaba, pero él sí la recordaba a ella. Durante su anterior estancia en Barcelona, Amelia había acompañado a Pierre a una reunión con algunos camaradas entre los que estaba el hombre de la central de teléfonos, un militante local del partido situado en un lugar estratégico. Al hombre le sorprendió verla allí sola y, sobre todo, tan nerviosa.

Amelia se retorcía las manos a la espera de que le pusieran la ansiada conferencia, y, mientras, el hombre convenció a su compañera de que se tomara un respiro habida cuenta de que la comunicación tardaba.

—No te preocupes, ya me encargo yo.

—Gracias, llevo una hora deseando ir al retrete.

El hombre había decidido no perderse ni una palabra de la conversación que pudiera mantener Amelia, de manera que pinchó la línea desviándola hacia su propio teléfono.

Luego, cuando la operadora de Madrid le avisó de que ya había contestado el teléfono pedido, hizo una indicación a Amelia, que seguía distraída, para que entrara en una cabina desde donde poder hablar.

—Ya pueden hablar —dijo la operadora de Madrid.

—¿Laura? Quisiera hablar con Laura —musitó Amelia.

—¿De parte de quién? —preguntó la doncella que había respondido al teléfono.

—De Amelia.

—¿La señorita Amelia? —preguntó alarmada la doncella.

—¡Por favor, dese prisa! Avise a mi prima, no dispongo de mucho tiempo.

Minutos más tarde Amelia escuchó la voz de su tía Elena.

—¡Amelia, gracias a Dios que sabemos de ti! ¿Dónde estás?

—Tía, no tengo mucho tiempo para explicarle... ¿Dónde está Laura?

—A estas horas está en clase, lo sabes bien. Pero ¿y tú? ¿Dónde estás? ¿Piensas regresar?

—Tía, yo... yo no puedo explicarle... siento mucho lo que ha pasado... ¿Cómo está mi pequeñín? ¿Y mis padres?

—Tu hijo está bien. Águeda lo cuida como una madre, aunque no lo hemos vuelto a ver. Santiago... bueno, Santiago ha preferido cortar todo contacto con la familia. Tus padres llaman a Águeda para saber del niño.

—¿Y mi padre? ¿Cómo está mi padre? ¿Sabe algo de herr Itzhak?

—Tu padre... bueno, sufrió un ataque al corazón cuando te marchaste, pero no te asustes, no fue nada grave, el médico dijo que era por la tensión, ya se ha recuperado.

Amelia rompió a llorar. De repente se daba cuenta de las consecuencias que había desencadenado su fuga. No había querido pensar en lo que dejaba atrás, prefería pensar que todo seguiría igual, que nada cambiaría. Y se encontraba con que Santiago impedía que sus padres pudieran ver a Javier, que su padre había sufrido un ataque al corazón... y todo por su culpa.

—¡Dios mío, qué he hecho! ¡Nunca podrá perdonarme! —decía entre lágrimas.

—¿Por qué no regresas? Si lo haces, todo se arreglará… Estoy segura de que Santiago te sigue queriendo, y si le pides perdón… tenéis un hijo… él no puede negarle el perdón a la madre de su hijo. Vuelve, Amelia, vuelve… Tus padres se llevarían una alegría, no hay día que no lamenten tu ausencia, lo mismo que nosotros. Laura también ha estado enferma, y ha sido del disgusto… Estoy segura de que si regresas no habrá reproches. ¿Te acuerdas de la parábola del hijo pródigo?

—¿Y Edurne? —acertó a preguntar Amelia.

—Está con nosotros, tu prima Laura insistió para que se quedara aquí… Santiago no quería tenerla…

—¡Qué he hecho! ¡Qué he hecho!

—Hija, la culpa han sido las malas compañías. Esa Lola, esos comunistas… Déjales, Amelia, déjales y regresa.

El hombre decidió cortar la comunicación. Intuía que aquella joven amante del camarada Pierre estaba a punto de ceder a las súplicas de su tía. Lo mejor era que no continuaran hablando y llamar de inmediato a doña Anita; ella sabría qué hacer.

—¡Oiga, oiga, se ha cortado la línea! —gritaba Amelia intentando llamar su atención.

—Un momento, señorita, veré si puedo restablecerla, aguarde en la cabina.

Pero en lugar de eso telefoneó a doña Anita, a la que explicó rápidamente cuanto había escuchado.

—Retenla, que no tardo ni un minuto en llegar allí. Estas burguesitas se creen que la vida es un juego.

Amelia aguardaba impaciente en la cabina a la espera de que se restableciera la comunicación con la casa de sus tíos. Hubiera preferido hablar con Laura, pero su tía se había mostrado cariñosa y comprensiva. Si regresaba… acaso todos la perdonarían.

De repente sintió unos ojos fríos que la taladraban. Doña Anita se dirigía hacia la cabina donde aguardaba.

—Amelia, querida, ¡qué casualidad! He tenido que salir a un

recado y me ha parecido verla desde la calle, ¿quiere que la acompañe? ¿Con quién espera hablar, hija?

Sintió deseos de salir corriendo, de escapar, pero doña Anita ya había cerrado su mano sobre su brazo.

—Quería hablar con mi familia —respondió entre lágrimas.

—¡Claro, claro! Bien, esperaré mientras le ponen la comunicación.

—No, no se preocupe, hay problemas en las líneas, ya volveré a llamar.

—Pero no hace falta que venga hasta aquí, ya sabe que en la librería dispone de teléfono, es uno de los pocos lujos que me permito.

—Era por no molestar... —se excusó Amelia.

—¿Molestar usted? De ninguna manera, Pierre y usted son bien recibidos en mi casa. Tenemos un ideal común. Hija, no sabe la suerte que tiene con que Pierre se haya enamorado de usted. ¡Cuántas mujeres no desearían ser las elegidas! Y es tan atento y caballero con usted... Aproveche la vida y no renuncie a este amor tan grande, se lo digo yo que tengo experiencia.

Amelia pagó el importe de la llamada, y salió de la central de teléfonos agarrada por doña Anita, que no la soltaba del brazo.

—Bien, ahora le acompañaré a comprar sus telas, ¿le parece bien? Y deje de llorar, se le ha puesto la nariz como un pimiento morrón, y los ojos se le han empequeñecido a causa de las lágrimas. ¡Qué disgusto se llevaría Pierre si la viera así! Vamos, y esta tarde visitaremos a su amiga Lola, seguro que ella sabrá cómo animarla.

Doña Anita no la volvió a dejar sola ni un minuto. Disimulando la irritación que sentía por convertirse en «guardiana» de la «burguesita», como ella calificaba a Amelia, pasó el resto del día acompañándola en un deambular sin sentido por la ciudad. Cuando por la tarde se reunieron con Pierre, doña Anita a duras penas ocultaba su malhumor y Amelia tampoco hacía ningún esfuerzo por mantener a raya la depresión que la había invadido después de la conversación con su tía.

Pierre ya había sido informado por el hombre de la central de teléfonos del contenido de la conversación entre Amelia y doña Elena.

—¿Qué tal habéis pasado el día? —preguntó haciéndose de nuevas.

—Bien, muy bien, hemos estado de compras. Amelia necesitaba algunas cosas para vuestro viaje a Buenos Aires —respondió doña Anita.

—Bueno, si os parece os invito a cenar. Me he encontrado con Josep y se va a unir a nosotros con Lola y Pablo. Cenar con amigos es lo mejor después de un día de trabajo. Vamos, Amelia, alegra esa cara y arréglate un poco; mientras, quiero hablar con doña Anita del libro que he venido a buscar, necesito el consejo de su ojo experto.

Amelia, obediente, se encerró en el cuarto que compartía con Pierre. Se le hacía cuesta arriba tener que ver a Lola, sobre todo en un momento en el que tenía el ánimo por los suelos. Pero no se atrevía a contrariar a Pierre, de manera que abrió el armario y buscó ropa que ponerse. Mientras tanto, Pierre y doña Anita habían bajado a la librería, lejos de los oídos de Amelia.

—Ya sé lo que ha pasado, me avisó el camarada López al mismo tiempo que a ti. Por lo que me ha contado, la charla con su tía fue insustancial —afirmó Pierre.

—A mí no me ha podido decir de qué han hablado, pero la chica lleva todo el día lloriqueando y lamentándose por su hijo. No sé, pero me da que vas a tener problemas con ella. Es muy joven y para mí que está arrepentida de haber abandonado a su familia —respondió doña Anita.

—Si se convierte en un problema yo mismo la enviaré a Madrid.

—¡Vaya, te hacía enamorado de ella!

Pierre no respondió. Le irritaba perder el control sobre Amelia. Estaba harto de comportarse como un rendido enamorado, harto de tener que fingir ser un seductor a diario, de estar pendiente de cualquier mohín. Casi deseaba que ella le dijera que volvía a Madrid. Si no fuera porque ya había diseñado su cobertura en Buenos Aires con Amelia, la dejaría plantada allí mismo, en Barcelona, y que ella se las arreglara como pudiera para regresar a Madrid.

Amelia bajó a buscarles y todo en ella indicaba desgana: el gesto, la manera de caminar, su actitud ausente.

Fueron andando hasta un pequeño restaurante cerca del Barrio Gótico propiedad de un camarada donde ya estaban esperándoles Josep, Lola y Pablo.

—Os habéis retrasado —se quejó Lola—, llevamos aquí más de media hora. Pablo está hambriento.

Nos sentamos en una mesa un poco separada del resto, y Pierre, haciendo un esfuerzo, intentó poner un poco de alegría en la reunión. Pero ni Amelia ni Lola estaban por la labor, y doña Anita tenía los nervios de punta después de todo el día de andar con contemplaciones con Amelia.

Josep se ocupó de los apuros de Pierre e hizo lo imposible por animar al grupo. Finalmente, los dos hombres decidieron rendirse ante la actitud de las mujeres, y se enfrascaron en una conversación sobre los últimos acontecimientos políticos que giraban en torno a las evidencias cada vez mayores de que un sector del Ejército parecía querer poner fin a la experiencia republicana. El nombre del general Mola corría en boca de todos.

Amelia apenas probó bocado; todo lo contrario que doña Anita y Lola, que siempre tenían buen apetito.

Cuando terminó la cena, Josep se ofreció a acompañarles durante un trecho en dirección a casa de doña Anita. Pierre y Amelia caminaban delante, y aunque hablaban en voz baja, llegaban a mí retazos de su conversación.

—¿Qué te pasa, Amelia? ¿Por qué estás triste?

—Por nada.

—¡Vamos, no me engañes, te conozco bien, y sé que algo te está haciendo sufrir!

Ella rompió a llorar tapándose la cara con las manos mientras Pierre le echaba la mano por el hombro en un gesto protector.

—Yo te quiero, pero… creo que he sido muy egoísta, sólo he pensando en mí, en que quería estar contigo, y no he actuado bien, sé que no he actuado bien —repitió.

—¿A qué viene eso, Amelia? Ya lo hemos hablado en otras ocasiones. Tú misma me dijiste que en España hay un refrán que dice que no se puede hacer una tortilla sin romper los huevos. Sé que no es fácil romper con la familia, ¿crees que no lo entiendo? Tú te llevas mal con mi madre, pero es mi madre y yo la quiero, sin embargo creo que debemos darnos la oportunidad de empezar una nueva vida, y lo mismo que tú has dejado a tu familia, yo dejé a la mía, como también abandoné mi negocio, mi porvenir.

—¡Pero tú no tienes ningún hijo!

—No, no tengo ningún hijo, pero aspiro a poder tenerlo el día que nuestra relación sea firme y definitiva. Nada me daría más alegría. Es la única pena que tengo, que no puedas llevar a Javier contigo, al menos por ahora, pero no descartemos que podamos tenerle con nosotros en el futuro.

—¡Eso jamás sucederá! Santiago no lo consentirá, ni siquiera permite que mis padres vean al niño.

—¿Y cómo es eso? ¿Has hablado con tus padres?

Amelia enrojeció. Sin darse cuenta se había puesto en evidencia, aunque después pensó que seguramente doña Anita se lo terminaría diciendo.

—He hablado con mi tía Elena. Había llamado a mi prima Laura pero no estaba, y mi tía se puso al teléfono.

—Eso está bien, no debes perder el contacto con tu familia. Sé que estarás más tranquila si sabes de ellos —afirmó Pierre disimulando que pensaba todo lo contrario—. Dime qué te ha dicho tu tía.

—Sabe que Javier está bien a través de Águeda, el ama de cría. Santiago no quiere tener tratos con mi familia y no les permite ver al niño. Mi padre se puso enfermo cuando me marché, el corazón… por mi culpa… ha podido morirse.

—¡Eso sí que no te lo consiento! No voy a permitir que te culpes de una enfermedad de tu padre. Sé racional, nadie se enferma del corazón por un disgusto; si a tu padre le ha dado un ataque, la causa no has sido tú. En cuanto a que tu marido no les permita ver a tu hijo, me parece una crueldad, no habla bien de él, ni me parece justo castigar a los abuelos sin ver al nieto. No, Amelia, tu marido no está haciendo las cosas bien.

Las palabras de Pierre aumentaron la llantina de Amelia, que intentaba justificar a su marido.

—Él es muy bueno y no es injusto, sólo que ver a mis padres le recuerda a mí, y tiene razones para querer olvidarme. ¡Me he portado tan mal con él! ¡Santiago no merecía lo que le he hecho!

Aquella noche Pierre la pasó consolando a Amelia, intentando paliar la herida abierta en su conciencia.

El día siguiente era 13 de julio, una fecha que resultaría clave en la historia de España: aquel día fue asesinado José Calvo Sotelo, líder de la derecha monárquica.

Pierre decidió ir a Madrid, aunque no tenía órdenes específicas de hacerlo; aquel acontecimiento era suficientemente grave como para ir a la capital y tomar contacto con algunos camaradas que puntualmente le pasaban informaciones precisas sobre el gobierno Azaña. Aunque en Madrid había agentes dependientes de la *rezidentura*, ahora era Pierre quien quería evaluar la situación y enviar un informe preciso a Moscú.

Amelia recibió con alegría la noticia de que viajarían a Madrid. Pierre la engañó diciéndole que había tomado esa decisión en vista de la pena que ella sentía. La realidad es que no se atrevía a dejarla al cuidado de doña Anita, y Lola y Amelia se mostraban distantes la una con la otra, algo que en su momento tendría que averiguar por qué.

El viaje en tren se les hizo interminable. Cuando por fin llegaron a Madrid, encontraron la capital sumida en todo tipo de rumores. Pierre decidió instalarse en una pensión llamada La Carmela situada en la calle Calderón de la Barca, cerca de las Cortes. Los dueños de La Carmela mantenían la pensión limpia, y cuidaban mucho de quienes eran sus huéspedes. Se enorgullecían de contar entre sus clientes incluso con algún diputado. Sólo disponía de cuatro habitaciones y tuvieron suerte de que en aquel momento una de ellas estuviera vacía.

—Ayer se marchó don José, ya sabe, el viajante de comercio de Valencia que nos visita una vez al mes. Creo que ha coincidido con él en alguna ocasión —dijo la dueña, doña Carmela.

—Sí, creo que sí —respondió Pierre sin muchas ganas de charla.

—No sabía que estaba usted casado —preguntó doña Carmela, curiosa.

—Pues ya ve usted... —contestó Pierre sin decir ni que sí ni que no.

A Pierre le preocupaba qué hacer con Amelia durante su estancia en Madrid. No podía llevarla a todas partes, tenía que reunirse con agentes, mantener conversaciones confidenciales, lo cual sería imposible con Amelia presente. Pero si la dejaba sola estaba seguro de que ella terminaría cediendo a su impulso de ver a su familia sin que pudiera prever las consecuencias. De manera que decidió tomar la iniciativa, ser él quien facilitara el encuentro, y estar presente.»

—Quizá usted debería hablar con doña Laura. Ella mejor que yo le podrá decir qué pasó durante aquellos días en Madrid. Luego vuelva y continuaremos hablando —concluyó Pablo Soler sonriéndome satisfecho.

Pablo Soler me sonreía satisfecho. Llevaba más de cuatro horas hablando y yo no había abierto la boca. Yo no salía de mi asombro: mi bisabuela se había fugado con un francés agente de la inteligencia soviética y había ingresado en el Partido Comunista de Francia. Parecía increíble lo que ocurría con las mosquitas muertas, en cuanto te descuidas te encuentras con una Mata Hari en ciernes.

—¿Volvió usted a ver a Amelia?

—Sí, claro que sí, en cuanto regresaron a Barcelona. Pero además ya le dije que uno de mis mejores libros trata sobre los agentes soviéticos en aquellos días, y Pierre era uno de ellos. De manera que tuve que investigar a fondo qué fue de él. Era un hombre muy interesante, un fanático, aunque no lo pareciera. Creo que debería leer mi libro, seguramente le será de mucha utilidad.

—¿Habla de mi bisabuela?

—No, no hablo de ella.

Don Pablo se levantó y sacó de un estante un libro bastante voluminoso. Le agradecí el regalo y le aseguré que volvería a llamarle.

—Sí, hágalo, estos días no tengo tanto que hacer, acabo de mandar un libro a la imprenta, así que estoy medio de vacaciones.

Me acompañaba hacia la puerta cuando nos salió al paso su esposa.

—¿No se queda a almorzar con nosotros? —preguntó sonriendo.

—Ah, Charlotte, no te he presentado al señor Albi.

—Encantado de conocerla, señora. Soy Guillermo Albi.

—Señor Albi, tengo que darle las gracias por haber tenido entretenido a mi marido; cuando no escribe no sabe qué hacer con el tiempo, y como acaba de terminar un libro no tiene más remedio que darse un respiro. Así que es usted bienvenido.

—Muchas gracias, espero no darles la lata muy a menudo, aunque don Pablo me ha dado permiso para volver a visitarles en breve.

Aunque con más años, era evidente que Charlotte era la misma mujer del cuadro que me había llamado la atención. Parecía norteamericana, aunque hablaba un español fluido, con un suave deje sureño. Pensé que era muy simpática la esposa de don Pablo, y además, a la vista del cuadro, debió de ser muy hermosa, aún quedaban en ella vestigios de su antigua belleza.

Me fui al hotel para llamar tranquilamente a doña Laura. Empezaba a divertirme la tarea encomendada por mi tía Marta. Iba de sorpresa en sorpresa, y yo mismo me imaginaba la escena cuando en las próximas Navidades mi familia leyera la historia de la bisabuela. Mi tía Marta, tan de derechas, iba a sufrir un soponcio al enterarse de que su abuela había sido amante de un agente soviético.

Conecté el móvil camino del hotel. Tenía un mensaje urgente del jefe de Cultura del periódico digital en el que colaboraba. Le llamé de inmediato.

—Guillermo, ¿dónde te metes? Tenías que habernos entregado ayer la crítica del libro de Pamuk. Menuda faena nos has hecho, porque tenemos publicidad de la editorial y esta mañana han llamado para preguntar qué pasaba.

—Lo siento, Pepe, me he despistado, ahora mismo te la mando, dame una hora.

—¿Una hora? Oye, que esto es un periódico digital, y tengo que meter la crítica ya. ¿Dónde narices estás?

—En Barcelona, he venido a conocer a un historiador, a Pablo Soler.

—¡Caramba! Soler es uno de los historiadores más prestigiosos, sus libros sobre la guerra civil son de lo más serio y ecuánime de cuantos se han publicado. Es una autoridad en el mundo universitario norteamericano.

—Sí, ya sé que es todo un personaje. Veras, tenía la oportunidad de conocerle y... bueno, se me ha pasado lo de la crítica de Orhan Pamuk, pero me he leído el libro y no tardo nada en escribir el artículo y enviártelo. Déjame que llegue al hotel, que voy de camino.

—Por esta vez vale... y, oye, ya que conoces a Pablo Soler, pídele una entrevista; sería un puntazo, porque no le gustan los periodistas y nunca concede entrevistas.

—Bueno, lo intentaré, veremos qué me dice.

—Sí, inténtalo, por lo menos al director se le pasará el cabreo que tiene contigo. Ah, y no tardes más de media hora en enviarme el puñetero artículo.

Al final tenía razón mi madre: estaba implicándome tanto en la historia de la bisabuela que me estaba alejando de mi propia realidad, que no era otra que un empleo del tres al cuarto en un periódico digital donde me pagaban a cien euros la pieza. Había meses que no pasaba de los cuatrocientos euros, justo para comprar tabaco, el bonobús y poco más. Si Pablo Soler se avenía a concederme una entrevista, lo mismo el director del periódico se terminaba convenciendo de que podía confiar en mí algo más que para hacer crítica literaria. Las entrevistas las pagaban mejor. Claro que me daba apuro regresar a casa del profesor Soler para pedirle una entrevista; una cosa era que hubiera decidido hablarme de mi bisabuela y otra muy distinta querer hablar para la prensa. Pero lo intentaría. Mi economía no estaba para sutilezas, a pesar de que mientras durara la investigación sobre Amelia Garayoa contaba con la subvención de la tía Marta.

4

No me había terminado de leer el libro de Pamuk, pero tenía suficiente oficio como para escribir una crítica de aliño, que es lo que hice. Telefoneé a Pepe para preguntarle si había recibido ya el artículo y así quedarme tranquilo. Me insistió en que entrevistara al profesor Soler y me comprometí a intentarlo. Luego llamé a mi madre.

—Pero, hijo, ¿dónde estás? Llevo toda la mañana llamándote al móvil y lo tenías apagado.

—Estoy en Barcelona, viendo a una persona que conoció a la bisabuela.

—¿A tu bisabuela? Pues será un vejestorio, porque de vivir tu bisabuela tendría más de noventa años.

—Bueno, él era un niño cuando la conoció, aunque ahora también tiene sus años.

—¿Y quién es?

—No te lo digo, madre, no voy a soltar prenda hasta que no termine la investigación, pero sí te diré que tu abuela, o sea mi bisabuela, tuvo una vida bastante agitada, os vais a sorprender.

—Tu tía Marta me ha llamado quejándose, dice que no le quieres informar de cómo va la investigación y que no sabe si de verdad estás trabajando o dándote la gran vida a su costa.

—Tienes una hermana encantadora.

—¡Guillermo, que es tu tía y te quiere mucho!

—¿A mí? Supongo que habrá hecho un cursillo de disimulo, porque nunca se le ha notado.

—Guillermo, no te pongas pesado.

—Vale, madre, no me meteré más de lo imprescindible con la tía Marta. Bueno, yo te llamo para saber cómo estás y si me invitas a cenar esta noche.

—Claro, hijo, estoy deseando verte.

—Pues a las diez me tendrás como un clavo llamando a tu puerta.

Colgué el teléfono y pensé que mi madre tenía una paciencia infinita conmigo.

Después llamé a doña Laura; quería que me contara qué había pasado con Amelia en aquellos días previos a la guerra civil o que me indicara quién podía darme esa información, porque estaba claro que yo no tenía otro hilo de donde tirar.

El ama de llaves dudó cuando le dije quién era y que deseaba hablar con doña Laura o con doña Melita. Me dejó al teléfono y al cabo de unos minutos escuché la voz de doña Laura, que me pareció más apagada que la vez anterior.

—No me encuentro bien, he tenido una bajada de azúcar —me explicó en apenas un murmullo.

—No quiero molestarla, pero el profesor Soler me ha dicho que Amelia estuvo en Madrid dos o tres días antes de que estallara la guerra civil y que su intención era ponerse en contacto con su familia. El profesor me ha indicado que usted podría contarme qué pasó en aquellos días, antes de continuar él con su relato. Pero si se encuentra mal... en fin, puedo esperar o usted podría indicarme con quién debo hablar del asunto.

Doña Laura me insistió en que no se encontraba muy bien y en que el médico le había recomendado guardar cama. En cuanto a doña Melita, tampoco estaba bien, de manera que lo mejor era que hablara con Edurne.

—En realidad fue a Edurne a quien Amelia vio aquellos días.

Conmigo apenas estuvo una hora. Venga usted mañana por la mañana, pero procure no cansar mucho a Edurne, es muy mayor, y para ella recordar supone un gran esfuerzo.

—Le prometo que intentaré abreviar al máximo la conversación.

Me daba cuenta de que mis «fuentes» eran personas ancianas, que se encontraban en el último cuarto de hora de su vida. O trabajaba con cierta celeridad o podía encontrarme con que cualquiera de ellas desapareciera de la noche a la mañana. Tomé la decisión de concentrarme en la investigación y quitarme horas de sueño para no perder mi precario empleo en el periódico digital.

Cuando llegué al aeropuerto, en el puente aéreo a Madrid sólo quedaban billetes en *business*. Dudé si debía esperar al siguiente avión, pero decidí que mi tía Marta no se iba a arruinar por pagar un poco más por un billete.

Al llegar subí a un taxi. Iba camino de casa cuando el zumbido del móvil me sacó de mi ensimismamiento.

—Guillermo, guapo, ¿dónde te metes? Llevas más de quince días sin llamarme.

—Hola, Ruth, acabo de aterrizar en Madrid, llego de Barcelona.

—Te llamaba por si te apetecía venirte a cenar a casa, tengo un foie gras estupendo que compré ayer en París.

No vacilé ni un instante. Llamaría a mi madre para disculparme: una velada con Ruth se me antojaba más emocionante, sobre todo si empezábamos a mirarnos a los ojos a través del foie. Ruth era azafata de una compañía de bajo coste, y solía encargarse del vuelo de París, de manera que estaba seguro de que al foie le acompañaría un estupendo vino de Borgoña. Así que se prometía una noche la mar de feliz.

Mi madre refunfuñó, pero no se enfadó. La verdad es que cuando me dijo el menú que me había preparado, me reafirmé en mi decisión de cenar con Ruth. Mi madre estaba convencida de que me alimentaba fatal, así que cada vez que almorzaba o cenaba con ella se empeñaba en que comiera verdura de primer plato y un pescado a la plancha sin pizca de sal de segundo.

La noche resultó ser memorable. No me había dado cuenta de lo mucho que echaba de menos a Ruth hasta que estuve con ella. La verdad sea dicha, ella tenía una paciencia infinita conmigo y no me presionaba para que nos casáramos. Me dejaba ir a mi aire, no sé si porque me tenía como chico-objeto para de vez en cuando o porque realmente intuía que yo no estaba maduro para comprometerme. En todo caso era la relación ideal.

Llegué a las once de la mañana a casa de las Garayoa. El ama de llaves me informó de que doña Laura seguía en cama y doña Melita estaba en el médico, haciéndose unas pruebas. La había llevado su sobrina nieta, Amelia María.

Edurne me esperaba sentada en la biblioteca. No se alegró de verme.

—¿No ha tenido suficiente con todo lo que le conté?

—Le prometo no molestarla mucho, pero es que me gustaría saber qué pasó cuando Amelia vino con Pierre a Madrid. Me parece que fue en torno al catorce o quince de julio del treinta y seis. Doña Laura me ha dicho que usted la vio.

—Sí, la vi —respondió Edurne con un hilo de voz—. Cómo olvidar aquello…

«Amelia y Pierre llevaban un par de días en Madrid. Él le pidió a un matrimonio amigo que se ocupara de Amelia y no la dejara sola. Por más que ella se resistió a la compañía del matrimonio, no tuvo más remedio que ceder, pero al mismo tiempo se sentía tan agobiada por la falta de libertad y la desconfianza que Pierre manifestaba hacia ella, que comenzó a darle vueltas a la idea de abandonarlo. Pero Amelia en aquel entonces sólo sentía confusión, y lo mismo decidía poner punto final a su relación con Pierre que cambiaba de opinión al verlo aparecer sonriente con una rosa en la mano.

Llegó un momento en que él se dio cuenta de que no podía retrasar por más tiempo el encuentro de Amelia con su familia, que no podía seguir dándole largas. El diecisiete por la mañana, en presencia de Pierre, Amelia telefoneó a Laura. La señorita Laura no estaba en casa; había salido con sus hermanos, Melita y Jesús, y con su madre, doña Elena. Tampoco estaba don Armando. Amelia, angustiada, preguntó por mí. Quería ver a sus padres, pero no se atrevía a presentarse en su casa sin antes saber con qué iba a encontrarse, sobre todo si iban a recibir a Pierre.

Yo me volví loca de alegría cuando escuché su voz, y ella me pidió que me acercara a la pensión La Carmela, donde estaba alojada. Llegué en menos de diez minutos, y no puede usted imaginar cómo corrí hacia allí, porque la distancia no era grande.

Fue vernos y empezar a llorar de emoción. Estuvimos un buen rato abrazadas sin que Pierre lograra separarnos.

—¡Vamos, vamos, dejad de llorar! ¿No teníais tantas ganas de veros? Pues en fin…

Amelia me pidió que le contara con detalle cómo estaban los suyos.

—Don Juan está mejor, se ha recuperado bien del ataque al corazón; doña Teresa no le deja ni a sol ni a sombra. Tu madre se pegó un buen susto, porque don Juan estaba con ella cuando sufrió el desmayo. Menos mal que tuvo presencia de ánimo para llamar al chófer y que trasladara de inmediato a don Juan al hospital. Eso le salvó la vida. Pero tu padre está triste, no es el mismo desde que te has marchado. Doña Teresa ha envejecido de repente, pero no desfallece, ella es el soporte moral de la casa. Tu hermana Antonietta también lo ha pasado mal, ha estado semanas enteras sin dejar de llorar.

—¿Crees que si voy a casa mis padres me perdonarán?

—¡Pues claro! Les darás una gran alegría.

—¿Y qué dirán de Pierre?

—Pero ¿va a ir contigo?

—Pues sí, Pierre es… es… Bueno, es como si fuera mi marido.

—¡Pero no lo es!

—Ya lo sé, pero da igual. En cuanto pueda me voy a divorciar para casarme con él, es sólo cuestión de tiempo.

—Pero tus padres están muy afectados por lo sucedido, ¿no podrías ir tú sola a verles?

A Amelia le hubiera gustado hacerlo así, pero Pierre no estaba dispuesto a dejarla encontrarse con su familia sin estar él presente. Temía perderla. En realidad, estaba a un paso de que así fuera.

—¿Y mi hijo? ¿Cómo está Javier?

—Sólo sabemos de él por Águeda. Don Santiago no quiere saber nada de tu familia. Les ha dicho que prefiere poner distancia y que en el futuro ya se verá si les permite ver al niño. Pero es un buen hombre, porque consiente que tus padres llamen a Águeda cuando él no está para preguntar por el niño.

—¿Tú no has vuelto a ver a mi hijo?

—No, no me he atrevido. Pero puedes estar tranquila, Águeda se ocupa bien de él, quiere al niño como si fuera su propio hijo, ya lo sabes.

Amelia rompió a llorar, se sentía en deuda con Águeda por los cuidados que prestaba a su hijo, pero al mismo tiempo le dolía que estuviera haciendo el papel de madre de Javier.

—¡Pero es mi hijo! ¡Es mío!

—Sí, claro que es tu hijo, pero tú no estás.

Aquellas palabras fueron peor que si la hubiese abofeteado. Me miró con rabia y con dolor.

—¡Quiero a mi hijo! —gritó.

Pierre la abrazó temiendo que se dejara llevar por la histeria, lo que no le convenía, dado que en La Carmela los tenían por un matrimonio.

—Cálmate, Amelia, nadie pone en duda que Javier es tu hijo, y lo recuperaremos, ya lo verás, pero todo a su debido tiempo. En Buenos Aires pondremos en marcha los trámites de tu divorcio, y luego vendrás a por Javier.

—¿Te vas a Buenos Aires? —pregunté.

—¡No lo sé! ¡No quiero ir a ninguna parte!

A Pierre se le notaba harto de la situación, y creo que a punto estuvo de decirme que me llevara a Amelia.

—No tienes que venir si no quieres. En realidad, yo he propuesto que nos marchemos para iniciar una vida nueva, lejos de nuestro pasado, pero si no me quieres…

—¡Sí, sí te quiero! ¡Pero creo que me voy a volver loca!

—Lo mejor es que se marche, Edurne, ya sabe dónde estamos. Dígaselo a los tíos de Amelia, y si lo consideran oportuno iremos a su casa o a la de los padres de Amelia. Quiero pedirles humildemente perdón a don Juan y doña Teresa por el daño ocasionado, y que sepan que quiero más que a mi vida a Amelia y sólo aspiro a hacerla feliz.

Regresé a casa vivamente impresionada. Yo admiraba a Pierre desde el momento en que lo había visto en casa de Lola. Era tan convincente, parecía tan seguro… Y no dudaba de que estaba perdidamente enamorado de Amelia. Aunque me daba cuenta de que ella no era feliz, que estaba arrepentida del paso dado, que si hubiera podido volver atrás, lo habría hecho sin dudar. Pero yo no sabía cómo ayudarla, me sentía tan perdida como ella.

Doña Elena y sus hijas no llegaron hasta mediodía, y en cuanto les expliqué que Amelia estaba en Madrid, que parecía muy desgraciada y que quería verlos, la señorita Laura no lo dudó un momento.

—¡Ahora mismo vamos a por ella!

—¡Pero, hija, no podemos presentarnos en esa pensión donde está con ese hombre!

—¿Y por qué no? ¿No comprendes que ella no se atreve a venir aquí?

—Aquí es bienvenida, pero sin ese hombre. Eso es lo que Edurne le tiene que decir. Queremos verla y la acompañaremos a casa de sus padres, pero tendrá que venir sola. Sería una vergüenza que se presentara con ese hombre. Tu tío Juan se moriría del disgusto. Amelia tiene que comprenderlo.

—¡Pero, mamá, no seas así! —protestó la señorita Laura.

—¡No voy a recibir a ese hombre en mi casa! ¡Jamás! Es un sinvergüenza, se ha aprovechado de la inocencia de Amelia, y no quiero tratos con gentuza como él.

—¡Mamá, Amelia se enamoró de Pierre!

—Vaya, ahora nos dices que se fue por amor y no para hacer la revolución... Santiago tenía toda la razón.

—Pero, mamá...

—Basta, se hará lo que yo digo. Edurne, vete a ver a Amelia y dile que la esperamos. En cuanto a ese hombre, debe entender que una familia decente no lo puede recibir. Tu padre está al llegar y estará de acuerdo conmigo.

Volví corriendo a la pensión La Carmela sin darme cuenta de que la señorita Laura me seguía a corta distancia. Había decidido desobedecer a su madre para encontrarse con Amelia, pues temía que ésta rechazara verlos si no iba acompañada de Pierre. Cuando estaba a punto de entrar en el portal me alcanzó. Juntas subimos a la pensión, situada en el primer piso. Amelia y Pierre estaban almorzando en el pequeño comedor. Aún hoy recuerdo que la dueña de la pensión les había servido huevos fritos con pimientos.

Si Amelia había llorado al verme, cuando se encontró con la señorita Laura las lágrimas le fluyeron a borbotones. Las dos primas se fundieron en un abrazo interminable.

Pierre estaba incómodo por la situación, puesto que doña Carmela no perdía la ocasión de entrar en el comedor para enterarse de todo lo que allí sucedía. Propuso que nos fuéramos a la calle, a algún sitio donde pudiéramos hablar sin testigos. Nos llevó a un café de la plaza de Santa Ana, y allí nos acomodamos los cuatro.

—Amelia, tienes que venir a casa, mamá llamará a tus padres

y te acompañaremos, pero debes venir sola. Tiene usted que comprender que no es bienvenido en estos momentos, quizá más adelante... —dijo Laura.

Amelia parecía dispuesta a dejarse convencer por su prima, pero la reacción de Pierre se lo impidió.

—Haré lo que Amelia quiera, pero debo decirle, señorita, que tampoco fue fácil para mi familia aceptar mi relación con una mujer casada, y pese a lo mucho que quiero a mi madre, le he impuesto esta situación, dejándole claro que si tengo que elegir entre Amelia y ella, no tengo dudas: mi elección es Amelia.

Tras escuchar, Amelia se sintió en la obligación de ponerse de su parte.

—Si no queréis que venga conmigo, yo tampoco iré —respondió ella llorando.

—¡Pero, Amelia, tienes que entenderlo! Tu padre ha sufrido un ataque al corazón, si te presentas con Pierre, no sé lo que puede pasarle. Desde luego, a tu madre le puede dar algo... Es mejor ir poco a poco, primero que te vean a ti y después, entre las dos, los convencemos para que reciban a Pierre. No puedes pedir a tus padres que, de buenas a primeras, acepten a otro hombre que no es tu marido; ya sabes que tu padre aprecia mucho a Santiago...

Pierre abrazó a Amelia mientras le acariciaba el cabello.

—¡Saldremos adelante! —le dijo con voz apasionada—. No te preocupes, todo se arreglará, pero tenemos que demostrarles a todos que nuestro amor es de verdad.

Amelia se deshizo del abrazo y se secó las lágrimas con el pañuelo de Pierre.

—Diles a tus padres que no iré a ningún sitio sin él. Mi deseo es divorciarme de Santiago y convertirme en la esposa de Pierre. Si buenamente podéis ayudarme para que mis padres me reciban, seré la mujer más feliz del mundo; de lo contrario me doy por satisfecha con haber podido abrazarte. Confío en que puedas convencerlos, pero si no es así... al menos prométeme que nunca me olvidarás y que harás lo imposible para que algún día me perdonen. Ahora te pido que regreses a casa con Edurne y que pongas todo tu empeño en lo que te he pedido.

Se abrazaron de nuevo entre lágrimas, y la señorita Laura le prometió que intentaría convencer a sus padres.

—Al menos espero que papá nos ayude; a lo mejor es más comprensivo que mi madre. Ni ella ni tu madre están a favor del divorcio, pero si saben que tenéis intención de casaros, a lo mejor ceden un poco.

Quién nos iba a decir que cuando regresáramos a casa nos encontraríamos a don Armando en un estado de gran agitación por culpa de las noticias que llegaban desde el norte de África, donde se decía que un grupo de militares se había sublevado.

En aquellas primeras horas, las noticias eran confusas y se hablaba de que podía haber una rebelión militar encabezada por los generales Mola, Queipo de Llano, Sanjurjo y Franco.

—Papá, tengo que hablar contigo —le pidió Laura a don Armando.

—Hija, ahora no puedo, me voy a acercar a las Cortes, he quedado con un diputado del que soy abogado; quiero saber qué está pasando.

—Amelia está en Madrid.

—¿Amelia? ¿Tu prima?

—Sí, Armando, sí, tu sobrina está aquí, y Laura se ha escapado a verla. Te lo iba a decir pero no me ha dado tiempo, como estás tan agitado por lo de la sublevación… —añadió doña Elena.

La novedad desasosegó definitivamente a don Armando. De todos los días posibles, aquél era el más inadecuado para hacer frente a un drama familiar. El país hacía aguas y la familia tenía que prestar atención a la situación de Amelia.

—Hay que avisar a sus padres. Arréglate, Elena, nos tenemos que acercar a la casa de mi hermano. ¿Dónde está esa loca? —preguntó a su hija.

—En la pensión La Carmela, y está con Pierre.

—¡Con ese desgraciado! No importa, iremos a por ella. ¡Dios mío! ¡Tenía que aparecer precisamente hoy!

—¡Por Dios, papá, lo importante es que la prima está aquí! —le reprochó Melita, su hija mayor.

—Lo importante es que no sabemos si se está produciendo un golpe de Estado, y, como podéis imaginar, eso tendría consecuencias terribles. Bien, hagamos lo que tenemos que hacer, vamos a buscarla.

—No, papá, no podemos hacerlo salvo que estéis dispuestos a aceptar a Pierre —declaró Laura.

—¿Aceptar a ese sinvergüenza? ¡Jamás!

—Papá, Amelia dice que sólo vendrá aquí o irá a casa de sus padres si es con Pierre, de lo contrario…

—Pero ¿cómo se atreve a plantear tamaño desatino? No vamos a recibir a ese hombre, no, yo no pienso abrirle las puertas de mi casa —intervino doña Elena.

—Explícate, Laura —exigió don Armando muy serio.

—O les recibimos a los dos o Amelia no vendrá ni a esta casa ni a la de sus padres; lo ha dejado muy claro. Papá, te suplico que aceptemos a Pierre, de lo contrario perderemos a Amelia para siempre. Edurne me ha dicho que él piensa llevársela a Buenos Aires. Yo creo que si vamos a por ella y fingimos que lo aceptamos a él, podremos convencerla para que se quede; de lo contrario la perderemos para siempre.

Don Armando se sentía superado por los acontecimientos, tanto políticos como familiares.

—Hija, después de lo que ha hecho, Amelia no puede poner condiciones. Las puertas de esta casa siempre estarán abiertas para ella, y no dudo de que mi hermano dirá lo mismo si su hija llama a su puerta. Pero ella no puede exigir que aceptemos a un hombre que ha traído tanta desgracia a la familia. Y yo no me atrevo a ir a casa de tu tío y darle un disgusto poniéndole en la disyuntiva de que si quiere ver a Amelia tiene que ser junto a ese Pierre. Sería una crueldad con él.

—Lo sé, papá. He intentado razonar con Amelia, pero no ha sido posible. Es... es como si hubiera perdido su voluntad. Se deja llevar por Pierre.

—¿Qué vamos a hacer? —quiso saber doña Elena.

—Edurne volverá a esa pensión y le explicará a Amelia que debe venir aquí sin ese hombre. Luego la acompañaremos a casa de sus padres —sentenció don Armando.

—¿Y si se niega? —Laura hablaba con un hilo de voz.

—Nos pondrá en una situación muy difícil. Tendré que ir a ver a mi hermano y explicarle lo que sucede, y temo que le voy a dar un disgusto que tendrá consecuencias para su salud.

—Papá, ¿por qué no vas tú a hablar con Amelia? —suplicó Laura.

—¿Yo? No, no, hija, me parece del todo inconveniente ver a ese hombre, que sólo se merece que se le rete a duelo por lo que ha hecho.

Tal como me indicaron, regresé a la pensión La Carmela, pero no encontré ni a Amelia ni a Pierre. La dueña me informó de que habían salido con cierta precipitación porque un joven se había acercado a la pensión a dar recado a Pierre de que se estaba produciendo una rebelión militar en el norte de África. La dueña me dijo que estaba asustada por la noticia de la rebelión, pero aun así no tuvo empacho en preguntarme qué pasaba entre Pierre y Amelia, y por qué ella no dejaba de llorar. No le respondí, sólo le pregunté si sabía adónde habían ido o cuándo volverían, pero no me supo dar razón, de manera que regresé a casa.

Aquella noche Amelia telefoneó a Laura. Don Armando y doña Elena habían ido a casa de don Juan y todavía no habían regresado. Laura intentó convencer a su prima de que viera a su familia sin la presencia de Pierre, pero fue inútil. Amelia le anunció que al día siguiente por la tarde regresaba a Barcelona y de allí se marcharía a Francia. No sabía si algún día volverían a verse.»

Edurne se quedó callada, con la mirada perdida, como cuando hablamos en la anterior ocasión. Parecía como si aquellos recuerdos le golpearan el alma y no supiera cómo dominarlos.

—¿Eso es todo? —pregunté yo.

—Sí, eso es todo. Amelia se marchó. Doña Teresa fue a buscarla al día siguiente a La Carmela acompañada de Antonietta, pero la joven ya se había marchado. No fue una decisión fácil para doña Teresa presentarse allí, en una pensión, buscando a su hija, pero había decidido que tenía que arrancar a Amelia de las garras de Pierre: el amor a su hija era más fuerte que las convenciones sociales y familiares. No se lo dijo a don Juan, simplemente tomó la decisión y le pidió a Antonietta que la acompañara, pero llegaron demasiado tarde. Lloró mucho culpándose de no haber actuado con más premura, yendo de buena mañana o incluso la noche anterior.

Supongo que Pierre pensó que era mejor irse antes de que su familia decidiera presentarse para llevársela.

Me despedí de Edurne agradeciéndole sinceramente cuanto me había contado y asegurándole que esperaba no tener que volver a molestarla. La verdad es que yo mismo me sentía conmocionado por los acontecimientos que rodeaban a Amelia y me preguntaba qué habría sucedido después. Estaba claro que tenía que hablar de nuevo con Pablo Soler.

En el portal me encontré a Amelia María junto a su tía Melita. ¡Vaya lío de Amelias!

—Ya me voy —dije antes de que torciera el gesto.

—Sí, ya sé que venía usted hoy.

—¿Y usted cómo está? —le pregunté a la anciana, que andaba con extremada lentitud, acompañada además de por su sobrina nieta por una enfermera.

—Estoy en las últimas, hijo, pero esperaré hasta que lea su relato —me respondió sonriente—. Hoy parece que estoy un poco mejor, y los médicos dicen que no me encuentran nada; como si la edad no fuera una enfermedad, pero lo es, querido Guillermo, lo es. Lo peor es que te priva de los recuerdos.

—Vamos, tía, tienes que descansar. Acompañe a mi tía al ascensor —le pidió a la enfermera.

Amelia María se quedó unos segundos en silencio viendo cómo su tía entraba en el ascensor apoyada en la enfermera.

—Bueno, Guillermo, ¿cómo lleva su historia?

—Voy de sorpresa en sorpresa; mi bisabuela tuvo una vida bastante movidita.

—Sí, eso creo, pero ¿qué más?

—Pues nada en especial, que su tía Laura me está ayudando mucho dándome un montón de pistas. ¿Qué le ha dicho el médico a doña Melita?

—Que está bien; en general tiene buena salud, lo cual es un milagro dada su edad. Hace unos días contraté a una enfermera para que esté en casa y cuide de mis tías. No estoy tranquila dejándolas solas cuando voy a trabajar. Si pasa algo, la enfermera sabrá cómo reaccionar.

—Ha hecho usted bien. Bueno, encantado de verla, tía.

—¿Cómo dice?

—Aunque le disguste somos parientes, y usted debe de ser algo así como una tía lejanísima, ¿no?

—¿Sabe, Guillermo? No me hace usted ninguna gracia.

—Ni yo lo pretendo, se lo aseguro.

Me encantaba fastidiarla porque me recordaba mucho a mi tía Marta.

Fui a casa de mi madre a comer las verduritas de las que sabía que no podía librarme, luego me pasé por la redacción del periódico a recoger mi exiguo cheque y, de allí, fui directo al aeropuerto. A la mañana siguiente volvería a recibirme Pablo Soler. Al buen hombre le gustaba madrugar, porque la cita era otra vez a las ocho de la mañana.

5

Charlotte me abrió la puerta y me acompañó hasta el despacho de su marido.

—Ahora mismo hago café —nos dijo en tono maternal.

Unos minutos después, la doncella entraba portando una bandeja con una cafetera, una jarra de leche y un plato con tostadas. Don Pablo sirvió café para los dos, pero no hizo ademán de coger una tostada, de manera que me abstuve, aunque la verdad es que me hubiera apetecido comerme una bien untada con mantequilla y mermelada.

—Y bien, ¿qué le ha contado doña Laura? —me preguntó.

—No he podido verla, está un poco pachucha, pero he hablado con Edurne, ya sabe usted quién es.

—La buena de Edurne, claro que sí. Doña Laura le tiene un inmenso afecto. Por cierto, anoche hablé con ella y me aseguró que se encontraba mejor. En cuanto a Edurne... ella fue un testigo excepcional de lo que sucedió. Lola le tenía mucho aprecio, mucho más que a Amelia; la reconocía como una igual, como una trabajadora. Lola solía decir que los Garayoa hacían caridad y por eso trataban bien a Edurne, pero, claro, ella defendía la justicia social.

—Bueno, tenía razón —respondí.

—Sí, en eso sí, aunque Lola era bastante arbitraria en sus juicios.

—Las cosas no le resultaron fáciles —la excusé.

—No, realmente no. Pero vamos a lo nuestro.

Le expliqué cuanto me había contado Edurne, y él me escuchó atento, e incluso tomó algunas notas, para mi sorpresa. Luego, después de apurar el último sorbo de café, Pablo Soler retomó el relato donde lo había dejado tras nuestro primer encuentro.

«Pierre tomó la decisión de regresar a Barcelona, donde quería establecer contacto con uno de sus informantes para inmediatamente después ir a Francia y una vez allí reunirse con Ígor Krisov. La sublevación militar podía poner en jaque al gobierno de la República. Teniendo en cuenta que Pierre era un agente que se movía por todas partes, pero que tenía contactos valiosos en España, no sabía si sus jefes de Moscú podían tomar la decisión de suspender el proyectado viaje a Sudamérica. El barco salía a finales de julio y Pierre llegó a Barcelona el 19, cuando la ciudad estaba viviendo el primer día de lo que acabaría siendo la guerra civil.

Recuerdo como si fuera hoy la noche que Lola y Josep me llevaron a casa de doña Anita, donde estaban reunidas varias personas, algunos de ellos líderes comunistas de agrupaciones y gremios, periodistas y dirigentes sindicales, en total alrededor de una veintena de personas.

Amelia me abrazó con cariño. Me llamó la atención su palidez y sus ojos enrojecidos. Doña Anita le recriminaba que hubiera adelgazado tanto en tan pocos días. Josep comenzó a resumir la situación.

—La gente está preocupada porque teme que aquí también se subleve el Ejército. Parece que la rebelión está triunfando en Galicia, en Castilla la Vieja, en Navarra, en Aragón, en algunas ciudades andaluzas y en Asturias; y también se dice que en Baleares y Canarias. Pero son noticias sin confirmar, hay demasiada confusión. Y todo apunta a que la aviación se mantiene fiel a la República.

—Y Companys, ¿qué hace? —quiso saber Pierre.

La respuesta se la dio Marcial Lluch, un periodista simpatizante del PSUC que además era amigo de Pierre.

—Intenta ganarse a los militares, está hablando con ellos, pero por lo que sé, no sabe si fiarse de todos los que le aseguran que se mantendrán leales a la legalidad de la República.

—¿Y nosotros qué estamos haciendo? —preguntó Pierre a Josep.

—Nuestra gente fue a las sedes pidiendo instrucciones. No es que tengamos mucho con lo que defendernos pero algo tenemos. Los de la CNT están mejor organizados y no parecen tener problemas de armamento. Pero que te lo cuente Lola, ella ha sido testigo de alguna de las refriegas.

Pierre miró con interés a Lola. La veía dura como el pedernal, la clase de comunista que necesitaba la revolución. Ella no dudaba.

Lola tragó saliva antes de comenzar a hablar. Prefería la acción a los discursos.

—De madrugada salió una compañía de militares de los cuarteles de Pedralbes, y se organizó una buena en la plaza de la Universidad. Afortunadamente los guardias de asalto les hicieron frente con ayuda de los milicianos, pero no pudimos evitar que tomaran la Telefónica, el Círculo del Ejército y la Armada, y hasta el hotel Colón. Los milicianos estábamos pésimamente armados.

—¿Y tú estuviste allí? —preguntó Pierre asombrado.

—Salí a la calle con un grupo de camaradas.

—El general Llanos de la Encomienda se ha mostrado contrario a la sublevación —afirmó Marcial Lluch.

—Ya, pero no tiene ninguna autoridad sobre los que se han rebelado —apostilló doña Anita.

—Pero su actitud es un aviso para los tibios —insistió el periodista—. Lo mejor es que a mediodía se ha desalojado a los militares rebeldes del edificio central de la Universidad; también se les ha echado de la plaza de Cataluña, y se ha vuelto a tomar la Telefónica.

—Dicen que Buenaventura Durruti ha dirigido el asalto —comentó doña Anita.

—Así es —ratificó el periodista Marcial Lluch—. Y lo ha hecho sin la ayuda de nadie, sólo con los milicianos de la CNT. El tío los tiene bien puestos. Y la última noticia es que la Comandancia Militar ha sacado la bandera blanca esta tarde a eso de las seis. Creo que los milicianos querían fusilar al general Goded, pero alguien de arriba lo impidió.

Estuvieron hablando durante horas, analizando la situación y las decisiones adoptadas por los jefes comunistas.

Pierre estaba preocupado, lo mismo que Josep; sin embargo, Lola parecía eufórica. Era como si creyese que sólo el enfrentamiento armado podría acabar con los odiados fascistas. Ella anhelaba el paraíso, donde los ángeles serían los proletarios como ella. Josep, por su parte, no había participado en ninguna refriega porque no había llegado a Barcelona hasta una hora antes, ya que se encontraba con su jefe en Perpiñán. Josep y Lola habían discutido porque ella me había dejado solo en casa para irse a pelear. Lola le dijo que si lo había hecho era para que yo algún día fuese un hombre libre, y le advirtió que nada ni nadie impediría que ella luchara contra los fascistas. Incluso le amenazó con dejarle si intentaba impedírselo. Creo que aquel día Josep se dio cuenta de que la única pasión de mi madre era el comunismo y su único objetivo, derrotar el fascismo; todo lo demás eran circunstancias que la acompañaban, incluidos él y yo.

Lola parecía otra, segura, relajada, como si la pelea hubiera hecho aflorar su verdadera naturaleza. Hablaba con aplomo, y todos notaron que algo había cambiado en ella.

Mientras ayudaban a doña Anita a servir un tentempié le preguntó a Amelia si había visto a su familia en Madrid.

—He estado con mi prima Laura, pero mi familia no quiere saber nada de Pierre, y por eso no he podido reunirme con mis padres ni mis tíos —respondió, intentando contener las lágrimas.

—Son unos burgueses convencionales, de manera que era de esperar. Una cosa es decir que se cree en la libertad y otra muy distinta demostrarlo. Tu familia no quiere permitir que uses tu libertad como te venga en gana —le replicó Lola.

—No se trata de eso, mi padre y mi tío son azañistas, lo que pasa es que creen que me he equivocado abandonando a mi hijo y a mi marido. Mi padre siempre me habló de la libertad responsable...

—¡Libertad responsable! ¿Y eso qué es? ¿Que tienes que hacer lo que les conviene a los demás? Tú te has unido a un revolucionario y él cree que puedes aportar mucho a nuestra causa. Tal vez sea así. En todo caso eres una privilegiada por poder demostrar que no eres como esa gentuza de la derecha, esos hipócritas que hablan de los derechos de los demás pero se niegan a perder sus privilegios.

—¡Mis padres no son así! Siento que hayas sufrido, que te haya maltratado la vida, porque eso te impide ver la realidad. Todo lo juzgas bajo el mismo prisma, divides el mundo en buenos y malos, y eres incapaz de ponerte en la piel de los demás. El que posee algo es para ti malvado, pero cuanto tienen mis padres lo han conseguido con su esfuerzo, con su trabajo, no han explotado a nadie.

—Entiendo que defiendas a los tuyos, eso te honra, pero la realidad es la que es, en el mundo hay explotadores y explotados y yo lucho por acabar con esa división y para que todos seamos iguales, para que nadie tenga ventaja porque ha nacido en una familia determinada. Mi madre me parió sola, con la ayuda de mi hermana mayor. ¿Sabes cuántos años tenía mi hermana? Ocho, ocho añitos. Y ese mismo día tuvo que dejarme a su cuidado para irse a fregar a casa de una familia burguesa para la que mi madre era menos que nada. Mi padre había muerto dos meses antes de tuberculosis, dejándola con dos hijas. Vivíamos en un cuartucho, donde teníamos que compartir el mismo colchón. Para lavarnos mi madre iba a la fuente a llenar dos cubos; aun así se empeñaba en que nos laváramos incluso en invierno cuando el agua estaba helada. ¿Sabes cuándo empecé a trabajar? Pues igual que mi hermana: con ocho años ya acompañaba a mi madre a fregar. Ella acudía todos los días a una casa a hacer el trabajo más duro: fregar los suelos, limpiar los cristales, vaciar los orinales... Jamás pudimos ir a la escuela, ni siquiera teníamos tiempo para asistir a la catequesis. Mira mis manos, Amelia, míralas y dime qué ves. Son las manos de una fregona. Crecí sintiendo envidia, sí, envidia de aquellas casas a las que mi madre iba a fregar y donde las niñas de mi edad jugaban tranquilas y felices con muñecas con las que yo jamás podría soñar. Una vez, una señora me regaló una muñeca de su hija. Ya no la quería, le había arrancado un brazo y le faltaba un ojo, pero para mí se convirtió en un tesoro. La cuidaba y la mimaba como si fuera una criatura de carne y hueso y le aseguraba que yo no le haría daño como se lo había hecho aquella niña rica. Por las noches me abrazaba a la muñeca para darle calor y a veces hasta procuraba dejarle mi trozo de colchón para que estuviera cómoda, aunque eso me llevara a dormir en el suelo. ¿Te has fijado en mis rodillas? Están encallecidas de tanto fregar; no sabes cuántas horas he pasado arrodillada en el suelo enjabonándolo, dándole cera, temiendo que no brillara lo suficiente, y las señoras me regañaran o decidieran pagarme menos por ello. Una vez en Navidad, en una de las casas a las que íbamos a fregar le regalaron a mi madre la cabeza y las patas del pollo que acababan de matar para la cena de la noche. Las patas, Amelia, no los muslos. Esas patas delgadas con tres uñas. Eso y una barra de pan. ¿Te imaginas el festín? A los trece años, el hijo mayor del señor se encaprichó de mí, así que tuve que soportar sus manoseos temiendo que si me rebelaba nos despidieran a mi madre y a mí. Para entonces mi hermana mayor había muerto de tuberculosis, como mi padre. Mi madre era muy creyente y me decía que teníamos que aceptar lo que nos enviaba Dios, pero yo le preguntaba qué le habíamos hecho para que nos tratara así. Durante mucho tiempo me sentí culpable, estaba segura de que algo muy malo debíamos de haber hecho para que nos condenara a la miseria, pero luego empecé a rebelarme. El párroco llamó a mi madre para decirle que me había vuelto una soberbia, que cuando acudía al confesionario lo único que hacía era increparle por nuestra situación, que tenía que enseñarme a aceptar con alegría lo que nos enviaba Dios. De la envidia pasé a la rabia. Dejé de sentir envidia de las señoritas de la casa y empecé a odiarlas. Sí, a odiarlas. Vivían alegres y protegidas, y su único afán era encontrar un buen marido que siguiera ofreciéndoles una vida como la que llevaban, con comodidades, sin preocupaciones. Mi madre le había insistido al párroco para que las beatas que hacían caridad en la parroquia y enseñaban a coser a las pobres también me ayudaran a mí. Así que cuando terminaba de fregar, iba a que me enseñaran a bordar. Mi pobre madre soñaba con que me convirtiera en costurera y no tuviera que seguir fregando. Al parecer yo tenía algún talento para la costura, al revés que mi hermana, que se había tenido que conformar con la carrera de fregona. Aguanté a aquellas beatas hasta que aprendí a coser y después le dije al párroco que nunca más me vería en la iglesia de aquel Dios que me castigaba sin haberle hecho nada. Puedes imaginar cómo se escandalizó. Mi madre me suplicó con lágrimas que no intentara entender a Dios, que Él sabía lo que hacía, pero yo había tomado una decisión de la que jamás me he vuelto atrás.

»Un día conocí a Josep; fue sincero conmigo y me contó que había estado casado, pero que se había distanciado de su mujer. Él me enseñó lo que era el comunismo, cómo canalizar mi rabia de manera provechosa, cómo luchar por quienes nada tienen, como yo. Me enseñó también a leer, me dio libros, me trató como a una igual. Nos enamoramos, nació Pablo y hasta aquí hemos llegado. Yo lucho para que mi hijo no sea menos que el tuyo. ¿Por qué habría de serlo? Dime, ¿por qué?

Amelia se quedó en silencio mirándome. Realmente no encontraba ninguna respuesta a las preguntas de Lola: ¿por qué yo, Pablo Soler, había de tener menos que Javier Carranza, su hijo? ¿Por qué él tenía asegurado el porvenir y yo no? Amelia era muy buena persona, e inocente, de manera que, aun sintiéndose desgarrada por las preguntas de Lola, le daba la razón, aunque eso significara poner distancia con quienes más quería, su familia.

—¿Cuándo os marcháis? —preguntó Lola cambiando bruscamente de conversación.

—No lo sé, Pierre no me lo ha dicho. Pero nuestro barco sale el día veintinueve de julio de Le Havre, de manera que no podemos quedarnos mucho, a no ser que él cambie de planes.

—¿Y por qué habría de cambiarlos?

—No lo sé, pero lo que está pasando aquí es importante, aún no se sabe el alcance de esta sublevación.

—En realidad, es lo mejor que ha podido pasar, ahora seremos nosotros o ellos, y la razón está de nuestra parte, de manera que acabaremos con el fascismo de una vez por todas y pondremos en marcha una República de trabajadores. Sabemos que es posible, en Rusia lo han hecho.

—¿Y qué haréis con quienes no son comunistas?

Lola clavó sus ojos negros en Amelia y pareció dudar un segundo antes de responder.

—No tendrán más remedio que aceptar la realidad. Acabaremos con las clases: tu hijo Javier no será más que Pablo.

Amelia me miró con afecto. Yo estaba sentado en una silla, cerca de ellas, muy quieto. Mi infancia transcurrió en silencio, para no molestar, mientras mis padres soñaban con hacer la revolución.

El presidente Lluís Companys había exigido al general Goded que se dirigiera a las tropas rebeldes a través de la radio instándolas a rechazar la sublevación. El general, cabeza visible de los sublevados en la ciudad, no tuvo más remedio que aceptar, aunque bien es verdad que lo hizo con poco entusiasmo. Terminó siendo ejecutado.

Los enfrentamientos armados continuaron a lo largo de toda

la noche, y las noticias, que corrían como la pólvora, señalaban el triunfo de los leales a la República. Sabes, los de la CNT pelearon como jabatos, en aquellos primeros días su intervención fue fundamental.

El lunes 20 de julio, Barcelona parecía haber recobrado la calma. Las milicias cenetistas patrullaban la ciudad. La Generalitat promulgó al día siguiente un decreto por el que se creaba el Cuerpo de Milicias Ciudadanas, cuya misión era luchar contra los fascistas y defender la República. A partir de ese momento las milicias iban a constituir un auténtico contrapoder, y la Generalitat no podría dar un paso sin su apoyo.

El Cuerpo de Milicias Ciudadanas estaba dirigido por el Comité Central de las Milicias Antifascistas, en el que estaban representados todos los partidos y sindicatos. Lola se incorporó a las Milicias, lo mismo que Josep, pero la verdad sea dicha: ella era una mujer de acción, mientras que él era un buen organizador, de manera que pasó a colaborar con el Comité Central de las Milicias, ordenando el trabajo de las patrullas, mientras que Lola se convertía en una miliciana que, pistola al cinto, formaba parte de las patrullas de control, escuadras cuyo objetivo era mantener el orden en la ciudad, detener a sospechosos, y registrar locales y viviendas, buscando cualquier resquicio de insurrección.

Aún la recuerdo con el cabello negro peinado hacia atrás, muy tirante, recogido con horquillas en un moño improvisado. A mí me gustaba el pelo negro de Lola. De pequeño, cuando me refugiaba en sus brazos, aspiraba el olor a lavanda de mi madre. Por eso lloré cuando se lo cortó. Una mañana antes de salir a patrullar, la encontré frente al espejo cortándose con las tijeras su larga melena.

—¡Pero qué haces! —grité.

—Quiero comodidad, y no están los tiempos para preocuparse por el pelo. Me molesta, se me caen las horquillas; así estaré mejor.

Me costaba reconocerla con el cabello cortado a trasquilones, que ni siquiera le cubría las orejas.

—¡No me gustas así, mamá! —le dije con rabia.

—Pablo, ya no eres un niño, de manera que no me hagas perder el tiempo con tonterías. Tu madre está luchando por ti —me respondió dándome un beso y abrazándome con fuerza. Aunque en realidad luchaba por ella, por la infancia que no pudo tener.

Doña Anita nos invitó a una cena de despedida que había organizado para Pierre y Amelia. Sólo estábamos nosotros, porque tanto Pierre como doña Anita creían que Lola y Amelia eran grandes amigas, y que para ésta nosotros éramos lo más parecido a una familia.

Amelia parecía resignada a marcharse, pero no disimulaba su apatía y su falta de entusiasmo, aunque Pierre prefería no darse por enterado. Había concebido un plan para su estancia en Sudamérica, y Amelia era una coartada a la que no estaba dispuesto a renunciar. No obstante se le veía contenido, como si estuviera hastiado de ella.

Amelia y Pierre llegaron a París el 24 de julio, y allí les esperaba un nuevo encuentro con Ígor Krisov, que contaba con recibir de primera mano las impresiones de Pierre sobre la situación en España.

Krisov le pidió a Pierre que fuera acompañado de Amelia, y les citó dos días más tarde en el Café de la Paix. Se harían los encontradizos y él se presentaría como un anticuario nacionalizado inglés, una falsa personalidad con la que en alguna ocasión había acudido como cliente a la librería Rousseau.

La tarde del 26 de julio, Pierre invitó a Amelia a dar un paseo por la ciudad.

—Mañana nos vamos a Le Havre, será nuestra despedida de París —dijo.

Amelia aceptó, indolente. Tanto le daba; tenía la sensación de haberse convertido en un objeto en manos del destino, ante el que se doblegaba.

Caminaron con aparente despreocupación hasta el Café de la Paix, donde Pierre propuso que entraran a tomar algo. Llevaban diez minutos allí cuando apareció Ígor Krisov.

—¡Monsieur Comte! ¿Cómo está usted? Precisamente pensaba en pasarme un día de éstos por su librería.

—Encantado de verle, mister Krisov, permítame presentarle a la señorita Garayoa. Amelia, el señor Krisov es un viejo cliente de la librería.

Ígor estrechó la mano de Amelia y no pudo evitar un sentimiento inmediato de simpatía por ella. Fuera por su juventud, por su belleza o por su aire desvalido, el caso es que el experimentado espía quedó prendado de Amelia.

—¿Me permiten que los invite a un café? Es el primer momento del día en que puedo disfrutar de cierta calma, y su compañía me sería muy grata.

—Desde luego, señor Krisov —aceptó Pierre.

—¿Es usted española? —preguntó el señor Krisov.

—Sí —respondió Amelia.

—Conozco poco su país, sólo he visitado Madrid, Bilbao y Barcelona...

Krisov llevó la voz cantante de la conversación. Al principio Amelia se mostraba fría y distante, pero el ruso supo derrumbar sus defensas hasta hacerla sonreír. Hablaron en francés hasta que Amelia le contó que había estudiado inglés y alemán. Krisov cambió al inglés y después al alemán para comprobar, entre bromas, si realmente la joven conocía estas lenguas como decía, y le sorprendió ver que no sólo se defendía con soltura, sino que tenía en ambos idiomas una buena dicción.

—Mi padre se empeñó en que estudiáramos inglés y alemán, y pasamos algún verano en Alemania, en casa de un socio suyo, herr Itzhak Wassermann.

El ruso le pidió que le hablara de herr Itzhak, y Amelia se explayó relatando escenas de su infancia en Berlín, con su amiga Yla.

—Desgraciadamente, la llegada de Hitler al poder ha supuesto un duro revés para el negocio de mi padre. A los judíos les han ido quitando todo cuanto tenían. Mi padre ha insistido a herr Itzhak para que abandone Alemania, pero él se resiste, dice que es alemán. Espero que al final haga caso a mi padre, no quiero imaginar a Yla en un ambiente de odio y represión, y tratada como si fuera una delincuente.

—Si en algo coincido con el señor Comte es en el peligro que resulta Hitler para toda Europa, la suya es la peor cara del fascismo —dijo Krisov.

—¡Oh! Es peor que el fascismo, se lo puedo asegurar —respondió ingenuamente Amelia.

Una hora después Pierre cortó la reunión aduciendo que sus padres los esperaban para cenar.

—Espero que nos volvamos a ver —dijo Krisov a Amelia en la despedida.

—Mi querido amigo, eso será difícil porque mañana salimos para Le Havre, nuestro barco nos espera para poner rumbo a Buenos Aires —apostilló Pierre.

Esa noche, después de la cena, Pierre alegó que tenía una cita ineludible con unos camaradas.

—Mi madre te puede ayudar a cerrar el equipaje...

—No, prefiero hacerlo sola. ¿Tardarás mucho?

—Espero que no, pero ya que vamos a Buenos Aires, quiero saber si puedo ser útil a nuestra causa. Ya sabes que suelo colaborar con la Internacional Comunista.

Amelia aceptó sin desconfianza la excusa de Pierre; casi prefería quedarse sola.

Pierre se reunió con Ígor Krisov, su controlador, delante de la puerta de la iglesia de Saint-Germain.

—Y bien, ¿qué le ha parecido? —preguntó a Krisov.

—Triste y encantadora —respondió éste.

—Sí, no resulta fácil estar con ella.

—Pues yo, amigo mío, le envidio, es muy bella. Le será útil a donde va, su inocencia es un buen parapeto. Pero tenga cuidado, no es tonta, y algún día puede salir del letargo de la melancolía...

—¿Quién se hará cargo de mis contactos en España? —quiso saber Pierre, inquieto como estaba por el estallido de la rebelión militar.

—No se preocupe. En Moscú ya tienen toda la información sobre lo que está pasando. Ahora concéntrese en lo que se le ha encargado.

—No discuto las órdenes, pero dada la situación, ¿no sería más útil en España?

—Eso, amigo mío, no lo puedo decidir yo. El departamento ha decidido ampliar nuestra red de inteligencia en Sudamérica, y eso es lo que hay que hacer.

—Ya, pero en vista de las circunstancias, insisto en que soy más necesario en España.

—Usted es necesario allí donde Moscú decida. No estamos en este oficio para satisfacción nuestra, sino por una idea grandiosa. Hay asuntos sobre los que no le corresponde pensar; usted tiene sus órdenes, obedezca, ésa es la regla principal. ¡Ah! Ya sabe que debe ponerse en contacto con la embajada soviética, pero tómese su tiempo para hacerlo; todo tiene que resultar casual. No puede usted presentarse en la embajada ni llamar por teléfono. No le diré cómo debe hacerlo, usted es un profesional y ya encontrará la manera.

—Con todo el respeto, camarada, no termino de entender la importancia de mi misión.

—Pues la tiene, camarada Comte, la tiene. Moscú necesita oídos en todas partes. Su misión es conseguir agentes que estén bien situados en los aledaños del poder, preferiblemente en el Ministerio de Asuntos Exteriores. Personas cuyo trabajo sea seguro, funcionarios, que no dependan de las vicisitudes de la política. En Buenos Aires trabajará con tranquilidad, puesto que las grandes potencias no lo consideran un terreno de juego para sus intereses. Sin embargo, al Ministerio de Exteriores argentino llegarán comunicaciones de sus embajadores en todo el mundo revelando pequeños secretos, conversaciones mantenidas con los altos dirigentes de los países en que están acreditados, análisis de la situación. Todos esos informes serán un material importante para nuestro departamento. En este momento ni Estados Unidos, ni Francia, ni Gran Bretaña, ni Alemania tienen ningún interés estratégico en la zona, de manera que no le será difícil llevar adelante y con éxito la misión. Las batallas no se libran solamente en el frente.

Durante los primeros días Amelia disfrutó de la travesía. Viajaban en un elegante camarote de primera clase y compartían las veladas con un pasaje formado por comerciantes, hombres de negocios, familias e incluso una diva del bel canto, Carla Alessandrini, que desde el comienzo del viaje se convirtió en el centro de atención tanto de los pasajeros como de la tripulación.

Fue en el tercer día de navegación cuando, durante un paseo por cubierta, Amelia entabló conversación con Carla Alessandrini. La diva italiana era una mujer de unos cuarenta años, rellenita pero sin llegar a estar gorda, alta, de cabello rubio y ojos de un azul intenso. Había nacido en Milán, de padre milanés y madre alemana, a la que debía el haberse convertido en una gran estrella de la ópera, porque fue ella la que contra viento y marea, es decir, imponiéndose a la opinión del padre, no paró hasta lograr que su hija fuera abriéndose paso y llegara a ser la diva que era entonces.

Carla Alessandrini viajaba con su representante y a la vez marido, Vittorio Leonardi, un perspicaz romano dedicado en exclusiva a rentabilizar la voz de su esposa.

Amelia y Carla estaban muy cerca la una de la otra, apoyadas en la barandilla, mirando la lejanía y perdidas en sus pensamientos, cuando Vittorio, el marido de la diva, las sacó de su ensimismamiento.

—¡Las dos mujeres más bellas del barco están aquí, solas y en silencio! ¡No puede ser!

Carla se volvió sonriente hacia su marido y Amelia miró intrigada al despreocupado italiano.

—Mirando al mar una se siente tan insignificante... —dijo Carla.

—¿Insignificante tú? Imposible, querida, hasta el mar se ha rendido ante ti, llevamos tres días navegando y no hemos visto ni una ola, parece que navegamos por un lago. ¿No es verdad, señorita? —dijo, dirigiéndose a Amelia.

—Sí, realmente el mar está tranquilo y es una suerte, así no nos mareamos —respondió ella.

—Vittorio Leonardi para servirla, señorita...

—Amelia Garayoa.

—Mi esposa, la divina Carla Alessandrini —dijo para presentarla Vittorio—. ¿Viaje por placer, para ver a la familia, por negocios?

—¡Vamos, Vittorio, no seas tan curioso! No le haga caso, señorita, mi marido es un poco indiscreto —intervino Carla.

—No se preocupe, no me molestan sus preguntas. Supongo que viajo para iniciar una nueva vida.

—¿Y cómo es eso? —continuó preguntando Vittorio sin ningún recato.

Amelia no supo qué responder. Le daba vergüenza decir que huía con su amante, y que en realidad no esperaba nada del porvenir.

—¡Por favor, Vittorio, no pongas en apuros a la señorita! Ven, vamos al camarote, se está levantando viento y no quiero que me afecte a la garganta. Disculpe a mi marido, señorita, y no crea que todos los italianos son tan expansivos como él.

La diva y su marido se alejaron de la cubierta, y Amelia pudo escuchar cómo Carla regañaba cariñosamente a su esposo, que la miraba arrepentido.

Esa noche el capitán ofrecía un cóctel de bienvenida a los pasajeros de primera y, para sorpresa de Pierre, Carla Alessandrini y su esposo Vittorio se acercaron a Amelia. Ella se los presentó, y Pierre derrochó simpatía, consciente de que la pareja podía resultarle de utilidad. Charlaron despreocupadamente y a la hora de la cena Vittorio propuso que compartieran mesa.

A partir de ese día se convirtieron en inseparables. Vittorio, que sobre todo era un *bon vivant*, simpatizó de inmediato con Pierre, que parecía compartir con él el gusto por las cosas buenas de la vida. Carla, que tenía un desarrollado sentido dramático de la vida, se sintió impresionada por aquella historia de amor entre Amelia y Pierre, que les llevaba a huir a otra latitud para rehacer sus vidas.

La diva tenía previsto permanecer un mes en Buenos Aires, ya que debía actuar en el teatro Colón interpretando *Carmen*, lo que sin duda favorecía los planes de Pierre, que pensaba que la pareja formada por Carla y Vittorio podría abrirles muchas puertas.

Llegaron a Buenos Aires en pleno invierno. Los últimos días de navegación no habían sido agradables. Las olas barrían la cubierta, y la mayoría de los pasajeros tenían que permanecer en sus camarotes a causa del mareo. Curiosamente, al contrario que sus respectivas parejas, ni Carla ni Amelia parecían afectadas por el oleaje. Vittorio se lamentaba de su suerte y le aseguraba a Carla que estaba a punto de morir. Pierre se limitaba a quedarse en el camarote, sin apenas ingerir alimentos, pese a la insistencia de Amelia. Esa circunstancia hizo que las dos mujeres estrecharan aún más los lazos de amistad, y así para cuando llegaron a puerto, Amelia creía haber encontrado en Carla una segunda madre y ésta a la hija que nunca había tenido.»

—Bien, Guillermo, ¿me permite que le llame por su nombre? Llegados aquí, lo mejor es que hable con la señora Venezziani y con el profesor Muiños —concluyó Pablo Soler.

—¿Y ésos quiénes son? —pregunté, decepcionado.

—Francesca Venezziani es la máxima autoridad en ópera de todo el mundo. Ha escrito varios libros sobre este mundo y sus principales protagonistas. En una biografía sobre Carla Alessandrini, habla de Amelia Garayoa por su amistad con la diva. En el libro incluso hay varias fotografías de ambas juntas.

Debí de poner cara de tonto a causa de lo sorprendente de su revelación.

—No se extrañe, ya le he dicho que Francesca Venezziani es toda una autoridad en materia operística. He hablado con ella en un par de ocasiones intentando saber si Carla llegó a sospechar que Pierre Comte era un agente soviético, pero no ha encontrado nada en las cartas de ella ni en los testimonios de quienes la conocieron. En todo caso, si yo fuera usted, iría a Roma para hablar con la señora Venezziani, y a continuación viajaría a Buenos Aires para hacer otro tanto con el profesor Muiños.

—¿Y quién es Muiños?

—Por su apellido deducirá que es de origen gallego. Don Andrés Muiños es profesor emérito de la Universidad de Buenos Aires; coincidí con él en Princeton donde enseñaba historia del continente iberoamericano. Ha publicado varios libros, y entre ellos, dos muy destacados que son una referencia indispensable para quienes quieran profundizar en el exilio nazi en América Latina y otro sobre los espías soviéticos en la zona.

—¿Y cuál es su ideología?

—Veo que le preocupa sobremanera la ideología de los demás...

—Es para saber con quién voy a hablar y depurar aquello que me cuente.

—Tiene usted muchos prejuicios, señor Albi.

—No, simplemente soy precavido; viviendo en este país, sientes el peso de las ideologías. Aquí o eres de unos o eres de otros, o no tienes nada que hacer, y, claro, la historia no la cuentan igual desde todos los lados. Usted debería saberlo mejor que nadie, porque además de historiador ha sido un testigo privilegiado de lo que sucedió en nuestra última guerra civil.

—El profesor Muiños es un erudito, estoy seguro de que lo

encontrará interesante. Doña Laura coincide conmigo en que es imprescindible que hable con él. Me tomé la molestia de llamarle anoche mismo, después de hablar con ella, y estará encantado de recibirle.

Pablo Soler me entregó una tarjeta con la dirección y el teléfono de Francesca Venezziani en Roma y del profesor Muiños en Buenos Aires.

—Con la señora Venezziani aún no he hablado, pero no se preocupe, lo haré.

Mientras don Pablo me hablaba, yo dudaba en si atreverme o no a solicitarle una entrevista tal y como me había propuesto el redactor jefe del periódico digital, y aunque temía que me despidiera con cajas destempladas, encontré el valor para decírselo.

—Me gustaría pedirle un favor, naturalmente no quiero que se sienta obligado...

—Joven, a estas alturas de la vida no me siento obligado por nada ni por nadie, así que dígame usted.

—Ya sabe que soy periodista, y... bueno, ¿sería mucho atrevimiento que me concediera una entrevista para hablar sobre sus libros, sobre todo el que está a punto de publicar?

—¡Ah, los periodistas! No me fío mucho de ustedes... y además no hago entrevistas.

—Lo entiendo, pero tenía que intentarlo —dije rindiéndome, sin dar batalla.

—¿Tan importante es para usted conseguir una entrevista conmigo?

—Pues la verdad es que sí, me marcaría un buen tanto ante mi jefe y me ayudaría a conservar mi precario empleo. Pero entiendo que no debo abusar de su amabilidad, y que usted me está ayudando mucho con lo de mi bisabuela, que al fin y al cabo es la razón por la que estoy aquí.

—Hágame llegar un cuestionario y contestaré a todo lo que me pregunte; procuraré ser breve en las respuestas, pero el pacto es que ustedes no pondrán ni una coma ni cortarán una línea por problemas de espacio. Si su jefe acepta el trato, en cuanto me entregue el cuestionario, lo responderé.

No sabía si darle dos besos además del apretón de manos, pero lo cierto es que siempre le agradeceré aquella entrevista.

Cuando salí de la casa de don Pablo, llamé a Pepe a la redacción para explicarle que aquél accedía a la entrevista si no le poníamos ni quitábamos una coma. Le insistí en que se lo dijera al director, pues no estaba dispuesto a que me crearan un problema con Soler.

—Mira, Pepe, le conozco por cosas de familia y no puedo quedar mal con él. Sabes que no da entrevistas y que nos apuntaremos un buen tanto, pero o es como él quiere o prefiero no correr riesgos.

Pepe me pasó con el director, quien me garantizó que aunque fuera un memorando no cortarían ni una palabra de la entrevista.

—Si de verdad la consigues, hablaremos de tu futuro aquí —me dijo a modo de gancho.

—Lo primero que tenemos que hablar es de cuánto me vas a pagar, porque no pensarás que lo vas a solventar con cien euros.

—No, hombre, no, si de verdad la consigues te pagaré trescientos euros por la entrevista.

—Pues va a ser que no. En cualquier suplemento cultural o en un dominical me darían más del doble por ella.

—¿Cuánto quieres?

—No la hago por menos de seiscientos euros.

—De acuerdo, mándala en cuanto la tengas.

Media hora después le adjunté el cuestionario por correo electrónico y me prometió que me devolvería las respuestas en breve.

Llamé a tía Marta para decirle que iba a necesitar más fondos, porque me iba a Roma y después a Buenos Aires.

—¿Cómo que te vas a Roma y a Buenos Aires? Así como quien coge el metro... Tendrás que darme alguna explicación.

—Porque tu abuela Amelia, es decir, mi bisabuela, tuvo una vida de lo más movidita, y si quieres que te escriba la historia no tengo más remedio que ir a donde me llevan las pistas. No creas que esta investigación está resultando un camino de rosas.

—No sé si será un camino de rosas, pero lo que sí parece es un camino bastante caro.

—Oye, eres tú la que quiere saber qué fue de tu abuela; como comprenderás, a mí me da lo mismo. Si quieres que lo deje, así lo haré.

Tía Marta dudaba si mandarme a paseo, y yo crucé los dedos pidiendo que no lo hiciera, porque sinceramente no quería perderme la historia de Amelia Garayoa.

—De acuerdo, pero dime por qué tienes que ir a Roma y a Buenos Aires.

—Porque en Roma tengo que ver a la mayor experta del mundo en ópera y en Buenos Aires a un profesor que lo sabe todo sobre espías soviéticos y nazis.

—¡Pero qué tonterías estás diciendo!

—Te digo que nuestra antepasada no se dedicó a bordar, y que se vio envuelta en historias alucinantes.

—¿No serás tú el que se las está inventando para tomarnos el pelo?

—Pues no, tía, no; te puedo asegurar que no tengo tanta imaginación como para estar a la altura de las cosas que hizo tu abuela. ¡Menuda señora!

Tía Marta aceptó hacer un nuevo ingreso en mi cuenta después de amenazarme con que me iba a enterar si estaba tomándole el pelo.

—Hablaré con Leonora para decirle que no te voy a consentir ni una broma con este asunto.

—Harás bien en hablar con mi madre, porque ella quiere que deje esta investigación; piensa que estoy perdiendo el tiempo.

Mi madre se preocupó cuando le dije que primero me iba a Roma y luego a Buenos Aires.

—Hijo, a mí todo esto me parece una tontería. Dile a la tía Marta que se guarde su dinero, y busca un trabajo como es debido.

—¿No sientes curiosidad por saber qué hizo tu abuela?

—¿Qué quieres que te diga? Sí... pero no a cambio de que tú pierdas oportunidades.

6

Llegué a Roma aquella misma noche y me instalé en el hotel d'Inghilterra, en el corazón de la ciudad, a pocos pasos de la piazza de Spagna y de la embajada española ante el Vaticano.

El hotel era carísimo, pero Ruth me lo había aconsejado. No sé si mi amiga lo utilizaba muy a menudo, ya que su compañía de *low-cost* no destacaba, precisamente, por su generosidad a la hora de alojar al personal en hoteles de categoría. Pensé en llamarla para saber qué estaba haciendo en ese momento, pero decidí no hacerlo porque eso sería tanto como comportarme como un novio celoso y paranoico. Como se dice siempre en estos casos, ojos que no ven, corazón que no siente.

Cuando a la mañana siguiente telefoneé a Francesca Venezziani, conseguí una cita para verla esa misma tarde. El profesor Soler había hablado con ella recomendándome.

Puestos a llevarme sorpresas, la verdad es que tuve una bien grande al ver a Francesca: guapísima, alta, morena, de unos treinta y cinco años y vestida de Armani, o sea que el traje de chaqueta que llevaba valía una pasta. Me recibió en su casa, un precioso ático en via Frattini, a pocos metros de mi hotel.

—Así que está usted investigando la vida de Amelia Garayoa...

—Era mi bisabuela —respondí a modo de excusa.

—¡Qué interesante! ¿Y qué quiere saber que desconozca habida cuenta de que fue su antepasada?

—Aunque le parezca extraño, en la familia no sabemos nada sobre ella, desapareció un buen día dejándolos a todos plantados, incluido a su hijo de pocos meses, mi abuelo.

—Yo sólo le puedo hablar de Amelia Garayoa en relación con Carla Alessandrini. En realidad, su bisabuela sólo me ha interesado en la medida que la gran Carla la trataba como a una hija.

—Si fuera usted tan amable de contarme todo lo que sepa, se lo agradeceré.

—Haré algo mejor, le regalaré mi libro sobre la Alessandrini. Usted se lo lee y si tiene alguna duda me llama.

—Me parece bien, pero ya que he venido a Roma, me gustaría no irme sin nada...

—Se va a ir usted con mi libro. ¿Le parece poco?

—No, no, me parece estupendo, pero ¿no podría contarme algo de la relación entre Carla y Amelia?

—Le estoy diciendo que está todo escrito en este libro. Mire, hay incluso algunas fotos de Carla con Amelia. ¿Ve?, ésta es en Buenos Aires, esta otra en Berlín, y éstas en París, en Londres, en Milán... Y en el entierro de Carla, Amelia leyó un poema de despedida. Carla Alessandrini fue una mujer excepcional, además de la más extraordinaria cantante de ópera de todos los tiempos.

—¿Por qué congenió con Amelia?

—Porque lo único que Carla no había tenido era un hijo. Lo sacrificó todo por su carrera, y cuando conoció a Amelia estaba en esa edad, pasados los cuarenta, en que las mujeres se preguntan qué han hecho con su vida. Amelia hizo que aflorara en ella un fuerte sentimiento de protección; era la hija que habría podido tener, y la veía tan desvalida que, emocionalmente, la adoptó. La protegió, la ayudó en distintos momentos de su vida, y nunca le pidió nada excepto lo que Amelia le daba, un inmenso cariño, un afecto sincero. Carla le tendía siempre la mano cuando la veía a punto de naufragar. Se convirtió en un refugio seguro para Amelia, y Carla, que era una mujer generosa, nunca le hizo preguntas que no pudiera responderle. En el fondo no quería saber más allá de lo que veía en la joven española.

—Y el marido de Carla, Vittorio Leonardi, ¿qué opinaba de esa relación maternofilial?

—Vittorio era un caradura, buena persona pero un caradura muy guapo y simpático además de listo. Era el mánager de Carla, sabía cuidar de sus intereses, la mimaba hasta el infinito y la conocía muy bien. Sabía que en algunos asuntos era inútil oponerse a sus deseos. De manera que aceptó con naturalidad a Amelia, de la misma forma que en otras ocasiones cerraba los ojos a las aventuras amorosas de su esposa. Vittorio tenía lo puesto cuando conoció a Carla y pasó de ser un gacetillero que no llegaba a fin de mes a vivir rodeado de todos los lujos imaginables junto a una mujer a la que todos deseaban y adoraban. Pasó del cero al infinito y nunca puso en juego su relación con Carla; curiosamente él siempre le fue fiel.

—¿Y qué opinaba Carla Alessandrini de Pierre Comte?

—Precisamente eso es lo que quería saber el profesor Soler cuando me telefoneó hace un par de años; estaba preparando una reedición de su libro sobre los espías soviéticos en España. Realmente me sentí muy halagada de que una autoridad académica como Soler me pidiera mi opinión. Bueno, respondiendo a su pregunta, a Carla no le gustaba mucho Pierre Comte, y ayudó a Amelia cuando ésta decidió romper con él. Creo que desconfiaba del francés, que por lo que he leído en los libros del profesor Soler, era nada menos que un espía soviético. Desde luego Carla nunca lo supo, o al menos no hay ningún testimonio ni documento que nos haga pensar que lo sabía. En todo caso no simpatizaba con él, no porque fuera comunista, sino porque Amelia no era feliz; no sé si sabrá que Carla Alessandrini fue una mujer notable que además se mantuvo firme contra Mussolini y que no se recataba de despreciar a Hitler en público. En una ocasión en que actuó en la Ópera de Berlín y Hitler quiso ir a felicitarla al camerino, Carla se negó a recibirle objetando un fuerte dolor de cabeza. Como comprenderá, en aquel entonces nadie se atrevía a contrariar a Hitler por mucho que le doliera la cabeza. Lo que sí sabía Carla es a qué se dedicaría Amelia años después.

Y no porque ésta se lo dijera, sino porque era una mujer inteligente.

—¿Y a qué se dedicó Amelia años después? —pregunté, mosqueado.

—¡Ah! Eso tendrá que ir descubriéndolo. El profesor Soler me ha dicho que tiene usted que ir paso a paso, que así se lo han pedido a él. No sé de qué se trata, pero al parecer alguien quiere que sea usted el que junte el rompecabezas de la vida de Amelia Garayoa, que como ya le he dicho para mí tiene un interés relativo, puesto que el objeto de mis investigaciones ha sido Carla Alessandrini. Por cierto, ¿le gusta la ópera?

—No he ido en mi vida a ver ninguna, y si le soy sincero, no tengo ni un CD de ópera.

—¡Una pena! Usted se lo pierde.

—¿Y cómo es que a usted le interesa tanto?

—Quería ser cantante, me imaginaba como una nueva Carla Alessandrini, pero... la verdad es que no tengo ni la voz ni el talento de ella ni de ninguna de las grandes. Me costó aceptarlo, pero decidí que si no podía ser la mejor entonces era preferible dejarlo. Estudié musicología al tiempo que iba a clases de canto, y actué como parte del coro en tres o cuatro obras, por las que pasé sin pena ni gloria. Mi tesis se centró en la figura de Alessandrini, investigando aspectos poco conocidos de su vida. El profesor que dirigió mi doctorado tiene relaciones con el mundo editorial, y estaba convencido de que mi tesis podía convertirse en un libro interesante. Y así fue. Ahora me dedico a escribir libros sobre música, pero sobre todo de ópera, y colaboro en periódicos de medio mundo. He logrado ser alguien, que es de lo que se trataba. Bueno, ya lo sabe casi todo de mí, cuénteme ahora algo sobre usted.

—Soy periodista, sin trabajo a causa de los avatares de la política. No sé cómo serán las cosas en Italia, pero en mi país si quieres escribir sobre política o estás con la derecha, o estás con la izquierda o eres nacionalista de algo, o de lo contrario estás en el paro. Yo estoy en el último caso.

—¿No es usted de nada?

—Sí, me considero de izquierdas, pero tengo la manía de pensar por libre, y de no repetir las consignas de nadie, lo que me convierte en un individuo poco de fiar.

—No se crea que en Italia es muy distinto... Yo de usted me dedicaría a escribir de otras cosas que no fueran de política.

—En eso estoy, lo malo es que ya me he creado fama de díscolo y ni siquiera se fían de mí para escribir reseñas culturales.

—Pues sí que lo tiene usted mal.

—Sí, la verdad es que sí.

Francesca se apiadó de mí y me invitó a quedarme a cenar para seguir hablando de Carla y Amelia.

—Ellas se conocieron en una travesía hacia Buenos Aires. Dígame, ¿qué pasó cuando llegaron allí?

—Puede imaginarse el revuelo que se organizó en el puerto cuando el barco atracó. Decenas de periodistas esperaban impacientes a Carla Alessandrini. Ella nunca defraudaba a sus seguidores, de manera que bajó del barco envuelta en un abrigo de martas cibelinas agarrada del brazo de su marido, el guapísimo Vittorio. Se instalaron en una suite en el hotel Plaza, y durante los cuatro días siguientes se dedicó a participar en los ensayos, conceder entrevistas y acudir a algunos actos sociales. El embajador de Italia ofreció un cóctel en su honor al que acudieron todas las personas relevantes de la ciudad, así como miembros del cuerpo diplomático de otros países, y por cierto, por indicación de Carla, Amelia y Pierre también fueron invitados. Ya le he dicho que Carla no simpatizaba con el régimen de Mussolini, pero cuando viajaba al extranjero solía aceptar el homenaje que se le tributaba en todas las embajadas de Italia. Permítame insistirle en que ha de leer mi libro. Creo que el profesor Soler le ha recomendado que vaya a Buenos Aires para hablar con el profesor Muiños y, en mi opinión, entre lo que le cuente Muiños y lo que lea en mi libro, podrá escribir su propio relato.

Acepté la propuesta de Francesca.

Mi madre me despertó a las ocho de la mañana sacándome de un sueño profundo.

—¡Pero, mamá, que no son horas…! —protesté.

—Es que no puedo dormir pensando en ti. Mira, hijo, creo que debes terminar con esa tontería de investigar el pasado de la abuela. Por muy interesante que resulte, lo que no puede ser es que estés perdiendo tu carrera.

—¿Qué carrera, madre?

—¡Vamos, no seas cabezota! Eres muy orgulloso y crees que los demás tienen que llamar a tu puerta, pero las cosas no funcionan así, de manera que no te queda más remedio que ir a llamar a la puerta de las empresas para encontrar trabajo.

—¡Son las ocho, estoy en Roma, me he acostado tarde y te he explicado mil veces que me duelen los nudillos de tanto llamar a la puerta de las empresas!

—Pero hijo…

—Mira, madre, ya hablaremos, ya te llamaré luego.

Colgué el teléfono malhumorado. Mi madre no me daba ni un respiro a cuenta del trabajo. Decidí irme ese mismo día a Buenos Aires, allí al menos me llamaría menos dado el coste de las llamadas transoceánicas.

Enchufé el ordenador y me conecté a internet para ver si tenía algún correo que responder. Para mi sorpresa allí estaban las respuestas del profesor Soler. Me dije que a pesar de mi madre el día no empezaba nada mal. De manera que me puse manos a la obra, escribí una entradilla para la entrevista y un final, puse los titulares y se la envié a Pepe, el jefe de cultura del periódico digital, recordándole el compromiso asumido con el profesor Soler.

Me enamoré de Buenos Aires en el trayecto entre el aeropuerto y el hotel. ¡Qué ciudad! Al final iba a tener que agradecer a la tía Marta el encargo que me había hecho, porque, la verdad sea dicha, estaba viviendo una experiencia la mar de interesante conociendo a personas insospechadas y visitando una ciudad como la que se abría a mis ojos en esa mañana del otoño austral. Mientras en España caminábamos hacia el verano, en Buenos Aires se estaban instalando en el otoño. Pero la de mi llegada era una mañana soleada y tibia.

La agencia de viajes me había reservado un hotel en la zona céntrica de la ciudad. Una vez instalado telefoneé al profesor Muiños, que ya había recibido la llamada pertinente del profesor Soler. Me dio cita para el día siguiente por la tarde, se lo agradecí porque eso iba a permitirme superar el desfase horario y conocer un poco la ciudad.

Con un plano que me dieron en la recepción del hotel me lancé a la calle dispuesto a descubrir los mejores rincones de la ciudad. En primer lugar me dirigí a la plaza de Mayo, que tantas veces había visto en televisión porque allí es donde se reúnen esas valerosas mujeres, las Abuelas de Mayo, para protestar por la desaparición de sus hijos y nietos, víctimas de la dictadura militar.

Estuve un buen rato en la plaza, sin perder detalle, sintiendo la fuerza de aquellas mujeres que con sus pañuelos blancos y pacíficamente habían plantado cara de la manera más eficaz a aquel hatajo de asesinos que formaron parte de la Junta Militar.

Luego visité la catedral, y me dejé llevar por el tránsito humano de las calles porteñas hasta que a eso de las seis de la tarde el *jet lag* me impidió seguir avanzando. Paré un taxi y regresé al hotel, me metí en la cama y no me desperté hasta el día siguiente.

Lo primero que hice fue llamar a mi madre, convencido de que si no daba señales de vida era muy capaz de llamar a la Interpol para denunciar la pérdida de su querido hijo, o sea, yo. Son los inconvenientes de ser hijo único, y de haber crecido sin padre, puesto que el mío murió cuando yo era un niño.

La casa del profesor Muiños estaba situada en el elegante barrio de Palermo, y tenía dos plantas. Nada más abrirme la puerta respiré el aroma de la madera encerada y de los libros que se apilaban a lo largo y ancho de las paredes, que no eran sino una enorme biblioteca que ocupaba toda la casa.

Me abrió la puerta una mucama boliviana, de aspecto tímido, que me condujo de inmediato al despacho del profesor.

Andrés Muiños era lo que uno esperaba que fuera un viejo profesor. Vestía de manera informal, con chaqueta de punto, llevaba el cabello blanco peinado hacia atrás y tenía ese aire distraído de los sabios y la afabilidad de quien ya lo ha visto todo y nada puede sorprenderle.

—¡Así que usted es el periodista español! —me dijo a modo de saludo.

—Pues sí... Muchas gracias por recibirme —respondí.

—Me lo ha pedido Pablo Soler, un buen amigo y colega. Coincidimos en Princeton.

—Sí, eso me contó don Pablo.

—Puestos a escribir sobre vidas extraordinarias, la de Pablo lo es, pero sé que el objeto de su investigación es Amelia Garayoa, su bisabuela, si no he entendido mal.

—Pues sí, Amelia Garayoa fue mi bisabuela, aunque en la familia se sabe muy poco sobre ella, prácticamente nada.

—Sin embargo, fue una mujer importante, mucho más de lo que usted se pueda imaginar; la suya fue una vida de aventuras y peligros, digna de una novela de Le Carré.

—La verdad es que me voy llevando alguna que otra sorpresa. Pero he de decirle que lo que sé de ella hasta ahora no la convierte en una mujer interesante, más bien me parece alguien que se dejaba dominar por los acontecimientos sin que ella pudiera controlarlos.

—Por lo que me ha contado Pablo, usted sabe de Amelia hasta que se vino con Pierre Comte a Buenos Aires. En aquel entonces era una joven de unos veinte años, y no sé usted, pero yo no conozco a nadie interesante de esa edad, ni siquiera de la edad que tiene usted ahora: ¿treinta, treinta y tantos, quizá?

¡Caramba con el profesor! No tenía pelos en la lengua. Con una sonrisa estaba diciéndome que nunca me habría elegido como compañero de conversación. Pero no era el momento de hacerme el ofendido, así que puse cara de tonto.

—Creo que ha hablado también con la señora Francesca Venezziani, ¿me equivoco?

—Vengo de Roma, de estar con ella. Me ha regalado su libro sobre Carla Alessandrini.

—He visto a la señora Venezziani en dos o tres ocasiones, tiene su interés, es lista; sabía que no sería una gran cantante, sin embargo se ha hecho un nombre contando historias de los grandes divos del bel canto. Y sus libros no están mal, hay que reconocer que están bien documentados. ¿Ha leído ya el libro sobre la Alessandrini?

—No del todo, empecé a hacerlo en el avión.

—Carla Alessandrini también fue una mujer notable al margen de su talento para cantar. Era fuerte, valiente, decidida, de las que se ponen el mundo por montera, pero por decisión propia, no como su bisabuela, que se dejó arrastrar por Pierre Comte. Sabe, joven, no tengo grandes cosas que hacer, así que he preparado un plan de visitas para llevarle a algunos lugares relacionados con su bisabuela; así entenderá mejor sus andanzas en esta ciudad y de paso conocerá usted Buenos Aires, ciudad a la que emigraron mis padres nada más terminar la guerra civil. Mi padre era capitán del Ejército republicano, y pudo huir cuando acabó la guerra. ¡Menos mal! De lo contrario le habrían fusilado. Yo tenía entonces cinco años, de manera que, aunque nací en Vigo, me siento de aquí. Pero vayamos a lo nuestro. ¿Por dónde quiere que empiece?

—Me gustaría saber qué pasó cuando Pierre y Amelia llegaron aquí.

—De acuerdo —dijo Muiños sonriendo mientras me observaba encender el magnetófono.

«Se instalaron en el Castelar, que está situado en la avenida de Mayo. Iremos a visitarlo, porque allí se alojó también Federico García Lorca entre octubre de 1933 y marzo de 1934.

Era un hotel cómodo donde solían hospedarse algunos artistas y escritores a su paso por Buenos Aires. Pierre Comte no tenía intención de alargar demasiado la estancia en el hotel, sino la de encontrar una casa desde donde poder desarrollar su doble actividad, como librero y espía.

Puede que usted no lo sepa pero a principios del siglo XX Buenos Aires era una ciudad llena de glamour, que había entrado en la modernidad mirando a Francia, al París del barón Hausman. No había artista que se preciara que no actuara en el teatro Colón. Fue un empresario italiano el que puso en marcha el proyecto, que contó con varios arquitectos hasta su finalización en 1908. En el Colón han actuado auténticas leyendas como Caruso, Toscanini, Menuhin, María Callas y, por supuesto, Carla Alessandrini. Tenga usted en cuenta que muchos de los grandes de la ópera aseguran que después de la Scala de Milán, el Colón es el teatro con mejor acústica del mundo.

De manera que en aquella época era del todo lógico que una gran cantante como Carla Alessandrini actuara en el Colón.

Pierre consideraba una bendición la amistad que parecía estar surgiendo entre Amelia y Carla. La diva era la mejor tarjeta de visita en esta ciudad, que estaba rendida de antemano ante la gran Alessandrini.

Nuestro hombre no perdió tiempo y al día siguiente de desembarcar ya estaba buscando un lugar adecuado donde instalarse. En su equipaje traía varios baúles con libros raros y ediciones especiales, que sin duda iban a ser de interés para bibliófilos. Muchos de ellos los había adquirido en España una vez que empezó a fraguar la idea de convertir a Amelia en su coartada para instalarse en Buenos Aires.

Moscú no regateaba el dinero a sus espías pero tampoco les

dejaba dilapidarlo; éstos tenían que dar cuenta hasta del último céntimo que gastaban y desconfiaban de los manirrotos. No se podía gastar en balde el dinero del pueblo.

Al segundo día de su llegada, Carla les envió recado de que estaban invitados al cóctel que se ofrecía en su honor en la embajada de Italia. Pierre no podía estar más satisfecho de cómo se desarrollaban las cosas y se preguntaba a sí mismo si había sido un acierto hacerse acompañar por Amelia.

Aunque Pierre le llevaba quince años a ella hacían una buena pareja. La joven tenía una figura frágil, casi etérea, tan rubia y delgada. Él tenía un porte elegante y era un hombre de mundo.

Carla abrazó a Amelia en cuanto la vio entrar en la embajada.

—Pero ¿cómo no me has llamado? Te he echado de menos, no tengo con quién hablar.

Amelia se excusó alegando que esos dos primeros días los habían pasado buscando casa y que no les estaba resultando fácil encontrar lo que Pierre necesitaba.

—¡Pero yo puedo ayudarte! ¿Verdad, Vittorio? Seguro que conocemos a alguien que sabe dar con lo que necesitáis. Déjalo de mi cuenta.

Los invitados al cóctel, la alta sociedad porteña, tomaban buena nota del afecto de Carla por Amelia.

Si la gran Alessandrini tenía bajo su protección a aquella pareja, es que era importante. Esa noche Pierre y Amelia recibieron invitaciones diversas para almuerzos, cenas, veladas musicales o acudir a las carreras de caballos. Pierre desplegó todo su encanto, su *charme* francés, y más de una dama se quedó prendada de aquel hombre galante que tanto prometía con la mirada.

Tanto Pierre como Amelia estaban ávidos de noticias sobre la situación en España, y les proporcionó respuestas a casi todas sus preguntas un bullicioso napolitano, Michelangelo Bagliodi, casado con una de las secretarias de la embajada de Italia.

—Franco aún no ha entrado en Madrid pero lo hará de un momento a otro. Tengan en cuenta que los mejores generales españoles están al frente del alzamiento, nada menos que Sanjurjo,

Mola y Queipo de Llano. No tengo la menor duda de que triunfarán por el bien de su patria, señorita Garayoa.

Pierre apretaba con fuerza la mano de Amelia para evitar que ésta respondiera de manera airada. La había aleccionado en la conveniencia de ver, escuchar y hablar poco, pero ella se sentía demasiado afectada para mantener la compostura.

—¿Y cree usted, señor Bagliodi, que Italia y Alemania colaborarán con los militares que se han puesto en contra de la República? —preguntó Pierre.

—¡Amigo mío, qué duda cabe de que cuentan con la simpatía del Duce y del Führer! Y que si es necesario... Bueno, estoy seguro de que Italia y Alemania ayudarán a nuestra gran nación hermana que es España.

Michelangelo Bagliodi estaba encantado de ser objeto de atención de aquella pareja que le había presentado la gran Carla. Además, parecían apreciar sus opiniones, lo que encontraba natural, habida cuenta de su posición de hombre enterado de las vicisitudes de la política mundial gracias a su matrimonio con la secretaria del embajador, su dulce Paola. Él, que había emigrado muchos años atrás desde su Nápoles natal, había trabajado duro hasta convertirse en un comerciante próspero que además había progresado en la escala social casándose con una funcionaria de la embajada, lo que le proporcionaba nuevos contactos y sobre todo la posibilidad de codearse con lo más granado de la orgullosa sociedad porteña en los cócteles o las cenas de la embajada.

—¿Y qué hace el presidente Azaña? —preguntó Amelia.

—Un desastre, señorita, un desastre. La República está dejando que se armen los civiles para su defensa, porque más de la mitad del Ejército está con los generales que se han rebelado contra la situación. Los expertos dicen que las fuerzas están muy igualadas, pero en mi opinión, señorita, no se puede comparar el genio y la valentía militar de unos con la de los otros. Además,

¿cómo se van a poner de acuerdo republicanos, socialistas, anarquistas, comunistas y toda esa gente de izquierdas? Ya verá cómo terminan peleándose entre ellos. Yo auguro un buen final para este conflicto con el triunfo de Franco, lo mejor que le puede suceder a España.

El napolitano, satisfecho de su conversación con Amelia y Pierre, se ofreció a ayudarlos en lo que precisaran.

—Ustedes acaban de llegar y no conocen bien la ciudad, de manera que no duden en solicitar mis servicios para lo que necesiten. Mi esposa y yo nos sentiríamos muy honrados si quisieran visitarnos en nuestra casa, podríamos invitar a algunos amigos y organizar una velada… —se atrevió a proponer Bagliodi.

—Estaríamos encantados de visitarles —aseguró Pierre.

Bagliodi les entregó su tarjeta y apuntó en un papel el hotel donde la pareja se alojaba prometiendo mandarles recado pronto para celebrar esa velada.

—¡Es un imbécil! —dijo Amelia apenas se hubieron separado de él—. ¡Y no pienso ir a casa de ese fascista! ¡No entiendo cómo le has dicho que iremos!

—Amelia, si el primer día que llegamos proclamamos nuestras ideas nos haremos vulnerables. No conocemos a nadie en esta ciudad, y necesitamos que se nos vayan abriendo puertas. Te he dicho en alguna ocasión que colaboro cuanto puedo con la Internacional Comunista, y nunca viene mal saber qué piensan los enemigos.

—¡Ni que fueras un espía! —exclamó Amelia.

—¡Qué tonterías dices! No se trata de espiar, pero sí de escuchar, porque lo que ingenuamente dicen los enemigos nos sirve para estar preparados, para ir un paso por delante de ellos. Aspiro a la revolución mundial, a acabar con los privilegios de quienes todo lo tienen, pero naturalmente no van a dejar que les despojemos de ellos, y por eso es necesario que sepamos cómo piensan, cómo se mueven…

—Sí, ya me lo has dicho. Aun así, yo no estoy dispuesta a tratar con ese hombre insoportable y con su insípida mujer.

—Haremos lo que tengamos que hacer —sentenció Pierre, fastidiado por el malhumor de Amelia—. Además, ¿quién mejor que ese hombre para informarnos de la situación en España? Creía que ansiabas tener noticias fidedignas de tu país.

Al día siguiente Amelia recibió una llamada de Carla invitándola a merendar en el Café Tortoni.

—Pero ven sola, que quiero que hablemos tranquilas. Termino los ensayos a eso de las seis. Creo que encontrarás fácilmente el café. Está en la avenida de Mayo y en Buenos Aires todo el mundo lo conoce.

Pierre no puso ningún inconveniente a la cita y dedicó la jornada a continuar buscando ese lugar ideal que hasta ese momento sólo existía en su imaginación.

Amelia encontró a Carla nerviosa; siempre lo estaba antes de un estreno, pues no se dejaba engañar por los halagos.

—Todos son muy amables pero si llego a soltar un gallo, me crucificarían y me darían la espalda con la misma naturalidad con que hoy se inclinan ante mí. No puedo permitirme un fallo, me quieren sublime, y así he de estar.

La noche del estreno, invitados por Carla, Amelia y Pierre ocuparon un palco. Amelia lució bellísima según contaron en los ecos de sociedad los periódicos del día siguiente, en los que se referían a ella como «la mejor amiga de la gran Carla».

Carla estuvo sublime, si nos atenemos a esas mismas crónicas. Los espectadores, puestos en pie, aplaudieron durante más de media hora y ella tuvo que salir al escenario varias veces para agradecer los aplausos.

Vittorio había organizado para después de la función una cena con varios potentados porteños, algunas personalidades del mundo de la cultura y los directores de los principales diarios, y naturalmente allí estuvieron presentes Amelia y Pierre.

Quiso la suerte ponerse del lado de éste aquella noche, cuando un caballero con fuerte acento italiano le preguntó dónde estaban instalados y él le explicó que estaba buscando un lugar donde poder compaginar una vivienda con una pequeña tienda en la que exponer sus joyas bibliográficas.

El hombre se presentó como Luigi Masseti, propietario de varios edificios y locales comerciales, y se ofreció a ayudarle a encontrar el lugar adecuado.

—Precisamente tengo un lugar que les puede servir. Está ubicado en la planta baja de un edificio viejo muy bien situado, en la calle Piedras. Aunque es un bajo, tiene mucha luz porque cuenta con un gran ventanal que da al exterior. El problema es que como vivienda no tiene salida y como local comercial, tampoco. No es muy grande, pero creo yo que es suficiente para albergar a una pareja y el negocio de los libros. ¿Por qué no se pasa mañana por mi oficina y uno de mis empleados le acompaña a verlo?

Pierre aceptó agradecido. Amelia, por su parte, tenía a su alrededor un buen número de galanteadores. Para ese momento ya se sabía, porque Pierre se había encargado de anunciarlo, que habían huido de sus respectivas familias, ella abandonando marido e hijo y él un próspero negocio, para vivir una apasionada historia de amor. Algunos de aquellos hombres creyeron que la española podía ser presa fácil para sus escarceos amorosos e intentaban tomarse libertades que sorprendían y herían a Amelia a partes iguales.

Carla Alessandrini, que se daba cuenta de la situación, intervino en un par de ocasiones manifestando que cualquiera que molestase a su amiga la estaría ofendiendo a ella.

Pierre prefería ignorar la situación, ya que su objetivo era ir haciéndose con un buen número de conocidos en la cerrada y exquisita alta sociedad porteña. Y allí estaba representado lo mejor de lo mejor. No podía haber tenido mayor suerte.

Carla les presentó a un matrimonio con el que parecía unirle una vieja amistad.

—Amelia, quiero que conozcas a Martin y Gloria Hertz. Son los mejores amigos que tengo en Buenos Aires.

Martin Hertz era un judío alemán que había llegado tres años antes buscando un lugar tranquilo donde librarse de la presión nazi. Era otorrino, y había conocido a Carla años atrás, en Berlín, cuando la diva tuvo un problema en la garganta dos días antes de actuar en el teatro de la Ópera. Martin cuidó de su garganta haciendo posible que se subiera al escenario y conociera otra noche de aplausos. Desde entonces Carla era incondicional de este joven médico alemán que, recién llegado a la ciudad, se enamoró de una porteña de origen español, Gloria Fernández, con la que había contraído matrimonio.

Amelia simpatizó de inmediato con el matrimonio Hertz. Martin reflejaba en el rostro tal bonhomía que inspiraba confianza, y Gloria derrochaba simpatía y personalidad.

—Tienen que visitarnos en mi galería de arte —les invitó Gloria—. Ahora expone un joven pintor mexicano, al que yo le auguro un gran futuro. Intento que mi galería sea un referente de la nueva pintura, un lugar donde los jóvenes encuentren la oportunidad de exponer.

Pierre se comprometió de inmediato a visitar la galería de los Hertz. Y se decía a sí mismo que tal y como había intuido Amelia era un talismán valioso para abrirse paso en la sociedad porteña.

—Mi mejor amiga es alemana, de Berlín —comentó Amelia—, aunque ahora mismo no sé si estará en Nueva York. ¡Ojalá que sí! Yla es judía, y su padre, herr Itzhak Wassermann, es socio del mío, pero los nazis le han acorralado de tal manera que el negocio se ha ido a pique. Mi padre lleva tiempo intentando convencer a herr Itzhak de que salga de Alemania, y... bueno, antes de venir hacia aquí, me dijeron que estaban pensando en emigrar a Nueva York.

—Los nazis no nos dejan muchas opciones, están robándonos,

despojándonos de nuestros bienes, y los hombres de las SS nos persiguen con saña. Primero nos fueron privando de algunos derechos ciudadanos, y luego con las Leyes de Nuremberg nos han convertido en apestados. Yo me marché en el treinta y cuatro, consciente de que, pese a lo que quieren creer las comunidades judías en Alemania, el nazismo no va a ser efímero. En mayo de 1933 fui testigo de aquel acto vergonzoso y terrible que fue la quema en público de libros, obras escritas por judíos, que pertenecen a la humanidad... Ese acontecimiento fue lo que hizo que me decidiera a marcharme, sabía que después de aquello iban a seguir acosándonos, como desgraciadamente ha sido. Mis padres no me han querido acompañar, tengo un hermano mayor, casado y con dos hijos, que tampoco ha querido emigrar. Rezo por ellos a diario, y me hierve la sangre cuando les imagino acosados por los vecinos.

—Vamos, Martin, estamos en una fiesta... —protestó Gloria, intentando levantar el ánimo de su marido.

—Lo siento, ha sido culpa mía... No debería haber...

—¡No diga eso! Me alegra saber que es usted una persona sensible que se lamenta por la situación de otros seres humanos —respondió Martin—, pero, efectivamente, Gloria tiene razón, no podemos apesadumbrarnos precisamente en la fiesta de Carla, ella quiere que seamos felices.

De regreso al hotel, Pierre se mostró cariñoso y solícito con Amelia. Cualquiera que se hubiera fijado en ellos podría haber pensado que aquel hombre estaba perdidamente enamorado de la frágil joven que caminaba a su lado.

Una semana más tarde, Amelia y Pierre se instalaron en el bajo que les había alquilado Luigi Masseti. Pierre lo encontraba el lugar perfecto: a la casa se entraba por un enorme portal, que se encontraba en la planta baja. Un pequeño vestíbulo daba paso a un salón de cincuenta metros que, efectivamente, estaba iluminado por un gran ventanal que daba a la calle. Al fondo, dos habitaciones, una pequeña cocina y un cuarto de baño completaban el que iba a ser su hogar. Las ventanas de esa parte de la casa daban a un patio comunal.

Amelia limpió a fondo el que iba a ser su nuevo hogar. Pierre demostró dotes de buen carpintero comprando madera, que convirtió en una gran biblioteca que cubrió todas las paredes del salón. En cuanto al resto de la casa, no se gastaron demasiado en la decoración, apenas compraron lo imprescindible.

—Esperaremos a ver cómo nos va el negocio, tiempo habrá para disponer de muebles como los que te mereces —le dijo Pierre a Amelia.

No les fue mal. Buenos Aires era una ciudad cosmopolita que se rendía ante los europeos que acudían buscando refugio en ella. Y Pierre era francés, y Amelia una mujer delicada y bella, de manera que no tenían problemas para que poco a poco se les fueran abriendo puertas. Lo único que a Amelia le sorprendía era que Pierre insistiera en relacionarse con Michelangelo Bagliodi, el marido de la secretaria de la embajada de Italia. Pierre y Bagliodi parecían haber hecho buenas migas, y no era infrecuente que almorzaran juntos, o que los cuatro pasaran la jornada del domingo en la casa de la pareja.

Si Martin y Gloria Hertz les habían ido presentando al mundillo intelectual de la ciudad, Bagliodi, a través de su esposa Paola, había logrado que fueran invitados a algunos eventos de la embajada de Italia, en los que Pierre se codeaba con gran naturalidad con embajadores y diplomáticos de otros países.

Amelia parecía ir acomodándose a su nueva situación y no era infeliz del todo, aunque vivía preocupada por la guerra civil en España. Lo peor para ella fue la marcha de Carla Alessandrini. La diva había cumplido con sus compromisos artísticos en Buenos Aires y debía regresar a Europa, donde en septiembre inauguraba la temporada en la Scala de Milán, con Aida, una ópera difícil y ambiciosa. Antes de marcharse se reunió de nuevo a solas con Amelia en el Café Tortoni, que se había convertido en el lugar favorito de ambas. Allí sentadas en las mesas de roble y mármol verde gustaban de intercambiar confidencias.

—Te echaré de menos, *cara* Amelia... ¿Por qué no regresas a Europa? Si quieres puedo ayudarte...

—¿Y qué haría yo? No, Carla, tomé una decisión de la que a veces me he arrepentido, pero ya es tarde para volverme atrás. Mi marido nunca me perdonará, en cuanto a mi familia... les he hecho mucho daño, ¿qué harían conmigo si regreso? Sólo le pido a Dios que Franco pierda la guerra, y vuelva la tranquilidad. Temo por ellos, aunque Madrid aún resiste...

—Pero ¿y tu hijo? No te das cuenta de que si no regresas lo perderás... Aún es pequeño pero un día querrá saber qué fue de su madre, ¿y qué le podrán decir? Amelia, yo me ofrezco a llevarte de vuelta a Europa...

Pero Amelia parecía querer reafirmarse en la decisión de la que tantas veces se había arrepentido. Además, en aquel momento no se habría atrevido a enfrentarse a Pierre. Temblaba al pensar en su reacción si le decía que lo abandonaba.

—A mi hijo lo he perdido y sé que no me perdonará jamás. Soy la peor madre del mundo, acaso salga ganando con mi ausencia —se reprochó Amelia sin poder contener las lágrimas.

—Vamos, no llores, todo tiene arreglo; se trata de que tú lo quieras. Tienes mi dirección y la de la oficina de Vittorio donde siempre me puedes mandar un mensaje; en todo caso allí te dirán dónde estoy y cómo puedes encontrarme. Si me necesitas no dudes en escribirme, sabes que haré lo imposible por ayudarte.

Pierre trabajaba con ahínco, pero de vez en cuando también se dejaba llevar por la melancolía. Para el mes de octubre ya mantenía contactos regulares con su controlador, el secretario del embajador de la Unión Soviética, al que le iba pasando la información recogida entre los círculos intelectuales, y también entre los comerciantes y la clase alta de la ciudad. Sus informes eran minuciosos, y no dejaba de relatar nada, por insignificante que fuera.

Y solía someter a auténticos interrogatorios a Amelia cada vez que ella salía a merendar con sus nuevas amigas o compartía charla con alguna persona destacada, ya fuera en un cóctel, en un acto literario o en una cena de matrimonios.

Era un agente disciplinado con una misión que cumplir pero creía que su sitio no era Buenos Aires, donde al cabo de seis meses ya había «fichado» a un agente en el mismísimo Ministerio de Exteriores, tal y como le habían ordenado. Miguel López era un funcionario del ministerio, de convicciones comunistas aunque no estaba afiliado a ningún partido. Abominaba de la alta sociedad lamentándose de la situación de necesidad en que se encontraban muchos de sus compatriotas que vivían lejos de la capital, y aun en ella había quien sólo podía asistir como espectador al *glamour* de la ciudad.

Miguel López había conseguido su trabajo de oficinista gracias a un tío suyo que trabajaba como conserje en el ministerio. Éste era un hombre afable que un día habló a favor de su joven sobrino, que sabía mecanografía y taquigrafía y tenía conocimientos de contabilidad. Además, poseía un don especial para los idiomas porque sin haber podido ir a ninguna escuela había aprendido francés por sí solo. Debió de ser convincente porque a Miguel López le dieron un empleo de oficinista y, como era listo y discreto, al cabo de un año lo trasladaron como secretario del jefe del Departamento de Claves. López ocupaba su tiempo libre estudiando leyes, ya que soñaba con convertirse en abogado, circunstancia que parecía aumentar la buena opinión que sobre él tenían sus jefes.

Amelia simpatizaba con Miguel López, y no sospechaba de la amistad creciente entre los dos hombres. Para ella la amistad de aquel joven era una bendición, puesto que la tenía al día de las novedades en España, ya que por él pasaban los informes en clave del embajador de Argentina en Madrid.

Una de aquellas noches en las que Miguel acudió a cenar a

casa de Amelia y Pierre les contó que la situación en España iba agravándose por momentos.

—Al parecer —dijo—, en la retaguardia los fascistas cometen todo tipo de barbaridades, fusilan a los militantes de izquierdas y se ensañan con los maestros republicanos. Pero lo más importante es que los trabajadores españoles han organizado una auténtica resistencia contra los fascistas, y además del Ejército de la República, hay unidades de milicias populares. Los milicianos del Batallón Abraham Lincoln ya están participando en la lucha, y comienzan a llegar hombres de todas partes para incorporarse a las Brigadas Internacionales. Por cierto —añadió—, el viaje de la delegación de mujeres antifascistas a México empieza a dar su fruto. Nuestro embajador allí dice que continúan recaudando fondos para los milicianos y para ayudar a la República. Desde el punto de vista de la propaganda, el resultado no puede ser mejor, la mayoría de los periódicos atacan a los golpistas y se alinean con el Gobierno de Azaña. ¡Y nosotros aquí sin poder hacer nada! ¡Siento vergüenza de nuestros políticos!

López sentía una íntima satisfacción por haberse convertido en agente de la Unión Soviética, y soñaba con el momento en que, en reconocimiento por sus servicios, le llamaran a la «patria de los trabajadores» para quedarse allí para siempre.

Pierre le había explicado que no debía llamar la atención, que tenía que desconfiar de todo el mundo y, sobre todo, continuar con su papel de funcionario gris.

A pesar de que Miguel López le había dicho en una ocasión que una de sus compañeras de trabajo parecía sentir la misma aversión que él hacia el régimen de su país, e incluso había hecho un comentario negativo sobre el fascismo, Pierre le prohibió que confiara en ella.

No obstante el buen hacer de Miguel López, Pierre necesitaba otro agente situado en las entrañas del Ministerio de Exteriores o de la propia Presidencia, pues así se lo había indicado su controlador de la embajada.

Comoquiera que la suerte parecía estar de su parte desde su llegada a Buenos Aires, Amelia le comentó una tarde que había pasado por la galería de Gloria y que ella le había presentado a una amiga que estaba atravesando un mal momento.

—No imaginas lo que tiene que soportar la pobre trabajando en la Casa de Gobierno y siendo una furibunda antifascista. Según Gloria, su amiga Natalia tiene ideas comunistas.

Pierre no pareció mostrar gran interés pero, unos días más tarde, insistió en invitar a cenar a Martin y a Gloria Hertz, y en el transcurso de la velada sacó a colación lo que le había contado Amelia.

—¡Oh, sí, la pobre Natalia! Para ella es muy difícil trabajar en la Casa de Gobierno. No es que ocupe un puesto importante, de hecho no trabaja directamente con el presidente, sino en el Departamento de Traducción. Se pasa el día traduciendo documentos, cartas, en fin, cualquier papel que esté escrito en inglés. Y si el presidente necesita una intérprete, naturalmente recurre a ella. Natalia habla perfectamente inglés, ya que su padre era diplomático y durante un tiempo estuvo destinado primero en Inglaterra, después en Estados Unidos, y más tarde en Noruega y Alemania. Ella tenía cinco años cuando su padre fue destinado a Inglaterra y allí permaneció hasta los nueve; el siguiente destino de su padre fue Washington, de manera que el inglés no tiene secretos para ella.

Pierre se las arregló para mostrar una pena que parecía sincera por Natalia y sugirió que debía acompañarlos la próxima ocasión que se vieran.

No fue hasta un mes después y por casualidad cuando Pierre conoció a Natalia Alvear en la inauguración de una exposición en la galería de Gloria.

Natalia resultó ser una cincuentona, de estatura media, cabello castaño y aspecto elegante, aunque desde luego no era ninguna belleza. Estaba soltera y aburrida, y frecuentaba ambientes intelectuales y artísticos donde se codeaba con gente de izquierdas. Su trabajo en la Casa de Gobierno le resultaba tedioso, y la falta de ilusiones personales la tenían amargada.

Desde el primer momento Pierre se dio cuenta de que podía convertirla en una agente y que esa actividad podía ser la razón de su vida. Pero decidió ir paso a paso hasta estar seguro de que la solterona estaba madura para asumir aquel trabajo.

Dos días más tarde, al pasar por delante de la Casa de Gobierno, se hizo el encontradizo a la hora en que ella le había comentado que salía para almorzar.

—¡Querida Natalia, qué sorpresa!

—Señor Comte, sí que es casualidad...

—No me llame señor Comte, creo que podemos tutearnos y llamarnos por nuestro nombre, ¿no le parece? He venido a ver a un cliente cerca de aquí, y ahora me dispongo a almorzar algo ligero porque tengo otra cita no lejos de este lugar. ¿Y usted, adónde va?

—Pues al igual que usted, a almorzar.

—Si no lo toma como un atrevimiento por mi parte, estaría encantado de invitarla.

—¡Oh, no! No puedo aceptar.

—¿Tiene otro compromiso?

—No, no es eso, pero, en fin, me parece que no debo hacerlo.

—¿No es costumbre en Buenos Aires que dos personas que se conocen almuercen juntas? —preguntó Pierre, haciéndose el inocente.

—Bueno, si son amigos, claro que sí.

—Usted es amiga de Gloria y nosotros tenemos a los Hertz entre nuestros mejores amigos, de manera que no veo dónde está el inconveniente... Vamos, permítame invitarla a almorzar. Amelia se enfadará si le cuento que me la he encontrado y he sido tan descortés que no la he invitado a almorzar.

Entraron en un restaurante próximo y Pierre hizo alarde de su *savoir faire* de hombre de mundo. Consiguió hacerla reír, e incluso coqueteó ligeramente con ella para lograr que se sintiera una mujer deseable.

Natalia estaba demasiado sola y hastiada de su gris existencia como para resistirse a un hombre como Pierre.

No fue la única ocasión en que él se hizo el encontradizo y ella se dejó invitar al almuerzo. Poco a poco fueron tejiendo una relación que a ojos de cualquier ingenuo parecía un mero amor platónico entre dos personas que por sentido del deber no se atrevían a dar un paso más.

Pierre se escudaba en que debía ser leal a Amelia, que había abandonado marido e hijo por él. Y Natalia le admiraba aún más por ello, aunque secretamente deseaba que Pierre decidiera cometer esa deslealtad.

Pierre confesó a Natalia que era comunista y que sólo ella podía comprender la importancia de su causa.

Sin que ella se diera cuenta fue convenciéndola de que no podían permanecer de brazos cruzados dejando que los fascistas del mundo se salieran con la suya, hasta que llegó el día en que le pidió que cualquier información que creyera relevante para la «causa» debía transmitírsela para que él la pudiera hacer llegar a las personas adecuadas.

Natalia dudó al principio, pero Pierre dio un paso más y una tarde se convirtió en su amante.

—¡Dios mío, qué hemos hecho! —se lamentó Natalia.

—Tenía que suceder —la consoló él.

—Pero ¿y Amelia?

—No quiero hablar de ella, permíteme disfrutar de este momento, el más feliz que he tenido en mucho tiempo.

—¡No está bien lo que ha pasado!

—¿Podíamos evitarlo? Dime, Natalia, ¿no nos hemos resistido todo este tiempo? No me digas que te arrepientes, porque no lo soportaría.

Ella no se arrepentía, y sólo le inquietaba el futuro, si es que podía haber uno para ambos.

—Vivamos el hoy, Natalia, lo que tenemos; el futuro… ¿quién puede saber lo que pasará? A nosotros no nos une la carne sino una idea, grande y liberadora para la humanidad. Y esa idea sagrada es más fuerte que nada. Da igual lo que sea de nosotros, lo que importa es que estaremos siempre en comunión porque compartimos una causa.

Natalia no conocía la existencia de Miguel, ni éste la de ella. Ambos eran controlados por Pierre, que a su vez reportaba ante su controlador, el secretario del embajador.

7

En Moscú parecían satisfechos con el trabajo de Pierre Comte. Al menos eso le había dicho su controlador. En poco más de seis meses había captado dos colaboradores situados en lugares estratégicos, y ambos estaban demostrando ser una mina suministrando información.

Amelia no sospechaba nada de la relación de Pierre con Natalia y seguía manteniendo un trato amistoso con ella. No era infrecuente que ésta cenara en casa de la pareja, que les acompañara a las exposiciones de la galería de Gloria Hertz o que los días de fiesta fueran de excursión por los alrededores de Buenos Aires.

Se convirtieron en un trío inseparable y Pierre se sentía estimulado por las descargas de adrenalina que le producía salir con sus dos amantes, una a cada lado, en perfecta armonía.

—Me da pena Amelia —solía decirle Natalia—, la pobrecilla es muy inocente. ¿Cómo es posible que no se dé cuenta de que es a mí a quien amas?

—Mejor así, querida, no tengo valor para abandonarla, al menos por ahora, llevamos poco tiempo en Buenos Aires, y después de haberla traído hasta aquí... Debes comprenderlo, necesito tiempo.

En realidad Pierre necesitaba a Amelia. La joven española tenía una capacidad natural para ser aceptada por todo el mundo; ella abría todo tipo de puertas a Pierre, y sobre todo éste no olvidaba que la mayoría de sus nuevas amistades lo eran en relación con Carla Alessandrini. Si la diva se enteraba de que abandonaba o traicionaba a Amelia era más que seguro que movilizaría a sus amistades porteñas para que le dieran la espalda. Así, Pierre le había impuesto a Natalia una severa discreción para que no trascendiera que eran amantes.

Pierre tampoco había abandonado su amistad con Michelangelo Bagliodi y su esposa Paola. También ellos continuaban siendo una excelente fuente de información. Natalia solía unirse a los almuerzos en casa de los italianos, que estaban encantados de tener entre ellos a una mujer que trabajaba cerca del presidente de la República. Además, aconsejada por Natalia, Paola comenzó a cuidar su aspecto, eligiendo una ropa elegante pero atractiva, cambiándose el peinado o depilándose las cejas.

En uno de esos almuerzos Bagliodi explicaba a Pierre el apoyo decidido de Hitler y el Duce al general Franco.

—Tiene usted que tener en cuenta que, al margen de las afinidades ideológicas, el Führer no puede permitir un régimen pro soviético en España, además de tener a sus puertas al Frente Popular francés. Por eso Franco contó desde el primer momento con los Junkers-52 que Hitler le envió a Tetuán y con la Legión Cóndor, y no dude usted que con el asesoramiento de los militares alemanes tiene el triunfo asegurado. No hay otro ejército como el alemán.

—¡Ah, Pierre! Tengo para usted la encíclica *Divini Redemptoris* del papa Pío XI en la que condena el comunismo ateo —intervino Paola entregándole una carpeta a Pierre.

—¡Cómo van a ganar la guerra Azaña y los comunistas del Frente Popular si no tienen a Dios de su parte! —exclamó Michelangelo Bagliodi, ante la mirada de fastidio de Amelia y la sonrisa de Natalia.

—¿Usted cree que Dios está con los fascistas? —preguntó Amelia sin poder reprimirse.

—¡Desde luego, querida! ¿No creerá que Dios se puede poner de parte de quienes le escupen y queman iglesias? Paola me contaba hace unos días que los milicianos de izquierdas fusilan a sacerdotes y monjas y profanan las iglesias.

—No sólo eso, querido, también hay grupos de milicianos que se presentan en los pueblos para asesinar a personas de bien, a los católicos y a los militantes o simpatizantes de los partidos de derecha.

—Sin embargo, Franco no termina de hacerse con Madrid —recalcó Amelia conteniendo la ira que la embargaba.

—Pero entrará, querida, entrará, lo que no plantea son batallas inútiles. Es verdad que le han parado en el Jarama, pero ¿por cuánto tiempo?

—El general Miaja tiene mucho prestigio —contestó Amelia.

—¡Ah! El que se tiene por el gran defensor de Madrid —respondió Bagliodi.

—Es quien preside la Junta de Defensa y dicen que es un militar capaz —intervino Pierre.

—Pero el Gobierno es una jaula de grillos con Largo Caballero al frente, y los comunistas y los anarquistas... ¿Usted cree que pueden ponerse de acuerdo? Y eso que le ha permitido a su compañero Prieto hacerse con las carteras de Marina y Aire. Pero ¿qué sabe Prieto de guerras?

Para Amelia aquellos almuerzos constituían una pesadilla que luego reprochaba a Pierre.

—No entiendo cómo les aguantas, sus comentarios sobre el comunismo son ofensivos, pero tú no dices nada, como si no fuera contigo y nosotros no fuéramos comunistas. ¿Lo has olvidado?

—¿Y qué pretendes que haga? El diálogo con ellos es inútil, pero son una buena fuente de información y así estamos enterados de lo que sucede en España.

—También lo cuentan los periódicos.

—Sí, pero ellos tienen más información.

—¿Y para qué queremos nosotros esa información? La Unión Soviética está ayudando a la República, de manera que de sobra saben cuál es la situación. No hay nada que podamos contar a nuestros camaradas que ellos no sepan ya —razonó Amelia.

Una noche de abril, Miguel López llegó a casa de Amelia y Pierre sin avisar. Ella estaba escribiendo al dictado de Pierre. Él continuaba dándole clases de ruso a diario.

A Miguel se le notaba agitado, ansioso de hablar, pero Pierre le hizo una seña para que no dijera una palabra hasta que Amelia no les dejara a solas.

—Querida, ¿por qué no preparas algo para cenar? Mientras, Miguel y yo tomaremos una copa y charlaremos. Estoy cansado de hacer números, de manera que, amigo mío, me estás dando la excusa que necesitaba para dejarlo.

Amelia se fue a la cocina. Miguel le caía bien, de manera que no tenía nada que objetar a que se quedara a cenar.

—¿Qué sucede? —quiso saber Pierre.

—Esta tarde nos ha llegado una comunicación de nuestra embajada en Madrid: la Legión Cóndor ha bombardeado Guernica; no queda nada en pie. Aún no es oficial, no creo que los periódicos lo cuenten mañana.

—Guernica es la patria espiritual de los vascos —musitó Pierre.

—Lo sé, lo sé, y no han dejado piedra sobre piedra… —afirmó Miguel.

—Guernica se convertirá en un símbolo, y eso, amigo mío, servirá de acicate para quienes luchan por la República.

—El general Miaja cuenta con aviones y carros de combate soviéticos y, según nuestro embajador, las dos brigadas formadas con milicianos de las Brigadas Internacionales están combatiendo con éxito.

—¿Qué pasa con Inglaterra y con Francia?

—Según nuestra embajada en Madrid, prefieren no intervenir oficialmente en la guerra de España; no quieren que se internacionalice el conflicto, poco les importa que Italia y Alemania estén apoyando a los golpistas desde la primera hora. Además, Franco cuenta con reconocimiento diplomático.

—¿Cuál es la opinión de vuestra embajada sobre la marcha de la guerra?

—Dicen que Franco lleva ventaja.

Miguel le dio copia a Pierre de algunos despachos recibidos desde otras embajadas. Documentos valiosos que servían a la *rezidentura* soviética de Buenos Aires para recibir felicitaciones de sus superiores moscovitas.

Amelia les llamó para que se sentaran a cenar en la cocina, y allí compartieron carne asada, que había sobrado del almuerzo, y ensalada con una botella de vino de Mendoza. Hablaron de todo y de nada y, como siempre, Amelia preguntó a Miguel si tenía alguna noticia nueva de España; éste miró a Pierre antes de responder.

—Ya sabes que desde el treinta y uno de marzo comenzaron los bombardeos sobre el País Vasco; la que más ha sufrido ha sido Vizcaya, y... bueno, no es oficial pero la Legión Cóndor ha destruido Guernica.

Miguel se dio cuenta del impacto que la noticia le había producido a Amelia, que palideció y apartó el plato de comida.

—¡Amelia, es la guerra! Sabes que estas cosas pasan. —Pierre intentó calmarla porque estaba temblando.

—Yo soy vasca, y... tú no sabes lo que significa Guernica —respondió ella con un hilo de voz.

—Tú eres comunista, y tu patria es el mundo; por más que lleves apellidos vascos, ¿qué más da? Queremos construir un mundo sin naciones, ¿lo has olvidado?

—No, no lo he olvidado, pero tampoco quiero dejar de lado quién soy, ni de dónde vengo. Cuando era pequeña mi padre me decía que ser vasca era una emoción...

En julio comenzó a hacer un frío intenso en Buenos Aires. Hacía un año que Pierre y Amelia habían dejado España para llegar hasta la capital austral. Para ella el tiempo transcurrido se le antojaba una eternidad, pero él parecía satisfecho y decía no sentir nostalgia. Los numerosos baúles repletos de libros con los que había viajado constituían la base de su negocio, que había ido ampliando comprando ediciones de libros argentinos y de otros países sudamericanos. Su padre también le enviaba algunos libros desde París. No era un gran negocio pero les daba para vivir con desahogo y mantener la cobertura que Pierre había diseñado.

Amelia continuó sin sospechar de la relación entre Pierre y Natalia, hasta que una tarde en que estaba merendando con Gloria Hertz en la confitería Ideal ésta le dijo una frase que le produjo un malestar en el estómago sin saber el porqué.

—¿No te resulta demasiado empalagosa la presencia de Natalia? Ya le he dicho que os debería dejar respirar, siempre está entre vosotros dos, como la tercera en discordia. No sé, pero harías bien en poner un poco de distancia con ella, yo le tengo mucho afecto, pero no soportaría que siempre estuviera entre mi marido y yo.

Sin saber qué responder, Amelia, nerviosa, se apretó las manos.

—Bueno, no le des más importancia a lo que he dicho —la quiso tranquilizar Gloria—, ya sabes que yo soy muy celosa, estoy demasiado enamorada de Martin.

A partir de entonces Amelia puso especial atención en observar a Natalia y sobre todo en cómo se comportaba Pierre con ella. Al cabo de unas semanas llegó a la conclusión de que no tenía de qué preocuparse. Natalia era una mujer que padecía de soledad y había encontrado un refugio en ellos, y Pierre no parecía impresionado por Natalia que, aunque era una mujer elegante, no tenía un físico demasiado atractivo.

Pero Pierre y Natalia continuaban su romance fuera de los ojos de todos y habían llegado al virtuosismo en su disimulo.

A finales de agosto Pierre recibió una comunicación de Moscú felicitándole por la labor realizada y anunciándole que en breve recibiría nuevas instrucciones.

Un día, saliendo de casa de Natalia, Pierre se encontró en el portal a Ígor Krisov.

Al principio no supo cómo reaccionar, pero la sonrisa socarrona del ruso le animó a darle un abrazo.

—¡Parece que has visto un fantasma! —le dijo Krisov.

—¡Eres totalmente un fantasma! ¿De dónde sales? Te hacía a muchos miles de kilómetros de aquí, con un océano por medio...

—Y yo te hacía enamorado de la dulce Amelia —respondió el ruso dándole una palmada en la espalda.

—Bueno, no es lo que crees... —intentó disculparse Pierre.

—Sí, sí es lo que creo. Tienes otra amante, se llama Natalia Alvear, trabaja en la Casa de Gobierno y es una de tus agentes. Te sacrificas por la causa —dijo Krisov riéndose.

—Sí, algo así; pero, dime, ¿qué haces aquí?

—Es una larga historia.

—¿Una larga historia? ¿Qué sucede? Hace poco me han felicitado desde Moscú, están satisfechos con la información que obtengo...

—Sí, eso te habrán dicho. ¿Dónde podemos hablar?

—Pues... No sé... Vayamos a mi casa, allí podremos estar tranquilos, a esta hora Amelia estará merendando con alguna de sus amigas.

—¿Continúa sin saber la verdad? —quiso saber Krisov.

—¿La verdad? ¡Ah!, desde luego que no sabe nada. Pero es una joya, una auténtica joya, se le abren todas las puertas, y la gente más importante se la disputa como invitada. Ya sabía yo que era una apuesta segura.

Llegaron a la casa y para sorpresa de Pierre se encontraron con Amelia.

—¡Vaya, te hacía con tus amigas! —le dijo en tono de reproche.

—Iba a salir pero se te ha olvidado que hoy venían unos clientes para ver esa edición del *Quijote* del siglo XVIII.

—¡Vaya, es cierto, no lo recordaba! —se lamentó Pierre.

—Creo conocerle —le dijo Amelia a Krisov con una sonrisa y tendiéndole la mano.

—Efectivamente, señorita Garayoa, nos conocimos en París.

—Sí, un día antes de dejar Francia...

—Lo dice con añoranza.

—Sí, siento nostalgia de todo lo que dejé atrás. Buenos Aires es una ciudad espléndida, muy europea, no es difícil sentirse a gusto, pero...

—Pero echa de menos España y a su familia, es natural —respondió Krisov.

—Si no te importa, Amelia, tengo algunos asuntos que tratar con el señor Krisov...

—Procuraré no importunar, pero prefiero quedarme, ya no me apetece salir de casa.

A Pierre le fastidió la decisión de Amelia pero no dijo nada, mientras que Ígor Krisov parecía disfrutar de la presencia de ella.

Los dos hombres se quedaron solos en la sala que hacía de librería.

—Y bien, ¿qué sucede? —quiso saber Pierre.

—He desertado. —Mientras hacía esta afirmación, el rostro de Krisov reflejó una mueca de dolor.

Pierre se quedó conmocionado por la noticia. No sabía ni qué hacer ni qué decir.

—Le sorprende, ¿verdad? —preguntó Krisov.

—Sí, realmente sí. Le creía un comunista convencido —acertó a decir Pierre finalmente.

—Y lo soy, soy comunista y moriré siéndolo. Nadie podrá convencerme de que hay una idea mejor para hacer de este mundo un lugar habitable donde todos seamos iguales y nuestra suerte no dependa de los avatares del destino. No hay causa más justa que la del comunismo, de eso no tengo ninguna duda.

La declaración de Ígor sorprendió aún más a Pierre.

—Entonces... no le comprendo.

—Hace dos meses me llamaron a Moscú. Tenemos un nuevo jefe, el camarada Nikolái Ivánovich Yezhov. Es el hombre que ha sustituido al camarada Génrij Grigórievich Yagoda al frente de la NKVD. Desde luego, el camarada Yezhov no tiene nada que envidiar al camarada Yagoda en cuanto a crueldad.

—El camarada Yagoda ha sido un hombre eficaz, aunque creo que en los últimos tiempos se desvió... —alcanzó a decir Pierre.

—Sabe, hacía más de ocho años que no pisaba tierra rusa y por lo que ahora sé, Yagoda, Génrij Grigórievich Yagoda, ha sido mucho peor de lo que me habían contado.

—El camarada Yagoda, como jefe de la NKVD, gozó de la total confianza del camarada Stalin... —apenas se atrevió a replicar Pierre.

—Y no es de extrañar que Yagoda llegara tan alto, recibiendo órdenes directas de Stalin y convirtiéndose en su brazo ejecutor, pero al final ha terminado siendo víctima de su propia medicina. Él mismo no ha podido escapar del terror que había creado. Está detenido, y le aseguro que terminará confesando lo que Stalin desea.

—¿Qué quiere decir?

—Que está en prisión sometido a los mismos interrogatorios que él personalmente llevaba a cabo con otros personajes molestos a Stalin y enemigos declarados de la revolución. No seré yo quién lamente la suerte de Yagoda después de los crímenes que ha cometido.

—Los criminales deben ser juzgados y aquellos que traicionan la revolución lo son de la peor calaña —replicó Pierre.

—Vamos, Pierre, no se haga el ingenuo, usted sabe como yo que en la Unión Soviética se vienen sucediendo purgas contra aquellos a quienes Stalin declara contrarrevolucionarios: pero la cuestión es, ¿quiénes son los que están traicionando a la revolución? La respuesta, amigo mío, es que el mayor traidor es Stalin.

—Pero ¿qué está diciendo?

—¿Le escandalizo? Stalin ha ido ordenando asesinar a muchos de sus camaradas de la vieja guardia, aquellos que estuvieron en primera línea luchando por la revolución. De repente, hombres intachables se han convertido en personajes molestos para Stalin, que no quiere que nadie le dispute el poder absoluto del que goza. Cualquier crítica u opinión contraria a sus deseos es castigada con la muerte. Usted ha oído hablar de los procesos contra supuestos contrarrevolucionarios...

—Sí, contra gente que ha traicionado la revolución, que añora los viejos tiempos, burgueses que no se adaptan a la nueva situación, a perder sus viejos privilegios.

—Le creo más inteligente, Pierre, como para que se trague toda esa propaganda. Aunque debo decirle que al principio yo también lo veía así, me resultaba imposible aceptar que ese mundo nuevo que íbamos a construir no era otra cosa que convertir a nuestra amada Rusia en una dictadura feroz, donde la vida tiene menos valor que en tiempos del zar.

—¡No diga eso!

—Primero supe de amigos que habían desaparecido, buenos bolcheviques a los que los agentes de la NKVD detenían de madrugada en sus casas acusándoles de contrarrevolucionarios. El camarada Yagoda desempeñó con especial brillantez el cargo de comisario del pueblo para Asuntos Internos. Todo aquel del que Stalin quería deshacerse recibía la visita de los hombres de Yagoda.

—Muchos de los detenidos confesaron estar conspirando contra la Unión Soviética.

—No sé qué es lo que llegaría usted a confesar si durante días enteros le torturaran hasta reducirlo a un guiñapo.

—Pero ¿qué pretende usted con lo que está diciendo? Yo jamás seré un traidor.

—Y yo tampoco, no, jamás traicionaré mis ideales, todo aquello por lo que he luchado. Soy mucho mayor que usted, Pierre, tengo edad casi como para ser su padre, y fui un joven entregado a la causa cuando participé en la revolución. Maté y arriesgué mi vida, porque creía que estábamos alumbrando un mundo mejor. Es Stalin quien ha traicionado todo aquello por lo que luchamos.

—¡Cállese!

—Si quiere, me iré, pero debería escucharme.

Pierre escuchaba con los puños cerrados, se sentía desgarrado. Había admirado tanto a Ígor Krisov…

—Las purgas se extienden a todos los estamentos, nadie está libre de ser declarado sospechoso, ni siquiera los mejores oficiales del Ejército Rojo tienen la cabeza segura. Nikolái Ivánovich Yezhov es igual de sanguinario que Yagoda, y terminará como él, porque Stalin no confía en nadie, ni siquiera en quienes asesinan en su nombre.

»Yezhov está purgando a todos los que trabajaron con Yagoda. Le repito que no se fía de nadie. Y tanto yo como usted hemos trabajado para Yagoda.

—¡No! Yo trabajo para la NKVD, los nombres no importan, lo que vale es la idea, yo sirvo a la revolución.

—Sí, de eso se trataba, de servir a una idea superior, pero las cosas no son así, Pierre, y estamos trabajando para psicópatas.

»¿Sabe quién ha sido fusilado recientemente? El general Berzin, un militar brillante y jefe del GRU, el servicio de inteligencia militar soviético. Se preguntará cuál ha sido su delito y la respuesta es que ninguno, absolutamente ninguno. Muchos amigos suyos, camaradas, han sido fusilados, los que han tenido menos suerte han pasado primero por la Lubianka, otros son deportados a campos de castigo donde el gran Stalin pretende reeducarlos…

»Moscú es una ciudad donde impera el miedo, donde nadie se fía de nadie, donde se habla en voz baja, donde los amigos se traicionan para ganar una semana de vida. Los intelectuales se han convertido en sospechosos, ¿sabe por qué? Porque piensan, y se han creído que podían expresarse libremente, que para eso se hizo la revolución. Los artistas tienen que seguir los dictados de Stalin; la creación puede ser contrarrevolucionaria si no se atiene a sus criterios.

»¿Sabe, amigo mío, que los homosexuales son considerados escoria, seres perversos de los que la sociedad se tiene que librar?

—¿Y eso es lo que le afecta a usted? —preguntó de forma brutal Pierre.

—Sí, soy homosexual. No lo pregono pero tampoco lo oculto, no tengo por qué. En el mundo nuevo que íbamos a construir nadie podría ser discriminado por su raza, por su condición sexual, ni siquiera por sus creencias... Cuando luché en el diecisiete, nadie me preguntó lo que era, todos éramos camaradas que soñábamos con la misma idea. Ser homosexual no me impidió luchar, pasar hambre, sentir frío, matar y exponerme a morir; en realidad estoy vivo de milagro, una bala me atravesó el hombro, y guardo como recuerdo la herida cicatrizada de una bayoneta que me atravesó una pierna.

Ígor Krisov encendió un cigarrillo sin pedir permiso para hacerlo. Tanto le daba lo que pudiera decirle Pierre, al que veía empequeñecido, como si le estuvieran golpeando, o acaso como el niño que descubre de repente que no existen los Reyes Magos.

Sin darle tregua, Krisov continuó hablando.

—En Moscú se respira miedo, el que imponen hombres como Yagoda o ahora Yezhov, simples brazos ejecutores de las locuras de Stalin. La madre de usted es rusa, y por lo que sé nunca ha simpatizado con la revolución, pero seguramente aún tiene familiares y conocidos en la Unión Soviética. ¿Le ha preguntado si continúan vivos?

—Para mi madre todos los revolucionarios estamos locos, ella era una pequeñoburguesa, señorita de compañía de una aristócrata —respondió Pierre, con cierto tono de desprecio.

—De manera que prefiere no saber qué ha sido de sus familiares en Rusia y da por bueno que lo que les haya sucedido se lo merecen... No me decepcione, le creía capaz de pensar por sí mismo.

—Dígame qué quiere.

—Ya le he dicho que estuve con Yezhov y me trató con desprecio, con asco. ¿Sabe por qué apodo se le conoce? El Enano, sí, Yezhov es un enano, pero eso no sería ningún problema si fuera otra clase de hombre. Me pidió que le diera la lista de todos mis agentes, de quienes llevan tantos años colaborando conmigo para la NKVD. Quería saber nombres, direcciones, coberturas, quiénes son sus familiares y amigos... En fin, todo, absolutamente todo. Y me reprochó que mis informes no hubieran sido más prolijos sobre la personalidad de mis agentes, que tendría que haber sido menos conciso a la hora de explicar quiénes son nuestros colaboradores. En definitiva me exigía conocer hasta el más mínimo detalle de todos aquellos que a lo largo de estos años han colaborado incluso como agentes «ciegos» con la NKVD. Usted sabe que he controlado a un grupo de agentes directos, como usted, pero también a colaboradores ocasionales, personas que nunca habrían aceptado convertirse en agentes pero sí ayudar ocasionalmente a la causa de la revolución. Sobre estos últimos y sobre los agentes «ciegos» Moscú aún no tiene información precisa, y era esa información la que Yezhov me reclamaba. Pregúntese por qué. Éste me anunció que había pensado en un nuevo destino para mí, en Moscú. Pude leer en su mirada, en sus gestos, en la sonrisa cruel que apenas disimulaba, que yo era para él pasado, y que en cuanto tuviera lo que deseaba me enviaría a una celda de la Lubianka donde me torturarían hasta confesar lo que ellos quisieran.

»Tenía que ganar tiempo, así que le expliqué que guardaba en una caja fuerte de un banco londinense todos los detalles precisos de mis agentes, algunos de los cuales sólo son conocidos en Moscú por sus apodos y por el lugar donde están infiltrados. Un banco capitalista es el lugar más seguro para guardar los secretos comunistas, le dije al camarada Yezhov. No me creyó, pero tampoco se podía arriesgar a que fuera verdad lo que le estaba diciendo, de manera que cambió de táctica, y pasó a desplegar una amabilidad empalagosa. Me invitó a almorzar, y, de repente, me preguntó por usted. No me sorprendió, porque usted es un agente ya veterano en la NKVD. En realidad usted empezó a colaborar con nosotros con la OGPU. Ni siquiera Yezhov pone en cuestión que sea usted un agente valioso. Su cobertura como librero le ha permitido viajar por Europa y entablar contactos con las élites intelectuales logrando colaboraciones importantes, pero sobre todo reportando una información fiable. Pocos como usted conocen la política española tan detalladamente.

—¿Qué quería saber el camarada Yezhov de mí?

—Nada en concreto, pero me sorprendió su interés por usted, incluso que me preguntara a mí si sus convicciones comunistas eran firmes o si por el contrario era sólo uno de esos intelectuales diletantes. Le daré mi opinión: usted no le gusta a Yezhov. Más tarde me encontré con un viejo camarada, Iván Vasiliev, que ha sido relegado a un departamento administrativo de la NKVD; era uno de los hombres de confianza de Yagoda y le han apartado, pero está contento de no haber sido fusilado. Este amigo había sido hasta hace poco el receptor de sus informes desde Buenos Aires, y me aseguró que usted estaba teniendo un gran éxito porque había logrado captar a dos agentes en el corazón del estado, de manera que no se explicaba por qué Yezhov le había puesto en su punto de mira. Pero sería inútil intentar comprender el alma de un asesino.

—Creo que usted pretende alarmarme sin ningún fundamento. Me parece lógico que el camarada Yezhov le pregunte por sus agentes, su obligación es rendirle cuentas.

—Pierre, usted ya no es uno de mis agentes, está aquí, en Buenos Aires, y tiene otro controlador. Dos días más tarde ese amigo del que le hablo me confirmó lo que yo intuía; Yezhov quería hacer una «limpia», sustituirme, poner al frente de la red a un hombre de su confianza y depurar a quienes a mi sustituto le pudieran parecer tibios. Mi amigo me dijo que a Yezhov no le gustaban los burgueses, por muy revolucionarios que pudieran ser, y que podría suceder que usted hubiera caído en desgracia, al igual que yo.

Yezhov me permitió regresar a Londres, pero cuando llegué, encontré esperándome en el aeropuerto a un viejo colega, un hombre con el que mantuve disputas en el pasado. Sus órdenes eran precisas, yo debía entregarle toda la información que había dicho que guardaba en un banco y, después, regresar a Moscú. Este agente no debía separarse de mí ni de día ni de noche hasta que no hubiera embarcado en el avión y, hasta ese momento, se instalaría en mi casa.

—Pero usted está aquí...

—Sí, llevo demasiados años en el oficio para no haber pensado en más de una ocasión qué hacer si un día tenía que marcharme precipitadamente, ya fuera porque el Servicio de Inteligencia británico descubriera que soy un agente soviético, o por perder la confianza de Moscú, como les había sucedido a otros colegas. Puede no creerme, pero le aseguro que muchos de los camaradas junto a los que luché en la revolución del diecisiete están muertos, víctimas del terror de Stalin. Otros han sido enviados a campos de trabajo, y algunos tienen tanto miedo que no se han atrevido a hablar conmigo y me han cerrado la puerta con lágrimas en los ojos suplicándome que me marchara y no les comprometiera con mi presencia. Así que aun antes de salir de Moscú empecé a poner en marcha un plan para desertar.

»Logré zafarme del hombre que Yezhov había enviado para vigilarme; le diré cómo lo hice, poniendo un narcótico en su copa de vino. Estuve a punto de tener que bebérmelo yo, puesto que él parecía desconfiar de mis buenas intenciones cuando le propuse un brindis por la gloriosa Unión Soviética y por el camarada Stalin. Una vez que se quedó profundamente dormido lo até a la cama y lo amordacé. Dediqué lo que quedaba de noche a ponerme en contacto con mis agentes y avisarles de que estuvieran preparados por lo que pudiera suceder. A primera hora de la mañana me presenté en mi banco, pedí la caja de seguridad donde guardaba dinero, pasaportes falsos y documentos, y pasé a Francia, donde lo mismo que usted, embarqué rumbo a esta ciudad. En nuestra querida Europa corría peligro, allí tarde o temprano podían localizarme, pero el Nuevo Mundo es inmenso, y como usted bien sabe aún no tenemos redes muy sólidas, de manera que Iberoamérica es el mejor lugar para perderse.

—¿Adónde irá?

—Eso, amigo mío, no se lo voy a decir. Si estoy aquí es porque aún conservo intacta parte de mi integridad como hombre y como bolchevique, y me siento en la obligación de avisarle a usted de que puede correr peligro. Debo lealtad a los camaradas que han trabajado conmigo, que han puesto lo mejor de sí mismos para lograr extender la revolución y engrandecer la idea del comunismo. Hombres que, como usted, se han sacrificado y han renunciado a existencias acomodadas porque creen que todos los seres humanos somos iguales y merecemos lo mismo. Cuando se combate en una guerra sabes lo importante que es ser leal y contar con la fidelidad de tus camaradas. Uno no es nada sin ellos, ni ellos lo son sin uno, de manera que he cumplido con mi obligación.

»Como le conozco bien, sé que si le hubiera enviado una carta habría desconfiado de mí. Ya le he dicho que la larga noche antes de mi partida me puse en contacto con los agentes de Londres más comprometidos, hombres que tarde o temprano sé que estarán en la lista negra de Yezhov. Les advertí de la situación para que ellos elijan lo que deben hacer. Antes de embarcar avisé a otro agente para que fuera a mi casa a desatar al hombrecillo de Yezhov. Bueno, y aquí estoy. Creo que un día de éstos recibirá una invitación para ir a Moscú; yo de usted no iría, y mucho menos acompañado de Amelia Garayoa. En Moscú la conocen como agente «ciega» pero, por lo que sé, creen que Amelia es sólo un capricho pequeño-burgués, una excusa que se ha buscado usted para mantener una relación adulterina con una mujer. Amelia no vale nada para ellos, de manera que yo no la expondría a las elucubraciones mentales de Yezhov.

—¿Me está diciendo que ha venido hasta Buenos Aires sólo para decirme que debo desertar?

—No le estoy diciendo que deserte, le estoy exponiendo cuál

es la situación, le estoy dando información y ahora es usted quien debe decidir lo que hace. Yo he cumplido con mi obligación.

—No quiera hacerme creer que ha desertado pero que se ha sentido en la obligación de venir a avisarme antes de desaparecer. Eso es pueril —dijo Pierre, levantando la voz.

—Tener conciencia es un inconveniente y yo, amigo mío, la tengo, nunca he podido desprenderme de ella. Soy ateo, he borrado de mi mente todas las historias que mis padres me contaban de niño, y las que el pope se empeñaba en que aceptáramos como única verdad. No, no creo en nada, pero me quedó grabada una conciencia en algún lugar de mi cerebro; le aseguro que me hubiera gustado poder prescindir de ella porque es la peor compañera que pueda tener un hombre.

Pierre daba vueltas por la sala. Estaba fuera de sí, asustado e irritado a partes iguales. No quería creer a Ígor Krisov, pero tampoco se atrevía a dejar de hacerlo.

De repente los dos hombres se dieron cuenta de que Amelia estaba en el umbral muy quieta, pálida, con los ojos arrasados por las lágrimas.

—¿Qué haces aquí? —le gritó Pierre—. ¡Eres una entrometida! ¡Siempre estás donde no debes!

Amelia no respondió, ni siquiera se movió. Ígor se levantó y la abrazó como se hace a los niños, intentando transmitirle consuelo y seguridad.

—¡Vamos, querida, no llore! No sucede nada que no se pueda remediar. ¿Desde cuándo estaba ahí, escuchando?

Pero Amelia no acertaba a decir palabra. Ígor la ayudó a sentarse y se dirigió a la cocina a buscar un vaso de agua mientras Pierre le recriminaba que hubiera escuchado la conversación. Finalmente ella pudo decir que había ido a avisarles de que la cena estaba lista y no había podido evitar escuchar parte de lo que Ígor decía.

—¡Es horrible! ¡Horrible! —repitió entre lágrimas.

—¡Basta ya! Deja de ser una niña. Yo no te he engañado, has sido tú quien te has querido engañar —le decía Pierre, que a duras penas contenía la ira desatada por las revelaciones de Krisov.

—Debería controlarse; veo que no está usted preparado para afrontar una crisis, le creía un hombre más consistente —le reprochó Krisov a Pierre.

—¡No me sermonee! —continuó gritando Pierre.

—No, no tengo intención de hacerlo. He cumplido con mi deber, ahora me voy. Haga usted lo que tenga que hacer... Lo siento por usted, Amelia, sé que abrazó la causa del comunismo con ilusión, no deje que esa idea sea abatida por el mal uso que hacen de ella algunos hombres. La idea es hermosa, y merece la pena luchar y sacrificarse por ella. Pero cuídese y aprenda a cuidar de usted misma, coja las riendas de su propia vida.

—¿Adónde va usted? —preguntó Amelia intentando controlar las lágrimas.

—Comprenda que no se lo puedo decir. Por mi seguridad y por la suya.

—¡Váyase antes de que le denuncie! —amenazó Pierre.

—Lo hará, sé que lo hará, estoy seguro de que se pondrá en contacto con la *rezidentura*; si va a seguir con ellos es lo que debe hacer. Si por el contrario decide pensar en lo que le he dicho, entonces más vale que no sepan lo que le he contado. Pero la decisión es suya.

Ígor Krisov besó la mano de Amelia y sin añadir palabra salió de la casa perdiéndose entre las primeras sombras de la noche.

—No quiero reproches —le advirtió Pierre a Amelia.

Ella se restregó los ojos intentando borrar las lágrimas. Se sentía anonadada por lo que había escuchado. No sabía muy bien ni qué hacer ni qué decir, pero era plenamente consciente de que estaba despertando de un sueño, y la realidad que tenía ante sí la sobrecogía. Permanecieron un buen rato en silencio, esforzándose por recobrar la serenidad suficiente para poder enfrentarse el uno al otro. Fue Pierre quien rasgó con sus palabras el silencio que se había instalado entre ellos.

—No tiene por qué cambiar nada, a ti tanto te da mi grado de colaboración con la Unión Soviética; sólo que ahora, por el hecho de saberlo, estás expuesta a más peligros. Por tu propia seguridad debes olvidar cuanto has escuchado esta tarde, no podrás confiárselo a nadie, ni siquiera lo hablaremos entre nosotros. Es lo mejor.

—¿Así de fácil? —preguntó Amelia.

—Sí, podemos hacerlo así de fácil, depende de ti.

—Entonces siento decirte que no será posible, porque no podré olvidar lo que he oído hoy. Pretendes que no le dé mayor importancia al hecho de que me hayas engañado, y manipulado, a que seas un espía, a que tu vida, y también la mía, dependa de unos hombres que están en Moscú. No, Pierre, lo que quieres no es posible.

—Pues tendrá que ser así, de lo contrario...

—De lo contrario, ¿qué? Dime, ¿qué harás si no acepto lo que quieres imponerme? ¿A quién se lo contarás? ¿Qué me harán?

—¡Basta, Amelia! No lo hagas todo más difícil de lo que ya lo es.

—No soy yo la responsable de esta situación, sino tú, tú eres el culpable. Me has engañado, Pierre, y sabes, yo te habría seguido igual, no me habría importado lo que fueras, habría abandonado a mi hijo y a mi marido por ti aunque me hubieras dicho que eras el mismísimo demonio. ¡Te quería tanto!

—¿Es que ya no me quieres? —preguntó Pierre con un tono de alarma en la voz.

—Ahora mismo no lo sé, si te soy sincera. Me siento vacía, incapaz de sentir. No te odio, pero...

Pierre sufrió un ataque de pánico. Lo único que jamás se le habría ocurrido prever es que Amelia dejara de quererlo, que dejara de ser la joven bella y obediente que le demostraba continuamente una devoción absoluta. Se había acostumbrado a que ella lo quisiera y la sola idea de perderla se le antojaba insoportable. En aquel momento se dio cuenta de que amaba a aquella joven que le había seguido hasta el otro extremo del mundo y de que no se imaginaba el resto de su vida sin ella. Se acercó a Amelia y la abrazó pero sintió su cuerpo rígido, rechazando su cercanía.

—¡Perdóname, Amelia! Te suplico que me perdones. Mi única intención era no ponerte en peligro...

—No, Pierre, eso te daba lo mismo. Aún no sé por qué me has traído hasta aquí, pero sé que no ha sido porque sintieras un amor como el mío —respondió ella mientras se deshacía de su abrazo.

Pierre se dio cuenta de que aquella noche Amelia había dejado de ser una joven para convertirse en una mujer, y que la que aparecía ante él le resultaba una desconocida.

—No dudes de que te quiero. ¿Crees que te habría pedido que abandonaras a tu familia y vinieras conmigo si no te quisiera? ¿Crees que no me importa la opinión de mis padres? Y aun así...

—Soy yo la que te he querido, y la que creí que tú me amabas a mí con la misma pasión. Esta noche he descubierto que nuestra relación está asentada sobre una mentira, y me pregunto cuántas otras no me habrás dicho.

—¡No pongas en duda lo importante que eres para mí!

Amelia se encogió de hombros con indiferencia; sentía que ya nada la ataba a aquel hombre por el que tanto había sacrificado.

—Necesito pensar, Pierre, tengo que decidir qué voy a hacer con mi vida.

—¡Nunca te dejaré! —afirmó él mientras volvía a abrazarla.

—No se trata sólo de lo que tú quieras sino también de lo que yo desee, y eso es lo que voy a pensar. Si no te importa dormir en el sofá, me quedaré aquí, de lo contrario le pediré a Gloria que me acojan en su casa durante unos días.

Estuvo tentado de negarse pero no lo hizo sabiendo que en aquel momento no podía plantear ninguna batalla sin perderla.

—Siento haberte herido y sólo espero que me puedas perdonar. Dormiré en el sofá y no te importunaré con mi presencia más que lo imprescindible. Sólo te pido que tengas presente que te quiero, que no me imagino la vida sin ti.

Amelia salió del salón y se encerró en el dormitorio. Quería llorar pero no pudo. Para su sorpresa, se quedó dormida de inmediato.

A partir de aquella noche, entre ellos se estableció una rutina repleta de silencios. Aunque Pierre se mostraba extremadamente deferente, procuraban evitarse.

Una de las escasas conversaciones que tuvieron fue cuando Amelia le preguntó si había denunciado a Ígor Krisov.

—Era mi deber informar de su presencia aquí, Krisov es un desertor.

Ella lo miró con desprecio y Pierre la increpó malhumorado.

—¡Si no hubiese informado nos habríamos convertido en sospechosos, en colaboradores de un desertor! ¡Nunca seré un traidor!

—Krisov se comportó decentemente contigo —musitó Amelia.

Unos días más tarde, Natalia se presentó en la casa preocupada porque Pierre había dejado de visitarla, incluso de llamarla, y no pudo evitar una secreta alegría cuando se dio cuenta de la crisis por la que atravesaba la pareja.

—Perdonad que me presente sin avisar, pero os echaba de menos —dijo a modo de saludo cuando Amelia le abrió la puerta.

—Pasa, Natalia, Pierre está trabajando en el salón. ¿Quieres un té?

—Me vendrá bien, hace frío. ¿Cómo estás? No fuiste al almuerzo en casa de Gloria, te echamos de menos.

—Como le dije a ella, estoy un poco resfriada.

Natalia observó que Amelia no tenía ningún síntoma de ello, pero no dijo nada; en cambio, sí que le preocupó el saludo glacial de Pierre.

—¡Vaya, no te esperábamos! ¿Cómo tú por aquí?

—Bueno, os echaba de menos, llevo una semana sin saber de vosotros y todo el mundo me pregunta qué pasa con el «trío inseparable»...

Pierre no respondió y puso cara de fastidio cuando Amelia dijo que iba a la cocina a preparar un poco de té.

—Yo no quiero tomar nada, tengo trabajo —dijo sin disimular su malhumor.

—No estaré mucho tiempo —respondió Natalia, cada vez más incómoda.

En cuanto Amelia salió de la sala miró a Pierre, dispuesta a exigirle una explicación.

—¿Quieres decirme qué sucede?

—Nada.

—¿Cómo que nada? Tengo informaciones importantes que darte y tú no te has puesto en contacto conmigo. Además... bueno... además te echo de menos a mi lado —susurró.

—¡Calla! No quiero que me digas nada aquí, ya te llamaré.

—Pero ¿cuándo?

—En cuanto pueda.

Amelia entró con una bandeja con una tetera y tres tazas además de tarta de manzana que había comprado en El Gato Negro, una tienda propiedad de un español en la que uno podía encontrar de todo.

Por más que Natalia intentó animar la charla, ni Amelia ni Pierre parecían dispuestos a ayudarla. Se notaba la tensión entre ellos y cómo evitaban dirigirse el uno al otro. Natalia decidió que era mejor dejarles solos. Pero antes de marcharse, mientras Amelia iba a por su abrigo, le indicó a Pierre por lo bajo que era urgente que se vieran. Él asintió sin decir palabra.

Cuando Natalia se marchó, Amelia entró en el salón y se sentó frente a la mesa donde estaba Pierre.

—He tomado una decisión, y creo que cuanto antes te la diga será mejor para los dos. Nuestros amigos llaman y quieren saber por qué no aceptamos sus invitaciones y, ya ves, hasta Natalia se ha presentado en casa preocupada.

—Natalia es un poco entrometida —respondió Pierre.

—No, no lo es, tiene razón, siempre estaba con nosotros, de manera que no entiende lo que pasa. Bueno, si no te importa, creo que ha llegado el momento de que hablemos.

Pierre cerró el libro de contabilidad en el que estaba trabajando y se dispuso a escuchar a Amelia. Por nada del mundo quería contrariarla. Durante aquellos días se decía a sí mismo que sin ella estaría perdido.

—Voy a regresar a España. Mi país está en guerra, una terrible guerra civil, y yo no quiero seguir viviendo de espaldas a lo que allí sucede. No he sabido nada de mi familia desde que llegamos y no soporto la idea de que les haya sucedido algo. Sé que nunca perdonarán mi comportamiento caprichoso y egoísta, pero aunque decidieran no hablarme nunca más, yo me conformaré con estar cerca. Dudo que mi marido me permita ver a mi hijo, pero yo acudiré a verle aunque sea desde lejos: necesito verle crecer, correr, reír, llorar... y quizá algún día pueda acercarme a él y pedirle perdón...

—No puedes marcharte —musitó Pierre con el rostro crispado.

—Si lo que te preocupa es lo que sé, puedes estar tranquilo, jamás le diré a nadie que eres un espía soviético. Guardaré el secreto. No pretendo perjudicarte, sólo quiero regresar a casa.

—No puedo permitir que te marches...

—¿Y qué harás? ¿Vas a ir a denunciarme a la embajada soviética? Yo no soy una agente.

—Lo siento, Amelia, pero lo has sido sin saberlo, eres lo que llamamos un agente «ciego», alguien que trabaja para nosotros sin tener conocimiento de ello. Te traje aquí como coartada para instalarme sin que nadie sospechara de mí. Era más fácil que se abrieran las puertas a una pareja que dejaba atrás a sus familias porque se habían enamorado. Moscú aprobó mi plan y, de hecho, ha sido un éxito. Gracias a tu amiga Carla Alessandrini, y a los contactos que nos brindó, hemos podido conocer gente muy útil para nuestra causa. Y... bueno, mi misión era montar una red de agentes, eso lleva su tiempo, pero gracias a ti, lo he conseguido en pocos meses. Ya oíste a Ígor Krisov, en Moscú valoraban mis informes, gracias a lo que me cuentan mis agentes.

—¡Eres un miserable! —estalló Amelia.

—Lo soy, lo siento. Lo único que te puedo decir es que te quiero, y más allá de servirme de ti, lo importante es lo que significas para mí. Te quiero, Amelia, mucho más de lo que yo mismo sospechaba. No te puedes ir, estamos unidos por una causa, eres parte del plan de Moscú en Buenos Aires. No te dejarán marchar así como así.

—Ni siquiera Moscú logrará evitar que me vaya, salvo que decidan asesinarme —respondió Amelia poniéndose en pie.

8

Amelia estaba firmemente decidida a abandonar a Pierre, pese a que no tenía dinero propio y dependía en todo de él. Esa circunstancia le sirvió para darse cuenta de la importancia de disponer de sus propios medios a fin de poder organizarse su propia vida. Ella había pasado de la tutela familiar a la de su marido, y de la de éste a la de Pierre. Nunca había carecido de nada pero tampoco había tenido nada específicamente suyo, y entendió que para seguir el consejo de Krisov de hacerse con las riendas de su propia vida no tenía más remedio que trabajar. Pierre no le daría dinero para comprar un pasaje de regreso a Europa, y ella no se sentía capaz de pedir dinero prestado, de manera que decidió trabajar.

Al día siguiente de la discusión Amelia se presentó en la galería de Gloria Hertz.

—Necesito trabajar. ¿Puedes ayudarme?

—¿Qué sucede? ¿La librería no va bien?

—Todo lo contrario, marcha estupendamente, mejor de lo que Pierre había previsto, pero no se trata de la librería, sino de mí, quiero ser independiente y disponer de mi propio dinero.

No le costó mucho a Gloria darse cuenta de que aquella petición era fruto de una crisis entre Amelia y Pierre.

—¿Te has peleado con Pierre? —quiso saber Gloria.

—Quiero separarme de él y regresar a España, y para eso necesito trabajar —respondió con sencillez.

—Perdona que me entrometa, pero ¿no será una pelea pasajera? Después de todo lo que habéis pasado por estar juntos...

—Quiero regresar a mi país. No puedo quitarme de la cabeza la guerra, cómo estará mi hijo, qué será de mi familia.

—¿Has dejado de querer a Pierre?

—Puede ser... En realidad, si miro hacia atrás me sorprende haber tomado la decisión de fugarme con él, incluso de haberle querido. Pero no puedo lamentarme por lo que hice en el pasado porque no tengo poder para cambiarlo, pero sí para ser dueña de mi futuro.

A Gloria le impresionó escuchar a Amelia hablar de aquella manera; de pronto le pareció una mujer madura y no la chiquilla dulce y amable cuya compañía todos buscaban.

—¿Qué dice Pierre? —insistió Gloria.

—No quiere que me vaya, pero es una decisión que no depende de su voluntad sino de la mía. La decisión está tomada, pero necesito dinero para regresar.

—Él... Bueno... ¿Él no te quiere ayudar?

—Pierre no facilitará mi regreso, de manera que dependo de mí misma. Necesito un trabajo. ¿Puedes ayudarme a encontrar uno?

—No es fácil... pero quizá nosotros podamos prestarte el dinero.

—No, eso no. No quiero contraer ninguna deuda. Prefiero trabajar.

—Pero ¿qué podrías hacer?

—Lo que sea, me da igual, sólo quiero ganar el dinero suficiente para comprar un pasaje.

—Hablaré con Martin, puede que se le ocurra algo... Pero... ¿estás segura? Todas las parejas nos peleamos, incluso yo a veces he tenido ganas de separarme, pero al final lo que cuenta es el amor, si hay amor en una pareja, todo lo demás no tiene importancia.

—Tú lo has dicho, tiene que haber amor, y yo ya no lo siento para seguir con Pierre. Quiero regresar a España —insistió Amelia.

El resto de la mañana lo pasó caminando por la ciudad en busca de algún aviso que pudiera ser una oferta de trabajo. Cuando ya regresaba a su casa, vio un cartel en la puerta de una pastelería: SE NECESITA DEPENDIENTE, rezaba.

Amelia no se lo pensó dos veces y entró. La pastelería era pequeña, decorada con sencillez y buen gusto, y sus propietarios eran un matrimonio ya entrado en años. Ambos eran españoles. Habían emigrado desde una aldea de Lugo a finales del siglo XIX y trabajado mucho hasta conseguir aquella pequeña tienda, de la que se sentían orgullosos porque era el fruto de sus esfuerzos y desvelos. No tenían hijos, y, aunque al principio doña Sagrario se lamentaba, al final había aceptado resignadamente lo que ella decía que eran los designios del Señor. En cuanto a don José, sí los echaba en falta, aunque nunca se lo dijo a su mujer.

Don José estaba enfermo, había sufrido dos ataques al corazón, y el último le había afectado también al cerebro dejándole paralizado el lado izquierdo del cuerpo. A doña Sagrario le faltaban horas para atender a su marido y el negocio que les daba de comer, y por eso había decidido emplear a alguien para que se encargara de la pastelería.

Las dos mujeres simpatizaron de inmediato, y doña Sagrario se alegró al saber que Amelia era buena cocinera y sabía algo de repostería.

—Me podrás ayudar también a hacer las tartas y pasteles, además de a venderlas —le dijo la buena mujer.

El salario no era muy alto, pero Amelia calculó que en unos meses habría ahorrado lo suficiente para sacar un pasaje en cualquier barco que fuera a Francia y de allí a España. No le importaba en esta ocasión viajar en la cubierta de tercera clase, sin lujos ni comodidades.

Doña Sagrario le propuso que se quedara ese mismo día a trabajar y Amelia aceptó de buen grado. Atendió el mostrador, y cuando no había clientes entraba en la cocina que comunicaba con la tienda para ayudar a doña Sagrario con la masa de los pasteles. Don José las observaba sin decir palabra, aunque doña Sagrario aseguraba a Amelia que estaba contento de que la hubieran contratado.

Anochecía cuando Amelia volvió a su casa, donde Pierre, nervioso, la estaba esperando.

—¡Pero dónde te has metido! ¡Me has tenido muy preocupado! Gloria llamó hace un rato para decirme que a lo mejor tenía un trabajo para ti. ¿Quieres explicarme qué es eso de que vas a trabajar? No lo has consultado conmigo, y desde ahora te digo que ni lo sueñes.

Pero Amelia ya no era la dulce joven que había conocido Pierre y le respondió con brusquedad, defendiendo su recién iniciado camino hacia la independencia.

—No soy de tu propiedad. Que yo sepa, estás en contra de ella, de manera que mucho menos vas a ser propietario de un ser humano, en este caso de mí. He decidido trabajar, ganar dinero y comprar un pasaje en cualquier barco que me lleve a Francia. Le pregunté a Gloria si sabía de algún trabajo, pero he tenido suerte y lo he encontrado sola, y ya he comenzado a trabajar.

Pierre la escuchó en silencio y cada palabra la fue sintiendo como un puñetazo en el estómago.

—Amelia, te he pedido perdón... Te he explicado hasta lo que, por tu propia seguridad, no deberías saber... ¿Qué más quieres? ¿Ya no te basta con que te ame? Me decías que era lo único que te importaba, que yo te quisiera...

—Tienes que aceptar que las cosas han cambiado, que yo he cambiado. No puedes pretender haberme engañado como lo has hecho y que no suceda nada. ¿Tan poco me valoras, Pierre? Claro que... seguramente tienes motivos sobrados para pensar en mí como en una idiota. Me has manejado como un títere, te he seguido ciegamente, sin pensar, pero me he despertado, Pierre; tu amigo Krisov me ha devuelto a la realidad, y no creas que te culpo más de lo que lo hago a mí misma. Me desprecio por todo lo que he hecho, de manera que acepta que te desprecie también a ti.

—¿Y nuestros ideales, nuestros sueños? Íbamos a cambiar el mundo.

—Eran tus sueños y tus ideales, pero ya no son los míos, Pierre; ahora mi único sueño es regresar a mi país y estar con los míos. Sé que ni mi padre ni mi tío habrán secundado a quienes se han levantado contra la República y temo por ellos, al igual que por Santiago y por mi hijo.

—No me dejes, Amelia —le suplicó Pierre.

—Lo siento, pero en cuanto pueda, me iré.

Gloria y Martin insistieron en invitarles a cenar. Estaban preocupados por la pareja y convencidos de que sus desavenencias serían pasajeras. Amelia se resistía pero al final cedió y, una noche después de terminar su trabajo en la pastelería, se reunió con Pierre y los Hertz.

A Amelia le gustaba hablar con Martin porque siempre lo hacían en alemán. Él había insistido en que practicaran el idioma para que no se le olvidara.

—Me sorprende el buen acento que tienes —comentó Martin.

—Eso me decía mi amiga Yla, pero si no fuera por ti lo terminaría olvidando.

—Sabes, he recibido carta de un tío mío que ha logrado llegar a Nueva York. Si quieres le digo que busque a Yla y a sus padres, pero deberías darme algún dato para saber por dónde han de empezar a buscar.

—No lo sé, Martin, no lo sé, mi prima Laura sólo me dijo que herr Itzhak se había rendido a la evidencia del peligro que Hitler supone para los judíos y que estaba preparando el viaje de Yla a Nueva York. ¡Ojalá lo haya conseguido!

Hablaron de todo y de nada, pero a pesar de los esfuerzos de los Hertz por animar la charla, ni Amelia ni Pierre estaban de humor ni conseguían disimular la enorme fisura que había entre ellos.

Poco a poco, Pierre se fue acostumbrando a la nueva rutina impuesta por Amelia. Dormían separados, él en el sofá y ella en el cuarto que habían compartido hasta la noche que apareció Ígor Krisov.

Amelia se levantaba rayando el alba, dejaba el almuerzo preparado a Pierre y se marchaba a la pastelería, donde doña Sagrario le iba enseñando todo su saber de repostera. En ocasiones Amelia tenía que hacerse cargo sola del negocio, porque don José no se encontraba bien o, como había sucedido en un par de ocasiones, porque tenían que hospitalizarle.

Cuando regresaba a casa saludaba a Pierre pero no se entretenía a conversar con él, ni siquiera le preguntaba cómo le había ido la jornada. Solía acabar exhausta y deseosa de poder descansar.

Pierre, por su parte, había continuado su relación amorosa con Natalia. La visitaba más a menudo ahora que Amelia y él dormían separados.

Informó a Natalia de que la relación con Amelia no iba bien y la mujer se aplicó con esmero para cubrir todos los huecos que pudiera dejar libres la española. Natalia se arriesgaba cada vez más sustrayendo documentos de la Casa de Gobierno para demostrar a Pierre que estaba dispuesta a cualquier locura por él.

Miguel López seguía siendo una fuente de información privilegiada, ya que le suministraba los informes cifrados de los embajadores de Argentina en todas las partes del mundo.

El controlador de Pierre, que ejercía como secretario del embajador, le felicitaba de cuando en cuando asegurándole que en Moscú estaban satisfechos con su trabajo, y aunque no le había vuelto a mencionar que debía viajar allí, Pierre no podía dominar la inquietud que le producía el que se lo volviera a decir, porque las advertencias de Krisov habían anidado en su ánimo llenándole de temor.

No fue hasta las Navidades de 1937 cuando se produjeron novedades en la vida de Amelia y de Pierre.

Amelia se carteaba con Carla Alessandrini y guardaba sus cartas como joyas preciosas. La diva le comentaba sus éxitos o se explayaba sobre los inconvenientes de alguno de sus ajetreados viajes, pero sobre todo le daba su opinión sobre la marcha de la guerra civil en España, donde Carla tenía algunos amigos.

Amelia le había pedido en su última misiva que intentara ponerse en contacto con su prima Laura Garayoa para saber de su familia.

Pierre, sin que Amelia lo supiera, leía estas cartas cuando ella salía a trabajar. Temía perder totalmente el control sobre ella y se excusaba ante sí mismo diciéndose que si leía las cartas de Carla era para proteger a Amelia, no fuera a ser que ésta le confiara a la diva lo que no debía.

Siempre esperaba a que Amelia las hubiera leído para rebuscar en la cómoda donde las guardaba.

Gloria y Martin les invitaron a cenar el 24 de diciembre para celebrar la Nochebuena. Aunque Martin era judío, no había dudado en incorporar a su vida cotidiana las fiestas católicas y solía bromear con su mujer al respecto diciéndole que ellos disfrutaban de más fiestas que el resto de la gente.

Aunque Amelia no tenía ningunas ganas de celebrar la Navidad, no quiso desairar a sus amigos y aceptó acudir con Pierre a la cena.

Los Hertz habían invitado a una docena de personas, entre los que se encontraba el doctor Max von Schumann, amigo de la infancia de Martin, además de médico como él.

—Amelia, quiero que conozcas a Max, mi mejor amigo —les presentó Martin, dirigiéndose a Amelia en alemán.

Ella respondió en el mismo idioma y los tres iniciaron una conversación que parecía molestar a Pierre, puesto que no les entendía.

—¿Quién es ese amigo vuestro? —preguntó el francés a Gloria.

—Nuestro querido Max... el barón Von Schumann. Martin y él se conocen desde niños, y estudiaron medicina juntos; Max es cirujano y, según Martin, el mejor.

—Así que es un aristócrata...

—Sí, es barón y médico militar por tradición familiar. Pero sobre todo es una gran persona.

—¿Y su esposa?

—No se ha casado aún, pero no tardará mucho en hacerlo. Está comprometido con la hija de unos amigos de sus padres, la condesa Ludovica von Waldheim.

—¿Y qué hace en Buenos Aires?

—Visitar a Martin. Max hizo lo imposible para que él pudiera salir de Alemania, y ha ayudado a su familia cuanto ha podido, y también a sus numerosos amigos judíos. Se quieren como hermanos y para nosotros es una gran alegría que haya venido a visitarnos.

Pierre no dejaba de observar a Amelia, que parecía encantada hablando con el barón Von Schumann, y se sintió fastidiado cuando Gloria, con la excusa de que así podrían hablar en su idioma, indicó a Amelia que se sentara junto al alemán durante la cena.

Amelia impresionó a Max von Schumann. Le conmovía su fragilidad, la tristeza que emanaba de toda su persona.

Estuvieron toda la velada hablando y a Gloria la reconfortó ver a su amiga animada, y sobre todo verla reír, pero se sintió en la obligación de advertir a Amelia.

—Hacía mucho tiempo que no te veía tan contenta —le dijo en voz baja en un momento en que Max era requerido por Martin.

—Sabes, no me apetecía venir, pero ahora me alegro de haberlo hecho —le confesó Amelia.

—¿Te gusta Max? —le preguntó Gloria, sonriendo al ver cómo Amelia se ponía roja.

—¡Qué cosas dices! Es muy amable y simpático, y... bueno, me hace sentir bien.

—¡Me alegro! Pero... bueno... te recuerdo que está a punto de casarse con la condesa Ludovica von Waldheim. Martin dice que es una joven muy bella y que hacen muy buena pareja.

Gloria no quería que Amelia pudiera llegar a sentirse atraída por Max y de nuevo se llevara una decepción, de manera que había preferido situar a su amiga en la realidad.

—Gracias, Gloria —respondió Amelia, molesta por la advertencia de su amiga.

—Sólo quería que lo tuvieras en mente... En fin... Parece que Max y tú habéis simpatizado.

—Puesto que me habéis sentado a su lado porque hablo alemán, he procurado ser amable.

—¡No quiero que sufras!

—No veo por qué voy a sufrir por hablar con tu invitado —respondió Amelia con voz cortante.

—Max pertenece a una vieja familia prusiana y tiene un acusado sentido del deber.

—Sí, eso deduzco de la conversación que hemos mantenido durante la cena.

Martin y Max se acercaron a las dos mujeres y de inmediato iniciaron una nueva charla sobre la difícil situación por la que atravesaba Alemania.

—¡Es Navidad y deberíamos hablar de cosas más alegres! —se quejó Gloria.

—¡Han desaparecido tantos amigos! Por lo que Max cuenta el país se está dejando arrastrar aún más por la locura de Hitler... —se lamentó Martin.

—Lo peor es que Chamberlain está empeñado en una política de distensión con Hitler y Mussolini, y eso hace que el Führer se sienta cada vez más seguro.

—Pero los ingleses no pueden apoyar a los nazis —respondió Amelia.

—El problema es que Chamberlain no quiere problemas y eso engorda los sueños de Hitler —apuntó Max.

—¿Cómo puede usted servir en el Ejército de Hitler? —preguntó Amelia sin ocultar un cierto enfado.

—Yo no sirvo en el Ejército del Führer, sirvo en el Ejército de Alemania, como lo hizo mi padre, mi abuelo, mi bisabuelo... La mía es una familia de soldados, y el deber para con los míos es continuar la tradición.

—¡Pero usted me ha dicho que aborrece a Hitler! —respondió Amelia en tono quejoso.

—Y así es. Siento un profundo desprecio por ese cabo austríaco cuyos sueños de grandeza no sé dónde van a terminar, y temo por mi patria.

—¡Entonces, deje el Ejército! —le instó Amelia.

—Me han educado para servir a mi país por encima de las coyunturas. No puedo marcharme porque no me guste Hitler.

—Usted mismo me ha explicado la persecución de la que son víctimas los judíos...

Max se sentía incómodo con la conversación y Martin decidió cambiar de tema.

—Amelia, a veces nos vemos obligados a hacer cosas que no nos gustan y, sin embargo, somos incapaces de escapar, no podemos hacerlo por más que lo deseemos. La vida de todos los hombres está llena de claroscuros... Dejemos a mi amigo Max disfrutar de la Navidad o nunca más querrá volver a compartirla conmigo.

—Lo siento, pero es que siento un odio inmenso hacia Hitler —confesó Amelia.

—Hace un tiempo precioso, y he pensado que hagamos alguna excursión fuera de Buenos Aires; si Pierre y tú os queréis unir a nosotros nos encantaría que mañana nos acompañarais... —terció Gloria.

Amelia y Pierre no fueron a la excursión planeada por Gloria, porque cuando, de madrugada, regresaron a su casa, se encontraron una nota debajo de la puerta. El controlador de Pierre le conminaba a ponerse en contacto con él de inmediato.

A las nueve de la mañana Pierre salió de casa para dirigirse hacia el edificio Kavanagh, un rascacielos de treinta pisos inaugurado en 1935 del que los porteños se sentían especialmente orgullosos.

Detrás del edificio, un pequeño pasaje se abría a la calle San Martín, donde estaba situada la iglesia del Santísimo Sacramento; éste era el lugar de la cita de Pierre con su controlador.

El ruso estaba sentado en la última fila y parecía leer un breviario siguiendo la misa que en ese momento estaba oficiando un sacerdote ante una treintena de personas, cuyos rostros reflejaban el cansancio fruto de los excesos gastronómicos de la Nochebuena.

Pierre se sentó junto a su controlador y aguardó a que éste le hablara.

—Tiene que ir a Moscú —le anunció el ruso.

—¿Cuándo? —En la respuesta de Pierre se traslucía el temor.

—Pronto, el Ministerio de Cultura está organizando un congreso de intelectuales europeos y norteamericanos para que conozcan la gloriosa realidad de la Unión Soviética. Usted formará parte del comité encargado de organizar este evento. La visita es muy importante, ya sabe que hay grupos fascistas empeñados en desprestigiar la revolución. Nuestros mejores aliados son los intelectuales europeos.

—¿Y qué puedo hacer yo?

—Usted conoce a muchos intelectuales franceses, españoles y británicos, a algún alemán… En fin, siempre se ha movido en esos ambientes. Necesitamos información personal sobre ellos… Todo el mundo tiene algún punto débil…

—¿Punto débil? No le entiendo…

—Se lo explicarán en Moscú. Prepárese para el viaje.

—¿Y qué diré a la gente de aquí?

—Sus colaboradores tendrán que pasarme a mí la información, en cuanto a sus amigos… ya se le ocurrirá algo, al fin y al cabo usted siempre ha viajado en busca de ediciones especiales.

—¿Y Amelia?

—Lo acompañará.

—Pero podría no querer hacerlo... Últimamente está muy preocupada por la marcha de la guerra en España. Sufre por su familia...

—Un comunista no piensa en sus deseos personales sino en lo que conviene a la revolución, a nuestra causa. Creía que ella era una buena comunista...

—¡Y lo es! ¡No lo dude!

—Entonces no habrá ningún problema con la camarada Garayoa. Lo acompañará. Para ella será un honor conocer Moscú.

Cuando Pierre regresó a casa, Amelia le estaba esperando sentada ante una taza de café. Antes de que él le dijera nada ella pudo leer la angustia que emanaba de su mirada, la crispación en la sonrisa con que la saludó.

—¿Qué te han dicho? —preguntó ella sin esperar a que Pierre se sentara.

—Me han ordenado ir a Moscú. Tengo que ir en quince o veinte días.

—Krisov dijo...

—¡Ya sé lo que dijo ese traidor! —El tono de voz de Pierre delataba su preocupación, mezclada con miedo.

—¿Por qué quieren que vayas?

—Están preparando un congreso de intelectuales, van a invitar a escritores, periodistas y artistas del mundo entero. Los intelectuales son los mejores propagandistas de la revolución. Tienen autoridad moral en sus países. En Moscú quieren que colabore con el comité que está organizando el congreso.

—Ya. Te sacan de Buenos Aires, donde has establecido una base de espionaje, y te llevan a Moscú a formar parte de un comité... No vayas, Pierre.

—No puedo negarme.

—Sí puedes, diles que no irás y… deja todo esto, recupera tu vida.

—¿Mi vida? ¿A qué vida te refieres?

—Diles que no quieres continuar siendo un agente, que estás cansado, que ya has hecho bastante…

—¿Crees que es tan fácil? No, Amelia, de esto no se entra y se sale cuando uno quiere. Una vez dentro tienes que llegar hasta el final.

—Tienes derecho a vivir otra vida.

Pierre la miró con aire cansado, se sentía viejo, apesadumbrado.

—He dedicado mi vida al comunismo. Nunca he tenido otro horizonte que servir a la revolución. Amelia, no sabría hacer otra cosa.

—Krisov te avisó sobre lo que te podía pasar si ibas a Moscú.

Él se encogió de hombros. No se sentía capaz de otra cosa que enfrentarse con el destino que había elegido.

—Quieren que vengas conmigo —musitó.

—Sí, lo imagino. No quieren dejar piezas sueltas.

—Pero no vendrás. He venido pensándolo, les haré creer que me acompañarás, pero el día de nuestra marcha te pondrás enferma, diremos que has sufrido un ataque de apendicitis y te ingresaré en un hospital. Les diré que te reunirás conmigo más adelante. Te daré dinero para que regreses a España o adonde quieras; quizá estarías más segura con tu amiga Carla, al menos durante un tiempo. A mis jefes de Moscú les irritará que no vayas y…

—Y podrían decidir eliminarme, ¿no?

—No me fío de lo que pudiera sucederte en España, ya sabes que allí hay establecido un mando soviético ayudando a la República.

—Krisov me dio un consejo que he seguido a rajatabla desde la tarde que vino a esta casa. Ahora soy yo quien lleva las riendas de mi vida.

—No quiero que te suceda nada, te amo, Amelia. Sé que no me crees, que no quieres perdonarme, pero al menos déjame que te ayude.

—Yo decido, Pierre, yo decido por mí.

Los días siguientes Pierre los dedicó a reunirse con Natalia y con Miguel para anunciarles su viaje a Moscú y cómo debían ponerse en contacto con el controlador soviético.

Natalia tuvo un ataque de nervios cuando Pierre le anunció que debía viajar a Moscú y que tardaría meses en regresar.

—¡No puedes dejarme! —se lamentó Natalia—. ¡Quiero ir contigo!

—Me gustaría, pero no puede ser. Tienes que comprenderlo. No estaré fuera más que cinco o seis meses…

—¿Y yo qué voy a hacer?

—Lo mismo que hasta ahora. No tendrás problemas para pasar al controlador la información que vayas consiguiendo.

—No me fío de nadie, sólo de ti. ¿Y si me siguen? Pueden sospechar de mí si me ven con un ruso…

—Te he explicado cómo evitar que te sigan, y ya te he dicho que no es necesario que os veáis salvo que suceda algo extraordinario. Cuando tengas algo relevante que transmitir, colocas este tiesto con geranios que te he traído en el lado izquierdo de la ventana. No lo muevas de esa posición durante tres días. Al tercer día metes entre las páginas de cualquier periódico el informe y a la hora del almuerzo te vas a pasear al parque zoológico, y, en la zona de las aves, siéntate en un banco para contemplarlas, y cuando te vayas, déjate olvidado el periódico.

—¿Y si lo coge quien no debe?

—Eso no sucederá.

A Pierre no le fue fácil convencer a Natalia de que continuara colaborando con los soviéticos. El interés de la mujer por la revolución era directamente proporcional a la relación con su amante.

Mientras él pasaba más tiempo que nunca con Natalia, Amelia continuaba trabajando y sus escasos ratos libres solía compartirlos con los Hertz.

Gloria y Martin eran conscientes de la atracción que Amelia y Max sentían el uno por el otro y les preocupaba propiciar una relación que sabían imposible. Amelia estaba casada; en España, pero al fin y al cabo lo estaba y, además, vivía con un amante. Y su querido amigo Max von Schumann era la clase de hombre que preferiría dejarse matar antes que incumplir con sus compromisos o mancillar lo que él llamaba el «honor familiar». Por muy enamorado que estuviera de Amelia jamás rompería su compromiso con la condesa Ludovica von Waldheim, de manera que su relación con la joven española no tenía ningún futuro. A la misma conclusión llegó Pierre, al principio preocupado por el interés que el médico alemán y Amelia eran incapaces de ocultar.

No obstante, Pierre procuraba acompañar a Amelia cuando sabía que ésta iba a reunirse con los Hertz, aunque en ocasiones ella no le avisaba de estos encuentros.

Una noche en la que Pierre tuvo que ir a cenar a casa de Natalia porque ella lo llamó hecha un mar de lágrimas, Amelia aprovechó para aceptar la invitación de Max.

—Me iré dentro de unos días y me gustaría que cenáramos a solas una vez; no sé si es correcto o si te creo un problema con... con Pierre, pero si pudieras... —le había pedido Max.

Cuando terminó su jornada de trabajo en la pastelería, se despidió de doña Sagrario con más premura de la que era habitual en ella. La pastelera se dio cuenta de que a Amelia le brillaban los ojos de manera especial.

—Veo que hoy estás contenta. ¿Acaso tienes una celebración especial con Pierre?

Amelia sonrió sin responder. No quería mentir a la buena mujer, que tan comprensiva se había mostrado al enterarse de que

Pierre no era su marido legal, pero tampoco quería decirle que tenía una cita con otro hombre, por lo que pudiera llegar a pensar de ella.

Max la esperaba en el Café Tortoni y desde allí se fueron a cenar a un restaurante.

Si Amelia estaba nerviosa, Max no le andaba a la zaga. Los dos sabían que con aquel encuentro a solas estaban cruzando una raya que ninguno de los dos podía traspasar.

—Me alegro de que hayas aceptado cenar conmigo. Me voy dentro de una semana, no puedo alargar más mi estancia en Buenos Aires.

—Lo sé, Gloria me ha dicho que tienes que incorporarte a tu unidad.

—Soy un privilegiado, Amelia, he dispuesto de estas largas vacaciones en casa de mis mejores amigos, pero la influencia familiar no llega para poder ampliar mi estancia aquí —respondió Max riendo.

—¿Por qué has venido a Buenos Aires? ¿Sólo por ver a Martin?

—¿Te extraña?

—Bueno, en realidad, sí…

—¿No irías a Nueva York si supieras dónde encontrar a Yla? Me dijiste que era la mejor amiga de tu infancia, además de tu prima Laura.

—¡Sí, claro que iría!

—Pues es lo que he hecho yo, venir a ver a mi mejor amigo, que ha tenido que dejar nuestro país por culpa de unos locos. Necesitaba saber que estaba bien, que aquí… En fin, quería ver si era feliz. No es fácil abandonar tu patria, tu casa, tus amigos, dejar de respirar el aire que siempre has respirado… Tú lo puedes entender porque también has dejado tu país.

Amelia se entristeció. En los últimos meses cada vez que pensaba en España sentía un vacío en la boca del estómago que terminaba convirtiéndose en dolor.

—¡Pero no nos pongamos tristes! No quiero que la única

ocasión que vamos a tener de estar a solas se convierta en un velatorio.

—No te preocupes, no me pondré triste.

Fueron a cenar y ambos hicieron un esfuerzo para que la conversación transcurriera por derroteros amables, aunque cuando estaban con el postre Amelia no pudo resistirse a preguntarle por su futuro en el Ejército.

—Dime: ¿cómo puedes soportar estar a las órdenes de alguien que cree que hay seres humanos de distinta categoría, que persigue a los judíos, que les roba cuanto tienen?

—De eso ya hemos hablado…

—Sí, pero es que… me cuesta tanto imaginarte bajo las órdenes de Hitler.

—Ahora es el canciller, pero no lo será para siempre, y Alemania continuará siendo Alemania. Yo no sirvo a Hitler, sino a mi país.

—¡Pero Hitler manda en Alemania!

—Desgraciadamente así es, pero ¿qué quieres que haga? Ganó las elecciones.

—Aun así…

—Soy un soldado, Amelia, no un político. Aunque yo quiero hablarte de otra cosa, sé que no debo, pero voy a hacerlo.

—Por favor, preferiría que…

—Sí, lo correcto es no decirte esto, pero tengo que hacerlo. Me he enamorado de ti y te aseguro que he hecho lo imposible para que no sucediera. No quería marcharme sin decírtelo.

—Yo creo que a mí me ha pasado lo mismo. Pero no estoy segura… Siento una gran confusión…

—Creo que los dos nos hemos enamorado, y hemos hecho lo peor que podíamos hacer, puesto que no tenemos ningún futuro juntos.

—Lo sé —musitó Amelia.

—No puedo romper mi compromiso con Ludovica, de hecho… en fin, la boda está prevista a mi regreso. Y tú has sacrificado mucho por estar con Pierre… y además no quiero engañarte, aunque rompiera mi compromiso con Ludovica, mi familia no te aceptaría, para ellos siempre serías una mujer casada.

Amelia sintió que le ardía el rostro. Se sentía avergonzada, como no había estado desde que abandonó a su familia para irse con Pierre.

—No he querido ofenderte... Perdona... Es que quiero ser sincero contigo, aun a riesgo de resultar brusco —se excusó Max.

—Es mejor hablar claro —respondió Amelia mientras con gesto distraído se estiraba la falda, como si con este gesto estuviera menos expuesta a la vergüenza que sentía por las palabras de Max.

—Necesito que me comprendas, que me digas lo que piensas, y si crees que tenemos alguna otra salida.

—No, Max, no la tenemos. La verdad hace daño, pero la prefiero a la mentira. No hubiera podido soportar que dieras alas a mis ilusiones y luego... Sé quién soy: una mujer casada que ha abandonado a su marido y a su hijo, a su familia, para huir con otro hombre. A los ojos de los demás eso me convierte en una mujer poco respetable, y entiendo que tus padres nunca me pudieran aceptar. Tampoco te pediría que rompieras tu compromiso con Ludovica, sé que tu sentido del honor sufriría de tal manera que, aunque no me lo dijeras, nunca me perdonarías haber faltado a tu palabra. Dejémoslo estar. Han sido unos días muy especiales estos que hemos compartido, pero siempre he sabido que tenías que marcharte y que yo no tengo ningún papel en tu futuro. Sólo que... bueno, me has devuelto las ganas de vivir. Quería salir de trabajar para encontrarme con los Hertz y contigo, o esperaba que sonara el teléfono y escuchar a Gloria invitarme a pasar el fin de semana en el campo. Siempre te estaré agradecida por estos días, porque, sabes, creía estar muerta.

La acompañó a casa. Caminaron el uno junto al otro sin atreverse a rozarse, en silencio.

—Aún nos veremos antes de que me marche —le dijo Max.

—Claro que sí, sé que Gloria te está preparando una fiesta de despedida.

Para alivio de Martin y Gloria Hertz, no volvieron a verse a solas. Amelia no acudió a la fiesta de despedida de Max pero le envió una nota deseándole suerte.

Sin embargo, aquella breve e infructuosa relación con el barón Von Schumann dejó una muesca profunda en Amelia, otra más. Perdió la alegría que parecía haber recuperado al lado de Max, y sus amigos la encontraban cada vez más pensativa y taciturna.

El 5 de febrero era la fecha prevista para el viaje de Pierre a Moscú. Según se acercaba la fecha, él estaba más nervioso: la advertencia de Krisov había anidado en él con tanta fuerza que apenas podía dormir por la noche, porque en sueños se veía preso y torturado por sus camaradas. Algunas noches regresaba de sus pesadillas gritando, y Amelia acudía, solícita, y le ofrecía un vaso de agua. Él se agarraba a su mano como un niño que sabe que está a punto de perderse.

El temor de Pierre despertó el instinto protector en Amelia. Comenzó a preocuparse por él como si de un niño se tratara. Cuando terminaba su jornada de trabajo en la pastelería regresaba a su casa rápidamente para estar con Pierre. Seguían sin compartir la cama, pero ella le cuidaba con mimo. Era tan solícita la actitud de Amelia que los amigos de ambos pensaban que se habían reconciliado. Él, que era un sofisticado hombre de mundo, se dejaba llevar por ella y la miraba agradecido; además, parecía ponerse nervioso cuando no estaba a su lado. Durante aquellos días ella estableció un vínculo especial con Pierre.

Aunque Pierre le había dicho a Amelia que no viajaría con él, e insistía en el plan inicial de que ella se fingiera enferma el día antes de la partida, oficialmente ambos habían anunciado a todos sus amigos que se iban de viaje a Europa, en el que seguramente recalarían en Moscú. A nadie le sorprendió que Pierre quisiera visitar a sus padres en París e ir en busca de esas ediciones especiales que después vendía tan caras.

El día anterior a la partida, Pierre observaba cómo Amelia se afanaba haciendo el equipaje.

—Te voy a echar mucho de menos —dijo en voz baja, creyendo que ella no le oía.

—Creo que no —respondió Amelia, mirándole fijamente.

—Sí, sí que te voy a echar de menos, eres parte de mí, lo mejor que he tenido en la vida aunque no haya sabido verlo hasta que ha sido demasiado tarde —se lamentó Pierre.

—No me vas a echar de menos porque voy contigo.

—¡Pero qué dices! Eso es imposible, no puedes venir.

—Sí, sí puedo. No te veo capaz de hacer frente a lo que se te viene encima.

—¿Qué quieres decir?

—Que tienes miedo y razones para tenerlo. Que tus gritos en la noche me producen miedo hasta a mí. No sabes a qué te vas a enfrentar en Moscú y necesitas a alguien a tu lado.

—Sí, temo lo que pueda suceder. Cuentan cosas terribles del camarada Yezhov.

—Como las contaban sobre el camarada Yagoda.

—Tú no tienes por qué correr ningún riesgo, bastante has sacrificado por mí. Es tu oportunidad de regresar a España, de ser libre.

—Tienes razón, es mi oportunidad, pero no voy a dejarte solo. Te acompañaré, veremos qué sucede en Moscú, y si Ígor Krisov nos dijo la verdad, al menos estaré a tu lado; si no es así, en cuanto pueda regresaré a España.

—No, Amelia, no puedo pedirte eso.

—No me lo estás pidiendo tú, lo he decidido yo. Sólo estoy posponiendo unos cuantos meses más mis planes. Te he querido mucho, Pierre, y a pesar del daño que me has hecho, no soporto verte en el estado en que te encuentras. Mañana me iré contigo y quiera Dios que Krisov esté equivocado y ambos podamos regresar...»

El profesor Muiños se quedó en silencio, perdido en sus pensamientos. Su silencio me trasladó al presente.

—¡Vaya con mi bisabuela! —dije asombrado, dándome cuenta de que la expresión se estaba convirtiendo en un latiguillo.

Llevaba tres días yendo de un lado a otro con el profesor Muiños, porque él estaba empeñado en enseñarme todos los rincones de la ciudad por donde se desenvolvió mi bisabuela: la verdad es que no me había dejado ni un segundo de respiro.

—Bien, hemos llegado al final de este trayecto, ahora tendrá que ir a Moscú —me dijo el profesor con aire ausente.

—¿A Moscú?

—Sí, hijo, sí. Yo le he contado cuanto conocía de la estancia de Amelia Garayoa en Buenos Aires, pero si quiere saber más tendrá que seguir investigando, y su próxima parada es Moscú.

—Pensaba que usted, en fin, que usted podía contarme el final de la historia.

El profesor rió sin disimulo, como si yo hubiera dicho algo gracioso.

—Veo que ni siquiera mi buen amigo el profesor Soler tiene demasiada información sobre Amelia Garayoa. Joven, no ha hecho usted más que empezar a saber qué fue de ella. Le aseguro que la vida de esta mujer fue apasionante y difícil, sobre todo difícil. Me temo que si quiere saber más sobre ella, tendrá que ir a buscar esa información a Moscú.

—¿A Moscú?

—Sí, ya le he dicho que su bisabuela siguió a Pierre Comte a Moscú. No ponga esa cara. Le he conseguido una cita con la profesora Tania Kruvkoski. Es una mujer notable y, a mi juicio, una historiadora independiente, toda una autoridad en lo que se refiere a la Cheka, la GPU, la OGPU, la NKVD y la KGB. La profesora Kruvkoski es la persona indicada para contarle todo lo referente a la estancia de Amelia en Moscú. Es una de las pocas personas a las que han dejado ver algunos archivos de la KGB, aunque con restricciones y el compromiso de no contar más allá de unos límites. O sea que le han permitido echar un vistazo a los archivos del pasado, de los años treinta y cuarenta, digamos que hasta el final de la Segunda Guerra Mundial. La KGB es el esqueleto sobre el que se ha montado el nuevo estado, de manera que no le han permitido indagar nada de lo sucedido desde el cuarenta y cinco. La he telefoneado esta misma mañana y, aunque no tiene ningunas ganas de recibirle, lo hará, dada su amistad con el profesor Soler y conmigo. Eso sí, le aconsejo que sea prudente en el trato con ella; Tania Kruvkoski tiene un carácter endiablado y si no se gana su respeto le despedirá con cajas destempladas.

Regresé al hotel pensando en qué hacer. Estaba claro que el profesor Muiños daba por zanjadas sus conversaciones conmigo y además me había fijado una cita en Moscú para dos días después.

Decidí llamar a mi madre, al periódico y a mi tía Marta, por ese orden, para saber si podía coger ese vuelo a Moscú.

Estaba cansado; en menos de una semana había estado en Barcelona, Roma, y Buenos Aires, pero si tía Marta daba su visto bueno ya me veía rumbo a Moscú.

Tal y como me esperaba, mi madre me regañó. Llevaba cuatro días sin llamarla, y me reprochó que por mi culpa le doliera el estómago.

La conversación con Pepe, el redactor jefe del periódico, tampoco fue demasiado halagüeña.

—Guillermo, pero ¿dónde te has metido? Oye, una cosa es que la entrevista con el profesor Soler haya sido un puntazo, y otra que creas que te van a dar el premio Nobel. Te he enviado a casa tres libros para que hagas una crítica urgente y no has dado señales de vida.

—Vale, Pepe, no me eches la bronca. Mira, la crítica de los libros puede esperar, porque tengo algo mejor para el periódico. Te dije que tenía que venir a Buenos Aires, y precisamente se está celebrando la Feria del Libro, que ya sabes que, junto a la de Guadalajara en México, es de las más importantes de América Latina.

—¡Chico, qué nivel! De manera que estás en Buenos Aires.

—Sí, y te voy a enviar unas cuantas crónicas sobre la feria, incluso unas entrevistas con algunos autores, y además no te voy a pasar nota de gastos, pero quiero que me las paguéis mejor que las críticas literarias, ¿vale?

Pepe refunfuñó durante buen rato pero aceptó, eso sí, conminándome a que le enviara la primera crónica antes de una hora.

No le dije ni que sí ni que no, y llamé a mi tía Marta, a la que encontré con su malhumor habitual.

—¿Lo estás pasando bien? —me preguntó con ironía.

—Pues sí, la verdad es que sí. Buenos Aires es una ciudad asombrosa, deberías venir en vacaciones.

—¡Déjate de idioteces y dime qué estás haciendo!

Le resumí la marcha de la investigación sin darle grandes detalles, lo que le produjo mayor irritación, tanta que cuando le anuncié que debía viajar a Moscú, su respuesta fue fulgurante: me colgó el teléfono.

Decidí darme un descanso para pensar qué hacer y, mientras tanto fui a visitar la Feria del Libro para mandar las crónicas a las que me había comprometido. Lo difícil iba a ser convencer a algún escritor de que me diera una entrevista. Al fin y al cabo no tenía acreditación para la feria y nadie me esperaba.

Seguramente tengo un ángel de la guarda, porque fue llegar al recinto donde se celebraba el certamen y encontrarme con un par de jóvenes escritores españoles, invitados a participar en una de las mesas redondas organizadas por los responsables de la feria. Me pegué a ellos como una lapa, asistí al debate de la mesa redonda, que versaba sobre las últimas tendencias literarias, y les hice una docena de preguntas a cada uno, que me servirían como entrevistas; y a riesgo de que me consideraran un gorrón no me separé de ellos, de manera que terminé conociendo a cuatro escritores argentinos, un editor, un par de críticos literarios y unos cuantos plumillas como yo.

Cuando regresé al hotel tenía una «cosecha» suficiente para quedar bien con el periódico y ganar tiempo, si es que al final podía ir a Moscú.

Volví a llamar a mi tía por teléfono.

—¿Sabes qué hora es aquí? —me preguntó gritando.

—La verdad es que no…

No me lo dijo, simplemente colgó el teléfono. De manera que decidí despertar a mi madre y pedirle un préstamo para ir por mi cuenta a Moscú, pero ella tampoco se mostró predispuesta a ayudarme, ya que me seguía culpando de su dolor de estómago.

Fin del viaje, me dije a mí mismo. Lo cierto es que lo lamentaba profundamente, porque la historia de Amelia Garayoa se estaba convirtiendo en una obsesión, no porque fuera mi bisabuela, que eso tanto me daba, sino porque estaba resultando una historia apasionante.

Dejé pasar unas cuantas horas para no despertar a nadie más en España, y telefoneé a doña Laura.

El ama de llaves me hizo esperar casi diez minutos al teléfono y suspiré aliviado cuando escuché la voz de la buena señora.

—Dígame, Guillermo, ¿dónde está?

—En Buenos Aires, pero tengo que darle una mala noticia: no puedo continuar con la investigación.

—¿Cómo? ¿Qué ha sucedido? El profesor Soler me ha asegurado que le están marcando los pasos a dar y que tiene usted una cita concertada en Moscú.

—Precisamente ése es el problema. Mi tía Marta no quiere financiar más la investigación, de manera que no voy a poder ir a Moscú. En fin, lo siento, sólo quería decírselo. Mañana o pasado regresaré a España y si no le molesta, pasaré por su casa para agradecerle la ayuda que me ha prestado. La verdad es que sin ella no habría podido dar ni un paso.

Doña Laura no parecía escucharme. Se había quedado en silencio aunque a través de la línea creí escuchar su respiración agitada.

—Doña Laura, ¿me oye usted?

—Sí, claro que sí. Verá, Guillermo, quiero que continúe con su investigación.

—Ya, a mí también me gustaría, pero carezco de medios, de manera que…

—Yo pagaré los gastos.

—¿Usted?

—Bueno, nosotras. Al principio nos pareció… Bueno, no nos causó demasiada buena impresión, pero lo que está haciendo alguien tenía que hacerlo, y ahora creemos que es la persona adecuada. Tiene que seguir adelante. Deme un número de cuenta y le ingresaremos dinero para sus gastos. Pero eso sí, a partir de este momento trabaja para nosotras; eso quiere decir que la historia que escriba no se la podrá dar ni tampoco dejar leer a su tía Marta ni al resto de su familia.

—Pero… Yo, la verdad es que no sé qué decirle… No me parece bien que ustedes paguen esta investigación. No, no me sentiría cómodo.

—¡Bobadas!

—No, doña Laura, no puedo aceptar, bien que lo siento, pero no puedo.

—Guillermo, fue usted quien se presentó en nuestra casa pidiéndonos ayuda para poder escribir sobre Amelia. Nos costó tomar la decisión, pero una vez que decidimos confiar en usted no hemos dejado de ayudarle, de hecho… En fin, como bien dice, sin nosotras no habría podido averiguar nada. Lo que no sabe es que, bueno, ha desencadenado algo que ya no se puede parar. De manera que acepte trabajar para nosotras, escriba todo lo que averigüe sobre la vida de Amelia Garayoa, y luego olvídese de ella para siempre.

—Pero ¿por qué ese repentino interés en que investigue la vida de su prima? Usted debe de saber qué pasó...

—No me haga preguntas y responda: ¿trabajará para nosotras, sí o no?

Dudé unos segundos. La verdad es que no tenía ganas de dejar la investigación, aunque por otra parte no me gustaba tener que recibir dinero de las Garayoa.

—No lo sé, déjeme pensarlo.

—Quiero la respuesta ahora —me apremió doña Laura.

—De acuerdo, acepto.

Escribí un correo electrónico a tía Marta anunciándole que iba a continuar la investigación con otro «patrocinador» y, como imaginaba, poco después me llamó gritándome.

—¡Pero tú estás loco! ¡Has perdido la cabeza! ¿Crees que voy a permitir que un desconocido te pague por investigar la historia de mi abuela? Guillermo, vamos a acabar con esta historia. Tuve una idea que ha resultado más complicada de lo previsto; vuelve a Madrid, cuéntame lo que has averiguado y ya decidiré qué hacer, pero, como comprenderás, no puedo financiarte la vuelta al mundo.

—Lo siento, tía, ya me he comprometido con unas personas a seguir y entregarles el resultado de la investigación.

—Pero ¿quiénes son esas personas? No voy a consentir que los trapos sucios de la familia los airees ante no se sabe quién.

—En eso estoy de acuerdo contigo, pero verás, Amelia Garayoa, además de ser tu abuela, tenía otros parientes que están tan interesados como tú en saber qué fue de ella, de manera que todo quedará en la familia.

Mi madre me llamó a continuación diciéndome si es que quería amargarle la existencia. Acababa de tener una bronca a cuenta mía con su hermana. Pero yo también había tomado una decisión y empezaba a pensar que trabajar para doña Laura y doña Melita era lo más adecuado, al fin y al cabo, sin ellas no habría dado un solo paso a derechas. Además, estaba harto de tener que mendigar a la tía Marta cada euro que necesitaba.

9

No sé qué temperatura haría en Moscú en la primavera de 1938, pero en la de 2009 hacía un frío helador.

Me sentía feliz de estar en una ciudad que se me antojaba llena de misterios. Como, para mi sorpresa, doña Laura me había vuelto a llamar para decirme que había hecho un ingreso en mi cuenta corriente y que además me había reservado una habitación en el hotel Metropol, se me antojaba que todo iba a ir sobre ruedas.

¡Vaya lujazo!, pensé cuando entré en el vestíbulo del Metropol. Desde luego la ciudad que había vislumbrado a través de las ventanillas del taxi no parecía tener nada que envidiar a Nueva York, París o Madrid, salvo que en pocos minutos había visto más Maseratis y Jaguars que en toda mi vida. ¡Caramba con los ex comunistas, no han perdido el tiempo para ponerse al día con el sistema capitalista!, me dije.

Una vez instalado en la habitación me puse a hacer mis «deberes» y llamé a la profesora Tania Kruvkoski.

La profesora hablaba inglés, ¡menos mal!, y nos entendimos de inmediato, aunque me llevé una gran sorpresa cuando me dijo que si lo prefería podíamos hablar en español. Concertamos una cita para la mañana siguiente en su casa; según me explicó, no estaba lejos del Metropol, así que podía ir dando un paseo.

Aproveché el resto del día para hacer turismo, fui a la tumba de Lenin, paseé por la plaza Roja, visité la catedral de San Basilio, y me perdí en animadas calles repletas de bares, restaurantes y tiendas de ropa de las marcas más sofisticadas.

No tenía ni idea de cómo había sido Moscú antes de que cayera el Muro de Berlín, pero lo que mis ojos veían era que aquella ciudad era la quintaesencia del capitalismo. Desde luego no se parecía a la ciudad que me había descrito mi madre: gris, pobre y triste. Bien es verdad que ella había hecho un *tour* por la Unión Soviética en plena era comunista y si la viera ahora creería estar alucinando en colores.

El apartamento donde vivía la profesora Kruvkoski era pequeño pero cómodo, con estantes de madera repletos de libros, cortinas de cretona, un sofá, un par de sillones de terciopelo verde y una mesa de comedor llena de papeles. La profesora era tal como esperaba que fuera: una mujer entrada en años y en carnes, con el cabello blanco recogido en un moño detrás de la nuca. Me sorprendió su vestido floreado, casi juvenil, y el chal de lana que llevaba sobre los hombros.

Pero tras su aspecto de dulce abuelita encontré a una mujer enérgica, nada dispuesta a regalarme ni un segundo de más de su tiempo, de manera que tenía preparados varios dossieres sobre Pierre Comte y Amelia.

—Lo que me han pedido mis colegas, el profesor Soler y el profesor Muiños, es que le explique qué fue de Pierre Comte y de Amelia Garayoa cuando llegaron a Moscú en febrero de 1938. Bien, no sé si va a tomar notas...

—Preferiría grabar la conversación, ya que usted habla un español tan excelente —le respondí con ánimo de halagarla.

—Haga lo que quiera. No dispongo de demasiado tiempo. Le voy a dedicar la mañana pero ni un minuto más —advirtió.

Asentí poniendo en marcha el minidisc.

—Como usted sabrá, la perversidad del camarada Stalin no tenía límites. Nadie estaba seguro, todos eran sospechosos, y por aquel entonces las purgas se sucedían a diario. Poco a poco había ido quitando de en medio a los hombres que lucharon en primera línea por la revolución, bolcheviques abnegados que fueron acusados de traición. Nadie tenía segura la cabeza sobre los hombros. Stalin contaba para su política criminal con hombres sin escrúpulos, dispuestos a arrastrarse y cometer las mayores atrocidades sólo por servirle, creyendo que así se ganaban su derecho a vivir, pero muchos de estos seres infectos también terminaron sus días de mala manera, porque Stalin no agradecía nada ni reconocía a nadie.

—Por su edad... En fin... Creía que usted fue una revolucionaria en su juventud.

—Soy una superviviente. Cuando vives en un régimen de terror lo único a lo que aspiras es a ganar un día más a la vida, y bajas la cabeza; no ves, ni oyes, casi ni sientes, temiendo que se fijen en ti. El terror anula a los seres humanos, y para poder sobrevivir saca los peores instintos. Pero no se trata de mi vida, sino de las de Comte y Garayoa.

—Sí, sí, perdone la interrupción, es que pensaba que era usted una comunista convencida.

La profesora se encogió de hombros y me miró con cara de pocos amigos, de manera que opté por callarme.

—La mía es una familia que participó en la Revolución de Octubre, pero eso no nos garantizó nada; mi padre y algunos tíos y primos murieron en los gulags porque en algún momento se atrevieron a decir en voz alta lo que era evidente: el sistema no funcionaba. No es que creyeran que el comunismo no tenía las respuestas adecuadas para construir un mundo mejor, lo que pensaban es que quienes dirigían el país no lo hacían con acierto. Stalin mató de hambre a miles de campesinos... Pero eso es historia, una historia que no es la que ha venido usted a buscar. Ya le he dicho que, para sobrevivir, uno termina adaptándose a las circunstancias, y en mi familia aprendimos a bajar la cabeza y a callar. ¿Podemos continuar?

—Sí, sí, perdone.

«Amelia y Pierre se instalaron en casa de su tía Irina, la hermana de la madre de éste. Ella estaba casada con un funcionario del Ministerio de Exteriores, Georgi, un hombre sin ningún cargo ni relieve importante. Tenían un hijo, Mijaíl, periodista, más joven que Pierre y casado con Anushka, una belleza que se dedicaba al teatro. La casa tenía dos habitaciones y una pequeña salita, que se convirtió en el dormitorio de Pierre y Amelia.

Al día siguiente de su llegada Pierre se presentó en la sede de la NKVD en la plaza Dzerzhinski, la tristemente conocida como Lubianka...

Pierre no fue recibido por ningún responsable destacado de la NKVD. Un funcionario de menor rango le informó que a partir de ese momento estaba a libre disposición de la NKVD y que ya se le asignaría un cometido. Mientras tanto debía escribir detalladamente sobre la red de Krisov, de la que había formado parte, precisando los nombres y datos de todos los agentes «ciegos» que venían colaborando en Europa con la NKVD.

Pierre protestó. Si estaba allí, dijo, era para ayudar a organizar una visita, para la celebración de un congreso con intelectuales de todo el mundo. El funcionario no se anduvo con contemplaciones y le amenazó: o cumplía las órdenes o sería considerado un traidor.

Pierre no se atrevió a seguir discutiendo y aceptó a regañadientes las instrucciones del hombre.

—Trabajará usted en el Departamento de Identificación y Archivo, ayudando al camarada Vasiliev.

En ese momento Pierre recordó que Ígor Krisov le había hablado de un amigo caído en desgracia, un tal Iván Vasiliev, y se preguntó si sería el mismo.

Iván Vasiliev tenía en aquel entonces treinta y cinco años. Era un hombre alto, delgado, y muy fuerte, y había trabajado desde su creación para el Departamento Extranjero de la NKVD.

La oficina donde estaba situado el Departamento de Identificación y Archivo estaba ubicada en uno de los sótanos de la Lubianka, y para acceder a ella había que bajar por unas escaleras donde no era raro encontrarse con detenidos que caminaban con la cabeza baja, sabedores de que allí rara vez se salía con vida.

Vasiliev le indicó a Pierre la mesa donde trabajaría, que estaba iluminada por una bombilla de gran potencia. Apenas había sitio para moverse porque unos inmensos archivadores cubrían cada palmo de pared.

—¿Usted era amigo de Ígor Krisov? —le preguntó Pierre apenas se sentó.

Iván Vasiliev le miró con dureza, reprochándole en silencio que hubiera pronunciado ese nombre. Después tragó saliva y buscó cuidadosamente las palabras para responder.

—Ya sé que usted era uno de los agentes del camarada Krisov, un traidor de la peor especie.

Pierre dio un respingo al escuchar la respuesta y a punto estuvo de replicarle, pero los ojos de Vasiliev le indicaron que mantuviera la boca cerrada.

Vasiliev se enfrascó en sus papeles y de cuando en cuando se levantaba para dirigirse a otras mesas donde otros hombres como él trabajaban en silencio. En una de esas ocasiones, al pasar cerca de la mesa de Pierre, deslizó un papel. Éste se quedó extrañado y lo abrió.

«No sea estúpido y no haga preguntas que pueden comprometernos a los dos. Rompa esta nota. Cuando pueda hablaré con usted.»

Cuando Pierre regresó a casa de su tía Irina bien entrada la tarde, Amelia le esperaba impaciente.

—¿Qué ha pasado? ¿Cómo no has llamado para decir que estabas bien? —le recriminó con angustia en francés, idioma en que también podía entenderse con los tíos de Pierre.

Le contó a Amelia y a sus tíos cada detalle vivido aquella jornada, sin escatimar su sentimiento de angustia y decepción. Aquélla no era la «patria» a la que venía entregando lo mejor de sí mismo. Su tía Irina le mandó hablar en voz baja.

—¡No hables tan alto y sé prudente o terminaremos todos en la Lubianka! —le regañó.

—Pero ¿por qué? ¿Acaso no se puede hablar libremente? —preguntó Amelia con cierta ingenuidad.

—No, no se puede —sentenció el tío Giorgi.

De repente Pierre y Amelia se encontraron con que el mito al que tanto habían sacrificado era un monstruo despiadado que podía devorarles sin que nadie pudiera mover un dedo para evitarlo.

—De manera que has venido engañado —dijo el tío Giorgi.

—Por lo que cuenta, es evidente —apostilló la tía Irina.

—Krisov te lo advirtió —recordó Amelia.

—¿Quién es Krisov? —quiso saber la tía Irina.

—Un hombre para el que trabajé… —respondió Pierre.

—Su controlador —contó Amelia.

—No es momento de reproches pero… en fin… ser espía no es la mejor tarea. —La tía Irina no quería reprimir su disgusto por el tipo de trabajo de su sobrino—. Dedicarse a fisgonear a los demás y denunciarlos…

—¡Jamás he denunciado a nadie! —protestó Pierre—. Mi único cometido ha sido el de recabar información que pudiera servir a la Unión Soviética y a la revolución.

—Pierre no ha hecho nada malo —le defendió Amelia.

—¡Espiar es de truhanes! —insistió la tía Irina.

—Vamos, mujer, no te alteres, tu sobrino es uno de los muchos ingenuos que se ha creído lo de la revolución; también nosotros creímos en ella y dimos lo mejor de nosotros mismos —terció el tío Giorgi.

—Por supuesto que lo hemos hecho, pero Stalin es…

—¡Calla! Ahora eres tú la imprudente, sabes que las paredes oyen. ¿Quieres que nos detengan a todos? —le recordó el tío Giorgi.

La tía Irina se calló y entrelazó las manos para ocultar su crispación. Le hubiera gustado no tener que acoger a su sobrino, pero Olga era su única hermana y su única esperanza en el caso de que algún día pudieran salir de la enorme prisión en la que se estaba convirtiendo su patria.

Poco después llegó Mijaíl y se unió a la conversación. Al joven le incomodaban los comentarios de Pierre.

—¡Exageráis! —protestó Mijaíl hablando en ruso—. ¡Claro que hay problemas! Estamos construyendo un nuevo régimen, una Rusia donde ya no hay siervos, sino hombres libres, y tenemos que aprender a ser responsables de nosotros mismos. Naturalmente que se cometen errores, pero lo importante es el camino que hemos emprendido, y adónde nos llevará. ¿Acaso se vivía mejor en tiempos del zar? No, y lo sabéis bien.

—Yo sí vivía mejor en tiempos del zar —afirmó Irina, mirando desafiante a su hijo—. Ahora mira a tu alrededor, y sólo verás hambre. La gente se muere de hambre, ¿es que no lo ves? Ni siquiera tú, que eres de ellos, tienes más que la mayoría de los desgraciados de este país. Sí, hijo, sí, yo vivía mejor en tiempos del zar.

—Pero tú no eres la medida de todas las personas de Rusia, tú eras una burguesa privilegiada. Mira a tu alrededor, madre, ahora todos somos iguales, tenemos las mismas oportunidades.

—La gente se muere de hambre y desaparece en las cárceles por protestar; Stalin es peor que el zar —respondió Irina.

—¡Si no fueras mi madre…!

—¿Me denunciarías? Stalin ha logrado pudrir el alma de Rusia porque no serías el primer hijo que denuncia a sus padres. Aunque Stalin no es el único culpable, él sólo es el discípulo aventajado de Lenin, a quien tenéis por un dios. Con él la dignidad humana dejó de tener sentido, la convirtió en moneda devaluada.

—¡Basta, Irina! No quiero esta discusión en casa. Y tú, hijo…

algún día verás la realidad tal como es más allá de tus ilusiones y sueños. Fui un bolchevique, luché por la revolución, pero no la reconozco. Me callo, porque quiero vivir y no deseo perjudicarte, y porque soy un cobarde.

—¡Padre!

—Sí, hijo, sí, soy un cobarde. Luché por la revolución, y a punto estuve de perder la vida y no tuve miedo. Pero ahora tiemblo al pensar que me puedan llevar a la Lubianka para confesar algún delito inexistente como les ha sucedido a algunos amigos, o que me envíen a uno de esos campos de trabajo en Siberia de los que no se regresa jamás.

—Yo creo en la revolución —respondió Mijaíl.

—Y yo hice la revolución, pero no ésta, que es una pesadilla desatada por Stalin.

—¡Stalin vela porque nadie se desvíe de los objetivos de la revolución! —gritó Mijaíl.

Se quedaron en silencio, exhaustos, sin mirarse los unos a los otros. Amelia y Pierre se sentían sobrecogidos por lo que acababan de escuchar.

Irina tomó la mano de Amelia intentando animarla.

—No te asustes, son discusiones de familia, pero Mijaíl nos quiere, y nunca movería un dedo contra nosotros.

Se callaron al oír el ruido de la llave en la cerradura. Anushka llegaba de trabajar, y aunque estaba casada con Mijaíl, ni Irina ni Giorgi hablaban libremente delante de ella.

—¡Uf! Por las caras que tenéis veo que habéis vuelto a discutir —dijo al entrar en la sala.

—Mis padres son demasiado críticos con la revolución —respondió Mijaíl.

—Son mayores y no entienden que para no desviarnos de los objetivos de la revolución hay que extirpar a sus enemigos.

Amelia no dijo nada, pero no estaba segura de que Anushka tuviera razón.

Esa noche, cuando todos dormían, Amelia se acercó a Pierre. Ambos compartían un colchón sobre el suelo.

—Tenemos que irnos de aquí —le susurró al oído.

—¿De casa de mis tíos?

—De la Unión Soviética. Corremos peligro.

—Es imposible, no me dejarán irme ni a ti tampoco.

—Pensaremos algo, pero debemos irnos. Siento que me ahogo. Tengo miedo.

Pierre le apretó la mano, su miedo era aún mayor.

Tía Irina comenzó a dar clases de ruso a Amelia. Les había sorprendido comprobar que la joven española tenía unos conocimientos amplios del idioma.

—En realidad no tengo mucho que enseñarte, te defiendes muy bien —le dijo tía Irina.

—Pierre ha sido un buen maestro —respondió la joven.

Ella demostró ser una buena alumna dado que tenía una facilidad notable para los idiomas, y además las clases le ayudaban a sobrellevar la situación.

La tía de Pierre resultó ser una mujer agradable, que velaba por los suyos y se dedicaba a las labores de la casa desde que seis meses antes había sobrevivido a una delicada operación de corazón.

A principios de marzo, el tío Giorgi anunció a Amelia que tenía un trabajo para ella.

—En el ministerio tenemos un departamento al que llegan periódicos y revistas de todo el mundo en los que se habla de la Unión Soviética. Allí se leen esos artículos y los clasifican, y los que merecen la pena de ser traducidos para que los lea el ministro Molotov se traducen al ruso.

—Pero yo no domino el ruso —se excusó Amelia.

—No se trata de que traduzcas nada, simplemente de que leas la prensa española, alemana y francesa, y si hay algo que merece la pena, se lo pases al jefe del departamento y éste lo mandará traducir, aunque creo que tú también podrías hacerlo. Es un trabajo como otro cualquiera; no puedes quedarte en casa, no estaría bien.

—Pero soy extranjera…

—Sí, española, y miembro del Partido Comunista Francés. Una revolucionaria internacional —respondió con ironía el tío Giorgi.

Amelia no se atrevió a negarse y Pierre, por su parte, la animó a que aceptara el trabajo.

—Es mejor que trabajes, aquí si no haces algo te consideran sospechoso: podrían acusarte de contrarrevolucionaria.

De manera que Amelia comenzó a ir al Ministerio de Exteriores todas las mañanas al mismo tiempo que el tío Giorgi, y no regresaba al apartamento hasta media tarde. Al principio lo pasó mal a pesar de que se defendía con el idioma, pues los compañeros de trabajo la miraban con desconfianza. El jefe del departamento le explicó que no podía hablar del contenido de los artículos publicados en la prensa extranjera con nadie, y si había alguno crítico con la Unión Soviética se lo debía entregar a él personalmente.

El 13 de marzo, el tío Giorgi llegó a casa presa de una gran agitación.

—¡Hitler ha anexionado Austria a Alemania! —anunció.

—Lo sé, papá —respondió Mijaíl—, ese hombre es un peligro al que alguien tendrá que pararle los pies.

—¿Y seremos nosotros quienes lo hagamos? —quiso saber Anushka.

—Puede —afirmó el tío Giorgi—, aunque por ahora nuestra política es observar sin intervenir.

Aquella noche, Pierre le comentó en susurros a Amelia que había podido hablar con Iván Vasiliev.

—Ha sido a la salida de la oficina, se ha hecho el encontradizo conmigo y hemos andado un trecho juntos.

—¿Por qué no lo has comentado durante la cena?

—Porque no me fío de Mijaíl. Es mi primo y a pesar de eso no me fío, es un fanático, y Anushka no es mucho mejor que él. Son miembros del partido que cuentan con la confianza de sus jefes.

—¿Y qué te ha dicho Iván Vasiliev?

—Me ha aconsejado prudencia. Al parecer en estos momentos me están observando y quieren ponerme a prueba porque no se fían de mí, ya que fui uno de los agentes del camarada Ígor Krisov. Vasiliev cree que me tendrán un par de meses en el departamento y luego decidirán qué hacer conmigo, él dice que lo mejor que me puede pasar es que se olviden de mí.

—¿Y cuándo piensa que te dejarán regresar a Buenos Aires?

Pierre se quedó en silencio y agarró con fuerza la mano de Amelia antes de responder.

—No lo sabe, dice que puede que nunca.

—¡Pero tus padres pueden reclamarte!

—Saben que tengo familia aquí: la tía Irina, el tío Giorgi… Si mis padres protestaran podrían tomar represalias contra mis tíos, de manera que cuentan con que no lo harán.

—Pierre, eres ciudadano francés, vayamos a la embajada de Francia.

—No nos dejarían ni acercarnos; según Vasiliev, me siguen.

—Pero tú no haces nada malo… ¿Qué más te ha dicho Vasiliev?

—Que puede que me interroguen y que debo estar preparado para ello; hay quien no supera un interrogatorio.

—No, Pierre, no te pueden hacer nada, no pueden torturar a un ciudadano francés. En cuanto a mí… soy española. No pueden retenernos contra nuestra voluntad. Quiero que nos vayamos. Has venido tal y como te pidieron, si hubieras hecho algo contrario a la Unión Soviética no estaríamos aquí, de manera que no tienen por qué desconfiar. Son ellos los que te han engañado diciendo que querían que participaras en ese congreso de intelectuales que se va a celebrar en junio.

—Calla, habla más bajo o nos escucharán Mijaíl y Anushka —le pidió Pierre.

—No debes tenerles miedo.

—Pues se lo tengo y tú también deberías tenérselo. No creas que Anushka es tu amiga, sólo intenta sonsacarte.

Iván Vasiliev tenía razón. Una tarde, cuando Pierre se disponía a salir de la oficina para regresar a casa, dos hombres se le acercaron.

—Acompáñenos, camarada —le ordenó uno de los hombres.

—¿Adónde? —preguntó Pierre, temblando.

—Las preguntas las hacemos nosotros, usted sólo obedezca.

Tres días y tres noches pasó Pierre en los calabozos de la Lubianka sin que nadie le dijera por qué estaba allí. Luego, al cuarto día dos hombres le subieron a una sala de interrogatorios donde le esperaba un hombre de pequeña estatura, pero de complexión fuerte, con el cabello ralo y una mirada helada.

El hombre le indicó una silla para que se sentara, y sin mirarle se entretuvo leyendo unos papeles que tenía sobre la mesa. A Pierre esos minutos se le hicieron eternos.

—Camarada Comte, tiene la posibilidad de hacer las cosas fáciles o difíciles.

—Yo... yo no sé qué está pasando.

—¿Ah, no? Pues debería saberlo. Usted trabajó para un traidor.

—Yo... yo... yo ignoraba que el camarada Krisov era un traidor.

—¿Lo desconocía? Es extraño, puesto que él le consideraba uno de sus mejores agentes; usted era un hombre de su máxima confianza.

—Sí, bueno, yo hacía cuanto me pedía Krisov, era mi controlador, nada más. Nunca fuimos amigos.

—¿Y nunca le dijo que pensaba desertar?

—¡En absoluto! Ya le digo que no éramos amigos; además cuando él desertó yo ya no trabajaba a sus órdenes, estaba en Buenos Aires.

—Sí, me consta, y también que el camarada Krisov fue a verle allí. Curioso, ¿no?

—Informé a mi controlador de Buenos Aires de la visita de Krisov y de cuanto me había dicho.

—Lo sé, lo sé. Una manera de cubrirse por si alguien le había visto junto a Krisov. Bien pudieron preparar lo que usted debía decir a su controlador.

—¡Desde luego que no! Krisov se presentó de improviso y tuvimos una discusión, incluso le llamé traidor.

—Queremos saber dónde se encuentra el camarada Krisov.

—No lo sé, no me lo dijo.

—¿Y pretende que le crea? Veamos, un viejo agente como Krisov se escapa y se toma la molestia de viajar hasta Argentina para verle a usted y explicarle por qué ha decidido huir. ¿Nos toma por tontos?

—Pero fue así... Él... Bueno, él dijo que se sentía responsable de sus agentes, de todos los que habíamos trabajado con él. Además... insinuó que el mejor lugar para desaparecer era América Latina.

—El traidor Krisov tenía muchos amigos entre los seguidores del camarada Trotski.

—Lo desconocía, nunca hablamos de cuestiones personales, no sé quiénes eran sus amigos...

—Camarada Comte, quiero que refresque su memoria, que me diga dónde se encuentra el traidor Krisov. Sabremos agradecerle esa información... De lo contrario...

—¡Pero es que no lo sé!

—Le ayudaremos a recordarlo.

El hombre se levantó y salió de la sala, dejando a Pierre temblando. Un minuto después entraron dos hombres que le llevaron de vuelta a la celda donde había permanecido encerrado los tres días anteriores. Pierre intentó protestar pero un fuerte puñetazo en el estómago le dejó sin habla. Y lloró tirado sobre el frío suelo de aquella celda oscura de la Lubianka.

La primera noche que Pierre no regresó a casa de sus tíos, Amelia aguardó impaciente hasta la madrugada; cuando ya no pudo resistir la angustia, despertó a Mijaíl.

—Tu primo no ha vuelto.

—¿Y por eso me despiertas? Estará emborrachándose con algún amigo, o amiga, los franceses son así —respondió Mijaíl con tono malhumorado.

—Sé cómo es Pierre y si no ha regresado es porque le ha sucedido algo.

—No te preocupes y duerme, verás cómo cuando regrese te contará una buena historia.

Amelia volvió al colchón donde dormía, y contó los minutos que iban transcurriendo, hasta que oyó levantarse al tío Giorgi.

—Tío, Pierre no ha regresado, estoy preocupada.

—Irina y yo no hemos pegado ojo pensando en él. Intentaré averiguar qué ha pasado.

Amelia no quería ir a trabajar, pretendía presentarse en la Lubianka para preguntar por Pierre, pero la tía Irina le quitó la idea de la cabeza.

—No seas insensata, lo mejor que podemos hacer es esperar.

—¡Pero no es normal que no haya venido! —se lamentó Amelia.

—No, no lo es, pero en Rusia ya nada es normal. Espera a que Giorgi nos diga algo, y... Bueno, le pediré a Mijaíl que también él trate de averiguar qué ha pasado.

Por la tarde, cuando Amelia regresaba del trabajo rezaba pidiendo encontrar a Pierre en casa de sus tíos. Pero Irina le dijo que no había sabido nada de él, de manera que las dos mujeres esperaron sentadas y en silencio a que llegara Giorgi, pero éste les confesó que no había podido averiguar nada. Había telefoneado a un amigo que tenía un cuñado trabajando en la Lubianka y en cuanto le dijo de qué se trataba el hombre le colgó el teléfono conminándole a no llamarle nunca jamás.

Mijaíl y Anushka llegaron un poco más tarde. Él sorprendió a Amelia diciéndole que había tenido mucho trabajo y ni siquiera había podido preocuparse por la ausencia de Pierre.

—¡Cómo es posible que seas así! —le gritó Amelia—. ¡Pierre es tu primo!

—¿Y por qué debo preocuparme por él? Ya es mayorcito. Si no ha regresado es porque no ha querido. Y si ha hecho algo, entonces que asuma las consecuencias.

Amelia salió de la casa dando un portazo. Estaba decidida a presentarse en la puerta de la Lubianka y preguntar por Pierre. El tío Giorgi salió tras ella, intentando convencerla de que fuera prudente o de lo contrario podía poner a toda la familia en un aprieto.

—Hay familias enteras que sufren represalias porque alguno de sus miembros es considerado un contrarrevolucionario. Les mandan a campos de trabajo, a las minas de sal, incluso a hospitales de los que salen completamente trastornados. No nos pongas en peligro Amelia, te lo ruego.

Pero ella no le escuchó y salió a la calle dispuesta a presentarse en la Lubianka. Caminaba deprisa, llena de miedo y de ira, cuando advirtió que un hombre se situaba a su lado.

—Por favor, dé la vuelta en la próxima esquina y sígame. Quiero ayudarla.

—¿Quién es usted? —preguntó Amelia sobresaltada.

—Iván Vasiliev. Llevo aguardando toda la tarde en los alrededores de su casa, no me atrevía a subir al apartamento.

Amelia obedeció al hombre, lamentándose de no haber pensado en ir a verle. Si alguien podía decirle dónde estaba Pierre ése era Vasiliev.

Le siguió un buen trecho, hasta un edificio sombrío de apartamentos donde el hombre entró y subió rápidamente las escaleras hasta la primera planta. Allí introdujo la llave en una puerta y entró en el apartamento seguido de Amelia.

—No podemos estar mucho tiempo aquí —advirtió Iván Vasiliev.

—¿No es su casa? —preguntó Amelia, extrañada.

—No, no lo es, aquí vive un amigo que ahora se encuentra fuera de Moscú. Podremos hablar tranquilos.

—¿Dónde está Pierre?

—Detenido, le tienen en una celda de la Lubianka.

—Pero ¿por qué? No ha hecho nada. Pierre es un buen comunista.

—Lo sé, lo sé, no hace falta ser un mal comunista para que te detengan. Quieren a Krisov y están convencidos de que Pierre sabe dónde está.

—¡Pero no lo sabe! No se lo dijo.

—Ígor Krisov ha sido uno de mis mejores amigos, combatimos juntos y... Bueno, mantuvimos una amistad muy especial.

Amelia miró con asombro a Iván Vasiliev. Krisov había confesado a Pierre que era homosexual, y de las palabras de Vasiliev se deducía que éste también podía serlo. Él pareció leerle el pensamiento.

—No se equivoque. Fuimos buenos camaradas, sólo eso, luego él se marchó a Londres. Tenía una cobertura perfecta, puesto que una de sus abuelas era irlandesa. Él dominaba el inglés, lo mismo que el francés y el alemán, tenía un gran talento para los idiomas. Pierre me ha dicho que usted también lo tiene. En fin, pese a nuestra separación siempre conservamos el afecto y la amistad, aunque ellos creen que nos odiábamos.

—¿Ellos?

—Sí, los jefes del Servicio Exterior de la NKVD. Ígor dijo que lo mejor para protegernos a ambos era que pasáramos por enemigos irreconciliables y durante años mantuvimos esa farsa. Yo le avisé de que había perdido la confianza de los jefes.

—Lo sé, se lo dijo a Pierre. ¿Por qué es tan importante Krisov?

—Era uno de los principales agentes en Europa y sabe mucho: nombres, claves, cuentas bancarias, modo de operar... Temen que le venda toda esa información a alguien.

—¿Por qué?

—Porque son unos asesinos indecentes y ellos lo harían, de manera que piensan que los otros son igualmente capaces de sus mismas infamias.

—¿Y quién podría comprar esa información?

—Cualquiera, la Unión Soviética tiene muchos enemigos. Inglaterra estaría dispuesta a pagar un buen precio por conocer los nombres de los agentes soviéticos que operan allí. El Gobierno británico está preocupado por el auge del comunismo entre los jóvenes universitarios de su país.

—Pero Krisov...

—Ígor estaba asqueado con lo que pasa aquí, como todos los que tienen un mínimo de decencia. De la noche a la mañana cualquiera se puede convertir en un «enemigo del pueblo», basta con una denuncia, una sospecha. Están matando a la gente sin piedad.

—¿Quiénes?

—Lo hacen en nombre de la revolución, para preservarla de sus enemigos. Y no crea que se ensañan sólo con los burgueses, aquí nadie está a salvo de que le acusen de contrarrevolucionario, hasta los campesinos son perseguidos ¿Sabe cuántos kulaks han sido asesinados?

—No sé qué son los kulaks...

—Ya se lo he dicho, campesinos, pequeños propietarios aferrados a su tierra que se resisten a abandonarla o a llevar a cabo los estúpidos planes de los comités del partido.

—¿Qué harán con Pierre?

—Le interrogarán hasta que confiese lo que ellos quieren. O a lo mejor se convencen de que no sabe nada de Krisov. Nadie sale de la Lubianka.

—¡Pierre es francés!

—Y ruso, su madre lo es.

—Hay mucha gente que sabe que estamos aquí, no les conviene que el mundo sepa que en Moscú hay personas que desaparecen.

—¿Y quién va a creer eso? ¿Cómo va a demostrar que lo tienen en la Lubianka?

—Usted...

—¡No, querida, no! Yo negaré haberle dicho nada, y si es necesario diré que el encuentro en este apartamento ha sido una cita amorosa.

Amelia le miró con horror y leyó en los ojos de Iván Vasiliev que estaba dispuesto a sobrevivir: no importaba lo que tuviera que hacer ni a quién tuviera que sacrificar.

—¿Qué puedo hacer? —preguntó Amelia con un timbre desesperado en la voz.

—Nada. No puede hacer nada. Con suerte condenarán a Pierre a algún campo; si no son muchos años y logra sobrevivir, será una suerte.

Se quedaron en silencio. Amelia deseaba ponerse a llorar y gritar, pero se contuvo.

—¿Qué me sucederá a mí?

—No lo sé. Puede que se conformen con Pierre. En su expediente se dice que usted es una comunista entusiasta y una agente «ciega», de manera que se supone que usted no sabe nada.

—No sé lo que ellos quieren, pero sé sobre ellos lo que nunca hubiera querido saber.

—Cuando se es joven uno tiene la arrogancia de creer que puede cambiar el mundo y... Mire lo que hemos hecho aquí, convertir nuestro país en la antesala del infierno —la intentó consolar Iván Vasiliev.

—Han traicionado la revolución —sentenció Amelia.

—¿De verdad lo cree? No, Amelia, no. Lenin y todos los que le seguimos ciegamente creíamos que no se podía hacer una revolución sin sangre, que era necesario el terror. Nuestra revolución partió de una premisa y es que la vida humana no es algo extraordinario y santificarla es cosa de las religiones, y aquí hemos decretado la muerte de Dios.

—¿Me detendrán?

—No lo sé, espero que no. Pero siga mi consejo, cuando hable con sus compañeros de trabajo muéstrese como una comunista fanática, convencida de que hay que depurar a todo aquel que no siga al dedillo lo que quiere Stalin. No exprese ninguna duda, sólo convicción en que el partido siempre tiene razón.

—¿Permitirán que me vaya?

—No lo sé, puede que sí o puede que no.

—No me está dando una respuesta.

—No la tengo.

—¿Qué puedo hacer por Pierre?

—Nada. Nadie puede hacer nada por él.

Acordaron volver a verse una semana más tarde en el mismo lugar. Iván prometió intentar llevarle alguna noticia de Pierre.

Mientras caminaba de regreso a casa, Amelia pensaba en lo que les diría a los tíos de Pierre, y sobre todo a Mijaíl y Anushka. Lo único que tenía claro era que en ningún caso podía revelar que había hablado con Iván Vasiliev.

Cuando llegó, la tía Irina estaba preparando la cena y tío Giorgi discutía con su hijo Mijaíl, mientras Anushka se pintaba las uñas y fingía indiferencia.

—¿Adónde has ido? —le preguntó Mijaíl, sin ocultar su enfado.

—A dar una vuelta. Necesitaba respirar.

—¿Has ido a la Lubianka? —insistió él.

—No, no he ido. Pero lo haré mañana, alguien tiene que intentar saber algo de Pierre.

—Puede que él no sea como crees —dijo Mijaíl con cierto misterio.

—No sé qué quieres decir... —respondió Amelia.

—A lo mejor mi primo no es un buen comunista y ha traicionado al partido.

—¡Estás loco! No conoces a Pierre, antes nos sacrificaría a todos que al partido.

—No estés tan segura, Amelia —insistió Mijaíl.

Tía Irina se acercó indignada al escuchar a su hijo.

—Mijaíl, ¿cómo te atreves a cuestionar a tu primo? ¿Qué sabes para decir eso? —preguntó la mujer.

—Nada, no sé nada. Era sólo una suposición. La Unión Soviética tiene muchos enemigos, madre, gente que no comprende el alcance de nuestra revolución. Pero no nos preocupemos, puede que Pierre haya tenido que salir de viaje y regrese en unos cuantos días.

—Eso no es posible, Mijaíl, Pierre jamás se habría ido sin decírmelo —afirmó Amelia.

—Eres un poco ingenua —terció Anushka.

—Puede que lo sea pero, ¿sabes?, creo conocer algo al hombre por el que abandoné a mi familia y a mi hijo, y te aseguro que Pierre no es un bebedor, ni tampoco un hombre que falta en su casa si no es por una causa mayor.

—Puede que exista esa «causa mayor», pero no nos preocupemos, ya aparecerá —insistió Anushka.

—¿Y si no es así? —preguntó la joven.

Mijaíl se encogió de hombros, mientras se sentaba al lado de su esposa.

—Mijaíl, ¿dónde está Pierre? —preguntó tía Irina plantándose delante de su hijo.

Éste se quedó en silencio, dudando sobre si dar una respuesta a su madre, y volvió a encogerse de hombros.

—No lo sé, madre.

—Pero él salió a trabajar como todos los días, y fue a la Lubianka. Debemos preguntar allí. Si ha tenido que salir de viaje como dices, allí nos lo dirán.

Anushka se miraba las uñas satisfecha tras habérselas pintado. Parecía ajena a la conversación, salvo los momentos que de vez en cuando cruzaba la mirada con Mijaíl; en sus ojos se podía leer que le animaba a mantener esa postura.

—Mañana iré a la Lubianka. Quiero que me informen sobre Pierre, quiero verle —declaró Amelia.

—Ése será un empeño inútil, querida Amelia. No te comprometas dando pasos que no te llevarán a ninguna parte y que, sin embargo, nos pueden perjudicar al resto de la familia —replicó Mijaíl.

—¿Perjudicar? ¿Por qué? ¿Por preguntar por Pierre? Si os puedo perjudicar por eso me iré de esta casa. Mañana mismo. Buscaré una habitación para vivir y así no os veréis comprometidos por mi presencia aquí.

—¡Vamos, Amelia, no seas melodramática! —la interrumpió Anushka—. Te recuerdo que aquí soy yo la actriz, y muy buena por cierto. Mijaíl tiene razón, si te presentas en la Lubianka y preguntas por Pierre puedes crearnos problemas, al fin y al cabo él ya te ha dicho que no sabe nada. ¿Qué más quieres?

—Quiero saber dónde está Pierre.

—¿No se te ocurre que pueda haber otra mujer? —preguntó Mijaíl, riéndose.

Amelia estuvo a punto de gritar y de expresarle todo su desprecio, pero se contuvo. No podía revelar lo que le había contado Iván Vasiliev, de manera que apretó los puños hasta hacerse daño. Cualquier indiscreción podría costarle caro a Vasiliev pero también a ella y a Pierre.

Sabía que de lo contrario Mijaíl no dudaría en acusarla de quién sabe qué convirtiéndola en «enemiga del pueblo». Le extrañaba que todavía no hubiera denunciado a sus padres teniendo en cuenta que en esos días era habitual que los hijos denunciaran las «desviaciones» de sus progenitores. No era infrecuente que la policía irrumpiera en una fábrica, en una casa, en cualquier lugar, para detener a alguien denunciado por un familiar, un amigo, una esposa, un marido, o un amante.

En realidad, en casa de los tíos de Pierre se hablaba con una libertad insólita y Amelia pensó que era cuestión de tiempo que Mijaíl o Anushka denunciaran a Irina y Giorgi.

De manera que Amelia tragó saliva y se despreció a sí misma por no dejar escapar las palabras que sentía.

—Hija, es mejor que te quedes aquí, es lo que a Pierre le gustaría. Y no te preocupes por nosotros, no nos causas ningún trastorno —dijo tía Irina.

—Se lo agradezco, y dadas las circunstancias, teniendo en cuenta que estoy trabajando, contribuiré a los gastos de la casa.

—Por eso no te preocupes —señaló tío Giorgi.

—Amelia tiene razón, debe ayudar, para eso trabaja. Sabes, querida, me parece que eres más lista de lo que das a entender a primera vista —sentenció Anushka.

10

Tras la falta de Pierre los días comenzaron a hacerse eternos. Amelia aprendió a disimular sus sentimientos, a fingir ante Mijaíl y Anushka. Nunca daba su opinión en ninguna de las discusiones que entablaban Irina y Giorgi con su hijo Mijaíl. Se mantenía distante, como si no le interesara nada de lo que sucedía a su alrededor. También evitaba caer en las provocaciones de Anushka, que parecía no fiarse de ella.

Una semana más tarde volvió a reunirse con Iván Vasiliev. Éste parecía más inquieto que en la ocasión anterior.

—He venido temiendo que usted intentara ponerse en contacto conmigo, pero he de decirle que no nos veremos más, creo que la vigilan, y puede que a mí también.

—¿Cómo lo sabe?

—¿Se olvida que trabajo en la Lubianka? Tengo amigos, escucho conversaciones, leo algún que otro documento... Hace unos días pidieron su expediente, puede que Pierre les haya dicho algo sobre usted.

—No tiene nada que decir, yo nunca he estado al tanto de sus actividades, me enteré por casualidad de que era un agente.

—En la Lubianka la gente es capaz de confesar cualquier cosa.

—Dígame, ¿qué sabe de Pierre?

—Poco más de lo que le dije la semana pasada. Lo interrogan, lo llevan a la celda, lo vuelven a interrogar... Así, hasta que les diga lo que quieren.

—No puede decir lo que no sabe. Krisov no le dijo dónde pensaba ocultarse.

—Tanto da la verdad, continuarán interrogándole hasta que se cansen.

—¿Qué sucedería si me presentara en la Lubianka a preguntar por Pierre?

—Podrían detenerla.

—¿Le ha podido ver?

—No, ni lo he intentado. Sé... Bueno, puede imaginarse que lo están torturando y que no se encuentra en muy buen estado. Ahora, debemos irnos. Salga usted primero, yo me quedaré aquí un buen rato.

—¿Cuándo le volveré a ver?

—Nunca.

—Pero...

—Ya me he arriesgado bastante, no puedo hacer nada más. Si las cosas cambiaran sé dónde encontrarla.

Pierre intentaba protegerse la cabeza con las manos en un intento vano de evitar la porra de caucho que con tanta precisión utilizaba su interrogador.

¿Cuántos golpes había recibido aquella madrugada? El interrogador parecía especialmente enfurecido. El aliento le olía a vodka, y se mezclaba con el hedor que desprendían sus axilas cada vez que el matón levantaba el brazo para golpearle.

—¡Habla, perro, habla! —le gritó.

Pero Pierre no tenía nada que decir y sólo podía dejar escapar aquellos aullidos de dolor que hasta a él le sonaban infrahumanos.

Cuando el interrogador se cansó de golpearle con la porra de caucho, le empujó al suelo y le colocó un trapo largo entre los dientes; luego, agarrando los extremos de éste por detrás de los hombros le ató las puntas a los tobillos.

No era la primera vez que le sometían a aquella tortura que le convertía en una rueda, con la espalda doblada hacia atrás, mientras recibía las patadas furiosas de sus interrogadores.

Si hubiera sabido dónde estaba Krisov lo habría confesado, en realidad hubiera dicho cualquier cosa, pero nada de lo que sabía interesaba a aquellos hombres, salvo saber dónde estaba Krisov.

El nombre de éste le martilleaba las sienes y maldecía el día en que le había conocido. También se maldecía a sí mismo por haber creído en aquel dios que para él había sido el comunismo.

Llevaba dos días enteros sin beber agua, y sentía la garganta seca y tenía la lengua hinchada. No era la primera vez que le castigaban sin agua. A sus carceleros les complacía especialmente hacer comer a sus víctimas anchoas saladas del mar de Azov y negarles el agua durante varios días.

No sabía si era de noche o de día, ni qué día era, ni cuánto tiempo llevaba soportando aquel infierno, pero sí había comprendido la infinitud del tiempo ahora que deseaba con ansia la muerte. Rezaba, sí, rezaba, para que alguno de los golpes de su interrogador le dejara inconsciente y no tener que despertar nunca jamás.

Al principio pensaba en Amelia y se lamentaba de haberla arrastrado a abrazar una causa que había resultado ser una pesadilla infernal. Pero ya no le importaba Amelia, ni sus tíos, ni sus padres, ni nadie a quien conociera. Lo único que anhelaba era la muerte, dejar de sufrir.

El tío Giorgi solía contarle a Amelia la marcha de la guerra en España. Tenía información de primera mano, puesto que la Unión Soviética ayudaba al bando republicano. Y así, a finales de abril, Amelia supo que Franco había lanzado una gran ofensiva por el valle del Ebro hasta el Mediterráneo y que había dividido en dos el territorio en poder de las tropas de la República. Además, el tío Giorgi le explicó que, desgraciadamente, Franco disponía de una clara ventaja y de superioridad aérea y naval respecto a las tropas republicanas.

Amelia se preguntaba qué habría sido de sus padres, de sus tíos, y sobre todo de su hijo. Javier formaba parte de todas sus pesadillas, en las que veía al niño morir aplastado entre casas derruidas. De vez en cuando escribía largas cartas a su prima Laura y se las entregaba al tío Giorgi, con la esperanza de que él supiera cómo hacerlas llegar hasta el Madrid sitiado por la guerra.

Odiaba con todas sus fuerzas a Franco y a quienes se habían sublevado contra la República, al tiempo que sentía un desprecio frío hacia el comunismo.

Ella, que había profesado con tanto ardor e inocencia aquella fe, que había abandonado a su hijo, a su marido y a su familia por Pierre, sí, pero también convencida de que estaba destinada a contribuir a la puesta en marcha de una nueva sociedad, había descubierto la brutalidad del sistema de quienes se decían comunistas. Y ella no era como Krisov, no separaba a los hombres de las ideas, porque éstas se le habían presentado con una brutalidad inimaginada a través de fanáticos como Mijaíl o Anushka, o algunos de sus compañeros de trabajo. Pero lo peor había sido ver con sus propios ojos que el paraíso prometido por la revolución era sólo una pesadilla.

Estaba decidida a marcharse, aunque le pesaba la situación de Pierre. No podía hacer nada por él, pero irse de Moscú se le antojaba una traición imperdonable a un hombre que estaba en la Lubianka.

En junio la llamaron al despacho del supervisor de su departamento. Amelia acudió temerosa preguntándose qué error había podido cometer.

El hombre no la invitó a sentarse, sólo le dio una orden.

—Camarada Garayoa, como usted sabe, estaba previsto que se celebrara un gran congreso de intelectuales en Moscú, que hemos tenido que retrasar hasta septiembre. Vendrán varias decenas de periodistas, escritores y artistas de todo el mundo, y queremos que se lleven una imagen real de la Unión Soviética. Se les llevará a visitar fábricas, hablarán con nuestros artistas, viajarán por todo el país, con toda libertad, pero guiados por personas competentes que les puedan explicar y hacer ver los logros de la revolución. La camarada Anna Nikolaievna Kornilova ha hablado en favor de usted. Como usted sabe, la camarada Nikolaievna Kornilova forma parte del comité organizador del congreso y ha pedido que usted se incorpore al grupo de camaradas que deberán apoyar al comité en todo cuanto necesiten: acompañar a nuestros invitados, facilitarles la información que demanden, enseñarles lo que deseen ver... naturalmente previo acuerdo del comité. Usted habla español, francés y alemán, y su nivel de ruso es aceptable, de manera que está capacitada para el nuevo trabajo. Trabajará a las órdenes directas de la camarada Nikolaievna Kornilova. Preséntese mañana en su despacho en el Ministerio de Cultura.

Amelia asintió a cuanto le decía el hombre, mientras ocultaba el asombro que le producía enterarse de que Anushka era una persona relevante del Ministerio de Cultura. La tenía por una actriz de total confianza del partido y poco más, pero la realidad es que Anushka era una desconocida para ella. Además, nunca hubiese imaginado que hablara a favor suyo. ¿Por qué lo habría hecho?

Cuando llegó al apartamento le contó a tía Irina el encargo recibido por mediación de Anushka.

—Es una persona muy especial. Yo tampoco sé muy bien lo que hace. Creo que antes era actriz, pero ahora es directora de teatro o algo así. Me parece que trabaja en un departamento que se encarga de decidir las obras que podemos ver. Me alegro de que haya hablado en tu favor, si lo ha hecho se ha comprometido por ti.

Amelia pensó que a lo mejor Anushka no era tan mala persona como ella creía, aunque no lograba quitarse el sentimiento de desconfianza.

Aquella noche Mijaíl y Anushka parecían animados, incluso contentos. Amelia le agradeció a ella que hubiera hablado a su favor, pero la joven le quitó importancia a su gestión.

—El congreso es muy importante, queremos que los intelectuales se lleven la mejor imagen de la Unión Soviética. Necesitamos gente con la que puedan sentirse cómodos, que les hablen en su idioma. Tú lo harás bien. Mañana en el despacho te daré los detalles, no me gusta hablar de trabajo en casa.

A mediados de septiembre, Amelia se encontraba junto a otro grupo de funcionarios aguardando en el aeropuerto la llegada de los vuelos que traían a los invitados al congreso. Estaba nerviosa, anhelaba encontrarse con aquellos desconocidos que para ella suponían una puerta abierta hacia el mundo que había abandonado pero al que ansiaba regresar.

El congreso se inauguró el 20 de septiembre con asistencia de algunos ministros y varios miembros del Comité Central. Estaba previsto que durante quince días los intelectuales europeos y rusos debatieran sobre música, arte, teatro, etcétera.

Los invitados extranjeros acudirían a representaciones de teatro y ballet, y visitarían fábricas y granjas modelo. Entre los asistentes se rumoreaba que en algún momento Stalin haría acto de presencia.

A Amelia le encargaron que acompañara a un grupo de periodistas a un encuentro con colegas rusos para debatir sobre los límites de la libertad de expresión.

Mientras se dirigía con ellos a la sala donde se iba a celebrar el encuentro escuchó que la llamaban por su nombre.

—Pero si es… ¿Amelia? ¿Amelia Garayoa?

Ella se volvió y se encontró frente a un hombre a quien al

principio no reconoció. Le hablaba en francés y la miraba sorprendido.

—Soy Albert James, nos conocimos en París, en La Coupole. Nos presentó Jean Deuville, y usted estaba con Pierre Comte. ¿Se acuerda?

—Sí, ahora sí, perdone que no le haya reconocido a la primera, es usted la última persona que pensaba encontrarme aquí —respondió Amelia.

—Bueno, yo tampoco esperaba encontrarla en Moscú, y mucho menos trabajando para los soviéticos. ¿Ya ha visto a Jean Deuville?

—No, no le he visto, no sabía que estaba invitado a este congreso.

—Bueno, es un poeta, y además comunista, no podía faltar, pero dígame ¿Y Pierre? ¿Está aquí con usted?

Amelia palideció. No sabía qué responder. Notaba las miradas de algunos periodistas, pero sobre todo la de los funcionarios soviéticos, muy atentos a la conversación que mantenía con Albert James.

—Sí, está aquí.

—Estupendo, supongo que podremos verle. Además de Jean hay unos cuantos amigos de Pierre que también han sido invitados a este congreso.

Durante el encuentro entre los periodistas rusos y europeos Albert James se mostró especialmente combativo. Frente a sus colegas soviéticos, que defendían la intervención del Estado en los medios de comunicación como garante de los intereses generales, Albert James defendía la libertad de expresión sin límites ni tutelas. Sus posiciones incomodaban a los soviéticos y en algún momento el debate adquirió tintes de crispación.

Cuando terminó la sesión, Albert James se acercó a Amelia, que no había dejado de mirarle ni un solo momento.

—Con quién está de acuerdo, ¿con ellos o conmigo? —le preguntó él, sabiendo que la ponía en un aprieto.

—Prefiero la libertad absoluta —respondió ella, sin ignorar que los otros funcionarios soviéticos no perdían palabra de lo que decían.

—¡Menos mal! Aún no la han echado a perder.

—Vamos, señor James, es la hora del almuerzo —le apremió ella—, y luego deben continuar debatiendo.

—¡Uf, es demasiado para mí! Preferiría pasear por Moscú. Ya he discutido bastante durante la mañana. ¿Por qué no me acompaña?

—Porque no está previsto que ni usted ni nadie pasee ahora por la ciudad, sino que continúen trabajando después del almuerzo, de manera que cumpla con el programa —respondió Amelia.

—No sea tan rígida... comprenderá que venir a Moscú ha sido una oportunidad que no podía dejar pasar, pero este congreso me aburre, ya me he dado cuenta de que no va a servir de nada.

Por la noche Amelia volvió a encontrarse a Albert James en el teatro durante una representación de *El Lago de los Cisnes*. Albert estaba junto a Jean Deaville y los dos hombres estaban buscándola.

Jean la abrazó y le dio dos besos. Se alegraba de verla pero, sobre todo, quería saber de su amigo.

—¿Dónde está Pierre? Quiero verlo cuanto antes. Cuando termine la representación podemos acompañarte a casa, se llevará una sorpresa —propuso Jean.

—No, no es posible. Ya lo veréis en otro momento —respondió Amelia, incómoda.

—Quiero darle una sorpresa —insistió Jean.

—Hoy no, Jean, quizá mañana.

Varios funcionarios soviéticos no dejaban de fijarse en la familiaridad que Amelia tenía con aquellos dos hombres, de manera que, en medio de la representación del ballet, Amelia sintió una mano que se apoyaba en su hombro, y al volver la mirada se encontró con Anushka, que le susurró que saliera del palco.

—¿Quiénes son esos hombres? —le preguntó.

—Albert James es periodista y Jean Deuville, poeta, pero tú deberías conocerlos, son vuestros invitados.

—¿De qué los conoces?

—Son unos amigos de Pierre que conocí en París. Insisten en verlo. Pero no sólo ellos, hay unas cuantas personas más que lo conocen en este congreso, y al verme todos me preguntan por él.

Anushka se lamentó de haber elegido a Amelia para aquel trabajo, puesto que su presencia se había convertido en un problema.

—¿Qué les has dicho?

—Quieren acompañarme a casa para darle una sorpresa a Pierre, pero les he dicho que hoy no es posible, que le verán en otro momento.

Y al pronunciar esas palabras Amelia se dio cuenta de que podía crear un problema a los soviéticos si los amigos de Pierre insistían en verle y no lo conseguían.

—Diles que está fuera de Moscú, que ha regresado a Buenos Aires —le ordenó Anushka.

—Lo siento, les he dicho que está aquí, y que podrán verle en cualquier momento, no se me ha ocurrido otra cosa —respondió Amelia, intentando parecer inocente.

De vuelta a su palco se dedicó a mirar descaradamente a Albert James intentando llamar su atención. Éste notó su mirada y le sonrió; poco antes de que terminara la representación se presentó en su palco. Anushka, que no les perdía de vista, también acudió de inmediato. No sabía por qué, pero le inquietaba la relación de Amelia con aquel hombre.

—¿Ha cambiado de opinión y me enseñará Moscú, aunque sea de noche?

—Imposible, mañana tienen que empezar a trabajar temprano.

—Noto algo raro en usted, Amelia, y no sé qué es...

Ella lo miraba intentando hablarle sin palabras, pero Albert James no lograba captar lo que quería decirle.

—¿Es usted feliz? —le preguntó de manera espontánea.

—No, no lo soy.

A él le sorprendió la respuesta, y no supo qué decir. Anushka los escuchaba, malhumorada. Al igual que Amelia, hablaba francés a la perfección, de manera que no había perdido detalle de la conversación, y decidió intervenir.

—¡Qué cosas dice nuestra querida Amelia! Claro que es feliz, todos nosotros la queremos bien.

Albert James se volvió para ver quién les había interrumpido y se encontró con una mujer joven y atractiva, rubia, alta, delgada y con unos inmensos ojos verdes. De inmediato se dio cuenta de que era una de las organizadoras del congreso.

—¡Ah, usted es...!

—Anna Nikolaievna Kornilova, directora del Departamento de las Artes del Ministerio de Cultura.

—Y actriz y directora de teatro —apostilló Amelia.

—¡He oído hablar de usted! Creo que mañana por la noche asistiremos a una obra que ha dirigido, ¿me equivoco? —preguntó Albert James.

—Así es, para mí será un honor que ustedes vean mi trabajo.

—Chéjov, creo...

—Efectivamente. Y ahora que la obra ha terminado, nosotras tenemos trabajo, hemos de acompañarlos al hotel. Amelia, creo que tu grupo debe de estar ya saliendo hacia donde están los autobuses.

—Yo formo parte de su grupo —dijo Albert James.

—Bien, pues no se retrasen. A ti, Amelia, te veré en el hotel y regresaremos juntas a casa. Mijaíl nos acompañará. ¿Te parece bien?

Amelia asintió y se dirigió junto a Albert James hacia el vestíbulo junto al resto de los periodistas.

—Una mujer importante y muy bella. La veo a usted muy bien relacionada.

—Está casada con el primo de Pierre. Vivimos todos juntos.

—¡Ah, sí! Creo recordar que la madre de Pierre es rusa, ¿no?

—Sí, y su hermana Irina nos ha acogido en Moscú.

—Perdone mi insistencia, pero la veo rara y su confesión de que no es feliz... La verdad, me ha sorprendido.

—Quiero marcharme de la Unión Soviética pero no puedo, quizá usted podría ayudarme —murmuró Amelia mirando a un lado y a otro temiendo que alguien les escuchara.

—¿De qué tiene miedo? —quiso saber él.

—Tendría que explicarle tantas cosas para que lo entendiera... Pierre me dijo que usted no era comunista.

—Y no lo soy. No se preocupe, tampoco soy fascista. Me gusta demasiado la libertad para que dirijan mi vida. Creo en los individuos por encima de cualquier otra cosa. Pero le confieso que sentía curiosidad por conocer la Unión Soviética.

—No se irá decepcionado —sentenció Amelia.

—¿Tan segura está?

—Usted, como los otros, verá lo que ellos quieren. Pero no se imagina usted lo que sucede aquí.

Interrumpieron la charla al subir al autobús. Amelia se sentó lejos de Albert James. Temía que si la veían demasiado junto al periodista decidieran que se encargara de otro grupo de invitados y entonces no tendría la oportunidad de llevar adelante el plan que empezaba a germinar en su cabeza.

De regreso al apartamento, flanqueda por Mijaíl y Anushka, Amelia intentaba dominar su nerviosismo.

—¿Quién es ese periodista? —le insistió Anushka.

—Se llama Albert James, es un antifascista norteamericano amigo de Pierre. En París eran inseparables —mintió Amelia— y está empeñado en verlo.

—Eso va a ser un problema —afirmó Mijaíl.

—Lo sé, pero ni él ni los otros invitados se conformarán con la excusa de que Pierre no quiere verles por trabajo o porque ha tenido que viajar repentinamente. Las cosas no suceden así en Europa. Vais a tener que hacer algo.

Anushka guardó silencio, consciente de que, efectivamente, el caso de Pierre podía terminar dando al traste la operación de imagen montada por los ministerios de Exteriores y de Cultura. Tenía previsto hablar con sus superiores a primera hora, pero sabía que ella misma quedaría comprometida al ser Pierre primo de Mijaíl, y, sobre todo, al haber propuesto a Amelia para ese trabajo.

A la mañana siguiente, tal y como temía Amelia, cuando llegó al congreso, su superior le había adjudicado otro grupo, esta vez de pintores. No protestó y lo aceptó con aparente indiferencia, pero estaba decidida a buscar a Albert James en cuanto pudiera. La ocasión se le presentó a la hora del almuerzo, cuando los distintos grupos de trabajo coincidieron ante un surtido bufet.

Amelia pensó que si los ciudadanos soviéticos pudieran ver aquella comida harían cualquier cosa por conseguirla, pues soportaban con estoicismo la escasez y el hambre, y en aquel congreso parecía que en la Unión Soviética sobraban los alimentos.

—Nos ha abandonado —le dijo Albert James en cuanto la vio.

—Me han asignado a otro grupo, les preocupa que hable con usted o con Jean Deuville. Puede que incluso decidan apartarme de este trabajo, de manera que no tengo mucho tiempo para explicaciones. Sé que usted y Pierre no simpatizaban demasiado pero le pido que salve su vida.

—¿Cómo dice? —Albert James la miraba con asombro.

—Está detenido en la Lubianka y de allí sólo se sale muerto o en dirección a un campo de trabajo del que no se suele regresar jamás.

—Pero ¿qué ha hecho? —Había un tono de incredulidad y nerviosismo en la pregunta de Albert James.

—Le juro que no ha hecho nada, le suplico que me crea. Quieren una información que Pierre no tiene sobre... sobre una persona que él conoció y al parecer era un agente que ha desertado. Le han declarado enemigo del pueblo.

—¡Dios mío, Amelia, en qué lío se ha metido!

—¡Por favor, hable bajo! No creo que me permitan volver a hablar con usted. Sólo si usted, Jean y otras personas empiezan a insistir en que quieren ver a Pierre, puede suponer una oportunidad para que se salve. Insistan en ello, por favor. En cuanto a mí, si pudiera pensar algo para convencerles de que debo marcharme con ustedes... Aquí me estoy muriendo.

—Todo lo que me está contando es tan extraño...

—No puedo darle más detalles, sólo le pido que confíe en mí, sé que no me conoce, pero le aseguro que no soy mala persona...

Un funcionario del departamento de Amelia se acercó con cara de pocos amigos.

—Camarada Garayoa, está descuidando su trabajo —le advirtió.

—Lo siento, camarada.

Amelia se alejó con la mirada perdida en el suelo.

Albert James no sabía qué hacer. La confesión de Amelia le había dejado perplejo. No entendía lo que estaba sucediendo y mucho menos por qué Pierre estaba preso. En realidad no sabía por qué éste y Amelia se habían venido a vivir a Moscú. Todo su círculo de amigos parisino les hacía en Buenos Aires. Pese a tantas preguntas como se hacía para las que no hallaba respuesta, le impresionaba la angustia de Amelia, que ella dominaba y parecía convertir en una calma fría. Pensó en contarle todo a Jean Deuville, pero su amigo poeta era un enamorado de la revolución y para él sería un duro golpe saber que Pierre estaba preso y, sobre todo, que las autoridades le consideraban un «enemigo del pueblo». Sintió las manos húmedas por el sudor y buscó una silla donde sentarse y poder pensar.

—¿Satisfecho por el trabajo de esta jornada?

Anushka se había plantado delante de él y le sonreía amigablemente. Pensó que aquella belleza rubia parecía más una princesa de cuento que una funcionaria del Partido Comunista.

—Quiero ver a Pierre —respondió él, comprobando cómo a ella se le helaba la sonrisa y quedaba desconcertada.

—¿A Pierre? Bueno, eso no va a ser posible, está de viaje. ¿No se lo ha dicho Amelia?

—No, Amelia nos dijo que estaba aquí. Comprenderá que nos parece muy raro que nuestro amigo no se haya acercado a vernos. A este congreso asisten más de veinte o treinta personas que lo conocen.

—¡Ah! ¿Y no pueden entender que por muy amigo de ustedes que sea, él tiene su trabajo? Desafortunadamente ha tenido que salir de viaje. Si regresa antes de que termine el congreso, sin duda querrá verles.

—Pero Amelia…

—Ha debido de confundirse. Pierre lleva unos días fuera de casa por motivos de trabajo.

—Sabe, no sé por qué, pero no la creo…

—¿Cómo dice?

—Que no la creo, camarada Nikolaievna Kornilova, ni yo, ni los amigos de Pierre que estamos aquí.

—Me está ofendiendo, nos está insultando…

—¿Ah, sí? ¿Por qué?

—Pone en duda mi palabra.

—Me temo que si no vemos a Pierre van a resultar inútiles sus esfuerzos para que nos dediquemos a loar los logros de la revolución…

Anushka dio media vuelta, llena de ira. Estaba decidida a que Amelia pagara caro el no haber dicho lo que se le había ordenado respecto a Pierre.

Buscó a Amelia y cuando la encontró se la llevó aparte.

—¿Qué pretendes? —gritó Anushka.

—¿Yo? ¿A qué te refieres?

—Te ordené que dijeras que Pierre había tenido que salir de viaje.

—Y te dejé claro que no pensaba hacerlo. No, Anushka, no voy a mentir, no es que me importe demasiado hacerlo, es que si miento en esto seré yo quien esté alargando la situación de Pierre.

—No tengo poder para sacarle de la Lubianka.

Amelia se encogió de hombros y la miró desafiante.

—Podrás hacer algo. Sólo pretendo salvarle la vida e irme de aquí.

—¿Con Pierre? ¡Estás loca! Nunca le dejarán marcharse. En cuanto a ti... Podrás irte, creo que eso sí sería posible arreglarlo.

—No hay trato, Anushka, no estoy pidiendo mi libertad por la de Pierre, quiero la de los dos. ¿Sabes qué sucederá si sus amigos no lo ven? Imagina los titulares de los periódicos: «Conocido intelectual francés desaparece en Moscú». Y París, Londres y Nueva York nada tienen que ver con Moscú, allí existe la libertad de prensa. No os va a gustar lo que se va a contar de este congreso, te lo aseguro.

Al día siguiente, a la secretaria del ministro de Exteriores Maxim Litvinov le llegó un escrito firmado por una veintena de los intelectuales invitados al congreso solicitando ver de inmediato a Pierre Comte. El escrito no dejaba lugar a dudas: sabían que el librero parisino estaba en Moscú, y ante las reiteradas peticiones para reunirse con él, recibían todo tipo de evasivas que les hacían sospechar que algo raro sucedía, por lo que solicitaban al ministro una explicación coherente, además de poder encontrarse con monsieur Comte.

Albert James se había empleado a fondo pidiendo que firmaran aquella carta algunos de sus amigos. Habló con Jean Deuville y éste tachó a Amelia de loca encantadora, negándose a considerar la posibilidad de que Pierre estuviese detenido y mucho menos que lo hubieran declarado «enemigo del pueblo». Fue tal la insistencia de James y, sobre todo, la velada amenaza de que estaba dispuesto a publicar en los periódicos norteamericanos la «extraña desaparición de Pierre Comte», lo que logró convencer a Jean Deuville para que firmara aquella carta y le ayudara a convencer a otros escépticos.

—Espero que sepas lo que estás haciendo, Albert, lo que te ha dicho Amelia parece muy raro... Ojalá no estemos siendo utilizados en ninguna maniobra de desprestigio de la Unión Soviética. Sabes que soy comunista y tengo responsabilidades en París.

—Lo sé, Jean, pero también sé que pese a tu fe sin fisuras aún conservas cierta autonomía de pensamiento. Si fuera una trampa, yo asumo toda la responsabilidad.

—Mis camaradas nunca me perdonarían que, aunque fuera involuntariamente, sirviera a los intereses de los fascistas.

Al congreso asistían casi doscientos invitados, y fue un éxito conseguir que veinte firmaran el escrito.

Los responsables del congreso se vieron obligados a buscar una solución y Anushka fue la encargada de llevarla a la práctica.

El torturador entró en la celda y Pierre se despertó e intentó encogerse, al tiempo que rompía a llorar temiendo una más de aquellas interminables sesiones en las que ansiaba morir. Le acababan de llevar a la celda y se había quedado profundamente dormido después de haber estado cuarenta y ocho horas sentado en una silla, atado de pies y manos; distintos torturadores se habían ido turnando a lo largo de las horas sometiéndole a todo tipo de crueldades mientras le preguntaban por el camarada Krisov.

Sintió que el torturador le levantaba del suelo y dándole patadas le obligaba a caminar.

No quería andar, no podía, sólo deseaba morir y empezó a

suplicar que lo mataran. Pero le condujeron a la enfermería donde una recia mujer vestida de blanco le puso una inyección que le sumió en un sueño profundo.

Cuando se despertó, creyó ver el rostro borroso de un hombre observándole.

—¿Se encuentra mejor? —le preguntó.

Pierre no acertaba a hablar, ni siquiera a mover la cabeza. Creía estar en un sueño, tenía que serlo porque nadie le golpeaba.

—Ahora le ayudaré a levantarse, tiene que darse una buena ducha. Luego le arreglarán el cabello y le darán ropa limpia.

—¿Dónde estoy? —preguntó con un hilo de voz.

—En el hospital. Soy el médico encargado de cuidarle. No se preocupe, se recuperará.

—¿En el hospital?

—Sí, hombre, en el hospital. Tuvo usted un accidente, perdió la memoria, pero afortunadamente se está recuperando. Su familia vendrá a visitarle muy pronto, en cuanto le vea mejor.

—¿Mi familia?

Pierre pensó en su madre, en las manos suaves de Olga cuando, de pequeño, le acariciaba la frente antes de darle el beso de buenas noches. Su madre abrazándole, sonriéndole, apretándole la mano al cruzar cualquier calle. ¿Estaría allí su madre?

Por la tarde se encontraba más despejado, aunque no sentía algunas partes del cuerpo. El doctor le explicó que a causa del «accidente», tenía un brazo inutilizado que nunca más podría mover. Había perdido varios dedos. En cuanto al ojo derecho, desgraciadamente también lo había perdido. Y Pierre recordó la noche en la que uno de aquellos hombres le clavó un destornillador en el ojo y él se desmayó de dolor. ¿De qué accidente le hablaba el doctor? Pero no preguntó, no dijo nada, se sentía exhausto y feliz entre aquellas sábanas limpias, que olían a desinfectante.

En cuanto a los testículos, le advirtió el doctor, el golpe del accidente había sido tan fuerte que los había perdido. Pierre volvió a ver a su torturador con aquellas tenazas cogiendo primero un testículo y aplastándolo, y luego el otro. Pero el doctor le decía que los había perdido a causa del «accidente», y asintió confortado por las palabras del hombre vestido de blanco.

Habían pasado seis días desde que Amelia se había enfrentado a Anushka. Cuando se encontraban en casa, apenas se hablaban. Mijaíl tampoco le ocultaba su creciente hostilidad, incluso le había escuchado discutir con su madre, pidiéndole que echara a Amelia, pero la tía Irina se había enfrentado a él diciéndole que ella se quedaría en la casa hasta que hubiera aparecido Pierre.

Una noche Mijaíl y Anushka llegaron a casa poco después de Amelia. Se habían visto durante el día en el congreso, pero a ella le extrañó que Anushka desapareciera a primera hora de la tarde.

Mijaíl carraspeó y pidió a sus padres y a Amelia que se sentaran porque Anushka debía decirles algo.

Tía Irina se secó las manos en el delantal, y tío Giorgi guardó el periódico. Amelia intentó disimular el temblor que notaba desde el cuello a los pies. Se temía lo peor.

Anushka les miró a todos en silencio, bajó la cabeza, y luego la alzó moviendo su espléndida melena rubia. Todo aquel gesto parsimonioso aumentó la atención sobre ella.

—Pierre está vivo y está bien —anunció.

Tía Irina y Amelia preguntaron al unísono dónde estaba y cuándo le podrían ver.

—Tranquilas, tranquilas. Veréis, para nosotros ha sido muy doloroso ocultaros lo sucedido —dijo mientras cogía la mano de Mijaíl—, puesto que llegamos a pensar que no se recuperaría.

—¡Pero qué ha pasado! —gritó tía Irina.

—Pierre sufrió un gravísimo accidente, en el que casi pierde la vida. Lo peor es que ha sufrido amnesia hasta hace poco, y ha estado perdido; bueno no del todo, se encontraba en un hospital pero al no poder decir quién era...

—¿Un accidente? ¿Dónde? —preguntó Amelia sabiendo que mentía.

—Mi querida Amelia, lo que voy a decir va ser especialmente duro para ti pero... Bueno, es mi obligación hacerlo. No creas que Mijaíl y yo no intentamos saber dónde estaba Pierre, pero es que lo que averiguamos, en fin, no era demasiado halagüeño para ti. Pierre tenía otra amante; una noche salieron juntos, iban en el coche de ella en dirección a su dacha, en las afueras de Moscú. Pierre pensaba telefonear excusándose diciendo que tenía mucho trabajo y llegaría tarde, pero desgraciadamente sufrieron un accidente. Al parecer, había obras en la carretera y una grúa se desplomó sobre el coche de la amiga de Pierre. Ella murió en el acto y él... Bueno, sufrió heridas considerables y además perdió la memoria. Durante este tiempo ha estado en un hospital y te aseguro que es un milagro que se encuentre vivo, aunque su estado... En fin, te puedes imaginar...

—No, no puedo, y quiero verle. —El tono de voz de Amelia era frío como el hielo. Le hubiese gustado llamar mentirosa a Anushka y sobre todo abofetearla, pero sabía que debía contenerse, que tenía que aceptar el papel de la amante humillada.

—Ya te digo que su estado es terrible, puede que ni te reconozca —afirmó Anushka.

—Quiero verle —insistió la joven española.

—De acuerdo, mañana te acompañaremos al hospital —asintió Anushka.

—Amelia, debes perdonarnos por no haberte dicho lo de la amante de Pierre, pero no queríamos ofenderte y aumentar tu sufrimiento por su desaparición —dijo Mijaíl, mirándola con pena.

—¡Pero yo no creo que Pierre tuviera una amante! —afirmó tía Irina—. ¡Eso es imposible! Sé lo mucho que dependía de Amelia. Tiene que haber otra explicación.

—No, madre, no la hay. Lo peor es que la mujer que lo acompañaba era... Da vergüenza saber que todavía hoy en la Unión Soviética hay prostitutas. Nadie reclamó el cuerpo de la mujer, al parecer no tenía parientes, y como Pierre no sabía decir quién era...

—¿Y cómo le han encontrado? ¿Cómo saben que es Pierre? —insistió tía Irina.

—Claro que es él. Mañana iremos todos a verle. No te preocupes por el trabajo, Amelia, ya he dicho que llegarás más tarde y, dadas las circunstancias, lo han comprendido. Además, mañana llevarán a nuestros invitados a recorrer algunas fábricas modelo.

Anushka y Mijaíl a duras penas podían responder a las innumerables preguntas de tía Irina. El tío Giorgi casi no pronunció una palabra. Había comprendido que, por alguna causa que se le escapaba, alguien había decidido hacer reaparecer a Pierre y no se atrevía a preguntar dónde había estado ni qué había sido de él. Se fueron a dormir pronto. Anushka alegó que le dolía la cabeza y Mijaíl que estaba cansado. En realidad no soportaban las preguntas de Irina, ni su charla interminable.

Amelia no pudo dormir en toda la noche. Daba vueltas sobre el colchón imaginando el día siguiente. ¡Cómo habían podido inventar que Pierre había sufrido un accidente!, se decía a sí misma, al tiempo que sentía alivio al saberle vivo.

El médico les acompañó a través de un largo pasillo y se detuvo ante una habitación. Abrió la puerta y les invitó a entrar. Antes les había aleccionado sobre cómo debían comportarse con el enfermo. Nada de hacerle preguntas. Pierre estaba recuperando la memoria y su estado mental era de absoluta confusión.

Al principio no lo reconocieron. Amelia se adelantó hacia la cama pensando que les habían engañado, llevándolos ante un hombre que no era Pierre. Pero era él, solamente que parecía un anciano. Apenas le quedaban cabellos en la cabeza, y los pocos que conservaba eran completamente blancos. Le faltaban dedos en las manos y una parte del cuerpo parecía paralizada. Una venda le cubría el hueco que un día había ocupado su ojo derecho.

Amelia rompió a llorar, y tía Irina tampoco pudo contener las lágrimas. Incluso Mijaíl pareció impresionado por el aspecto de Pierre.

—Es un milagro que haya podido sobrevivir al accidente —afirmó el médico—. Menos mal que no se acuerda de lo que le sucedió.

—¿No se acuerda de nada? —preguntó tía Irina.

—No, no lo recuerda. Además, le estamos tratando para que supere los pensamientos negativos.

—¿Tratando? ¿Qué le están haciendo? —preguntó Amelia, alarmada.

—Intentamos aliviar su sufrimiento, nada más. —Al médico le parecía improcedente la pregunta de Amelia.

Ella cogió una de las manos de Pierre y le acarició la mejilla. Él abrió el ojo izquierdo y la miró, pero su mirada estaba vacía, parecía no reconocerla.

—Pierre, soy yo, Amelia —susurró ella a su oído sin que él respondiera.

—No la reconoce —afirmó el médico, intentando apartar a Amelia del lado del francés.

Pero ella sintió que los tres dedos que le quedaban en aquella mano se aferraban a la suya. Le volvió a contemplar pero la mirada de su ojo continuaba perdida.

—No importa que no me reconozca, sé que le gusta sentirme cerca.

—No debemos cansarle —insistió el médico.

—Vamos, Amelia, ya lo has visto, puedes estar tranquila, aquí le están cuidando —dijo Anushka, mientras la agarraba del brazo.

—Quiero estar a solas con Pierre. —Amelia no lo estaba pidiendo, sino que daba por hecho que nadie le podría impedir quedarse junto a él.

—Eso es imposible —aseguró el médico.

—No, no lo es. Pierre ha sufrido muchísimo, sé que no me reconoce, pero estoy segura de que le vendrá bien sentir una mano amiga.

Anushka miró al médico. Ambos salieron de la habitación y ella regresó unos minutos después.

—He convencido al doctor para que te deje quedarte un rato, pero debes comprender que Pierre necesita descansar. Prométeme que no le forzarás a hablar.

—No haré nada que pueda perjudicarle.

Tía Irina besó suavemente a Pierre, el tío Giorgi parecía no atreverse a tocarle. Mientras salían de la habitación, Anushka le anunció que volvería a buscarla en unos minutos.

Amelia acariciaba la cabeza de Pierre y creía ver dibujarse una leve sonrisa en sus labios. De vez en cuando abría el ojo izquierdo, pero no la buscaba con la mirada, sino que parecía perderse en el blanco de la pared que tenía enfrente.

—He sufrido mucho por tu ausencia, aunque viéndote sé que mi sufrimiento ha sido una nimiedad con lo que has debido pasar... ¡Dios mío, qué te han hecho! Te sacaré de aquí, volveremos a París, allí te recuperarás, ya verás, confía en mí —le decía en voz muy baja, temiendo que alguien la pudiera escuchar.

De vez en cuando una enfermera entraba en la habitación y se acercaba a la cama mirando con desconfianza a Amelia, como si el estado en que se encontraba Pierre fuera culpa de ella.

Más tarde, Anushka regresó a la habitación acompañada del doctor.

—Amelia, querida, debemos regresar al trabajo. Esta noche podrás visitar de nuevo a Pierre.

Le besó en los labios y los sintió fríos como si fueran los de un cadáver.

—No te preocupes, volveré —le dijo, pero él no parecía escucharla.

Salieron al pasillo y Anushka le anunció que el doctor quería hablar con ellas. Fueron hasta su despacho. Éste las invitó a sentarse y luego miró a Amelia con desconfianza.

—Camarada Garayoa, siento tener que decirle que el camarada Comte está muy grave —afirmó el médico.

—Eso es evidente —respondió Amelia con un deje de ironía.

—Es un hombre fuerte pero aun así... En el accidente perdió los testículos —le dijo mirándola fijamente e intentando que ella se sintiera avergonzada.

—¿Ah, sí? Bueno, por lo que sé se puede vivir sin testículos.

—Los golpes recibidos... Ya sabe que se le cayó una grúa encima... En fin, le han producido lesiones irreversibles.

—Soy consciente de su estado, camarada doctor.

—Tiene el cerebro afectado, en cuanto a sus facultades mentales... No creo que vuelva a ser una persona normal. Tiene que estar preparada para lo peor, camarada —sentenció el médico.

—¿Lo peor? ¿Puede haber algo peor que lo que le ha sucedido?

—Le aseguro que hemos hecho cuanto hemos podido —insistió el médico—, pero debe tener en cuenta que... En fin, no había sido debidamente atendido.

—Quiero llevarle a París, con sus padres —anunció Amelia con voz desafiante.

—¡Imposible! —exclamó Anushka.

—¿Por qué? No tiene sentido que continuemos aquí ninguno de los dos. Pierre necesita unos cuidados especiales, necesita a su familia.

—Nosotros somos su familia, Amelia —le reprochó Anushka.

—Sus padres están en París, y allí es donde Pierre quiere y debe estar.

—No sé si será posible trasladarle en su estado... —El médico miraba a Anushka con preocupación.

—Le aseguro que mejorará notablemente en cuanto salgamos de aquí —respondió Amelia, conteniendo la ira que a duras penas lograba dominar.

—He pensado que quizá puedan venir a verle ese periodista, Albert James, y también el poeta, Jean Deuville —apuntó Anushka.

—Muy considerada por tu parte. Pero además te pido, camarada Anna Nikolaievna Kornilova, que consigas los permisos necesarios para trasladar a Pierre a París. Mi intención es regresar junto a los intelectuales invitados, precisamente con sus dos grandes amigos, Albert James y Jean Deuville.

Anushka apretó los dientes endureciendo la expresión del rostro. Le irritaba la actitud de Amelia, pero sabía que no era el momento de discutir con ella.

Por más que ésta intentó que la dejaran permanecer al lado de Pierre, el médico se mostró inflexible. Hasta el día siguiente no podía ir a visitarle ya que tenían algunas pruebas pendientes que hacerle. Podía acudir por la mañana temprano junto a los amigos de Pierre.

Esa noche Amelia acudió a la cena de despedida que el Comité Central ofrecía a los intelectuales participantes en el congreso.

El ambiente era de preocupación: aquel 30 de septiembre se había recibido la confirmación del pacto al que habían llegado en Munich Édouard Daladier en nombre de Francia y Neville Chamberlain en el de Inglaterra con Hitler y Mussolini. Las dos potencias europeas habían cedido ante Hitler en su determinación de apoderarse de la región checa de los Sudetes.

—¡Es una vergüenza! —afirmaba Albert James—. Francia e Inglaterra pagarán caro su error. Están permitiendo que Hitler crea que puede hacer y deshacerlo todo a su antojo, y lo único que hacen es alimentar a un perro rabioso.

Los anfitriones soviéticos escuchaban las conversaciones de sus invitados pero contenían prudentemente sus comentarios. Preferían escuchar, pulsar la opinión de aquel grupo de hombres que representaban a una parte de la «intelectualidad» europea.

Amelia se acercó al grupo donde se encontraba Albert James y le hizo una indicación para hablar a solas.

—¿Qué sucede? —preguntó el periodista.

—Quiero agradecerle lo que han hecho con Pierre. Hoy he podido verle; a Dios gracias, está vivo aunque su estado es crítico.

—¿Dónde estaba? ¿Qué le sucede?

—Le verá mañana y... Bueno, le costará reconocerle. Le han torturado, pero a usted le dirán lo mismo que a mí, que ha sufrido un accidente, que se le cayó una grúa encima.

Le contó la historia que los soviéticos habían inventado para justificar el estado de Pierre, y le pidió que no dejara de acudir al día siguiente con Jean Deuville a verle al hospital.

—Anushka y yo vendremos a buscarles a las ocho en punto. Ahora quiero pedirle otro favor.

—¡Vaya! ¿Y ahora de qué se trata?

—Quiero que le diga a Anushka que Pierre debe regresar a París, y que usted y Jean Deuville me ayudarán a cuidar de él durante el viaje. Pero tiene que insistir en que hemos de ir con ustedes.

—Pueden negarse.

—Sí, pero si usted los aprieta... Se han visto obligados a hacerlo aparecer, y bueno, las autoridades soviéticas no quieren escándalos en este congreso, pretenden que todos ustedes hagan grandes alabanzas del sistema, para eso les han invitado. De ahí que no hayan tenido más remedio que acceder a su petición de ver a Pierre.

—Resulta increíble que le hayan tenido detenido tanto tiempo...

—Torturar y asesinar en nombre del pueblo es una práctica común. Si a uno le declaran enemigo de la revolución, a partir de ese momento se merece cuanto le pueda suceder. La gente tiene miedo, pasa hambre, hay censura, los hijos denuncian a los padres, los tíos a los sobrinos, y los amigos se observan con desconfianza. Stalin ha instalado un régimen de terror, aunque en realidad no es sólo suya la culpa, la semilla de esta barbarie la plantó Lenin.

—¿Ha dejado de abrazar la fe comunista?

—He vivido aquí el tiempo suficiente para querer huir de esto que llaman comunismo. Pero lo que yo piense no es importante, ahora de lo que se trata es de salvar a Pierre.

Jean Deuville no pudo contener una exclamación de horror cuando entró en la habitación de Pierre. Albert James también estaba impresionado pero, para alivio de Anushka, no dijo nada. El médico les explicó la gravedad de su estado insistiendo en que era un milagro que hubiera sobrevivido al accidente con la grúa.

—Pierre, amigo, ¿qué te ha sucedido? —preguntó Jean haciendo un esfuerzo por contener las lágrimas.

El único ojo de Pierre permanecía abierto pero no parecía verlos. Amelia le notó más adormilado que el día anterior, y en su único ojo sano pudo leer el miedo que Pierre sentía.

—Lo llevaremos a París —afirmó Albert James—, vendrá con nosotros. Cuanto antes esté con su familia, más pronto se recuperará.

—No creo que... En fin, puede que su salud mental quede afectada para siempre. Ya ven ustedes, es poco más que un vegetal —afirmó el médico.

—Aun así vendrá con nosotros —replicó Jean Deuville con determinación—; su madre nunca me perdonaría que le dejara aquí.

—En ningún lugar tendrá los cuidados que en un hospital dedicado a la salud del pueblo —agregó Anushka.

—Discrepo, camarada Anna Nikolaievna Kornilova, en ningún lugar del mundo se está mejor que en casa —afirmó Jean.

—La Unión Soviética es la patria de Pierre, y la de todos los trabajadores. Además, le recuerdo que el camarada tiene familia aquí —afirmó Anushka.

—Nikolaievna Kornilova, como amigos de Pierre y representantes de sus padres, insistimos en llevarle a París. No entendemos su empeño en impedir que regrese... —dijo Albert James.

—El camarada Comte no está en condiciones de viajar —aseguró el médico—; ni siquiera me atrevo a decir... En fin...

—Aguantará el viaje —aseguró Jean Deuville—, sé que podrá hacerlo.

Albert James y Jean Deuville no dejaron opción ni al médico ni a Anushka, de manera que éstos optaron por decir que tramitarían los permisos necesarios, pero que si se lo llevaban y le sucedía algo sería bajo su responsabilidad. Amelia había permanecido en silencio, sabiendo que no era ella quien tenía que librar esa batalla.

Amelia se sentía feliz haciendo el equipaje. Por fin Anushka le había anunciado que podía regresar a París con el grupo de Albert James y Jean Deuville y llevarse a Pierre con ellos.

Tía Irina le ayudaba a guardar la ropa en la maleta; la buena mujer le daba consejos sobre cómo tratar al enfermo durante el viaje que iban a emprender.

—Mi hermana Olga nunca me perdonará lo que le han hecho a su hijo —se lamentaba—. Yo no he hecho por él lo que debía...

—Usted y tío Giorgi se han portado muy bien con Pierre y conmigo, no tienen nada que reprocharse, es este maldito sistema...

—Nunca fui una revolucionaria —aseguró la tía Irina—, pero Giorgi sí lo era y, bueno, llegué a creer que tenía razón, que el pueblo viviría mejor, que construirían una sociedad con más libertades, pero ahora hay más miedo que en tiempos del zar. Mijaíl se revuelve cuando lo digo, pero es la verdad.

—Cuídese, tía Irina.

—¿Crees que mi hijo sería capaz de denunciarme?

—No, no he dicho eso.

—Pero lo piensas, Amelia, sé que lo piensas. No, él no lo hará. Sé que muchos hijos han denunciado a sus padres, pero el mío no lo hará. Mijaíl posee una fe inquebrantable en el comunismo, pero es un buen hijo. No desconfíes de él.

Amelia no quiso contradecir a la mujer. Además, en ese momento lo único que le importaba era cerrar la maleta e ir al hotel Metropol, donde la esperaban Albert James y Jean Deuville. Anushka había prometido que un coche les llevaría al hospital para recoger a Pierre y de allí irían al aeropuerto.

La tía Irina derramó unas cuantas lágrimas al despedirla.

—Cuida a Pierre y dale mi carta a mi hermana Olga.

—Así lo haré, y usted tenga cuidado.

Jean Deuville estaba nervioso, y Albert James no parecía de muy buen humor.

—Si alguien me dice que iba a vivir todo esto le habría dicho que estaba loco —se lamentó Deuville.

Anushka apareció a la hora acordada con un coche grande para, según dijo, acomodar mejor a Pierre. Parecía intranquila y sin ganas de hablar.

Ya en el hospital, Anushka les pidió que esperaran a que ella buscara al director médico para que firmara el alta de Pierre.

Amelia asintió nerviosa. Sabía que en la Unión Soviética la burocracia podía resultar interminable.

Media hora después apareció Anushka con el médico que atendía a Pierre.

—Acompáñenme, por favor —pidió el médico—. El camarada Comte ha empeorado. Esta madrugada sufrió una crisis cardíaca aguda. Estamos haciendo todo lo posible para salvarle la vida y, desde luego, es imposible que pueda viajar.

Le siguieron nerviosos. Amelia sentía desbocarse los latidos del corazón mientras Jean Deuville y Albert James se miraban sorprendidos.

El médico abrió la puerta de la habitación donde se encontraba Pierre, y vieron a dos enfermeras y a otros dos médicos alrededor de la cama.

—Lo siento, camaradas, el enfermo acaba de sufrir una parada cardíaca —dijo uno de los médicos—, desgraciadamente no hemos podido hacer nada. Ha fallecido.

Amelia se acercó a la cama y les apartó. El rostro de Pierre estaba crispado, como si sus últimos momentos hubieran sido de gran sufrimiento. Comenzó a llorar, al principio sin emitir ningún sonido, luego dejando escapar un grito agudo. Se abrazó al cuerpo inerte de Pierre. El cuerpo de un anciano. El cuerpo de un hombre torturado.

Albert James se acercó a la cama e intentó que Amelia se soltara de Pierre, pero ella no quería hacerlo, necesitaba sentir aquel cuerpo pegado al suyo y murmurarle que nunca jamás volvería a querer a nadie como le había querido a él.

Con ayuda de Jean Deuville, Albert James pudo apartar a Amelia. Los dos hombres estaban impresionados por la escena.

—Lo siento —aseguró el médico.

—¿Lo siente? Creo que ustedes le han...

Albert James no permitió que Amelia continuara hablando. Sabía que iba a decir lo mismo que sospechaba él: que habían matado a Pierre.

—¡Por favor, Amelia! Debemos irnos. Ya no podemos hacer nada por Pierre —le dijo con dureza.

—¡Quiero que le hagan la autopsia! Quiero llevarme su cadáver a París, y que le hagan la autopsia allí para saber de qué ha muerto —gritaba Amelia.

—Amelia, no estás bien, quizá debas quedarte para recuperarte de la pérdida de Pierre —afirmó fríamente Anushka.

Sus palabras sonaron a amenaza.

—Es comprensible que esté así, póngase en su lugar —afirmó Albert James con voz neutra.

—Vamos, Amelia, aquí no tenemos nada que hacer —le dijo Jean Deuville mientras le pasaba el brazo por encima de los hombros.

—Tengan en cuenta que el accidente que sufrió fue terrible —dijo el doctor.

—Sí, lo tenemos en cuenta. Lo milagroso es que haya vivido hasta hoy —respondió Albert James con ironía.

Amelia se negó a despedirse de Anushka, y ésta se comprometió con Jean Deuville y Albert James a encargarse del entierro.

—No olvide que Pierre tiene familia aquí —insistía Anushka— y será enterrado como merece.

Durante un segundo Amelia dudó si debía quedarse para enterrarlo, pero Albert James le insistió en que debía marcharse con ellos.

—Acompáñenos, ya no tiene sentido que continúe aquí. Él no habría querido que se quedara.

Ella también rechazó la mano del médico que había atendido a Pierre. Abrazada a Jean Deuville no cesaba de repetir «asesinos» en español, idioma que ella creía que ninguno de los presentes conocía.

Salieron del hospital directamente hacia el aeropuerto. Era el 2 de octubre de 1938...»

La profesora Kruvkoski se quedó en silencio. Mirando fijamente a Guillermo.

—Esto es todo lo que le puedo contar.

—Pues me ha dejado usted hecho polvo.

—¿Cómo dice?

—Que estoy muy impresionado. Los crímenes del estalinismo ponen los pelos de punta. Debió de ser una época terrible.

—Lo era, el sistema funcionaba a través del terror, así lograron dominar a todo el país. Sí, fue terrible, murieron millones de inocentes, a los que Stalin mandó asesinar.

—Dígame, ¿cómo puede usted saber con tanta precisión lo que sucedió? Lo digo porque no debe de ser fácil averiguar lo que pasaba en la Lubianka.

—Algunos documentos y archivos han sido abiertos para los investigadores.

—Resulta increíble que no se rebelaran ustedes contra Stalin, y sobre todo que hoy en día haya gente que le añore.

—Pregúntele a sus padres por qué no se rebelaron contra Franco —respondió malhumorada la profesora.

El silencio se volvió a instalar entre ellos. Después la profesora Kruvkoski suspiró, y pareció relajarse.

—Es difícil que ustedes entiendan lo que pasó. En cuanto a lo de añorar a Stalin... No, no se equivoque, el pueblo ruso no tiene nostalgia de él, lo que no soporta es no ser una potencia, no tener el respeto de los demás países. La Unión Soviética fue una gran potencia, temida por todos, y eso era un motivo de orgullo para los rusos. La caída del Muro de Berlín nos dejó desconcertados. Éramos pobres, habíamos dejado de ser una potencia, todo se derrumbaba a nuestro alrededor... Occidente nos creía vencidos y los rusos se sentían humillados.

—Reconocerá que es mejor la democracia que la dictadura.

—Naturalmente, joven, eso está fuera de toda duda, pero los rusos somos orgullosos y no soportamos que se nos menosprecie. Occidente se ha equivocado con Rusia.

—Ustedes son parte de Europa.

—Ése es el error. Somos parte de Europa pero no del todo. Rusia es por sí sola un continente, con sus propias peculiaridades. Por eso ustedes no entienden que Putin tenga tanto predicamento aquí, y la respuesta es porque ha devuelto a los rusos el orgullo. En fin, no voy a darle ahora una lección de geopolítica ni a explicarle cómo somos los rusos.

—Le agradezco lo que me ha contado de mi bisabuela.

—Fue una mujer notable y muy valiente.

—Sí, supongo que sí.

No tenía excusa para continuar en Moscú, aunque lamentaba no poder alargar mi estancia un par de días. Además, me habría encantado ir a San Petersburgo pero teniendo en cuenta que ahora mis financiadoras eran las ancianas Garayoa, no me sentía capaz de abusar de su confianza; no obstante, aproveché el resto del día para recorrer Moscú. Por la mañana temprano debía regresar a España. Estaba expectante, porque no podía imaginar qué derroteros habría tomado mi bisabuela cuando regresó a París. Y me preguntaba a quién le encargaría ahora doña Laura que guiara mis pasos.

ALBERT

1

Mi madre me echó una bronca descomunal y no se apiadó cuando le conté que en menos de quince días había visitado Roma, Buenos Aires y Moscú.

—¡Déjate de historias del pasado y ponte a trabajar!

—Pero madre, si no dejo de trabajar.

No obstante, para mi madre todo lo que no fuera un empleo con un horario de entrada y salida no era trabajo. Además, me conminó a abandonar la investigación sobre la bisabuela.

—Tu tía Marta siempre se pasa de original, te ha metido en el lío y ahora se desentiende, de lo cual me alegro, pero no me gusta que sigas con esta historia.

Me contó que, por mi culpa, había discutido con su hermana y que llevaban una semana sin hablarse. Luego volvió a insistir en que sentara la cabeza y buscara un buen empleo.

—Guillermo, hijo, yo no entiendo por qué otros que valen menos que tú están ahí, saliendo en la televisión. Mira Luis, que estudió la carrera contigo y que siempre ha sido un poco pánfilo, y sin embargo presenta un informativo en la radio, y Esther... bueno, esa chica no vale nada, y ahí la tienes, de «estrella» de la televisión... y Roberto... bueno, de todos tus amigos era el más tonto y le han hecho director general.

—Lo siento, madre, pero es que tengo un defecto: no me callo, y eso no les gusta a los jefes.

—¿Y tus amigos socialistas por qué no te echan una mano? En la campaña dijeron que querían periodistas independientes.

—¿Y tú te lo creíste? ¡Vamos, madre, no seas ingenua! Los políticos abominan de los independientes, todo aquel que no sirva a sus intereses termina marginado. Y en esto son iguales los de derechas que los de izquierdas, y como yo me meto con todos, pues ya ves el resultado.

Las discusiones con mi madre siempre se me antojan inútiles. Ella cree a pies juntillas lo que los políticos dicen en televisión y no le entra en la cabeza que hagan lo contrario de lo que afirman.

Seguramente lo mejor de mi madre es la confianza que tiene en el ser humano.

Llamé a doña Laura para informarle de mi regreso a Madrid. Me dijo que ya me llamaría ella para indicarme los pasos a seguir, de manera que aproveché el tiempo que se me presentaba por delante para ver a Ruth, mi chica, ir a la redacción del periódico, tomar copas con los amigos y volver a discutir con mi santa madre. Hasta transcurrida una semana doña Laura no me telefoneó.

—Tendrá que llamar al profesor Soler. Él le orientará.

Cuando le escuché al otro lado del aparato tuve la impresión de encontrarme con la voz de un viejo conocido.

—Doña Laura me ha pedido que continúe guiando su investigación. No será fácil, pero entre lo que yo sé y algunas cosas de las que usted me cuente podré ir orientándole, si bien no es necesario que me dé detalles. Ahora debe ir a París. Hablará con un viejo amigo, Victor Dupont; él conoció a Amelia cuando era un adolescente poco mayor que yo.

—¿Quién es?

—El hijo de un activista, un comunista. Nuestros padres fueron amigos, y nosotros vivimos una temporada en su casa de París al término de la guerra civil.

—¿Usted vivió en París?

—Sí, con mi padre.

—¿Y su madre?

—No sé qué fue de ella, quizá la fusilaron los franquistas. No quiso pasar a Francia; estaba dispuesta a seguir combatiendo aun después de que Franco hubiera ganado la guerra. Mi padre huyó a Francia conmigo.

—¿Y qué puede saber el señor Dupont de Amelia Garayoa?

—Más de lo que imagina, la conoció y también a Jean Deuville y a Albert James.

—¿Y cree que se va a acordar de lo que sucedió entonces?

—Desde luego. Además, Victor es documentalista, su padre fue periodista, y, bueno, cuando éste murió Victor guardó todos sus papeles. Pero no le quiero adelantar nada. Vaya usted a París, Victor Dupont le recibirá de inmediato.

Llovía en París, lo que no me sorprendió porque rara vez he ido a la capital francesa sin que me haya caído algún chaparrón. Pero olía a primavera y eso me animó.

Había reservado habitación en un hotel de la orilla izquierda, cerca del domicilio de Victor Dupont.

Me llevé una sorpresa al conocerle. Era un hombre muy entrado en años, pero aún le quedaba mucha energía por gastar.

Documentalista y archivero de profesión, el señor Dupont me pareció un sabio nada despistado.

Por su aspecto físico deduje que debía de haber sido guapo; alto, con los ojos azules, ahora tenía el cabello blanco y el porte erguido de un viejo galán.

—Así que está investigando la historia de su bisabuela, ¡en menudo lío se ha metido! —dijo el señor Dupont mientras colocaba sobre la mesa dos vasos de burdeos para acompañar un plato de queso.

—Sí, eso dice mi madre, que me he metido en un buen lío.

—Hijo, hay cosas que es mejor no remover, sobre todo las cosas de familia. Pero allá usted. Le ayudaré en todo lo que pueda porque me lo ha pedido mi buen amigo Pablo. ¿Por dónde quiere que empiece?

—Bueno, por lo que sé, Amelia Garayoa regresó a París a principios de octubre de 1938 acompañada de Jean Deuville y Albert James. Volvían de un congreso de intelectuales en Moscú.

—Sí, un congreso organizado a mayor gloria de la propaganda soviética, pero que resultó muy efectivo en aquel momento.

No me atreví a preguntarle si él era comunista, dado que su padre lo fue y además era amigo del padre de Pablo Soler, que también lo era, pero Dupont debió de leerme el pensamiento.

—Fui comunista, y no se imagina con cuánto ardor. Los comunistas han hecho cosas reprobables, pero también mucho bien. Y en sus filas ha habido gente abnegada, creyentes, tan buenos como santos, en su afán de ayudar a los demás. Hace años dejé la militancia y eso me ha permitido analizar mi propia vida con una perspectiva y sinceridad de la que no habría sido capaz si continuara dentro. Pero no es de mí de quien vamos a hablar. ¿Sabe?, su bisabuela vivió en mi casa.

Me quedé boquiabierto, aunque, pensándolo bien, a esas alturas ya no debía sorprenderme por nada. Dupont continuó su relato...

«Jean Deuville era amigo de André Dupont, mi padre. Le llamó para preguntarle si quería alquilar una habitación a una amiga suya, pues sabía que teníamos un cuarto libre porque vivíamos en casa de mi abuela. Ésta era grande y además mi abuela había muerto unos meses antes.

Fue mi madre, Danielle, la que tomó la decisión de aceptar a Amelia, ya que eso suponía un pequeño ingreso extra. Hasta unos meses antes, mi madre había trabajado en una papelería, pero el dueño murió y sus hijos cerraron el negocio, de manera que nos venían bien unos cuantos francos por el alquiler de la habitación.

Además, todos ganábamos con el acuerdo porque cuando Amelia llegó a París estuvo instalada un par de días en un hotel, pero no quería malgastar el poco dinero que tenía y Jean pensó que alquilar una habitación no le resultaría tan gravoso.

Entonces yo tenía quince años y le confesaré que me enamoré de Amelia nada más verla. No parecía una mujer real, estaba extremadamente delgada y tenía un aspecto etéreo.

Mi madre quiso saber cuánto tiempo se quedaría, pero Amelia le dijo que aún no sabía qué iba a hacer.

—Señora Dupont, quiero regresar a España, pero no sé si eso será posible, y si no lo fuera tendré que buscar un trabajo.

—¡Pero es imposible que vaya usted a España! —exclamó mi madre.

—El Gobierno legítimo de la República aún conserva Madrid, Cataluña, Valencia... pero no creo que se pueda ser optimista. En julio el general Rojo logró romper las posiciones de Franco en el Ebro, pero no ha podido mantenerlas. No creo que pueda llegar usted a España —intervino mi padre.

Amelia se encogió de hombros. Parecía resignada a hacer lo que fuera posible aunque sin desafiar a la suerte.

Aunque era muy reservada y rara vez sonreía, tenía mucha paciencia conmigo y también ayudaba a mi madre en las cosas de la casa. Ya sabe, fregar, planchar, coser...

Yo escuchaba las conversaciones de mis padres, las que mantenían con otros camaradas como Jean Deuville.

Jean le había contado a mis padres lo sucedido en Moscú. Para él aquello fue un shock tan grande que quebrantó su fe en el comunismo. No se atrevía a dejar el partido, pero en Moscú había perdido la virginidad ideológica, además de a Pierre, su mejor amigo.

Decirle a los padres de Pierre Comte que su hijo había muerto no resultó fácil ni para Amelia ni para Jean Deuville. Al día siguiente de llegar a París, Albert James, Jean y Amelia acudieron a casa de los padres de Pierre. Por lo que sé, la escena fue más o menos así:

Olga, la madre de Pierre, abrió la puerta y al ver a Amelia soltó un grito y preguntó dónde estaba su hijo. Jean intentó abrazar a la mujer para darle el pésame y explicarle lo sucedido, pero Olga le empujó.

—¿Dónde está Pierre? ¿Qué has hecho con él? —preguntó a Amelia.

Albert James tuvo que sujetar a Amelia porque ella empezó a temblar y temió que no pudiera resistir la escena. En realidad fue Albert James quien se hizo cargo de la situación, porque tanto Amelia como Jean se encontraban demasiado afectados.

El padre de Pierre salió al recibidor alertado por los gritos de su mujer.

—Pero ¿qué sucede? ¿Qué hacéis aquí? ¿Y tú, Amelia...? ¿Dónde está Pierre?

Amelia les relató lo sucedido. No les ocultó nada. Ni que Pierre había sido un agente soviético, ni los pormenores de su vida en Buenos Aires, la orden de viajar a Moscú, los meses vividos en la capital rusa, la desaparición de Pierre, su estancia en la Lubianka, las torturas que le habían infligido y su convencimiento de que le habían asesinado. Lo único que no les dijo, como tampoco se lo había dicho a Albert James ni a Jean Deuville, es que ella se había enterado de la detención de Pierre por Iván Vasiliev. No quería poner en peligro a aquel hombre que al menos la había ayudado a saber dónde estaba Pierre.

Olga lloró desconsoladamente mientras escuchaba el relato de Amelia y el padre de Pierre pareció envejecer según iba sabiendo del horror al que se había enfrentado su hijo.

—¡Tú tienes la culpa! ¡Tú y tus malditas ideas sobre el comunismo que metiste en la cabeza a nuestro hijo! No quisiste escucharme y ahora nuestro hijo está muerto. ¡Tú también le has asesinado! —gritó Olga a su marido.

—¡Por favor, señora Comte, cálmese! —le rogó Albert James.

Pero no había manera de controlar la ira y el dolor de Olga, ni de encontrar palabras para consolar al padre de Pierre. Jean Deuville tampoco suponía ninguna ayuda, puesto que tampoco era capaz de reprimir las lágrimas.

Olga les echó de su casa maldiciendo a Amelia, a la que advirtió que nunca más la quería volver a ver.

Jean Deuville y Albert James se hicieron cargo de Amelia. Parecían sentirse responsables de ella. En aquel momento gobernaba Francia Édouard Daladier y los extranjeros, sobre todo los españoles, comenzaban a tener problemas para residir legalmente en el país. El éxodo de españoles huyendo de la guerra había desbordado a la Administración francesa, y París empezó a legislar en contra de los extranjeros.

Así que tanto Jean Deuville como Albert James tuvieron que recurrir a todas sus amistades para lograr un permiso de residencia para Amelia. A nadie le extrañó que Albert James la contratara como secretaria. Hasta el momento no había necesitado ninguna, pero era la manera de ayudarla sin ofenderla. En cuanto a Jean, se convirtió en su sombra, solía ir a buscarla a casa y la obligaba a salir a pasear, al teatro, a escuchar música. Amelia se dejaba llevar y parecía una autómata, como si nada de lo que sucedía a su alrededor le importara realmente.

Mis padres se preguntaban por qué un periodista como Albert James había decidido ocuparse como lo hacía de Amelia. El caso de Jean Deuville era distinto, había sido el mejor amigo de Pierre y eran camaradas en el Partido Comunista, pero no era el caso de Albert James, que tampoco conocía tanto a Amelia. Pero la ayudó cuanto pudo.

Albert James colaboraba con algunos periódicos y revistas estadounidenses, y también con algún diario británico. Para el gusto de mis padres era extremadamente independiente. Ellos creían que en la época que les estaba tocando vivir había que tomar partido. La objetividad de James les irritaba, y discutían abiertamente con él. En realidad Albert James se negó a ser «compañero de viaje» del partido, lo que le convertía en un personaje incómodo. No obstante le respetaban, tenía una enorme influencia, y sus artículos eran tenidos en cuenta tanto por el Gobierno estadounidense como por el británico y el francés.

Lo que escribió del congreso de intelectuales en Moscú fue decepcionante para sus anfitriones soviéticos. James afirmó que las aldeas y las fábricas que habían visitado parecían escenarios destinados a convencer a los forasteros de que todo era de color de rosa en la Unión Soviética, y criticó que en ningún momento les permitieran viajar por el país a sus anchas ni visitar nada fuera de programa. Aseguró en uno de sus artículos que allí no se respiraba libertad. En fin, que sus críticas fueron un jarro de agua fría para las autoridades soviéticas, aunque naturalmente las opiniones de James fueron compensadas por una multitud de elogios de otros intelectuales europeos.

Amelia acudía todas las mañanas, temprano, a la oficina de James, y se encargaba de responder el correo, ordenar sus archivos, organizarle la agenda, pasar a limpio algunos de sus escritos y llevar la contabilidad.

Quizá la mayor alegría que tuvo en aquellos días fue la aparición en París de Carla Alessandrini. La diva iba a permanecer quince días en la ciudad interpretando *La Traviata* en la Ópera Garnier. Su llegada se convirtió en un gran acontecimiento.

Jean Deuville se comprometió a acompañar a Amelia a la ópera para escuchar a Carla.

Aún la recuerdo la noche del estreno. Amelia tenía una elegancia natural y aunque en aquella época no disponía de ropa adecuada parecía una princesa con su traje negro, sin adornos.

Carla Alessandrini estuvo magnífica; puestos en pie, los espectadores la aplaudieron cerca de veinte minutos. Según nos contó Jean, Amelia lloró de emoción y al concluir la función se dirigió al camerino de Carla convencida de que le permitirían ver a la diva, pero los responsables de la Ópera habían montado un dispositivo para que nadie que no hubiese sido invitado expresamente por la gran Carla pudiera acceder al camerino.

—Dígale que está aquí su amiga Amelia Garayoa —le dijo a un poco convencido hombrecillo que le impedía el paso en dirección a los camerinos.

Pero para su sorpresa sí le dieron el recado y minutos más tarde salió a su encuentro Vittorio Leonardi, el marido de la diva.

Vittorio estrujó a Amelia entre sus brazos, la regañó por su excesiva delgadez, apretó la mano de Jean como si fueran amigos de toda la vida y les condujo al camerino.

Las dos mujeres se fundieron en un abrazo interminable. Tengo entendido que Carla estimaba de verdad a Amelia, la tenía por una hija.

—¡Pero cómo no me has avisado de que estabas en París! No sabes lo preocupada que me has tenido. Gloria y Martin Hertz me dijeron que Pierre y tú ibais a emprender un viaje de un par de meses, pero que no sólo no habíais regresado sino que no sabían nada de vosotros. Déjame que te mire... estás demasiado delgada, niña, y... no sé... te veo diferente, ¿dónde está Pierre?

—Está muerto.

—¿Muerto? No sabía que estaba enfermo... —dijo Carla.

—No lo estaba. Le han matado.

Carla y su marido Vittorio Leonardi se quedaron conmocionados por el anuncio de Amelia. La diva la abrazó como una madre abrazaría a su hija para protegerla.

—¡Tienes que contármelo todo!

Amelia le presentó a Jean Deuville, que había permanecido en silencio contemplando la escena. Éste se sentía impresionado por la amistad entre las dos mujeres. Al fin y al cabo, Carla Alessandrini era un personaje de fama mundial, una de las mujeres más deseadas de su época.

Durante la estancia de Carla en París no hubo día en que no se viera con Amelia. Mis padres y yo fuimos por primera vez a la ópera invitados por la Alessandrini, y para nosotros fue todo un acontecimiento estar allí, entre aquellos ricos y burgueses que parecían vivir de espaldas a la realidad y que reían y bebían champán como si nada de lo que sucedía en la vida cotidiana les afectase.

Amelia visitaba a Carla en su hotel, o ésta la invitaba a sus almuerzos y cenas con gente distinguida; incluso un día fue Carla quien visitó a Amelia en nuestra casa. Me quedé detrás de la puerta del salón espiándolas, no porque me importara lo que hablaban, sino porque sentía auténtica fascinación por Carla, quien había sustituido a Amelia en mis sueños adolescentes.

—Niña, tienes que decidir qué vas a hacer, y me gustaría que pensaras en la posibilidad de venir con nosotros. No creo que tengas mucho porvenir en Francia, mira cómo se están poniendo las cosas para los extranjeros. He hablado con Vittorio y está de acuerdo conmigo en que lo mejor es que vengas con nosotros.

—Quiero regresar a España, sé que ahora no puedo por la guerra, pero algún día terminará. Necesito saber de mi familia, quiero estar con mi hijo.

—Lo comprendo, pero ¿crees que tu marido lo permitirá?

—No lo sé, pero necesito pedirle perdón y le suplicaré que me deje ver a Javier. No podrá negarse, es mi hijo.

Carla se quedó en silencio. Se le antojaba difícil que el marido español fuera a perdonar a su mujer después de haber huido ésta con su amante. Pero no quiso romper las esperanzas de Amelia, a la que sabía especialmente frágil después de la pesadilla vivida en Moscú.

—Entiendo que quieras regresar a España; pero, como tú misma dices, ahora no es posible, de manera que podrías estar con nosotros y, cuando llegue el momento, te ayudaremos a regresar a Madrid.

—Vittorio y tú sois muy generosos conmigo, pero aquí tengo un trabajo que me ayuda a mantenerme, y no sé qué podría hacer si os acompaño.

—Nada, no tienes que hacer nada excepto estar con nosotros. No necesitas trabajar, sólo acompañarnos.

Pero Amelia era orgullosa y por nada del mundo hubiera aceptado depender de alguien y no ganarse su pan. Buscó el modo de decirlo sin ofender a Carla.

—No me sentiría bien viendo cómo vosotros trabajáis y yo estoy sin hacer nada.

—Bueno, entonces puedes hacer de secretaria de Vittorio.

—¡Pero si no necesita otra secretaria!

Estuvieron hablando un buen rato y Carla le hizo prometer que la tendría en cuenta en caso de dificultad.

Además de en el ánimo de Amelia, cuando la Alessandrini se marchó de París dejó un gran vacío en todos nosotros.

Un día Amelia regresó llorando a casa. Mi madre intentó consolarla.

—Yo... yo... tenía una tía abuela viviendo en París, la tía Lily. Hoy me he atrevido a acercarme a su casa con la esperanza de que me recibiera y me diera noticias de mi familia, pero el portero me ha dicho que murió hace unos meses.

Ansiaba saber de su familia, y le contaba a mi madre que rezaba para que la perdonaran.

Echaba de menos a sus padres, a su hijo, a sus primos, incluso a su marido.

—¡He sido tan mala con él! Santiago no se merecía lo que le hice —se lamentó.

El 7 de noviembre sufrió un atentado el secretario de la embajada de Alemania en París, Ernst von Rath. Dos días más tarde tuvo lugar en Alemania la tristemente famosa Noche de los Cristales Rotos. Más de 30.000 judíos fueron arrestados, se destruyeron 191 sinagogas, fueron saqueados más de 7.500 comercios... Albert James solía decir que lo peor estaba por llegar y tenía razón. Los gobiernos europeos no querían asumir que tenían enfrente a un monstruo, y le dejaron hacer...

Parecía que aquellos días de finales de 1938 todo se venía abajo. En diciembre Franco comenzó una gran ofensiva militar contra Cataluña que prácticamente decidiría el fin de la guerra y el triunfo de los fascistas.

Poco antes de Navidad, Albert James se marchó a Irlanda. Aunque él era norteamericano sus padres eran irlandeses, y visitaban con frecuencia su país, donde tenían muchos familiares. Los padres de James habían viajado hasta Dublín y él no dudó en pasar con ellos las fiestas navideñas. No sé si mi querido amigo Pablo Soler se lo ha explicado, pero Albert James pertenecía a una familia acomodada y entre sus antepasados contaba con militares ilustres. El abuelo de James sirvió en la corte de la reina Victoria. En aquella época algunos otros miembros de su familia también ocupaban puestos de responsabilidad en el Gobierno británico, creo que un primo hermano de su madre ocupaba un alto cargo en el Ministerio de Relaciones Exteriores, y un tío por parte de su padre estaba en el Almirantazgo.

El viaje de Albert James avivó aún más la nostalgia de Amelia y el día de Navidad mis padres, Danielle y André Dupont, invitaron a Jean Deuville a compartir el almuerzo con nosotros para intentar levantar el ánimo de la joven.

Hablaron, como es natural, de España. Negrín aún creía que era posible resistir. Pero no podía, era puro voluntarismo. Además, a Inglaterra y Francia lo único que parecía importarles era contemporizar con Hitler, y éste y Mussolini eran los principales apoyos de Franco en el exterior.

El día 26 de enero de 1939 Barcelona cayó en manos de las tropas de Franco, pero desde días antes se había organizado un éxodo masivo hacia Francia. El Gobierno francés intentó evitar que cientos de miles de refugiados españoles pasaran la frontera, pero se vio sobrepasado por los acontecimientos y tuvo que abrirla.

En la prensa de la derecha más reaccionaria se podían leer artículos realmente xenófobos contra los exiliados españoles; le dejaré leer algunos de ellos para que pueda usted tener una idea precisa del ambiente que se vivía en Francia en aquel momento.

Albert James decidió ir a la frontera para hacer un reportaje de la llegada de los exiliados y le pidió a Amelia que le acompañara en calidad de ayudante.

—Cuatro ojos ven más que dos y, además, me ayudarás con el idioma. Yo no hablo bien español y me cuesta entenderlo si me hablan muy deprisa.

Amelia aceptó sin vacilar. Era una oportunidad de acercarse a España e incluso creo que secretamente soñaba con poder encontrar a alguno de los suyos.

Llegaron el 28 de enero y se encontraron con un panorama desolador. Mujeres, niños, ancianos, enfermos, gente de toda condición que huían de los franquistas. Gente desesperada, que se enfrentaban al abismo del exilio sin saber si algún día podrían regresar.

Las autoridades francesas se vieron desbordadas e improvisaron campos de refugiados en el departamento de los Pirineos Orientales. El primero de ellos se instaló en Rieucros, cerca de Mende (Lozère); después hubo más, en las playas de Argelès y Saint-Cyprien, en Arles-sur-Tech...

Albert James escribió alguno de los artículos más sentidos de toda su carrera; guardo algunos de los que publicó en la prensa inglesa.

Durante aquellos días Amelia le sirvió de intérprete, y entrevistaron a decenas de refugiados que les dieron noticia precisa del sufrimiento vivido y de cómo la guerra estaba irremediablemente perdida.

El 5 de febrero por la noche, justo un día después de que las tropas franquistas se hicieran con Gerona, el Gobierno francés se vio de nuevo en la tesitura de permitir que entrara una nueva oleada de personas, en esa ocasión militares a los que previamente se les obligó a dejar las armas.

Fue un milagro que en medio de aquel caos Amelia encontrara a Josep Soler y a su hijo Pablo. Al parecer Albert James y ella estaban hablando con unos refugiados cuando la mujer sintió que alguien le tocaba la espalda. Se volvió y se encontró con Josep que llevaba a Pablo agarrado de la mano. Para Amelia fue un duro golpe verlos.

—¡Dios mío, estáis vivos! ¡Cuánto me alegro! ¿Y Lola?

—No ha querido venir, ya la conoces. No ha habido manera de convencerla —explicó Josep.

—Mi madre ha dicho que a ella los fascistas no la van a echar de España —dijo Pablo.

Amelia les apartó del grupo de refugiados. Estaba impresionada por la extrema delgadez de Pablo y por el envejecimiento prematuro de Josep.

—Lo primero que vamos a hacer es comer algo —propuso.

—Eso va a ser difícil, los franceses intentan evitar que nos desperdiguemos —dijo Josep.

Pero Amelia no estaba dispuesta a dejar a Josep y a Pablo abandonados a su suerte. El dinero siempre ha hecho milagros, y aun en medio de aquel caos había refugiados con diferente suerte. Los que llevaban dinero, joyas, objetos de valor o tenían amigos gozaban de alguna posibilidad de poder escapar de aquellos campos. Josep y Pablo carecían de dinero o cualquier objeto de valor, pero habían encontrado en Amelia el mejor salvoconducto para escapar del caos...»

Victor Dupont se sirvió la última copa de vino que quedaba en la botella.

—Creo que por hoy es bastante. Quizá deberíamos llamar a nuestro amigo Pablo Soler para que sea él quien le cuente lo que sucedió a continuación, al fin y al cabo fue uno de los protagonistas de aquel suceso.

—Lo haré en cuanto regrese a España. Menuda sorpresa me ha dado usted al contarme que el profesor Soler volvió a ver a Amelia.

—Sí, claro que sí. Él se lo contará. ¿Le parece bien mañana?

—¿Mañana?

—Sí, llega temprano a París, de manera que si usted no tiene nada mejor que hacer después del almuerzo podemos reunirnos los tres.

Victor Dupont soltó una carcajada ante mi expresión de incredulidad. Le divertía haber podido sorprenderme.

—Pablo y Charlotte vienen de vez en cuando a París, y tenían programada esta visita desde hace tiempo.

—No me ha dicho nada...

—Lo sé, pero tampoco tenía por qué, ¿no le parece?

Tanto daba lo que me pudiera parecer, de manera que, obediente, acepté las instrucciones de Victor Dupont y al día siguiente a las tres de la tarde me reuní con los dos. Bueno, en realidad con los tres, porque cuando llegué a casa de Dupont también estaba Charlotte.

—Yo no les molestaré, tengo planeado ir de compras, de manera que les dejo. Regresaré a las siete, ¿les parece bien? —dijo Charlotte a modo de despedida.

—Bueno, Guillermo, mi amigo Victor me ha puesto al corriente de lo que le ha ido contando.

—La verdad es que voy de sorpresa en sorpresa, profesor —respondí con ironía.

—Es lo que tiene la investigación —respondió sin darse por aludido.

—De manera que usted volvió a ver a mi bisabuela...

—Ya le dije que había vivido en casa de Victor Dupont.

—Sí, es verdad.

—¿Y cómo cree que llegué allí?

—Supongo que es lo que ahora me va a explicar.

—Así es —respondió el profesor Soler.

«Amelia nos instaló en una habitación del hotel donde estaba alojada porque creyó convencer al prefecto de que éramos de su familia y se hacía cargo de nosotros, pero en realidad fue Albert James quien consiguió vencer las resistencias de las autoridades francesas. James era un periodista muy importante, y nadie quería aparecer señalado en uno de sus artículos en la prensa británica o en la estadounidense. Aun así, no estábamos seguros de poder librarnos de ser internados en alguno de los campos.

—Quiero que me cuentes lo que está pasando, si de verdad la guerra está perdida —le pidió Amelia a Josep.

—¿Crees que estaría aquí si no fuera así? Es inútil seguir luchando, hemos perdido.

—Pero ¿por qué?

—Ellos han tenido más ayuda.

—Pero nosotros hemos contado con las Brigadas Internacionales y con el favor de Moscú —insistió Amelia.

—No te engañes, hemos estado solos. Europa nos ha dado la espalda, Francia y Gran Bretaña han observado de lejos lo que pasaba, pero sin querer comprometerse. Y sí, ha venido gente de todo el mundo a apoyar la República, le han echado valor y sacrificio, pero con eso no bastaba. Franco ha contado con la ayuda de Alemania y de Italia, pero sobre todo con la pasividad de Europa. No sabes lo que ha sido la batalla del Ebro, ahí es donde nos han dado la puntilla. Han muerto miles de los nuestros y también de los suyos, pero han ganado.

—Es un buen estratega —apuntó Albert James.

—¿Quién? ¿Franco? —Amelia pareció extrañada por esta afirmación de James.

—¿Sabes, Amelia?, es imposible derrotar al enemigo si no reconoces sus virtudes.

—¡Virtudes! ¿Cómo puedes decir que Franco tiene virtudes? Es un traidor a la República, ha destrozado España —respondió Amelia enfadada.

—En vista del resultado de la guerra ha demostrado ser un buen estratega militar. Admitir esto no quita que, efectivamente, sea un fascista y una desgracia para España. ¿Te quedas más tranquila si reconozco todo esto?

—No se trata de que lo reconozcas como si me hicieras un favor, se trata de la realidad.

—Yo te explicaré una parte de la realidad que supongo no te va a gustar. Es verdad todo lo que dice Josep, pero hay más problemas, y son las muchas energías que el bando republicano ha gastado combatiendo consigo mismo —sentenció Albert James.

Josep bajó la cabeza. Parecía no querer escuchar lo que estaba diciendo el periodista.

—¿Qué quieres decir? —preguntó Amelia con acritud.

—Quiero decir que mientras el ejército fascista tenía un claro y único enemigo, en el bando republicano no ha sido así. ¿Me equivoco, Josep, si afirmo que los comunistas habéis gastado muchas energías persiguiendo a las gentes del POUM, y que las peleas entre socialistas, anarquistas y comunistas han sido continuas? ¿Quién mató a Andreu Nin?

—Ha habido problemas, sí —admitió Josep.

—De manera que mientras Franco tenía un único objetivo, que era acabar con la República para establecer un régimen fascista, las izquierdas han combatido contra él y han combatido entre sí. En las guerras civiles sale lo peor de las personas, Amelia.

—Tú no conoces bien mi país. Franco es un traidor, como lo son todos los sublevados.

—Sí, Franco es un traidor, pero eso no quita que yo tenga razón en lo que he dicho —respondió James.

—No hemos perdido la guerra sólo por las diferencias en la izquierda —afirmó Josep.

—Desde luego que no, decir eso sería además de mentira una simpleza. Únicamente he apuntado que quienes habéis defendido la República habéis malgastado energías que os eran muy necesarias, porque enfrente teníais a un enemigo que sólo os combatía a vosotros y además contaba con ayuda de Alemania e Italia —replicó Albert James.

—¿Qué está pasando en Madrid? —preguntó Amelia con angustia.

—Madrid resiste, y una parte de La Mancha y Valencia aún está en manos republicanas, pero no sé por cuánto tiempo, no creo que puedan resistir mucho más —respondió Josep.

—Ya sé... ya sé que es difícil que sepas algo, pero ¿tienes alguna noticia de mi familia? ¿Habéis visto a Edurne o a mi prima Laura?

—No, Amelia, no sé nada de ellas, nosotros hemos pasado buena parte de la guerra en Barcelona.

—¿Y ahora qué piensa hacer? —preguntó Albert James a Josep.

—No lo sé, por lo pronto vivir. ¿Qué cree que va a hacer Franco con los comunistas?

Ni Albert James ni Amelia respondieron. Josep no necesitaba una respuesta; sabía mejor que nadie lo que les esperaba a sus camaradas.

—Puede que me apunte a la Legión Extranjera, me han dicho que es la única manera de librarse de ir a uno de esos malditos campos de internamiento —confesó Josep.

—Pero ¿y Pablo? Es un niño..., él... —Amelia no apartaba los ojos de mí.

Josep se encogió de hombros.

—Tendría que estar con Lola, es su madre, pero las cosas son como son, ya nos apañaremos.

Amelia convenció a Albert James de que nos ayudara a Josep y a mí; quería intentar que los franceses nos permitieran trasladarnos a París y evitar así el internamiento en los campos. No era fácil, porque si algo querían impedir los prefectos de la zona era precisamente que los refugiados pudieran llegar a otros lugares y sobre todo a París, pero Amelia demostró una vez más su talento para hacer frente a situaciones imposibles. Había plantado cara a los soviéticos en Moscú logrando la liberación de Pierre, y ahora estaba dispuesta a rescatar a sus amigos.

El hotel en el que estaban instalados pertenecía a un matrimonio con dos hijos, el mayor de los cuales trabajaba transportando frutas y verduras con un pequeño camión. Amelia le pidió que nos ocultara entre las cajas de hortalizas y nos trasladara a París. Ella nos acompañaría por si había algún problema. Naturalmente le ofreció una suma considerable de dinero, todo el que había ido ahorrando. El joven dudó, pero al final decidió aceptar.

Albert James no tuvo manera de convencerla de que aquello era una locura y de que si nos detenían, a pesar de que ella tenía la documentación en regla, no dejaba de ser extranjera —española, en ese momento lo peor que se podía ser en Francia— y podía terminar en un campo de refugiados.

Pero tuvo éxito y llegamos a París sin contratiempos. Amelia no dudó en llevarnos a casa de los Dupont.

Danielle no supo qué hacer cuando al abrir la puerta se encontró a Amelia con un niño agarrado de la mano y a Albert James y un desconocido flanqueándola. Invitó a pasar a aquel extraño grupo, a cuyos integrantes miró con cierta aprensión.

La familia estaba cenando en aquel momento, y la sorpresa de André Dupont y Victor fue mayor si cabe.

—Permitidme que os explique —dijo Amelia, decidida a salvar la situación—. Josep es un viejo amigo, un camarada, y éste es su hijo Pablo. Han podido escapar de España. Franco tiene ganada la guerra y yo... yo quiero ayudarles.

Albert James le explicó a André Dupont los pormenores del viaje desde el sur de Francia hasta París y les pidió que nos acomodaran hasta que pudieran buscarnos un lugar donde vivir. Él mismo se comprometió a intentar arreglar la documentación necesaria para que pudiéramos vivir en la capital.

André Dupont se quedó en silencio. No sabía qué responder, ni cómo sortear el compromiso en que Amelia y James le habían puesto a él y a su familia. Por fin tomó una decisión.

—De acuerdo, pueden quedarse por un tiempo, pero no es una buena solución.

Amelia suspiró aliviada y Albert James, discretamente, hizo un gesto a Danielle y le entregó un sobre.

—Es para ayudar a la manutención de los amigos de Amelia —le susurró al oído.

—No... no hace falta —respondió ella un tanto azorada.

—Claro que sí, no podéis asumir una carga así —dijo James, dando por zanjada la cuestión.

Josep tuvo que dormir en el sofá y Victor ceder parte de su habitación a aquel español, adolescente como él, que acababa de irrumpir en su casa.

Según pasaban los días, Josep seguía insistiendo en que su única salida era apuntarse a la Legión Extranjera. El único problema era yo; no sabía qué hacer conmigo. El 9 de febrero de 1939 Franco promulgó la Ley de Responsabilidades Políticas, que era el preámbulo de las purgas y persecución a la que ya eran sometidos los perdedores.

Pero para todos nosotros supuso un golpe peor que Francia y Gran Bretaña decidieran reconocer al Gobierno de Franco instalado en Burgos. En esas fechas, finales de febrero, Albert James anunció a Amelia que tenían que viajar a México. Hacía tiempo que había pedido una entrevista con León Trotski y por fin el político ruso había aceptado. En aquel entonces vivía en México, que fue la última parada de un largo exilio que comenzó en Kazajistán, siguió por Turquía, Francia, Noruega y acabó recalando allí.

Yo solía acompañar a Amelia a la oficina de James, y allí me quedaba muy quieto leyendo en un rincón para no molestar. Mi padre salía temprano en busca de trabajo para lograr con qué mantenernos, y gracias a la ayuda de algunos camaradas franceses de vez en cuando conseguía alguna chapuza. Un día, fui testigo de una discusión entre Amelia y Albert James.

James estaba encerrado en su despacho escribiendo cuando recibió una llamada en la que le anunciaban la fecha en que

Trotski le recibiría para la entrevista. Sería diez días después y tenía que responder de inmediato si estaba dispuesto a viajar a México. Naturalmente, no lo dudó.

—Amelia, nos vamos a México —dijo saliendo del despacho.

—¿A México? ¿Y por qué tienes que ir allí? —preguntó Amelia.

—He dicho que nos vamos, tú y yo. Me acaban de llamar y Trotski acepta recibirme. No sabes lo que he tenido que mover para conseguir la entrevista. En diez días tenemos que estar allí.

—Pero yo no puedo irme, y, además... bueno, no creo que allí vaya a serte útil.

—Te equivocas, precisamente en México es donde más te voy a necesitar. Serás mi intérprete, como cuando fuimos a la frontera con España.

—Pero Trotski habla francés...

—Sí, pero yo no hablo español y en México se habla español. No sólo voy a hablar con Trotski, espero poder hacerlo con la gente que le ha dado cobijo allí y también con sus enemigos del Partido Comunista.

Discutieron un buen rato. Amelia no quería dejarnos solos a Josep y a mí, pero Albert James se mostró inflexible y le recordó que aquel viaje era parte del trabajo.

Amelia le contó a Danielle que debía irse, y que por lo menos tardaría un mes en regresar. Sabía que ponía a los Dupont en un compromiso dejándonos a su cuidado, pero no tenía otro remedio ya que no podía permitirse perder el trabajo con James. A André Dupont no le gustó nada la noticia, pero al fin aceptó la propuesta de Amelia. En cuanto ella regresara, dijo, nos buscaría una solución, o mejor dicho se haría cargo de mí con todas las consecuencias, puesto que Josep iba a solicitar el ingreso en la Legión Extranjera.»

El profesor Soler dio por terminada la charla de repente y tengo que reconocer que esto me molestó.

—Mi querido Guillermo, tendrá usted que ir a México, yo desconozco lo que sucedió allí —sentenció, ante mi sorpresa.

—Pero profesor, ¿qué más da? Cuénteme qué sucedió cuando Amelia y James regresaron de México. Total: debieron de ir, hacer la entrevista y ya está.

—¡Ah, no! Eso sí que no. Las señoras Garayoa le han contratado para que investigue usted, quieren saber lo más detalladamente posible todo lo referente a la vida de Amelia, y le aseguro que la investigación histórica no es un trabajo fácil, a veces incluso es ingrato.

—Pero...

—No hay «peros», Guillermo, usted tiene que llenar todas las lagunas. No sabemos lo que sucedió realmente en México, pero convendrá conmigo en que entrevistar a Trotski tuvo su importancia.

—De acuerdo, iré, pero ¿por qué no me cuenta qué sucedió cuando Amelia regresó? Luego, a la hora de escribir, ya ordenaré correlativamente los hechos.

—No, no, tiene que ir paso a paso, hágame caso. Doña Laura me ha pedido que le guíe y eso estoy haciendo. En mi opinión debe ir a México.

Me resigné a seguir su consejo, aunque el viaje me parecía que sería una pérdida de tiempo. En realidad no se me ocurría cómo buscar una pista sobre Amelia en la capital azteca. Pero la suerte estaba de mi lado, porque me telefoneó Pepe, el redactor jefe del periódico, para anunciarme que me enviaba unos cuantos libros a casa para que los fuera leyendo y le mandara las críticas cuanto antes.

—Oye, ¿tú no fuiste trotskista? —le pregunté.

—Sí, ¿a qué viene eso? —me respondió mosqueado.

—Trotski vivió en México, ¿no es así?

—Sí, allí le asesinaron.

—¿Crees que aún hay trotskistas en México?

—¡Pero a qué viene esta bobada! ¿A ti qué te importa si quedan trotskistas en México?

—Necesito que me busques un contacto con algún trotskista mexicano.

—¡Tú estás pirado! Hace veinte años que dejé todo ese rollo.

—Bueno, pero seguro que sabes de alguien que me pueda ayudar. Busco un trotskista en México, no un marciano en la Gran Vía.

—¿Me puedes decir para qué? No sé en qué andas metido, pero me estoy mosqueando…

—Te estoy pidiendo ayuda, no creo que te cueste tanto.

Discutimos un buen rato pero al final le convencí para que me echara una mano. Mientras organizaba el viaje al Distrito Federal esperé impaciente la llamada de Pepe, que al final llegó.

—He perdido toda la tarde para encontrar a alguien que conociera a algún camarada en México. Por fin he dado con un amigo que estuvo una temporada trabajando en la secretaría de relaciones internacionales de la Liga, y me ha dado el teléfono de un periodista mexicano que debe de tener más años que Matusalén. Llámale, pero a mí no me metas en tus líos, que no sé ni por qué te ayudo.

—Porque a pesar de ser un explotador tienes tu corazoncito.

—¡Guillermo, no me vaciles que no estoy de humor!

—Eso es porque nuestro querido director te explota, aunque no tanto como a mí, al menos te paga mejor.

—¡Oye, nada de discursos! Cuanto antes me envíes las críticas de los libros que te he mandado, mejor que mejor.

Y, en efecto, estaba de suerte, porque llamé al periodista mexicano y éste se mostró encantado de ayudarme no bien llegara a su país.

El viejo colega resultó ser de lo más eficaz, porque cuando lo llamé desde el hotel para decirle que había llegado ya me había preparado una cita.

—Mañana le recibirá don Tomás.

—¿Ah, sí? Estupendo… y dígame, ¿quién es don Tomás?

—Un hombre sorprendente, es muy anciano, más que yo, este año cumple los cien.

—¿Cien años?

—Sí, cien años, pero no se preocupe, tiene una memoria prodigiosa. Conoció a Trotski, a Diego Rivera, a Frida…

2

Tomás Jiménez resultó ser de verdad sorprendente. Con cerca de cien años, conservaba la mirada viva y una memoria extraordinaria. Vivía en Coyoacán con uno de sus hijos y su nuera, que me parecieron casi tan mayores como él. Me aseguró que tenía más de veinte nietos y una docena de bisnietos.

Había dedicado su vida a la pintura, y frecuentado a algunos amigos del grupo de Diego Rivera y Frida Kahlo, aunque no formó parte del círculo de amigos íntimos de la pareja.

La casa donde vivía don Tomás era una vieja casona solariega, con un patio interior que olía a jazmín y gozaba de la sombra de varios árboles frutales. La verdad es que quedé prendado de Coyoacán, un oasis de belleza en medio del caos de la capital mexicana.

Doña Raquel, la nuera de don Tomás, me avisó de que no debía cansarle.

—Mi suegro tiene buena salud, pero tampoco está para muchos trotes, de manera que confío en su buen juicio —me advirtió.

—De manera que es usted bisnieto de Amelia Garayoa. Guapa mujer, sí señor, muy guapa —me dijo don Tomás al verme.

—¿La conoció usted?

—Sí, por casualidad. Ella llegó a México en marzo de 1939 con un periodista gringo. Por aquel entonces yo era un trotskista que procuraba estar al tanto de cuanto sucedía alrededor de mi líder.

—¿Trató usted a Trotski?

—Un poco. Tenía miedo, Stalin había intentado matarle unas cuantas veces y desconfiaba de todos. Llegar hasta él no era fácil, y eso que aquí tenía muchos partidarios, yo entre ellos. Tiene usted que visitar la Casa Azul.

—¿La Casa Azul?

—Sí, allí vivió Trotski con su mujer, Natalia. La casa era de Frida Kahlo, ahora es un museo. Cuando su bisabuela y el periodista llegaron a México, las cosas no iban bien entre Trotski, Diego Rivera y Frida. Diego era un genio y tenía un carácter endiablado. Actuaba por impulsos y tan pronto se declaraba un trotskista convencido como discutía abiertamente con Trotski. Se enfadaron porque Diego no apoyó a Lázaro Cárdenas, al que, claro, Trotski tenía mucho que agradecer. En realidad Trotski no confiaba demasiado en Diego, le admiraba como artista pero no le veía como un político. Se enfadaron y Trotski y Natalia dejaron la Casa Azul, pero se quedaron aquí en Coyoacán, en una vivienda que hoy se ha convertido en el Museo León Trotski.

—¿Cómo conoció a Amelia Garayoa?

Don Tomás se tomó su tiempo antes de responder. Sacó un cigarro, lo encendió y aspiró el humo, después continuó su narración.

«En aquel mes de marzo de 1939 unos amigos galeristas me invitaron a participar en una exposición colectiva. Como puede imaginar, para mí era muy importante. A la inauguración vinieron muchos amigos, camaradas trotskistas sobre todo, y uno de ellos lo hizo acompañado de Amelia Garayoa y el periodista norteamericano Albert James. Este amigo mío, Orlando, que es mi compadre, también era periodista y dirigente del partido; formaba parte del círculo de Trotski y al parecer había sido el intermediario de James para conseguirle la entrevista.

Verá usted, a su bisabuela era imposible no verla porque era bellísima. Parecía muy frágil, casi etérea; despertó de inmediato mi curiosidad y la de mis «cuates», y eso que en este país no tenemos predilección por las mujeres flacas, pero ella parecía especial. También le diré por qué no la he olvidado y es porque tuvo el valor de reconocer que en mi pintura no había nada genial. Se puede imaginar que aquel día yo sólo recibía parabienes y elogios nada sinceros, pero su bisabuela no tuvo el menor empacho en decirme la verdad. Mi amigo Orlando nos presentó pero omitió decir que yo era el autor de aquellos cuadros que no dejaba de alabar. A mí me pareció que Amelia torcía el gesto y miraba con indiferencia las pinturas.

—¿No le gustan los cuadros? —le pregunté.

—Creo que el pintor domina la técnica del retrato, pero le falta «alma»; no, no creo que sea un genio.

Nos quedamos todos callados sin saber qué decir. Albert James miró molesto a Amelia, y el bueno de Orlando se quedó igual de desconcertado que yo.

—¡Ah, las mujeres! Ahora opinan de todo. Pues mire, chiquita, Tomás es uno de los mejores aunque usted no entienda mucho de pintura —le recriminó mi compadre.

—No soy una experta en pintura, pero reconocerá conmigo que todos somos capaces de saber cuándo estamos ante una obra maestra y genial. Sin duda estos cuadros no están mal, pero no son nada especial —insistió Amelia, que parecía seguir sin enterarse de que yo era el autor de las pinturas.

Yo quedé molesto con los comentarios de la española, así que los dejé plantados y me fui a seguir escuchando alabanzas de mis otros invitados. ¡Era mi día!, y ella me lo acababa de fastidiar.

La volví a ver tres días más tarde, en casa de mi compadre Orlando, que había organizado una cena a la que nos dijo que acudiría Trotski. Yo fui deseoso de poder hablar con Trotski, pero al final no acudió. Ya le he dicho que vivía obsesionado con la seguridad porque Stalin había intentado matarle en más de una ocasión, y como sabe al final lo consiguió.

Albert James estaba eufórico. Había conseguido la entrevista con Trotski mucho antes de lo previsto.

—Pensaba que me iban a tener varios días esperando, pero ha sido llegar y hacerla. Es un personaje muy interesante, lástima que siga empeñado en defender los excesos de la revolución —dijo James.

—¿Excesos? ¿Cree que es posible derrocar un régimen sin sangre? ¿Quiere decirme cómo se libraron los norteamericanos de la Corona británica? ¿Y qué tuvo que hacer su admirado Lincoln para acabar con la esclavitud? Mi querido amigo, sin derramar sangre la historia no avanza —dije yo convencido y jaleado por mi compadre Orlando.

—En Rusia no hubo más remedio que acabar con los zaristas y con todos los elementos contrarrevolucionarios, de lo contrario habría sido imposible que los trabajadores se hicieran con el país.

—El problema no es la revolución, sino que el camarada Stalin no quiere compartir el poder con nadie. Ha ido desterrando de su lado a los viejos camaradas bolcheviques —añadió Orlando.

Además del gringo, Amelia era la única que conocía bien la Unión Soviética, y ¿sabe?, fue mucho después cuando pensé en lo prudente que fue en sus apreciaciones. Por más que le preguntamos cómo se vivía en Moscú, Amelia no hizo ninguna crítica ni dijo nada que pudiera darnos una sola pista sobre la realidad. Nos describió Moscú como si lo hiciera para una guía turística pero poco más.

Le pregunté qué le había parecido Trotski, puesto que había acompañado a Albert James a la entrevista.

—Creo que está sufriendo mucho. No debe de ser fácil vivir en el exilio sin saber en qué momento van a intentar asesinarte. Eso le hace ser profundamente precavido, desconfiado; pero claro, tiene razón para serlo. Me ha impresionado más su esposa Natalia.

—¿Sí? Pues yo no la encuentro nada especial —respondí, asombrado de que le hubiera llamado la atención la esposa de Trotski.

—Supongo que a simple vista Natalia no parece una mujer especial, pero lo es; ha seguido fielmente a su marido al exilio, le cuida, le mima, le protege, le perdona —afirmó Amelia.

—¡Ah, ya le han contado chismes sobre Trotski! —exclamó Orlando—. No se crea que es un mujeriego, aunque pueda haber tenido alguna aventura como cualquier hombre.

—A mí me parece que vivir con un hombre como él y en estas circunstancias es un acto de heroicidad —sentenció Amelia.

Ya sabe que se dijo que Trotski y Frida Kahlo mantuvieron un romance. Algo sin importancia para ambos, puesto que para Frida no existía nadie más que Diego y seguramente Trotski necesitaba a Natalia. Pero las mujeres no comprenden a los hombres y les juzgan muy alegremente. Frida era muy especial y Trotski, un hombre que no tenía por qué resistirse a una mujer así, ¿no cree?

Amelia y Albert James se quedaron unos días más en México. El periodista quería conocer algo de la política mexicana, e incluso consiguió una entrevista con el presidente Lázaro Cárdenas, pero además entró en contacto con españoles que habían llegado meses atrás. Precisamente fui yo quien les puse en contacto con algunos de estos exiliados, entre ellos con mi amigo José María.

José María Olazaga era vasco, y había escapado a través de la frontera con Francia poco después de que las tropas de Franco derrotaran a las fuerzas republicanas y de que cayeran en sus manos Asturias, Santander y el País Vasco.

Llegó a México en compañía de su mujer y su hijo, además de un joven que hacía las veces de secretario. Eran nacionalistas del PNV, no habían ocupado puestos importantes en ese partido pero ambos estaban significados.

Le propuse al norteamericano Albert James que se reuniera con José María, porque él podía contarle cómo se estaba organizando el exilio español en México. James aceptó de inmediato y yo lo acompañé a la cita con mi amigo que, como Trotski, también se había instalado en Coyoacán.

Hoy Coyoacán es un barrio más del Distrito Federal, pero entonces era una pequeña población a diez kilómetros del centro de la capital. Mi amigo había instalado una imprenta que funcionaba bien y que se había convertido en un lugar donde la gente del exilio imprimía su propaganda y sus carteles.

José María nos esperaba expectante, le habían dicho que al periodista norteamericano le acompañaba una española. No sabe usted el susto que nos llevamos cuando, nada más entrar en la casa de mi amigo, Amelia soltó un grito tremendo. Era un grito de sorpresa, de alegría. Junto a José María estaba un chico, su secretario, llamado Aitor. Amelia y él se conocían; según contaron después, la hermana de Aitor había sido la criada de Amelia.

—¡Dios mío! ¡No puede ser! —gritó Amelia.

Se abrazaron y Amelia rompió en lágrimas, mientras que Aitor reprimía las suyas.

—¡Pero qué haces aquí! Te hacía con tu madre en el caserío… —le dijo Amelia.

—Tuve que huir. Ayudé a don José María y a su familia a pasar la frontera. ¿Recuerdas que me pediste que te enseñara los caminos de pastores que pasan a Francia? Pudimos salir de allí de milagro. Una vez en Francia pensé en volver, pero…

—Pero yo le aconsejé que no lo hiciera —intervino José María—, era peligroso. La gente sabía que trabajaba con nosotros y corría peligro. Ya sabe usted lo que está pasando, llegan los falangistas a los pueblos y siempre hay alguien dispuesto a denunciar a algún vecino. Están matando a mucha gente, no crea que todas las bajas se producen en el frente.

—Y tú, ¿qué haces en México? Edurne nos contó... Bueno, sé que te fuiste a Francia —dijo Aitor, un tanto azorado.

—Sí. Supongo que te lo habrá contado todo.

Aitor bajó la cabeza y murmuró un «sí» que apenas escuchamos. Parecía avergonzado de saber lo que sabía y Amelia también se sintió incómoda.

—Mi hermana sigue con tu prima Laura —explicó Aitor—. Creo que estaban bien, aunque hace mucho que no sé de ellas.

—¿Y tu madre, y tus abuelos? —se preocupó Amelia.

—Sé que continúan en el caserío. Los llevaron para interrogarles al cuartelillo de la Guardia Civil, pero los soltaron. Tú los conoces, sabes que nunca se habían metido en política.

—Dime lo último que sepas de mi familia...

—Lo están pasando mal. Tu marido... bueno, sí, tu marido está con las tropas republicanas, y hasta donde sé fue herido pero se recuperó y volvió al frente; ahora no sé qué ha sido de él. Tu padre y tu tío también estaban movilizados, las mujeres se quedaron en Madrid. Mi hermana quiso quedarse con tu prima Laura, además... Tú sabes que se hizo socialista o comunista...

—Sí, lo sé. ¿Sabes algo de mi hijo?

—Lo último que nos contó Edurne es que de vez en cuando acompaña a tu prima Laura a verlo cuando su ama, creo que se llama Águeda, lo saca a la calle. Tu marido no quiere saber nada de tu familia, pero parece que esa tal Águeda es una buena mujer y que a escondidas ha permitido que tus padres y tus tíos vieran a Javier. Como el niño ya habla y Águeda teme que se lo diga a su padre, han acordado que ella lo saca a pasear y ellos le ven de lejos, pero ya no se acercan porque saben que si tu marido se entera despedirá a la buena de Águeda.

Amelia contenía las lágrimas a duras penas. No hacía falta ser un lince para saberla humillada. Le temblaba el labio inferior y tenía entrelazadas las manos con fuerza.

—¿Vas a regresar a España? —preguntó Aitor.

—¿Regresar? ¿Cómo? Es imposible, puede que me tengan fichada como comunista, no lo sé.

—¿Eres del partido? —quiso saber José María.

—Bueno, soy del Partido Comunista Francés, en España nunca me hice ningún carnet.

—Entonces no estás fichada. Puede que te permitan regresar —respondió José María.

Creo que en ese momento aquella posibilidad se abrió paso en la cabeza de Amelia.

—¿Y tú? ¿Vas a quedarte a vivir en México?

Aitor calló, pero José María habló por él.

—Supongo que son personas de confianza, de manera que creo que podemos hablar con sinceridad. Por ahora es mejor que nos quedemos aquí; además, por lo que sabemos el Gobierno francés se está portando mal con los españoles, pero la gente de aquí no es así. Pensamos que deberíamos intentar ayudar a los de dentro, incluso ayudar a salir a los que quieran hacerlo ahora que Francia ha decidido cerrar la frontera. De eso hablamos ayer, porque Aitor conoce bien los pasos y aunque correría un gran riesgo a lo mejor es más útil en la frontera con España. Pero no hemos decidido nada. Primero tenemos que saber qué pasa exactamente y si de una vez termina esta maldita guerra.

—Los fascistas están ganando —aseguró Amelia.

Todos miramos a Albert James, esperando que fuera él quien corroborara lo que decía Amelia y nos informara de la situación real.

—Amelia tiene razón, la República ha perdido la guerra. Es cuestión de semanas que termine —sentenció el periodista.

—¿Qué cree que va a pasar? —preguntó José María.

—No lo sé, pero es difícil pensar que Franco sea generoso con quienes han luchado por la República. Los que hayan sobrevivido en los dos bandos tendrán que enfrentarse a un país arrasado y librar otra batalla, esta vez contra la miseria y el hambre.

—¿Y las potencias europeas? —preguntó Aitor.

—Nunca han considerado la guerra de España como su problema. Francia y el Reino Unido ya han reconocido el Gobierno de Burgos; Alemania e Italia son aliados de Franco. No, no se engañen: España está sola, lo ha estado durante la guerra y lo estará a partir de ahora. No constituye una prioridad para nadie —dijo James.

—Entonces quizá debamos cambiar de planes y que Aitor regrese cuanto antes. Tenemos amigos, nuestra gente en el otro lado de la muga, en Francia; allí no tendrá problemas, y podrá ayudar a pasar gente o acaso se organice alguna resistencia dentro... —reflexionó José María.

Nos habíamos quedado anonadados por la crudeza de la exposición de Albert James. No es que José María y Aitor fueran ingenuos, pero al fin y al cabo no podían dejar de tener un resquicio de esperanza de poder salvar a España de Franco, y salvarse ellos mismos.

Durante los siguientes días Amelia y Aitor compartieron todas las horas que pudieron. José María se llevó una sorpresa al escucharles hablar en vasco. Ninguno les entendíamos, tampoco él. El euskera entonces se hablaba en los caseríos y no era una lengua que los burgueses quisieran hablar, más bien al contrario, por eso resultaba extraño que Amelia lo hubiera aprendido.

—Veo que no se te ha olvidado —le dijo Aitor.

—La verdad es que no sabía que lo recordaba, hace tanto que no lo hablo...

—Mi madre decía que tenías don de lenguas.

—¡Mi querida Amaya! Tu madre siempre fue tan buena y cariñosa conmigo...»

Tomás Jiménez cerró los ojos y me asusté pensando que le pudiera haber pasado algo. Pero enseguida los abrió.

—No se asuste, Guillermo, no se asuste, es que si cierro los ojos recuerdo mejor y puedo ver a Amelia y a mis amigos. Aitor y José María le dieron a Amelia varios números de teléfono y direcciones de compañeros del PNV que habían logrado refugiarse en Francia. Aitor le dijo a Amelia que si regresaba la buscaría. Supongo que lo hizo porque dos meses más tarde se marchó. José María se quedó en México y nunca más regresó a España. Desgraciadamente murió antes de que lo hiciera Franco.

Doña Raquel me despidió haciéndome prometer que regresaría a verles antes de dejar México.

No cumplí con mi promesa, estaba tan atrapado en la vida de mi bisabuela que sólo pensaba en escribir el relato y en que alguien prosiguiera con la historia. Telefoneé a Victor Dupont, no sabía si Pablo Soler y Charlotte continuaban en la capital francesa. Me confirmó que habían regresado ya a Barcelona. Estaba claro que el hilo conductor de mi historia seguía siendo el historiador, de manera que mi siguiente destino era España.

—Le invito mañana a almorzar, y así dispondremos de toda la tarde para hablar —me propuso Soler cuando lo llamé.

Acudí puntual a la cita con el profesor. Reconozco que me caía bien, y que cada vez que nos veíamos me sorprendía con alguna revelación. Durante el almuerzo le conté mi peripecia en México y él esperó a los postres para contarme lo que sucedió cuando Amelia y Albert James regresaron a París...

«Nos alegramos de volver a tener a Amelia entre nosotros. Danielle Dupont decía que se había acostumbrado a la «pequeña española» y que la casa parecía vacía sin ella. También el señor Dupont dijo que teníamos que celebrarlo. Creo que para Josep fue un alivio tenerla de nuevo, ella era su hada madrina, su protectora. Amelia quiso que la pusiéramos al corriente de lo que sucedía en España.

—En Madrid, el general Casado, apoyado por Julián Besteiro, se ha hecho con el control de la situación y ha puesto fin al

Gobierno de Negrín. Parece que Casado está negociando con el Gobierno de Burgos para poner fin a la guerra y que la cosa es cuestión de días —relató Josep con un hilo de voz.

No fue cuestión de días, porque al día siguiente, 28 de marzo de 1939 las tropas de los nacionales entraron en Madrid. Para Amelia y Josep fue un mazazo. Aunque esperaban la noticia, la verdad es que no estaban preparados para recibirla.

Lo peor fue cuando Albert James se presentó en casa el 1 de abril con un papel en la mano.

—Lo siento, acabo de conseguirlo: es el último parte de guerra.

—Léelo —pidió Amelia.

—«En el día de hoy, cautivo y desarmado el Ejército rojo, las tropas nacionales han alcanzado sus últimos objetivos militares. La guerra ha terminado.» Lo firma el general Francisco Franco.

Amelia rompió a llorar y Josep tampoco pudo contener las lágrimas. Incluso la señora Dupont, Victor y yo nos contagiamos. Sólo Albert James fue capaz de controlarse.

—Voy a ir a España —le dijo James a Amelia—. Pediré los permisos pertinentes para ir a Madrid.

—Iré contigo —respondió Amelia, secándose las lágrimas con el dorso de la mano.

—No creo que sea sensato, no sabemos lo que podría pasar —respondió Albert James.

—Si no voy contigo iré sola, pero iré, quiero ir a mi casa, quiero saber de los míos. Tengo un hijo, unos padres, un marido... —dijo entre sollozos.

—Veré qué puedo hacer.

Albert James se marchó prometiendo regresar más tarde con más noticias y mi padre salió también para ver a algunos de sus camaradas y recabar información.

Aquella noche cenamos todos en casa de los Dupont y estuvimos hablando hasta bien entrada la madrugada.

Josep dijo que no tenía otra opción que apuntarse a la Legión Extranjera; no quería volver a uno de los campos de refugiados donde se hacinaban miles de españoles huyendo de la guerra. Le pidió a Amelia que me llevara a España e intentara encontrar a Lola.

—Con su madre estará mejor.

—Pero la pueden haber detenido, o a lo mejor ella también ha escapado —argumentó Amelia.

—Nos habría encontrado. Yo conozco a Lola, sé que se habrá quedado a luchar hasta el final. Es lo que me dijo. Ya os he contado que le pedí que cruzara la frontera con nosotros pero se negó. Pero el final ha llegado y tenemos que sacar adelante a nuestro hijo. Incluso si no encuentras a Lola, su madre se puede hacer cargo de Pablo. Vive en Madrid, en la esquina de la plaza de la Paja. Es una buena mujer y nunca se ha metido en nada, no creo que los fascistas la vayan a tomar con ella. Cuidará bien de Pablo. —Por el tono de Josep no había duda de que la decisión estaba tomada.

Yo dije que no quería separarme de mi padre para ir con mi abuela, y Danielle, que era una mujer muy generosa, se ofreció a cuidarme hasta que estuviera más clara la situación en España, pero Josep se mostró inflexible. Sabía que en aquel momento no había futuro para nosotros en Francia. Las noticias que nos llegaban sobre los campos de internamiento eran terribles, los franceses estaban desbordados por la avalancha de refugiados. En el campo de Bram metieron a los ancianos; en Ágde y Riversaltes había milicianos, sobre todo catalanes; en Sepfonds y Le Vernet concentraron a una mayoría de obreros y también intelectuales, como en Gurs.

Albert James consiguió un permiso para viajar a España. Era peligroso porque aunque la guerra había terminado los franquistas estaban pasando factura a los que habían luchado en el bando republicano. James temía por Amelia, pero ella no dio su brazo a torcer. Le dijo a Danielle que si volvía acompañada de un periodista norteamericano los franquistas no le harían nada, pero lo cierto es que ni el propio Albert James las tenía todas consigo.

Amelia, Albert James y yo viajamos en coche hasta la frontera. Albert conducía un buen coche para la época, pero el viaje desde París se nos hizo eterno.

A las ocho de la mañana del 10 de mayo llegamos a Irún. Había soldados y guardias por todas partes. Dos guardias civiles del puesto fronterizo nos ordenaron que bajáramos del coche. Albert James chapurreaba poco el español, de manera que Amelia se hizo cargo de la situación.

—¿Adónde van ustedes? —preguntó el guardia.

—A Madrid.

—¿Y qué van a hacer allí? —preguntó el guardia mientras su compañero examinaba nuestros pasaportes.

—El señor James es periodista norteamericano y quiere escribir un reportaje sobre España ahora que ha terminado la guerra.

—Ya, eso él, pero ¿y usted quién es?

—Soy la ayudante del señor James, su intérprete. Ya le he dicho que es norteamericano, lo puede ver en su pasaporte.

—¿Y el chaval este? ¿Por qué va con ustedes?

—Verá, soy amiga de sus padres, y como yo vivía en París le enviaron conmigo para que no sufriera los estragos de la guerra; ahora le traigo con los suyos, que espero estén vivos.

—¿Los padres son de nuestro bando? —quiso saber el guardia.

—Son excelentes personas, honrados y trabajadores, y han luchado por España como el que más.

—¿Y dónde tiene usted un papel que acredite que está a cargo del niño? —inquirió el guardia.

—Oiga, ¿usted cree que durante la guerra alguien pensaba en papeles? Bastante hicieron enviándole a París para que no pasara penalidades.

Los guardias hablaron entre sí un buen rato y al final debieron de pensar que un periodista norteamericano, una mujer joven y un niño no debían de ser peligrosos, así que nos dejaron pasar.

Amelia, que había empezado a fumar hacía poco, encendió un cigarrillo apenas nos subimos al coche.

—Eres muy hábil esquivando preguntas —le dijo Albert James.

—¿Cómo lo sabes, si tú no entiendes español?

—¡Oh! Entender lo entiendo bastante bien aunque me cueste más hablarlo. ¡Menudo aplomo tienes! Claro que ya me había dado cuenta en Moscú.

Tardamos casi doce horas en llegar a Madrid, no sólo por el estado de las carreteras, sino porque había tropas por todas partes yendo de un lado para otro.

Cuando llegamos a Madrid Albert James nos llevó a un hotel junto a la Gran Vía, el Florida, que le había recomendado un colega. El Florida había sido lugar de encuentro de los periodistas extranjeros que informaban desde el bando de la República. El hotel había sufrido los estragos de la guerra y no estaba en muy buenas condiciones, de manera que Albert James recordó otra dirección, la de una pensión no lejos de allí, donde había pasado buena parte de la contienda un fotógrafo norteamericano amigo suyo.

La patrona era una mujer bajita y tan delgada que parecía desnutrida. Recuerdo que nos recibió con cara de gratitud.

—No tengo ni un solo huésped, de manera que pueden elegir habitación. No les garantizo que pueda darles de comer porque no hay nada en la plaza, salvo que busque algo en el mercado negro. ¡Ah! Mi nombre es Rosario.

Las habitaciones estaban limpias y los balcones daban a la mismísima Gran Vía.

Una vez que Albert James le explicó a la patrona que habíamos llegado hasta ella recomendados por otro periodista estadounidense, doña Rosario pareció mirarnos con más simpatía.

—Es que hay que tener cuidado con quién mete una en casa, y sobre todo con lo que dice, porque ahora puedes terminar en la cárcel por el menor comentario.

Doña Rosario nos contó que su marido había sido funcionario en el Ministerio de Hacienda, y que hasta que estalló la guerra nada les había faltado.

—Vivíamos bien, ya ven ustedes lo cómodo que es este piso, pero mi marido se incorporó a filas y al pobrecillo lo mataron en el frente, ahí mismo, en la sierra de Guadarrama. Y ya ven ustedes, durante la guerra de algo había que vivir, de manera que empecé a coger huéspedes. Una prima me lo aconsejó, ella tenía alquiladas dos habitaciones a periodistas extranjeros y me mandó a algunos amigos de sus huéspedes, y ya ven, gracias a eso he sobrevivido.

—¿Usted estaba con la República? —le preguntó Amelia.

—¡Ay, hija, ya da lo mismo! Ahora tenemos que vivir con lo que tenemos y más vale no decir nada. Ya sabes que antes de terminar la guerra Franco aprobó la Ley de Responsabilidades Políticas, y están metiendo a mucha gente en la cárcel; vamos, que meten a todos los que sospechan que han estado con el otro bando. No perdonan ni una.

Eran alrededor de las diez cuando Amelia nos dijo que iba a acercarse a casa de sus padres.

—No puedo esperar a mañana, sería incapaz de dormir.

—Pero no deberías salir sola a esta hora —le aconsejó Albert—. Aún no sabemos cómo están las cosas, podrían detenerte. Es mejor que esperes.

Le costó convencerla, pero lo logró. Aquella noche Amelia no pegó ojo y al amanecer nos despertó.

Albert James dijo que lo primero que tenía que hacer era acreditarse como periodista ante las autoridades franquistas. James quería saber qué terreno pisaba, aunque no tenía la más mínima intención de dejarse someter por la censura franquista. Su objetivo era ver y oír para después escribir reportajes sobre la España de la posguerra.

Propuso a Amelia que le acompañara puesto que no hablaba bien español, y que después la llevaría a casa de sus padres y más tarde a buscar a Lola, pero ella se resistió, estaba nerviosa y quería presentarse en su casa, saber de los suyos. Al final él cedió y acordaron que yo la acompañaría a casa de sus padres mientras él se organizaba para empezar a trabajar en sus reportajes.

Aún recuerdo la impresión que me produjo el Madrid de entonces. Se palpaba la miseria y la desesperanza, pero también se apreciaba la euforia de los vencedores.

Fuimos andando Gran Vía abajo hasta Cibeles y de allí enfilamos hacia el barrio de Salamanca, donde vivían los padres de Amelia y también sus tíos.

La recuerdo temblando mientras apretaba el timbre de la casa de sus padres. Nadie contestó a sus timbrazos impacientes.

Bajamos las escaleras en busca del portero, al que no habíamos visto al entrar, pero allí estaba en el chiscón.

—¡Señorita Amelia! ¡Dios mío, qué sorpresa! —El hombre se quedó boquiabierto al verla.

—Hola, Antonio, ¿cómo está? ¿Y su mujer y sus hijos?

—Bien, bien, todos bien. Hemos sobrevivido y con eso nos damos por satisfechos.

—¿No hay nadie en mi casa?

El portero, nervioso, apretó las manos antes de responder.

—¿No lo sabe usted?

—¿Saber? ¿Qué he de saber?

—Bueno, en su familia han pasado algunas cosas —respondió incómodo el portero.

Amelia enrojeció, humillada por tener que recabar noticias de su propia familia.

—Explíquese, Antonio.

—Mire, es mejor que vaya a casa de su tío, de don Armando, y que allí le den razón.

—¿Dónde están mis padres? —insistió Amelia.

—No están, señorita Amelia, no están. Su padre… bueno, no lo sé a ciencia cierta, y su madre… Lo siento, pero doña Teresa murió. La enterraron hace unos meses.

El grito de Amelia fue desgarrador. Se dobló por la mitad y yo pensé que iba a caerse. La sujetamos entre el portero y yo. Se quedó inerte, temblando, y a pesar de que no hacía ni pizca de frío, le castañeteaban los dientes.

—¿Ve usted por qué no quería decírselo yo...? Estas cosas lo mejor es que uno se entere por la familia —se lamentó el portero, asustado por el estado de Amelia.

Con los ojos arrasados por las lágrimas, Amelia preguntó por su hermana.

—Y mi hermana, ¿dónde está?

—La señorita Antonietta se fue con sus tíos, supongo que estará con ellos. No andaba bien de salud.

El hombre nos hizo pasar al chiscón y ofreció un vaso de agua a Amelia, que parecía incapaz de rehacerse. Estaba tan fría, tan pálida, se la veía tan desvalida...

Fuimos andando hasta casa de sus tíos, a pocas manzanas de allí. Amelia, que no dejaba de llorar, me llevaba de la mano, y aún recuerdo la fuerza con la que me apretaba.

Subimos las escaleras deprisa. Amelia estaba ansiosa por saber qué les había pasado a los suyos. Esta vez nos abrieron la puerta al primer timbrazo y nos encontramos con Edurne, la hija del ama Amaya, la mujer que había cuidado a las niñas Garayoa desde su más tierna infancia. Edurne había sido la doncella de Amelia, su confidente y amiga, y a través de Lola también había militado en el Partido Comunista.

Fue emocionante el encuentro entre las dos mujeres. Amelia se abrazó a Edurne y ésta, al verla, rompió a llorar.

—¡Amelia! ¡Qué alegría!, ¡qué alegría! Menos mal que has vuelto.

Las voces de Amelia y Edurne alertaron a doña Elena, que se presentó de inmediato en el recibidor. La tía de Amelia casi sufrió un desmayo al ver a su sobrina.

—¡Amelia! ¡Estás aquí! ¡Dios mío! ¡Dios mío! ¡Laura, Antonietta, Jesús, venid aquí!

Doña Elena cogió a Amelia de la mano y la llevó hacia el salón. Yo las seguí asustado. Me sentía un intruso.

Antonietta entró en la sala seguida de sus primos Laura y

Jesús. Amelia intentó abrazar a su hermana pero ésta no se lo permitió.

—No, no me beses, estoy enferma; he tenido tuberculosis y aún no me he recuperado.

Amelia la miró con horror y de repente se dio cuenta del lamentable estado en que se encontraba su hermana.

Presentaba una delgadez extrema. Su rostro estaba inmensamente pálido y en él sólo destacaban sus ojos grandes y brillantes. Pero tal y como era Amelia hacía falta algo más que la tuberculosis para impedirle abrazar a su hermana. Durante un buen rato no hubo manera de separarla de Antonietta, a la que besó y acarició el cabello sin dejar de llorar. Laura se acercó a sus primas uniéndose en su abrazo.

—¡Cuánto has crecido, Jesús! Y sigues tan seriecito como siempre —dijo Amelia a su primo, que tendría más o menos mi edad y que parecía muy tímido.

—También ha estado muy malito. Tiene anemia. ¡Hemos pasado tanta hambre! Y la seguimos pasando —respondió doña Elena.

—¿Y papá? ¿Dónde está papá? —preguntó con apenas un hilo de voz.

—A tu padre lo fusilaron hace una semana —musitó doña Elena— y tu madre, mi pobre cuñada... lo siento Amelia, pero tu madre murió de tuberculosis antes de que terminara la guerra. Gracias a Dios, Antonietta parece que se está recuperando aunque está muy débil.

Amelia tuvo un ataque de histeria. Empezó a gritar llamando fascistas de mierda a los nacionales, maldiciendo a Franco, jurando que vengaría a su padre. Su prima Laura y Antonietta le pidieron que se calmara.

—¡Por Dios, hija, si alguien te oye te fusilarán también a ti! —le dijo angustiada doña Elena, suplicándole que bajara la voz.

—¡Pero por qué! ¡Por qué! ¡Mi padre era el hombre más bueno del mundo!

—Hemos perdido la guerra —respondió llorando Antonietta.

—Intentamos hacer todo lo posible para conseguir un indulto —explicó Laura—, pero fue inútil. No sabes cuántos escritos he presentado pidiendo clemencia; también pedimos ayuda a nuestros amigos que estaban con los nacionales, pero no han podido hacer nada.

Entonces Amelia se derrumbó, se tiró al suelo y, allí sentada, se abrazó las rodillas contra el pecho mientras lloraba aún más fuerte. Esta vez entre Laura y Jesús la pusieron en pie y la ayudaron a sentarse en el sofá. Doña Elena se secó las lágrimas con un pañuelo y yo me agarré a la mano de Edurne porque me sentí perdido en aquel drama que parecía no tener fin, ya que, según le explicó Laura a su prima, la abuela Margot también había muerto.

—La abuela no estaba muy bien del corazón, pero yo creo que enfermó de pena. Su criada Yvonne nos ha contado que murió mientras dormía, que se la encontró muerta en la cama.

Cuando Amelia pareció capaz de dominarse, doña Elena le explicó lo sucedido.

—Lo hemos pasado muy mal, sin comida, sin apenas medicinas... Antonietta cayó enferma y tu madre la cuidó día y noche y se contagió. Tu madre padecía de anemia, estaba muy débil, y además cuando había comida se la daba a Antonietta. Nunca se quejó, se mantuvo firme hasta el final. Además, tuvo que hacer frente al encarcelamiento de tu padre y eso fue lo peor. Todos los días se acercaba a la cárcel para llevarle algo de comida pero no siempre conseguía verle.

—¿Por qué le metieron en la cárcel? —preguntó Amelia, con voz ronca.

—Alguien lo denunció; no sabemos quién. Tu padre estuvo en el frente, lo mismo que tu tío Armando, y a los dos les hirieron y regresaron a Madrid —explicó doña Elena.

—Mi padre está en la cárcel —añadió Laura.

—¿En la cárcel? ¿Por qué? —Amelia pareció alterarse de nuevo.

—Por lo mismo que tu padre, porque alguien le ha denunciado por rojo —explicó Laura.

—Ni mi padre ni mi tío fueron nunca rojos, eran de Izquierda Republicana —respondió Amelia, sabiendo que lo que decía era una obviedad para todos.

—Da igual, ahora eso da igual, para Franco lo único que cuenta es de qué lado estaba cada uno —dijo Laura.

—Son unos asesinos —afirmó Amelia.

—¿Asesinos? Sí, en este país hay y ha habido muchos asesinos, pero no sólo los nacionales, no, también los otros han matado a muchos inocentes —respondió doña Elena mientras buscaba un pañuelo para secarse las lágrimas.

Amelia se quedó callada, expectante, sin terminar de entender lo que había dicho su tía.

—Yo soy monárquica, como toda mi familia, lo sabes, lo mismo que lo era tu pobre madre. ¿Quieres saber cómo ha muerto mi hermano mayor? Te lo diré: ya sabes que mi hermano Luis estaba cojo y no le movilizaron. Un día llegó un grupo de milicianos al pueblo, preguntaron si allí había fascistas y le señalaron la casa de mi hermano. Luis nunca fue fascista, de derechas y monárquico sí, pero no fascista. Les dio lo mismo, llegaron a su casa y delante de su mujer y de su hijo lo maniataron, se lo llevaron y le pegaron un tiro en la cuneta. Su hijo Amancio oyó el disparo, salió corriendo de la casa y se encontró a su padre en el suelo con un tiro en la cabeza. ¿Sabes lo que le dijo a mi sobrino el jefe de ese grupo de milicianos? Pues que aquél era el destino que les esperaba a todos los nacionales y que anduviera con cuidado. Sí, eso le dijo a un chiquillo de doce años.

Doña Elena suspiró y bebió un sorbo de agua del vaso que Edurne había colocado en la mesita del salón.

—Pero te contaré más, Amelia, porque seguro que recuerdas a mi prima Remedios, la monja. Cuando erais pequeños os llevamos un día a verla al convento, cerca de Toledo. ¿Crees que mi prima le había hecho daño a alguien? Llevaba en el convento desde los dieciocho años... Una noche llegó un grupo de milicianos, tropas irregulares, violaron a las doce monjas y luego las asesinaron. ¿Sabes por qué? Te lo diré: porque eran monjas, sólo por eso.

—No puedo creerlo —afirmó Amelia.

—Es verdad, lo que te cuenta mi madre es verdad —dijo Laura.

—Puedo explicarte más casos, de alguien más cercano a ti, de tu tía Montse, la hermana de tu madre.

Amelia dio un respingo y se puso tensa. Su tía Montse era la única hermana de su madre y tanto Antonietta como ella la querían mucho. Se había quedado soltera y solía pasar temporadas en Madrid con ellas. A Antonietta y a Amelia les gustaban las visitas de su tía porque las mimaba y las consentía más que sus padres.

—La buena de Montse se fue a Palamós, a refugiarse en la masía de unos primos. La pobre mujer pensaba que al menos en el campo no pasaría hambre. Porque tú no lo sabes, Amelia, pero hemos pasado mucha hambre, mucha necesidad. La desgracia de tu familia catalana es que no eran comunistas, ni socialistas, ni anarquistas, ni de Companys... ¡Pobres de ellos por ser de derechas! Sí, de derechas, pero buena gente, trabajadores y honrados. Pero eso no les importó a los que los fusilaron. Ya sabes, milicianos, que se presentaron en el pueblo y preguntaron a los de su cuerda si había nacionales por allí. Alguien señaló la masía de esos primos de tu madre y de Montse. Los mataron a todos allí mismo, al matrimonio de ancianos, a sus tres hijos y a tu tía Montse, a ella que había ido a refugiarse allí. Dime, Amelia ¿crees que eso fue un asesinato?

—¡Madre, no hables así! —protestó Laura por la dureza en el tono de doña Elena.

—Sólo quiero que sepa que aquí se ha matado mucho, que los nacionales han asesinado a los rojos y los rojos a los nacionales, más allá del campo de batalla, de la propia guerra. ¿A quién debo odiar yo, Amelia? Dímelo. A mi marido lo tienen preso los nacionales, a mi hermano lo mataron los rojos, ¿a quién debo odiar más? ¿Sabes una cosa? Los odio a todos —sentenció doña Elena.

—¿Dónde está el tío Armando? —preguntó Amelia, que estaba impresionada por cuanto había escuchado.

—En la cárcel de Ocaña. Le han condenado a muerte lo mismo que a tu padre y hemos pedido un indulto, hemos elevado todo tipo de súplicas a Franco. Si es necesario, no me importa arrojarme a sus pies y suplicarle por mi marido; si eso es lo que quieren, lo haré.

—¡Madre, cálmate! —le pidió Jesús cogiéndole la mano.

—Lo siento, lo siento... yo...

—Tú te marchaste y no tienes ni idea de lo que ha pasado aquí. No sé si has sido feliz o desgraciada, pero te aseguro que nada de lo que hayas pasado es peor de lo que hemos vivido nosotros.

Amelia bajó la cabeza, avergonzada ante el reproche de su tía. No era difícil adivinar que se sentía culpable por haber vivido en la seguridad de un Buenos Aires hasta el que sólo llegaban los ecos de la guerra.

—¿Y mi hijo? ¿Sabéis algo de Javier...? —preguntó mirando a Laura, porque no soportaba la mirada inquisitiva de su tía.

—Javier está bien. Águeda lo cuida y lo quiere mucho. Ahora está en casa de sus abuelos con don Manuel y doña Blanca. Ellos... bueno, ya sabes que eran más bien de derechas y ahora no corren ningún peligro, pero Santiago...

Laura parecía no atreverse a continuar. Sabía que su prima estaba al límite de sus fuerzas, que no soportaría continuar recibiendo malas noticias, y decirle que Santiago estaba en la cárcel, iba a suponer otro golpe para ella.

—Santiago también está preso —dijo al fin Laura.

—Ya ves, este país se ha vuelto loco. Las ideas políticas de Santiago, tu marido, eran como las de tu padre y las de mi Armando, nunca fue radical, ni comunista, pero eso no ha impedido que le metan en la cárcel —añadió la tía Elena.

—¿También está en Ocaña? —quiso saber Amelia, que aún había palidecido más.

—Sí, allí está —respondió Laura.

—¿Y sus padres no pueden hacer nada? Ellos tienen amistades... —preguntó Amelia.

—¿Crees que no están moviendo Roma con Santiago? Puedes suponer que sí. A don Manuel lo llevaron preso a una checa y salió vivo de milagro. Parece ser que le torturaron. Su esposa, doña Blanca, logró enviar un mensaje a Santiago dándole cuenta de la detención de su padre. Santiago estaba en el frente con el grado de comandante, y al parecer era un oficial muy apreciado por sus superiores, que se movilizaron para conseguir la liberación de don Manuel. Pero no creas que fue fácil. Ya ves cómo han sido las cosas: el hijo en el frente luchando por la República y el padre encarcelado por quienes decían defenderla. Nosotros no sabemos nada directamente, pero Águeda nos ha ido contando lo que sucedía —explicó la tía Elena.

—Tu hijo está precioso y es muy simpático. Convencimos a Águeda para que nos dejara verle cuando salía con él a la calle, y ella accedió; solía traerlo cerca de la casa de tus padres, para que ellos se hicieran los encontradizos y pudieran ver a Javier. Pero ahora que el niño ha crecido y habla hasta por los codos sólo le vemos de lejos. Águeda tiene miedo de que Javier diga a sus abuelos que ve a otras personas. Y nosotros no queremos comprometer a la buena mujer. Javier está muy apegado a ella —explicó Laura.

—Quiero verlo, ¿podéis ayudarme? —suplicó Amelia.

—Enviaré a Edurne a que espere en los alrededores de la casa de tus suegros, y cuando vea a Águeda salir que le pregunte cuándo puedes ir a ver a tu hijo —propuso Laura.

Era la hora de la comida cuando doña Elena dio por terminada la conversación. Hasta ese momento yo había permanecido muy quieto junto a Edurne, sin atreverme a decir palabra. A pesar de que era sólo un adolescente era capaz de ver el enorme sufrimiento de Amelia.

Comimos patatas con un trozo de tocino. Amelia no probó bocado y tía Elena tuvo que obligar a comer a Antonietta.

—Niña, tienes que comer, de lo contrario no te curarás.

Amelia explicó que trabajaba con un periodista norteamericano y que gracias a él habíamos cruzado sin mayor problema la frontera. También les informó de que tenía que buscar a Lola para dejarme con ella.

—Esa mujer ha sido la fuente de todas tus desdichas —afirmó la tía Elena—. Si no la hubieras conocido y no te hubiera metido sus ideas revolucionarias en la cabeza nunca te habrías ido.

—No, tía, no, la culpa no es de Lola; yo soy la única responsable de mis actos. Sé que obré mal, fui egoísta, me puse el mundo por montera sin pensar en los míos ni en las consecuencias. Lola no me obligó a hacer lo que hice, fui yo.

—Esa mujer te metió los demonios en el cuerpo, es una resentida, una envidiosa, que siempre te odió, ¿o crees que sentía simpatía por ti, que representabas todo lo que ella combatía? —insistió doña Elena.

—No la culpo por ello —respondió Amelia.

Laura me miró y pidió a su madre que cambiara de conversación. Doña Elena aceptó a regañadientes.

—No he preguntado por la prima Melita, ¿dónde está?

—Tu prima mayor se ha casado. No estabas aquí y por tanto no lo sabías.

—¿Con quién?

—Con Rodrigo, ¿te acuerdas? Es un buen chico, la guerra le pilló en el bando nacional.

—Pero ¿cuándo se casaron?

—Al poco de comenzar la guerra. Se fueron a vivir a Burgos, de donde es él. Tiene tierras y una farmacia. Les irá bien.

—¿Y cómo dices que se llama el marido de mi prima?

—Rodrigo Losada.

—¿Tienen hijos?

—Sí, una niña.

—No le habrán puesto Amelia, ya seríamos demasiadas...

—La han llamado Isabel, como la madre de su marido. Aún no la conocemos, tiene un año —explicó Laura.

—Bien, y ahora, ¿qué piensas hacer tú? —quiso saber doña Elena.

—No lo sé, todo lo que ha pasado es tan horrible... No podía imaginar que mis padres habían muerto, ni nada de lo que me habéis contado.

—Hemos vivido una guerra —contestó doña Elena, malhumorada.

—Lo sé, tía, y entiendo tu estado de ánimo. No creas que no me siento culpable por no haber estado aquí y haber compartido con vosotros todas las desgracias. Nunca me perdonaré que mi madre haya muerto y no haber hecho nada por evitar que fusilaran a mi padre. Me haré cargo de Antonietta; iremos a vivir a casa, supongo que seguirá siendo nuestra, ¿no?

—¿Crees que puedes hacerte responsable de tu hermana? Pues yo creo que no. Antonietta necesita cuidados, una atención permanente que no creo que tú puedas darle. —Doña Elena se mostraba dura como el acero.

—Trabajaré para sacar adelante a mi hermana, es lo que mis padres hubiesen querido.

—No, Amelia, no, tu madre me hizo jurar que cuidaría de Antonietta y que viviría aquí con nosotros. Se lo juré el día que murió. Yo le pregunté qué debía hacer si algún día regresabas y ella me dijo que, aunque volvieras, Antonietta debía seguir con nosotras, tener una familia que la protegiera.

Amelia se levantó de la mesa llorando. No era capaz de soportar las palabras de su tía, que sentía como cuchillos que le rasgaban la piel. Laura y Antonietta la siguieron y yo me quedé sentado muy quieto, sin atreverme a levantar los ojos del plato. Temía que en cualquier momento doña Elena arremetiera contra mí. Cuando regresaron, Amelia continuaba llorando.

—Tía, te agradezco todo lo que has hecho por nosotros. Entiendo que mi madre no confiara en mí y temiera por Antonietta, de manera que se quedará aquí hasta que yo pueda demostrar que soy capaz de hacerme cargo de mi hermana.

Doña Elena no respondió. Se la veía apesadumbrada porque se daba cuenta de que había herido a Amelia. Quería a su sobrina, pero sin duda los sufrimientos de la guerra la habían despojado de la dulzura de la que antaño hacía gala.

—Mamá, Amelia necesita nuestro apoyo, bastante tiene ya encima —dijo Laura.

—Lo siento, tenía que haberte hablado de otra manera. Has perdido a tus padres y estás destrozada, y yo... Lo siento de veras, Amelia. Ya sabes que te queremos y que cuentas con nosotros para lo que quieras...

—Lo sé tía, lo sé —respondió Amelia entre lágrimas.

—Mañana iremos a visitar al tío Armando —dijo Antonietta intentando desviar la conversación.

—¿A la cárcel? —preguntó Amelia.

—Sí, a la cárcel, y yo también iré. Hasta ahora no he salido a la calle porque no me encontraba bien, pero tía Elena ha dicho que mañana me permitirá acompañarlas. Podrías venir tú también... —sugirió Antonietta.

—¡Sí, claro que iré!

Después, doña Elena se interesó por los planes de Amelia. Quería saber si se iba a quedar en Madrid y dónde y, generosa, le ofreció una habitación. Amelia le dijo a su tía que como trabajaba para un periodista norteamericano y éste no hablaba bien español, seguramente no vería con buenos ojos que le dejara solo en la pensión. Fue Laura quien tuvo la idea de que Albert James también se alojara en la casa.

—Podemos alquilarle una habitación. El dinero que paga en la pensión que nos lo pague a nosotras. Nos vendría muy bien, ahora que a duras penas tenemos con qué mantenernos —propuso Laura.

Doña Elena pareció meditar la propuesta de su hija. Sin duda le incomodaba no poder recibir al periodista como invitado en su casa como hubiese sucedido antes de la guerra, pero la necesidad y los sinsabores pasados la habían convertido en una mujer práctica.

—Podría dormir en el cuarto de Melita, que tenemos cerrado desde que se casó... Y este crío puede dormir en la habitación de la doncella, al fin y al cabo ya no tenemos servicio, sólo a Edurne. Le pondría con Jesús, pero el niño aún no está bien del todo y necesita descansar. Sí, tenemos sitio de sobra para acomodaros a todos —aceptó doña Elena.

Amelia prometió proponérselo a Albert James. Para ella suponía un alivio estar con su familia, sobre todo en aquel momento en que la desgracia se había cebado con todos ellos.

Laura nos acompañó a la pensión de doña Rosario para ayudarnos con el equipaje. Allí encontramos a Albert James bastante enfadado.

—¡Llevo esperándote desde mediodía! —le reprochó nada más vernos.

—Lo siento... me han pasado tantas cosas en estas horas.

Amelia le contó entre lágrimas lo sucedido: el fallecimiento de sus padres, la enfermedad de su hermana, las desgracias que se habían cebado en su familia. Él pareció aplacarse, pero no recibió de buen grado la idea de trasladarse a casa de doña Elena.

—Ve tú, es normal que quieras estar con tu familia, pero yo prefiero mantener una cierta independencia y aquí estaré bien, o acaso me traslade a un hotel. Dado el estado del Florida, creo que me iré al Ritz.

Fue Laura la que, venciendo la vergüenza que sentía, le explicó a James que para ellos supondría una ayuda alquilarle una habitación, en la que le garantizó que nadie le molestaría y podría sentirse igual de independiente que en casa de doña Rosario.

Él vaciló, pero al final se dejó convencer por Laura. No hacía falta ser un lince para darse cuenta de que incluso familias que en el pasado no habían carecido de nada ahora apenas podían mantenerse.

De manera que con las maletas en la mano fuimos caminando de nuevo hasta la casa de los tíos de Amelia.

Ya era tarde cuando estuvimos todos acomodados, pero Albert James propuso que Amelia y él debían ir a casa de Lola para dejarme con ella.

Yo ansiaba encontrar a mi madre. Lola era una mujer fuerte, decidida, con la que estaba seguro de que nada me podría pasar. Además deseaba quedarme en España, no quería regresar a Francia donde, a pesar de todo, o mejor dicho, gracias a Amelia, mi padre y yo habíamos sobrevivido con dignidad.

Caminamos hasta la casa de Lola, pero allí nadie nos supo dar razón. Ella no había regresado allí desde que al comienzo de la guerra nos fuimos a Barcelona, de manera que Amelia propuso que fuéramos a la dirección que Josep le había dado de la plaza de la Paja, donde vivía mi abuela, la madre de Lola. Me puse a temblar, no me atrevía a decirlo pero prefería quedarme con Amelia que con mi abuela. Dolores, que era también el nombre de mi abuela, no se llevaba bien con mi madre y yo recordaba que cuando íbamos a verla siempre discutían a causa de sus ideas políticas.

No nos costó encontrar la casa de mi abuela. Llamamos al timbre sin que nadie respondiera y fue una vecina la que nos dio noticias de la buena mujer.

—A Dolores se la han llevado al hospital. Sufre de asma y tuvo un ataque en el que casi se ahoga. Está muy malita la mujer. Y además pasa tanta necesidad…

Amelia preguntó si sabía algo de Lola, pero la vecina aseguró que no se la veía por allí desde antes de la guerra.

—La Lola nunca se ha preocupado mucho de su madre, para ella lo primero era la revolución, y del sobrino de Dolores, el Pepe, lo que se sabe es que lo mataron los comunistas porque era del POUM —respondió en voz baja mirando hacia todos lados por si alguien la escuchaba.

Nos acercamos al hospital, donde una monja nos llevó hasta la sala donde estaba mi abuela. Yo apenas la recordaba y me impresionó saber que aquella anciana de cabello blanco y mirada perdida era ella.

La pobre mujer no me reconoció y se puso a llorar cuando Amelia le explicó quién era yo.

—¡Usted era la señorita amiga de mi Lola! ¿Y éste es mi nieto? ¡Qué alto está! ¿Dónde está tu madre? Hace meses que no sé nada de ella, espero que no la hayan fusilado; los nacionales fusilan a todo el mundo. Claro que los revolucionarios no se han quedado cortos. Se lo dije a Lola: no puedo perdonar que mataran a mi único sobrino, al Pepe, por ser del POUM. Ya ve usted: revolucionarios matando a revolucionarios, ¿dónde se ha visto eso? Lola odiaba al POUM, decía que eran unos traidores.

La buena mujer se comprometió a hacerse cargo de mí en cuanto saliera del hospital.

—Soy vieja y estoy enferma, pero haré por mi nieto lo que sea necesario.

Doña Elena pareció resignada a que me quedara con ellas hasta que mi abuela Dolores saliera del hospital, sobre todo cuando Albert James aseguró que pagaría también por mi manutención mientras estuviéramos en la casa.

Al día siguiente por la mañana, Albert James acompañó a doña Elena, a Laura, a Amelia y a Jesús a la cárcel para visitar a don Armando.

James quería ver de cerca una cárcel española, y esperaba que no pusieran grandes inconvenientes a su presencia.

Tuvo que sobornar a un par de funcionarios para que les dejaran entrar a todos al largo pasillo, donde separados por unas rejas, familiares y presos disponían de unos minutos para verse. Don Armando se emocionó al ver a Amelia. Tío y sobrina no pudieron reprimir las lágrimas lamentándose de la pérdida del padre de Amelia, don Juan, y de su madre, doña Teresa.

—¡Es horrible, tío! Papá, mamá, la abuela Margot, la tía Lily… y tantas personas de la familia que hemos perdido. Aún no sé cómo voy a soportarlo —dijo llorando Amelia.

—Saldremos adelante, tu padre se mantuvo fuerte hasta el último momento, y cuando se lo llevaban me pidió que os besara de su parte y os dijera cuánto os quería a Antonietta y a ti.

—¿Crees que me perdonó?

—Desde luego que sí, tu padre te quería muchísimo y aunque nunca entendió lo que hiciste, te perdonó. Sobre todo lamentaba que hubieras dejado a tu hijo, ésa fue siempre una pena que tuvo. Le dolía tanto no poder disfrutar de su único nieto...

Don Armando les contó la incertidumbre y el miedo que sentían todos los que estaban allí presos.

—Todos los días se llevan gente para fusilar... y a veces pierdes la esperanza de que llegue el indulto. ¿Cuántas cartas habéis escrito pidiendo clemencia?

—Papá, no nos vamos a rendir —respondió Laura.

—No, no nos rendiremos ni cuando estemos muertos —respondió resignado don Armando.

—Mañana iremos a ver a los Herrera. Pedro Herrera era amigo tuyo, fuiste su abogado y le ganaste un caso importante, ¿recuerdas? Pues ahora es un hombre con influencias cerca de Franco, parece que tiene un sobrino coronel en el Cuartel General del Ejército y un cuñado que es un alto cargo de la Falange. Y a él mismo le va bien, creo que ya está haciendo negocios con el nuevo Gobierno. Me presenté en su casa y hablé con su mujer, Marita, y me prometió interceder ante su marido. Ella ha cumplido porque ayer me mandó recado de que nos recibe mañana a partir de las ocho de la tarde, que es cuando él regresa de trabajar. Ya verás cómo conseguimos algo —contó doña Elena.

Desolada al salir de la cárcel, Amelia acompañó a Albert James a las entrevistas que tenía concertadas para sus reportajes. No regresaron a casa de doña Elena hasta la noche. Para entonces yo ya había encontrado en Edurne la protección que hasta entonces me había brindado Amelia. Edurne me consolaba diciéndome que mi madre era una mujer valiente y que yo no debía olvidarla nunca. También hice buenas migas con Jesús; teníamos más o menos la misma edad, y aunque él era un chico tímido y procuraba pasar inadvertido, pronto descubrí que tenía mucho sentido del humor.

Dos días después de estar instalados en casa de doña Elena, Edurne regresó muy agitada de la calle.

—Águeda me ha dicho que vayamos esta tarde a eso de las cinco a la puerta principal de los Jardines del Retiro, que ella estará por allí paseando con Javier. También me ha dicho que a Santiago lo van a soltar, que es cuestión de días. Se lo ha escuchado decir a don Manuel, que al parecer tiene amigos bien situados cerca de Franco.

Amelia lloró al saber que iba a poder ver a su hijo. Doña Elena decidió que Laura, Antonietta, Jesús, Edurne y yo debíamos acompañarla. Temía la reacción de Amelia cuando se encontrara con el niño.

A las cinco en punto estábamos en la puerta principal de los Jardines del Retiro. Esperamos impacientes hasta que media hora más tarde vimos a Águeda con Javier cogido de la mano.

Laura intentó detener a Amelia pero ella corrió hacia el niño y le abrazó llorando. No dejaba de besarle y el pequeño se asustó y comenzó a llorar.

—¡Por favor señora, déjele! —pidió Águeda, asustada de que algún conocido viera la escena, y sobre todo de que Javier le contara a sus abuelos que una señora le había besado y apretado hasta hacerle llorar.

Pero Amelia no escuchaba, apretaba a Javier y le llenaba de besos.

—¡Mi niño! ¡Mi niño! ¡Pero qué guapo estás! ¿Te acuerdas de mamá? No, pobrecito mío, cómo vas a acordarte. Pero yo te quiero tanto, hijo mío…

Con ayuda de Antonietta, Laura logró arrancar a Javier de los brazos de su madre y devolvérselo a Águeda.

—¡Ay, señora, lo que va a pasar si don Manuel y doña Blanca se enteran! —se lamentó Águeda.

—¡Pero soy su madre! No pueden negarme a mi hijo —respondió llorando Amelia.

Javier, asustado, no paró de llorar.

—Lo mejor es que se vayan. Ya le volverán a ver otro día, pero ahora me lo llevo a pasear para que se tranquilice —añadió la mujer, que estaba francamente asustada.

Entre su prima Laura y Antonietta lograron alejar a Amelia de Águeda y del niño, que corrió asustado calle arriba.

Amelia no cesaba de llorar y no atendía a las palabras de consuelo de su prima y de su hermana. Edurne, Jesús y yo permanecimos callados, sin saber qué hacer ni qué decir.

Cuando regresamos a casa de doña Elena, Antonietta obligó a su hermana a tomarse una tila bien cargada, pero ni eso logró aplacarla, tanto era su dolor. Sólo Albert James fue capaz de hacerla reaccionar. Él solía tratarla con cierta distancia recordándole que estaban en Madrid para trabajar y que no se podía dejar abatir por las circunstancias. En aquel entonces yo le juzgaba como un hombre duro, sin corazón; ahora entiendo que su aparente rudeza despertaba en Amelia el miedo a quedarse sin trabajo, y eso le movía a reaccionar porque no se lo podía permitir, ni por ella, ni por Antonietta, ni por el resto de su familia.

Un ejemplo fue la decisión de Albert James de asistir al desfile que Franco había organizado para aquel 19 de mayo, pese a las protestas de Amelia.

—Yo estoy aquí para trabajar, y tú también —le recordó.

Amelia entonces calló, consciente de lo preciado que era para ella, y para todos nosotros, el dinero que recibía por su trabajo como traductora y secretaria del periodista.

El 19 de mayo fuimos todos al desfile. La decisión la tomó doña Elena, temerosa de que algún vecino denunciara que se habían quedado en casa en vez de mostrar su adhesión al Caudillo, como ya se le llamaba a Franco. Fuimos a regañadientes; yo, aunque era un adolescente, odiaba a Franco con todas mis fuerzas porque me había dejado perdido en el mundo, de manera que, al igual que Amelia, Laura y Edurne, protesté, hasta que doña Elena, con la ayuda de Albert James, nos ordenó callar.

El Paseo de Recoletos, por donde iba a pasar el desfile, no estaba lejos de la casa, de manera que fuimos andando y con tiempo suficiente para coger sitio.

A lo lejos pudimos distinguir a Franco y Amelia murmuró que le parecía un «enano», lo que provocó que doña Elena le diera un pellizco en el brazo mandándola callar.

Aquel día a Franco le impusieron la Gran Cruz Laureada de San Fernando, que debía de ser la única condecoración que no tenía y la más apreciada en el estamento militar.

Albert James miró todo con interés y le pidió a Amelia que le tradujera los comentarios de la gente que teníamos alrededor. A James le sorprendió el entusiasmo mostrado por los espectadores del desfile. Más tarde nos preguntó cómo era posible aquel fervor por parte de una ciudad que había sido la última en resistir a las tropas de Franco. Doña Elena se lo explicó.

—Por miedo, hijo, por miedo, ¿qué quiere que haga la gente? La guerra se ha perdido, aunque yo ya no sé si la he perdido o la he ganado. El caso es que ahora mismo nadie se quiere significar, a ver quién es el guapo que se atreve a criticar a Franco. No sé si se lo han explicado, pero la Ley de Responsabilidades Políticas contempla penas para todos aquellos que han tenido algo que ver con los rojos, y te puedes imaginar que quien más y quien menos tiene parientes en ambos lados.

Amelia estaba muy afectada. Ver a su hijo la había conmovido y no paró hasta convencer a su tía para que enviara de nuevo a Edurne a hablar con Águeda para concertar una nueva cita. Doña Elena accedió a regañadientes, pero mandó a Edurne a la hora en que sabían que Águeda salía a comprar.

Edurne regresó con buenas noticias. No había tenido que esperar mucho a que Águeda saliera de la casa y la había seguido discretamente hasta que estuvieron lo suficientemente lejos para que no las viera ningún conocido. Águeda le contó que Santiago había sido liberado el día anterior y que estaba más delgado y envejecido, pero al fin y al cabo sano y libre. Javier no se separaba de su padre y aquella noche había dormido con él.

Santiago había decidido regresar a su casa y no quedarse en la de sus padres. Ésas fueron las buenas noticias, las malas eran que Águeda no se atrevía a provocar otro encuentro con Amelia por miedo a que Javier se lo contara a su padre. No es que el niño pudiera explicar quién era aquella señora que le abrazaba, pero Santiago podría deducir que era Amelia y Águeda temía su reacción. A lo más que se prestaba es a que Amelia les mirara de lejos pero con el compromiso de no acercarse.

A Amelia las condiciones de Águeda le parecieron humillantes y tomó una decisión que nos asustó a todos.

—Voy a ir a ver a Santiago. Le pediré perdón, aunque sé que nunca me podrá perdonar, pero le suplicaré que me deje ver a mi hijo.

Doña Elena intentó disuadirla: temía la reacción de Santiago. Albert James también le aconsejó que meditara un poco más la decisión, pero Amelia se mantuvo en sus trece y en lo único que cedió fue en acudir a casa de Santiago acompañada.

3

Creo que fue la tarde del 22 o 23 de mayo cuando Amelia se presentó en casa de Santiago. Águeda se estremeció cuando al abrir la puerta se encontró a las tres señoritas Garayoa.

—Quiero ver a don Santiago —dijo Amelia con un hilo de voz.

Águeda las dejó en el vestíbulo y salió corriendo en busca del dueño de la casa. Javier entró en el recibidor y se quedó sorprendido, mirando con curiosidad a las tres mujeres. Amelia intentó tomarle en brazos pero el niño escapó riendo, ella lo siguió y se dio de bruces con Santiago.

—¿Qué haces aquí? —preguntó lívido de ira.

—He venido a verte, necesito hablar contigo… —respondió Amelia, balbuceando.

—¡Fuera de mi casa! Tú y yo no tenemos nada que decirnos. ¿Cómo te atreves a presentarte aquí? ¿Es que no respetas nada? ¡Márchate y no vuelvas jamás!

Amelia temblaba. Intentaba contener las lágrimas consciente de que su hijo Javier les estaba mirando.

—Te suplico que me escuches. Sé que no merezco tu perdón pero al menos permíteme ver a mi hijo.

—¿Tu hijo? Tú no tienes hijo. Márchate.

—¡Por favor, Santiago! ¡Te lo suplico! ¡Déjame ver a mi niño!

Santiago la agarró del brazo empujándola hacia el recibidor, donde Antonietta y Laura esperaban muy nerviosas tras haber escuchado la conversación.

—¡Ah, te has traído compañía! Pues me da igual, no sois bien recibidas en esta casa.

—¡No me quites a mi hijo! —suplicó llorando Amelia.

—¿Pensaste en tu hijo cuando te fuiste con tu amante a Francia? No, ¿verdad? Pues entonces no sé de qué hijo me hablas. ¡Márchate!

Las echó de la casa sin mostrar la más mínima compasión por Amelia. Santiago la había querido con toda su alma; su dolor era tan intenso como había sido su amor y eso le impedía perdonarla.

Tras aquel traumático reencuentro, Amelia sufrió convulsiones y pasó tres días en cama sin comer. Sólo reaccionó cuando doña Elena entró en su cuarto llorando para contarle que los señores de Herrera la habían avisado de que no habían podido conseguir el indulto para Armando Garayoa. Sólo había una posibilidad, le dijeron con gran secreto, y es que fueran a hablar con un hombre muy relacionado con el nuevo régimen que a cambio de dinero solía conseguir algunos indultos; aunque no siempre lo lograba, en ningún caso devolvía el dinero.

Albert James, que en aquel momento era el hombre de la casa, se comprometió a hablar con las autoridades y presionar cuanto pudiera dada su condición de periodista extranjero, pero doña Elena y su hija Laura decidieron que tenían que intentar que aquel personaje del que les habían hablado los Herrera se hiciera cargo de la situación.

Doña Elena, acompañada por su hija y su sobrina, logró la entrevista con Agapito Gutiérrez, que así se llamaba el vendedor de favores.

Éste había combatido con los nacionales, y tenía familiares bien colocados en los altos estamentos del régimen y de la Falange. Antes de la guerra era un buscavidas sin oficio ni beneficio, pero listo y sin escrúpulos y muy preparado para sobrevivir, así que no tuvo ningún problema para medrar dentro del Ejército trapicheando en Intendencia y cobrando favores a unos y a otros en aquellos años de miseria y escasez.

En apariencia, Agapito Gutiérrez no carecía de nada. Se había instalado en un despacho en la calle Velázquez, en un viejo edificio señorial. Hoy en día diríamos que aquél era un «despacho de influencias» si no fuera porque su principal negocio trataba de la vida de quienes estaban en prisión.

Una mujer morena, con un escote atrevido para la época y que dijo ser la secretaria (aunque más bien parecía una corista) las hizo pasar a una sala de espera donde aguardaban impacientes otros peticionarios, sobre todo mujeres.

Allí estuvieron cerca de tres horas hasta que les tocó el turno de ver a Agapito Gutiérrez.

Se encontraron con un hombre bajo y rechoncho, vestido con un traje a rayas y corbata prendida con alfiler, zapatos de charol y en la mano derecha un grueso anillo de oro.

El tal Agapito les echó una mirada rápida que se detuvo en Amelia. Ella, aunque delgada, era una belleza rubia y etérea, alguien inalcanzable en cualquier otra circunstancia para un hombre como aquél.

Las escuchó aburrido pero sin dejar de mirar a Amelia, a la que pareció devorar con los ojos hasta hacer incomodar tanto a doña Elena como a su hija Laura y a su sobrina.

—Bien, veré qué puedo hacer, aunque por lo que me cuentan, ese rojo de su marido lo tiene mal y yo milagros no hago. Mis gestiones valen mucho, de manera que ustedes dirán si pueden pagar o no.

—Pagaremos lo que sea —respondió de inmediato Laura.

—Son cincuenta mil pesetas tanto si consigo el indulto como si no. Todos los que vienen aquí me suplican por gentuza que son delincuentes y han hecho mucho daño a nuestra nación, si no fuera porque tengo un corazón blando…

Doña Elena se quedó lívida. No disponía de cincuenta mil pesetas ni sabía dónde conseguirlas, pero no dijo nada.

—Si están de acuerdo, tráiganme las cincuenta mil pesetas,

tres días después regresen y ya les diré algo. Mejor dicho, no vengan todas ustedes, no hace falta, la espero a usted, señorita Garayoa —dijo dirigiéndose a Amelia.

—¿A mí? —preguntó ella, sorprendida.

—Sí, a usted, al fin y al cabo es la sobrina y no está tan directamente implicada, no es la primera vez que cuando doy malas noticias me organizan aquí un drama y eso no le viene bien a mi reputación.

Amelia enrojeció y doña Elena a punto estuvo de decirle que de ningún modo iría su sobrina, pero se calló. Estaba en juego la vida de su marido.

Albert James se indignó cuando le contaron la escena. Dijo que iría a dar un puñetazo a aquel malnacido, pero las tres mujeres le suplicaron que no lo hiciera. No podían permitirse malgastar su única posibilidad. Lo que doña Elena sí hizo, roja de vergüenza, fue pedirle a James que las ayudara a conseguir las cincuenta mil pesetas.

—No me queda nada más que lo que hay en esta casa y unas tierras en el pueblo, es todo lo que le puedo dar a cambio, pero le aseguro que cuando mi marido esté libre y vuelva a trabajar le devolveremos hasta la última peseta.

Amelia le dijo que le daría su casa; la casa de sus padres por esas cincuenta mil pesetas.

Incluso para Albert James la cantidad era excesiva, pero se comprometió a ayudarlas. Al día siguiente, con la ayuda de Edurne, las mujeres se pusieron en contacto con un estraperlista que les dio mil pesetas por un par de candelabros de plata, la cristalería veneciana, figuritas de porcelana y dos lámparas de bronce a juego. Albert James no se lo dijo pero después de muchos esfuerzos logró ponerse en contacto con sus padres, a los que convenció para que depositaran en un banco un pagaré que pudiera cobrar en España por valor de cincuenta mil pesetas. Era una cantidad tan desorbitada que su padre al principio se negó a prestársela.

—Te lo devolveré, pero desde aquí no puedo hacer nada y necesito ese dinero con urgencia para salvar una vida. Ponte en contacto con un banco, con nuestra embajada, con quien quieras, papá, pero hazme llegar ese dinero o no te lo perdonaré nunca —amenazó James a su padre.

Algunos días después de lo previsto, Amelia se presentó con el dinero en el despacho de Agapito Gutiérrez. Albert James la acompañó hasta la misma puerta del despacho, temeroso de que pudieran atracarla por la calle llevando encima tal cantidad de dinero.

Agapito tenía una secretaria nueva, en esta ocasión una joven teñida de pelirrojo con un escote aún más pronunciado que el de la anterior.

El hombre vestía el mismo traje a rayas aunque con una corbata distinta y una camisa de cuyos puños sobresalían unos gemelos de oro macizo.

—¡Vaya, no pensé que fueran a conseguir las cincuenta mil pesetas! Muchas personas vienen aquí esperando que haga caridad con ellas, pero yo soy muy serio para los negocios y el que algo quiere algo le cuesta.

Agapito la invitó a sentarse en el sofá junto a él y mientras le hablaba le puso la mano en la rodilla. Amelia se movió, incómoda.

—¿No serás una mojigata?

—No sé qué quiere decir.

—Una de esas señoritas remilgadas que están deseando que un tío les haga lo que le tienen que hacer pero lo disimulan aparentando ser grandes damas.

—He venido a traerle el dinero para lograr el indulto de mi tío, nada más.

—¡Vaya, te haces la estrecha conmigo! ¿Y si me niego a hacer ninguna gestión?

—¡Pero qué es lo que pretende!

Pese a la resistencia de Amelia, que le arañó, Agapito Gutiérrez se acercó a ella y la besó.

—¡Menuda gata estás hecha! No disimules que a ti esto te gusta tanto como a mí, te tengo calada.

Amelia se puso de pie y le miró con ira y asco, pero no se atrevió a marcharse temerosa de que Agapito se negara a hacer la gestión para conseguir el indulto de su tío Armando Garayoa.

El rufián se levantó y mirándola de frente sonrió mientras volvía a abrazarla.

—¡Suélteme! ¡Cómo se atreve! ¡Es usted un sinvergüenza!

—No menos que tú; he preguntado por vosotras y me han contado que eres una puta que dejaste a tu marido y a tu hijo para largarte con un francés. Así que no disimules más conmigo.

—Aquí tiene el dinero —le dijo Amelia entregándole un sobre grueso de papel estraza donde estaban las cincuenta mil pesetas—. Cumpla lo prometido.

—Yo no he prometido nada, ya veremos si indultan a tu tío, que por rojo no se lo merece.

El hombre cogió el sobre, lo abrió y contó el dinero billete por billete mientras Amelia lo miraba intentando contener las lágrimas. Cuando terminó de contar la miró fríamente mientras sonreía.

—Ha subido el precio.

—¡Pero usted dijo que nos cobraba cincuenta mil pesetas! No tenemos más...

—Lo pagarás tú. Tendrás que hacer lo que yo te pida o tu tío no saldrá de la cárcel y le fusilarán. Ya me encargaré yo de que le fusilen cuanto antes.

Amelia estuvo a punto de derrumbarse, sólo quería salir corriendo de aquel despacho que olía a sudor mezclado con colonia barata. Pero no lo hizo, sabía que en ese caso su tío Armando terminaría ante el paredón.

Él se dio cuenta de que había vencido.

—Ven aquí, vamos a hacer unas cuantas cosas tú y yo...

—No, no vamos a hacer nada. Le dejo el dinero y si mi tío sale de la cárcel, entonces...

—¡Menuda puta estás hecha! ¿Cómo te atreves a ponerme condiciones?

—Vendré el día en que mi tío salga de la cárcel.

—¡Claro que vendrás! No te creas que no me vas a pagar.

Amelia salió del despacho y cruzó la sala, donde la secretaria estaba hablando por teléfono al tiempo que se limaba las uñas. La pelirroja le guiñó un ojo en un gesto de complicidad.

—¿Qué te ha pasado? —le preguntó Albert James, preocupado al verla salir del portal con las mejillas enrojecidas y los ojos llenos de lágrimas.

—Nada, nada, es que ese hombre es un sinvergüenza, ni aun dándole las cincuenta mil pesetas parece conformarse, y no da garantías del indulto de mi tío.

—Voy a subir a decirle cuatro cosas. Veremos si a mí se atreve a decirme que se va a quedar con las cincuenta mil pesetas por nada.

Pero ella no se lo permitió. Tampoco le dijo lo que aquel miserable pretendía. Sabía que la suerte estaba echada y que sólo un milagro podría salvarla de las manos de aquel hombre.

La espera se hizo eterna. Amelia y Albert James salían a primera hora para trabajar, y a veces no regresaban hasta bien entrada la tarde, siempre con algún alimento comprado de estraperlo: una caja de galletas, una docena de huevos, un pollo, azúcar... Doña Elena continuaba administrando la casa con lo poco que tenía, y yo procuraba pasar inadvertido junto a Edurne, a la que acompañaba a todas partes. En un par de ocasiones Edurne me llevó al hospital a visitar a mi abuela, pero la mujer no mejoraba, con lo que mi estancia en la casa de doña Elena se fue alargando.

Edurne también había vuelto a hablar con Águeda y la había convencido de que permitiera que Amelia viera de lejos al pequeño Javier. La mujer aceptó a pesar del temor que le infundía Santiago y Amelia cumplió el compromiso de no acercarse al niño. Le veía en la distancia dominando el deseo de correr hacia él y abrazarle.

Un día, de buena mañana, doña Elena recibió una llamada de Agapito Gutiérrez. El hombre le anunció que esa mañana iban a firmar el indulto de don Armando y que esa misma tarde podría quedar en libertad, pero que antes de eso tenía que enviarle a Amelia al despacho. Doña Elena preguntó que para qué, pero Agapito no le dio razones, sólo la orden terminante de que enviara a su sobrina o de lo contrario el papel del indulto se perdería.

Doña Elena se puso a llorar de alegría. La pobre mujer estaba exhausta por la incertidumbre y el sufrimiento. Para celebrarlo, nos permitió ponernos una cucharada entera de azúcar en la malta.

—No entiendo qué quiere ese hombre... Insiste en que vayas a su despacho sola, que ha de tratar algo contigo. Y no quiere decir para qué, lo mismo pretende más dinero...

Albert James insistió en acompañar a Amelia a la cita con Agapito Gutiérrez, pero ella se negó.

—Tienes una entrevista con el embajador británico y no quiero que la cambies por mí.

—Es que no quiero dejarte sola.

—No te preocupes, ahora lo importante es que mi tío salga de la cárcel.

Aunque de mala gana, Albert James no tuvo más remedio que aceptar. Amelia estaba más nerviosa que su tía, y él no quería contribuir a alterar el difícil equilibrio en el que ella se mantenía desde el regreso a España. La pérdida de sus padres, la de su hijo, además de encontrar el país arrasado por la miseria, y lo que era peor, por el odio, habían hecho mella en su ánimo.

A primera hora de la tarde Amelia se despidió para ir al despacho de Agapito Gutiérrez, mientras que doña Elena nos ordenó a Edurne y a mí que la acompañáramos junto a Laura, Jesús y Antonietta hasta la cárcel, puesto que era día de visita y era posible que nos lleváramos la alegría de poder regresar con don

Armando si el papel del indulto le había llegado al director de la prisión. Antes de salir telefoneó a Melita a Burgos para avisarla de que su padre iba a recobrar la libertad.

Lo que pasó aquella tarde en el despacho de Agapito Gutiérrez Amelia se lo contó a su prima Laura, pero yo que tenía el oído fino y que quería tanto a Amelia no me resistí a escuchar a través de la puerta.

En esta ocasión no tuvo que esperar a que la recibiera. Cuando llegó la secretaria, la misma pelirroja de la vez anterior, le guiñó un ojo y mientras la acompañaba al despacho de su jefe le susurró al oído:

—Cierra los ojos y piensa que es otro, aunque lo peor es el olor, ya verás cómo huele a sudor.

Agapito estaba sentado tras la enorme mesa de caoba y apenas la miró. Continuó leyendo unos papeles sin invitarla a sentarse. Al cabo de unos minutos se la quedó mirando fijamente.

—Ya sabes a lo que has venido. O pagas o tu tío no sale de la cárcel.

—Ya le dimos las cincuenta mil pesetas.

—Están esperando a que yo llame para enviar el papel del indulto, tú verás... —dijo encogiéndose de hombros.

—Llame.

—No, primero paga.

—Pagaré cuando llame, hasta que no le oiga decir que envíen el indulto...

—¡No estás en condiciones de exigirme nada!

—Ahora nada tengo, de manera que nada perderé; sé lo que quiere y pagaré, pero cuando llame.

Agapito la miró con desprecio. Descolgó el auricular e hizo una llamada. Habló con un hombre que le confirmó que el indulto estaba firmado y se enviaría de inmediato a la prisión.

Cuando colgó el teléfono se quedó mirando de arriba abajo a Amelia.

—Desnúdate.

—No es necesario... —balbuceó ella.

—¡Haz lo que te he dicho, zorra!

Se abalanzó sobre ella, la abofeteó hasta hacerla caer al suelo, le arrancó la ropa y, a continuación, la empujó hasta tenderla sobre la mesa de caoba, donde la violó.

Amelia opuso resistencia a la brutalidad del hombre, pero él parecía un loco que disfrutaba haciéndole daño. Cuando terminó con ella la volvió a empujar al suelo. Amelia se encogió tratando de ocultar su cuerpo a aquel desalmado.

—No me ha gustado, con esos gimoteos no he disfrutado. Ni siquiera sirves como zorra. Eres frígida.

Amelia se levantó y se vistió deprisa, temiendo que la volviera a golpear. Mientras, él se anudó la corbata y la insultó.

—¿Puedo marcharme? —preguntó Amelia, temblando.

—Sí, márchate. No sé por qué me he molestado en sacar a tu tío de la cárcel; los rojos donde mejor están es en el cementerio.

Cuando Amelia volvió a casa, nosotros aún no habíamos llegado. Cuando lo hicimos, Laura la encontró metida en la bañera llorando. Allí le contó a su prima las vejaciones sufridas, el asco inmenso al sentir el aliento pegagoso de aquel hombre, los golpes recibidos que tanto le excitaran a él, las palabras soeces escuchadas; todo, todo lo que había sufrido lo fue desgranando ante su prima, que no supo cómo consolarla.

Laura obligó a Amelia a acostarse. Doña Elena no entendía lo que sucedía, o acaso no quería saberlo puesto que el rostro de Amelia evidenciaba los golpes recibidos. Nerviosa, no dejó de parlotear anunciando que al día siguiente su marido saldría de la cárcel, tal y como nos habían confirmado esa misma tarde. A Laura y a Antonietta les ordenó que ayudaran a Edurne a limpiar la casa, para que don Armando lo encontrara todo como antes de la guerra.

Amelia no quiso levantarse para cenar y cuando Albert James insistió en verla y hablar con ella, Laura le pidió que la dejara descansar hasta el día siguiente. Doña Elena nos mandó a todos a la cama para ahorrar en luz, y James se dirigió a la habitación de Amelia y llamó suavemente con los nudillos. Yo le oí y salté de la cama dispuesto a averiguar si Amelia le iba a contar lo sucedido.

Escuché los sollozos de Amelia y las palabras de James intentando consolarla. Le contó lo que había hecho para salvar a su tío y él se reprochó no haber ido con ella y haberse enfrentado con aquel cerdo. Juró que al día siguiente iría a ajustar cuentas con aquel sinvergüenza, pero Amelia le suplicó que no lo hiciera porque eso pondría en peligro a su familia. Luego no quise escuchar más, me parece que él la abrazó para confortarla y que aquel abrazo fue el preludio para que días más tarde se convirtieran en amantes.

Don Armando salió de la cárcel a primera hora de la mañana del 10 de junio. Doña Elena le esperaba emocionada y cuando lo tuvo delante se fundieron en un abrazo a las puertas de la prisión. Ella llorando, él conteniendo las lágrimas.

Les esperamos en casa. Laura nerviosa e impaciente; Antonietta alegre como siempre, aunque aquellos días parecía un poco más débil.

Laura se tiró a los brazos de su padre, que la abrazó emocionado. Luego le tocó el turno a Jesús, después a Antonietta, y a Amelia, y a Albert James, al que le agradeció que hubiera conseguido las cincuenta mil pesetas.

—Tiene usted en mí más que a un amigo, porque le debo la vida. Usted no me conocía de nada y ha pagado por mi liberación, nunca sabré cómo agradecérselo. Tenga por seguro que se lo devolveré; necesitaré tiempo, pero lo haré. Espero poder volver a ejercer como abogado y si no trabajaré de lo que sea con tal de sacar adelante a mi familia y pagar mi deuda.

Los primeros días de la liberación fueron de euforia. Melita, la hija mayor de don Armando y doña Elena, viajó desde Burgos con su marido, Rodrigo Losada, y su hija Isabel para celebrar la liberación de su padre. La familia se sentía feliz, y la pequeña Isabel se convirtió en el centro de las atenciones de todos. Sólo Amelia no lograba salir del abatimiento en que estaba sumida desde su llegada a España.

Don Armando disfrutaba de cada momento y se regocijaba por haber vuelto a comer «como un ser humano» mientras saboreaba las patatas cocidas con tocino o las lentejas estofadas.

—En la cárcel comíamos habas con gusanos —nos contaba riendo—, flotaban sobre el caldo, y no os diré a qué saben los gusanos, pobrecitas, mejor que no lo sepáis.

Albert James había enviado a Edurne con dinero en busca de provisiones para celebrar la vuelta a la vida de don Armando. No es que hubiera mucho, pero, aunque a precios muy elevados, en el mercado negro siempre se encontraba algo.

Fue a finales de junio de 1939 cuando James anunció que regresaba a París.

—He terminado mi trabajo aquí, ahora debo regresar y ponerme a escribir. Amelia ha decidido continuar trabajando, de manera que se viene a París conmigo.

Doña Elena protestó diciendo que el sitio de Amelia estaba en Madrid, junto a los suyos, pero Amelia explicó el porqué de su marcha.

—Aquí no puedo hacer nada. Tengo un trabajo como secretaria de Albert, gano un buen salario y con ese dinero os puedo ayudar a vosotros y a mi hermana. Quiero que a Antonietta no le falten las medicinas que necesita para curarse, y quiero que podáis comer algo más que patatas.

—Pero ¿y tu hijo? —se atrevió a preguntar doña Elena.

—Santiago no me permitirá jamás acercarme a él. Lo tengo bien merecido. Vendré de vez en cuando a veros y buscaré la manera de acercarme a Javier; puede que algún día pueda pedirle perdón y puede que él me perdone.

Don Armando reconoció que su sobrina tenía razón. ¿De qué podía trabajar Amelia en Madrid? Laura, que había estudiado para maestra, no encontraba trabajo por ser hija de un rojo y tenía que conformarse con un puesto auxiliar en el colegio de monjas, donde había sido alumna y en el que la madre superiora, en consideración al afecto que le tenía, la había acogido para el curso siguiente. Tendría que barrer, limpiar las clases, cuidar de los más pequeños a la hora del recreo y encargarse de hacer los recados, y por todo ello apenas cobraría unas pesetas.

En cuanto a don Armando, las autoridades le dejaron claro que no podía ejercer su antigua profesión, al menos por el momento. Era mejor pasar inadvertido a los ojos del régimen. El buen hombre buscó la manera de ganarse la vida con dignidad, pero no le resultó fácil, y para humillación suya tuvo que aceptar un trabajo de pasante en el despacho de abogados de un franquista, un hombre de confianza de los vencedores que necesitaba a alguien que supiera de leyes y que trabajara mucho cobrando poco y sin protestar.

Amelia le firmó un poder a su tío para que vendiera el piso de sus padres y así pudiera pagar la deuda a Albert James y obtener un poco más de dinero con el que aliviar las estrecheces de la familia. Al principio don Armando se negó a aceptar la idea de Amelia, aduciendo que el piso era la herencia para ella y Antonietta, pero las dos hermanas insistieron en que intentara buscar un buen comprador, seguras de que habría gente que estaría sacando provecho y podría pagar un piso en pleno barrio de Salamanca.

El día en que Amelia y Albert James se marcharon fuimos a despedirles a la estación del Norte. Todos lloramos, sobre todo Antonietta, a la que tuvimos que arrancar de los brazos de su hermana para que Amelia pudiera subir al tren.

Para los que nos quedábamos había comenzado una nueva vida; para Amelia, también.»

El profesor Soler acabó su relato, se levantó del sillón y paseó por la habitación estirando las piernas. Hacía rato que había anochecido y Charlotte, su mujer, había entreabierto la puerta en una ocasión para saber si continuábamos hablando.

—Profesor, perdone, pero tengo una curiosidad, ¿por qué no escribe usted la historia de Amelia Garayoa?

—Porque sólo conozco algunos episodios; es usted quien está completando el puzle.

Tengo que confesar que cuanto más sabía de mi bisabuela más sorprendido estaba. De mi primera impresión sobre Amelia, a quien juzgué como una joven malcriada sin ningún interés, hasta aquel momento, mi opinión había cambiado. Amelia se me antojaba como un personaje trágico, destinado a sufrir y a generar sufrimiento.

—Bien, ahora debe continuar la investigación —me anunció, tal como me temía.

Como había sucedido en las anteriores ocasiones, tenía previstas las pistas que debía seguir.

—De Madrid fueron a París, pero no estuvieron muchos días. Albert James decidió ir a Londres y se llevó a Amelia con él, de manera que tendrá usted que ir allí. Ya he hablado con doña Laura y está de acuerdo, de todas maneras hable usted con ella también. Le facilitaré un contacto en Londres: el mayor William Hurley, un militar retirado que es archivero.

—¿Usted le conoce?

—¿Al mayor Hurley? No, no le conozco. En realidad ha sido mi amigo Victor Dupont quien me ha sugerido el nombre de Hurley, a quien conoció en un congreso de documentalistas. Creo que podrá ayudarle a encontrar la pista de Albert James.

Antes de ir a Londres pasé por Madrid para ver a mi madre. En esta ocasión su enfado era real, lo supe nada más abrir la puerta.

—Te has vuelto loco, ¿crees que tiene algún sentido lo que estás haciendo? Ya le he dicho a mi hermana que ella es la culpable,

¡menuda ocurrencia tuvo! ¿A quién le importa lo que hizo tu bisabuela? ¿En qué nos va a cambiar la vida?

—Tía Marta ya no tiene nada que ver en el asunto —contesté.

—Pero fue ella la que te metió el veneno. Mira, Guillermo, por lo que a mí respecta no quiero saber nada sobre la vida de mi abuela, me importa un pimiento. Pero te diré más: o paras esta locura o no cuentes conmigo para nada. No estoy dispuesta a contemplar cómo tiras tu vida por la ventana. En vez de estar buscando un buen trabajo te dedicas a investigar el pasado de esa Amelia Garayoa que... que... en fin, hasta después de muerta continúa fastidiando a la familia.

No logré convencer a mi madre de que la investigación merecía la pena. Se mostró inflexible y me lo demostró anunciándome que no le pidiera ningún préstamo porque no pensaba ayudarme hasta que no abandonara lo que ella calificó de «locura».

Me sentó mal la cena y me fui malhumorado, pero decidido a continuar con la investigación sobre Amelia Garayoa. Curiosamente no sentía que fuera nada mío, el interés que había ido despertando en mí no tenía que ver con que fuera mi bisabuela. Su vida se me antojaba más interesante que la de tantas otras personas a las que había conocido y sobre las que como periodista había escrito.

Doña Laura se mostró encantada con mis progresos y no puso objeción a que me fuera a Londres.

4

Llegué a Londres una mañana en la que ni llovía, ni había niebla, ni hacía frío. No es que luciera el sol, pero al menos el ambiente me resultó más agradable que en otras ocasiones. En realidad sólo había estado en Londres una vez cuando era un adolescente y mi madre se empeñó en enviarme a un viaje de esos de intercambio para que practicara el inglés.

El mayor William Hurley me pareció un viejo gruñón, al menos por teléfono.

—Venga a verme mañana a las ocho en punto y no se retrase; ustedes los españoles tienen la curiosa costumbre de llegar tarde.

Me fastidió esa alusión a que los españoles somos poco puntuales, y me dije que le preguntaría a cuántos españoles conocía y si todos ellos habían llegado tarde a sus citas.

A las ocho en punto de la mañana llamé al timbre de una mansión victoriana situada en Kensington. Me abrió una doncella muy joven perfectamente uniformada. La chica debía de ser caribeña porque a pesar de la rigidez que se respiraba en el umbral de la puerta me sonrió ampliamente y me dijo que anunciaría sin demora mi llegada al mayor.

William Hurley me esperaba sentado junto a la chimenea en una inmensa biblioteca. Parecía distraído mirando cómo ardía un leño, pero enseguida se puso en pie y me tendió una mano que resultó ser de acero porque casi me aplasta los dedos.

—Le recibo a petición del señor Dupont —me recordó.

—Y yo se lo agradezco, mayor Hurley.

—El señor Dupont me ha adelantado que quiere usted información sobre la familia James, ¿es así?

—Efectivamente, tengo interés en conocer todo lo referente a un miembro de esa familia, Albert James, que según tengo entendido tenía familiares en el Foreign Office y en el Almirantazgo.

—Así es, de lo contrario no estaría usted aquí.

—¿Cómo dice?

—Joven, he dedicado buena parte de mi vida a estudiar archivos militares, sobre todo los concernientes a la Segunda Guerra Mundial, y, efectivamente, un James sirvió en el Almirantazgo durante aquella época. Lord Paul James era un oficial encargado de una de las secciones del contraespionaje, y precisamente uno de sus nietos se casó con lady Victoria, sobrina de mi esposa. Lady Victoria, una mujer notable, es una gran jugadora de golf, además de historiadora. Ella ha puesto en orden todos los archivos de su familia y también los de la familia de su esposo. Bien —concluyó—, ¿qué es lo que está buscando?

Le expliqué quién era y le conté que al parecer una amante de Albert James, Amelia Garayoa, era mi bisabuela, y que mi único interés era reconstruir su historia para la familia.

—Una mujer singular, su bisabuela.

—¡Ah! Pero ¿sabe usted algo sobre ella?

—Yo no tengo tiempo que perder. El señor Dupont me telefoneó pidiéndome que le recibiera y explicándome el motivo de su investigación, de manera que he estado mirando en los archivos del Almirantazgo, los que son públicos, pues aún hay mucho material clasificado que naturalmente nunca saldrá a la luz. Hubo una agente libre, una española, Amelia Garayoa, que colaboró con el Servicio Secreto británico durante la Segunda Guerra Mundial. Su valedor fue Albert James, sobrino de lord Paul James, que también fue un agente, y de los mejores, diría yo.

Me quedé petrificado. Mi bisabuela no cesaba de darme sorpresas.

—¿Una agente libre? ¿Qué significa eso? —pregunté intentando recuperarme de la sorpresa.

—No era inglesa, no pertenecía a ningún Cuerpo, pero al igual que muchas otras personas de toda Europa colaboró con los servicios de Inteligencia para derrotar al nazismo. En la guerra hubo dos frentes, y el de la Inteligencia fue tan importante como el militar.

El mayor Hurley me dio una lección magistral sobre el funcionamiento de los servicios secretos durante la Segunda Guerra Mundial. El hombre parecía disfrutar exhibiendo sus extensos conocimientos y yo le escuché muy atento. Como periodista, una lección que tengo bien aprendida es que nadie se resiste a que le escuchen con atención. En realidad la gente está muy necesitada de hacerse oír, y si uno tiene la paciencia y la humildad de escuchar sin interrumpir puede enterarse de las cosas más insólitas.

A las diez en punto la doncella caribeña golpeó suavemente la puerta para anunciarle al mayor que tenía un coche esperándole en la puerta.

—¡Ah! Tengo una cita con un viejo amigo en el club. Bien, joven, creo que le pediré a lady Victoria que le reciba, puede que ella le dé información sobre los aspectos más… más… digamos personales de la relación entre Albert James y Amelia Garayoa. Por mi parte, yo le pondré al tanto de lo que fue su actividad como agente. Le llamaré a su hotel.

Salí de la casa del mayor Hurley entusiasmado. La historia de Amelia Garayoa estaba adquiriendo una perspectiva insospechada.

Lady Victoria me recibió dos días más tarde. Resultó ser una mujer atractiva aunque debía de tener más o menos la edad de mi madre.

Alta, delgada, con el cabello cobrizo, ojos azules, piel blanquísima esmaltada de pecas y con la elegancia típica de las mujeres de clase alta a las que todo lo que tienen nada les ha costado, por más que lady Victoria hubiera sido una alumna destacada en la Universidad de Oxford y se hubiese licenciando en historia.

—¡Qué empeño tan loable el suyo, investigar el pasado de su bisabuela! Sin raíces no somos nada, es como si no tuviéramos los pies firmes sobre la tierra. Debe de ser terrible no saber quién es uno, y claro, eso sólo podemos saberlo si conocemos la historia de nuestros mayores.

Hice un esfuerzo para no responder a su perorata clasista, pero me callé porque la necesitaba.

—Sepa, joven, que en los archivos familiares he encontrado un montón de cosas sobre su bisabuela. Cartas, referencias sobre ella en el diario de la madre de Albert James; en fin, creo que lo que le voy a contar puede ser de alguna utilidad para usted. Aunque naturalmente, el tío William será quien le cuente la parte más sustanciosa. ¡Qué emocionante saber que su bisabuela fue una espía y que se jugó la vida luchando contra los nazis! Querido, pese a todo debe sentirse usted orgulloso de contar en su familia con una mujer como ella.

Al igual que con el mayor William dejé que la aristócrata tomara las riendas de la conversación. Lo mejor era escuchar; además, lady Victoria no había sido educada para que nadie la interrumpiera. Encendió un cigarrillo y comenzó a hablar.

«Albert James y su bisabuela llegaron a Londres a mediados del mes de julio de 1939. Precisamente un mes antes se había aprobado la creación del Ejército de Tierra femenino... pero no nos desviemos del asunto. Se instalaron en la casa que Albert tenía en Kensington, un piso típico de soltero, amplio y agradable. Los padres de Albert tenían una casa muy cerca de la de su hijo, bueno, en realidad la casa continúa existiendo, precisamente ahora vive en ella un nieto suyo. No ponga usted esa cara de sorpresa. Ya le hablaré del nieto, pero ahora eso no es lo importante.

Los padres de Albert estaban en ese momento en la casa familiar en Irlanda, en Howth, cerca de Dublín, donde solían acudir todos los veranos a pesar de que el resto del año vivían en Estados Unidos. No sé si lo sabrá, pero los James pertenecen a una antigua familia de la nobleza rural. Paul James era el hermano mayor y fue quien heredó la casa familiar; el padre de Albert, Ernest, decidió ir a Estados Unidos a hacer fortuna, ¡y vaya si la hizo! Se convirtió en un comerciante próspero, pero nunca rompió con sus raíces y, cuando ya de mayor enfermó, regresó a Irlanda para morir. Ernest hubiese querido que su hijo naciera en Irlanda, pero nació antes de tiempo, ya sabe, prematuro, de manera que tuvo que conformarse con que su hijo fuera neoyorquino. Bueno, tampoco está mal nacer en Nueva York, ¿no cree?

Albert escribió a su madre anunciándole que iría a Irlanda acompañado de Amelia Garayoa; precisamente he encontrado la carta entre los papeles de lady Eugenie, que así se llamaba la madre de Albert. Durante los días que estuvieron en Londres no permanecieron inactivos. Puede imaginar la situación política de aquel momento: ya sabe que Chamberlain hizo todo lo posible por contemporizar con Hitler convencido de que era lo mejor, y se equivocó, claro. El tío de Albert, Paul James, hermano de su padre, trabajaba en el Almirantazgo.

Paul James invitó a su sobrino y a la bellísima Amelia a cenar en su casa junto a otros amigos, la principal conversación giró en torno a las intenciones de Hitler. Entre los invitados había quienes estaban convencidos de que Alemania terminaría provocando una guerra en Europa y quienes, ingenuamente, creían que era posible frenarlo. Pero quizá lo más destacado de aquella velada fue que Amelia Garayoa se encontró con un viejo amigo, Max von Schumann, a quien acompañaba su esposa, la baronesa Ludovica von Waldheim. No crea que lo que le cuento son suposiciones, es que estoy emparentada con los James y precisamente mi abuela asistió a aquella cena; ella solía hablarnos a los nietos de aquellos años de la guerra.

Albert presentó a Amelia como su ayudante, no se atrevió a más puesto que ella estaba casada, pero para todos fue evidente que la relación entre ambos era algo más que profesional.

Su bisabuela era una mujer muy bella, eso lo sé porque he visto algunas fotos suyas que aún se conservan en los archivos de la familia, y al parecer los asistentes a la cena quedaron rendidos ante ella. Guapa, inteligente, políglota, no parecía española. No se ofenda, pero mujeres de la categoría de su bisabuela, y sobre todo españolas, no eran habituales en aquel tiempo.

Lo último que esperaban, tanto Max von Schumann como Amelia Garayoa, era encontrarse en aquella discreta y exclusiva cena en casa de Paul James.

—¡Amelia, qué alegría! Permite que te presente a mi esposa Ludovica, la baronesa Von Waldheim. Ludovica, ésta es Amelia, ya te he hablado de ella; nos conocimos en Buenos Aires en casa de mis amigos, los Hertz.

Ludovica estrechó la mano de Amelia y a nadie se le escapó que las dos mujeres se midieron con la mirada. Ambas rubias, delgadas, elegantes, de ojos claros y muy bellas... parecían dos valkirias.

Si para Albert fue una sorpresa que Amelia conociera al alemán, mucho más lo fue para su tío Paul James.

Max von Schumann estaba en Londres con un cometido secreto: intentar convencer al Gobierno británico para que cortaran las alas a Hitler. Von Schumann representaba a un grupo de oposición al nazismo integrado por algunos intelectuales, activistas cristianos y unos pocos militares que llevaban tiempo intentando sin éxito que las potencias occidentales dejaran de contemporizar con Hitler y asumieran que representaba un peligro para la paz en Europa. El grupo no era muy numeroso pero sí muy activo, y en uno de sus últimos y desesperados intentos por conseguir la atención de Gran Bretaña había enviado a Von Schumann a Londres.

Max von Schumann era militar y pertenecía al cuerpo médico del Ejército, lo que añadía un valor sustancial al hecho de que estuviera allí.

Amelia presentó a Albert a Max y a su esposa Ludovica, y durante un rato los cuatro intercambiaron generalidades. A todos se les hizo evidente que Schumann buscaba la oportunidad de conversar a solas con Amelia, pero Ludovica no estaba dispuesta a facilitar a su marido semejante ocasión.

Paul James se dio cuenta enseguida de las cualidades de Amelia, y aunque no dijo nada en aquel momento, sí pensó que la española podía ser de gran utilidad en el futuro si al final se declaraba la guerra, tal y como él estaba convencido que sucedería.

—Albert, ¿qué planes tienes? —preguntó lord Paul James a su sobrino.

—Por lo pronto, escribir unos cuantos reportajes sobre España, y después ir a ver a mis padres a Irlanda. Quiero que conozcan a Amelia.

—¿Puedo preguntarte si estáis comprometidos?

Albert carraspeó incómodo, pero decidió decir la verdad a su tío.

—Amelia está casada, separada de su marido, y me temo que por el momento no podemos formalizar nuestro compromiso. Pero estoy enamorado de ella. Es una mujer especial: fuerte, inteligente, decidida... Ha tenido que superar situaciones terribles, si hubieras visto lo que fue capaz de hacer en la Unión Soviética por salvar de la muerte a un hombre... A su padre lo fusilaron los franquistas, y ha perdido algunos de sus familiares en la guerra... En fin, no ha tenido una vida fácil.

—Tu madre se llevará un disgusto, ya sabes que quiere verte casado... y, bueno, mejor que te lo diga: ha invitado a lady Mary y a sus padres a pasar las vacaciones en Irlanda. Por lo que sé, parten mañana de Londres camino de vuestra casa.

Paul James no podía haber dado peor noticia a su sobrino, aunque en ese momento lo que menos le preocupaba eran los contratiempos sentimentales de Albert. Convencido de que la guerra era inminente, tenía planes en los que esperaba contar con Albert.

—Después de las vacaciones, ¿tienes previsto ir a algún otro lado? —le preguntó.

—Quizá a Alemania, me gustaría ver de cerca lo que está haciendo Hitler.

—¡Excelente! Me alegro de que vayas a Alemania.

—¿Por qué, tío?

—Porque por más que en el ministerio se empeñen en no ver la realidad, la guerra es inminente. Lord Halifax parece tener una fe ciega en los informes de sir Neville Henderson, nuestro embajador en Berlín, y no te oculto que éstos son demasiado complacientes para con Hitler. Chamberlain ha dedicado demasiado tiempo a apaciguar a Hitler como para aceptar que la guerra es inevitable.

—Y todo esto, ¿qué tiene que ver conmigo? —preguntó Albert con desconfianza.

—Tú naciste en Estados Unidos aunque en realidad seas irlandés, pero en estos momentos tener un pasaporte norteamericano puede ser muy útil…

—No sé en qué estás pensando pero no cuentes conmigo. Soy periodista y nunca me dejaré enredar en tus manejos de espionaje.

—Yo nunca te lo he pedido y no lo haría si las circunstancias no fueran excepcionales. Dentro de poco todos tendremos que elegir; no nos será posible cruzarnos de brazos y declararnos neutrales. Tú tampoco podrás, Albert, por más que quieras no podrás. Estados Unidos también tendrá que elegir, es cuestión de tiempo.

—Tío Paul, te encuentro muy pesimista.

—En mi oficio es peligroso engañarse a uno mismo. Eso lo dejamos para los políticos.

—En cualquier caso, no cuentes conmigo para nada de lo que se te haya ocurrido. Yo me tomo tan en serio mi profesión como tú la tuya.

—No lo dudo, mi querido Albert, pero por desgracia estoy seguro de que volveremos a hablar sobre todo esto.

En otro momento de la velada, Max von Schumann encontró la ansiada ocasión para hablar con Amelia. La esposa de Paul James, lady Anne, retuvo a Ludovica en una conversación con otra señora, y la baronesa no encontró la manera de dejar a sus interlocutoras sin llamar la atención.

—Te encuentro cambiada, Amelia.

—La vida no pasa en balde.

—¿Albert James es tu...?

—¿Mi amante? Sí, lo es.

—Perdona, no he querido molestarte.

—No me molestas, Max. ¿De qué otra manera se puede describir mi relación con Albert? Soy una mujer casada, de manera que si estoy con otro hombre es que éste es mi amante.

—Te ruego que me disculpes, sólo quería saber cómo estabas. No he dejado de recordarte desde que nos conocimos en Buenos Aires. Pedí a Martin y a Gloria Hertz que me hablaran de ti, pero en sus cartas no han dejado de reiterar que te fuiste con Pierre a un congreso de intelectuales en Moscú y que no regresaste. Gloria me escribió para contarme que el padre de Pierre había ido a Buenos Aires para cerrar la librería y hacerse cargo de las pertenencias de su hijo, y que de ti, no quiso darles razón. No sé si debo preguntarte por Pierre...

—Lo mataron en Moscú.

Max no supo qué decir ante la noticia de la muerte de Pierre. La mujer que tenía delante en nada se parecía a la muchachita desvalida que había creído conocer en Argentina.

—Lo siento.

—Gracias.

Parecían no saber que más decirse. Max estaba incómodo

porque sentía las miradas inquisitivas de su esposa, y en cuanto a Amelia, era de suponer que se sentía decepcionada, quizá herida por haber encontrado a Max casado. No es que ella esperara que él permaneciera fiel a su recuerdo y hubiese roto su compromiso con Ludovica, pero una cosa era saberlo y otra muy distinta verlo con sus propios ojos.

—¿Estarás mucho tiempo en Londres? —quiso saber él.

—No lo sé, acabamos de llegar. Es Albert quien lo decidirá. Además de ser su amante trabajo para él, soy su ayudante, su secretaria, hago de todo un poco. Él me salvó, lo hizo en Moscú, en París, en Madrid; siempre ha estado cerca cuando le he necesitado y sin pedirle nada siempre me ha tendido la mano.

—Le envidio por eso.

—¿De verdad? ¿Sabes, Max?, te eché mucho de menos cuando te fuiste y al principio soñaba con que algún día nos volveríamos a encontrar. Luego en Moscú dejé de soñar para siempre. Aprendí a no pensar más que en el minuto en que estaba viviendo.

—Has sufrido mucho...

Amelia se encogió de hombros en un gesto que quería ser de indiferencia.

—Me gustaría volver a verte —le dijo él.

—¿Para qué?

—Para hablar, para... No hagas que me sienta como un adolescente, ¿tan difícil es entender que me importas?

—¡Por Dios, qué cosas dices!

—Podrás reprocharme muchas cosas, pero lo aceptes o no, continúas siendo importante para mí.

—Si la casualidad no nos hubiese reunido hoy aquí nunca hubiéramos vuelto a saber el uno del otro...

—Pero la casualidad ha querido lo contrario y estamos aquí. ¿Puedo invitarte a tomar el té mañana en el Dorchester?

—No lo sé, no puedo comprometerme a ir. Depende de Albert.

—¿Necesitas su permiso?

—Le necesito a él.

—A las cinco estaré en el hotel Dorchester, ojalá que puedas venir.

La baronesa Ludovica von Waldheim se acercó a ellos con paso decidido.

—¿Recordando viejos tiempos? —preguntó con ironía.

—Estaba invitando a tomar el té a la señorita Garayoa, y espero que pueda aceptar mi invitación. ¡Quién sabe cuándo nos volveremos a ver!

—¡Oh, el destino es muy caprichoso! ¿No cree, querida? —dijo la baronesa, taladrando con la mirada a Amelia.

—Procuro no contar con el destino a la hora de hacer planes —respondió.

Albert James no debió de dar importancia a la invitación del barón Von Schumann puesto que al día siguiente él mismo la acompañó hasta el Dorchester.

—Vendré a recogerte dentro de una hora —le dijo, dándole un beso en la mejilla tras haber saludado a Max von Schumann.

—Me alegro de que hayas venido —dijo Max en cuanto se quedaron a solas.

—Albert encuentra natural que podamos tomar el té juntos habida cuenta de que nos conocimos en Buenos Aires y tenemos amigos comunes.

—Muy comprensivo el señor James.

—Es un hombre extraordinario, el mejor de cuantos he conocido —respondió Amelia con un deje de irritación.

Hablaron del giro que había dado la vida de ambos. Él le contó por qué estaba en Londres y cómo había fracasado en su intento de convencer a los británicos para que pararan a Hitler.

—No he logrado que me escuchen, pero lo seguiremos intentando. Otro miembro de nuestro grupo llegará dentro de unos días a Londres y volverá a entrevistarse con personas importantes del Gobierno británico.

—Pero la otra noche sir Paul James manifestó públicamente su convencimiento de que Hitler provocará una guerra en Europa. ¿Cómo puedes decir que has fracasado?

—Sir Paul es un hombre inteligente capaz de ver la realidad y en no empecinarse en cómo le gustaría que fueran las cosas. Desgraciadamente, no depende de él que el Gobierno británico tome en consideración nuestros temores.

—¿Sabes? Me sorprende que, siendo militar vengas a Gran Bretaña a pedir a los ingleses que paren a Hitler, te creía un patriota incapaz de hacer nada en contra de Alemania.

—Lo que estoy haciendo es por Alemania y precisamente porque soy un patriota. No creas que ha sido fácil obtener permiso para viajar en un momento como éste, pero supongo que la vieja nobleza aún mantiene ciertos privilegios por más que Hitler nos odie. Además, tenía una excusa: Ludovica tiene una prima casada con un conde inglés, y, oficialmente, hemos venido al bautizo de su primer hijo.

Luego, Max le explicó que había hecho gestiones para saber de herr Itzhak Wassermann, el socio del padre de Amelia, pero todos sus esfuerzos habían sido inútiles. El empleado de herr Itzhak, Helmut, le había asegurado que no sabía dónde estaban.

—El buen hombre tenía miedo, desconfiaba de mí. Claro que, en estos tiempos, todo el mundo se ha vuelto desconfiado en Alemania. Te escribí para contártelo pero supongo que ya no estabas en Buenos Aires, porque no respondiste a mi carta.

Una hora después, Albert James se presentó a buscar a Amelia. Max le invitó a tomar otro té, quería conocer su opinión sobre lo que estaba pasando en Europa, y le sorprendió que Albert dijera que pensaba ir a Alemania.

—A Ludovica y a mí nos encantará recibirle, y si podemos serle de alguna utilidad…

Amelia permaneció en silencio, para ella había supuesto una sorpresa mayor enterarse de que Albert proyectaba ir a Berlín, pero optó por no decir nada.

Más tarde, el periodista le comunicó que en cuanto terminara de escribir los reportajes sobre España irían a Irlanda para pasar unos días con sus padres y después viajarían a Alemania.

—Varios periódicos norteamericanos quieren saber sobre Hitler y si es verdad que ha salvado al país del caos económico en que estaba. ¿Vendrás conmigo?

—Desde luego que sí, por nada del mundo me perdería ir a Berlín. ¿Quién sabe?, a lo mejor logro que herr Helmut, el empleado que tenían mi padre y herr Itzhak, me dé noticias. ¡Me acuerdo tanto de Yla!

La estancia de Albert y Amelia en Irlanda no puede decirse que resultara un éxito. Lady Eugenie, la madre de Albert, era una mujer muy testaruda, y aunque recibió con una sonrisa a Amelia, pronto dejó claro que no la consideraba la persona adecuada para su hijo. Además, según lo anunciado por Paul James, la familia tenía como invitados a sus amigos los Brian y a su hija Mary, quien, a juicio de lady Eugenie, reunía todas las cualidades exigibles para convertirse en la esposa de Albert.

Algunos pasajes del diario de lady Eugenie nos dan una visión exacta de lo sucedido en aquellos días.

> «Amelia es encantadora, no lo puedo negar, pero está casada, de manera que Albert no tendrá más remedio que romper su relación con ella. En cuanto a Mary, la encuentro perfecta para Albert. Es guapa, educada, pertenece a una familia excelente y muy bien relacionada. Para Mary ha supuesto una decepción ver a Albert tan enamorado de Amelia, y también sus padres están incómodos con la situación, por eso he decidido tomar cartas en el asunto. Mañana hablaré con Albert y luego lo haré con los Brian; ellos no saben que Amelia está casada y pienso decírselo. En cuanto a Ernest, no sé si podré contar con él, me ha pedido que no haga de casamentera y que respete la decisión de nuestro hijo por más que a él tampoco le gusta su relación con Amelia. Pero Ernest se está volviendo muy norteamericano y se olvida de que

hay valores y tradiciones que deben permanecer. Un hijo debe comprender que casarse no es una decisión exclusivamente suya, que debe pensar en la familia. Pero es que, además, en este caso, ni siquiera se trata de elegir casarse con Mary o Amelia, porque la española ya está casada.»

«No ha sido fácil la conversación con Albert. Creo que haberle educado en Estados Unidos ha hecho de él un hombre poco convencional. Le he dicho que Amelia cuenta con mi simpatía pero que su relación no tiene futuro.

—¿Vas a renunciar a tener hijos? —le he preguntado.

Albert se ha quedado callado, creo que no lo había pensado o simplemente no ha querido planteárselo hasta ahora.

—Si tienes hijos, harás de ellos unos bastardos, ¿es eso lo que quieres?

Luego le he recordado sus obligaciones para con la familia por ser hijo único. Desgraciadamente, yo no he podido tener más hijos y a él le corresponde hacerse cargo del apellido y de cuanto tenemos por más que diga que él es norteamericano y no cree en las clases. Le guste o no, es un James.»

«La conversación con los Brian tampoco ha sido fácil. Les he explicado que la relación de Albert con Amelia no pasa de ser una ofuscación de jóvenes. Creo que se han quedado más tranquilos al saber que, aunque Albert quisiera, no se puede casar con Amelia porque ella está casada, y con Franco mandando en España las posibilidades de divorcio son nulas. Han sido muy discretos al no hacer ningún comentario hiriente sobre Amelia. A Mary le he pedido un poco de paciencia, asegurándole que a veces los hombres pierden momentáneamente la cabeza por una mujer y que las damas como nosotras debemos aceptar la situación con elegancia. Mejor no darse por enterada que organizar una escena o provocar una conversación directa en la que se pueden decir cosas inconvenientes. Además, yo estoy segura de que por más que le cueste y por muy norteamericano que se sienta, Albert cumplirá con su deber para con nosotros.»

Albert se dio cuenta de que no debía alargar la estancia en Irlanda so pena de provocar un enfrentamiento directo con su madre y decidió regresar a París antes de viajar a Berlín.

El 22 de agosto de 1939 Hitler, en un discurso dirigido al Alto Mando alemán, dejó claras sus intenciones de invadir Polonia. Un día después, el 23, Amelia y Albert se encontraban cenando en casa de Jean Deuville. Amelia había mantenido intacta la amistad con el mejor amigo de Pierre. Le agradecía, lo mismo que a Albert, la ayuda inequívoca que le había prestado en Moscú para intentar salvar a Pierre. Desde la muerte de éste, Jean a duras penas había logrado superar lo vivido en Moscú, puesto que había descubierto un rostro del comunismo que le producía horror.

Por si fuera poco, para Deuville también había sido un duro golpe que aquel mismo día Alemania y la Unión Soviética hubieran firmado un pacto de no agresión. Como tantos otros comunistas se sentía desarmado, incapaz de encontrar argumentos para defender el pacto Ribbentrop-Molotov.

Hitler perseguía con saña a los comunistas en Alemania, y no podía comprender por qué Stalin, contraviniendo cualquier principio, le estaba dando un balón de oxígeno.

—¿Cómo puedes ser tan ingenuo? —le dijo Amelia—. ¿No te das cuenta de que Stalin está ganando tiempo?

—¿Tiempo? Si lo que está haciendo es regalar tiempo a Hitler —se lamentó Jean Deuville.

—Terminarán enfrentándose, no lo dudes, éste es sólo un movimiento táctico —insistió Amelia.

—Pero ¿y los principios? No soy de los que creen que el fin justifica los medios.

—Siempre has sido un romántico —intervino Albert, que había llegado a apreciar sinceramente a Deuville después de haber compartido tantas zozobras en Moscú.

—Las ideas no pueden mancillarse. ¿Cómo puedo explicar este pacto a mis amigos, a los que he convencido de que el comunismo es la única idea capaz de construir un nuevo mundo?

¿Cómo puedo pedir que sigamos luchando contra el fascismo si Stalin pacta con Hitler?

Jean Deuville estaba desolado y ninguno de los argumentos utilizados por Amelia y Albert lograron aplacar su angustia. Era un hombre ideológicamente puro al que le resultaba del todo incomprensible que, fueran cuales fuesen los motivos, Stalin hubiese pactado con Hitler.

Cuando pasadas las doce Amelia y Albert salieron de su casa, Jean la abrazó durante unos minutos como si quisiera retenerla; después, mientras se despedía de Albert con un fuerte apretón de manos, le hizo un encargo.

—Vas a darme tu palabra de honor de que cuidarás de ella, ¿verdad?

—Es lo que pretendo, cuidar de Amelia el resto de mi vida —respondió Albert de manera solemne.

—Eso me deja tranquilo.

A Amelia le inquietó la angustia de Jean Deuville y, sobre todo, la manera de despedirse.

—No deberíamos dejarle solo —le dijo a Albert apenas salieron del piso de Deuville.

—¡Vamos, no seas niña! No le pasa nada, sólo que es un hombre íntegro y no entiende de tácticas ni de estrategias políticas. Por eso no puede entender el pacto Ribbentrop-Molotov. Por cierto, has sido muy generosa intentando justificarlo, teniendo en cuenta lo que piensas de Stalin.

—Jean es bueno y no quiero hurgar en la herida.

Dos días más tarde llegaron a Berlín y se instalaron en el hotel Adlon. Amelia no supo reprimir la emoción que para ella suponía regresar a Berlín, una ciudad que había conocido cuando era una niña y viajaba a Alemania con sus padres.

No le costó mucho convencer a Albert para que la ayudara a buscar a los Wassermann. Confiaba en que alguien les diera alguna pista sobre herr Itzhak y su esposa Judith o, cuando menos, de su hija Yla.

Amelia le condujo hasta la Oranienburger Strasse, cerca de la Neue Synagoge, la mayor sinagoga de Alemania.

—¡Es bastante impresionante! —comentó Albert al contemplar el edificio de aire morisco.

—Sí que lo es, aún recuerdo lo que nos explicó herr Itzhak de la sinagoga... Se inauguró en 1866 y es obra de Edouard Knoblauch, un discípulo de Karl Friedrich Schinkel.

—¡Menuda memoria tienes!

—Siempre me han interesado la historia y el arte.

Ningún vecino supo darles información precisa sobre herr Itzhak y su familia. Amelia insistió en llamar a todas las puertas del edificio donde había vivido la familia Wassermann, pero lo único que lograron averiguar es que habían desaparecido de un día para otro.

Amelia sentía la desconfianza de los pocos que se atrevieron a abrirles su puerta. Aquel edificio antaño habitado por familias burguesas de repente aparecía mal cuidado y sombrío.

—Seguramente los Wassermann han dejado Alemania. Tú misma me has contado que tu padre les insistía en ello.

—Sí, pero herr Itzhak se negaba, decía que ésta era su patria.

—Ya, pero en vista de cómo han ido las cosas el buen hombre no habrá tenido más remedio que marcharse. Si no recuerdo mal me contaste que los nazis le habían cerrado el negocio y que eso supuso la ruina de tu padre.

—Así es, pero a pesar de todo herr Itzhak no quería dejar Alemania.

Amelia no se rendía fácilmente, de manera que insistió hasta convencer a Albert de que debían intentar encontrar a Helmut, el contable del negocio del señor Wassermann.

—Es un buen hombre, y si damos con él seguro que nos podrá informar sobre los Wassermann.

—¿No te rindes nunca? —respondió riendo Albert.

Amelia no respondió y lo llevó hasta la Stadthaus, donde preguntó por el Zur Letzten, el restaurante más antiguo de la ciudad. Un hombre les explicó que estaban muy cerca y les indicó cómo llegar.

—Sé que herr Helmut vivía por aquí, su casa no estaba lejos del restaurante más antiguo de Berlín. Mi padre nos trajo a cenar una noche al Zur Letzten y antes estuvimos de visita.

Después de unas cuantas vueltas dieron con el edificio. El portero, tras observarles detenidamente, les informó de que herr Helmut se encontraba en casa.

Albert tuvo que correr detrás de Amelia, que empezó a subir las escaleras tan deprisa como si la impulsara el viento.

Llamaron al timbre y aguardaron impacientes una respuesta, que llegó de inmediato cuando un hombre entrado en años y con aspecto cansado abrió la puerta.

—¿Qué quieren? —preguntó el hombre mirándoles con desconfianza.

—¡Herr Helmut, soy Amelia Garayoa! ¿No me reconoce?

—Fräulein Amelia, ¡Dios mío, si ya es usted una mujer!

Tras la sorpresa inicial, el alemán les invitó a entrar en casa.

—Pasen, pasen, les haré un poco de café, desgraciadamente mi esposa está en cama con fiebre, pero yo les atenderé.

—No queremos molestarle, yo sólo quería saber cómo estaba y preguntarle por los Wassermann... —se excusó Amelia.

Pero herr Helmut parecía no escucharla. Los llevó hasta el salón y les pidió que se sentaran y aguardaran a que les sirviera el café.

—Parece un buen hombre —acertó a decir Albert James.

—Lo es, claro que es un buen hombre. Mi padre tenía mucha confianza en él.

El hombre regresó con una bandeja y no quiso responder a las preguntas de Amelia hasta que no la vio saborear el café que había preparado.

—Cuénteme de su padre, hace mucho que no sé nada de don

Juan. Supe que estaba participando en la guerra contra Franco... Le escribí pero no obtuve respuesta.

—Mi padre ha muerto, lo fusilaron al poco de terminar la guerra.

—¡Cuánto lo siento! Su padre, lo mismo que herr Itzhak, era un buen patrón, justo y considerado... Dele mi más sincero pésame a su madre y a su hermana Antonietta, aún las recuerdo a ustedes cuando eran niñas...

—Mi madre también ha muerto y mi hermana Antonietta, aunque enferma, a Dios gracias está viva —respondió Amelia, intentando controlar la emoción y las lágrimas.

Herr Helmut se quedó anonadado al escuchar el relato de las desgracias sufridas por la familia Garayoa. No sabía qué palabras utilizar para expresar su pesar. Amelia le pidió que le informara sobre los Wassermann.

—Poco le puedo decir, lo mismo que le conté al padre de usted, don Juan. Desde la llegada de Hitler al poder se puso en marcha una política antijudía. Usted era muy niña para recordarlo, pero en 1933 se proclamó el primer boicot contra los judíos alemanes y hubo cientos de piquetes formados por nazis que se plantaron delante de los comercios y empresas propiedad de ciudadanos hebreos. Luego se les empezó a privar de sus derechos legales y civiles, y con las más variadas excusas a robarles cuanto tenían. Les expulsaron de los empleos públicos, de la carrera judicial, de los hospitales, de las universidades, de los teatros, de los periódicos... Algunos optaron por marcharse, pero la mayoría, como herr Itzhak, se resistieron a hacerlo. Eran alemanes, ¿por qué tenían que dejar su país? Luego vinieron las Leyes de Nuremberg... Al principio el gobierno nacionalsocialista prefería que los judíos se marcharan para así quedarse con todos sus bienes, pero ya sabe lo que pasó, que muchos países no quisieron acogerles y así hemos llegado a la situación actual: arrestos en masa, destrucción de las sinagogas, expropiación de bienes, supresión de los pasaportes... A su padre y a herr Itzhak les expropiaron su negocio. No sé si su padre se lo contó, pero a finales de 1935 hicieron una inspección a la empresa y dijeron que había alteraciones contables. No era verdad, se lo juro, yo era quien llevaba las cuentas, y le aseguro que todas cuadraban. Pero no hubo manera de defenderse de las acusaciones que hicieron y tanto herr Itzhak como su padre perdieron la empresa. Sé que eso supuso un gran revés para ellos.

—Sí, todo eso lo sé, herr Helmut, y lo que quiero saber es qué ha sido de los Wassermann —insistió Amelia.

—¿Ha oído hablar de la Noche de los Cristales Rotos?

—Sí, claro que sí.

—No imagina cuántos judíos han sido encarcelados desde entonces. Los llevan a campos de trabajo y una vez están allí no hay manera de saber nada de ellos.

—¡Por favor, dígame dónde están los Wassermann!

—No lo sé, no lo sé bien. Herr Itzhak consiguió enviar a Yla fuera de Alemania, creo que con unos familiares de frau Judith en Estados Unidos. Yla no quería marcharse, pero herr Itzhak y frau Judith se mostraron firmes, no querían que ella continuara sufriendo las humillaciones que estaban padeciendo todos los judíos alemanes. Pero ellos se quedaron aquí, creyendo que el país recobraría la cordura, que Hitler era sólo un mal sueño, que los judíos volverían a ser considerados buenos alemanes... Malvivieron con lo poco que les quedó, yo les ayudé cuanto pude y un día... bueno, herr Itzhak desapareció; frau Judith casi enloqueció cuando logramos enterarnos de que se lo habían llevado a un campo de trabajo.

—¿Y ella dónde está?

—También se la han llevado.

Amelia rompió a llorar. Herr Helmut se quedó callado contemplándola, sin saber qué hacer.

—¡Por favor, Amelia, cálmate!, podemos intentar averiguar dónde se encuentran y quién sabe si hacer algo por ellos —dijo Albert, intentando consolarla.

—Al menos fräulein Yla está bien. Sé que escribió a sus padres cuando llegó a Nueva York.

El hombre les aseguró que no sabía la dirección de la familia de frau Judith en Nueva York, pero en medio de tanta desgracia, a Amelia le tranquilizó saber que su amiga de la infancia estaba a salvo.

—¿Qué ha sido de la fábrica y de la empresa? —quiso saber Amelia.

—La confiscaron; durante un tiempo me dejaron estar al frente de la fábrica, luego dijeron que pertenecía al estado y ahora está en manos de un miembro del Partido Nazi. Pero pude rescatar algunas de las máquinas, por eso escribí a su padre. No sabía qué debía hacer con ellas.

—Pero ¿aún sirven para algo? —preguntó Amelia, asombrada.

—Eran buenas máquinas, señorita, y se me ocurrió que como no podía venderlas al menos podría alquilarlas; eso es lo que he hecho con un telar: se lo alquilé a un pequeño fabricante de camisetas. En cuanto a las máquinas de coser, se las he alquilado a una familia que con ellas ha montado un taller y confeccionan ropa para las tiendas. No es que las ganancias sean muchas, lo sé porque les llevo la contabilidad, pero ahí están, por si algún día aparece herr Itzhak o... bueno, su padre ya está muerto... Claro que... usted es su hija, tiene derecho a una parte de ese dinero.

—¿Y usted, ahora, en qué trabaja? —preguntó Albert.

—Me gano la vida como puedo. Llevo la contabilidad de la fábrica de camisetas y del taller de confección; no gano mucho, lo suficiente para que mi mujer y yo podamos vivir. Y cuido de que se mantengan en buen estado las máquinas de don Juan y herr Itzhak. Mi hijo mayor está casado y hace años ingresó en el Ejército; no necesita nada de nosotros.

El señor Keller insistió en que Amelia debía ser depositaria de parte de las ganancias producidas por el alquiler de las máquinas.

Al principio ella se resistió pero terminó aceptando.

—Ese dinero es de su padre, por tanto a usted le corresponde administrarlo como crea conveniente. Le entregaré los libros de contabilidad.

5

De nuevo Amelia fue de gran ayuda a Albert por su dominio del alemán.

—¡Menuda suerte que tengas tanta facilidad para los idiomas!

—No es eso, si hablo francés es porque mi abuela paterna, la abuela Margot, era de Biarritz; en cuanto al alemán ya te he contado que cuando era pequeña pasé algunos veranos aquí invitada por los Wassermann. Su hija Yla tiene mi misma edad. Mi padre se empeñó en que Antonietta y yo aprendiéramos alemán y algo de inglés, que, como bien sabes, es lo que peor hablo.

—De ninguna manera, te manejas con soltura en inglés aunque te falte vocabulario. Ya sé lo que vamos a hacer, en vez de seguir hablando francés entre nosotros de ahora en adelante lo haremos en inglés y así practicas.

Así lo hicieron. Para Albert James resultó evidente que Alemania se preparaba para la guerra y que la amenaza de Hitler a Polonia no era una más de sus bravuconadas.

Berlín estaba alegre y agitada, pero era una alegría histérica, apreciable a simple vista.

A pesar de las protestas de Amelia, Albert insistió en telefonear a Max von Schumann. Como periodista le interesaba conocer las opiniones del barón en su calidad de militar. Albert no parecía sospechar que entre Amelia y Max había existido en el pasado un sentimiento al que las circunstancias habían impedido aflorar.

Max von Schumann invitó a la pareja a cenar en su residencia, situada en el corazón de la ciudad.

La casa tenía dos plantas y estaba rodeada de un frondoso jardín. Un mayordomo les abrió la puerta y les condujo a la biblioteca donde les esperaban Max y Ludovica.

—Me alegro de que estén aquí, aunque dadas las circunstancias quizá no sea el mejor momento para venir a Alemania...

—¡Vamos, querido, no alarmes a nuestros invitados! —le interrumpió Ludovica.

—La verdad es que Berlín me ha sorprendido —confesó Albert.

—Es imposible no amar esta ciudad —afirmó Ludovica.

—¿Cree que Hitler cumplirá con la amenaza de invadir Polonia? —quiso saber Albert.

Max carraspeó incómodo y evitó responder a la pregunta, pero a Albert no se le escapó la mirada que el barón cruzó con su esposa.

Y en esa mirada fugaz pudo leer que la amenaza de Hitler de invadir Polonia iba a hacerse realidad.

Albert confesó que había leído algunos de los discursos de Hitler y le resultaba un misterio que los alemanes se dejaran embaucar por el Führer.

—Tengo la impresión de que trata a los alemanes como si fueran niños.

—¡Oh, usted no tiene ni idea de cómo estaba Alemania antes de que gobernara el Führer! Bien sabe Dios que Alemania no contaba, por no hablarle de la falta de trabajo, de dinero, de futuro... Hitler ha devuelto a Alemania la dignidad, nos respetan en Europa, y, como usted mismo puede ver, ahora es un país próspero. En Alemania no hay paro. Pregunte, pregunte en la calle; para las clases trabajadoras Hitler es una bendición, y también para nosotros, que estábamos a punto de arruinarnos —explicó Ludovica.

—¿A quién se refiere cuando habla de «nosotros»? —preguntó Albert.

—A las familias que durante siglos hemos contribuido a la

prosperidad de nuestra patria. Los industriales alemanes estaban casi en la ruina, y sé de lo que hablo, puesto que mi familia tiene fábricas en el Rhur.

Max parecía incómodo con las explicaciones de Ludovica. Amelia creyó ver un rictus de crispación en el rostro de su amigo mientras Ludovica hablaba y enaltecía la figura de Hitler, y pensó que las desavenencias debían de ser profundas entre el matrimonio.

—Hay muchos alemanes que no opinan como Ludovica —sentenció Max, incapaz de contenerse por más tiempo.

—Pero querido, son los comunistas, los socialistas y toda esa gentuza los que son incapaces de admitir que gracias al Führer Alemania ha vuelto a ser una gran nación. Pero los buenos alemanes tenemos mucho que agradecer a Adolf Hitler.

—Yo soy un buen alemán y no tengo nada que agradecerle —respondió Max.

—Agradezcámosle que haya puesto a los judíos en el lugar que les corresponde. Los judíos han sido las sanguijuelas de Alemania.

—¡Basta, Ludovica! Sabes que no admito que hables en mi presencia de esa manera. Cuento entre mis mejores amigos a muchos alemanes que son judíos.

—Lo siento, querido, pero aunque seas mi marido no puedo compartir contigo esa idea que tienes de los judíos. No son como nosotros, pertenecen a una raza inferior.

—¡Ludovica!

—Vamos, Max, sé coherente, ¿no defiendes la libertad? Pues permite que me exprese con libertad. Espero no estar escandalizando a nuestros invitados... ¿Verdad que no, querida Amelia?

Amelia apenas esbozó una sonrisa. No comprendía cómo Max podía haberse casado con aquella mujer. No tenía nada en común con la baronesa, salvo que ambos pertenecían a viejas familias y se conocían desde niños. Sintió compasión por él.

Cuatro días después, el 1 de septiembre de 1939, Alemania invadió Polonia. Albert telefoneó a Max para intentar concertar una nueva cita, en esta ocasión a solas, sin Ludovica.

—Hoy me resulta imposible quedar con usted, hágase cargo —se disculpó Max.

—Lo entiendo, pero ¿y en los próximos días?

—Desde luego, desde luego; en principio voy a quedarme en Berlín, ya encontraré un momento para verle.

Dos días más tarde, el 3 de septiembre, Gran Bretaña, Francia, Australia y Nueva Zelanda declararon la guerra a Alemania. Así empezó la Segunda Guerra Mundial. El 5 de septiembre Estados Unidos se proclamó neutral, lo que facilitó que Albert pudiera continuar en Berlín sin problemas, al igual que Amelia por su condición de española.

Max von Schumann hizo algo más que volver a reunirse con Albert James, también le presentó a algunos de sus amigos que al igual que él estaban en contra de Hitler.

El grupo estaba integrado por profesores, abogados, algún pequeño comerciante e incluso otro aristócrata primo de Max, además de dos pastores protestantes. En definitiva, hombres de la burguesía ilustrada que abominaban de lo que Hitler estaba haciendo con Alemania.

Albert simpatizó con Karl Schatzhauser, un viejo profesor de medicina que había sido uno de los maestros de Max cuando el barón cursaba sus estudios.

Karl Schatzhauser vivía en un edificio de la Leipziger Strasse, peligrosamente cerca del cuartel general de la Gestapo, lo que no parecía amedrentarle a la hora de citar a sus amigos que formaban parte de un grupo clandestino de oposición a Hitler.

—¿Por qué no se coordinan con los socialistas y los comunistas? —preguntó Albert al profesor Schatzhauser.

—Deberíamos hacerlo, pero es tanto lo que nos separa... Creo que ellos no se fiarían de nosotros y puede que algunos de nosotros tampoco nos fiáramos de ellos. No, no es el momento de actuar conjuntamente. Ahora mismo, los comunistas no saben qué hacer después del pacto que ha firmado el ministro Ribbentrop con los rusos. Para ellos ese pacto es una tragedia: aquí Hitler encarcela y persigue a los comunistas y, sin embargo, Stalin pasa todo esto por alto y firma con Alemania. Además, lo que quieren los comunistas alemanes es convertir nuestra patria en otra Unión Soviética, y lo que nosotros pretendemos es que Alemania recupere la normalidad.

—Pero eso les resta fuerza a la hora de oponerse a Hitler —insistió Albert.

—Nosotros queremos una Alemania cristiana, democrática, donde todos estemos subordinados a la ley y no a los caprichos enloquecidos de ese cabo al que hemos convertido en canciller. Y no crea que no pienso que los partidos moderados no han tenido su parte de responsabilidad permitiendo llegar a Hitler al poder. No se puede contemporizar con personajes como él, es un error que hemos cometido los alemanes y también las naciones europeas.

—Para poder ser eficaces tenemos que pasar inadvertidos y por eso les insisto a nuestros amigos que debemos actuar como los camaleones —dijo Schatzhauser—. Por ejemplo, Max quería dejar el Ejército, pero le he convencido para que no lo hiciera porque nos resulta más útil dentro, así sabemos qué es lo que piensan los jefes militares, cuántos pueden llegar a simpatizar con nosotros, qué planes tiene Hitler... Todos debemos permanecer en nuestros puestos, no hace falta demostrar ningún entusiasmo por el Führer pero tampoco significarnos tanto que terminemos en los calabozos de la Gestapo. Allí no seríamos de ninguna utilidad a nuestro país.

A Albert le impresionaba la firmeza y claridad de ideas del profesor Schatzhauser, mientras que Amelia creía que Max, el profesor y sus amigos eran demasiado pusilánimes para ser eficaces contra un monstruo como Hitler.

Los berlineses parecían vivir ajenos al sufrimiento de la guerra, y Berlín continuaba siendo la *Stadtder Musik und des Theaters* (la ciudad de la música y de los teatros).

—¡Albert, aquí dicen que Carla Alessandrini estrenará *Tristán e Isolda* en la Deutsches Opernhaus dentro de quince días!

—¿Tu amiga Carla viene a Berlín? Me dijiste que era una antifascista convencida.

—¡Y lo es! Pero Carla además de ser la mejor cantante de ópera del mundo es italiana, así que no es extraño que la contraten en Berlín. ¿No estamos tú y yo aquí? Los nazis piensan que porque eres norteamericano y tu país se ha declarado neutral no eres un elemento peligroso, y yo soy española, y por tanto deben de considerar que soy franquista.

Albert no respondió, sabía lo mucho que Amelia apreciaba a Carla Alessandrini y cualquier comentario crítico habría desembocado en una discusión.

—¡Pero si está aquí! —exclamó Amelia.

—¿Cómo dices?

—Que Carla se aloja en el Adlon, lo dice el periódico. Voy a pedir en centralita que me comuniquen con ella.

Unos minutos más tarde Amelia escuchó la voz alegre de Vittorio Leonardi, el marido de Carla.

—Amelia, *cara! Come vai?*

Amelia le explicó que estaba alojada en el hotel y que ansiaba verles, y Vittorio no se hizo de rogar.

—Carla está ensayando, ahora voy a buscarla al teatro, en cuanto regresemos podemos vernos para cenar.

Cuando se encontraron en el vestíbulo del hotel, Carla Alessandrini abrazó a Amelia. Vittorio mientras tanto habló con Albert como si le conociese de toda la vida, aunque en realidad apenas le había visto en París. Pero Vittorio era un hombre de mundo y enseguida comprendió que el acompañante de Amelia era algo más que un buen amigo.

Cenaron los cuatro en el restaurante del hotel y Carla se interesó mucho por los últimos avatares de la vida de Amelia.

—*Cara!* ¡Parece que la tragedia te persigue! Y no lo entiendo, siendo tan bella como eres, pero en fin, la vida es así, ahora lo importante es que estás bien y Albert cuida de ti; más le vale, porque de lo contrario se las tendrá que ver conmigo —dijo levantando un dedo amenazador hacia Albert James.

La diva les explicó que aunque odiaba a los nazis, Vittorio le insistía en que dado que los fascistas gobernaban Italia, habría sido significarse en exceso rechazar cantar en Berlín. Se lamentó de los muchos amigos judíos, músicos, directores de orquesta, gente del teatro, que habían huido al exilio.

—No te dejes engañar por las apariencias, esta ciudad no es lo que era, los mejores han tenido que huir. No creas que me siento a gusto estando aquí…

—¡Pero, Carla, *amore*! No puedes manifestar tan claramente tus preferencias políticas. En Milán se permitió desairar al Duce cuando quiso saludarle después de verla actuar en *La Traviata*. Carla se encerró en su camerino después de la función y me ordenó decirle que estaba aquejada por una jaqueca que le impedía hablar. Naturalmente, el Duce no se lo creyó y a través de unos amigos hemos sabido que ha mandado que nos vigilen. Si nos hubiésemos negado a venir a Berlín, ¿qué creéis que pensaría el Duce? No podíamos alegar nada para rechazar este compromiso.

—¡Odio a los fascistas y a los nazis mucho más! —profirió Carla sin importarle que los comensales de las mesas cercanas la miraran con estupor.

—¡Por Dios, querida, no grites! —le pidió Vittorio.

—Siento lo mismo que tú —dijo Amelia cogiendo la mano de su amiga.

—Todos pensamos lo mismo, pero Vittorio tiene razón, hay que ser prudentes —apuntó Albert.

—Ése es el problema, que la prudencia termina convirtiéndose en colaboración —dijo Amelia.

—No, no tienes razón. Creo que es mejor que podamos movernos por Berlín y hablar con unos y con otros para después poder contar al mundo el peligro que supone Hitler. Si ahora me levanto y empiezo a arremeter contra los nazis lo único que lograré será que me detengan, y al final no podré escribir en los periódicos lo que está pasando aquí —fue la conclusión de Albert.

—Para que luego digan que los hombres no son calculadores y prácticos —añadió Carla.

Vittorio les informó de que dos días después los responsables de la Deutsches Opernhaus ofrecían un cóctel seguido de una cena en honor de Carla y que pediría que les invitaran.

—Más les vale hacerlo o de lo contrario seré yo quien no asista al cóctel —sentenció Carla.

El pacto germanosoviético tenía un alcance superior al que muchos habían supuesto en un primer momento. Los protocolos secretos empezaban a salir a la luz por la vía de los hechos y el 17 de septiembre tropas soviéticas entraron en Polonia.

Amelia y Albert asistieron al día siguiente a una reunión en casa de Karl Schatzhauser. El médico les pedía tranquilidad a los otros miembros del grupo de oposición que lideraba.

—Se han repartido Polonia —se quejó Max—, y desgraciadamente el Gobierno británico no ha dado un paso en su defensa.

—Inglaterra no parece tener claro qué camino debe tomar —apuntaba Albert.

—¡Se supone que los polacos son sus aliados pero lo cierto es que les han dejado caer en manos de Hitler y de Stalin! —replicó Amelia.

A la reunión asistió un pastor protestante que intentaba contrarrestar el desánimo que parecía cundir en el grupo hablándoles de la esperanza.

—Aún podemos hacer cosas, no nos vamos a rendir. Hay

mucha gente contraria a Hitler —aseguró aquel religioso, que se llamaba Ludwig Schmidt.

El pastor dijo conocer a una persona cercana al almirante Canaris, el jefe del contraespionaje alemán; según aquel hombre, el marino no compartía las ideas del Partido Nazi en el poder; más aún: al parecer el almirante mostraba su disposición para ayudar en lo que pudiera a la oposición a Hitler siempre que no se viera comprometido.

Max von Schumann confirmó esta información añadiendo que el coronel Hans Oster, jefe de la Oficina de Contraespionaje del Alto Mando de las Fuerzas Armadas, junto a otros jefes militares, estaba en contra de Hitler.

—¡Deberían unir sus fuerzas! —insistió Albert.

—No debemos dar pasos en falso, es mejor que cada grupo actúe como crea conveniente, ya llegará la hora de saber quién está con quién —replicó Karl Schatzhauser.

—Usted dirige nuestro grupo, profesor, y yo acepto su estrategia, pero creo que nuestro amigo Albert James tiene razón —terció Max.

El pastor Ludwig Schmidt ilustró a Albert sobre los fundamentos del nazismo.

—Hay tres libros que debería leer usted para entender en qué se sustenta esta locura: El *Mein Kampf*, del propio Adolf Hitler, *El mito del siglo XX* de Alfred Rosenberg y *Manifiesto contra la usura y la servidumbre del interés del dinero* de Gottfried Feder. No imagina usted lo que Feder ha llegado a escribir sobre cómo sanar nuestra economía. En cuanto al libro de Rosenberg es una estupidez, su objetivo es demostrar la superioridad de los nórdicos. También ataca los fundamentos del cristianismo, porque no debe usted olvidar que los nazis abominan de Dios. Pero lea, lea usted el *Mein Kampf* y verá claramente lo que se propone Hitler.

—Hasta ahora, las principales víctimas están siendo los judíos —dijo Amelia.

—Tiene usted razón, pero además de querer acabar con los judíos el objetivo del nacionalsocialismo es borrar las raíces cristianas de Alemania, crear un país sin Dios ni religión —respondió el pastor Schmidt.

Amelia aprovechó un momento en el que Albert estaba hablando con el profesor Schatzhausser para insistirle a Max en que le ayudara a buscar a los Wassermann.

—Un amigo nuestro nos ha informado de que se los han llevado a un campo de trabajo, debe de haber algún registro donde figuren sus nombres...

—No será fácil averiguarlo, pero haré lo que pueda.

—Tú eres un oficial, a ti te lo dirán.

—Un oficial que se hará sospechoso a los ojos del partido si me intereso por unos judíos. Las cosas no son tan fáciles, veré si a través de un amigo del servicio de contraespionaje puedo averiguar algo.

En otro momento de la reunión, Amelia preguntó a Max por Ludovica.

—Como puedes imaginar, no sabe nada de estas reuniones, no dudo que nos denunciaría.

—Ludovica es nazi, ¿verdad?

—Ya la escuchaste, para desgracia mía tengo una esposa nacionalsocialista convencida. Pertenece a una familia en la que hay empresarios e industriales del Rhur que, como muchos otros, han apoyado a Hitler. Deseaban un gobierno fuerte, un dictador. Muchos de los que le han apoyado dicen ahora que pensaban que podían influir en él, pero es una excusa de gente que son patriotas de sus propios intereses y a los que nada importa la degradación moral a la que están llevando a Alemania.

—Siento lo que estás pasando...

—Puedes imaginar lo doloroso que para mí resulta que Ludovica sea nazi. Obviamente no confío en ella, y nuestra relación se ha ido deteriorando, sólo mantenemos las apariencias.

—¿Por qué no te separas?

—No puedo, soy católico. Ya ves, en este país de mayoría protestante también hay católicos, y Ludovica y yo lo somos. Estamos condenados a permanecer juntos.

—¡Pero eso es horrible!

—No seremos ni el primer ni el último matrimonio que mantiene las apariencias. Además, aunque yo quisiera separarme, Ludovica no lo consentiría, de manera que ambos nos hemos ido adaptando a esta situación. Yo ya no pretendo ser feliz, lo único que me obsesiona es poder acabar con Hitler.

Karl Schatzhauser, acompañado de Albert, se acercó a ellos.

—Mi querida Amelia, intento convencer a Albert para que transmita al Gobierno británico que Alemania entera no se ha vuelto loca, que hay hombres y mujeres dispuestos a luchar contra Hitler, pero que necesitamos ayuda.

»Sí, necesitamos ayuda, pero los británicos deben tener en cuenta que nunca traicionaremos a nuestro país, sólo pretendemos derrocar a Hitler e impedir que la guerra se convierta en una tragedia peor de lo que fue la guerra anterior.

Albert afirmó que les ayudaría rompiendo por primera vez un principio que había mantenido inalterable: el de contar a sus lectores lo que como periodista veía y oía, pero sin implicarse políticamente.

A finales de septiembre, Polonia se rindió a Alemania. El país quedó dividido en zonas: las provincias occidentales fueron anexionadas a Alemania, mientras que las orientales quedaron en manos de la Unión Soviética. Millones de polacos sufrieron las consecuencias de estar bajo la bota del Reich. Las primeras víctimas fueron los judíos.

El estreno de *Tristán e Isolda* fue un gran éxito. Un público exultante y entregado aplaudió a Carla Alessandrini hasta hacerla salir a saludar más de diez veces. Aquella noche asistió a la representación Joseph Goebbels junto con otros jerarcas del Partido Nazi. Algunos de ellos no dudaron en enviar ramos de flores a la diva italiana pidiéndole una cita o directamente invitándola a cenar. Pero Carla ni siquiera miraba las flores, y ordenaba a su camarera que las dejara fuera del camerino.

—Hasta las flores nazis huelen mal —aseguraba.

Después de la función, Vittorio y Carla invitaron a cenar en el hotel a un grupo de amigos, entre los que se encontraban Amelia y Albert. Después de la cena, Carla se despidió de sus invitados alegando que estaba cansada y pidió a Amelia que la acompañara a su suite.

—No hemos tenido oportunidad de estar a solas ni un minuto y quería preguntarte si lo tuyo con Albert James va en serio.

Amelia meditó la respuesta. Ella misma se preguntaba por el calado de su relación con el periodista.

—Albert me ha salvado en varias ocasiones. Es el hombre más generoso que he conocido y nunca me ha pedido nada.

—Te he preguntado si le quieres, nada más.

—Sí, supongo que sí le quiero.

—¡Uf, menuda respuesta! O sea que no le quieres.

—¡Sí, sí, le quiero! Sólo que no como quise a Pierre, pero supongo que nunca volveré a amar a nadie del mismo modo. ¡Me hizo tanto daño!

—¡Olvídate de Pierre! Está muerto, y lo vivido vivido está, no hay marcha atrás. No seas de esas personas que se complacen en lamentarse por el pasado. Debes mirar hacia el futuro y procurar disfrutar del presente cuanto puedas. Te daré mi opinión: Albert es un buen hombre, te quiere y está dispuesto a cualquier cosa por ti; y quizá por eso no le valoras como debes.

—¡Pero si sé perfectamente que es un hombre excepcional!

—Que te quiere y confía en ti, sin condiciones. Vittorio es así, y ya ves, no sabría vivir sin él, pero por egoísmo. Es mi marido, sí, pero también es quien me cubre la retaguardia. Creo que Albert es como Vittorio, y bueno, estos hombres se merecen algo más que lo que nosotras podemos darles. Es una pena, pero ¡la vida es así!

—No me gustaría que creyeras que no valoro a Albert.

—¡Pues claro que lo valoras! Sólo que no estás enamorada

de él y le dejarás en cualquier momento. ¿Qué pasa con tu barón alemán, Max von Schumann?

—Nada, Albert y yo hemos cenado en su casa y le hemos visto en algunas ocasiones.

—Creo recordar que me escribiste diciéndome lo mucho que te atraía.

—Es verdad... pero bueno, Max está casado, he conocido a su mujer, la baronesa Ludovica, muy bella pero terrible, es nazi. Max no es feliz con ella.

—¡Conflicto a la vista! Caerás en brazos de Max.

—No, no quiero, ni tampoco él. Max es un hombre de honor y su matrimonio con Ludovica es para siempre. Son católicos.

—¡Pamplinas! Yo también soy católica, y desde luego que no pienso dejar a Vittorio, pero ¿y si me topara con un gran amor? ¿Qué sería capaz de hacer? Hasta ahora los hombres a los que he conocido y amado no han merecido tanto la pena como para abandonar a Vittorio, y según pasan los años, me parece más difícil que aparezca un príncipe montado en un caballo blanco con el que yo quiera huir, pero ¿y si aparece? Lo único que no debemos hacer es engañarnos. Veo que el barón todavía te atrae, en fin, lo único que espero es que no sufras demasiado. No quiero que olvides que si las cosas te van mal siempre podrás contar conmigo, y más ahora que has perdido a tus padres. A propósito, ¿tienes noticias de tu familia?

—Mi hermana Antonietta continúa delicada.

—Esa niña lo que necesita es comer, ¿por qué no la llevas a Italia? Podéis ir a mi casa en Milán, o mejor, ya sabes que tengo una villa en Capri, allí se recuperaría respirando el aire puro del mar.

—Sabes que no puedo, tengo que trabajar, no quiero recibir dinero de Albert si no es por mi trabajo. Con ese dinero puedo ayudar a mi familia, mi tío Armando apenas gana para mantenerlos a todos. Además Pablo, el hijo de Lola, continúa en casa de mis tíos, su abuela tampoco termina de ponerse buena y sigue en el hospital. Son muchas bocas a las que dar de comer.

—¡Y tú eres tan orgullosa que te niegas a aceptar mi ayuda!

—No soy orgullosa, Carla, te aseguro que si no fuera capaz de obtener dinero para los míos con mi trabajo, antes que dejarles pasar más necesidades te lo pediría, pero por ahora puedo enviarles suficiente dinero, yo no gasto nada en mí.

—Sí, eso ya lo he visto. Y vamos a salir de compras, no te puedes negar a que te regale unas cuantas cosas, porque qué quieres que te diga, te pareces a la Cenicienta.

Unos días más tarde, el profesor Karl Schatzhauser telefoneó a Albert pidiéndole que fuera a verle inmediatamente. Insistió en que le acompañara Amelia.

Fueron a su casa al caer la tarde y allí se encontraron también con Max y otro hombre. Karl Schatzhauser no se anduvo con rodeos.

—Mi querida Amelia, Max me ha dicho que es usted amiga de Carla Alessandrini.

—En efecto —respondió Amelia, desconcertada.

—Quizá pueda ayudarnos a salvar a una joven.

—No le entiendo...

—Permítanme que les presente al padre Rudolf Müller.

El profesor Schatzhauser se dirigió al hombre que hasta aquel momento se había mantenido en silencio. El sacerdote, que no aparentaba tener más de treinta años, parecía nervioso.

—El padre Müller es sacerdote católico, y miembro de nuestro pequeño grupo de oposición a Hitler. Naturalmente, está con nosotros a título personal, no como representante de la Iglesia católica.

Amelia y Albert miraron con interés al clérigo, quien, a su vez, les observó con preocupación.

—No hace falta que les explique la situación de los judíos alemanes, sometidos a persecución. De la noche a la mañana muchos de ellos desaparecen conducidos a campos de trabajo, sin que posteriormente sea posible obtener alguna información sobre la suerte que corren en esos lugares. Pues bien, una familia judía conocida del padre Müller tiene un problema y Max y yo hemos pensado que quizá ustedes nos puedan ayudar. Pero será mejor que el padre Müller les explique la situación.

El sacerdote carraspeó antes de comenzar a hablar y, mirando directamente a Amelia, explicó lo que esperaba de ella.

—Soy huérfano. Mi padre murió cuando era un niño y mi madre me sacó adelante junto a mi hermana mayor. Mi padre tenía un taller de encuadernación que nos daba para vivir holgadamente, incluso tenía un empleado. Cuando mi padre murió, mi madre se hizo cargo del negocio, y mi hermana mayor la ayudaba cuanto podía, pero no hace falta recordarles las penurias por las que ha pasado Alemania, y a la desgracia de la muerte de mi padre se unió que en el taller comenzó a faltar trabajo. Muy cerca del taller, en los alrededores de la Chamissoplatz, mis padres tenían unos amigos, los Weiss, que tenían un negocio de compraventa de libros. El señor Weiss, además de amigo, era cliente de mi padre, solía llevarle viejas ediciones para que las encuadernara. El señor Weiss no es judío pero su esposa, Batsheva, sí lo es. Tenían una sola hija, Rajel, de mi misma edad, se puede decir que crecimos juntos y para mí es como una hermana. Cuando mi padre murió, el señor Weiss ayudó a mi madre cuanto pudo y a pesar de las dificultades que él mismo tenía que afrontar, nunca dejó de ampararnos. Hace un año, el señor Weiss murió de un ataque al corazón y dos meses más tarde la Gestapo detuvo a Batsheva acusándola de vender libros prohibidos. No era verdad, pero se la llevaron y lo único que hemos podido averiguar es que la pobre mujer está en un campo de trabajo. Afortunadamente, el día que la Gestapo se presentó en la librería no estaba Rajel, de manera que se libró de que también se la llevaran. Desde entonces vive con mi madre, con mi hermana Hanna y conmigo, la tenemos escondida pero tememos por ella. No estaré tranquilo hasta que no la sepa fuera de Alemania, pero no es fácil para los judíos conseguir permisos para viajar. Hace un año el Gobierno canceló sus pasaportes… en fin, les supongo al corriente de lo que pasa. A través de unos amigos, que me aseguran que conocen a un funcionario, puede que consigamos un documento para Rajel, pero es necesario que alguien la respalde, que tenga un valedor para conseguir ese documento, y sobre todo que se la lleve de aquí. Max asegura que Carla Alessandrini le tiene a usted un gran aprecio, y ha pensado... Bueno, se nos ha ocurrido que si la señora Alessandrini se presentara como valedora de Rajel nos sería más fácil conseguir el permiso de viaje. Si la señora Alessandrini asegurara que quiere a Rajel como doncella, ayudante o lo que le parezca más conveniente, las autoridades quizá no se lo nieguen. Esto es lo que quería pedirles: que salven a Rajel, para mí es como una hermana y yo... yo se lo agradecería eternamente.

—Supongamos que Carla Alessandrini consigue que le den a Rajel ese permiso y podemos sacarla de Alemania. Después ¿qué? —preguntó Albert James.

—Sálvenla. Hagan lo posible por que pueda llegar a Estados Unidos, allí hay una comunidad judía en la que quizá encuentre algún apoyo, puede que localice a alguno de los parientes de su madre que hace años emigraron a Nueva York.

—No les prometo nada, pero se lo pediré a Carla. Ella es antifascista y aborrece a los nazis. Y si ella no pudiera hacerlo quizá podría intentarlo yo, al fin y al cabo soy española y Franco es aliado de Hitler. Incluso si Carla la saca de Alemania, yo puedo ayudar a pasar a Rajel a España y llevarla hasta Portugal —afirmó Amelia.

Cuando el padre Müller se marchó, Max y el profesor Schatzhauser se disculparon con Amelia y Albert.

—Sabemos —dijo Max— que os hemos puesto en una situación comprometida y debo confesar que la idea ha sido mía, por lo que os pido disculpas. Conozco desde hace algún tiempo al padre Müller, es un hombre bueno y me gustaría ayudarle, aunque para ello os haya metido a vosotros en el lío. Sobre todo a ti, Amelia, puesto que tú eres la amiga de Carla Alessandrini.

De regreso al hotel Amelia y Albert discutieron. A él le preocupaba que Carla se sintiera utilizada por Amelia y eso pudiera resquebrajar la amistad entre las dos mujeres, y él sabía lo importante que era Carla para Amelia.

Pero Albert no conocía qué clase de mujer era la Alessandrini, y en cuanto Amelia le expuso la situación no dudó ni un momento aceptar ayudar a Rajel, a pesar de que su marido, Vittorio, le pidió prudencia.

—¿Prudencia? ¿Cómo me pides prudencia cuando puedo ayudar a una pobre desgraciada? Lo haré, claro que lo haré, me presentaré en la policía solicitando el permiso de viaje para Rajel, diré que no puedo prescindir de sus servicios, que es una camarera extraordinaria. Aunque tenga que llamar a Goebbels para conseguir ese permiso... sacaremos a esa chica de aquí.

Amelia abrazó a su amiga y llorando le dio las gracias. Ella sabía que la diva tenía un gran corazón y no había dudado de que aceptaría hacer aquel favor tan peligroso.

Acompañada por el padre Müller y por la propia Rajel, Carla se presentó ante la oficina encargada de expedir los permisos de viaje de los judíos. Previamente, el funcionario del que dependía la tramitación había recibido un soborno en metálico, dinero facilitado por el propio Max.

Carla rellenó un sinfín de papeles, respondió a otro sinfín de preguntas absurdas y sobre todo se comportó más diva que nunca, sabiendo que eso podía impresionar a aquellos oficinistas. Cuando uno de los funcionarios insistió en que expedir el permiso llevaría tiempo, Carla, muy enojada, hizo una escena.

—¿Tiempo? ¿Cuánto tiempo cree que puedo quedarme en Berlín? Llamaré al ministro Goebbels para que resuelva este problema, y ya veremos si le gusta que ustedes me contraríen como lo están haciendo. ¡Pienso decirle que si esto no se resuelve, jamás volveré a cantar en Berlín!

Rajel obtuvo su pasaporte, en el que estamparon la letra «J», la inicial de la palabra *Jude*.

Carla, Vittorio, Amelia y Albert, junto con Rajel, salieron de Berlín el 12 de octubre. Antes de dejar la ciudad, Amelia insistió a Max para que le ayudara a buscar a los Wassermann.

—No puedo creer que no hayas podido averiguar dónde están —se quejó Amelia.

—No puedo preguntar directamente, compréndelo, pero te aseguro que estoy haciendo lo imposible por averiguar su paradero.

—Cuando les encuentres tienes que ayudarles, ¡júrame que les sacarás de donde estén!

—Te doy mi palabra de honor de que haré cuanto pueda por ayudarles.

—¡Eso no es suficiente! ¡Tienes que sacarles del campo de trabajo o de donde estén!

—No puedo prometértelo, Amelia; si lo hiciera, te estaría mintiendo.

Sacar a Rajel de Berlín era sólo la primera parte del plan que habían ido elaborando los días previos. Irían en tren hasta París, y desde allí, Carla regresaría a Italia, mientras que Albert y Amelia llevarían a Rajel hasta la frontera con España. Amelia se había comprometido a pasar con ella a España acompañándola después hasta Portugal. Albert, por su parte, se encargaría no sólo de acompañarlas, sino de gestionar en la embajada británica los permisos necesarios para que Rajel pudiera viajar hasta Nueva York. Albert pensaba telefonear a su tío Paul James para que con su influencia, dado su cargo en el Almirantazgo, la embajada británica no se mostrara remisa a facilitar los documentos que necesitaba Rajel Weiss para viajar a América.

La presencia de Carla era el mejor salvoconducto. Los revisores, la policía, incluso la Gestapo no parecían desconfiar de la diva, tanto era así que a pesar de los temores de Albert, de Amelia, de Vittorio y de la propia Rajel, el viaje hasta la capital francesa transcurrió sin incidentes.

Rajel resultó ser una mujer de aspecto agradable, con el cabello castaño y los ojos del mismo color, tímida, dulce y muy culta; todos quedaron cautivados por su bonhomía.

En París, Carla y Vittorio se alojaron en el hotel Meurice, donde la diva había decidido pasar un par de días antes de continuar viaje hacia Roma. No era un capricho, sino la manera de dar tiempo a Amelia y a Albert para poder llegar a la frontera con España. Aunque no habían tenido ningún tropiezo hasta el momento, Carla pensaba que era mejor estar cerca por si les detenían a causa de Rajel.

En aquel momento en Francia cundía el desánimo. El país estaba oficialmente en guerra con Alemania y el primer ministro Édouard Daladier estaba empezando a ser superado por los acontecimientos.

Amelia había trazado un plan que consistía en llegar hasta Biarritz y desde allí continuar hasta la frontera con España, que pensaba pasar no a través de la aduana sino de los pasos que años atrás había conocido en sus excursiones con Aitor. Aún tenía fresca en la memoria la temporada en que había convalecido en el caserío del ama Amaya, y la amistad que allí había forjado con sus hijos Edurne y Aitor. Amelia se preguntaba si Aitor habría regresado de México y si, en ese caso, viviría exiliado en el País Vasco francés. Si fuera así, estaba segura de que Aitor les ayudaría.

Albert condujo sin descanso hasta Biarritz, y cuando llegaron Amelia los llevó a casa de su abuela Margot. La anciana había fallecido tiempo atrás, pero Amelia confiaba en que Yvonne, su criada, conservara las llaves de la casa o siguiera viviendo en ella.

Cuando se acercaron a la casa, situada en la cornisa frente al mar, Amelia observó que las contraventanas estaban abiertas.

Pidió a Albert y a Rajel que la esperaran en el coche, puesto que no estaba segura de lo que se iba a encontrar.

Yvonne abrió la puerta y al principio pareció no reconocerla, luego la abrazó llorando.

—Mademoiselle Amelia, ¡qué alegría verla! ¡Dios mío, qué sorpresa!

La hizo pasar a la casa, y entre lágrimas le contó lo que Amelia ya sabía, que madame Margot había fallecido.

—Madame no sufrió, pero los últimos días estuvo muy agitada, parecía saber que iba a morir y se lamentaba de no poder despedirse de sus hijos ni de sus nietos, especialmente de usted y de mademoiselle Laura, que eran sus nietas favoritas.

Yvonne le explicó que madame Margot le había dado permiso para permanecer en la casa, segura de que sus hijos, cuando pudieran ir a Biarritz, continuarían manteniéndola a su servicio.

—La señora hizo testamento meses antes de morir; aquí tengo un sobre que me dio, está cerrado, pero madame me dijo que dentro estaba el nombre del notario al que don Juan y don Armando debían acudir. Madame era muy previsora y estaba muy preocupada por la guerra en España; me entregó una cantidad de dinero para que no me falte nada en la vejez y... bueno, aquí estoy, esperando que aparezca alguien de la familia Garayoa.

Amelia le explicó que estaba de viaje camino de España acompañada de unos amigos y que les vendría bien descansar y comer algo caliente.

También fue un alivio para Albert y Rajel encontrarse a salvo en aquella casa. Yvonne no necesitaba que le explicaran nada para darse cuenta de que algo importante sucedía y de que Amelia estaba en un apuro, y por la noche, cuando Rajel se retiró a descansar y Albert se quedó dormido de puro agotamiento, Yvonne se acercó a Amelia.

—Mademoiselle —dijo—, creo que tiene problemas, y si yo pudiera ayudar... Madame Margot confiaba en mí y usted sabe cuánto quiero a su familia, a usted la conocí apenas recién nacida, lo mismo que a su hermana Antonietta. Yo llegué a esta casa porque me trajo la madre de madame Margot, madame Amélie, de la que lleva usted su nombre...

—Lo sé, lo sé, Yvonne... ¡Claro que sé que puedo confiar en ti! Verás, vamos a pasar a España pero no por la frontera sino por los pasos de la montaña. ¿Recuerdas a Aitor, el hijo del ama Amaya? Él me enseñó senderos escondidos por donde sólo pasan las cabras.

—Muchos españoles han venido aquí huyendo de Franco, si usted los viera, ¡pobrecillos! No sé nada de Aitor, pero conozco a un español que se refugió aquí con su familia y que era del PNV. Un buen hombre, que trabaja mucho para dar de comer a sus hijos. Antes de la guerra parece que tenía un negocio, pero lo perdió todo al exiliarse. Suerte que estaba casado con una mujer de aquí y ahora trabaja en un hotel. Si usted quiere... no sé... quizá él sepa algo de Aitor...

—¡Cuánto te lo agradecería! Aitor podría sernos de gran ayuda, le vi hace unos meses en México y parecía dispuesto a regresar para ayudar a los refugiados, ¡ojalá lo haya hecho!

—Mañana iré temprano a ver a ese hombre, a las siete ya está en la recepción del hotel.

Yvonne cumplió lo prometido, y dijo a Amelia que el hombre del PNV iría a visitarles aquella misma tarde cuando terminara su jornada de trabajo. Albert había decidido dejar hacer a Amelia, aunque tenía dudas; pensaba que no era prudente confiar en un extraño.

A las seis y media de la tarde Patxi Olarra se presentó en la casa. Albert calculó que tendría unos cincuenta años. Parecía un hombre vigoroso y tenía el cabello totalmente blanco.

Amelia le preguntó si conocía a Aitor Garmendia, dándole detalles de quién era, dónde estaba situado el caserío familiar y que la última vez que le había visto fue en México como secretario de un dirigente del PNV en el exilio.

Olarra escuchó en silencio y se tomó su tiempo antes de hablar.

—¿Qué es lo que quieren? —preguntó a bocajarro.

—¿Querer? Nosotros no queremos nada, soy amiga de Aitor desde la infancia...

—Ya, pero ¿qué quiere de él? —insistió Olarra.

—Ya le he dicho que me gustaría saber si está por aquí, y si es así, verle. Supongo que los exiliados del PNV se mantendrán en contacto, sabrán los unos de los otros...

—Veré qué puedo hacer por usted.

Patxi Olarra se levantó de la silla y haciendo una inclinación de cabeza salió de la casa sin decir una palabra más.

—¡Qué hombre tan extraño! —comentó Albert.

—Los vascos son gente de pocas palabras, si tienen que hacer algo lo hacen y ya está —respondió Amelia.

—No sé si es amigo o nos va a traicionar —dijo Albert preocupado.

—No sabe nada de nosotros, no ha visto a Rajel.

—Ya, pero... no sé... me inquieta.

—Es un buen hombre, se lo aseguro —terció Yvonne.

Pasaron dos días sin que tuvieran ninguna noticia de Olarra, y Amelia decidió que no esperarían más e intentarían cruzar por sus propios medios a España.

—Pero ¿estás segura de que te acuerdas de los pasos de los que te habló Aitor? —le preguntó Albert con preocupación.

—Claro que sí —respondió Amelia con más seguridad de la que de verdad tenía.

Rajel, por su parte, se había confiado a Amelia de tal manera que a pesar de tener más edad dependía de ella como si de una niña se tratara.

Amelia había organizado la marcha para el día siguiente, de manera que les propuso acostarse pronto y descansar.

—Los pasos de la montaña no son fáciles, y es mejor que descansemos.

Aún no se habían ido a dormir cuando alguien llamó al timbre. Se pusieron tensos, en guardia. Yvonne mandó a Rajel al piso de arriba, mientras ella acudía a abrir la puerta.

Fuera, alguien preguntó por Amelia y ella al reconocer aquella voz gritó de alegría.

—¡Has venido! ¡Aitor!

—No creas que es fácil andar de un lado a otro —respondió Aitor mientras abrazaba a su amiga.

Estuvieron hablando durante un buen rato. Aitor les explicó que su jefe había decidido enviarle de regreso para que sirviera de enlace entre los que escapaban y los que ya habían logrado organizarse en el exilio.

—Procuramos ser discretos para no comprometer demasiado a las autoridades francesas, porque aunque Francia está en guerra contra Alemania no ha roto con España, de manera que tenemos que andarnos con cuidado. No imagináis los cientos de miles de refugiados que hay en los campos y en qué condiciones... Nosotros procuramos ayudar a algunos de los nuestros y pasar a gente, pero es complicado.

—Precisamente queremos cruzar a España por uno de esos pasos de la montaña de los que tú me hablaste, tenemos que salvar a alguien...

Amelia le explicó a Aitor la historia de Rajel y cómo intentaban llegar a Lisboa.

—No será fácil, y menos en esta época del año, estamos casi en invierno y hay nieve. Además, los soldados y la policía de Franco están por todas partes.

—Pero vosotros utilizáis los pasos, ¿cómo si no sacáis a la gente de España?

Aitor se quedó en silencio. No quería defraudar a Amelia pero por otra parte temía poner a su organización en peligro intentando algo tan rocambolesco como introducir a una judía en territorio español con el fin de atravesar todo el país para llegar a Portugal. Si las detenían y las torturaban confesarían por dónde, cómo y con quién habían cruzado y quedarían al descubierto.

—No tengo autoridad para tomar esta decisión, debo consultar con mis superiores —concluyó Aitor.

—No hace falta que consultes, si no quieres ayudarme no lo hagas. Mañana nos vamos, si tú no vienes lo intentaremos nosotros.

—¡Por favor, Amelia, no hagas locuras! Os perderíais en la montaña y más en esta época del año. No es un juego, ni una excursión campestre.

—No podemos continuar aquí, cada día que pasa Rajel corre más peligro. Su única oportunidad es llegar a Portugal.

—Puede que consiga un permiso de residencia en Francia... al fin y al cabo están en guerra con Alemania.

—¿Te estás burlando de mí? ¿Debo recordarte dónde están los refugiados españoles? ¿Quieres que te hable de la política respecto a los judíos? Márchate, Aitor, no quiero comprometerte más, tú libras tu propia guerra y Rajel no es parte de ella, no tienes por qué ayudarnos.

—Si algo sale mal te juegas la vida —le advirtió Aitor.

—Lo sé, lo sabemos, pero no tenemos otra opción.

Aitor se marchó malhumorado. No había logrado hacer entrar en razón a Amelia, convencerla de que los pasos de pastores en las montañas eran muy peligrosos.

Tampoco Albert pudo convencer a Amelia para intentar encontrar otra solución.

—Yo me voy mañana con Rajel y te aseguro que lograré llegar al otro lado —respondió con ira a los razonamientos de Albert.

A las tres de la madrugada, cuando Amelia, Rajel y Albert se despedían de Yvonne oyeron unos golpes secos en la puerta. La vieja criada fue a abrir y se sorprendió al ver a Aitor.

—Eres terca como una mula, de manera que no tengo más remedio que ayudarte o de lo contrario conseguirás que la policía descubra los pasos para cruzar la muga —dijo el hombre.

Amelia le abrazó, agradecida.

—¡Gracias! ¡Muchas gracias!

—¿Estáis bien preparados? Necesitáis ropa de abrigo o de lo contrario moriréis congelados.

—Creo que llevamos todo lo que necesitamos —aseguró Albert.

La primera noche durmieron al aire libre; luego en pequeños refugios de pastores. Aitor abría la marcha con paso seguro a pesar de la oscuridad, y Albert la cerraba. Amelia y Rajel caminaban en silencio, sin quejarse de la dureza del terreno ni del temor que les producían los sonidos de la noche.

—Nos queda muy poco para entrar en España, y es mejor hacerlo sin luz —les anunció Aitor de madrugada.

—¿Cuánto falta? —preguntó Albert.

—No más de quince kilómetros. Luego iremos al caserío de mis abuelos. Allí nos están esperando.

Amelia vislumbró la figura de Amaya dibujándose en la puerta del caserío y corrió hacia ella llorando. Se abrazó a su ama y la mujer la cubrió de besos.

—¡Querida Amelia, qué guapa estás! ¡Cómo has cambiado! ¡Dios mío, pensé que nunca más volvería a verte!

Pasaron al interior del caserío, del que Amelia guardaba recuerdos entrañables, y se sintió apesadumbrada al enterarse de que el abuelo había muerto y al ver que la abuela yacía enferma en la cama.

—Ya ni siquiera habla —murmuró el ama Amaya señalando a la anciana, que parecía no reconocerles.

Amaya les preparó de comer y dejó escapar una carcajada al ver la expresión de Albert al beber un tazón de leche.

—¿No te gusta? Entonces es que nunca has tomado leche de verdad, está recién ordeñada.

—¿Qué sabes de mi familia?

—Edurne escribe de vez en cuando, pero con mucho miedo, ya sabes que ahora abren las cartas y la policía sospecha de todos. Tu hermana Antonietta parece que mejora; en cuanto al hijo de

Lola, continúa en casa de tus tíos porque su abuela sigue en el hospital. Don Armando tiene trabajo, y tu prima Laura parece que está contenta en el colegio. Mi Edurne les sirve bien, no te preocupes.

—Supongo que no te contará nada de mi hijo Javier ni de Santiago…

—A tu hijo lo ven de lejos y es un niño hermoso al que no le falta de nada. Águeda lo cuida y lo lleva muy limpio. ¿No vas a buscar un teléfono para llamarles?

—¡Pues claro que no! —interrumpió Aitor—. Es mejor que sea discreta, y cuanto más inadvertida pase, mejor, la policía controla todas las llamadas.

—Sí, tienes razón —admitió Amelia.

—Ahora os diré cómo llegar a Portugal. Tengo un amigo que se dedica a la chatarra, va y viene por todas partes con una camioneta pequeña. Os llevará a Portugal, aunque tendréis que pagarle. El viaje es largo y os pueden detener, de manera que no os va a salir barato, ¿tenéis dinero?

Albert aseguró que pagarían lo que fuera necesario y Aitor le miró reconociendo que no era un hombre común. Se preguntó si Amelia estaría enamorada de él y llegó a la conclusión de que no, aunque era evidente que hacían una buena pareja.

No había pasado ni media hora cuando Jose María Eguía, el chatarrero, se presentó en el caserío. Aitor salió a recibirle en cuanto oyó el ruido del motor de la camioneta.

Eguía exigió dinero por adelantado para llevarles hasta Portugal.

—Si me meto en un lío —dijo—, al menos quiero sacar unas pesetas, que buena falta me hacen. Tengo mujer, tres hijos y a mi suegra viviendo con nosotros y poco que echar al puchero. Además, si uno hace un trabajo tiene que cobrarlo, ¿no?

No le discutieron ni una peseta y se despidieron de Aitor y de Amaya.

—Gracias, no olvidaré nunca lo que has hecho por mí —le dijo Amelia.

—Tened cuidado, Albert y tú tenéis los pasaportes en regla, pero la chica judía... No sé qué harían con ella si os parase la policía.

—Tendremos cuidado, no te preocupes.

—Podéis confiar en Eguía. Es buena persona, aunque un poco bruto. Sus abuelos tenían el caserío cerca de aquí, cuando éramos pequeños jugábamos juntos.

—¿Es del PNV? —quiso saber Amelia.

—No, a éste no le interesa la política.

Apenas cabían en la camioneta. Albert se sentó al lado de Eguía y Amelia y Rajel se acomodaron en la parte de atrás, entre un montón de chatarra, pero ninguna de las dos mujeres se quejó.

—¿Crees que lograremos llegar a Portugal? —preguntó tímidamente Rajel a Amelia.

—Ya verás cómo lo conseguimos. El viaje es largo y con estas carreteras más... pero llegaremos y Albert te ayudará a viajar a Estados Unidos.

Rajel la miró agradecida por aquellas palabras de ánimo. El viaje no fue fácil y pronto fue evidente que la camioneta estaba en peor estado de lo que parecía. En Santander se les pinchó una rueda, y Eguía después de desmontarla les dijo que estaba inservible y tendrían que comprar otra.

—Pero ¿no lleva usted una rueda de repuesto? —preguntó Albert con cierta alarma en la voz.

—¡Quia! ¿De dónde voy a sacar yo una rueda de repuesto? Aquí no tenemos para nada.

Finalmente encontraron un viejo taller donde eligieron una rueda ya usada que, naturalmente, Albert pagó.

—Si la tengo que pagar yo el viaje no me sale a cuenta —explicó Eguía a modo de excusa.

Compraban pan y lo que encontraban, y comían y dormían en la camioneta. Albert se ofreció a conducir, y aunque Eguía al principio se negó terminó por aceptar para poder descansar.

—¡Menudo viajecito! Si lo sé les pido más por traerles —se quejó el chatarrero.

Albert James escribiría posteriormente algunos artículos sobre la España de la posguerra, en los que relataba que había encontrado un país que carecía de todo y en el que el miedo había sellado la voz de la gente.

Explicó que cuando paraban a tomar un café en cualquier bar, o a echar gasolina, o cuando entraban en alguna tienducha de mala muerte a comprar pan, se encontraban con un muro ante cualquier intento de obtener una opinión sobre la marcha de la situación política.

También le sorprendían los discursos exageradamente patrióticos de los nuevos jerarcas, pero, por encima de todo, le sobrecogía el hambre. En un artículo escribió que en aquellos años los españoles llevaban dibujado el hambre en el rostro.

Nada más entrar en Asturias, la camioneta se paró en medio de un puerto de montaña. Tuvieron que bajarse y entre todos empujarla fuera de la carretera, donde Eguía intentó arreglarla.

—¡Uf, esto está fatal! —exclamó tras observar el motor.

—Pero ¿lo podrá arreglar? —preguntó Amelia.

—Pues no lo sé, puede que sí o puede que no.

Tuvieron suerte. Unos cuantos camiones del Ejército pasaron por el lugar y Eguía les hizo señas para que pararan.

El capitán que mandaba el grupo de los cuatro camiones resultó ser un hombre afable.

—Yo de esto no sé mucho, pero el sargento es un manitas y ya verá cómo arregla el motor.

Amelia rezó para que no les pidieran la documentación. Sobre todo temía que hicieran cualquier pregunta a Rajel, ya que ésta sólo hablaba alemán, o a Albert, que aunque hablaba español no lo hacía con fluidez. Al principio el capitán no mostró un interés especial en las dos mujeres, pero sí por Albert.

—¿Y usted de dónde es? —le preguntó.

—Soy estadounidense.

—¡Vaya! ¿No será usted de los que vinieron con las Brigadas Internacionales? —dijo riéndose.

—No, claro que no.

—Se le nota, hombre, se le nota, usted tiene aspecto de pudiente, de ser uno de esos americanos a los que le sobran los dólares.

—El dinero nunca sobra —respondió Albert por decir algo.

—¿Y esas chicas?

—Mi esposa y su hermana.

—Ya tiene usted mérito en aguantar a la mujer y a la cuñada.

—Son buenas personas —respondió Albert, que no entendía del todo las bromas del capitán.

—No se fíe, las mujeres son iguales en todas partes.

—¡Ya está, mi capitán! —les interrumpió el sargento—. La avería no era tan gorda como parecía.

El capitán dudó, eso de encontrarse a un estadounidense en Asturias le sonaba raro, pero recordó que España no tenía nada contra los americanos, de manera que optó por desearles buen viaje.

—¡Vayan con cuidado!

Tres días más tarde llegaron a Portugal. Eguía les dijo que pasarían la frontera por un pueblo donde apenas había vigilancia.

—El pueblo está pegado a la frontera; los vecinos ven Portugal desde sus ventanas y pasan al otro lado persiguiendo a las gallinas.

—Pero ¿está seguro de que aquí no hay guardias? —preguntó Amelia con recelo.

—Estoy seguro; además aquí tengo un amigo que nos ayudará.

El amigo de Eguía se llamaba Mouriño, al parecer se habían conocido en la mili y habían congeniado hasta el extremo de hacer negocios de contrabando esquivando la frontera, el uno con Francia y el otro con Portugal. Al acabar la guerra volvieron a las andadas.

Mouriño les invitó a comer pan con queso y un vaso de vino,

mientras él y su amigo Eguía hablaban de negocios. El vasco descargó la chatarra, y Mouriño lo llevó al corral donde, bajo una lona, guardaba unos cuantos paquetes para que los llevara a San Sebastián.

—Es tabaco inglés —explicó—. A los franceses les encanta.

Nadie les preguntó nada y pasaron a Portugal sin encontrar ni un solo guardia.

—¡Esto es increíble! No podía imaginar que pasaríamos la frontera tan fácilmente —exclamó Albert.

—No se crea que es fácil, es que este pueblo está alejado de los pasos fronterizos y si tienes suerte no encuentras a ningún guardia y pasas sin problema. Por aquí hay mucho contrabando.

—Pensaba que vendía chatarra…

—Y más cosas.

En Lisboa buscaron una pensión cerca del puerto que les recomendó el propio Eguía.

—No es gran cosa, pero las sábanas suelen estar limpias y lo más importante: no hacen preguntas.

Aquella noche, por fin, tomaron un plato caliente de comida y durmieron entre sábanas, si bien menos limpias de lo que Eguía les había asegurado.

A la mañana siguiente, Albert telefoneó a su tío Paul.

—¿Se puede saber dónde estás?

—Ahora en Lisboa, pero antes he atravesado media Francia y otra media España para llegar aquí.

—Vaya, no sabía que te gustaba tanto viajar —respondió su tío con un deje de ironía.

—Ni yo tampoco. Verás, tío Paul, necesito tu ayuda.

—Ya me extrañaba a mí esta llamada. Y bien, ¿qué sucede?

—Tengo una amiga, una persona muy especial…

—¿Amelia Garayoa?

—No, no se trata de ella, aunque está aquí conmigo. Es una persona que conocí en Berlín, se llama Rajel Weiss y es judía.

—Ya. ¿Y qué es lo que quieres?

—Que nuestra embajada le facilite algún documento o permiso para que pueda viajar a Estados Unidos.

—Querrás decir a Inglaterra.

—No, quiero decir a Estados Unidos, tiene familia allí.

—Como ya supondrás, no puedo hacer nada.

—¡Por favor, sé que puedes! No te lo pediría si no fuera importante. ¿Sabes lo que está pasando con los judíos en Alemania?

—Ya sé que a Hitler no le gustan los judíos, pero no podemos acoger a todos los que intentan huir de Alemania.

—No te estoy pidiendo un imposible, sólo un salvoconducto para sacarla de aquí.

—No puedo hacer excepciones.

—¡Claro que puedes! Sólo pretendo que Rajel llegue a Estados Unidos.

—¿Y cómo sabes que allí la admitirán?

—Si tú me consigues el salvoconducto yo me encargo de resolver el problema con la aduana de Nueva York.

—Me gustaría ayudarte, pero no puedo.

—¿Sabes lo que eso significa? Hemos atravesado media Europa para llegar hasta aquí. Te aseguro que no ha sido fácil, sin Amelia y sin Carla Alessandrini no lo habríamos conseguido.

—¿Carla Alessandrini? ¿Te refieres a la gran diva de la ópera?

—Sí, una mujer muy valiente y decidida, gran amiga de Amelia.

—¡Vaya, vaya! Tu amiga Amelia es una caja de sorpresas.

—¿Vas a ayudarme o no?

—Veré si puedo hacer algo, pero tened cuidado: en Lisboa hay agentes nazis por todas partes.

—E imagino que también británicos.

—Me encanta tu fe en nosotros. Dame un número donde pueda encontrarte.

Paul James telefoneó a su sobrino veinticuatro horas más tarde, tras librar una tensa discusión con sus superiores mientras trataba de conseguir un salvoconducto para Rajel Weiss. Si les convenció fue porque, les dijo, esperaba obtener un rédito del favor a su sobrino.

Albert, acompañado de Amelia y Rajel, se presentó en la embajada británica. Allí preguntaron por el hombre al que les había dirigido Paul James. Para Albert fue evidente que se trataba de un oficial de Inteligencia. El hombre escuchó pacientemente la historia de Rajel y mostró más interés al conocer los detalles de la fuga de Berlín, sobre todo por los contactos que parecía tener Amelia. Ésta llegó a sentirse incómoda ante las preguntas de aquel hombre, que parecía estar interrogándola.

—Y si nosotros no pudiéramos facilitarle el salvoconducto, ¿qué harían? —preguntó el hombre esperando que fuera Amelia quien respondiera.

—No le quepa la menor duda de que cualquier cosa antes que abandonar a Rajel. Ustedes no son nuestra única carta a jugar —respondió desafiante.

El hombre les despidió diciéndoles que en un par de días tendrían noticias suyas, y también les dijo que procuraran no llamar la atención en Lisboa.

—Forman ustedes un trío en el que es difícil no fijarse.

Prácticamente no salieron de la pensión. Albert pagaba a la patrona para que les hiciera la comida y a lo más que se atrevían era a dar algún paseo cerca del mar.

Dos días más tarde, el hombre de la embajada telefoneó a la pensión y les citó en un bar próximo.

—Bien, aquí están los documentos para la señorita Weiss, de usted dependerá que la admitan una vez llegue a Nueva York.

—Gracias... —dijo Albert tendiendo la mano al hombre de la embajada.

—No me las dé a mí sino a su poderoso tío. ¡Ah!, por cierto, me ha pedido que le telefonee cuanto antes, creo que espera verle pronto en Londres.

Albert compró un pasaje para Rajel en un barco que salía al día siguiente con destino a Nueva York. Era un mercante que admitía pasajeros, de manera que la travesía no le iba a resultar demasiado incómoda a Rajel y pasaría más inadvertida a su llegada a Estados Unidos.

También pagó al capitán para que cuidara de Rajel.

Amelia se despidió entre lágrimas de Rajel. Había llegado a apreciar sinceramente a aquella muchacha tímida y silenciosa. Antes de subir al barco Rajel se quitó un anillo y se lo entregó a Amelia.

—Así no te olvidarás de mí… —le dijo mientras le colocaba el anillo en el dedo.

—¡Claro que no lo haré! Por favor conserva el anillo, es de oro y esas piedras… Es muy valioso, y si las cosas van mal puedes necesitarlo.

—No, aunque me muriera de hambre nunca vendería este anillo. Era de mi abuela, la madre de mi padre. Él me lo dio cuando cumplí dieciocho años. Quiero que lo tengas tú.

—¡Pero no puedo aceptarlo!

—Si lo tienes será como si continuáramos juntas. ¡Por favor, no lo rechaces!

Se abrazaron y Albert tuvo que separarlas para que Rajel embarcara.

—No te preocupes, cuando llegues a Nueva York te estarán esperando, no tendrás ningún problema para pasar la aduana —le prometió Albert.

Cuando vio que el barco zarpaba del puerto, Amelia sintió el escalofrío de la soledad. Albert le echó un brazo por los hombros para reconfortarla. Estaba perdidamente enamorado de Amelia y no había nada que no fuera capaz de hacer por complacerla.

—¿Qué haremos ahora? —le preguntó más tarde cuando llegaron a la pensión.

—Ir a Londres. Tengo que pedir a mi padre que hable con algunos amigos que pueden facilitar la entrada de Rajel en Estados Unidos. Mi padre es amigo del gobernador, de manera que si se interesa por Rajel ella no tendrá problemas. También quiero telefonear a un amigo de la infancia que trabaja en la oficina del alcalde. Además, el hombre de la embajada nos dijo que el tío

Paul quería vernos cuanto antes en Londres y después de este favor no puedo negarme.

—¿Qué querrá tu tío?

—Cobrarse el favor que nos ha hecho.

—Pero ¿cómo?

—Eso aún no lo sé, pero estoy seguro de que el precio será alto.

—Yo... siento haberte puesto en esta situación.

—No has sido tú, Amelia. Salvar a Rajel ha sido una cuestión de decencia. Desgraciadamente no podemos ayudar a todos los que lo necesitan. Además, fue el doctor Schatzhauser y Max quienes nos pidieron a ambos que ayudáramos a Rajel, y no olvidemos que sin Carla no habríamos podido.

—Me gustaría ir a Madrid... Estamos tan cerca...

Albert dudó, pero se mantuvo firme en su decisión de viajar de inmediato a Londres.

—Lo siento, Amelia, pero después de lo que ha hecho no puedo desairar a mi tío.

—Tienes razón, ya iremos más adelante.

—Te lo prometo.

6

Amelia no terminaba de sentirse cómoda en Londres. Notaba la hostilidad del ambiente como un reflejo de la hostilidad de la familia y los amigos de Albert que estaban informados de que éste vivía con una mujer casada, motivo de escándalo en la muy puritana alta sociedad británica.

Albert se encontró con que sus padres regresaban a Nueva York, por lo que le pidió a su padre que intercediera ante el gobernador de la ciudad para que ayudara a Rajel. Ernest James adoraba a su hijo y era incapaz de negarle nada, además era un furibundo antinazi, de manera que se comprometió a ayudar a la muchacha.

—No te preocupes, conseguiremos que esa joven entre en Estados Unidos. Ahora que estamos solos… en fin… me gustaría hablar contigo. Tu madre está muy preocupada, ya sabes que pensaba que tú y lady Mary… En fin…

—Lo sé, padre, sé que a mi madre y a ti os gustaría que me casara con Mary Brian, y siento no poder complaceros.

—Entonces, ¿tu decisión es definitiva?

—Os presenté a Amelia y sabes que estoy enamorado de ella.

—Es una joven muy bella e inteligente, pero está casada y bien sabes que vuestra relación no tiene futuro.

—Tiene el futuro que ambos queramos que tenga. Vosotros sois irlandeses y estáis más apegados a las normas y a la tradición.

—Tú también eres irlandés, aunque hayas nacido en Nueva York.

—Y allí me he educado como un norteamericano, que es como me siento. Respeto las tradiciones, procuro mantenerme dentro de las normas, pero no las sacralizo. Me he enamorado de Amelia y vivo con ella, de manera que es mejor que mamá ceje en su empeño de querer casarme con Mary.

—No podréis tener hijos.

—Espero que algún día haya una solución para nuestra situación. Mientras tanto, padre, me gustaría pedirte que me comprendas, y si no puedes comprenderme al menos que respetes mi decisión. Quiero a Amelia y te pido que la aceptéis en la familia como si de mi esposa se tratara.

—¡Tu madre no quiere saber nada de ella!

—Entonces tampoco sabrá nada de mí.

—¡Por favor, hijo, recapacita!

—¿Crees que no he pensado ya en lo que supone vivir con Amelia? Sí, claro que lo he hecho, y también te digo que no permitiré que nadie la abochorne ni la haga de menos. Ni siquiera mamá.

Lord Paul James organizó una cena de despedida a su hermano Ernest y a su esposa Eugenie, a la que invitó a Albert y a Amelia. La madre de Albert alegó una fuerte jaqueca que le imposibilitaba asistir a la cena, además adujo la inminente partida hacia Nueva York. Eugenie encontraba fuera de lugar la velada.

Albert y Amelia se presentaron en casa de su tío a las seis en punto, tal y como rezaba la tarjeta de invitación. Paul James había congregado en su casa a una docena de invitados y a todos les sorprendió la manera deferente como trataba a Amelia, que para la puritana sociedad de entonces no pasaba de ser la amante de su sobrino. Incluso produjo cierto revuelo el atrevimiento de Amelia cuando reprochó que Gran Bretaña y las potencias europeas se habían lavado las manos en la guerra española.

No fue hasta que todos sus invitados se hubieron marchado cuando Paul James pidió a su sobrino y a Amelia que se quedaran a compartir un oporto en la biblioteca.

Albert susurró al oído de Amelia: «Ahora es cuando nos pasará la factura por haber ayudado a Rajel».

—Estoy muy impresionado por vuestra peripecia para salvar a esa joven judía, Rajel Weiss —les dijo nada más servirles una copa del empurpurado vino portugués.

—Sí, fue algo complicado, pero tuvimos suerte —respondió Albert.

—¿Suerte? Yo diría que demostrasteis inteligencia y sentido de la improvisación. Os felicito a los dos.

Mientras observaba a Amelia de reojo, lord James carraspeó antes de continuar. La muchacha parecía tranquila, segura de sí misma, sin dejar entrever su agitación interior.

—Bien, estamos en guerra y las guerras se sabe cómo empiezan pero no cómo ni cuándo acaban. El enemigo es fuerte y será él o nosotros. Cuando hablo de nosotros me refiero a la Europa de la razón, la de los valores con los que hemos crecido y creído. Y en esta guerra no hay lugar para los neutrales. Lo siento por ti, Albert.

—Precisamente quería hablarte de algunas personas que he conocido en Berlín. Me comprometí con ellas a defender su causa en Inglaterra, de manera que lo haré ante ti. Tu amigo el barón Max von Schumann pertenece a un grupo de oposición a Hitler.

—Eso ya lo sé, ¿qué crees que hacía aquí este verano? Nos pidió ayuda para derrocar a Hitler, una ayuda que en aquel momento no podíamos prestarle.

—Pues os habéis equivocado.

—Sí, hay quien se ha equivocado pensando que no habría guerra, que Hitler no se iba a atrever a invadir Polonia, a dar los pasos que está dando. Yo siempre he pensado que lo haría, pero mis superiores opinaban lo contrario. Aun así, el grupo del barón Von Schumann es… bueno, gente de aquí y de allá, sin organizar, no estoy seguro de que sea un grupo de oposición eficaz, con capacidad de hacer algo más que reunirse para lamentar que Hitler se haya convertido en el amo de Alemania.

—Te equivocas, tío. Verás, además de los comunistas y de los socialistas no creo que haya muchos grupos de oposición organizados contra Hitler. Y los comunistas, aunque perseguidos en Alemania, se encuentran con que su jefe, Stalin, ha pactado con Hitler. Los socialistas no tienen fuerza por sí solos para derrocar el régimen. En mi opinión habría que convencer a todos los grupos de oposición para que trabajaran coordinadamente. El jefe del grupo de Max von Schumann es el profesor Karl Schatzhauser, que además de ser un médico prestigioso, también es un respetado profesor universitario. Creo que deberías tenerle en cuenta.

—¿Te has comprometido a algo?

—Sólo a transmitiros su petición de ayuda y a dar mi opinión de que son merecedores de ella.

—Bien, tendré en cuenta lo que me dices, aunque sólo puedo prometerte que lo comunicaré a mis superiores. Ahora quería hablaros de otro asunto... es un tema delicado y espero contar en cualquier caso con vuestra discreción.

Tanto Amelia como Albert le aseguraron que así sería.

—Las guerras no se ganan sólo en el frente, necesitamos información y ésta hay que recogerla detrás de las líneas enemigas, para lo cual son necesarios hombres y mujeres valientes. Mi departamento en el Almirantazgo va a preparar a algunos hombres y mujeres para que lleven a cabo esa labor, civiles todos ellos y con unas cualidades específicas, como las que usted tiene, Amelia.

—¡Tío Paul, qué pretendes! —le interrumpió Albert.

—Sólo saber si estáis dispuestos a colaborar para que esta guerra termine cuanto antes.

—Soy periodista y mi única manera de colaborar contra la guerra es contándole a la gente lo que sucede.

—Ya te lo he dicho, Albert, en esta ocasión no podrás ser neutral. Por más que la política de Chamberlain ha sido la de contemporizar con Hitler, nos hemos visto abocados a la guerra. Desgraciadamente Hitler no se va a conformar con Polonia, sin olvidarnos de que los soviéticos, como supongo sabes, han decidido quedarse con Finlandia. Me temo que aún no sabemos realmente la dimensión que va a alcanzar esta guerra, pero mi obligación es suministrar a mis superiores información para que tomen las decisiones adecuadas. Tras la declaración de guerra hemos tenido que abandonar Alemania, pero necesitamos ojos y oídos allí.

—Y si no me equivoco, pretendes invitarnos a formar parte de esos grupos que estás organizando.

—Sí, así es. Tú eres estadounidense y puedes ir por todas partes sin despertar sospechas, y la señorita Garayoa es española. Su país es aliado de Hitler, y con su pasaporte puede viajar por Alemania sin despertar sospechas. Antes me hablabas del barón Von Schumann, cuyo papel como integrante de la oposición no me interesa tanto como el hecho de que es un militar de alta graduación bien considerado en el Ejército. Tiene acceso a información que puede sernos vital.

—Max von Schumann nunca traicionará a Alemania. Sólo quiere acabar con Hitler —terció Amelia.

—Pero eso, querida señora, no lo podrá hacer sin romper unos cuantos platos. Me temo que en estas circunstancias todos terminaremos haciendo lo que no nos gusta.

—Lo siento, tío Paul, no puedo ayudarte —declaró Albert.

Paul James miró a su sobrino con disgusto. Esperaba que la guerra le hubiera abierto los ojos, pero Albert continuaba teniendo un sentido romántico del periodismo.

—Dígame, lord James, si Gran Bretaña gana la guerra a Alemania, ¿qué efecto tendrá en el resto de Europa? —preguntó Amelia.

—No entiendo...

—Quiero saber si el fin de Hitler puede suponer que las potencias europeas decidan restablecer la democracia en España. Quiero saber si van a seguir apoyando y reconociendo a Franco.

A lord James le sorprendió la pregunta de Amelia. Era evidente que la joven sólo colaboraría si creía que eso podía beneficiar a España, de manera que se tomó unos segundos mientras buscaba las palabras adecuadas para responder a Amelia.

—No puedo asegurarle nada. Pero una Europa sin Hitler sería diferente. La posición del Duce no sería la misma en Italia, y en cuanto a España... es evidente que para Franco supondría un duro revés no contar con el apoyo germano. Su posición sería más débil.

—Bien; si es así, creo que estaría dispuesta a colaborar contra Hitler.

—¡Estupendo! Una decisión muy atinada, querida Amelia.

—¡Pero Amelia, no puedes hacerlo! Tío, no debes engañarla...

—¿Engañar? No lo hago, Albert, no lo hago. Amelia ha hecho una ecuación y el resultado puede ser el que anhela. No se lo puedo garantizar, pero si ganamos esta guerra habrá consecuencias inmediatas en la política europea, naturalmente también en España.

—Para mí es suficiente que haya una sola posibilidad. ¿Qué quiere que haga? —dijo Amelia.

—¡Oh! Por lo pronto prepararse. Necesita entrenamiento y seguramente reforzar las lenguas que habla. ¿Cuáles son? ¿Ruso, francés, alemán?

—Hablo francés igual que español; en alemán no tengo problemas, incluso dicen que mi acento es bastante bueno; en cuanto al ruso, la verdad es que sólo me defiendo. Tengo cierta facilidad con los idiomas.

—¡Perfecto!, ¡perfecto! Trabajará sus conocimientos de ruso y pulirá aún más su alemán. Además aprenderá a enviar y descifrar mensajes y también algunas técnicas imprescindibles en el negocio de la información.

—Amelia, te pido que reconsideres el compromiso que estás adquiriendo. No tienes ni idea de dónde te estás metiendo. Y tú, tío Paul, no tienes derecho a embaucar a Amelia y a ponerla en peligro por una causa que no es la suya. Los dos sabemos que España no es una prioridad para la política exterior de Gran Bretaña, incluso Franco os molesta menos en el poder que si hubiera un gobierno comunista. No permitiré que engañes a Amelia.

—¡Por favor, Albert! ¿Crees que la estoy engañando? No lo haría aunque sólo fuera por ti. Alemania se ha convertido en un gran peligro para todos, tenemos que ganar esta guerra. Yo no he dicho que si ganamos eso signifique la caída de Franco, sólo que sin Hitler las cosas no serán igual. Amelia es inteligente, sabe lo que da de sí la política.

—Es una apuesta, Albert, en la que en mi caso a lo mejor hay algo que ganar y nada que perder; ya lo he perdido todo —les interrumpió Amelia.

—Si trabajas para el tío Paul vivirás en un submundo del que no podrás escapar.

—No quiero tomar esta decisión sabiéndote en contra. Ayúdame. Albert, entiende por qué he dicho que sí.

Cuando se marcharon, lord James se tomó otro oporto. Estaba contento. Sabía que Amelia Garayoa era un diamante a la espera de pulir. Llevaba demasiado tiempo en la Inteligencia para saber quién tenía potencial para convertirse en un buen agente, y estaba seguro de las cualidades de aquella joven de frágil y delicada apariencia.

Aquella noche lord James durmió de un tirón pero Amelia y Albert la pasaron en vela, discutiendo.

A las siete de la mañana del día siguiente un coche del Almirantazgo pasó a recoger a Amelia.

Lord James llevaba uniforme de marino y pareció alegrarse al verla.

—Pase, pase, Amelia. Me satisface que no haya cambiado de opinión.

—Usted piensa en Inglaterra y yo en España, espero que podamos conciliar nuestros intereses —respondió ella.

—Desde luego, querida, también es mi deseo. Ahora le presentaré a la persona que se encargará de su instrucción, el comandante Murray. Él la pondrá al tanto de todo. Antes debe firmar un documento comprometiéndose a una total confidencialidad. También fijaremos sus honorarios, porque esto es un trabajo.

El comandante Murray resultó ser un cuarentón afable que no ocultó su sorpresa al ver a Amelia.

—Pero ¿cuántos años tiene usted?

—Veintidós.

—¡Si es una niña! ¿Lord James sabe su edad? ¡No podemos ganar la guerra con niños! —protestó.

—No soy una niña, se lo aseguro.

—Tengo una hija de quince años y un hijo de doce, casi tienen su edad —respondió él.

—No se preocupe por mí, comandante, estoy segura de que podré hacer lo que me pidan.

—El grupo que está a mi cargo está formado por hombres y mujeres de más edad, el que menos tiene treinta años, no sé qué voy a hacer con usted.

—Enseñarme todo lo que yo sea capaz de aprender.

Murray le presentó al resto del grupo: cuatro hombres y una mujer, todos británicos.

—Todos ustedes comparten una misma cualidad: el conocimiento de idiomas —les dijo Murray.

Dorothy, la otra mujer del grupo, había sido maestra hasta su reclutamiento. Morena, no muy alta, rondaba los cuarenta, tenía una sonrisa franca y abierta y enseguida simpatizó con Amelia.

Del resto de los integrantes, Scott era el mas joven, tenía treinta años, Anthony y John pasaban de los cuarenta.

El comandante Murray les explicó el programa de entrenamiento.

—Aprenderán cosas en común y otras específicas en función de sus cualidades. Se trata de sacar lo mejor de ustedes mismos.

El comandante Murray les fue presentando a sus instructores y a la hora de comer los despidió, citándolos para el día siguiente a las siete en punto.

—Váyanse y descansen, lo van a necesitar.

—¿Quieres que tomemos una taza de té? —propusó Dorothy a Amelia.

Amelia aceptó complacida. Deseaba regresar para hablar con Albert pero temía volver a discutir con él.

Dorothy resultó ser una persona muy agradable. Le contó a Amelia que era de Manchester pero que había estado casada con un alemán, de manera que hablaba con fluidez el idioma.

—Vivíamos en Stuttgart, pero mi marido murió hace cinco años de un ataque al corazón y decidí regresar a Inglaterra. Nada me ataba allí, porque no tuvimos hijos. No puedes imaginar cómo le echo de menos, pero así es la vida. Al menos creo estar haciendo lo que a él le hubiera gustado, no soportaba a Hitler.

También le puso al tanto de quiénes eran los integrantes del grupo.

—Scott está soltero, es hijo de un diplomático y nació en la India, aunque naturalmente es británico. Creció en Berlín porque su padre estuvo destinado allí. Ha estudiado lenguas semíticas en Oxford, ya sabes, hebreo, arameo… Además domina el alemán y también el francés, creo que por relaciones familiares. Pertenece a una familia distinguida. Anthony es profesor de alemán y está casado con una judía. En cuanto a John, estuvo en el Ejército y cuando se licenció montó un negocio: una academia de idiomas. Parece que tiene una facilidad asombrosa para hablar cualquier lengua. Un tío suyo se casó con una exiliada rusa que le ha enseñado su idioma, pero además habla español, pues estuvo con las Brigadas Internacionales durante la guerra de España, donde aprendió algo de húngaro, y también habla bastante bien el alemán. John no está casado, pero al parecer sí comprometido desde hace tiempo.

Cuando Amelia regresó a casa no encontró a Albert. Le esperó impaciente. Le necesitaba, sobre todo necesitaba su aprobación. Dependía de él más de lo que ella misma admitía, y aunque sabía que su relación no tenía futuro, se decía que mientras pudiera estaría con él.

Albert llegó más tarde de lo habitual, pero parecía de mejor humor que la víspera.

—Lo he conseguido: el primer ministro me recibe mañana, tengo que preparar la entrevista. La van a publicar varios periódicos, en Estados Unidos hay mucho interés por conocer cómo va a afrontar el Reino Unido esta guerra. Y a ti, ¿cómo te ha ido el día?

—Bien, supongo que lo duro comenzará mañana. Hoy he conocido al grupo con el que voy a trabajar, parecen buenas personas.

—Nunca perdonaré al tío Paul que te haya convencido para trabajar para él. La decisión que has tomado te marcará el resto de tu vida.

—Lo sé, pero no puedo quedarme cruzada de brazos después de lo que hemos visto en Alemania.

—No es tu guerra, Amelia.

—No, no es mi guerra, me temo que va a ser la de todos.

Durante los tres meses siguientes el comandante Murray preparó a Amelia para convertirla en una agente. Recibió clases exhaustivas de alemán y ruso, aprendió a preparar explosivos, a descifrar claves y a utilizar armas. Ella y el resto del grupo comenzaban el entrenamiento a las siete de la mañana y no regresaban a casa hasta bien entrada la noche.

Albert estaba preocupado porque la veía agotada, pero sabía que nada de lo que él dijera serviría para que ella diera marcha atrás. Amelia se había convencido a sí misma de que si Hitler era derrotado, Inglaterra ayudaría a España a deshacerse de Franco.

Durante aquellos meses Amelia mantuvo contacto permanente con su casa en Madrid. Puntualmente enviaba dinero a su tío Armando para ayudar a la manutención de su hermana Antonietta.

Amelia continuaba viviendo con Albert, pero pagaba sus gastos y eso le hacía sentirse independiente y casi feliz.

Mientras tanto, y tras una inopinada y heroica resistencia de los soldados fineses, el Ejército Rojo se hizo con Finlandia, lo que trajo como consecuencia la expulsión de la Unión Soviética de la Sociedad de Naciones.

Y aunque Inglaterra y Francia estaban oficialmente en guerra con Alemania desde la invasión de Polonia, no fue hasta el año siguiente, hasta 1940, cuando de verdad comenzaron las hostilidades.»

—Bien, llegados a este punto quizá debería hablar usted con el mayor Hurley —me dijo lady Victoria—. Aunque aún me quedan algunas cosas que contarle, el mayor le puede informar con más precisión sobre las actividades de Amelia Garayoa en el Servicio de Inteligencia. ¡Ah, se me olvidaba! Antes le dije que Amelia continuaba manteniendo un contacto permanente con su familia y parece que les visitó en febrero de 1940. No estoy segura de ello, pero he encontrado una carta de Albert a su padre en la que le cuenta, entre otras cosas, que Amelia está en Madrid.

Me despedí de lady Victoria tras su promesa de que me volvería a recibir para seguir buceando en la vida de Amelia Garayoa.

Estaba impresionado por lo que me había contado, tanto como para pasar por alto el correo electrónico que me había enviado Pepe. Éste me anunciaba que en vista de que no daba señales de vida ni respondía a sus correos electrónicos, el director había decidido prescindir de mis colaboraciones. En otras palabras: estaba despedido. La verdad es que no me importaba, sólo sentía la bronca que, seguro, mi madre no me ahorraría en cuanto se enterara.

Pese a mi insistencia en verle cuanto antes, el mayor William Hurley me citó en su casa para una semana después.

Llamé a mi madre y tal y como me temía, me trató como si fuera un adolescente descarriado. Ya estaba al tanto de que me habían despedido porque Pepe, en vista de que yo no respondía a sus correos electrónicos, había llamado a casa de mi madre para preguntarle si seguía vivo.

—No sé lo que pretendes, pero te estás equivocando. ¿A quién le importa la vida de esa buena señora? —me volvió a reprochar.

—Esa buena señora era tu abuela, así que a ti misma podría interesarte.

—¡Pero qué dices! ¿Crees que tengo el más mínimo interés en lo que hizo la tal Amelia? No es mi abuela.

—¿Cómo que no es tu abuela? ¡Lo que me faltaba por oír!

—Esa señora abandonó a su hijo, a mi padre, y desapareció. Nunca oí hablar de ella, ni nunca me interesó el porqué lo hizo. ¿En qué va a cambiar mi vida por enterarme?

—Te aseguro que la vida de tu abuela es de lo más *heavy*.

—Pues me alegro por ella, espero que lo pasara bien.

—¡Vamos, mamá, no te enfades!

—¿Que no me enfade? ¿Debo alegrarme por tener un hijo que es un cabeza de chorlito que en vez de tomarse en serio a sí mismo se dedica a investigar una historia familiar irrelevante?

—Te puedo asegurar que la historia de Amelia no es nada irrelevante. Debería importarte, al fin y al cabo es tu abuela.

—¡Que no me hables más de esa señora! Mira, o dejas esa investigación o a mí no me vuelvas a llamar para que te saque de apuros. Tienes edad para ganarte la vida y si no lo haces es porque no quieres, de manera que ya estás avisado. De ahora en adelante lo único que haré por ti es ponerte un plato de comida cuando vengas a visitarme, pero no vuelvas a pedirme ningún préstamo para pagar la hipoteca del apartamento, no pienso darte ni un euro.

Desde su perspectiva de madre tenía razón, pero desde la mía yo no tenía más opción que continuar adelante. No sólo me había comprometido con doña Laura y doña Melita, sino que la investigación estaba resultando como un veneno al que era incapaz de resistirme.

7

Telefoneé desde el hotel al profesor Soler con ánimo de que me explicara, si es que lo recordaba, la visita de Amelia a Madrid en febrero de 1940. Don Pablo no se hizo de rogar y me pidió que fuera a Barcelona para hablar con más calma.

—¿Quiere que le cuente lo que he ido averiguando? —le pregunté cuando me encontré sentado frente a él en su despacho.

—No es a mí a quien debe dar cuentas. Hay cosas que puede que las señoras no quieran que salga de la familia.

—Pero por lo que voy conociendo, ¡usted es casi de la familia!

—No, no se equivoque, joven. Les estaré eternamente agradecido por lo que hicieron por mí, pero no tengo ningún derecho a saber más de lo que ellas quieran que sepa. Usted continúe montando el puzle y cuando lo tenga completo, entrégueselo.

Don Pablo, que evidentemente poseía una memoria prodigiosa, me contó aquella visita de Amelia. Una visita que calificó de «dramática»...

«Antonietta empeoró con la tuberculosis y don Armando y doña Elena temieron por su vida. Tuvieron que ingresarla en el hospital, y don Armando pidió a Amelia que viniera a Madrid de inmediato.

Amelia había adelgazado, pero parecía más tranquila, más segura de sí misma. En cuanto llegó insistió en que quería ir de inmediato al hospital, y sus primos, Laura y Jesús, la acompañaron. Yo también fui, en realidad allí donde iba Jesús iba yo.

Doña Elena y Edurne cuidaban de ella, relevándose, y don Armando y Laura acudían al hospital en cuanto salían de sus trabajos. A Jesús no le permitían ir demasiado a menudo porque también había estado enfermo de tuberculosis y doña Elena temía que volviera a recaer.

Amelia abrazó a su hermana meciéndola como si fuera una niña. Antonietta lloró emocionada, quería mucho a Amelia y sufría por su ausencia, aunque jamás se quejó.

—¡Qué bien que has venido! ¡Ahora sí que voy a ponerme buena!

—¡Pues claro que te pondrás buena, o de lo contrario me enfadaré contigo!

—¡No me digas eso, que yo te quiero mucho! —protestó Antonietta.

Amelia habló con el médico que atendía a su hermana y le conminó a salvarla.

—Haga lo que tenga que hacer, dele cuanto necesite, pero si le pasa algo a mi hermana... ¡no sé lo que le haré!

—Pero, señorita, ¡cómo se atreve a amenazarme! —respondió el doctor, con evidente enfado.

—No le amenazo, Dios me libre de proferir amenazas, es que... Antonietta es lo único que me queda. Me han dejado sin familia, ¿me van a quitar también a mi hermana?

—Aquí no quitamos nada, hacemos lo que podemos por salvar vidas, pero su hermana está muy débil y responde mal al tratamiento.

—Dígame qué es lo que hay que hacer y lo haré, no lo dude.

—Es que no podemos hacer nada más de lo que hacemos, la vida de su hermana no está en nuestras manos sino en las de Dios. Si Él decide llamarla, no hay nada que nosotros podamos hacer.

—¿Cómo dice?

—Que la vida de su hermana, como la de todos nosotros, depende de Dios.

—Pues yo no lo creo así. ¿De verdad piensa que Dios necesita la vida de mi hermana? ¿Para qué?

—¡Por favor, Amelia, no te enfades con el doctor! —le pidió doña Elena, nerviosa por el cariz que estaba tomando la conversación.

—No me enfado, tía, sólo espero que Antonietta reciba los cuidados que necesita para superar la enfermedad, y no soporto esa resignación de que si muere es porque Dios así lo ha decidido.

—Pero, hija, el doctor tiene razón, es Nuestro Señor quien decide la hora de nuestra muerte.

—No, tía, no. No creo que Dios decidiera que mi padre muriera fusilado, y mi madre... bien sabes que murió enferma, sin fuerzas para afrontar la enfermedad a causa del hambre, del sufrimiento, de la miseria. A mi padre lo mataron unas balas fascistas, no Dios.

—¡No quiero que hables de política! Ya hemos sufrido bastante por la política. ¿Quieres que te recuerde a mis muertos? ¿Sabes por qué no me he vuelto loca? Te lo diré, Amelia: porque creo en Dios y admito que Él tiene razones que yo no comprendo.

—Pues yo no voy a resignarme a que muera Antonietta. La cambiaremos de hospital, buscaremos otros médicos que la atiendan y no se laven las manos diciendo que la vida de mi hermana no es cosa suya sino de Dios. No metamos a Dios en esto.

Doña Elena estaba escandalizada por lo que Amelia decía. La miró como si fuera una desconocida; en realidad lo era. Aunque Amelia parecía frágil por su físico, de repente se nos mostraba diferente.

Aquella noche Amelia se quedó a velar a Antonietta, y doña Elena y Edurne regresaron con nosotros a casa. Doña Elena se quejó a don Armando de la actitud de su sobrina.

—Si la hubieses escuchado... Te digo, Armando, que Amelia no es la misma... No sé, tiene una amargura de fondo...

—¿Y te extraña? Es la misma amargura que tenemos nosotros. Hemos perdido a parte de nuestra familia, nos hemos quedado sin nada, ella está en el extranjero ganándose la vida, ¿pretendes que continúe siendo la dulce jovencita del pasado?

—Pero cuestionar la voluntad de Dios... eso, Armando, es demasiado.

—¿Acaso quieres que Amelia acepte que es la voluntad de Dios que Antonietta se muera? No, no lo dices en serio. ¿Crees que fue voluntad de Dios que a tu pobre prima monja la torturaran y asesinaran una banda de fanáticos? ¿Fue la voluntad de Dios que asesinaran a mi hermano?

—¡Hablas como ella!

—Hablo desde la razón. Bien sabes que soy creyente, pero hay cosas... Amelia tiene razón, dejemos en paz a Dios y pidámosle que nos dé fuerzas para soportar todo el mal que nos rodea.

Amelia se empeñó en buscar otro hospital donde atendieran a su hermana. Visitó a un par de médicos y les pidió consejo, pero ambos le dijeron que tanto daba un hospital como otro, que la gente moría a diario de tuberculosis y otras enfermedades, que todo dependía de la fortaleza de la enferma. Pero Amelia no se resignaba e insistía en buscar quien le diera esperanzas.

Una tarde en que habíamos ido todos a ver a Antonietta, ésta se puso peor.

Aún recuerdo la escena... fue terrible... Amelia, abrazada a su hermana, pedía a gritos que alguien la ayudara.

Jesús se puso a temblar. Era un chico muy sensible que quería mucho a su prima Antonietta, y verla en aquel estado fue demasiado para él y se desmayó. Creo que el desvanecimiento de Jesús sirvió para que volviera por unos segundos la calma. Sus padres y su hermana Laura acudieron a socorrerle. Una de las monjas que cuidaban de las enfermas de aquella sala también acudió de inmediato. No sé si era o no buena enfermera, y no recuerdo su nombre, pero cuidaba con mimo de Antonietta y se sentó al lado de Amelia.

—Tu hermana tiene un ángel de la guarda que vela por ella —susurró— y Dios la va a ayudar, ahora déjanos a nosotras atenderla. —La monja empujó suvamente a Amelia para que soltara a su hermana.

Amelia no respondía, sólo lloraba, parecía no escucharla, pero acaso la voz dulce de la monja la tranquilizaba. El médico llegó flanqueado por dos monjas y nos pidió que saliéramos de la habitación.

Me quedé con Amelia en el pasillo, esperando a que el médico nos informara del estado de Antonietta. Tardó un buen rato, lo recuerdo porque les dio tiempo a regresar a doña Elena y a don Armando con Jesús, que estaba muy pálido, agarrado de la mano de su hermana Laura.

—¿Cómo estás, Jesús? —se interesó Amelia hecha un manojo de nervios.

—Ya me encuentro mejor...

—No ha sido nada —dijo don Armando—, es que le ha dado impresión ver así a Antonietta.

Cuando el médico salió, Amelia se plantó delante de él temblando, temía lo que pudiera decir.

—Tranquilícense, ha sufrido un ataque, pero ya está mejor. Le he puesto una inyección que le aliviará el dolor y la opresión en el pecho. Ahora lo que le conviene es descansar, es mejor que no entren todos en la habitación, pues además le quitan el aire.

—Pero yo quiero quedarme con mi hermana.

—Y no hay inconveniente en que lo haga, pero no la agobie.

Don Armando decidió que lo mejor era que regresáramos a casa y Amelia se quedara con Antonietta.

—Pero mañana temprano vendrá Edurne a relevarte, o tú también caerás enferma.

La monja debía de tener razón respecto a que Antonietta tenía un ángel de la guarda velando por ella, porque empezó a recuperarse hasta quedar fuera de peligro. El día en que le dieron el alta y Amelia la trajo a casa, doña Elena había organizado una pequeña fiesta. Bueno, en realidad no es que hiciera una fiesta, sino que la buena mujer había conseguido harina y manteca y unas granadas, no sé de dónde, y había hecho un pastel.

Antonietta estaba muy débil pero se la veía feliz de estar de nuevo en casa, con su familia.

Doña Elena nos había aleccionado a Jesús y a mí para que no hiciéramos ninguna travesura que molestara a Antonietta, y a Edurne le había encargado un único cometido: cuidar de la enferma.

En cuanto Amelia vio que su hermana mejoraba, anunció que regresaba a Inglaterra.

—Tengo que trabajar y ahora más que nunca para que podáis comprar las medicinas que necesita Antonietta.

Amelia también se encargaba de mi manutención, puesto que mi abuela seguía en el hospital, y Lola no daba señales de vida. Don Armando había hecho lo imposible por saber de Lola, pero sin ningún resultado. Algunos de sus antiguos camaradas estaban en prisión, y sus familiares comentaban de todo sobre Lola: unos, que la habían fusilado en Barcelona; otros, que había muerto durante la guerra; incluso había quien aseguraba que había huido. Pero esto último Amelia no se lo creía porque, decía, de haber sido así, Lola me habría buscado. En cuanto a mi padre, continuaba en la Legión Extranjera, de manera que tampoco sabíamos gran cosa de él.

Don Armando y doña Elena me trataban como a uno más de la familia; supongo que se habían resignado a tenerme con ellos. Eran demasiado buenos para haberse desentendido de mí; además, su hijo Jesús y yo hacíamos buenas migas.

Antes de regresar a Londres, Amelia pidió a Edurne que fuera a preguntar a Águeda si le permitiría ver a su hijo. Doña Elena dijo que no era una buena idea, que si Santiago se enteraba, pondríamos a Águeda en un compromiso, y a lo mejor hasta la despedirían. Don Armando intercedió por su sobrina.

—Es lógico que quiera ver a Javier, por lo menos que lo intente, procurando ser discreta. Águeda es una buena mujer, seguro que hará lo posible para que Amelia vea a su hijo.

Sin embargo, doña Elena insistía en que Amelia no debía ir a ver a Javier, y tanta fue su insistencia, que don Armando terminó disgustándose con ella, y para sorpresa de todos, en especial de doña Elena, ordenó a Edurne que se acercara hasta la casa de Santiago para tratar de convencer a Águeda de que permitiera que Amelia viera al pequeño Javier.

Dos días estuvo Edurne merodeando cerca de la casa de Santiago hasta que vio a Águeda. Al principio la mujer se negó a que Amelia viera a Javier. Temía la reacción de Santiago, pero al final se ablandó, después de que Edurne le contara lo enferma que estaba Antonietta y cómo habían temido por su vida. En aquel momento no supimos por qué, pero cuando Edurne regresó de ver a Águeda, estaba nerviosa.

Águeda citó a Amelia para el día siguiente por la tarde en la puerta del Retiro como en la anterior ocasión. Laura dijo que iría con ella. Temiendo su reacción, no quería que su prima fuera sola a la cita y doña Elena decidió que Jesús y yo las acompañáramos.

Recuerdo que aquella tarde hacía frío, pero que a pesar de ser invierno, lucía el sol. Cuando llegamos a la puerta del parque, Águeda ya estaba allí. Llevaba el abrigo desabrochado, parecía que le quedaba pequeño porque había engordado. Llevaba a Javier cogido de la mano. El niño intentaba soltarse y echar a correr, pero Águeda no se lo permitía.

Laura tuvo que sujetar a Amelia para que no corriera hacia el niño.

—Por favor, contente y procura que el encuentro parezca casual, o de lo contrario Águeda no nos permitirá volver a acercarnos a Javier.

Las mujeres saludaron a Águeda y Amelia preguntó al niño

si le quería dar un beso. Javier se lo pensó dos veces antes de mover la cabeza en señal de negación.

—Anda, hijo, dale un beso a esta señora tan guapa —le animó Águeda.

—No quiero, mamá —respondió Javier.

Amelia parecía que iba a llorar. Escuchar a Javier llamar «mamá» a Águeda le debió producir un enorme dolor. Pero su prima Laura le susurró al oído que se calmara.

—¿Te portas bien, mi niño? —preguntó Amelia.

—Sí.

—¿Y qué cosas te gusta hacer?

—Jugar con mi papá y con mi mamá. Y también jugaré con mi hermanito.

—¿Tu hermanito? —Amelia estaba temblando.

—Sí, voy a tener un hermanito, ¿verdad, mamá?

Águeda miró angustiada a Amelia, y pudo ver lo mismo que vimos nosotros: desesperación y rabia.

—¿Vas a tener un hijo, Águeda?

—Sí, señora.

—¿Te has casado?

—No… no, señora.

—Entonces, ¿cómo vas a tener un hijo?

La mirada helada de Amelia hizo que Águeda bajara la cabeza avergonzada. Javier miraba a las dos mujeres sin entender lo que pasaba, pero, consciente de la tensión, empezó a hacer pucheros.

—Mamá, quiero ir a casa.

—Yo… lo siento, señora.

—¿Duermes en mi cama?

—¡Por Dios, señora, no me diga eso! ¿Qué quiere que haga? Yo… Don Santiago es muy bueno conmigo y yo quiero mucho al niño, y ya ve cómo el niño me quiere a mí. Estas cosas pasan, usted lo sabe bien… dejó a su marido.

—¡Cómo te atreves a compararte conmigo! Yo no me he metido en la cama de ningún hombre casado ni le he robado a ninguna madre el cariño de su hijo.

Javier comenzó a llorar asustado por el tono de voz de Amelia, que apenas podía controlar su rabia.

—¡Por Dios, señora, no hable así delante del niño!

—¡Cómo te has atrevido! Te recomendaron a mis padres como una persona decente, pero no debimos fiarnos de ti, al fin y al cabo te habían dejado preñada sin estar casada.

—¡Por favor, Amelia, no te rebajes así! —dijo Laura, intentando llevarse a su prima.

—Usted no es quién para juzgarme, no es mejor que yo, si no tiene el cariño de su hijo no es culpa mía, usted lo dejó.

Laura tuvo que sujetar a Amelia para impedir que abofeteara a Águeda. Jesús y yo nos habíamos quedado pretrificados por la violencia de la escena.

—Vámonos, Amelia. Y tú, Águeda, no debes responder así a la señora, no olvides quién eres, no tienes ningún derecho a juzgarla y mucho menos a hablarle así de su hijo.

Águeda, pobre mujer, no sabía qué hacer, parecía a punto de llorar.

Laura agarró del brazo a su prima y tiró de ella obligándola a andar. Jesús y yo las seguimos sin atrevernos a hablar. Vimos perfectamente cómo temblaba Amelia. Cuando llegamos a casa, encontramos a doña Elena muy agitada discutiendo con don Armando. Se callaron al vernos entrar.

—¡Tío, no sabe usted lo que ha pasado! —Amelia se echó llorando en brazos de don Armando.

—Me lo puedo imaginar, tu tía me acaba de contar algo que había estado guardando en secreto, por eso no quería que vieras a Águeda.

—Pero ¿usted sabía...? —Amelia miraba a doña Elena esperando una respuesta.

—Sí, hija, sí, yo sabía que Águeda está embarazada de Santiago, que se han amancebado. No te lo dije para no causarte dolor, bastante has sufrido ya.

—Pero, tía, debería habérmelo dicho —se lamentó Amelia.

—No me lo había dicho ni siquiera a mí —afirmó don Armando.

—No quería que nadie sufriera; si me he equivocado, pido perdón, pero mi intención ha sido buena —se excusó doña Elena.

—¿Cómo lo ha sabido usted? —preguntó Amelia, a quien se le notaba que estaba haciendo un gran esfuerzo para no enfrentarse a su tía.

—Porque son la comidilla de la gente. Me enteré durante una visita en casa de doña Piedad. Ya sabes que antes de la guerra doña Piedad y su marido tenían varias pastelerías en las que nos gustaba comprar. La guerra los dejó sin nada; la pobre mujer está viuda y enferma y de vez en cuando voy a verla. Allí me enteré de lo de Santiago con Águeda. Tu marido la ha convertido en la señora de la casa; aunque no la lleva con sus amistades, sí sale con ella y con Javier. Tu hijo cree que Águeda es su madre y Santiago consiente que lo crea.

—Sí, supongo que es su manera de castigarme. Sabe que no puedo quejarme de que Águeda se meta en mi cama, pero sí del daño que me hace al quitarme el cariño de mi hijo.

—Lo siento, Amelia —murmuró don Armando mientras abrazaba a su sobrina—, quizá deberías quedarte y luchar por tu hijo. Iremos a ver a Santiago, yo hablaré con él y le haré comprender que no puede dejar a Javier sin su verdadera madre. No creo que don Manuel y doña Blanca estén de acuerdo con lo que hace su hijo. Podríamos hablar con ellos…

—No, tío, es inútil. A Santiago le conozco bien. Me ha querido tanto que ha transformado su amor en odio y nunca me perdonará. Bien me lo merezco; además, yo tampoco me perdono a mí misma. De manera que ¿cómo podría exigirle a él que lo hiciera?

Me merecía un castigo y Dios me ha castigado con creces. Sólo espero que cuando Javier sea mayor, me escuche y me perdone.»

Don Pablo se quedó en silencio, parecía estar reviviendo la escena.

Yo también me quedé callado a la espera de que me contara algo más.

—Bien, Guillermo, ahora deberá regresar de nuevo a Londres y continuar allí sus pesquisas —sentenció don Pablo.

—¡Caramba con Amelia! Me ha sorprendido que tratara a Águeda como a una cualquiera. Y eso que mi abuela había sido comunista y era una mujer más que liberada para la época.

—¿Va a juzgar a Amelia?

—No, no es ésa mi intención, sólo que me ha sorprendido que tratara así a la pobre Águeda, que, dicho sea de paso, es la que para mi madre es su abuela y para mí mi bisabuela.

—Amelia estaba profundamente herida y ella misma se juzgaba con dureza. Pero, al fin y al cabo, todos nosotros somos producto de nuestra época, y ella había sido educada como una señorita de la burguesía ilustrada.

—Educada, sí, pero ella misma había roto todas las convenciones sociales de su época.

—Sí, pero no dejaba de ser quien era, no podía sustraerse a la educación recibida. En cuanto a que su bisabuela fue comunista, yo no diría tanto. Se enamoró de Pierre Comte, que sí lo era, pero en realidad ella era una joven idealista con la cabeza llena de pájaros, y no tenía una idea cabal de lo que significaba ser comunista.

Regresé a Londres y telefoneé a lady Victoria y al mayor Hurley. Lady Victoria se encontraba en la Costa Azul en un campeonato de golf. ¡La muy traidora! En cuanto al mayor Hurley, me recibió tres días más tarde de lo previsto.

El mayor tenía información precisa de cuanto me había contado su pariente, lady Victoria; incluso me enseñó algunas notas que ella le había dejado por si le podían ser de utilidad cuando hablara conmigo. De manera que fue al grano y me recordó, una vez más con gesto sombrío, que no tenía tiempo que perder, lo que era una manera de decirme que lo estaba malgastando conmigo.

El mayor Hurley comenzó su relato.

«A mediados de marzo de 1940, Amelia Garayoa se incorporó a la unidad del comandante Murray. El Reino Unido atravesaba una situación muy delicada agravada por la guerra. Chamberlain y Halifax habían mantenido una política de apaciguamiento con Alemania que no había dado ningún resultado; si lo hicieron fue porque eran conscientes de que, aun en el caso de ganar una nueva guerra, eso significaría la ruina irremediable para la economía y las finanzas del país. Por eso, joven, algunos historiadores han emitido juicios demasiado severos al examinar esa política de entente que Chamberlain llevó a cabo con la Alemania de Hitler. Pero a pesar de esto que le digo, Churchill tenía razón: a largo plazo habría sido imposible mantener la política de entente con Alemania sencillamente porque Hitler ansiaba la guerra.

La señorita Garayoa se incorporó a su puesto donde continuó recibiendo entrenamiento y también su relación sentimental con Albert James. Durante un tiempo, los artículos de éste publicados en los periódicos británicos fueron los más duros y mordaces que se escribieron contra Hitler antes de la guerra.

El 9 de abril, sin previa declaración de guerra, el Ejército alemán invadió Dinamarca y Noruega; aquella invasión se conoció como «Operación Weserübung», y el 5 de mayo comenzó la ofensiva contra Francia. El 10 de mayo, el mismo día que Churchill se convertía en primer ministro, creando, además, la cartera de Defensa, Alemania invadió Bélgica, Luxemburgo y los Países Bajos. Aquello se conoció como la *Blitzkrieg* o «guerra relámpago». El 12 de mayo los alemanes rompieron la Línea Maginot y el 15 de mayo los Países Bajos se rindieron, y los alemanes llegaron hasta las afueras de París y bombardearon el sur de Inglaterra. ¿Se hace una idea de lo que sucedía en aquellos días?

Lord Paul James preguntó al comandante Murray si su unidad estaba lista para actuar, y la respuesta fue afirmativa. Antes de que terminara aquel año de 1940, Amelia participaría en dos operaciones. En junio, el comandante Murray reunió a los miembros del equipo para anunciarles que entraban en acción y darles las correspondientes órdenes.

—Ha llegado la hora de actuar. No hace falta que les explique lo que ha sucedido: las tropas de la Wehrmacht se han hecho con buena parte de Francia, Holanda y Bélgica. El primer ministro francés Paul Reynaud ha dimitido y le ha sustituido el mariscal Pétain. ¿Alguno de ustedes prefiere dejarlo ahora?

Todos respondieron que no, parecían estar deseando entrar en acción.

—Bien, me reuniré con cada uno de ustedes por separado. Ninguno debe saber lo que hacen los demás; a partir de este momento no pueden comentar a nadie, ni a su familia ni a sus amigos más íntimos, el cometido de su misión.

Amelia fue la última en recibir las órdenes de Murray. Deliberadamente, la había dejado para el final, porque a pesar de que la encontraba capaz de llevar adelante la misión que le iba a encomendar, no dejaba de preocuparle su juventud.

—Quiero que regrese a Alemania.

—¿A Alemania?

—Sí, usted allí tiene amistades importantes.

—Conozco a algunas personas, pero no sé si son importantes.

—Lord James me ha informado que conoce usted a un oficial del Ejército, el comandante Max von Schumann, un aristócrata casado con una mujer fanática de Hitler, aunque él forma parte de un grupo contrario al nacionalsocialismo, ¿me equivoco?

—No, es cierto.

—Creo que usted y Albert James, sobrino de lord James, trajeron un mensaje de ese grupo al que pertenece Von Schumann. También sé que ayudaron a una joven judía a escapar de la persecución.

—Sí, así es, yo no le había dicho nada porque no lo creí necesario.

—Pero mi obligación es conocer todo sobre los agentes con los que vamos a trabajar.

—Lo entiendo.

—Bien, es conveniente que regrese a Alemania y nos envíe toda la información que Max von Schumann pueda suministrarle sobre los movimientos del Ejército. Es de vital importancia saber si preparan la invasión de las islas. Después de que el Ejército alemán se haya hecho con Francia y de lo sucedido en Dunkerque, el primer ministro necesita tomar decisiones, y para ello es imprescindible la información.

—El barón Von Schumann jamás traicionará a su país; no creo posible que me confíe ninguna información relevante.

—Von Schumann y usted son viejos amigos, de manera que ya cuenta con su confianza.

—Pero nunca me confiará información que pueda comprometer a Alemania.

—No se trata de que usted se la pida. Vaya a Berlín, vea, escuche y saque conclusiones.

—¿Debe saber que soy una agente?

—Por su propia seguridad y por la de él, lo mejor es que no sepa nada. Usted misma asegura que nunca colaboraría con nosotros. Debemos buscar una coartada que justifique su presencia en Berlín.

—Quizá… bueno, no sé si servirá, pero mi padre tenía negocios en Berlín, le expropiaron la empresa porque su socio era judío, pero el contable rescató unas cuantas máquinas que tiene alquiladas y parte de esas ganancias corresponden a mi familia…

—¡Estupendo! No podríamos encontrar una excusa mejor para justificar su presencia en Berlín.

—¿Cómo enviaré la información en caso de conseguirla?

—Escribirá cartas a una amiga en España en la que le contará cosas superficiales, naturalmente utilizando un código.

—¿A una amiga en España?

—Esa amiga no existe. Usted enviará las cartas a una dirección donde las recibirá una mujer muy amable que colabora con nosotros. Ella nos pasará las cartas y nosotros las descodificaremos. Sólo escriba cuando tenga algo relevante que comunicar.

—¿Cuánto tiempo deberé permanecer en Berlín?

—No lo sé. ¿Cree que podría viajar allí en un par de días, o necesita más tiempo para arreglar sus asuntos personales?

—¿Cómo iré?

—Primero irá a Lisboa. De allí a Suiza donde cogerá un tren hacia Berlín.

Eran poco más de las cinco cuando regresó al apartamento y le sorprendió encontrar a Albert en la biblioteca escuchando música y bebiendo whisky.

—¿Qué celebras? —le preguntó con curiosidad, puesto que Albert no solía beber a esa hora de la tarde.

—Tengo una gran noticia. Ven, te serviré una copa, tenemos algo que celebrar.

Amelia aceptó el whisky. Se dijo que lo iba a necesitar para decirle a Albert que en un par de días regresaría a Berlín para afrontar su primera misión como agente del Servicio de Inteligencia británico.

—Me ha telefoneado mi padre para decirme que Rajel llegó bien a Nueva York, y que gracias a los amigos que trabajan con el gobernador, se pudieron solventar los trámites de inmigración. A Dios gracias se encuentra sana y salva con su familia. ¿Es o no una gran noticia?

Lo era, y Amelia se alegró, sobre todo porque temía la reacción de Albert cuando ella le anunciara que se iba. Bebió un largo trago de whisky y después de charlar un rato sobre Rajel, le dijo que debía anunciarle algo.

—Espero que sea otra buena noticia, no me gustaría que me dijeras nada que empañara nuestra alegría por lo de Rajel.

—Me envían a Berlín, salgo dentro de dos días.

Albert se quedó mirándola fijamente sin saber qué decir.

—Tenía que suceder un día u otro —murmuró, apartando la mirada de Amelia.

—Yo no esperaba que fuera tan pronto... no sé qué decirte.

—Nada, no me digas nada. Quererte resulta una aventura complicada, pero no puedo cambiar mis sentimientos hacia ti. Desde el primer momento supe que no sería fácil nuestra relación, y te confieso que siempre he temido perderte. Eres tan impredecible... Nunca perdonaré al tío Paul que te haya convencido para enrolarte en el Servicio de Inteligencia, y si te llegara a pasar algo...

—No me pasará nada. Sólo quieren que vaya a Berlín, el objetivo es intentar saber si Hitler piensa invadir Inglaterra.

—¡Así, como si fuera fácil! Ellos saben que ésa no es misión para una chiquilla. Deberían enviar a agentes experimentados. ¿Cómo vas a poder obtener esa información?

—Quieren que establezca contacto con Max y con su grupo. No olvides que Max es comandante del Ejército, seguro que él tiene acceso a ciertas informaciones que nos serán útiles.

—¡Por favor, Amelia, no seas ingenua! ¿Crees que Max te contará lo que piensa hacer el Ejército? Veo que no le conoces.

—No te comprendo... Max es miembro de la oposición y odia a Hitler —respondió sin mucho convencimiento.

—Sí, y hará lo imposible por derrocarle, pero nunca traicionará a Alemania. Ése es el matiz que creo que no has comprendido.

Amelia no supo qué responder. Sabía que Albert tenía razón. Cuando el comandante Murray le estaba explicando la misión no le había parecido complicada, pero Albert la hacía enfrentarse con la realidad.

—Tengo que intentarlo.

—Sí, supongo que tienes que hacerlo. ¿Y qué hay de nosotros?

—No sé qué quieres decir...

—¿Pretendes dedicarte al espionaje mientras yo te espero pacientemente rezando para que no te suceda nada hasta que vuelvas de cada misión?

—Yo... en realidad no pretendo nada, no te pido que me esperes...

—Creo que no has pensado en mí, ¿sabes por qué? Porque nunca lo has hecho, simplemente estoy aquí, pero si no estuviera, tampoco te darías demasiada cuenta.

—¡No digas eso! ¡No es cierto! Yo... yo te quiero, quizá no como tú esperas ni como te mereces, pero te quiero, a mi manera te quiero.

—Ése es el problema, tu manera de quererme.

Amelia Garayoa llegó a Berlín el 10 de junio, el mismo día en que Italia declaró la guerra a Francia y el Reino Unido. Suspiró aliviada cuando salió de la estación de Berlín. La policía no pareció prestarle atención. Era una mujer más, cargada con una maleta y una bolsa. Amelia procuró andar con paso decidido. El comandante Murray la había advertido que si los alemanes llegaban a sospechar de ella, la fusilarían por espía.

Se dirigió directamente a casa de Helmut Keller, el contable de la empresa de su padre y de herr Itzhak. En los dos últimos días había trazado un plan preciso. Pensaba pedir a herr Helmut que le alquilara una habitación. No podía permitirse volver a hospedarse en el hotel Adlon, y se sentiría más segura viviendo en una casa; además, si él la acogía, le serviría de coartada, puesto que siempre podía pasar por una invitada de la familia y demostrar los viejos lazos que les unían, familiares pero también comerciales.

Herr Helmut se alegró de volver a verla. Su esposa, Greta, continuaba enferma y el buen hombre la cuidaba con mimo, haciéndose cargo, además, de las labores de la casa.

—Menos mal que ahora buena parte de mi trabajo como contable lo hago en casa; de lo contrario, no podría atender a Greta.

Le sorprendió la propuesta de Amelia, pero no dudó en aceptar tenerla como huésped.

—No hace falta que me pague nada, con lo que gano tengo suficiente.

—Usted me hace un gran favor acogiéndome en su casa, me sentiría muy sola en un hotel. No es que pueda pagarle mucho, pero al menos le vendrán bien unos cuantos marcos, y desde luego contribuiré a los gastos de comida, y le ayudaré cuanto pueda a cuidar a su esposa.

Greta tampoco puso ninguna objeción a tener a Amelia como huésped. La mujer sentía simpatía por la joven española, y aún recordaba a su padre, don Juan, todo un caballero además de generoso. También tendría con quién charlar aparte de con su marido ahora que pasaba la mayor parte del tiempo en cama. Tenía asma y se cansaba apenas daba unos pasos.

El cuarto de Amelia era pequeño, antes había servido de trastero.

—Me gustaría que pudiera quedarse en la habitación de mi hijo Frank; pero aunque no viene a menudo porque está en el Ejército, su madre quiere que él continúe teniendo su cuarto como cuando vivía con nosotros.

—Estaré bien aquí, herr Helmut, no necesito mucho, salvo la cama y una mesa con una silla, el armario es amplio; de verdad que no necesito nada más.

Amelia les explicó que ahora que había estallado la guerra entre Inglaterra y Alemania, ella estaba pensando regresar a España y buscar trabajo, y puesto que Alemania se estaba convirtiendo en la nación más poderosa de Europa, había pensado en perfeccionar el alemán y tratar de volver a poner en marcha el viejo negocio familiar. Puesto que herr Helmut había salvado unas cuantas máquinas, quizá podría enseñarle cómo funcionaba el negocio antes de la guerra y la posibilidad de retomarlo. Además, les dio a entender que quería sobreponerse de un revés personal.

El buen hombre aceptó lo que le decía Amelia, aunque más

tarde confesaría a su mujer que, en su opinión, la joven debía de estar escapando de algún fracaso sentimental, y se refirió al apuesto periodista norteamericano que la había acompañado en el viaje anterior.

La tarde del día siguiente de su llegada a Berlín Amelia se dirigió a casa del profesor Karl Schatzhauser. Pensaba que era mejor retomar el contacto con el jefe de aquel grupo de oposición en vez de hacerlo directamente con Max.

El profesor Schatzhauser no pareció demasiado sorprendido al verla. La hizo pasar a su despacho y le ofreció una taza de té.

—¿Trae usted noticias de Londres? ¿Van a tomarnos en consideración? —le preguntó sin más preámbulos.

—Hemos trasladado cuanto nos dijeron. Naturalmente su primera preocupación son los planes que el Führer pueda tener con respecto a Inglaterra.

—Ya, los ingleses primero se preocupan de lo que les pueda pasar, ¿no es así?

—Difícilmente podrán ayudarles si no se pueden ayudar a ellos mismos, ¿no cree?

—¿Y su amigo, el señor James? ¿Por qué no está él aquí?

—Albert es periodista y su compromiso con la libertad pasa por contar lo que ve. Le aseguro que sus artículos en los periódicos británicos y estadounidenses han tenido un gran impacto. Ha descrito a Hitler como el mayor peligro y le aseguro que en Estados Unidos sus crónicas han provocado una gran conmoción porque allí son muchos los que creen que no les concierne lo que sucede en Europa.

—De manera que usted trabaja para los británicos pero no así el señor James. ¡Lástima! Me pareció un hombre cabal en quien se podía confiar. Usted es muy joven y además española, ¿cómo es que trabaja para los británicos?

—¡Oh, no, no crea que trabajo para los británicos! ¡Sólo soy un correo. Y si hago esto es precisamente porque soy española y aspiro que esta guerra nos ayude a librarnos de Franco!

—¿Usted quiere que la guerra se traslade también a España?

—Yo quiero que ustedes derroten a Hitler, y un Hitler derrotado significaría que Franco se quedaría sin su principal aliado después del Duce.

—Un fin muy loable, aunque permítame que le diga que no confíe demasiado.

—Y no lo hago, pero tampoco puedo quedarme de brazos cruzados.

—Bien, ahora explíqueme exactamente qué quieren sus amigos de Londres, y yo le diré a mi vez lo que nosotros esperamos de ellos.

Amelia fue lo bastante ambigua como para no comprometerse a nada ni tampoco pedir aquello que supiera que no podía obtener. Su misión poco tenía que ver con la suerte del grupo opositor que dirigía el profesor Karl Schatzhauser. Lo que el comandante Murray le había ordenado era averiguar cuanto pudiera, a través de Max von Schumann, de los movimientos de la Wehrmacht. Claro que para eso debía prestar atención al grupo del profesor Schatzhauser.

El profesor Schatzhauser le propuso que al día siguiente la acompañara a una cena.

—Cenaremos en casa de buenos amigos, asistirá también nuestro querido Max y el padre Müller, que siempre les estará agradecido a usted y al señor James por lo que hicieron por Rajel. Se alegrará de saber que está sana y salva en Nueva York.

Amelia estaba sorprendida por la alegría y la despreocupación en que parecían vivir los berlineses. En las calles de la ciudad, las mujeres paseaban con sus hijos ajenas a cualquier quebranto, los cabarets continuaban abarrotados y los comerciantes disponían sus mercancías ajenos a nada que no fuera contentar a su clientela.

Aunque en Londres la población era consciente de la guerra, y el reembarco de los soldados en las playas de Dunkerque había sido seguido con angustia.

De regreso a la casa de herr Helmut, Amelia entró en una

tienda para comprar té y un pan dulce con idea de agradar a frau Greta. La mujer se mostraba amable y bien dispuesta hacia ella.

Amelia se dijo que había sido un acierto alojarse en aquella casa. Eso le permitía pasar más inadvertida, aunque en el Berlín de aquellos días miles de ojos parecían escrutar hasta el interior de las casas.

Greta se mostró agradecida por el té y el pan dulce y le propuso a Amelia tomarlo juntas. Herr Helmut aún no había regresado a casa, ya que había acudido a llevar los libros de cuentas a una tienda a la que llevaba la contabilidad. El buen hombre trabajaba cuanto podía para ganar lo suficiente para mantener a Greta, sobre todo por lo costoso del tratamiento de su enfermedad.

El profesor Schartzhauser acudió a casa de los Keller a recoger a Amelia. Herr Helmut le abrió la puerta y le invitó a pasar, pero Amelia ya estaba lista, de manera que se marcharon de inmediato.

Amelia había explicado a los Keller que el profesor Schartzhauser era un viejo amigo de su padre, y que amablemente se había ofrecido para ayudarla en cuanto fuera necesario durante su estancia en Berlín.

El profesor Schatzhauser conducía un viejo coche de color negro y no parecía muy comunicativo.

—¿Está preocupado? —preguntó Amelia.

—Max me ha avisado de que acudirán dos invitados importantes, el almirante Canaris y su ayudante, el coronel Hans Oster. Son dos hombres importantes dada su jerarquía militar y su posición social.

—¿Qué les dirá de mí?

—Nada que no deban saber, aunque naturalmente intentarán conocer por sus propios medios, que son muchos, todo sobre usted.

—¿Eso supone un peligro?

—Espero que no, confiamos en que no, incluso en alguna ocasión nos han ayudado. En cualquier caso, querida, no hay nada mejor que decir la verdad, y puesto que usted está en Berlín con una misión muy loable, que es intentar recuperar el negocio familiar, no deberíamos preocuparnos, ¿no cree?

La casa de Manfred Kasten estaba cerca de Charlottenburg. Era una mansión de dos plantas de estilo neoclásico rodeada de un jardín donde reinaban varios sauces y algunos abetos.

Les recibió la esposa del anfitrión, la señora Kasten, una mujer que pasaba de los sesenta años, tenía el cabello blanco y era alta y delgada.

—¡Profesor Schatzhauser, qué alegría volver a verle! Viene usted acompañado por una joven muy bella... pasen, pasen. Encontrará a Manfred en la biblioteca conversando con un amigo suyo, el barón Von Schumann. Espero que esta noche disfruten de la velada y no se enzarcen ustedes en discusiones políticas, ¿me lo promete?

Helga Kasten sonrió confiada mientras les ofrecía una copa de champán. Inmediatamente les dejó para atender a otros invitados.

El profesor tomó del brazo a Amelia y se dirigió con ella hacia la biblioteca, pero Ludovica von Waldheim les salió al paso.

—¡Vaya, si es el querido profesor Schatzhauser y la señorita Garayoa! No sabía que estaba usted en Berlín...

—Acabo de llegar.

—¿Ha abandonado al apuesto señor James? Yo de usted no lo haría, no abundan los hombres como él.

—Albert tiene compromisos profesionales, pero en cuanto pueda se reunirá conmigo.

—¿Y cómo es que le ha permitido venir sola?

—Estoy invitada por viejos amigos de mis padres. Mi padre importaba máquinas alemanas y voy a tratar de recuperar el negocio familiar —explicó Amelia incómoda por el interrogatorio al que le estaba sometiendo Ludovica—. ¿Cómo está el barón, su esposo? —preguntó a su vez.

—Mi esposo está bien, gracias. Ahora se encuentra en la biblioteca charlando de política con sus amigos. ¿A usted le interesa la política?

—Lo imprescindible, baronesa.

—¡Así me gusta! Los hombres lo enredan todo, son incapaces de disfrutar de la vida. Tiene que venir a nuestra casa, hablaremos de nuestras cosas, ¿le parece bien?

—Desde luego, estaré encantada.

—Se aloja en el Adlon, ¿verdad?

—No, ya le he dicho que estoy invitada por unos amigos de mis padres, y soy su huésped.

—Tanto da, mándeme recado cuando le venga bien —dijo Ludovica mientras se alejaba de ellos.

—Tenga cuidado con la baronesa —advirtió el profesor Schatzhauser—, es evidente que no se fía de usted.

—Yo tampoco me fío de ella.

—Hace bien, si la baronesa supiese de nuestras actividades puede que nos denunciara.

—No podría hacerlo, tendría que denunciar a su marido.

—Llegado el caso puede que lo hiciera. Es una nazi convencida. Ha sido una temeridad por parte de Max traerla a esta cena, aunque supongo que no ha tenido otra opción, al fin y al cabo es su esposa.

El almirante Wilhelm Canaris resultó ser un hombre encantador, que parecía estar leyendo dentro de Amelia mientras la escudriñaba con la mirada. Demostró conocer bien la situación española y la sometió a un interrogatorio sutil intentando averiguar de qué lado estaba.

También el coronel Hans Oster pareció interesarse por Amelia, cuya presencia llamaba la atención en aquella velada.

Ambos hombres parecían estar muy compenetrados e intercambiaban fugaces miradas a través de las cuales se hablaban. Si Amelia esperaba escucharles alguna crítica al nazismo se equivocó, pues ninguno de los dos hombres dijo nada que permitiese sospechar que no estaban de acuerdo con el Führer.

Amelia se alegró de volver a encontrarse con el padre Müller, el sacerdote que les había confiado la vida de Rajel, e hicieron un discreto aparte para hablar sin ser escuchados por el resto de los invitados.

—Nunca les podré agradecer lo que hicieron. Es un alivio saber que Rajel está sana y salva.

—Dígame, padre. ¿Cree que hay suficientes alemanes en contra de Hitler?

—¡Qué pregunta! Ojalá pudiera responderle que somos miles los que vemos el peligro que Hitler representa, pero me temo que no es así. Alemania sólo aspira a volver a ser grande, a ocupar el lugar que cree que le arrebataron tras la guerra.

—¿Y ustedes qué pueden hacer?

—No lo sé, Amelia. En mi caso, colaborar en cuanto me pidan, pero soy un sacerdote, un jesuita que sólo se representa a sí mismo. Creo que lo único que podemos hacer es convencer a quienes están a nuestro alrededor de la maldad intrínseca del nazismo.

—Padre, y en su opinión, ¿hasta dónde quiere llegar Hitler?

—Hasta convertirse en el amo de Europa, no parará hasta conseguirlo.

Max se acercó a ellos con paso distraído, apenas había saludado a Amelia, sabiendo que Ludovica no le perdía de vista. Aunque su esposa nada le había dicho sobre la española, sabía que sentía celos de ella.

—¿Cuánto tiempo te quedarás en Berlín?

—Aún no lo sé, depende de lo que pueda hacer aquí.

—El profesor Schatzhauser me ha contado que te envían los británicos... —dijo, bajando la voz.

—No, no es así, estoy en Berlín por otros motivos, pero me pidieron que hiciera de correo con vuestro grupo. Quieren saber qué pensáis hacer ahora que la guerra parece haber prendido en toda Europa.

—No es mucho lo que podemos hacer. ¿Qué quieren los británicos?

—Quieren saber hasta dónde está dispuesto a llegar Hitler.

Si tiene intención de invadir Gran Bretaña —preguntó Amelia directamente.

Max carraspeó. Pareció sentirse incómodo por la pregunta y miró a su alrededor antes de responder.

—Podría atreverse, aunque, por lo que sé, preferiría entenderse con los británicos, eso es al menos lo que acaba de contarme nuestro anfitrión. Manfred Kasten es un diplomático retirado, pero conserva exquisitas relaciones en el Ministerio de Exteriores y suele tener excelente información sobre los pasos que da el ministro Ribbentrop.

—¿Cuándo podré verte?

—Quizá dentro de un par o tres de días. Mañana tengo que recibir órdenes sobre mi destino inmediato. Puede que me envíen a Polonia o a cualquier otro lugar, no lo sé, aunque preferiría quedarme en Berlín, al menos por ahora. Pero eso no depende de mí. Te avisaré a través del doctor Schatzhauser, podemos vernos en su casa. Por cierto, ¿dónde te alojas?

—En casa de herr Helmut Keller.

Amelia le dio un teléfono y una dirección que Max memorizó. Sabía que Ludovica solía curiosear en los bolsillos de sus chaquetas y pantalones.

El 22 de junio Francia firmó un armisticio con Alemania y dos días más tarde con Italia. Hitler visitó París el 23 de junio y quedó prendado del edificio de la Ópera y del Panteón de los Inválidos, donde reposan los restos de Napoleón.

Amelia convirtió en rutina sus visitas en casa del profesor Schatzhauser, quien organizaba habitualmente reuniones a las que asistían distintos miembros del pequeño grupo opositor, a los que escuchaba atentamente. Muchos de ellos eran personas de cierta relevancia social, bien situados en lugares estratégicos de la Administración, de manera que tenían acceso a informaciones que, aunque no eran relevantes, a Amelia le servían para explicar a Londres los preparativos para la nueva fase de la guerra. Fue en una de esas reuniones donde Amelia volvió a encontrarse con Manfred Kasten, el viejo diplomático que aborrecía con todas sus fuerzas a Hitler.

En aquella ocasión no eran muchos los que participaban en la reunión. Además del profesor Schatzhauser, asistían dos colegas de la universidad, un diplomático suizo, el padre Müller, el pastor Ludwig Schmidt, un funcionario del Ministerio de Agricultura y otro del de Exteriores, amén de Max von Schumann y su ayudante, el capitán Henke.

Manfred Kasten comentó que un amigo bien relacionado con el partido le había dicho que se estaba trabajando en un plan que consistía en desplazar a los judíos a un territorio fuera de Europa.

—Pero ¿con qué fin? —preguntó el doctor Schatzhauser.

—Amigo mío, Hitler y sus secuaces dicen que los judíos son los peores enemigos de la raza aria y del Reich. La Oficina Principal para la Seguridad del Reich, creada por Himmler y su acólito Reinhard Heydrich no es ajena a la ocurrencia descabellada de deportar a miles de judíos fuera de Alemania como parte de la solución para deshacerse de todos ellos, y no sólo los alemanes, sino también los polacos y cuantos haya en los países ocupados por la Wehrmacht.

—¿Dónde piensan enviarlos? —preguntó Max, alarmado.

—Se les ha ocurrido la peregrina idea de deportarlos a algún país africano.

—¡Están locos! —exclamó el padre Müller.

—Mucho peor, los locos no son tan peligrosos —sentenció el pastor Ludwig Schmidt.

—Pero ¿pueden hacerlo? —insistió Amelia.

—Están estudiando cómo hacerlo. Dentro de unos días asistiré a una cena en casa del embajador japonés, allí me encontraré con un amigo que quizá pueda darme más detalles de la operación.

—Creo que tenemos algún asunto más que tratar, ¿no es así, Max? —dijo el profesor Schatzhauser.

—Os quiero anunciar que me han encargado supervisar las condiciones sanitarias de nuestro Ejército allá donde se vaya desplazando. De manera que comenzaré a viajar de un lado a otro, pero esté donde esté, continuaré con vosotros, sabéis que podéis contar conmigo para cuanto sea necesario —anunció Von Schumann.

—¿Estarás fuera mucho tiempo? —quiso saber Manfred Kasten.

—Serán estancias con una duración indeterminada. Tengo que inspeccionar a las tropas, comprobar la intendencia médica y escribir informes sobre las carencias médicas en el campo de batalla. Tengo la impresión de que mis superiores quieren tenerme ocupado.

—¿Crees que sospechan algo? —preguntó alarmado el profesor Schatzhauser.

—Espero que no. Supongo que no les gusta mi escaso entusiasmo ante lo que está pasando. Me toleran por ser quien soy y por pertenecer a una vieja familia de soldados, y porque saben que nunca traicionaré ni a Alemania ni al Ejército.

—Procura disimular tus sentimientos, no arreglas nada mostrando lo que de verdad piensas, incluso nos pondrías en peligro a todos nosotros —pidió el pastor Schmidt.

—No se preocupe, lo hago. Sé que camino sobre arenas movedizas, aunque hay momentos en los que me cuesta disimular el desprecio que siento por algunos jefes militares, grandes soldados que sin embargo parecen adolescentes asustados ante el Führer —añadió Max.

—No los juzgues con dureza, ¿quién no quiere sobrevivir en estos días en los que el poder de la Gestapo no tiene límites y convierte en sospechoso a cualquiera? —concluyó Kasten.

Unos días más tarde, Amelia recibió un aviso del profesor Schatzhauser para invitarla a tomar el té. Cuando llegó a la casa del profesor, Amelia se encontró a Manfred Kasten.

—Le estaba contando al profesor que, como les anuncié, he asistido a una cena en casa del embajador de Japón y allí me he encontrado con un amigo que precisamente está trabajando en ese plan descabellado para deportar a los judíos fuera de Europa. El plan está siendo supervisado por el mismísimo Heinrich Himmler.

—¿Adónde los llevarán? —se interesó Amelia.

—A Madagascar. Eso es lo que me asegura este amigo. Al parecer, pretenden llevar allí a todos los judíos europeos.

—¿Tienen una fecha para hacerlo?

—Aún no, están estudiando la logística. No es fácil desplazar a cientos de miles de personas desde Europa hasta el sur de África, hacen falta medios.

—¿Y qué harían con los judíos en Madagascar? —preguntó el profesor Schatzhauser.

—Tenerles en campos de trabajo. En realidad quieren convertir aquella isla en una gran prisión. Mi amigo cree que el plan es descabellado pero me asegura que Hitler en persona ha dado su bendición y ha conminado para resolver cuanto antes los problemas logísticos de la operación.

—¡Pero necesitarán cientos de barcos para trasladar a tantos judíos! —afirmó Amelia, que no salía de su asombro—. No les será fácil —prosiguió—, Alemania no tiene el dominio del mar.

—Eso es evidente, y lo que están tratando es de desarrollar el plan con el menor riesgo y coste. Dígame, ¿informará a Londres?

Durante unos segundos Amelia guardó silencio. Las órdenes del comandante Murray habían sido claras: no debía confiar a nadie su misión en Berlín. Reiteradamente le había asegurado al profesor Schatzhauser, y también a Max, que nada tenía que ver con los británicos, pero se daba cuenta de que el profesor confiaba en que ella no les estuviera diciendo la verdad.

—Siento defraudarle, herr Kasten, pero no trabajo para los británicos —aseguró con convicción.

—Pero Max nos ha dicho que su amigo Albert James está

bien relacionado con el Almirantazgo —afirmó el profesor Schatzhauser.

—Así es, pero es una relación familiar, y yo... bueno, intentaré que Albert se entere de lo que me han contado, él sabrá qué hacer...

Amelia solía aprovechar la noche para escribir a su inexistente amiga española las cartas codificadas. Después de cenar con los Keller, escuchaban la radio, que emitía la propaganda del régimen, y luego se retiraba a su habitación. Llevaba ya dos meses en Berlín, y aunque los Keller parecían encantados de tenerla como huésped, notaba que les extrañaba su presencia, de manera que una tarde en que se encontraban solas, confesó a Greta que si había regresado a Berlín era para poner distancia con su amante, Albert James. No tuvo ningún reparo en explicar que los padres de Albert se oponían a la relación, y que ella estaba dispuesta a sacrificarse con tal de que él fuera feliz.

—Conmigo no tiene futuro, ya sabe que estoy casada.

Greta Keller la consolaba y le aseguraba que estaba segura de que Albert iría a buscarla.

Para dar verosimilitud a su estancia, se había matriculado en una escuela de idiomas adonde acudía a diario a perfeccionar su alemán. El resto del tiempo lo pasaba en casa del profesor Schatzhauser, además de visitar al padre Müller, con quien había ido consolidando una buena amistad.

El padre Müller no era mucho mayor que Amelia, y el hecho de que ésta hubiera ayudado a Rajel había establecido entre ellos un vínculo especial. A veces discutían sobre la posición de la Iglesia respecto al nazismo. Amelia criticaba al Papa por no oponerse abiertamente a Hitler, mientras que el sacerdote intentaba convencerla de que si Pío XII decidiera enfrentarse públicamente al Führer pondría en peligro a los católicos alemanes y a los de todos aquellos países en los que, decía él, se había establecido la ocupación alemana.

—Tú misma estás haciéndote pasar por una chica despreocupada, cuando en realidad estás aquí por otros motivos —la provocaba.

—¿Qué motivos? Sólo pretendo perfeccionar mi alemán ahora que parece que los alemanes nos vais a dominar a todos, y no habrá más remedio que conocer bien vuestro idioma —bromeaba ella.

Muchas tardes Amelia acudía a la parroquia donde el padre Müller decía misa. El sacerdote ayudaba a un jesuita entrado en años y enfermo pero que se resistía a abandonar a sus feligreses en aquellos momentos de gran tribulación. El viejo sacerdote no era tan osado como el padre Müller y aparentaba no saber nada de las reuniones conspiratorias del joven sacerdote, aunque en realidad aprobaba su actitud. Tampoco ponía objeción a la amistad cada día más sólida entre el padre Müller y el pastor Ludwig Schmidt; achacaba al pastor la cada vez más apasionada politización del joven, aunque bien sabía que lo que había impulsado al padre Müller a tomar partido contra Hitler había sido la situación de aquella familia judía a la que tan unido se sentía. Rajel había sido como una hermana para él y para Hanna. Tanto Irene, la madre del padre Müller, como Hanna no habían dudado en ocultarla en su casa. Un día le dijo que Rajel estaba a salvo; no le explicó cómo, ni tampoco él había preguntado. Ahora observaba cómo el padre Müller pasaba cada vez más tiempo con la joven española y se preguntaba en qué estarían metidos ambos, pero no les preguntaba, prefería ignorarlo. El viejo sacerdote se decía que lo mejor era no saber demasiado acerca de las actividades de su ayudante.

Amelia solía acudir a casa del padre Müller a escuchar las emisiones de la BBC. Siempre era bien recibida por Irene, y por Hanna. Ambas mujeres simpatizaban con la española y le estaban agradecidas por haber salvado a Rajel.

Fue el 10 de julio, en casa del padre Müller, donde Amelia conoció la noticia de la decisión del gobierno colaboracionista de Pétain de romper relaciones con Inglaterra. La Asamblea de Vichy había otorgado plenos poderes al mariscal de Francia. Y esto sucedía tan sólo unos días después de que el puerto de Dover hubiera sido bombardeado.

Amelia volvió a ver al almirante Canaris y al coronel Oster en otro par de ocasiones en actos sociales a los que acompañó al profesor Schatzhauser, el último de ellos a mediados de agosto en casa de Max, ya que Ludovica había organizado una cena de despedida a su marido antes de marchar a Polonia.

Ludovica había invitado además de a Goering y a Himmler, a todo aquel que era alguien en Berlín, y a regañadientes aceptó invitar a los amigos que su marido insistió en que invitara.

Aquella noche, Manfred Kasten se acercó a Amelia muy sonriente.

—Querida, me he enterado de algunos detalles de la «Operación Madagascar», sólo falta que el Führer dé su aprobación final. Quizá pueda usted visitarnos a mi esposa y a mí mañana para tomar el té.

Amelia aceptó de inmediato. Era una información que esperaban en Londres, no tanto porque les pudiera preocupar la suerte de los judíos, como porque un plan de tanta envergadura comprometía la movilización de grandes recursos y el control y dominio de las rutas marítimas del océano Atlántico, unas aguas hasta la fecha dominadas por los británicos. Precisamente Winston Churchill intentaba convencer a Estados Unidos de que si Inglaterra era derrotada por Hitler, el dominio del Atlántico pasaría a manos de Alemania. De manera que la información sobre dicha operación podía servir a la Inteligencia británica para calibrar hasta dónde podía llegar el poder marítimo de Alemania.

Pese a la incomodidad que ambos sentían por las miradas inquisitivas de Ludovica, Max también aprovechó para despedirse de Amelia.

—Me hubiera gustado verte a solas, pero me ha sido imposible, mis obligaciones militares y familiares me lo han impedido.

—Lo sé, no te preocupes. Supongo que cuando regreses aún estaré aquí. ¿Sabes dónde te destinan exactamente?

—En principio iré a Varsovia, pero he de visitar a nuestras tropas desplegadas por todo el país, de manera que estaré moviéndome de un lado a otro.

—¿El capitán Henke te acompaña?

—Sí, y supondrá un alivio. Hans es oficial de intendencia, y es quien debe tramitar mis órdenes sobre las necesidades médicas en el frente.

—Al menos estarás con un amigo.

—No imaginas lo difícil que es poder confiar en alguien. En el Ejército hay algunos oficiales más que piensan como nosotros, pero no se atreven a dar ningún paso. Ya saben de lo que son capaces de hacer los nazis contra quienes se inmiscuyen en sus planes; temen que les pueda suceder lo que a Walter von Frisch, jefe del Ejército, al que Goering, a través de la Gestapo, acusó de homosexualidad. O al mariscal Blomberg, que fue obligado a dimitir como ministro de la Guerra tras presionarle a cuenta del pasado de su esposa. Tampoco son ningún secreto las opiniones de Ludwig Beck; fue nuestro Jefe de Estado Mayor hasta hace un par de años, cuando dimitió por discrepancias con el Führer. Hay generales como Witzleben y Stülpangel que en el pasado han apoyado a Beck. También empiezan a surgir enfrentamientos entre algunos mandos del Ejército y la jefatura de las SS, cuya influencia va en aumento. Parece que durante la campaña de Polonia han surgido algunas discrepancias entre el general Blaskovitz y las SS. Tanto el general Von Tresckow como Von Schlabrendorff están preocupados por la actual deriva de la política alemana.

—¿Por qué me cuentas todo esto?

—Porque creo que puedo confiar en ti y me importa lo que opines; no quiero que creas que en Alemania todos somos nazis: hay gente a la que le repugna lo que el nazismo significa, y sobre todo no quieren otra guerra europea.

—¿Tan difícil es derrocar a Hitler?

—Ésa es una acción que no se puede improvisar. Quizá cuando termine la guerra...

—A lo mejor es demasiado tarde...

—Nunca será tarde para volver a convertir a Alemania en una democracia, devolverle sus instituciones. Estamos contra Hitler, pero nunca traicionaremos a nuestro país. ¿Sigues en contacto con lord Paul James?

—Sabes que sólo le he visto en un par de ocasiones acompañando a Albert, que es su sobrino.

—Me preocupa que Londres vea a Alemania como un bloque compacto alrededor de Hitler, no es así. Somos muchos los que estamos dispuestos a dar nuestra vida para acabar con esta pesadilla.

Ludovica se acercó a ellos seguida por un camarero que llevaba una bandeja con copas de champán.

—Querido, ¿no te gustaría que brindáramos con Amelia por un nuevo encuentro en Berlín? —El tono de voz de Ludovica estaba repleto de ironía y su mirada llena de ira.

—Una excelente idea —respondió Max—, brindemos por que volvamos a estar juntos tan alegres como hoy.

Max ofreció una copa a Amelia y secundaron el brindis de Ludovica. Luego Max hizo caso de la petición de su esposa, que le reclamó para que atendiera a sus invitados.

Aquella noche Amelia no pudo dormir. Debía regresar a Londres e intentar hablar personalmente con lord Paul James, pero ¿querría recibirla? Sabía que a quien debía informar era a su jefe, el comandante Murray, pero Max le había preguntado expresamente por lord James. Sólo tenía una manera de acercarse a él: a través de Albert. Sí, tendría que pedirle que organizara algún encuentro social con su tío antes de que ella se presentara en las oficinas del Almirantazgo para ponerse a las órdenes del comandante Murray. No sería fácil convencer a Albert, pero esperaba poder hacerlo. Claro que antes necesitaba el permiso de Murray para regresar a Londres, y tendría que convencerle de que lo que tenía que transmitir era tan importante como para dejar Berlín.

Se levantó temprano y encontró a herr Helmut preparando el desayuno para Greta.

—Tengo que salir. ¿Querrá usted terminar de preparar el té y llevárselo a mi esposa a la cama? Sé que es mucho pedir, pero ¿podría ayudarla a levantarse y acomodarla en el sillón que está junto a la ventana? Parece que se encuentra un poco mejor.

—Váyase tranquilo, herr Helmut, que yo cuidaré de Greta.

—¿No tiene que ir a clase?

—Sí, pero tengo tiempo de sobra.

Por la tarde Amelia acudió a casa de Manfred Kasten. Fue su esposa Helga quien abrió la puerta y la condujo al despacho de su marido. El viejo diplomático la aguardaba impaciente; la invitó a sentarse y le entregó una carpeta que contenía información sobre el plan de Madagascar. Amelia leyó ávidamente sin decir palabra, aunque su rostro reflejaba el asombro que le producía lo descabellado de la operación.

—¿Puedo llevarme estos papeles?

—Sería peligroso. La Gestapo tiene ojos y oídos en todas partes y es posible que sepa más de nuestro grupo de lo que imaginamos. Desconfía de todo el mundo. Es mejor que estos documentos no salgan de aquí, por su propia seguridad y la nuestra.

Amelia se enfrascó de nuevo en la lectura de aquellos documentos intentando memorizar los pormenores. El redactor de aquel plan había precisado el número de barcos que se necesitarían para trasladar a todos los judíos de Alemania a Madagascar y también los buques de apoyo necesarios para llevar a buen término la operación. Amén del número de barcos estimados para llevar a cabo la deportación, el documento especificaba la situación de la flota mercante del Reich. La información podía ser fundamental para el Almirantazgo, de manera que Amelia se reafirmó en su decisión de regresar de inmediato a Londres.

—Le agradezco su confianza, herr Kasten —dijo al terminar de leer los papeles.

—Soy cristiano, Amelia, y me considero un buen alemán al que le repugna lo que algunos hombres están haciendo con mi país. ¡Deportar a los judíos! ¡Confinarles en una isla como si fueran apestados!

Ya era tarde cuando Amelia regresó a casa de los Keller. Greta estaba dormida y su marido estaba en la cocina, revisando unos libros de contabilidad.

Amelia le explicó que pensaba regresar a casa.

—¿Ha sucedido algo? —se interesó el hombre.

—No, pero ya sabe que mi hermana Antonietta está enferma, y no quiero pasar demasiado tiempo alejada de ella. Pero volveré, herr Helmut y si usted me hace la bondad de continuar alquilándome la habitación, le estaré muy agradecida. Creo que puedo encontrar trabajo en Berlín, he conocido a algunas personas que necesitan a alguien que hable bien español. Ya sabe de la colaboración de Hitler y Franco, nuestros dos países son aliados…

Helmut Keller asintió. Nunca había hablado de política con Amelia; los dos habían evitado cualquier referencia sobre lo que pasaba. A él le sorprendía que Amelia no hiciera ninguna alusión sobre el nazismo, y más teniendo en cuenta que su padre había perdido su fortuna a causa del nuevo régimen, pero tampoco se atrevía a declarar delante de la muchacha su odio al Führer, porque bien sabía que las ideas de los padres no las heredan los hijos. Su propio hijo, Frank, parecía estar contento en el Ejército; decía que Hitler estaba devolviendo su grandeza a Alemania. Al principio discutían, y después padre e hijo evitaron hablar de política para no disgustar a Greta, que sufría al verles pelear.

Los siguientes días Amelia los dedicó a despedirse del profesor Karl Schatzhauser, del padre Müller y de otros miembros de aquella célula de oposición. Les aseguró que regresaría en breve. También tomó una decisión: se confesaría con el padre Müller y en esa confesión incluiría su colaboración con los británicos.

—Eso no es pecado —le reprochó él.

—Lo sé, pero necesito asegurarme de que no compartirás esta información con nadie.

—No puedo hacerlo, estoy obligado por el secreto de confesión —respondió él, con fastidio—. Dime ¿por qué me lo has confesado?

—Porque necesito ayuda, además de confiar en alguien.

Al día siguiente fue a visitar al sacerdote a su casa. Le adiestró para que encriptara en clave cualquier información que pudiera tener relevancia y le pidió que, una vez encriptada la información y convertida en una vulgar e insulsa carta, la enviara a la misma dirección en Madrid adonde ella enviaba sus propias cartas.

—Con esta clave, cualquiera que lea tus cartas pensará que escribes a una vieja amiga.

—¿Y no deberías instruir a alguien más por si a mí me sucediera algo? —preguntó con preocupación el padre Müller.

—No te va a pasar nada, y además no es conveniente que todos conozcan este sistema de cifrar mensajes. No olvides que las cartas llegarán a Madrid, donde hay numerosos espías alemanes. Podríamos poner en peligro a la persona que recibe las misivas.

Fue el padre Müller quien acompañó a Amelia a la estación y la ayudó a acomodarse en su compartimiento, que para alivio de ambos estaba ocupado por una mujer con tres niños pequeños.

—¿Cuándo volverás? —quiso saber el sacerdote.

—No depende de mí... Si por mí fuera, muy pronto: creo que puedo ser útil en Berlín.

El destino de Amelia no fue Madrid, sino Lisboa, desde donde podía llegar a Londres. Sabía que la capital británica estaba sufriendo los bombardeos alemanes, y que se estaban produciendo grandes pérdidas materiales y humanas, y ansiaba volver a encontrarse con Albert y comprobar que estaba bien.

En Lisboa se instaló en un pequeño hotel situado cerca del puerto. La elección no era caprichosa. El comandante Murray le había dado aquella dirección tras asegurarle que si necesitaba ayuda o quería ponerse en contacto con él, el dueño del hotel sabría cómo contactar con las personas adecuadas.

El hotel Oriente era pequeño y limpio, y su dueño resultó ser un británico, John Brown, que estaba casado con una portuguesa, doña Mencia. Amelia pensó que ambos debían de trabajar para el Servicio Secreto británico.

Les dijo que quería viajar a Londres, y les preguntó la mejor manera de hacerlo. Pronunció la contraseña que le había proporcionado Murray: «Tengo asuntos que resolver, pero sobre todo añoro la niebla».

John Brown asintió sin decir palabra, y unas horas después mandó a su esposa al cuarto de Amelia para informarle de que un barco pesquero la llevaría hasta Inglaterra. Dejó Portugal dos días después de que León Trotski fuera asesinado en México. Había escuchado la noticia por la BBC y recordó el viaje que no hacía tanto tiempo había realizado junto a Albert. Recordaba bien a Trotski, su mirada inquisitiva, sus ademanes desconfiados, en definitiva, su temor a ser asesinado.

Y se estremeció pensando cuán largo era el brazo de Moscú, y cómo ella parecía haberse zafado de aquel peligro.

8

Para sorpresa de Amelia, Albert no se encontraba en Londres. El apartamento estaba helado y con una capa de polvo. Encontró una nota sobre la mesa de trabajo del despacho de Albert. Llevaba fecha del 10 de julio.

Querida Amelia:

No sé cuándo leerás esta nota, ni siquiera si llegarás a leerla. He preguntado al tío Paul hasta cuándo te tendrá fuera de Londres, pero no ha querido darme una respuesta. Por si acaso regresaras estando yo ausente, quiero que sepas que me voy a Nueva York. Tengo cosas que hacer allí: ver a los directores de los periódicos en los que escribo, comprobar el estado de mis cuentas, charlar con mi padre y discutir con mi madre... Creo que también buscaré a Rajel para comprobar que está bien. No sé aún cuánto tiempo me quedaré en Nueva York, pero ya sabes cómo ponerte en contacto conmigo.

El apartamento queda a tu disposción. La señora O'Hara irá de vez en cuando a hacer limpieza.

En fin, querida, yo que escribo tantas páginas para los demás no sé bien cómo escribirte a ti.

Tuyo,

ALBERT JAMES

El comandante Murray pareció alegrarse cuando Amelia entró en su despacho.

—Buen trabajo —le dijo a modo de saludo.

—¿Usted cree?

—Desde luego que sí.

—En realidad no les he enviado ninguna información sustancial, aunque traigo conmigo los pormenores de una operación que creo que puede ser de vital importancia.

—Lo supongo puesto que ha tomado la decisión de regresar sin mi permiso.

—Lo siento, pero creo que cuando le explique en qué consiste la «Operación Madagascar», convendrá conmigo en que es un asunto importante.

Murray pidió a su secretaria que les preparara un té. Luego se sentó frente a Amelia dispuesto a escuchar.

—Veamos lo que me tiene que decir.

Amelia le explicó detalladamente cuanto había hecho desde su llegada a Berlín hasta el día de su regreso. Los contactos establecidos, el grupo de oposición con el que venía trabajando, el plan de la «Operación Madagascar», además de todo lo que Max von Schumann le había explicado respecto al descontento en algunos sectores del Ejército.

El comandante la escuchaba en silencio, y sólo la interrumpió para que le precisara algún dato. Cuando Amelia terminó, Murray se levantó de su sillón y durante unos minutos paseó por el despacho sin decir palabra, ignorando la incomodidad creciente de Amelia.

—De manera que ha establecido usted una pequeña red en el corazón del III Reich. Ahora tenemos un grupo de amigos bien dispuestos en Berlín que nos irán informando, y un lugar al que acudir. La verdad es que no esperaba tanto de usted. En cuanto a las informaciones que le ha facilitado el barón Von Schumann, no diré que nos vaya a ayudar a ganar la guerra, pero al menos nos da una idea de lo que está pasando. Sus valoraciones políticas sobre los pasos que va dando Hitler son más valiosas de lo que usted puede suponer... Es interesante saber que no todos los alemanes están con el Führer.

—No son muchos —puntualizó Amelia.

—Sí, sí, claro... muy interesante. Querida, nos ha traído usted informaciones muy valiosas. Quiero que todo lo que me ha contado lo ponga por escrito, y lo quiero para dentro de dos horas. Precisamente tengo que despachar con lord James. Creo que le satisfará saber que ha tenido usted éxito en la misión encomendada, mucho más que otros agentes que están trabajando al mismo tiempo que usted en Berlín.

Amelia dio un respingo y miró desafiante a Murray.

—¿Envió otros agentes a Berlín?

—Naturalmente, ¿no pensará que sólo la hemos enviado a usted? Cuantas más redes se pongan en marcha, mejor. Comprenderá que es mejor que no tengan relación las unas con las otras hasta que no sea necesario. Y no sólo por seguridad.

—De manera que ahora mismo hay otros agentes en Berlín... —insistió Amelia.

—En Berlín y en otros puntos de Alemania. ¡Por favor, no me diga que le sorprende!

No lo dijo, pero en realidad así era. Fue entonces cuando comenzó a comprender que en el mundo de la Inteligencia nada es lo que parece y que los agentes están solos porque sólo son una pieza más en manos de sus jefes.

—¿Debo regresar a Berlín?

—Escriba el informe para dentro de un par de horas. Luego váyase a casa y descanse. Hoy es viernes, tómese un par de días de descanso y el lunes preséntese a las nueve para recibir nuevas órdenes.

Amelia siguió las instrucciones de Murray al pie de la letra. Dedicó el fin de semana a escribir a Albert y a poner en orden el apartamento. No tenía ganas de ver a nadie; además, las personas que conocía en Londres no eran sus amigos sino los de Albert.

El lunes a las nueve en punto se presentó en el despacho del comandante Murray, quien parecía malhumorado.

—Los ataques de la Luftwaffe son cada vez más precisos... —se lamentó Murray.

—Lo sé, señor.

—Hay que devolverles la visita en Berlín.

Amelia asintió al tiempo que no pudo dejar de sentir un estremecimiento pensando en todos los amigos que había dejado allí, todos ellos opositores a Hitler, dispuestos a jugarse la vida para acabar con el III Reich.

—Bien, tengo otra misión para usted. Debe partir de inmediato para Italia.

—¿Italia? Pero... bueno... yo creía que iba a regresar a Berlín.

—Nos será más útil en Italia. Es información reservada la que le voy a dar, pero hace unos días un submarino desconocido ha hundido el crucero *Helle*. Creemos que ese submarino es italiano.

—Pero ¿por qué he de ir yo a Italia? Insisto en que soy más útil en Berlín.

—Tiene que ir a Italia porque es usted amiga de Carla Alessandrini.

—Sí, soy amiga de Carla, pero...

—No hay «pero» que valga —la interrumpió Murray—. Ya sabe que el Duce nos ha declarado la guerra. No es que nos preocupe demasiado, pero no hay enemigo pequeño. La señora Alessandrini la ayudará a introducirse en la alta sociedad. Lo único que quiero es que escuche, que tome nota de cuanto crea de interés y nos lo comunique. Se trata del mismo trabajo que ha hecho en Berlín. Usted es una joven agraciada, bien educada, y con una gran capacidad de relación, no desentona en los ambientes elegantes, ni en los ambientes de poder.

—¡Pero yo no puedo utilizar a Carla!

—No le estoy pidiendo que la utilice; por lo que sé de su amiga, no es partidaria del Duce y además tiene contactos con la Resistencia...

—¿Carla? ¡No es posible! Ella es una gran cantante de ópera, y es cierto que se opone al fascismo, pero eso no significa que quiera meterse en líos.

—¿Y no le parece que ya lo hizo ayudando a escapar a esa chica judía? Rajel, creo que se llama, ¿me equivoco?

—Pero eso fue en una circunstancia muy especial —protestó Amelia.

—Vaya a Milán, o adondequiera que en este momento se encuentre la gran Carla Alessandrini, y cuéntenos qué se dice en la «corte» del Duce. Ésa es su misión. Necesitamos que la señora Alessandrini colabore con nosotros. Ella tiene libre acceso a todos los centros de poder en Italia. El Duce es su primer admirador.

—¿Y qué le diré a Carla?

—No le mienta, pero tampoco le diga toda la verdad.

—¿Y eso cómo se hace?

—Por ahora lo viene haciendo usted muy bien.

—Pero ¿qué es lo que quiere usted saber?

—No lo sé, ya me lo dirá usted.

—¿Cómo me pondré en contacto con Londres?

—Le daré otra dirección en Madrid a la que tendrá que escribir. Allí enviará usted cartas aparentemente dirigidas a otra amiga. El código cifrado será diferente al que utilizó desde Berlín. Le enseñaremos otro nuevo, no creo que tarde mucho en aprenderlo. Si tuviera que comunicarnos algo de manera urgente, viajará usted a Madrid, siempre tiene la excusa de que su familia le necesita, y se pondrá en contacto con el comandante Finley, Jim Finley. Trabaja en la embajada como funcionario de rango menor, pero está con nosotros. Antes de que se vaya le diré cómo ponerse en contacto con él. En una semana la quiero en Italia. No creo que necesite ninguna cobertura especial si va usted en calidad de amiga invitada por la Carla Alessandrini.

»Por cierto, me he permitido mandarle un telegrama en su nombre anunciándole que irá a verla, y ha respondido entusiasmada.

—¡Ha utilizado mi nombre para ponerse en contacto con Carla! —protestó Amelia.

—He aligerado algunos trámites, eso es todo.

En realidad a Amelia no le había sorprendido tanto como había aparentado saber que Carla tenía relación con la Resistencia. Su amiga era una mujer apasionada, con ideas políticas precisas sobre lo que significaba el fascismo y cuánto le repugnaba.

El comandante había dispuesto que viajara a Roma vía Lisboa, y accedió a regañadientes a la petición de Amelia para que le permitiera pasar un par de días en Madrid visitando a su familia.

Llegó a Madrid el 1 de septiembre. Detrás dejaba a una Inglaterra sufriendo estoicamente los cruentos ataques de la Luftwaffe no sólo en Londres, sino también en muchas otras ciudades: Liverpool, Manchester, Bristol, Worcester, Durham, Gloucester, Portsmouth, se encontraban entre las damnificadas. Claro que la RAF respondía ojo por ojo a los ataques de la Luftwaffe: los bombardeos en Berlín se intensificaban cada día más.

Mientras, Winston Churchill continuaba su trabajo de diplomacia secreta con Estados Unidos intentando convencer al presidente Roosevelt de que Inglaterra no sólo no estaba siendo derrotada, sino que además podía ganar la guerra; aunque, eso sí, para lograr la victoria necesitaban la ayuda material de Estados Unidos. Churchill dibujaba a Roosevelt un futuro que podía resultar sombrío si la ayuda no llegaba y Hitler conseguía hacerse el amo del Atlántico amenazando directamente a Estados Unidos. De manera que Churchill insistía a Roosevelt en que el triunfo del Reino Unido resultaba vital para su país.

La situación financiera del Reino Unido era cada vez más crítica y tuvo que llegar a la bancarrota para que Estados Unidos asumiera que, o bien les ayudaba o bien se encontrarían a Hitler en sus propias costas.

El 2 de septiembre de 1940 Estados Unidos prestó cincuenta destructores a Inglaterra a cambio de bases en todo el mundo...»

El mayor Hurley carraspeó. Parecía haber llegado al final de su relato. Observó sin disimulo el reloj. Me pregunté si el mayor me iba a despedir sin darme más información, o si volvería a remitirme a lady Victoria, pero opté por no decir nada.

Había escuchado en silencio atrapado por el relato y ni siquiera le había hecho una sola pregunta.

—Su bisabuela también tuvo un papel destacado en Italia. Pero, Guillermo, quizá quiera usted saber algo de lo que hizo cuando regresó a Madrid. Desgraciadamente yo no puedo informarle al respecto. En cuanto a lo de Italia, con mucho gusto le podré dar alguna información del trabajo que en aquellos días llevó a cabo Amelia, aunque desgraciadamente la información no podrá ser muy exhaustiva porque no he encontrado grandes cosas en los archivos. Claro que usted mismo me contó que había conocido a una profesora experta en la vida de Carla Alessandrini; puede que ella le dé más detalles al respecto. O puede que no... En todo caso, ahora tengo que irme y no podré recibirle de nuevo hasta dentro de unos días.

Estuve a punto de protestar. Pero me dije que al mayor William Hurley poco le iban a importar mis protestas. Él disponía de la información que a mí me interesaba obtener y la suministraba como quería, de manera que terminé por decirle que contaba con mi eterno agradecimiento por la ayuda que me estaba prestando.

—Sin usted no podría llevar adelante mi investigación —dije para halagarle.

—Desde luego que no, pero como puede comprender, tengo otros deberes y responsabilidades; de manera que hasta dentro de unos días, pongamos el miércoles de la próxima semana, no volveré a recibirle. Telefonee el martes a mi secretaria para confirmar si estoy disponible.

Salí malhumorado de casa del mayor. Pensé eso de que no hay mal que por bien no venga, porque podía llamar a Francesca, reprocharle que no me hubiese dicho ni una palabra sobre las actividades políticas de Carla Alessandrini y con tal excusa ir a verla a Roma. No quería abusar de los medios que doña Laura estaba poniendo a mi disposición para que investigara sobre Amelia, pero me convencí de que el viaje a Roma estaba más que justificado. Me pasaba como a mi bisabuela: no me terminaba de encontrar en Londres.

Llamé a mi madre dispuesto a la bronca de rigor, y la encontré sarcástica y distante.

—¿Así que eres Guillermo? Pues me alegro.

—¡Vaya, mamá!, no te veo muy contenta de saber que estoy bien.

—Bueno, supongo que lo estarás, ya eres mayorcito, de manera que para qué vas a llamarme, con que me felicites las Navidades y por mi cumpleaños es suficiente, claro que para eso tendrías que acordarte, y como estás abrumado de trabajo…

¡Ahí estaba el problema! ¡Había sido su cumpleaños y yo no la había felicitado! Mi madre no me lo iba a perdonar porque entre sus ritos inalterables estaban las cenas del día de su cumpleaños, del mío y la de Nochebuena. El resto de las noches del año le daban igual, pero esas tres para ella eran sagradas.

—Perdona, mamá, pero es que no sabes lo liado que estoy investigando a tu abuela.

—Ya te he dicho que a mí me da lo mismo lo que hiciera esa buena señora, y no te disculpes, no tienes por qué, eres muy libre de llamar a quien quieras y cuando quieras.

—Pues había pensado en ir a Madrid e invitarte a cenar —mentí, improvisando.

—¿No me digas? ¡Qué considerado!

—Mira, mañana estaré en Madrid y a las nueve te voy a buscar. Piensa dónde te apetece que te invite a cenar.

9

Cuando entré en mi apartamento sentí la alegría de estar de nuevo en casa. Pensé en lo reconfortante que me resultaban aquellas cuatro paredes decoradas con muebles de Ikea. Llevaba tanto tiempo yendo de un lugar a otro en busca de Amelia Garayoa, que apenas había estado en casa. Bastó un solo vistazo para darme cuenta de que el apartamento necesitaba una limpieza urgente, y me prometí que debía convencer a mi madre para que me mandara a su asistenta con la promesa expresa de pagarla yo.

Me di una ducha y luego me tumbé en la cama. ¡Cuánto echaba de menos mi cama! Me quedé dormido en el acto. Mi ángel de la guarda decidió despertarme para librarme de la ira de mi madre porque si aquel día no me hubiera presentado en su casa para invitarla a cenar habría sido capaz de no volverme a hablar durante el resto de su vida. Me desperté sobresaltado buscando el reloj. ¡Las ocho y media de la tarde! Me levanté de un salto y volví a meterme en la ducha. A las nueve en punto, con el pelo empapado, me presenté en su casa.

—¡Menuda pinta tienes! —me dijo a modo de saludo, sin ni siquiera darme un beso.

—¿No te gusta? Pues yo a ti te encuentro guapísima.

—Ya, ya, pues tú estás hecho un desastre. ¿Sabes para qué sirven las planchas? Seguro que sí, porque listo lo eres un rato.

Me fastidió la ironía de mi madre por más que tuviera razón

y la camisa que llevaba estuviera arrugada y los pantalones vaqueros necesitaran una pasada por la lavadora.

—Apenas he tenido tiempo de deshacer la maleta. Pero lo importante es que estoy aquí, no sabes las ganas que tenía de verte.

—¡Agua! ¡Por favor, que me traigan agua! —gritó mi madre.

—¡Pero qué te sucede! —pregunté alarmado.

—Que me produce palpitaciones la cara dura que tienes.

—¡Vaya susto que me has dado!

Fuimos al restaurante que ella había elegido. La conversación transcurrió en el mismo tono el resto de la velada. La verdad es que me arrepentí de haberla invitado a cenar. Además, para zarandear mi débil economía, mi madre decidió, ella que era prácticamente abstemia, acompañar la cena con champán, y como si de una gaseosa se tratara, pidió una botella de Bollinger.

Por la mañana telefoneé a doña Laura y le pregunté si quería que fuese a su casa a contarle todo lo averiguado hasta el momento.

—Prefiero que me entregue la historia por escrito cuando la tenga completa.

—Es para que usted compruebe lo que voy avanzando. Le aseguro que la vida de Amelia Garayoa es digna de una novela.

—Bien, bien, pues cuando ya lo sepa todo, la escribe y me la trae. Es lo que hemos acordado, ¿no?

—Desde luego, doña Laura, y así lo haré.

—¿Necesita algo más?

—No, por ahora me voy arreglando. El profesor Soler está siendo de gran ayuda. Por cierto, que me he ofrecido a contarle lo que voy investigando, pero me ha dicho que no quiere saber nada salvo lo imprescindible para ayudarme.

—Y así debe ser. Pablo es un buen amigo de la familia pero no es de la familia, y hay cosas… en fin, que ni él ni nadie tienen por qué saber.

—Pues tengo que llamarle porque necesito que me cuente si Amelia estuvo en Madrid a principios de septiembre de 1940.

—Si quiere puede hablar con Edurne, ella puede ayudarle.

—Y usted, doña Laura, ¿no recuerda nada de esas fechas?

—¡Pues claro que sí! Pero no quiero que sea mi memoria la que dicte lo que sucedió, sino la memoria neutral de quienes estuvieron con nosotros.

—Y Edurne, ¿recordará? A la pobre mujer parece que le afecta mucho tener que recordar.

—Es lógico, a los viejos no nos gusta que hurguen en nuestros recuerdos. Edurne es muy pudorosa y leal y no le resulta fácil contarle cosas de la familia a un extraño.

—Yo soy de la familia, no se olvide que Amelia era mi bisabuela. Usted misma es una especie de tía bisabuela.

—¡No diga usted tonterías! En fin, creo que debería hablar con Edurne. Si le parece bien, pase por casa mañana temprano, que es cuando ella tiene la cabeza más despejada.

No sé por qué doña Laura se empeñaba en que Edurne hablara conmigo. La pobre mujer no podía ocultar su incomodidad al tener que contarle a un extraño aspectos íntimos de la familia a la que había dedicado toda su vida.

Cuando llegué a casa de las Garayoa, el ama de llaves me anunció que Edurne me esperaba pero que antes debía pasar al salón a ver a las señoras.

Allí estaba doña Laura y doña Melita. Me pareció que esta última no tenía muy buen aspecto, se la veía cansada.

—¿Le está costando mucho juntar la historia? —me preguntó con un hilo de voz.

—No está resultando fácil, doña Melita, pero no se preocupe, creo que al menos lograré conocer los hechos más importantes de la vida de mi bisabuela.

Doña Laura se movió incómoda en el sofá y me ordenó que procurara no perder el tiempo.

—No es sólo por los gastos que todo esto nos está acarreando, es que somos demasiado viejas para esperar.

—No se preocupen, que soy el primer interesado en terminar cuanto antes esta investigación. Tengo abandonado el periodismo y mi madre está a punto de dejarme de hablar.

—¿Tiene madre? —me preguntó doña Melita, y su pregunta me sorprendió puesto que ya les había explicado mis circunstancias familiares.

—Sí, sí, afortunadamente aún tengo madre —respondí desconcertado.

—Ya. Pues qué suerte, yo perdí a la mía cuando era muy joven.

—Bueno, basta de cháchara —interrumpió doña Laura—. Guillermo está aquí para trabajar, de manera que vaya usted a hablar con Edurne, lo espera en la biblioteca.

Edurne estaba sentada en un sillón y parecía dormitar. Se sobresaltó cuando me oyó entrar.

—¿Cómo se encuentra usted?

—Bien, bien —respondió azorada.

—No quiero molestarla mucho, pero a lo mejor se acuerda usted de una visita que Amelia hizo a Madrid en septiembre de 1940. Creo que iba camino de Roma, pero antes vino a ver a su familia.

—Amelia siempre iba y venía, y muchas veces no nos decía ni de dónde venía ni adónde iba.

—Pero ¿recuerda usted qué pasó en aquella ocasión? Era septiembre de 1940 y creo que vino sola, sin Albert James, el periodista. En su visita anterior fue cuando descubrió que Águeda estaba embarazada…

—¡Ya, ya me acuerdo! Pobre Amelia. ¡Qué disgusto se llevó! Águeda había llevado a Javier a la puerta del Retiro para que Amelia pudiera verlo, pero se le abrió el abrigo y vimos que estaba gorda, gorda de embarazo…

—Sí, todo eso ya lo sé, pero yo quiero saber qué pasó la siguiente vez que Amelia les visitó.

Edurne, con voz cansada, comenzó a hablar.

«No la esperábamos. Se presentó sin avisar. Algo que en ella se convirtió en costumbre. Nunca sabíamos cuándo iba a venir. Antonietta estaba mejor, gracias al dinero que Amelia enviaba y que le permitía a don Armando comprar medicinas... bueno, medicinas y comida, porque Antonietta necesitaba alimentarse bien. El dinero que enviaba Amelia no daba para lujos, pero sí para comer. En aquella época podías encontrar cosas buenas en el estraperlo, pero cobraban fortunas.

Creo que era por la noche cuando Amelia se presentó en casa; sí, sí, era por la noche porque yo estaba en la cocina haciendo la cena y abrió la puerta el señorito Jesús.

—¡Mamá, mamá, ven, que es la prima Amelia!

Salimos todos al recibidor y allí estaba ella, abrazando a Jesús.

—¡Pero qué guapo estás, primo! Has crecido un montón y tienes mejor cara, estás menos pálido.

Jesús también estaba recuperándose. Siempre había sido un niño debilucho y el pobre enfermó durante la guerra. Pero en aquellos días había mejorado. Las medicinas, y sobre todo la comida, hacen milagros.

Antonietta se abrazó a su hermana y no había modo de separarlas.

La señorita Laura comenzó a llorar de emoción y don Armando a duras penas aguantaba las lágrimas. Todos queríamos abrazarla y besarla. Fue doña Elena la que con su sentido práctico puso orden entre tanto abrazo y nos hizo entrar a todos en el salón. Mandó a Pablo llevar la maleta de Amelia a la habitación de Antonietta y a mí me mandó terminar de hacer la cena y colocar un plato más en la mesa.

Amelia estuvo muy cariñosa con todos nosotros; a mí me dio un par de besos, lo mismo que a Pablo.

Jesús y Pablo eran buenos amigos, y ahora que Jesús estaba mejor, doña Elena había colocado la cama de Pablo en la habitación de su hijo porque decía que el chico estaba creciendo y no estaba bien que durmiera en mi cuarto.

Esa noche cenamos arroz con tomate y unas lonchas de tocino frito. El tocino lo había comprado yo esa misma tarde a un tipo que se dedicaba al estraperlo y me pretendía.

Rufino, que así se llamaba el hombre, me había mandado aviso de que tenía tocino fresco; así que doña Elena me envió a comprarlo. ¿Por dónde iba? Sí... ya me acuerdo... Amelia nos dijo que no se iba a quedar mucho tiempo, solamente dos o tres días porque tenía que trabajar. Era la ayudante de Albert James, el periodista americano que al parecer estaba en Nueva York pero que le había encargado que fuera a Roma para un reportaje que estaba haciendo, no recuerdo sobre qué, pero fue una suerte que la mandara a Roma y así poder pasar por Madrid de camino.

—¿Por dónde has venido desde Londres? —le preguntó don Armando.

—Por Lisboa, es lo más seguro.

—Los ingleses no ven mal a Franco —comentó don Armando.

—Los ingleses no pueden luchar contra Hitler y contra Franco, primero tienen que derrotar a Alemania, después vendrá todo lo demás.

—¿Estás segura? Inglaterra sigue concediendo a Franco los *navicerts* para que nos llegue gasolina y trigo; no es que llegue mucho, pero algo llega.

—Ya verás cómo cambian las cosas cuando derroten a Hitler.

La pusimos al tanto de las novedades en la familia. Antonietta le dijo a su hermana que le gustaría trabajar, pero que doña Elena no se lo permitía.

—No me deja ni ayudar en la cocina —protestó Antonietta.

—¡Pues claro que no, aún no estás recuperada del todo! —afirmó, enfadada, doña Elena.

—La tía tiene razón. La mejor ayuda que puedes prestar a la familia es curarte del todo —respondió Amelia.

—Y el médico nos ha dicho que debemos tener cuidado con ella porque puede recaer —añadió don Armando.

—Y tú, Laura, ¿sigues en el colegio?

—Sí, este curso voy a dar clases de francés. Las monjas se portan muy bien conmigo. Han cambiado a la madre superiora; no está sor Encarnación, la pobre murió de pulmonía y han elegido a sor María de las Virtudes, la que fue nuestra profesora de piano, ¿te acuerdas?

—¡Sí, sí! Era muy cariñosa con nosotras, una buena mujer.

—Dice que en el colegio ninguna monja habla el francés como yo, de manera que este curso daré francés, y en cuanto Antonietta mejore y pueda trabajar, lo mismo puedo convencer a sor María para que la deje dar clases de piano... pero antes tiene que recuperarse del todo...

—¡Eso estaría muy bien! ¿Ves, Antonietta, cómo sí podrás trabajar? Pero tienes que curarte. Hasta que los tíos no me digan que estás bien, te prohíbo hacer nada.

Don Armando comentó cómo le iba en el despacho, en su nuevo trabajo de pasante.

—Tengo que aguantar mucho, pero no me quejo porque al fin y al cabo lo que gano nos permite ir tirando. Estoy fichado por «rojo», de manera que no me dejan defender casos en los tribunales, pero al menos trabajo de lo que sé, preparando los casos que defienden otros.

—Le explotan, todos los días trae trabajo a casa y no tiene ni sábados ni domingos —se quejó doña Elena.

—Sí, pero tengo un empleo, que ya es mucho si consideramos que hace unos meses estuvieron a punto de fusilarme. No, no me quejo, Amelia me salvó la vida y tengo un trabajo, es más de lo que soñaba cuando estaba en la cárcel. Además, con tu ayuda, Amelia, nos arreglamos bien.

—¿Sabéis algo de Lola? —preguntó Amelia mirando a Pablo.

—Pues no, no se sabe nada de ella. Pablo va a ver a su abuela al hospital, pero la pobre mujer está cada día peor. Su padre le escribe de vez en cuando, pero de Lola no hay ni rastro —explicó Laura.

—Los chicos van a la escuela —añadió don Armando—. Son listos y sacan buenas notas. A Jesús se le dan muy bien las matemáticas y a Pablo el latín y la historia, de manera que se ayudan el uno al otro. Son como hermanos, incluso a veces se pelean como lo hacen los hermanos.

—¡Pero qué nos vamos a pelear! —protestó Jesús.

—Bueno, yo diría que alguna vez he escuchado algún grito que salía de vuestra habitación —continuó don Armando.

—¡Pero por tonterías! No te preocupes, Amelia, que yo me llevo bien con Pablo. No sé qué haría sin él en esta casa con tantas mujeres y tan mandonas —respondió Jesús, riendo.

—Yo... bueno... yo estoy muy agradecido porque me tengáis aquí... —susurró Pablo.

—¡Qué tontería! Nada de agradecimientos, eres uno más de la familia —cortó tajante don Armando.

Amelia pasó dos días pendiente de la familia. Fue a hablar con el médico que atendía a Antonietta, y pidió a la señorita Laura que la acompañara a saludar a sor María de las Virtudes, a la que entregó un pequeño donativo «para comprar flores para la Virgen de la capilla», y como todos nos temíamos, insistió en ver a su hijo, al pequeño Javier.

Doña Elena se resistía a enviarme a merodear por los alrededores de la casa de Santiago, pero fue tanta la insistencia de Amelia, que terminó por ceder.

—Después de lo que ocurrió la última vez, puede que Águeda se niegue a dejarte ver al niño —dijo doña Elena.

—Es mi hijo y necesito verlo. ¿No lo entiendes, tía? No puedo estar en Madrid y no hacer nada por verle. Si supieras cuánto me arrepiento de haberle abandonado...

Amelia le contó a la señorita Laura que sufría de pesadillas, y que muchas noches se despertaba gritando porque veía a una mujer corriendo llevando en brazos a Javier.

Un día me planté en la esquina de la casa de don Santiago esperando la salida de Águeda, y así pasé todo el día. Regresé a casa bien avanzada la noche. Sólo había visto a don Santiago salir de buena mañana y regresar por la tarde, pero ni rastro de Águeda ni de Javier.

Doña Elena se puso nerviosa y nos dijo que lo mejor era dejarlo para otra ocasión, pero Amelia insistió; no podía quedarse mucho más tiempo en Madrid, llevaba tres días, pero no se marcharía sin ver a su hijo. Al final doña Elena rompió a llorar.

—Pero, Elena, ¿qué te sucede? —Don Armando estaba alarmado por las lágrimas de su mujer.

—Tía... tía... no llores, no quiero causarte penas —se excusó Amelia.

La señorita Laura abrazaba a su madre sin saber cómo consolarla. Cuando doña Elena se calmó se hizo el silencio.

—¡Si es que eres una cabezota, Amelia! Yo no te lo quería decir para que no sufrieras... pero insistes e insistes...

—¿Qué pasa, tía? No le habrá sucedido nada a mi hijo... —preguntó Amelia, alarmada.

—No, qué va, Javier está bien, y por lo que sé, está con tus suegros.

—¿Con don Manuel y doña Blanca? Pero ¿por qué?

—Porque Águeda ha tenido una niña, de esto hace una semana, y parece que tuvo dificultades en el parto y está en el hospital. Santiago ha llevado a Javier a casa de sus padres hasta que Águeda esté en condiciones de volver a su casa con la niña. Yo no quería decírtelo para que no te llevaras un disgusto.

Amelia no lloró. Temblaba, haciendo un gran esfuerzo por controlarse, tragándose las lágrimas, y lo consiguió. Cuando pudo hablar, apenas con un hilo de voz, preguntó a su tía:

—¿Desde cuándo lo sabes?

—Ya te lo he dicho, desde hace una semana; me encontré con una amiga a la que le faltó tiempo para decirme que Águeda había parido una niña a la que van a bautizar con el nombre de Paloma. Me contó que el parto se había complicado y la mujer estuvo casi dos días gritando hasta que nació la niña. Santiago no se separó de su lado. También me dijo que desde que

Águeda se quedó embarazada, Santiago había contratado otra criada para que se hiciera cargo de los quehaceres domésticos y que de hecho Águeda se ha convertido en la señora de la casa. Ya no lleva puesto el delantal, y aunque Santiago todavía no la lleva cuando visita a sus amistades, todo el mundo sabe que viven juntos.

—No puedo reprocharle nada. No tengo ningún derecho a hacerlo —musitó Amelia.

—Tienes razón, por duro que te resulte, no puedes hacerlo. Santiago es un hombre... un hombre joven, no puede guardarte ausencia —dijo don Armando.

—No tiene por qué hacerlo, tío. Fui yo quien lo abandoné y la que se marchó con otro, dejándolo con un niño de meses. ¡Ojalá algún día fuera capaz de perdonarme a mí misma!

—Si quieres, puedo llamar a don Manuel y doña Blanca y pedirles que te dejen ver a Javier... —propuso don Armando.

—No hace falta que te humilles, tío. Sabes bien que no me permitirán acercarme a mi hijo. Confiaba en que Águeda...

—Te acompañaré, iremos a casa de tus suegros. Esperaremos hasta que saquen al niño y al menos lo verás de lejos —se ofreció Laura.

—Me parece una buena idea, quizá pueda verlo de lejos. Retrasaré el viaje un día más, espero que... bueno, espero que Albert no se enfade por el retraso.

Doña Elena me ordenó que acompañara a las dos primas. No quería que Amelia y la señorita Laura fueran solas, temía lo que pudiera pasar. Nos presentamos de buena mañana cerca de la casa de los padres de Santiago, y no tuvimos que esperar mucho porque a eso de las once vimos salir a doña Blanca llevando de la mano a Javier. El niño había pegado un buen estirón y parecía contento con su abuela.

La señorita Laura iba agarrada del brazo de Amelia, pero no pudo evitar que se soltara y corriera hacia su hijo.

—¡Javier! ¡Javier! ¡Hijo, soy mamá! —exclamó Amelia.

Doña Blanca se paró en seco y enrojeció, yo creo que de ira.

—¡Pero cómo te atreves! —gritó a Amelia—. ¡Cómo te atreves a presentarte aquí! ¡Vete! ¡Vete!

Pero Amelia había cogido a Javier en brazos y le apretaba con fuerza cubriéndolo de besos.

—¡Mi hijito! ¡Pero qué guapo estás! ¡Cómo has crecido! ¡Te quiero mucho, Javier; mamá te quiere mucho!

Asustado, Javier comenzó a llorar. Doña Blanca quería quitarle al niño pero Amelia no lo soltaba. La señorita Laura y yo no sabíamos qué hacer.

—¡Por favor, doña Blanca, sea usted buena! —suplicó la señorita Laura—. Póngase en su lugar, es la madre del niño y tiene derecho a verle.

—¡Menuda pécora! Si quisiera a su hijo no lo habría abandonado dejándolos a él y a su marido para irse con otro hombre. ¡Suéltale, pécora! —gritó al tiempo que tiraba del brazo de Javier.

—¡Doña Blanca, usted es madre, deje que Amelia pueda besar a su hijo! —insistió la señorita Laura.

—Si no suelta al niño gritaré más fuerte, llamaré a un guardia y la denunciaré. ¿No se fue con un comunista? Todos vosotros erais comunistas y deberíais estar en la cárcel. Las rojas son todas unas putas... ¿Crees que no se sabe cómo salió tu padre del penal de Ocaña? Pero a ésta ya le da lo mismo uno que cien —gritó señalando a Amelia.

La señorita Laura se había puesto roja como un tomate e hizo algo totalmente insólito en ella. Agarró del brazo a doña Blanca y, retorciéndoselo, la separó de Amelia y de Javier. Luego la empujó contra la pared y, sujetándola, sin atender a los gritos de doña Blanca, le dio un pisotón.

—¡Cállese, bruja! Usted sí que es una pécora. No vuelva a insultar a mi prima, no lo haga o... le juro que se arrepentirá. Mi padre vive gracias a Amelia, porque ustedes los nacionales son una panda de asquerosos... son escoria... usted y los suyos no nos llegan ni a la suela de los zapatos. En cuanto a putas, los nacionales han convertido en putas a muchas mujeres decentes, vaya usted por la Gran Vía y vea cuántas madres de familia están arriba y abajo vendiéndose para poder dar de comer a sus hijos. ¿Ésa es la prosperidad de Franco? Pero, claro, a usted no le falta de nada, sus amigos han ganado la guerra... y eso que estuvieron a punto de matar a su hijo, porque Santiago no era un fascista, no lo era, a Dios gracias.

Doña Blanca se zafó de la señorita Laura propinándole un buen empujón. Mientras, Amelia intentaba calmar a Javier, deshecho en lágrimas, asustado al ver cómo trataban a su abuela aquellas dos mujeres que para él eran dos desconocidas.

—Lo quiera usted o no, es mi hijo y no pueden engañarlo diciéndole que tiene otra madre. Yo seré la peor madre del mundo y no me merezco a Javier, pero es mi hijo y ustedes no me lo pueden arrebatar —dijo Amelia, enfrentándose a su suegra.

—Cuando Santiago se entere de lo que habéis hecho... Todas las rojas sois unas putas, ¡putas! ¡Dejadnos en paz, ya habéis hecho bastante daño!

Amelia dejó a Javier en el suelo y le dio un último beso.

—Hijo mío —dijo—, te quiero mucho, y digan lo que digan, no olvides nunca que yo soy tu madre.

Ya en brazos de doña Blanca, el niño empezó a calmarse. La mujer volvió a meterse en el portal de su casa con paso rápido.

Nosotras regresamos temiendo lo que a continuación pudiera pasar. Conociendo a Santiago, era seguro que no iba a quedarse de brazos cruzados cuando su madre le contara lo ocurrido.

Don Armando intentó tranquilizar a Amelia y a la señorita Laura, y les aseguró que no permitiría que Santiago hiciera nada. Pero doña Elena no las tenía todas consigo, así que pasamos el resto de la mañana y parte de la tarde esperando que sucediera algo. Y sucedió. Claro que sucedió. Eran las nueve y media y estábamos cenando cuando el timbre sonó con insistencia.

Doña Elena me mandó abrir y yo fui temblando porque estaba segura de que era Santiago.

Abrí la puerta y allí estaba él. Santiago tenía el rostro contraído por la ira y se notaba que estaba haciendo un gran esfuerzo por contenerse. Le acompañaba su padre.

—Anuncie que estamos aquí —me dijo sin más preámbulo.

Entré en el comedor y, tartamudeando, anuncié a don Santiago. Don Armando nos dijo que no nos moviéramos de donde estábamos, que él hablaría con Santiago. Nos quedamos muy quietos, sin hablar, temiendo lo que pudiera pasar.

—Buenas noches, Santiago, don Manuel... ¿En qué puedo servirles?

—Quiero que de una vez para siempre su sobrina se aleje de mi familia. No tiene ningún derecho a asustar a mi hijo. Y quiero que sepa que no toleraré que se trate a mi madre como hoy lo ha hecho su hija Laura. —Santiago a duras penas podía contener la ira.

—Si alguien vuelve a poner un dedo encima de mi esposa o de mi nieto, irá a la cárcel, le aseguro que moveré todo lo que tenga que mover para que así sea —apostilló don Manuel.

—No tengo duda de que podrían conseguirlo, pero nadie le ha puesto un dedo encima a doña Blanca. Por lo que Laura me ha contado, lo que hizo fue apartarla de Amelia para que ella pudiera coger en brazos a su hijo. No le han faltado el respeto a doña Blanca, pero ella sí lo ha hecho, no sólo con Amelia y Laura, sino que también nos ha insultado a toda la familia.

—Mi esposa es una señora y siempre actúa como tal, algo que no se puede decir de su sobrina —dijo don Manuel.

—¡Por favor, papá, eso no es necesario...! —dijo Santiago, molesto con el comentario de su padre.

—Si vienen aquí a insultarnos, es mejor que se marchen. No consiento ni una palabra contra Amelia. Lo que pasó, pasado está. Y tú, Santiago, no tienes derecho a privarla de ver a su hijo, y a confundir a Javier diciéndole que su madre es Águeda, eso es una crueldad, algún día tendrás que decirle la verdad, ¿y crees que Javier te perdonará? ¿Que perdonará el que hayas negado a su madre el derecho de verlo?

—No vengo a discutir con usted mis decisiones, sino a informarle de que no consentiré otra escena como la de esta mañana. Mi hijo está creciendo, es feliz, tiene una familia, y no soy yo quien lo dejó sin madre.

—Don Armando —interrumpió don Manuel—, advertido queda de que moveré todos los hilos para dejarles en la ruina más absoluta. Usted perderá su empleo y también puedo hacer que se revise su sentencia para que vuelva a la cárcel. Al fin y al cabo, todo el mundo sabe cómo consiguió salir, una manzana podrida hay en todas partes, y quien facilitó que usted saliera a cambio de los favores de Amelia es una manzana sin importancia.

—¡Cómo se atreve a insultarla! Sí, estoy libre gracias a ella, gracias al dinero que tuvo que pagar a un corrupto que cambia vidas por dinero, ésa es la clase de gentuza que hay entre los nacionales. ¡Pero no se atreva a decir ni una sola palabra insultando a Amelia!

—Padre, ¡lo que ha dicho era innecesario! —recriminó Santiago a su padre.

—¡Ah!, pero ¿es que no lo sabe? ¡No puedo creer que no sepa lo que sabe todo Madrid! Pregunte a su sobrina con qué pagó, además de con dinero, para sacarle a usted de Ocaña —insistió don Manuel.

En ese momento Amelia apareció en el umbral de la puerta del vestíbulo y se colocó entre don Armando y Santiago y su padre.

—Pueden insultarme cuanto quieran. No les niego ese derecho después de lo que hice, pero eres tú, Santiago, quien debe dejar a mi familia en paz. Ellos nada te han hecho. En cuanto a Javier… es mi hijo por más que te pese, y eso no lo puedes cambiar. No puedo dar marcha atrás, pero si pudiera te aseguro que no habría hecho lo que hice, que estoy arrepentida y que no me lo perdonaré el resto de mi vida, pero no puedo cambiar lo que hice.

—Amelia, por favor, vete dentro, déjame resolver esto a mí. No tienen ningún derecho a insultarte, no voy a tolerarles esas insinuaciones.

—No, tío, soy yo la que no puede permitir que te insulten ni te amenacen. Le hacía de otra manera, don Manuel, siempre le tuve por un caballero incapaz de una bajeza como la que acaba de perpetrar diciendo lo que ha dicho. No soy yo la indecente por salvar a mi tío del paredón de ejecución. A sus amigos los nacionales no les ha bastado con ganar la guerra, sino que se están vengando de quienes combatieron en ella en el bando republicano. Por cierto, ése era tu bando, Santiago, aunque nunca lo fue de tu padre. ¿Franco será más fuerte por fusilar a miles de hombres que combatieron en el otro lado? No, no lo será; le temerán y le odiarán, pero eso no lo hará más fuerte.

—Aléjate de mi hijo —dijo Santiago, mirándola con furia.

—No, no voy a alejarme de Javier; intentaré mil veces, las que sean necesarias, verlo, estar unos minutos con él, recordarle que soy su madre, decirle que pese a lo que hice le quiero con toda mi alma. Y continuaré rezando todos los días pidiendo perdón a Dios y pidiéndole también que algún día Javier me perdone.

—Mantengo todo lo que he dicho: no permitiré que ningún miembro de esta familia se acerque a la mía. Que quede claro; de lo contrario, habrá consecuencias —sentenció don Manuel.

Santiago se dio media vuelta y cogió a su padre por el brazo obligándolo a salir de la casa sin decir ni adiós.

Salimos todos al vestíbulo. Don Armando miraba fijamente a Amelia con lágrimas en los ojos.

—Pero ¿qué hiciste para sacarme de Ocaña? —preguntó temiendo la respuesta.

—Nada que me deshonre. Pagué el precio que me estipuló aquel canalla de Agapito que hizo de intermediario. Y no es el que paga un precio el que comete la falta, sino el que lo exige.

—Amelia, por Dios, ¡quiero saber qué hiciste! —insistió don Armando.

—¡Por favor, tío! Hice lo que me exigía mi sentido del deber contigo a quien tanto quiero. Y no me arrepiento, haría cualquier cosa por salvar una vida. Nunca es demasiado grande el precio a pagar por una vida, y menos por una vida de alguien a quien quieres.

Don Armando estaba desolado. Doña Elena lo abrazó intentando transmitirle todo el amor que en ese momento precisaba.

—Amelia ha sido muy buena con nosotros, no la avergüences preguntándole —le pidió a su marido—. Siempre tendremos que agradecerle que continúes con vida.

—¡Pero no a cualquier precio!

—¡No digas eso! No sé lo que hizo Amelia salvo dar dinero a aquel sinvergüenza, pero te juro que yo misma hubiera hecho cualquier cosa que me hubieran exigido por salvarte.

Amelia rogó a la familia que se reuniera en el salón.

—Lo que ha sugerido Santiago... bien, es verdad, nadie lo sabía excepto Laura, o al menos eso es lo que yo creía, pero por lo que se ve el canalla que hizo de intermediario, el tal Agapito, ha ido contando que me entregué a él a cambio de que te conmutaran la pena de muerte. Hubiera querido que ni tú ni nadie de la familia os hubierais enterado, y te juro, tío, que yo ya lo he olvidado.

—¡Dios mío, Amelia! ¡Dios mío! ¡Cómo habría sufrido tu padre de haber sabido una cosa así! Yo... yo no merezco vivir a costa de un sacrificio tan grande... nunca podré pagártelo...

—Por favor, tío, ¡no me digas estas cosas! No me debes nada, nada, no hay deudas entre las personas que se quieren. Y te repito que no me arrepiento de lo que hice, que ni un solo día me ha remordido la conciencia, y que si algo siento por ese Agapito es un odio profundo y el deseo de que le peguen la sífilis y se muera. Pero yo no me siento sucia, de manera que no me reproches nada. Sé que tú habrías dado tu vida por haber salvado la mía y yo sólo le he concedido unos minutos de mi vida a un desalmado.

Aquella noche ninguno pudimos dormir. Escuché a Amelia hablar con Laura y Antonietta hasta la madrugada. Doña Elena se levantó a hacer una tila para don Armando, y Jesús y Pablo estuvieron murmurando en voz baja. Estábamos conmocionados.

Amelia se marchó al día siguiente y tardó un tiempo en volver».

Edurne se calló y cerró los ojos. Se notaba que sufría. Me daba pena que doña Laura la obligara a recordar. No sé por qué lo hice pero le cogí la mano y me incliné ante ella.

—Muchas gracias, no sabe cómo le agradezco su ayuda, sin usted no podría reconstruir la vida de mi bisabuela.

—¿Y por qué ha de reconstruirla? Si usted no hubiera aparecido en esta casa, todo seguiría igual y nos moriríamos tranquilas sin mirar al pasado.

—Lo siento, Edurne, de veras que lo siento.

—¿Tendré que volver a hablar con usted?

—Procuraré no molestarla más, se lo prometo.

Quise despedirme de las dos ancianas, pero el ama de llaves me dijo que las señoras habían salido. No la creí, pero acepté la excusa. No sólo me estaban pagando un sueldo, sino que sin su ayuda jamás habría podido dar un paso en dirección a Amelia. Tenían derecho a pasar de mí.

Salí de la casa con una sensación extraña, como de desazón. No sabía muy bien por qué, supongo que el relato de Edurne me había afectado. Me caía mal el tal don Manuel; me fastidiaba tener que reconocer que, aunque lejano, tenía yo algún parentesco con él puesto que si era abuelo de mi abuelo, a pesar de todo éramos familia.

Me fui a mi apartamento con la intención de escribir sobre lo que había averiguado en las últimas semanas. Era tanto el material acumulado que decidí transcribir las cintas y ordenar mis notas antes de que me perdiera en ellas.

Trabajé el resto del día, y buena parte de la noche. Quería irme cuanto antes a Roma para hablar con Francesca Venezziani.

Antes de irme llamé a Pepe para ver cómo iban las cosas por el periódico digital. Me habían despedido, pero lo mismo se compadecían y me readmitían.

—¡Que no, Guillermo, que no! Que el jefe no quiere saber nada de ti. Dice que eres un informal y tiene razón. Yo estoy harto de defenderte, así que búscate la vida, tío.

No quería preocuparme, pero mi madre tenía razón: cuando terminara mi investigación sobre Amelia y una vez escrita la historia, a lo peor no volvía a encontrar trabajo. Me dije que ya no había vuelta atrás y decidí hacer mía la frase de Julio César en los *Comentarios sobre la guerra de las Galias*: «Cuando lleguemos a ese río ya hablaremos de ese puente». De manera que ya me preocuparía más adelante de mí mismo y de mi futuro.

10

Me alojé en el hotel d'Inghilterra, justo al lado de la piazza di Spagna y a un paso de la casa de Francesca.

Estaba seguro de que me invitaría a cenar y así fue, de manera que compré una botella de chianti y acudí puntual.

—*Ciao, caro, come vai!* —dijo a modo de saludo.

—Yo diría que por ahora bastante bien —respondí con una sonrisa.

Le reproché que no me hubiera contado que Carla Alessandrini había hecho incursiones en la política.

—Ya te advertí que Carla era una mujer singular —me respondió a modo de excusa.

—Singular me parece poco. Ayudó a escapar de Berlín a una chica judía cruzando con ella media Europa, y al parecer tuvo contactos con los partisanos, de manera que la gran diva hacía algo más que gorgoritos.

—Sí, sí, todo eso es verdad. Carla fue una mujer extraordinaria.

—Ya, pero no me dijiste nada de su participación en la política.

—No me lo preguntaste.

—Bueno, pues para dejar las cosas claras: quiero saberlo todo, absolutamente todo sobre Carla Alessandrini, me da igual que se trate de política o de jardinería, todo es todo.

—No sé si podré contarte todo al mismo tiempo.

—¿Ah, no? ¿Y por qué? —pregunté, enfadado.

—Porque el profesor Soler me dijo que tenías que investigar paso a paso, que debías encontrar un hilo conductor y seguirlo, y enterarte de todo por su orden. Yo no sé cuál es el orden de tu investigación, pero no dudes que en cada ocasión que aparezca Carla podrás recurrir a mí.

—¡Ésta sí que es buena! Estoy un poco harto de que me muevan como a una marioneta.

Francesca se encogió de hombros, dejando claro que el asunto no iba con ella.

—¿Qué quieres saber?

—Quiero saber qué hacía la gran Carla en septiembre de 1940 cuando mi bisabuela se presentó a verla en Roma, y quiero que me digas si lo que sabes de esa época se lo has contado a alguien, porque en el libro sobre la Alessandrini no dices ni una palabra.

—¿Y por qué tendría que haber relatado hechos que nada tenían que ver con su arte?

—Eres su biógrafa.

—Soy algo más, soy la guardiana de su memoria. Bueno, te confesaré un secreto: estoy escribiendo un nuevo libro sobre Carla, pero me llevará tiempo, no sé mucho de lo que hizo durante la Segunda Guerra Mundial. ¿Empezamos?

«Amelia llegó a Milán el 5 de septiembre de 1940. Vittorio Leonardi, el marido de Carla, fue a buscarla a la estación.

—¡Qué alegría tenerte aquí! Carla está deseando verte, tienes que contarnos qué ha sido de Rajel...

En la puerta de la estación los esperaba el chófer con un Fiat último modelo.

Carla estaba contenta de tener a Amelia con ella. Desde que había recibido el telegrama anunciando su llegada se había dedicado a redecorar una de las habitaciones de su mansión pensando en los gustos de Amelia.

Mientras la doncella deshacía el equipaje, las dos mujeres no pararon de hablar.

Amelia le explicó que sus relaciones con Albert no atravesaban un buen momento y Carla le aconsejó que si no le quería, le dejara.

—Es un buen hombre, no merece sufrir, ni siquiera por ti, *cara*. Se parece a Vittorio, sólo que mi marido es feliz así, pero Albert aspira a tener todo tu amor, y si no se lo puedes dar, por lo menos dale la oportunidad de que lo encuentre con otra.

—Tienes razón, pero aunque no lo creas, yo le quiero, a mi manera, pero le quiero.

—Ya te lo dije en Berlín: no es que le quieras, le necesitas, es un refugio seguro. Pero tú no necesitas refugiarte en ningún hombre para sentirte segura, nos tienes a Vittorio y a mí, sabes que te queremos como a una hija. Y ahora dime, ¿cómo es que te has decidido a venir?

Carla era demasiado inteligente para creer que Amelia estaba allí sólo para verla. La diva era una mujer apasionada y franca, y no soportaba las medias tintas. Amelia se sinceró con ella.

—Después de que ayudáramos a Rajel a huir de Berlín, el tío de Albert, que trabaja en el Almirantazgo, me propuso hacer algunos trabajos para él. Acepté. Regresé a Berlín y a través de Max pude saber que hay grupos de oposición a Hitler desperdigados por toda Alemania; algunos son grupos cristianos, otros son socialistas, anarquistas, pero no están organizados entre sí, cada uno funciona a su manera, lo que les resta fuerza. Pero saber que hay opositores a Hitler, aunque sean pocos, es un alivio, y para los británicos constituye una información fundamental.

—Churchill es un hombre extraordinario. Hablé con él en una ocasión: despotricaba de la política de apaciguamiento. Derrotará a Hitler, no me cabe la menor duda. Si él dirige la guerra, ganará.

—En esa guerra se juega el futuro de toda Europa. Yo espero que si derrotan a Hitler, las potencias europeas nos salven de Franco.

—Pobrecilla, ¡qué ingenua! Vamos, Amelia, Franco no les molesta, lo prefieren al Gobierno del Frente Popular. No quieren a los rusos dentro de casa, no permitirán que España sea una base de la Unión Soviética.

—Yo tampoco lo querría, pero sí una democracia como la inglesa.

—¡Ojalá! Entiendo que soportar el régimen de Franco debe de ser como para nosotros soportar al Duce.

—Los ingleses dicen que tienes contactos con los partisanos...

—¿Eso dicen? Puede ser, ¿y qué?

—Pues que creen que eres antifascista y que ayudarás a quien luche contra el fascismo en Italia y contra Hitler en Europa.

—No es tan sencillo. Amo a mi país, no viviría en otro lugar del mundo, aquí está mi casa y cuando viajo ya estoy pensando en el regreso. Nunca traicionaría a Italia, pero el Duce... ¡No le soporto! Es un fatuo que sabe cómo enardecer a las masas. Me da vergüenza que nos represente, nos ha metido en la guerra de manera vergonzosa. Así que ayudaré a mi país a librarse de él, y... sé que no te va a gustar, pero tengo simpatías por los comunistas, aunque eso signifique tirar piedras contra mi propio tejado; si ellos gobernaran, ¡qué sería de mí! Pero eso no es lo importante ahora, sino acabar con el Duce y sacar a Italia de esta guerra.

—¿Puedo saber cómo has llegado a tener contacto con los partisanos?

—La gente me conoce, confía en mí. Ellos se han puesto en contacto conmigo para pedirme algunos favores... nada importante, por el momento. En fin, te diré que mi viejo profesor de canto es comunista. Le debo mucho: en realidad, todo lo que soy. Ya te lo presentaré. Se llama Mateo, Mateo Marchetti, y es una leyenda entre los cantantes de ópera. Hace poco me pidió que escondiera a un importante partisano, era el contacto con gente de fuera y la policía le tenía acorralado. Le escondí en mi casa y logré llevarle a Suiza. Hice algo parecido a lo tuyo con Rajel. ¿Y a ti qué es lo que te ha pedido el tío de Albert?

—Quiere saber qué piensa hacer el Duce, hasta dónde va a implicarse en esta guerra. Me ha pedido que venga; sabe que tú te mueves en las altas esferas, y quiere que yo pegue el oído. Puede que me entere de algo relevante.

—Así que te has convertido en una pequeña espía —dijo Carla, riéndose.

—¡No lo digas así! No, no me siento una espía, hasta ahora lo único que he hecho es escuchar y fijarme en lo que sucede a mi alrededor. Ni siquiera sé si lo que hago tiene importancia.

—Bien, organizaré una cena e invitaré a alguno de esos gerifaltes que tanto aborrezco. Espero que alguno te diga algo que merezca la pena, porque te aseguro que me repugna pensar en tenerles en mi casa.

Carla organizó una fiesta a la que asistieron muchos de sus amigos y un buen número de sus enemigos. Ninguno era capaz de resistirse a la llamada de Carla Alessandrini, sobre todo cuando, como en esa ocasión, se trataba de una fiesta en su propia casa.

En Milán la diva vivía en un *palazzo* de tres plantas lujosamente decorado. Aquella noche la casa estaba iluminada sólo con velas y Carla había dispuesto que la única bebida fuera champán.

Vittorio Leonardi no terminaba de comprender el porqué de tanto dispendio por parte de su esposa, pero no protestó cuando Carla, imperiosa, le dijo que ella no podía dar una fiesta si no era por todo lo alto.

Vestida con un traje rojo de seda y encaje, la diva recibió a sus invitados en la puerta del *palazzo*, junto a Vittorio y Amelia.

—Debes estar a mi lado, porque así será más fácil presentarte a todos los invitados.

Entre las más de doscientas personas invitadas, Carla señaló a Amelia a una pareja a la que recibió sin ningún entusiasmo.

—Son amigos de Galeazzo Ciano, el yerno del Duce. Si les caes bien, te abrirán las puertas del entorno más íntimo de Mussolini.

Amelia desplegó todo su encanto para que Guido Gallotti y su esposa Cecilia se fijaran en ella.

Guido era diplomático y uno de los consejeros de Ciano, el ministro de Exteriores. Ya había cumplido los cuarenta; su esposa, en cambio, debía de tener la edad de Amelia.

Cecilia era hija de un comerciante textil adinerado, con buenos contactos, ferviente seguidor del Duce, a cuya sombra empezaba a hacer buenos negocios, entre ellos casar a su hija con aquel diplomático tan cercano a la familia del propio Mussolini; un matrimonio que había convenido a ambos contrayentes. Guido Gallotti aportaba estatus social a Cecilia y a su familia, y ésta, una cuenta corriente saneada que les permitía todos los caprichos.

—Conozco España, estuve antes de la guerra civil. Tienen suerte de contar con Franco. Es un gran estadista, como nuestro Duce —le dijo Guido Gallotti.

Amelia dio un respingo. No soportaba escuchar a nadie mostrar admiración por Franco, pero Carla la pellizcó en el brazo y Amelia dibujó una sonrisa.

—Estoy deseando que Guido me lleve a España, me lo ha prometido. Mi marido se enamoró de su país —añadió Cecilia.

—Me alegro de que le gustara, y desde luego debería llevar a su esposa, estoy segura de que también le gustaría —respondió Amelia.

Carla marchó para atender a otros invitados, y Amelia se dedicó a entretener a la pareja contándoles cómo estaba Madrid después de la guerra, procurando obviar cualquier referencia política. Vittorio se acercó a ellos.

—Esta niña nos es muy querida —dijo Vittorio, guiñando un ojo a Amelia.

Cecilia parecía impresionada por la amistad de Amelia con la

Alessandrini. No eran muchas las personas que podían presumir de formar parte del círculo íntimo de la diva. Carla tenía una legión de admiradores repartidos por todo el mundo, pero era muy exigente a la hora de seleccionar a sus amigos. Además, no era ningún secreto la opinión que tenía del régimen de Mussolini, y que no se privaba de criticar al propio Duce. Por eso el matrimonio Gallotti se había visto sorprendido, no sólo por la invitación de Carla, sino también porque aquella noche la diva había invitado a algunas personas cuyo compromiso con el fascismo era absoluto.

—Tiene que visitarnos en Roma. Será bienvenida a nuestra casa. ¿Se quedará mucho tiempo en Milán? —preguntó Cecilia.

—Aún no lo sé, desde luego no me iré antes del estreno de *Tristán e Isolda*. Por nada del mundo me perdería escuchar a Carla en el papel de Isolda en la Scala.

—¡Estupendo! Yo soy de Milán, mi padre tiene una fábrica cerca de la ciudad. De manera que venimos a menudo a ver a mis padres. Además, tenemos previsto asistir a la ópera, tampoco queremos perdernos ver a la gran Carla. ¿Verdad, querido?

Guido ocultó con una sonrisa la sorpresa que le produjo la afirmación de su esposa. A Cecilia no le gustaba la ópera, en realidad no entendía nada del bel canto, pero ansiaba codearse con gente como Carla.

—Será un placer volver a verla, y naturalmente esperamos que sea nuestra huésped en Roma.

Más tarde Amelia les contó a Carla y a Vittorio que había logrado que el matrimonio Gallotti la invitara a la capital.

—¿No habrás aceptado?

—Bueno, no me he comprometido a nada.

—Ni debes hacerlo todavía. Deja que insistan. Ellos saben que el Duce no es santo de mi devoción, y aunque Cecilia es medio tonta, Guido es astuto como un zorro.

—¿Tan mala opinión tienes de Cecilia?

—Es una arribista. Bueno, en realidad los dos lo son, pero se complementan: Guido aporta contactos sociales, y ella el dinero. Están hechos el uno para el otro.

—¿No crees que estén enamorados?

—Sí, claro que sí. Guido ama apasionadamente el dinero de Cecilia, quien permite que se lo gaste sin freno con el grupo de amigos que rodean a Galeazzo Ciano, y ella ama el estatus de Guido. De Cecilia no tienes nada que temer, pero de él sí. No lo olvides.

—Además, es un mujeriego empedernido —intervino Vittorio— y no me ha gustado nada cómo te miraba. Ni Carla ni yo queremos que te conviertas en un trofeo de caza para el matrimonio.

—¡Un trofeo de caza! Qué exagerado eres, Vittorio, yo no soy nadie —dijo Amelia riendo.

—Eres amiga de Carla, de manera que Cecilia puede presumir de tener como amiga a alguien muy cercano a la gran diva. En cuanto a él, estoy seguro de que no le importaría añadirte a la lista de mujeres hermosas a las que ha cortejado.

—Tendré mucho cuidado, os lo prometo.

El estreno de *Tristán e Isolda* estaba previsto para mediados de octubre. Carla asistía todos los días a los ensayos, además de pasar dos o tres horas cantando en su casa bajo la dirección de su maestro Mateo Marchetti.

Por su parte, Amelia, aconsejada por Carla y Vittorio, aceptó varias invitaciones de algunos de los amigos de la pareja. En especial, se interesó por el viejo Marchetti, puesto que parecía ser algo más que un simple militante comunista.

Al principio el hombre se mostraba distante y desconfiado, pero Carla le insistía en que Amelia era de fiar, y, poco a poco fue cediendo en su resistencia.

En ocasiones se quedaba a cenar cuando terminaba sus clases con la diva. Hablaban sobre todo de política, y rara era la ocasión en la que Marchetti no le pedía a Carla algún favor para alguno de sus camaradas.

Amelia solía guardar silencio puesto que sólo chapurreaba el italiano y se sentía insegura a la hora de mantener una conversación con cierto calado; sin embargo, Carla y Vittorio insistían en que participara sin pudor de las charlas.

Una noche, mientras cenaban, Carla sorprendió a su viejo maestro hablando con Amelia sobre los días que había pasado en Moscú.

El profesor se mostró muy interesado en conocer la opinión de la joven sobre los logros de la revolución, y a duras penas pudo contenerse cuando escuchó a Amelia describir la vida en la Rusia de Stalin.

—Usted no entiende nada —le dijo Marchetti—, es muy joven y seguramente no se ha dado cuenta de lo que la revolución ha significado. El mundo no volverá a ser el mismo. ¿Que hay problemas? ¡Cómo no habría de haberlos! ¿Que las cosas aún no funcionan como quiere Stalin? No me extraña, en Rusia aún quedan muchos contrarrevolucionarios que no están dispuestos a perder sus privilegios. Usted acusa a Stalin de perseguir a todos aquellos que no están con la revolución. ¡Naturalmente! ¿Qué otra cosa debería hacer? La Unión Soviética se ha convertido en el faro al que todos dirigimos nuestras miradas, sabiendo que está alumbrando un mundo nuevo, un hombre nuevo. Los contrarrevolucionarios deben ser liquidados porque representan un peligro para el mundo que queremos crear.

Amelia refutaba su arenga contando pequeñas historias cotidianas durante su estancia en Moscú; sin embargo, el profesor Marchetti se mostraba inflexible en sus opiniones y la acusaba de carecer de la pasión de una verdadera revolucionaria.

—¿Revolución no es democracia? —le preguntó Amelia.

—¡Pero qué tiene que ver la revolución con la democracia burguesa! ¡Pues claro que no! Stalin sabe lo que hace, tiene que dirigir casi un continente, convencer a millones de personas de que ante todo son comunistas, que no importa dónde hayan nacido, que todos son iguales, que no hay más principios que los que marca el partido.

—He conocido a muchos comunistas y lo que me asombra es que han convertido el comunismo en un dogma y al partido en su Iglesia —replicó Amelia.

A pesar de las continuas disputas, ambos terminaron por congeniar y a instancias de Carla, Marchetti comenzó a hablar con confianza delante de Amelia, de manera que ésta empezó a conocer cómo se organizaba en la clandestinidad el Partido Comunista, cómo eran sus relaciones con los socialistas y otros grupos opositores al Duce, y sobre todo cómo, en ocasiones, desde Moscú se enviaban instrucciones que eran recogidas en Suiza.

La firma del Pacto Tripartito rubricado el 27 de septiembre por Alemania, Japón e Italia, supuso un paso más en el camino hacia la guerra total.

Los ensayos habían transcurrido sin contratiempos hasta que el 2 de octubre Carla amaneció con fiebre y tuvieron que suspenderse las clases con el profesor Marchetti.

Carla estaba enfurecida consigo misma por ser víctima de lo que en principio parecía una vulgar gripe que cursaba con afonía. El médico le ordenó guardar reposo para acelerar su recuperación, pero la diva era una enferma rebelde que, a pesar de las protestas de Vittorio para que se abrigara, se pasaba la mayor parte del día yendo de un lado para otro de la casa, envuelta en ligeras batas de seda. El día 8 de octubre Carla estaba sin voz. Una fuerte afonía se había adueñado de su garganta, lo que suponía una seria amenaza para el estreno de *Tristán e Isolda* previsto para el día 20.

Marchetti aconsejó a Vittorio que llamaran a un viejo otorrino ya retirado, el doctor Bianchi. El único problema es que éste vivía en Roma.

Vittorio se puso en contacto con él y le insistió en que viajara a Milán para atender a Carla, pero la esposa del médico se mostró inflexible:

—Mi marido está retirado, tiene artrosis y no voy a permitir que se ponga a viajar por nadie. Lo máximo que puede hacer es recibir a la señora Alessandrini aquí, en nuestra casa.

Fue tanta la insistencia de Marchetti sobre las habilidades del doctor Bianchi, que al final convenció a Carla para que viajara a Roma.

La diva apenas podía hablar y seguía con fiebre, pero finalmente aceptó ir a Roma temiendo que, de lo contrario, hubiera que retrasar el estreno de *Tristán e Isolda*.

La mañana del 10 de octubre salieron en coche en dirección a Roma. Amelia acompañaba a Carla en el asiento de atrás, mientras que Vittorio conducía y el profesor Marchetti iba a su lado.

El viaje resultó agotador para la enferma, y cuando llegaron a Roma le había subido la fiebre.

A Amelia le sorprendió el maravilloso ático que Carla tenía junto a la piazza di Spagna. El piso era espacioso y disponía de las mejores vistas de la ciudad.

Dos doncellas se ocupaban de que la casa estuviera en orden durante todo el año, y cuando llegaron todo estaba dispuesto para acogerles.

Amelia y Marchetti fueron acomodados en sus respectivas habitaciones de invitados. El profesor no perdió el tiempo en deshacer el equipaje, sino que telefoneó al doctor Bianchi conminándole a visitar de inmediato a la enferma.

—¡Pero si son las nueve de la noche! —protestó al otro lado de la línea la esposa de Bianchi.

—¡Como si son las cuatro de la mañana! Carla Alessandrini ha viajado para ser atendida por su esposo y el viaje ha agravado su estado. Tiene fiebre muy alta, suya será la responsabilidad si algo le sucede.

Una hora más tarde, el doctor Bianchi examinaba a la enferma.

—Tiene una gran infección en las cuerdas vocales. Necesita medicinas y reposo absoluto, no debe ni hablar.

—Pero ¿podrá cantar el día veinte? —preguntó Marchetti, temeroso de la respuesta.

—No lo creo, está muy mal.

—¡Hemos venido para que la cure! —protestó el maestro de canto.

—Y eso pretendo, pero no hago milagros —respondió el doctor Bianchi.

—¡Claro que los hace! Recuerdo que en 1920 usted logró curar en sólo tres días una terrible afonía que sufría Fabia Girolami.

—La señora Alessandrini no tiene una simple gripe acompañada de afonía, sino una gran infección en la garganta, en la faringe, en las cuerdas vocales, y eso requiere un tiempo de curación. Les haré una receta con los medicamentos que debe tomar, pero me preocupa la fiebre; si en un par de horas no le ha bajado, habría que trasladarla a un hospital. Ha sido una temeridad traerla desde Milán.

—¡Pero si ha sido por su culpa! —gritó Marchetti—. Si usted hubiera venido a Milán, ella no habría empeorado.

El doctor Bianchi aceptó quedarse un par de horas cerca de la enferma, pero se mantuvo inflexible: si no remitía la fiebre, habría que hospitalizarla.

A las doce de la noche Carla pareció caer en un delirio. La fiebre había aumentado y Vittorio no dudó en trasladarla al hospital, adonde llegaron acompañados del doctor Bianchi.

Éste expuso su juicio clínico a sus colegas del hospital, y sabiendo que estaba en buenas manos, se despidió prometiendo visitarla al día siguiente.

Ni Vittorio ni Amelia ni Marchetti se movieron de la habitación de Carla, que parecía debatirse entre la vida y la muerte. Hasta bien entrada la mañana del día siguiente los médicos no lograron bajarle la fiebre.

El doctor Bianchi cumplió con su compromiso de visitar a Carla todos los días.

Para Vittorio era evidente que Carla tardaría algún tiempo en estar en condiciones de cantar, de manera que canceló los compromisos adquiridos para los dos meses siguientes.

—Y ya veremos lo que pasa —dijo apenado.

El profesor Marchetti no quiso regresar a Milán. Se sentía responsable de Carla, era su padre musical, y le pidió a Vittorio que le permitiera permanecer en Roma. Amelia, por supuesto, no dudó ni un segundo en decidir que su lugar estaba al lado de su amiga, y no se movería del hospital.

La noticia sobre el estado de Carla se publicó en todos los periódicos. La diva no podía inaugurar la temporada de ópera de la Scala y además había cancelado otros muchos compromisos, de manera que la prensa estuvo muy pendiente de su enfermedad. Todos los días Vittorio informaba a los periodistas de la evolución de Carla, mientras que cientos de ramos de flores enviados por amigos y admiradores se amontonaban por todo el hospital.

El 18 de octubre Cecilia Gallotti se presentó en el hospital insistiendo en ver a Amelia. Por entonces Carla seguía ingresada, pero fuera de peligro. Cuando una enfermera asustada entró para decir que la señora Gallotti amenazaba con no irse del hospital hasta ver a la señorita Garayoa, Carla primero se enfadó, pero luego pareció recapacitar.

—Niña, ve a verla, o esa mujer es capaz de instalarse en el pasillo —dijo con apenas un hilo de voz.

—¡Por Dios, no hables! —le suplicó Amelia—. Te han dicho que no intentes hablar. ¡Pero si apenas tienes voz! Además, yo no quiero ver ni a Cecilia ni a nadie; ahora lo único importante es que te pongas bien.

Carla insistió. Sufría cada vez que pronunciaba una palabra, pero logró convencer a Amelia.

—Si me obligas a insistir me pondré peor.

Amelia bajó malhumorada al vestíbulo del hospital donde aguardaba Cecilia.

—¡Querida Amelia! ¡Me alegra volver a verla! Supongo que Carla habrá recibido las flores que le enviamos. Guido y yo estamos muy apenados por lo sucedido ¡Nos hacía tanta ilusión verla en el papel de Isolda! Pero se recuperará, seguro que se recuperará. Y usted, querida, ¿ha podido ver algo de Roma? He venido para invitarla a una cena en mi casa. Vendrá un grupo de amigos, personas de mucha confianza, y me gustaría tanto tenerla con nosotros...

Cecilia hablaba sin parar y parecía entusiasmada de poder contar con Amelia como invitada.

—Nos encantaría poder contar también con Carla y su esposo, pero estando como está la pobre, ni me lo planteo. ¿Tiene para mucho? Esperemos que no y pronto pueda recuperarse. Pero ¿usted vendrá? Por favor, Amelia, ¡dígame que vendrá!

En aquel momento llegó Vittorio, que venía de hablar con los médicos, y se acercó a saludar a las dos mujeres.

—¿Con quién está Carla? —preguntó preocupado.

—El profesor Marchetti se ha quedado en la habitación —respondió Amelia—. Pero ahora mismo subo con ella.

—Querido Vittorio —interrumpió Cecilia—, he venido para interesarme por su esposa, ya sabe cuánto la apreciamos. Sentimos tanto que no sea ella quien inaugure la temporada... Pero Amelia me dice que está mucho mejor y eso es una gran noticia. Precisamente he venido para invitar a Amelia a asistir a una cena en mi casa mañana. Una cena selecta, con amigos muy escogidos. ¿Cree que podrán prescindir de Amelia durante unas horas? Enviaré un coche a recogerla. ¿Le parece bien?

Amelia intentó protestar, sin éxito, y Vittorio, cansado de la cháchara de Cecilia, deseoso de que se marchara cuanto antes, se la quitó de encima asintiendo a todo lo que decía.

—Bien, bien... que Amelia vaya a su casa... le servirá de distracción... por mí no hay inconveniente.

Carla opinó lo mismo cuando le contaron el motivo de la visita de Cecilia.

—Tienes que ir —le dijo en un tono de voz que apenas era un susurro—, no olvides para lo que estás aquí.

—No tengo nada que hacer más importante que estar a tu lado —respondió con sinceridad Amelia.

—Lo sé, lo sé, pero debes ir.

A la hora prevista, el coche de los Gallotti pasó a recoger a Amelia para llevarla a la mansión que poseían en la via Appia Antiqua, una lujosa residencia protegida por un muro de las miradas indiscretas.

Los Gallotti habían reunido a quince personas alrededor de su mesa. Amelia se fijó en que era el mayordomo quien parecía ocuparse de todos los detalles y que Cecilia actuaba despreocupada, dejándole hacer.

Según le fueron presentando al resto de los invitados, fue dándose cuenta de que allí estaba reunida la flor y nata de la diplomacia del Duce.

Cecilia presentaba a Amelia como si de un trofeo se tratase.

—Permítame que le presente a la señorita Garayoa, es íntima de Carla Alessandrini, se aloja en su casa, ¿verdad, querida? Afortunadamente Amelia nos trae buenas noticias del estado de salud de Carla.

Amelia apretaba los dientes, molesta por la utilización que Cecilia hacía de Carla, y a duras penas contuvo el deseo de marcharse y dejar plantada a su anfitriona.

En los primeros momentos la conversación se centró en asuntos triviales, y no sería hasta bien mediada la cena cuando Guido, a preguntas de uno de sus amigos, hizo una revelación que puso en alerta a Amelia.

—El Duce le ha dicho a su yerno, nuestro querido Galeazzo, que está pensando en dar una buena lección a Grecia. Pero caballeros, les pido discreción. Nuestro Duce pretende sorprender a Hitler.

—¡Pero eso enfurecerá al Führer! —respondió un hombre de cabello canoso y bastante entrado en años.

—Sin duda, conde Filiberto, sin duda, pero el Duce sabe lo que hace. Quiere dejar claro al Führer que nosotros somos sus aliados, pero que también tenemos nuestros propios intereses.

—¿Y qué opina Galeazzo? —preguntó la mujer que estaba sentada junto al conde Filiberto.

—¡Pues qué cree usted! Naturalmente, apoya la decisión del Duce. Galeazzo está seguro de que Grecia no va a encontrar grandes apoyos. Desde luego, no puede contar ni con Turquía ni con Yugoslavia; en cuanto a los búlgaros, su rey apoya al Eje —respondió Guido Gallotti.

—Pero ¿y los ingleses? ¿Cree que los ingleses permanecerán de brazos cruzados? —preguntó otro de los comensales, un diplomático de mediana edad que respondía al nombre de Enrico.

—Cuando se enteren será demasiado tarde; además, bastante tienen con defender Londres de los ataques de la Luftwaffe —respondió Guido.

—Pero aún es una potencia naval... —murmuró el conde Filiberto.

—Pero Grecia está muy lejos de sus costas. No, no debéis temer nada, amigos míos, el Duce sabe lo que hace. —Guido se mostraba eufórico y tajante.

Amelia no se atrevía a decir palabra. Entendía más italiano del que sus anfitriones y los invitados a la cena creían, pero ella procuraba que pensaran que apenas les entendía porque eso les hacía hablar con más tranquilidad.

—¿Y qué opinan de esta aventura los jefes del Ejército? —preguntó otra de las invitadas, una mujer madura, con los brazos llenos de pulseras y las manos cargadas de sortijas.

—Romana, ¡tú siempre tan perspicaz! —comentó Enrico.

—No dudo de la clarividencia del Duce —respondió Romana con un deje de ironía en la voz, pero es el Ejército quien debe decir si estamos o no en condiciones de enfrentarnos a los griegos; las batallas son para ganarlas, si no, mejor quedarse en casa.

—¡Vamos, vamos! Les contaré cómo están las cosas, pero insisto en que mantengan la confidencialidad. Tenemos agentes en Grecia que han comprado voluntades; sí, queridos amigos, un dinero que ha llegado a las manos adecuadas, y eso ayudará a que se produzca una reacción en favor de Italia —añadió Guido con una mueca de complicidad.

—El dinero puede comprar algunas voluntades pero no todas. Conozco bien a los griegos, ya sabéis que durante años hemos veraneado en Grecia, y dudo mucho que vayan a recibirnos con vítores y aplausos. Lo harán los que hayan recibido sobornos, pero no el resto. Los griegos son muy patriotas —replicó la mujer.

—Confidencia por confidencia, yo también puedo contaros algo —quien así habló fue un hombre que hasta ese momento había permanecido prudentemente callado y que respondía al nombre de Lorenzo.

—¡Ah! ¿Y qué es eso que sabes que ni siquiera a mí me lo has contado? —preguntó una mujer de aspecto imponente moviendo su negra melena y clavando los ojos color carbón en el hombre que acababa de hablar, y que resultó ser su esposo.

—No sabía que... en fin, pensaba que la decisión del Duce era alto secreto —afirmó el tal Lorenzo a su esposa.

—Bueno, pues cuéntanos... —le instó su esposa.

—Por lo que sé, en el Estado Mayor del Ejército hay alguna reticencia a la operación —dijo Lorenzo.

—¿Por qué? —se interesó Romana.

—Entre otras razones, porque los informes de nuestro embajador en Atenas no son tan optimistas como los de nuestro querido Galeazzo, y creen que será necesaria una fuerza de ataque muy importante —respondió Lorenzo.

—¿Y para cuándo está prevista la operación? —quiso saber Enrico.

—Es cuestión de días —reveló Guido.

—Lo que no termino de entender es por qué el Duce no se lo dice a Hitler —insistió el conde Filiberto.

—Está harto; sí, está harto de que el Führer haga una política de hechos consumados. Somos sus aliados, pero jamás cuenta con nosotros a la hora de actuar, nos enteramos cuando él quiere. El Duce va a darle de su misma medicina. Además, Hitler no tendrá más remedio que apoyarnos. Pero tranquilícese, conde; por lo que sé, el Duce va a escribir a Hitler anunciándole el ataque, aunque cuando la carta llegue a Berlín ya estaremos en Grecia.

—¡Que Dios nos coja confesados! —murmuró Romana.

Amelia llegó después de medianoche a la casa de Carla, en la cercana piazza di Spagna. Temblorosa, no sabía qué hacer. Era consciente de la importancia de aquella información. Pero ¿cómo iba a dejar a Carla en esas circunstancias?

A primera hora se presentó en el hospital para ver a Carla. Vittorio se frotó los ojos enrojecidos cuando la vio.

—Qué bien que has venido tan temprano; si me relevas, iré a casa a dormir un poco y a cambiarme de ropa —le dijo a modo de saludo.

Cuando Vittorio se marchó, Amelia se acercó a la cama de Carla.

—Lo siento, pero debo ir a Madrid de inmediato.

Carla entreabrió los ojos y los clavó en Amelia. Le tendió la mano y Amelia la cogió entre las suyas y la apretó.

—¿Volverás? —preguntó la enferma con un hilo de voz.

—Sí, al menos es lo que pretendo.

—¿Qué ha pasado?

—Anoche escuché en casa de Guido y Cecilia que el Duce es partidario de llevar a cabo una operación contra Grecia.

—Ese hombre es un loco... —musitó Carla.

—¿Me perdonas?

—¿Qué he de perdonarte? Cuanto antes te vayas, antes podrás regresar —la animó Carla, esforzándose por sonreír.

Amelia tuvo suerte, porque dos días después volaba un avión a Madrid. Cuando llegó, se dirigió de inmediato a la dirección que le había dado el comandante Murray, una casa situada cerca del paseo de la Castellana, la misma a la que enviaba sus cartas.

Amelia se preguntó quién viviría realmente en aquella casa. Para su sorpresa, le abrió la puerta una mujer entrada en años con un ligero acento que no supo identificar.

—¿La señora Rodríguez? —preguntó Amelia a aquella mujer que la observaba en silencio.

—Soy yo, ¿y usted quién es?

—Amelia Garayoa.

—Pase, pase, no se quede en la puerta.

La mujer la invitó a entrar y le pidió que la siguiera hasta un amplio salón desde cuyos ventanales se divisaba la calle. La estancia estaba sobriamente decorada: un sofá, un par de sillones orejeros, una chimenea y mesitas bajas en las que sobresalían marcos de plata con fotografías.

—¿Tomará usted el té? —preguntó la señora Rodríguez.

—No quiero causarle molestias.

—No se preocupe, lo prepararé en un momento.

La mujer desapareció y regresó al cabo de unos minutos con una bandeja con el té y un plato de *plum cake*.

—Pruébelo, lo hago yo misma.

—Creo que usted puede ponerme en contacto con un amigo… el señor Finley —dijo Amelia, bajando la voz.

—Desde luego, ¿cuándo quiere verle?

—Si pudiera ser hoy mismo…

—¿Tan urgente es?

—Sí.

—Bien, entonces haré cuanto pueda. Si lo desea puede esperarme aquí.

—¿Aquí? Había pensado en ir a mi casa…

—Si es tan urgente, seguramente el señor Finley vendrá a verla de inmediato, y no es conveniente ir de un lado a otro. En Madrid hay muchos ojos que ven lo que ni siquiera suponemos. Le diré a mi doncella que la atienda mientras estoy fuera, que no será por mucho tiempo. Es mejor así.

La señora Rodríguez agitó una campanilla de plata y poco después acudió una doncella perfectamente uniformada.

—Luisita, voy a salir un momento. Atiende a la señora, no tardaré mucho.

La doncella asintió aguardando que Amelia le diera alguna instrucción, pero ella le aseguró que no necesitaba nada y que esperaría el regreso de la dueña de la casa.

La espera se le hizo eterna. La señora Rodríguez tardó una hora en regresar y encontró a Amelia preocupada.

—Estese tranquila, el señor Finley vendrá a visitarla.

—¿Aquí?

—Sí, aquí. Es lo más discreto. En esta casa no hay ojos extraños. Mejor así. ¿Quiere tomar otro té o cualquier otra cosa?

—No, no... quizá... bueno, no...

—¿Qué me quiere preguntar? —Parecía que la señora Rodríguez pudiera leer el pensamiento de Amelia.

—Es sólo curiosidad, pero ¿es usted de aquí?

—¿Española? No, no lo soy, aunque hace más de cuarenta años que vivo en Madrid. Mi esposo era español, pero yo soy inglesa. Algunas personas aún notan un ligero acento cuando hablo.

—Pero es casi imperceptible, y si usted me hubiese dicho que era madrileña, la habría creído a pies juntillas.

—En realidad es como si lo fuera. Cuarenta años en un país hacen que lo sientas como tuyo. Sólo he estado fuera durante la guerra. Mi marido se empeñó en que regresáramos a Londres y, desgraciadamente, cuando regresamos murió.

—Y usted colabora con...

—Sí, un viejo amigo de la familia me pidió si podía ayudarles permitiendo que llegaran a mi domicilio ciertas cartas que yo debería entregar al señor Finley. Acepté sin dudarlo. Sé que lo que está ocurriendo en estos momentos es más importante de lo que pensamos. Además, soy una ferviente admiradora de Churchill.

Un buen rato después, la doncella anunció al señor Finley.

—Pase, pase, señor Finley, quiero presentarle a una amiga, la señorita Garayoa.

—Soy el comandante Jim Finley, es una sorpresa conocerla.

—Bien, les dejo para que hablen —dijo la señora Rodríguez, saliendo del salón.

Cuando se quedaron a solas, Amelia no perdió ni un segundo y le contó a Finley lo que había escuchado en casa de los Gallotti.

Cuando concluyó su relato, Jim Finley le hizo un sinfín de preguntas hasta estar seguro de que había entendido en su justa dimensión la información de Amelia.

—¿Qué debo hacer ahora? —quiso saber ella.

—Regresar a Roma. Ha hecho bien viniendo aquí. La información es muy importante y debe intentar completarla cuanto antes —respondió Finley.

—Lo intentaré, pero no sé si tendré tanta suerte como para poder escuchar otra confidencia como la que les he trasladado.

—Cultive su amistad con la señora Gallotti, seguro que a ella le gustará presumir ante usted de que sabe lo que está pasando.

—No sé si Guido Gallotti le contará a Cecilia los pormenores de su trabajo.

—Tiene que intentarlo. Pero ahora vaya a ver a su familia, es su mejor coartada para justificar el viaje a Madrid. Los italianos no son tan neuróticos como los alemanes con la seguridad, pero mejor evitarse sorpresas. Claro que no podrá quedarse más que el tiempo imprescindible para asegurar su coartada. Debe regresar a Roma cuanto antes.

—La próxima vez que tenga una información urgente, ¿qué debo hacer?

—Tengo el teléfono de un amigo en Roma, pero sólo debe utilizarlo en caso de que le sea imposible venir a Madrid y ponerse en contacto conmigo directamente.

—¿Quién es ese amigo?

—Un artista que adora Roma. Es pintor, escultor... hace de todo un poco.

—¿Italiano?

—Suizo.

—¿Suizo?

—Sí, su hermano pertenece a la Guardia Suiza. La familia se instaló en Roma hace años. Él es el artista de la familia.

—¿Y trabaja para el Almirantazgo?

—Es un hombre singular, que tiene principios... y que además le pagamos bien. Pero le insisto en que sólo debe establecer contacto con él si la situación es extraordinaria; de lo contrario, es mejor que venga a España.

Amelia siguió las instrucciones al pie de la letra y, muy a su pesar, sólo permaneció una semana con su familia. Como Finley había dicho, eran su coartada.

Cuando regresó a Roma, Carla aún permanecía en el hospital, aunque en las últimas horas parecía haber mejorado.

Vittorio mostró gran alegría cuando vio entrar a Amelia en la habitación. Carla echaba de menos los cuidados de su amiga; tenerla cerca le alegraba el corazón.

Mateo Marchetti también pareció alegrarse con el regreso de Amelia.

—Llevo dos días sin discutir con nadie —dijo a modo de saludo, sonriendo.

Carla pidió a los dos hombres que se fueran a descansar y la dejaran con su amiga. Estaba ansiosa por saber qué había pasado.

—Me han pedido que profundice la relación con los Gallotti. Los británicos creen que una acción de Italia contra Grecia prolongaría aún más la guerra.

—Tendríamos que impedirlo —murmuró Carla.

—¿Crees que si llamo a Cecilia sospechará algo?

—No lo creo, estará encantada de que lo hagas. Dile que

quieres invitarla a almorzar como cortesía por su invitación a cenar. Seguro que te cuenta todo lo que quieras.

—Si es que sabe algo…

—Seguro que sí, no conozco a ningún hombre maduro que no se pavonee delante de una mujer más joven.

—Pero Cecilia es su mujer —respondió Amelia, riendo.

—Sí, la que le da de comer, de manera que le viene bien hacerse el importante delante de ella.

Siguiendo el consejo de Carla, Amelia invitó a almorzar a Cecilia Gallotti. La mujer aceptó encantada.

Amelia eligió un restaurante muy popular del Aventino, el Checchino dal 1887, a través de cuyos cristales se filtraban los últimos rayos del sol otoñal.

Tras interesarse por la salud de Carla Alessandrini, las dos mujeres hablaron de asuntos intrascendentes. Amelia no sabía cómo dirigir la conversación para que Cecilia le hiciera alguna confidencia de cariz político; sin embargo, fue la propia italiana la que abordó la cuestión.

—No sabe cómo me alegro de que me haya invitado a almorzar precisamente hoy. Guido lleva dos días encerrado en el ministerio, están preparando… bueno, a usted se lo puedo decir, en realidad fue Guido quien lo contó en casa. Vamos a invadir Grecia. Además, está dejando de ser un secreto, ya hay mucha gente que está en el ajo.

—¿Y cree que Italia está preparada para esta empresa? Atacar a Grecia significa entrar de lleno en la guerra.

—Sí, será pan comido. Por lo que le he oído decir a Guido, atacarán por el Épiro… sí, creo que se llama Épiro por donde van a atacar. Y tenemos fuerzas suficientes para hacerlo; imagina que para una cosa así se necesitan al menos una veintena de divisiones, pero los griegos están tan atrasados que no harán falta más que seis divisiones.

—¡Cuánto sabe de estrategia militar!

—No crea, nada sé de la guerra, ni me interesa, pero a fuerza de escuchar, algo queda. El otro día Guido discutía con el conde Filiberto sobre lo de las divisiones, y mi marido dijo que el Estado Mayor cree que no son necesarias más que las seis divisiones que están en Albania al mando del general Visconti Prasca. Le aseguro que es un gran general.

—¿Y qué dirá Hitler?

—El Duce es un genio. Le ha enviado una carta para informarle, pero como Hitler está en París, no la recibirá hasta su regreso. Él no podrá reprochar a Mussolini que no le haya informado, pero al mismo tiempo el Duce ha tomado la decisión más conveniente para Italia y sin el permiso del Führer. Ya verá cómo en pocas semanas nos hemos hecho con Grecia. Le he dicho a Guido que, en cuanto la ocupación sea un hecho, debemos ir de viaje. Siempre he sentido una gran curiosidad por visitar el Partenón, ¿y usted?

—Desde luego, me encantaría.

—¡Entonces lo haremos! ¡Iremos a Grecia juntas! Todos los amigos de Guido son tan mayores... Me gusta tener cerca a alguien de mi edad. Pero ¿podrá dejar a Carla?

—Espero que continúe recuperándose, ya le he dicho que ha mejorado mucho en los dos últimos días; si sigue así, el médico pronto le dará el alta. Confío en que sea cierto.

—¿Y no podría venir con nosotras? Le vendría bien un viaje después de lo que ha sufrido, ¿por qué no se lo dice?

—Buena idea, lo haré, aunque dependerá de lo que le permitan hacer los médicos, está muy débil...

Al terminar el almuerzo, Amelia se dirigió a casa de Carla. Allí escribió en clave cuanto le había contado Cecilia. Era necesario que el comandante Murray supiera cuanto antes que el Duce planeaba invadir Grecia por el Épiro. Al terminar de escribir el mensaje, no dudó en dirigirse hacia el Trastévere; allí buscó la piazza di San Cosimato, donde Jim Finley le había indicado que vivía el suizo cuyo hermano era guardia del Papa.

El estudio artístico de Rudolf Webel ocupaba la planta baja de un edificio que parecía a punto de derrumbarse. La puerta estaba entreabierta y Amelia la empujó. Se encontró a un hombre de mediana edad, alto, de ojos azules, con la barba tan rubia como el cabello, ensimismado mirando a una mujer cuyo cuerpo cubría una tela púrpura.

—¿Quieres estarte quieta, Renata? Así no puedo trabajar —gruñó el hombre.

—¡*Caro*, tienes visita! —indicó Renata, estirando cuanto pudo la tela.

—Pues que se vaya, porque ahora estoy ocupado —respondió el suizo sin siquiera mirar a la intrusa.

—Perdone, señor Webel, pero ¿podría hablar con usted? —pidió Amelia.

—No, no puede. Lárguese por donde ha venido. ¿No ve que estoy trabajando?

—Siento molestarle, pero insisto en hablar con usted. Me envía un amigo suyo de Madrid.

—¿De Madrid? No tengo amigos allí, o a lo mejor sí, pero ahora lo único que quiero es que se largue. Vuelva otro día.

—Si no le importa, esperaré aquí hasta que termine —respondió Amelia con terquedad.

Rudolf Webel se volvió enfurecido para mirarla. Nunca había permitido que nadie le contrariara en lo más mínimo. Se extrañó al encontrar a una mujer joven que le plantaba cara, dispuesta a no ceder.

—No es bienvenida, ¿cómo quiere que se lo diga?

—No pretendo que me dé la bienvenida, sólo que me escuche.

—Pero ¿por qué no la escuchas? —le gritó Renata.

—¡Porque sólo hablo cuando quiero y con quien quiero!

—No lo creo, señor Webel, estoy segura de que hasta usted a veces tiene que hablar con quien no desea. Y no me haga insistir más. Tengo algo urgente que comentarle. Le aseguro que si por mí fuera nunca le habría elegido como interlocutor.

—¡Me ha cortado la inspiración! —gritó él.

Amelia se encogió de hombros al tiempo que la modelo se ponía en pie envuelta en la tela púrpura.

—Habla con la *signorina* y déjame descansar un rato. Además, tengo frío. Quizá deberías hacer las esculturas de desnudos en verano.

—Pero ¿tú te crees que un artista se tiene que adaptar a las exigencias de la modelo? ¡Si tienes frío te aguantas, para eso te pago!

—¿Pagarme? Pero si la pasta que hemos comido hoy la ha traído mi madre. Si fuera por ti, estaríamos muertos de hambre.

Renata salió de la sala y los dejó a solas. Webel siguió sin prestar atención a Amelia, observando el bloque de mármol que estaba convirtiendo en el cuerpo pálido de la modelo.

—¿Me va a escuchar o no? —insistió Amelia.

—¿Qué quiere?

—Jim Finley me dijo que viniera a verle si no tenía otra opción, y desgraciadamente no la tengo.

—Ese Finley es un liante.

—Dígaselo a él, lo que me extraña es que confíe en usted.

—Y no lo hace, digamos que no tiene demasiadas opciones en esta ciudad, de manera que tendrá que arreglárselas conmigo. Y ahora dígame qué quiere.

—Tiene usted que llevar una carta a Suiza, hoy mismo.

—Hoy no puedo —respondió, desafiante.

—Señor Webel, a mí no me impresiona nada su actitud, de manera que deje de interpretar su papel de artista y haga lo que le estoy pidiendo. Esto no es un juego y usted lo sabe.

A Webel le sorprendió el tono enérgico de Amelia. Le clavó los ojos y lo que vio fue a una mujer joven, sí, pero con una mirada que reflejaba lo mucho que había vivido.

—Está bien, llevaré su carta a Berna. ¿La tiene aquí?

Amelia le entregó la carta, pero Webel ni siquiera la miró. Se la guardó en el bolsillo del pantalón.

—¿Dónde la busco si hay respuesta?

—Le buscaré yo a usted. Si le parece, pasaré por aquí dentro de unos días.

—No me gusta que vengan a husmear en mi casa.

—No siento ningún deseo de husmear nada y menos si tiene que ver con usted. Y ahora le repito que no se entretenga, es necesario que esa carta llegue cuanto antes a su destino.

Webel le dio la espalda mientras se perdía en el fondo de la estancia. Amelia salió cerrando la puerta y preguntándose cómo Finley podía confiar en un hombre como aquél.

En la madrugada del 28 de octubre, el embajador italiano en Atenas se presentó en la residencia del presidente Metaxas para entregar una notificación formal instando a que autorizaran la entrada de tropas italianas en el territorio heleno. La respuesta del presidente griego fue inequívoca: No.

Pero el general Metaxas hizo algo más que decir «no» a la demanda de los italianos: también solicitó la ayuda de Gran Bretaña. Mientras tanto, la División Julia cruzaba la frontera entre Albania y Grecia. El plan del Estado Mayor italiano consistía en enviar a parte de sus fuerzas a través de la cordillera del Pindo en dirección a la Tesalia, al tiempo que otras divisiones se dirigían directamente hacia Ioánnina para, desde allí, controlar el Épiro; las restantes tropas iniciaron la marcha hacia Macedonia.

Mussolini estaba eufórico. Por fin podía presentarse ante el Führer y presumir de la iniciativa tomada.

Con lo que no contaba el Duce era con que los griegos lucharan heroicamente para defender la independencia de su patria. El jefe del Estado Mayor griego, el general Alexandro Papagos, había concentrado en Macedonia el grueso de sus tropas e hizo retroceder a las unidades italianas. Aunque las fuerzas italianas avanzaban en el Épiro, Papagos consiguió cercar a la famosa División Julia, diezmándola.

A principios de noviembre la ayuda británica se materializó atacando y destruyendo parte de la flota italiana que estaba fondeada en el puerto de Tarento.

La Royal Navy mandó despegar del portaviones *Illustrious* a algunos de sus biplanos, los Fairey Swordfish, que se apuntaron un gran éxito al destruir buena parte de los barcos de la Marina italiana.

A mediados de noviembre ya era evidente que el Duce podía perder su guerra contra Grecia.

Carla Alessandrini continuaba su recuperación, pero ya en su casa de Roma. Amelia permanecía a su lado mientras seguía cultivando la amistad del matrimonio Gallotti. Cecilia se había convertido en una inagotable fuente de información y Guido parecía contento de la amistad de su mujer con la española, a la que consideraba una franquista convencida. En realidad lo dio por supuesto porque Amelia siempre evitaba hablar de política, prefería hacerles creer que no le interesaba demasiado.

Inesperadamente, una mañana, Albert James se presentó en la casa de Carla en Roma. Amelia sintió una gran alegría al verle. Carla, generosa como era, insistió en acogerlo como invitado. Albert se resistió cuanto pudo, deseaba estar a solas con Amelia, pero pronto él comprendió que para Carla era importante tener cerca a Amelia, a quien quería como si fuera una hija.

Cuando por fin pudieron estar a solas, Albert le confesó que estaba allí para llevarla de vuelta a Londres.

—Ahora no me puedo ir —se excusó Amelia—; no sólo es por mi misión, también por Carla.

—Creo que mi tío Paul debe de tener otros planes. No me los desveló, pero me envió al comandante Murray con una carta para ti.

—¿Y has venido por eso?

—No, he venido para verte, para estar contigo, porque te

quiero. Nada más. Pero debo confesarte que me alegra que te ordenen regresar a Londres, aunque conociendo al tío Paul y a Murray, supongo que no te van a dejar mucho tiempo tranquila.

Amelia presentó a Albert a los Gallotti, quienes se mostraron entusiasmados de conocer al famoso periodista a pesar de que Guido había leído algunos de sus artículos y sabía de sus críticas a Hitler y al propio Mussolini. Aun así, la pareja parecía complacida de poder mostrarse con un periodista norteamericano. Guido incluso le gestionó una entrevista con el ministro de Exteriores yerno de Mussolini, Galeazzo Ciano.

Amelia no pudo ignorar las órdenes recibidas en la carta del comandante Murray. Tenía que regresar a Londres por más que le costase separarse de Carla.

—¿Por qué no lo dejas todo y vives con nosotros? —le propuso ésta.

—¿Me vas a adoptar? —respondió Amelia riendo.

—¡Ojalá! No me importaría, ni tampoco a Vittorio. Eres la hija que nos hubiera gustado tener. Vamos, piénsatelo, puedes hacer muchas cosas a mi lado, y ser igual de útil a tus amigos de Londres desde Roma. En cuanto a Albert... no te propondría que te quedaras si supiera que estás enamorada de él, pero no lo estás, le quieres, sí, pero no como quisiste a Pierre.

Amelia sintió una punzada de dolor. Sí, había amado a Pierre, y le había amado tanto que sabía que ya nunca más podría querer de igual modo a ningún otro hombre, aunque Pierre había destrozado su inocencia, había pisoteado el amor que le profesaba y le había dejado una cicatriz tan profunda en su corazón que le dolería el resto de su vida.

—Haré todo lo posible por regresar. Como tú dices, puedo ser útil desde Italia.

—Estoy segura de que ya lo has sido —respondió Carla.»

—Fin de la historia.

Francesca bostezó. Parecía cansada. Yo no la había interrumpido ni un solo segundo, dejando que se explayara.

—Bueno, Guillermo, ahora tienes que seguir buscándote la vida.

—¿Esto es todo?

—Al menos por ahora. Por lo que sé, tienes que reconstruir la historia de Amelia Garayoa paso a paso, sin saltarte nada. Bueno, pues ya te he contado qué es lo que hizo tu bisabuela a finales de 1940 en Italia. Te aseguro que no tengo ni idea de lo que pasó a continuación. Naturalmente, te puedo contar lo que hizo Carla, que al fin y al cabo es quien a mí me importa.

—¿Amelia volvió a Roma?

—Se marchó en diciembre de 1940. Si continúas avanzando, es posible que vuelva a verte. Pero para que la investigación tenga sentido, no puedes dar un salto en el tiempo.

—El profesor Soler te tiene muy bien aleccionada —protesté yo.

—Lo único que me ha pedido es que te ayude todo cuanto pueda, pero que no te cuente nada que te haga dar saltos cronológicos, porque lo importante es que seas capaz de relatar todas y cada una de las cosas que hizo Amelia Garayoa.

—Pero sería más fácil que tú me contaras todo lo que sabes de ella, luego ya me encargaré yo de montar el puzle.

—Pues no lo voy a hacer, de manera que...

De manera que me despidió aunque ambos sabíamos que volveríamos a vernos. Regresé a Londres sin pasar por España. Prefería intentar avanzar en la investigación. Además, había recibido una llamada de lady Victoria anunciándome que estaba a mi disposición para volver a hablar de nuevo conmigo y, teniendo en cuenta que su prioridad era el golf, yo no podía desaprovechar su buena disposición.

11

En esta ocasión lady Victoria me invitó a almorzar en su casa porque me dijo que así dispondríamos de más tiempo para hablar.

Al verla volví a pensar que se trataba de una mujer impresionante. Parecía sincera al interesarse por mi investigación. Le conté hasta el punto donde me había dejado Francesca.

—Así que se ha quedado usted en diciembre de 1940... —murmuró mientras revisaba un cuaderno.

—Sí, creo que Amelia regresó a Londres con Albert James.

—Sí, así fue, y luego se fueron a Estados Unidos.

—¿A Estados Unidos? Pero ¿por qué? —pregunté irritado. Me fastidiaba el trajín de mi bisabuela de un lugar a otro. Me estaba resultando agotador seguir sus pasos por medio mundo.

—Pues porque lord James le pidió un favor a su sobrino y éste insistió en que sólo se lo haría si lo acompañaba Amelia. Está todo aquí, en este cuaderno —dijo lady Victoria señalando la cubierta.

—¿Puedo verlo?

—En realidad es parte del diario de lady Eugenie, la madre de Albert. Gracias a ella tenemos la información de lo que pasó. No sé si se lo he dicho, pero Eugenie escribía todos los días en estos cuadernos. Era su manera de desahogarse. Albert no dejaba de darle disgustos por su negativa a romper con Amelia para casarse con lady Mary Brian. ¿Está preparado?

Asentí. Sabía que lo mejor que podía hacer era escuchar sin interrumpirla hasta que se cansara de hablar.

«Winston Churchill estaba empeñado en lograr la colaboración de Estados Unidos. Sabía que Gran Bretaña no podía ganar la guerra sin su ayuda e intentaba convencer por todos los medios al presidente Roosevelt de que les prestara su apoyo. El Reino Unido estaba en quiebra y necesitaba dinero con urgencia para hacer frente a los cuantiosos gastos de la guerra.

Lord James había pensado que puesto que su hermano Ernest era un próspero hombre de negocios en Estados Unidos, su cuñada Eugenie reunía en su salón a lo más granado de la sociedad neoyorquina y Albert era un periodista influyente, pues que podía utilizar a su familia para convencer a los prohombres de Washington de que su ayuda era imprescindible para vencer a Hitler.

Ernest y Eugenie aceptaron con entusiasmo convertirse en embajadores extraordinarios de su patria, en tanto que Albert se comprometió a dar una serie de conferencias por todo Estados Unidos para hablar del peligro que significaba Hitler, pero insistió en que Amelia debía acompañarle.

Escuche lo que Eugenie escribió en su diario:

> «Albert llega mañana. Mi cuñado Paul lo ha convencido. ¡Menos mal! Incluso Ernest, tan comprensivo siempre con nuestro hijo estaba furioso por su negativa a implicarse en lo que está pasando. Claro que nos hace pagar un precio gravoso: viene con esa Amelia que para mí se ha convertido en una pesadilla. ¿Cómo la presentaré a nuestras amistades? No puedo decir que es la prometida de Albert, puesto que es una mujer casada. Tampoco quiero presentarla como una amiga de la familia. No sabemos nada de ella y, por lo que a mí respecta, opino que es sólo una aventurera por más que Paul le haya dicho a Ernest que Amelia ha hecho algunas cosas útiles. No sé qué cosas, pero seguro que no serán tan importantes como Paul le ha hecho creer a Ernest. Sea lo que sea que haya hecho esta chica, eso no la exime de no

ser una don nadie. Albert dice que Amelia es de buena familia, pero ¿qué clase de familia es la que le permite a una hija abandonar a su marido y a su hijo?

No será fácil soportar los chismorreos sobre Albert por su cabezonería insistiendo en instalar a Amelia en su apartamento de Nueva York, lo mismo que hizo en Londres. Mi hijo amancebado con esa española… ¡lo que llegarán a decir!»

«Si no fuera porque es mi hijo, no le recibiría nunca más. Se ha presentado en casa con Amelia y eso que su padre le había insistido en que tenían que hablar a solas. Pero Albert es así de cabezota. El almuerzo me ha resultado insoportable. Esa chica no dejaba de mirarme y Albert sólo está pendiente de ella. Lo peor es que Ernest se ha reunido a solas con Albert y he tenido que estar cerca de una hora con esa cualquiera. Le he preguntado si había leído a Shakespeare y me ha dicho que no. Me lo imaginaba. Sus gustos musicales tampoco son extraordinarios, aunque al parecer es capaz de interpretar al piano algunas piezas de Mozart, Chopin y Liszt. No sé qué es lo que mi hijo ve en esta mujer. Es desesperante.»

«Ernest me ha dicho que Albert ha tenido un gran éxito en Washington. Han acudido a escucharle algunos amigos del presidente Roosevelt y también algunos hombres de su equipo. Creo que se han quedado preocupados por lo que le han oído contar. Parece mentira que a los norteamericanos les cueste entender que Hitler es un peligro también para ellos. Si no fuera por Winston Churchill, Hitler se convertiría en el amo del mundo, es lo que aquí no quieren ver, aunque Ernest me asegura que Roosevelt se muestra muy receptivo a cuanto le dice Churchill.»

«¡Qué vergüenza! La señora Smith ha venido a verme. La muy bruja sólo quería decirme lo que yo ya sé, que la presencia de Amelia es un escándalo y que Albert debería tener respeto a las buenas familias y no presentarse con ella en todas partes.

Le he dicho a la señora Smith que quizá debería preocuparse de lo que hace su hija Mary Jo, porque en la cena de los Vanderbilt no dejó de coquetear con el mayor de los hijos de los Miller. Sé que no me perdonará el comentario, pero no se me ocurría otra cosa para pararle los pies. No puedo consentir que venga a mi casa a criticar a mi hijo.»

«Si no me lo hubiera contado Ernest, jamás lo habría creído. Albert le ha pedido a Amelia que también ella dé charlas sobre lo que está pasando en Europa. Al parecer se llenan las salas para escucharla, aunque sé bien que es por verla a ella, para saber qué clase de mujer es la que ha hecho perder la cabeza a Albert.

Ernest dice que la buena sociedad de San Francisco se ha rendido a Amelia y que la reciben en todas las casas importantes. Parece que Amelia está dando charlas en los clubes femeninos porque Albert cree que las esposas somos capaces de convencer de cualquier cosa a nuestros maridos.

Dentro de dos días regresarán a Nueva York. Ernest quiere que organice una gran cena para invitar a todos nuestros conocidos y quiere que Albert haga un discurso.»

«La cena ha sido un éxito, aunque estoy agotada. Ha venido todo el mundo; creo que, salvo Roosevelt, hemos tenido a todo aquel que es alguien en la Casa Blanca.

Albert ha estado sublime. ¡Qué manera de explicar lo que es ese cabo austríaco, Adolf Hitler! A las señoras las ha asustado y a los caballeros les ha dado que pensar. Ernest dice que Roosevelt necesita que le den unos cuantos empujoncitos para que se muestre más dispuesto a ayudar a Inglaterra. En realidad ya ha comenzado a hacerlo. Para algunos de nuestros amigos la guerra es una buena oportunidad para hacer negocios, porque naturalmente la ayuda que se preste a Inglaterra de una u otra manera tendrán que pagarla. Los norteamericanos son muy prácticos, pero yo me alegro de que mi hijo les haya dado argumentos para que entiendan lo que está pasando en Europa.

Albert les habla como si fuera uno de ellos, y es que este hijo mío es más norteamericano que irlandés y eso que toda su sangre viene de Irlanda. Incluso dice que comprende a Roosevelt porque un gobernante debe evitar la guerra a no ser que sea inevitable.

Lo que no me esperaba es que en esta ocasión le pidiera a Amelia que hablara, y ella, que no muestra ningún pudor, no ha dudado en dirigirse a nuestros invitados. En mi opinión, ha estado poco acertada contando la historia de esa amiga suya, Yla, hija del socio de su padre, que tuvo que huir de Berlín, o de esa Rajel. Parece que Amelia sólo tiene amigas judías. No es que yo tenga nada en contra de los judíos, muchos de nuestros mejores amigos lo son, pero tal y como cuenta las cosas Amelia parece que lo peor de Hitler es que no le gustan los judíos. La española simplifica mucho.

He tenido que cortar varios comentarios sobre Amelia y Albert, y es que la gente se empeña en preguntar si son algo más que buenos amigos, como si no fuera evidente que ella es la amante de mi hijo. Toda esta situación es muy desagradable, pero Albert se niega a escuchar ni una sola palabra sobre Amelia.»

«Qué bochorno: Albert se ha peleado con el mayor de los Miller, y además en su casa. Los Miller habían organizado una cena de despedida para Albert, que en unos días regresa a Londres. Todo iba perfectamente hasta que Bob, el hijo mayor de la familia, ha insistido a Amelia para que bailara con él. El chico estaba un poco bebido pero Amelia se ha comportado como una virgen negándose a bailar. Bob no se ha conformado con la negativa, la ha agarrado de un brazo y ha insistido para que bailara con él. Amelia se ha puesto histérica pidiendo que la soltara y Albert ha acudido en su ayuda propinándole un puñetazo a Bob. Mi hijo se ha puesto en evidencia, nos ha avergonzado a todos. La fiesta no ha podido terminar peor. El señor Miller y Ernest han tenido que intervenir para parar la pelea, y nos hemos tenido que ir en medio de los murmullos de los invitados. Amelia estaba pálida, aunque no creo que sienta en absoluto lo sucedido. Ahora todos nos criticarán y lo peor es que esto llegará hasta Londres. Nuestros amigos son muy generosos aceptando que Albert se presente en sus casas con Amelia, pero después de este incidente seguro que no volverán a invitarnos más.»

«Le pedí a mi hijo que viniera a verme y hoy ha venido para despedirse. Menos mal que ha tenido el acierto de no traer a Amelia. Aunque Ernest me había pedido que no discutiera con Albert, ninguno de los dos hemos podido evitarlo. Le he rogado que termine de una vez con esta situación, que no puede pretender respeto para una mujer que no se respeta a sí misma. Mi hijo me ha dicho que jamás me perdonará que diga eso de Amelia, que según él es la mujer más íntegra y valiente que ha conocido.

No sé qué le ha dado para tenerle así, pero está desconocido, sólo le preocupa ella.

Mi hijo me ha dicho que si no acepto su situación con Amelia, dejará de visitarnos. Lo peor es que ha sido sincero cuando me lo ha dicho. Esa mujer nos va a destruir a todos. Ya lo está haciendo con Albert y ahora quiere destruir a nuestra familia.

Albert se ha ido sin darme un beso, es la primera vez en toda su vida que al despedirse no me lo da. Mañana regresan a Londres.»

Albert y Amelia regresaron a Londres a principios de marzo de 1941. Su viaje fue un éxito, o así lo creyó lord Paul James. En las altas esferas políticas y económicas de Washington parecía que muchas de las ideas expuestas por Albert habían calado hondo.

La pareja volvió a instalarse en el apartamento de Albert sabiendo que en cualquier momento Amelia podía ser enviada a una nueva misión fuera de Inglaterra. Albert se enfrentó con su tío Paul pidiéndole que dejara de utilizar a Amelia, pero éste daba por cumplido su compromiso con su sobrino al haber permitido que Amelia le acompañara a Estados Unidos.

El comandante Murray no tardó en pedir a Amelia que regresara a Alemania.

—Usted me dijo que su amigo Max von Schumann había sido trasladado a Polonia —le recordó.

—Sí, así es.

—No nos vendrá mal saber qué está pasando allí. Tenemos algunos informes, pero nos gustaría completarlos.

—¿Tienen gente en Polonia? —quiso saber Amelia.

—Eso, querida, no es de su incumbencia. Lo que usted debe hacer es ponerse en contacto con Von Schumann y tratar de ir a verle donde esté destinado en Polonia.

—¿Con qué excusa?

—Eso depende de usted. Le enseñamos durante el entrenamiento que son los agentes de campo los que tienen que concebir las coartadas, difícilmente lo podemos hacer desde un despacho en Londres. Dígame qué necesita y se lo facilitaré, pero es usted quien sabe cómo acercarse a Von Schumann. Tenemos entendido que el barón siente una gran atracción por usted.

Amelia se puso rígida. La insinuación del comandante Murray resultaba ofensiva.

—Cómo se atreve… —El tono de Amelia era de indignación.

—No es mi intención ofenderla. Tengo por usted el máximo respeto y consideración, pero no olvide que es una agente con una misión, y cuando la preparábamos para hacer este trabajo se le dijo, lo mismo que al resto de sus compañeros, que tendría que mentir, incluso matar si era necesario, que se vería obligada a hacer cosas que en condiciones normales le repugnarían, pero que en la guerra son necesarias. De manera que no se ofenda, no estamos en un salón de té sino en las oficinas del Almirantazgo. Si usted no puede con este trabajo, dígamelo, pero no me haga una escena de dama ofendida. Naturalmente que usted es una señora respetable, pero también una agente, y por tanto tendrá que hacer lo que nunca imaginó que podía llegar a hacer. En cualquier caso, yo no le he ordenado nada en concreto, sólo le he recordado lo que es evidente: el barón se siente atraído por usted y ésa puede ser una baza para su trabajo; es usted quien deberá decidir cómo afrontar la operación.

Durante unos segundos permanecieron en silencio mirándose de frente, midiéndose el uno al otro. El comandante Murray era un caballero, pero también un soldado dedicado a un oficio, el del espionaje, donde no hay normas ni límites. No había pretendido ofenderla, desde el primer momento había sentido por ella una secreta simpatía pero la trataba con la misma dureza que al resto de sus hombres. Estaban en guerra y no había lugar para los convencionalismos sociales.

—Iré a Berlín, ya me las arreglaré para encontrar en Polonia al barón Von Schumann —dijo, por fin, Amelia.

—Puede que tenga que pegarse a él durante un tiempo, nos interesa tener una fuente tan destacada en el ejército. A pesar de su oposición a Hitler, es un militar de cierta graduación con acceso a otros militares de rango superior.

—Odia a Hitler, pero es un patriota, jamás dirá nada que pueda poner en peligro la vida de soldados alemanes.

—Así es, sin duda, pero se trata de que usted obtenga esa información sin que él tenga la sensación de estar traicionando a su patria. En esta ocasión podrá contar con ayuda. Hay una persona que usted conoce y que está en Berlín.

—¿Quién es?

—Una compañera de entrenamiento, ¿recuerda a Dorothy?

—Sí, nos hicimos amigas.

—El marido de Dorothy era alemán, de Stuttgart, murió de un ataque al corazón. Ella habla alemán casi tan perfectamente como Jan.

—¿Jan? Creo que no le conozco…

—No, a Jan no le conoce. Es británico, pero su madre era alemana. Se crió con su abuela materna porque se quedó huérfano siendo niño. Conoce Berlín como la palma de la mano. Vivió en la ciudad hasta los catorce años, cuando la familia de su padre le reclamó para darle aquí una educación más adecuada.

—¿Con qué cobertura cuentan en Berlín?

—Se hacen pasar por un feliz matrimonio. Jan es un hombre que ya ha cumplido los sesenta; trabajó para el Almirantazgo, y aunque está cerca de la jubilación, se ha ofrecido voluntario para esta misión. Le hemos fabricado una identidad falsa: oficialmente, sus padres eran alemanes emigrados a Estados Unidos, y ahora el hijo pródigo ha querido volver a la patria atraído por el magnetismo de Hitler, y lo ha hecho con su encantadora esposa, una mujer con unos cuantos años menos que él. Disponen de medios suficientes para vivir aunque sin llamar la atención. El hecho de que Jan sea ingeniero nos es de gran utilidad; de manera que le hemos enviado con una radio especial, muy potente, aunque naturalmente tiene que esquivar las escuchas de la Gestapo. De ahora en adelante, cuando obtenga una información relevante, se la dará a ellos. También recibirá mis instrucciones a través de Dorothy y de Jan. Debe estar alerta para que nadie la siga cuando vaya a verles, y al menos por el momento es mejor que no hable con nadie de su existencia, ni siquiera a sus amigos, tampoco al barón Von Schumann.

El comandante Murray se alargó más de una hora explicándole a Amelia lo que se esperaba de ella.

Murray aceptó su petición de viajar a Alemania desde España. Sabía que lo único que no le podía negar, si quería seguir contando con su ayuda, era poder visitar de vez en cuando a su familia. Además, sólo podía viajar a Alemania desde un país amigo del Reich, y España lo era.

—No quiero que vayas —le dijo Albert cuando Amelia le anunció que debía regresar a Alemania.

—Es mi trabajo, Albert.

—¿Tu trabajo? No, Amelia, lo que estás haciendo no es un trabajo. Te has metido en algo que no puedes controlar, eres una peonza que se mueve al antojo de otros. Cuando quieras recuperar el control sobre tu vida será demasiado tarde, ya no te pertenecerás. Déjalo, no te lo pido por mí sino por ti, déjalo antes de que te destruyan.

—¿Crees que lo que hago no sirve para nada? —respondió Amelia, airada.

—No dudo de que los frutos del espionaje sean imprescindibles para ganar la guerra, pero ¿de verdad crees que estás preparada para ese juego sólo porque has hecho un cursillo en el Almirantazgo? Te están utilizando, Amelia, te dan cuerda diciendo que acaso cuando derroten a Hitler pensarán en hacer algo contra Franco, pero no lo harán, le prefieren a él antes de que España tenga un gobierno como el del Frente Popular, ¿no te das cuenta?

—Nadie me ha prometido nada, pero creo firmemente que una vez que derroten a Hitler el régimen de Franco se tambaleará. Se quedará sin aliados. Siento que me veas tan insignificante, tan incapaz de hacer este trabajo, pero voy a continuar con mi misión, pondré lo mejor de mí misma para hacerlo bien.

—Entonces debemos replantearnos nuestra relación.

Amelia sintió una punzada de dolor en la boca del estómago. No estaba enamorada de Albert, pero desde la muerte de Pierre él era el pilar en el que se apoyaba, donde se sentía segura y no estaba preparada para perderle. Aun así, al responderle pudo más su orgullo.

—Si es eso lo que quieres…

—Lo que quiero es que vivamos juntos, que intentemos ser felices. Eso es lo que quiero.

—Yo también, pero siempre y cuando respetes lo que hago.

—Te respeto a ti, Amelia, claro que te respeto, pero por eso te pido que hables con el comandante Murray y le digas que lo dejas, que no vas a seguir adelante.

—No voy a hacer eso, Albert, voy a cumplir mi compromiso con el Almirantazgo. Para mí es compatible ese compromiso con mi relación contigo…

—Lo siento, Amelia. Si ésa es tu última palabra, lo siento pero no podemos seguir.

Se separaron. Dos días más tarde Amelia salía de casa de Albert con dos maletas donde llevaba todas sus pertenencias. Un coche del Almirantazgo la esperaba en la puerta. El comandante Murray había dispuesto su paso por España camino de Berlín.»

—Bien, querido Guillermo —concluyó lady Victoria—, sé que Amelia pasó varios días en Madrid, supongo que estuvo con su familia. He hablado con el mayor Hurley y le tengo preparada una sorpresa. El mayor ha aceptado venir a cenar mañana a mi casa. Me ha dicho que hay algunos documentos desclasificados sobre ese viaje de Amelia a Alemania y nos dará algunos detalles durante la cena.

—Menuda suerte tengo de que usted y el mayor Hurley sean parientes —contesté con ironía.

—Sí, tiene usted suerte, y mucho más de que yo esté casada con un nieto de lord Paul James; de lo contrario, le sería muy difícil reconstruir lo que sucedió aquellos días.

Dejé la casa de lady Victoria con el compromiso de acudir a cenar al día siguiente a las seis. Cuando llegué al hotel telefoneé al profesor Soler. Le pedí que recordara si Amelia había pasado por Madrid a mediados de marzo de 1941, el profesor pareció dudar.

—Voy a consultar mis notas y le llamo. Amelia viajaba a menudo a Madrid, a veces estaba unos días, en otras ocasiones se quedaba más tiempo. La verdad es que no recuerdo que sucediera nada extraordinario en marzo de 1941.

—¿Ella no les contaba nada de lo que hacía?

—No, nunca lo hizo. Ni siquiera a su prima Laura. Amelia aparecía y desaparecía sin decir nada. Su tío Armando intentaba saber cómo se ganaba la vida, pero Amelia le decía que confiara en ella porque se la ganaba de manera honorable. Sabíamos que vivía con Albert y en realidad pensábamos que era él quien la mantenía.

—Así que ni siquiera usted sabe bien lo que hizo Amelia… —le dije con desconfianza.

—Su bisabuela nunca ha sido objeto de mis investigaciones históricas, ¿por qué debería haberlo sido?

Una hora más tarde me telefoneó para decirme que no encontraba ninguna nota sobre aquellas fechas, de manera que ambos coincidimos en que Amelia habría pasado por Madrid y que, más allá de ver a la familia, no había acontecido nada nuevo.

No tenía más remedio que esperar a ver qué me deparaba la cena con el mayor Hurley en casa de lady Victoria. Tengo que confesar que me desesperaba un poco tanta formalidad. No entendía por qué el mayor Hurley y la propia lady Victoria no me contaban lo que sabían de un tirón, en vez de darme la información con cuentagotas. Pero eran ellos los que tenían la sartén por el mango, así que no tenía otra opción que acomodarme a lo que dispusieran.

MAX

1

El marido de lady Victoria era totalmente opuesto al mayor Hurley. Yo no le había conocido hasta aquella noche y simpaticé con él de inmediato. Llegué a las seis menos cinco minutos y la doncella me invitó a pasar a la biblioteca donde estaba lord Richard James, nieto de aquel lord Paul James que había fichado a Amelia como agente del Almirantazgo.

Lord Richard James, un sesentón con el cabello cano y rostro rubicundo, me recibió con una sonrisa mientras me estrechaba la mano.

—Así que está usted escribiendo sobre Amelia Garayoa... Bien hecho, tengo entendido que fue una mujer notable.

—¿La conoció usted? —pregunté curioso.

—No, no, pero tenga en cuenta que un pariente mío, un sobrino de mi abuelo, Albert James, estuvo enamorado de ella, todo un escándalo en aquella época, y ya sabe usted que todo aquello que rompe la rutina de una familia termina siendo conocido incluso por los descendientes. De manera que todos los James hemos oído historias sobre el desdichado amor de nuestro antepasado Albert James por una bella española.

Richard James me ofreció un jerez que no rechacé, pero que a decir verdad me sentó como un tiro en el estómago. Nunca he entendido la afición de los ingleses por el jerez, supongo que es porque a mí se me sube a la cabeza al primer sorbo.

A las seis en punto llegó el mayor Hurley seguido por lady Victoria. Al igual que nosotros, ellos también tomaron jerez. Cuando lord Richard ofreció otra copa pensé que difícilmente aquélla podía ser una velada de trabajo puesto que ya me sentía mareado, e imaginé el efecto que tendría en ellos tomar un segundo jerez. Pero me equivoqué. Lady Victoria caminaba igual de erguida que siempre y el mayor Hurley no cambió el gesto ceñudo durante toda la cena.

Escuché pacientemente cómo la conversación transcurría por derroteros que nada tenían que ver con el objeto de la velada. Hasta los postres lady Victoria no le pidió al mayor Hurley que nos recordara aquel viaje de Amelia a Alemania. Él comenzó entonces su relato...

«Amelia llegó a Berlín el 3 de abril de 1941. Había preparado meticulosamente el plan a seguir y decidió volver a alojarse en casa de Helmut y Greta Keller.

—Me alegro de volver a tenerla en nuestra casa, mi esposa la echaba de menos y eso que ahora tenemos a Frank con nosotros. Está de permiso. Pero las mujeres siempre quieren alguna presencia femenina cerca de ellas, supongo que hay cosas que sólo las hablan entre ustedes. Greta ya no guarda cama, lleva unos días levantada, parece que se está recuperando, a Dios gracias.

—Les agradezco tanto que me acojan en su casa...

Greta Keller se emocionó al recibir los pañuelos bordados que Amelia la había traído como regalo.

Frank, el hijo de los Keller, era un mocetón alto, de cabello castaño y ojos azules, que pareció encantado con Amelia.

—Pues sí que ha crecido usted, la recuerdo cuando era pequeña, creo que al menos las vi en un par de ocasiones a usted y a su hermana Antonietta. Siento lo de sus padres... don Juan siempre fue muy bueno con mi familia. ¿Se quedará muchos días en Berlín?

—Me gusta Berlín. Su padre le habrá contado que me estoy

haciendo cargo de lo que él mismo ha podido salvar del negocio de mi padre y herr Itzhak... No imaginan cómo está España después de la guerra... allí no hay muchas posibilidades. Y usted, ¿se quedará mucho tiempo?

—Tengo unos días de permiso, luego he de volver a Varsovia.

—Y nosotros, querida, vamos a pasar una temporada en el campo con mi hermana. El médico dice que me sentará bien salir de la ciudad y respirar aire puro —anunció Greta.

—¡Oh! Entonces buscaré otro alojamiento para estar...

—¡No, no, de ninguna de las maneras! Puede quedarse aquí, y así cuidará de la casa. No estaremos mucho tiempo fuera, sólo unos días —aseguró Greta.

—Pero es que no quiero ser un problema...

—Y no lo es, de lo contrario no la habríamos invitado a quedarse —añadió herr Helmut.

Berlín seguía viviendo la euforia de la victoria. El ejército alemán parecía no tener que emplearse a fondo para lograr sus objetivos, y la ciudad intentaba mostrarse ajena a la guerra.

Amelia se presentó en casa de Karl Schatzhauser al día siguiente de su llegada a la ciudad. El profesor no ocultó su sorpresa al verla.

—Vaya, no esperaba que regresara. Hacía mucho tiempo que no teníamos noticias de usted ni de su amigo el periodista, tampoco de sus amigos británicos.

—Lo siento, le aseguro que les hice llegar cuanto me pidieron.

—Pero al parecer no nos toman en serio. Tampoco lo hicieron cuando les advertimos que no continuaran con la política de apaciguamiento con Hitler porque no conduciría a buen puerto. Como usted bien sabe, antes de la guerra, Max se lo explicó a lord Paul James sin ningún resultado.

—Profesor, ya conoce que mi única relación con lord James es a través de su sobrino Albert. Siento no poder serles más útil, sobre todo en este momento.

—¿Por qué ha vuelto? —preguntó el profesor.

—He de serle sincera, mi relación personal con Albert ha terminado. Por eso estoy aquí... yo... en fin, no sabía adónde ir. Quizá no ha sido una buena idea pero... bueno, me he hecho la ilusión de que aquí a lo mejor puedo ser útil. Como le expliqué, el contable de mi padre salvó algunas máquinas del negocio y... al fin y al cabo, eso me reporta algún dinero que me es imprescindible para ayudar a mi familia. Pero si puedo ayudarles también a ustedes... no sé, en lo que sea...

—¿Y qué podría hacer usted? No es alemana y ésta no es su guerra. Alemania y España son aliadas. ¿Por qué no regresa a su país?

—No puedo, aún no puedo vivir allí. No soporto la ausencia de mis padres.

—Max está en Varsovia, pero puede que dentro de unos días le tengamos en Berlín. Su esposa, la baronesa Ludovica, se lo ha comentado a algunos amigos, parece que está organizándole una fiesta para recibirle —comentó el profesor mirándola fijamente a los ojos.

—¿Y el padre Müller? ¿Y los Kasten? —preguntó Amelia.

—Más activos que nunca colaborando con el pastor Schmidt. Helga y Manfred tienen mucho valor y nos prestan una gran ayuda. Manfred es un hombre muy respetado por sus colegas de la diplomacia que aún le consultan, pero sobre todo tiene abiertas las puertas de las casas importantes. Lleva una frenética vida social y no imagina usted la cantidad de información que es capaz de recoger en cócteles y cenas.

—¿Cuándo les podré ver?

—Dentro de un par de días nos reuniremos aquí para celebrar una velada literaria, naturalmente ya sabe usted para qué. Venga, a ellos también les gustará verla.

La siguiente visita que Amelia hizo fue a Dorothy y Jan, que se habían instalado en un discreto inmueble de la Unter den Linden. Sus vecinos eran personas acomodadas y afines al III Reich, y no parecieron extrañados por la presencia de la pareja que había alquilado un apartamento.

Dorothy se mostró encantada de volver a ver a Amelia. Para ella no había resultado fácil hacerse pasar por la esposa de un hombre que hasta unos meses atrás era un total desconocido. Tanto ella como Jan eran viudos y tenían esa edad en la que se ha logrado domeñar todas las pasiones, pero aun así, al principio se sintieron incómodos teniendo que compartir la casa, aunque cada uno ocupaba un dormitorio.

Jan resultó ser un hombre de mediana estatura, cabello castaño claro lo mismo que sus ojos, era metódico y desconfiado, tanto que preguntó varias veces a Amelia si la habían seguido, y a pesar de sus negativas no pareció quedar satisfecho.

Sus nombres en clave eran «Madre» y «Padre», así se referían a ellos en Londres.

—Es un buen hombre —le dijo Dorothy aprovechando que Jan había salido un momento de la sala de estar.

—Y muy desconfiado.

—Hazte cargo de nuestra situación, tenemos que ser prudentes, cualquier fallo nos costaría la vida, a nosotros, a ti y a los otros agentes de campo.

—El comandante Murray no me dijo quiénes son los «otros»...

—Ni yo tampoco te lo diré: cuanto menos sepamos los unos de los otros, mejor; así reducimos las posibilidades de peligro. Si te detiene la Gestapo y te tortura sólo podrás hablarles de Jan y de mí, pero no de los otros.

—Pero si os detienen a vosotros sería peor porque conocéis el nombre de todos nosotros.

—Si eso sucede, Amelia, no viviremos lo suficiente para contar nada. Hemos asumido que... bueno, supongo que a ti también te habrán dado una pastilla de cianuro. Es mejor morir que caer en manos de la Gestapo.

—¡Por Dios, no digas eso!

—Cuando aceptamos hacer este trabajo aceptamos también

la posibilidad de morir. Nadie nos está obligando a hacer lo que hacemos. Nuestra misión es ayudar a ganar la guerra, y en todas las guerras hay bajas, no sólo en el campo de batalla.

Jan entró en la sala llevando una bandeja con una tetera y tres tazas.

—No es como nuestro té, pero le gustará —dijo mirando a Amelia.

—Desde luego que sí... no tenía que haberse molestado.

—No es ninguna molestia, además, tener visita siempre es una buena excusa para tomar una taza de té. Y ahora establezcamos ciertas normas de seguridad pensando en futuros encuentros. No es conveniente que nos visite con demasiada frecuencia, salvo que tenga información que no pueda esperar. La Gestapo tiene ojos y oídos en todas partes, y cada vez que transmitimos corremos un claro peligro.

—Lo sé, lo sé, el comandante Murray me dio instrucciones de cómo debíamos trabajar.

—Es mejor que nos visite a horas normales, nadie sospechará si viene usted a la hora del té, pero sí despertaría sospechas que se presentara por la noche o muy de mañana.

—El comandante Murray creía que también podía encontrarme con ustedes en otros lugares.

—Aun así deberemos tener mucha precaución y elegir cuidadosamente el lugar de encuentro. Propongo el Prater, allí pasaremos inadvertidos.

—¿El Prater? No sé dónde está —respondió Amelia.

—En la Kastanienallee-Mite, es una cervecería muy popular; en verano está a rebosar de clientes, los bocadillos de carne son excelentes y tiene también un teatro.

—Pero ¿no llamaremos la atención?

—Hay tanta gente, que no se fijarán en nosotros. Naturalmente será preciso pasar lo más desapercibidos posible, y vestir sin ostentación.

—Nunca he vestido con ostentación —respondió Amelia, molesta por la advertencia.

—Mejor así.

Jan explicó cómo preparar los encuentros y lo que debían hacer para indicar si sospechaban que estaban siendo seguidos.

—Si llevamos un periódico en la mano es que nadie nos sigue y se puede producir el contacto; si no estamos seguros, entonces sacaremos un pañuelo blanco del bolso y nos sonaremos la nariz. Ésa será la señal de que no debemos establecer contacto y que, en cuanto sea posible, hay que abandonar el lugar intentando no llamar la atención.

Amelia sentía una íntima satisfacción por haber vuelto a ver a Dorothy, pero sobre todo por haber reanudado el contacto con el grupo de oposición liderado por el profesor Schatzhauser. Se decía a sí misma que hasta el momento había tenido suerte en su trabajo como agente. En Londres habían valorado positivamente el informe sobre la «Operación Madagascar», y mucho más su trabajo en Italia al haber podido aportar información sobre la invasión de Grecia por parte de Mussolini. Confiaba en que la suerte continuara de su parte, aunque era consciente de que según avanzaba la guerra su situación era cada vez más peligrosa.

Dos días después Amelia volvió a presentarse en casa del profesor Karl Schatzhauser. Lo encontró nervioso, temía que la Gestapo estuviera vigilando. Sabía que amigos suyos habían desaparecido sin dejar ningún rastro después de que la Gestapo se presentara en sus casas. Amigos que no eran judíos o militantes de izquierdas, sino gente como él, profesores, abogados, comerciantes, a los que les repugnaba ver a Alemania bajo el dominio de Hitler.

Helga y Manfred Kasten abrazaron con afecto a Amelia, lo mismo que el pastor Ludwig Schmidt. Amelia se preocupó al no ver al padre Müller.

—No tema, vendrá —aseguró el pastor Schmidt—. Esta reunión se ha convocado precisamente para que él nos cuente lo que sucede en Hadamar.

—¿Hadamar? ¿Qué es Hadamar? —preguntó Amelia.

—Es un manicomio que está en el noroeste de Frankfurt. Un amigo nos avisó de que allí están ocurriendo cosas horribles. El padre Müller se ofreció a ir para intentar averiguar si lo que nos contaban es cierto —le explicó el pastor Schmidt.

—Pero ¿qué es eso tan horrible que les han contado? —preguntó Amelia con curiosidad.

—Es tal barbaridad que no puede ser verdad, ni siquiera Hitler puede atreverse a tanto. Pero el padre Müller es un joven muy apasionado y su intención es, si se confirma lo que nos han dicho, informar de inmediato al Vaticano.

Amelia insistió al pastor para que le dijera a qué barbaridad se refería.

—Nos han contado que matan a los enfermos mentales, que les quitan la vida para que no supongan una carga para el Estado.

—¡Dios mío, qué horror!

—Sí, hija, sí, eso sería aplicar la eutanasia a unos pobres infelices que no se pueden defender. La persona que nos lo contó ha trabajado allí; dice que enfermó porque no soportaba que se les diera ese final a los disminuidos psíquicos y a los locos. Yo aún me resisto a creerlo, quien nos lo ha dicho simpatiza con los socialistas, y puede que esté exagerando —concluyó el pastor Ludwig Schmidt.

Mientras esperaban al padre Müller, Manfred Kasten informó que Max von Schumann estaría en Berlín a más tardar en una semana. Así se lo había asegurado la baronesa Ludovica, a la que se habían encontrado en el teatro. La baronesa parecía añorar a su marido y les había anunciado que en cuanto Max estuviera en casa pensaba organizar una cena de celebración. Ludovica se lamentaba de que a su marido le hubieran destinado a Polonia.

Por fin llegó el padre Müller; lo acompañaba una mujer, era su hermana Hanna.

Amelia lo encontró cambiado, más delgado y con un rictus de amargura en la comisura de los labios. Apenas le prestó atención, tal era su necesidad de explicar a sus amigos lo que había visto en Hadamar, donde había pasado las dos últimas semanas.

—Todo el pueblo sabe lo que sucede en el manicomio, hasta los niños. He sido testigo de cómo en plena calle un chiquillo que se peleaba con su hermano le decía: «Voy a contar a todo el mundo que estás loco y te enviarán a cocerte a Hadamar».

—Vamos, hijo, cuéntenoslo paso a paso —le pidió el pastor Schmidt intentando que el padre Müller recuperara la calma que parecía haber perdido en su viaje a Frankfurt.

—El hombre que nos dio la información nos dijo la verdad. Fui a la dirección que me había dado, la de la casa de su hermano, un caballero de nombre Heinrich, que vive con su esposa y dos hijos. Heinrich también trabaja en Hadamar, es enfermero. Él corroboró punto por punto cuanto nos había contado su hermano. Me dijo que, si pudiera, él también se marcharía, pero que tenía una familia a la que mantener, de manera que por más que le costaba vencer sus escrúpulos continuaba trabajando en Hadamar. No resultó fácil, pero gracias a él pude entrar en el manicomio. Me presentó como a un amigo que necesitaba trabajo. El director del manicomio parecía desconfiar, pero Heinrich le explicó que nuestras familias eran viejas conocidas y que él me había hablado de su trabajo en el manicomio. Tuve que interpretar el papel más odioso que os podáis imaginar: el de un hombre del partido convencido de la superioridad de la raza aria y de la necesidad de deshacernos de todos aquellos que mancharan nuestra raza. Seguramente la mía fue una gran actuación porque el director de Hadamar fue cogiendo confianza y me aseguró que lo que hacían allí era por el bien de Alemania. Supongo que también le pareció buena idea contar con un par de manos más para hacerse cargo de los locos. La gente del pueblo evita el manicomio, tampoco les gusta tratar a los que trabajan allí. Al terminar la jornada, Heinrich solía acudir a un bar para tomar unos tragos antes de regresar a casa, decía que de lo contrario no podía dormir. Necesitaba perder la conciencia para poder mirar a sus hijos a la cara. En el bar, la gente nos evitaba como si tuviéramos la peste. Mientras tanto, Heinrich no paraba de beber. Lo que vi en Hadamar... ¡es horrible! —El padre Müller se quedó en silencio.

—Vamos, hijo, haga un esfuerzo, es importante que nos diga lo que ha visto allí —insistió el pastor Schmidt.

—¿Quieren saber cuántos locos han pasado por Hadamar? Heinrich calcula que unos siete u ocho mil. No, allí no hay espacio para tantos, los llevan desde otros hospitales psiquiátricos de Alemania. Llegan en vagones de ganado, como si fueran animales. Los pobres inocentes no saben cuál va a ser su destino. Cuando llegan los conducen dentro del manicomio sin siquiera darles agua ni comida. Si los vieran... exhaustos, nerviosos, desorientados. Los conducen a los sótanos del manicomio. Allí han habilitado unas habitaciones con las paredes desnudas, no hay bancos donde sentarse. A través del techo han metido unos tubos. Los enfermeros los obligan a desnudarse y luego los encierran. Sus gritos son aterradores...

El padre Müller interrumpió su relato. Se tapó la cara con las manos como si quisiera evitar una visión horrible que llevara prendida en los ojos. Ninguna de las personas que allí estaban se atrevió a preguntar, ni siquiera el pastor Schmidt le volvió a instar para que hablara. Fue Hanna, la hermana del sacerdote, quien le puso la mano sobre el hombro y luego le acarició el cabello haciéndole volver a la realidad. El padre Müller tenía los ojos arrasados en lágrimas, suspiró y, haciendo un gran esfuerzo, continuó con aquel terrible relato.

—En esas habitaciones no hay nada, salvo unas rejillas en el techo. Mientras los enfermos gritan asustados, comienza a salir un humo espeso por las rejillas, un humo que los va cubriendo hasta ocultar su desnudez, un humo que al respirarlo les va provocando un ahogo, un humo asesino que acaba segando sus vidas. Sí, en los sótanos de Hadamar han construido unas cámaras de gas y hasta allí llevan a los enfermos psíquicos de toda Alemania para acabar con ellos. Después transportan los cuerpos a un horno y los queman.

—¡Dios mío! ¡Y cómo es que nadie dice nada, cómo lo permiten los del pueblo! —exclamó Amelia.

—Oficialmente nadie sabe nada, aunque para la gente de allí no es un secreto lo que sucede, el humo del crematorio se ve por encima de los tejados. Heinrich cree que después de acabar con los locos asesinarán a los ancianos y a todos aquellos que crean inútiles. Se lo ha oído decir al director del manicomio.

—¡Tenemos que hacer algo! —exclamó indignado el profesor Schatzhauser—. ¡No podemos permitir semejante infamia!

—He comunicado al obispo de Limburg, a cuya diócesis pertenece Hadamar, lo que he visto. Ya había escuchado rumores, pero yo se lo he podido confirmar. Y ha prometido hablar con las autoridades. Dirá que hasta él habían llegado varios comentarios que le preocupaban y pedirá una investigación oficial —continuó el padre Müller.

—Puede que eso les haga parar —dijo Helga Kasten.

—¡Ojalá tuvieras razón! —respondió su marido.

—¿Y tú... tú... qué has hecho allí? —La pregunta de Amelia provocó un efecto devastador en el padre Müller, que la miró con ojos desorbitados.

—El director del manicomio no quería que me encargara de ayudar a los otros enfermeros a trasladar a los pobres enfermos a esas cámaras siniestras. La primera semana me encargaba otros quehaceres, pero luego pareció fiarse de mí, y... bueno, un día llegó un contingente de enfermos, había mujeres, incluso algunos niños. Heinrich me buscó para decirme que el director le había ordenado que me dijera que ayudara a trasladar a los enfermos hasta la cámara de gas. No podía negarme ya que era necesario que siguiera interpretando mi papel, pero no pude resistirlo; cuando empezaron a empujarlos para meterlos en la cámara, intenté impedirlo, empecé a gritar como si yo también fuera un demente. Los pobres se pusieron más nerviosos por mis gritos... Heinrich me miraba asustado, yo... yo gritaba que aquello era un crimen, que los dejaran salir... Alguien me dio con una porra en la cabeza, quedé inconsciente. Cuando desperté, estaba en el cuarto donde los enfermeros se cambian de ropa. Heinrich me había arrastrado hasta allí y me indicó que no dijera ni una palabra. El director quería interrogarme; a él ya lo habían amenazado con entregarlo a la Gestapo acusándole de haber introducido en el hospital a un enemigo del Reich. Heinrich juró que yo era un buen nazi, pero demasiado sensible para aquel trabajo, y juró y perjuró que no representaba ningún peligro, pero el director le conminó a llevarme a su despacho. No lo hizo. Me sacó del manicomio por las carboneras y me pidió que no fuera ni siquiera a su casa a recoger mis pertenencias. «Huye, yo me las arreglaré. Si eres amigo de mi hermano, seguro que entre los dos podréis hacer algo para acabar con esto. Yo no tengo valor.» Y huí, sí, huí de aquel lugar maldito; busqué refugio, acudí al obispo, y gracias a él estoy aquí.

—¿Y Heinrich? ¿Qué le ha sucedido? —preguntó alarmado el profesor Schatzhauser.

El padre Müller rompió a llorar. Dio rienda suelta al sufrimiento que a duras penas lograba domeñar.

—Cuando calculó que yo estaba lo suficientemente lejos del manicomio, subió al despacho del director, y desde allí mismo se tiró al vacío.

—¡Dios mío! —gritaron casi al unísono el profesor Schatzhauser, el pastor Ludwig Schmidt y los Kasten.

—Mi hermano ha sufrido mucho —susurró Hanna, volviendo a colocar su brazo alrededor de los hombros del sacerdote—, quizá deberíamos volver a casa. Necesita recuperarse.

—Padre Müller, es usted muy valiente y ha prestado un gran servicio a la causa de Dios. Sólo sabiendo lo que sucede podremos combatirlo —dijo el pastor Schmidt.

—Está en el ideario del nazismo la eliminación de los enfermos y de los débiles, no es la primera vez que sabemos del asesinato de enfermos mentales. Hubo un plan similar antes de que estallara la guerra —recordó Manfred Kasten.

—La única manera de parar esos asesinatos es darlos a conocer —murmuró el profesor Schatzhauser.

—El obispo va a denunciar a las autoridades lo que sucede en Hadamar —musitó el padre Müller.

—¡Pero no le harán caso! ¿De qué sirve denunciar el crimen a los propios verdugos? —dijo Amelia, que a duras penas podía controlar el sentimiento de horror provocado por el relato del sacerdote.

—Pero eso les obligará a suspender, aunque sea temporalmente, los asesinatos en Hadamar. Todos nosotros tenemos el deber de contar lo que sucede allí —sentenció Schmidt.

—Me preocupa su seguridad —dijo el profesor Schatzhauser.

—También a nosotros —terció Hanna, la hermana del padre Müller—, pero el obispo ha decidido enviar a Rudolf a Roma.

—De manera que se va usted... —dedujo el pastor Schmidt.

—Es lo más conveniente —concedió Manfred Kasten—, la Gestapo averiguará quién es ese trabajador desaparecido de Hadamar. Y si lo encuentran... esa gente no respeta a nadie.

—¿Cuándo te vas? —quiso saber Amelia.

—Dentro de unas semanas —respondió el sacerdote.

El padre Müller no fue el único que no logró conciliar el sueño por lo que había visto en Hadamar. Ninguno de los asistentes a la reunión en casa del profesor Schatzhauser podía dejar de pensar en lo que les había contado el sacerdote. Les resultaba dolorosa su impotencia frente a aquel régimen criminal.

Amelia regresó a casa de los Keller con una decisión tomada: haría cualquier cosa con tal de contribuir a la derrota del Reich, fuera lo que fuese.

Aquella misma noche, en la soledad de su cuarto, escribió un mensaje para Londres relatando lo que sucedía en Hadamar.

El señor Keller le insistió para que tomara una taza de té con su esposa Greta y con su hijo Frank, pero Amelia no se veía capaz de fingir normalidad, de manera que se disculpó alegando que se sentía indispuesta por un fuerte dolor de cabeza.

—Es una joven simpática, pero un poco rara, ¿verdad? —dijo Frank a sus padres.

—No es para menos, ha perdido a su familia en la guerra civil. Creo que si está aquí es porque le resulta difícil vivir en España rodeada del recuerdo de sus padres —explicó el señor Keller a su hijo.

—Para mí resulta una grata compañía —añadió Greta.

Amelia se presentó tan temprano en casa de Dorothy y Jan, que ambos se alarmaron.

—Pero ¿qué sucede? —preguntó Dorothy al abrir la puerta y encontrarse a Amelia.

La mujer aún tenía la bata puesta y en los ojos los restos del sueño de la noche.

—¡Por Dios, Amelia, son las siete! ¡Dime qué sucede!

—Es urgente que envíes un informe a Londres, lo tengo redactado en clave. No es muy largo, pero cuanto antes lo tengan, mejor.

Jan apareció en el umbral de la puerta del salón. También llevaba puesta una bata.

—Le dije que viniera a horas en que no llamara la atención —le reprochó a Amelia.

—Lo sé, pero tengo una información de gran importancia, si no fuese así no me habría arriesgado.

Les repitió palabra por palabra lo que había contado el padre Müller, y aunque Jan parecía igual de impresionado que Dorothy, le recriminó a Amelia su imprudencia.

—Todo esto podría habérnoslo contado dentro de un par de horas o incluso esta misma tarde. Sin duda es terrible lo que sucede en el manicomio de Hadamar, pero insisto en que no debería haberse presentado a estas horas.

—¡Cómo puede decir eso! ¡Los nazis están matando a miles de inocentes! El padre Müller dijo que Heinrich calculaba que ya han asesinado a cerca de ocho mil personas —respondió Amelia con un timbre de histeria en la voz.

—¡Claro que es horrible! Pero debemos actuar con precaución, sin llamar la atención. ¿Cree que si nos hacemos notar podremos ayudar más a esos inocentes? Terminaremos despertando sospechas entre los vecinos, alguien puede dejar caer una palabra sobre nosotros en la Gestapo, ¿sabe lo que eso significaría?

Dorothy miró a Jan como pidiéndole que no fuera tan duro con Amelia. Luego salió de la sala para preparar café.

A Amelia le costó recobrar la tranquilidad. Jan la intimidaba, se sentía como una colegiala ante su presencia. El agente le volvió a recordar las medidas de seguridad acordadas.

—Bien, ahora debe quedarse aquí un buen rato. Puede que alguien más que la portera la haya visto entrar. Lo mejor es que salga a una hora razonable.

—¿Cuándo enviará este informe a Londres?

—En cuanto pueda.

—Pero ¿cuándo será? —insistió Amelia.

—Usted hace su trabajo y yo el mío, cada uno sabe cómo hacerlo. No me presione, soy yo quien decido el momento.

—Vamos, Jan, Amelia está conmocionada, y no es para menos —intervino Dorothy.

—¿Y crees que yo no? ¿Qué clase de persona sería si no sintiera espanto al oír lo que ese sacerdote ha contado sobre el manicomio de Hadamar? Pero hemos de actuar con cabeza, sin dar pasos en falso. Naturalmente que transmitiré cuanto antes esa información, pero ya sabes que debemos tomar todo tipo de precauciones para establecer contacto con Londres. Y no lo haré antes de ver a otra persona que también nos tiene que suministrar información. Una vez que le haya visto, enviaré lo que me diga junto al informe de Amelia, pero no debo arriesgarme a ponerme en comunicación con Londres dos veces el mismo día salvo en caso de emergencia.

—Tienes razón —concedió Dorothy.

—Claro que la tengo. Perder los nervios no nos llevaría a ninguna parte.

Aquel mismo día, Manfred Kasten y su esposa reunieron a un grupo de personas. El profesor Karl Schatzhauser les había pedido que convocaran esa reunión para aclarar algo sobre Amelia. No sabía por qué, pero no terminaba de creerla. Para él no tenía sentido que Amelia hubiera aparecido de repente ofreciéndose a ayudarles en lo que fuera.

—Puede que hayamos sido un tanto imprudentes aceptándola entre nosotros, en realidad no sabemos nada de ella —explicó el profesor.

—¿Cree que puede ser una espía de Franco y que la información que obtenga de nosotros terminará sobre la mesa del mismo Hitler? —preguntó un hombre con el cabello cano y el aspecto de alguien acostumbrado a mandar.

—No lo sé, general... no lo sé... Max von Schumann parece confiar en ella, y prestó una gran ayuda al padre Müller sacando a una joven judía del país. Pero ¿por qué ha vuelto? No me creo su explicación de que está intentando recuperar el negocio paterno, o porque ha terminado su relación sentimental con ese periodista norteamericano y no tenía otro lugar mejor al que ir —respondió el profesor.

—A no ser que tenga un motivo personal para estar aquí —le interrumpió Helga Kasten.

—¿Qué es lo que se te está pasando por la cabeza? —dijo su marido, mirándola con suspicacia.

—La hemos conocido a través de Max, y por lo que sabemos, ambos se conocieron hace años en Buenos Aires. No hace falta ser muy perspicaz para ver que Amelia es una persona especial para Max y que él también lo es para ella. Si Amelia ha roto su relación con Albert James, no es extraño que haya venido a Alemania en busca de Max.

—¡Qué cosas se te ocurren! —le reprochó su marido.

—Puede que Helga tenga razón —intervino el hombre al que llamaban «general»—. Aun así no podemos confiar del todo en ella.

—No es conveniente que sepa cuántos jefes del Ejército estamos contra el Führer —repuso un coronel.

—En efecto, sería una temeridad —asintió el general.

—Sí, pero quizá ya sabe más de lo que nos conviene —respondió el profesor Schatzhauser—, por eso le he pedido a Manfred que convocara esta reunión.

—Bien, creo que la decisión que debemos adoptar es la de mantener una cierta distancia con la señorita Garayoa, pero sin dejar de verla; puede que nos convenga utilizarla dada su relación con los británicos —opinó Manfred.

—No creo que los británicos la escuchen ahora que ha roto con Albert James, al fin y al cabo su conexión con el Almirantazgo era de tipo personal —afirmó el profesor.

La preocupación del profesor y de sus amigos estaba justificada. Corrían un gran riesgo confiando en aquella española de la que tan poco sabían. Aunque el Ejército había jurado lealtad a Hitler, algunos jefes militares conspiraban contra el Führer y era lógico que desconfiaran.

La baronesa Ludovica estaba decidida a recuperar a su marido. No estaba dispuesta a seguir aceptando la indiferencia de Max porque a él sus diferencias políticas le resultaran irreconciliables. Ella era nazi, sí, y se sentía orgullosa de serlo. ¿Acaso el Führer no estaba devolviendo la grandeza perdida a Alemania? Le irritaba que Max estuviera ciego ante la evidencia de que Hitler era el hombre del destino. A ella le conmovía escucharle hablar, aquellos discursos del líder despertaban su orgullo de alemana. Pero Max era un romántico empedernido que despreciaba a Hitler y decía que era una vergüenza que el Ejército alemán estuviera bajo las órdenes de aquel cabo austríaco, así era como se refería al Führer. Ella le haría ver que debían ser prácticos; por lo pronto, las industrias de su propia familia en el Ruhr se habían visto favorecidas por el despegue económico de Alemania.

Pero Max anteponía su sentido del honor a cualquier consideración, de manera que nunca aceptaría la prosperidad familiar como motivo suficiente para aceptar el III Reich. Así pues, Ludovica sólo encontró una manera de que Max no terminara abandonándola, y ésta era quedándose embarazada. No resultaría fácil, puesto que hacía tiempo que sólo compartían casa, pero ella estaba dispuesta a cualquier cosa por tener un hijo, un hijo que haría que Max estuviera a su lado para siempre. Era el único varón de la familia; sus dos hermanas tenían hijos, pero sólo a través de él podía perpetuarse el apellido Von Schumann.

De manera que Ludovica se prometió a sí misma evitar cualquier discusión política con su marido, incluso aceptaría mansamente todos los comentarios que él hiciera contra el Führer, también simularía simpatizar con aquellos amigos de Max que tanto la irritaban.

Pensando en su regreso, Ludovica había mandado preparar una cena con los platos preferidos de su marido.

Max llegó a media tarde del 15 de mayo desde Varsovia, y en su rostro se reflejaba el cansancio y algo más que Ludovica no alcanzaba a comprender.

Apenas la besó en la mejilla y no parecía darse cuenta ni de su cambio de peinado ni de su vestido nuevo, tampoco pareció apreciar la copa de champán con la que su esposa le dio la bienvenida. Ludovica disimuló la irritación que le había provocado la frialdad de su marido, pero no pensaba rendirse ante la primera dificultad.

—Me alegro de tenerte aquí. Descansa un poco, luego cenaremos, quiero que me cuentes todo lo sucedido en estos meses en Polonia. Aquí todo continúa igual, bueno, salvo que la RAF nos visita de vez en cuando. Afortunadamente nosotros no hemos sufrido ningún contratiempo. Por cierto, tus hermanas y tus sobrinos están bien, deseando verte. Les dije que les avisaría en cuanto llegaras a Berlín.

—¿Están en la ciudad? —se interesó Max.

—Sí, aunque tu hermana mayor me dijo que en cuanto mejore el tiempo se irán a Mecklenburg.

Max asintió mientras evocaba la vieja mansión familiar situada en la región de los lagos, no lejos de Berlín. Allí había pasado los veranos más felices de su infancia montando en bicicleta y pescando.

Apenas se bañó y se afeitó, Max se reunió con Ludovica. Los meses pasados en Varsovia le habían hecho reflexionar sobre la anómala situación de su matrimonio y había decidido poner punto final a lo que sólo era una unión de conveniencia.

—¿Cómo te las has arreglado en estos meses? —le preguntó por cortesía mientras cenaban.

—Mal, muy mal —respondió ella bajando la mirada.

—¿Por qué? ¿Qué ha sucedido?

—He pensado mucho en nosotros, Max...

—Yo también, Ludovica.

—Entonces comprenderás que lo haya pasado mal. Te quiero, Max, te he echado de menos, me he dado cuenta de que no sabría vivir sin ti. No digas nada, escúchame... Sé que en ocasiones te he irritado con mis comentarios sobre política, y te aseguro que estoy convencida de que nada ni nadie merece lo suficiente la pena como para interponerse entre nosotros. ¿Recuerdas el día que nos casamos? Yo era la novia más feliz del mundo... No me casé contigo porque así lo quisieran mis padres, y sé que tú también me querías más allá del deseo de tus padres por unir nuestras familias.

—Ludovica, eso es el pasado —respondió Max en tono de protesta.

—No, no es así, por lo menos no lo es para mí. Si no he sido una buena esposa, te pido perdón. Siempre me has dicho que era demasiado temperamental, y tienes razón, pongo demasiado de mí en todo lo que digo y en todo lo que hago. Y... lo que quiero decirte, Max, es que no permitiré que ni Hitler ni el III Reich se interpongan entre nosotros, soy católica como tú y nuestro matrimonio es para siempre.

Max se quedó abrumado por la confesión de Ludovica. ¿Cómo podía decirle que había pensado en una separación amistosa? Miró a su esposa sorprendido y a pesar de la sonrisa implorante de ella, creyó descubrir en sus ojos la dureza de antaño.

—Lo intentaremos, ¿verdad, Max? —dijo ella instándole a una respuesta.

—Quizá es demasiado tarde…

—¡No, no lo es! ¿Cómo va a serlo? Hice unos votos ante el altar y estoy dispuesta a cumplirlos. Perdona mi comportamiento si tanto te ofendía mi defensa del Führer, pero te aseguro que no volverá a suceder.

Volvió a clavar su mirada en los ojos de Ludovica. Le costaba reconocer a su esposa en aquella mujer aparentemente sumisa y comprendió que todo era una impostura y que ella no aceptaría nunca la separación.

Terminaron de cenar en silencio, luego él se excusó aduciendo que estaba cansado del viaje y que por eso se retiraba a su habitación. Ludovica asintió solícita. Media hora más tarde, cuando Max estaba a punto de dormirse, oyó abrirse la puerta de su habitación y vio a Ludovica envuelta en un vaporoso camisón blanco acercándose. Antes de que pudiera decir nada, la mujer se había metido en la cama.

2

Las sirenas rompieron el silencio de la noche.

—Puede que la RAF haya decidido devolver la visita a la Luftwaffe. He escuchado en la BBC que nuestros aviones han causado daños en el Museo Británico y en la abadía de Westminster —dijo Helga Kasten a sus invitados.

Los Kasten celebraban una cena en honor de Max von Schumann.

Amelia llevaba toda la velada intentando sin éxito poder hablar a solas con Max, pero Ludovica no se apartaba del lado de su marido, y para todos se hizo evidente que la relación en el matrimonio parecía haber mejorado. Además, para sorpresa de todos, aquella noche Ludovica no hizo ninguna de sus proclamas a favor del III Reich.

Amelia se acercó a Manfred Kasten.

—¿Cree que podría ayudarme para que pudiera hablar un minuto con Max?

El diplomático asintió. Pensó que quizá su esposa Helga tuviera razón y Amelia hubiera regresado a Berlín en busca de Max.

—Le diré a Max que me acompañe a la biblioteca, usted vaya ahora y espérenos allí. Mi esposa intentará entretener a la baronesa, pero ya ve que esta noche Ludovica apenas se ha separado del lado de su marido.

Amelia salió con paso decidido del salón y se dirigió a la biblioteca. Max y Manfred Kasten no tardaron en llegar.

—¿Qué es eso tan importante que debe decirme a solas? —le preguntó Max al diplomático.

—Hay una persona que desea hablar con usted.

Max se paró en el umbral de la puerta cuando vio la figura de Amelia recortarse en el interior de la biblioteca; la rigidez de su gesto indicaba su incomodidad.

—Quería hablar contigo —le dijo ella esbozando una sonrisa.

—¿Qué sucede? —preguntó él con cierta sequedad.

Manfred Kasten salió de la estancia dejándolos solos.

—¿He hecho algo que te moleste? Si le he pedido a herr Kasten que te trajera aquí es porque sé que no te gusta hablar de ciertas cosas delante de Ludovica... —se excusó Amelia.

—Dejemos a Ludovica y dime qué es eso tan urgente que quieres hablar conmigo.

—Me gustaría saber qué está pasando en Polonia...

—Así que se trata de eso, ¿tienes que informar a tus amigos británicos?

—¡Por favor, Max! ¿Qué te sucede?

—¿Por qué he de decirte qué sucede en Polonia? ¿Servirá para parar la guerra?

—¿Dejará Hitler de enviar a Londres los aviones de la Luftwaffe? ¡Pero qué cosas dices, Max! No te entiendo...

—Estoy cansado de todo, de lo que hago, de ver cuán inútil ha sido mi confianza en Gran Bretaña, yo era de los que creían que se podía evitar la guerra, pero ni Chamberlain ni Halifax quisieron escucharnos. ¿Y ahora qué pretendes? ¿Que traicione a mi país?

—¡Jamás te pediría eso!

—Entonces, ¿para qué quieres saber lo que sucede en Polonia? ¿Por curiosidad o para contárselo a Albert James para que escriba un reportaje?

—Creía que querías parar esta guerra...

—Eso es lo que quiero, sí, pero nunca dije que quería que la perdiera Alemania. ¿Pretendes que no me importe la vida de mis compatriotas?

—No te entiendo, Max...

—Eso ya lo supongo... Dejémoslo, Amelia, estoy cansado, hoy he recibido la orden de incorporarme de nuevo. ¿Puedo ayudarte en algo más?

—No, gracias, siento haberte molestado.

Amelia salió de la biblioteca con gesto airado y de camino al salón se topó con Ludovica.

—Supongo, querida, que sabe dónde está mi esposo... —le preguntó Ludovica.

—Lo encontrará en la biblioteca —respondió Amelia sin disimular su contrariedad.

A duras penas logró conciliar el sueño aquella noche. Se preguntaba qué le habría sucedido a Max para tratarla de aquella manera. Los Keller se habían marchado el día anterior al campo y la soledad le pesaba, aunque se alegraba de que Greta estuviera mejor, tan animada como para emprender el viaje a casa de su hermana en Neuruppin.

El timbre de la puerta la sobresaltó. Miró el reloj. Las diez de la mañana. Por un momento se puso a temblar pensando que podía ser la Gestapo. Luego abrió la puerta.

—¡Max!... pero ¿qué haces aquí?

—Quería disculparme por lo de anoche. Me comporté de manera poco caballerosa.

—¿Quieres que prepare un té? —propuso ella para ocultar su nerviosismo.

—Una taza de té me vendría muy bien, pero no quiero molestar...

—¡Oh, no te preocupes, no tardaré ni un minuto!

Mientras Amelia servía el té, Max comenzó a hablar.

—Quiero ser sincero contigo. Sabes lo que siento por ti, y... eso me perturba, sobre todo en estos momentos en que Ludovica y yo estamos intentando salvar nuestro matrimonio.

Amelia se quedó callada durante unos segundos, luego intentó sonreír al tiempo que respondía.

—Me alegro por ti, sé que sufrías por los problemas con Ludovica —musitó Amelia, sorprendida por aquella inesperada confesión.

—Ella cree que aún es posible recuperar lo que sentimos en el pasado...

—Seguro que merece la pena que lo intentéis. Deseo lo mejor para ti.

—Dentro de un par de días regreso a Varsovia, y me preguntaste qué sucedía allí...

—Sí, pero era una excusa para verte a solas. En realidad no quiero saber nada sobre Varsovia.

Pero Max no pareció escucharla y comenzó a hablar con la mirada perdida.

—¡Pobres polacos! No sabes lo que han hecho allí los Einsatzgruppen...

—¿Los Einsatzgruppen?

—Son unidades especiales, «Grupos de Acción», las SS son su corazón y su cabeza. ¿Sabes cuál ha sido su cometido? Limpiar Polonia de elementos antialemanes. ¿Imaginas cómo lo han hecho? Yo no lo supe al principio, pero los Einsatzgruppen llegaron a Polonia con una lista de treinta mil personas consideradas peligrosas para el III Reich, personas que han sido detenidas y ejecutadas. Abogados, médicos, miembros de la aristocracia, incluso sacerdotes...

—¿Y tú... tú... participas de todo eso? —preguntó Amelia.

—Son ellos quienes hacen ese trabajo. Llegan a los pueblos, agrupan a la gente, les hacen cavar una fosa y luego los fusilan. Algunos tienen mejor suerte y sólo se les confiscan las tierras y los desplazan hacia otros lugares. Apenas les dan unos minutos para coger lo imprescindible y abandonar sus hogares. La peor parte se la llevan los judíos, ya sabes el odio que les tiene Hitler. Sé de matanzas en Poznan, en Błonie...

—¿El Ejército mata campesinos?

—No, aún no hemos llegado a eso. Ya te he dicho que de ello se encargan las SS y sus Grupos de Acción. Algunos oficiales de la Wehrmacht aún intentamos conservar nuestro honor.

—Pero ¿por qué asesinan a tantos inocentes, a sacerdotes, a abogados, médicos...?

—Piensan que si acaban con la «inteligencia» del país, con quienes tienen capacidad de oponérseles, los demás no se atreverán a protestar, y tienen razón. Han convertido Varsovia en un cementerio viviente.

—¿Y tú qué haces en Polonia, Max?

—Cuido de la salud de nuestros soldados, organizo hospitales de campaña, procuro que no falten medicamentos ni enfermeros... Visito a las tropas dondequiera que estén desplegadas. Hay que procurar que los hombres no contraigan enfermedades venéreas... Si lo que me preguntas es si me he manchado las manos de sangre, la respuesta es no, pero eso no me hace sentir mejor.

—¿Volverás a Varsovia?

—Sí, pero no por mucho tiempo. El Cuartel General quiere que me traslade para visitar nuestras unidades desplegadas por Holanda, Bélgica y Francia. Después me enviarán a Grecia. Hace unos días nuestros soldados desfilaron junto a los soldados italianos por Atenas.

—He roto con Albert —exclamó de pronto Amelia.

Max se quedó en silencio, mirándola con dolor.

—Lo siento... pensaba que erais felices.

Amelia se encogió de hombros y, para ocultar su nerviosismo, bebió un sorbo de té y se encendió un cigarrillo.

—Es un hombre bueno y leal, le quiero mucho pero no estoy enamorada de él. Siempre seremos amigos, pase lo que pase, sé que podré contar con él, pero no estoy enamorada.

—¿Qué piensas hacer?

—Vine a Berlín para verte, para estar contigo —respondió fijando su mirada en la de él.

Max no supo qué responder. Se sentía atraído por ella desde que se conocieron en Buenos Aires, y de no haber estado comprometido con Ludovica, habría iniciado una relación con la joven española. Pero ahora no sólo estaba casado, sino que además su esposa le había rogado que dieran una nueva oportunidad a su matrimonio y él se había comprometido a ello. No quería traicionar a Ludovica por mucho que deseara pedirle a Amelia que lo acompañara a Varsovia o adondequiera que lo destinaran.

—Me voy dentro de unos días.

—Ya... lo entiendo, en ese caso...

Max se puso en pie y Amelia lo acompañó a la puerta, pero no llegó a abrirla. Max la estaba abrazando con fuerza y ella se abandonó. Aquella mañana, en la soledad de la casa de los Keller, se convirtió en su amante.

El padre Müller no lograba borrar las pesadillas que le acompañaban desde que había regresado del manicomio de Hadamar. Se había vuelto huraño y el viejo sacerdote al que ayudaba no sabía qué hacer para sacarle de aquel infierno.

Tampoco su madre ni su hermana lograban devolverle el buen ánimo del que siempre había hecho gala. Por eso aquel domingo recibieron con alegría la visita de Amelia, pensando que la joven española quizá lograría ayudarlo a distraerse. Al día siguiente, lunes, el padre Müller tenía previsto partir hacia Roma. El obispo había organizado el viaje temiendo que en cualquier momento la Gestapo diera con el joven sacerdote.

Irene insistió a su hijo para que fuera a pasear con Amelia.

—Te vendrá bien que te dé el aire, hoy hace un día precioso, y seguro que Amelia prefiere pasear, ¿verdad, hija?

—Claro que sí, nos vendrá bien a los dos.

Caminaron hasta el zoológico sin apenas hablar. Una vez que llegaron, se sentaron en un banco desde el que veían una jaula llena de monos.

—Tenía ganas de hablar contigo antes de que te fueras —dijo Amelia.

—Me temo que ahora no soy una buena compañía para nadie —respondió el padre Müller.

—Somos amigos, de manera que quiero compartir contigo tu angustia.

—Nadie puede hacerse una idea del horror de lo que he vivido —respondió él con desesperación.

—Rudolf, ¿por qué no permites a tus amigos que te ayudemos?

El padre Müller dio un respingo al escuchar su nombre. Nadie le llamaba así excepto su madre y su hermana, y de repente la joven española obviaba su condición de sacerdote tratándole por su nombre de pila.

—Comprendo lo que has debido de sufrir al sentirte impotente por no poder ayudar a esos pobres desgraciados, pero no es bueno que sigas recreándote en el dolor, lo importante es que pienses qué podemos hacer para acabar con esos asesinatos. Y tú ya has hecho algo, el obispo ha protestado ante las autoridades. No tendrán más remedio que parar esos asesinatos. Ahora lo que debemos hacer es seguir luchando, sabiendo a qué clase de gente nos enfrentamos. He pensado en ponerme en contacto con Albert; él es periodista, le puede interesar contar lo que pasa en Hadamar, y ni siquiera Hitler podrá seguir haciendo lo que hace si la prensa norteamericana y la británica denuncian que en Alemania se asesina a los dementes.

El sacerdote la observó convencido. Ella mostraba una gran firmeza en sus planteamientos.

—Lo que no puedes hacer es rendirte. Ya has visto con tus propios ojos el mal, bueno, pues tu deber como sacerdote y como ser humano es hacer frente a estos criminales.

—¿Crees que puedes hacer llegar a tu amigo Albert James la información sobre lo que pasa en Hadamar?

—Por lo menos voy a intentarlo. Tengo que encontrar el medio porque no puedo escribir una carta que caería en manos de la Gestapo. En realidad tú podrías llevar la carta a Roma.

—¿A Roma?

—A Carla Alessandrini. Ella nos ayudará, sabrá cómo hacer llegar mi carta a Albert.

—¡Tienes soluciones para todo!

—No creas, se me ha ocurrido mientras hablábamos. Y ahora tengo una cosa que contarte.

Le confesó que su relación con Albert James había terminado.

—Lo siento... y a la vez me alegro —dijo el sacerdote.

—¡Te alegras!

—Sí, porque... bueno... tú estás casada y... en fin... no estaba bien que vivierais juntos.

—¿Crees que eso tiene importancia?

—¡Claro que sí! Nunca podrás casarte con él, y si tuvierais hijos, imagina cuál sería su situación... Aunque te duela, es lo mejor. Y no creas que no siento simpatía por Albert, me parece un hombre sensato y valiente que se merece encontrar una buena mujer con la que compartir su vida.

Lo que Amelia no contó al padre Müller es que se había convertido en la amante de Max von Schumann y que, aprovechando la ausencia de los Keller, se veían todos los días. En ese momento, mientras ellos estaban en el zoológico, Max estaría comunicándole a Ludovica que no podía dar una oportunidad a su matrimonio. Lo había intentado sinceramente, pero eso había sido antes de convertir a Amelia en su amante. En ese instante sólo ansiaba estar con la joven española y no estaba dispuesto a que nadie lo separara de ella, ni siquiera Ludovica.

Al caer la tarde, el padre Müller y Amelia se dirigieron a casa del profesor Schatzhauser. El sacerdote quería despedirse de sus amigos antes de partir hacia Roma.

Cuando llegaron, Manfred Kasten estaba contando a los allí reunidos que algo gordo se estaba preparando. Dijo que había mucho movimiento en el Cuartel General del Ejército, y que en los últimos días Hitler parecía eufórico.

—¿A quién más vamos a invadir ahora? —preguntó el pastor Schmidt.

—No creo que vayan a llevar a cabo un asalto contra Inglaterra... la RAF está frenando a la Luftwaffe —comentó el profesor Schatzhauser.

—Pero ustedes no imaginan cómo está Londres —se lamentó Amelia.

—Supongo que lo mismo que Berlín, hija, lo mismo que Berlín... así es la guerra —respondió Helga Kasten.

No era la primera vez que Manfred Kasten insistía en que Hitler estaba preparando una gran sorpresa; pero cuando Amelia pedía a Jan y a Dorothy que transmitieran esos rumores imprecisos, Jan protestaba:

—¿No puedes conseguir algo más de información? Mandar un mensaje diciendo que hay movimiento en el Cuartel General del Ejército alemán en plena guerra es una obviedad; que los generales andan muy ocupados, es lo lógico, en cuanto a que Hitler está contento, no me parece relevante.

—Ya, pero mis fuentes creen que va a pasar algo importante, y aunque no sepamos qué, es mejor que en Londres estén informados.

A Amelia no le resultó fácil confesar a Dorothy y a Jan que se había convertido en la amante de Max y que lo acompañaría a Polonia, y que por tanto necesitaba nuevas órdenes del comandante Murray.

Ninguno de los dos pareció sorprenderse y Jan se limitó a decirle que regresara en un par de días, para entonces él ya se habría puesto en contacto con Londres.

Las órdenes de Murray fueron precisas: Amelia debía acompañar al barón Von Schumann y obtener a través de él toda la información que pudiera, referida al despliegue de las tropas en el Este. También le daba un nombre, «Grazyna», una dirección en Varsovia a la que debía acudir para transmitir la información que fuera recabando, y una contraseña para ser bien recibida en aquella dirección: «El mar está en calma después de la tormenta».

Jan entregó a Amelia una pequeña cámara.

—La puedes necesitar.

—No me será fácil ocultarla.

—Tendrás que hacerlo.

El 2 de junio Max y Amelia se fueron a Varsovia. Para entonces, a los ojos de todos sus amigos, Amelia se había convertido en la amante de Max. Ella misma se lo comunicó al profesor Schatzhauser diciéndole que no tenía sentido ocultar por más tiempo lo que había entre ella y Max. El profesor a duras penas pudo ocultarle su disgusto. No simpatizaba con la baronesa Ludovica, y compadecía en silencio a Max por estar casado con una nazi, pero eso no le justificaba para convertir en su amante a aquella extraña joven española.

La noticia dio lugar a todo tipo de comentarios entre los amigos de Max, pero en general a ninguno les satisfizo. No fueron los únicos: para los Keller fue una sorpresa inesperada. Amelia les contó que se marchaba con el barón a Varsovia. No hacía falta explicar más. Herr Helmut le dijo que podría contar con ellos y que las puertas de su casa siempre estarían abiertas para ella. Sin embargo, Greta miró a su esposo con gesto adusto: no podía aprobar que Amelia le robara el marido a otra y que se fuera con él. No, eso no estaba bien.

3

Max y Amelia fueron en tren hasta Varsovia donde les esperaba el capitán Hans Henke, ayudante de Max. Desde allí se trasladaron al sur, a Cracovia, donde había establecido su residencia Hans Frank, un bávaro al que Hitler había convertido en el gobernador general de Polonia.

—Es una de las ciudades más bellas del mundo —le dijo Max refiriéndose a Cracovia.

Ella le dio la razón en cuanto llegaron a la ciudad, pero le impresionó la tristeza que imperaba en el rostro de los polacos.

No estarían muchos días en Cracovia, Max tenía que despachar con Hans Frank y sus jefes militares algunos asuntos relativos a la intendencia médica, después regresarían a Varsovia.

Amelia sintió una antipatía profunda cuando conoció a Hans Frank, quien se había instalado en el castillo de Wawel y se comportaba como un reyezuelo.

Le gustaba organizar cenas que presidía como si de un monarca se tratara, luciendo las vajillas de porcelana y cristalerías de Bohemia.

Fue en uno de esos eventos cuando a Amelia, flanqueada por Max y el capitán Hans Henke, le presentaron a Hans Frank y a su esposa, que en ese momento se dirigían a la mesa para la cena mientras departían con otros invitados.

La mesa estaba excesivamente decorada para el gusto de Amelia; Max se encontraba frente a ella y a su lado tenía a un oficial de las SS. Los ojos azules de aquel hombre eran fríos como el hielo. Era rubio, alto y atlético, pero a pesar de su apostura, Amelia lo encontró repulsivo.

—Soy el comandante Jürgens —le dijo, tendiéndole la mano.

—Amelia Garayoa —respondió ella.

Jürgens esbozó una mueca mientras asentía. Naturalmente no se le había pasado por alto la llegada a Cracovia del comandante Von Schumann, aquel engreído aristócrata, acompañado de una joven española que a todas luces era su amante. Pensaba investigar quién era la joven, a la que no podía dejar de admirar por su belleza. No parecía española, tan rubia y tan frágil y tan delgada, convencido como estaba de que todas las españolas eran morenas de carnes rotundas.

—Comandante Schumann, ¿ha disfrutado de su estancia en Berlín? —preguntó dirigiéndose a Max.

—Desde luego que sí —respondió el barón con desgana.

—Ha regresado usted muy bien acompañado por esta bella señorita... —dijo el comandante mirando a Amelia.

—Amelia, te presento al comandante Ulrich Jürgens, cuídate de él.

La advertencia de Von Schumann provocó una risotada de Jürgens.

—¡Vamos, comandante, no asuste a la señorita! Los aristócratas de la Wehrmacht siempre se muestran displicentes con quienes no hemos nacido en un castillo como ellos. Por cierto, ¿cómo se encuentra su encantadora esposa, la baronesa Ludovica?

Max se puso tenso y Amelia palideció. Las palabras del comandante Ulrich Jürgens sonaban como una ofensa.

Una mujer entrada en años que estaba sentada al lado de Max intervino en la conversación.

—¡Los jóvenes siempre tan impulsivos e indiscretos! Dígame, comandante Jürgens, ¿está usted casado?

—No, condesa, no lo estoy.

—¡Ah! Entonces no disfruta usted de las ventajas del matrimonio. Debería casarse, ya tiene usted edad para ello, ¿no cree? Eso le restaría interés por los matrimonios de los demás. Y usted, querida, ¿de dónde es? Tiene un acento que no sé distinguir...

—Española, soy española —respondió Amelia, agradecida por la irrupción de la dama.

—Soy la condesa Lublin.

—¿Es usted polaca? —preguntó Amelia con curiosidad.

—Sí, soy polaca, aunque he vivido la mayor parte de mi vida en París. Mi esposo era francés, pero enviudé y decidí regresar a mi país. Ya ve que no acerté al elegir el momento. —Las palabras de la condesa dejaron traslucir una fina ironía.

La condesa consiguió que la conversación transcurriera por derroteros mundanos. Les habló de París, de un reciente viaje a Estados Unidos donde residía su hijo mayor, y del tiempo, de la primavera en Cracovia.

El comandante Jürgens pareció concentrarse en la cena haciendo ver que no les prestaba atención, pero Amelia podía sentir cómo la escudriñaba con la mirada y el destello de ira de sus ojos cuando miraba a Max.

Dos días después volvieron a Varsovia y se instalaron en el hotel Europejski, donde el eficiente ayudante de Max, el capitán Hans Henke, había logrado reservar para Amelia una habitación contigua a la de Max.

—Me alegra tanto tenerte aquí... pero temo que te aburras y prefieras regresar a Berlín —le dijo Max.

—Sólo quiero estar contigo; además, conocer una ciudad siempre es una aventura. Pronto conoceré gente, no te preocupes por mí.

—Pero debes ser prudente, esta ciudad no es segura, la Gestapo y las SS están por todas partes.

—No puede ser peor que en Berlín.

—Aquí no hay en quién confiar salvo en el capitán Henke.

—Lo sé, lo sé…

Lo que Max no podía ni imaginar es que tampoco podía confiar en la mujer de la que estaba perdidamente enamorado. Amelia ya había comenzado a fotografiar los documentos que él guardaba en la cartera.

Ella fotografiaba todo, esperando que en el Almirantazgo supieran encontrar lo que les interesaba.

Amelia solía aprovechar para fotografiar los documentos cuando Max dormía o se duchaba. Temblaba pensando el daño irreperable que le haría si un día la descubría. Porque Max estaba enamorado de ella como nunca lo había estado de ninguna mujer. Amelia le correspondía aunque no con tanta intensidad, se decía a sí misma que había gastado lo mejor de su amor entregándoselo a Pierre.

Unos días después de su llegada a Varsovia, Max ya había establecido su rutina de trabajo y Amelia se sintió con libertad para buscar la dirección de contacto que Jan y Dorothy le habían facilitado por orden del comandante Murray.

Era un edificio situado en el corazón de Varsovia. La casa tenía tres plantas, y una de sus esquinas asomaba a la plaza del Mercado. Subió hasta el tercer piso y pulsó el timbre, aguardando con impaciencia.

Una joven abrió la puerta y la miró de arriba abajo mientras le preguntaba:

—¿Qué desea usted?

—Perdone, no hablo polaco —se excusó Amelia en alemán.

—¿Sólo habla alemán? —respondió la joven.

—Inglés, francés y español…

—Hablaremos en alemán. ¿Qué quiere?

—«El mar está en calma después de la tormenta» —pronunció Amelia.

—Pase, por favor —contestó la joven, que dijo llamarse Grazyna.

La casa era amplia y luminosa. Desde sus ventanales se contemplaba la plaza y una de las calles adyacentes. Se notaba que era una casa burguesa, con muebles y cuadros de calidad.

Grazyna la invitó a sentarse.

—¿Quién es usted?

—Me llamo Amelia Garayoa y creo que tenemos amigos en común…

—Sí, eso parece. ¿Qué quiere?

—Me dijeron que viniera aquí para entregar unas fotos…

—Me avisaron que vendría usted, pero no cuándo. ¿Qué tiene?

—He podido hacer unas cuantas fotografías a unos documentos, pueden ser importantes.

—Démelas, yo las haré llegar a su destino.

—¿Cómo consigue que el material llegue a Londres?

—No puedo decírselo. Corremos mucho peligro, y si la detienen no podrá contar lo que no sepa.

—¿La oposición está bien organizada?

—¿La oposición? —Grazyna soltó una carcajada amarga—. No imagina lo que hicieron los alemanes cuando nos invadieron. Llegaron con listas interminables de gente, de todos aquellos que pudieran formar la más mínima resistencia. Los Einsatzgruppen han asesinado a miles de personas: médicos, artistas, abogados, funcionarios… Sí, han asesinado a todos aquellos que podían haber intentado oponérseles aunque sólo hubiese sido con la fuerza de la palabra.

—Lo siento.

—Nadie hizo nada por detenerlos —se lamentó Grazyna.

—Gran Bretaña declaró la guerra a Alemania por la invasión de Polonia —respondió Amelia en tono de protesta.

—Demasiado tarde. Estuvieron contemporizando con Hitler y se negaron a ver lo que iba a pasar, y los polacos hemos sido las primeras víctimas. ¡Ojalá Churchill sea capaz de hacer algo! Por lo menos él nunca fue partidario de la política de apaciguamiento. ¿Cómo han podido estar tan ciegos?

Mientras Grazyna hablaba, Amelia la observaba. Calculó que

no debía de tener más de veinticinco años, aunque los surcos alrededor de la boca la hacían parecer mayor. De estatura media, con el cabello castaño claro y los ojos de un azul oscuro, entrada en carnes, aunque no era guapa, en conjunto resultaba agradable. Amelia pensó que Grazyna pasaría inadvertida en cualquier lugar.

—¿Vive sola? —se atrevió a preguntar.

—Sí, aunque mis padres viven cerca de aquí. ¿Y usted? ¿Cuál es su cobertura?

—Soy la amante de un oficial médico de laWehrmacht.

Grazyna apretó los dientes para evitar una mueca de asco.

—¿De dónde es usted?

—Española.

—Ha venido de muy lejos... ¿Por qué no está en su país?

—A mi padre lo fusilaron después de nuestra guerra civil, mi madre murió, y... bueno, digamos que la vida me ha ido empujando hasta aquí. ¡Ah!, y aunque no lo crea, el oficial con el que vivo es una buena persona, no es un nazi.

—¡Ya! Me dirá que se limita a cumplir órdenes.

—Así es. Pertenecía al Ejército antes de la llegada de Hitler.

—Pero naturalmente no sabe que usted le espía.

—No, no lo sabe.

—¿Y usted por qué lo hace?

—Espero que una vez que Hitler sea derrotado liberen a mi país de Franco.

La carcajada de Grazyna irritó a Amelia. Ella confiaba ciegamente en que tarde o temprano Franco sería desplazado del poder, se aferraba a ese sueño porque era lo que le daba fuerzas para vivir.

—A mí no me hace gracia —afirmó secamente.

—Me sorprende su ingenuidad, pero naturalmente no quiero ofenderla. Bien, deme el material.

Amelia sacó un pañuelo donde llevaba envuelto el carrete fotográfico y se lo entregó.

—Creo que esta casa aún es segura, pero no debemos confiarnos. En la ventana tengo una maceta; si está colocada del lado derecho significa que puede usted visitarme sin problemas, pero si está en el lado izquierdo, o bien es que no estoy o puede haber peligro, y entonces, pase lo que pase, no debe subir a mi casa. ¿Lo ha entendido?

—Desde luego.

—¿Qué piensa de los judíos?

La pregunta desconcertó a Amelia y se quedó callada, lo que fue malinterpretado por Grazyna.

—Ya veo que es usted una de esas personas cuyas convicciones se ablandan cuando se trata de los judíos.

—¡Pero qué dice! Mi mejor amiga era judía, el socio de mi padre era judío... Es que no sé qué responder sobre qué pienso de ellos, ¿debo pensar algo especial? Ése es el problema de los que creen que hay que pensar «algo» sobre los judíos.

—No se enfade, sólo era una pregunta. Mi novio es judío. Está en el gueto.

—Lo siento. Sé que los han confinado en unas cuantas calles y que no les permiten salir.

—Las condiciones del gueto son cada día peores.

—¿Puede ver a su novio?

—No se puede entrar ni salir del gueto sin permiso, pero logramos burlar la vigilancia, aunque no siempre es posible.

—Si puedo hacer algo...

—Quizá, puesto que su amante es nazi.

—Max es un soldado, un comandante de intendencia médica de la Wehrmacht, y ya le he dicho que no es un nazi.

—Tendrá que decirle que nos conocemos.

—Bueno, le diré que la he conocido casualmente en la calle, que me perdí y que usted amablemente se ofreció a acompañarme al hotel, y para agradecérselo la invité a tomar el té y simpatizamos, ¿le parece bien?

—Sí, es creíble. ¿En qué hotel se alojan?

—En el Europejski.

—Más o menos tenemos la misma edad, y usted aquí no conoce a nadie, de manera que a su amante le gustará saber que mientras él se dedica a matar polacos, usted tiene alguien con quien conversar.

—Le ruego que no insista en su valoración sobre Max. No le conoce, por lo tanto no debería juzgarlo. Entiendo que para usted todos los alemanes son el enemigo, pero él no lo es.

—Supongo que usted tiene que creérselo para no sentirse tan mal al hacer su trabajo —concedió Grazyna.

—No, no es por eso. Le conozco desde hace tiempo y le aseguro que no es un nazi.

Grazyna se encogió de hombros. No estaba dispuesta a hacer más concesiones respecto a lo que opinaba sobre los alemanes. Los odiaba demasiado para hacer distinciones. Algunos de sus mejores amigos habían desaparecido a manos de los Einsatzgruppen, a dos de sus tíos los habían ahorcado, y su novio estaba en el gueto. No, la española no podía pedirle que fuera capaz de ver más allá del dolor y del odio.

—La acompañaré de vuelta al hotel, así podrá hacer creíble lo que va a contarle a su amante.

Salieron de la casa en silencio. Amelia analizando si llegaría a entenderse con Grazyna. Y ésta, por su parte, no sabiendo qué pensar sobre Amelia. Por lo que acababa de decirle era una agente británica que tenía una misión que cumplir y para ello seguramente debía utilizar a aquel oficial de la Wehrmacht, pero aun así despreciaba a cualquiera que tuviera un trato amable con el enemigo.

Grazyna le explicó que era enfermera y trabajaba en el Hospital de San Estanislao. Cuando podía robaba medicinas para llevarlas al gueto.

No le resultaba fácil, pero contaba con la complicidad de una monja, la hermana Maria.

—Es una mujer extraordinaria, y muy valiente a pesar de su edad.

—¿Cuántos años tiene? —preguntó Amelia.

—Creo que ha cumplido los sesenta; está un poco gorda y es algo protestona, pero no le importa arriesgarse. Tiene acceso al cajón donde se guardan las llaves de la farmacia del hospital, y es ella quien me ayuda a robar los medicamentos.

—Una monja robando... —susurró Amelia, sonriendo.

—Una monja ayudando a salvar vidas —respondió Grazyna enfadada.

—¡Por supuesto! No me malinterprete. Me parece admirable lo que hace la hermana Maria, sólo que pienso que ella nunca habría imaginado que iba a robar.

—¿Y usted había imaginado que se convertiría en la amante de un nazi?

—No soy la amante de ningún nazi.

Volvieron a guardar silencio hasta llegar al hotel. Allí Amelia la invitó a tomar el té. Grazyna tenía razón: era preciso dar verosimilitud a la mentira que Amelia iba a contarle a Max.

Éste no llegó al hotel hasta bien entrada la tarde. Estaba cansado e irritado, pero cambió de humor en cuanto se encontró con Amelia. Ella le contó que había conocido a una joven enfermera polaca y que habían congeniado, y él la animó a que volvieran a verse.

—Así no estarás tan sola; sé que soy un egoísta por haberte traído aquí, pero no querría por nada del mundo separarme de ti.

Aquella noche, al igual que las siguientes, Amelia continuó fotografiando los documentos que contenía la cartera de Max. Sentía un miedo increíble cada vez que hacía aquello, y se preguntaba si él la perdonaría en caso de que la descubriera.

El 20 por la tarde Amelia volvió a presentarse en casa de Grazyna. No la había vuelto a visitar desde el día en que se conocieron. Vio que la maceta estaba colocada en el lado derecho y subió con paso rápido hasta el tercer piso.

Llamó al timbre y Grazyna no tardó en abrir la puerta.

—¡Oh, eres tú! —dijo sin ocultar su sorpresa.

—Sí... he visto la maceta situada en el lado derecho y por eso he subido... —se excusó Amelia.

—Pasa, te presentaré a algunos amigos.

En la sala había dos hombres y otra joven. Los tres la miraron con curiosidad.

—Te presento a Piotr y a Tomasz, y ésta es mi prima Ewa, la mejor pastelera de Varsovia. Algún día deberías pasarte por la pastelería de mis tíos, te aseguro que merece la pena.

Piotr parecía estar más cerca de los cuarenta que de los treinta; era alto, fuerte, con el cabello rubio oscuro y los ojos castaños casi verdes, y unas manos fuertes y callosas; todo lo contrario de Tomasz, que no parecía haber llegado a los treinta, delgado, estatura media, con el cabello rubio casi blanco, y el color de los ojos azul intenso. Sin duda Ewa era la más joven del grupo. Amelia calculó que podía tener aproximadamente unos veinte años: alta, esbelta, con el cabello castaño claro y los ojos azul oscuro como los de Grazyna.

—¿Traes más información? —preguntó ésta.

Amelia se puso tensa y no respondió. No sabía quiénes eran los invitados de Grazyna y le sorprendió la indiscreción de la joven.

—¡Vamos, no te preocupes! Son amigos, de lo contrario no te habría invitado a pasar. ¿No me preguntaste por la Resistencia? Bien, pues aquí tienes a tres de ellos. Estamos preparando una incursión en el gueto.

—¿Y cómo lo hacéis? —preguntó Amelia con curiosidad.

—La casa de la condesa Lublin se encuentra situada en una calle adyacente al muro que cierra el gueto. En la parte de atrás de la casa está la puerta de servicio; allí hay una alcantarilla, Piotr ha encontrado el camino que conduce al otro lado. Las alcantarillas suelen estar vigiladas, pero en ocasiones podemos burlar la vigilancia, ¿verdad, Piotr?

El hombre asintió. Grazyna hablaba en alemán, idioma que, para alivio de Amelia, parecían conocer sus amigos.

—Piotr es el chófer de la condesa. Una mujer singular, parece amiga de los nazis, pero Piotr cree que es sólo apariencia —aclaró Grazyna.

—La conocí en Cracovia durante una cena ofrecida por el gobernador general, Hans Frank.

—¡Ese cerdo! —exclamó Grazyna.

—No imagina cómo están sufriendo en el gueto —la interrumpió Ewa—, sobre todo los niños. Necesitan medicinas con urgencia, muchos sufren de fiebre tifoidea.

—¿Cuándo será la incursión? —preguntó Amelia.

—Esperamos poder hacerlo dentro de un par de días —respondió Ewa.

—Bueno, ¿has traído más material o no? —se impacientó Grazyna.

—Sí, aquí lo tienes. Creo que puede haber algo importante, están desplazando gran cantidad de tropas a la frontera.

Grazyna intercambió una rápida mirada con Tomasz y éste movió la cabeza como asintiendo a lo que ella le preguntaba calladamente.

—Lo enviaré de inmediato, puede que esta misma noche —se comprometió Grazyna.

—Sí, hazlo. Max se marcha mañana, me ha dicho que estará unos días fuera, que se va al norte justo donde va a haber un mayor despliegue de tropas. Tienen muchas divisiones en Polonia…

—Bueno, al menos durante unos días te librarás de la presencia de ese hombre —concluyó Grazyna.

—¿Crees que podría pasar con vosotros al gueto?

—¡No! —respondieron todos a la vez.

—Bueno… sólo preguntaba… me gustaría ayudar…

—Tú haz tu trabajo, nosotros haremos el nuestro. ¿Te imaginas que nos detuvieran? No quieras correr más riesgos de los necesarios —le reprochó Grazyna.

El 22 de junio la «Operación Barbarroja» se puso en marcha: la Wehrmacht invadió la Unión Soviética. La noticia no cogió desprevenida a Gran Bretaña. A través de sus agentes, la Inteligencia británica contaba con información sobre el movimiento de tropas alemanas. La que aportó Amelia Garayoa fue una de las tantas que corroboraron lo que ya sabían en Londres. Para entonces ya habían logrado descifrar el código de Enigma con el que el Ejército y la Marina alemanas cifraban sus mensajes. Para Churchill fue una buena noticia. Estaba convencido de que Hitler, a pesar de parecer invencible, no podría combatir con la misma intensidad en dos frentes a la vez.

Stalin, pese a que había recibido numerosas informaciones alertándole de la invasión, nunca les dio crédito. Es más, mandó fusilar a algunos de los que se atrevieron a advertirle.

Las purgas en el Ejército Rojo habían sido de tal envergadura, que sus mejores generales murieron fusilados. El ataque alemán fue brutal: 153 divisiones, 600.000 vehículos, 3.580 tanques, 2.740 aviones, divididos en tres grupos participaron en la invasión.

El jefe del Estado Mayor soviético, el mariscal Georgi Zhúkov, telefoneó a Stalin, que se encontraba en su dacha de Kuntsëvo, situada a 20 kilómetros de Moscú, para informarle de que las tropas alemanas habían traspasado la «raya» de la Polonia soviética. Stalin se quedó mudo, no podía creer lo que le decía Zhúkov. Había confiado en Hitler hasta el extremo de haber descuidado la frontera polaca.

Amelia convirtió en costumbre visitar a Grazyna. No tenía nada mejor que hacer puesto que Max avanzaba con las tropas alemanas y ya no estaba en Varsovia. Poco a poco consiguió rebajar la antipatía que Grazyna parecía sentir por ella.

Una tarde acudió a buscarla al hospital donde conoció a la hermana Maria, que se encontraba en la enfermería con la mirada fija en unos papeles.

—Así que es usted la española... Grazyna me ha hablado de usted. Venga, la acompañaré a donde está, aunque no creo que tarde porque a las cinco termina su turno.

Grazyna se encontraba en una sala llena de mujeres; le estaba tomando la temperatura a una anciana que parecía estar al borde de la muerte. A Amelia le sorprendió la dulzura con la que trataba a la anciana. Cuando vio a Amelia y a la hermana Maria, se dirigió hacia ellas.

—Amelia, ¿qué haces aquí? ¿Qué ha sucedido? —preguntó Grazyna.

—Nada, perdona si te he asustado, es que pasaba cerca y he entrado a verte...

—¡Qué susto me has dado! Veo que ya conoces a mi ángel protector —dijo sonriendo a la hermana Maria.

—No seas zalamera, que ya sabes que los elogios a mí no me hacen mella.

—Es mi amiga —dijo Grazyna, levantando la voz y tranquilizando a las mujeres, asustadas al oír que la recién llegada hablaba en alemán.

Mientras Grazyna se cambiaba de ropa, la hermana Maria invitó a Amelia a tomar el té en la enfermería. Las dos mujeres congeniaron de inmediato. La monja supo ver el tormento que reflejaban los ojos de Amelia.

—Hermana, necesitamos medicinas —le susurró al oído Grazyna.

—No puedo darte más, nos descubrirán —respondió la monja.

—Hay niños en un estado muy precario... es difícil contener la fiebre tifoidea en el gueto —respondió Grazyna.

—Si nos descubren será peor, porque ya no podrás llevarles nada más —replicó la hermana Maria.

—Lo sé, pero necesito esas medicinas...

—Voy a salir de la enfermería con Amelia para enseñarle el pabellón de los niños, tardaremos diez minutos.

—Gracias —murmuró Grazyna, agradecida.

En cuanto Amelia y la hermana Maria salieron de la enfermería, Grazyna abrió el cajón donde la monja guardaba las llaves y buscó la de la farmacia. Al regresar, la hermana Maria miró con preocupación la abultada bolsa que Grazyna llevaba en la mano.

—¡Pero qué te llevas! Mañana tenemos inspección y ya sabes cómo se las gastan aquí, tienen inventariado hasta el último esparadrapo, ¿qué voy a decir?

—Diga que estaba mal el inventario.

—Eso ya lo dije la última vez... terminarán trasladándome a otro lugar por no ser diligente y permitir que desaparezcan medicinas de la farmacia.

—Pero la madre superiora nunca se lo ha reprochado...

—Sí, pero no quiere saber nada de lo que hago, dice que cuanto menos sepa, mejor. Además, la pobre no sabe mentir.

—¡Venga un día al gueto y verá cómo necesitan lo que les llevamos! Allí hay médicos, pero no tienen con qué curar y lloran de impotencia al ver cómo se les muere la gente.

—Marchaos, marchaos, antes de que me arrepienta. Ahora tendré que pensar en una mentira para justificar la desaparición de todo lo que te has llevado.

Salieron a la calle donde olía a verano y el sol lucía sobre un cielo azul.

—Vamos a mi casa, Piotr vendrá a buscarme en cuanto anochezca. Si Dios nos ayuda, esta noche pasaremos al gueto a llevar esto —dijo Grazyna señalando el bolso.

—Déjame que os acompañe —pidió Amelia.

—¡Estás loca! No puede ser. ¿Cuántas veces te lo tengo que decir?

—Puede ser útil que envíe a Londres un informe sobre el gueto, creo que no acaban de comprender hasta dónde llevan los nazis su odio hacia los judíos.

Grazyna se quedó en silencio meditando las palabras de Amelia. Dudó un momento antes de responder.

—Te llevaré sólo si los demás están de acuerdo.

Piotr se mostró reticente lo mismo que Tomasz, pero entre Ewa y Grazyna vencieron sus resistencias.

—Los británicos no saben con exactitud lo que es el gueto, obtendremos alguna ventaja si Amelia se lo cuenta —argumentó Grazyna.

—Por lo menos tendrán información de primera mano —añadió Ewa.

Cuando empezaba a caer la noche Piotr ya había cedido y antes de que comenzara la hora del toque de queda se dirigieron por separado y con paso decidido hacia la casa de la condesa Lublin. Grazyna llevaba la bolsa con las medicinas y Tomasz y Ewa también cargaban con otras bolsas que parecían pesar más que la de Grazyna.

Piotr les hizo entrar por la puerta de servicio que daba a un vestíbulo donde una puerta batiente se abría a la cocina. Al otro lado había tres habitaciones para el servicio. Piotr tenía la suerte de contar con un dormitorio para él solo puesto que era el único varón de la casa; las otras dos habitaciones estaban destinadas a la cocinera y la doncella de la condesa, que las compartían si era necesario.

—No hace falta que os recuerde que no debéis hacer ruido y mucho menos salir de mi habitación. Las criadas dicen que odian a los nazis, pero prefiero no correr riesgos —les advirtió.

Grazyna, Tomasz y Ewa se dirigieron a la habitación de Piotr seguidos por Amelia. El cuarto era pequeño, apenas cabía la cama, una mesilla y un armario. Se sentaron en la cama a la espera del regreso de Piotr.

Amelia iba a preguntar algo, pero Tomasz le hizo un gesto para que guardara silencio.

Tras un buen rato esperando en la habitación, Piotr regresó. Traía cara de cansado.

—La condesa tenía invitados y no me ha quedado más remedio que esperar a que todos se marcharan. Ahora aguardaremos un rato más y luego saldremos en silencio. Ya sabéis lo que hay que hacer —dijo dirigiéndose a sus amigos—, y usted, Amelia, haga lo que nosotros; pero por lo que más quiera, no se le ocurra tropezar o decir una sola palabra.

La noche estaba cuajada de estrellas. Restos de luz parecían estar retenidos en el cielo de Varsovia, lo que no favorecía que se pudieran mover con tranquilidad, pero lo hicieron con presteza. Piotr levantó la tapa de la alcantarilla invitando con la mano a sus amigos a que se sumergieran en el subsuelo de la ciudad. Tomasz fue el primero en bajar por las estrechas escaleras de hierro que conducían a las cloacas. Le siguió Ewa, Grazyna y, por último, Amelia.

Piotr colocó la tapa encima de la alcantarilla y regresó a su habitación. Aquella noche no podía acompañarles. La condesa era imprevisible y podía llamarle en cualquier momento. Desde que había enviudado le había elegido para hacer menos largas sus noches, y él había aceptado sabiendo que eso le colocaba en una situación de ventaja respecto de los otros sirvientes. Nunca le avisaba con tiempo, pero él sabía leer en su mirada cuándo se iba a producir la llamada.

Sin embargo, aquella noche, pasara lo que pasase, debía arreglárselas para destapar la alcantarilla cuatro horas más tarde, justo el tiempo que sus amigos permanecerían en el gueto.

Amelia tuvo que contener el vómito que le subía por la garganta. El olor le resultaba insoportable. Caminaba sobre la podredumbre de Varsovia, esquivando ratas, hundiendo los pies en el agua sucia que bañaba la acequia subterránea que cruzaba la ciudad de un lado a otro.

Tomasz encabezaba la marcha seguido por Grazyna y Ewa, Amelia iba en último lugar. Una rata se cruzó entre sus piernas y gritó, asustada. Ewa se volvió hacia ella, vio al roedor correr y cogió a Amelia de la mano.

—No las mires —le recomendó.

—Pero ¿y si nos muerden?... —alcanzó a decir Amelia.

Ewa se encogió de hombros tirando de la mano de Amelia.

Tomasz había acelarado el paso, lo mismo que Grazyna, y Ewa no quería perderles de vista.

No caminaron mucho; acaso sólo fueron quince minutos, pero a Amelia le pareció una eternidad. Luego Tomasz se detuvo y les señaló unas viejas escaleras de hierro. Fue el primero en subir. Golpeó dos veces la tapa de la alcantarilla y alguien la levantó. Una mano cogió la de Tomasz y tiró de él hacia arriba. Luego les llegó el turno al resto.

—Deprisa, los soldados no tardarán —dijo un hombre al que apenas se le veía el rostro envuelto como estaba por las sombras de la noche.

Les guió hasta un edificio cercano donde otro hombre aguardaba impaciente en el portal.

—Os habéis retrasado.

Subieron por las escaleras hasta el cuarto y último piso donde otro hombre aguardaba en el descansillo flanqueando una puerta abierta que daba a una estancia apenas iluminada.

—¡Gracias a Dios que estáis aquí! —exclamó una mujer que salió a recibirles—. ¿Y ésta quién es? —preguntó al ver a Amelia.

—Es amiga mía y nos puede ser útil. Habla alemán pero es española —explicó Grazyna.

—¿Has traído medicinas? —preguntó la mujer.

—Sí, aquí están, no es mucho, pero me ha sido imposible robar más.

La mujer abrió con impaciencia la bolsa que le entregaba Grazyna. Amelia se fijó en ella. Debía de tener cerca de sesenta años o quizá más, estaba muy delgada, con el rostro demacrado lleno de arrugas, las canas surcaban el cabello que en tiempos debió de ser negro y que ahora llevaba recogido en un moño; su mirada era de un azul muy vivo.

—No es suficiente —se quejó la mujer cuando examinó el contenido de la bolsa.

—Lo siento, intentaré traer más la próxima vez —se disculpó Grazyna.

Amelia buscó con la mirada a Tomasz y a Ewa, que se encontraban al fondo de la habitación hablando con el hombre de la escalera y con el que les había guiado hasta allí.

—¿Dónde está Szymon? —preguntó Grazyna con tono impaciente.

—Mi hijo vendrá de un momento a otro. Está en el hospital.

—¿Tienen un hospital aquí? —preguntó Amelia.

—No es exactamente un hospital, sino un recinto donde cuidamos a los que están más enfermos. Mi hijo es médico —respondió la mujer en alemán.

—Sarah es la madre de Szymon —dijo Grazyna a modo de presentación de la mujer que les había recibido.

—Ya ves, tengo un hijo loco enamorado de una gentil —rió Sarah mientras cogía la mano de Grazyna con afecto y se acercaban al grupo donde estaban Tomasz y Ewa con los otros hombres.

—Éste es Barak, el hermano de Szymon, y éste es Rafal —le presentó Grazyna a Amelia—. Ellos se encargan de que, pese a la guerra, nuestros niños sigan estudiando.

Ewa había abierto la bolsa en la que traía caramelos y dulces.

—A los niños les gustan los caramelos que haces —dijo Rafal.

—Siento no haber traído más, pero es difícil andar cargada con una bolsa sin llamar la atención de los soldados.

—Deberíamos atrevernos a traer más bolsas —se quejó Tomasz.

—Llamarías demasiado la atención, prefiero traer lo justo y evitar que os detengan —sentenció Sarah.

La bolsa de Tomasz estaba repleta de material escolar: cuadernos, lápices, sacapuntas, gomas… Era maestro y algunos de los niños del gueto habían sido alumnos suyos. Rafal había sido profesor de música en la misma escuela en la que Tomasz continuaba impartiendo clases. Eran amigos desde hacía demasiados años como para que los invasores alemanes pudieran romper su amistad.

—Les estoy explicando a Tomasz y a Ewa que han vuelto a reducir los alimentos que entran en el gueto. Dicen que con ciento ochenta y cuatro calorías al día tenemos suficiente. Nos están matando de hambre. Hemos organizado cantinas donde cocinamos algo de sopa con lo poco que tenemos para distribuirla entre los más necesitados. Pero lo peor es la falta de medicamentos, tienes que conseguirnos más. —El tono de Rafal era de súplica.

—Lo haré, aunque temo que me descubran. La hermana María es muy buena y hace la vista gorda, pero un día de éstos la interrogarán, y aunque sé que no me delatará le quitarán la llave de la farmacia —respondió Grazyna.

—Szymon está desesperado, dice que no soporta ver cómo se le mueren los niños sin poder hacer nada por ellos porque carece de las medicinas adecuadas —continuó diciendo Rafal.

Unos golpes suaves en la puerta les puso en alerta. Sarah se adelantó a abrir y besó al hombre que acababa de llegar.

—Madre, ¿ha venido Grazyna?

—Pasa, hijo, está allí al fondo de la sala.

Szymon entró en la sala y se dirigió sin dudar hacia Grazyna, a la que abrazó con fuerza. Permanecieron abrazados durante unos segundos, luego se sentaron junto a los demás. Grazyna le presentó a Amelia, y a ella le sorprendió el gran parecido de los dos hermanos, Szymon y Barak, con su madre. Morenos, huesudos, delgados y el mismo color azul intenso en la mirada.

—Debemos hacer algo, no podemos continuar así —se quejó Szymon.

—Pero ¿qué podemos hacer? Vigilan noche y día el gueto, no hay manera de salir salvo para los que se llevan a trabajar —le contestó su hermano Barak.

—El otro día un oficial de las SS dio una fiesta e hizo que le trajeran del gueto a algunos de nuestros mejores músicos —añadió Rafal.

—Tenemos que conseguir víveres y medicinas. Quizá nuestros hermanos de Palestina puedan ayudarnos. Necesitamos ponernos en contacto con las delegaciones que tienen en Ginebra o en Constantinopla. Con dinero se puede comprar a alguno de estos cerdos nazis para que nos permitan adquirir alimentos y traerlos al gueto —insistió Szymon.

—¡Estás loco! Nos denunciarían y se quedarían con el dinero. No, no es buena idea. Pero tienes razón en que debemos ponernos en contacto con la comunidad judía de Palestina o con la de Norteamérica para ver si pueden ayudarnos —intervino Rafal.

—Nuestra organización hace lo que puede, Szymon, ya lo sabes —dijo Barak.

—No me interesa la política, hermano, sólo salvar a los nuestros.

—Por más que te empeñes en lo contrario, la política lo es todo, Szymon. La situación del gueto sería más desesperada aún si nosotros no hiciéramos nada —reiteró Barak.

—Sin el *Judenrat* el gueto estaría en peores condiciones, al menos admítelo —dijo Sarah mirando fijamente a Szymon.

—Creo que perdéis el tiempo intentando que la vida en el gueto transcurra con normalidad en vez de intentar organizarnos para enfrentarnos a los nazis —protestó Szymon.

—Aun dentro de los muros y de la alambrada de espinos debemos seguir siendo personas, y las personas necesitan algo más que pan para serlo —le regañó Sarah.

—Debemos entretener a los niños —añadió Rafal.

—Pobrecillos, me da pena verles acudir a esas escuelas en las que simuláis normalidad —continuó protestando Szymon.

—¿Qué debemos decirles? ¿Que no hay esperanza? —A Barak se le notaba irritado con su hermano.

Szymon iba a responder pero se le adelantó Grazyna.

—Entiendo tu pesimismo, pero no tienes razón; la vida sigue, también aquí en el gueto, y la obligación de todos nosotros es que siga así, como si no sucediera nada a pesar de las dificultades y del sufrimiento. El *Judenrat* hace lo que puede, y gracias a ellos las cosas funcionan y la gente se siente amparada.

—Esta tarde he visto morir a cinco personas, dos de ellas niños, y sus madres me increpaban llorando: me pedían que hiciera algo para salvarles. Podéis imaginar cómo me siento —susurró Szymon.

Grazyna le abrazó conteniendo las lágrimas. Amelia no se atrevía a decir palabra, impresionada por la escena que estaba presenciando.

De nuevo, unos golpes secos en la puerta les volvió a poner en alerta. Sarah se levantó con paso decidido y fue a abrir. Escucharon la voz de una mujer que entre sollozos preguntaba por Szymon.

—¿Qué sucede? —preguntó Szymon a la mujer.

—Tienes que venir, mi marido se muere, tienes que darle algo, los paños con agua fría no le bajan la fiebre —suplicó la mujer.

—Te acompaño, veré lo que puedo hacer.

—Tened cuidado, hace rato que estamos bajo el toque de queda y los soldados disparan sin preguntar —les recomendó Sarah.

Szymon y Grazyna se fundieron de nuevo en un breve abrazo. Luego Szymon salió siguiendo a la mujer, que insistía en que se diese prisa.

—Las quejas no sirven de nada. ¿Podréis seguir trayéndonos algo de lo que necesitamos? —preguntó Barak a Tomasz.

—Sabes que nuestra organización hace lo que puede, dentro de dos días intentaremos regresar con unos sacos de harina y algo de arroz.

—Dentro de dos días… ¡Qué remedio! Tendremos que esperar. Ya no nos queda nada de lo que trajisteis la última vez —contestó Rafal.

—No es fácil pasearse con sacos de harina por Varsovia —le interrumpió Ewa.

—Lo sabemos y os agradecemos cuanto hacéis. Nos resulta tan incompresible lo que sucede… nos tienen aquí confinados, como si fuéramos animales apestosos, y como esto continúe así mucho tiempo, terminaremos siéndolo —respondió Rafal con un deje de amargura.

—¡Qué cosas dices, Rafal! —le reprendió Sarah—. No quiero oírte hablar así. Saldremos de aquí, los nazis no pueden confinarnos para siempre; mientras tanto, debemos organizarnos lo mejor que podamos.

—Madre, tú naciste en Palestina y viviste allí antes de conocer a mi padre. Si uno de nosotros se escapara y lograra llegar allí, ¿a quién debería acudir? —preguntó Barak.

—Escapar... ¡Ojalá pudiéramos escapar y llegar a Palestina! Pero creo que lo mejor sería intentar hacer llegar noticias de nuestra situación a la oficina de la comunidad judía en Ginebra... es lo que deberíamos hacer.

—Quizá yo podría salir del gueto por las cloacas... —sugirió Barak.

—¡Te cogerían! —exclamó Grazyna—. No, no creo que sea buena idea. A lo mejor podría ir yo a Ginebra, o Ewa...

—¿Qué están diciendo? —preguntó Amelia.

Grazyna la puso al tanto de la desesperación de sus amigos y de aquella descabellada idea de ir a Ginebra para contar lo que estaba pasando en el gueto de Varsovia.

—Yo podría ir —dijo Amelia con apenas un hilo de voz.

—¿Tú? Sí... quizá tú puedas llegar a Ginebra con más facilidad que nosotros —respondió Grazyna.

Hablaron de ello durante un buen rato. Cuando apenas faltaba una hora para salir del gueto, regresó Szymon. Se le notaba agotado, con un rictus de dolor dibujado en los labios.

—No he podido hacer nada, el pobre hombre ha muerto —dijo. Luego cogió la mano a Grazyna y la miró con ternura. La amaba y admiraba su valentía. Era una mujer a la que no le importaba arriesgar su vida para ayudarle, y no sólo a él, también a los suyos, a todos los judíos del gueto.

Grazyna era el alma de aquel pequeño grupo de resistencia contra los nazis en el que participaban otros jóvenes como ellos. Ella restaba importancia a lo que hacía, pero la realidad era que se jugaba la vida, sobre todo porque, como bien sabía Szymon, el grupo de Grazyna estaba pasando información a los británicos.

—Es la hora —les recordó Ewa, que miraba con impaciencia el reloj.

Se pusieron en pie con lentitud. A ninguno les gustaban las despedidas.

—Os esperamos dentro de un par de días —les recordó Sarah.

—Lo intentaremos —respondió Tomasz.

Barak fue el encargado de acompañarles entre las sombras de la noche hasta la alcantarilla. Tuvieron que esperar a que pasara una patrulla, luego levantaron la tapa y con rapidez se perdieron en las profundidades del subsuelo, rezando para que al otro lado les aguardara Piotr.

Amelia caminaba compungida, esta vez sin prestar atención a las ratas que corrían al escuchar sus pasos de intrusos en el reino de las cloacas. No es que no sintiera miedo, sólo que estaba demasiado conmocionada para prestar atención a sus propios temores.

El camino se les hizo más corto, aunque hubo un momento en que en mitad de aquella oscuridad Tomasz pareció dudar sobre la ruta a seguir; finalmente llegaron a la hora prevista a la entrada de la alcantarilla donde esperaban que estuviera Piotr.

Tomasz dio dos golpes secos en la tapa de la alcantarilla y unas manos la levantaron. Allí estaba Piotr, impaciente.

—Os habéis retrasado diez minutos —les reprochó.

—Lo siento —se excusó Tomasz.

—Tengo que volver con la condesa. Le dije que iba al baño y no va a creerse que he estado allí todo este tiempo —dijo nervioso—. Además, no sé por qué, pero esta noche parece haber más patrullas que nunca.

Los condujo en silencio hasta la casa y les indicó con un gesto que no salieran de su habitación ni hiceran ningún ruido. Piotr regresó al lecho de la condesa, donde estuvo un rato más, justo hasta la hora de amanecer en que ella le despedía instándole a que regresara a su cuarto. Hasta ese momento, Tomasz, Grazyna, Ewa y Amelia estuvieron sentados en la cama, apretados entre sí, sin moverse, intentando mantenerse despiertos, aunque de vez en cuando no pudieron evitar dar una cabezada.

Estaba amaneciendo cuando Piotr entró en el cuarto.

—Debéis esperar un rato más antes de salir. Es mejor que se haga de día, así las patrullas no sospecharán cuando os vean.

—Yo debo irme cuanto antes, a las ocho tengo que estar en el hospital —dijo Grazyna.

—De acuerdo, te irás la primera; que Amelia vaya contigo: si la paran, no sabrá explicar por qué está tan temprano en la calle —respondió Piotr.

Como si todos repitieran un ritual al que estaban acostumbrados, Tomasz se sentó en el suelo, lo mismo que Ewa y Grazyna; Amelia los imitó, y Piotr se tumbó sobre la estrecha cama quedándose dormido de inmediato. Permanecieron en silencio perdidos en sus propios pensamientos. Un rato después empezaron a escuchar los primeros ruidos del día y Piotr se despertó sobresaltado. Pero pronto recuperó la tranquilidad cuando vio a sus amigos sentados en el suelo casi en la misma postura en que estaban cuando había cerrado los ojos. Se levantó y salió al pasillo sin decir palabra. No vio a nadie, de manera que entró de nuevo en el cuarto e hizo una seña a Grazyna, que salió rápidamente seguida de Amelia. Unos minutos más tarde lo hicieron Tomasz y Ewa.

Aunque estaba muy cansada, Amelia disfrutaba del aire limpio de la mañana. El sol parecía querer filtrarse entre unas nubes altas que corrían a través del cielo de Varsovia. Grazyna parecía preocupada.

—Voy a llegar tarde —le dijo—. La hermana Maria se enfadará.

—Aún falta media hora para las ocho —respondió Amelia, intentando calmarla.

—Pero desde aquí al hospital hay una buena caminata. Deberías irte al hotel, ¿sabrás llegar?

—Prefiero acompañarte al hospital, desde allí me oriento mejor.

—¿Les contarás a tus jefes de Londres lo que has visto? —quiso saber Grazyna.

—Prepararé un mensaje y te lo llevaré más tarde —se comprometió Amelia.

—No es que no sepan lo que pasa en el gueto, pero creo que la política británica pasa por ganar la guerra, creen que ganándola se resolverá el problema judío.

—¿Y no es una posición lógica?

—No, no lo es, la situación de los judíos es aún peor que la guerra misma. Eso es lo que quiero que les digas.

—Lo haré. ¿Crees que puedo hacer algo más?

—Con eso será suficiente. Bueno, me imagino que continuarás espiando a tu nazi.

—Ya te he dicho que le han trasladado al frente. No sé cuándo regresará, de manera que no tengo a quién espiar.

—Pero en el hotel se alojan otros oficiales.

—De los que procuro mantenerme alejada. Prefiero ser prudente, mi situación en Varsovia no es fácil. Soy la amante de un oficial médico, es mejor no llamar la atención.

—Quizá deberías arriesgarte un poco más. Los oficiales se sienten muy solos lejos de casa, seguro que alguno de ellos se rendiría ante una mujer como tú. Eres guapa y educada, y además española, una aliada. De ti no desconfiarán.

—Creo que tienes una opinión equivocada sobre mí. Ser la amante de Max es algo más que un trabajo, ya te dije que nos conocimos hace tiempo y le tengo en gran estima. No soy una prostituta.

—No he dicho que lo seas, sólo que saques partido a tu situación actual. Algunos hombres sólo hablan en la cama.

Amelia se sentía incomprendida por Grazyna. Admiraba a la joven polaca, pero ésta seguía tratándola con desdén; aun así, se veía obligada a confiar en ella.

Se separaron en la puerta del hospital y Amelia aceleró el paso en dirección al hotel. Sentía la necesidad de darse un baño; cada poro de su piel olía a cloaca.

Estaba en recepción recogiendo la llave de su habitación cuando sintió el aliento de un hombre en su espalda. Se dio la vuelta y se encontró al comandante de las SS Ulrich Jürgens.

—¡Vaya! ¡La distinguida señorita amiga del comandante Von Schumann! Tiene usted muy mala cara, ¿acaso ha dormido mal? Por el aspecto de su ropa parece que ni siquiera ha dormido. Veo que no ha tardado mucho en olvidar a Von Schumann.

—¡Cómo se atreve! —Amelia tenía ganas de abofetear a aquel hombre que la miraba de arriba abajo de manera impertinente y la trataba como a una cualquiera.

—¿Cómo me atrevo? No sé a qué se refiere, ¿acaso he dicho algo inconveniente? Quizá no he sido muy caballeroso al no disimular mi asombro por su aspecto. ¿Cómo habría actuado su barón en una situación así? ¿Cree que Von Schumann se habría hecho el distraído? No soy un aristócrata, dígamelo usted: ¿qué habría dicho él en mi lugar? —El tono burlón de Jürgens continuaba siendo grosero.

—Es evidente que usted no es un aristócrata, ni siquiera un caballero —dijo Amelia dándole la espalda para dirigirse al ascensor.

Ulrich Jürgens la siguió con ánimo de seguir ofendiéndola.

—Ya que no guarda las ausencias, no tendrá inconveniente en cenar conmigo esta noche. ¿A las siete le parece bien?

Amelia entró en el ascensor sin responder. Cuando las puertas se cerraron suspiró aliviada.

Después de un largo baño se metió en la cama. Se quedó dormida pensando en cómo esquivar al comandante Jürgens.

Cuando se despertó comenzaba a anochecer. Se había comprometido con Grazyna en llevarle un mensaje para Londres, pero decidió que sería más prudente permanecer en la habitación habida cuenta de que con toda probabilidad el comandante Jürgens rondaría por el vestíbulo esperándola. No quería darle la oportunidad de montar una escena en público y mucho menos llevando en el bolsillo un mensaje cifrado.

Buscó un libro e intentó distraerse leyendo hasta que unos golpes secos en la puerta la sobresaltaron.

—¿Quién es? —preguntó a través de la puerta.

—¿Acaso ha olvidado que la estoy esperando? —Era el comandante Jürgens.

—Haga el favor de no molestarme —respondió intentando que no le temblara la voz.

—No se haga la inocente conmigo, conozco a las mujeres como usted. Sus ademanes de gran señora no me engañan. No es más que una prostituta cara.

Amelia contuvo el deseo de abrir la puerta y abofetearle, pero no lo hizo. Temía a aquel hombre.

—¡Márchese o presentaré una queja a sus jefes!

Le escuchó reír mientras volvía a aporrear la puerta. Amelia permaneció en silencio, sin responder a la ristra de insultos de Jürgens, quien al cabo de un rato, cansado de la escena, decidió retirarse.

Amelia aún permaneció un buen rato tras la puerta, sin atreverse a mover un músculo, temiendo que aquel energúmeno regresara. Luego colocó una butaca delante de la puerta y se sentó. No hubiese podido descansar en la cama sabiendo que podía volver. Pero Jürgens no regresó.

Al día siguiente Amelia se dirigió a casa de Grazyna. Lo hizo dando varias vueltas por la ciudad, temiendo que el comandante Jürgens la pudiera seguir a pesar de que no le había visto en el vestíbulo del hotel.

Grazyna parecía cansada, tenía ojeras y estaba de pésimo humor.

—¿Por qué no viniste ayer? —le reprochó nada más verla.

—Por culpa de un comandante de las SS al que no le caigo demasiado bien.

—¡Vaya, ahora resulta que también tienes amigos en las SS!

—No, no es un amigo, es un cerdo. Cada vez que me ve me ofende, aunque supongo que a quien realmente odia es a Max. Cuando regresé al hotel me lo encontré en el vestíbulo y empezó a mofarse de mi aspecto, como si me hubiera pillado regresando de una juerga. Se me insinuó y me invitó a cenar. Estuvo llamando a mi puerta durante un buen rato. Apenas he dormido esta noche temiendo que intentara entrar por la fuerza. Me pareció más prudente no salir de la habitación.

Grazyna asintió, luego cogió el papel que Amelia sacaba del bolso.

—¿Es lo que tengo que mandar a Londres?

—Sí.

—Procuraré que les llegue esta misma noche.

—Quiero volver al gueto —le pidió Amelia.

—¿Por qué?

—A lo mejor puedo seros útil, no sé, quizá a Sarah se le ocurra algo.

—No debemos correr peligros innecesarios.

—Lo sé, Grazyna, lo sé, pero puedo ayudar, aunque sea a cargar un saco de arroz.

4

Durante los dos meses siguientes, Amelia volvió al gueto en varias ocasiones ayudando a transportar la magra ayuda conseguida por aquel grupo de resistencia liderado por Grazyna.

La joven polaca continuaba robando medicinas del hospital gracias a la benevolencia de la hermana Maria. La monja protestaba, pero la dejaba hacer.

Ewa le susurró en una ocasión que había varios estudiantes en el grupo y un par de abogados jóvenes, así como maestros, pero Amelia nunca los llegó a conocer. Grazyna se mostraba muy celosa de la seguridad de su grupo, pese a saber que Amelia trabajaba para los británicos.

En aquellas incursiones al gueto, Amelia se convirtió en testigo de las agrias discusiones entre Szymon y su hermano Barak, por más que la madre de ambos se esforzaba por instaurar la paz entre sus dos hijos.

—¡Cómo podéis estar tan ciegos! ¡Los del *Judenrat* os conformáis con lo que está pasando! —le gritó Szymon a su hermano.

—¡Cómo te atreves a decir eso! —Barak parecía a punto de darle un puñetazo a Szymon.

—¡Porque es la verdad! ¡Creéis que os permitirán administrar las migajas que nos dan! Y yo digo que tenemos que luchar, que lo que necesitamos son armas.

—¡No lo sabes todo, Szymon! ¡Claro que necesitamos armas! Pero mientras no estemos preparados, ¿con qué quieres que nos enfrentemos al Ejército alemán? —replicó Barak conteniendo a duras penas la ira que le provocaban los reproches de su hermano.

Era Sarah quien les obligaba a callar recordándoles que debían estar unidos para hacer frente a la adversidad.

—¡Es que me repugna ver a los *Judenrat* tratando con los nazis para conseguir que nos den unas migajas de pan! —protestaba Szymon.

—¡Sin duda tú lo podrías hacer mejor! —respondió irónico Barak.

Amelia escuchaba en silencio. En su tiempo libre estudiaba polaco y empezaba a comprender algo de lo que oía. Pero era Grazyna la que ponía a Amelia al tanto de las discusiones que se traían los dos hermanos, y estaba más de acuerdo con Szymon. Más tarde le preguntó a Tomasz por qué, además de medicinas y libros, no intentaban llevar armas al gueto.

—No es fácil encontrar armas. ¿Dónde crees que podemos obtenerlas? Aun así, lo intentaremos. Szymon es muy vehemente, pero puede que tenga razón. Aunque yo opino como Barak y mi amigo Rafal: lo importante es aliviar la situación del gueto. ¿Crees que de verdad los judíos de allí tendrían una sola posibilidad si se enfrentaran a los soldados? Los matarían a todos.

—Pero al menos morirían intentando hacer algo —respondió Amelia.

—La muerte no sirve para nada. Te matan y ya está. No me parece buena idea decir a la gente que se deje matar —insistió Tomasz.

—Yo no digo que se dejen matar —protestó Amelia.

—¿Y qué otra cosa pasaría? Con unas cuantas pistolas, ¿crees que se puede derrotar al Ejército alemán? Por favor, Amelia, ¡seamos realistas! Sería un suicidio. Claro que debemos luchar, pero cuando llegue el momento. Los líderes jóvenes del gueto no han renunciado a luchar, pero necesitan armas y munición para resistir algún tiempo.

Grazyna no participaba en las discusiones y por eso Amelia se sorprendió cuando una tarde, al ir a visitarla, la encontró junto a Piotr despidiendo a un hombre a quien no conocía.

—No te esperaba —dijo Grazyna al verla.

—Siento presentarme sin avisar —se excusó Amelia.

El hombre no dijo nada y se encaminó a las escaleras sin despedirse. Grazyna se metió en su apartamento seguida de Piotr y Amelia.

—No deberías presentarte de improviso. Yo tengo mi vida, ¿sabes?

—Lo siento, vendré en otro momento —respondió Amelia haciendo ademán de marcharse.

—Ya que estás aquí... en fin, quédate. Estamos esperando a Tomasz y a Ewa para ir al gueto.

—Ya te he dicho que hay demasiadas patrullas y que la condesa me ha mandado decir que me espera esta noche —le dijo Piotr a Grazyna, ignorando la presencia de Amelia.

—Lo sé, pero ¿quieres que me quede con las armas en casa? Sería una locura. Cuanto antes las llevemos, mejor.

—Sí, pero hoy no. Sabes que será difícil que pueda ayudaros. La condesa no está con los nazis pero procura no tener problemas con ellos. Y cuando me reclama en su habitación no me resulta fácil librarme de ella. Además, esta noche le ha dado libre a las criadas, y estaremos solos.

—Pues tendrás que inventar algo, Piotr, pero debemos llevar las armas esta misma noche.

—¿Qué armas? —se atrevió a preguntar Amelia.

—Hemos conseguido unas cuantas pistolas y algunas escopetas de caza. No es que valgan para mucho pero al menos servirán para que la gente del gueto no se sienta tan indefensa —explicó Grazyna.

—¿Armas? ¿Y cómo las habéis conseguido? —El asombro se reflejaba en la voz de Amelia.

—Las escopetas nos las han dado amigos aficionados a la caza, en cuanto a las pistolas... mejor no te lo decimos. Cuanto menos sepas de algunas cosas, más segura estarás —respondió Grazyna, a la que no se le había escapado la mirada de alerta de Piotr.

—Puedo ayudaros a transportarlas al gueto —se ofreció Amelia.

—Sí, ya que estás aquí nos serás útil.

Apenas anochecía, cuando Ewa y Tomasz se presentaron en casa de Grazyna. Ewa traía una cesta repleta de dulces.

—Ya llevaremos los dulces otro día —dijo Grazyna—, las armas pesan, y no podremos cargar con todo.

—Intentémoslo, los niños se ponen tan contentos…

Piotr les guió entre las sombras de la noche hasta la casa de la condesa. Abrió la puerta trasera que daba a la cocina y les empujó hacia su habitación al escuchar un ruido en las escaleras que daban al piso principal.

—Piotr, ¿estás ahí…?

La voz de la condesa alertó a Piotr.

—Sí, señora, ahora mismo subo.

—No, no lo hagas, bajaré yo. Puede ser divertido cambiar de habitación.

Piotr se puso tenso y comenzó a subir las escaleras deprisa. Tenía que evitar que la condesa descubriera a sus amigos.

—Señora, no me parece conveniente que bajéis a mi cuarto, no está en condiciones para vos.

—¡Vamos, vamos!, no seas tan remilgado. Hazte a la idea de que no soy una condesa sino una de las criadas, será divertido.

—No, de ninguna manera —insistió Piotr, intentando evitar que la mujer continuara bajando las escaleras.

Grazyna cerró los ojos temiéndose lo peor. Ewa y Tomasz apenas se atrevían a respirar, mientras que Amelia parecía rezar en silencio.

Respiraron aliviados cuando escucharon alejarse los pasos de Piotr y de la condesa y aguardaron cerca de dos horas sin atreverse a mover un músculo, hablando entre susurros. Por fin Piotr regresó. Se le notaba sudoroso y a medio vestir.

—Tenemos cinco minutos. La condesa está empeñada en bajar

a mi habitación. Daos prisa, si no regreso pronto vendrá a buscarme ella.

Salieron a la calle y Piotr levantó la tapa de la alcantarilla y les ayudó a deslizarse hacia las cloacas de la ciudad. Apenas había vuelto a colocar la tapa cuando, al volverse, vio la figura de la condesa en la puerta trasera. Se miraron sin decir palabra, la condesa dio media vuelta y regresó a su habitación. Piotr la siguió pero ella había cerrado con llave la puerta del cuarto y no respondió a su llamada.

A la hora prevista, las cuatro de la madrugada, Piotr volvió al callejón para abrir de nuevo la tapa de la alcantarilla. La primera en salir fue Grazyna, que de inmediato notó el gesto preocupado de Piotr.

—¿Qué ha sucedido? —le preguntó.

—Creo que nos ha visto.

—¡Dios mío! ¿Y qué te ha dicho? —quiso saber Grazyna.

—Nada, me ha cerrado la puerta de su cuarto. Puede que me despida. No lo sé. Ya hablaremos más tarde, ahora debéis iros.

—¡Pero no podemos ir por la calle a estas horas! Hay toque de queda —le recordó Tomasz.

—¿Y qué sucedería si ella bajase a mi habitación? ¿Qué le diría? ¿Que sois un grupo de amigos que me habéis venido a visitar a través de las alcantarillas? Sé que corremos todos un gran peligro, pero no podéis quedaros aquí.

—Pero es lo que haremos —afirmó Grazyna, sorprendiéndoles a todos por su firmeza.

—No… no puede ser… —protestó Piotr.

—Puede que tu condesa nos denuncie si nos encuentra aquí, pero lo que es seguro es que nos ahorcarán a todos si nos detienen andando por la ciudad durante el toque de queda. Entre ambos riesgos, prefiero correr el de la condesa.

Piotr se encogió de hombros. Estaba demasiado preocupado para oponerse a Grazyna, y los demás no dijeron nada. Tenían claro que era Grazyna quien daba las órdenes.

A las siete y media Grazyna salió de la casa acompañada de Amelia, dos minutos más tarde lo hicieron Ewa y Tomasz. Apenas salieron, la condesa se presentó en la habitación de Piotr.

—¿Ya se han ido? —preguntó.

Él no respondió pero se acercó a ella y la abrazó mientras la acompañaba hacia su propio cuarto. Las criadas regresarían a las ocho, pero si la condesa quería sentirse como una criada, él la complacería.

El comandante Jürgens seguía hostigando a Amelia con insinuaciones procaces, y ella hacía cuanto podía por evitarle, aunque en ocasiones se lo encontraba en el vestíbulo o en el comedor del hotel.

De vez en cuando le llegaba alguna carta de Max desde el frente. Eran cartas formales, como las que se escriben a una buena amiga, pero nada más. A Amelia no le sorprendía no encontrar ninguna expresión amorosa, sabiendo que cualquier carta que salía del frente pasaba por la censura militar.

Para lo que no estaba preparada fue para lo que sucedió a mediados de noviembre. Una tarde en la que regresaba de ver a Grazyna se tropezó en la recepción del hotel con la última persona con la que habría deseado encontrarse.

La mujer, de porte aristocrático, departía con el comandante Jürgens y otros dos oficiales de las SS, y al volverse, reconoció a Amelia.

—¡Vaya, si está aquí la española! —dijo el comandante Jürgens levantando la voz y provocando la atención de la mujer y la de los oficiales que la acompañaban.

La baronesa Ludovica clavó su mirada en Amelia recorriéndola de arriba abajo. Sus ojos destilaban odio y traicionaban la sonrisa que dibujaban sus labios.

—¡Amelia, qué sorpresa! No sabía que estaba usted en Varsovia. ¡Cuánto me alegro de verla! —dijo la alemana.

Ludovica se acercó a Amelia e hizo ademán de besarla en la mejilla, disfrutando con su nerviosismo.

—Baronesa... no sabía que vendría usted a Varsovia.

—¡Claro que no! ¿Cómo podría saberlo? Es una sorpresa... quiero darle una sorpresa a mi marido, que tampoco sabrá usted que llega mañana de permiso. Disfrutaremos de unos días en los que vamos a estar juntos tras estos meses que se me han hecho eternos... Además, querida, le traigo un regalo que no me importa que usted conozca antes que él: ¡vamos a tener un hijo! Convendrá conmigo en que es el mejor regalo que se le puede hacer a un hombre.

Amelia sentía que le temblaban las piernas y notaba que el rostro le estaba ardiendo. La sonrisa burlona de la condesa la humillaba aún más que las carcajadas del comandante Jürgens, quien no ocultaba lo mucho que disfrutaba con la escena.

—¿No me dice nada, Amelia? ¿No me felicita por la buena nueva? —oyó decir a la baronesa.

—Desde luego. La felicito —respondió a duras penas.

—Únase a nosotros, Amelia. La baronesa honrará nuestra mesa con su presencia —dijo el comandante Jürgens.

—Lo siento, estoy... estoy muy cansada... en otra ocasión... —se excusó ella.

—¡Claro, querida, en otra ocasión! Seguro que a Max le gustará que la invitemos a celebrar la buena noticia —dijo la baronesa.

Amelia se dirigió al ascensor intentando controlar el temblor que sentía por todo el cuerpo. Su habitación estaba justo al lado de la de Max, y aunque permanecía cerrada desde que él se había ido al frente, temía estar tan cerca de Ludovica, que no habría dudado en instalarse en la habitación de Max.

Desde luego aquél no era su día de suerte. Una hora después de haber llegado al hotel y de dar vueltas por la habitación sintió unos golpes en la puerta. Temió que fuera el comandante Jürgens, pero la sorpresa fue mayor al escuchar la voz de Grazyna.

—¡Por Dios, Amelia, abre la puerta!

Grazyna tenía el rostro desencajado, y prácticamente le costaba hablar.

—Se han llevado a la hermana... —alcanzó a decir.

—¿A la hermana? ¿A quién te refieres?

—Se han llevado a la hermana Maria... Alguien ha denunciado la falta de medicamentos en la farmacia del hospital. Al parecer habían hecho un inventario sin que ella supiera nada, y desde hace tiempo tenían un listado completo de lo que faltaba. Esta tarde el director la ha mandado llamar al despacho; la hermana Maria le ha asegurado que ella no sabía nada de esas desapariciones, pero no la han creído y se la han llevado.

—¡Dios mío! ¿Y cómo has sabido todo esto?

—Cuando me he enterado de que el director la había llamado, he ido a ver a la madre superiora. Estaba muy nerviosa, me ha asegurado que ella no ha dicho nada porque nunca ha querido saber nada, pero que temía que la policía obligara a hablar a la hermana Maria. No he ido a mi casa, es el primer lugar donde irán a buscarme.

—¿Qué vamos a hacer? —preguntó Amelia, angustiada.

—No lo sé... Pero si la hermana Maria habla... me van a detener, Amelia... estoy segura.

—¡Y has venido aquí! ¡Qué locura! En este hotel se alojan la mayoría de los oficiales alemanes y un buen número de oficiales de las SS.

—Precisamente por eso he venido, me ha parecido el lugar más seguro, aquí no me buscarán. He de quedarme aquí... debes permitir que me quede. —En el tono de Grazyna había una mezcla de orden y de súplica.

—De acuerdo, puedes quedarte, aunque yo también tengo problemas. Esta tarde me he encontrado en el vestíbulo a la esposa de Max, y estaba junto a ese comandante de las SS que me odia tanto. No sé... no me parece que la presencia de Ludovica sea casual...

—Eso no es importante. Debes ir a avisar a Ewa, ella sabrá

cómo dar la voz de alarma a los demás. Esta noche íbamos a llevar más armas al gueto...

—¿Esta noche? No me habías avisado —se quejó Amelia.

—No... no pensaba hacerlo —admitió Grazyna—, las personas que nos han facilitado las armas se habrían puesto nerviosas al ver a una extraña. Esta vez el cargamento es importante, y... bueno, otros integrantes del grupo iban a ayudarnos a trasladarlas. El problema es que pensaban hacerlo directamente a casa de Piotr. Ewa y yo los íbamos a acompañar hasta allí. Tenemos que evitar que les detengan.

—Pero la hermana Maria no sabe nada sobre tu grupo, de manera que no puede delatarlos.

—Pero si la hacen hablar, confesará que las medicinas me las llevo yo. Puede que a estas horas ya lo haya dicho, y si es así, sabrán mi dirección y me estarán buscando. Y tirando del hilo, no les resultará tan difícil seguir la pista a mis amigos y detenerlos.

—Sólo son suposiciones —intentó calmarla Amelia.

—¡Vamos, no seas ingenua! ¿Crees que a la Gestapo le costará mucho hacer hablar a una monja? Estamos en peligro y hay que actuar con rapidez, o de lo contrario, caerá todo el grupo. Acércate hasta la pastelería de Ewa como si fueras a comprar dulces. Tienes que decir una frase, apréndetela porque es importante: «Me encantan los dulces, pero a veces me atraganto con ellos». ¿Te acordarás?

—Claro que sí. Y con esa frase, ¿crees que Ewa sabrá lo que sucede?

—Sí, y avisará a los demás. Vete ya, sólo queda media hora para que cierren la pastelería.

—¿Y si no encuentro a Ewa?

—Entonces regresa cuanto antes, significará que la han detenido.

—Pero... bueno... ¿y si me detienen a mí?

—¿A ti? Es una posibilidad, pero creo que antes que a ti nos detendrán a nosotros, al fin y al cabo tú eres la amante de un oficial alemán.

Amelia siguió las instrucciones de Grazyna y salió con paso

rápido camino de la pastelería de Ewa, que no se encontraba muy lejos del hotel. Grazyna esperaría en la habitación su regreso.

Amelia no tardó más de diez minutos en llegar. La pastelería estaba precintada, así que preguntó al portero de la casa de al lado si sabía qué había sucedido.

—¡Oh!, la policía vino hace un rato. No me pregunte por qué, no lo sé, ni lo quiero saber.

—Pero algo habrá pasado… —insistió Amelia, intentando hacerse entender con su precario conocimiento del polaco.

—Sí, seguramente. No sea curiosa y déjeme en paz.

El portero le dio la espalda y Amelia se sintió perdida. ¿Qué podía hacer? Tomó una decisión: iría a avisar a Piotr, seguramente él sabría cómo dar la voz de alarma entre el grupo de Grazyna. Sabía que era una decisión arriesgada, pero no tenía otra opción: a los únicos miembros que conocía del grupo eran, además de Grazyna y Ewa, a Piotr y a Tomasz, y no sabía dónde encontrar a este último.

Subió a un autobús que la dejó cerca de la casa de la condesa Lublin. Caminó con rapidez mirando a derecha e izquierda por si acaso veía algo sospechoso, pero nada de lo que veía parecía fuera de lo habitual. Se acercó a la parte de atrás de la casa situada en el callejón que también conocía, y golpeó suavemente la puerta de servicio conteniendo la respiración.

Una de las criadas de la condesa abrió la puerta y, con gesto adusto, le preguntó qué quería.

—Soy amiga de Piotr y necesito verle con urgencia… es… es por un asunto familiar —suplicó Amelia, esperando que la entendiera.

La criada la miró de arriba abajo antes de ordenarle que esperara fuera de la casa mientras ella iba a avisar al chófer de la condesa.

Piotr apenas tardó unos minutos en acudir acompañado de la criada. Al ver a Amelia, contrajo el gesto, pero no dijo nada, la agarró del brazo y la metió en su habitación.

—¿Estás loca? ¿Cómo te atreves a presentarte aquí?

—Han detenido a la hermana Maria, también a Ewa. Grazyna está escondida en mi habitación. Tienes que avisar a tu grupo para que no vengan esta noche con las armas, u os detendrán a todos.

Consciente del peligro, Piotr pareció envejecer de repente. Le costaba pensar qué era lo que debía hacer.

—Puede que Ewa haya hablado y les hayan detenido a todos y estén a punto de venir a por mí —respondió después de unos segundos de silencio.

—No lo sé, pero aún podrías intentar hacer algo… Si Ewa no ha hablado, al menos existe la posibilidad de que tú y tus amigos podáis huir. Yo debo regresar con Grazyna.

—No, no te vayas. A ti te costará menos ir de un lado a otro… Te daré una dirección, en la plaza Zamkowy, allí encontrarás a uno de los nuestros, Grzegorz, él es quien tiene las armas que iban a traer esta noche aquí.

—¿Y tú qué harás?

—Intentar huir.

—¿Y si a tu amigo Grzegorz lo han detenido?

—Entonces es cuestión de tiempo que nos detengan a todos, incluso a ti —respondió Piotr, encogiéndose de hombros—, pero ahora vete.

Piotr abrió la puerta y miró a ambos lados del callejón, pero no vio nada que le llamara la atención. A modo de despedida, ambos se desearon suerte.

Amelia volvió a buscar un autobús para llegar hasta la plaza Zamkowy. Consultaba el reloj con impaciencia y rezaba pidiendo encontrar al tal Grzegorz.

Se bajó una parada antes de llegar a su destino y caminó deprisa buscando la dirección que le había indicado Piotr. Subió las escaleras y apretó el timbre con ansia. La puerta se abrió y en la penumbra vio dibujada la silueta de un hombre.

—¿Grzegorz? Usted no me conoce, vengo de parte de Piotr para advertirle…

No pudo terminar la frase: el hombre la agarró del brazo y

tiró de ella con fuerza al interior de la vivienda, arrastrándola hasta un amplio salón, también en la penumbra. Cuando los ojos de Amelia se acostumbraron a la falta de luz, pudo distinguir a un hombre tirado en el suelo sobre un charco de sangre. Apenas pudo esbozar un grito cuando el hombre que le sujetaba el brazo la empujó tirándola al suelo.

Desde allí pudo distinguir la figura de otro hombre que contemplaba la escena sentado cómodamente en un sillón.

—¿Quién es usted? —le preguntó el hombre sentado.

Amelia estaba demasiado asustada para responder. El hombre le dio un puntapié en medio de la cara, y Amelia sintió el sabor metálico de la sangre en los labios.

—Más vale que hable, de lo contrario puede terminar como su amigo.

Ella continuó sin responder, estaba demasiado conmocionada para hacerlo.

—Jefe —dijo el hombre que había abierto la puerta—, mejor nos la llevamos a la central, allí hablará.

—Su nombre —insistió el hombre del sofá.

—Amelia Garayoa.

—Usted no es polaca.

—Soy española.

—¿Española?

Los dos hombres parecían perplejos ante la afirmación de Amelia.

—¿Qué hace una española combatiendo al pueblo alemán? ¿Acaso nuestros países no son amigos? ¿O es usted una puta comunista? ¿O acaso es judía? —insistió el hombre.

Le dio otro puntapié, pero esta vez Amelia alcanzó a cubrirse la cara. Luego sintió cómo la tiraban del brazo obligándola a ponerse en pie. Sintió un líquido pegajoso en las manos, en las piernas, y se dio cuenta de que era la sangre de Grzegorz.

—Así que forma usted parte del grupo de esa tal Grazyna, como este desgraciado. Pues ya ve cómo terminan nuestros enemigos —dijo el hombre mientras la empujaba hacia la puerta.

La metieron en un coche y la llevaron hasta Aleja Szucha, la sede central de la Gestapo.

Durante el trayecto se dijo a sí misma que, por duro que fuera lo que le esperaba, tenía que aguantar. Si les contaba que Grazyna estaba en su hotel, la detendrían de inmediato, y Amelia sólo tenía una cosa en mente: Ludovica le había asegurado que Max llegaría al día siguiente. Si era así, aunque no fuera fácil quizá Grazyna podría encontrar una oportunidad para acercarse a Max y explicarle lo que sucedía. Sólo él podía salvarla. Era su única oportunidad.

La condujeron a un sótano húmedo y la empujaron al interior de una celda. Inmediatamente se fijó en que en las paredes había rastros de sangre y se puso a temblar. Nunca nadie la había maltratado y no sabía si sería capaz de aguantar que le pegaran.

La tuvieron a oscuras, sin darle de comer ni de beber, hasta que perdió la noción del tiempo. Pensó en Pierre e imaginó que la Lubianka no sería demasiado diferente a aquel calabozo nazi. Repasó los avatares de su vida, arrepintiéndose profundamente del camino emprendido hasta llegar a aquella celda. Y se dijo que ella sola se había metido allí. Luego comenzó a rezar con la misma fe de cuando era niña. No es que hubiera dejado de hacerlo, a menudo musitaba una oración cuando afrontaba cualquier dificultad, pero lo hacía de manera casi automática, recordando que desde niña su madre le decía que nadie mejor que Dios para ayudarla. Ahora más que nunca necesitaba que fuera verdad lo que su madre le decía. Rezó todas las oraciones que recordaba: el Padrenuestro, el Avemaría, el Credo, y se lamentó de no saber más.

Cuando por fin se abrió la puerta, entró una mujer de aspecto temible que a empujones la llevó hasta una planta superior donde le anunció que iba a ser interrogada.

Amelia se sentía sucia, tenía hambre y sed y rezaba pidiéndole a Dios que le diera fuerzas para enfrentarse a lo que la esperaba.

La carcelera le ordenó que se desnudara, mientras varios hombres entraban en la sala. Uno de ellos era un capitán de las SS, los otros dos iban vestidos de paisano, y sin siquiera mirarla se quitaron las chaquetas, las colgaron en unos clavos que había en la pared y sin mediar palabra primero le arrancaron la ropa, y a continuación comenzaron a golpearla. El primer puñetazo lo recibió en el estómago, el segundo en las costillas y el tercero en el bajo vientre, con el cuarto se desmayó. Volvió en sí al sentir que se ahogaba. Los dos hombres le estaban metiendo la cabeza en una bañera llena de agua sucia. La metían y sacaban sin darle tiempo a coger aire. Cuando se cansaron de aquello, le ataron las manos con una soga que le despellejaba la piel y la colgaron de un gancho que pendía del techo. Con los brazos hacia arriba, desnuda, y sujeta sólo por aquella cuerda que encadenaba sus manos, Amelia sentía el crujir de sus huesos y el dolor de todos y cada uno de sus músculos. Notaba el sabor salado de sus lágrimas abriéndose paso por la comisura de los labios, y a lo lejos escuchaba sus propios gritos de dolor.

—Bien, señorita Garayoa —escuchó decir al oficial de las SS que hasta ese momento había esperado en silencio fumando cigarrillo tras cigarrillo mientras contemplaba impasible cómo la torturaban—. Creo que ahora podremos hablar. ¿Le parece bien? Quiero que responda a unas cuantas preguntas; si lo hace, no sufrirá más, por lo menos hasta que la juzguen. Y ahora, dígame: ¿dónde está su amiga Grazyna?

—No lo sé —alcanzó a decir Amelia.

Uno de los torturadores le propinó un puñetazo en el vientre y Amelia volvió a aullar de dolor.

—Vamos... vamos... empecemos otra vez. ¿Dónde está Grazyna Kaczynsky? La pregunta es muy sencilla. ¡Responda! —gritó el oficial.

—No lo sé, hace días que no la veo.

—De manera que admite conocer a la señorita Kaczynsky, eso está muy bien. Y como buenas amigas que son, ahora debe decirme dónde se encuentra.

—No lo sé... se lo aseguro. Ella... ella trabaja... nos vemos muy de vez en cuando...

—Sobre todo en las noches sin luna llena, ¿verdad?

—No sé de qué me habla —respondió ella mientras de nuevo le golpeaban las piernas, esta vez con un palo.

—Le hablo de armas... Sí, quién iba a decir que una señorita tan delicada como usted se dedicaba a ayudar a un grupo de delincuentes peligrosos que amotonan armas para matar alemanes. Porque las armas eran para matar alemanes, ¿verdad?

—Yo... no sé... no sé nada de armas.

—¡Claro que sí! Usted y sus amigos forman parte de un grupo criminal que ayuda a esos sucios judíos, y además preparaban acciones contra nuestro Ejército. ¡Pobres desgraciados!

El capitán le hizo un gesto a uno de los hombres de paisano y éste le propinó un golpe cerca de la sien. Volvió a perder el conocimiento y lo recuperó al sentir un chorro de agua fría sobre el rostro. La carcelera tenía un cubo en la mano, la mujer le había arrojado el agua y parecía disfrutar viéndola sufrir. Amelia se dio cuenta de que apenas veía, las figuras eran borrosas y rompió a llorar con las pocas fuerzas que le quedaban.

—Puedo mandarla a su celda solamente con que me diga dónde está su amiga Grazyna Kaczynsky; pero si se empeña en sufrir, le aseguro que aún no ha llegado lo peor —dijo el capitán de las SS.

—¡Por favor, déjeme! —suplicó Amelia.

—¿Me dirá dónde está su amiga?

—¡No lo sé! ¡No lo sé!

Uno de los hombres se acercó con algo en las manos. Amelia apenas alcanzaba a verle entre brumas, luego gritó como un animal malherido al sentir dos pinzas aprentando sus pezones. Sus propios gritos la espantaban, pero aquellos hombres la contemplaban con un silencio indiferente. No supo cuántos minutos tuvo aquellas pinzas sobre sus pezones porque volvió a desmayarse. Cuando despertó estaba sobre el suelo de su celda. No tenía fuerzas para moverse, y además no quería hacerlo, no fuera que si la veían despierta volvieran a subirla a la sala de torturas.

Permaneció allí encogida, sintiendo el frío del suelo sobre un charco formado por la sangre de sus propias heridas.

Temía moverse, ni siquiera se atrevía a llorar aunque el dolor le resultaba insoportable. El pecho le ardía y se preguntó si aún conservaba los pezones.

Perdió la noción del tiempo y tembló de miedo cuando de nuevo escuchó abrirse la puerta de la celda. Tenía los ojos cerrados, pero pudo sentir la presencia de la carcelera.

—Está hecha un guiñapo, no creo que dure mucho —le dijo a un hombre que la acompañaba.

—Da igual, el capitán ha dicho que hagamos lo que sea para que esta perra hable.

Amelia lloró pensando que si la volvían a torturar no tendría fuerzas para seguir negándose a confesar.

El capitán aguardaba en la sala de torturas y la miró con gesto cansado, con desprecio por hacerle perder su valioso tiempo.

De nuevo le colocaron la soga alrededor de las manos y la colgaron del gancho del techo. Primero sintió los puños de aquellos hombres estrellarse contra sus costillas, el vientre, el pecho, luego la golpearon con una barra en las plantas de los pies. Tenía la boca tan hinchada que apenas podía gritar, ni mucho menos pedir que la dejaran, que estaba dispuesta a hablar. No pudo hacerlo, de nuevo le metieron la cabeza en la bañera de agua sucia, sin apenas dejarle tiempo para que pudiera respirar, hasta que al final le dieron una tregua: oía cómo se reían mientras la obligaban a tragarse sus propios vómitos.

Cuando se cansaron de golpearla, el capitán se acercó a ella.

—Hemos detenido a todos sus amigos, sólo nos queda encontrar a Grazyna Kaczynsky, y le aseguro que lo haremos. No sea estúpida y dígame dónde está.

Uno de los hombres se acercaba con las pinzas en las manos, o eso creyó ella, y entonces gritó con todas sus fuerzas. Apenas las pinzas apretaron los pezones, Amelia se desmayó.

Cuando volvió en sí se encontró sentada en una silla en la

sala de torturas. El capitán hablaba por teléfono y parecía muy excitado.

—¡Deprisa, vamos al hotel Europejsky! Han detenido a una mujer, parece que es la Kaczynsky.

Amelia le miró a través de la bruma que cubría sus ojos. Estaba segura de no haber dicho nada, ¿o acaso sí?

—Está volviendo en sí —dijo la carcelera—, lo mismo dice algo.

—No, ahora iremos al hotel —ordenó el capitán—. Después continuaremos con ella.

Al pasar junto a Amelia uno de los torturadores no resistió la tentación de volver a golpearla.

5

Grazyna llevaba dos días sin salir de la habitación. Se ocultaba en el armario cada vez que escuchaba girar la llave y entrar a la camarera, quien observaba extrañada la ausencia de Amelia. En realidad sabía que la camarera sospechaba que seguía allí. La había visto la tarde en que se marchó Amelia. Ella le dijo que era amiga de la señorita Garayoa y que ésta le había pedido que la esperara hasta su regreso. Pero Amelia llevaba dos días sin aparecer. Además de por la camarera, también se asustó cuando desde su escondite en el fondo del armario vio entrar a un oficial alemán mirando preocupado la habitación vacía. El oficial salió casi de inmediato y pensó que aquel hombre podía ser el amante de Amelia. A veces le escuchaba hablar con una mujer a través de las rendijas de la puerta que separaba su habitación de la de aquel hombre. No parecía muy feliz con su mujer, porque se les oía discutir.

En el fondo del armario, disimulada entre la ropa, había encontrado escondida la cámara con la que Amelia fotografiaba los documentos de su amante.

Según pasaban las horas, más segura estaba de que habían detenido a Amelia, de lo contrario habría regresado. Le daba vueltas a cómo escapar y al final decidió hacerlo a la mañana siguiente, cuando hubiera gente en el vestíbulo del hotel, de este modo podría pasar inadvertida. Lo peor es que no tenía adónde ir, porque la ausencia de Amelia significaba que no había llegado a tiempo de avisar para que se salvara el grupo. Sólo le quedaba intentar llegar a Ciechanov, donde vivía su tía Agnieszka; siempre había sido su sobrina favorita y estaba segura de que la ayudaría.

Se había quedado dormida cuando sintió abrirse la puerta y no le dio tiempo a correr para esconderse en el armario.

Varios hombres entraron seguidos por la camarera y un conserje. La camarera señaló a Grazyna.

—Ésta es la mujer que lleva tres días aquí, en la habitación de fräulein Garayoa... Supongo que la está esperando... yo... ya le he dicho al señor director que me parecía muy sospechoso.

—Márchense —les conminó a la camarera y al conserje uno de los hombres de la Gestapo. Ambos obedecieron de mala gana, deseosos de saber qué iba a pasar.

Grazyna se había quedado inmóvil. Sabía que no podía escapar. La sujetaron por los brazos al tiempo que le ordenaban que dijera su nombre.

—Me llamo Grazyna Kaczynsky —musitó.

Uno de los hombres comenzó a registrar la habitación. No tardó en encontrar la cámara que Amelia había escondido en el armario.

No supo por qué lo hizo, pero comenzó a gritar con todas sus fuerzas, mientras se resistía a ser sacada de la habitación por aquellos hombres de la Gestapo. Y tan fuertes fueron sus gritos que los inquilinos de las habitaciones cercanas salieron al pasillo.

Grazyna pudo leer el asombro en los ojos de aquel oficial que un día antes había entrado apenas unos segundos en la habitación.

Max von Schumann intentó hacer valer su autoridad como oficial para intentar que aquellos hombres le dieran una explicación de lo que sucedía, a pesar de que Ludovica le instaba a regresar a la habitación.

—Métase en sus asuntos, comandante —le dijo con desprecio uno de los hombres de la Gestapo.

—Le ordeno que me explique qué sucede aquí y por qué se llevan a esta señorita...

—Usted no puede ordenarnos nada —respondió el hombre.

Una risa sardónica alertó a Max y al volverse se encontró con el comandante Ulrich Jürgens.

—Baronesa. —El comandante Jürgens hizo una exagerada reverencia a Ludovica, que ésta correspondió con una amplia sonrisa.

—¿Qué está pasando, Jürgens? —le preguntó Max al comandante de las SS.

—Como puede ver, están deteniendo a esta señorita. ¿Me equivoco si no es ésta la habitación de su buena amiga fräulein Garayoa? ¡Qué lamentable casualidad, una criminal en la habitación de una amiga suya!

Ludovica torció el gesto y clavó sus ojos airados en el comandante Jürgens, que esquivó la mirada.

Max miró con odio a Jürgens pero no perdió tiempo sabiendo que aquella mujer que se llevaban era la única que podía decirle dónde estaba Amelia.

—¿Quién es usted? —le preguntó a Grazyna.

—Usted no tiene autoridad para preguntar a la detenida —le cortó el comandante Jürgens.

—¡Ni usted para darme órdenes! ¡Cómo se atreve!

—¡La han detenido! ¡Han detenido a Amelia! Yo la esperaba aquí. ¡La han detenido! —gritó Grazyna.

—Pero ¿por qué? ¿Quién es usted?

—Trabajo en el hospital... conocí a Amelia... ella... ella...

No pudo decir más. Los hombres de la Gestapo la golpearon y se la llevaron arrastrando por las escaleras. Cuando Max se disponía a ir tras ellos, Ludovica le cogió del brazo.

—¡Por favor, Max, no seas imprudente!

—Como siempre, tiene usted razón, baronesa, parece que su marido necesita que le recomienden prudencia o de lo contrario... quién sabe lo que le puede suceder... tiene usted amigos muy peligrosos, barón Von Schumann... amigos que pueden reportarle muchas incomodidades.

—No se atreva a amenazarme, Jürgens —le advirtió Max von Schumann.

—¿Amenazarle? ¡No me atrevería a tanto! ¿Quién puede amenazar a un oficial aristócrata de la Wehrmacht? —rió Jürgens.

—¡No sea impertinente! —le reprendió Ludovica.

—Perdón, baronesa, bien sabe que nada más lejos de mi intención que contrariarla, los amigos no suelen contrariar a sus buenos amigos.

—Usted no es nuestro amigo, Jürgens —aseveró Max.

—Soy un devoto servidor de la baronesa —dijo mirando a Ludovica.

Ésta tiró del brazo de Max hasta hacerle entrar en la habitación. Los huéspedes de las otras habitaciones continuaban en el pasillo observando con curiosidad la escena, y a ella le horrorizaba convertirse en la comidilla de aquella gente a la que despreciaba.

—Voy a salir, Ludovica —dijo Max apenas cerraron la puerta—. He de saber qué le ha sucedido a Amelia.

—Se me olvidó decirte que la vi hace un par de días en el vestíbulo. Fue una sorpresa encontrarla aquí, iba acompañada por un joven muy apuesto —mintió Ludovica—. Yo que tú no me preocuparía por ella.

—¿No has escuchado lo que ha dicho esa mujer a la que se llevaban detenida?

—¡Por Dios, Max, no sabemos quién es esa mujer! Y si es una criminal que estaba en la habitación de Amelia, no nos conviene curiosear. Al fin y al cabo tampoco sabemos demasiado de esa española. Llegó a Berlín como amante de ese periodista norteamericano... Una mujer así... en fin... no creo que tengamos que mezclarnos con sus problemas.

Pero Max no parecía escuchar a Ludovica. Daba vueltas por la habitación resuelto a ir en busca de Amelia. ¿Quién sería aquella chica que se llevaban detenida? Quizá esa nueva amiga de la que Amelia le había hablado en alguna ocasión... pero ¿qué había hecho? ¿Por qué se la llevaban detenida?

—Max, en mi estado no me convienen los sobresaltos ni los

disgustos. —Ludovica se había acercado a su marido y, agarrándole la mano, se la había colocado sobre su vientre—. ¿No sientes a nuestro hijo? Tienes una responsabilidad, Max, conmigo, con nuestro hijo, con tu apellido…

De repente Max parecía comprender lo que hasta el momento le había parecido natural: Ludovica se había quedado embarazada antes de que a él le enviaran a Varsovia; ella había buscado aquel embarazo por temor a perderlo y había acudido hasta allí para reclamarle que actuara como quien era, un Von Schumann, un aristócrata, un oficial del Ejército que no podía escapar de su lazo matrimonial sin deshonrar a su familia.

Pero Ludovica debía de saber que Amelia estaba en Varsovia, que había ido con él.

Hacía dos días que había regresado del frente y soñaba reencontrarse con Amelia, pero para su sorpresa se encontró con Ludovica, y por más que había preguntado en recepción, no habían sabido darle noticias de Amelia.

Ludovica se deshacía en carantoñas y él mismo había tenido un sentimiento encontrado al saber que iba a tener un hijo; un hijo que continuara con las tradiciones, que llevara con orgullo el apellido Von Schumann. Aun así, sentía un íntimo remordimiento, porque con aquel hijo sentía estar traicionando a Amelia.

No le cabía la menor duda de que Amelia estaba en peligro y que el comandante Ulrich Jürgens no era ajeno a ello. Pero ¿ocurría lo mismo con Ludovica? Le había extrañado la familiaridad que parecía haber entre su esposa y aquel comandante de las SS.

—Lo siento, querida, pero voy a buscar a Amelia dondequiera que esté.

—No lo hagas, Max, no lo hagas, no tienes derecho a ponerme en evidencia.

—¿Qué quieres decir?

—¿Crees que en Varsovia es un secreto que tienes una amante? ¿Cuánto crees que tardé en enterarme de que esta habitación se comunica con la de una joven española de nombre Amelia

Garayoa? —le dijo, y un poco más calmada, prosiguió—: Vamos a tener un hijo Max, y nuestra obligación es que pueda llevar con orgullo el nombre de sus padres. El tuyo, Max, será un Von Schumann pero también llevará el mío, será un Von Waldhein; nuestro hijo será la síntesis de lo mejor de nuestra raza. ¿Vas a ensuciar su futuro yendo tras esa aventurera española? ¿Hasta cuándo crees que voy a aguantar más humillaciones? He callado ante algunas evidencias, no he querido ver lo que los demás veían. ¿Y sabes por qué lo he hecho, Max? Por ser quienes somos, por cumplir con el sagrado compromiso que adquirimos ante el altar, pero que mucho antes que nosotros adquirieron nuestros padres. No podemos escapar de quienes somos, Max, no podemos.

—Voy a buscar a Amelia. Lo siento, Ludovica.

—¡Max!

Salió de la habitación sin saber muy bien adónde ir, temiendo que Amelia también estuviera en manos de la Gestapo al igual que la joven a la que acababan de detener. Pero ¿por qué? ¿Qué había hecho Amelia durante el tiempo en el que él había estado en el frente?

De repente recordó las relaciones de su amante con los británicos y se preguntó si ésa sería la causa de su detención. Pero de inmediato se dijo que no, que Amelia no era una agente, tan sólo había hecho de correo para los británicos por su relación con aquel periodista Albert James, sobrino de lord Paul James, uno de los jefes del Almirantazgo.

Se dirigió al Cuartel General sin saber a quién pedir ayuda, alguien con suficiente autoridad ante los hombres de los Einsatzgruppen, de la Gestapo, de las SS, de quienes fuera que tuvieran a Amelia.

Buscó a su ayudante, el capitán de intendencia Hans Henke; necesitaba hablar con alguien.

—Usted conoce al general Von Tresckow —le recordó el capitán Henke.

—¿Cree que el general puede hacer algo?

—Quizá...

—Póngame con su ayudante... al menos puedo intentarlo.

—También puede recurrir a Hans Oster e incluso a Canaris, quizá ellos tengan más posibilidades de actuar.

—Sí... sí... tiene usted razón, tengo un amigo que trabaja con Oster, la Abwehr tiene oídos en todas partes... Hablaré con él e incluso con el mismísimo Hitler si fuera necesario.

A Grazyna la torturaron durante varios días con más saña aún de lo que habían atormentado a Amelia. Sospechaban que era quien dirigía aquel grupo de resistencia y necesitaban saber qué operaciones tenían en marcha. Algunos de los miembros del grupo a los que habían detenido, entre ellos a su prima Ewa y Tomasz, habían asegurado que no hacían más que intentar ayudar a algunos amigos del gueto, pero no les creyeron.

La operación contra aquel grupo había comenzado por la indiscreción de una de las secretarias del director del hospital donde trabajaba Grazyna. La mujer mantenía una relación sentimental con un soldado del Ejército alemán y en una ocasión, sin darse cuenta, le había comentado que su jefe sospechaba que alguien se estaba llevando medicinas del hospital, pero por más que éste preguntaba a la hermana Maria, la responsable de la farmacia, no lograban encontrar al culpable de los hurtos. La hermana Maria le aseguraba al director que ella no sabía nada, pero era evidente que alguien se llevaba las medicinas con la complicidad de la monja.

El director del hospital había dado cuenta a la policía y se había organizado una discreta y eficaz vigilancia sobre la hermana Maria, quien no había sospechado de un celador nuevo, en realidad un policía, al que colocaron a trabajar bajo sus órdenes. El celador parecía un buen hombre, siempre dispuesto a trabajar más horas de las que le correspondían.

No le fue difícil escuchar algunas conversaciones entre la monja y Grazyna, y llegar a la conclusión de que era ella quien se llevaba las medicinas con la complicidad de la hermana Maria.

La policía organizó un operativo para seguir a Grazyna noche y día, y con paciencia fueron conociendo a la mayoría de los miembros de la red. De esa manera supieron que preparaban algo importante y decidieron actuar deteniendo en primer lugar a la hermana Maria, a quien otorgaban una responsabilidad mayor de la que verdaderamente tenía. La detuvieron un sábado, después de que Grazyna saliera del hospital para que ésta no sospechara, y la torturaron con saña, pero la monja no pudo contar nada porque nada sabía. Cuando Grazyna regresó al hospital el lunes, le dijeron que la hermana Maria estaba enferma, y ella lo creyó, hasta que dos días después una enfermera que le tenía simpatía, le murmuró que había oído que la policía había detenido a la monja. Grazyna decidió huir y avisar a los miembros de la red, ya que para esa noche habían previsto llevar armas al gueto.

De todo esto se enteró Max von Schumann gracias a un contacto que le facilitó el amigo que trabajaba cerca de Hans Oster, el ayudante de Canaris. Ese contacto, de nombre Karl Kleist, era un oficial que trabajaba en el departamento de transmisiones y nadie habría dudado de que era un buen nacionalsocialista, aunque en realidad disentía de Hitler y de cuanto representaba.

Gracias a las presiones de sus amigos, Max logró sacar a Amelia de las garras de la Gestapo, pero no pudo obtener su liberación, y tuvo que conformarse con que la trasladaran a Pawiak, la prisión donde se hacinaban hombres y mujeres por igual.

Max intentó verla sin éxito; el comandante de las SS Ulrich Jürgens se había encargado de que Amelia tuviera la consideración de presa peligrosa; por tanto estaba en régimen de aislamiento, lo mismo que Grazyna.

A pesar de eso, Max continuó insistiendo a sus amigos situados en el Alto Mando del Ejército, interesándose por la situación de Amelia. Lo que no sabía era que la baronesa Ludovica hizo valer sus influencias políticas para impedir que su marido lograra liberar a su rival.

Unos días después de estos sucesos, Max recibió la orden de

regresar al frente. Para Ludovica fue un alivio que dejara Varsovia.

—Te esperaré en Berlín, tengo que ir preparando el nacimiento de nuestro hijo. Aún no hemos hablado de qué nombre le pondremos, aunque hay algunos que quiero proponerte. Si es niño, que rezo a Dios para que lo sea, le llamaremos Friedrich, como tu padre, y si es niña, Irene, como mi madre.

Puede que si Ludovica no hubiera estado embarazada Max se habría separado de ella para siempre, pero a pesar de la aversión que sentía hacia ella, no podía dejar de alegrarse por la idea de tener un hijo, un hijo legítimo que daría continuidad a su apellido.

Karl Kleist, el oficial que trabajaba cerca del coronel Oster, le aseguró a Max que haría lo imposible por tenerle informado sobre Amelia.

Para Amelia supuso un alivio que la enviaran a la cárcel. Al menos allí no la torturaban sistemáticamente como habían hecho los hombres de la Gestapo.

A la sección de mujeres la llamaban «Serbia». Allí compartía una celda húmeda y llena de pulgas con varias mujeres, algunas de ellas condenadas a muerte por asesinato. Mujeres que aguardaban su fatal destino con aparente resignación. Una había matado con un cuchillo de cocina a su marido harta de que éste la maltratara. Otra era prostituta y había asesinado a un cliente para robarle. La más joven aseguraba que ella no había matado a nadie, que la habían detenido por error. Junto a ellas estaban las presas políticas: diez mujeres cuyo único delito era no ser nazis.

Estaban hacinadas, pero ése era el menor de los problemas. A los pocos días de llegar a Serbia, Amelia empezó a sentir picores por todo el cuerpo, no podía dejar de rascarse la cabeza. Una de las presas le dijo con indiferencia:

—Tienes piojos, pero terminarás por acostumbrarte. No sé qué son peores, si los piojos o las pulgas. ¿Tú qué crees?

Cuando Amelia llegó a la cárcel apenas podía moverse. Los torturadores le habían dejado señales en todo su cuerpo, además estaba muy débil ya que apenas le habían dado de comer ni de beber. Pasaron semanas antes de que tuviera fuerzas para hablar con aquellas mujeres que la trataban con una mezcla de curiosidad y de indiferencia.

Un día la trasladaron a la enfermería de la cárcel a causa de un desmayo. Cuando volvió en sí alcanzó a escuchar a la enfermera y al médico que la atendía referirse a Grazyna.

—¿Por qué se habrá metido en líos esta española? Y aún tiene suerte de estar viva, a la tal Grazyna la ahorcaron hace unos días —dijo el médico.

—Pero a ésta también la condenarán a muerte, cualquier día llegará la orden de ejecución —respondió la enfermera.

—Al parecer ha sido amante de un oficial y éste está moviendo cielo y tierra para al menos salvarle la vida, aunque tiene neumonía y lo mismo no sobrevive —contestó el médico.

Amelia se sintió reconfortada al saber que Max no la había abandonado, que luchaba por su vida.

Poco a poco se fue recuperando y se amoldó a la rutina de la cárcel. En algunas ocasiones permitían a las presas pasear por el patio, pero la mayor parte del tiempo lo pasaban hacinadas en las celdas. No sabía nada de Max, pero si seguía viva era gracias a él. Casi todos los días se llevaban a alguien para ejecutarlo. Las mujeres repartían sus escasos bienes entre las compañeras de celda antes de ser conducidas al patio donde eran ahorcadas.

Como Amelia había llegado en muy mal estado, tardó en poder salir de la celda, y por eso no supo hasta pasado algún tiempo que allí se encontraba Ewa, la prima de Grazyna.

Se vieron en la primera ocasión en que Amelia pudo caminar sola hasta la sala que les servía de comedor. Al principio no reconoció a Ewa: le habían cortado su hermosa melena castaña, el azul de sus ojos se había vuelto sombrío y cojeaba al andar.

—¡Ewa!

—¡Dios mío, Amelia, estás viva!

Hicieron ademán de abrazarse pero una celadora se lo impidió golpeándolas con una porra.

—¡Quietas! ¡Aquí no se permiten guarrerías!

Las dos jóvenes la miraron con temor reprimiendo el abrazo, pero al menos nadie les impidió sentarse juntas en una de las mesas donde se disponían a comer unos trozos de patatas nadando en un caldo negruzco.

—¿Qué ha sido de Tomasz? ¿Y de Piotr? —preguntó Amelia.

—A Tomasz le han ahorcado —respondió Ewa con una mueca de dolor.

—Grazyna... he oído que Grazyna... —Amelia no se atrevía a decir lo que había escuchado al médico y a la enfermera.

—La han ahorcado, lo sé —dijo Ewa.

—¿Y la hermana Maria? —quiso saber Amelia.

—No pudo soportar las vejaciones y la tortura —respondió Ewa bajando la voz porque la celadora no apartaba la vista de ella.

—Pobrecita... ¿Y tú?

—No sé cómo aún estoy viva. Cada vez que me golpeaban me desmayaba... me hicieron tantas cosas... ¿Has visto mi pierna? Me la rompieron durante uno de los interrogatorios y no ha soldado bien... pero al menos estoy viva. Mis padres hablaron con unos conocidos bien relacionados con los alemanes, son proveedores de carne. Estoy condenada a muerte aunque han pedido clemencia al mismo Führer, y estoy a la espera de que llegue la respuesta de Berlín —contó Ewa.

—Creo que yo estoy viva gracias a Max —admitió Amelia.

—¿Tu amante alemán?

—Sí.

—Yo confío en salvar la vida —le confesó Ewa.

—Ojalá —respondió Amelia.

No les resultaba fácil estar juntas porque las guardianas procuraban que estuvieran separadas, pero aun así encontraban ocasiones para hablar. Las guardianas estaban demasiado ocupadas maltratando a las presas políticas e intentando mantener el orden en aquel recinto donde era tal el hacinamiento que las mujeres apenas disponían de espacio para ponerse en pie y caminar algunos pasos.

—¡Aquí no se permiten conspiraciones! —les decían mientras las golpeaban con las porras de goma obligándolas a sentarse, lejos la una de la otra.

Una mañana Ewa y Amelia coincidieron en el patio. Hacía frío, había llovido durante la noche y el cielo lucía su peor color. Las mujeres tiritaban porque apenas tenían ropa de abrigo con que cubrirse, pero preferían pasar frío que renunciar a esos minutos al aire libre.

Ewa se acercó a Amelia, parecía contenta.

—Piotr está aquí —le susurró al oído.

—¿Dónde?

—Aquí, en Pawiak.

—¿Cómo lo sabes?

—Por una mujer que acaban de trasladar a mi celda. Se llama Justyna. Ha estado en la sección VIII, la llevaron allí cuando la detuvieron. Dice que en algunas celdas meten a las mujeres con los hombres. Conoce a Piotr, me ha dicho que fueron novios tiempo atrás; ella es comunista, y Piotr también lo fue, pero al parecer dejó el partido.

—No sabía que Piotr fuera comunista…

—Yo tampoco, no creo que ni siquiera lo supiera Grazyna. Esa mujer, Justyna, dice que Piotr dejó el partido por un enfrentamiento con uno de los jefes, pero de eso hace tiempo. Piotr le ha pedido que buscara a Grazyna o a mí, y que si nos encontraba nos dijera que estaba vivo y que algunos amigos han logrado huir, pero no le dijo quiénes. A él también lo han condenado a muerte. Parece que la condesa Lublin ha logrado visitarle en un par de ocasiones y le ha traído ropa de abrigo y algo de comida.

—¿Cómo podemos decirle que estamos aquí? —preguntó Amelia.

—No podemos, no se me ocurre la manera de hacerlo...

—A lo mejor coincidimos el día en que nos ahorquen.

—¡No digas eso, Amelia! Sé que es difícil salir de aquí, pero no quiero perder la esperanza, yo... yo soy creyente, y le pido a Dios que no me abandone, que no permita que me ahorquen.

—Yo también rezo, Ewa, pero ya no sé si creo en Dios.

—¡Qué cosas dices! ¡Claro que crees en Dios! ¡Le necesitamos más que nunca!

—Nosotras a Él sí, pero ¿y Él a nosotras?

La fe de Ewa la ayudaba a soportar todo el sufrimiento que se cernía sobre ella en la prisión de Pawiak. Amelia, por su parte, confiaba más en que Max von Schumann fuera capaz de sacarla de allí.

Tanto para Amelia como para Ewa, estar cerca la una de la otra suponía un consuelo. Apenas habían llegado a conocerse durante el tiempo en que entraban clandestinamente en el gueto, ya que Grazyna no daba lugar a que se crearan relaciones personales. Amelia pensaba que Ewa era una gran chica llena de buenas intenciones, y que si iba al gueto era por seguir a su prima Grazyna. No había tenido tiempo de valorar a Ewa por sí misma, y no fue hasta que la encontró en Pawiak cuando descubrió la grandeza moral de la joven pastelera. De manera que cada vez que se lo permitían estaban juntas e intercambiaban anhelos y confidencias. Amelia no se permitía hacer planes, pero Ewa no dejaba de soñar con lo que haría cuando saliera de Pawiak.

—Tenemos que reconstruir el grupo y continuar con la labor de Grazyna. No podemos rendirnos. No hago más que pensar en los niños, seguro que echan de menos mis caramelos.

Pasaron los meses sin que Amelia supiera nada de Max. Ni una carta. Ni un mensaje. Nada. En un par de ocasiones la habían vuelto a llevar a la enfermería. Apenas le daban de comer. Había enfermado de anemia, tosía y se desmayaba con frecuencia. Al principio sus compañeras de celda llamaban a las carceleras para avisar que la española había perdido el conocimiento, pero pronto dejaron de hacerlo. Las carceleras antes de trasladarla a la enfermería solían darle patadas mientras la insultaban.

—¡Levántate, zángana! ¡No te hagas la dormica! ¡Ya te voy a dar para que despiertes! ¡Vaya con la señorita delicada!

Cuando volvía en sí sentía en la boca el sabor de la sangre. A las carceleras les complacía especialmente golpearle el rostro, era como si no pudieran soportar la belleza de Amelia.

Muchas noches Amelia se despertaba por los gritos de otras presas.

—¿Qué sucede? —preguntó a una de sus compañeras de celda.

—Parece que han llegado nuevas órdenes para ahorcar a algunas de las que estamos aquí. Quién sabe si mañana nos tocará a nosotras.

Amelia se incorporó y apoyó la cabeza contra las paredes de piedra mientras murmuraba una oración pidiendo a Dios que no se abriera la puerta de la celda. Escuchaban el ir y venir de los pasos, los gritos de algunas mujeres a las que arrastraban hasta el patíbulo, las súplicas de algunas de sus compañeras pidiendo que se pusieran en contacto con sus familias aun sabiendo que era imposible. Otras en cambio caminaban en silencio, con la cabeza alta, intentando mantener la dignidad en lo que sabían eran los últimos minutos de su vida.

Todos los días ejecutaban a decenas de presos en la calle Smocza, al lado de Pawiak. Hombres, mujeres, incluso adolescentes... a los nazis tanto les daba. Llegaban las órdenes a la prisión y las ejecutaban de inmediato; y ese trasiego de pasos, de gritos, de suspiros les alteraba el ánimo hasta llegar a desear que se acabara cuanto antes aquel suplicio.

No fue hasta finales de mayo de 1942 cuando Karl Kleist le dijo a Max von Schumann, que ya había alcanzado el grado de coronel, que todas las gestiones hechas para la liberación de Amelia estaban a punto de dar sus frutos.

—Aún no puedo asegurártelo, pero la gente de Oster está a

punto de conseguir que liberen a fräulein Garayoa. Puede ser cuestión de días.

—¡Gracias a Dios! Estaré siempre en deuda contigo, con Hans Oster y con el almirante Canaris —exclamó Max.

—Todos estamos en deuda con Alemania —le respondió Kleist.

Aún habrían de pasar un par de meses para que Amelia recuperara la libertad. Mientras tanto, Max logró un permiso para ir a Berlín: Ludovica había dado a luz a un niño hacía tres meses.

A Max coger en brazos a su hijo le emocionó más de lo que le hubiera gustado admitir.

Ludovica guardaba reposo como si el hecho de haber parido hubiera constituido una grandiosa hazaña. Se dejaba mimar por su familia y por la familia de su marido, y sentía crecer su influencia en el entorno familiar tras haber logrado prolongar la estirpe de los Von Schumann.

—Nuestro Friedrich es precioso, un ario puro —le dijo Ludovica a Max.

La baronesa estaba recostada sobre una *chaise longue* situada junto al ventanal de su habitación, y observaba con un destello de perversidad lo que para su marido significaba aquel bebé de piel rosada.

—Sí, es precioso —asintió Max.

—Tus tías dicen que se parece a ti, y tienen razón. Me alegro tanto de que estés aquí... Bautizaremos a nuestro hijo como se merece. Haremos una gran fiesta e invitaremos a Hitler, a Goebbels, y a todos los buenos amigos.

—Estamos en guerra, Ludovica, y no debemos hacer exhibiciones innecesarias. La gente sufre, está perdiendo a sus hijos, a sus maridos, a sus hermanos... Bautizaremos a Friedrich, pero sólo invitaremos a la familia y a nuestros amigos más íntimos.

—Bueno, eso no descarta que invitemos al Führer; sé que me

tiene en gran estima, no sabes cómo me distingue cuando me ve. Incluso podríamos pedirle que apadrine a Friedrich...

—¡Jamás! No, eso no lo consentiré. A mi hijo no le apadrinara ese... ese... ese demente.

—¡Max! ¡Cómo te atreves!

—¡Basta, Ludovica! No quiero discutir. Olvídate de esa idea descabellada. No me obligues a desautorizarte. Mi hermana mayor será la madrina de Friedrich, y el padrino, si te parece, puede ser uno de tus hermanos.

—Pero, Max, ¡no puedes negarme que organice un gran bautizo para Friedrich!

—Nuestro hijo tendrá el bautizo que merece, con su familia, y nadie más.

Ludovica no insistió. Sabía que el nacimiento de Friedrich era la causa de que Max no la hubiese abandonado, pero le conocía demasiado bien para saber que si lo acorralaba, su marido terminaría marchándose de nuevo.

—De acuerdo, querido, lo haremos como tú quieres. Y ahora, siéntate a mi lado, tengo muchas cosas que contarte.

Max aprovechó su estancia en Berlín para reunirse con el grupo de amigos que formaban parte de la resistencia al régimen. El profesor Schatzhauser parecía más pesimista que nunca y le sorprendió que le preguntara por Amelia.

—Está en la cárcel de Pawiak, en Varsovia. La detuvo la Gestapo.

—¡Pobrecilla! Habíamos oído rumores...

—Estoy haciendo lo indecible por sacarla de allí.

—Sí, algo hemos sabido. Sé prudente, Max, tienes enemigos.

—Lo sé, profesor.

—Ha estado en Berlín ese periodista norteamericano, Albert James. Me telefoneó y vino a verme; en el transcurso de la conversación se interesó por Amelia.

—Bueno, usted sabe que James y Amelia... en fin, tenían una buena relación.

—Le dije la verdad, que se había marchado contigo a Varsovia y que no habíamos vuelto a saber nada de ella, pero que imaginaba que estaba bien.

Max no respondió. Le incomodaba que el profesor hubiera mencionado al anterior amante de Amelia. No es que le reprochara nada, sólo que, aunque le costaba admitirlo, sentía celos.

—Hábleme de cómo están las cosas aquí, si hay novedades en nuestro pequeño grupo.

—Somos muy pocos, Max, y no estamos bien organizados —se quejó el doctor.

—Nuestro problema —añadió Manfred Kasten, el viejo diplomático— es que quienes estamos en contra del Reich no somos capaces de unir nuestras fuerzas. Los comunistas van por su lado, los socialistas por otro, los cristianos tampoco nos ponemos de acuerdo, y los oficiales del Ejército no llegáis a saber que en realidad hay muchos alemanes deseosos de que hagáis algo.

—De esto último no estoy tan seguro —admitió Max—. Además, no es tan fácil, si ni siquiera los que estamos en contra de esto logramos ponernos de acuerdo en qué es lo que realmente hay que hacer.

—Si descabezáis al Reich todo será más fácil —insistía el profesor Schatzhauser.

—El Führer exigió que el Ejército le jurara lealtad, muchos oficiales se sienten maniatados por ese juramento —argumentó Max.

—¿Tú también? —le preguntó Manfred Kasten.

—La lealtad del Ejército debe ser para con Alemania —intervino el profesor sin dar tiempo a que Max pudiera responder.

—Han detenido a algunos amigos —añadió el pastor Ludwig Schmidt—. La Gestapo detiene a la gente y desaparecen para siempre.

—Y tú, Max, ¿qué crees que debemos hacer? —preguntaba Helga Kasten.

Max von Schumann no tenía respuesta para aquella pregunta. Sólo podía explicarles que en el seno del Ejército había oficiales que, como él, creían que debían hacer algo para oponerse a Hitler y que incluso alguno de sus compañeros de armas había llegado a sugerir que sería imposible acabar con el III Reich si antes no acababan con el Führer, pero no habían pasado de ahí.

Cuatro días antes de regresar al frente, Max y Ludovica bautizaron al pequeño Friedrich; a la ceremonia sólo asistió la familia. Ludovica había cedido a los deseos de su marido, pero tenía prevista otra celebración para cuando Max regresara al frente. Estaba decidida a convocar en su casa a sus amigos de la jerarquía nazi para celebrar el nacimiento y bautizo de Friedrich.

Por su parte, Max tenía sus propios planes. Antes de regresar al frente ruso había dispuesto pasar por Varsovia. Karl Kleist, el oficial que trabajaba cerca del coronel Oster, le había asegurado que Amelia estaba a punto de ser liberada y él quería estar en el momento de la liberación o al menos intentar que le permitieran visitarla en la cárcel de Pawiak y explicarle los planes que había hecho para ella en el momento en que recuperara la libertad.

Lo que no sabía es que Amelia estaba enferma; cuando tosía, escupía sangre, y además padecía anemia.

Pero para Amelia lo peor que le pudo pasar no fue luchar contra la fiebre, ni contra las pulgas que martirizaban su cuerpo o los piojos que aún encontraban acomodo entre los pocos cabellos que le quedaban. Lo peor para Amelia fue sobrevivir al asesinato de Ewa.

—¿Sabes que mis padres han venido a verme? —le dijo Ewa una mañana mientras estaban en el patio de Serbia inspirando todo el aire puro que llegaba hasta la prisión.

—¿Les has podido ver? —preguntó Amelia.

—No, no me han permitido verles, pero sé que han estado porque me lo ha dicho una compañera de mi celda que la emplean de vez en cuando para limpiar el despacho del director de Pawiak. Es una buena mujer y me fío de ella. ¿Sabes?, creo que mis padres traían buenas noticias, seguro que están a punto de conseguir que me indulten. Tengo una corazonada.

Ewa sonreía ilusionada convencida de su buena suerte, que sólo ensombrecía el pensar que iba a dejar a Amelia entre los muros de Pawiak.

—En cuanto salga, te prometo que buscaré a Max dondequiera que esté y le instaré a que haga lo imposible por sacarte. Confía en mí.

—Si no hubiera sido por ti, no sé cómo habría resistido tanto...

—¡Pero si eres más fuerte que yo! Además, tienes un hijo por el que vivir. Algún día iré contigo a España.

—España... mi hijo... ¡Cuánto daría por dar marcha atrás! Yo soy la única culpable de lo que me pasa y a veces pienso que estoy aquí porque tengo que pagar por todo el mal que he hecho a quienes me querían: mi hijo, mis padres, mi hermana, mi marido, mis tíos y mis primas; a todos les he fallado...

—No te atormentes, Amelia, saldrás de aquí y podrás regresar a España y enmendar las cosas.

—No puedo devolver la vida a mis padres.

—Tú no eres la culpable de su muerte, fueron víctimas de vuestra guerra civil.

—Pero yo no estaba con ellos. No estaba cuando fusilaron a mi padre ni asistí a mi madre en su enfermedad. Ahora no estoy cuidando a mi hermana enferma. Siempre dejo mis responsabilidades en manos de otros, ahora en manos de mis pobres tíos y de mi prima Laura. Y mi hijo... no puedo lamentarme de haberme convertido en una extraña para mi pequeño Javier. Lo abandoné y no pasa ni un solo día en que no me arrepienta de haberlo hecho.

—Saldremos de aquí, ya verás, y será muy pronto, lo sé, confía en mí. Siento que la libertad está muy cerca.

Aquella tarde, como todas las tardes, mientras las presas estaban en las celdas escucharon los pasos de las guardianas. Iban a leer los nombres de las condenadas, que serían ahorcadas al amanecer.

Amelia tenía fiebre y apenas prestaba atención, de manera que tardó unos segundos en reaccionar y preguntarse si había escuchado bien.

—Van a ahorcar a esa amiga tuya. Acaban de decir su nombre. Pobrecilla —le susurró al oído una de sus compañeras.

El grito de Amelia se escuchó a lo largo y ancho de aquel pasillo húmedo que daba entrada a las celdas. Pero el grito se perdió entre los llantos y los lamentos de quienes iban a ser ahorcadas. Era el mismo sonido de llantos y lamentos que escuchaban a diario, pero aquel día a Amelia se le hizo insoportable.

Una de las guardianas entró en la celda y la golpeó con un palo obligándola a callar.

—¡Para de gritar, extranjera de mierda! Espero que muy pronto llegue la orden para que te ahorquen, así no gastarás más dinero nuestro en comida. ¡Desagradecida!

Era tal el dolor que sentía en el alma que apenas se dio cuenta de que en uno de los golpes le había roto la muñeca izquierda.

—¡Quiero verla! ¡Quiero verla! —suplicó Amelia agarrada a la falda de la guardiana que la golpeaba sin piedad.

—No, no verás a esa zorra de tu amiga que va a recibir lo que se merece por traidora. Es una asquerosa amiga de los judíos, como tú. ¡Cerdas! ¡Sois unas cerdas! —gritó la guardiana mientras continuaba apaleándola.

Estaba amaneciendo cuando de nuevo las guardianas se presentaron ante las celdas para llevarse a las condenadas. Algunas lloraban y suplicaban, otras permanecían en silencio intentando concentrarse en aquellos últimos minutos de vida en que sólo podían despedirse de ellas mismas.

Ayudada por otras dos presas, Amelia se colocó delante del ventanuco de la puerta desde el que se veía el pasillo por donde caminaban las condenadas. Vio a Ewa caminar renqueando, con la mirada serena y desgranando las cuentas de un rosario de tela que se había hecho con un trozo de su enagua. Encontraba fuerza en la oración y sonrió a Amelia cuando pasó delante de su puerta.

—Saldrás de aquí, ya verás, reza por mí, yo cuidaré de ti cuando llegue al cielo.

La guardiana empujó a Ewa con violencia.

—¡Cállate, santurrona, y camina! ¡Muy pronto tu amiga se reunirá contigo! ¡A ella también la ahorcarán!

Amelia intentó decirle algo a Ewa, pero no pudo. Tenía los ojos anegados de lágrimas y fue incapaz de pronunciar una sola palabra.

Después se dejó llevar por la desesperación y se negó a comer aquel caldo negruzco donde abundaban los parásitos pero que las mantenía vivas.

Durante varios días estuvo entre la vida y la muerte. Se había rendido, ya no quería luchar.

Así la encontró Max cuando fue a buscarla a Pawiak. Había llegado a Varsovia ese mismo día acompañado por su ayudante, el ya comandante Hans Henke, y con la garantía de Karl Kleist de que todos los papeles para la liberación de Amelia habían sido firmados.

Acudió de inmediato a Pawiak, donde no parecieron demasiado impresionados porque un coronel del Ejército mostrara tal preocupación por aquella presa que habían recibido orden de liberar.

El director de la prisión se mostró adusto con él, y le conminó a aguardar en su despacho a que subieran desde los sótanos a la reclusa.

—Se la puede llevar, aunque yo de usted tendría cuidado, esa chica está mal de los pulmones y quién sabe lo que le puede contagiar. Yo en su caso me mantendría lejos de ella.

Max a duras penas logró contenerse. Sentía un desprecio instintivo por aquel hombre y sólo ansiaba salir de allí cuanto antes llevándose a Amelia.

Cuando la vio no pudo contener una exclamación de dolor.

—¡Dios mío, qué te han hecho!

Le costaba reconocer a Amelia en aquella figura famélica que apenas podía tenerse de pie, con el cabello tan corto que se le veía la piel del cráneo, vestida con ropa mísera y sucia, y la mirada perdida.

Entre Max y su ayudante Hans Henke cogieron a Amelia y, una vez firmados todos los papeles, salieron de Pawiak.

Los dos hombres estaban impresionados y casi no se atrevían a hablar con la mujer.

—Vamos al hotel, allí la examinaré —dijo Max a su ayudante.

—Creo que deberíamos llevarla a un hospital, yo no soy médico como usted, pero veo que la señorita está muy enferma.

—Sí, lo está, lo está, pero prefiero llevarla al hotel, y una vez que la haya examinado decidiré qué hacer, no quiero volver a dejarla en manos extrañas.

El comandante Henke no insistió. Conocía la testarudez de su superior y le había visto sufrir durante aquel año haciendo lo imposible por conseguir la liberación de la joven española. Henke se preguntaba si aquella mujer volvería a recuperar algún día parte de aquella sutil belleza ante cuya presencia era imposible permanecer indiferente.

Cuando llegaron al hotel se produjo una cierta conmoción al ver entrar a dos jefes de la Wehrmacht llevando en brazos a una mujer que parecía una mendiga apaleada. El director del hotel, que en ese momento se encontraba departiendo con un grupo de oficiales, se acercó hasta ellos.

—Coronel Von Schumann… esta mujer… en fin… no sé cómo decirles que no me parece oportuno que la traigan a este hotel. Si quiere, le puedo decir adónde llevarla.

—La señorita Garayoa se alojará en mi habitación —respondió Max.

El director vaciló ante la mirada iracunda de aquel militar aristócrata que cargaba en sus brazos con aquella mujer que más parecía una mendiga.

—Desde luego, desde luego…

—Envíeme una camarera a la habitación —ordenó Max.

Cuando llegaron a la estancia pidió a su ayudante que preparara el baño.

—Lo primero que haré será bañarla y desparasitarla, luego la examinaré. Me parece que podría tener una mano rota, necesitaré que se acerque hasta el hospital y me traiga todo lo necesario para vendársela. Pero antes le agradecería que se acercara a la tienda más cercana y comprara algo de ropa para Amelia.

La camarera se presentó de inmediato y no pudo evitar un gesto de repugnancia cuando Max le pidió que le ayudara a bañar a Amelia.

—Le pagaré su sueldo de todo un mes.

—Desde luego, señor —aceptó la mujer, venciendo sus escrúpulos.

Amelia mantenía los ojos cerrados. Apenas tenía fuerzas para hablar, para moverse. Creía escuchar la voz de Max, pero se decía a sí misma que era un sueño, uno de aquellos sueños en los que la visitaba la gente a la que amaba: su hijo Javier, sus padres, su prima Laura, su hermana Antonietta... Sí, tenía que ser un sueño. No parecía darse cuenta de que la introducían en el agua, ni que le frotaban con fuerza la cabeza que tanto le dolía, ni siquiera se dio cuenta cuando Max la sacó de la bañera ayudado por la camarera y la envolvió en una toalla. Luego la vistieron con un pijama de él, en el que Amelia parecía perdida.

—Gracias por su ayuda —le dijo Max a la camarera.

—Para servirle, señor —respondió mientras cogía apresuradamente el dinero que le daba el militar.

Max la auscultó, le puso el termómetro y examinó todo el cuerpo comprobando las huellas de las torturas sufridas. A duras penas lograba contener las lágrimas y la ira que le producía ver en aquel estado a la mujer que tanto amaba.

—Tiene tuberculosis —murmuró para sus adentros.

Cuando Hans Henke regresó con unas cuantas bolsas, encontró a Amelia durmiendo. Max le había hecho tomar una taza de leche y un calmante.

—He comprado unas cuantas cosas, espero que sirvan, es la primera vez que compro ropa para una mujer. La verdad es que nunca he acompañado a mi esposa a hacer compras.

—Gracias, comandante, le estoy muy agradecido.

—¡Vamos, coronel, no tiene nada que agradecerme! Usted sabe cuánto le aprecio y que comparto su misma inquietud por Alemania. En cuanto a la señorita Garayoa, siempre he sentido simpatía por ella y me duele ver lo que le han hecho.

—Tiene tuberculosis.

—Entonces debería llevarla a un hospital donde la cuiden.

—No, no quiero dejarla sola en un hospital, sin amigos, sin nadie que la cuide. Quién sabe lo que podría pasarle.

—Pero debemos volver a Rusia...

—Sí, pero creo que podré conseguir unos cuantos días más de permiso. Usted regresará al frente, yo le seguiré en cuanto pueda.

—¿Y si no se lo permiten?

—Ya se me ocurrirá algo. Ahora le pido que se acerque a nuestro hospital y me traiga todo lo que he escrito en esta lista. Lo necesito para curarla.

Amelia tardó dos días en despertar del letargo en el que estaba sumida, y cuando lo hizo se sorprendió al comprobar que, efectivamente, allí estaba Max.

—¿Cómo te encuentras? —le preguntó él, apretándole la mano.

—Entonces... es verdad... eres tú...

—¿Y quién creías que era? —respondió él riendo.

—Creía que estaba soñando.

Pese a que Max le insistía para que descansara, no le hizo caso porque ella necesitaba hablar, recobrar parte de lo que había sido su vida. Hablaron durante horas.

—No me has preguntado si soy culpable —le dijo ella.

—¿Culpable? ¿De qué ibas a ser culpable?

—Me detuvieron, me acusaron de conspirar contra el Reich, de ayudar a los judíos...

—Espero que todo eso sea verdad —respondió él riendo.

—No te lo dije para no implicarte, pero Grazyna... bueno... ella ayudaba a los judíos, íbamos al gueto a llevar comida, y algunas otras cosas.

—No te reprocho nada, Amelia, lo que hicieras bien hecho está.

—Pero... yo necesito decírtelo.

—Ya me lo contarás todo cuando estés mejor, ahora tienes que descansar.

—Quiero hablar, necesito hablar, no sabes cuánto te he echado de menos. Pensé que nunca volvería a verte, ni a ti ni... ni a mi hijo, ni a mi familia. Pawiak es un infierno, Max, un infierno.

Tres días después Max le explicó a Amelia que había conseguido un salvoconducto para que llegara hasta Lisboa y desde allí pudiera ir a España.

—Aún estás enferma, pero hemos de correr ese riesgo. Yo debo volver al frente, no me permiten quedarme más tiempo en Varsovia y aquí no estarías segura. ¿Crees que podrás valerte por ti misma? Yo te daré las medicinas que debes tomar.

—Otra vez nos separamos —se lamentó ella.

—Muy a mi pesar. Pero además de médico soy un soldado y debo cumplir órdenes. Mis amigos han conseguido que pudiera quedarme unos días en Varsovia, pero no pueden cubrirme más.

—Lo sé y no debo quejarme. ¡Has hecho tanto por mí! Sí, iré a España, no querría ir a ninguna otra parte. Puede que me permitan ver a mi hijo. Hace tantos meses que no sé nada de mi familia, deben de pensar que me he muerto.

—¡No digas eso! Claro que verás a tu hijo y... he de decirte algo, que sé te va a doler.

Amelia miró asustada a Max. Temía lo que pudiera decirle.

—He tenido un hijo. Ludovica me ha dado un varón.

—Lo sé, Max, tu mujer me dijo que estaba embarazada. No sabía que tú y Ludovica... en realidad creía que...

—No te engañé. Entre Ludovica y yo hacía tiempo que todo había terminado. Tú no estabas, Amelia, y no sabía qué iba a pasar entre nosotros. En realidad en aquel momento tú estabas con Albert James o eso creía yo. Ella me pidió que le diéramos una oportunidad a nuestro matrimonio y... no me negué. Ahora tengo un hijo, se llama Friedrich, y le quiero, Amelia, le quiero al igual que tú quieres a tu hijo. No puedo evitar quererle. Es parte de mí, lo mejor de mí.

Se hizo un silencio tenso y Amelia sintió que se le llenaban los ojos de lágrimas. No tenía derecho a reprocharle nada, pero se sentía herida.

—No puedo pedirte perdón por Friedrich —le dijo el barón.

—Me duele, Max, claro que me duele, pero no tengo derecho a hacerte ningún reproche. Nunca me has engañado, siempre supe que Ludovica estaba ahí y que tu sentido del honor para con tu familia te impediría separarte de ella. También sabía, aunque nunca me lo dijiste, que añorabas tener un hijo que continuara tu estirpe, y eso sé que yo no te lo podía dar porque al fin y al cabo sigo estando casada. Pero me duele, Max, me duele mucho.

Él la abrazó y notó cómo ella temblaba ahogando un sollozo. La sintió más frágil por su extrema delgadez, pero no quiso engañarla diciendo que le hubiera gustado que Friedrich no existiera porque no era cierto. Se sentía orgulloso de aquel niño diminuto al que añoraba tener en sus brazos.

Amaba a Amelia pero también a Friedrich y no quería renunciar a ninguno de los dos.

No les resultó nada fácil separarse de nuevo. Max acompañó a Amelia al aeropuerto. Ella apenas lograba sostenerse en pie. Estaba muy débil.

Se despidieron sin saber cuándo se volverían a ver, pero prometiéndose que no permitirían que nadie les separase.

—Si no pudieras ponerte directamente en contacto conmigo, inténtalo con mi ayudante, el comandante Henke.

—Los dos habéis ascendido, tú ahora eres coronel y él comandante...

—Así es la guerra, Amelia. Pero atiéndeme: si tampoco lograras ponerte en contacto con el comandante Henke, siempre podrías recurrir al profesor Schatzhauser, a él no le resultará difícil saber dónde estoy.

A Amelia le costó reprimir las lágrimas cuando se dirigía al avión y se volvió varias veces agitando la mano mientras Max la contemplaba conteniendo la emoción.

Muchas horas después, y tras una larga escala en Berlín, Amelia miraba por la ventanilla del avión intentando divisar el perfil de Lisboa.

Estaba impaciente por pisar tierra portuguesa porque era el preludio de su vuelta a casa. No pensaba quedarse más tiempo del imprescindible. Primero iría al hotel Oriente. Aquél era el lugar de contacto donde la Inteligencia británica la había dirigido en ocasiones anteriores. En Londres debían de estar preguntándose qué le había sucedido después de tantos meses de silencio. Posiblemente la habrían dado por muerta.

El hotel Oriente parecía languidecer. Su propietario, el británico John Brown, la reconoció nada más verla.

—¡Vaya, la señorita Garayoa! No esperaba verla por aquí... No tiene usted muy buen aspecto. Le daré la habitación de siempre, ¿le parece bien?

Sin darle tiempo a responder, comenzó a llamar a su esposa portuguesa, doña Mencia.

—¡Mencia, Mencia! ¿Dónde te metes? Tenemos una huésped.

—No voy a quedarme, señor Brown, sólo quiero saber si puedo contactar con alguno de sus amigos...

—Así que está interesada en hablar con alguno de mis compatriotas.

—¿Puede arreglarlo?

—Naturalmente; mientras, suba a la habitación y descanse,

perdone que insista en su mal aspecto. Mencia le traerá algo de comer.

—Quiero ir a España cuanto antes, en el primer tren que salga.

—Entonces tendrá que esperar a mañana por la mañana. No se preocupe, me encargaré de conseguirle un billete.

Mencia golpeó con suavidad la puerta de la habitación.

—¡Pero qué cambiada está usted! —exclamó Mencia al reconocer a Amelia.

—Me alegro de verla —respondió Amelia haciendo caso omiso del comentario.

—Mi marido me ha dicho que parece usted un espectro y tiene razón. ¡Está en los huesos! ¿Dónde se ha metido? Realmente tiene usted un aspecto terrible.

—Son tiempos difíciles.

—Sí, sí que lo son, y yo tengo miedo de que un día de éstos alguien venga a por mi marido, hay demasiados ojos y oídos pendientes de lo que pasa, y siendo él inglés... claro que yo soy portuguesa y eso le salva, o al menos es lo que quiero creer. ¿Qué necesita? Creo que le traeré algo de comer. ¿Un poco de bacalao? Sí, le vendrá bien para coger fuerzas.

—No, Mencia, no tengo hambre.

—Si cambia de opinión, llámeme. Mi marido me ha dicho que le diga que no salga de la habitación y que descanse, dentro de un rato vendrá alguien a verla. Imagino quién... pero es mejor estar callada.

Amelia se tumbó en la cama y se quedó dormida. Al rato se sobresaltó por unos golpes en la puerta. Cuando abrió, vio a John Brown acompañado por un hombre de gesto adusto que la miraba con arrogancia.

—Señorita Garayoa, le presento a este buen amigo. Les dejo para que hablen. Si necesitan algo les enviaré a Mencia.

—¿De dónde sale usted? —le preguntó el hombre sin ningún preámbulo.

—De Pawiak.

—¿Pawiak?

—Es una cárcel, en Varsovia. Me detuvieron.

—¿Y por qué la han dejado salir?

—Es una larga historia. Creo que lo más práctico es que le cuente lo sucedido y usted lo transmita a Londres. Mañana me voy a casa, vuelvo a Madrid.

Durante una hora larga Amelia narró minuciosamente a aquel hombre todo lo sucedido: desde el día de su detención hasta el de su liberación, incluyendo la participación de Max von Schumann. El agente la escuchaba sin dejar de mirarla, escudriñando sin disimulo su rostro.

Cuando Amelia terminó su relato se quedaron unos segundos en silencio. Fue él quien lo rompió.

—Debería quedarse aquí hasta recibir órdenes de Londres.

—No, no lo haré. Quiero ir a mi casa, necesito estar con los míos. No tengo fuerzas para continuar, al menos por ahora.

—¿Me está diciendo que abandona el servicio?

—Le estoy diciendo que acabo de regresar del infierno y necesito un respiro.

—Estamos en guerra, no hay tiempo para descansar.

—Si no me da otra alternativa, entonces dígale a lord James que dejo el trabajo.

El hombre se puso de pie. No parecía sorprendido por nada de cuanto Amelia le había contado, o si lo estaba, no lo demostró. A ella le sorprendió que no le hubiera dicho ni una sola frase apiadándose por lo que había sufrido. Amelia ignoraba que aquel hombre había perdido a su esposa y a sus tres hijos en un bombardeo de la Luftwaffe sobre Londres, y que ya no le quedaban ni lágrimas ni piedad para los demás.»

—Bien, esto es todo, Guillermo —sentenció el mayor Hurley.

Di un respingo en el asiento. Sus últimas palabras me sobresaltaron. No sabía cuánto tiempo había transcurrido desde que el mayor comenzara a relatar aquel episodio de la vida de mi bisabuela. Miré el reloj y, para mi sorpresa, era ya medianoche.

Lady Victoria sonreía encantada al ver mi sorpresa. Ella también había salpicado la narración del mayor Hurley con algunas aportaciones. Su esposo lord Richard cabeceaba con una copa de oporto en la mano. Me había abstraído tanto con aquella historia que había llegado a olvidar dónde y con quién estaba.

Con su minucioso relato el mayor Hurley había logrado trasladarme a Varsovia. Me parecía haber visto a Amelia Garayoa caminar por la ciudad y casi compartir con ella el sufrimiento de los meses pasados en Pawiak.

—No esperaba una cosa así —dije por decir algo.

—¿Qué es lo que no esperaba? —preguntó con curiosidad lady Victoria.

—No sé… tanto sufrimiento.

—Ya ve que la vida de su bisabuela no fue fácil —respondió lady Victoria.

—Creo que ella tampoco ponía demasiado de su parte. —Y nada más decir esta frase me arrepentí. ¿Quién era yo para juzgar a Amelia?

—Es muy tarde y ya hemos abusado demasiado de la hospitalidad de nuestros anfitriones —dijo el mayor Hurley, levantándose para dar por terminada la velada.

—Desde luego… desde luego —respondí yo.

—Usted mañana tiene que madrugar, ¿me equivoco, querido amigo? —preguntó lord Richard.

—Mi obligación es estar mañana a las siete en punto en el Archivo Militar —comentó el mayor Hurley.

Mientras lady Victoria y lord Richard nos acompañaban hasta la puerta, caí en la cuenta de que el mayor no había hecho ningún comentario sobre los siguienes pasos de Amelia.

—Sé que es mucho abusar de su amabilidad, pero ¿qué hizo después Amelia? ¿Fue a Madrid? ¿Continuó trabajando para ustedes?

—No pretenderá que hablemos ahora de eso... —se quejó el mayor Hurley.

—¡Oh, querido amigo, deberá usted seguir ayudando a Guillermo! Me temo que aún queda mucho por contar —terció lady Victoria dirigiéndose al mayor.

El mayor William Hurley se avino a que nos volviéramos a ver al cabo de unos días. No me atreví a insistir por temor a enfadarle.

—Tengo mucho trabajo, no puedo dedicar todo mi tiempo a buscar sobre su bisabuela en los archivos. En realidad creo que ella pasó una larga temporada en España... —añadió a modo de despedida.

6

Decidí regresar a España al día siguiente. Si Amelia había vuelto a Madrid en aquel mes de julio de 1942, las respuestas las tenía que encontrar, o bien en Edurne, o bien en el profesor Soler. También podía pedirle a doña Laura que me guiara.

Mi madre me colgó el teléfono cuando la llamé al llegar al aeropuerto de Barajas.

—Eres un desastre, Guillermo, y he decidido dejarte por imposible, cuando decidas dejar de hacer el idiota, me llamas.

Sabía que el enfado se le pasaría a la tercera llamada.

Mi apartamento tenía varios dedos de polvo y olía a cerrado. Entre la correspondencia encontré varias cartas del banco que me recordaban que tenía una hipoteca que pagar. Prácticamente la totalidad de mis ingresos los estaba invirtiendo en mis viajes, por lo que era evidente que tenía que congraciarme con mi madre cuanto antes o si no ya me veía acudiendo a Ruth para que, en caso de desahucio, me diera cobijo en su casa.

Al día siguiente de mi llegada telefoneé a doña Laura y le pedí permiso para ir a ver a Edurne.

—Se cansa mucho cuando habla con usted. ¿Es necesario?

—Sí, doña Laura, lo es. Bueno, hablaré primero con el profesor Soler, y si veo que puedo evitar tener que hablar con Edurne, no la molestaré.

—¿Cómo va la investigación? —me preguntó curiosa.

—Muy bien, aunque debo decirle que la vida de su prima es una caja de sorpresas. Si quiere que le explique lo que he ido averiguando...

—Ya le dije que lo que queremos es que haga una investigación exhaustiva, y cuando lo sepa todo, lo escriba y nos lo traiga, hasta entonces no es necesario que me cuente nada. Pero dese prisa, nosotras ya somos muy mayores y no disponemos de mucho tiempo.

—Le aseguro que intento investigar lo más rápidamente que puedo, pero es que las cosas se complican...

—Bien, Guillermo, llámeme si finalmente necesita hablar con Edurne. ¡Ah!, y ya que hablo con usted, ¿necesita dinero?

Dudé unos segundos. No me atrevía a decirle que sí. Creí escuchar una risita a través del teléfono.

—Naturalmente usted no vive del aire, y tanto ir y venir cuesta dinero. Puede que nos hayamos quedado cortas con la última transferencia. Hoy mismo le diré a mi sobrina Amelia que le mande dinero.

—¿Qué tal está su sobrina? ¿Y doña Melita?

—Bien, bien, estamos todas bien. Bueno, no perdamos el tiempo y póngase a trabajar. Recuerde que tenemos ya muchos años...

El profesor Soler me pidió que fuera a visitarle a Barcelona.

—Estoy escribiendo un libro y no tengo demasiado tiempo, pero venga usted y veré qué puedo contarle. Creo recordar bastante bien cuando Amelia se presentó de improviso aquel verano del cuarenta y dos.

Ya estaba yo otra vez en el aeropuerto dispuesto a pasar el día con el profesor y con el firme propósito de presentarme en casa de mi madre aquella misma noche cuando regresara de Barcelona. La conocía muy bien, y por más que estuviera enfadada, sabía que no me daría con la puerta en las narices.

Charlotte, la esposa del profesor Soler, me comentó nada más verme que no le entretuviera mucho.

—Está terminando de escribir un libro muy importante y su editor está nervioso porque se ha retrasado con la entrega.

—Le prometo que no le quitaré mucho tiempo, pero es que sin la ayuda de su marido no puedo dar un paso.

Encontré al profesor resfriado y con aspecto cansado, aunque de buen humor.

—Doña Laura me telefoneó anoche pidiéndome que continúe guiándole. Le preocupa tener que molestar a Edurne, la pobre anda muy floja de salud.

—Sin usted la investigación sobre mi bisabuela resultaría inútil. Por cierto que el mayor William Hurley, el archivero del Ejército, es una mina de información. Si usted supiera todo lo que me ha contado... Y aún hay más: dentro de unos días debo regresar a Londres, no imagina usted las cosas que hizo mi bisabuela...

—No quiero saber nada, ya se lo he dicho en otras ocasiones. Lo que Amelia Garayoa hiciera o dejara de hacer no me corresponde a mí saberlo.

—Usted es historiador y me resulta chocante que no sienta curiosidad por saber qué hizo Amelia.

—¡Qué testarudo es usted, Guillermo! Ya le he dicho unas cuantas veces que aunque la tuviera no la dejaría aflorar. No tengo ningún derecho a entrometerme en la vida de una mujer y de una familia a la que tanto debo. Si ellas hubieran querido que fuera yo el que investigara me lo habrían pedido, pero no lo han hecho, se lo han encargado a usted, a usted que es el bisnieto de Amelia.

No insistí. Me irritaba la firmeza y la honradez del profesor. Yo, en su caso, no me habría resignado a no saber.

—¿Puede contarme qué sucedió cuando Amelia llegó aquel verano del cuarenta y dos?

—Ponga en marcha el magnetofón.

«Cuando la vio llegar arrastrando una maleta, el portero de la casa no la reconoció.

—¿Adónde va usted? —le preguntó.

—A casa de don Armando Garayoa, ¿es que no me conoce? Soy Amelia.

—¡Señorita Amelia! ¡Vaya si está cambiada! ¡Tiene cara de enferma! Lo siento, señorita, pero no la he reconocido. Deme, deme la maleta, se la subiré yo.

Flanqueada por el portero, pulsó el timbre de la casa de sus tíos. Fue Edurne quien abrió la puerta. Ella sí que la reconoció.

—¡Señorita Amelia! —gritó mientras la abrazaba con fuerza.

Envuelta en los brazos de Edurne, Amelia se sintió en casa y rompió a llorar.

Edurne no quiso que el portero viera más de lo que debía, y tras darle las gracias cerró la puerta. Doña Elena y Antonietta habían acudido al recibidor alertadas por los gritos de Edurne. Las dos hermanas se abrazaron llorando. Amelia estaba aún más delgada que Antonietta, parecía tan frágil que se podía romper. O eso al menos es lo que nos pareció a Jesús y a mí cuando la vimos.

Después de abrazar a Antonietta, Amelia hizo lo propio con su prima Laura y a continuación con su primo Jesús; también me abrazó a mí y a su tía, doña Elena.

—¿Y el tío? ¿Dónde está el tío? —preguntó impaciente.

—Papá llega más tarde del trabajo —respondió Jesús—, pero no tardará.

Doña Elena se lamentaba del estado de Amelia.

—Pero, hija, ¡dónde has estado! Estábamos tan preocupados por ti... Estás enferma, ¿verdad? Sí, no lo niegues, se te ve tan delgada, con tan mala cara, y esas ojeras...

—¡Vamos, mamá, déjala! —le pidió Laura—. La estás agobiando. La prima Amelia está cansada, en cuanto descanse volverá a ser la de siempre.

Pero Laura sabía que Amelia ya no era la de siempre y que su aspecto no se recuperaría simplemente por descansar.

—Cuéntanos, cuéntanos dónde has estado... No sabíamos nada de ti y estábamos preocupadas. Laura llamó a Albert James y él le dijo que estabas de viaje —dijo Antonietta.

—¿Has hablado con Albert? —preguntó Amelia a su prima Laura con un ligero temblor en la voz.

—Sí, hace meses. No fue sencillo... Es difícil conseguir una conferencia con Burgos para hablar con Melita, imagínate llamar a Londres... Albert estuvo muy amable, pero no quiso precisar dónde estabas viajando ni por qué, aunque insistió en tranquilizarme al asegurar que estabas bien. Me contó que habíais estado en Nueva York... —explicó Laura.

—Así es —respondió Amelia.

—¿Albert ya no es tu novio? —preguntó doña Elena, sin andarse por las ramas.

—No, no lo es —susurró Amelia.

—Pues es una pena porque es un hombre de bien —replicó su tía.

—Por favor, mamá, ¡no te metas en los asuntos de Amelia! —le reprochó Laura.

—No te preocupes, no me importa. Sé que la tía se preocupa por mí —dijo Amelia.

Durante el resto de la tarde, Amelia se mostró ávida de noticias, nos pedía detalles de cuanto había sucedido desde su última visita, y no dejaba de ponderar lo bien que encontraba a Antonietta y lo crecidos que nos encontraba a Jesús y a mí.

—Seguimos sin saber nada de Lola, ni tampoco de su padre. Su pobre abuela murió —contó doña Elena.

—Lo siento, Pablo, siento que haya muerto tu abuela —me dijo Amelia.

—Pero no está solo, Pablo es uno más de la familia, no sabríamos estar sin él; además, Jesús y él son tal para cual, más que hermanos —afirmó Laura.

—Las mujeres de esta casa sois muy mandonas, menos mal que está Pablo —dijo Jesús riendo.

La mirada de Amelia se ensombreció cuando, al preguntar

por su hijo, Laura le explicó que Águeda seguía permitiéndoles ver al pequeño Javier.

—De vez en cuando Edurne va a hacer guardia cerca del portal de la casa de Santiago y espera para ver salir a Águeda con los niños y le pregunta cuándo podemos acercarnos para ver a Javier. Tu hijo está precioso y se parece mucho a ti, tiene tu mismo pelo rubio, y es delgado como tú.

—¿Es feliz? —preguntó Amelia.

—¡Claro que sí! De eso no tienes ni que preocuparte. Tu marido... bueno, Santiago quiere con locura al niño y Águeda se porta muy bien con él. El niño la quiere... sé que te duele, pero es mejor que la quiera porque eso significa que es buena con él. —Laura intentaba apaciguar las emociones de Amelia.

—Quiero ir a verle, si pudiera ir hoy...

—No, no, hoy no, tienes que descansar. Mañana irá Edurne a preguntar a Águeda, ella nos dirá si puedes verle y cuándo, y te acompañaremos —respondió Laura, temiendo que su prima decidiera intentarlo en aquel mismo momento.

—¡No soporto que esa mujer decida cuándo puedo ver a mi hijo! —explotó Amelia.

—Hija mía, a eso te tienes que resignar. Santiago no quiere saber nada de nosotros, mira que tu tío lo viene intentando. Incluso llegó a hablar con don Manuel, el padre de Santiago. Pero el hombre se mostró inflexible; no sólo respetaba la decisión de su hijo sino que además le parecía muy bien. Nunca te perdonarán, Amelia —dijo doña Elena sin medir el daño que con sus palabras le hacía a su sobrina.

—Toda mi vida pagaré el error cometido y, ¿sabes, tía?, a veces pienso que aún no he recibido suficiente castigo, que debo sufrir más, que todo lo que me pase de malo lo tengo merecido. ¡Qué loca fui abandonando a mi hijo!

—Amelia, no sufras, ya verás cómo algún día se arregla todo —intervino Antonietta sin poder reprimir el llanto.

Era tarde cuando llegó don Armando. El buen hombre hacía horas extra en el despacho para poder mantener a toda la familia.

Amelia no lo dijo, pero su expresión denotaba que encontraba envejecido a su tío. También don Armando se preocupó al ver el lamentable estado físico de su sobrina. La abrazó largo rato conteniendo las lágrimas.

—Tienes que prometerme que nunca más estarás tanto tiempo sin darnos noticias de ti, nos tenías muy preocupados. No nos hagas esto, hija, piensa en lo mucho que sufrimos por ti. Tu hermana Antonietta padece crisis de ansiedad, ¿no te lo han dicho? Y el médico asegura que se debe a que está muy preocupada por ti. Desde luego que mañana iremos a ver a don Eusebio para que te vea, me preocupa tu aspecto, hija.

Amelia se incorporó a la rutina familiar. Doña Elena era quien hacía y deshacía en la familia y todos la obedecíamos, incluido don Armando. La buena mujer se había convertido en una segunda madre tanto para Antonietta como para mí.

También se convirtió en rutina que Amelia, acompañada de Edurne, fuera a merodear cerca del que había sido su hogar de casada y donde seguía viviendo su marido, Santiago, amancebado con Águeda. Doña Elena no dejaba de repetir que sabía por sus amigas que Santiago hacía distingos entre sus dos hijos, que no permitía que nadie olvidara que Javier era el legítimo, mientras que la niña, a la que habían puesto de nombre Paloma, era la hija de su amante.

Era curiosa la reacción de Águeda respecto a Amelia. Pese a ocupar su cama, la mujer la seguía considerando «su» señora, y eso que sabía que Santiago no quería ni oír hablar de Amelia. Pero instintivamente Águeda adoptaba una actitud subordinada en cuanto se topaba con ella. Se ponía nerviosa; temía lo que pudiera hacer Santiago si se enteraba de que le permitía ver a Javier.

A través de Edurne acordaron que Amelia no se acercaría al niño, pues Javier ya tenía edad suficiente para contar a su padre los pormenores de los paseos que daba con Águeda y su hermanita, Paloma.

Para Amelia resultaba desgarrador ver de lejos a su hijo, seguirle en su paseo por el Retiro, verle jugar con otros niños y reír feliz, llamando a Águeda «mamá». Durante todo aquel verano se convirtió en la sombra de Javier sin que el niño se diera cuenta de nada. Todas las tardes al caer el sol, Águeda solía acudir al Retiro para pasear a los niños. Allí se paraba a hablar con otras mujeres, casi todas sirvientas; nunca se atrevió a frecuentar a otras madres que también llevaban a sus hijos de paseo.

Amelia se sentaba en un banco cercano y veía jugar a Javier; sufría cuando el niño se caía y se hacía algún rasguño en la rodilla, lo contemplaba embobada, disfrutando de aquella suerte de maternidad clandestina.

Don Armando no permitía que Antonietta trabajara. Ni tampoco quería oír hablar de que yo me pusiera a hacerlo. Por más que yo me ofrecía a buscar algún trabajo con el que ayudar, quería que estudiara como su hijo Jesús. En cuanto a Laura, continuaba dando clases en el colegio y además cosía. Las monjas le habían encontrado el segundo trabajo. Muchas familias necesitaban de una costurera que diera la vuelta a los abrigos o sacara el bajo de unos pantalones, o arreglara un vestido para que pareciera diferente. Laura aceptaba estos encargos y, con ayuda de su madre, sacaba la faena adelante. Doña Elena se sentía satisfecha de aportar su granito de arena a la economía familiar y eso que la buena mujer no paraba con las tareas de la casa. Edurne y ella se repartían las labores sin permitir que Antonietta hiciera nada, salvo enseñar piano a las hijas de unos vecinos venidos a más. Al padre, un falangista, lo habían colocado de oficinista en el Ministerio de Exteriores, y el hombre se daba ínfulas de señorito. El caso es que antes de la guerra vivían en una buhardilla, en la misma casa en que su mujer se encargaba de la portería. Pero ahora habían decidido convertir a sus hijas en unas niñas refinadas como aquellas que vivían en su mismo portal. Vivían a tres manzanas de la casa de don Armando, y dos días a la semana venían a que Antonietta les enseñara a tocar el piano. Antonietta se enorgullecía de aquellos céntimos que ganaba.

En cuanto a Amelia, era evidente que su salud estaba muy deteriorada, y tanto doña Elena como don Armando le prohibieron que buscara un trabajo.

—Cuando estés bien trabajarás, ahora haznos un favor a todos y recupérate —le insistió su tío.

Amelia sufría al ver a su tío convertido en pasante del despacho de abogados. En realidad abusaban de él, puesto que era quien preparaba concienzudamente los casos más difíciles, pero el mérito y el dinero se lo llevaban otros.

—Tío, ¿por qué no intentas volver a poner tu propio despacho?

—¿Y quién crees que confiaría en mí? Hija, no olvides que me salvaste de que me fusilaran. Doy gracias por estar vivo, y no me atrevo a desear nada más que poder mantener esta familia.

—Pero, tío, ¡tú les estás haciendo todo el trabajo! ¡Se aprovechan de ti!

—Nadie contrataría a un abogado republicano que estuvo condenado a muerte. No tengo influencias, y todos desconfiarían de mí. Dejemos las cosas así.

—Tienes que aceptar que tu tío perdió la guerra —terció doña Elena.

—La hemos perdido todos —respondió Amelia.

—Las consecuencias las pagamos todos, pero son los rojos y los republicanos los que la perdieron. Franco no lo está haciendo tan mal, y parece que por ahí fuera le respetan —insistió doña Elena.

—¿Quién le respeta? ¿Hitler? ¿Mussolini? ¡Esos dos son como él! Pero los países europeos no le respetan, ya veréis lo que sucede cuando Inglaterra gane la guerra —contestó Amelia.

—Yo ya no espero nada de nadie, ya dejaron sola a la República —se quejó don Armando.

—Además, las cosas no están tan mal aquí. Sí, es cierto que pasamos necesidades, pero al menos hay orden, y algún día las cosas nos irán mejor, ya verás. —Doña Elena se estaba acomodando a la nueva situación.

—¿Y la libertad? ¿Dónde te dejas la libertad, tía?

—¿Qué libertad? Mira, Amelia, aquí si no hablas de política no te pasa nada, de manera que lo más inteligente es no decir ni pío. En esta familia ya hemos tenido bastante de política, y yo quiero que vivamos en paz. Europa entera está en guerra y no sabemos cómo va a acabar, y por lo pronto Franco ha sido tan hábil que ha evitado meternos en ella.

—¡Por Dios, tía!

—Sí, Amelia, reconócelo, todo el mundo sabe que Hitler vino a pedirle que le ayudara en la guerra, y Franco se lo quitó de encima sin decirle ni que sí, ni que no, como es gallego...

—¿Y con qué le iba a ayudar? ¿A quién le iba a mandar? ¡Pero si este país está arruinado, tía! ¡Si los hombres no tienen fuerzas para seguir luchando! No, no es que no haya querido ayudar a Hitler, es que no puede porque no tiene con qué. Además, ha mandado a la División Azul a Rusia.

—Amelia, te pido que dejes la política. Ya hemos sufrido demasiado por la política, hija, y tú has pagado un precio muy alto por esas ideas comunistas... Dejémoslo, Amelia, con trabajo y esfuerzo saldremos adelante. Y lo mismo que se lo he dicho a mis hijos, te lo digo a ti: en esta casa no quiero que nadie nunca más se meta en política. Bastante tenemos con que todo el mundo sepa que estábamos en el bando republicano. No debemos hacernos notar. Las cosas no nos van tan mal —insistió doña Elena.

Don Armando hablaba con su sobrina de política cuando no estaba su mujer. No quería disgustarla. Además, sabía que doña Elena tenía miedo de que los vecinos les pudieran escuchar criticando a Franco.

—Tu tía es una buena mujer —la disculpó don Armando.

—Lo sé, tío, lo sé, y yo la quiero mucho y le estoy muy agradecida por lo que está haciendo por nosotras y por Pablo, pero me sorprende que acepte de buena gana la nueva situación.

—Es ella quien hace posible el milagro de esta casa, y al contrario que nosotros, tiene los pies en la tierra. No sueña con que nadie venga a salvarnos, de manera que ha optado por adaptarse al Régimen, sabe que no hay otra solución.

—¿Y tú, tío? ¿Qué piensas tú? —preguntó Amelia.

—¡Qué voy a pensar! Que Franco es un maldito, pero ha ganado la guerra y no podemos hacer nada más. ¿Con qué vamos a luchar? No tenemos armas, ni dinero, ni esperanza. Nadie va a ayudarnos, Amelia; Francia e Inglaterra nos dejaron solos, y solos continuamos. Lo siento, hija, pero no creo que si Churchill gana la guerra le queden fuerzas para ayudarnos después a nosotros.

—¡Claro que lo hará! Ya verás, sé lo que digo —afirmó ella.

Para todos nosotros era un misterio el porqué del aspecto de Amelia. Por más que doña Elena intentaba sonsacarla, ella se resistía a contarles el origen de su deterioro físico.

Laura continuaba siendo su confidente, su mejor amiga, pero aun así Amelia no se sinceró con ella. Un domingo, pocas semanas después de su llegada, a la hora de la siesta, las dos estaban en la sala de estar mientras el resto de la familia descansaba. Ya sabes que agosto en Madrid es como estar en un horno, de manera que a primera hora de la tarde no hay nada mejor que hacer que dormitar. Yo me levanté a por un vaso de agua y al pasar por delante de la sala oí que estaban hablando. Entonces era más curioso que ahora, y me quedé a escuchar.

—¿De verdad has dejado a Albert para siempre? —preguntó Laura.

—Sí, es mejor para él, nunca le he querido lo suficiente. Bueno, quererle sí, pero sin estar enamorada, o al menos no como él se merece.

—Es tan buena persona... ¿Por qué no te gustan los hombres buenos?

—¿Crees que me interesan los malvados? —preguntó Amelia sorprendida por la pregunta de su prima.

—No, no digo eso, pero... reconocerás que tu marido es una

buena persona y que Albert también lo es, y sin embargo los has dejado plantados.

—Aunque me duela decirlo, tengo que reconocer que, en efecto, Santiago es un buen hombre, pero yo no estaba preparada para el matrimonio, y puede que tampoco lo estuviera él.

—¿Y qué es lo que no te gusta de Albert?

—No es que tenga nada que me disguste, es que... cómo te lo explicaría... le quiero, sí, pero no siento ninguna emoción cuando estoy con él.

—Yo sé por qué.

—¿Ah, sí? Pues dime por qué.

—Porque te gustan los retos, te gusta conquistar lo imposible y tanto Santiago como Albert te querían, te lo daban todo y por tanto no tienen ningún interés para ti. Háblame de ese alemán.

—¿De Max? No hay mucho que decir, es valiente, inteligente y guapo.

—Y está casado.

—Sí, Laura, sí, está casado.

—¿Has estado con él todo este tiempo? ¿Por qué no me dices dónde has estado y qué es lo que te ha pasado?

Amelia se levantó nerviosa y comenzó a pasear por la sala sin responder a su prima.

—Vamos, no te molestes, sólo quiero saber qué te ha pasado. Antes confiabas en mí.

—Y sigues siendo la persona en quien más confío del mundo, pero prefiero no mezclarte en mis cosas. Es mejor así. Ya te he contado que he dejado a Albert por Max, y eso no lo sabe nadie.

—A mamá le daría un pasmo si supiera que tienes un amante que además está casado.

—Y tu padre tampoco comprendería que además fuera alemán.

—Mi padre te quiere mucho, Amelia, y nunca te juzgaría.

—Pero no lo comprendería y le causaría un gran dolor. Por

eso prefiero que no sepan nada. Y a mi pobre hermana tampoco la quiero preocupar con mis cosas.

—¿Cuándo volverás a ver a ese Max?

—No lo sé, Laura, quizá nunca más. Es un soldado y estamos en guerra.

—¿No sabes dónde está?

—No, no lo sé.

En la casa seguían con preocupación las noticias sobre la guerra. La radio informaba que Hitler iba de victoria en victoria, lo mismo que Mussolini, y los locutores henchidos de entusiasmo aseguraban que Franco era igual de «grande» que el Führer y el Duce.

—Ganarán los aliados —auguró Amelia con tozudez.

—¡Dios te oiga, hija! —respondió don Armando, más escéptico que ella respecto al resultado de la contienda.

—¿A nosotros qué más nos da que ganen unos u otros? —preguntó doña Elena, temerosa de que ya fuera la codicia de los alemanes o el deseo de los británicos de restablecer la República provocara otra guerra en España.

Había sufrido tanto, que doña Elena lo único que ansiaba era sobrevivir y soñaba con que su familia volviera algún día a tener lo que tuvo en el pasado, cuando eran unos burgueses acomodados y en aquella casa relucían las fuentes de plata y la cristalería fina.

A mediados de septiembre, Jesús y yo comenzamos el nuevo curso en el colegio. Estudiábamos con beca en los Salesianos. Laura también se reincorporó a su trabajo con las monjas y Antonietta volvió a dar clases a las hijas de aquel vecino falangista. Amelia era la única que no trabajaba y eso la enfurecía. Un día se plantó ante su tío y le pidió que la ayudara a buscar un trabajo.

—Aún no estás bien, sigues muy delgada y el médico dice que tienes que descansar.

—Pero no soporto ser una carga para vosotros.

—La mejor ayuda es que te recuperes y no quiero oírte nunca más diciendo que eres una carga. Eres como una hija más, lo mismo que Antonietta, una hija más. Ten paciencia y espera a estar mejor para poder trabajar.

Pero Amelia no le hizo caso, de manera que empezó a buscar un empleo sin decir nada en casa. Un día nos sorprendió anunciando que había encontrado uno no lejos de casa, de dependienta en una mercería.

—¡Por Dios, hija, eso sí que no! —exclamó doña Elena.

—¿Por qué no? Es un trabajo honrado.

—Pero en esa mercería hemos comprado toda la vida y... no... no quiero que trabajes allí, nos criticarán.

—¿Y qué nos importa lo que digan los demás? Precisamente tú, tía, eres la que más nos recomiendas que nos adaptemos a la nueva situación. Pues bien, ya no tenemos dinero y por lo tanto tenemos que trabajar. No veo nada malo en hacerlo en la mercería.

—Menuda pécora está hecha la dueña. A mí nunca me gustó. Todo el mundo sabe que antes fue cantante de cuplé, pero muy mediocre, la pobre; eso sí, tuvo el talento de liarse con su representante. Se quedó embarazada y como el hombre estaba casado, no tuvo más remedio que hacerse cargo de ella y de su hija y llegaron a un acuerdo: le pondría la mercería y ella no montaría un escándalo.

—Siempre hemos comprado en esa mercería —apuntó Laura para apoyar a su prima Amelia.

—Es que siempre ha tenido buen género, las mejores puntillas y encajes... Pero esa mujer es lo que es —insistió doña Elena.

—Pues yo le estoy agradecida de que me dé trabajo. Su hija está casada con un teniente destinado en Ceuta, tienen cuatro chiquillos y no puede echarle una mano, y ella ya es muy mayor y necesita a alguien para ayudarla. Sólo serán unas horas por la mañana, pero al menos ganaré algún dinero —argumentó Amelia.

—¡Qué van a decir de nosotras en el barrio! —gimoteó doña Elena.

—¿Es que alguien nos da de comer? Entonces, ¿por qué debemos preocuparnos por lo que digan los vecinos? —replicó Amelia.

No hubo manera de que diera su brazo a torcer, y a pesar de las súplicas de doña Elena y de la preocupación de don Armando, Amelia comenzó a ir todas las mañanas a la mercería.

—Doña Rosa es muy amable —nos contó Amelia.

—¿Doña Rosa? Desde cuándo se hace llamar doña Rosa esa mujer. Siempre la hemos llamado Rosita —se quejó doña Elena.

—Ya, pero no me parece bien tutear a una señora que casi podría ser mi abuela. Soy yo quien ha decidido tratarla de usted y está encantada.

—¡No me extraña! Una señorita como tú tratando a una cupletista como si fuera una señora. No lo apruebo, y me da rabia.

—Pero, tía, no seas tan dura con ella. ¿Qué sabemos de las circunstancias de su vida? A mí me parece que es una buena mujer que ha sabido luchar para sacar adelante a su hija.

—Gracias a la mercería que le puso su representante —insistió doña Elena.

—Pues mira, eso demuestra que es lista —terció Laura—. Normalmente a las mujeres nos engañan, nos utilizan y luego nos dejan como zapatillas inservibles.

—¡Lo que tengo que oír! Si tu padre te oyera, le darías un disgusto. ¿Cómo puedes justificar que esa mujer se fuera con aquel hombre y... y... bueno, tuvieran una hija estando él casado? ¿Os parece decente? ¿Es eso lo que os he enseñado?

—Pero ¿qué sabemos nosotras de sus circunstancias? Yo estoy con Amelia, no debemos juzgarla —insistió Laura.

—Tía, ¿qué supones que dicen de mí? —preguntó Amelia.

—¿De ti? ¿Qué han de decir de ti? Eres una joven de buena familia y puedes llevar la cabeza muy alta por los padres que has tenido.

—Sí, pero me casé y abandoné a mi hijo y a mi marido para irme con otro. ¿Crees que soy mejor que doña Rosa?

—¡No te compares con ésa! —respondió, ofendida, doña Elena.

—Sabes que tus amigas, cuando me ven, murmuran y me tratan con una condescendencia que resulta ofensiva. Para ellas soy una perdida.

—¡No digas eso! Yo no consentiría que nadie te faltara al respeto.

—Vamos, tía, no te enfades y acepta de buena gana que trabaje en la mercería. Doña Rosa ha prometido pagarme treinta pesetas al mes.

Aquel dinero era una gran ayuda para la economía familiar. Don Armando ganaba cuatrocientas pesetas trabajando catorce horas al día, y entre Antonietta con sus clases de piano, Laura con lo que ganaba en las monjas además de los extras que le aportaba coser con la ayuda de doña Elena, la familia apenas llegaba a las seiscientas pesetas. A pesar de eso, éramos unos afortunados y no nos veíamos en la tesitura de tantas familias cuyo menú consistía en guisos de castañas o gachas de algarroba. Pero he de confesar que nunca he comido más arroz y patatas que entonces. Doña Elena hacía el arroz con un refrito de ajo y laurel y a las patatas cocidas les echaba pimentón para darles algo más de sabor, además del consabido laurel.

Aun a regañadientes, doña Elena terminó aceptando que Amelia trabajara en la mercería de doña Rosa, aunque ella nunca más volvió a comprar en la tienda.

Una noche en la que estábamos todos reunidos alrededor de la radio, nos enteramos de que se estaban librando violentos combates en torno a Stalingrado. Y a pesar de lo jactancioso que se mostraba el locutor asegurando que Alemania no dejaría un solo bolchevique con vida, lo cierto es que no era lo que realmente estaba pasando en el frente ruso.

Amelia parecía muy inquieta. Nunca reconoció por qué. Jesús decía que era porque, como su prima se había fugado con un comunista, ella estaba a favor de los rusos y le preocupaba que los alemanes pudieran ganar.

Una tarde Laura regresó y nos anunció que le iban a subir el sueldo.

—La madre superiora me ha dicho que está muy contenta con mi trabajo.

Doña Elena decidió celebrarlo preparando un pastel de patata con un poco de mantequilla que guardaba como si de un tesoro se tratase. La había traído Melita desde Burgos. No es que Melita nos visitara con frecuencia, pero había querido ver a su prima Amelia y presentarla a su marido y a su hijita Isabel.

Hacía muchos años que no se veían las dos primas y Amelia se sorprendió del cambio operado en Melita; la vio convertida en una matrona subordinada en todo a su marido. No es que Rodrigo Losada, el marido de Melita, no fuera un buen hombre, lo era, y la quería, pero tenía ideas rotundas sobre el papel que debían desempeñar las mujeres, sobre todo la suya. Melita asentía a cuanto él decía, haciendo suyas todas sus opiniones. Rodrigo, por su parte, observaba con desconfianza a Amelia, la díscola de la familia, la que había huido abandonando a su marido y a su hijo, la que aparecía y desaparecía sin dar cuentas a nadie como si de un hombre se tratase.

Rodrigo Losada se mostraba amable y educado con Amelia, pero apenas lograba fingir sus recelos respecto de ella. En las pocas ocasiones que discutía con Melita era cuando ella defendía a su prima diciéndole que siempre había sido una mujer especial y que era muy buena. Pero él no admitía sus razonamientos, lo cual la entristecía.

Debo confesar que Jesús y yo disfrutábamos de las visitas de Melita y de su cuñado Rodrigo, no sólo por el cariño hacia ellos sino también porque llegaban cargados de comida.

Cuando íbamos a recogerlos a la estación, hacíamos apuestas sobre cuántas cestas traerían. Los padres de Rodrigo eran gente acomodada antes de la guerra civil, y sin ser millonarios, vivían mejor que nosotros; la madre era de un pueblo de Cantabria y tenía tierras y algo de ganado, de manera que hambre no pasaban.

En aquellas cestas voluminosas Melita solía llevar chorizo en aceite, mantequilla, costillas y lomo de cerdo adobado. También nos traía garbanzos y frascas de miel y mermelada de ciruelas y dulces hechos por su suegra. Todo aquello eran manjares en aquel Madrid de la posguerra.

Melita estaba de nuevo embarazada y Rodrigo aseguraba que esta vez sería un niño. En cuanto a la pequeña Isabel, era una chiquilla regordeta y tranquila a la que doña Elena y don Armando mimaban cuanto podían habida cuenta de lo poco que veían a su nieta.

A doña Elena, como a todas las madres de todas las épocas, le preocupaba el futuro de sus hijos. Se sentía satisfecha de la boda de Melita, pero tenía pendiente encontrar marido para Laura y para su sobrina Antonietta; de Jesús y de mí ya se ocuparía más adelante, pues aún éramos adolescentes.

La buena mujer, ignorando el sufrimiento de su marido, procuraba congraciarse con las esposas de algunos jerarcas del Régimen a los que teníamos por vecinos. De vez en cuando las invitaba a merendar y obligaba a Laura y a Antonietta a estar presentes para que las mujeres las vieran y las tuvieran en cuenta a la hora de elegir esposa para sus vástagos.

Aquellas sesiones ponían de malhumor a Laura y discutía con su madre.

—¡Pero tú te has creído que soy un animal de feria! Me niego a que esas amigas tuyas me examinen cada vez que vienen a casa. ¡Son odiosas! Antes de la guerra nunca las habrías invitado.

—¿Es que te quieres quedar soltera? Estas señoras están bien situadas y tienen hijos de vuestra edad; de seguir así, a Antonietta y a ti se os va a pasar el arroz.

—¡Pero es que yo no quiero casarme! —replicó Laura.

—¡Pero qué dices! ¡Claro que te casarás! ¿Quieres convertirte en una solterona? No voy a consentirlo.

Antonietta se mostraba más dócil a los deseos de su tía. Yo la veía sufrir en aquellas meriendas, pero ella no decía nada y procuraba comportarse con la corrección que le habían enseñado.

Doña Elena enseñaba a sus nuevas amigas las labores de punto de cruz de Antonietta y aseguraba que el pastel que les servía había salido de las manos de Laura.

Una noche, a la hora de la cena, anunció solemnemente que el sábado irían a una merienda-baile organizada por una de aquellas vecinas.

—El marido de la señora de García de Vigo es la mano derecha del subsecretario de Agricultura y me ha asegurado que acudirán muchos jóvenes interesantes, algunos con buenos cargos en la Falange, y otros hijos de buenas familias, creo que hay uno que es hijo de un conde o un marqués. Los señores de García de Vigo tienen una hija, Maruchi, que ya es un poco mayorcita; ha cumplido los veintisiete, y le pasa lo que a vosotras, que aún no ha encontrado marido.

—Pues yo no pienso ir —respondió Laura.

—¡Pues claro que irás! Lo mismo que Antonietta y Amelia, iremos todos. Tu padre nos acompañará, es una buena ocasión para presentarle al señor García de Vigo.

—Tía, ¿y yo qué he de hacer en ese baile? Al fin y al cabo ya estoy casada —apuntó Amelia, deseando librarse de la merienda.

—Estarás conmigo, le he dicho a la señora de García de Vigo que me quedaré con ella para echar un ojo a la fiesta. Tú nos acompañarás.

—No creo que sea una buena idea, ya sabes lo que piensan de mí esas señoras, para ellas soy una perdida, no creo que mi presencia favorezca a Laura y a Antonietta —continuó argumentando Amelia.

—¡Pero qué dices! Tú eres mi sobrina, nadie dirá una palabra incorrecta, ya has visto que cuando vienen aquí son muy amables contigo.

—Pero ésta es tu casa y no se atreverían a ser groseras. No, yo no iré —replicó Amelia.

—Tiene razón Amelia —terció don Armando—. Esas señoras son capaces de decir cualquier inconveniencia, y no es que me importe que eso os obligara a marcharos, pero sí el mal rato que pasaría Amelia. Mira, lo mejor es que ella y yo nos vayamos a dar un paseo con Jesús y con Pablo.

Con paciencia y persuasión, don Armando casi se salió con la suya, porque doña Elena tuvo una ocurrencia: que Jesús y yo nos quedáramos en la fiesta.

—Vosotros no tenéis edad para bailar, pero sí para merendar, así que no vamos a desaprovechar la oportunidad. Siempre queda bien que los hermanos pequeños estén cerca de las hermanas mayores haciendo de «carabinas». Está decidido, se lo diré a la señora de García de Vigo.

Jesús y yo protestamos, pero sin éxito. Amelia se había librado de ir pero la moneda de cambio fuimos nosotros.

El sábado a las seis en punto nos presentamos en la casa de los señores de García de Vigo en la calle Serrano. Doña Paquita, que así se llamaba la señora de García de Vigo, nos recibió sonriente y nos invitó a pasar a un amplísimo salón que había dispuesto como sala de baile.

—Pasad, pasad, sois los primeros —dijo doña Paquita.

—Ya te dije que llegaría a tiempo para ayudarte —respondió doña Elena.

—He invitado en total a treinta jóvenes, ya verás qué bien lo van a pasar. Y vosotros —dijo refiriéndose a Jesús y a mí— debéis estar atentos a que nadie se propase con las señoritas, cualquier cosa rara que veáis nos lo decís. Nosotras estaremos atentas, pero por si acaso nos distrajésemos estaréis ahí vigilantes, y os encargaréis de poner música, tenemos unos pasodobles muy animados.

Jesús y yo habíamos acordado ir a lo nuestro, que no era otra cosa que merendar. No teníamos la más mínima intención de hacer de vigilantes de las chicas, salvo que alguno de los jóvenes se propasara con Laura o con Antonietta, las demás nos daban igual.

No tardaron en llegar los primeros invitados. A Jesús y a mí nos parecieron todos iguales: ellos con traje y corbata, muy repeinados, y ellas con faldas almidonadas.

Doña Paquita había dispuesto una mesa con una enorme sopera llena de ponche; al lado, platos con croquetas, tortilla de patata y embutidos dispuestos primorosamente.

Después de beber una primera copa de ponche, los jóvenes se dispusieron a bailar. Y como era de prever, en cuanto doña Elena y doña Paquita se distraían, a ellos les ocurría lo mismo con las manos que se perdían por las espaldas de las chicas. Algunas les empujaban azoradas, otras sonreían pícaramente haciendo un ademán de rechazo pero sin demasiada contundencia.

No perdíamos de vista a Laura y a Antonietta, y en cuanto alguno intentaba propasarse, nos acercábamos de manera que los chicos entendieran que con ellas era mejor no intentar nada. Laura, por su cuenta, había encontrado la manera de poner distancias: en cuanto alguno se le acercaba más de lo debido, le propinaba un fuerte pisotón.

Nosotros nos divertimos. Creo que yo me comí todas las croquetas de bacalao que, según había comentado doña Paquita, las había preparado su hija Maruchi, quien por cierto se hacía la distraída cuando algún joven se le acercaba más de lo conveniente.

Mientras, doña Paquita informaba a doña Elena de quiénes eran aquellos jóvenes.

—Mira —decía—, ese de la chaqueta gris y con bigote es el hijo del subsecretario, y el que está al lado tiene mucho porvenir, es de la Falange y tiene un puestazo en el Mercado de Abastos. Ese medio rubio se llama Pedro Molina; fíjate bien, es un buen chico, aunque huérfano de padre: al pobre hombre lo mataron en la guerra, en Paracuellos. Su madre es prima de un militar muy vinculado al Caudillo. Creo que le tienen en gran estima, y dicen que es de los pocos que le tutea. A su madre le han dado un estanco y a él le han colocado en un buen puesto en el Ministerio de Hacienda. Mira, mira cómo se fija en Laura... ¡Huy, qué suerte! Si tu hija le «pesca», os podréis sentir afortunados. ¡Menuda boda!

Antonietta vino a sentarse con nosotros. Estaba un poco cansada y aquellos muchachos la abrumaban con sus bromas y su vitalidad.

—Hija, ¿no te diviertes? —le preguntaron al alimón doña Paquita y doña Elena.

—Sí, sí, mucho, pero es que estoy un poco cansada —se disculpó ella.

—Descansa un poco, pero no mucho rato porque de lo contrario alguna chica te quitará a tus admiradores —le advirtió doña Paquita, sin darse cuenta de que para Antonietta suponía un alivio que la ignoraran.

A las diez en punto, doña Paquita dio por finalizada la merienda-baile. Regresamos a casa amenizados por la charla entusiasta de doña Elena. Para ella la velada había sido un éxito. El sobrino del militar cercano al Caudillo, que dijo llamarse Pedro, se había acercado para presentarle sus respetos y pedirle permiso para visitar a Laura. Doña Elena ignoró la mirada de espanto de su hija y le respondió al muchacho que estarían encantados en recibirle el próximo jueves por la tarde.

Laura se quejaba a su madre.

—No tenías que haberle invitado, es un repelente.

—Es un buen chico, a su padre lo mataron en Paracuellos, y ya ves... él está estudiando Comercio y su madre tiene un estanco. No es un partido que podamos desechar.

—Pues a mí no me gusta, así que no le des alas porque no pienso salir con él. Es un fascista.

—¡Pero habráse visto! No quiero que vuelvas a decir esa palabra ¡nunca, nunca! ¿Me oyes? En España ya no hay partidos, ahora somos todos españoles.

—Sí, españoles fascistas porque al resto los han matado o están en el exilio.

—¡Pero qué habré hecho yo en la vida para merecer esto! ¿No te das cuenta de nuestra situación? Hasta tu padre se ha dado cuenta de que no hay otro remedio que acostumbrarnos a Franco; además, digáis lo que digáis, está haciendo las cosas bien, por lo menos tenemos paz.

—¿Paz? ¿Qué paz? ¿Llamas paz a matar a todos los que no están con el Régimen? —protestaba Laura.

—Lograrás que nos metan a todos en la cárcel, ya verás... —gimoteó doña Elena.

A pesar de las protestas de Laura, Pedro Molina comenzó a frecuentar la casa. Doña Elena se mostraba solícita con él, pero Laura no le ocultaba su antipatía. El muchacho parecía no querer darse por enterado del desdén de Laura, y cuanto peor le trataba más interesado parecía él.

—¡Es un remilgado! No le soporto.

—Es un caballero y un buen partido. ¿Es que quieres quedarte para vestir santos?

—Lo prefiero. Te aseguro, madre, que lo prefiero, cualquier cosa mejor que estar al lado de ese estirado.

Doña Elena hacía caso omiso de las protestas de Laura, y un día, cuando Pedro Molina estaba en casa merendando, dejó caer que le gustaría conocer a su madre.

—Un día tiene usted que traer a su señora madre a merendar, nos haría un gran honor poder conocerla.

—¡Desde luego, doña Elena! Pero somos nosotros quienes debemos invitarlas. No sabe cuánto desea mi madre conocer a Laura.

—Pues no hay más que hablar, el próximo jueves vienen unas amigas a pasar la tarde y su madre será bien recibida en esta casa.

Mientras tú hablas con Laura, nosotras la entretendremos un rato. Pobre mujer, ¡cuántas desgracias ha soportado!

—Si no fuera por su primo no sé qué habría sido de nosotros... Pero el primo de mamá es un militar muy afecto al Caudillo y ha cuidado de que nada nos falte. Ya sabe usted que tengo un buen trabajo, donde estoy muy considerado.

—¡Claro, claro! Es que tú eres un joven de valía, llegarás muy lejos.

—Yo sólo quiero llegar a ser digno de Laura —suspiró Pedro Molina.

La visita de la madre de Pedro trajo de cabeza a toda la familia. Doña Elena pidió a don Armando que procurara llegar a tiempo del trabajo para conocer a la viuda.

—Pero, mujer, cómo voy a irme antes de mi hora.

—Es un buen partido para Laura, así que debemos hacer todo lo posible para que el noviazgo salga adelante.

—Pero ¿qué noviazgo? Laura no quiere saber nada de ese tal Pedro Molina. Tú te estás metiendo a casamentera y esto va a terminar mal. Ese chico se hace ilusiones, no por lo que le dice Laura sino por lo que le dices tú.

—Armando, deberías ayudarme en vez de ponerme chinitas en el zapato.

—No, Elena, no pienso ayudarte a forzar una boda que a nuestra hija le repele. Déjala en paz, ya encontrará novio, y si no lo encuentra será porque no quiere.

—Pero ¿no te importa que Laura se convierta en una solterona? ¡Qué le espera a una mujer sola en la vida!... No, no lo voy a consentir, aunque no estés de mi parte.

La madre de Pedro Molina resultó ser una señora entrada en carnes y nada dispuesta a que su hijo se casara con alguien que no hubiera sido elegida por ella. Laura hizo lo imposible por caerle mal, pero aunque se hubiera mostrado encantadora, tampoco le habría gustado a la buena señora.

Se notaba que era una «quiero y no puedo», es decir, que hasta que no había tenido el estanco no había dispuesto de un duro para gastar y miraba con recelo a doña Elena, cuyo porte y ademanes elegantes ella nunca alcanzaría a tener.

Doña Elena se mostró encantadora, le presentó a sus amigas y procuró que se sintiera a gusto, pero no lo consiguió. La viuda de Molina se sentó muy tiesa en el borde de la silla y no hizo ni un solo elogio a las magdalenas «hechas» por Laura (en realidad las había preparado Antonietta) ni al chocolate con leche que tanto había costado conseguir (la tableta de chocolate era un regalo de doña Rosa la mercera). En cuanto a la leche, Edurne la había conseguido en el mercado negro. Por cierto que, para la ocasión, Edurne había almidonado su uniforme. Pero ni por ésas parecía conmovida. Una hora después de llegar acompañada de su hijo adujo que debía marcharse, y a pesar de la mirada silenciosa y suplicante de Pedro, se mostró inflexible. Dijo que se iban y se fueron. Después, para alivio de Laura, Pedro Molina empezó a espaciar las visitas. Estaba claro que no contaba con la aprobación de la viuda.

Pocos días antes de Navidad se presentó una extraña mujer en casa preguntando por Amelia. Fui yo quien le abrió la puerta.

—¿La señorita Amelia Garayoa?

—Sí, es aquí —dije yo mirando asombrado a aquella mujer de cabello rubio encanecido, delgada y resuelta. El abrigo era de buen paño, y el collar de perlas relucía tanto como los botines de piel que calzaba. Me pareció que tenía un ligero acento extranjero, pero debió de ser una impresión.

—¿Quiere decirle que estoy aquí?, soy la señora Rodríguez.

Fui a avisar a Amelia. Ella pareció sorprenderse cuando le anuncié a la señora Rodríguez.

—¿Quién es? —quiso saber doña Elena.

—Una persona que conocí por Albert, creo que era amiga de sus padres —respondió Amelia.

Amelia condujo al salón a la señora Rodríguez y le ofreció una infusión de malta que ella rechazó, luego se quedaron durante largo rato hablando en voz baja. Cuando la señora Rodríguez se fue, Amelia parecía preocupada. Pero no dijo nada y esquivó con vaguedades las preguntas de su tía; ni siquiera a su tío le quiso decir más.

Recuerdo que aquella Navidad fue especial porque vinieron a pasarla con nosotros Melita, su marido y su hija, la pequeña Isabel. Melita ya estaba muy avanzada en su embarazo y le había dicho a su marido que tenía el antojo de pasar las Navidades en Madrid. Él se había resistido, no quería pasarlas lejos de su familia en Burgos, pero fuera porque Melita se puso enferma del disgusto o porque él temiera que le pasara algo al niño, el caso es que llegaron a Madrid el mismo día 24 por la mañana trayendo consigo un cesto en el que guardaban dos gallinas ya peladas, además de dos docenas de huevos, la consabida mantequilla y un buen pedazo de lomo de cerdo adobado, amén de pimientos, cebollas y perejil. Incluso trajeron dos botellas de vino.

Hacía tiempo que no pasábamos una Navidad tan alegre. Doña Elena y don Armando se sentían felices de tener a sus tres hijos con ellos, además de a sus dos sobrinas; en cuanto a mí, ya era uno más de la familia. Mi madre, Lola, continuaba sin dar señales de vida, lo mismo que mi padre. Yo aún aguardaba a que un día aparecieran, que vinieran a por mí, pero mientras tanto mi único horizonte era el de aquella familia que tan generosamente me había acogido.

El día de Navidad nos levantamos tarde y desayunamos en pijama en la cocina, pese a las protestas de doña Elena, que nos decía que no debíamos sentarnos nunca a la mesa sin antes habernos aseado y vestido, pero don Armando intervino diciendo que por un día no pasaba nada. No habíamos terminado de desayunar cuando Melita comenzó a sentirse mal.

Entre don Armando y Rodrigo la llevaron de nuevo a la cama, y doña Elena llamó al médico de la familia.

—Te habrá sentado algo mal, quizá cenaste demasiado —le dijo Rodrigo.

Ninguno pensábamos que pudiese ser otra cosa que una indigestión puesto que aún le faltaban un par de meses para cumplir con el embarazo. Pero Melita se quejaba y aseguraba que tenía contracciones.

—Os digo que estoy de parto, me acuerdo muy bien de cómo fue cuando nació Isabel.

—Que no, mujer, cálmate —le insistió su marido.

Don Eusebio, el médico, no tardó en llegar con aspecto somnoliento. Nos echó a todos de la habitación, salvo a doña Elena.

Cuando don Eusebio salió del cuarto, no dejó lugar a dudas:

—Melita está de parto, imposible trasladarla a ningún hospital, no llegaríamos. A ver, Laura, pon agua a calentar, y tú, Amelia, trae unas toallas y algo de ropa blanca.

Rodrigo se puso pálido, temeroso de que le sucediese algo a Melita.

—Doctor, ¿está usted seguro de que no llegamos a un hospital? No vaya a ser que el parto se complique…

—Claro que es un parto complicado, el niño es sietemesino, así que póngase a rezar, es lo mejor que puede hacer. ¡Ah!, y llame a este número, que es el de una comadrona que conozco; una buena mujer y puede que esté dispuesta a venir a ayudarme.

Rodrigo telefoneó de inmediato a la comadrona y le prometió una buena paga si venía a ayudar en el parto.

Antonietta nos dijo que todos debíamos ayudar a Melita, y que en el caso de Jesús y mío el mejor servicio que podíamos hacer era el de estar quietos y no alborotar.

La matrona tardó casi una hora en llegar, hasta entonces Melita no había dejado de gritar. Cuando la mujer llegó, el médico mandó salir de la habitación a Amelia y a Laura.

Recuerdo a Rodrigo llorando en silencio. Se había sentado en la sala de estar fumando un cigarro tras otro mientras las lágrimas le empapaban el rostro.

—Pues sí que la quiere —me dijo Jesús asombrado. Nunca antes había visto llorar a un hombre.

—¿Cómo no ha de quererla si es su mujer? —respondí yo.

—¡Pobrecita! —murmuró Rodrigo, lamentándose de haber accedido a su deseo de viajar a Madrid estando embarazada de siete meses.

El niño no nació hasta bien entrada la tarde, y gracias a Dios, pese a las complicaciones del parto, tanto él como Melita superaron el trance.

—Ha perdido mucha sangre y está muy débil, pero es una muchacha fuerte y se recuperará. Su hijo es muy pequeño, dadas las circunstancias, pero espero que salga adelante —le dijo don Eusebio a Rodrigo, que no sabía cómo agradecerle que hubiera salvado a su mujer y a su hijo.

—Estaré siempre en deuda con usted. Dígame qué le debo, no importa cuánto, lo que sea, después de lo que ha hecho usted…

—Joven, hay cosas que no se hacen por dinero. ¿Sabe cuánto hace que conozco a Melita? Pues desde que era poco mayor que su hija Isabel. No estoy aquí por dinero, sino por amistad con la familia, sólo por eso.

Aun así, al igual que lo hizo la comadrona, aceptó la generosa dádiva de Rodrigo.

—Tiene que descansar una buena temporada. En cuanto al niño, necesitará muchos cuidados habida cuenta de que es prematuro y de que corre algunos peligros —advirtió don Eusebio.

—Los llevaré de inmediato al hospital —afirmó Rodrigo.

—No, no, ni se le ocurra moverlos de casa. Lo mejor es que se queden aquí. Hágame caso. Yo volveré esta noche a verlos, y si me necesitan, no duden en llamarme.

—Contrataré a una enfermera. ¿Puede usted recomendarme a alguien?

—Sí, a doña Elena, es quien mejor puede cuidar de Melita, nadie mejor que su madre.

Doña Elena permitió a Rodrigo entrar en la habitación durante unos minutos advirtiéndole de que no debía fatigar a Melita.

—Y sobre todo nada de reproches. La pobrecita cree que estarás enfadado por haber venido a Madrid cediendo a sus súplicas.

—¡Cómo voy a reprocharle nada! Doy gracias a Dios porque esté viva.

Melita le pidió a Rodrigo que permitiera ponerle al niño el nombre de Juan.

—Quiero que se llame como mi tío.

Él aceptó sin resistencias. Estaba demasiado asustado para negarle nada.

A mediados de enero Rodrigo tuvo que regresar a Burgos, dejándonos en casa a Melita, quien aún guardaba cama. Don Eusebio no le hubiera permitido viajar, y mucho menos al niño, al que todos llamábamos Juanito.

Doña Elena se sentía feliz de tener a Melita y a sus dos nietos. No estaba dispuesta a dejarles ir hasta estar segura de que tanto su hija como su nieto estuvieran en perfecto estado. Don Eusebio bromeaba diciendo que sería doña Elena la que decidiría cuándo les daba el alta, aunque él recomendaba que al menos se quedaran en Madrid hasta el verano.

Rodrigo aceptaba sin protestar cuanto le decían. Se sentía agradecido por tener a Melita y a su hijo vivos, de manera que decidió venir a Madrid todas las semanas a verlos. El sábado a primera hora cogía el tren desde Burgos y regresaba el domingo. Sólo podía estar unas horas con su mujer y sus hijos, pero mejor eso que nada.

A Melita tampoco pareció importarle quedarse al abrigo de su familia. No es que no fuera feliz en Burgos, donde tenía una buena casa y la familia de su marido la apreciaba sinceramente, pero Melita extrañaba a sus padres y a su hermano Jesús, que siempre había sido su favorito, aunque también quería mucho a su hermana Laura. Pero Laura siempre había hecho mejores migas con su prima Amelia, y Melita respetaba la complicidad que había entre ellas.

Don Armando, por su parte, mimaba cuanto podía a sus dos nietos. Isabel era una niña muy cariñosa siempre dispuesta a regalar sus mejores sonrisas al abuelo. En cuanto al pequeño Juanito, todos rezábamos para que se recuperara lo antes posible, pero al pequeñín le costaba coger peso y tenía frecuentes diarreas que preocupaban mucho a don Eusebio.

7

En mayo de 1943 Javier se rompió una pierna. El niño ya había cumplido los siete añitos y era muy guapo. Rubio, espigado, con ojos verdes, era un trasto que llevaba a mal traer a la pobre Águeda. La mujer se veía impotente para impedirle subir a los árboles del Retiro, demasiado grandes y altos para él. Pero Javier se las arreglaba para gatear como una ardilla ante la mirada horrorizada de Águeda, que le suplicaba que bajase porque si no se lo diría a su papá. Pero Javier había heredado el temperamento rebelde de Amelia y no se amedrentaba por una amenaza que sabía que la buena de Águeda no cumpliría, de manera que trepaba hasta donde podía por los árboles.

Un sábado por la mañana acompañamos a Amelia al Retiro para que, como en otras ocasiones, pudiera ver a Javier. El día anterior Amelia había mandado a Edurne a merodear por la casa de Santiago a la espera de que saliera Águeda para preguntarle cuándo podría ver al niño. Quedaron a las diez del día siguiente.

Jesús y yo solíamos acompañarla porque a doña Elena no le gustaba que Amelia estuviera sola por si aparecía Santiago y se veía en un apuro. Aprovechábamos para llevarnos un balón y jugar al fútbol, mientras que Antonietta solía llevarse un libro, aunque desde que estaba con nosotros Melita, le gustaba encargarse de Isabel, que disfrutaba de lo lindo correteando por los jardines del parque.

Nos sentamos en un banco no lejos de donde Águeda estaba con Javier y su hija Paloma.

Amelia seguía los movimientos de Javier sin perderle de vista. Aquel día Javier estaba especialmente rebelde y se negaba a obedecer a Águeda. El niño había elegido un árbol frondoso con muchas ramas para su habitual escalada, y, ajeno a los ruegos de Águeda, comenzó la subida.

—Debe de tener las manitas desolladas de tanto trepar, quizá deberían ponerle unos guantes, no sé cómo Águeda no piensa en eso —protestó Amelia.

Jesús y yo nos pusimos a jugar con el balón sin prestar atención a Javier, mientras Antonietta estaba atenta a Isabel que se entretenía con una muñeca de trapo que le había hecho doña Elena.

De repente Amelia gritó y salió corriendo. Nos asustamos y corrimos tras ella.

Javier se había caído del árbol y gimoteaba de dolor mientras Águeda gritaba asustada sin saber qué hacer.

Amelia apartó a Águeda sin contemplaciones y cogió al niño en brazos.

—¿Qué te duele? Dime, hijo, ¿qué te duele? —le preguntó con los ojos llenos de lágrimas.

—La pierna... me duele mucho la pierna, no la puedo mover... y el brazo, también me duele, pero sobre todo la pierna...

Javier lloraba mientras la rodilla se le hinchaba rápidamente. Amelia no hacía caso de los requerimientos de Águeda, y con el niño en brazos, salió corriendo dispuesta a llevarlo al hospital.

No sé de dónde sacó fuerzas, porque estaba más delgada que un suspiro, pero corría a tal velocidad que nos costó alcanzarla. Águeda llevaba en brazos a su hija Paloma y también corría tras ellas, lo mismo que Antonietta, que apenas podía con Isabel, a la que terminó cogiendo en brazos Jesús.

Llegamos hasta un hospital cerca del Retiro y allí se hicieron cargo de Javier.

—Pero ¿qué le ha pasado? —preguntó el médico.

—Se ha caído de un árbol, es muy inquieto y con él no hay manera —respondió Amelia.

—Usted es su madre, ¿verdad? No hace falta ni que lo diga, se parece a usted.

—Sí, es mi hijo —respondió Amelia mientras apretaba la mano de Javier.

—No, no... mi mamá es esa otra señora —dijo Javier señalando a Águeda, que acababa de entrar sudorosa con Paloma en los brazos.

—¿Esa señora? —El médico miró con incredulidad a Águeda.

—Sí, ésa es mi mamá.

Amelia y Águeda se miraron sin saber qué hacer ni qué decir, lo cual sorprendió al médico.

—Pero bueno, ¿cuál de las dos es su madre? —preguntó enfadado.

—Yo, yo soy su madre, ella es... bueno, es como una madre para él porque lo cuida desde pequeño —respondió Amelia señalando a Águeda.

—¡Que no, que tú no eres mi mamá! —chilló Javier.

—¿Y su padre? ¿Dónde está?

—En el trabajo —respondió Águeda.

—Pues llámenle —ordenó el médico mientras le escayolaba la pierna y le ponía un vendaje en el brazo, que afortunadamente no estaba roto.

—Bueno, jovencito, ahora no vas a poder trepar por los árboles en una temporada, y espero que esto te sirva de lección y obedezcas a tu madre cuando te dice que tengas cuidado y no te subas tan alto.

—Sí, señor —respondió Javier, cabizbajo.

Justo cuando íbamos a salir del hospital llegó Santiago, al que Águeda había avisado por indicación del médico.

Nada más ver a Amelia se le crispó el rostro y le arrebató a Javier de los brazos. El médico le miró extrañado.

—El niño está bien, ya le he dicho a su esposa que tiene que guardar reposo y llevar la escayola cuarenta días. Pero no se preocupe, el hueso soldará bien.

—Le estoy muy agradecido, doctor, gracias —respondió secamente.

Águeda se retorcía las manos nerviosa y Amelia estaba pálida como si fuera de cera. Antonietta dijo sentirse mareada e Isabel lloraba asustada en brazos de Jesús, mientras yo estaba noqueado sin saber qué hacer.

—Águeda, explícame qué ha pasado —le ordenó Santiago.

—El niño estaba subiendo a un árbol y de repente se cayó... yo... lo siento... no pude evita... evitarlo —respondió Águeda tartamudeando.

Amelia lo miró, y su mirada era una súplica. Durante unos segundos los ojos de Santiago parecieron calmarse, pero volvió la vista, ignorándola.

—Santiago, quiero hablar contigo —le rogó Amelia.

—Esta señora le ha dicho al médico que es mi mamá —dijo de repente Javier.

Santiago apretó a su hijo con fuerza mientras se plantaba ante Amelia.

—No quiero que te acerques a Javier. No lo hagas o te arrepentirás.

—Por Dios, Santiago, estamos en la calle, ¿no podríamos hablar? No puedes negarte a que vea a mi hijo, no puedes engañarle diciéndole que tiene otra madre, no tienes derecho a hacernos esto a ninguno de los dos.

Creo que si Santiago no hubiera tenido a Javier en brazos la habría abofeteado, tal era la furia con que la miraba. Yo me coloqué al lado de Amelia intentando protegerla, aunque reconozco que temblaba ante la ira de Santiago.

—Tú no tienes hijo, no tienes nada.

—Javier es mi hijo y algún día se lo tendrás que decir. Lleva también mi apellido y eso no lo puedes cambiar. Tendrás que explicarle quién es su madre, y aunque le digas que soy lo peor de lo peor, lo que jamás le podrás decir es que no le quiero, porque le quiero con toda mi alma y estoy dispuesta a lo que sea por él.

—Papá...

—Calla, hijo. Y tú... tú no tienes vergüenza, te lo vuelvo a repetir: no te acerques a Javier, o te arrepentirás.

—Papá...

—¡Cállate!

—¡No le grites! El niño no tiene la culpa de nada.

—¿Te atreves a decirme lo que puedo o no puedo hacer?

—Sí, me atrevo a decirte que no grites al niño y también a suplicarte que hables conmigo, que lleguemos a un acuerdo que le permita a Javier saber quién soy y cuánto le quiero.

—Márchate, Amelia, y no vuelvas a acercarte a nosotros o lo pagarás.

—¿Qué más puedes hacerme? No tienes derecho a negarle a Javier su verdadera madre engañándole al hacerle creer que Águeda es lo que no es.

—¡Cómo te atreves a decir lo que debo hacer! ¿Quién estaba con Javier cuando estaba enfermo? ¿Quién le ponía paños con vinagre en la frente para bajarle la fiebre? ¿Quién le ha limpiado los pañales, le ha vestido, bañado y le ha dado de comer? ¿Quién ha estado al lado de su cuna cuando se desvelaba por la noche? Yo te diré quién lo ha hecho: esta mujer, sí, porque tú estabas con tu amante revolcándote quién sabe dónde. Y ahora te atreves a venir aquí como si nada hubiera pasado para reclamar y decir que tú eres su madre. ¿Qué clase de madre abandonaría a su hijo por seguir a un desgraciado?

Vi que Amelia estaba a punto de llorar, herida en lo más profundo, sintiendo una vergüenza infinita por lo que Santiago le decía en presencia de su hijo.

—Necesitas destruirme para que el niño no me quiera, necesitas que me aborrezca, que piense de mí lo peor. ¿Crees que así le favoreces? Me odias y lo entiendo, pero ese odio te impide pensar que Javier tiene derecho a su madre, aunque sea una madre tan... tan imperfecta como yo.

—Pero tú no eres mi mamá —dijo Javier, irritado ante la insistencia de Amelia.

—Sí, sí soy tu mamá, claro que soy tu mamá y te quiero más que a nadie en el mundo.

—Entonces, ¿por qué no estás conmigo? No, no eres mi mamá, ella es mi mamá. —Javier señalaba con la mano a Águeda, que permanecía muy quieta sin atrever a moverse ni a decir una palabra.

—La maternidad no consiste sólo en parir, tú has parido a Javier, pero ese instante no te convierte en su madre.

Santiago dio media vuelta y comenzó a caminar con paso rápido sin esperar siquiera a Águeda, que le seguía llorosa con su hija en brazos temiendo la tempestad que se le avecinaba en cuanto llegara a casa.

Amelia se quedó muy quieta, parecía una muerta tan pálida como estaba. Antonietta le hablaba pero ella no contestaba, tampoco parecía oírnos ni a Jesús ni a mí. Antonietta la sacudió del brazo intentando que volviera a la realidad.

—Vámonos, Amelia, vámonos a casa.

Regresamos en silencio; nosotros, apesadumbrados; ella, con el alma desgarrada por el dolor.

Cuando Antonietta le contó a doña Elena lo sucedido, la buena mujer se indignó.

—¡Parece mentira que se comporte así! Santiago olvida que es un caballero y que como madre de su hijo te debe un respeto.

—Un instante... ha dicho que Javier es sólo un instante de mi vida... y que ese instante no me convierte en su madre... —sollozaba Amelia.

—Pues le guste o no, eres la madre de Javier —le dijo Laura, muy afectada por el dolor de su prima.

Melita cogía la mano de Amelia y la apretaba intentando consolarla.

Don Armando regresó del trabajo a la hora del almuerzo y se encontró a todas las mujeres de la familia hechas un mar de lágrimas.

—Tenemos que arreglar esta situación, Santiago no puede negarte a Javier.

—¿Y si le reclamamos en los tribunales? —propuso doña Elena.

—No, en los tribunales no, ahí tenemos las de perder. Don Manuel es un hombre influyente, y además... no podemos justificar algunas cosas... —explicó don Armando.

—Lo sé, tío, lo sé, no podemos justificar que abandonara a mi hijo y a mi marido para irme con otro hombre, que además era un comunista —dijo Amelia.

—No digas esas cosas, hija. Déjame pensar, encontraremos una solución.

—No, tío, no hay ninguna solución. Santiago me odia y no me perdonará jamás. Su venganza es negarme a nuestro hijo.

Dos días más tarde, Edurne encontró a Águeda cerca de nuestra casa.

—Dile a la señora Amelia que no se preocupe por nada, que Javier está bien, aunque anda triste por lo que pasó.

—Se lo diré.

—Yo... yo... lo siento, siento lo que está pasando la señora. Dile que don Santiago quiere al niño con toda su alma, que no le falta de nada, y yo... yo quiero mucho a Javier, es... es como si fuera mi hijo. El niño le ha preguntado a su padre por qué la señora del parque que le llevó al hospital decía que era su madre, y me ha preguntado a mí también si soy su mamá. No sabía qué decirle.

—¿Y qué le has dicho?

—Que es mi hijo del alma, y él me ha preguntado que eso qué es. Don Santiago le ha pedido que se olvide de la señora, que no tiene más madre que yo, pero Javier no se ha quedado conforme.

Aunque es muy pequeño, es inteligente y sé que le da vueltas a la cabeza. Edurne, ¿tú crees que la señora Amelia me perdonará? No fui capaz de resistirme a... bueno, ya sabes cómo son los hombres, y tratándose de don Santiago, no supe negarme cuando él...

—¿Le quieres, Águeda?

—¡Cómo no he de quererle! Es un caballero ¡y tan buen mozo!... Las mujeres como nosotras no podemos negarnos a los caballeros. Tengo una hija de don Santiago, Paloma, y él la quiere a su manera. Sé que nunca será para él lo mismo que Javier, pero la quiere y no permitirá que le falte de nada. No la niega como hija y ya me ha dicho que la enviaremos a estudiar a un buen colegio de monjas, y que tendrá una buena dote cuando se tenga que casar, y que a él mismo no le dolerán prendas para acompañarla al altar.

—Para eso falta mucho, tu hija es muy pequeña. ¿Te fías tanto de don Santiago?

—Es un hombre de palabra, preferiría morirse antes que no cumplir. Sé que cumplirá y que no nos abandonará ni a mí ni a mi Paloma. Edurne, dile a la señora Amelia que me perdone y que haré todo lo posible para que pueda volver a ver a su hijo, aunque será mejor que no lo intente en una buena temporada.

—Se lo diré, descuida que se lo diré.

A todos nos conmovió el gesto de Águeda, a todos menos a Amelia. Ella la seguía considerando una intrusa en su casa, alguien que le estaba arrebatando el afecto de su hijo.

—Ella no tiene la culpa de lo que pasa. —Laura intentaba aplacar el malhumor de Amelia.

—Es una buena mujer, mejor que Javier esté con ella que con otra —le dijo doña Elena.

—Yo creo que Santiago te sigue queriendo —aseguró Antonietta ante el estupor de todos nosotros.

—Pero ¿qué dices? ¿Cómo puedes creer eso? Me odia, me odia con toda su alma.

—Pues yo pienso que te quiere pero que no te puede perdonar porque su orgullo se lo impide. Si tú pudieras vencer su orgullo, volveríais a ser felices.

—¿Felices? ¿Sabes, Antonietta?, puede que nunca lo fuéramos.

Un mes más tarde, la señora Rodríguez, aquella que se había presentado de improviso por Navidad, volvió preguntando por Amelia, pero ella no estaba en casa, de manera que dejó una tarjeta de visita con el encargo de que se la entregásemos cuando regresara.

Los siguientes días noté que Amelia estaba intranquila. Doña Elena lo achacaba al calor, era junio y en Madrid hacía mucho calor; por las noches costaba dormir, de manera que cualquier cosa que nos pasaba lo achacábamos a los efectos del calor. Yo, sin embargo, me di cuenta de que la visita de la señora Rodríguez debía de tener algo que ver con el nerviosismo de Amelia.

Una tarde en la que Amelia se retrasó más de lo acostumbrado nos dijo que había ido a devolver la visita a la señora Rodríguez.

—¿Te ha dado alguna noticia de Albert James? —le preguntó doña Elena a Amelia, recordando que nos había dicho que aquella señora era amiga del periodista norteamericano.

—Sí, me ha dicho que Albert está bien —respondió secamente Amelia.

—¿Dónde está ahora? ¿En Londres o en Nueva York? —quiso saber Laura, que parecía sentir una especial devoción por el norteamericano.

—En Londres, creo que sigue en Londres... Al menos es lo que me ha dicho la señora Rodríguez.

La familia seguía viviendo pendiente de la radio. Todas las noches después de la cena nos sentábamos en la sala a escuchar las noticias. Seguimos con atención el derrocamiento de Mussolini y su posterior liberación por un comando alemán y la proclamación de la República Social Fascista de Saló, un ente político fantasma creado por el Duce en el norte de Italia alrededor de unos pocos fascistas fanáticos.

El otoño del año 1943 se instaló en nuestras vidas sin que pareciera capaz de cambiar nuestra rutina.

Una tarde de finales del mes de octubre en la que yo me había quedado en casa por culpa de un resfriado llamó a la puerta un visitante inesperado.

Amelia, Laura y Antonietta habían acompañado a doña Elena a hacer una visita a casa de una amiga, y Jesús se había ido a buscar a su padre al despacho donde trabajaba para acompañarlo de regreso a casa. Así que, salvo Edurne y yo, no había nadie más en la casa.

Yo dormitaba en mi habitación y Edurne cosía en la cocina cuando escuchamos el timbre.

Edurne abrió la puerta y soltó un grito que me despertó. Salí de inmediato de mi habitación y me quedé sin habla al encontrar en el vestíbulo a un alemán vestido de uniforme: alto, rubio, de ojos azules, bien parecido. Tenía una cicatriz en forma de media luna que le cruzaba desde la ceja derecha hasta la nariz.

—Quisiera ver a la señorita Garayoa.

—¿Cuál de ellas? —preguntó Edurne con un hilo de voz.

—La señorita Amelia Garayoa, soy... soy un viejo amigo suyo.

—Lo siento, pero en este momento no está en casa. ¿Quiere dejar su tarjeta?

—Preferiría esperarla. ¿Cree que tardará mucho?

—No lo sé —respondió secamente Edurne, que empezaba a encontrar fuerzas para hablar con aquel hombre cuyo uniforme la intimidaba.

—Lo mismo tarda en volver —intervine yo, asustado, pensando que aquel hombre lo mismo pretendía hacer algo malo a Amelia.

El oficial alemán se volvió hacia mí mirándome con simpatía.

—¿Eres su primo Jesús o eres Pablo? Tienes que ser uno de los dos.

Me quedé petrificado. Aquel oficial sabía de nuestra existencia. Y de repente pensé que nos iba a detener a todos. Me quedé callado, sin responder, cuando oímos girar la llave de la puerta y la voz de doña Elena. Cuando entró seguida por Laura, Antonietta y Amelia, doña Elena dio un grito asustada al ver al militar alemán.

—Pero ¿quién es usted? —preguntó doña Elena.

—Siento molestarla, busco a la señorita Amelia Garayoa...

No continuó al distinguir a Amelia: ambos se miraron a los ojos con emoción, y sin mediar palabra se abrazaron. A doña Elena casi le dio un síncope, y tuvo que ser atendida por Laura y Antonietta, que la llevaron de inmediato a la sala de estar.

Yo seguía observando al oficial y a Amelia fascinado por la escena. Amelia lloraba, y él a duras penas podía contener las lágrimas. De repente Amelia pareció reaccionar.

—Ven, te presentaré a mi familia.

—Quizá no ha sido buena idea presentarme de improviso... creo que se han llevado un buen susto.

Amelia le cogió de la mano y lo llevó a la sala de estar, donde doña Elena se recuperaba bebiendo un vaso de agua.

—Tía, quiero presentarte al barón Von Schumann, un viejo amigo muy querido por mí.

El oficial se cuadró ante doña Elena, inclinándose para besarle la mano, lo que sirvió para disipar algunos temores de la mujer, incapaz de permanecer insensible ante cualquier demostración de buenos modales.

Laura y Amelia intercambiaron una mirada cómplice que no nos pasó inadvertida a ninguno de los que estábamos allí.

Doña Elena le invitó a sentarse a la espera de que Amelia explicara más detalladamente quién era aquel oficial. En aquella casa todos odiábamos a los alemanes, queríamos que perdieran la guerra, y más que nadie Amelia, quien defendía que si así fuera, Inglaterra y las potencias aliadas nos librarían de Franco. De manera que difícilmente podíamos aceptar de buen grado a un oficial alemán que para todos nosotros representaba el lado más oscuro de la contienda. Era el enemigo y lo teníamos sentado en la sala de estar.

Pero Amelia no parecía dispuesta a decirnos ni una palabra de más sobre quién era aquel hombre. Reiteró que era un viejo amigo al que había conocido años atrás. Todos nos preguntábamos que dónde, pero nadie dijo nada. Hablamos de generalidades y a ninguno se nos ocurrió mencionar la guerra. Explicó que era la tercera ocasión que visitaba Madrid, que años atrás había viajado por España con su padre, mencionando visitas a Barcelona, Bilbao y Sevilla. Doña Elena respondió que teníamos un otoño muy frío y lluvioso, pero que aun en invierno salía el sol en Madrid. Poco después, él preguntó cortésmente si en esas fechas había corridas de toros, a lo que respondimos que no, y doña Elena aprovechó para mostrarse contraria a la fiesta.

—No soporto que se derrame sangre innecesariamente.

Esta afirmación originó que Laura interviniera a favor de la fiesta reprochándole a su madre que no entendiera la grandeza de la lucha entre el torero y el toro. Y así, entre trivialidades, transcurrió cerca de media hora, tiempo en que llegaron don Armando y Jesús.

En el rostro de don Armando el estupor y la preocupación se reflejaron a partes iguales.

Amelia los presentó sin dar más detalles sobre su amistad con el alemán, y nos sorprendió a todos al decir que saldría con él a dar un paseo.

—Es un poco tarde, hija —le reprochó don Armando, muy serio.

—No tardaré mucho, tío, es que el barón no conoce muy bien Madrid, le acompañaré hasta su hotel, se aloja en el Ritz, de manera que regresaré pronto.

—Quizá sería mejor que fueran con él Jesús y Pablo.

—No, no, de ninguna manera. Además, tenemos que hablar, hace mucho que no nos vemos.

Don Armando sabía que Amelia estaba dispuesta a acompañar al alemán con o sin su consentimiento, de manera que prefirió no enfrentarse en aquel momento con su sobrina.

—Está bien, pero no tardes.

Nos despedimos del oficial alemán, al que nunca más volvimos a ver.

Amelia regresó dos horas más tarde y toda la familia la esperaba en la sala de estar.

—Bien, hija, cuéntanos, ¿quién es ese hombre? —preguntó don Armando.

—Le conocí hace muchos años cuando yo aún vivía con Pierre. Luego le volví a encontrar en Berlín cuando trabajé como ayudante de Albert James. Fuimos a Berlín a hacer unos reportajes y allí coincidí con él por casualidad.

—¿Y no le habías vuelto a ver? —quiso saber doña Elena.

—Sí, nos hemos cruzado en alguna que otra ocasión.

—Es un nazi —sentenció don Armando, sin ocultar su disgusto.

—No, no lo es. Es un alemán que se ha visto atrapado en la guerra, como aquí tantos hombres se vieron atrapados en uno u otro bando.

—Es un nazi —repitió don Armando.

—No, tío, no lo es. Te aseguro que es una gran persona a la que debo mucho.

—¿Qué le debes, Amelia?

—Permíteme, tío, que no te lo diga. Hay cosas de las que no quiero hablar. Lo siento. No puedo hacerlo.

—Los nazis arruinaron a tu padre, ¿es que lo has olvidado? Y tú misma nos has contado que cuando estuviste en Berlín te fue imposible averiguar qué había sido de herr Itzhak y su familia.

—¡Cómo puedes decirme esto! —Amelia parecía a punto de llorar.

—¡Porque no puedo comprender que tengas amistad con un hombre que viste ese uniforme y que seas capaz de olvidar lo que tu padre sufrió a causa de los nazis! Además, ¿te parece poco lo que están haciendo en la guerra? No, Amelia, no puedo aceptar a un oficial nazi en nuestra casa. Es algo que no voy a tolerar. Por la memoria de mi hermano y por nuestra propia dignidad.

Nunca habíamos visto a don Armando tan serio, tan firme. Nos quedamos todos callados sin saber qué hacer ni qué decir. Amelia se tapó la cara con las manos.

—Piensa en lo que te acabo de decir, hija, pero ten claro que no consentiré que ese hombre vuelva a poner los pies en esta casa.

Amelia miró fijamente a su tío antes de responder.

—Y sin embargo aceptas a Franco, no mueves un dedo contra el nuevo régimen.

—¡Amelia! —Laura se había levantado de un salto de la silla plantándose ante su prima y conteniendo la ira.

—Es la verdad, todos nos hemos plegado a Franco, ninguno hacemos nada. ¿Creéis que es mejor que Mussolini o que Hitler? Pues yo no lo creo, y sin embargo aquí estamos, sin mover un dedo.

—Hemos perdido la guerra, Amelia, pero no la dignidad —dijo en voz casi inaudible don Armando.

—¿Qué pretendes que hagamos? ¿No hemos pagado ya con creces? —dijo Laura.

—¿Por qué juzgáis a Max si no sabéis nada de él? —protestó Amelia.

—Porque pudiendo elegir bando, ha elegido luchar para Hitler —respondió Laura con dureza.

—Es un soldado, no puede elegir —protestó Amelia.

—Sí, Amelia, sí puede hacerlo, aquí lo hicieron muchos soldados, aunque luego perdiéramos —sentenció su tío.

—No podéis comprender... no sabéis... lo siento, pero no sois capaces de ver lo que está pasando.

—Sí, claro que lo vemos, eres tú la que necesita autoengañarse por lo que significa para ti ese hombre —afirmó Laura sin piedad.

Las dos primas se miraron conteniendo las lágrimas. Era la primera vez en su vida que discutían, que se enfrentaban.

Nos quedamos en silencio. Doña Elena rompió la tensión mandándonos a la cama.

—Mañana tenemos que madrugar, dejemos las cosas desagradables para hablarlas a la luz del día, siempre es mejor que hacerlo por la noche. En la noche sólo hay oscuridad.

Nos fuimos a la cama, pero yo no tardé en levantarme; estaba convencido de que Amelia y Laura estarían hablando. Y así fue. Estaban en el salón, y más que hablar, susurraban. Me quedé muy quieto en la puerta, escuchando.

—¡Qué cosas me has dicho, Laura! Precisamente tú…

—Pero, Amelia, ¿por qué no me quieres decir ni siquiera a mí lo que te une a ese hombre?

—Por tu bien, Laura, no te lo digo por tu bien. Hay cosas que es mejor que no sepáis por ahora, algún día te las contaré, te lo juro, pero tienes que confiar en mí.

—Me he dado un buen susto al entrar en casa y ver a un nazi. Por un momento he pensado que nos iban a detener.

—¡Pobre Max!

—¿Qué significa para ti?

—Ya te lo dije, es una persona muy importante, tanto como para haberme distanciado de Albert James. Si no hubiera conocido a Max seguramente seguiría con él.

—¡No puedo creer que estés enamorada de un nazi!

—No es un nazi, Laura, te juro que no lo es. No tiene más remedio que luchar con su Ejército; es un oficial, un aristócrata, no podía desertar.

—Es mejor ser un desertor que luchar por Hitler.

—Él no lucha por Hitler.

—Sí, sí que lo hace, no te engañes, Amelia. Dime, ¿qué quiere, a qué ha venido?

—Está aquí por un asunto oficial y se le ha ocurrido venir a verme.

—No me engañes, Amelia, sé que no me dices la verdad.

—Entonces no me preguntes, Laura, no me preguntes hasta que no te pueda contar toda la verdad.

Oí que se movían y me dirigí deprisa a mi habitación. Si Amelia no se sinceraba con Laura, difícilmente lo haría con los demás, de manera que me dije que nunca sabríamos quién era aquel hombre. Y así ha sido, nunca lo hemos sabido, o al menos yo nunca lo he sabido. Puede que doña Laura lo sepa, no lo sé, no se lo he preguntado.

Amelia y el oficial alemán continuaron viéndose. Él acudía a buscarla a la mercería de doña Rosa y la llevaba a almorzar, luego ella le enseñaba sus rincones preferidos de Madrid. Incluso un domingo fueron al Escorial. Pero nunca más volvió a subir a nuestra casa, ni Amelia hizo comentario alguno sobre él. Don Armando prefería ignorar el ir y venir de Amelia y sólo doña Elena se atrevió un día a preguntarle por él.

—Hija, deja que te dé un consejo: no te enamores de ese hombre, que sólo puede traerte problemas; bastantes has tenido ya. Albert James era una buena persona, no sé por qué no continúas con él. Era un caballero. Es una pena que no os podáis casar, pero aun así... si tienes que estar con un hombre, que sea con alguien que merezca la pena.

Al cabo de unos días, una noche, a la hora de la cena, Amelia nos comunicó que se iba.

—Pero ¿adónde? —preguntó preocupado don Armando.

—A Roma, he decidido aceptar la invitación de mi amiga Carla Alessandrini. Ya os he hablado de ella, y como bien sabéis nos escribimos con frecuencia. Insiste en sus cartas para que vaya a verla, y ahora tengo la oportunidad.

—¿Oportunidad? Pero así, tan de repente… ¿Y tu trabajo? —quiso saber doña Elena.

—He hablado con doña Rosa y me ha asegurado que no le importa que me tome unas pequeñas vacaciones, no estaré fuera más de un mes.

—¿Te vas con ese hombre, Amelia? —le preguntó directamente don Armando.

—Tío…

—Aún no estás bien; has mejorado, sí, pero estás tan delgada… No deberías irte, Amelia. Me dijiste que nunca más lo harías, que te ibas a quedar con la familia para siempre.

—No me voy, tío, es solamente un viaje que no durará mucho, confía en mí. Carla me insiste tanto en sus cartas, me dice que me necesita y no imagináis lo buena y generosa que ha sido conmigo.

—Amelia, no me parece bien que te vayas con ese hombre, es un oficial nazi —le cortó don Armando.

—¡Por Dios, tío, no hables así! Max es un amigo muy querido, que también conoce a Carla, y estos días hemos hablado de ella. Puesto que él tiene que ir a Roma, se ha ofrecido a hacerme compañía durante el viaje. Iré con él hasta Roma, sí, pero me alojaré en casa de Carla Alessandrini, te lo prometo. No debes preocuparte.

—Italia está en guerra, no es el mejor lugar para unas vacaciones.

—No me pasará nada, voy con Max y allí está Carla.

—No me convences, Amelia, no me convences. Solamente sé que desde que se ha presentado ese oficial no pareces la misma. No entiendo cómo te dejas embarcar en esa aventura para ir a Italia. Quiero confiar en ti, Amelia, te debo mucho, pero me asustas.

—Confía en mí, no voy a hacer nada malo, te lo aseguro. Serán sólo unos días, cuando te quieras dar cuenta, ya estaré aquí para pasar las Navidades. Por nada del mundo querría estar fuera de casa en esas fechas.

Edurne, mientras ayudaba a Amelia a hacer las maletas, también le reprochó el viaje anunciado.

—¿Cómo puedes dejar otra vez a Antonietta? ¿Es que no te das cuenta de lo que sufre tu hermana? No es bueno que los hermanos estén separados.

—¿Cuánto hace que tú no ves a Aitor? —replicó Amelia.

—Mucho, años.

—Y es tu hermano y le quieres, ¿verdad?

—Sí, y me duele no verle. Ya tiene tres niños. Ya ves, tengo sobrinos a los que no conozco. Mi madre sufre por él —respondió Edurne.

—Mi querida Amaya… cuánto la echo de menos —respondió Amelia.

—A mi hermano le ha perdido la política, y a ti también. Menos mal que se casó con esa chica de Biarritz. Es una desgracia que tenga que vivir allí por la política. ¡Maldita política!

—¡Vaya, te creía una buena comunista!

—Eso era antes de la guerra… después de lo que ha pasado y de todas las desgracias que hemos vivido, ¿crees que todavía me quedan ganas de política? Sólo quiero vivir en paz, en eso coincido con tu tía.

—Entonces, ¿ya no eres comunista…? —bromeó Amelia.

—¡Pero qué voy a ser! Ni tú ni yo sabíamos qué era eso, éramos muy jóvenes y nos entusiasmamos… entre Lola, Pierre, Josep Soler, y toda aquella gente que parecía tan resuelta, tan apasionada, nos embaucaron… iban a cambiar el mundo… ¡y vaya lo que ha pasado!

—Lo que ha pasado es que los fascistas han ganado la guerra, pero eso no les da la razón.

—Ni a nosotros tampoco. No, ya no soy comunista y no creo que tú todavía lo sigas siendo.

El día en que Amelia se marchó fue muy triste. Doña Elena hasta sufrió un desmayo y hubo que darle Agua del Carmen, Antonietta no dejaba de hipar, Laura lloraba a moco tendido y Jesús y yo nos contagiamos de tanta emoción y también acabamos llorando. Sólo don Armando fue capaz de contener las lágrimas.

—Amelia, escríbenos, por favor, dame tu palabra de que lo harás.

—Te doy mi palabra, tío, os escribiré y regresaré pronto.

Amelia se negó a que la acompañáramos hasta el portal. Dijo que la venían a buscar, pero nosotros sabíamos que la esperaba el oficial alemán. Nos asomamos a uno de los balcones y lo vimos llegar en un coche negro del que se bajó para ayudar a Amelia con la maleta. Antes de meterse en el coche ella miró hacia arriba y agitó la mano sonriéndonos. Estaba feliz y eso es lo que más nos desconcertaba, pero era así. No volvimos a verla en mucho tiempo...»

—Bien —concluyó el profesor Soler—, esto es todo, al menos todo lo que le puedo contar de lo que sucedió entre la primavera de 1942 y el otoño de 1943, un año largo en el que Amelia estuvo con nosotros.

El profesor se restregó los ojos con el dorso de la mano. Parecía cansado. A mí me asombraba su prodigiosa memoria y más aún la capacidad para contar las cosas de manera que no sólo las revivía él sino que también hacía que yo las sintiera como propias. Le insistí en que me dijera si Amelia había vuelto y cuándo, pero no quiso contarme nada más.

—Vamos, Guillermo, sabe que no voy a contarle más. Al menos por ahora. Es usted quien tiene que ir rellenando los huecos vacíos. Habíamos quedado en que no daría saltos en el tiempo. Para que su investigación tenga sentido debe ir paso a paso; si da saltos hacia delante, podría confundirse e incluso considerar que no merece la pena volver atrás, y no es eso lo que quieren las señoras Garayoa.

—Ya, pero ¿dónde busco ahora? —pregunté preocupado.

—No sé, ¿quizá en Roma? Amelia nos dijo que se iba a Roma. Puede ir a ver a Francesca Venezziani. Si Amelia, tal y como nos dijo, estuvo con Carla Alessandrini en aquellas fechas, entonces Francesca debe de saberlo, ¿no cree?

—Verá, a veces pienso que usted sabe más de lo que parece sobre Amelia pero por alguna razón que se me escapa no quiere tirar del hilo.

La risa del profesor Soler me desconcertó, pero me reafirmó en mi intuición.

—No sea tan desconfiado, ¿no le estoy ayudando cuanto puedo?

—Y le estoy muy agradecido; solo, sin usted, no habría dado ni un paso.

—Sí, sí que los habría dado, pero con mayor dificultad; no se subestime, tengo la mejor opinión de usted.

—¡Uf! Eso sí que es una responsabilidad.

—¿Y qué hay de su trabajo? ¿Continúa escribiendo todavía en ese periódico de internet para el que me hizo aquella entrevista?

—Me despidieron. Mi único trabajo es esta investigación; menos mal que las señoras Garayoa son generosas con los honorarios, de lo contrario, hace tiempo que me habrían desahuciado de mi apartamento. Y mi madre casi no me habla, cree que estoy perdiendo el tiempo.

—Y tiene razón.

—¡Cómo! ¿De manera que usted cree que estoy perdiendo el tiempo?

—Verá, está ganando tiempo para la familia Garayoa, y su trabajo en este sentido es valiosísimo para las señoras; pero en lo que se refiere a usted, esto no le va a aportar nada a su profesión, al revés, le está distrayendo.

—Vaya, profesor, me sorprende su ecuanimidad.

—Si usted fuera mi hijo, yo estaría igual de enfadado como lo está su madre. No le diré que se dé prisa en terminar este trabajo porque es imposible saber cuánto tiempo más le llevará, pero sí que debería pensar qué va hacer cuando termine.

—Tengo un defecto gravísimo para el ejercicio de mi profesión.

—¿Qué defecto es ése? —preguntó el profesor Soler.

—Pues que creo que el periodismo es un servicio público donde debe primar la verdad y no los intereses de los políticos, de los empresarios, de los banqueros, de los sindicatos o del que me paga.

—Pues tiene usted un problema.

—Y no imagina de qué tamaño.

Cuando me despedí del profesor Soler iba pensando en Francesca Venezziani. La verdad es que me alegraba la idea de volver a verla, aquellas cenas en su ático a las que me invitaba eran divertidas. Claro que mi madre se enfurecería cuando le dijera que de nuevo me marchaba de viaje. Quizá tendría que sentarme con ella y contarle algo de lo que iba averiguando de nuestra antepasada, puede que así me perdonara. Tan pronto como lo pensé me arrepentí. No era ético darle una información que ni siquiera a mí me pertenecía. Pero algo debía decir a mi madre para convencerla de que confiara en mí. El problema era que no se me ocurría qué podía ser.

Tuve suerte porque nada más llegar al aeropuerto del Prat encontré un avión del puente aéreo que estaba a punto de volar hacia Madrid. Cuando llegué me fui directamente a casa de mi madre.

—¡Sorpresa! —dije cuando me abrió la puerta.

—¿Es que no te he enseñado que no debes presentarte en ninguna casa sin avisar? —me contestó a modo de saludo.

—Sí, pero no sabía que tenía restringido venir a darte un beso en cualquier momento —le dije mientras la abrazaba, intentando vencer su malhumor.

Mi madre cedió y me invitó a cenar, y para sorpresa mía discutimos menos de lo previsto, no sé si porque estaba cansada o sencillamente porque estaba asumiendo que era mejor dejarme por imposible.

Al día siguiente, antes de irme a Roma decidí telefonear al mayor William Hurley, el muy ilustre archivero del Ejército británico. Quería que él me aclarara algo de lo que había explicado el profesor Soler: me intrigaban aquellas dos misteriosas visitas de la señora Rodríguez. Yo conocía algo que creo que ignoraba el profesor Soler: que aquella mujer en realidad era una agente de la Inteligencia británica. Necesitaba saber si en las dos ocasiones en las que había visitado a Amelia era por cuestiones de «trabajo».

Al mayor Hurley no le hizo ni pizca de gracia que le llamara tan pronto. Pensaba que después de haberme contado todas las peripecias de Amelia en Varsovia se libraría de mí una buena temporada, pero allí estaba yo tan sólo una semana después llamando a su puerta, o mejor dicho, a su teléfono.

El mayor me quiso dar largas: estaba muy ocupado con un campeonato de bolos organizado por los veteranos de su antigua unidad y no tenía tiempo para explicarme por qué la señora Rodríguez visitó a Amelia en Madrid.

—Es usted muy impaciente, ¿no puede aguardar tan siquiera una semana?

—No sabe cuánto siento distraerle de su campeonato, pero sin usted no puedo avanzar.

—Joven, es usted quien tiene que investigar el pasado de su bisabuela, no yo.

—Ya, pero parece que ese pasado se esconde en sus archivos, de manera, mayor, que no tengo más opción que molestarle. Pero le aseguro que no lo entretendré mucho.

—He de confesarle que me esperaba esta llamada, aunque no tan pronto. Pero insisto en que no puedo atenderle, mañana por la tarde salgo en dirección a Bath, y ni usted ni nadie me impedirá participar en el evento.

—Nada más lejos de mi intención...

—Bien, lo único que le puedo adelantar es que su bisabuela volvió a colaborar con el Servicio Secreto británico.

—Así que la señora Rodríguez la convenció de que volviera a la acción.

—En realidad no fue la capacidad de convicción de la señora Rodríguez sino a causa de Carla Alessandrini.

—Ahora sí que me deja usted sorprendido. ¿No puede contarme algo más? Tenía pensado ir a Roma y era por saber hacia dónde tirar.

—Llámeme por la mañana —me ordenó, malhumorado, antes de colgar el teléfono.

Con puntualidad británica, le telefoneé al día siguiente.

—Efectivamente, a finales del cuarenta y dos, y posteriormente en el cuarenta y tres, el Servicio de Inteligencia se puso en contacto con su bisabuela en Madrid. No era la primera vez que lo hacía, pero ella no parecía querer volver a saber nada ni de la guerra ni del espionaje, y así se lo hizo saber a la señora Rodríguez.

»Después de haber logrado salvar la vida en Polonia, había mandado un extenso informe a lord Paul James en el que le contaba todo lo sucedido y, al final, le indicaba que no contaran más con ella. Lord James no era de los que admitían una negativa a sus planes, de manera que no se dio por vencido: sabía que sólo era cuestión de esperar una ocasión propicia para que Amelia volviera a colaborar. Y esa ocasión llegó precisamente en Roma, donde tanto ella como el coronel Von Schumann iban a llevarse una sorpresa desagradable.

—¿Ah, sí? ¿Y qué es lo que pasó?

—La señora Rodríguez se había puesto en contacto con Amelia Garayoa para informarle de que su amiga Carla Alessandrini estaba colaborando con los servicios secretos aliados y que tenía algunas dificultades. No, no voy a contarle nada más. Ya le dije que esta tarde salgo de viaje y tengo mucho que hacer. Llámeme dentro de una semana y entonces le atenderé con mucho gusto.

Fue inútil insistir. El mayor Hurley se mostró irreductible. Habíamos quedado que nos volveríamos a ver al cabo de unos días, así que mientras podía pasar ese tiempo de espera en Roma indagando junto a Francesca. El plan se me antojaba perfecto.

8

Me fui a Roma sin avisar a Francesca, dando por sentado que se alegraría al verme. La llamé nada más llegar al hotel

—¡*Cara*, estoy en Roma! ¿Qué te parece si te invito a cenar esta noche?

—Pero, bueno, ¿se puede saber qué haces aquí?

—He venido a verte… bueno, y a que me ayudes con la investigación sobre mi bisabuela. Ya te contaré esta noche. Al parecer Amelia Garayoa vino a Roma en el otoño de 1943 a encontrarse con tu diva, con Carla Alessandrini. Seguro que me puedes echar una mano. Pero ya hablaremos de los detalles durante la cena. ¿Te apetece que vayamos al Il Bolognese?

—Lo siento, Guillermo, pero no puedo cenar contigo, tengo un compromiso.

—¡Vaya, sí que es mala suerte! Bueno, ¿almorzamos mañana?

—No… tampoco puedo. Mejor que me expliques qué es lo que buscas para ponerme con ello, y si encuentro algo te llamo, ¿dónde te alojas?

—Muy cerca de tu casa, en el hotel d'Inghilterra. Lo que quiero saber es si Amelia estuvo con Carla aquí, en Roma, en el invierno del cuarenta y tres.

—Te llamaré —y colgó el teléfono.

Me llevé un buen chasco. La verdad es que no contaba con

aquella manifestación de indiferencia por parte de Francesca. Estaba seguro de que habíamos congeniado y, sobre todo, de que lo habíamos pasado bien en las dos ocasiones en que nos habíamos visto; y de repente se mostraba esquiva, incluso antipática. Estaba desconcertado.

Durante dos días me dediqué a vagabundear por Roma, decidido a no llamarla. Quería que se enterara de que no pensaba seguirla como un perro faldero. Pero terminé poniéndome nervioso y al tercer día decidí que no podía seguir perdiendo el tiempo.

—Francesca, *cara*, ¿te has olvidado de mí? —le dije con mi mejor tono de voz.

—¡Ah, eres tú! Precisamente pensaba llamarte para que vinieras a cenar esta noche a casa.

—¡Estupendo! No imaginas las ganas que tengo de verte. Yo llevaré el vino, ¿te parece bien?

—Sí, trae lo que quieras. Ven a las nueve.

¡Menudo peso me quité de encima! No es que Francesca hubiera estado cariñosa, pero al menos me invitaba a cenar a su precioso ático, de manera que no me podía quejar. Me convencí de que seguramente estaba pasando por algún bache profesional y la preocupación hacía que no estuviera de tan buen humor como en las ocasiones anteriores. Nada mejor que una buena cena y un buen vino para arreglar las cosas.

Salí de inmediato del hotel en busca de una vinoteca donde adquirir una botella del mejor barolo. Tan animado estaba que decidí llevar también un pastel de postre.

Cuando llegué a casa de Francesca, la encontré un poco distante. Me abrió la puerta y apenas me permitió que le diera un beso en la mejilla.

—No sabes cuántas ganas tenía de verte —le dije con mi voz más seductora.

—Pasa y siéntate, así puedo ir explicándote algunas cosas antes de cenar.

—Bueno, no tenemos prisa.

—Depende de para qué.

—Si quieres, primero podemos cenar y luego hablamos —le propuse yo.

—No, tenemos que esperar a Paolo; hasta que él no venga no podemos cenar.

—¿Paolo? ¿Quién es Paolo?

—¿No te lo he dicho?

—Pues no —respondí mosqueado.

—¡Qué raro! Juraría que te dije que venía Paolo.

—Bueno, pero ¿quién es Paolo? —insistí.

—Paolo Plattini es una autoridad en todo lo referente a la Segunda Guerra Mundial en Italia. No hay nada que él no sepa. Lleva años trabajando con archivos y documentos clasificados. No imaginas cuánto me está ayudando. Y a ti también. Porque si no fuera por él, difícilmente podrías saber lo que vas a saber sobre la estancia de Amelia en Roma a finales de 1943.

Sonó el timbre y Paolo entró directamente en el apartamento de Francesca.

—¡Hola a todos! —dijo mientras se acercaba a Francesca y le daba un beso en los labios. Luego me tendió la mano con la mejor de sus sonrisas.

Nada más verle, me dije a mí mismo que no sería yo quien aquella madrugada viera amanecer contemplando la piazza di Spagna.

Para mi desgracia, Paolo Plattini resultó ser un tipo encantador. Uno de esos romanos extravertidos con gran capacidad de comunicación, lo que le convertía de inmediato en el centro de atención. Era demasiado listo y atractivo como para competir con él, y además tenía esa edad madura que a muchas mujeres les hace perder la cabeza. Me rendí al instante diciendo mentalmente adiós a Francesca.

—No sé si lo sabe, pero hay un libro de memorias de un partisano que se editó a los pocos años de terminar la guerra en el que trata sobre su bisabuela. En realidad es la fuente de información más fiable y directa sobre las peripecias de Amelia Garayoa en Italia, porque se trata de una persona que la conoció y tuvo una relación estrecha con ella. Se llamaba Mateo Marchetti y era el profesor de canto de Carla Alessandrini, un viejo comunista al que la diva reverenciaba.

—No tenía ni idea de que existiera ese libro —respondí, interesado.

—No es de extrañar, fue una edición muy reducida, vamos, que no se editaron más de dos mil ejemplares. En realidad fue un favor que el dueño de una pequeña editorial, comunista también, le hizo a Marchetti. El libro pasó sin pena ni gloria, pero tiene cierto valor histórico. En realidad yo me acordé de este librito cuando Francesca me dijo que le costaba encontrar documentación sobre Carla Alessandrini durante la guerra. ¿Puede usted leer en italiano? —me dijo al tiempo que me entregaba un viejo libro editado en rústica.

—Puedo intentarlo.

—Bien, creo que le servirá. En cualquier caso, si quiere grabar o si toma notas, creo que puedo reconstruir con bastante fidelidad algunas de las cosas que hizo su bisabuela cuando llegó a Roma en el invierno de 1943.

Paolo empezó a hablar y he de confesar que no abrí la boca hasta que terminó.

«Amelia llegó a Roma acompañada por un coronel del Ejército alemán, el barón Von Schumann, a quien Carla había conocido años atrás en Berlín. Según cuenta Marchetti, Von Schumann no era partidario de Hitler, pero, como buen prusiano, obedecía órdenes sin rechistar.

El coronel Von Schumann se alojó en el Excelsior, un hotel muy elegante, y acompañó a Amelia hasta la casa de Carla Alessandrini. La diva no le habría perdonado a Amelia que se alojara en ningún otro lugar. Carla le había pedido en reiteradas ocasiones que fuera a verla, ya sabe que la quería como a una hija. Pero

Amelia y el barón se llevaron una sorpresa cuando, en vez de a Carla, a quien se encontraron fue a su desolado esposo, Vittorio Leonardi.

—¡Amelia, qué alegría que estés aquí! —le dijo abrazándola.

Luego saludó cortésmente, pero con frialdad, al barón Von Schumann, lo que extrañó a Amelia. Vittorio había conocido también al barón en Berlín y habían compartido varias veladas, y aquella frialdad no se correspondía con la pasada relación. Amelia notaba el nerviosismo de Vittorio sin entender el porqué de su hostilidad hacia Max von Schumann. Ni siquiera le invitó a pasar. Von Schumann se despidió. Tenía que presentarse ante sus superiores. En cuanto Amelia y Vittorio se quedaron a solas, ella le preguntó:

—Vittorio, ¿qué sucede? ¿Dónde está Carla?

—Está detenida.

—¿Detenida? Pero ¿por qué motivo? —preguntó Amelia, alarmada.

—Por colaborar con los partisanos. En realidad la culpa es mía.

—¡Dios mío! ¡Cuéntame todo lo que ha pasado!

—La tienen los de las SS.

—¡Pero por qué!

—Ya te lo he dicho, Carla colabora con la Resistencia y creo que... bueno, creo que también mantenía relaciones secretas con los aliados.

—¿Y tú?

—Yo soy el culpable de todo por habérselo permitido. Incluso nos enfadamos, pero ya sabes la influencia que tiene sobre ella su profesor de canto, Mateo Marchetti. Carla siempre ha ayudado a los amigos de Marchetti, en realidad estuvo contra Mussolini desde el mismo día en el que llegó al Gobierno de Italia y, como bien sabes, nunca se recató de demostrarlo. Pero era la gran Carla Alessandrini, y todo el mundo hacía la vista gorda, como si su oposición fuera una excentricidad. Sin embargo, la colaboración de Carla con los partisanos fue gradualmente en aumento. Nuestra casa de Milán se convirtió en el refugio de los fugitivos, y otro tanto ocurrió aquí en Roma. Luego empezó a ayudar a sacar gente a través de la frontera, gente que iba a ser detenida por la policía o por las SS. Gente que Marchetti le pedía a Carla que salvara. Y no solamente él, también ese cura alemán amigo tuyo, el padre Müller. No sabes cuántas veces ha venido hasta aquí suplicando que ayudáramos a escapar a alguna familia judía.

—¿El padre Müller sigue aquí? —preguntó Amelia, sorprendida.

—Sí, vive en el Vaticano, y está con ellos.

—¿Con quién?

—Con los partisanos, colabora con los partisanos. Carla le puso en contacto con Mateo Marchetti. El padre Müller es un funcionario menor de la Secretaría de Estado, y no me preguntes cómo lo hace, pero el caso es que de vez en cuando roba pasaportes vaticanos para sacar a alguna gente.

—Aún no me has dicho por qué detuvieron a Carla.

—Yo no estaba aquí. Nos habíamos peleado por primera vez en todo el tiempo que llevamos juntos. Tenía miedo de lo que le pudiera suceder porque, sin importarle las consecuencias, cada día se volvía más audaz. Se arriesgaba mucho. Yo intentaba hacerla entrar en razón, que entendiera que no debía exponerse tanto, pero no me escuchaba. Ya apenas ensayaba, parecía haber perdido todo interés por cantar, por lo que había sido la razón de su vida, por lo que hasta entonces lo había sacrificado todo. Sólo vivía para reunirse con Mateo Marchetti, para cruzar la frontera, para conspirar con ese padre Müller amigo tuyo. Era evidente que empezaban a sospechar de ella, pero no quiso darse cuenta ni atender a razones. Se lo dije, yo se lo dije: ese coronel Jürgens sospechaba de ella, pero no quiso escucharme, creía tenerle rendido a sus pies, como siempre le ha ocurrido con todos los hombres.

—¿El coronel Jürgens? —preguntó Amelia, alarmada.

—Sí, el coronel Ulrich Jürgens. Al parecer le han ascendido

recientemente por haber sido herido en el frente del Este. En Roma todos le temen.

—Dime cómo es ese hombre.

—Alto, rubio, bien parecido, aunque sin ninguna clase. Tiene éxito con las mujeres. Creo que estuvo en el frente ruso y antes en Polonia. Aquí es muy popular, no hay fiesta en la que no esté invitado.

Amelia sentía que no podía respirar y se puso a temblar. Su destino volvía a cruzarse con el de Ulrich Jürgens, el hombre que había desmantelado la red de Grazyna Kaczynsky en Varsovia, que había ordenado torturar a Grazyna, a todos sus amigos y también a ella. El hombre que la había condenado a pasar un largo año en el infierno de Pawiak, aquella inmunda prisión donde la habían torturado, de donde se habían llevado a su amiga Ewa para asesinarla. Durante unos segundos revivió todo lo que había sufrido en Polonia, lloró por Grazyna y por aquel grupo de jóvenes con los que, a través del alcantarillado, burlaban a los nazis con tal de llegar al corazón del gueto de Varsovia y llevar un poco de ayuda a sus amigos judíos. Acudieron a su memoria los rostros de Grazyna, de Ewa, de Piotr, de Tomasz, de Szymon, el novio de Grazyna, de su hermano Barak, de Sarah, su madre, de la hermana Maria, de la condesa Lublin... Rememoraba lo vivido en Varsovia con tal nitidez que sentía los golpes de los interrogadores de las SS, la risa helada del entonces comandante Ulrich Jürgens, el suelo frío de su celda en Pawiak, los piojos recorriéndole el cabello y cebándose en su cabeza hasta hacerla sangrar... Y ahora Vittorio le decía que el demonio volvía a hacerse presente, porque Ulrich Jürgens estaba allí, en Roma.

—Amelia... Amelia... pero ¿qué te pasa? —Vittorio le apretó la mano intentando que volviera a la realidad.

—¿Cómo conocisteis al coronel Jürgens?

—En una fiesta. Él se interesó de inmediato por Carla, dijo

recordarla de su estancia en Berlín. Se deshizo en halagos sobre su voz y su belleza. La cortejó descaradamente. Pero Carla le ignoraba, en realidad no le ocultaba cuánto le despreciaba. Empezamos a coincidir con él en todas partes. Yo le decía a Carla que aquel hombre tenía un interés malsano por ella, pero creyó que yo tenía celos, ¡imagínate! No quería ver lo que era evidente, que aquel hombre ansiaba poseerla, sí, pero también destruirla. Un día le preguntó por ti. Carla se sorprendió de que te conociera y él se rió: «¡Oh, no sabe lo mucho que la he llegado a conocer!», respondió. Pero ella no le creyó, y de manera poco diplomática le dijo que era imposible que tú te hubieras fijado en un hombre como él.

—Le conozco, Vittorio, le conozco —dijo Amelia—. Él... me mandó detener en Varsovia y... no, no voy a contarte por lo que he pasado, eso no importa ahora, lo que importa es Carla. Dime, ¿desde cuándo está detenida?

—Desde hace cinco días. Yo no estaba aquí. Ya te he contado que nos habíamos enfadado y me marché a Suiza. Quería presionarla para que dejara toda esa actividad política o al menos para que no se comprometiera tanto. Esperaba verla en Suiza porque sabía que Marchetti le había pedido que ayudara a pasar la frontera a un hombre que los comunistas habían tenido infiltrado muy cerca de Mussolini. Al parecer trabajaba como camarero al servicio del Duce y conocía bien a la familia. Durante años se había hecho pasar por fascista, pero creía que empezaban a sospechar de él. Creo que se había hecho con documentos importantes del Duce relativos a los planes alemanes para Italia y otros lugares de Europa. Sus camaradas decidieron que había llegado el momento de sacarle de Italia. Como puedes suponer, era un hombre con una información privilegiada al que los servicios secretos de los aliados estaban ansiosos por conocer.

»Marchetti le pidió ayuda a Carla y ella se reunió con el padre Müller, solicitándole uno de sus pasaportes vaticanos. El padre Müller se comprometió a conseguir uno de esos pasaportes, pero el cura estaba tardando más de lo previsto y Carla se impacientó. Decidió ser ella quien llevara al hombre a Suiza. Se encargó de elaborar el plan: irían solos y le haría pasar por su chófer. Si les preguntaban, dirían que iban a reunirse conmigo en Zurich. No acababa de ser una buena idea, pero al parecer habían descartado pasarle por las montañas porque el hombre pasaba ya de los sesenta años y no estaba bien de salud; además, hay alemanes por toda la frontera con Suiza.

»La noche anterior a la fuga, Carla asistió a una cena en casa de unos amigos y allí se encontró con el coronel Jürgens. Parece que él estuvo especialmente irónico llegándole a decir en público que muy pronto pasarían mucho más tiempo juntos del que ella podía imaginar. Incluso insinuó a Carla que estaba seguro de que iba a poder conocer centímetro a centímetro su cuerpo. Carla se rió de él, y se mostró más sarcástica y despreciativa de lo habitual. Incluso le soltó que a los hombres como él ella no les permitía ni siquiera descalzarla. Jürgens le aseguró que muy pronto él haría algo más que eso.

»La noche siguiente, Carla y el camarero del Duce salieron en dirección a Suiza. Se puso ella al volante, porque a pesar de que el hombre iba a pasar por su chófer, en realidad no sabía conducir. En caso de que la policía los detuviera, él fingiría un dolor muscular como causa para impedirle manejar el coche. Carla condujo casi toda la noche hasta llegar a la frontera. Pararon en el puesto de control y les pidieron la documentación. Todo parecía ir bien, hasta que apareció de entre las sombras el coronel Jürgens. Les ordenó bajar del coche y se rió del pasaporte del camarero del Duce.

—De manera que dice usted ser chófer de esta señora, ¿no es así? —dijo Jürgens, mirando fijamente al hombre.

—Sí... sí... —logró balbucear el anciano.

—Ya, verá usted, tengo entendido que el Duce ha echado en falta a uno de sus camareros, un hombre fiel que le sirve desde hace muchos años. Mussolini está muy preocupado; como italiano, debe de saber lo mucho que el Duce se preocupa por quienes le rodean, y quienes le sirven son para él como de la familia. De manera que, ¿dónde cree usted que puede estar el camarero del Duce? ¿No lo sabe? ¿Y la gran Alessandrini?

—¿Por qué habría de saberlo? —replicó Carla, desafiante.

—¡Es usted tan lista! En realidad es única. Bien, creo que voy a tener que refrescarles la memoria a ambos.

Les rodearon unos cuantos policías y los metieron en un coche. Los trajeron a Roma y están en las dependencias de las SS.

—¡Dios mío! ¿Qué vamos a hacer, Vittorio? —dijo Amelia alarmada.

—Como puedes imaginar, he pedido a todos nuestros amigos que hagan cuanto puedan, pero nadie tiene influencia sobre las SS, ni siquiera gente del entorno del Duce. Estoy desesperado.

Vittorio se restregó los ojos con el dorso de la mano, intentando borrar las lágrimas que no había podido reprimir.

—Haremos lo que sea, no dejaremos a Carla en manos de ese asesino... Le pediremos a Max que se interese por ella, quizá pueda hacer algo...

—¿El barón?

—Sí, al menos podrá averiguar cómo se encuentra Carla y qué piensan hacer con ella. Y una cosa más, ¿podrás arreglarme un encuentro con Marchetti?

—¡Con ese hombre! No te mezcles con él, Amelia, mira dónde está Carla por su culpa... No, no quiero saber nada de Marchetti. Vino a verme pero no quise recibirle, ya nos ha traído bastantes desgracias. Ha sido el culpable de meter todas esas ideas políticas en la cabeza de Carla.

—Pero a lo mejor puede ayudarnos.

—¿Ayudarnos? ¡Y cómo va a ayudarnos! Era él quien pedía ayuda a Carla, quien la manejaba a su antojo haciendo que se arriesgara más de lo necesario. No, no quiero volver a ver a ese hombre en toda mi vida.

—No hace falta que tú le veas, sólo dime dónde puedo encontrarlo.

—No lo sé, no duerme nunca en el mismo lugar y tan pronto está en Roma como en Milán, se mueve por todas partes. Quizá tu amigo, el cura alemán, sepa cómo encontrarlo.

—¿El padre Müller?

—Sí, a ése sí que sé cómo encontrarlo. Suele confesar dos días a la semana en San Clemente, ¿sabes dónde está?

—No.

—En la via di San Giovanni in Laterano. Los martes y los jueves está allí de cinco a siete. También puedes llamarle a la Secretaría de Estado. Pero vigila, Amelia, porque ese cura sólo te traerá problemas, lo mismo que Marchetti.

—Qué me dices de aquel diplomático amigo tuyo que trabajaba codo con codo con el yerno del Duce, ¿no puede hacer nada?

—Te refieres a Guido Gallotti. No, no ha podido hacer demasiado. Para él es difícil dar la cara por Carla teniendo en cuenta que ella estaba ayudando a evadirse a un empleado del Duce. Aun así, se interesó por ella ante el coronel Jürgens, pero éste le dijo que si de verdad era un buen patriota italiano, debería sentirse satisfecho de que las SS hubieran detenido a una traidora.

—Vittorio, sé que te puede resultar difícil, pero te ruego que se lo cuentes todo a Max.

—¡Pero es un alemán! ¡Un nazi!

—No, no es un nazi. Tú le conociste en Buenos Aires antes de la guerra, luego le volviste a ver en Berlín, sabes cómo es y cómo piensa. Por favor, ¡créeme si te digo que puedes confiar en él!

Vittorio se quedó en silencio mirando fijamente a Amelia. Lo que veía era a una joven enamorada de aquel alemán que posiblemente también lo estuviera de ella, pero ¿confiar a un nazi que su mujer colaboraba con los partisanos? No, eso no lo haría jamás.

—No, Amelia, no voy a poner la vida de Carla en manos de ningún alemán.

—Su vida está en manos de las SS.

—Comprendo que tú confíes en él... pero yo... yo no puedo hacerlo.

Amelia asintió, pensativa. Comprendía a Vittorio. Su tío también sentía aquella misma aversión hacia el barón y nada de lo que ella le había dicho sobre él había servido para disipar su desconfianza.

—Yo no dudaría en poner mi vida en manos de Max. Él me rescató de Pawiak en Varsovia, un lugar en el que... algún día te contaré por lo que tuve que pasar. Por eso haré cualquier cosa con tal de sacar a Carla de dondequiera que la tengan las SS. Fue el coronel Ulrich Jürgens quien hizo que me detuvieran, de manera que conozco bien de lo que es capaz. Si no hubiese sido por Max, no sé qué habría sido de mí.

—El barón y tú... bueno, él te aprecia, pero ¿por qué habría de hacer nada por Carla?

—Porque no es un nazi y porque aborrece tanto como nosotros a los hombres de las SS.

—Amelia, ¡eres tan ingenua! No dudo de que el barón Von Schumann sea un buen hombre y que, por su origen aristocrático, sienta aversión por esos brutos de las SS, pero combate con ellos, hombro con hombro, por los mismos fines, y, como ellos, ha jurado lealtad a Hitler. A veces la conciencia va por un lado y la conveniencia por otro.

—Te equivocas con respecto a Max, pero sé que no puedo convencerte. Al menos déjame pedirle que se interese por Carla, no le diré ni una palabra de su colaboración con los partisanos.

—Si te limitas a explicarle que la han detenido para ver si puede hacer algo..., está bien.

Vittorio la invitó a cenar en un restaurante cercano a la piazza del Popolo. Se interesó por su estancia en Madrid y por cómo estaba gobernando Franco, y ella se explayó contándole cuánto le dolía no poder estar con su pequeño hijo.

Max fue a visitarla dos días más tarde. Era domingo y a pesar de que el invierno pujaba por abrirse paso, lucía un tibio sol. El militar parecía feliz de estar en Roma y fueron paseando hasta la piazza Venecia.

—Mira, desde esa ventana el Duce enardecía a sus partidarios —le explicó Amelia a Max—. Si quieres, podemos continuar hasta los Foros.

—¿Qué te preocupa, Amelia? —preguntó Max.

—Han detenido a Carla.

—¿Y no me lo has dicho hasta ahora? Llevamos una hora andando hablando de banalidades.

—No sabía cómo decírtelo.

—Es muy sencillo, ¿es que ahora no sabes cómo hablar conmigo?

—Perdona, Max, es que... Vittorio... en fin... él no quería que te dijera nada. Desconfía de todos los alemanes.

—No le puedo culpar por eso, pero él me conoce.

—Aun así... tiene miedo. El coronel Ulrich Jürgens tiene a Carla.

—Ayer supe que Jürgens estaba aquí... de haberlo sabido no te habría insistido para que vinieras, y ahora me dices que ha detenido a Carla...

Max se quedó callado. Temía por Amelia y más aún ahora que le había dicho que habían detenido a Carla.

—¿Por qué la han detenido?

—Ella se dirigía a Suiza y la pararon cerca de la frontera. Iba con su chófer, un hombre mayor, no llevaba mucho tiempo con ella. Le había dado trabajo por mediación de unos amigos. Al parecer, el hombre había estado al servicio del Duce. Pero tuvo miedo después de la detención de Mussolini y aunque regresó con él cuando el Duce volvió para proclamar la República Social Fascista de Saló, prefería jubilarse y tener una vida más tranquila. El hombre temía que si las cosas le volvían a ir mal al Duce en Italia, él podría ser acusado de fascista por haber trabajado con Mussolini; de manera que, como tenía algún dinero ahorrado quería ir a Suiza a emprender una nueva vida. Y Carla era un medio idóneo para llegar hasta allí.

—¿Quieres hacerme creer que Carla ayudaba de buen grado a un fascista? ¿Por qué me engañas, Amelia? ¿Acaso no merezco tu confianza? Prefiero el silencio a que me mientas.

Ella bajó la cabeza, avergonzada. Confiaba en Max y sabía que era incapaz de un comportamiento indigno.

—Vittorio no confía en ti.

—Eso ya me lo has dicho, pero ¿y tú?

—No sé mucho más de lo que me ha dicho Vittorio. Al parecer, ese hombre no era tan afecto al Duce como aparentaba y quería ir a Suiza porque tenía cierta información.

—Y por eso Carla le ayudó. ¿Tanto te costaba decirme la verdad?

—Lo siento, Max.

—Soy yo quien siente el que no confíes en mí —respondió él con un rictus de amargura.

—No trataba de engañarte —insistió ella.

—No te excuses, Amelia, comprendo que tienes un conflicto de lealtades.

—Por Dios, Max, yo confío en ti, ¡te debo la vida!

—Pero ni tu familia ni tus amigos creen que yo sea una persona decente y no tienes manera de convencerles de lo contrario.

Amelia comenzó a llorar. Se sentía mezquina por no haberle dicho la verdad.

—¡Vamos, no llores!

—¡Es que me avergüenzo de no haberte contado toda la verdad! Tienes razón al reprocharme mi comportamiento.

Le secó las lágrimas con su pañuelo, luego la miró fijamente antes de hablar.

—Quiero que me prometas una cosa, Amelia; piénsatela bien antes de responder.

—Sí… sí… lo que quieras…

—No, piénsalo, porque yo no soporto la doblez. Y si me prometes cumplir lo que te voy a pedir, deberás hacerlo sean cuales sean las circunstancias.

—Lo que tú quieras. Dime qué quieres que te prometa.

—Que nunca más me vas a mentir, que antes te quedarás en silencio que traicionarme, que me dirás con la mirada que no me puedes decir más, pero que no me engañarás.

—Te doy mi palabra, Max.

—Está bien, te creo. Y ahora cuéntame cuanto puedas sobre lo que le ha pasado a Carla.

Salvo que Carla colaboraba abiertamente con los partisanos y que su profesor de música era un dirigente comunista, Amelia le contó a Max buena parte de lo que le había explicado Vittorio, y le pidió que hiciera lo posible por obtener noticias sobre su amiga.

—No será fácil, ya sabes cuánto me odia Ulrich Jürgens. Además, temo por ti; ahora me arrepiento de haberte traído a Roma. Deberías regresar a España antes de que Jürgens decida hacer algo contra ti.

—¿Más de lo que me hizo en Varsovia?

—Para él aquello fue una derrota, no me ha perdonado que yo te pudiera sacar de Pawiak. No quería que te ahorcaran, se regodeaba pensando en cuánto sufrías en aquella prisión. Hará cualquier cosa con tal de hacernos daño.

—¿Sabes por qué te odia Jürgens?

—Él sabe que no me gustan las SS, y que no comparto lo que está haciendo Hitler —respondió Max.

—No, no te odia por eso. Te odia porque eres todo lo que él no es. Un caballero, un aristócrata, un miembro de una familia poderosa, educado en los mejores colegios de Europa, convertido en un médico importante.

—Y también me odia porque te tengo a ti, Amelia, eso es lo

que realmente me envidia, que jamás podrá tenerte. Por eso debes regresar a España, o hará lo imposible por destruirnos.

—No puedo hacerlo, Max, no antes de hacer algo por Carla.

—Me será más fácil actuar si tú no estás aquí.

—Carla ha sido como una segunda madre para mí y no puedo abandonarla. Además, Vittorio está deshecho y me necesita.

—Si te quedas, Jürgens intentará algo contra ti... Por Dios, Amelia, ¡no te pongas en peligro!

—Tengo que quedarme, Max, no puedo dejar a Carla. Ella no me abandonaría.

Max prometió indagar discretamente sobre el paradero de Carla Alessandrini.

—Aunque puedo empeorar su suerte cuando el coronel Jürgens sepa que me intereso por ella.

—¿Sabe que estás aquí?

—Sin duda, y lo que temo es que sepa que tú también estás en Roma.

Amelia aguardó hasta el martes para acercarse a la iglesia de San Clemente. Vittorio le explicó cómo llegar, y ella optó por ir caminando.

En el interior de la iglesia había varias mujeres rezando. No se fijaron en la recién llegada y ella tampoco les prestó atención. Buscó los confesionarios; como no había nadie en ellos, se sentó a esperar intentando rezar. Pero no podía, estaba demasiado nerviosa y ansiaba ver al padre Müller.

Aún tuvo que esperar media hora más hasta que le vio aparecer conversando con otro sacerdote, que también se dirigió a uno de los confesionarios.

Iba a levantarse cuando una mujer se le adelantó arrodillándose frente el confesionario donde estaba el padre Müller. Amelia aguardó impaciente hasta que la mujer terminó su confesión.

—Ave María Purísima.

—Sin pecado concebida.

—Rudolf, soy Amelia.

—¡Amelia! ¡Dios santo, qué haces aquí!

Ella le contó lo que había sido de su vida desde la última ocasión en que se vieron, así como el motivo de su viaje a Roma. Él le puso al tanto de la situación de Carla.

—Es una mujer extraordinaria, muy valiente, no imaginas a cuántas personas ha ayudado a salir de Roma. Sobre todo judíos.

—¿Qué podemos hacer? Tenemos que ayudarla.

—No es posible hacer nada, la tienen presa las SS. Lo único que sé es que está viva. Las SS no dejan que los sacerdotes visiten a los presos, salvo cuando los van a ahorcar. Un amigo estuvo en la prisión la semana pasada asistiendo en sus últimos momentos a varios condenados. Por él he sabido que Carla continúa viva, aunque al parecer está en muy mal estado, la han torturado con saña.

—Tenemos que sacarla de allí.

—¡Imposible! Ya te he dicho que la tienen las SS.

—¿Conoces a Marchetti?

—¿El profesor de canto de Carla? Sí, le conozco, Carla nos presentó. Nos hemos ayudado mutuamente. Yo le he conseguido algunos pasaportes y él ha colaborado sacando de Roma a pequeños grupos de judíos.

—¿Sabes dónde puedo encontrarle?

—Siempre contactábamos a través de Carla, aunque en alguna ocasión, si se veía muy apurado, venía directamente aquí, a San Clemente. Una vez me dio una dirección donde escondió a una familia judía hasta poder sacarlos de Italia. Pero no sé si continuará siendo un lugar seguro. Allí vivía una mujer con la que ni siquiera intercambié una palabra. Nos abrió la puerta, hizo pasar a los fugitivos y casi me empujó para que me fuera. Pero ¿y Vittorio? El marido de Carla tiene que saber cómo localizar a Marchetti.

—No, no lo sabe. Marchetti no ha vuelto por su casa, ni nadie responde al teléfono de su academia de canto en Milán. Vive en la clandestinidad.

—Entonces, probemos en esa dirección de la que te he hablado, aunque no creo que ni Marchetti ni nadie pueda hacer nada por Carla.

—¡No digas eso, Rudolf!

—¿Crees que no siento tanto como tú lo que le pueda pasar? Yo también la quiero.

Acordaron ir juntos a la dirección donde quizá pudieran decirles algo sobre el paradero de Marchetti.

—Pero ahora, vete, vete y regresa a las siete.

La casa estaba situada en via dei Coronari, justo al lado de la piazza Navona. Subieron las escaleras con paso rápido, temiendo encontrarse con algún vecino que les preguntara adónde iban.

El padre Müller golpeó con los nudillos suavemente la puerta, tal como le habían indicado que lo hiciera la vez que acompañó a aquella familia judía. Aguardaron impacientes sin escuchar un solo ruido, y ya se iban a marchar cuando la puerta se entreabrió. Un rostro de mujer se dibujó en la penumbra.

—¿Qué hace aquí? —preguntó al padre Müller.

—Permítanos pasar.

—No tendría que estar aquí.

—Lo sé, pero… ¡por favor, déjenos pasar y se lo explicaré!

La mujer pareció dudar, luego quitó la cadena que le servía de cerrojo y abrió la puerta.

La siguieron por un pasillo oscuro que daba a un salón donde no cabía un mueble más. Una lámpara de pie apenas iluminaba la estancia y Amelia tardó en ver el rostro de la mujer. Tendría unos cincuenta años. Morena, de mediana estatura, con el cabello recogido en un moño. Vestía una falda negra y un jersey gris, y no llevaba ningún adorno.

—Me ha puesto en peligro viniendo aquí —reprochó la mujer al sacerdote.

—Lo siento, pero tengo que encontrar a Marchetti y no sé cómo hacerlo.

—¿Y pretende que yo le diga dónde encontrarle? —respondió con ironía.

—Si no puede decirnos cómo hacerlo, al menos podrá ponerse en contacto con él y decirle que necesito verle con urgencia.

—Ya me lo ha dicho, ahora márchense.

—Necesitamos que nos ayude a...

La mujer levantó la mano para que el padre Müller no continuara hablando.

—No quiero saberlo. Cuanto menos sepamos los unos de los otros y de las operaciones que tenemos encomendadas, menos peligro correremos. Usted ya ha roto una regla presentándose aquí. No sabía si esta casa continuaba siendo segura o había sido descubierta por las SS. Ha corrido un riesgo innecesario.

—No tenía otra opción.

—En todo caso, no vuelva por aquí. Procuraré que llegue su mensaje, pero no le aseguro cómo ni cuándo, ni si querrán responder. De manera que si no recibe noticias no se impaciente, y sobre todo no vuelva, ¿me ha entendido?

—Sí, desde luego.

Salieron de la casa con paso apresurado y no intercambiaron palabra hasta llegar a la calle.

—Ni siquiera me ha mirado —dijo Amelia.

—Prefiere no ver ni oír lo que no le han ordenado que vea u oiga. No es fácil vivir en la clandestinidad, Amelia.

—Dime, Rudolf, ¿cuánta gente sois en tu organización?

—¿Mi organización? ¡Ojalá tuviera una organización! No me has entendido bien. Llegué a Roma con la recomendación de mi obispo para trabajar en la Secretaría de Estado. El hecho de que además de alemán, hablo inglés, francés, algo de polaco y un poco de ruso, supongo que me ayudó a que me dieran un puesto de rango menor. Soy un simple oficinista. No tengo ninguna responsabilidad. Por mis manos no pasan secretos, ni documentos importantes. Al poco de llegar me enviaron a San Clemente dos días por semana a confesar. De eso nos encargamos dos sacerdotes, a veces termino yo antes, y otras él. Un día, confesando, me dieron más de las ocho, y cuando terminé y fui a la sacristía, me encontré allí escondidos a un hombre acompañando a una mujer y dos niños pequeños. El hombre se presentó como el doctor Ferratti, médico cirujano, y me explicó que había tenido refugiados en su casa a aquella mujer y a sus dos hijos, a su marido hacía tiempo que lo habían deportado a Alemania.

»Me dijo que esa tarde se había producido una redada en su barrio y me suplicó ayuda. Y les ayudé. No sabía dónde esconderles, así que se me ocurrió abrir el portillo que da al subterráneo del templo. Es del siglo I y no está en buen estado, pero ¿qué podía hacer? El párroco de San Clemente me había advertido de que no se me ocurriera meterme por el pasadizo porque cualquiera sabía con qué nos podíamos encontrar. Al parecer, en la Antigüedad hubo un templo dedicado al dios persa Mitra. Y no ha sido hasta el siglo pasado cuando un dominico irlandés, el padre Mullooly, descubrió que abajo había otra iglesia y comenzó a desescombrar. Hasta allí conduje a la mujer y a sus dos hijos. Temblaban de miedo y de frío. Al caminar oímos el sonido del agua, porque hay un manantial en el subsuelo. Los acomodé lo mejor que pude; afortunadamente el doctor Ferratti llevaba una bolsa con comida y un par de mantas, yo aporté unas cuantas velas.

»"Quédense aquí hasta que encuentre la manera de sacarles de Roma y enviarles a Lisboa, desde allí pueden intentar llegar a América. No será fácil, pero quizá lo logren", les dije. Los niños comenzaron a llorar y su madre no sabía qué hacer para calmarlos.

»El doctor Ferratti me explicó que vivía muy cerca de San Clemente, en la esquina de la piazza di San Giovanni in Laterano, y que se sentía en la obligación de ayudar a sus semejantes. Entre sus vecinos había algunas familias de judíos; algunos habían sido detenidos por las SS y trasladados a Alemania; otros sobrevivían escondidos en las casas de buenos cristianos que no estaban dispuestos a colaborar con los nazis.

»Ferratti y dos médicos más se habían organizado para ayudar y prestar asistencia a los judíos que permanecían ocultos. Les cambiaban de casa para no comprometer demasiado a las familias que los acogían, incluso habían logrado pasar a algunos de ellos a Suiza.

»Como puedes suponer, me comprometí de inmediato a ayudarles en cuanto hiciera falta. Carla nos echó una mano siempre que pudo escondiendo a gente en su casa y ayudando a trasladar a alguna familia hasta Suiza.

—¡Pero era una temeridad pasar la frontera en coche! —exclamó Amelia.

—No, no les trasladaba en su coche, eso habría sido muy peligroso. La relación de Carla con los partisanos nos ha permitido trasladar a algunas familias a través de la montaña. Sólo en primavera y verano, pues en invierno hubiera resultado imposible. Aun así, esa opción siempre ha sido la más peligrosa porque se trataba de familias, de mujeres y niños. La verdad es que la mayoría de las familias a las que estamos ayudando continúan en Roma; ya te he dicho que les trasladamos de casa en casa, a veces utilizamos los sótanos y los subterráneos olvidados como los de San Clemente. También utilizamos las catacumbas que hace veinte siglos cobijaron a los cristianos.

—¿Las catacumbas? Pero no serán un lugar seguro, todo el mundo sabe dónde están.

—No, no lo creas. Tengo un buen amigo en el Vaticano, Domenico, es un jesuita que trabaja en los Archivos; es arqueólogo y conoce bien el subsuelo de esta ciudad. Roma aún guarda muchos secretos. Te lo presentaré, estoy seguro de que te gustará.

—¿El Vaticano no puede hacer nada por Carla?

—Las relaciones con Alemania no son precisamente buenas. No sabes cuántas dificultades tiene que afrontar el Papa.

—De manera que tu grupo lo forman tres médicos y dos curas, no es mucho —se lamentó Amelia.

—No imaginas lo activas y valientes que son algunas monjas. El doctor Ferratti también tiene amigos que en ocasiones nos echan una mano, pero no podemos pedir a la gente que sean héroes, porque si las SS los detuvieran... no hace falta que te diga lo que les sucedería.

—Tenemos que salvar a Carla —insistió de nuevo ella.

Vittorio estaba preocupado por Amelia. Había pasado toda la tarde fuera y cuando llegó acompañada por el padre Müller, ya era la hora de cenar.

—Avísame cuando te retrases, he llegado a pensar que te había pasado cualquier cosa.

Sin embargo era Amelia quien estaba cada día más preocupada por Vittorio. El marido de Carla apenas comía, padecía insomnio y su actividad era frenética: llamaba a la puerta de cuantos amigos influyentes habían tenido en el pasado para suplicarles que hicieran algo por Carla. Pero nadie quería comprometerse; algunos incluso empezaron a evitarle. Se rumoreaba que Carla Alessandrini iba a ser juzgada por alta traición.

Si no hubiera sido por su preocupación por Carla, Amelia se habría sentido feliz en Roma. Max pasaba con ella todo su tiempo libre, y ambos se sentían enamorados como en sus mejores días de Berlín y Varsovia.

El barón se interesó por Carla Alessandrini ante sus superiores, quienes le recomendaron olvidarse de la diva puesto que estaba en manos de las SS. Aun así, logró que le confirmaran que aún estaba viva.

Una noche en la que el gobernador militar de Roma ofrecía una recepción a los oficiales del Alto Mando alemán, a los miembros del Cuerpo Diplomático y a todo aquel que era alguien en la Roma ocupada, Max insistió a Amelia para que le acompañara. Ella dudó, le repugnaba tener que estrechar las manos de aquellos hombres que a su paso sembraban miseria, muerte y destrucción, pero pensó que a lo mejor tenía la oportunidad de saber algo sobre Carla.

Aquella noche de diciembre llovía y hacía frío. De camino a la fiesta, Amelia pensó en que pronto sería Navidad y en que había prometido a su familia que para esa fecha estaría en España, pero sabía que ya no podría cumplir su palabra, no mientras pudiera hacer algo por Carla.

Se alegró de volver a ver al comandante Hans Henke, el ayudante de Max.

—Coronel, creo que no ha sido una buena idea traer aquí a la señorita Garayoa —dijo el comandante Henke nada más verla.

—Pues yo creo que ha sido una gran idea —respondió Max, contento de tener a Amelia a su lado.

—Fíjese en quién está —susurró Hans Henke señalando discretamente a un grupo de oficiales de las SS que hablaban al fondo del salón.

Aunque estaba de espaldas, Amelia reconoció en el acto a Ulrich Jürgens y sintió una oleada de odio que la hizo enrojecer.

—Lo siento, Amelia, no pensaba que coincidiríamos con él, de ser así no habríamos venido. Me aseguraron que Jürgens llevaba unos días en Milán.

—Ha adelantado su regreso esta misma noche —respondió el comandante Henke.

—Lo mejor es que nos marchemos discretamente. Hans tiene razón, sería una temeridad que Jürgens te viera.

Iban a salir del salón cuando el coronel Ulrich Jürgens se dirigió hacia ellos. Momentos antes, otro oficial de las SS había alertado a Jürgens sobre la presencia de Max von Schumann y Amelia Garayoa.

Jürgens les cortó el paso con un par de copas de champán en la mano.

—¡Vaya, vaya, mi vieja amiga la señorita Garayoa! ¿No pensará irse sin brindar conmigo por este feliz reencuentro? —dijo, tendiendo una copa a Amelia e ignorando a Von Schumann.

—Apártese, Jürgens —le conminó Max mientras cogía el brazo de Amelia.

—Pero, barón, ¡si acaban de llegar a la fiesta! ¿Un caballero como usted va a desairar a los anfitriones marchándose antes de la cena?

—Déjenos en paz, Jürgens —insistió Max.

De repente se vieron rodeados por un grupo de jefes y oficiales de las SS.

—Barón, ¿nos presenta a esta bella señorita? —pidió uno de los militares con una sonrisa irónica.

—No puede reservársela para usted solo, al menos permítanos intentar que nos conceda algún baile —continuó diciendo otro.

—Hemos oído hablar mucho sobre la señorita Garayoa, tenemos entendido que es una vieja conocida del coronel Jürgens —apuntó otro.

Amelia sentía todo su cuerpo rígido y notaba que la voz se le había paralizado en la garganta. No había pensado que el destino la volviera a colocar ante aquel hombre que la había torturado personalmente. Aún retumbaban en sus oídos las risotadas del coronel Jürgens cuando ella se retorcía de dolor y de vergüenza cuando él se complacía en arrancarle la ropa para contemplar su desnudez antes de torturarla.

Max apartó a uno de los oficiales tirando de Amelia hacia la salida, pero la suerte no estaba de su parte aquella noche, ya que en ese preciso momento el jefe de su división se acercó al grupo acompañado de otros dos generales y le pidió a Max que les acompañara un momento.

—No le distraeremos mucho tiempo, sólo será una consulta, coronel. Dejemos a estos caballeros al cuidado de la señorita.

—Lo siento, general, pero ya nos íbamos, la señorita no se encuentra bien —respondió Max.

—¡Vamos, sólo será un momento! Coronel, encárguese de

atender a esta señorita mientras conversamos con el barón Von Schumann.

Amelia se quedó frente a frente con su verdugo, y cuando Jürgens le tendió la mano, ella se la apartó con brusquedad.

—¡No se atreva a rozarme!

—Pero, querida, ¡si en el pasado he hecho algo más que rozarla! ¿A qué vienen tantos remilgos?

Sus compañeros de las SS rieron la respuesta de Jürgens y a una señal suya se retiraron dejándole solo con Amelia.

—No debería ser tan arisca conmigo, ya sabe que los hombres despechados son capaces de cualquier cosa —declaró el oficial con sarcasmo.

—¿Qué quiere, Jürgens?

—¡Oh, usted ya lo sabe! ¿Hace falta que le diga que quiero tener lo mismo que tiene el barón Von Schumann? ¿Por qué no se muestra igual de cariñosa conmigo que con él? Le aseguro que yo sería más generoso con usted de lo que lo es el barón Von Schumann. Él sólo le ofrece amor, yo le ofrezco el mundo entero, compartir conmigo la gloria del Reich.

—¡Si supiera cuánto me repugna su mera presencia!

—Su resistencia hacia mí la hace más atractiva.

—¡Nunca, Jürgens! ¡Nunca me tendrá, aunque me volviera a torturar!

—Si usted hubiese sido más complaciente, yo habría pasado por alto su pecadillo: ¡ayudar a aquellos pobres desgraciados! ¡Nunca entenderé por qué se unió a aquel grupo de polacos empeñados en ayudar a los judíos!

—No, claro que no puede entenderlo, está fuera de su alcance poder entenderlo.

—¿Sabe?, no sé por qué, pero me siento tan atraído por usted… nunca me han gustado las mujeres tan delgadas. Es más atractiva su amiga Carla Alessandrini, al menos tiene formas de mujer, usted sin embargo tiene un aspecto tan frágil…

—¡Es usted repugnante! ¿Qué le ha hecho a Carla?

—¡Ah! ¡Su amiga es una traidora! Debería tener cuidado de

no tener tratos con traidores, ya sabe lo que les pasa cuando les alcanza la justicia del Reich.

El coronel Ulrich Jürgens la miró con dureza. Luego la agarró de la mano y se la apretó hasta hacerle daño.

—Si se resiste a mí, ya sabe las consecuencias. ¿Por qué no se evita problemas? Esta vez no seré tan benévolo como en Varsovia.

Amelia no pudo contenerse y le dio una patada en la espinilla intentando escapar. Pero no lo consiguió. Jürgens la sujetó con fuerza del brazo y se lo retorció.

—Si se empeña en declararme la guerra, ¡así será! —respondió él con los ojos llenos de furia y una sonrisa maligna.

Al final consiguió soltarse y corrió en busca de Max.

—¿Qué ha pasado? —preguntó el barón.

Amelia le contó la escena y las amenazas de Jürgens.

—¡Es un miserable, un canalla!

De regreso a casa Amelia no dejaba de temblar. Temía las amenazas de aquel sádico.

—Tranquilízate. Está decidido, regresas a España. No quiero que permanezcas en Roma estando Jürgens aquí. Mañana me encargaré de buscarte un billete de avión para Madrid. Procura no salir de casa de Vittorio a no ser que yo vaya a buscarte, incluso sería mejor que no vieras ni siquiera al padre Müller.

—No quiero irme, no puedo dejar solo a Vittorio.

—Amelia, no permitiré que te quedes en Roma, dentro de dos días tengo que marcharme a visitar nuestras tropas; estaré en el norte, y no quiero ni pensar de lo que sería capaz Jürgens.

Pero Amelia sí sabía de lo que era capaz el coronel Jürgens, aunque no se lo dijo. No quería recordar los meses pasados en Pawiak, a pesar de que cada noche regresaban en forma de pesadillas.

Vittorio se mostró de acuerdo con el barón Von Schumann y pidió a Amelia que regresara a España.

—Querida, aquí no puedes hacer nada salvo acompañarme. Tienes una familia que te espera y dentro de unos días es Navidad.

No hubo forma de convencerla, de manera que Max von Schumann se fue a Milán, temiendo lo que pudiera suceder en su ausencia.

9

Dos días antes de Nochebuena, el padre Müller se presentó de improviso en casa de Vittorio para ver a Amelia.

—Marchetti me ha mandado recado de que está dispuesto a verte —dijo en voz baja.

—¿Cuándo? —preguntó nerviosa.

—En Nochebuena, durante la Misa del Gallo, en San Clemente. Se confundirá con los fieles. Corre un gran peligro porque han puesto precio a su cabeza.

Amelia no durmió aquella noche pensando en lo que le diría a Mateo Marchetti, aquel hombre que cuando le conoció le pareció un profesor de canto inofensivo, pero que había resultado ser uno de los jefes de la Resistencia.

El 24 de diciembre amaneció frío y nublado, al igual que su estado de ánimo. Pensaba en su familia, los imaginaba preparando la cena de Nochebuena. Quizá el marido de Melita les habría llevado una buena cesta con comida con la que aliviar la precaria situación de la familia.

Decidió escribirles una carta; aún no había terminado cuando Vittorio entró sin llamar a la puerta, pálido y temblando.

—¿Qué sucede? ¿Qué te pasa? —Amelia se puso de pie agarrando a Vittorio, que parecía estar a punto de caerse.

—La radio… lo acaba de decir la radio. —El hombre comenzó a llorar abrazándose a Amelia.

—¡Vittorio, cálmate! ¡Dime qué has escuchado en la radio!

Pero él no podía hablar, y los sollozos se convirtieron en gritos desgarrados.

—¡Dime qué sucede! ¡Por favor, dímelo! —suplicó Amelia, que apenas podía sostener el cuerpo desmadejado de Vittorio, que permanecía abrazado a ella.

—La han matado —alcanzó a decir él.

Amelia quiso chillar, pero de su garganta sólo salió un grito ahogado. Sintió el sabor salado de las lágrimas en la comisura de los labios y abrazó a Vittorio con toda la fuerza que fue capaz de encontrar.

—¡La han matado! ¡La han matado! —gritó Vittorio.

Logró llevarle hasta una silla y llamar a una criada para que trajera un vaso de agua. Para entonces la casa entera ya se había enterado de la desgracia. Todos lo habían escuchado en la radio. El locutor no había dejado lugar a dudas: «Esta madrugada ha sido ahorcada en la cárcel de mujeres, por delito de alta traición, la diva del bel canto Carla Alessandrini».

Los criados cuchicheaban nerviosos mientras Amelia intentaba tomar las riendas de aquella situación.

No podía quedarse sentada y llorar hasta que se le acabasen las lágrimas, no podía permitirse el lujo de dejarse llevar por el dolor. Tenía que encargarse de Vittorio y tenía que decidir qué hacer.

¿Se presentarían las SS en la casa? ¿Debería acompañar a Vittorio a reclamar el cuerpo de Carla? No sabía qué hacer. Pero la llegada del padre Müller la alivió algo.

—¡Lo siento tanto! —dijo el sacerdote al abrazar a Vittorio, que no dejaba de llorar y sufría convulsiones.

—¿Qué debemos hacer? —le preguntó ella con un hilo de voz.

—No lo sé, preguntaré. La familia tiene derecho a que le entreguen el cuerpo. Pero ni siquiera os avisaron de que la habían juzgado y condenado a muerte.

—¿Juzgado? Aquí no hay justicia, las SS no saben lo que es justicia, sólo asesinan. Y han asesinado a Carla.

—¡No sé cómo han podido hacerlo precisamente el día de Nochebuena! —se lamentó el padre Müller.

—¿Crees que para ellos significa algo la Nochebuena? No seas ingenuo, Rudolf, los nazis no creen en nada, lo sabes bien. Carecen de piedad, de compasión. No son humanos.

—¡No digas eso, Amelia!

—¿Crees que lo son? —respondió ella con dureza.

Fueron muy pocos los amigos de Carla que llamaron por teléfono para dar el pésame, y muchos menos los que se atrevieron a presentarse en la casa para dar consuelo a Vittorio. Todos tenían miedo de ser señalados como amigos de una mujer ahorcada por alta traición.

Todos aquellos que meses antes mendigaban una mirada de la diva, ahora temblaban en sus casas rezando para que las SS no les relacionaran con ella. Si se habían atrevido a ahorcar a la mujer más querida de Italia, ¡qué no serían capaces de hacer!

Vittorio estaba hundido, incapaz de tomar ninguna decisión, de manera que fueron Amelia y el padre Müller quienes decidieron telefonear al abogado de Carla para preguntarle qué debían hacer. El hombre se mostraba remiso a dar ninguna recomendación, pero Amelia no le dejó opción.

—Usted debería haber informado a don Vittorio de que se había celebrado un juicio y… y de lo que iba a pasar.

—Le aseguro que no lo sabía. Don Vittorio Leonardi sabe que he cumplido con mi obligación como abogado, no he dejado de interesarme por la situación de su esposa, de Carla Alessandrini. Pero ¿es que cree usted que las SS se atienen a los procedimientos legales? No me han permitido verla durante todo el tiempo que ha estado detenida. Se negaban a decirme cuáles eran los cargos por los que la retenían. Yo... yo me he enterado de lo sucedido por la radio, y le aseguro que estoy desolado.

—Bien, pues acuda a la cárcel y hágase cargo de todos los trámites para recuperar el cuerpo de Carla y para que la podamos enterrar cristianamente.

—¿Yo? No... no lo creo oportuno. Debería ser el esposo, don Vittorio Leonardi, quien fuera a reclamar el cuerpo.

—Usted viene percibiendo una remuneración importante por llevar los asuntos de la familia.

El abogado se quedó en silencio. Quería desvincularse de Carla, de Vittorio, de cualquiera que pudiera relacionarle con ellos. Se olvidó de que era un recién licenciado en leyes cuando conoció a Carla en el despacho de un gran abogado donde él hacía de pasante, y cómo le cayó en gracia a la diva y terminó siendo su abogado, su hombre de confianza. En un segundo renegó de todos aquellos años compartidos con la diva y su marido, de aquellas fiestas de Carla donde se codeaba con la alta sociedad italiana, con todas aquellas *principessas* arrogantes, algunas de las cuales se habían convertido en sus clientas, de las oportunidades de negocios a través de aquellos empresarios entusiastas del bel canto que nada le negaban a su musa.

Sí, él se había enriquecido gracias a Carla Alessandrini, ella le había sacado de la nada convirtiéndolo en un abogado importante; pero ahora ella estaba muerta, la habían ahorcado por alta traición y él sentía que su lealtad debía ser para consigo mismo y para con su familia. ¿A quién serviría si a él también lo ahorcaran?

—Le esperamos, no tarde —le ordenó Amelia, intentando imprimir a su voz una firmeza que no sentía.

—Un día de éstos me pasaré a dar el pésame a don Vittorio; en cuanto al testamento, bueno, él sabe lo que hay que hacer.

—No vendrá —anunció Amelia al padre Müller.

—Iré yo —se ofreció el sacerdote.

—¿Tú? ¿En calidad de qué?

—De confesor de Carla, de representante de la familia, del cura que quiere darle cristiana sepultura.

—Ten cuidado, Rudolf.

Él se encogió de hombros. No es que no tuviera miedo, lo tenía, pero sentía que su ministerio le obligaba a plantar cara al mal y el nazismo se le antojaba que era la personificación del mal; de manera que decidió actuar según los dictados de su conciencia aunque eso pudiera costarle la vida.

Vittorio insistió en que le llevara el chófer de la familia, y él aceptó.

El padre Müller regresó a mediodía con el cuerpo de Carla. No les explicó cuánto se había tenido que humillar para conseguir el cadáver de Carla, que él mismo subió en brazos hasta la casa.

Vittorio se desmayó cuando vio aquel bulto envuelto en un pedazo de lona, sabiendo que era el cuerpo de su esposa. Amelia no le permitió verla, y con la ayuda de Pasqualina, la modista de Carla, una de las pocas personas que habían acudido a mostrar su pesar, preparó el cadáver de su amiga para que recibiera cristiana sepultura.

La vistieron con uno de sus mejores trajes, y la envolvieron con el chal de visón blanco que tanto le gustaba. Cuando la colocaron en la caja, no dejaron que nadie la viera. No querían que recordaran el rostro de una ahorcada sino el de la mujer hermosa que había sido. Ni siquiera se lo permitieron a Vittorio.

Tendrían que esperar hasta el 26 de diciembre para enterrarla, no era posible hacerlo en Navidad.

Caída la tarde, el padre Müller regresó al Vaticano.

—No creo que debas ir esta noche a San Clemente. Marchetti habrá escuchado la noticia por la radio y no irá.

—Puede que sí vaya, y yo necesito hablar con él.

—¿Para qué? Ya no podemos hacer nada por Carla.

—Sí, yo sí que puedo.

El sacerdote la miró preocupado pensando qué se le habría podido ocurrir a Amelia.

—Está muerta, sólo podemos rezar por ella.

—Reza tú, yo ya lo haré.

—Aún no has llorado.

—¿De verdad lo crees? No me has visto las lágrimas, pero no he dejado de hacerlo.

—Amelia, velemos a Carla, recemos por ella y démosle sepultura. Es lo único que podemos hacer, lo único que Vittorio quiere que hagamos. Después, vete a casa, aquí no estás segura. Max tiene razón, el coronel Jürgens es capaz de todo.

—¿Sabes?, pienso que ha ordenado que la ahorcaran para hacerme daño, para demostrarme cuán poderoso es. Viviré con esa culpa el resto de mi vida.

—¡Qué cosas dices! A Carla la habían detenido mucho antes de que tú vinieras a Roma. Y todos sabemos lo que hacen las SS con sus prisioneros. Han querido dar una lección, que los italianos sepan que nadie tiene inmunidad, ni siquiera sus símbolos más queridos. Su asesinato no tiene nada que ver contigo.

—Pues yo creo que sí, que es la manera que tiene el coronel Jürgens de hacerme daño.

—La habría matado aunque tú no existieras. Carla era un mito y las SS han querido dar una lección a los italianos.

Pero Amelia estaba convencida de que el asesinato de Carla tenía que ver con el deseo innoble que Jürgens sentía por ella. Por eso a lo largo de todo el día, mientras lavaba el cadáver de Carla, fue trazando un plan que estaba decidida a llevar hasta el final.

El doctor Ferratti, el médico amigo del padre Müller, acudió a la casa a instancias de Amelia para que le diera a Vittorio algo que le permitiera dormir.

—Quiero velarla toda la noche, no quiero que se quede sola —dijo Vittorio entre lágrimas.

—No estará sola, estaré yo —le aseguró Amelia—, pero tú tienes que dormir, lo necesitas.

Amelia le convenció para que se quedara hasta pasada la medianoche y luego ella le relevaría hasta la madrugada.

—Quiero ir a misa, Vittorio, necesito rezar; cuando regrese de la Misa del Gallo, te irás a la cama, prométemelo.

El doctor Ferratti le entregó a Amelia un somnífero para Vittorio.

—Mañana vendré a verle —se comprometió el médico, desolado por la tragedia de aquella casa.

Los pocos amigos que habían acudido se fueron marchando. Era Nochebuena y a pesar de la pena que sentían por la pérdida de Carla, tenían familias, hijos a los que cuidar y ayudar a ser felices en una noche como aquélla.

Vittorio y Amelia se quedaron con la sola compañía de la modista de Carla. La mujer estaba viuda y sólo tenía una hija, casada tiempo atrás con un maestro de Florencia; de manera que disponía de todo su tiempo para llorar a la diva, con quien la había unido una amistad sincera.

Habían colocado el ataúd en medio del salón grande, aquél donde en tantas ocasiones Carla había organizado sus mejores fiestas.

A las once, Amelia se despidió de Vittorio y de Pasqualina, la modista.

—Cuide de don Vittorio, yo regresaré en cuanto termine la misa. Y si quieres, Pasqualina, puedes quedarte a dormir aquí, es tarde para que te vayas a casa.

—Me gustaría velar a la señora.

—De acuerdo, entonces quédate.

Al salir del portal sintió un escalofrío. Caminó despacio, intentando no llamar la atención de las pocas personas con las que se cruzaba y que, al igual que ella, llevaban los misales en la mano camino de alguna iglesia para participar en la Misa del Gallo.

Llegó a San Clemente a las doce en punto, cuando las campanas estaban dejando de sonar para llamar a los feligreses.

Se sentó en el último banco de la iglesia con todo el cuerpo en tensión intentando localizar a Mateo Marchetti. El padre Müller sólo le había dicho que el profesor de canto estaría en la iglesia. Esperaba que fuera él quien se acercara a ella o que alguien le diera alguna indicación. Siguió la misa como una autómata. Rezaba sin prestar atención, desviando la mirada por los bancos de la iglesia en busca de Marchetti.

Observaba a los feligreses intentando imaginar quiénes de ellos estarían con el partisano, pero todos le parecieron apacibles padres de familia celebrando la Nochebuena. La misa terminó y los fieles comenzaron a salir de la iglesia. Dudaba sobre qué debía hacer cuando sintió una presión en el brazo. Una mujer se había colocado a su lado, y sin decirle una palabra le indicó con la mirada que la siguiera. Salieron de la iglesia caminando la una junto a la otra, como si se conocieran, y Amelia la siguió durante un buen rato sin atreverse a preguntar. Luego la mujer se paró ante un portal que abrió con rapidez. Subieron sin hacer ruido hasta el primer piso.

Mateo Marchetti había envejecido, pero le seguían brillando los ojos con la misma intensidad que cuando le conoció en casa de Carla. Estaba sentado en la penumbra acompañado por tres hombres que parecían en estado de alerta.

—¿Para qué quería verme? —le preguntó sin ningún preámbulo.

—Lo que quería era que me ayudara a salvar a Carla.

—Eso era imposible. Estaba condenada desde el mismo día en que la detuvieron.

—¿Y fue usted quien la sometió a ese peligro?

—Usted la conocía, ¿cree que era capaz de asistir como espectadora a lo que está sucediendo? Ella quería tener un papel y lo tuvo, el más difícil y arriesgado de su vida. Fue muy valiente y salvó muchas vidas. La última misión era difícil. En realidad no tenía demasiadas posibilidades de éxito. Ella sabía lo que podía suceder.

—Fue una locura mandarla a Suiza para que llevara a ese criado del Duce.

—En realidad ella no llevaba a ese hombre, sino que sirvió de cebo.

—¿Qué quiere decir? —Amelia sintió que todos sus músculos se contraían.

—Los aliados necesitaban la información que pudiera darles ese hombre, de manera que montamos un operativo de distracción. Ella sabía que las SS la tenían en su punto de mira, sobre todo ese coronel Jürgens, que parecía obsesionado con ella. Organizamos el viaje de Carla con un hombre que se parecía mucho al criado del Duce, mientras que al verdadero lo sacamos del país por otra vía.

—¡La mandaron directa a la boca del lobo!

—Carla estuvo de acuerdo. Incluso se reía pensando en el chasco que se llevaría Jürgens al comprobar que el hombre que la acompañaba era un pobre zapatero. Un comunista, sí, pero no el hombre que buscaban. Jürgens se enfureció al comprobar el engaño y... bueno, el resto ya lo sabe.

—Todo el mundo cree que Carla llevaba al sirviente del Duce.

—Sí, eso hicieron creer los de las SS, y como comprenderá, no íbamos a desmentirles.

—La utilizaron —murmuró Amelia.

—No, no se engañe. Carla nunca hizo nada que no quisiera hacer. Nos ayudaba, sí, como también ayudaba a ese cura, al padre Müller, y negociaba con él y con nosotros para que colaboráramos. En fin, ya no hay nada que hacer.

—Sí, sí hay algo que hacer. —El tono de voz de Amelia despertó la curiosidad de Marchetti.

—Dígame qué es.

—Voy a matar al coronel Jürgens y necesito su ayuda.

El profesor de canto se quedó callado mirándola fijamente. Jamás había imaginado oír tales palabras de aquella joven delgada y frágil.

—¿Y cómo piensa matarle?

—Él... él quiere... quiere...

—... quiere acostarse con usted —dijo Marchetti, que había llegado a esa conclusión por el sonrojo de Amelia.

—Sí.

—¿Y no cree que desconfiará de usted precisamente ahora que acaba de ahorcar a su amiga? Jürgens puede desearla mucho, no lo dudo, pero es un hombre frío e inteligente. Sospechará de usted si de repente decide caer en sus brazos.

—Pero no dirá que no. Desconfiará, pensará que pretendo algo, incluso matarle, pero no me dirá que no. Necesito una pistola, es todo lo que necesito de usted.

—¿Una pistola? Lo primero que hará será mirar en su bolso.

—Quiero una pistola que pueda esconder entre mi ropa interior.

—La matará. Es imposible que no se dé cuenta.

—Sí, es probable, pero puede que tenga suerte y acabe yo con él antes.

—¿De qué servirá que le mate?

—Merece morir, es un asesino.

—¿Sabe cuántos asesinos hay como él?

—Si sale mal, el fracaso será mío; si sale bien, la Resistencia podrá decir que eso es lo que les sucede a quienes asesinan a los inocentes.

—Aunque llegara a conseguirlo, la detendrían. No podría escapar.

—Tengo un plan.

—Dígame cuál.

—Prefiero no decírselo. Sólo le pido una pistola, nada más.

—No puede salir bien.

Amelia se encogió de hombros. Estaba decidida a arriesgar su vida para acabar con la de Jürgens. Era una cuenta pendiente que tenía que saldar; se lo debía a Grazyna, a Justyna, a Tomasz, a Ewa, a Piotr, a todos sus amigos polacos, a Carla y también a ella misma.

—Vaya a confesarse a San Clemente dentro de tres días. Y ahora márchese. Olvídese de esta casa y de que me ha visto.

Marchetti hizo una seña a uno de los hombres que vigilaba la calle desde la ventana.

—No hay nadie, jefe.

Temblando de miedo, Amelia se enfrentó a la negrura de la noche, y caminando pegada a la pared y parándose cada vez que escuchaba algún ruido, llegó hasta la casa de Vittorio.

—¡Estaba preocupado por ti! Son las dos. Te podían haber detenido.

—Me perdí. Me quedé rezando después de la misa.

—¡No me engañes, Amelia! Sé que después de la Misa del Gallo cierran la iglesia.

—No te engaño, Vittorio, confía en mí. Y ahora déjame relevarte. Yo velaré a Carla.

—No, no puedo dejarla sola aquí.

—No estará sola. Necesitas descansar, mañana será un día muy largo.

—Es Navidad.

Amelia mandó a Pasqualina a por agua y luego le insistió a Vittorio para que tomara la píldora que le había traído el doctor Ferratti.

—Te ayudará a descansar.

—No quiero que Carla esté sola —insistió él.

—Yo estaré con ella, te lo prometo.

Luego también mandó a dormir a Pasqualina y se quedó sola en el salón. Fue entonces cuando rompió a llorar.

Enterraron a Carla la tarde del 26 de diciembre. Apenas veinte personas acudieron al sepelio. Si Carla hubiera fallecido de muerte natural antes de que comenzara la guerra, toda Italia se habría echado a la calle para llorarla. Pero la habían ahorcado por alta traición.

—Ella hubiera preferido que la enterraran en Milán. Allí tenemos un panteón.

—Algún día, cuando acabe esta guerra, la llevarás allí; ahora dejémosla descansar aquí —le consoló el padre Müller.

Mientras tanto, Max continuaba en Milán. Llamó a Amelia y le rogó que regresara a España.

—Siento tanto lo de Carla, sé lo que significaba para ti; pero, por favor, no te quedes en Roma. Ya sabemos de lo que es capaz ese maldito Jürgens.

—Te esperaré, Max.

—Es que... lo siento, Amelia, pero una vez que termine la inspección sanitaria de nuestras tropas aquí, he de ir a Grecia, me lo han comunicado esta mañana.

—¿A Grecia?

—Sí.

—¿Puedo ir contigo?

—¿De verdad querrías acompañarme?

—No me siento con ánimo de regresar a España.

—Primero puedes ir a ver a tu familia y después reunirte conmigo en Atenas.

—No, prefiero acompañarte.

—Corres peligro, Amelia. He hablado con algunos amigos y me aseguran que Jürgens está obsesionado contigo.

—No haré nada que me pueda poner en peligro.

—Prométemelo.

—Te lo prometo.

Naturalmente no pensaba cumplir la promesa. No le había dicho a Max que había recibido una invitación para asistir a un baile de Año Nuevo. Había llegado el mismo día en que ahorcaron a Carla, y Amelia ni siquiera se había fijado en ella. Era de Guido y Cecilia Gallotti, los conocidos de Vittorio que tan cercanos habían sido del yerno del Duce, y que tan amables habían sido con ella cuando Carla la invitó por primera vez a Roma. Incluso habían sido una excelente fuente de información; aún recordaba los informes que, gracias a las indiscreciones de la pareja, pudo enviar a Londres.

Además, Cecilia Gallotti había acudido al entierro de Carla para sorpresa de Amelia y del propio Vittorio.

El 28 de diciembre Amelia acudió a San Clemente y se dirigió al confesionario donde solía estar el padre Müller. En su lugar había otro sacerdote al que no llegó a ver la cara.

—Ave María Purísima.

—Sin pecado concebida. ¿Continúas decidida a seguir adelante?

La frase del sacerdote la sobresaltó. No era la voz de Marchetti. ¿Sería una trampa?

—Sí —respondió temerosa.

—En el suelo, a tu derecha, hay un paquete, cógelo. Espera, no te vayas todavía, sería una confesión muy corta. La pistola es pequeña, como habías pedido, también hay balas. Ten cuidado no te detengan camino de tu casa. Te cabe en el bolsillo del abrigo. Y ahora vete.

Amelia telefoneó a Cecilia Gallotti para confirmar su asistencia a la fiesta.

—¡Oh, querida, cuánto me alegro! La verdad es que no pensé que vinieras. Enviamos la invitación unos días antes de lo de Carla... pensábamos que a Vittorio le sentaría bien distraerse, pero ahora...

—No, él no irá, pero yo sí.

—Claro, claro, debes distraerte. ¡Lo de Carla ha sido tan terrible!

Amelia pensó en cómo Cecilia se refería al asesinato de Carla con el eufemismo de «lo de Carla». Sabía que Cecilia se había sorprendido al saber que iría a la fiesta y que lo comentaría con todas sus amigas. Esperaba que llegara a oídos del coronel Jürgens y que éste se presentara o se hiciera invitar por Guido Gallotti y su esposa.

Vittorio no se enfadó con ella cuando le dijo que asistiría a la fiesta de Año Nuevo.

—Ve y procura distraerte, no tiene sentido que te quedes aquí.

—Cuando... en fin... pronto comprenderás por qué he ido.

—¡Por favor, Amelia, no hagas nada que te ponga en peligro! —respondió él, alertado por las palabras de la joven.

—No quiero que pienses que soy una frívola capaz de ir a una fiesta cuando acabamos de enterrar a Carla.

—Si en algo me aprecias, prométeme que no vas a hacer nada que te ponga en peligro. No lo soportaría, no pude impedir lo de Carla, no me hagas vivir con más culpas de las que ya tengo.

Pasqualina la ayudó a arreglar uno de los trajes de fiesta de Carla. Era más delgada de lo que lo había sido la diva y no era tan alta como ella. La modista no tardó en amoldar a su figura un traje color negro. Al menos quería mantener el luto por su amiga.

El chófer de Vittorio la llevó a la casa de los Gallotti. Cecilia le susurró que el anuncio de su asistencia había despertado mucha expectación y que algunos oficiales habían pedido ser invitados a la fiesta. Amelia hizo como si no le importara.

Guido y Cecilia la presentaron a algunos amigos, aunque a Guido se le veía incómodo por la presencia de Amelia. Algunos invitados le preguntaban quién era la joven española y él evitaba explicar que les había sido presentada por Carla.

—Has sido una insensata —le dijo al oído a su esposa—; además, me sorprende que estando de luto haya venido a una fiesta. Esa mujer no es de fiar, lo mismo que Carla.

—No seas ridículo, ella es española, fascista como nosotros, y está igual de sorprendida por la traición de Carla. Si ha venido es para que todos lo sepan, lo que pasa es que no entiendes a las mujeres —se defendió Cecilia.

Pasada la medianoche, Ulrich Jürgens llegó acompañado de varios oficiales de las SS. Hizo notar su presencia no sólo llegando tarde sino también por las risotadas de sus acompañantes. Habían bebido y parecían eufóricos.

No perdió el tiempo en cumplidos con los anfitriones y se dirigió de inmediato hacia donde estaba Amelia.

—La suponía llorando.

Ella le miró y se dio la vuelta, pero él no se lo permitió y le sujetó el brazo.

—¡Vamos, no volvamos a las andadas! Y guárdese de darme una patada como la última vez. Responda, ¿qué hace aquí?

—No tengo por qué darle explicaciones de lo que hago.

—¿Tan poco le ha durado el duelo por su amiga Carla Alessandrini? Ya veo que usted no pierde el tiempo.

—Déjeme en paz. —Esta vez logró soltarse y le dio la espalda.

—¿Por qué se empeña en enfrentarse a mí? Le iría mejor si no lo hiciera. Yo podría haber salvado a su amiga si se hubiera mostrado amable conmigo —dijo él, mientras la sujetaba de nuevo impidiéndole marchar.

—¿Cree posible ser amable con una hiena? —respondió ella con altivez.

—¿Así me ve? ¿Como una hiena? Vaya, me habría gustado que hubiera hecho otra comparación.

—Pues, mírese al espejo.

Él la observó con dureza sin soltarle el brazo pero manteniéndola a distancia. Y ella pudo leer en sus ojos que le aguardaba alguna sorpresa.

—Su amigo el barón debería cuidar sus amistades.

Se puso rígida, no entendía lo que quería decirle pero sonaba a amenaza.

—¡Vaya, no sabía que también se ocupaba de las amistades de los jefes de la Wehrmacht! —respondió Amelia, intentando imprimir desdén en el tono de voz.

—Hay muchos traidores hoy en día, incluso en el corazón de Alemania. Gente incapaz de comprender el sueño de nuestro Führer. Muchos de los amigos del barón han sido detenidos por la Gestapo, ¿no lo sabía? ¿No se lo ha dicho? Creía que tenía más confianza en usted.

No, Max no le había dicho nada, seguramente para no asustarla, pero ¿a quién se referiría? Tampoco el padre Müller le había comentado nada. ¿No lo sabría o simplemente no quería preocuparla?

—Guárdese sus insidias y ¡suélteme!, me da asco —respondió ella, sabiendo que cuanto más le mostraba su desprecio, más ansiaba él tenerla.

—Debe de ser duro que tus amigos sean traidores. Primero aquellos jóvenes polacos, ¿cómo se llamaba su amiga? ¿Grazyna? Sí, así se llamaba, y también la pequeña Ewa, ¿las recuerda? Ahora Carla Alessandrini. ¡Cuidado, a su alrededor hay demasiados traidores!

—¡Usted es capaz de las mayores infamias!

—Tuvo usted la oportunidad de salvar a su amiga Carla Alessandrini, pero la desaprovechó y ahora... bien, yo podría desviar la atención de quienes sospechan del barón. Y, por cierto, ¡de nada le servirá correr para avisarle!

—¿Qué es lo que quiere?

—Lo sabe bien. ¿Hace falta que se lo diga? Si tanto le importa el barón, no tendrá problemas en sacrificarse por él. ¿O le abandonará a su suerte lo mismo que hizo con su amiga Carla?

—Usted me repugna —respondió ella, pero su tono de voz indicaba que se había rendido.

—Le haré superar su repugnancia.

—¿Dejará en paz al barón Von Schumann?

—Tiene mi palabra.

—¿Su palabra? No me vale de nada. Quiero un documento que exonere al barón de cualquier sospecha.

Se rió de ella mientras le retorcía el brazo.

—Tendrá que aceptar mi palabra o prepararse para llorar al barón. No se haga de rogar más y acompáñeme.

Amelia bajó los ojos y pareció dudar. Luego le miró fijamente alzando el mentón.

—No será esta noche. Será mañana —respondió ella.

—De acuerdo. Que sea mañana. Primero iremos a cenar.

—No, nada de preámbulos, entre usted y yo son innecesarios. Dígame dónde y yo iré.

—Una mujer como usted es digna del Excelsior, ¿le parece bien?

—¿El Excelsior?

—Es el hotel donde se alojaba el barón, lo conocerá usted bien... —respondió él riendo.

—Está bien. ¿A qué hora?

—A las nueve. Brindaremos con champán por nuestro negocio.

—Envíeme recado de a qué habitación debo ir. Es más, prefiero que me envíe la llave para ir directamente a la habitación. No pienso exhibirme con usted en el hotel.

La soltó riendo y ella escapó con paso rápido buscando a Cecilia Gallotti para despedirse de ella. Ya había conseguido su objetivo, o al menos el que se había fijado para aquella noche. La parte más difícil era la que tendría que superar al día siguiente.

—¡Pero si la fiesta está en lo mejor, no puedes irte! —exclamó Cecilia intentando persuadirla para que no se marchara.

—No me siento bien, no he debido venir, creí que me distraería, pero no puedo dejar de pensar en Carla, lo siento y te agradezco tu amabilidad.

Cuando llegó, Vittorio seguía despierto.

—No podía dormir, estaba preocupado por ti.

—No debes preocuparte, estoy bien.

—¿Te han tratado bien?

—A Guido le incomodaba tenerme allí, pero Cecilia se ha mostrado encantadora.

—Me sorprendió que viniera al entierro de Carla. Siempre la tuve por una idiota —afirmó Vittorio.

—A mí también me sorprendió. Quizá la juzgamos con dureza y en el fondo no es mala persona.

—Ahora quiero que me digas la verdad. ¿Por qué has ido a esa fiesta? Sé lo mucho que querías a Carla y que no tienes ánimos para divertirte.

—No, no los tengo, pero debo hacer algo que no te puedo decir. Confía en mí.

En la soledad de su habitación se puso a llorar. La amenaza del coronel Jürgens contra Max había sido clara, no podía llevar a engaños: las SS sospechaban del barón. También sabía que hiciera lo que hiciese, Jürgens no cumpliría su palabra. Si Max estaba en peligro debía decírselo cuanto antes.

Apenas durmió repasando el plan para matar a Jürgens. Se levantó muy pronto para telefonear a Max antes de que partiera a visitar los hospitales de campaña. Sabía que las comunicaciones estaban interceptadas, pero prefería avisarle.

—Max, anoche estuve en casa de Guido y Cecilia Gallotti, hubo alguien que me dijo que algunos de tus amigos habían tenido problemas en Alemania.

—No debes preocuparte, ya te lo contaré en cuanto regrese a Roma.

—Ten cuidado —le advirtió ella.

—Nos veremos en unos días —respondió él.

Pasó el día con Vittorio, intentando animarle y contando las horas que faltaban para que llegara la noche. A las ocho le dijo que estaba cansada y se retiraba a dormir.

Amelia se había puesto el camisón y bostezaba mientras la criada le abría la cama.

—Está usted cansada, señorita. No me extraña, estos días son difíciles para todos, ha sido terrible lo que le ha sucedido a la señora Carla —dijo la mujer.

—Sí, estoy cansada. ¡Ojalá pueda dormir de un tirón!

Bebió el vaso de leche que la mujer le había colocado en la mesilla mientras la veía salir. Luego, cuando la puerta se cerró, se quitó el camisón y comenzó a vestirse. Había elegido una blusa vaporosa de color blanco y una falda negra. Una vez vestida, sujetó la pequeña pistola en el liguero. Tenía que procurar no andar como un pato por la incomodidad de llevarla ahí, pero era el único lugar donde nadie sospecharía en caso de que la pararan en la calle o en el mismo hotel.

Ulrich Jürgens le había enviado una nota a primera hora de la tarde que iba acompañada de una llave que parecía ser la copia de la que utilizaban los huéspedes del Excelsior. Seguramente habría amenazado al director del hotel para que le entregara aquella copia de la llave de la habitación 307, que era donde la esperaría.

Cuando terminó de vestirse y estuvo segura de que la pistola estaba bien sujeta, se sentó y se hizo un moño. Luego se colocó una peluca de Carla, de las que la diva utilizaba en sus representaciones. Era una peluca de cabello de color negro con reflejos caoba. Le estaba grande pero llevaba dos días preparándola para ajustarla a su cabeza, y, aunque con mucha dificultad, lo había logrado. No parecía ella. El cabello negro le daba un aspecto distinto, parecía más mayor, y si no fuera por los reflejos caoba, podría haber pasado más inadvertida. Pero ésa nunca había sido la pretensión de Carla, de manera que tenía que conformarse con la menos llamativa de sus pelucas. La melena lisa le caía a ambos lados de la cara y el flequillo le tapaba la frente. Aun así, se cubrió la cabeza con un pañuelo que anudó al cuello. A continuación se puso un abrigo negro que había encontrado en un armario del cuarto de invitados. Era un abrigo pasado de moda que le estaba un poco ancho.

No se despidió de Vittorio y salió evitando a los criados. Eran cerca de las nueve y aquella noche el portero no estaba, puesto que era el primer día de 1944, festivo a pesar de la guerra. Nadie la vio salir. En las calles se confundió con la gente y se tranquilizó al comprobar que nadie parecía fijarse en ella. Caminó despacio para no llamar la atención.

El vestíbulo del Excelsior estaba repleto de oficiales y jefes de la Wehrmacht y de las SS. Se dirigió al ascensor con paso rápido, cuando de pronto un capitán le cortó el paso.

—¿Adónde va usted, bella señorita? ¿Tiene algún compromiso para esta noche?

Amelia no le contestó y entró en el ascensor temiendo que la siguiera. Apretó el botón de la cuarta planta por si alguien más se había fijado en ella. Una vez en la cuarta planta, descendió por las escaleras temiendo encontrarse a algún huésped o a las camareras del turno de noche. Pero la suerte parecía estar con ella. Abrió la puerta de la habitación 307 y se sobresaltó al encontrarla a oscuras. Sintió que se le aceleraba el corazón cuando de repente una mano se posó sobre su espalda y la hizo girar bruscamente.

—Has venido —susurró con tono de voz lascivo el coronel Jürgens.

Había bebido. Amelia lo notó por el tono pastoso de la voz y porque olía a alcohol. Se volvió hacia él venciendo la repugnancia que le provocaban su presencia y su olor. No pudo esquivar su abrazo, ni que la besara. La apretaba con fuerza, y después del beso le mordió los labios hasta hacerlos sangrar.

—Debes querer mucho al barón para haber venido.

—Hemos hecho un trato —respondió ella.

Él aflojó el abrazo y se rió.

—Tu problema, querida, es que estás acostumbrada a tratar con hombres como el barón. Pero te aseguro que no te desagradará la experiencia que vivirás esta noche. Quítate el abrigo.

Ella obedeció. Sus ojos comenzaban a acostumbrarse a la oscuridad y pudo verle el rostro. Se le antojó más brutal que nunca mientras la manoseaba.

—No has querido que te tratara como una dama invitándote a cenar, de manera que te trataré como lo que eres. ¿Qué es eso?

Jürgens la empujó contra la pared al comprobar que el cabello de Amelia no era el de siempre.

—Me he vestido para ti, para estar a la altura de lo que esperabas —respondió ella.

Él fue a encender la luz pero ella se apretó contra su cuerpo y le besó. Mientras Jürgens la continuaba manoseando intentando arrancarle la blusa, Amelia deslizó una de sus manos entre las piernas y le acarició, lo que pareció excitarle como a un perro en celo. Con la mano que le quedaba libre aprovechó para buscar la pistola que llevaba escondida.

—¿Quieres que te posea ya? ¿Te estás preparando tú sola? —dijo él soltando una carcajada al observar que la mujer tenía una mano debajo de la falda. Amelia le sonrió y le pidió que la besara. Iba a hacerlo, pero no le dio tiempo. Fue un segundo lo que tardó en darse cuenta del frío cañón de la pistola que se apretaba contra su vientre y del dolor agudo que le desgarró las entrañas. Cayó al suelo arrastrando a Amelia, apretando su cuerpo como si quisiera llevársela con él.

Amelia consiguió zafarse y buscó un interruptor de la luz. Cuando lo encendió, vio a Jürgens tendido sobre la alfombra con una mueca de sorpresa dibujada en el rostro. Se sujetaba las entrañas pero aún no había muerto.

—Te mataré —alcanzó a decir con un hilo de voz.

Ella se asustó pensando que aún tendría fuerzas para cumplir su amenaza y buscó con qué rematarle, porque temía disparar de nuevo. Aunque el sonido seco del primer disparo podía confundirse con el descorche de una botella de champán, no podría justificar el segundo en caso de que alguna camarera se presentara allí preguntando si pasaba algo. Se acercó a la cama y cogió la almohada, luego se arrodilló junto a él viendo cómo se le escapaba la vida, y le tapó la cabeza apretándole con todas sus fuerzas para impedirle respirar. Durante unos minutos que le parecieron eternos, él forcejeó en vano intentando quitarse aquella mordaza. Después todo esfuerzo cesó. Cuando Amelia estuvo segura de que había muerto, levantó la almohada y contempló el rostro de Jürgens. Pasó una mano cerca de su boca para comprobar si aún respiraba. Pero estaba muerto. Entonces escuchó unos golpes secos en la puerta. Se puso en pie y se acercó para preguntar desde detrás de la puerta. Era la camarera.

—¿Está todo bien? —preguntó—. Un huésped ha llamado diciendo que ha escuchado un ruido fuerte —dijo la mujer.

Amelia forzó una carcajada.

—Se nota que ese huésped no es aficionado al champán, ¿verdad, cariño? —dijo mirando al cadáver de Jürgens.

—Lo siento, señora, no quería molestarles.

—Pues lo ha hecho, lo ha hecho, y hay situaciones que no deben interrumpirse. —Y volvió a reír.

Escuchó los pasos de la camarera alejándose de la puerta de la habitación. Luego revisó la estancia hasta el último rincón. Recogió un par de horquillas con las que se había sujetado la peluca, se puso unos guantes y con un pañuelo limpió todo lo que había tocado. Después quitó la funda de la almohada y se la metió en el bolso. Volvió a revisar toda la habitación, hasta estar segura de que no dejaba nada que la pudiera delatar. Se volvió a colocar la peluca y sujetó la pistola con el liguero.

Esperó una hora antes de decidirse a salir. Pasó todo el tiempo mirando fijamente al cadáver de Ulrich Jürgens, diciéndole en voz baja cuánto le había odiado y cómo se sentía de satisfecha por haber hecho justicia. Le sorprendía no sentir remordimientos, no sabía si la acecharían más tarde, pero en aquel momento lo único que sentía era una gran satisfacción.

Cuando salió de allí un oficial acompañado de una rubia entraban en una habitación situada una puerta más adelante. Ella no les miró y ellos tampoco parecieron prestarle demasiada atención. Estaban bebidos y parecían contentos.

Aguardó impaciente el ascensor y no respiró hasta llegar a la calle.

Caminó con paso tranquilo, diciéndose que nadie podría relacionarla con aquel asesinato. Llegó a casa de Vittorio cerca de la una y entró muy despacio, intentando no despertar ni a Vittorio ni a los criados.

Se metió en la cama y durmió de un tirón hasta bien entrada la mañana siguiente. Fue el propio Vittorio quien la despertó; parecía muy alterado.

—Se ha cometido un asesinato en el Excelsior. Un oficial de las SS.

—¿Y a nosotros qué más nos da? —respondió ella con suficiente aplomo.

—Están haciendo una gran redada por todo Roma. No sabes a cuánta gente han detenido. Hace un momento ha llamado Cecilia para preguntar por ti, quería comentar contigo la noticia.

—La llamaré en cuanto me vista. Hoy había quedado para ir a almorzar a su casa.

—Sería mejor que te quedaras aquí.

—No debes preocuparte tanto por mí. Cecilia me dijo que me enviaría su propio coche.

—Amelia, te digo que están haciendo una redada y deteniendo a mucha gente, no es conveniente que salgas a la calle.

Pero Amelia insistió en que aquel suceso nada tenía que ver con ellos, de manera que llamó a Cecilia para confirmar que iría a almorzar con ella.

Cuando Amelia llegó, Guido estaba a punto de salir.

—No es conveniente que salgáis —les aconsejó—, están buscando a una mujer morena, parece que ha sido quien ha matado al coronel Ulrich Jürgens.

—¿A Jürgens? —preguntó Amelia, sorprendida.

—Sí, es el oficial de las SS que ha aparecido muerto. La policía cree que ha sido una prostituta, pero al parecer no le robaron nada, de manera que ¿para qué iba a matarle? Una pareja vio a una mujer morena salir de la habitación de Jürgens a eso de las doce.

—¡Pero quién se va a atrever a asesinar a un oficial de las SS! —exclamó Amelia como si, además de asustada, estuviera sorprendida.

—Bueno, a lo mejor no ha sido una prostituta. Un amigo de Jürgens ha dado otra pista; al parecer, el coronel tenía una cita con una dama, alguien que no le tenía en mucha estima pero que aun así estaba dispuesta a reunirse con él.

—¿Quién podría ser, entonces? —preguntó Cecilia con curiosidad.

—Dudo que el coronel Jürgens tuviera muchos amigos —sentenció Amelia.

—Tú le conocías, el día de la fiesta de Año Nuevo os vi hablando muy animadamente. Te diré que cuando os vi juntos pensé que al coronel le gustabas.

—¡Qué tontería! Hablábamos de la marcha de la guerra, nada más.

Guido las dejó hablando sobre quién podría ser la dama misteriosa, aunque él se inclinaba por la versión de la policía: a Jürgens lo había asesinado una prostituta. Quizá se había mostrado violento con ella; aquel hombre resultaba temible, incluso a él le ponía nervioso.

Cuando Amelia llegó a casa de Vittorio, se encontró al padre Müller.

—No te esperaba, Rudolf —le dijo sonriendo.

—¿Sabes lo que ha ocurrido?

—Supongo que me vas a contar lo que sabe todo el mundo, que han matado al coronel Jürgens.

—Así es... Amelia, perdona que te pregunte, pero...

Ella soltó una carcajada que al padre Müller le sonó a falsa puesto que la conocía demasiado bien.

—Rudolf, me alegro de que esté muerto, en eso no te voy a engañar.

—He venido porque Marchetti me ha enviado un recado, quiere verte.

—¿A mí? ¿Por qué?

—Tú sabrás de lo que hablasteis cuando os visteis.

—Le pregunté si podía colaborar con la Resistencia, si podía ocupar el lugar de Carla —mintió.

—Puede que haya decidido aceptar tu oferta. Quiere verte mañana, en San Clemente. Ven poco antes de que cierren la iglesia.

—Allí estaré. Pero no debes preocuparte por mí.

—¡Cómo no voy a preocuparme! He perdido ya demasiados amigos.

—Precisamente quería preguntarte por eso...

—Amelia, no te lo quise decir para no angustiarte. En realidad Max me pidió que no lo hiciera. Hace unos meses la Gestapo detuvo al profesor Schatzhauser. Estaba en la universidad, irrumpieron en su clase y se lo llevaron. No hemos vuelto a saber de él. También han detenido al pastor Schmidt.

—¿Y los Kasten?

—No, ellos aún están en Berlín, aunque la Gestapo debe de seguirles los pasos. Todo el mundo sabe que eran amigos del doctor Schatzhauser. Si yo volviera... posiblemente me detendrían.

—Debiste decírmelo.

—Entiéndelo... Max no quiere que sufras.

La policía se presentó en casa de Vittorio cuatro días más tarde coincidiendo con el regreso de Max von Schumann a Roma.

Obligaron a Amelia a acompañarles para una rueda de identificación. Un oficial de las SS amigo del coronel Jürgens aseguraba que éste iba a reunirse con la amante del barón.

Amelia protestó e incluso lloró, parecía asustada; y aunque Vittorio gritaba que la dejaran en paz, al final se la llevaron.

En la comisaría se encontró con aquella pareja que ocupaba una habitación cercana a la de Jürgens. La miraron de arriba abajo pero enseguida aseguraron que ella no era la mujer con la que se habían cruzado la noche del asesinato.

—No, no es ella —aseguró el oficial—. Aquélla era morena.

—Con reflejos caoba y los ojos negros, y ésta los tiene claros —añadió su acompañante.

—Era más alta —dijo el oficial—, y un poco más gruesa.

La interrogaron por rutina sobre dónde había estado aquella noche. Y ella aseguró que se había quedado en casa con Vittorio y que los criados lo podían corroborar. No negó conocer al coronel Jürgens, ni siquiera que sentía aversión hacia él. Sabía que ellos contaban con toda la información sobre lo sucedido en Varsovia, así que era mejor decir toda la verdad, o más bien casi toda.

Durante dos días y dos noches la estuvieron interrogando sin que cayera en ninguna contradicción. Al tercer día, Max acudió a buscarla a la comisaría. Había suplicado a su general que moviera todos los hilos para evitar que la entregaran a las SS. El general sólo había puesto una condición: que el informe de la policía descartara que ella fuera la asesina.

La policía tenía la descripción hecha por la pareja de la habitación de al lado, de manera que concluyeron que difícilmente Amelia podía ser la asesina. La dejaron en libertad. Max la estaba esperando.

—Nos vamos a Atenas —le dijo Max camino de la casa de Vittorio.

Amelia suspiró aliviada.»

—Bien, eso es todo.

Paolo Plattini sonreía satisfecho, consciente de que durante más de dos horas tanto Francesca como yo le habíamos escuchado con tanto interés que ni siquiera habíamos despegado los labios.

—¡Qué historia! —exclamó, asombrada, Francesca.

—Mi bisabuela es una caja de sorpresas; cuanto más voy averiguando sobre ella, más me asombra —dije.

—Tengo algo para usted. —Paolo me entregó unas cuantas carpetas.

—¿Qué es?

—Son fotocopias de las portadas de los periódicos de la época en que se da la noticia del asesinato del coronel de las SS Ulrich Jürgens. Como podrá ver, los primeros días los periódicos informan de que el asesinato fue obra de una prostituta, pero posteriormente se achaca la acción a los partisanos. Mire aquí —dijo señalando una página fotocopiada de un periódico—. Observe que en varios barrios de Roma aparecieron pasquines en los que los partisanos reivindicaban el asesinato del coronel Jürgens como respuesta al ahorcamiento de varios de los suyos y de la diva del bel canto Carla Alessandrini.

No tuve más remedio que agradecer a Paolo Plattini toda la información que me había suministrado, por más que me fastidió que me despidiera en la puerta agarrado de la cintura de Francesca. Seguro que iban a terminarse la botella de barolo y amanecerían los dos juntos contemplando los reflejos tornasolados de la vieja Roma.

A pesar de la hora, decidí caminar un rato por la ciudad. Necesitaba pensar en todo lo que había escuchado aquella noche. Mi bisabuela estaba resultando ser una mujer fuerte e imprevisible. Nada de lo que hacía parecía tener que ver con su verdadera naturaleza. ¿Era una romántica chica burguesa que se dejaba llevar por los acontecimientos, o realmente tenía una personalidad más compleja? Me sorprendía que hubiera sido capaz de matar a un hombre con tanta sangre fría por más que éste fuera un nazi repugnante. Decidí regresar al hotel. Cuando estuve en la habitación, abrí la maleta y busqué la copia de la fotografía de Amelia Garayoa que me había dado la tía Marta. De vez en cuando la miraba intentando comprender cómo podía ser que aquella joven rubia, de aspecto etéreo y aparentemente despreocupada, hubiera vivido con tanta intensidad y tan peligrosamente.

Aquella noche me costó dormir, no sólo porque me fastidiaba saber que Paolo y Francesca estaban juntos, sino también porque me sentía conmocionado por el asesinato perpetrado por mi bisabuela.

Paolo me había regalado el librito del partisano, así que decidí echarle una ojeada, y acabé dormido con él en la mano.

Al día siguiente llamé a Francesca para darle las gracias por la cena y por las revelaciones de Paolo. Se mostró amable y cariñosa, como si se hubiese quitado un peso de encima al haberme dejado claro que nunca más amaneceríamos juntos en su ático.

—¿Qué vas a hacer ahora?

—He reservado un vuelo para Londres.

—¿Vas a reunirte con el mayor William Hurley?

—Eso pretendo. Ya te conté que el mayor es muy británico y hay que pedirle cita con mucho adelanto. Pero yo voy a intentarlo.

—Paolo me ha encargado que te diga que continuará buscando, puede que encuentre alguna otra pista sobre tu bisabuela; si es así, te llamaré.

—Dile que se lo agradezco, se mostró *molto gentile*, como decís los italianos.

—Sí, sí que lo es. Bueno, llámame si crees que te podemos ayudar en alguna otra cosa más. *Ciao, caro!*

Después telefoneé al mayor William Hurley, y para mi sorpresa, no se mostró tan tenso y distante como en las ocasiones anteriores.

—¡Ah, Guillermo, es usted! Ya me extrañaba que no me llamara. Lady Victoria me ha preguntado por usted.

—Quería saber si podría recibirme.

—¿Le ha ido bien en Roma?

—Sí, ya le contaré lo que he averiguado.

Me citó para dos días después, lo cual tratándose de él, era tanto como si me hubiera recibido aquella misma tarde.

10

Llovía cuando llegué a Londres. Menos mal que no hacía demasiado frío. Me instalé en el pequeño hotel de siempre y telefoneé a mi madre.

—¿Dónde estás?

—En Londres.

—¡Pero me dijiste que te ibas a Roma!

—Y he estado en Roma, pero he tenido que volver a Londres.

—Guillermo, estoy harta de repetirte que estás haciendo una tontería, que esta investigación no lleva a ninguna parte. Si a mí, y eso que era mi abuela, no me importa lo que hizo o dejó de hacer, no sé por qué te tiene que importar a ti. ¡Sólo a mi querida hermana Marta se le podía ocurrir liar la que ha liado a cuenta de nuestra abuela!

—Y yo estoy harto de tus sermones. No es que me importe lo que hiciera tu abuela, o sea, mi bisabuela, no se trata de un interés familiar. Es un trabajo que me han encargado, me pagan para que investigue y es lo que estoy haciendo, y afortunadamente la tía Marta ya no es la que lleva la batuta.

—Te estás obsesionando con este asunto.

—Que no, mamá, que sólo es trabajo.

No me atreví a decirle a mi madre que su abuela había sido capaz de liquidar a un hombre sin pestañear. Le habría dado un disgusto, o quizá no; conociendo a mi madre, sería capaz de decirme que el coronel Ulrich Jürgens se lo tenía bien merecido.

Dos días más tarde, a la hora prevista, las ocho de la mañana, el mayor Hurley me recibió en su despacho del Archivo Militar. Su humor era mejor que el mío, dada la hora. Aquel hombre se empezaba a marchitar a partir de las nueve de la noche, mientras que yo a las ocho de la mañana apenas era capaz de hablar.

—Verá, he perdido la pista de mi bisabuela en Grecia.

—¿En Grecia? ¡Ah, sí, claro! Después de su estancia en Roma Amelia acompañó al barón Von Schumann a Grecia, donde volvió a trabajar para nosotros. Como ya sabrá, la pérdida de una gran amiga suya, la gran diva del bel canto, Carla Alessandrini, la marcó tan profundamente que su bisabuela ya nunca volvió a ser la misma.

Estuve a punto de enfadarme con el mayor: sabía de las andanzas de mi bisabuela en Roma y no había querido ayudarme. Se lo reproché.

—En realidad, no sé mucho de lo que sucedió en Roma. La muerte del coronel Jürgens no fue algo que planeáramos nosotros. Lo supimos a través de la Resistencia, ellos fueron quienes lo organizaron.

Me vengué dándole una lección sobre lo sucedido en Roma, y le dejé bien claro que aquélla no había sido una acción de la Resistencia, sino obra de mi bisabuela.

—En nuestros archivos consta que la agente libre Amelia Garayoa, a petición de la Resistencia, ejecutó a uno de los oficiales más sanguinarios de las SS, el coronel Ulrich Jürgens.

—Pues si quiere ser fiel a la historia, hágame caso, mi bisabuela mató a Jürgens por su cuenta y riesgo. La Resistencia lo único que hizo fue conseguirle una pistola.

Estaba claro que, por mucho que se lo repitiera, el mayor Hurley no iba a modificar lo que estaba escrito en sus archivos.

—Amelia Garayoa dejó Roma a comienzos de 1944. Por

aquellos días se celebraba en Verona el proceso contra los que habían intentado derrocar a Mussolini. Los condenaron a todos a muerte, incluido su yerno, el conde Ciano. Sólo se salvó Tullio Cianetti. El 17 de enero tuvo lugar la batalla de Montecassino. ¿Ha oído hablar alguna vez de esa batalla? El día 22, los aliados desembarcaron en las playas de Anzio, al sur de Roma. A ver... a ver... sí, aquí está, su bisabuela llegó a Atenas el 16 de enero, justo un día antes de lo de Montecassino. Nosotros supimos, a través de la Resistencia, de la ejecución del coronel Jürgens y ya no tuvimos dudas de que Amelia Garayoa estaba dispuesta a volver a la acción. De manera que en Atenas contactamos con ella.

—Así de fácil.

—¿Quién ha dicho que fuera fácil? —respondió, malhumorado, el mayor Hurley—. Joven, debería ser menos impaciente y escuchar, porque yo no tengo tiempo que perder.

Me callé, temiendo haber torcido el buen humor del mayor, que se dispuso a iniciar su relato.

«El comandante Murray recibió un informe en el que se detallaba que Amelia Garayoa, que en aquellos momentos colaboraba con la Resistencia italiana, había ejecutado en Roma a un coronel de las SS. Murray se sorprendió de la acción de Amelia, porque aunque la habían entrenado para matar en caso de ser necesario, no creía que fuera capaz de hacerlo. El aspecto frágil de Amelia resultaba engañoso.

Murray decidió volver a solicitar la colaboración de la joven española. En Atenas podía ser muy útil colaborando con la Resistencia y suministrando informes sobre la situación de las tropas alemanas en las islas griegas.

El barón Von Schumann tomó dos habitaciones comunicadas en el hotel Gran Bretaña. Para nadie era un secreto que la señorita Garayoa era su amante, pero Schumann era demasiado caballero para hacer una exhibición grosera de su relación. El hotel Gran Bretaña está situado en el corazón de Atenas, muy cerca de la Acrópolis.

Amelia disfrutaba con la visita a las ruinas arqueológicas y lamentaba en silencio que la bandera nazi ondeara en la Acrópolis.

Max von Schumann dedicaba su tiempo a visitar los distintos batallones comprobando el estado de los heridos y las necesidades médicas. Luego redactaba larguísimos informes que enviaba a Berlín sabiendo que muy pocas de sus demandas se verían satisfechas.

Lo que no sospechaba Amelia, ni tampoco ninguno de los altos oficiales que se alojaban en el Gran Bretaña es que uno de los camareros que les atendía servilmente en el bar, era un agente británico.

Su nombre en clave era «Dion». Aún hoy sigue clasificado su verdadero nombre.

Dion hablaba perfectamente inglés y alemán. Su padre era griego y trabajó para la embajada británica. Allí conoció a una joven criada, la doncella personal de la mujer del embajador. Se enamoraron, se casaron y tuvieron un hijo. Cuando aquel embajador inglés fue cambiado de destino, la joven doncella se quedó con su marido en Atenas. Era una criada competente, de manera que encontró trabajo en casa de un historiador alemán que pasaba largas temporadas en Atenas. Debió de ser un buen hombre porque le permitía llevar a la casa al pequeño Dion, a quien en sus ratos libres se complacía enseñándole el alemán. Es así como Dion llegó a dominar unos idiomas tan necesarios para su profesión. Escuchaba las conversaciones que los huéspedes mantenían ante él sin dar señal de entenderles. Y ellos hablaban con la confianza de que nadie sabía qué decían.

Al poco de llegar Amelia y el barón, Dion envió en uno de sus informes una de las conversaciones que les escuchó.

—La guerra no va bien —le dijo Max a Amelia.

—¿Ganarán los aliados? —preguntó ella sin ocultar que ése era su deseo.

—¿No te das cuenta de lo que eso puede suponer?

—Sí, el fin del III Reich.

—Los británicos deberían empezar a preocuparse por los rusos. Nosotros somos sus aliados naturales contra Stalin. Tenemos que entendernos.

—¡Qué cosas dices! Ya sabes lo que pienso de Stalin, pero en esta guerra... al final ha tomado el camino correcto enfrentándose a Alemania.

—Quiere extender el comunismo a toda Europa, ¿es eso lo que quieres?

—Lo que no quiero es el III Reich, eso es lo que no quiero.

—Hay que pensar en el día de mañana. Hitler es sólo una circunstancia, lograremos deshacernos de él.

—¿Cuándo, Max? ¿Cuándo? Ni tú ni tus amigos os decidís a hacer algo para conseguirlo.

—¡No es verdad! Tú sabes que no es verdad. Pero no podemos dar un paso sin contar con el apoyo de ciertos generales o de lo contrario provocaríamos un desastre mayor.

—Y algunos de esos generales tienen miedo a comprometerse, y otros en cambio son nazis fanáticos; y mientras tanto, tú te preocupas por lo que en el futuro pueda hacer Stalin. ¿Sabes lo que te digo? Que con lo poco que me gusta Stalin ahora mismo, le considero una bendición.

—¡No digas eso, Amelia! No lo digas, por favor.

Una tarde, mientras aguardaba en el bar la llegada del barón Von Schumann, Dion se acercó a ella y solicitó atenderla.

—Un amigo suyo de Londres querría que fuera usted a visitar la catedral.

Amelia se puso nerviosa, pero enseguida se contuvo.

—¿Cómo dice? No sé de qué me habla.

—Confíe en mí. Le traigo noticias del comandante Murray.

Al oír aquel nombre, Amelia se tranquilizó.

—¿Cuándo debo ir? —preguntó al camarero.

—Mañana, a eso de las once.

—Usted...

—Ya hemos hablado bastante.

Al día siguiente, fue a visitar la catedral ortodoxa de Atenas. Caminaba despacio, observando a su alrededor. Los griegos se mostraban huraños con los ocupantes, y dondequiera que mirara sólo veía caras hostiles.

Muchos oficiales habían sido alojados en casas de atenienses que se habían visto obligados a convertirse en anfitriones de sus ocupantes.

Estaba contemplando los iconos de la catedral cuando sintió tras ella el aliento de un hombre.

—Buenos días, ¿le interesan nuestros iconos? —dijo alguien en inglés.

Se volvió y se encontró a un pope, un hombre alto, con barba negra y ojos brillantes, y el largo cabello recogido en una coleta.

—Buenos días. Sí, me sorprenden y me gustan, son muy distintos de las pinturas religiosas católicas.

—Éste es san Nicolás —dijo, señalando una de las imágenes—. Lo encontrará en todas nuestras iglesias. Y ése es un icono de San Jorge; pero fíjese en aquél, el de la Virgen y el Niño, es una joya.

Apenas había gente en la catedral, salvo unas cuantas mujeres que se santiguaban antes de encender una vela y colocarla en una de las plataformas colocadas debajo de los iconos.

—Además del arte, ¿está interesada en la Justicia y en la Verdad? —le preguntó el pope con voz ronca.

Amelia procuró disimular la sorpresa que le había provocado la pregunta.

—Desde luego —respondió.

—Entonces, puede que tengamos amigos comunes.

—No lo sé —musitó ella.

—Acompáñeme y hablaremos.

Le siguió y salieron de la catedral. Hacía frío, pero el pope no parecía sentirlo. Amelia se estremeció.

—Colaboramos con amigos suyos de Londres, y sus amigos me preguntan si está interesada en volver a trabajar. El comandante Murray la felicita por lo de Roma.

—¿Lo de Roma? —Amelia se sobresaltó.

—Es el mensaje que le tenía que dar, no sé más.

—¿Quién es usted?

—Llámeme Yorgos. No nos gusta tener a los alemanes aquí. Los griegos siempre hemos luchado contra quienes nos han invadido. Pregúntele a Jerjes o a Darío por nosotros.

—¿Cómo dice?

El pope rió por haberla sorprendido.

—Derrotamos a los persas cuando eran un gran imperio. ¿Conoce lo que sucedió en las Termópilas? Un pequeño ejército al frente de un rey espartano, Leónidas, plantó cara a un ejército inmenso de persas. El rey persa mandó recado a Leónidas para que se rindiera, pero gracias a la negativa del espartano y a que aguantó aquella embestida, los griegos pudieron derrotarlo después en Salamina. No sobrevivió ningún espartano. Si nosotros no hubiéramos ganado en Maratón o sin el sacrificio de las Termópilas, hoy iría usted envuelta en un velo negro y rezaría mirando a La Meca.

—Veo que se siente orgulloso de ser griego.

—Occidente le debe a Grecia lo que es.

—No lo había pensado.

—Quizá es que no lo sabía. Y ahora dígame, ¿está dispuesta a volver a trabajar para sus amigos y para nosotros?

—Sí.

Amelia se sorprendió de la determinación con la que contestó a la pregunta. Quizá sabía que después de haber matado al coronel Jürgens había dado un paso hacia una dirección desconocida. Aún se preguntaba por qué no sentía ningún remordimiento, por qué el rostro de Jürgens no le atormentaba, y por qué tenía ganas de reír cuando recordaba cómo le había matado.

—Puede que no nos volvamos a ver, o puede que sí. Vaya mañana a Monastiraki; busque un pequeño café, que se llama Acrópolis; la estarán esperando.

—¿Quién?

—Un hombre, se llama Agamenón. Él le dará instrucciones. Ahora nos despediremos, yo gesticularé como si le estuviera indicando una dirección. Si necesita verme, venga a la catedral, suelo pasar algunas mañanas, aunque no siempre, pero no se le ocurra preguntar a nadie por mí.

—Pero... ¿es usted un pope de verdad?

—Un hombre que dedica su vida a Dios tiene que combatir al Diablo. Y ahora márchese.

Sintió una secreta alegría de que el comandante Murray no le guardara rencor por haber abandonado el servicio después de lo de Polonia. Ella le había asegurado a la señora Rodríguez, la agente de Murray en Madrid, que nunca más volvería a dedicarse a las labores de espionaje. Pero haber matado al coronel Jürgens le había infundido valor para continuar combatiendo en la sombra. Se decía a sí misma que no podía dejar de hacerlo ante la maldad que veía a su alrededor. Si recordaba lo sucedido en Polonia o el asesinato de Carla, entonces sentía una rabia profunda y deseaba matar a todos aquellos que estaban sembrando el mal.

Aquella tarde el barón Von Schumann la encontró distraída, como si nada de lo que él le contaba la interesara realmente.

Amelia procuraba evitar mirar a Dion, pero no podía dejar de observarle de reojo. Era evidente que trabajaba para el comandante Murray. Y se rió de sí misma al darse cuenta de que el comandante nunca tuvo intención de dejarla ir: no sólo le había mandado en Madrid a la señora Rodríguez para saber cómo estaba, sino que sabía perfectamente los pasos que daba.

—Mañana iré a pasear por el Plaka —le anunció al barón.

—Siento no poder estar más tiempo contigo, pero mañana tengo que viajar a Salónica, estaré tres o cuatro días, ¿te las arreglarás sola?

—¡Claro que sí!

—Por favor, Amelia, sé discreta; después de lo de Roma, estoy seguro de que desconfían de ti.

—No tuve nada que ver con lo de Jürgens, la policía me dejó libre de toda sospecha.

—Pero ese amigo de Jürgens insiste en que el coronel tenía una cita contigo.

—¿Crees que yo me habría citado con ese hombre?

—No, no lo creo, pero...

—Eres tú quien tiene que confiar en mí.

—También tengo otra cosa que decirte... espero que no te enfades.

—¿Se trata de Ludovica?

—Sí... ¿Cómo lo sabes?

Amelia guardó silencio esperando que él hablara. No sentía celos de Ludovica, sabía que Max von Schumann la quería solo a ella.

—En cuanto ha sabido que estaba en Grecia ha decidido venir. Le he pedido que no lo haga, que no someta a mi hijo a los rigores de un viaje en tiempos de guerra, pero no sé si me hará caso.

—Tratándose de Ludovica, llegará en cualquier momento.

—Le he prometido que si no viene, iré a verles a Friedrich y a ella a Berlín.

—Extrañas a tu hijo, ¿verdad? Friedrich ya tiene más de un año, ¿no?

—Casi cuatro, y apenas le he visto desde que nació, pero le quiero con toda mi alma, como tú al tuyo.

—Sí, no hay un solo día en que no me acuerde de Javier.

—No nos pongamos melancólicos, pero quiero que estés alerta por si aparece Ludovica.

—La última vez que la vi fue con Ulrich Jürgens en el vestíbulo del hotel de Varsovia. Hacían buenas migas.

—No pensemos en Ludovica. Hoy cenaremos fuera del hotel, ¿qué te parece?

Amelia sonrió para no preocuparle, pero hablar de los hijos, y recordar a Javier, la había entristecido.

No se atrevió a preguntar a Dion dónde se encontraba el café que el pope le había indicado. Sabía que no debía mostrar ninguna familiaridad con aquel hombre porque se pondrían en peligro los dos, de manera que salió del hotel con tiempo suficiente para ir caminando hasta el Plaka y dejar perder la mirada hacia el Partenón, que se dibujaba majestuoso en lo alto de la Acrópolis. La esvástica ondeaba en lo alto pese a que todos los días algún patriota griego emprendía la misión suicida de escalar la roca sagrada para intentar sustituirla por la bandera de Grecia. Alguno lo había conseguido, pagando su hazaña con la vida.

A Amelia le sorprendía tanto patriotismo en los griegos, y por un momento les envidió. Recordó con ira cómo, en España, Franco calificaba de antipatriotas a todos los que habían defendido la República, y se dijo que prefería ser antipatriota antes que una patriota a la manera como entendía Franco el patriotismo. Con estos pensamientos llegó hasta Monastiraki y callejeando, sin preguntar a nadie, encontró el viejo café.

Detrás de una barra minúscula atendía un hombre que en aquel momento estaba sirviendo un espeso café a un parroquiano. La miró sin mostrar ninguna curiosidad, y ella esperó a que terminara de servir el café.

—¿Éste es el café de Agamenón? —le preguntó cuando él quiso saber qué quería tomar.

—Sí.

—Un pope amigo mío me pidió que viniera aquí.

El hombre le hizo una seña para que le siguiera, y ella le siguió detrás del mostrador donde una cortina negra separaba en dos la pequeña estancia donde se apilaban cajas y botellas. Apenas cabían en el sitio.

—Sus amigos de Londres —dijo el hombre hablando en inglés— quieren que les envíe todos los documentos con los que pueda hacerse: planes, movimientos de tropas, cualquier cosa susceptible de ser de interés.

—¿Nada más?

—Eso es lo que quieren por ahora. Tenga, me han dado esto para usted. Es una microcámara. Y en este sobre tiene las claves para cifrar los mensajes. Tenga cuidado.

—¿Dónde he de hacer las entregas?

—Aquí sólo ha de venir en caso de que no pueda dárselo a Dion. También puede acercarse a la catedral, el pope suele ir de vez en cuando.

—¿Qué más quieren en Londres?

—Que colabore con nosotros. Dada su relación con ese alemán, puede sernos muy útil.

—De acuerdo.

—Puede que la necesitemos muy pronto para una operación.

—Vuélvase —le pidió al hombre.

Él obedeció y ella ocultó la cámara dentro de su sostén. Después se despidieron.

Cuando llegó al hotel, entró en la habitación de Max. Se comunicaba con la suya, de manera que no tuvo ningún problema para hacerlo. Rebuscó en su armario sin encontrar nada más que la ropa del barón; también miró en el escritorio, donde tampoco halló nada de interés. Tendría que esperar a que él regresara para fotografiar los documentos que llevara en la cartera. Ya lo había hecho en Varsovia. Pero como ansiaba comenzar a trabajar, escribió un resumen con todas las conversaciones que había tenido con el barón sobre la marcha de la guerra, con algunos datos que pensaba podían ser de interés estratégico para Londres. Ansiaba volver a sentirse útil.

Max la telefoneó desde Salónica y le anunció que se iría dos días a Berlín.

—Lo siento, pero me han ordenado presentarme en el Cuartel General. Al parecer no les gustan mis informes, dicen que soy pesimista. Supongo que tendré que edulcorar la realidad para no resultar incómodo. Procura conducirte con prudencia.

Empezaba a molestarle que Max le insistiera tanto en lo de ser prudente. Aunque no se lo podía reprochar. Él siempre la creía, jamás desconfiaba de ella pese a las evidencias.

Hasta que regresó el barón, Amelia dedicó su tiempo a familiarizarse con la ciudad. Andaba sin descanso, perdiéndose por las intrincadas calles de Atenas.

Una tarde, cuando regresaba de uno de sus paseos, el conserje la avisó de que el barón Von Schumann se encontraba en el bar del hotel con otros dos caballeros.

Amelia acudió de inmediato, le había echado de menos. Max conversaba alegremente con su ayudante el comandante Hans Henke y con otro oficial al que ella no conocía. Llevaba el uniforme de la Marina.

—¡Ah, querida, por fin estás aquí! —Max no ocultaba su satisfacción al verla—. Ya conoces a nuestro querido amigo el comandante Henke, pero permíteme que te presente al capitán de corbeta Karl Kleist.

El marino se cuadró ante ella y le besó la mano. Amelia no pudo por menos de reconocer que era un hombre muy atractivo.

—Tenía muchas ganas de conocerla, señorita Garayoa.

—El capitán Kleist nos ayudó mucho en Varsovia. Hizo lo imposible para... bueno, para que pudiéramos sacarte de Pawiak —dijo Max con cierta incomodidad.

—¡Nada de recordar cosas desagradables! ¡Estamos en Atenas! Disfrutemos del privilegio que supone contemplar el Partenón —interrumpió el capitán Kleist— y, por favor, llámeme Karl, espero que seamos amigos.

—Muchas gracias —respondió Amelia, sonriendo.

Enseguida volvieron a enfrascarse en la conversación que mantenían antes de la llegada de Amelia. Por lo que pudo colegir, el marino viajaba con cierta frecuencia a Sudamérica. En un momento determinado se refirió a un viaje reciente a España, concretamente a Bilbao, y ella no pudo dejar de mostrarse interesada.

—¿Conoce España?

—Sí, conozco su país y me gusta mucho. Su apellido es vasco, ¿verdad?

—Sí, mi padre era vasco.

—Tengo buenos amigos allí.

Amelia no preguntó nada más. Sabía que la mejor manera de obtener información era escuchar, dejar que los hombres se explayaran olvidándose de su presencia. Pero Kleist era un profesional demasiado avezado para cometer errores y confiar en una extraña, por mucho que ella estuviera en deuda con él por haber ayudado al barón Von Schumann a sacarla de Pawiak.

Tuvo que esperar a estar a solas con Max, en la intimidad de la noche, para conocer de manera más precisa las actividades del capitán Kleist.

—Es un buen soldado. No comparte lo que está pasando, él... bueno, él siempre se ha mostrado leal al almirante Canaris y al capitán Oster.

—Pero, como todos, obedece órdenes, ¿no es así?

—Ya hemos discutido sobre eso en otras ocasiones —respondió él con gesto cansado.

Amelia rectificó. Lo que menos le interesaba en ese momento era una discusión con Max. Necesitaba información.

—Tienes razón, perdóname. ¿Qué es lo que hace exactamente el capitán Kleist?

—¡Vamos, Amelia! ¡No puedo creerme que no te hayas dado cuenta!

—¿Trabaja para el servicio secreto?

—Tiene como misión conseguir materias primas desde Sudamérica sin las cuales a Alemania le costaría más librar esta guerra, platino, cinc, cobre, madera, mica...

—No sabía que Alemania necesitara cosas de Sudamérica, siempre pensé que aquellos países eran muy pobres.

—No, no son pobres, pero tienen la mala suerte de tener gobiernos corruptos. No creo que hayan salido ganando al haber dejado de ser colonias.

—Pues tendrán muchas materias primas como dices, pero para España las colonias suponían un gran coste —dijo Amelia por decir algo.

—Pues son ricos, Amelia, muy ricos. Tienen cobre, petróleo, piedras preciosas, madera, cinc, quinina, antimonio, platino, mica, cuarzo, incluso hígado.

—¿Hígado? No te entiendo...

—Precisamente le estaba pidiendo a Kleist que hiciera lo imposible por mandarnos más. ¿Nunca te lo he contado? Con extractos de hígado fabricamos un tónico, un vigorizante especial para las tropas de choque y los submarinistas. Quizá debería de traerte un frasco para ti.

—¡Qué asco! No me gustaría nada beber tónico de hígado.

—Sin embargo es un vigorizante muy efectivo, ¡ojalá pudiéramos disponer de los suficientes extractos de hígado para fabricar el tónico para todo el Ejército! Te aseguro que es muy eficaz para combatir el cansancio y dar fuerzas a los hombres.

—¿Y el platino? ¿Para qué queréis el platino? No puedo imaginar que en tiempos de guerra os preocupéis de suministrar platino a los joyeros. ¿Quién tiene dinero para comprar joyas ahora?

—El platino sirve para algo más que para hacer sortijas o collares —respondió Max riendo—. Se utiliza para fabricar ácido nítrico, para realizar calefactores, fabricación de fibras, vidrios ópticos... No voy a aburrirte con una lección de química sobre las propiedades del platino. Karl Kleist nos ha contado algo muy gracioso sobre el contrabando de platino. Algunos marineros que trabajan para nosotros en los mercantes españoles fabrican flejes, que son unas tiras de metal con las que refuerzan los cofres de madera, muebles y baúles. Pero en vez de metal utilizan platino, que después pintan de negro para disimularlo; de manera que cuando el barco pasa la inspección británica en Trinidad, nadie se da cuenta de que esos herrajes en realidad son de platino.

—¡Qué ingeniosos son mis compatriotas!

—Sí, sí que lo son.

—Y el capitán Kleist se dedica a organizar todo ese contrabando.

—Exacto, pero Kleist también ejerce como un afortunado hombre de negocios. Ha montado empresas en Sudamérica para garantizar el envío de estos suministros. Es un hombre muy valioso, muchas vidas dependen de él.

De repente Max se quedó en silencio y se plantó delante de Amelia, mirándola con cierta turbación.

—¿Qué pasa, Max? ¿Por qué me miras así?

—Quiero que… te pido que no me mientas…

—¿Mentirte? ¿Por qué habría de hacerlo? No sé qué quieres decir…

—¿Sigues teniendo contacto con… con… los británicos?

—¡Por Dios, Max! Sabes que mi contacto con los británicos se debía a mi relación con Albert James, y lo único que hice fue trasladarles las inquietudes del grupo del que formabas parte antes de la guerra. Y por si quieres saberlo, no he vuelto a ver a Albert James.

—Tenías buena relación con lord Paul, y él es un hombre clave en el Almirantazgo.

—Me sorprendes, Max. Un hombre inteligente como tú debería saber que la confianza de lord Paul en mí estaba basada en mi relación con Albert. En todo caso tu desconfianza me ofende.

Amelia se dio la vuelta esperando haberse mostrado convincente. Le costaba mentir a Max von Schumann porque estaba enamorada de él, y si actuaba a sus espaldas era por su convencimiento de que Max anhelaba lo mismo que ella, el fin de la guerra, la derrota del III Reich y una Europa nueva en la que los aliados derrocarían a Franco y en España volvería a instaurarse la República. Se dijo que le engañaba por su bien, como si de un niño se tratara. Max se atenía con rigidez a su código de honor, y por más que despreciara a Hitler, jamás haría nada que pudiera suponer una herida para Alemania. Ella no pensaba como él: traicionaría mil veces a aquella España de Franco si con ello pudiera acabar con el dictador. Era su manera de entender la lealtad a su país y a las ideas que habían llevado a su padre al paredón.

—Lo siento, Amelia, no he querido ofenderte.

—Nunca he trabajado para los británicos, Max, nunca. Fui una simple recadera, aprovechando mi relación con Albert para ayudaros a ti y a tus amigos en los meses previos a la guerra. Incluso tú fuiste a Inglaterra a entrevistarte con lord Paul. No tienes nada que reprocharme.

Él la abrazó y le pidió perdón. Estaba tan profundamente enamorado de ella que era incapaz de leer la mentira en los ojos de Amelia.

En los días sucesivos, Amelia fue obteniendo más información provocando conversaciones con Max, incluso con su ayudante el comandante Hans Henke, que parecía admirar profundamente al capitán Karl Kleist, quien había dejado Grecia para trasladarse a España, y contaba con numerosos colaboradores entre los marineros de los mercantes españoles.

—¿Y los españoles se prestan a colaborar abiertamente con... con el espionaje alemán? —le preguntó con cierta ingenuidad.

—Muchos lo hacen por dinero; otros, por afinidad ideológica alimentada con una buena retribución. No creas que es fácil; entre la tripulación de los mercantes españoles hay muchos vascos que trabajan para su lehendakari Aguirre, que está exiliado en Nueva York.

—¿Y qué hacen esos marineros que trabajan para Aguirre?

—Lo mismo que los otros: espiar, pasar información a los aliados sobre la carga del barco, los pasajeros, y señalar a los miembros de la tripulación que creen que trabajan para nosotros; cualquier cosa que pueda resultar de interés.

—De manera que los mercantes españoles son un nido de espías —resumió Amelia.

—Más o menos.

—Y los marineros vascos trabajan para el lehendakari Aguirre.

—No todos, otros lo hacen para nosotros. Vuestro lehendakari ha puesto el servicio de información de su partido, el PNV, a las órdenes de los aliados con la esperanza de que, si ganan la guerra, se lo paguen reconociendo la independencia del País Vasco.

A través de Dion, Amelia envió varios informes a Londres. No le resultaba fácil entregárselos puesto que el hotel Gran Bretaña alojaba a todo el Estado Mayor alemán. En una ocasión en que Dion faltó a su trabajo durante tres días a causa de una gripe, no tuvo más remedio que acudir a la catedral en busca del pope que se hacía llamar Yorgos. El primer día no tuvo suerte, pero al segundo pudo entregarle un extenso informe además de fotos de documentos referentes a la situación de las tropas alemanas en Creta que obraban en poder de Max.

Para lo que no estaba preparada era para el nuevo encargo que había ideado el comandante Murray.

Dion le comunicó que debía reunirse inmediatamente con Agamenón: Londres había enviado instrucciones precisas para ella.

No había vuelto por la Acrópolis; el propio Agamenón le había recomendado que no lo hiciera salvo que fuera estrictamente necesario, pero al parecer la ocasión había llegado.

Hacía frío y lloviznaba, de manera que se enfundó en el abrigo y se cubrió la cabeza con un pañuelo.

—¿Va a salir, señorita? —se interesó el portero del hotel—. ¿Con este tiempo?

—Estoy harta de ver caer la lluvia a través del cristal de mi ventana. Un paseo me vendrá bien.

—Se mojará... —insistió el portero.

—No se preocupe, no me pasará nada.

No fue directamente hacia Monastiraki, sino que paseó sin rumbo por Atenas por si alguien la seguía. Cuando estuvo segura de que nadie lo hacía, encaminó sus pasos hacia el Plaka y bajó por sus callejuelas hasta llegar a Monastiraki. Llovía con intensidad, de manera que a nadie le sorprendería verla buscar refugio en aquel cafetucho minúsculo.

Agamenón estaba tras la barra y la miró sin dar muestras de conocerla. Un par de hombres estaban sentados en una de las mesas jugando al backgamon, y otro que se apoyaba en la barra parecía ensimismado bebiendo un vaso de ouzo, el anís local.

—¿Qué desea? —preguntó Agamenón.

—Un café me vendrá bien, está lloviendo con fuerza y me he empapado.

—Hay días en que es mejor no salir de casa, y éste es uno de esos días —respondió Agamenón.

Amelia bebió el café y aguardó a que el camarero hiciera alguna señal para hablar con ella. Pero el hombre parecía enfrascado en alinear vasos y tazas detrás de la barra y no le prestó atención.

—Parece que está dejando de llover —dijo Amelia al tiempo que pagaba el café.

—Sí, pero hará bien en irse a su casa, volverá a llover —respondió el hombre.

Ella salió sin pedirle ninguna explicación. Si Agamenón no había dado señales de conocerla sería por una buena razón. Regresó al hotel y encontró a Max malhumorado.

—Tengo que ir a Creta.

—¿Cuándo? —preguntó Amelia con cara de contrariedad—. ¿Podré ir yo? —añadió.

—Aún no lo sé, pero no es conveniente que me acompañes. La Resistencia griega nos está ganando la partida. Hay muchas bajas. Además reciben el apoyo de los ingleses; les envían armas y cuanto necesitan. Las cosas no van bien.

—Me gustaría tanto ir a Creta... —Amelia compuso la mejor de sus sonrisas y se mostró zalamera.

—Y a mí me gustaría que pudieras acompañarme, pero no sé si obtendré permiso, ya veremos. Quizá, quien sí me acompañará será el capitán Kleist.

—¿Kleist? ¿No me dijiste que estaba en España?

—Pero puede que regrese en unos días a Atenas. Es un experto en información naval y el Alto Mando le requiere en Creta. Parece imposible, pero los submarinos británicos se acercan a las costas cretenses con total impunidad.

Amelia le escuchó paciente sin dejar de pensar en por qué Agamenón no había dado muestras de conocerla. No fue hasta el día siguiente cuando Dion, murmurando entre dientes, le dio una explicación.

—Uno de los hombres que estaba en el bar era un alemán.

—¿Sospechan de Agamenón?

—Quién sabe si de usted. Debemos tener cuidado. Tiene que ir mañana a una ceremonia religiosa que se celebra en la catedral; habrá mucha gente, y allí se encontrará con el pope, él le transmitirá las órdenes de Londres.

—¿Y por qué no usted?

—Cada cual cumple con su papel. Usted cumpla con el suyo.

Max se mostró extrañado cuando Amelia le dijo que se iba a acercar a la catedral.

—¿Otra vez? ¿Es que piensas convertirte?

—¿Convertirme?

—Sí, dejar el catolicismo y hacerte ortodoxa.

—¡Claro que no! Pero te confieso que me fascinan sus ceremonias, el olor intenso a incienso, los iconos... no sé, me siento bien en sus iglesias.

—Sé prudente, Amelia, ha llegado a Atenas alguien que no te quiere bien.

Amelia se sobresaltó aunque procuró no mostrar ningún nerviosismo.

—¿A mí? ¿Por qué? No sé quién puede ser…

—Es el coronel Winkler, un oficial de las SS, era amigo del coronel Ulrich Jürgens. Aún sigue convencido de que tuviste algo que ver con el asesinato de Jürgens.

—Tú mismo me contaste que los partisanos italianos reivindicaron la acción, y como bien sabes, en Roma no me codeaba con los partisanos —dijo en tono de broma.

—Winkler cree que fuiste la mujer que asesinó a Jürgens y nadie le convencerá de lo contrario.

—¿Desde cuándo está en Atenas?

—Desde hace unos días, pero yo no lo he sabido hasta ayer.

—¿Por qué no me lo dijiste?

—No quería preocuparte, aunque en realidad deberíamos preocuparnos los dos. He tenido algún enfrentamiento con las SS a causa de su escasa colaboración en algunos asuntos que tienen que ver con la intendencia, en este caso, con los suministros médicos que necesitan nuestros hombres. Los confiscan para ellos. No permiten que nuestros médicos den medicinas a los prisioneros. Procuremos pasar desapercibidos, te lo ruego, por tu bien y por el mío.

—No creo que ir a la catedral pueda comprometernos. ¿Qué mal hay en eso?

—Ten cuidado, Amelia, cualquier excusa le servirá a Winkler para mandar que te arresten.

Se marchó preocupada y asustada por lo que acababa de oír. ¿Acaso era Winkler quien estaba en el café? ¿La había mandado seguir?

Cuando llegó a la catedral encontró tanta gente que le costó abrirse paso al interior. Se preguntó si Winkler habría enviado tras ella a alguno de sus hombres. Se refugió detrás de una columna y esperó a que fuera el pope Yorgos quien la buscara. Un grupo de mujeres intentaba hacerse un lugar donde ella estaba, se sintió así mucho más segura. Concentradas y ensimismadas, rezaban con gran devoción. ¿Habría alguna traidora? Descartó de inmediato la idea al recordar lo que le había dicho el pope el día en que se conocieron: los griegos siempre vencen a los invasores por fuertes y poderosos que éstos sean.

La ceremonia transcurría sin que ella prestara atención. Se sentía mareada por el olor a incienso. No supo cómo, pero de repente se encontró con el pope a su lado.

—No tenemos mucho tiempo, aunque estas buenas almas nos están cubriendo —dijo señalando a las mujeres que formaban piña a su alrededor.

—¿Qué sucede?

—Londres quiere al capitán Kleist.

—¿Que lo quiere? No le entiendo.

—Sí, quieren hacerse con el capitán Kleist y usted debe ayudarles.

—Pero ¿cómo?

—Él la conoce y confiará en usted. Servirá de gancho para que nuestros amigos británicos puedan hacerse con él. Es un hombre inteligente y desconfiado, sabe demasiado, de manera que no sólo cuida de su seguridad sino que la Abwehr también cuida de él. Tendrá que ir a España.

—¿A España? Pero... ¿qué excusa voy a dar?

—Tiene allí a su familia, ¿no? Pues ya tiene una excusa. Será más fácil hacerlo allí que aquí. Pero es preciso actuar con rapidez; al parecer, el capitán va a regresar a Grecia, le quieren en Creta. Los alemanes están sufriendo muchas bajas en la isla y no son capaces de acabar con los submarinos y los barcos que transportan armas a la Resistencia.

—¿Cuándo tendría que ir?

—A ser posible, mañana. Pídaselo al barón, él lo podrá arreglar.

Esperó a que terminara la ceremonia, aunque mucho antes el pope ya había desaparecido de su lado con el mismo sigilo con que había llegado.

Regresó caminando, pensando en cómo pedirle a Max que la enviara a Madrid. No tardó en darse cuenta de que un hombre la seguía, pero pudo llegar al hotel sin más complicaciones.

—Le he estado dando vueltas a lo que me has dicho de ese coronel Winkler y me ha entrado miedo —le dijo a Max nada más llegar.

—¿Miedo? No sabía que tú tuvieras miedo —respondió, bromeando.

—Max, he pensado en irme a España. Déjame ir un par de semanas, veré a mi familia y a lo mejor ese Winkler se olvida de mí. Puede que esté confundida, pero creo que me han seguido a la catedral; desde luego, durante el camino de vuelta un hombre lo ha hecho hasta las mismas escaleras del hotel.

Max no pudo evitar un gesto de preocupación. Temía a Winkler. No había sido fácil salvarla de él en Roma, y seguramente desearía vengarse.

—Me cuesta mucho separarme de ti, Amelia. Eres todo cuanto tengo.

—Si prefieres que me quede…

—No, tienes razón, quizá sea mejor que te vayas durante algún tiempo. Pero prométeme que regresarás pronto.

—Sólo estaré unos días en Madrid, yo tampoco quiero estar lejos de ti.

—De acuerdo.

A ella le sorprendía la facilidad con la que el barón Von Schumann accedía a lo que le pedía, y su fe en ella.

Él lo arregló todo y tres días más tarde Amelia dejó Atenas para regresar a Madrid en un avión que hizo escala en Roma y en Barcelona.

Por el informe que ella misma envió a Londres al término de la operación, sabemos que fue a su casa. Era su coartada para justificar la estancia en Madrid. Pero el mismo día de su llegada se puso en contacto con la señora Rodríguez, que era quien tenía las órdenes de cómo llevar a cabo la operación.

Amparito, la doncella de la señora Rodríguez, se sorprendió al verla al abrir la puerta.

—La señora ya no recibe hoy, está descansando —le soltó como buena cancerbera.

—Siento presentarme sin avisar, pero estoy segura de que la señora me recibirá. Estoy de paso por Madrid y no he querido dejar de venir a saludarla.

La doncella dudó unos segundos antes de flanquearle el paso y conducirla hasta el salón.

—Espere aquí —le ordenó.

La señora Rodríguez salió de inmediato.

—¡Qué alegría verla, querida Amelia!

Hablaron de generalidades hasta que Amparito las dejó a solas después de servir dos tazas de té y unas pastas.

—¿Le han dicho en qué consiste la misión?

—Sólo que en Londres quieren al capitán Kleist.

—Por lo que sé, ese hombre hizo gestiones para lograr que la sacaran de Pawiak. ¿Le supone algún problema?

—No, aunque no me gustaría que sufriera ningún daño.

—Creemos que es «Albatros», el mejor espía alemán en Sudamérica. Llevamos dos años tras él. No sabíamos quién era. Utiliza nombres distintos. Es un espía muy competente.

—¿Qué van a hacer con él?

—Interrogarle, conseguir toda la información que podamos y nada más.

—¿Nada más?

—Está en Madrid. Naturalmente no va solo a ninguna parte; se cubre las espaldas y se las cubren, siempre le acompañan dos hombres.

—Pensaba que aquí los alemanes estaban tranquilos.

—España es oficialmente neutral, pero a nadie se le escapa

que es un país aliado de Hitler, y precisamente parte del éxito de las actividades del capitán Kleist se debe a esa colaboración de los españoles con los alemanes.

—¿Qué es lo que Kleist hace exactamente?

—Usted ya lo sabe, dirige una red de informadores en Sudamérica. Tiene hombres en todas partes: Venezuela, Argentina, Perú, México... Pero no sólo eso, también ha puesto en marcha diversas sociedades de importación y exportación de materiales que son vitales para Alemania. Y tiene espías en todos los barcos mercantes españoles y portugueses; marineros que de buena gana colaboran con el III Reich: unos porque son franquistas convencidos y otros simplemente por dinero. En realidad nosotros hacemos lo mismo. Contamos con la colaboración de marineros, sobre todo vascos, que nos aportan información de lo que transportan los buques mercantes, y si también hay algún pasajero especial. Usted misma lo contó en sus informes.

—Se espían los unos a los otros, y ambos lados lo saben —concluyó Amelia.

—Así es, es como un partido en el que ambos equipos juegan a marcarse tantos. Muchos de estos barcos españoles transportan materiales muy valiosos que son recogidos en alta mar por submarinos alemanes. El capitán Kleist ha reclutado personalmente a todos sus hombres. Conoce nombres, códigos, cuentas bancarias...

—¿Y por qué no han intentado secuestrarlo antes? Porque de eso se trata, ¿verdad?

—No es fácil acercarse a él, es un profesional, no se fía de nadie.

—Pero ¿qué puedo hacer?

—Se encontrará casualmente con él.

—¿No se extrañará?

—¿Por qué? Usted es española, su familia vive en Madrid, ha venido a verles, no hay nada extraño en ello.

—Pero ¿qué he de hacer? —insistió Amelia.

—Lograr que confíe en usted, ofrézcase a ser su guía, a enseñarle lo que no conoce de Madrid, coquetee con él, es un hombre muy atractivo y usted también lo es.

—Él es amigo del barón Von Schumann y yo tengo una relación seria con Max —respondió Amelia con incomodidad.

—Sólo he dicho que flirtee con él, nada más. Y ahora hablemos de los detalles de la operación.

Durante dos horas la señora Rodríguez detalló a Amelia los pasos que debía dar hasta que ella memorizó todos los detalles. Después se despidieron.

—Cuando termine la misión, regresará usted a Atenas. —Sonó más a una orden que a una sugerencia.

—Eso espero —dijo Amelia, suspirando.

—Entonces más vale despedirnos ahora, puede que no volvamos a vernos en mucho tiempo. Cuídese.

Su regreso a Madrid en marzo de 1944 había llenado de alegría a la familia, que ya no se sorprendía por sus repentinas apariciones y desapariciones.

Al día siguiente de su reunión con la señora Rodríguez salió a caminar acompañada por su prima Laura y su hermana Antonietta. Las había convencido para salir a merendar y dar un paseo por una ciudad que parecía querer despertarse a la primavera.

Las tres jóvenes charlaban animadamente y parecían ajenas a todo lo que no fueran ellas mismas. Ni siquiera prestaron atención a que unos metros más adelante una bandera con la esvástica anunciaba la presencia de la embajada alemana. Amelia miró distraídamente su reloj antes de responder un comentario de su hermana.

Unos hombres salían de la embajada y uno de ellos las miró con curiosidad. Ellas parecieron no darse cuenta. De repente, uno de los hombres avanzó hacia donde estaban las jóvenes.

—¡Amelia!

Ésta le miró sorprendida, parecía no reconocer a aquel hombre enfundado en un traje y un abrigo gris y con el cabello cubierto por un sombrero del mismo color. Él se acercó con paso rápido seguido por otros dos hombres.

—¡Cuánto me alegro de verla! Pero ¿qué hace aquí? La creía en Atenas.

Ella pareció dudar, como si intentara buscar en su memoria quién era aquel hombre que le hablaba con tanta familiaridad, y él, quitándose el sombrero, se echó a reír.

—¿No me reconoce?

—¡Kleist! Lo siento, capitán, no le había reconocido —respondió con timidez.

—Claro, vestido de civil... supongo que cuesta reconocerme. Pero dígame, ¿qué hace aquí?

—Estoy con mi familia, permítame que le presente a mi prima Laura y a mi hermana Antonietta.

—No sabía que iba a viajar a España.

—Bueno, lo hago cuando puedo.

Se quedaron unos segundos en silencio sin saber qué decir. Luego él recuperó la iniciativa.

—¿Puedo invitarla a dar un paseo y a merendar cualquier tarde que esté disponible?

Ella pareció dudar, luego sonrió.

—Mejor venga a visitarnos, le presentaré al resto de la familia.

—¡Estupendo! ¿Cuándo puedo ir?

—¿Mañana? Si puede, le esperamos a las seis.

—Allí estaré.

Se despidieron, y cuando comenzaron a caminar, él pudo escuchar el comentario de la prima de Amelia:

—No ha sido buena idea el invitarle, sabes que papá no soporta a los nazis.

A las seis de la tarde del día siguiente, Edurne, la criada de la familia, abrió la puerta de la casa y se encontró a un joven alto y muy atractivo que preguntaba por la señorita Amelia Garayoa.

—Pase, le están esperando.

—No, prefiero quedarme aquí, dígaselo a la señorita.

Amelia salió seguida de su tía, doña Elena, y de su prima Laura, además de su hermana Antonietta.

—Karl, pase, le estábamos esperando. Le presento a mi tía.

El hombre besó galantemente la mano de doña Elena y le entregó un paquete envuelto en papel de una conocida confitería.

—¡No tenía que haberse molestado! —dijo doña Elena.

—No es molestia, es un honor conocerla. Pero no quiero importunarles, de manera que, con su permiso, me gustaría dar un paseo con Amelia. No tardaré mucho en devolvérsela. ¿Le parece bien a las ocho?

Doña Elena insistió cortésmente en que aceptara una taza de té, pero él declinó el ofrecimiento.

Cuando salieron a la calle, Amelia le preguntó por qué había rechazado la hospitalidad de su tía.

—Perdona, pero no pude evitar escuchar el comentario de tu prima. En vuestra casa no tenéis simpatía a los alemanes.

—Lo siento, no sabía que habías escuchado a Laura.

—Yo creo que lo dijo con intención de que la escuchara —respondió con aparente enfado.

—A mi padre lo fusilaron los fascistas. Mi tío Armando estuvo en la cárcel y se salvó de milagro.

—No te disculpes, lo entiendo. No sé cómo pensaría yo si hubieran fusilado a mi padre.

—Mi familia nunca fue fascista, somos republicanos. Así me educaron.

—Cuesta entender tu relación con Max... él es un oficial alemán.

—¿Por qué? Nos conocimos en Buenos Aires, luego nos encontramos en Londres, más tarde en Berlín... y... yo confío en Max, sé cómo es, y lo que piensa.

—Aun así, es un oficial, que debe su lealtad a Alemania.

—Lo mismo que tú.

—Así es.

—Yo nunca he engañado a Max sobre lo que pienso, él conoce a mi familia, sabe por lo que hemos pasado.

—No te juzgo, Amelia, no te juzgo. En Alemania hay muchas personas que no comparten las ideas del nazismo.

—¿Muchas? Entonces por qué han permitido... —Se calló temiendo incomodarle. Max le había asegurado que Kleist no era partidario del nazismo y que obedecía como oficial, pero ¿sería cierto?

—No tengas miedo, no tengo intención de perjudicarte. Ya te ayudé en el pasado sin conocerte. Hiciste algo muy arriesgado ayudando a esos polacos que entraban furtivamente en el gueto.

—Cuando era pequeña mi mejor amiga era judía, su padre era socio de mi padre. Desaparecieron.

—No vas a escandalizarme por decirme que eres amiga de los judíos. Yo no tengo nada contra ellos.

—Entonces, ¿por qué habéis permitido que les quiten cuanto tienen y que los lleven a campos de trabajo, o que tengan que ir con esas estrellas cosidas en la ropa? ¿Por qué de repente han dejado de ser alemanes y no tienen ningún derecho?

Karl Kleist admiró el valor de Amelia para decirle eso a él, que era un oficial alemán. O bien era una ingenua, o bien Max había logrado convencerla para que confiara en él. En todo caso, su actitud le pareció imprudente.

—No deberías hablar así con desconocidos; no sabes quién puede estar escuchando, ni las consecuencias que eso te puede traer.

Ella le miró asustada y a él le conmovió su mirada desvalida y desvió la conversación a otros asuntos menos comprometidos.

La invitó a un chocolate y fue en ese momento cuando Amelia se dio cuenta de la presencia de aquellos hombres que eran los mismos que acompañaban a Kleist cuando le encontró delante de la embajada.

—Esos hombres… —dijo, señalándoles.

—Son buenos amigos.

—¡No tendrás miedo de los españoles! Franco se precia de que con él nuestro país es seguro. En realidad nadie se atreve a hacer nada por temor a las consecuencias. No creo que nadie intente robarte. Aunque seas extranjero.

—Nunca está de más tener cuidado.

Ella no insistió para evitar hacerle sentirse incómodo. Poco antes de las ocho Kleist la dejó en el portal de su casa.

—Me ha alegrado mucho verte.

—A mí también.

Karl Kleist pareció dudar; después, sonriendo, la invitó a almorzar dos días más tarde.

11

Comenzaron a verse con cierta regularidad. Amelia había decidido no seguir la recomendación de la señora Rodríguez para que flirteara con él. Estaba segura de que si lo hacía conseguiría alejarle. Kleist tenía un código de honor que le hubiera llevado a rechazar las insinuaciones de la mujer de un amigo. Eso no significaba que no se sintiera atraído por ella y cada día que pasaba anhelaba más su compañía. Amelia le gustaba y eso le atormentaba; pero si ella hubiera insinuado su disponibilidad, él habría encontrado la excusa para alejarse.

Pocos días después de su primer encuentro, Kleist le dijo que tenía que ir a Bilbao y le propuso que lo acompañase.

—No, te lo agradezco, pero no me parece correcto —rechazó Amelia.

—No me malinterpretes, se trata de un viaje breve, y como tú eres medio vasca, pensé que te gustaría ir a la tierra de tu padre.

—Sí, me gustaría, pero eso no justifica que vaya contigo. Lo siento.

Kleist se sintió decepcionado, pero al mismo tiempo eso avivó su interés por ella. En realidad se debatía entre la lealtad a Max von Schumann y su atracción por Amelia. Si ella se dejara seducir, él podría despreciarla, pero sus negativas sinceras aumentaban su interés.

A su regreso de Bilbao, fue a visitarla.

—Cuéntame cómo está la ciudad.

Kleist se explayó describiendo cuanto había visto. Amelia le escuchaba con tanta atención que parecía que nada pudiera importarle más que lo que él le decía.

Aquel día ella se atrevió a quejarse por la presencia continua de aquellos dos hombres que siempre les seguían, aunque de tal manera que la mayor parte de las ocasiones resultaban invisibles, aun así ella sabía que estaban ahí.

—¿No te fías de mí? —le dijo de pronto cuando vislumbró cerca de ellos a uno de los hombres.

—¿Por qué dices eso? —preguntó él, extrañado.

—Siempre nos siguen esos dos hombres, como si yo fuera a hacerte algo.

—¿Te molesta su presencia?

Amelia se encogió de hombros sin responder, y él quiso entender que la presencia de sus hombres la cohibía, que tal vez si ellos no estuvieran...

—Les diré que se marchen.

—No, no lo hagas, ha sido una tontería mía.

Continuaron hablando de banalidades y ella se mostró entusiasmada por la llegada de la primavera, recordando los días de su infancia.

—En cuanto hacía buen tiempo, mi padre y mi tío Armando organizaban una excursión con toda la familia; íbamos a los montes de El Pardo, un lugar precioso, donde te encuentras con ciervos y conejos corriendo en libertad. Íbamos cargados de cestas para pasar el día. Podíamos correr, saltar, gritar... bueno, en realidad era yo quien hacía todo eso, mi hermana Antonietta se quedaba sentada junto a mi madre mientras yo jugaba con mi prima Laura y con Melita, la mayor. Jesús aún era pequeño y mi tía no le permitía despegarse de sus faldas.

—¿Desde cuándo no vas?

—Desde antes de la guerra, de nuestra guerra. Algún día me gustaría ir, pero ya no tenemos coche. Mi padre y mi tío tenían coche, pero ahora...

—Te llevaré.

—¡Ojála pudiéramos ir! Pero sabes que el próximo lunes regreso a Atenas, Max me espera, sólo me quedan unos días en Madrid.

—Pues iremos este domingo. Prepara una de esas cestas, o mejor, la prepararé yo. Iremos solos, sin «ángeles custodios». —Así llamaba Amelia a los guardaespaldas.

—No, no, eso no —protestó ella— ; no me importa, ya me he acostumbrado.

—Aun así, iremos solos.

Aquella noche Amelia le pidió a Edurne que al día siguiente llevara una nota a casa de la señora Rodríguez.

—Dentro de poco regreso a Atenas y me gustaría despedirme de ella.

Esa noche Albatros, nombre en clave de Karl Kleist, también recibió una nota, pero más extensa que la que Amelia había enviado a la señora Rodríguez. En realidad era un informe exhaustivo sobre Amelia y su familia. Uno de sus «ángeles custodios» se lo entregó diciéndole que tuviera cuidado:

> Abandonó a su marido y a su hijo para huir con otro hombre. Después tuvo relaciones con un periodista norteamericano, que es sobrino de lord Paul James, uno de los jefes del Almirantazgo británico; y ahora comparte su vida con el barón Von Schumann. Es una mujer...

El guardaespaldas no pudo continuar la frase. Kleist le cortó en seco y le ordenó que le dejara a solas para leer el informe.

Parte de la información que contenía la conocía por el propio Max, incluso figuraba que ella había hecho alusión a su vida pasada contándole lo mucho que sufría por no poder ver a su hijo.

Su «ángel custodio» tenía razón; el informe mostraba lagunas en la vida de Amelia, como el incidente de Roma, donde la habían relacionado con el asesinato de un oficial de las SS, pero rechazó todas las sombras, se preciaba de conocer bien a las personas, y ella se había sincerado con él reconociendo que no era fascista y que aborrecía el nazismo. Le había confesado que era republicana y liberal, incluso que pensaba que si los aliados ganaban la guerra eso significaría el fin de Franco, puesto que éste perdería a su principal aliado, Hitler, ahora que Mussolini no contaba.

El domingo Kleist acudió a buscarla a las once en punto. Llevaba una cesta con comida suficiente para dos días, además de vino y pasteles. Amelia apareció radiante.

Tal y como había prometido, no les seguían los «ángeles custodios».

Ella le indicó el lugar donde iba con su familia, y corrió por el monte seguida por él, que disfrutaba de su entusiasmo.

Después de comer se tumbaron en la hierba a una distancia prudencial el uno del otro. Amelia marcaba sutilmente las distancias, y él, rendido ante ella, lo aceptaba. No había pasado mucho tiempo cuando Amelia dijo sentirse indispuesta.

—No sé, algo me ha sentado mal, quizá es que no estoy acostumbrada a beber vino.

—Pero si apenas has tomado un sorbo, quizá haya sido el paté.

—No lo sé, pero el caso es que me duele mucho el estómago.

Habían previsto regresar a media tarde, pero Kleist de inmediato se ofreció caballerosamente a llevarla a su casa.

Cuando llegaron, él aparcó el coche para acompañarla hasta el piso, pero ella sólo le permitió que lo hiciera hasta el ascensor. Allí se despidió de él, en presencia del portero, que había salido a saludarla.

—Sus tíos están en casa, pero creo que la señorita Laura y la señorita Antonietta han salido y aún no han regresado —le informó el portero.

Ella se metió en el ascensor y antes de cerrar la puerta le apretó con afecto la mano.

—Te deseo un buen viaje, saluda a Max.

—Cuídate —le dijo ella.

Amelia subió a su casa y entró directamente a su habitación sin apenas saludar a sus tíos, que escuchaban la radio en el salón. Corrió hacia la ventana y, al asomarse, vio arrancar el coche de Karl Kleist. Alguien había aprovechado para entrar en el coche y, estirado en la parte de atrás, aguardar a que regresara el alemán. Cuando éste iba a poner el coche en marcha, vio aparecer por el espejo retrovisor el rostro de un hombre al tiempo que sentía en la nuca el cañón frío de una pistola. Otro hombre abrió la puerta del coche y se sentó a su lado. También llevaba un arma. Sólo le dio una orden:

—Conduzca.

Albatros estaba ahora en poder de los agentes del Servicio de Inteligencia británico. El Gobierno británico aceptaba la ficción de la neutralidad de Franco, pero tenía agentes en España, que principalmente se dedicaban a recoger información. En el mar, el Servicio Secreto británico actuaba sin contemplaciones: no había barco español con destino a Sudamérica que no fuera obligado a desviarse a Trinidad para examinar su carga y su pasaje; sin embargo, hasta el momento no había desarrollado ninguna acción tan arriesgada en suelo español.

Amelia viajó al día siguiente a Atenas para reunirse con Max. Y fue allí donde unos días más tarde Max le comunicó la desaparición de Karl Kleist.

—Amelia, ha sucedido algo terrible. Karl ha desaparecido.

—¿Karl? —preguntó ella sorprendida como si no entendiera de qué le hablaba.

—Sí, nuestra embajada en Madrid no sabe nada de él desde hace unos días. Le han buscado por todas partes pero no hay señales de él. Se ha abierto una investigación. La última persona con la que se le vio fue contigo. —Max no pudo evitar un rictus de dolor.

—Pero Karl viajaba con frecuencia a Sudamérica, puede que se haya ido.

—Sí, también existe esa posibilidad, pero habría dejado algún mensaje. Pero tú fuiste la última persona que estuvo con Karl —insistió Max.

—No lo sé... ya te conté que estuve con él el domingo antes de regresar a Atenas. Estuvimos en el campo. ¿Desde cuándo no saben nada de él?

—Ese día no regresó a la embajada. Sus hombres creyeron que... bueno, que estaba contigo. Él había insistido en ir solo a la excursión. No empezaron a preocuparse hasta bien entrada la mañana del lunes. Fueron a casa de tus tíos...

—¡Dios santo, les habrán dado un buen susto!

—El portero ha declarado que Karl te acompañó hasta la puerta del ascensor y que allí os despedisteis, y que vio cómo regresaba al coche. También ha declarado que tú no volviste a salir hasta la mañana siguiente, y que lo hiciste acompañada por tu tío con una maleta.

—No entiendo lo que ha pasado —se quejó ella, aparentando estupor—. Él era muy discreto y no hablaba de su trabajo, de manera que no me dijo si pensaba ir a algún lugar. ¿Crees que le habrá pasado algo? —Amelia intentaba parecer ingenua.

—No lo sé, pero nadie desaparece así como así. La policía le está buscando. Ya te he dicho que han interrogado a tu familia, y al portero.

—¡Pero mi familia no tiene nada que ver con Karl! —gritó ella con angustia.

—Amelia, la Gestapo quiere interrogarte aquí. El coronel Winkler también ha solicitado que se reabra el caso del asesinato de Jürgens. No cree en las casualidades.

—¿Casualidades? ¿Qué casualidades? —preguntó ella sin ocultar su temor.

—El coronel Winkler insiste en que su amigo, el coronel Jürgens, se había citado contigo la noche de su asesinato, y Kleist ha desaparecido justo después de haber pasado una jornada campestre contigo. Para él son evidencias irrefutables de que estás detrás de ambos casos. Cree que eres una espía.

—¡Está loco! ¡No soy ninguna espía! ¡Por favor, Max, pon freno a ese hombre!

—Es lo que intento, Amelia.

Estaba realmente asustada. Maldecía en silencio al comandante Murray. La «Operación Albatros» había sido un éxito para el Servicio Secreto británico, pero se preguntaba si el comandante Murray habría decidido que bien merecía sacrificarla con tal de tener en su poder al espía alemán. Se sintió una pieza insignificante en el tablero del juego secreto de la guerra.

Comenzó a llorar. Llevaba días conteniendo las lágrimas y sin apenas conciliar el sueño. Había entregado a Kleist, que ya estaría siendo interrogado en Londres por el comandante Murray, y aunque no tenía dudas de con quién estaba su lealtad política, su conciencia la atormentaba.

Karl Kleist había intercedido por ella cuando estaba encarcelada en Varsovia, había ayudado a Max a sacarla de la prisión, se había mostrado caballeroso y encantador los días pasados en Madrid, pero ella le había engañado y le había entregado para que se lo llevaran a Londres, donde, en el mejor de los casos, estaría en la cárcel hasta que terminara la guerra. Había sido capaz de hacer eso con un hombre que sólo la había favorecido y se sintió miserable pensando en la facilidad que tenía para dañar a quienes eran leales con ella. Primero fue Santiago, al que abandonó por Pierre; luego comenzó a engañar a Max a quien espiaba en favor de los británicos; y ahora había sido capaz de entregar a Kleist.

Sintió desprecio por sí misma, y más aún cuando Max la abrazó intentando que se calmara.

—Por favor, no llores, sabes que daría mi vida por ti, que haré lo imposible para que no caigas en manos de Winkler, pero debes contarme toda la verdad, debes confiar en mí, sólo así te podré ayudar. Y no temas por tu familia, no sufrirán ningún daño, es evidente que no saben nada de la desaparición de Kleist.

—¡Pero qué quieres que te cuente! —gritó Amelia—. Te lo he contado todo: fuimos al campo, después de comer me sentí indispuesta y me acompañó a casa, nos despedimos en la puerta del ascensor y ya no sé nada más. Al día siguiente regresé aquí. No sé lo que ha pasado, no lo sé.

—Tienes la mala fortuna de estar siempre en el lugar equivocado.

—El coronel Winkler quiere culparme de lo de Jürgens porque vio cómo yo le rechazaba en la fiesta de Fin de Año, y Jürgens juró que me lo haría pagar. Es su oportunidad para pasarme factura, la que no pudo pasarme su amigo el coronel Jürgens.

—Está bien, te creo y haré lo imposible por salvarte de Winkler, confía en mí.

Pero Max no pudo evitar que la «invitaran» a visitar el cuartel de la Gestapo en Atenas. Estaba muy cerca del hotel Gran Bretaña, en la que había sido la mansión del arqueólogo alemán Heinrich Schliemann, el descubridor de Troya y de las tumbas de Micenas.

Max la acompañó y soportó con ella la humillación de esperar dos largas horas hasta que un hombre, que se identificó como Hoth, les recibió en un despacho de la segunda planta. Les sorprendió ver al coronel Winkler sentado al otro lado de la mesa. No había ninguna otra silla en la que sentarse, de manera que Hoth les tuvo de pie.

—Espero que no les moleste la presencia del coronel Winkler, ha venido a visitarme y creo que la conoce a usted, señorita Garayoa.

Ella asintió sin palabras.

—¡Y viene acompañada por el coronel Von Schumann! ¡Cuánto honor! —dijo el SS con sarcasmo.

—Me une una gran amistad con la señorita Garayoa.

—Sí, lo sé yo y lo sabe todo el Estado Mayor. Su amistad no es un secreto para nadie, ni siquiera para su distinguida esposa la baronesa Ludovica —respondió Hoth con una sonrisa sardónica.

Max no respondió a la provocación. Su único objetivo era salir de aquel edificio con Amelia y sabía que un enfrentamiento con Hoth delante de Winkler sólo empeoraría las cosas.

—Señorita Garayoa, tenemos un informe de Madrid en el que se asegura que usted fue la última persona con la que se vio al capitán Kleist. Pasaron el día juntos en el campo, disfrutaron de una jornada de picnic y después el capitán desapareció.

—El capitán Kleist es un estimado amigo nuestro con el que, efectivamente, compartí una jornada campestre y después me acompañó a mi casa, donde nos despedimos. No le volví a ver, y lamento profundamente su desaparición.

—En la que naturalmente usted no tiene nada que ver. —Hoth jugaba al ratón y al gato.

—Desde luego que no. Le repito que el capitán Kleist es amigo del barón Von Schumann, que es quien nos presentó, y por tanto también es una persona apreciada por mí.

—¿El capitán no le dijo dónde pensaba pasar el resto de la tarde?

—No, no me lo dijo. Yo estaba indispuesta y no hablamos demasiado en el camino de regreso a mi casa.

—¿Y el capitán no regresó para interesarse por su salud?

—No, no lo hizo. Pasé el resto de la tarde con mis tíos, y me acosté pronto, puesto que al día siguiente debía iniciar mi regreso a Atenas. Creo que el portero ya le dijo a la policía que vio cómo el capitán Kleist y yo nos despedíamos en la puerta del ascensor y que ya no volví a salir de casa.

—Ya, ya, señorita, ¡pero los porteros también duermen! A las diez se retiró, de manera que si usted volvió a salir, o si el capitán regresó, es algo que él ignora.

—Mi familia puede corroborar lo que acabo de decir.

—¿Y cómo podrían decir otra cosa? El testimonio de la familia no es concluyente, señorita.

—Le aseguro que no sé dónde está el capitán Kleist.

—Y tampoco estuvo con el coronel Jürgens la noche en que le asesinaron en Roma.

—Hubo dos testigos que descartaron que fuera yo quien estuvo aquella noche en la habitación del coronel Jürgens —respondió Amelia, conteniendo su indignación.

—Sí, dos testigos que habían bebido y que se cruzaron con una mujer por el pasillo del hotel; a mi juicio, no se debía haber considerado la declaración de esos testigos.

Amelia no contestó, sentía la mirada airada del coronel Winkler, que permanecía en silencio. Notaba la tensión de Max, su sufrimiento por no poder defenderla.

—Tendrá que quedarse aquí durante unos días. Necesito seguir el interrogatorio, pero ahora tengo otras cosas que hacer.

—La señorita Garayoa puede venir en el momento en el que usted disponga de ese tiempo; como sabe, se aloja en el hotel Gran Bretaña. Es innecesario que se quede aquí. —El alegato de Max no hizo mella en Hoth.

—Lo siento, coronel, pero soy yo quien decide el lugar en el que deben permanecer los sospechosos.

—¿Sospechosos? ¿De qué se acusa a la señorita Garayoa? ¿De haber compartido una comida campestre con el capitán Kleist? Kleist es amigo mío, amigo nuestro, una persona muy querida por ambos. No tiene nada de qué acusar a la señorita Garayoa. Si necesita alguna aclaración, vuélvala a llamar y vendrá gustosamente.

Amelia estaba pálida, sin atreverse a intervenir. Sabía que dijera lo que dijese Max, Hoth no la dejaría marchar.

—Lo lamento, coronel, he de hacer mi trabajo. La señorita se quedará aquí.

Max se sintió impotente cuando dos subordinados de Hoth entraron en el despacho y se llevaron a Amelia.

—Le hago responsable de la seguridad de Amelia Garayoa —advirtió a Hoth.

—¿Me hace responsable? Señor, esta mujer es sospechosa de

la desaparición del capitán Kleist y mi obligación es hacerla hablar. Si interfiere en mi trabajo, seré yo quien le haga responsable de no permitir que la Gestapo descubra a una criminal.

—La señorita Garayoa no es una criminal y usted lo sabe.

—No, no lo sé, cuando lo sepa se lo haré saber. Ahora si me permite, tengo mucho trabajo. Desgraciadamente debo luchar contra los enemigos del Reich.

Amelia fue conducida al sótano de la mansión, donde la encerraron en una celda sin ventanas. Aquel lugar parecía haber sido un almacén.

Uno de los subordinados de Hoth la encadenó de pies y manos y la empujó a un rincón de la habitación.

—Así, quietecita, no tendrá tiempo para distraerse —le dijo, dejando al descubierto una dentadura en la que destacaban varios dientes de oro.

Ella ni siquiera protestó. Sabía lo que le esperaba, el horror de Varsovia se le hizo presente.

Allí, encerrada, perdió la noción del tiempo; no sabía si era de noche o ya había amanecido, no tenía modo de saberlo. Tampoco escuchó ningún ruido. Le dolían las manos y los tobillos por los grilletes. Sentía que los dedos se le hinchaban y tuvo ganas de gritar. Decidió no hacerlo, sabiendo que eso no era nada comparado con lo que le esperaba.

No supo cuánto tiempo había pasado cuando abrieron la puerta y el mismo hombre que la había encerrado le quitó los grilletes de los pies y le ordenó que le siguiera.

Apenas podía caminar. La hinchazón de los pies se había extendido a las piernas. Sentía un dolor agudo, pero volvió a decirse que lo peor estaba por llegar.

De nuevo la condujeron a la segunda planta, al despacho de Hoth. Estaba solo, y ordenó que se sentase en la silla que había ocupado el coronel Winkler.

—¿Ha reflexionado? —le preguntó con un tono de voz neutro, como si no le importara la respuesta.

—Ayer le dije todo lo que sé —respondió ella.

—De modo que no quiere colaborar...

—No puedo decirle lo que no sé.

Él se encogió de hombros y apretó un timbre que tenía sobre la mesa. Entró el ayudante de Hoth seguido por Max. Amelia sintió un profundo alivio.

—Llévesela —dijo Hoth, dirigiéndose a Max von Schumann—. Le hago a usted responsable de que la señorita Garayoa no salga de Atenas sin la autorización de la Gestapo.

Max asintió, sosteniendo la mirada de hiena de Hoth.

—Nos volveremos a ver, la investigación no ha terminado.

Ayudada por Max, Amelia intentó mover los pies. Un paso, dos, tres pasos... cada paso le provocaba dolor en los pies deformados por la hinchazón.

Al salir del despacho se encontraron con el coronel Winkler, quien situándose delante de ellos, les obligó a pararse.

—Aún no ha ganado la partida, barón. Ha sido usted muy hábil pidiendo ayuda al médico del Reichsführer Himmler. Pero le aseguro que ni siquiera el Reichsführer podrá evitar que esta mujer pague por sus crímenes.

—¡Apártese, Winkler! Y no se le ocurra volver a amenazarme.

Amelia no pudo evitar llorar cuando estuvieron en la calle.

—¿Podrás caminar hasta el hotel? Sólo tenemos que cruzar la calle.

—Sí, creo que podré.

Cuando por fin llegaron a la habitación de Amelia, Max la ayudó a tumbarse sobre la cama y examinó cuidadosamente sus manos y tobillos.

—¿Te han esposado?

—Sí, me colocaron unos grilletes en los pies y en las muñecas. No he podido moverme en todo el tiempo que he estado allí, no sé cuánto...

—Una tarde y una noche, Amelia, una eternidad.

—Te estoy inmensamente agradecida; temía volver a pasar por

lo de Varsovia y no sabía si sería capaz de aguantarlo: habría terminado declarándome culpable de lo que hubieran querido.

—En realidad te ha salvado Kleist, indirectamente.

—¿Kleist? ¡Ha aparecido! —gritó Amelia, sorprendida.

—No, no exactamente. Mi ayudante Hans recordó que, cuando lo de Varsovia, Kleist había hablado de presentar tu caso a Felix Kersten.

—¿Quién es Felix Kersten? ¿Es el médico al que se ha referido Hoth?

—No, no es médico, aunque le tratan como tal. Es... es un hombre peculiar, nació en Estonia y tiene fama de ser muy hábil en la terapia manual.

—No entiendo...

—Masajes, simples masajes. Kersten es un hombre amable, que sabe escuchar a sus pacientes, y antes de la guerra tenía clientes muy importantes en toda Europa. Al parecer, Himmler sufre fuertes dolores de vientre y sólo Kersten es capaz de aliviarle. Tiene una gran influencia sobre él. El jefe del servicio de información del Reichsführer, el Brigadeführer Walter Schellenberg, es el segundo hombre que influye sobre él.

—¿Y has hablado con ellos?

—Tengo amigos que les conocen bien.

—Gracias, Max, gracias.

Mientras extendía una pomada sobre las piernas de Amelia, Max le advirtió:

—No creo que nos vuelvan a ayudar, de manera que... por favor, Amelia, ¡ten cuidado!

—Pero si no he hecho nada, Max...

—El coronel Winkler no parará hasta vengar la muerte de su amigo el coronel Jürgens y ha decidido que su muerte has de pagarla tú. Las SS se están haciendo cargo de los casos de espionaje y... bueno, Winkler está convencido de que eres una espía de los aliados.

—¿Y tú te lo crees, Max?

—Cuando estuve en Berlín vi a Ludovica y a mi hijo Friedrich.

Quiero a mi hijo con toda mi alma, daría mi vida por él, sin embargo… sacrificaré poder estar con él el resto de mi vida con tal de no separarme de ti. Se lo dije a Ludovica.

Amelia rompió a llorar. Se avergonzaba por engañarle, por no poder serle totalmente leal y contarle su colaboración con los británicos. Max abominaba de aquella guerra pero no a costa de traicionar a Alemania. Por eso no podía explicarle lo que estaba haciendo.

—No llores, Amelia, no te sientas responsable.

—Lo soy, Max, lo soy; no debí dejarme llevar por mi amor por ti, sé mejor que nadie lo que significa renunciar a un hijo.

—Ludovica no podrá impedirme que le vea y participe en su educación. Pero eso será cuando termine la guerra.

—¿Y tu familia, Max? ¿Y tus hermanas? Nunca me has dicho qué piensan ellas de que estés conmigo.

—Lo reprueban y jamás te aceptarán. Pero eso no debería preocuparnos ahora. Nuestro problema se llama Winkler.

—Y Hoth.

—Ése es sólo un policía ansioso por conseguir que las SS le den palmaditas en la espalda demostrando que puede ser igual de brutal que ellos.

Durante unos días Amelia no salió de la habitación. Apenas podía caminar, y Max la obligaba a estar sentada. Luego él mismo la ayudaba a dar sus primeros pasos por el vestíbulo del hotel. Amelia deseaba hablar con Dion, pero no encontraba la ocasión. Max no se separaba de su lado. La oportunidad llegó una tarde en la que entró en el bar su ayudante, el comandante Hans Henke, para anunciarle que le reclamaban con urgencia en el Estado Mayor.

—Te acompañaré a la habitación.

—¡Por favor, Max, permíteme quedarme un rato! Aún es pronto, sólo el tiempo de terminar el té… —pidió ella con una sonrisa.

—No quiero que estés sola…

—Pero no me moveré de aquí, y estaré sólo unos minutos más. ¡Paso tanto tiempo en la habitación!

—De acuerdo, pero prométeme que te irás derecha a tu habitación.

—Te lo prometo.

Dion se acercó a ella nada más ver salir al barón.

—¿Desea algo la señora?

—No... no... pero tengo algo para usted —dijo ella en voz baja, mientras él se inclinaba para recoger el servicio de té y, disimuladamente, recibía de la mano de Amelia un carrete fotográfico.

—Muy bien, señora, le traeré una jarra de agua.

Regresó y se inclinó para servirle el agua de la jarra.

—El pope quiere verla. Es urgente.

—¿Urgente? Pero ya ve cómo estoy... y el barón no me permite salir...

—Tendrá que hacerlo. Pasado mañana, en la catedral. Ha habido una redada, y han detenido a Agamenón y a otros patriotas.

Amelia regresó a su habitación dándole vueltas a cómo actuar. Tenía que convencer a Max de que le permitiera salir. Ya se encontraba mejor, podía andar, y la hinchazón de las piernas había desaparecido. Sí, debía convencerle para que le permitiera volver a la normalidad.

Cuando Max regresó aquella noche, Amelia se deshizo en carantoñas.

—¡Vamos, dime ya qué es lo que quieres! —dijo Max riendo.

—Salir, necesito salir, me ahogo en esta habitación. Permíteme pasear, ir a la catedral, ya sabes lo que me gusta ir a recogerme allí, volver a visitar los restos arqueológicos; cualquier cosa menos estar aquí.

Al principio él se resistió, pero acabó cediendo.

—Tienes que prometerme que no hablarás con ningún desconocido y que me dirás siempre adónde vas.

—Te lo prometo —aseguró ella, rodeándole el cuello con sus brazos.

No vio al pope al entrar en la catedral. Varias mujeres encendían velas y otras, sentadas, parecían ensimismadas en sus oraciones. Buscó un lugar oscuro y discreto para sentarse. Sin darse cuenta comenzó a rezar. Dio gracias a Dios por haberla salvado de las garras de la Gestapo, por contar con el amor inmenso de Max, por estar viva. La voz profunda del pope la devolvió a la realidad.

—Han llegado órdenes para usted desde Londres. La felicitan por lo de Madrid, sea lo que sea lo que usted haya hecho allí; pero necesitan saber el despliegue de las tropas alemanas en la frontera con Yugoslavia.

—Haré lo que pueda —dijo Amelia.

—Nosotros también necesitamos su ayuda, ¿está dispuesta? Han detenido a Agamenón y a algunos amigos, pero resistirán, no hablarán aunque eso implique la muerte.

—¿Qué he de hacer?

—¿Sabe conducir?

—Sí, aunque no lo hago muy bien porque apenas he tenido tiempo de practicar.

—Es suficiente. Tenemos que recoger armas que nos envían sus amigos británicos. Las trajo un pesquero hace unos días de un submarino cerca de Creta. El pesquero viene hacia aquí, llegará mañana. Necesitamos esas armas para la Resistencia. Dentro de unos días saldrá hacia el norte un convoy alemán con tanques y armas pesadas, van a reforzar la frontera de Yugoslavia con Italia. Nosotros haremos que no lleguen a su destino. Por eso es importante el cargamento de los británicos, nos envían un buen paquete de explosivos y detonadores, con ellos atacaremos ese convoy. Será un golpe para los alemanes, y nuestra respuesta a las detenciones de los patriotas.

—¿Dónde llegará el pesquero?

—Al norte de Atenas, iremos con barcas a descargar al mar.

—¿Saben en Londres que me han pedido que les ayude en esta misión?

—No, Londres no tiene nada que ver, se lo estoy pidiendo yo.

—Será muy peligroso.

—Todo lo es. ¿Está dispuesta?

—Sí, pero aún no me ha dicho qué he de hacer.

—Unirse a nuestro grupo. Nos falta gente, necesitamos otro conductor.

—De acuerdo, pero... no sé si podré escaparme por la noche. No es fácil salir del hotel.

—No tendrá que escaparse por la noche. Nosotros desembarcaremos las armas y las esconderemos en un lugar seguro cerca de la playa. Las armas serán distribuidas a pequeños grupos. Usted debe conducir a dos amigos hasta allí y luego regresar con ellos a Atenas. Nada más. Ellos la guiarán.

—¿Ninguno de esos dos hombres sabe conducir?

—No, no saben. No todo el mundo sabe. Ya le he dicho que ha habido detenciones, tenemos bajas.

—Muy bien. ¿Y qué más?

—Ya le diré el día y el lugar al que debe acudir para ayudarnos.

Amelia salió a pasear cerca de la Acrópolis tal y como le había ordenado el pope. No sabía ni quién ni en qué momento se pondrían en contacto con ella, sólo que debía caminar.

Un coche se paró a su lado y vio el rostro de una mujer y escuchó una voz instándola a subir. Lo hizo instintivamente.

—Échese al suelo —ordenó la mujer que iba junto al conductor.

—¿Adónde vamos? —preguntó Amelia.

—A buscar el coche que usted debe conducir.

No pudo ver hacia dónde iban, sólo sintió que se le revolvía el estómago por culpa de los vaivenes del vehículo. Media hora más tarde se pararon. Se sorprendió al ver que estaban dentro de un garaje.

—Salga, es aquí —dijo la mujer.

Pistola en cinto, se les acercó un hombre que caminaba renqueando.

—Habéis tardado —les reprochó en griego.

—Hemos tenido que evitar los controles —respondió el conductor; y luego, señalando a Amelia, añadió en inglés—: Ella te llevará.

—¿Sabe conducir? —le preguntó el hombre que renqueaba mirándola por primera vez.

—Sí, algo sé.

—Tendrá que esmerarse —afirmó el hombre malhumorado.

—¿Te duele? —le preguntó la otra mujer mirando la pierna vendada de la que cojeaba.

—Eso no importa, el problema es que no puedo conducir.

Le señalaron a Amelia un viejo coche negro que estaba aparcado, y ella sintió temor de no ser capaz de manejarlo. Le había enseñado Albert James en Londres y había pasado el examen para obtener el permiso de conducir, pero en realidad no había conducido nunca.

—Nos vamos —dijo el cojo.

La pareja volvió a su coche y salieron los primeros del garaje. Amelia sufrió la humillación de que se le calara el motor antes de lograr poner en marcha el coche.

—¿Sabe o no sabe conducir? —preguntó, irritado, el hombre.

—Ya le he dicho que un poco.

—Pues, entonces, vámonos.

Él le iba indicando el camino. Parecía preocupado y no hacía ningún esfuerzo por ser amable.

—¿Cómo se llama? —le preguntó Amelia.

—¿Y a usted qué le importa? Cuanto menos sepa, mejor.

Ella se quedó en silencio pero sus mejillas se pusieron rojas por la irritación. El hombre pareció lamentar su brusquedad.

—Es por su seguridad, lo que no se sabe no podrá decirlo en caso de que la detengan. Pero tiene razón, tiene derecho a que le dé un nombre, el que sea, con el que dirigirse a mí. ¿Le parece bien Costas?

—Me da igual —respondió ella con irritación a aquel hombre alto y moreno, con un poblado bigote.

—Es usted agente británica, debe de ser muy buena para vivir con un nazi y que él no se haya dado cuenta.

Iba a defender a Max, a repetir que no era nazi, sólo un soldado que debía cumplir con su deber. Pero sabía que Costas no lo entendería, que no querría entenderlo. Para él todos los alemanes eran lo mismo, y además Max llevaba un uniforme.

—¿Nos llevaremos todo el material? —preguntó.

—Todo no, sólo una parte. Ya se habrán llevado la otra otros miembros del grupo. Anoche mismo. A nosotros nos han dejado los explosivos y los detonadores. Vamos a volar un convoy con unos cuantos tanques. Usted será mi chófer, no lo hace tan mal.

Cuando llegaron al almacén donde habían escondido las armas, ya estaban allí la pareja del otro coche. El hombre trasladaba las cajas a su vehículo, mientras la mujer vigilaba con una pistola en la mano.

—Usted también vigilará. Súbase allí, a aquella roca, y avísenos si ve algo raro. Tenga —le dijo entregándole un arma.

—No la necesito —afirmó Amelia sin atreverse a cogerla.

—¡Cójala! ¿Qué hará si nos descubren? ¿Echarse a llorar? —le gritó Costas.

Amelia cogió el arma y sin decir palabra se encaramó a la roca.

Aguardó impaciente a que los dos hombres camuflaran las armas en ambos coches, lo que les llevó cerca de una hora. Cuando terminaron, hicieron una señal a las mujeres.

De regreso a Atenas, Amelia iba en silencio; fue Costas quien comenzó a hablar.

—La operación tendrá lugar dentro de tres días. Las cargas las pondremos pronto, por la mañana. Luego esperaremos a que pasen y ¡bum!

—Bien —respondió ella sin demasiado entusiasmo.

—¿Tiene miedo?

—Si no lo tuviera sería una estúpida. Usted también lo debería tener.

—No, yo no tengo miedo. Cuando mato alemanes siento un cosquilleo que me baja por el vientre, como si estuviera... ¡bah!, usted es una mujer.

—Una mujer que conduce su coche y que va a ayudarle a volar un convoy. —Amelia no soportaba el desprecio con que Costas la trataba.

—Sí, las mujeres también son valientes, nuestras camaradas de la Resistencia no se quejan, saben obedecer y no les tiembla el pulso cuando disparan. Veremos de lo que es capaz de hacer usted.

—¿Por qué no recurre a sus camaradas? —preguntó irritada.

—Nos han diezmado en la última redada. Lo de mi pierna es un recuerdo, tuve que saltar una tapia con un tiro en la rodilla. Muchos de los nuestros están en manos de la Gestapo. No saldrán vivos de allí.

—¿Y si hablan?

—¡Jamás! Somos griegos.

—Supongo que además son seres humanos.

—De manera que usted hablaría —afirmó él con desconfianza.

—¿Cuántas veces le han detenido? ¿Cuántas le ha interrogado la Gestapo? —quiso saber Amelia.

—Nunca, nunca han podido detenerme.

—Entonces no dé nada por hecho.

—¿Y a usted? ¿Acaso a usted la han detenido? —respondió él con un tono de burla que la ofendió.

Estuvo a punto de parar el coche y subirse las mangas para que viera las huellas de las esposas en sus muñecas, de bajarse las medias para que viera sus piernas, pero no lo hizo, comprendió que aquel hombre era así, que hablaba sin ánimo de ofenderla.

—Dentro de tres días —recordó él cuando se despidieron.

Max estaba sumergido en la bañera cuando ella llegó al hotel.

—¿Dónde has estado? —le preguntó desde el baño.

—Dando una vuelta. He ido a la catedral —respondió Amelia poniéndose en guardia.

Luego le dejó seguir disfrutando del baño y salió de la habitación para aprovechar los minutos hasta que Max terminara y fotografiar algunos de los documentos que él tenía esparcidos sobre el escritorio.

Ni siquiera se fijó en lo que fotografiaba. No tenía tiempo. Se lo daría a Dion en cuanto tuviera la primera oportunidad.

La noche anterior a la operación de la Resistencia, Max le dijo que estaría unos días fuera porque tenía que acercarse a un pueblo donde algunos soldados habían caído enfermos.

—No sé de qué se trata, pero tengo que ir a echar un vistazo.

—¿Cuándo te irás?

—Mañana muy temprano. Antes de que amanezca me vendrá a buscar mi ayudante.

—Estás preocupado...

—Lo estoy, por la marcha de la guerra. En Berlín se niegan a ver lo que está pasando.

—¿Qué está pasando, Max?

—Que podemos perder. Fue un error atacar a los rusos y lo estamos pagando.

Amelia suspiró aliviada. Deseaba fervientemente que Alemania perdiera la contienda, aunque en ese momento su mayor preocupación era cómo salir de su habitación sin que Max la viera. Llevaban un día sin dormir juntos, porque ella le había dicho que estaba indispuesta y se encontraba mal. Él había aceptado a regañadientes que ella durmiera en su habitación, pero mantenían abiertas las puertas que comunicaban los cuartos.

Ahora no habría problema. Max se iría al amanecer y ella a continuación. Tenía que acudir a la casa de Costas, de allí irían al lugar por donde tenía que pasar el convoy para colocar los explosivos. Se tranquilizaba diciéndose que ella sólo tenía que conducir.

Max se acercó a su cama para despedirse, la besó en la frente creyéndola dormida. Cuando salió de la habitación, ella se levantó de un salto. No tardó más de quince minutos en estar lista. Dion le había dado un plano del hotel indicándole las salidas de servicio por donde poder escabullirse, además de haberle proporcionado un uniforme de doncella. Se lo había puesto, ocultando su cabello en una cofia y colocándose unas gafas que la ayudaban a disimular su rostro.

Salió de la habitación y buscó la puerta que daba a un cuarto que comunicaba con las escaleras de servicio. Tuvo suerte, sólo se tropezó con un camarero malhumorado por tener que servir un desayuno a esa hora tan temprana. Ni siquiera respondió a su saludo.

Salió del hotel y con paso decidido se fue alejando hasta llegar a la plaza Omonia, donde la esperaba el coche de la pareja.

—Se ha retrasado —le recriminó la mujer.

—He venido tan deprisa como he podido.

La llevaron hasta la casa de Costas. El hombre aguardaba impaciente en el garaje.

—Nuestros amigos estarán preguntándose por qué no llegamos. Nosotros tenemos los explosivos —dijo refunfuñando.

Amelia no sabía adónde iba, sólo seguía las indicaciones de Costas. Al cabo de un buen rato dejaron la ciudad y se alegró al ver los brotes de la primavera a ambos lados del camino.

—Sigue por ahí... fíjate, a lo lejos verás unas casas, allí viven los ricos... aquí no hace calor en verano.

Luego le indicó una cuesta, un camino de tierra; Amelia temió que el coche no pudiera subir. Pero lo hizo, y al cabo de un rato de conducir por aquel sendero llegaron hasta una construcción que parecía un lugar donde guardar los aperos de trabajar el campo. Costas la mandó parar, y sin saber de dónde, aparecieron cinco hombres armados.

El cojo los saludó efusivamente y les presentó a Amelia. Los hombres les ayudaron a descargar los explosivos y las armas que llevaba el coche de la pareja.

—No está mal —dijo uno de los hombres, el que parecía mandar a aquel pequeño grupo.

—¡Qué no está mal! —gruñó Costas—. Los ingleses han cumplido, Dimitri; ese Churchill no es de los nuestros, pero quiere lo mismo que nosotros.

Costas volvió a darle una pistola a Amelia y le indicó a ella y a la otra mujer que cogieran unas bicicletas que estaban apoyadas junto a uno de los muros de la casa. Ellas obedecieron sin preguntar; llevando las bicicletas de la mano, fueron caminando escondiéndose entre los pinos hasta llegar al borde de otra carretera.

No pasaba nadie por allí, pero Costas mandó a tres hombres que se colocaran en lugares estratégicos para vigilar, y ordenó a Amelia y a la otra mujer que cada una fuera en una dirección de la carretera montadas en sus bicicletas, y si veían algún coche, debían avisarles de inmediato.

Todos le obedecieron; mientras se alejaba, Amelia vio cómo iban disimulando los explosivos a ambos lados de la carretera.

Creyó escuchar un ruido de camiones a lo lejos y salió de la carretera para, escondida entre los árboles, vislumbrar el convoy militar que lentamente se iba acercando. Pedaleó con ganas hasta llegar donde estaban Costas y sus hombres.

—¡Ya vienen!

—¡Daos prisa! Tenemos que terminar, los cerdos ya están aquí.

Se fueron escondiendo entre los árboles y Costas le hizo una señal a Amelia.

—Hemos puesto cargas en distintos lugares, y cada uno de nosotros se encargará de un detonador. Así es más seguro: si falla uno, no fallará el otro. Acompáñame, ya te diré cuál es el tuyo.

—¿Yo? No sé nada de explosivos…

—Sólo tienes que apretar aquí cuando escuches mi silbido.

Sólo eso. Podrás hacerlo. Es más fácil que conducir. Luego ya sabes lo que has de hacer. Correr hacia donde hemos dejado el coche; si no he llegado, espérame, si tardo más de cinco minutos desde que se produzca la explosión, entonces vete.

—¿Sin ti?

—Yo no puedo correr, ya sabes cómo tengo la pierna. Subiré como pueda.

—No deberías haber participado en esto —dijo Dimitri—, pero quieres estar en todo, nos las podríamos haber arreglado sin ti.

—Calla, y procura que llegue al coche.

—El médico te dijo que si continuabas andando perderías la pierna.

—¡Los médicos no saben nada! —respondió Costas con desprecio.

El ruido de los coches y camiones se escuchaba cada vez más cerca. Amelia ocupó su posición. Tenía todos los músculos en tensión y no quería pensar en lo que estaba a punto de hacer. Sabía que muchos hombres morirían.

Costas había organizado el sabotaje de manera que el convoy se viera atrapado por varias explosiones a lo largo de la carretera.

Amelia vio pasar camiones y carros de combate seguidos de varios coches en que viajaban oficiales de la Wehrmacht. Justo a su paso era cuando ella debía detonar el explosivo. Asió con fuerza la llave del mecanismo. Fijó la mirada en el detonador esperando un silbido de Costas y cuando lo escuchó, bajó el detonador. La carretera se convirtió en un infierno. Varios vehículos saltaron por los aires, otros se incendiaron, un tanque reventó al explotar la munición. Los cuerpos desmembrados de algunos soldados habían sido proyectados a decenas de metros de distancia. Las llamas devoraban los restos de los camiones y los gritos desgarradores de los heridos se confundían con el sonido rabioso de las órdenes que impartía un oficial desde lo alto de la torreta de un tanque. Sentía el silbido de las balas al rasgar el aire puro de la mañana mezclándose con los gritos desesperados de los heridos. Sabía que era el momento de salir corriendo hacia la casa de los aperos, pero se quedó paralizada al mirar hacia el coche donde iban los oficiales. Un grito aterrador salió de su garganta.

—¡Max! ¡Max! —gritó enloquecida, dirigiéndose hacia el infierno. No pensaba, sólo sabía que debía acercarse hasta la orilla de la carretera donde Max estaba tirado en el suelo empapado de sangre y envuelto en llamas que Amelia intentaba apagar con sus propias manos.

Costas vio a Amelia correr hacia la carretera. «Está loca —pensó—, la cogerán y hablará, entonces nos detendrán a todos.» Le apuntó con su arma y la vio caer cerca de donde estaba uno de los oficiales. Después, ayudado por uno de sus camaradas, huyó monte arriba.

Amelia cayó a pocos metros de donde estaba Max gritando: «¡Qué he hecho, Dios mío, qué he hecho!».

En medio del dolor, Max creyó escuchar un grito de Amelia, y pensó que se estaba muriendo puesto que escuchaba su voz.

Aquél no fue un buen día para los alemanes: era el 6 de junio de 1944, y horas antes, en las playas de Normandía, los aliados habían iniciado la invasión.

Cuando Amelia empezó a recuperar el conocimiento estaba en un hospital, y el primer rostro que vio fue el del coronel de las SS Winkler. Quiso gritar, pero la voz se negaba a salir de su garganta.

—Despiértela, tengo que interrogarla —ordenó Winkler al médico que estaba junto a él asistido por una enfermera.

—No puede interrogarla, lleva en coma desde hace más de un mes.

—¡La seguridad de Alemania está por encima de lo que le pueda suceder a esta mujer! ¡Es una terrorista, una espía!

—Sea lo que sea, ha estado en coma, le he avisado tal y como me ordenó porque en las últimas horas parece haber evolucionado. Pero tendrá que esperar a que sepamos si su cerebro ha sufrido daños. Déjeme hacer mi trabajo, coronel —pidió el médico.

—Es de suma importancia que pueda interrogar a esta mujer.

—Para poder hacerlo con éxito, debe permitir que haga mi trabajo; en cuanto ella pueda hablar, le avisaré.

A pesar de su estado, Amelia pudo captar la mirada de odio de Winkler y cerró los ojos.

—Ahora debe irse, coronel, puede que la paciente vuelva a caer en coma.

Las palabras le llegaban desde lejos. Había varios hombres hablando a su alrededor, pero no quería abrir los ojos temiendo encontrar los de Winkler.

Aún pasaron varias semanas hasta que Amelia recuperó completamente la conciencia. Cada minuto de lucidez sentía que se le quebraba el alma recordando a Max. No soportaba pensar que lo había matado. Porque había sido ella quien había apretado el detonador al paso del coche de los oficiales. El cuerpo ensangrentado de Max luchando contra las llamas le impedía encontrar la paz, y sólo ansiaba sumirse en un sueño que fuera eterno.

Pero, a pesar de su deseo de morir, comenzó a recuperarse y mientras lo hacía pensaba en el momento en que el coronel Winkler volvería a aparecer para interrogarla. Se decía a sí misma que la habían rescatado de la muerte para volver a entregarla a la muerte, pues eso era lo que le esperaba a manos del coronel, pero no le importaba. Se decía a sí misma que merecía morir.

Tenía que hacer un esfuerzo para pensar, pero su intuición le dijo que era mejor anclarse en el silencio, que creyeran que no podía hablar a causa de la conmoción que había sufrido; mejor aún, que creyeran que había perdido la memoria.

El médico la examinaba todos los días y consultó con otros colegas el tratamiento más adecuado para sacarla de ese estado vegetativo en que parecía estar. Sospechaba que ella le oía, que le entendía cuando él le hablaba, pero que no quería responder, aunque tampoco podía asegurarlo.

Amelia procuraba tener la mirada perdida, como si estuviera ensimismada en su propio mundo.

—¿Alguna novedad, enfermera Lenk?

—Ninguna, doctor Groener. Se pasa el día mirando al frente. Tanto le da estar en la cama como que la pasee; no parece enterarse de nada.

—Sin embargo… déjeme con ella, el doctor Bach necesita refuerzos en su sección, vaya a echarles una mano.

El doctor Groener se sentó en una silla frente a la cama de Amelia y la miró fijamente. Se dio cuenta de que imperceptiblemente los ojos de ella se movían intentando mantener su mirada vacía.

—Sé que está aquí, Amelia, que aunque parezca que no nos entiende, no vaga en la inconsciencia. El coronel Winkler llegará esta tarde para interrogarla. Yo tengo que darle el alta porque no puedo hacer más por usted. Recomendaré su ingreso en alguna institución, aunque su futuro no depende de mí, sino del coronel.

Amelia se pasó el resto del día rezando mentalmente para encontrar fuerzas con las que enfrentarse a Winkler. Sabía que el coronel la llevaría al límite del dolor para hacerla hablar, y que, lo consiguiera o no, la mataría.

Cuando recobró por completo el conocimiento, la sometieron a terapia para intentar que hablara. El doctor Groener decidió contarle cómo la habían encontrado desangrándose en aquella carretera donde un grupo de terroristas había atacado a un convoy del Ejército alemán.

La llevaron al hospital junto al resto de los soldados heridos, y allí la operaron. Una bala le había atravesado un pulmón. Pensaron que no sobreviviría, pero sobrevivió. Fue el coronel Winkler quien pidió a los médicos que hicieran lo imposible por salvarla, pues era de vital importancia poder interrogarla. De manera que se dejaron la piel por arrastrarla desde la orilla de la muerte hasta la de la vida.

Por la tarde, cuando el coronel Winkler se presentó en el hospital, el doctor Groener le acompañó a la habitación de Amelia y le aconsejó que no la presionara mucho puesto que aún estaba convaleciente.

—Usted haga su trabajo, doctor, que yo haré el mío. Esta mujer es una asesina, una terrorista, una espía.

El doctor Groener no se atrevió a pronunciar una palabra más.

Dos hombres de Winkler la trasladaron hasta los sótanos del hospital, a una sala donde aguardaban otros dos hombres uniformados. En una mesa alineada junto a la pared, había varios instrumentos de tortura colocados en perfecto orden.

Sentaron a Amelia en el centro de la estancia y el coronel Winkler cerró la puerta; se sentó detrás de una mesa al tiempo que la habitación quedaba a oscuras, salvo por un potente haz de luz que iluminaba a la prisionera.

Primero la desnudaron, a continuación le preguntaron por los nombres de los miembros de la Resistencia a los que había ayudado, luego por sus contactos en Londres, incluso la instaron a denunciar a Max por traidor. Cada pregunta venía seguida de un golpe, y tanto la golpearon, que en varias ocasiones perdió el conocimiento.

Amelia deseaba que le pegaran fuerte para caer así en la penumbra y no hablar. Pero no pudo resistirse al dolor y gritó, gritó a cada golpe, y más cuando uno de sus torturadores, con un bisturí, comenzó a levantarle la piel del cuello, despellejándola como si de un animal se tratara. Le levantaba las tiras de piel y la rociaba con sal y vinagre, mientras ella gritaba. Pero no habló, sólo gritó y gritó hasta quedarse ronca y perder la voz.

Llegó a perder el sentido del tiempo, no sabía si era de noche o de día, si llevaban muchas horas torturándola o le habían dado algún respiro. El dolor era tan potente que no lo podía soportar; sólo deseaba morir, y rezaba para que así fuera.

La única palabra que Winkler sacó de Amelia fue cuando gritó «¡mamá!».

Cuando se la devolvieron al doctor Groener, éste no pareció asombrarse al verla en un estado de nuevo más cercano a la muerte que a la vida.

—Ya le dije que sufre una conmoción cerebral y que pasará tiempo antes de que se recupere y vuelva a hablar. Si cree que lo que puede decirle es importante, dele ese tiempo.

—No se quedará aquí.

—¿Y dónde piensa enviarla? ¿A Alemania?

—Sí.

—¿A un campo?

—Estará con gente de su especie, criminales como ella, hasta que esté en condiciones de hablar.

—¿Y si no habla nunca?

—Entonces la ahorcaremos por espía y terrorista. Dígame cuánto tiempo tardará en volver a hablar.

—No lo sé, puede que con el tratamiento adecuado… quizá unos meses, quizá nunca.

—Entonces esta asesina no dispone de mucho tiempo de vida.

Al día siguiente la metieron en un tren de ganado. Winkler se ocupó personalmente de que la enviaran al campo de Ravensbrück, que estaba situado a 90 kilómetros al norte de Berlín. Las instrucciones del coronel respecto a su prisionera fueron muy precisas: si en seis meses el médico del campo no le enviaba aviso de que Amelia estaba en disposición de hablar, entonces la prisionera debía ser ahorcada.»

El mayor William Hurley hizo una pausa en su relato para encender su pipa.

—Por favor, continúe —le rogué.

—En nuestros archivos figura que a Amelia la llevaron a aquel lugar y que allí estuvo hasta el final de la guerra.

—Entonces sobrevivió —respondí, aliviado.

—Sí, sobrevivió.

—Exactamente, ¿cuándo llegó al campo?

—A finales de agosto de 1944.

—¿Puede usted aportarme documentación sobre Ravensbrück?

—En detalle no, para eso tendría que ir usted a Jerusalén.

—¿A Jerusalén? ¿Por qué a Jerusalén?

—Porque allí está el Museo del Holocausto y allí es donde tienen la información más precisa sobre lo que sucedió en aquellos años horribles en Alemania. En sus archivos cuentan con una base de datos sobre los supervivientes, quiénes estuvieron y en qué campo; gracias a ellos se ha podido reconstruir lo que fue el infierno de cada campo.

—Pero mi bisabuela no era judía.

—Eso no tiene nada que ver, en el Museo del Holocausto tienen información de todos los campos y de cuantos estuvieron allí.

—¿Qué pasó cuando terminó la guerra?

Mi pregunta incomodó al mayor Hurley, que carraspeó.

—Todavía hay mucha información clasificada, a la que no hay acceso.

—Pero podría darme alguna pista, no sé, al menos saber dónde fue mi bisabuela.

—Intentaré ayudarle cuanto pueda. Pero he de hablar con mis superiores y ver si la información que ha sido desclasificada se puede poner a disposición de un particular como es su caso, que encima resulta que es periodista.

—Usted sabe que no tengo ningún interés periodístico en esta historia, se trata de mi bisabuela.

—De todas formas, tengo que consultar a mis superiores. Llámeme dentro de unos días.

Acepté sin rechistar. Estaba conmocionado por el relato del mayor Hurley. Imaginaba lo que para mi bisabuela debía de haber supuesto terminar con la vida del hombre que quería.

Regresé al hotel y telefoneé a doña Laura.

—Siento molestarla, pero me temo que la investigación se complica, cuando parece que estoy llegando al final, me encuentro con algo que me obliga a continuar.

—Continúe.

—¿Continúo?

—Sí. ¿Tiene algún problema para hacerlo? ¿Necesita que le envíe más dinero? Hoy mismo daré orden al banco para que le hagan un nuevo ingreso en su cuenta.

—No, no se trata sólo de eso, sino de... no sé, tengo la sensación de que cuanto más voy conociendo sobre Amelia Garayoa, menos avanzo.

—Haga su trabajo, Guillermo, aunque... bueno, somos muy mayores y quizá nosotras no disponemos de demasiado tiempo.

—Haré todo lo que pueda, se lo prometo.

Después telefoneé al profesor Soler, pero no lo encontré en casa. Su esposa dijo que su marido se hallaba en un congreso en Salamanca.

—Llámele al móvil, no le importará; pero hágalo por la noche; no le gusta que le distraigan durante las jornadas de trabajo.

Cuando por fin pude hablar con el profesor Soler, le transmití mi preocupación.

—Creo que no voy a terminar nunca, la vida de Amelia es una tragedia sin fin. Cuando crees haber llegado al final resulta que le ha pasado algo más. Tengo que ir a Jerusalén. ¿Conoce usted a alguien en el Museo del Holocausto?

Creo que el profesor Soler sintió curiosidad por saber qué era lo que me iba a llevar a Jerusalén, pero se abstuvo de preguntármelo. No conocía a nadie del Museo del Holocausto pero me dio el teléfono de un amigo, un profesor de historia de la Universidad de Jerusalén.

—Avi Meir es polaco, sobrevivió a Auschwitz. En realidad está jubilado, pero es profesor emérito, él le podrá guiar en lo que sea que esté buscando.

—A Amelia, continúo buscando a Amelia —respondí resignado.

—¿En Jerusalén?

—No, pero creo que allí pueden darme noticias suyas.

Pablo Soler no preguntó más. Se había impuesto a sí mismo no conocer más de lo que las Garayoa quisieran que supiese. Les debía mucho, en realidad les debía todo lo que era.

Decidí no telefonear a mi madre para decirle que me iba a Jerusalén, ya la llamaría desde allí. No tenía ánimos para otra de las broncas maternas. Pero pensé en ir ablandándola enviándole unas flores. Las encargué desde la recepción del hotel. Ya no podría quejarse de que me olvidaba de ella.

12

Mi llegada a Tel Aviv no comenzó con buen pie. El interrogatorio al que me sometió el policía de la aduana me irritó.

—¿A qué ha venido a Israel?

—A hacer turismo.

—¿Conoce a alguien aquí?

—No, no conozco a nadie.

—¿Le han entregado algún regalo para alguna persona de Israel o de los Territorios?

—No, nadie me ha dado nada ni yo traigo ningún regalo.

Luego tuve que detallar dónde me iba a alojar y qué recorrido pensaba hacer por el país.

Ya de malhumor, alquilé un coche para ir hasta Jerusalén mientras pensaba que, en relación con la seguridad, los israelíes eran un poco paranoicos, incluso más que los norteamericanos.

El Sheraton de Jerusalén, situado en un lugar céntrico, se hallaba no muy lejos del King David, el hotel histórico de la ciudad, aunque si quería ir a la ciudad vieja tenía que dar un paseo. Aunque me dije que no estaba allí para hacer turismo, decidí que cuando terminara de trabajar, buscaría un momento para visitar los Santos Lugares y llevar un recuerdo a mi madre. Pensé en lo contradictoria que era, tan moderna para algunas cosas, pero tan católica y tradicional en otras.

El profesor Avi Meir resultó ser un anciano encantador que se mostró dispuesto a recibirme de inmediato.

—Ayer me telefoneó el profesor Soler anunciándome su llegada. Si no tiene ningún otro compromiso, le espero para cenar a las ocho.

Acepté de buen grado. Salvo tres cafés, no había tomado nada en todo el día, y estaba hambriento. Después de darme una ducha, le pedí al conserje del hotel que me explicara cómo llegar a la dirección que me había dado el profesor Meir.

El profesor vivía en la segunda planta de una casa de sólo tres pisos. Él mismo abrió la puerta y me dio un apretón de manos que me sorprendió por su firmeza, teniendo en cuenta que era la mano de un hombre de edad avanzada. Calculé que estaría cerca de los noventa, pero se movía como si tuviera muchos menos.

La casa era sencilla, con estanterías en todas las paredes y libros apilados por el suelo. En la sala de estar había una mesa redonda perfectamente dispuesta para la cena.

—Siéntese, estará hambriento después del viaje. No sé usted, pero yo nunca como en los aviones.

Cenamos con apetito. Además de un pescado cocinado al horno, el profesor había dispuesto varias ensaladas, hummus y una cesta de pan ácimo.

—Le gustará el pescado, se llama *Tilapia galilea*, aunque creo que ustedes lo llaman San Pedro; es del mar de Galilea, un amigo me lo ha traído hoy.

Dimos buena cuenta de la cena mientras le contaba que necesitaba información sobre el campo de Ravensbrück y la confirmación de si allí habían tenido prisionera a mi bisabuela.

—No somos judíos, pero mi bisabuela estuvo muy implicada en la guerra, trabajó para los aliados. Si usted pudiera arreglarme una cita con alguien del Museo del Holocausto, se lo agradecería mucho. Tanto como esta magnífica cena —bromeé.

El profesor se quedó en silencio mirándome fijamente, como

si quisiera leer mis pensamientos más íntimos. Luego, antes de responder, me sonrió.

—Haré algo mejor, le presentaré a alguien que estuvo en Ravensbrück.

—¡No es posible! ¿Aún quedan supervivientes de ese campo de prisioneros?

—Cada vez somos menos, pero aún no nos hemos muerto todos. ¿Sabe?, a veces pienso que cuando el último de nosotros desaparezca, no quedará ningún testimonio de lo que fue aquello, porque el mundo tiende a olvidar, no quiere recordar.

—Hay libros, documentales, el Museo del Holocausto... Nunca se perderá la memoria de lo que sucedió —intenté animarle.

—¡Bah! Todos esos testimonios no dejan de ser una gota en el inmenso mar. Los hombres necesitan olvidar sus crímenes... Volviendo a lo que nos ocupa, mañana le presentaré a alguien que le puede ayudar, alguien que sobrevivió a Ravensbrück lo mismo que yo sobreviví a Auschwitz.

—Muchas gracias, profesor, en realidad es mucho más de lo que yo esperaba.

—Iré a buscarle a las doce a su hotel, pero antes quiero que haga algo. Visite el Museo del Holocausto, acuda usted a primera hora de la mañana. Luego le será más fácil comprender.

Ya en el hotel, sentí la necesidad de hablar con alguien para contarle que había conocido a un hombre excepcional. La larga conversación con Avi Meir me había impresionado. Apenas me habló de su peripecia vital en Auschwitz, en cambio me explicó cómo era la Europa de antes de la guerra, hasta que nos metimos de lleno en una discusión sobre la existencia del Estado de Israel; aquella velada me hizo sentir tan cómodo, que incluso me permití el lujo de criticar abiertamente la política de Israel con los palestinos.

Avi Meir no se amilanó ante mis críticas y polemizamos con

la confianza con que sólo lo hacen los buenos amigos. Me sentí muy a gusto.

A la mañana siguiente me levanté temprano. Quería aprovechar el día, así que cogí un mapa de Jerusalén y, gracias también a las indicaciones del recepcionista del hotel, me planté en el Museo del Holocausto con bastante rapidez.

Cuando llegué, me encontré esperando a un grupo de judíos norteamericanos y a los alumnos de un colegio. También había un grupo de turistas españoles que aguardaban a que llegara su guía. Me pegué a ellos para escuchar sus explicaciones.

Salí del museo sobrecogido, con el estómago revuelto y una sensación de náusea. ¿Cómo era posible que toda una nación hubiera enloquecido hasta el punto de haber asesinado masivamente a millones de personas por ser de una raza distinta o por tener otra religión? ¿Por qué no se habían rebelado? Me acordé deMax von Schumann y de sus amigos; ellos no estaban de acuerdo con Hitler, pero su oposición era únicamente intelectual. ¿Cuántos alemanes de verdad se jugaron la vida combatiendo a Hitler?

Llegué al hotel al mismo tiempo que el profesor Meir, que sorprendentemente conducía él mismo una vieja camioneta.

—Suba. ¿Viene del museo? El lugar donde vamos no está muy lejos, sólo a doce kilómetros de aquí, ya verá.

Salimos de la ciudad sin que el profesor me dijera adónde me llevaba, tampoco le pregunté. Me pareció que nos estábamos internando por el desierto hasta que de pronto me pareció vislumbrar un oasis verde en el horizonte. Parecía un pueblo, un pequeño pueblo con una cerca de protección y hombres y mujeres armados que vigilaban el perímetro de la población. No eran soldados, sino que parecían gente corriente, vestidos con ropa cómoda, sin ningún distintivo militar.

—Esto es Kiryat Anavim, un kibutz, aquí viven sobre todo judíos rusos. Lo fundaron unos judíos que llegaron de Rusia en 1919. En Israel cada vez quedan menos kibutz; vivir aquí es muy duro, es comunismo puro.

—¿Comunismo?

—No existe la propiedad, todo es de todos y la comunidad provee según las necesidades de cada cual; los niños se educan en la casa comunal, y todos se reparten el trabajo, pero haciendo de todo; usted puede ser ingeniero o médico, pero también le tocará estar en la cocina, o arar. La única diferencia con el comunismo soviético es que aquí hay libertad: cuando alguien se quiere ir, se va; todo cuanto hacen es voluntario. Vivir en el kibutz es muy duro, sobre todo para las nuevas generaciones, los jóvenes de ahora están demasiado mimados y no aguantan una vida espartana.

—No me extraña —respondí en un ataque de sinceridad.

—Yo viví unos cuantos años en un kibutz cuando llegué a Israel, allí conocí a mi esposa y pasé los años más felices de mi vida.

—¿Su esposa?

—Mi esposa murió hace años. Desgraciadamente el cáncer se la llevó. Era rusa, una rusa judía. Vino con sus padres siendo una niña. Fueron de los primeros pioneros, y se asentaron aquí, en Kiryat Anavim.

—¿Tiene hijos?

—Sí, cuatro hijos. Dos han muerto. Daniel, el mayor, en la guerra del sesenta y siete, y Esther en un ataque terrorista al kibutz en el que vivía en el norte del país, cerca de la frontera con Líbano. Me quedan dos: Gedeón vive en Tel Aviv, está a punto de jubilarse, es productor de televisión, tiene tres hijos y dos nietos, así que soy bisabuelo; Ariel, el pequeño, vive en Nueva York. Se casó con una norteamericana y se marchó. Tengo dos nietos neoyorquinos que en su momento cumplieron con su obligación y vinieron a hacer el servicio militar. Buenos chicos, se han casado y también tienen hijos.

Detuvo la camioneta en la puerta de una casa baja y modesta. Todas las casas eran iguales: de piedra, alineadas unas junto a las otras, sin nada que las distinguiera.

La puerta de la casa estaba abierta y Avi Meir entró como si se tratara de su propia casa.

—¡Sofía! ¡Sofía! ¡Estoy aquí!

Una mujer mayor apareció sonriendo y nos tendió la mano.

—¡Avi! ¡Pasa, pasa! Me diste una gran alegría cuando me llamaste esta mañana. Hacía tiempo que no venías. ¿Y tus hijos? ¿Sabes algo de Ariel? Nunca entenderé por qué a los chicos les gusta tanto irse a Norteamérica. ¿Y este joven es...?

—Guillermo, el joven español del que te he hablado. Es periodista, pero está aquí escribiendo un libro sobre su bisabuela.

—Cuando me llamaste para preguntarme si en Ravensbrück había conocido a una española llamada Amelia Garayoa, me dio un vuelco el corazón. Amelia, ¡pobrecilla!

Sofía nos invitó a tomar asiento y trajo una jarra de limonada aromatizada con hojas de menta, luego me miró de arriba abajo como intentando encontrar en mí alguna huella de Amelia, pero no pareció encontrarla.

—Cuéntanos todo lo que sepas, a mí también me gustará saberlo —le pidió el profesor Meir.

Sofía no se hizo de rogar y comenzó su relato.

«Yo tenía dieciocho años cuando me llevaron a Ravensbrück, en mayo de 1944. Mi madre era comisaria política y yo ansiaba serlo. También era una jovencísima comunista que adoraba al padrecito Stalin, y que había destacado en las Juventudes Comunistas, ayudada por la influencia de mi padre, comisario político como mi madre.

No voy a contar lo que los alemanes nos hicieron cuando invadieron Rusia, sólo que mi madre y yo tuvimos suerte, mejor suerte que otras muchas mujeres, a las que además de violarlas, después las destriparon en presencia de sus maridos y de sus hijos, u otras que tuvieron que soportar ver cómo descuartizaban en pedazos a sus hijos delante de sus ojos.

Estábamos en un pueblo, organizando a los campesinos, cuando de repente llegaron los nazis... Estaban furiosos porque iban perdiendo la guerra. Asesinaron a los ancianos y a los niños y nos hicieron prisioneros a todos los que llevábamos un uniforme; en mi caso, el de comisaria de las Juventudes Comunistas. Aún hoy siento miedo cuando recuerdo cómo nos subieron a aquellos camiones golpeándonos con las culatas de los fusiles. A mi madre y a mí, al descubrir que éramos judías, nos separaron del resto. Para ellos éramos lo peor: judías, comunistas y rusas. Y nos enviaron a Ravensbrück, un campo de prisioneros situado cerca de Berlín.

Allí dormíamos en barracones, amontonadas las unas encima de las otras sobre unos colchones duros, sin apenas espacio para respirar, aunque bastante teníamos con combatir a los piojos y a las chinches que corrían por los colchones y por nuestra ropa.

Uno de los jefes del campo era un comandante de las SS que se llamaba Schaefer; era un hombre brutal, bajo, gordo, moreno, todo lo contrario del ideal ario. Pero allí estaba él hablándonos de la superioridad de su raza mientras nos torturaba. A Schaefer le gustaba participar personalmente en los interrogatorios y poner en práctica cuanto de macabro ideaba con ayuda del doctor Kiefner.

El doctor Kiefner era un sádico que, al igual que Schaefer, violó a muchas mujeres del campo.

Le gustaba llevar a cabo lo que él calificaba como «sus experimentos» para comprobar cuánto dolor podía soportar un ser humano, pero sin causarle la muerte.

La mayoría de las mujeres eran mutiladas. «¿Se puede vivir sin pezones?», se preguntaba el doctor Kiefner mientras se disponía a cortar los pezones a alguna de las presas. Lo hacía con un bisturí, sin ningún tipo de calmante que pudiera aliviar el dolor de sus víctimas.

Era un sádico y disfrutaba mutilando los genitales de las mujeres de Ravensbrück. A otras las destripaba porque decía que eso le ayudaba a tener un conocimiento más preciso del cuerpo humano.

—Vamos, querida, no te resistas, es por el bien de la ciencia. Yo estudié con cadáveres, pero no es lo mismo que poder contemplar cómo se mueven tus órganos mientras se van apagando —le decía a la mujer que había elegido como víctima.

Si a alguna de nosotras nos enviaban al hospital, íbamos aterrorizadas sabiendo que aunque consiguiéramos regresar vivas, ya nunca seríamos las mismas. A mí me amputó los dos pechos... estuve varios días entre la vida y la muerte. Me salvó que una enfermera que le ayudaba también era una prisionera. No era judía, a la pobre mujer la obligaban a asistirle en aquellas carnicerías. Creo que era checa, no lo recuerdo bien; hablaba muy poco y había sido enfermera antes de caer prisionera. No sé por qué estaba allí, pero el caso es que el doctor Kiefner no la utilizó para sus experimentos. Ella nos ayudaba cuanto podía, que no era mucho, pero a veces lograba sustraer pequeñas cantidades de antisépticos y analgésicos que se los entregaba a alguna presa para que cuidara a quienes habían pasado por la «camilla» del doctor.

Supongo que sobreviví porque era joven y quería vivir, y además contaba con mi madre; sin ella no lo habría logrado.

Pero estoy contando lo que me sucedió a mí, y no es eso lo que ha venido a buscar; usted lo que quiere es que le hable de la española. Llegó a principios de septiembre del cuarenta y cuatro, estaba enferma y la destinaron a nuestro barracón. La recuerdo muy bien. Apenas podía andar, se notaba que no hacía mucho que la habían torturado. Casi no podía abrir el ojo derecho y tenía la cara amoratada por los golpes recibidos. Estaba extremadamente delgada y tenía el cuello y la espalda surcada por las huellas de los instrumentos de tortura.

Recuerdo como si fuera ayer aquel primer día en que la vi...

—¡Ponte donde puedas, cerda! —El guardia le dio un empujón para que entrara en nuestro barracón.

Amelia apenas dio unos pasos y se sentó en el suelo sin mirar a ninguna parte, como si no nos viera o no le importara quienes estábamos allí. Mi madre se acercó a ella y le habló, pero no obtuvo respuesta.

—No sabemos de dónde es, no parece rusa —dijo una mujer.

No sé por qué a mi madre le conmovió la española, pero el caso es que la arrastró hasta nuestro lado, y la acomodó sobre una esquina del colchón. Ella se dejaba hacer sin mostrar ninguna emoción.

—La ropa que lleva está muy sucia, pero es buena —comentó otra de las presas.

Desde aquella noche Amelia durmió a nuestro lado. Mi madre parecía haberla adoptado.

Creíamos que no nos hablaba por no entender el ruso, pero a los dos días de haber llegado mi madre me dijo al oído que la había sorprendido mirándola cuando hablaba con otra mujer acerca de ella, como si las entendiera.

Pasaron varios días antes de que el comandante Schaefer la llamara a su presencia.

Como apenas se sostenía de pie, mi madre decidió ayudarla a caminar para que llegara hasta el despacho de Schaefer.

Mi madre regresó pero a la española no la volvimos a ver hasta dos días más tarde, cuando se abrió la puerta y uno de los guardias tiró al centro del barracón lo que parecía un fardo de ropa vieja.

La habían violado. Era lo habitual cuando llegaba una prisionera. Si era joven, el primero en violarla era Schaefer, o en ocasiones el propio doctor Kiefner. Pero incluso las más viejas sufrían esa humillación ya que Kiefner disfrutaba metiéndoles por la vagina todo tipo de objetos.

—Aquí ninguna os podréis quejar, todas recibís vuestra ración para calmar los ardores femeninos —decía, riéndose.

Cuando la trajeron estaba en muy mal estado, pero no dijo nada, continuaba sin hablar, incluso lloraba en silencio. Le caían las lágrimas y apretaba las mandíbulas como si quisiera reprimir el grito que anudaba su garganta.

Mi madre le limpió como pudo las heridas, y al hacerlo, comprobó que en algunos lugares le habían arrancado la piel.

Vinieron a por ella en más ocasiones para interrogarla. Pronto supimos que un coronel de las SS había ordenado a Schaefer que la hiciera hablar utilizando los métodos que quisiera. La enfermera del doctor Kiefner contó a otra presa que había oído decir al doctor que Amelia era una asesina, una terrorista. Al parecer la acusaban del asesinato de un oficial de las SS y de participar en secuestros y atentados.

Parecía imposible que aquella joven de aspecto tan frágil pudiera haber hecho nada de todo aquello. Era un saco de huesos y creo que aunque hubiera estado en mejor estado, mucha carne no le habría sobrado. Mi madre la llamaba «la muñeca rota».

Pero a pesar de su estado, sobrevivió. Fue un milagro. Y eso que un día se presentó en el campo aquel coronel que tenía cuentas pendientes con ella. Aún recuerdo su nombre: Winkler; Schaefer se puso muy nervioso cuando le anunciaron su visita. Todas pensamos que si Schaefer temblaba ante Winkler, eso significaba que éste era aún peor, y todas sentimos más miedo.

Winkler se marchó y pensamos que la española habría muerto. La enfermera nos dijo que el coronel Winkler se había encerrado en una habitación con ella y que los chillidos de Amelia no parecían los de un ser humano.

Cuando volvimos a verla era un amasijo de carne ensangrentada donde era difícil distinguir si tenía rostro. Durante varios días luchó entre la vida y la muerte, y mi madre pensó que no sobreviviría. Tenía las piernas y los brazos rotos, los pies aplastados y no había un solo centímetro de su piel sin huellas de quemaduras de cigarrillos. Escondiéndose entre las sombra la enfermera vino aquella noche a nuestro pabellón. Le limpió con cuidado las heridas y extendió una pomada por todas las quemaduras. Después, con ayuda de mi madre, intentó colocarle los huesos que tenía rotos. También trajo un frasco que contenía un calmante fuerte.

—No he podido hacerme con más —dijo—, pero es muy potente, debéis dárselo poco a poco. Y que no se mueva, es la única manera de que los huesos no se suelden del todo mal.

Supimos por ella que el coronel Winkler se había marchado sin conseguir su objetivo.

—Esta mujer tiene la mente en el más allá, no está aquí, y por eso, aunque la torturen hasta matarla, nunca hablará.

Aquella noche escuchamos su voz por primera vez. Mi madre creyó oír un sonido y acercó su oído a la boca de Amelia.

—Dice «mamá», llama a su madre.

Yo me acurruqué en brazos de la mía; tenerla allí conmigo me hacía más fuerte. De otra manera no habría podido soportar las torturas y las humillaciones a las que me sometían.

Cada día aumentaba el número de prisioneras que morían en la «camilla» de experimentos del doctor Kiefner. Su última canallada consistió en coser parte de la vagina de las prisioneras más jóvenes, tal como había leído que hacían en algunas tribus africanas para evitar que pudieran sentir ningún placer en las relaciones sexuales.

—No, aquí no habéis venido a gozar, sino a pagar por vuestros crímenes, de manera que evitaré que sintáis placer —decía mientras preparaba el material con el que nos cosía.

Nos mutiló a todas, también a Amelia, y algunas murieron por la infección.

Luego, cuando él o alguno de los guardias nos violaban, el dolor resultaba insorportable. No sé cómo sobrevivimos a ello.

Antes de que llegara la primavera, hablo de febrero de 1945, nos llegó la noticia de que los rusos estaban cerca. Escuchamos cómo hablaban de ello nuestros guardias, y la enfermera checa nos lo confirmó. Estábamos expectantes, ansiosas de que el rumor fuera cierto.

Los alemanes temían a los rusos. Sí, nos temían porque nosotros respondíamos con la misma brutalidad que habían mostrado los alemanes al invadirnos.

No había soldado ruso que no hubiera perdido a un hermano o un padre, que no supiera de un amigo al que los alemanes no hubieran violado a su madre o a su hermana. De manera que en cada palmo de terreno que el Ejército soviético reconquistaba, los soldados se vengaban de los alemanes sin contemplaciones ni remordimientos. Creo que fue a principios de marzo cuando llegó al campo aquel hombre, un alemán mutilado vestido de oficial. Estábamos en el patio cuando nos apartaron del camino para que un coche negro circulara sin obstáculos hasta el pabellón de Schaefer.

Mi madre dijo que el comandante estaba nervioso; yo no lo recuerdo bien.

Vimos a Schaefer abrir la puerta y saludar intentando parecer marcial ante aquel hombre al que otro oficial ayudaba a salir del coche. Antes había sacado una silla de ruedas donde depositó al hombre ante el que se cuadraba Schaefer.

Era un oficial de la Wehrmacht que llevaba la gran cruz de hierro y otras condecoraciones prendidas en la guerrera. A pesar de ir en silla de ruedas, el porte aristocrático de aquel militar imponía. Bajo la manta que le tapaba se ocultaban los muñones de lo que habían sido sus piernas. Era poco más que un tronco.

Lo condujeron al despacho de Schaefer y todos nos preguntamos por el motivo de la visita de aquel general mutilado.

Nos encerraron en nuestros barracones. Al cabo de una hora, un guardia vino en busca de Amelia y le ordenó que recogiera todas sus cosas. ¡Qué ironía! Allí carecíamos de todo, no había nada que recoger. Mi madre se puso a llorar temiendo que se la llevaran a algún otro campo, o con aquel coronel Winkler que tanto parecía odiarla. Salimos tras ella, y vimos cómo el guardia la acompañaba hacia la explanada. Allí estaba el comandante Schaefer junto al general que iba en silla de ruedas. Amelia caminaba indiferente, con la vista perdida, como si nada de lo que sucedía a su alrededor le importara; así había sido desde el primer día en que llegó a Ravensbrück.

De repente se puso alerta, había algo en el general inválido que parecía atraer su atención. Recuerdo verla correr hacia él gritando «¡Max, Max, Max!» y que se cayó al suelo. El ayudante del general corrió hacia ella y la ayudó a levantarse.

Todas nosotras mirábamos asombradas la escena, no entendíamos nada. La española no había dicho ni una palabra desde su llegada a Ravensbrück. Cuando la torturaban por la noche, la oíamos llorar en silencio llamando a su madre, «mamá» fue la única palabra que pronunció en todo el tiempo que estuvo allí, y de repente gritaba repitiendo aquel nombre: «¡Max, Max, Max!».

El ayudante del general la condujo hasta donde estaba el oficial y ella se puso de rodillas suplicándole que la perdonara.

—¡Perdóname, Max, perdóname! Yo no sabía... ¡Perdóname!

El oficial hizo una señal a su ayudante y éste la levantó del suelo y la llevó hasta el coche. Vimos a Schaefer cuadrarse de nuevo ante el general. Su ayudante regresó a por él, y con ayuda del chófer, la metieron en el coche. Se marcharon y nunca más la volvimos a ver.

Como podrá suponer, durante muchos días no hubo otro tema de conversación en el campo. No entendíamos quién era aquel militar mutilado, ni por qué la española se había arrodillado ante él pidiéndole perdón. Ni tampoco sabíamos adónde se la habían llevado.

Ni siquiera la enfermera pudo esta vez darnos razón de lo que había sucedido, sólo que el general traía una orden escrita para que la pusieran en libertad y que Schaefer no había tenido más remedio que entregársela. Supimos por la enfermera que, cuando se fueron, Schaefer llamó al coronel Winkler para explicarle lo sucedido, pero no pudo hablar con él.

Lo que pasó después lo puede suponer. Poco antes de caer Berlín, mis compatriotas nos liberaron. La guerra llegaba a su fin. Nunca volvimos a saber nada de la española, de su bisabuela. Espero que sobreviviera, aunque en aquellos días...»

Sofía se quedó callada y dejó vagar la mirada por sus recuerdos olvidándose de nosotros. Avi carraspeó para devolverla al presente.

—Muchas gracias, Sofía —le dijo mientras cogía su mano y se la apretaba cariñosamente.

—Señora, no sabe cuánto se lo agradezco, y... bueno, siento mucho por todo lo que tuvo que pasar —dije por decir algo, ya que estaba impresionado por el relato.

—¿Señora? ¿Qué es eso de llamarme señora? Llámeme Sofía, todos me llaman así. ¿Sabe?, nunca imaginé que volvería a saber nada de la española, y de repente me llama Avi para decirme que un joven español busca información sobre Ravensbrück, que es el bisnieto de una prisionera española que estuvo allí... Nunca imaginé que pudiera suceder algo así. ¿Le ha servido de algo lo que le he contado? —Sofía ya había recuperado la firmeza en la voz.

—Me ha ayudado muchísimo; sin su relato, mi investigación no podría seguir. Usted me ha desvelado que Max estaba vivo, yo ya le creía muerto.

—¿Quién era Max? —me preguntó con curiosidad.

—Un oficial que había sido opositor a Hitler antes de la guerra, un aristócrata prusiano al que le repugnaba el nazismo —expliqué intentando dejar a Max en buen lugar.

—No le debió de repugnar lo suficiente, porque vistió el uniforme alemán y mató defendiendo aquellos horribles ideales.

—Era médico, así que no creo que matara a nadie —continué exculpándole, pero Sofía había conocido al doctor Keifner, de manera que el que un oficial alemán fuera médico no significaba nada para ella. Su cuerpo mutilado era la prueba de lo que habían sido capaces de hacer algunos médicos alemanes.

—¿Y qué pasó después? —preguntó para no seguir discutiendo.

—No lo sé, es lo que tendré que averiguar ahora, qué pasó después. La historia de mi bisabuela es como una de esas muñecas rusas, cuando uno cree haber llegado a la última, aún hay otra por descubrir. No sé qué pasó, ni si sobrevivieron. No lo sé.

—Él era general; busque en los archivos, puede que le juzgaran en Nuremberg —sugirió Sofía.

—Lo haré.

—O puede que muriera tranquilamente en la cama, como tantos otros militares alemanes —apuntó Avi Meir.

Sofía se empeñó en que almorzáramos con ella, aunque en realidad lo hicimos con todos los que vivían en el kibutz, en un comedor comunitario. La comida era sencilla pero sabrosa y todos se mostraron amables conmigo. Avi tenía razón, decía que era una síntesis del sueño comunista, de un comunismo utópico. Si en algún lugar el comunismo se había hecho realidad era en los kibutz. Pensé que mis amigos se sorprenderían si conocieran ese lugar y me pregunté cuántos de ellos, incluso yo mismo, serían capaces de vivir allí compartiéndolo todo, aceptando participar en todas las tareas, sin poseer nada que la comunidad no decidiera que era necesario comprar en función del dinero que hubiera en la caja y que había que gastar equitativamente. Allí nadie tenía más que nadie.

¿Vivir así? No, no sería capaz; era más cómodo hablar de igualdad en el plano teórico.

En un momento determinado Sofía me dijo al oído que si mi bisabuela hubiera sobrevivido, le habrían quedado secuelas de su paso por Ravensbrück.

—Después de que nos liberaran me tuvieron que operar. La Cruz Roja se hizo cargo de todas nosotras intentando remediar algunas de las barbaridades que nos hizo Kiefner. ¿Sabe?, nunca volví a ser una mujer normal… las secuelas de no tener pechos, o la vagina cosida… Usted no imagina lo que supone eso. Y su pobre bisabuela pasó por lo mismo… No sé si tuvo la suerte que yo. Claro que gracias a esas operaciones estuve hospitalizada durante mucho tiempo. Mi madre se recuperó antes que yo, y antes de regresar a Rusia le pidió a un médico estadounidense judío que me ayudara a venir a Israel. Ella estaba convencida de que sería lo mejor para mí. Me sorprendió; yo creía que éramos felices en la Unión Soviética, que debíamos luchar por la revolución, y mi madre también lo creía así, de manera que nunca entendí por qué me pidió que intentara venir aquí. «Sofía —me decía—, que al menos una de las dos pueda ver Jerusalén.» Yo le contesté que no teníamos Dios y que no había más patria que Rusia, pero ella insistió. Me lo hizo prometer. Lo conseguí... y nunca más volví a verla.

Eran más de las cuatro cuando regresamos al hotel. Avi se mostró igual de amable y comunicativo que la noche anterior.

—¿Sabe por dónde continuar buscando? —me preguntó.

—En realidad, no; quizá el mayor Hurley pueda desvelarme lo que haya en sus archivos sobre Amelia.

Le expliqué quién era el mayor Hurley y cómo me había ayudado hasta el momento.

—En mi opinión, si su bisabuela trabajó para los británicos durante la guerra, puede que éstos le volvieran a dar trabajo... si es que sobrevivió. Tengo un amigo, es norteamericano aunque de origen alemán. Es historiador y lo sabe todo sobre lo que sucedió después de la guerra. Quiso alistarse para ir a luchar pero no se lo permitieron porque no tenía la edad, de manera que cuando pudo hacerlo, la guerra ya había terminado, pero aun así consiguió que le destinaran a Berlín. Sentía una rabia inmensa de que Hitler y sus secuaces hubieran manchado Alemania. Solía decirme: «Avi, por culpa de Hitler, la humanidad entera cree que todos los alemanes somos igual que ellos; llevaremos esa culpa como si se tratara del pecado original».

»Él había nacido en Nueva York, pero sus padres eran alemanes, y le educaron como tal. Era católico, y mucho; tanto, que terminó haciéndose sacerdote. Ya lo era cuando le conocí en Jerusalén, donde vivió durante un tiempo y se doctoró en estudios bíblicos en la universidad. Nos hicimos muy amigos, y solía contarme muchas cosas sobre el Berlín que conoció cuando llegó en el cuarenta y seis. Si quiere, puedo llamarle, quizá le ayude; aunque, claro, vive en Nueva York y no sé si…

—Se lo agradezco, Avi, necesito cualquier ayuda, alguien que me guíe; de manera que si usted habla con él y le dice quién soy… puede que en algún momento precise de su consejo.

Nos despedimos en la puerta del hotel con el compromiso de que me telefonearía en cuanto hablara con su amigo, el cura norteamericano.

Reservé un billete para regresar al día siguiente a Londres y aproveché el tiempo que me quedaba para visitar Jerusalén. Avi me había recomendado que entrara en la ciudad vieja por la Puerta de Damasco y fue lo que hice. Paseé orientándome con el plano que traía conmigo; acabé comprando un rosario para mi madre que estaba hecho de madera de olivo, y también le compré una Biblia con las tapas del mismo material. Luego me hice con varios *kefyas*, los típicos pañuelos palestinos, que pensaba repartir entre mis amigos, y no sé por qué pero me dejé engatusar por un viejo comerciante que se empeñó en venderme una tetera de cobre bruñido. No es que me gustara especialmente la tetera, pero no fui capaz de resistirme a los requerimientos del viejo. Regresé al hotel satisfecho con mis compras.

Creo que al mayor William Hurley le habría gustado que hubiera permanecido más tiempo en Jerusalén, porque cuando le telefoneé y le dije que estaba en Londres, no pareció alegrarse mucho.

—Usted hace todo muy deprisa, Guillermo —me reprochó.

—En realidad he tenido mucha suerte y di con las personas adecuadas y eso me evitó perder el tiempo —me defendí, pensando en que si el mayor Hurley no fuera tan ordenancista y decidiera contarme de una vez por todas lo que sabía de Amelia Garayoa, yo podría terminar mi trabajo y él no tendría que soportarme más tiempo. Pero era británico y de clase acomodada, así que la parsimonia era parte de su naturaleza.

—Y bien, ¿qué es lo que ha averiguado? —me preguntó, como si de ello dependiera que me volviera a recibir o no.

Cuando terminé de contárselo pareció dudar, pero a continuación me ordenó que aguardara a que se pusiera en contacto conmigo.

—¿Y eso cuándo será, mayor?

—Dentro de un día o dos —respondió, antes de colgar el teléfono.

Tratándose del mayor, agotó el plazo, es decir, que me telefoneó dos días más tarde, cuando yo ya estaba pensando en marcharme a Nueva York a ver al amigo de Avi, más que nada porque me carcomía el estar sin tener nada que hacer. Antes de despedirse añadió:

—Lady Victoria tiene la amabilidad de invitarnos a almorzar mañana. En su casa a las doce.

Celebré la noticia invitándome a cenar en un restaurante. Lady Victoria me caía bien; al igual que el mayor, era genuinamente británica. El hecho de estar casada con un nieto de lord Paul James, el tío de Albert James, la convertía en una autoridad en todo lo que se refería a Amelia Garayoa.

Compré una botella del mejor oporto en una tienda de licores de Bond Street. El dependiente dudó de si debía atenderme o llamar al guardia de seguridad porque mi aspecto no se correspondía al de sus distinguidos clientes. No entendí por qué me miraba con tanta desconfianza hasta que regresé al hotel y me di cuenta de que llevaba un pañuelo palestino alrededor del cuello. Debió de pensar que, como poco, yo debía de ser primo de Bin Laden.

Tuve la tentación de comprarme una corbata en alguna de las exclusivas tiendas de Bond Street puesto que sólo tenía una y era la que siempre llevaba cuando visitaba a lady Victoria, pero los precios hicieron que desechase mi buena intención: las corbatas no bajaban de los trescientos euros, así que decidí que era mejor invertir el dinero de la corbata en whisky escocés.

Cuando llegué eran las doce en punto. De nuevo me pareció que lady Victoria tenía más pecas que de costumbre, y su blanquísima piel estaba enrojecida como si hubiera tomado el sol.

—¡Ah, querido Guillermo! ¡Qué alegría volver a verle! —Tan caluroso recibimiento parecía sincero.

—No sabe cuánto le agradezco su invitación —respondí yo, intentando estar a su altura.

—Es emocionante, verdaderamente emocionante, su investigación. Mi esposo piensa lo mismo que yo, ¿verdad, querido?

Lord Richard asintió mientras me estrechaba la mano. Tenía la nariz colorada, no sé si porque, al igual que su esposa, había tomado el sol o era consecuencia de su gusto por el jerez.

Me arrepentí de mis malos pensamientos. Lady Victoria y lord Richard habían pasado unos días de vacaciones en las Barbados, en casa de unos amigos, de ahí aquella piel tan enrojecida.

Sabía que antes de que lady Victoria y el mayor Hurley decidieran ir al grano tendríamos que hablar de generalidades, y que no sería hasta los postres cuando ambos se metieran en materia; así que, armándome de paciencia, me dispuse a disfrutar del almuerzo.

—Querido Guillermo, hemos tenido suerte; cuando el mayor Hurley me explicó lo que usted había averiguado en Jerusalén me sentí horrorizada... pensar en el sufrimiento de todas esas mujeres... Pero ya le digo que hemos tenido suerte. Verá, he encontrado en nuestros archivos un cuaderno de Albert James, son reflexiones personales que escribió sobre los últimos días de la guerra, la capitulación, la división de Berlín y también sobre su encuentro con Amelia. ¡Imagínese qué momento! Yo recordaba haber leído por encima esos cuadernos, ¡pero es tanto lo que aún me queda por clasificar! Así que me puse a buscarlos; recordaba que Albert se refería a Amelia, aunque la verdad es que no sabía por qué. Creo que con los cuadernos, y con lo que pueda contarnos el mayor Hurley, podrá hacerse una idea de lo que le sucedió a su bisabuela después de la guerra.

—Puede que necesite otras fuentes —apostilló el mayor Hurley.

—Me están ayudando mucho y les estoy muy agradecido —intervine yo con la mejor de mis sonrisas.

Lady Victoria y el mayor Hurley intercambiaron una rápida mirada en la que él le cedió la palabra a nuestra anfitriona.

«Debe usted saber que Albert James decidió trabajar para el Servicio de Inteligencia estadounidense. Lord Paul no consiguió que su sobrino colaborara con los Servicios de Inteligencia británicos, pero sí lo consiguió un buen amigo suyo, William Donovan, un importante abogado de Nueva York, veterano de la Primera Guerra Mundial, que recibió el encargo del presidente Roosevelt de organizar una red de espionaje adaptada a las necesidades de la guerra y que colaborara con la Inteligencia británica.

Donovan convenció a los mejores para que se enrolaran en la Inteligencia norteamericana, y Albert era uno de ellos, aunque su incorporación no se produjo hasta bien entrado el año 1943. Su idea romántica del periodismo le impedía dar el paso, hasta que comprendió que en aquella guerra no se podía ser neutral, que debía implicarse, y así lo hizo.

Por su conocimiento del francés, su campo de operaciones fue sobre todo Francia y Bélgica. Había vivido muchos años como corresponsal en París y tenía buenos contactos. También operó en Holanda.

Al finalizar la guerra, Donovan le envió a Berlín. Sabía que en aquella ciudad era donde iba a comenzar una «nueva guerra», una guerra silenciosa y nunca declarada con uno de los antiguos aliados, la Unión Soviética. De manera que se estableció en Berlín con la cobertura de periodista. Fue allí donde poco después se encontró con Amelia: en sus cuadernos dice que el encuentro se produjo en noviembre de 1945, unos meses después del final de la guerra.

Amelia caminaba con un niño agarrado de su mano. Al principio le costó reconocerla. Siempre había sido delgada, pero en aquel momento su delgadez era extrema.

—¡Amelia!

Ella se volvió al escuchar su nombre y durante unos segundos también dudó, luego se quedó quieta aguardando a que él se acercara.

—Albert... me alegro de verte —dijo, tendiéndole una mano.

—Yo también. ¿Qué haces aquí?

—Vivo aquí —respondió ella.

—¿Aquí, en Berlín? ¿Desde cuándo?

—Como siempre, preguntándolo todo... —sonrió Amelia.

—Perdona, no he querido molestarte. En varias ocasiones pregunté por ti en Londres; mi tío lord Paul no quiso ser muy preciso, de manera que no he podido saber qué ha sido de ti desde... bueno, desde que nos separamos.

—He sobrevivido, que es más de lo que muchos pueden decir. Pero cuéntame tú, ¿dónde has estado? Supongo que habrás contado la guerra a tus lectores norteamericanos, ¿me equivoco?

—No, no te equivocas, sigo trabajando en lo mismo, ya me conoces. ¿Y este niño? —preguntó, señalando al pequeño que asistía en silencio al encuentro.

—Friedrich, saluda a este amigo mío. Es el hijo de Max.

Se quedaron en silencio sin saber qué decirse. Además de la guerra también Max von Schumann se había interpuesto entre ellos.

—También él ha sobrevivido, me alegro por los dos —respondió sin mucha convicción.

—Sí, ha sobrevivido. ¿Quieres venir a verle? Le gustará hablar con alguien a quien conoció en los buenos tiempos.

En realidad Albert no sentía ningún deseo de ver al barón Von Schumann, pero no se atrevió a decir que no.

—Acompáñanos, vivimos muy cerca de aquí, a dos calles, en el sector soviético.

—No es el mejor lugar.

—Es la única casa en pie que le queda a Max. El edificio pertenecía a su familia, tenían alquilados los pisos; ahora vivimos en uno de ellos, en el resto aún quedan algunos inquilinos, aunque en estos tiempos nadie paga el alquiler.

Subieron andando hasta el tercer piso. Amelia abrió la puerta y Friedrich se soltó de su mano y salió corriendo.

—¡Papá, papá! ¡Venimos con un amigo tuyo! —gritó el niño.

Entraron en una sala con las paredes cubiertas por estanterías llenas de libros. El antiguo inquilino debía de ser un lector empedernido, o acaso un profesor.

Max estaba en la penumbra, sentado en un sillón cubierto por una fina manta.

Amelia se acercó a él y le besó, acariciándole el cabello.

—Max, me he encontrado con un viejo amigo, Albert James, le he traído aquí.

Albert no entendía por qué Max no se levantaba para saludarle, y cuando acomodó sus ojos a la penumbra tuvo que hacer un gran esfuerzo para que su expresión no lo delatara. El otrora orgulloso y atractivo barón Von Schumann tenía el rostro deformado por las cicatrices provocadas por quemaduras y metralla.

—Acércate —le pidió Amelia a Albert.

—Albert, amigo mío, me alegro de que estés aquí. —Max extendió la mano sin levantarse, y el periodista se dio cuenta de que no debía de ver bien porque tenía un ojo medio cerrado y un tremendo costurón le recorría la frente hasta el párpado—. Perdona que no me levante, no lo consideres una descortesía.

—Desde luego que no, me alegro de verte, Max. Tu hijo es un hombrecito —dijo por decir algo.

—Sí, Friedrich es un sueño.

Amelia, que había salido de la estancia,volvió con una bandeja en la que llevaba tres tazas y una tetera.

—No es el mejor té del mundo pero es el único que he podido conseguir en el mercado negro.

Hablaron del Berlín que conocieron, de las veladas en el Adlon y en casa del profesor Schatzhauser, de la ciudad alegre y transgresora que había sido. Max le hizo prometer que volvería a charlar con él. Amelia le acompañó a la puerta.

—Siento verle así. ¿Dónde pasó? ¿En el frente ruso?

—Se lo hice yo —respondió Amelia.

Albert la miró incrédulo. Amelia le resultaba una extraña, no encontraba en ella rastro de la mujer que había sido. En aquellos días debía de tener veintisiete o veintiocho años, pero sus ojos delataban que había bajado a los infiernos. No supo qué responder a la afirmación de Amelia.

—Ya sé que puede resultar pretencioso, pero ¿puedo ayudar en algo?

Ella pareció dudar antes de responder.

—Que le dejen en paz. Los soviéticos detienen a la gente, buscan nazis por todas partes. No sé cuántos comités han examinado el expediente de Max: le han interrogado, han solicitado testigos... Hasta ahora no han encontrado a nadie que pueda decir que Max es un criminal. Tú sabes que él no era nazi, que acudió a tu propio tío a pedir que Inglaterra acabara con esa política de apaciguamiento que sólo daba alas a Hitler. Si puedes conseguir que nos dejen en paz...

—Lo intentaré. Dame las requisitorias que os hayan enviado, los papeles, lo que tengas; no te prometo nada, éste es el sector ruso y no permiten que nadie meta las narices en sus asuntos.

—Dime, ¿adónde quieres que los lleve?

Le dio la dirección de un pequeño hotel situado en el lado norteamericano.

—Mañana temprano te lo llevaré.

—Estupendo, tomaremos un café juntos, ¿te parece bien?

Al día siguiente la vio llegar caminando erguida, absorta en sus pensamientos. Le sonrió al verla esperar en la puerta del hotel.

—¿Tienes que irte ya?

—No, te estaba esperando. Pasa, la patrona hace un buen café.

—¿Auténtico?

—Sí, se lo proporciono yo —respondió él, riendo.

Le entregó los papeles y él le pidió que le contara qué había sido de ella durante la guerra.

—Trabajé para tu tío.

—¿Todo el tiempo?

—Todo el tiempo menos cuando estuve en Pawiak y en Ravensbrück.

—¿Pawiak? ¿Estuviste detenida en Varsovia...?

—Sí, fue la primera vez. Colaboraba con un grupo de polacos que ayudaban a la gente del gueto. Nos detuvieron a todos; yo tuve suerte, Max evitó que me ahorcaran. Creí que habiendo estado en Pawiak ya había conocido lo que era el infierno, pero estaba muy equivocada. El verdadero infierno fue Ravensbrück, sólo que a mí ya no me importaba lo que pudieran hacerme, solamente quería morir.

—Ayer me dijiste que Max estaba así por tu causa...

—¿No te lo ha contado tu tío?

—No, nunca me habría desvelado ninguna operación de inteligencia.

—Ayudaba a un grupo de la Resistencia griega. Teníamos que volar un convoy cargado de armamento que salía de Atenas hacia la frontera yugoslava. Ese mismo día Max iba a inspeccionar un batallón no lejos de Atenas. Decidió hacer parte del camino con el convoy porque el oficial que lo mandaba era amigo suyo. Yo no lo sabía. Apreté el detonador al paso del coche de los oficiales y le vi saltar de su asiento envuelto en llamas. Perdió las piernas, y ya ves cómo le ha quedado la cara, pero aún tiene peor el resto del cuerpo. A pesar de lo que le he hecho, Max me ha perdonado, fue él quien hace unos meses me sacó de Ravensbrück. Me ha devuelto a la vida en dos ocasiones, y ya ves... yo se la he quitado. Estuvo muchos meses entre la vida y la muerte, pero sobrevivió; sin embargo, cuando se vio así... dice que preferiría haber muerto. Me lo dice todos los días.

—Es un soldado, Amelia, y médico; él sabe que esto ocurría todos los días, que a cualquiera podía habernos sucedido.

—¿Estás seguro? ¿Crees que a cualquiera podría haberle dejado así la mujer en quien confiaba?

—¿Ya no trabajas para lord Paul?

—No, no quiero saber nada de guerra, ni de muertes, ni de servicios de inteligencia. Además, tampoco podría; todo mi tiempo es para Max, se lo debo, él me necesita.

—¿Y el niño?

—Friedrich es lo único que mantiene vivo a Max. Le adora.

—¿Y la baronesa Ludovica?

—Murió durante uno de los bombardeos británicos contra Berlín. Friedrich sobrevivió de milagro. Sólo se tienen el uno al otro.

—Te tienen a ti.

—¡Oh, yo sólo trato de hacerles más fácil la existencia! Lo han perdido todo.

—Y tú te sientes culpable y has decidido sacrificar el resto de tu vida dedicándosela a ellos. ¿Y tu hijo? ¿Y tu familia?

—A Javier le he perdido para siempre. Mi marido no me ha permitido acercarme al niño. Mi familia me echa de menos, seguro que sí, pero no me necesitan como me necesitan Max y Friedrich.

—¿Saben que estás aquí y por lo que has pasado?

—No, no lo saben, ni quiero que lo sepan, es mejor así, sólo les provocaría sufrimiento.

—¿No crees que no saber nada de ti es lo que realmente les estará haciendo sufrir?

—Seguro que sí, pero por ahora no puedo hacer otra cosa que lo que estoy haciendo.

—¿Los soviéticos no te han molestado?

—Tengo buenas credenciales, he estado dos veces prisionera de los nazis, primero en Varsovia, en Pawiak, y después en Ravensbrück, ¿qué más quieren?

—Además, siempre puedes exhibir tu carnet del Partido Comunista de Francia —dijo él con una sonrisa, intentando relajar la tensión de Amelia.

—¿Crees que si se lo enseño a Walter Ulbricht me dará un buen puesto? ¿O quizá debería acercarme a Wilhelm Pieck? Son los que mandan aquí ahora, además de los soviéticos —respondió Amelia siguiendo la broma.

—Bueno, Ulbricht ha sido el jefe de los comunistas alemanes en el exilio, y Pieck es un hombre muy considerado por Moscú, es lógico que sean los hombres del presente. Pero dime, ¿cómo os las arregláis? Me refiero a si tenéis medios para vivir, estando Max así...

—Hacemos lo que podemos. Las posesiones familiares ya no existen, son escombros. En cuanto a los valores y el dinero, de poco valen. Hemos ido vendiendo algunas cosas, y si algún inquilino nos da algo, pues ese día es fiesta. A veces nos pagan en especies: una barra de pan, unas bolsitas de té, un trozo de carne de origen dudoso... lo que tienen.

—¿Has hablado con los británicos?

—Sólo para arreglar mis papeles, y no creas que se han mostrado muy dispuestos a ayudarme. No entienden por qué quiero permanecer aquí. Pero cuéntame de ti, ¿te has casado?

—No, no he tenido tiempo de hacerlo, la guerra no es el mejor momento para hacerlo.

Albert se impuso como tarea cuidar de Amelia, de Max y del pequeño. Los visitaba a menudo; resolvió el papeleo para que no molestaran al barón, y además les solía llevar comida.

Le impresionaba ver a Amelia en actitud tan sumisa respecto a Max. Le trataba con reverencia y mimaba cuanto podía a Friedrich. Pero había cambiado, no era la joven llena de vida que había conocido, idealista, bella. Aquella mujer tenía poco que ver con la que él había amado, y sin embargo era la misma Amelia.

Albert habló con su tío y le informó de la presencia de Amelia en Berlín. Pero lord Paul le explicó que la mujer no estaba en disposición de volver a trabajar para ellos. No sólo había rechazado esa posibilidad, sino que además los hombres que habían contactado con ella escribieron en su informe que no parecía dueña de sí misma.

—¿Y cómo estarías tú si te hubieran torturado durante meses? —preguntó, airado, Albert a su tío—. No tienes ni idea de lo que le hicieron en Ravensbrück.

Ella nunca le contó por lo que había pasado, pero Albert había leído informes con los testimonios de algunas supervivientes, y se estremecía al pensar que a ella le pudieron hacer lo mismo que a las otras mujeres. Todas habían sufrido mutilaciones, a todas las habían violado, y suponía que Amelia no había sido una excepción; pero ella no hablaba de lo que había pasado, como si su sufrimiento lo tuviera bien merecido, como si fuera parte del pago por lo que le había sucedido a Max.

Era tan grande su remordimiento por aquella operación en Atenas, que Albert le recomendó que hablara con algún sacerdote.

—Necesitas que te perdonen, sólo así podrás recobrar la paz.

—Max me ha perdonado, es un ser excepcional.

—No es suficiente con su perdón, necesitas que te perdone Dios.

Nunca supo si acabó siguiendo su consejo, y tampoco volvió a insistir. Mientras tanto, en Berlín aumentaba la tensión entre los vencedores de la guerra. Las relaciones de las potencias occidentales con los rusos cada día eran más tensas. Habían combatido juntos pero ya no estaban en la misma trinchera.

En el Servicio de Inteligencia estadounidense encargaron a Albert que buscara el rastro de un científico nazi que había huido antes de acabar la guerra. Muchos de los científicos que habían trabajado para Hitler habían aceptado gustosos trabajar para los norteamericanos o los rusos ya que con ello se garantizaban la impunidad. Pero no fue el caso de Fritz Winkler.

Albert no le había confesado a Amelia que trabajaba para la Inteligencia estadounidense; mantenía la farsa de que sólo era un periodista norteamericano deseoso de noticias, por eso decidió probar suerte con Max, quizá él había conocido o sabía de la existencia de Fritz Winkler. Al fin y al cabo, la familia de Max había estado muy bien relacionada y conocía a todo aquel que era alguien en Alemania. Quizá le diera una pista.

—Me han encargado un reportaje sobre científicos que trabajaban para Hitler. Algunos se han escapado y nadie sabe dónde están.

—Dicen que algunos se han pasado a vuestro bando y otros a los rusos —respondió Amelia.

—Puede ser que sea así, pero no todos. Al parecer el doctor Winkler logró salir de Alemania con la ayuda de su hijo, creo que era coronel de las SS y organizó su fuga; lo que no sé es dónde.

—¿Winkler? —Max se puso tenso.

—¿Estás seguro de que te han dicho «Winkler»? —quiso saber Amelia.

—Sí, al parecer es un científico que a pesar de haber sido reprobado por la Convención de Ginebra, trabajaba en un proyecto secreto de armas con gases. Su hijo era un coronel de las SS muy bien relacionado. A él tampoco le hemos encontrado. Han desaparecido los dos.

Por el silencio opresivo que se hizo en la sala, Albert dedujo que ambos debían de conocer a uno de los Winkler, o quizá a los dos. Max había vuelto el rostro, pero Amelia estaba pálida y quieta como si se hubiera muerto en ese instante.

—¿Qué sucede? —preguntó sin dirigirse a ninguno de los dos en concreto.

Fue Max quien rompió el silencio.

—El coronel Winkler envió a Amelia a Ravensbrück. La odiaba por creer que asesinó en Roma a un oficial de las SS amigo suyo.

Albert no supo qué decir, pero pensó que su intuición había dado en la diana.

—¿Dónde puede estar ahora? —preguntó haciendo caso omiso de la tensión.

—¡Quién sabe! Se habla de que muchos jefes nazis han logrado huir, que tenían rutas de escape previstas en caso de que Alemania perdiera la guerra —fue la respuesta de Max.

—¿Conociste a Fritz Winkler, Max? Cuentan que estaba muy bien relacionado y era recibido por algunas de las grandes familias alemanas que incluso antes de la guerra financiaban sus experimentos.

—No, no lo conocí. Desgraciadamente sí conocí en Roma a su hijo, el coronel Winkler, ya te he dicho que quería que ahorcaran a Amelia. Lo siento, no te puedo ayudar, no sabría cómo.

Albert estuvo a punto de preguntarle si lo haría en caso de que supiera dónde estaba Fritz Winkler, pero no lo hizo. Max vivía atormentado por haberse convertido en un inválido, pero a pesar de lo sufrido, mantenía una lealtad inquebrantable a sus compatriotas pese a las barbarides cometidas por muchos de ellos.

Pensó en las contradicciones de Max, en su empeño para que Gran Bretaña frenara a Hitler antes de la guerra, en la repugnanancia y el desprecio que sentía por el nazismo, pero aun así, había luchado junto a ellos porque en aquel momento representaban a Alemania y él nunca habría traicionado a su patria, como si el nazismo no hubiera sido la peor traición. Pero Albert no dijo nada, no quería discutir con el barón, y mucho menos con Amelia. Les veía a ambos como dos seres perdidos, sin futuro ni esperanza, atados el uno al otro como si de una condena se tratase. Sólo Friedrich, el pequeño Friedrich, reía en aquella casa silenciosa y triste. Albert se daba cuenta de que el hecho de que tanto Max como Amelia conocieran al coronel Winkler le podía resultar útil; aún no sabía cómo, pero lo pensaría.

Salió de la casa y decidió dar un paseo antes de regresar al sector norteamericano del dividido Berlín.

Más tarde Albert se reunió con Charles Turner, un miembro de los Servicios de Inteligencia británicos que, como él, estaba destinado en la antigua capital alemana. Se conocían de los duros días de la guerra, y ambos habían simpatizado más allá de haber llevado a cabo algunas acciones conjuntas.

—Necesito que me dejes echar un vistazo al expediente de Amelia Garayoa.

—¿Y quién es Amelia Garayoa?

—¡Vamos, Charles, estoy seguro de que sabes quién es Amelia Garayoa!

—No la conozco, pero creo que tú sí —respondió Charles Turner con ironía.

—Ha trabajado para vosotros, la captó mi propio tío, lord James, de manera que no perdamos el tiempo en duelos dialécticos.

—¿Y se puede saber para qué quieres el expediente de Garayoa? En primer lugar, yo no tengo acceso a los expedientes de los agentes, que, como supondrás, están bien guardados en Londres. En segundo lugar, Garayoa ya no trabaja para nosotros. Uno de nuestros hombres la localizó en Berlín al poco de acabar la guerra, y en su opinión, no estaba muy bien de la cabeza, lo que no es de extrañar teniendo en cuenta que la tuvieron prisionera en Ravensbrück. Ninguna mujer que haya pasado por allí volverá a ser la misma.

—Vaya, veo que te empiezan a funcionar las neuronas y ya sabes algo de Amelia Garayoa.

—No puedo darte su expediente, pero quizá pueda ayudarte si me dices qué quieres saber sobre ella que no sepas ya.

—Necesito saber qué pasó en Roma; al parecer, la acusaron de haber asesinado a un oficial de las SS, pero no se pudo probar. Quiero saber si lo hizo o no.

—Veré lo que puedo hacer.

Charles Turner lo llamó al día siguiente para ir a tomar una copa.

—Tu amiga española se cargó al coronel Ulrich Jürgens de las SS; al parecer, lo hizo en colaboración con partisanos del Partido Comunista Italiano. Jürgens había ordenado ahorcar a una amiga de Garayoa, a Carla Alessandrini, una diva del bel canto. Esta mujer colaboraba con los comunistas y con un sacerdote alemán de la Secretaría de Estado del Vaticano, que ayudaba a sacar judíos de Roma. Por lo que he podido averiguar, tu amiga fue una agente muy eficaz. Lástima que ahora no esté bien de la cabeza. Como bien sabes, vive con un ex oficial alemán, el hombre que durante la guerra le sirvió de coartada.

—Está perfectamente de la cabeza, pero no quiere volver a saber nada de guerras ni de violencia. No es tan extraño, ha sufrido mucho.

Turner asintió con indiferencia, pero en realidad estaba deseando saber por qué su colega norteamericano estaba tan interesado en lo que había sucedido en Roma años atrás.

—Charles, tú sabes que tanto nosotros como vosotros, y desde luego los rusos, estamos interesados en los científicos alemanes que trabajaban en proyectos de armas secretas. Algunos se han escapado, entre ellos un tal doctor Fritz Winkler, un nazi fanático, con un hijo coronel en las SS, que fue el principal acusador de Amelia en Roma. Ese tal Jürgens al que Amelia ejecutó era amigo de Winkler, y éste juró vengarse de ella; por eso, años más tarde, logró enviarla a Ravensbrück.

—Y tú andas en busca de ese Fritz Winkler.

—Sí, pero se lo ha tragado la tierra, a él y a su hijo el coronel. No figura en ninguna de las listas de oficiales de las SS detenidos, ni tampoco en la de fallecidos. Ha desaparecido junto a su padre como tantos otros jefes nazis. Se me ocurrió preguntarle al barón Von Schumann si le conocía, y tanto Max como Amelia se pusieron lívidos.

—Si supieran dónde están te lo dirían, al menos Amelia Garayoa lo haría, sólo tiene razones para odiarle si él fue el causante de que la encerraran en el campo de Ravensbrück.

—Sí, Amelia me lo diría, pero no lo sabe. He comprado alguna información, pero ya sabes que hoy en día nos venden de todo y muchas veces intentan engañarnos, pero mi informante me asegura que los Winkler se marcharon el mismo día en que Hitler se suicidó. Mi informante asegura que huyeron a Egipto, donde se han refugiado algunos de sus amigos.

—Así que te vas a El Cairo.

—Antes tengo que saber algo más de los Winkler; no he encontrado ninguna fotografía, salvo una de Fritz Winkler saludando al Führer. En cuanto a su hijo, el coronel, intentó borrar su rastro en los archivos de las SS.

—Hubo muchas fugas antes de que terminara la guerra: a Siria, Egipto, Irak, Sudamérica… Tu hombre puede estar en cualquier sitio.

Hablaron durante un buen rato y cuando se iban a despedir Turner pareció dudar en si darle un consejo.

—Creo que tienes una manera de encontrar a Winkler.

—¿Ah, sí? Pues dime cómo —respondió Albert con ironía.

—Ponle un cebo, un cebo ante el que no pueda resistirse.

—¿Un cebo? —Albert empezaba a vislumbrar lo que le iba a proponer Turner, y no quería oírlo.

—Si el coronel Winkler ha huido junto a su padre como parece, y si odia tanto a Amelia Garayoa como también parece, sólo se hará visible si tiene la oportunidad de acabar con ella. Hay muchos alemanes viviendo en El Cairo, algunos con su propia identidad, otros con identidad falsa. A nadie le extrañaría que el barón Von Schumann se uniera en El Cairo a esa corte de expatriados. Una vez que Winkler sepa de Garayoa la intentará matar; pero no improvisará, tendrá que elaborar un plan, y para ello se hará visible; será el momento de seguirle la pista y, a través de él, llegar a su padre, a ese Fritz Winkler que es a quien tú buscas.

—¡Es un plan disparatado! —exclamó Albert.

—No, no lo es; es un buen plan y tú mismo lo pondrías en práctica si no estuvieras implicado sentimentalmente. En nuestro oficio sólo hay una manera de sobrevivir y hacer bien el trabajo, y, como sabes, consiste en despojarnos de sentimentalismos personales. El consejo es gratis, pero la copa la pagas tú. La Inteligencia estadounidense tiene más fondos que la británica.

Albert sabía que Charles Turner tenía razón. Era el único plan viable para encontrar a Fritz Winkler, pero para llevarlo a cabo tendría que contar con el consentimiento de Amelia; ella por nada del mundo se separaría de Max, y éste no estaría dispuesto a permitir que ella se fuera; tanto él como Friedrich dependían de la atormentada española.

Pese a sus dudas, Albert expuso la estrategia de Turner a sus jefes y les pidió carta blanca para utilizar cualquier medio que fuera necesario para convencer a Amelia.

Luego decidió que lo mejor era hablar con ella a solas, de manera que una mañana se encaminó hacia la casa de Max y esperó hasta que la vio salir.

—¿Qué haces aquí? —preguntó ella sorprendida de verlo.

—Te invito a un buen desayuno, necesito hablar contigo.

Fueron a un café y, pese a la negativa de Amelia, él pidió un desayuno opíparo. La obligó a comer. En Berlín escaseaba todo, y mucho más para quienes apenas tenían nada, como era el caso de la familia que formaban Max, Amelia y Friedrich.

Albert le contó que en realidad trabajaba para el Servicio de Inteligencia estadounidense, que el periodismo era ahora una tapadera y que tenía la misión de encontrar a Fritz Winkler. Ella le escuchó en silencio, y sólo frunció el ceño, sorprendida, cuando él le confesó que era un agente, pero no dijo nada. Albert le expuso el plan de Turner y aguardó a que ella hablara.

—De manera que al final... en fin, lo entiendo, si yo me convertí en una espía, por qué no ibas a hacerlo tú.

—Mi país entró en la guerra y ya no podía ser un mero observador.

—Hiciste bien, me alegro de que dieras el paso.

—¿Me ayudarás?

—No, no lo haré. Yo ya he terminado con todo eso, ya he tenido bastante, ¿no crees?

—Dime sólo si hay algo por lo que lo harías.

—No hay nada en el mundo por lo que yo pueda abandonar a Max, ni siquiera lo haría por mi propio hijo. ¿Te vale con esta respuesta?

—De manera que sólo lo harías por Max.

Amelia iba a responder pero se calló. Albert tenía razón, ella haría cualquier cosa por Max, pero buscar a un científico nazi nada tenía que ver con ellos.

—Amelia, Max y tú malvivís. Él lo ha perdido todo y tú no tienes nada. Friedrich carece de lo más esencial. Ha perdido a su madre, su padre es un inválido y hay días que se acuesta sólo con un té en el estómago.

—Lo mismo les sucede a otros muchos miles de niños alemanes —respondió ella, malhumorada.

—Te pagaremos bien, lo suficiente para que podáis vivir con desahogo al menos durante un tiempo. No te pido que lo hagas en nombre de ninguna idea, ni para salvar el mundo, te ofrezco un trabajo con el que ayudar a Max y a Friedrich, nada más.

—Así que me ofreces dinero... ¡Vaya! ¡Yo nunca he hecho nada por dinero!

—Lo sé, pero ya has vivido lo suficiente como para saber que el dinero es necesario. Tú lo necesitas ahora. ¿Qué harás cuando termines de vender lo poco que le queda a Max? Apenas os queda nada que vender, ¿una lámpara, los colchones en los que dormís, la ropa que llevas puesta? Enséñame lo que llevas para vender hoy en el mercado negro.

Amelia sacó del bolso media docena de servilleteros plateados.

—No son de plata —afirmó él.

—No, no lo son, pero son bonitos, supongo que algo me darán.

—Y cuando ya no quede nada, ¿qué harás? Ni siquiera... —se calló temiendo lo que iba a decir.

—Ni siquiera puedo prostituirme puesto que me han mutilado, ¿y quién querría pagar por una mujer mutilada? ¿Ibas a decir eso, Albert?

—Lo siento, Amelia, no quería ofenderte.

—Y no lo has hecho. Muchas mujeres se prostituyen en Berlín para poder dar de comer a sus familias. ¿Por qué iba a ser yo la excepción? Sólo que yo no tengo un cuerpo que ofrecer, porque Winkler se encargó de que me lo destrozaran.

—Entonces responde: ¿con qué darás de comer a Max y a Friedrich?

—¿Crees que no lo pienso? No duermo por las noches preguntándomelo. Ya no sé qué cuento contar a Friedrich para que se duerma mientras en voz baja me dice que tiene hambre.

—Entonces piensa en mi oferta. Vienes a El Cairo conmigo, te dejas ver; si Winkler está allí, querrá matarte y saldrá de su escondrijo. Nosotros nos encargaremos de él, luego cogeremos a su padre, y asunto terminado.

—Así de fácil.

—Así de fácil.

—Max y Friedrich no pueden quedarse solos.

Albert reprimió una sonrisa. Veía que Amelia empezaba a no rechazar tan rotundamente la posibilidad de trabajar para él.

—Podemos buscar una mujer que se encargue de ellos, que cocine, que arregle la casa, que se haga cargo de Friedrich y de Max.

—No, Max no lo consentiría. No soportaría que una persona extraña le pusiera la mano encima. Sólo permite que le ayude yo. Es imposible, Albert; por mucho que me hayas tentado con el dinero, es imposible. Además, le juré que nunca le volvería a mentir, y que no trabajaría para ningún servicio de inteligencia bajo ninguna circunstancia.

—Entonces, déjame que hable con él, se lo propondré, que decida él.

—No, por favor, no lo hagas, pensaría que hemos estado conspirando a sus espaldas. Las cosas no son fáciles entre nosotros... nos queremos, pero no sé si alguna vez me podrá perdonar lo que le he hecho.

—Eres tú la que no te puedes perdonar, él ya lo ha hecho. ¿Crees que te hubiera sacado de Ravensbrück si no te hubiera perdonado?

—Ojalá tuvieras razón.

—Vete a vender tus servilleteros, yo iré a ver a Max, no le diré que hemos hablado.

—Sí, sí se lo dirás, no quiero engañarle nunca más.

—Iré a verle ahora mismo.

Max le escuchó sin interrumpirle, pero Albert podía sentir la furia que se iba acumulando en aquel cuerpo mutilado.

—¿Te parece poca la contribución de Amelia para que vosotros ganarais esta guerra? ¿Aún queréis más? ¿Qué pretendes, Albert? ¿Recuperarla para ti? —Max no podía ocultar su rabia.

—No, no intento recuperar a Amelia. Tú sabes que ella nunca me quiso lo suficiente y no dudó en dejarme por ti. No te negaré que me costó olvidarla, que durante semanas y meses sufrí el dolor de su ausencia, pero lo logré, y ahora el amor que sentí por ella es sólo un lejano recuerdo, ni siquiera quedan brasas de aquel sentimiento.

Se quedaron en silencio midiéndose el uno al otro. Albert sentía que la furia del barón se iba apaciguando lentamente y esperó hasta que su respiración se calmó.

—Pero hablemos de ti, Max. ¿De verdad la quieres? ¿Acaso le estás haciendo pagar lo que hizo? Tú eras un soldado y los soldados saben que pueden morir o que les puede pasar lo que a ti te pasó. La culpa no es de quien dispara la bala o coloca el explosivo, la culpa es de quien ha provocado la maldita guerra, de quien no va al frente pero envía los hombres a morir. No le hagas pagar a Amelia por la guerra, tú sabes que el culpable fue Hitler, y sólo él, aunque puede que el resto del mundo debió de pararle los pies mucho antes, como pedías tú y aquellos amigos tuyos de la oposición. No, Max, tú no estás en esa silla de ruedas porque Amelia fuera una agente británica que colaboraba con la Resistencia griega; el culpable de que tú estés así fue tu Führer, Adolf Hitler, que espero que Dios no perdone por los crímenes que cometió.

Volvieron a quedarse en silencio. Max rumiando las palabras de Albert, y Albert sintiendo el dolor del alemán.

—Iré con ella, ésa es la condición. Friedrich y yo iremos con ella a El Cairo.

Albert no supo qué decir. De repente Max había aceptado que Amelia sirviera de anzuelo para encontrar a Fritz Winkler a través de su hijo, pero ponía una condición que difícilmente aceptarían sus jefes de la Inteligencia norteamericana, aunque no se atrevió a contrariarle.

—Hablaré con mi gente; si aceptan tu condición, te lo diré.

—Si no la aceptan, no habrá trato. Iré con Amelia dondequiera que vaya. Y si vamos a El Cairo vosotros nos proporcionaréis una casa y un colegio para Friedrich mientras estemos allí. En cuanto al dinero, háblalo con Amelia.

Justo en aquel momento llegó Amelia con gesto contrariado, pues apenas había logrado unas monedas por los servilleteros, y con ellas había comprado media barra de pan.

Miró a los dos hombres esperando a que le dijeran algo, notaba la tensión entre ambos.

—Max te explicará. Ahora me voy, puede que regrese más tarde, o si no mañana. ¿Eso es todo lo que has conseguido? —dijo señalando la media barra de pan.

—Esto es todo, sí —respondió ella, conteniendo la rabia.

Cuando Albert salió, Max le pidió a Amelia que se sentara a su lado. Hablaron mucho tiempo y ella lloró al reconocer que necesitaban desesperadamente dinero, que Friedrich le suplicaba que le diera algo de comer, pero que sólo lo hacía cuando su padre no podía escucharle, para así no entristecerle.

—Si acepta mis condiciones, iremos a El Cairo; sé que no seré de gran ayuda, pero al menos estaré tranquilo si estoy cerca de ti. Winkler es un asesino, y si puede, te matará.

—Sólo iremos si tú quieres; nunca, nunca más haré nada a tus espaldas y nunca me separaré de ti.

Él le acarició el cabello, le reconfortaba su presencia. Eran dos perdedores que no tenían más futuro que estar el uno junto al otro.

Max estaba muy agradecido a Amelia por cómo cuidaba de Friedrich.

El pequeño nunca hablaba de su madre, como si el hecho de nombrarla le provocara un dolor insoportable, y buscaba en Amelia el afecto materno que necesitaba. Ella, por su parte, cuidaba de aquel niño como no había podido hacer con su propio hijo, y era a Friedrich a quien velaba cuando tenía fiebre, al que enseñaba a leer y escribir, al que bañaba y vestía, y para quien reservaba los escasos alimentos que conseguía.

Amelia y el niño se querían, y aquel afecto nada tenía que ver con Max: era fruto de la necesidad, de la ausencia de Ludovica, la madre perdida, y la del hijo abandonado, Javier.

Albert expuso el plan al jefe de la oficina del Servicio de Inteligencia estadounidense en Berlín, quien decidió aceptar en vista de que era la única opción viable a su alcance para poder encontrar a Fritz Winkler.

—Pero habla con nuestros primos los británicos, al fin y al cabo la chica era suya, no quiero que el Almirantazgo vaya con el cuento a los americanos de que les quitamos los agentes.

—Amelia ya no trabaja para los británicos, hará esto porque necesita desesperadamente el dinero. Y no te preocupes por nuestros primos, el plan se le ha ocurrido a Charles Turner.

—Entonces dile que hacemos nuestro su plan y que informe a Londres. Ahora me toca a mí convencer a Nueva York de que desembolsen el dinero que te has comprometido a pagar a Amelia Garayoa. Menos mal que en El Cairo es todo más barato, tendré que llamar a nuestra gente para que busquen un lugar donde puedan vivir Amelia, ese hombre y su hijo.

Cuando tres días más tarde Albert se presentó en casa de Max, ya estaba montado todo el dispositivo de El Cairo.

13

Friedrich parecía contento de dejar Berlín, incluso Max se mostró animado; sólo Amelia parecía indiferente.

Albert viajó con ellos hasta El Cairo y les ayudó a instalarse en un apartamento en la cornisa del Nilo. La vivienda, amplia y soleada, estaba situada en un edificio de tres alturas. Los vecinos habían sido investigados por la Inteligencia norteamericana, y parecían inofensivos: en el segundo piso vivía un matrimonio entrado en años en compañía de una hija viuda y de tres nietos; el tercer piso lo ocupaba un profesor que tenía esposa y cinco hijos. El primero era el que ocupaban ellos.

—Estaréis bien aquí, descansad un par de días y luego nos pondremos manos a la obra. Nuestra oficina asegura que hay una discreta colonia de alemanes; unos llegaron aquí nada más acabar la guerra, otros han llegado recientemente, muchos ni siquiera entran en contacto con sus compatriotas. Éste es un refugio seguro para muchos ex oficiales de las SS que lograron huir, además de ciertos hombres de negocios que en su día colaboraron con entusiasmo con Hitler.

»El plan es sencillo: tendréis que dejaros ver, que sepan que estáis aquí. No será difícil, no desconfiarán de Max y le abrirán las puertas. Es sólo cuestión de esperar; si Winkler está aquí, aparecerá.

—¿Y si no está? —preguntó Amelia.

—Eso ya me lo preguntaste en Berlín. Esperaremos un tiempo; si no aparece o no encontramos una pista que pueda conducirnos hasta él, regresaréis a Alemania. Por cierto, nuestra oficina nos ha recomendado una escuela para Friedrich. Es una escuela particular donde acuden niños alemanes, le gustará.

—Prefiero que Friedrich se quede aquí, es muy pequeño —respondió Amelia.

—Le vendrá bien estar con otros niños.

—No, Friedrich no te servirá de gancho —le aseguró Amelia mirándole fijamente a los ojos.

—No lo he pretendido.

—En cualquier caso seremos nosotros los que decidamos qué es lo que le conviene a Friedrich —le cortó.

De repente oyeron unos golpes secos en la puerta, y Albert, sonriendo, fue a abrir. Regresó a la sala de estar seguido por una joven que llevaba una maleta pequeña en la mano.

—Os presento a Fátima, ella os cuidará. Sabe cocinar, limpiar, planchar, y un poco de alemán, de manera que os ayudará hasta que podáis manejaros con el idioma. No creo que a Friedrich le cueste mucho aprenderlo, y vosotros dos sois políglotas, de manera que tampoco significará un gran esfuerzo.

Fátima debía de tener unos treinta años. Se había quedado viuda, no tenía hijos, y la familia de su marido prefería desprenderse de ella.

Había servido en casa de un matrimonio alemán y allí había aprendido a chapurrear el idioma, pero un buen día la pareja había desaparecido sin siquiera despedirse de ella.

Amelia la acomodó en un cuarto junto a la cocina y Fátima pareció sentirse satisfecha.

Amelia también se dejó contagiar por el buen humor de Max y Friedrich. Por primera vez en mucho tiempo tenían comida. En realidad tenían dinero para comprarla, y eso les producía un gran alivio. Friedrich comía tanto que Amelia se preocupaba por él temiendo que pudiera sentarle mal. Tal era la falta de costumbre.

Durante unos días, Amelia se dejó llevar por Fátima, quien camino del mercado le enseñaba la ciudad.

Disfrutó de las compras en Jan el-Jalili, con su calles estrechas y misteriosas, donde los comerciantes ofrecían todo tipo de mercancías: lo mismo un cordero que piedras preciosas, un cacharro para cocinar o una pieza robada en una tumba.

Una mañana, acompañada de Fátima, llevaron a Max a pasear por la ciudad.

Los vecinos resultaron ser amables y serviciales, y por muy poco dinero el profesor del tercero se ofreció a enseñarles el árabe. Incluso sugirió la posibilidad de que llevaran a Friedrich a la escuela donde enseñaba.

—Si está con niños egipcios aprenderá antes el idioma. Al principio le costará, pero yo estaré allí para protegerle.

Albert les informó de que había un café, el Café de Saladino, donde solían reunirse algunos alemanes.

—Debéis ir allí mañana por la tarde. Los tres sois una familia que ha huido de Berlín, temerosos de las represalias y, sobre todo, porque queréis olvidar el horror de la guerra. Regresaréis, claro, cuando las cosas vayan mejor. Es lo que tenéis que decir.

El Café de Saladino estaba regentado por un alemán que les recibió encantado y les buscó un buen lugar donde colocar la silla de ruedas de Max para que éste se sintiera cómodo; después les sometió a un interrogatorio aparentemente inofensivo.

—Vaya, de manera que vienen a ampliar nuestra pequeña colonia.

Max estuvo en su papel; en realidad fue él mismo, un oficial prusiano, un aristócrata, que se refugiaba en El Cairo tras la guerra. Fue cortés pero manteniendo las distancias con el dueño del café, al fin y al cabo un desconocido.

Saludaron a otros alemanes que se sentaron en mesas cercanas, pero sin entablar conversación con ninguno de ellos.

Convirtieron en costumbre el ir todos los días al Café de Saladino. Max era el que hablaba, mientras que Amelia se mantenía en un discreto segundo plano; tanto, que llamaba la atención frente a las expansivas mujeres alemanas que acudían al lugar.

Una tarde en la que se hallaban en el café, donde su presencia ya era habitual, un hombre entrado en años que fumaba un puro en la mesa de al lado se dirigió al barón.

—Si a la señora le molesta el humo del puro, gustosamente lo fumaré más tarde.

—¿Te molesta, querida? —preguntó Max a Amelia.

—No, en absoluto; por favor, no se preocupe por mí.

—Se lo agradezco, mi esposa no me permite fumar estos puros en casa, de manera que suelo venir aquí.

—Es un lugar agradable —respondió Max.

—¿Llevan mucho tiempo en El Cairo?

—No mucho —volvió a contestar él.

—Mi esposa y yo llegamos poco antes de que acabara la guerra. Yo ya estaba jubilado, de manera que pensé que éste sería un buen lugar para seguir los acontecimientos. ¿Saben que la próxima semana comienza en Nuremberg un proceso contra todos los que colaboraron con el Gobierno de Hitler? Será una tarea difícil, no pueden juzgar a todos los alemanes, porque ¿quién no estaba con el Führer?

—Desde luego será una tarea difícil —dijo Max, mientras Amelia seguía callada a su lado, vigilando a Friedrich, que se había puesto a jugar con otros niños en la puerta del café.

—Perdone mi indiscreción, pero ¿está así por la guerra? —preguntó con curiosidad el hombre.

—Soy el barón Von Schumann, fui oficial de la Wehrmacht —se presentó tendiéndole la mano.

—Es un honor, barón, a su disposición. Soy Ernst Schneider, propietario de una casa de cambio, aquí en El Cairo. Estaré muy honrado si puedo invitarle con su esposa y su hijo a mi casa.

—Bueno... —Max pareció dudar—, quizá más adelante.

—Entiendo, le parece muy precipitado aceptar la invitación de un desconocido. Y tiene razón, pero cuando uno está lejos de la patria, a veces se olvida de las formalidades.

—No he querido ofenderle —se excusó Max.

—¡Y no lo ha hecho! Soy yo el que ha actuado incorrectamente. Le diré a mi esposa que me acompañe una tarde de éstas y así podrá conocer a su encantadora esposa, ¿le parece bien? Hemos perdido a nuestros dos hijos en la guerra, y a nuestros nietos. Estamos solos, por eso venimos aquí, en el Café de Saladino sentimos que aún late el corazón de Alemania.

La tarde siguiente el señor Schneider acudió al café acompañado de su esposa, que resultó ser una agradable matrona que hablaba sin parar. Amelia se dio cuenta de que la señora Schneider podía constituir una inagotable fuente de información. Parecía conocer a todos los alemanes que vivían en El Cairo, y aunque no se tratara con todos ellos, tenía un conocimiento exhaustivo de sus vidas y actividades.

—Fíjese, querida, ese hombre que acaba de entrar con esa mujer tan llamativa fue un importante funcionario en Baviera. Huyó antes de que finalizara la guerra. Hombre listo. Y ella, bueno, es evidente que no es su esposa, cantaba en un cabaret de Munich. Él no tuvo inconveniente en abandonar a su esposa y a sus tres hijos para huir con esta mujer. Como comprenderá, no son bien recibidos en algunas casas; en otras... bueno, ya sabe usted lo que significa estar expatriado, aquí se pierde el sentido de la categoría y lo mismo tratas a un tendero que a un hombre de negocios.

Amelia la escuchaba mientras memorizaba los nombres y oficios de todos los que le señalaba.

Dos semanas después de compartir algunas tardes en el Café de Saladino, Amelia y Max aceptaron la invitación de los Schneider para cenar el sábado siguiente en su casa.

—Será una velada con amigos, les parecerá que están en Berlín, ya verá.

Precisamente ese mismo día, Albert les anunció que no podía alargar más su estancia en El Cairo y que debía regresar a Berlín.

—Volveré más adelante, pero si necesitas ponerte en contacto con nuestra gente, llama a este número y pregunta por Bob Robinson, es un buen hombre y es quien se encarga de este asunto. Por ahora las cosas van sobre ruedas, os estáis dando a conocer, sin llamar demasiado la atención, y eso está bien. En el informe que Bob me ha pasado sobre los Schneider se cuenta que eran unos nazis fanáticos. Él era contable de una empresa que servía de tapadera a los tejemanejes de las SS. Sus dos hijos fueron movilizados y murieron en el frente. Uno de ellos, el mayor, era oficial de las SS. En cuanto al propietario del Café de Saladino, Martin Wulff, debéis estar atentos, llegó aquí hace poco más de un año, compró el café y lo arregló. Tiene buenos contactos entre las autoridades egipcias. Al parecer le hirieron gravemente en la guerra, con eso justifica que le enviaran a casa y que él decidiera venir aquí. Era sargento de las SS. Si le hubieran herido de gravedad, tendría alguna secuela, pero parece sano. Sorprende que un sargento de las SS llegara aquí con dinero suficiente para montar un negocio… Id con cuidado y no os fiéis de él. Nuestra oficina de la Inteligencia cree que Wulff pertenece a una organización que ayuda a los miembros de las SS que logran huir de Alemania a que consigan una nueva identidad. Se trata de una organización secreta que algunos miembros de las SS decidieron poner en marcha en vista de la deriva de la guerra. Sabían que si ganaban los aliados, todos ellos serían juzgados por criminales, de manera que decidieron buscar una vía de escape para tener garantizado el futuro. Puede que él nos lleve hasta Winkler.

Las instrucciones de Albert fueron precisas: debían hacer vida social con la colonia alemana, hasta que Winkler se confiara y apareciera para intentar matar a Amelia.

Los Schneider habían invitado a cuatro parejas más; eran diez a la mesa, entre ellos Martin Wulff, el propietario del Café de Saladino, que iba acompañado de una mujer egipcia de mediana edad.

La casa de los Schneider era casi una mansión. Estaba situada en una zona tranquila de la ciudad, Heliopolis, un lugar cercano a El Cairo, donde vivían los principales mandatarios egipcios. Contaban con varias personas de servicio.

A Amelia le sorprendió que, siendo sólo dos personas, vivieran en una casa tan grande.

—¿No se siente muy sola en una casa tan espaciosa? —preguntó Amelia a la señora Schneider.

—Cuando la compramos pensábamos que aquí pasarían temporadas nuestros hijos, pero la guerra ha destrozado todos nuestros sueños.

La señora Schneider insistió a Amelia para que la llamara por su nombre, Agnete, y para distinguirlos de los demás invitados, colocó a Max a su derecha y a Amelia entre el señor Schneider y Martin Wulff.

—De manera que han decidido juntarse con los demás —dijo Wulff.

—¿Cómo dice? —preguntó ella, sorprendida.

—Supongo que el hecho de ser aristócratas les hace vernos como si fuéramos poca cosa, pero la gente como nosotros somos quienes hemos luchado por hacer grande a Alemania. Nuestro Führer ha muerto, pero todos nosotros llevamos su legado, y algún día lo haremos realidad. No, aún no hemos perdido, señora Von Schumann, ¿o debo llamarla baronesa?

—La guerra ha terminado, señor Wulff, y comienza una era distinta, cuanto antes lo aceptemos todos, mejor —respondió secamente Amelia, intentando vencer la repugnancia que le producía aquel sargento de las SS.

—En algo tiene razón, vivimos tiempos distintos, de lo contrario un aristócrata como su esposo jamás se habría sentado en la misma mesa que nosotros. Pero aquí nos tiene, todos iguales, viviendo como expatriados mientras los aliados destrozan nuestra patria. Se atreven a juzgarnos, ¿y quiénes son ellos para juzgar a nadie? ¿Acaso no han matado lo mismo que nosotros? El proceso de Nuremberg es una nueva humillación al pueblo alemán.

Amelia contuvo su deseo de responderle. Si estaba allí era para hacer salir a Winkler de su escondrijo, y para ello necesitaba que él supiera que estaba allí. Desvió la conversación preguntando a Wulff por sus «hazañas» durante la guerra y después interesándose por la buena marcha del Café de Saladino.

—No creo que haya un solo alemán en El Cairo que no acuda a su café.

No respondió a la afirmación de Amelia, pero sí presumió de codearse con compatriotas que meses antes de la guerra ni le habrían mirado.

—Es una pena que los mejores científicos alemanes vean frustradas sus investigaciones, y que algunos hayan sido obligados a marcharse a Rusia o a Estados Unidos para salvar la vida —dejó caer Amelia para evaluar el efecto que esa afirmación pudiera hacer en Wulff. Y efecto tuvo, porque no respondió, sólo la miró, y a continuación se puso a hablar con la mujer que tenía al otro lado.

Cuando llegaron a casa, Max parecía agotado.

—¡Cuánta vulgaridad! —exclamó.

—Lo siento, es parte del trabajo.

—Lo sé, lo sé, y pienso que el dinero que nos dan nos lo hemos ganado. He tenido que soportar durante toda la noche las previsiones que ha hecho el señor Schneider sobre el futuro. Asegura que el nazismo no ha muerto, que son como esos juncos que crecen en las orillas del Nilo, que se pliegan ante la fuerza del viento y del agua pero permanecen firmes sin romperse jamás.

—No se han disuelto, Max, siguen ahí.

—No te entiendo...

—Han perdido la guerra, pero están dispuestos a seguir luchando por un futuro IV Reich. Ahora esconden la cabeza, pero para volverla a sacar cuando estimen oportuno. Volverán, Max, volverán. Lo que tenemos que averiguar es si están organizados, si son algo más de lo que parecen. Desde luego ése es el caso de Wulff, Albert me lo dijo.

—No soy un espía —respondió Max, incómodo—, y nuestro único compromiso consiste en hacer salir a Winkler de su escondite, si es que está aquí.

—Lo sé, pero no podemos desperdiciar la información que vamos obteniendo, puede ser valiosa. Quiero que me cuentes con detalle todo lo que has escuchado esta noche, luego escribiré un informe para Bob Robinson.

—¿Eso es lo que hacías cuando me espiabas a mí?

Amelia bajó la cabeza, avergonzada. En algunas ocasiones Max la hacía sentirse una malvada. No es que él le hubiera reprochado nunca lo sucedido en Atenas, pero algunos comentarios, como el que acababa de hacer, le recordaban que él jamás olvidaría cuánto le había engañado.

—Me fumaré una pipa mientras te cuento todas las estupideces que he escuchado para tu informe, ¿te parece bien?

Una tarde, su vecino del tercero, el señor Ram, les propuso ir al Valle de los Reyes.

—Voy a llevar a mi familia, quiero que mis hijos conozcan el pasado de nuestro país. Yo hablo y hablo de ese pasado todos los días en la escuela, pero los niños lo comprenderán mejor si lo pueden tocar. He pensado que quizá les gustaría acompañarnos. Nos alojaremos en Luxor, en casa de unos familiares, que les acogerán encantados.

Amelia se entusiasmó con la invitación, pero Max se mostró contrario.

—¿Crees que estoy en condiciones de hacer visitas arqueológicas? ¿Qué he de hacer? ¿Aguardar junto a Fátima a que tú y Friedrich vayáis de un lado a otro? No, no iré, pero me parece bien que tú y el niño acompañéis a la familia del señor Ram. Yo me quedaré aquí, con Fátima. Me cuidará bien.

Friedrich insistió que no iría a ningún sitio sin su padre. El niño no había superado el horror que había vivido cuando se quedó solo con su madre muerta bajo los escombros. Cuando le rescataron, lo llevaron a una institución con otros huérfanos, hasta que dieron con su padre. Sus tías también habían muerto. No tenía a nadie excepto a su padre, y por nada del mundo consentiría que le separaran de él.

Finalmente Max cedió por Friedrich.

Por entonces parecía no tener demasiados problemas con el árabe, y comenzaba a entenderse con los otros niños y acudía contento a la escuela del señor Ram.

Max, por su parte, no hacía demasiados esfuerzos por aprender, a pesar de la paciencia del señor Ram, que todas las tardes acudía puntual a darles clases a Max y a Amelia. Pero mientras ella se aplicaba con interés en la tarea de aprender el idioma, Max parecía distraído e indiferente.

La excursión a Luxor les resultó emocionante a Amelia y a Friedrich, y Ram y su familia hicieron todo lo posible por agradar a Max.

La casa del hermano del señor Ram estaba situada a una distancia prudencial del Nilo, era una precaución ante las crecidas anuales del río. La familia del señor Ram vivía de la agricultura, y también de ayudar a las expediciones arqueológicas que hasta antes de la guerra eran habituales en aquella parte de Egipto. Franceses, alemanes e ingleses competían por revolver la arena del desierto para arrancarle sus secretos y sus tesoros escondidos.

El hermano del señor Ram acomodó a los visitantes en un cuarto fresco desde cuya ventana se veía el Nilo. A Fátima le asignaron un recodo del pasillo.

Era imposible que la silla de ruedas de Max no se quedara atascada en la arena, pero el señor Ram no estaba dispuesto a rendirse e improvisó unas parihuelas encima de un burro. El barón al principio se negaba, temía hacer el ridículo, pero fue tal la insistencia de Friedrich que decidió probar. Y así pudo adentrarse en el camino que conducía a las tumbas de los Reyes. Los sobrinos del señor Ram le ayudaban a bajar a algunas de las tumbas llevándole ellos mismos en las parihuelas.

Regresaron al cabo de cuatro días satisfechos de la excursión.

—Friedrich es feliz aquí —admitió Max.

—Come, juega, estudia, está con otros niños y te tiene a ti. Además, este sol le anima; ahora mismo debe de estar nevando en Berlín.

Amelia se impacientaba por la ausencia de noticias sobre Winkler. Por más que seguían asistiendo a veladas en las casas de los alemanes expatriados que habían ido conociendo, en ningún momento les habían hablado de ningún científico que se refugiara en El Cairo. Y, o bien Winkler no estaba allí, o bien simplemente apreciaba demasiado su vida y la de su padre como para exponerse intentando matar a Amelia.

—Tengo la sensación de estar malgastando vuestro dinero —confesó Amelia a Bob Robinson.

—No se crea, Amelia, sus informes nos están ayudando mucho.

—¡Pero si no hay nada relevante en ellos! —protestó Amelia.

Un mes después Albert regresó durante unos días a El Cairo. Comentaba las noticias de Europa con Max, y éste le escuchaba atento.

—Tito ha creado una Federación de Repúblicas en Yugoslavia con Serbia, Croacia, Eslovenia, Bosnia-Herzegovina, Montenegro y Macedonia. Y la monarquía italiana puede tener los días contados, hay una corriente imparable a favor de la República.

No fue hasta mediados de abril cuando la señora Schneider le confesó a Amelia un secreto.

—Yo confío en usted, querida, y desde luego en el barón, que tanto ha sufrido por la guerra. Pero mi marido me tiene prohibido que les cuente algunas cosas.

—Yo también confío en usted, Agnete. A mí también me pide Max que sea prudente, dice que las mujeres hablamos demasiado. Pero realmente nosotras sabemos bien en quién podemos confiar y en quién no. Yo supe que usted sería mi amiga en cuanto la conocí. En realidad es mi mejor amiga aquí.

—¡No sabe cómo me satisface escucharla! Es usted una gran señora. A mi Ernst le costó mucho terminar sus estudios, trabajaba para poder pagar la universidad. Ya éramos novios entonces, y le confieso que sentía envidia de aquellos jóvenes despreocupados que iban a clase con Ernst.

Aquella tarde Amelia hizo alarde de sus mejores dotes como agente logrando que la señora Schneider se «confesara» con ella.

Primero le dijo que tanto a ella como a Max les gustaría poder seguir contribuyendo a la grandeza de Alemania.

—Max ha pagado un alto precio por defender a la patria, y ahora añora poder hacerlo. Pero aquí poco podemos hacer, claro que es mejor estar aquí que en Berlín, expuestos a la persecución a la que están siendo sometidos los buenos alemanes. No imagina las veces que han interrogado a Max por haber sido un oficial de la Wehrmacht. Ni siquiera respetan su estado físico... —se quejó Amelia.

La señora Schneider la escuchaba interesada, y Amelia podía leer en sus ojos la lucha que mantenía consigo misma hasta decidirse a contarle su secreto.

—¡Oh, cuánto lo siento! Le aseguro que haré todo lo posible para... para que... para que nuestro pequeño grupo cuente con el barón.

—¿De verdad? ¿Y qué podría hacer Max o yo misma?

—Bueno, primero déjeme que convenza a Ernst y que él se encargue de lo demás.

Amelia no insistió. Había conseguido que la señora Schneider hablara de su pequeño «grupo». Por aquella tarde era suficiente.

—Agnete, quizá les gustaría venir a cenar a usted y a Ernst. Me encantaría que los cuatro pudiéramos hablar tranquilos, en confianza. ¿Qué le parece?

—¿En su casa? —La señora Schneider parecía entusiasmada.

—Quizá el próximo viernes, si no tienen otro compromiso.

—De etiqueta, claro está, tratándose de una cena con el barón... —afirmó más que preguntó la señora Schneider.

Amelia a duras penas contuvo la risa, y asintió.

Max se enfadó cuando Amelia le anunció que había invitado a cenar al matrimonio Schneider.

—¿Aquí, en nuestra casa? No me parece una buena idea. Y no comprendo por qué ha de ser de etiqueta. Me parece ridículo vestirnos de etiqueta para cenar con esa gente.

Amelia se sentó a su lado y le cogió la mano, luego le miró a los ojos y pudo ver toda la rabia contenida.

—En Berlín no teníamos nada que comer. Friedrich lloraba por las noches porque le dolía la tripa a causa del hambre. Ya no nos quedaban objetos por vender. Ahora no nos falta de nada; tenemos una buena casa, comida abundante, incluso una criada. Friedrich es feliz, ¿no has visto su sonrisa cuando ha llegado de bañarse en el Nilo con los hijos del señor Ram? Pero todo esto lo tenemos que pagar, y el precio es tratar con gente a la que tú nunca habrías mirado, además de hacernos notar para que Winkler sepa que estoy aquí. Creo que la señora Schneider está a punto de revelarnos que hay una organización secreta de nazis que viven en Egipto. No sé si sólo son unos nostálgicos que se reúnen para charlar de tiempos pasados y soñar con el futuro, o si realmente hacen algo más. La única manera de averiguarlo es formar parte de ello, y para eso te necesito. Es a ti a quien quieren, quien les interesa. Les deslumbra que el barón Von Schumann esté con ellos.

—Esto no fue lo que acordé con Albert James.

—Sí, Max, esto también entraba en el trato. En el espionaje no hay barreras infranqueables, hay que traspasarlas todas; no puedes esperar a que la información llegue a ti, debes ir tú a buscarla. Puede que a través de ese grupo encontremos a los Winkler.

—O puede que no, y entonces nos habremos implicado en un grupo de fanáticos.

—Ya estuviste implicado en un grupo de fanáticos que dirigían el país y te enviaron a la guerra —respondió Amelia fríamente.

—De manera que yo también he de pagar mi parte porque nos dan de comer, ¿es eso lo que me estás diciendo?

—Sí —respondió ella, sosteniéndole la mirada.

Amelia organizó una cena como si fueran a recibir a la reina de Inglaterra. Pidió a Bob Robinson que le proporcionara una vajilla de porcelana y copas de cristal veneciano o de Bohemia, además de cubiertos de plata y un mantel de hilo fino.

A Fátima le hizo ponerse una cofia, compró un esmoquin para Max, y entre ella y Fátima confeccionaron otro para Friedrich. Ella también se compró un traje de noche de seda negro, y le pidió a Bob Robinson que también se hiciera con alguna joya con la que deslumbrar a los Schneider.

Bob apareció a primera hora de la tarde con el pedido de Amelia.

—El mantel es de la embajada, y las joyas, de la esposa de un diplomático amigo mío; en cuanto a la vajilla, también me la han prestado. ¡Que no se rompa ni una sola copa o me quedaré sin empleo! Espero que esta gente les cuente algo sustancioso.

—Confío en que así será —asintió Amelia.

—Mañana vendré a por todo. ¡Ah! Gracias, barón, por haberse implicado; Amelia tiene razón, es usted quien les interesa.

El día de la cena, la señora Schneider llevaba un vestido color malva y una estola de piel. Amelia se compadeció de ella al verla envuelta en pieles con una temperatura de veinticinco grados como tenían en El Cairo por aquellos días. El señor Schneider se estiraba de la chaqueta del esmoquin, que parecía estarle pequeño o acaso era prestado.

El comedor estaba iluminado con velas y hasta allí llegaba el sonido de un disco con música de Wagner.

Agnete parecía feliz por haber sido recibida en casa del barón, una casa más modesta que en la que ella vivía, pero donde todo respondía a un gusto que la hacía sentirse inferior.

No fue hasta los postres cuando el señor Schneider se animó a proponerle a Max entrar en su grupo.

—Muchos de los expatriados creemos que aún podemos ser útiles a Alemania, que nuestro compromiso con el Führer no se ha acabado, y debemos luchar por hacer realidad el IV Reich. Necesitamos un nuevo Führer, un hombre excepcional como lo fue Adolf Hitler, y lo encontraremos, elegiremos al mejor de nosotros. Si pudiéramos contar con usted… sería un honor, barón.

—Ernst, me honra con su invitación, pero ¿qué es exactamente lo que hace su grupo. ¿En qué podría ser útil un hombre como yo?

—Como usted sabe, soy propietario de una casa de cambio, y el que lo sea no es fruto de la casualidad ni de la improvisación. Las SS se anticiparon al futuro en previsión de que los aliados pudieran ganar la guerra y fuéramos derrotados. Un grupo de oficiales ideó una ruta de escape por si eso llegaba a suceder. Usted sabe que en los depósitos de las SS había obras de arte confiscadas a los judíos y a los enemigos del Reich, además de oro y piedras preciosas, y otros objetos de valor. Cada grupo de oficiales optó por una ruta: unos han huido a Sudamérica, otros a Siria, a Irak, a España, a Portugal, incluso a Suiza. El tesoro se dividió en varias partes y se sacó de Alemania con toda discreción; cada grupo se hizo cargo de una de esas partes. Mi grupo decidió venir a El Cairo, por eso yo me instalé aquí meses antes de que terminara la guerra, para organizarlo todo.

—¡Impresionante! —aseguró Max con sinceridad.

—Muchos de los hombres que han ido conociendo en el Café de Saladino son antiguos oficiales o personas cuyo trabajo, como es mi caso, dependía de las SS. Todos son patriotas sin tacha, hombres y mujeres dispuestos a morir por la patria. Cuidaremos de nuestro tesoro y lo utilizaremos para el mejor fin: recuperar Alemania.

—¿Y cómo lo harán? —preguntó Max.

—Ahora poco podemos hacer, habrá que esperar a que los aliados se cansen de juzgar alemanes, que aflojen su interés por nosotros. Luego ayudaremos a los camaradas que están agazapados esperando el gran momento. Mientras, ayudamos a todos los nuestros que han tenido que huir. Les damos una nueva identidad, y algunas personas que son muy valiosas las protegemos, cuidamos de borrar sus huellas para que nadie sepa dónde están.

—¡Impresionante! —repitió Max—. ¿Y en qué puedo ayudar?

—Por ahora será suficiente con su consejo. Usted es un hombre de mundo, bien relacionado, y en Alemania no hay ninguna causa abierta contra usted, eso nos puede ayudar.

—¿Son muchos los patriotas que lograron escapar? —se interesó Max.

—Son muchos los que salieron de Alemania días antes del desastre. Cada uno tomó su ruta, tal y como estaba previsto.

—¿Y cómo se comunican entre ustedes?

—¿Sabe?, los banqueros no miran el color del dinero. Antes no les importaba tener en sus arcas el dinero de los judíos, y ahora no nos preguntan de dónde proviene el nuestro. En Suiza están algunos miembros de la organización que sirven de enlace entre los distintos grupos. Y así continuará hasta que podamos regresar.

—¿Cuándo cree que sucederá eso? Ansío regresar a la patria —aseguró Max, y lo hizo con tal convicción que Amelia pensó que estaba siendo sincero.

—No debemos precipitarnos, pero ¿quién sabe?, quizá dentro de dos o tres años. Somos muchos los que hemos tenido que dejar Alemania, pero son muchos más los que resisten allí. ¿Podemos contar con usted, barón?

—Desde luego, ya le he dicho que para mí es un honor. Y ahora les propongo un brindis por el futuro de Alemania.

—Y por el Führer —apostilló la señora Schneider.

Cuando Bob Robinson acudió a casa de Max y Amelia a recoger la vajilla, no imaginaba lo provechosa que había resultado la cena.

—¡Es lo que sospechábamos, pero ahora tenemos la prueba! Deben seguir tirando del sedal hasta que podamos pescar un salmón bien gordo.

—¿El salmón no era el profesor Fritz Winkler? —preguntó Max.

—Desde luego, pero acaso podamos pescar más. Voy a mandar un mensaje a Albert James, creo que este asunto merece que haga una visita a El Cairo. Ustedes deben colaborar en todo lo que les pidan, tienen que seguir ganándose su confianza, y obtener los nombres auténticos de quienes forman parte del grupo, los bancos con los que operan, los contactos en las altas esferas egipcias... en fin, necesitamos saberlo todo.

—Pero usted no debe venir por aquí —apuntó Max—. Nos han dado la bienvenida al grupo, pero supongo que nos vigilarán hasta estar convencidos de nuestra lealtad. De manera que sería difícil justificar las visitas de un norteamericano.

—Tiene razón, pero a veces hacer las cosas de la manera más sencilla es mejor que complicarlas. Mi tapadera en Egipto es la de representante de una empresa que vende productos norteamericanos manufacturados. Eso me permite tener contacto en las altas esferas y haber conocido a un buen número de hombres de negocios. Podrían decir que me conocieron durante una cena.

—¿Y que nos hicimos amigos repentinamente? —respondió Max.

—No, no es buena idea, Bob. Quizá… no sé… podría funcionar —dijo Amelia.

—¿El qué? —preguntaron al unísono los dos hombres.

—Puede justificar su presencia en este edificio porque asiste a las clases del señor Ram. Es profesor, y hace horas extras enseñando el idioma a extranjeros como nosotros. Podría acordar con él visitarle un par de días a la semana.

—Hablo el idioma con cierta fluidez —aseguró Bob.

—Pero lo quiere perfeccionar, dirá que no lo escribe bien, y necesita saber hacerlo para sus negocios. Quizá con un día a la semana sea suficiente.

A lo largo de 1946 Amelia y Max se fueron introduciendo en el grupo de Ernst Schneider. Al principio no compartían con ellos mucha información, aunque les invitaban a actos patrióticos que tenían lugar en el sótano de la enorme casa de los Schneider. Agnete comprometió a Amelia para que le ayudara a bordar una bandera con la cruz gamada.

Albert James los visitó en tres ocasiones y les aseguró que la información que estaban consiguiendo era de gran utilidad para la Inteligencia norteamericana.

—Ahora conocemos el modus operandi de los grupos que han huido de Alemania. En Suiza es difícil obtener información bancaria, pero hemos sido capaces de seguir algunas operaciones hechas desde aquí. Su organización es más compleja de lo que os cuentan.

En una de aquellas visitas, Max le preguntó a Albert hasta cuándo debían permanecer en El Cairo.

—Fritz Winkler aún no se ha dejado ver, pero si está aquí, lo hará. Es cuestión de tiempo. En todo caso, la información que nos estáis proporcionando desde que os habéis infiltrado en la organización es muy valiosa.

—Me gustaría regresar a Alemania. Friedrich ya se siente más a gusto hablando árabe que alemán. Está creciendo con las pautas de los chiquillos de aquí, sin ninguna referencia a nuestros valores, a nuestra cultura, salvo lo que Amelia y yo le podemos enseñar. Creo que prefiere estar aquí que en Alemania.

—Estáis aquí voluntariamente; si lo queréis dejar, me encargaré de que podáis regresar —respondió Albert sin ocultar lo mucho que le contrariaba la petición de Max.

—No, no nos iremos, todavía no —les interrumpió Amelia—. ¿Qué quieres hacer en Berlín? ¿Pretendes que nos muramos de hambre? Allí nadie nos necesita, aquí sí. Por eso nos pagan bien. Estoy ahorrando, lo hago para cuando no tengamos otra opción que regresar, y entonces podamos comprar comida. Pero aún no tenemos suficiente, y no quiero regresar para mendigar. Te pido, Max, que aguantes un poco más.

—Me doy asco a mí mismo teniendo que frecuentar a esa gente, escuchando sus soflamas estúpidas, asegurando que impondrán el IV Reich, incluso sugiriendo que yo sería un buen Führer puesto que tanto he sufrido por la patria. Me ven en lo alto de un podio, un lisiado, llamando a la rebelión. ¡Son unos locos! Pero odio el engaño, no soy como vosotros. Aunque desprecio a esta gente, me repugna engañar.

—Pensadlo bien. Pasado mañana regreso a Berlín. Si estáis decididos a volver, lo organizaré todo —fue la respuesta de Albert.

Amelia le acompañó a la puerta.

—Está deprimido, no imaginas cómo son las reuniones con todas esas banderas con la esvástica.

—Para mí será un contratiempo si decidís regresar, pero sería peor que os quedarais y que Max se pusiera nervioso y no lo pudiera soportar. Lo he aprendido más tarde que tú, Amelia, pero hace falta tener los nervios templados para este negocio.

—... que a ti te ha cambiado, Albert —sentenció Amelia.

—Cuando me conociste, lo que más amaba era mi profesión, después te amé a ti, luego llegó la guerra y ya no tuve opción.

—Tú tienes opción, Albert, tú puedes dejar esto y regresar a tu profesión.

—No, ya no puedo, una vez que te has dedicado a esto ya no hay marcha atrás.

Albert regresó al día siguiente y Max le dijo que habían tomado una decisión.

—Un año más, Albert, un año más. Si en ese tiempo Winkler no aparece, es que no está aquí. Dentro de un año regresaremos a Berlín.

—De acuerdo, un año.

14

Pero la espera se alargó más de un año. A finales de 1947 Ernst Schneider recibió una carta que le provocó, a partes iguales, un estado de alegría y ansiedad.

Por aquel entonces Max se había convertido en su mano derecha a la hora de invertir en el mercado internacional los bienes que estaban en poder del grupo.

Schneider parecía confiar sin reservas en el barón Von Schumann; sin embargo, no le dio detalles sobre el contenido de esa carta que tanto le había alterado. Tan sólo le confesó que muy pronto recibirían la visita de un héroe de la guerra, y de su padre, un hombre preeminente; ambos habían estado ocultos porque los aliados les buscaban.

Max se lo contó de inmediato a Amelia.

—No sé de quién se trata, pero debemos avisar a Bob Robinson.

—Quizá se trata de Winkler —sugirió ella.

—No lo sé, pero son unas personas muy importantes. Schneider me ha dicho que se alojarán en su casa, y que tenía que hablar con Wulff para garantizar la seguridad de los dos hombres que espera.

—¿De dónde vienen?

—No me lo ha dicho.

La señora Schneider fue más explícita que su marido, y cuando días más tarde se encontró con Amelia en el Café de Saladino, no se resistió a las confidencias.

—El barón le habrá dicho que esperamos invitados. No imagina, querida, quiénes son; los aliados buscan desesperadamente a uno de ellos, es un hombre muy importante. Salieron de Berlín el mismo día que Hitler se suicidó, y han estado casi todo el tiempo en España. Franco mantiene buenas relaciones con los británicos y con los norteamericanos, y aunque protege a los nuestros, estos invitados estarán más seguros aquí. Nuestro grupo les protegerá. El sargento Martin Wulff —y miró de reojo al dueño del Café de Saladino— sirvió a las órdenes de uno de ellos. Aún no puedo decirle de quiénes se trata, pero le aseguro que los conocerán. Se alojarán en casa, y he pedido permiso a mi esposo para organizar una cena en su honor.

Ni Max ni Amelia lograron más información de los Schneider. Sólo cabía esperar, para desesperación de Max, que había planificado el regreso a Berlín en los primeros días de enero de 1948. Ahora no tenían otra opción que esperar a saber quiénes eran los misteriosos desconocidos.

El señor Schneider le dijo a Max que durante unos días no se verían.

—Llegan nuestros invitados y he de concentrarme en que todo salga bien. Ya le avisaré.

En vísperas de fin de año, recibieron una tarjeta de los Schneider invitándoles a despedir 1947 junto a otros compatriotas con una cena en su casa.

Llegó el día, y mientras ayudaba a Max a vestirse para la cena, Amelia notó su inquietud.

—No te preocupes, todo saldrá bien —dijo para animarle.

—Puede que sean Winkler y su padre, puede que sean otros, no lo sé; pero sean quienes sean, deben de ser muy importantes. No puedo dejar de estar preocupado; si es Winkler, nos reconocerá, y entonces, ¿qué diremos?

—Tú eres un oficial, un héroe, estás a salvo de cualquier sospecha.

—¡Por favor, Amelia! Winkler sabe dónde y por qué perdí las piernas. Y sobre todo te conoce a ti. Les contará a los otros quiénes somos realmente.

—Nunca hemos ocultado quiénes somos. Y aunque Winkler siempre haya sospechado de mí nunca ha podido demostrar nada.

—Excepto que tenías en las manos uno de los detonadores de la Resistencia griega con los que destruisteis un convoy del Ejército alemán. He de confesarte que siempre pensé que Winkler no iba a aparecer.

—Puede que no sea él —le animó Amelia.

—Tengo un presentimiento.

—No te preocupes, Bob o sus hombres estarán cerca. El taxista que nos llevará a casa de los Schneider es un hombre de la Inteligencia norteamericana.

Amelia no se lo dijo, pero guardó en el bolso la pequeña pistola que le había dado Albert James cuando llegaron a El Cairo.

Max sabía de la existencia del arma, pero nunca pensó que ni él ni Amelia la tuvieran que llegar a utilizar.

La señora Schneider se había esmerado en crear un ambiente navideño para la fiesta de fin de año. En el jardín habían colocado un pino decorado con luces y bolas de cristal. Amelia se preguntó dónde lo habría conseguido. El vestíbulo y el salón también aparecían decorados con guirnaldas y velas.

Saludaron a los invitados de los Schneider; los conocían a todos, eran los miembros más relevantes de aquel grupo de nazis exiliados. Pero no vieron a ningún desconocido. Agnete susurró al oído de Amelia que los dos invitados especiales estaban a punto de bajar de sus habitaciones.

De pronto el señor Schneider hizo sonar una campanilla reclamando la atención de sus invitados.

—Señoras y señores, tenemos esta noche entre nosotros a dos

grandes patriotas, a dos hombres que se han sacrificado por Alemania, y que pudieron escapar a tiempo para no caer en manos de nuestros enemigos. Han estado ocultos durante mucho tiempo, pero por fin les tenemos entre nosotros. Su viaje hasta aquí no ha sido fácil, y apenas hace un par de horas que han llegado. Como muchos de ustedes, han adquirido una nueva identidad, y será con sus nuevos nombres con los que les trataremos. Señoras y señores, un aplauso para los señores Günter y Horst Fischer.

Dos hombres entraron en el salón. Uno era un viejo que caminaba con los hombros encorvados y la mirada cansada; se apoyaba en el brazo de otro más joven, de porte erguido y aspecto militar. Al verlos, todos aplaudieron con entusiasmo.

Schneider fue presentando a los dos hombres al resto de sus invitados, y mientras lo hacía, Amelia intentaba mantener el dominio de sí misma mientras apretaba la mano de Max.

Los ojos, aquellos ojos azules, tan fríos como la nieve, los había visto años atrás. Los había visto repletos de ira y de odio hacia ella. No le cabía la menor duda de que aquel Günter Fischer era el coronel Winkler, y Horst Fischer debía de ser su padre.

Aguardaron su turno para la presentación. El señor Schneider señaló orgulloso a Max.

—Quiero presentarles a un hombre excepcional, un héroe, el barón Von Schumann y su encantadora esposa, Amelia.

Un relámpago cruzó por los ojos de Günter Fischer mientras miraba de frente primero a Max y luego a Amelia, pero no hizo ademán de reconocerlos. Estrechó la mano de Max y besó la de Amelia.

—De manera que hasta los héroes han tenido que exiliarse —comentó con sarcasmo ante el asombro del señor Schneider.

La señora Schneider pidió que entraran en el comedor, por lo que no hubo tiempo para más comentarios. La cena transcurrió entre brindis por Alemania, por el Führer y por el III Reich, pero también por el futuro, por ese IV Reich que muy pronto ellos ayudarían para que se alzara victorioso sobre sus enemigos.

El viejo Winkler, camuflado bajo el nombre de Horst Fischer, era el centro de atención de los comensales. Todos le escuchaban con devoción hablar sobre la supremacía técnica de Alemania, asegurando que los científicos alemanes llevaban gran ventaja a los rusos y a los norteamericanos no sólo en materia armamentística, sino también respecto a investigaciones médicas.

—Yo preferiría morir antes que caer en manos de los aliados. Sé que muchos de mis colegas han aceptado el chantaje para no ser juzgados, seguir investigando y contar todos nuestros secretos a los nuevos amos del mundo. Yo no lo haré. Yo juré fidelidad al Führer, y sobre todo juré lealtad a Alemania. Y nunca les traicionaré.

Su hijo le escuchaba en silencio, repartiendo la mirada entre Amelia y Max.

No fue hasta el final de la cena, tras pasar a uno de los salones, cuando Günter Fischer se acercó al señor Schneider y le comentó algo al oído que pareció alarmar a su anfitrión. Inmediatamente Schneider, seguido de los Fischer, y de otros invitados, salieron del salón dirigiendo sus pasos hacia el despacho del dueño de la casa.

Amelia, que había visto lo que sucedía, aprovechó para dejar el salón y llegar al despacho antes de que lo hicieran los hombres para esconderse entre las grandes cortinas. Rezaba para que no la descubrieran; si lo hacían, estaba segura de que la matarían allí mismo.

—¿Sabe a quién tiene en su casa? —dijo Günter Fischer dirigiéndose a Schneider con voz airada.

—Espero que ninguno de mis invitados le haya molestado. Son todos de la máxima confianza.

—¿Confianza? Tiene usted sentada entre nosotros a una espía.

—¡Una espía! ¡Pero qué dice usted! —El tono de Schneider era histérico.

—Amelia Garayoa es una espía —insistió Fischer.

—Hijo, ¿qué estás diciendo? Explícate —le conminó su padre.

—Señor Fischer, le aseguro que…

Pero Fischer no dejó continuar a Schneider.

—Déjese de estupideces, y ahora que estamos solos, llámeme por mi nombre.

—Es mejor que todos nos acostumbremos a los nuevos, de otro modo podríamos no darnos cuenta en público —intervino Wulff.

—Bien, entonces seguiré siendo el señor Fischer. Pero ahora escúchenme todos. Esa mujer es una espía. Asesinó a un oficial de las SS en Roma. Estuvo implicada en la desaparición de uno de los mejores agentes del Reich. No se pudo probar nada hasta que fue detenida en Grecia junto a un grupo de partisanos después de haber volado un convoy en el que murieron decenas de soldados de la Wehrmacht, además de destrozar numeroso material.

—¡Pero es la esposa del barón Von Schumann! Usted debe de estar en un error —se atrevió a protestar Schneider.

—El barón iba en ese convoy, ella le dejó lisiado. Ya le he dicho que es una mujer peligrosa, una asesina. Y no es su esposa. Su esposa murió en Berlín, en un bombardeo de la RAF.

—Lo sé, lo sé, y cuando se quedó viudo se casó con Amelia.

—No, no se ha casado con ella. Esta mujer está casada, tiene marido en España, aunque llevan años separados. Tiene un hijo.

—Pero el barón… —intentó insistir Schneider.

—¡Es un idiota! ¿Es que no lo entiende? ¡Un auténtico idiota! Le dejó lisiado, le arrancó las piernas, y en vez de matarla, la perdonó, incluso la sacó de Ravensbrück. Ese hombre es uno de esos aristócratas decadentes que no tienen lugar en la nueva Alemania. Su código de honor sólo esconde debilidad. Debía haberla matado él mismo; pero ya le ven, agarrado de su mano.

—Hijo, si es así, tenemos que actuar en consecuencia. ¿Crees que te ha reconocido? —preguntó el falso señor Fischer.

—Creo que sí, padre, creo que sí. El barón no me ha reconocido, pero ella... me he dado cuenta de cómo me ha mirado. Desde luego que hemos de actuar en consecuencia.

—Me encargaré de los dos —dijo Wulff.

Schneider parecía desolado y los otros tres hombres de entre sus invitados que les acompañaban apoyaron a los Fischer.

—Llevamos dos años escondiéndonos, con los espías de los aliados buscándonos por todas partes, hemos logrado salir de España, hemos pasado lo indecible y no será para caer en manos de los británicos o para quienquiera que trabaje esa maldita mujer —aseguró el falso Günter Fischer.

—Desde luego, tienen que desaparecer, corremos un gran peligro. El barón viene colaborando con nuestro amigo Schneider en el manejo de las transacciones comerciales y financieras, si hablara... podría tener consecuencias muy desagradables para todos nosotros —sentenció uno de los hombres del grupo de Schneider.

—No puedo creer lo que se está diciendo aquí, si fuera así, nos habrían denunciado hace tiempo, y no lo han hecho —intentó defenderse Schneider.

—El barón es un títere en manos de esa mujer, puede que ni siquiera esté implicado en sus tejemanejes, pero ella... La conozco bien. Les aseguro que es una espía, una asesina.

Günter Fischer se tocó el rostro, como si de una máscara se tratara.

—Mi padre y yo hemos tenido que someternos a dos operaciones del rostro para poder asumir una nueva identidad. Les aseguro que aún sufrimos los dolores a consecuencia de las intervenciones. No, no estoy dispuesto a permitir que mi padre corra ningún riesgo. No podremos levantar Alemania sin hombres como él. Exijo que acabemos con la vida de esa mujer y del barón, y de manera inmediata. Esta misma noche.

Los hombres le miraron en silencio y uno a uno fueron asintiendo. Estaban de acuerdo en que debían acabar con la vida de

Amelia y del barón. Martin Wulff sacó una pistola que llevaba en la sobaquera y se levantó dirigiéndose a la puerta.

—¡Qué va a hacer! —gritó Schneider—. No puede matarles aquí. Se oirían los disparos. ¿Quiere que nos detengan a todos?

—Schneider tiene razón —argumentó uno de los hombres—, habrá que hacerlo cuando salgan de aquí, antes de que lleguen a su casa. Ha de parecer un asesinato vulgar, alguien que les ha querido robar y luego ha tirado sus cuerpos al Nilo.

—Tiene razón, herr Benz —dijo Günter Fischer mirando al hombre que acababa de hablar—, y ahora regresemos al salón o esa bruja se dará cuenta de que nos traemos algo entre manos.

—Pero ¿está seguro de que le ha reconocido? Es imposible, su rostro ha cambiado, no creo que pueda relacionarle con su verdadera identidad, coronel Winkler —insistió el señor Schneider.

—Los quiero muertos, señor Schneider, o le haré responsable de lo que pueda pasar.

Schneider no pudo aguantar la fría mirada del coronel Winkler.

Amelia permaneció sin moverse unos minutos más hasta estar segura de que los hombres habían abandonado el despacho. Tenía que sacar a Max de allí, y se preguntaba si Bob Robinson estaría cerca y alerta, tal y como habían acordado.

Bob le había entregado una pequeña linterna, con el encargo de que si Fischer resultaba ser Winkler, ella debía acercarse a una ventana y hacer una señal. Algo simple, sólo encenderla y apagarla. Era el momento de hacerlo.

Cuando regresó al salón, el señor Schneider estaba hablando con Max, y la señora Schneider se dirigió nerviosa hacia ella.

—Pero ¿dónde se ha metido? La he buscado por todas partes, estaba preocupada.

—He salido un momento al jardín, me sentía mareada, no he querido decir nada para no preocuparla ni tampoco al barón.

—Mi esposo quería saber dónde estaba usted…

—Pues aquí estoy, nadie se pierde en una casa —respondió forzando una sonrisa.

Günter Fischer se acercó a ellas, y Amelia, a pesar de que aquél no era el rostro que ella había conocido del coronel Winkler, estaba segura de que era él.

—De manera que es usted española... vaya... habla usted perfectamente alemán.

—Un idioma que amo como mi propia lengua.

—¿Le gusta vivir en El Cairo?

—Desgraciadamente no estaremos mucho tiempo. Regresamos a Alemania. La nostalgia nos puede, señor Fischer.

—Sí, nuestra querida Amelia y el barón nos dejan dentro de unos días, regresan a Berlín. La echaremos de menos —afirmó la señora Schneider ignorante de la situación.

—De manera que se marchan... ¿y por qué decidieron venir a El Cairo?

—Después de la guerra pensamos que era conveniente salir de Alemania hasta que todo se calmara.

—¿Y cree que ya no corren ningún peligro en Alemania?

—Espero que no, señor... Fischer.

No dijo más, y haciendo una inclinación de cabeza, se alejó de las dos mujeres.

—Pobrecillo, ha debido de sufrir mucho. Antes era un hombre bien parecido, pero esas operaciones en el rostro...

—¿A causa de heridas de guerra? —preguntó Amelia.

—¡Oh, no!, para que nadie les reconozca, ni a él ni a su padre. Ya se habrá dado cuenta, querida, de que el viejo señor Fischer es un científico, uno de los más valiosos que tenía Alemania. Los aliados habrían dado cualquier cosa por detenerle y obligarle a trabajar para ellos. Pero Fritz Winkler antes se habría suicidado que trabajar para los soviéticos o los norteamericanos. —La señora Schneider había mencionado el verdadero nombre de los Winkler sin darse cuenta de ello.

—Sin duda, merecen nuestra admiración —respondió Amelia.

—Desde luego, querida, y también nuestro agradecimiento. No ha debido ser fácil para ellos vivir todo este tiempo en España, y llegar hasta aquí ha sido muy complicado. Deberían haber venido hace más de dos años, pero el viejo señor Winkler estuvo a punto de morir cuando le operaron el rostro por primera vez, no quedó bien, tuvo una infección... Afortunadamente lo superó, pero ha estado muy enfermo, y su hijo, el coronel Winkler no quiso correr riesgos. A usted le sorprendió que viviéramos en una casa tan grande, ¿verdad, querida? Pero estaba destinada a ellos; el señor Winkler necesita espacio para montar su laboratorio, su despacho. Yo les cuidaré, y procuraré que nada les falte.

Se acercaron hasta donde estaba Max, que hablaba con el señor Schneider.

—Querido, creo que es hora de retirarnos —le dijo Amelia.

—Le diré a Wulff que los acompañe —sugirió Schneider.

—¡Oh, no hace falta! Acordé con el taxista que nos trajo que viniera a esta hora para llevarnos a casa, seguro que ya está esperando.

—Pero a Wulff no le importa, y yo me quedaré más tranquilo sabiendo que no van solos por ahí a estas horas.

—No se preocupe, señor Schneider, conocemos al taxista, es como nuestro chófer en El Cairo.

Wulff se acercó a ellos. A Amelia el dueño del Café de Saladino le resultó más siniestro que nunca.

—Les llevaré a su casa —dijo con tal rotundidad que parecía imposible negarse.

—Gracias, señor Wulff, pero ya se lo he dicho a nuestros anfitriones, un taxi nos está esperando. Pero le agradecemos el gesto, ¿verdad, Max?

Amelia comenzó a empujar la silla de Max hacia la salida. Cuando la señora Schneider abrió la puerta, allí estaba el taxi del que Amelia hablaba. El conductor se bajó de él, mostrándose solícito con ella y el barón.

—Yo ayudaré al señor mientras usted dobla la silla y la coloca en el asiento de delante.

Ni Wulff ni los Schneider pudieron evitar que Amelia y Max se marcharan en aquel taxi.

Dos calles más adelante, doblaron por una esquina, y el taxi se paró. De un coche que estaba aparcado a pocos metros se bajó Bob Robinson.

—¿Qué ha pasado? —preguntó sin preámbulos.

—Es Winkler y su padre, y ha dado orden de matarnos.

—Mandaré a por Friedrich a su casa y les llevaré a un lugar seguro.

—Si lo hace, sabrán que los hemos descubierto y desaparecerán. Tenemos que correr el riesgo de que intenten asesinarnos.

—Dejaré un par de hombres vigilando su casa —aceptó Bob Robinson.

—De acuerdo. ¿Podrá coger a Winkler?

—El objetivo es hacernos con Fritz Winkler, y espero conseguirlo.

—¿Esta misma noche?

—No, no lo creo, estarán alerta. No podemos irrumpir en la casa de los Schneider, debemos esperar a que salgan de ella.

Aquella noche, ni Max ni Amelia durmieron tranquilos, aun sabiendo que los hombres de Bob Robinson vigilaban la casa.

—Tenemos que irnos cuanto antes, no esperaremos dos semanas para marcharnos —le anunció Max.

Al día siguiente no pasó nada. Bob fue a verlos para tranquilizarlos y escuchar todos los pormenores sobre la cena y lo que había averiguado Amelia.

—Tenemos la casa de los Schneider vigilada, y creo que con la descripción que nos ha hecho de los Winkler, no se nos escaparán. También he aumentado la vigilancia de esta casa, nadie podrá entrar ni salir sin que le veamos, y si viéramos algo sospechoso actuaríamos de inmediato.

—Actuarán rápido, no pueden permitir que sigamos vivos sabiendo lo que sabemos —aseguró Max.

—Lo extraño es que no lo hayan intentado ya —añadió Amelia.

—Anoche perdieron su mejor oportunidad. Wulff sólo tenía que llevarles a algún lugar apartado y asesinarlos, luego quitarles todo lo que llevaban encima para que pareciera un robo y tirarles al río tal y como le oyó decir a uno de aquellos hombres. Pero ahora tienen que pensar una nueva forma de hacerlo. Y deben tener cuidado, los egipcios saben quiénes son y les dejan estar aquí; algunos funcionarios reciben gustosos sus sobornos, pero la condición es que sean discretos. No pueden ir matando a la gente a la luz del día —insistió Bob Robinson.

—Quiero que proteja a mi hijo —exigió Max.

—Lo haremos. Dos de mis hombres le seguirán cada vez que salga de su casa, irán con él a todas partes, le esperarán en la puerta de la escuela, pero él no se dará cuenta, no se preocupe.

—Sí, sí me preocupo. Nunca debimos haber aceptado hacer esto… —se quejó Max.

—Pero lo aceptaron y han cobrado por ello, de manera que no se queje. —Bob Robinson no se andaba con sutilezas y no estaba dispuesto a permitir que en el último momento el barón lo echara todo a perder.

—Tienen que matar al coronel Winkler o él me matará a mí. No le interesan ni Max ni Friedrich, es a mí a quien Winkler quiere ver muerta. Y esta vez procurará no fallar —intervino Amelia.

—Mis órdenes son llevarme a Fritz Winkler, a ser posible sin hacer mucho ruido. Tampoco queremos problemas con los egipcios. Pero no dude de que si Winkler viene a por usted, la protegeremos, ya se lo he dicho —insistió Bob Robinson.

El 2 de enero de 1948, Amelia recibió una nota de la señora Schneider pidiéndole que la acompañara a hacer unas compras en Jan el-Jalili. El señor Schneider, por su parte, telefoneó a Max para pedirle que se reuniera con él y otros amigos en el Café de Saladino.

—No irás —le prohibió Max.

—Tengo que ir, y tú lo sabes.

—¿Quieres que te maten? ¿Qué crees que pasará si vas a Jan el-Jalili? Desaparecerás y luego aparecerás muerta en alguna de sus callejuelas.

—Iré, Max. Si no lo hago, sospecharán y esconderán a los Winkler. Quieren saber si sospechamos algo, si hemos reconocido a sus invitados. Nos comprometimos a hacer un trabajo, y nos han pagado por hacerlo, tenemos que cumplir nuestra parte, y luego regresaremos a Berlín. Te lo prometo, Max.

Mandaron aviso a Bob Robinson y éste les ordenó que acudieran a las citas.

—Si no van, sospecharán, y adiós operación. Siento el riesgo que van a correr. Lo más que estoy dispuesto a ceder es que usted, Max, se excuse diciendo que no se encuentra bien, pero Amelia no puede dar ninguna excusa, ha de ir. Ellos creen conocerle, por tanto piensan que si usted sospechara algo no permitiría a Amelia acudir a esa cita con la señora Schneider.

—Al parecer no saben que cuando un hombre se vende deja de ser él mismo —respondió Max, conteniendo la ira que sentía en ese momento.

—Llámelo como quiera, pero yo que usted no me atormentaría. Este trabajo es así, y la paga es buena. No hay nada más que hablar. Pero los que lo hacemos también creemos en algo —respondió Bob Robinson.

Max decidió ir a la cita del Café de Saladino, pero no antes de hacer jurar a Bob Robinson que en caso de que algo les sucediera a Amelia o a él, la Inteligencia norteamericana se encargaría de proteger a Friedrich garantizando su educación en Alemania.

—Nadie le va a matar esta tarde, Max, sólo quieren averiguar lo que ustedes saben. Si no se sale del guión que hemos preparado, no sospecharán, pero todo depende de usted.

La señora Schneider acudió a buscar a Amelia. Se la notaba nerviosa, y ella, siempre tan parlanchina, apenas hablaba. En cuanto a Max, el taxista que trabajaba para Bob le llevó hasta el Café de Saladino con el encargo de esperarle hasta que terminara la reunión con Schneider y sus amigos.

—¿Se encuentra usted mejor? —preguntó la señora Schneider a Amelia.

—Desde luego, ¿por qué me lo pregunta?

—La otra noche me dijo que se había sentido indispuesta...

—Hacía calor y... bueno, ya sabe, las cosas que nos pasan a las mujeres...

Caminaron en dirección a la ciudad vieja y a Amelia le sorprendió el paso rápido de la señora Schneider, como si estuviera deseosa de llegar a algún lugar.

—¿Qué va a comprar? —preguntó.

—¡Oh!, nada de importancia, pero no me gusta ir sola a Jan el-Jalili, a veces creo que una se puede perder por esas callejuelas. Quiero hacer un regalo a mi esposo y me han hablado de un joyero que tiene piedras preciosas a buen precio, me gustaría engarzar unos gemelos, no sé... quizá rubíes o aguamarinas. ¿A usted qué le parece?

Entraron en la ciudad vieja y la señora Schneider aflojó el paso, miraba a derecha e izquierda como esperando que alguien le dijera por dónde debía ir. Amelia no tardó en descubrir que seguían a un hombre no demasiado alto, vestido a la manera tradicional, que siempre iba varios pasos por delante de ellas. Cada vez las introducía por callejuelas más intrincadas.

—¿Está segura de que sabe adónde vamos? —preguntó a la señora Schneider, que cada vez parecía más nerviosa.

—No se preocupe, querida, me estoy orientando bien, creo que no nos hemos perdido.

El hombre que parecía servir de guía a la señora Schneider

se paró ante un portal oscuro, luego continuó andando. La señora Schneider también se paró en el portal y le indicó a Amelia que la siguiera.

—Es aquí, sí, ésta es la dirección.

Subieron por unas escaleras angostas que finalizaban ante una puerta que la señora Schneider empujó y luego se apartó para que entrara primero Amelia.

Durante unos segundos no vio nada, luego sus ojos se fueron acostumbrando a la oscuridad y de pronto escuchó que la puerta se cerraba. Se dio la vuelta buscando a la señora Schneider, pero había desaparecido.

—Pase, Amelia —dijo una voz que ella reconoció al instante. Era el coronel Winkler.

—¡Ah, señor Fischer! No sabía que íbamos a encontrarnos con usted —respondió Amelia con voz inocente, mientras que con una rápida mirada comprobaba que estaban solos y no había nadie más en aquella estancia.

—¿No lo sabía?

—No, desde luego que no. ¿Dónde está el joyero? Este lugar es un tanto extraño, ¿no le parece? —Amelia pudo ver que Fischer estaba sentado en una silla, la única que había en la estancia y parecía esconder algo en el regazo.

—¡Basta! Usted sabe quién soy, ¿no es verdad?

—Claro, señor Fischer, ¿cómo no habría de saberlo?

El coronel Winkler se levantó y apenas pudo dar un paso. No le dio tiempo a saber cómo, pero sintió un impacto en el rostro. La penumbra le había impedido ver que Amelia sacaba la mano del bolsillo de la chaqueta, empuñando una pistola. Murió dándose cuenta de que Amelia le estaba disparando.

Ella no paró de disparar hasta vaciar el cargador. Le disparó al rostro, al vientre y al corazón. No podía dejar de dispararle temiendo que siguiera vivo. A continuación, cuando le vio en el suelo, inmóvil, en medio de un charco de sangre, se tranquilizó. No escuchó ningún ruido, como si nadie se hubiese alertado por los disparos. Dio media vuelta y corrió escaleras abajo hasta llegar al portal, y después frenó el paso para no llamar la atención. Llevaba un pañuelo cubriéndole el cabello, pero aun así no era difícil que alguien pudiera reconocerla cuando encontraran el cadáver del coronel Winkler.

De pronto un hombre se acercó a ella, y le reconoció, trabajaba para Bob Robinson.

—¿Qué ha pasado? He visto a la señora Schneider salir asustada de esa casa de donde usted acaba de salir ¿Quién les esperaba?

—Era una trampa. El coronel Winkler quería matarme, pero le he matado yo.

—¡Que ha... qué...! Usted no debía matarle, nadie le ha ordenado que lo hiciera. A Bob no le gustará y a Albert James aún menos —le reprochó el hombre mientras la sujetaba fuertemente del brazo.

—¡Suélteme! El coronel deseaba matarme personalmente y no iba a esperar a averiguar si le había reconocido o no. Él sabía que sí, de manera que necesitaba matarme cuanto antes. Si yo no le llego a matar, usted me habría encontrado muerta. Ahora el muerto es él. ¿Qué sabe de Max?

El hombre no respondió. Hizo una seña a otros dos agentes a los que Amelia no había visto.

—El coronel Winkler está muerto —les anunció.

Volvió a agarrar a Amelia del brazo y, tirando de ella, la sacó de Jan el-Jalili.

—He de ir a buscar a Max.

—No, usted no irá a ningún lado. No ha cumplido con su parte del plan. La llevaré a su casa y allí esperará a Bob y a Albert James, y le juro que no permitiré que se mueva ni un metro de donde yo estoy.

—¿Albert está en El Cairo?

—Ha llegado esta mañana.

Max regresó al cabo de dos horas. La tensión se reflejaba en su rostro.

—¿Qué ha pasado? —Amelia le abrazó nada más verle entrar en la casa ayudado por aquel taxista que trabajaba para Bob.

—No lo sé, Schneider me ha hecho todo tipo de preguntas: sobre ti, sobre lo que pensábamos hacer en Berlín, sobre Friedrich... Pero no estaba ninguno de los Fischer, ni el padre ni el hijo. El señor Schneider parecía querer entretenerme, no sé, ha sido todo muy extraño. Wulff estaba nervioso y sólo hacía que mirar el reloj. Le dijo al encargado que se iba y salió del café sin saludarnos. Y tú, ¿cómo ha ido con la señora Schneider?

—Todo ha ido bien, no te preocupes.

Bob Robinson se presentó una hora más tarde acompañado de Albert James, en ellos parecía haber una mezcla de enfado y euforia.

—¡Albert, no sabía que estabas aquí! —exclamó Amelia, contenta de verle.

—Bob me avisó y he podido llegar a tiempo para ayudarles en la operación. Pero tú...

—Nos ha metido en un lío. No ha debido matar al coronel Winkler —intervino Bob, cortando a Albert James.

—¡Cómo! —exclamó Max, asustado.

—No tuve opción, si no lo hubiese hecho me habría matado él.

—Eso no lo sabe —protestó Bob.

—Llevaba una pistola. ¿Cree que hizo que me llevaran a una casa abandonada de Jan el-Jalili para tomar el té? Era o él o yo.

—Y usted le disparó, pero yo le ordené que no lo hiciera. Mis hombres la seguían de cerca.

—Pero no hubieran podido evitar que me matara, ¿cómo podrían haberlo hecho? Él me habría disparado y habría salido tranquilamente de aquella casa, como lo hice yo. Sus hombres me habrían encontrado muerta.

—¿Era necesario vaciar todo el cargador? Le ha destrozado... —Bob parecía impresionado por el informe de sus hombres.

—Empecé a disparar y... quería asegurarme de que estaba muerto.

—Lo está, puede estar segura de que lo está, y ahora tengo un cadáver del que deshacerme.

—¡Basta, Bob! Ya no hay vuelta atrás, lo arreglaremos —intervino Albert James.

—¿Y el padre de Winkler?

—Está bien, muy bien. Hicimos una visita inesperada a casa de Schneider. Había varios hombres armados protegiéndole, pero pudimos sacarle sin disparar un tiro —respondió Albert.

—¿Cómo lo hicieron? —quiso saber Amelia.

—No desconfiaron de un egipcio bien vestido que dijo ser el secretario de un importante político al que el grupo del señor Schneider soborna desde hace tiempo. Acudía a presentar sus respetos al señor Fischer y a decirle que estaba a su disposición para proveerle de cuanto necesitara. Fueron al despacho de Schneider para hablar más tranquilos. Un hombre que trabaja para nosotros lleva años formando parte del servicio de la casa de los Schneider, trabajando como jardinero, así que los guardaespaldas del falso señor Fischer no desconfiaron de él. Entró en el despacho, encañonó al señor Fischer, y con la ayuda del supuesto secretario, le durmieron con cloroformo y le sacamos por la puerta del sótano en un cubo de basura grande, de los que se utilizan para el jardín. El falso secretario del político salió de la casa tranquilamente. Todo ha ido sobre ruedas, salvo por el pequeño detalle de que has matado al coronel Winkler. Pero eso ya no podemos cambiarlo —concluyó Albert.

—Era su vida o la mía —insistió Amelia.

—¿Sabe? —añadió Bob—, me ha metido en un buen lío. Ahora, si me lo permiten, preparemos su coartada. Si no le importa le golpearé la cabeza, tendrá que acudir a un dispensario, dirá que fue con la señora Schneider de compras a Jan el-Jalili, a casa de un joyero, no recuerda bien dónde, poco antes de llegar alguien la golpeó y la dejó tirada en el suelo después de robarle. Está usted muy preocupada por la señora Schneider, no sabe qué ha sido de ella. Es la versión que mantendrá delante de todo el mundo, incluida la propia señora Schneider. Luego continuarán con los preparativos de su viaje y se irán en la fecha prevista. —Bob expuso el plan con un tono que no dejaba lugar a réplica.

—¿Y hasta entonces? —preguntó Amelia.

—Tendrán que seguir interpretando el papel de inocentes alemanes expatriados. Ellos no les dirán nada de la desaparición de los Winkler, y ustedes se interesarán por los Fischer, pero sin demostrar demasiada curiosidad —insistió Bob.

Cuando Albert y Bob se marcharon, Amelia tuvo que enfrentarse a la mirada de espanto de Max.

—¿Cómo has podido matar a Winkler?

—Ya lo he explicado, era él o yo —respondió Amelia, molesta.

—Saliste de casa con una pistola, algo que yo ignoraba, de manera que tu intención era matarle si le encontrabas.

—Sí, ésa es la verdad, no voy a engañarte. Quería matarle.

—A veces... a veces... no te reconozco.

—Lo siento, Max, siento que esto te perturbe. Pero créeme que si no hubiera matado a Winkler, ahora estaría muerta. Tuve suerte y pude disparar primero, por eso estoy aquí.

La señora Schneider no pudo despedirse de Amelia alegando haberse puesto enferma. El señor Schneider sí lo hizo de Max, lo mismo que algunos miembros de su grupo. Wulff parecía enfurecido, pero tampoco le dijo nada.

Schneider mantuvo la farsa de que sus invitados habían emprendido un improvisado viaje, pero que regresarían en breve.

Le desearon suerte en su regreso a Alemania, y Max notó a Schneider desconcertado, como si no pudiera creer que Fritz

Winkler hubiera desaparecido y el cadáver de su hijo, el coronel, hubiera aparecido flotando en el Nilo, y mucho menos que Amelia y Max no tuvieran nada que ver con aquellos sucesos.

Miraba a Max y sólo veía a un inválido, a un héroe de guerra. Winkler tenía que estar equivocado, no era posible que el barón estuviera inválido a causa de Amelia. Ningún hombre perdonaría a nadie que le hubiera dejado tuerto y sin piernas. No, no podía ser, pero aun así ya no podía confiar en ellos.

Amelia suspiró aliviada cuando, desde la ventanilla del avión, vio a lo lejos la figura de la Esfinge.

—No quiero ir a Berlín —le dijo al oído Friedrich—, quiero quedarme aquí.

Ella le apretó la mano y miró a Max. Podía leer su inquietud a pesar de la alegría que sentía al regresar a casa. Dos asientos más adelante estaba Albert James, sin dar muestras de conocerlos, tal y como habían acordado.

Cuando aterrizaron en Berlín, nevaba copiosamente. Friedrich se quejó del frío que sentía, y volvió a decir que quería regresar a El Cairo. Amelia lo mandó callar.»

—Bien, esto es todo —afirmaron casi a la vez el mayor Hurley y lady Victoria.

—¿Cómo que es todo? ¿Qué sucedió cuando regresaron a Berlín? —pregunté a mis interlocutores.

—Por mi parte no puedo decirle nada más. Es lo máximo que me han permitido mis superiores. La operación de Egipto no fue nuestra, aunque estábamos al tanto de todo lo sucedido. De manera que no consta en nuestros archivos quiénes intervinieron. Como ha podido ver, sin los cuadernos de Albert James, que obran en poder de lady Victoria, habría sido imposible saber que su bisabuela estuvo relacionada con aquella operación.

—Desde luego, pero ¿qué hicieron a continuación? ¿Siguió trabajando para la Inteligencia norteamericana o para la británica? Algo haría, digo yo, ¿no?

—Lo siento, Guillermo, ya le he dicho que no puedo ayudarle. Todo lo que se refiere a operaciones posteriores a la guerra es material clasificado.

—Pero ¿por qué? —insistí, intentando vencer la resistencia del mayor William Hurley.

—Debe usted comprenderlo —intervino lady Victoria—. El mayor no puede decirle si su bisabuela continuó trabajando como agente. Si fue así, es un secreto, y si no lo fue, simplemente no lo sabe.

—Pero estamos hablando de lo sucedido después de la guerra —protesté de nuevo.

—Exactamente, de lo sucedido en la Guerra Fría.

—Ya no hay Guerra Fría.

—¿Ah, no? —El tono de lady Victoria estaba cargado de ironía—. No pretenderá que nuestros queridos amigos rusos se enteren de quiénes participaron en operaciones secretas detrás del Telón de Acero. Imagine que alguno de esos agentes aún viviera. No, Guillermo, hay información que nunca conoceremos, ni se pondrá a disposición de los historiadores, por lo menos hasta dentro de un siglo, o tal vez más. Y para entonces ya no estaremos aquí.

—¿Qué fue de Albert James? —insistí.

—Oh, tampoco puedo decirle mucho más, continuó viviendo en Europa... un poco en todas partes.

—¿Se casó?

—Sí, se casó.

—¿Puedo saber con quién?

—Con lady Mary Brian. Ésa es la razón por la que se quedó en Europa, aunque desgraciadamente lady Mary murió en un accidente de coche.

—¿Tuvieron hijos?

—No.

—De manera que ya no pueden darme más respuestas.

—Tendrá que indagar por su cuenta —afirmó el mayor Hurley.

—Si me diera usted alguna pista...

—Quizá encuentre alguna pista en Alemania, ¿no cree? —intervino lady Victoria—. Al fin y al cabo allí es donde se dirigió su bisabuela.

—¿Alguna sugerencia? —respondí con fastidio.

—Si yo fuera usted, intentaría saber qué fue de Friedrich. A lo mejor aún vive.

Esta vez la respuesta de lady Victoria estaba exenta de ironía.

—Eso ya lo he pensado —mentí, puesto que no me había dado tiempo a decidir qué pasos tendría que dar.

—Bueno, pues entonces ya tiene por dónde continuar. —Lady Victoria sonrió de manera abierta y encantadora.

Regresé andando al hotel porque necesitaba pensar. Era evidente que si el mayor Hurley no me quería dar más información era porque Amelia debió de continuar en alguna actividad relacionada con el espionaje. En cuanto a los cuadernos de Albert James, seguramente el mayor Hurley le habría sugerido a lady Victoria que no difundiera lo que podía ser información secreta. Y si algo son los británicos, no importa su ideología, es que son extremadamente patriotas.

Era buena idea ir a Berlín. Quizá tuviera suerte y encontrara a Friedrich von Schumann, o acaso a alguien que hubiera conocido en el pasado a su aristocrática familia.

Telefoneé a doña Laura para informarle de que me iba a Berlín, y volví a optar por enviar flores a mi madre con una tarjeta en la que le decía lo mucho que la quería, de manera que no me echara una bronca cuando la llamara desde Berlín.

También telefoneé al profesor Soler para saber si tenía algún conocido en la capital alemana. Al fin y al cabo parecía conocer a gente en todas partes.

—Así que se va usted a Berlín, vaya, vaya... Está usted dando la vuelta al mundo, querido Guillermo —me dijo el profesor Soler con cierta ironía.

—Sí, eso parece, pero es que no tengo otra opción.

—Quizá pueda ayudarle. En un congreso entablé amistad con un profesor de la Universidad de Berlín, pero debe de ser muy mayor, porque cuando yo le conocí estaba a punto de jubilarse, y de eso hace ya unos seis o siete años. Buscaré su tarjeta y si la encuentro le llamo, ¿le parece bien?

El profesor Soler me telefoneó una hora más tarde. Había encontrado la tarjeta e incluso había hablado con su amigo.

—Se llama Manfred Benz y vive cerca de Potsdam. Me ha dicho que le recibirá encantado. Espero que tenga suerte.

—Yo también, y muchas gracias, profesor.

FRIEDRICH

1

Berlín me sorprendió. Me pareció una de las ciudades más interesantes de cuantas había conocido. Llena de vida, vanguardista, transgresora, bella. Me enamoré de ella a las tres horas de haber aterrizado y haberle pedido a un taxista que me diera una vuelta por la ciudad.

No sé por qué, pero decidí intentar por mis propios medios localizar a algún miembro de la familia Von Schumann, si es que quedaba alguno vivo. Me dije que si fracasaba en el intento, entonces llamaría al profesor Manfred Benz.

El conserje del hotel me facilitó una guía de teléfonos, y para mi sorpresa, encontré los números de varios Von Schumann. Opté por telefonear al primero que aparecía en la guía.

Crucé los dedos para que hablaran inglés. Me respondió una voz que me pareció de adolescente, y pregunté por herr Friedrich von Schumann.

—¡Ah, pregunta por mi abuelo! Se ha confundido, él no vive aquí. ¿Quiere hablar con mi madre?

La cría hablaba un inglés con fuerte acento alemán. Claro que yo hablaba inglés con acento español; nos entendimos perfectamente. Estuve tentado en decirle que sí, que quería hablar con su madre, pero mi instinto me avisó de que era mejor no hacerlo.

—No te preocupes, imagino que me he equivocado al buscar el número en la guía.

—Si lo está buscando en la guía, mire donde pone una «F.» antes del Von Schumann y ése es el teléfono del abuelo.

Busqué el número y telefoneé. Reconozco que se me aceleró el pulso pensando en que efectivamente Friedrich von Schumann estuviera vivo, otra cosa es que quisiera hablar conmigo.

Una voz profunda me llegó a través de la línea del teléfono.

—Buenos días, quisiera hablar con el señor Von Schumann.

—¿De parte de quién? —me preguntó la voz.

—Verá, él no me conoce, pero creo que sí conoció a un familiar mío, a mi bisabuela.

Se hizo un silencio en la línea, como si el hombre de la voz profunda estuviera pensando en lo que le acababa de decir.

—¿Quién es usted? —me preguntó.

—Me llamo Guillermo Albi, y soy el bisnieto de Amelia Garayoa.

—Amelia… —La voz profunda se hizo susurro.

—Sí, Amelia Garayoa, ella… bueno, creo que ella conoció a herr Friedrich von Schumann.

—¿Qué quiere? —Aquella voz impresionaba.

—Si herr Von Schumann me pudiera dedicar unos minutos, se lo explicaría personalmente.

—Yo soy Friedrich von Schumann; si le parece, venga esta tarde a mi casa, a las tres. Le daré la dirección.

Cuando colgué el teléfono no podía creer en mi buena suerte. Lo celebré dándome un paseo por Berlín con el mapa que me había dado el conserje. Hice lo que cualquier turista: hacerme una foto con la Puerta de Brandemburgo al fondo, buscar el famoso Checkpoint Charlie, intentar rastrear los restos del Muro…

La dirección pertenecía al que había sido Berlín Este. La casa estaba situada en un barrio limpio y bien cuidado, con algunas galerías de arte en la misma calle. Parecía un barrio burgués de cualquier ciudad europea.

Cuando pulsé el timbre del segundo piso, volví a notar que

se me aceleraba el corazón. Abrió la puerta un hombre, con el cabello totalmente blanco y una mirada azul intensa. Vestía un pantalón negro y un suéter de cuello alto también negro. Calculé que tendría unos setenta años.

El hombre me miró un segundo con curiosidad antes de tenderme la mano.

—Soy Friedrich von Schumann.

—Y yo Guillermo Albi, no sabe cuánto le agradezco que me reciba.

—Me ha podido la curiosidad. Pase.

Me condujo a un despacho con las paredes forradas de libros. Unas puertas correderas abiertas daban a una biblioteca.

—Siéntese —dijo señalando un sillón al otro lado de la mesa—. De manera que es usted bisnieto de Amelia; entonces, su abuelo será Javier, ¿no?

—Sí, efectivamente, mi abuelo materno se llamaba Javier.

—Bien, usted dirá qué desea.

Le expliqué que llevaba inmerso un tiempo rastreando la vida de Amelia, quiénes me habían ayudado, los países que había tenido que visitar, y que la última pista me había conducido a Berlín.

—Porque usted debe de ser el hijo del barón Von Schumann, Max, el amante de mi bisabuela.

—Así es, pero, por favor, no hable de la relación de mi padre y Amelia como la de amantes, fueron mucho más que eso. Además, para mí, Amelia fue mi madre, la única madre que realmente he conocido. Y ahora de repente aparece usted diciendo que sus primas Laura y Melita le han encargado que escriba la historia de Amelia... Ella las quería mucho, sobre todo a Laura. Nunca las conocí, pero Amelia me enseñaba fotos de ellas y de su hermana Antonietta.

Le pedí que me ayudara, porque sin su colaboración difícilmente podría seguir adelante. Antes de responderme, se levantó y me preguntó qué quería beber. Luego salió del despacho y cuando regresó lo hizo seguido de una mujer de su edad.

—Ilse, éste es el bisnieto de Amelia.

La mujer me tendió la mano mientras me sonreía. Tenía el aspecto afable que uno espera que tengan las abuelitas. También era alta, y a pesar de la edad, permanecía erguida. El cabello era igual de blanco que el de Friedrich.

—Mi esposa no ha podido resistir la curiosidad de conocerle. También conoció a Amelia y sentía afecto por ella.

—¡Oh, era una mujer muy valiente! Aprendí mucho de ella.

—Sí, valiente sí debió ser —respondí yo, ansioso por saber.

Ilse salió del despacho y regresó con una bandeja, una botella de whisky y una cubitera de hielo.

—Llamadme si me necesitáis y… bueno, quizá quiera compartir la cena con nosotros…

—No quiero molestarles…

—Usted es el bisnieto de Amelia, para mí es como si fuera de la familia, además… yo le debo la vida a Amelia —respondió Ilse.

Me sentía eufórico. No sólo había encontrado a Friedrich, sino que además parecía dispuesto a colaborar, e incluso su simpática mujer acababa de decirme que Amelia le había salvado la vida. De manera que me preparé para que ambos me sorprendieran.

Friedrich me escuchó atentamente cuando le conté lo que había averiguado de la peripecia de Egipto.

—Creo que ésa fue la etapa más feliz de mi niñez, y puede que de mi vida. Si por mí hubiera sido, habría continuado viviendo en El Cairo y no habríamos regresado a Alemania —comentó a modo de preámbulo.

—¿Qué edad tenía?

—Cuando regresamos creo que debía de tener unos seis años.

—Así que se acuerda bien de lo sucedido en esa época.

—Más o menos, aunque naturalmente mis recuerdos posteriores son más concretos. Mi esposa, Ilse, también le puede hablar de ella. Ya ve, la quería mucho. En realidad yo conocí a Ilse a través de Amelia, y eso que ambos estudiábamos en la universidad. Yo estaba en medicina, siempre quise ser médico como mi padre, e Ilse estudiaba ciencias físicas. Pero antes de contarle nada, quiero que me dé su palabra de que manejará con cuidado la información. Me ha dicho que es periodista y… bueno, no me gustan demasiado los periodistas, tengo poca fe en los de su oficio.

—No me extraña, a mí me sucede lo mismo.

Friedrich von Schumann me miró con asombro y luego se echó a reír.

—Bueno, al menos tenemos algo en común, además de Amelia. Verá —se puso serio—, aunque hace más de veinte años que cayó el Muro, en realidad los que crecimos con él lo seguimos sintiendo en nuestra cabeza. Lo que le voy a contar no sólo tiene que ver con Amelia, sino que también afecta a otras personas a las que no les gustaría que se supieran las cosas que hicieron en su día. Y tienen derecho a que se respete su secreto, su intimidad. De manera que no le diré sus nombres auténticos; además, nada de lo que le cuente le autoriza a que se conozca más allá de su ámbito familiar. Nada de caer en la tentación de publicar la vida de su bisabuela. Si no se compromete por escrito, no le diré nada.

Acepté todas sus condiciones y firmé un documento que él mismo redactó.

—Para mí, cuando un hombre da su palabra, debería ser suficiente garantía, pero desgraciadamente la vida me ha enseñado que el código de conducta que me inculcó mi padre no está en vigor.

Al mirarle me imaginaba a Max von Schumann. Porque Friedrich tenía el porte, los modales y la apostura que uno espera en un aristócrata. Además por partida doble, porque su madre, la condesa Ludovica von Waldheim, también había dejado su huella en él.

—Naturalmente, usted heredó el título de sus padres, es usted barón, ¿verdad? —le pregunté por curiosidad.

—Sí, así es, heredé el título de mi padre y el de mi madre. Creo que soy el único superviviente de las dos familias. Pero para mí los títulos no significan nada, absolutamente nada, recuerde que crecí en un país comunista. Me resultaría extraño que alguien me llamara «barón». No, realmente el título no significa nada para mí, ni tampoco para mis hijos.

Eran casi las cuatro cuando Friedrich comenzó a contarme lo que recordaba.

«Aún recuerdo el frío del día en que llegamos a Berlín. Pero sobre todo el impacto que me produjo el control en el aeropuerto. Por aquel entonces ya eran muy tensas las relaciones de los rusos con el resto de los aliados, y aunque todavía no habían levantado el Muro, sí había un muro psicológico. Ya había diferencias entre el Berlín que controlaban los soviéticos y el resto de la ciudad, que estaba en manos de los aliados. Nuestra casa desafortunadamente estaba en el lado soviético, pero cerca de la zona norteamericana; en realidad, existía una frontera invisible. Desde nuestras ventanas veíamos el sector norteamericano, casi podíamos tocarlo con la mano.

No era la mejor casa de la familia, sino un edificio de alquiler que había dado buenas rentas antes de la guerra. Cuando llegamos a nuestra casa e intentamos entrar nos encontramos con que la llave no abría la puerta, alguien había cambiado la cerradura. Amelia buscó a la portera para pedirle una explicación, pero una vecina nos informó de que la mujer ya no vivía allí, se había ido a casa de una hija en Berlín Occidental y que nuestra casa había sido puesta a disposición de otra familia. La mujer nos dijo que los soviéticos estaban haciendo un recuento de los pisos vacíos y de sus propietarios, y que cuando no los encontraban, los confiscaban para ponerlos a disposición del pueblo. Puede imaginar que en Berlín de 1948 había mucha gente que no tenía nada, que lo había perdido todo en los bombardeos. Las autoridades soviéticas realojaban a personas que les eran afines, miembros del que sería el Partido Comunista, en los mejores alojamientos que encontraban. Nuestro piso lo ocupaba un hombre que colaboraba con los soviéticos en la administración de su parte de la ciudad. El hombre vivía con su mujer y dos hijos, que en esos momentos no estaban en la casa. Todos nuestros muebles, nos explicó la vecina no sin cierta sorna, habían sido depositados en el sótano del edificio, un lugar no demasiado grande que servía de trastero a los vecinos. Antes de la guerra, los porteros guardaban allí los cubos de basura y todos sus utensilios, los niños también habían encontrado hueco para sus bicicletas, y algunos vecinos amontonaban muebles viejos de los que no se querían desprender. Al sótano se llegaba a través de unos pequeños escalones situados al lado de un rellano en el que había una única puerta, la de la vivienda del portero, que quedaba fuera de la vista de cualquiera que entrara en el portal. La portería propiamente dicha estaba junto al ascensor y era un pequeño cuartito, en el que apenas cabían una mesa y dos sillas.

Le cuento todo esto porque la vecina que nos informó había oído que si regresábamos, podíamos ocupar la que había sido vivienda de los porteros. Presumió de ser ella a quien habían hecho depositaria de la llave.

Mi padre no dijo nada, jamás se habría rebajado a manifestar una emoción delante de una vecina, y Amelia actuó igualmente con indiferencia, como si lo que nos estaba pasando fuera lo más natural del mundo y mi padre no fuera el propietario de todo el edificio. Cogió la llave que le entregó la vecina y entramos en la vivienda de los porteros sin saber qué nos encontraríamos.

La casa estaba vacía, no había ningún mueble, ninguna huella de sus anteriores ocupantes. El polvo y la suciedad se acumulaban en el suelo y en las ventanas que daban al pequeño jardín que, a su vez, daba paso al edificio.

El rostro de mi padre reflejó la indignación que sentía.

—No podemos quedarnos aquí —dijo Max.

—Tendremos que hacerlo —replicó Amelia.

—No, no lo haremos. Ahora mismo acudiremos a las autoridades soviéticas para que nos devuelvan lo que es mío. Este edificio me pertenece, es lo único que queda en pie de cuanto tenía mi familia. Tengo el título de propiedad, no pueden echarme de mi casa.

—No sabes cómo son los soviéticos, Max, no nos lo devolverán.

—Iremos ahora mismo —insistió él, a pesar de lo cansados que estábamos del viaje.

—Quizá deberíamos hablar con Albert James, tal vez los norteamericanos puedan presionarles.

—Es mi casa, Amelia, y no me la pueden quitar. Si no me acompañas, lo hará Friedrich, él también es capaz de empujar la silla de ruedas.

Miré a Amelia, desolado. No me gustaba verlos discutir, sufría, y temí que en aquel instante se pelearan, pero no fue así. Amelia se encogió de hombros y aceptó que fuéramos al edificio donde los soviéticos habían instalado su Cuartel General.

Nadie parecía saber nada, solamente que había una orden de que los edificios que aún se mantuvieran intactos y en los que hubiera viviendas vacías fueran puestos a disposición de quienes pudieran acreditar que sus casas habían sido destruidas y, por tanto, carecían de un lugar donde vivir. Si habíamos dejado el piso vacío durante más de dos años era porque no lo necesitábamos, de manera que no teníamos nada que reclamar. Y si además disponíamos de otra vivienda en el mismo edificio, ¿a qué venían las quejas? ¿Es que no nos parecía digno vivir donde había vivido la portera? ¿Acaso nos creíamos mejores que ella?

Mi padre aseguró que presentaría una queja por escrito y que quería hablar con quien tuviera autoridad para resolver el asunto, pero sus protestas fueron inútiles.

Amelia se hizo cargo de la situación con una resignación que me asombró. Cuando llegamos a la casa, me envió a una tienda cercana a comprar algunas cosas de limpieza. Mientras fui a cumplir el recado, ella bajó al sótano para averiguar si realmente allí estaban nuestros muebles.

La casa era pequeña: una sala, una cocina, un baño minúsculo y dos habitaciones; de manera que no tardó en limpiarlo todo. Lo que más le preocupaba era cómo íbamos a subir los muebles del sótano, pero se le ocurrió una idea.

—Acompáñame a la calle, Friedrich, he visto que había unos cuantos críos desocupados cerca de aquí. Les daremos unas monedas si nos ayudan.

No pudimos subir todos los muebles, pues algunos eran muy pesados y otros no habrían cabido, de manera que tuvimos que conformarnos con lo imprescindible. Había caído la noche cuando Amelia dio por terminado el traslado. Mi padre apenas hablaba, tal era su desolación.

—Menos mal que ahora disponemos de dinero para vivir una buena temporada —dijo Amelia.

—No nos quedaremos aquí —afirmó mi padre sin convicción.

—Nos quedaremos mientras se arreglan las cosas, y no estaremos tan mal. Mira, la casa limpia y con nuestros muebles parece otra cosa. Creo que deberíamos pintarla. Yo misma lo haré con la ayuda de Friedrich.

—¿Vamos a pintar nosotros la casa? —pregunté, incrédulo.

—¿Por qué no? Será divertido.

Mi padre protestó. Decía que tendríamos que tener las ventanas abiertas y hacía demasiado frío. Pero ella se mostró firme. Nos sentiríamos mejor con las paredes limpias, pintadas de colores claros.

La acompañé a un almacén donde al final optó por comprar material para empapelar las paredes. El hombre que nos vendió los rollos aseguró que nosotros no podríamos hacerlo y que por una módica cantidad él podría ayudarnos. Amelia aceptó pero regateó el precio hasta que el hombre se dio por vencido.

Tres días después la casa parecía distinta, hasta mi padre tuvo que reconocerlo.

—¿Ves?, ha sido una buena idea empapelarla en vez de pintarla, así no huele a pintura —le dijo Amelia.

Y aquella casa se convirtió en nuestro hogar, en el lugar donde viví hasta que me casé con Ilse. Creo que aquella casa de alguna manera marcó nuestro destino, porque muchas de las cosas que sucedieron habrían sido imposibles si no hubiéramos vivido allí.

Los soviéticos administraban Berlín como el resto de la Alemania que ya les pertenecía, y la brecha con las otras zonas de la ciudad en manos de norteamericanos, británicos y franceses aumentaba día a día. No hace falta que le recuerde la crisis del 48. Norteamericanos y británicos habían creado una bizona en Alemania Occidental, a la que se uniría Francia, creando lo que se conocía como la trizona en la que se situaría una Asamblea constituyente y el Gobierno Federal. Pero no fue eso lo que provocó la crisis, sino la reforma monetaria que para los soviéticos supuso un gran problema y les llevó a responder con su propia reforma monetaria y con el bloqueo de Berlín de junio de 1948 a mayo de 1949. Los norteamericanos salvaron el bloqueo soviético poniendo en marcha un puente aéreo. En realidad, la partición de Alemania había comenzado mucho antes, en la Conferencia de Yalta, y quizá incluso antes, en la de Teherán, cuando norteamericanos, británicos y soviéticos decidieron dividir Alemania en zonas de ocupación. Habían rediseñado el mapa, cambiando el curso de la frontera polaca, y todo lo que había sido Alemania central pasó a formar parte del imperio soviético, y

Berlín quedaba como una isla con cuatro administradores, pero enclavada en el corazón de la Alemania en poder de los soviéticos.

De la misma manera que la política de apaciguamiento con Hitler había sido un desastre, las potencias occidentales comenzaron a hacer lo mismo con Stalin, permitiéndole que incumpliera todos los compromisos de Yalta: por ejemplo, el de que los pueblos liberados decidirían cómo querían gobernarse. Stalin no les dio opción. Fue un compromiso que nunca pensó cumplir.

Algunos periódicos defendían que había que comprender que Stalin quisiera unas fronteras «seguras», y que esa obsesión por la seguridad es lo que le llevaba a hacer determinadas políticas.

Pero no quiero distraerle con disquisiciones políticas. En aquella casa tan pequeña era difícil no escuchar largas conversaciones y algunas discusiones entre Amelia y mi padre.

Antes de que se cortaran las comunicaciones entre nuestro Berlín y el de los aliados, solía visitarnos con frecuencia Albert James.

Para mí, Albert James era como un tío que aparecía con bolsas de golosinas y juguetes ingleses y norteamericanos que eran la envidia de mis amigos.

Solía jugar al ajedrez con mi padre, hablaban de política y disertaban sobre el futuro.

En una de sus visitas, Albert les dijo que quería hacerles una propuesta. En realidad la propuesta era para Amelia.

—Necesitamos ojos en esta parte de Berlín.

—¿Ojos? ¿Y para qué? —preguntó Amelia.

—Sin los soviéticos no se habría ganado la guerra, pero no se nos escapa que tenemos intereses diferentes. Churchill ha dicho que los soviéticos están extendiendo un «Telón de Acero» tras sus zonas de influencia, y tiene razón. Necesitamos saber qué sucede.

—De manera que ahora los rusos pasan a ser vuestros enemigos. —El tono de voz de mi padre estaba cargado de ironía.

—Tenemos intereses contrapuestos. Pueden ser un peligro para todos nosotros... ya lo hemos hablado otras veces.

—¿Qué es lo que quieres, Albert? —preguntó Max, directamente.

—Quiero que trabajéis para la Inteligencia norteamericana, que os unáis a nosotros, al grupo que tenemos aquí.

—No, eso se acabó —respondió de manera tajante.

—Al menos me gustaría que lo pensarais.

—No hay nada que pensar —insistió Max.

—¿Qué tendríamos que hacer? —preguntó Amelia sin mirar a Max.

—Eso os lo diría si aceptarais mi propuesta, y a nuestros amigos británicos no les importara que tú, Amelia, trabajases para nosotros.

—Yo no pertenezco a los británicos —respondió airada.

—Lo sé, pero para ellos eres su agente, aunque hayas trabajado para nosotros en El Cairo. En cualquier caso, mantenemos relaciones excelentes, vamos en el mismo barco.

Cuando Albert se marchó, Amelia y mi padre discutieron.

—Te gusta el peligro, ¿verdad? No eres capaz de vivir como una persona normal, sólo te estimula caminar por el borde del abismo. En El Cairo me dijiste que habías terminado con este tipo de trabajo.

—Debemos ser realistas, Max. ¿De qué vamos a vivir cuando se acabe el dinero de El Cairo?

Max estuvo varios días sin apenas hablar a Amelia. Sólo se dirigían la palabra en mi presencia, y yo sufría viéndoles sufrir.

Creo que fue en mayo, antes de que los soviéticos cortaran las comunicaciones con las otras zonas de ocupación en Alemania, cuando Albert James volvió a visitarnos.

Max se mostró frío con él y alegó dolor de cabeza para rechazar la partida de ajedrez, pero Amelia había tomado una decisión.

—Trabajaré para vosotros, pero con condiciones. No seré una agente de los americanos ni de nadie. Colaboraré en lo que pueda, pero sin sentirme en la obligación de hacerlo si lo que me pedís estuviera fuera de mi alcance o pusiera en peligro a Max y a Friedrich. Además, parte de lo que me paguéis quiero que lo reciba mi familia en Madrid. No han de saber dónde estoy, ni lo que hago, sólo que cada cierto tiempo alguien acuda a casa de mis tíos y entregue un sobre con dinero.

—¿Por qué no quieres que sepan dónde estás? —quiso saber Albert James.

—Porque sólo les causaría más dolor y preocupación. No, prefiero ayudarles sin causarles más sufrimiento. Hay una tercera condición: si por la causa que sea, decido dejarlo, me tienes que garantizar que podré hacerlo sin reproches ni problemas.

Albert aceptó todas las condiciones de Amelia. Max no dijo nada; una vez más, se sentía derrotado.

Pocos días después, Amelia comenzó a trabajar como ayudante de un funcionario local. Garin hablaba ruso y podía demostrar que había sido opositor a Hitler, ya que había formado parte del Partido Socialista antes de la guerra, además de haber estado prisionero en un campo. Eso le hacía aceptable para los soviéticos, quienes, no sin razón, desconfiaban de todos los alemanes. El hecho de que Amelia se manejara en ruso facilitó que Garin pudiera convencer a sus superiores de que necesitaba alguien que lo ayudara. Amelia también nos presentó a una nueva amiga, se llamaba Iris y trabajaba como taquígrafa en la oficina municipal.

Garin había estudiado literatura rusa antes de la guerra; era moreno, alto, con los ojos negros y un gran bigote, y sobre todo era muy afable, le gustaba reír, comer y beber. Iris era rubia, de ojos azules, estatura media y muy delgada.

Al contrario que Garin, siempre estaba seria, preocupada. Había mantenido una relación con un joven ruso exiliado que al comienzo de la guerra desapareció sin despedirse. Ella ironizaba diciendo que al menos la relación le había servido para aprender un idioma.

En ese momento ninguno de los dos estaba situado en puesto clave alguno, pero formaban parte del ejército de «ojos» que Albert mantenía en Berlín Oriental.

Amelia estaba contenta con su nuevo trabajo, o eso creía yo. Al parecer, Garin se ocupaba de un departamento encargado de las actividades culturales de Berlín. En realidad no había dinero ni tiempo para esas actividades culturales, pero el departamento existía; además, el hecho de que Garin tuviera un pasado antifascista hacía que se fiaran de él.

A Max le costó aceptar la nueva realidad, pero terminó por rendirse a la evidencia, aunque recuerdo lo mucho que me impresionó una conversación que les oí una noche en la que creían que estaba dormido.

—Mi vida ya está destrozada, pero no te permitiré que pongas en peligro a mi hijo. Si a Friedrich le llegara a suceder algo por tu culpa… te juro que yo mismo te mataré.

Me puse a llorar en silencio. Adoraba a mi padre, pero también a Amelia.

Albert continuaba visitándonos, aunque no con tanta frecuencia. Oficialmente, era un periodista que trabajaba para una agencia de noticias norteamericana, de esta manera justificaba sus idas y venidas a Berlín.

En octubre de 1949 se constituyó la República Democrática Alemana. Oficialmente teníamos nuestro Gobierno, pero seguíamos perteneciendo a los soviéticos. Pocos días después de que se pusiera en marcha el nuevo Gobierno, Amelia regresó a casa eufórica. Trasladaban a Garin al Ministerio de Cultura. Iris pasaba a trabajar en el Ministerio de Exteriores a las órdenes de un funcionario que trabajaba para un departamento de enlace con el Ministerio de Exteriores soviético.

En realidad, la República Democrática era gobernada desde la embajada rusa en Berlín.

Al principio, mi padre se negaba a que Garin e Iris vinieran a casa, no quería conocerles, pero Amelia insistió tanto que al final aceptó.

Un día Garin se presentó con flores para Amelia y un libro para mi padre, e Iris con un bizcocho que ella misma había hecho.

Mi padre simpatizó con Garin; era imposible no hacerlo, porque desbordaba vitalidad y era muy positivo, como dicen los jóvenes de hoy en día. Iris era más discreta, menos parlanchina, pero parecía congeniar con Amelia.

—¿Merece la pena que os juguéis la vida? —les preguntó mi padre.

—¡Ya lo creo que sí! No podemos permanecer de brazos cruzados viendo lo que le están haciendo a nuestro país. Los rusos nos tratan como si fuéramos de su propiedad.

—Los responsables de lo que sucede son los aliados, primero nos entregan a los rusos y ahora... ahora quieren que defendamos sus intereses contra los rusos —se lamentó Max.

—Sí, tienes razón, los políticos son capaces de estas cosas, pero nosotros no podemos consentir que los soviéticos conviertan nuestro país en su patio trasero, Max. ¿Es que no te das cuenta de que somos sus criados? No tenemos ninguna autonomía, aquí no se hace nada sin que antes no lo ordene Moscú. No, no era para esto para lo que queríamos acabar con el III Reich —replicó Garin.

—Y tú, Iris, ¿por qué lo haces? ¿Por qué trabajas para los norteamericanos?

Garin le hizo un gesto a mi padre para evitar que terminara de hacer la pregunta, pero era demasiado tarde. Iris se puso tensa. Primero palideció, luego su rostro adquirió un tono rojizo, de rabia contenida.

—Mi padre era conservador, nunca le gustó Hitler, aunque no se opuso a él. Pero ¿quién lo hizo? Vivíamos bien hasta que comenzó la guerra. Mis padres murieron durante un bombardeo, y a mi hermano lo mataron en Stalingrado. Él no quería ir a la guerra, no quería luchar por el Reich, pero se lo llevaron. Sólo sobrevivimos mi hermana pequeña y yo. Recuerdo que mi padre decía que si alguna vez nos desembarazábamos de Hitler, luego tendríamos que hacerlo de los rusos, y lamentaba que los británicos no se dieran cuenta de que sus verdaderos enemigos eran los soviéticos. Pero en realidad no es por esto por lo que trabajo para los norteamericanos.

»Tuve un novio, era ruso, sus padres se exiliaron en Alemania cuando la Revolución de Octubre. En realidad él se crió en Berlín. A pesar de las ideas de sus padres, se acercó a los comunistas durante sus años en la universidad; simpatizaba con ellos y me decía que algún día iríamos a la Madre Rusia. Poco antes de la guerra desapareció. Me volví loca buscándolo, nadie sabía dónde estaba, ni sus padres, ni sus amigos... nadie. Sospecho que decidió regresar a Rusia, y para que sus padres no se lo impidieran, prefirió no decírselo ni a ellos ni a mí.

»Cuando murieron mis padres me hice cargo de mi hermana, sólo nos teníamos la una a la otra. La pobrecilla sufría convulsiones cada vez que escuchábamos el ruido de los aviones sobrevolando Berlín.

»Cuando los rusos entraron en la ciudad... algunos los recibían como libertadores, pero para nosotras fueron nuestros verdugos.

»Aquel día en que llegaron había mucha confusión, nadie sabía qué hacer, si debían esconderse o no. Nosotras estábamos en la calle buscando comida cuando vimos aparecer los primeros tanques y grupos de soldados rusos. Corrimos para refugiarnos entre los escombros de una casa derruida. Unos soldados nos vieron correr y vinieron tras nosotras, riendo. Uno de ellos agarró a mi hermana y la tiró contra el suelo. Allí mismo la violó, y luego le siguió otro, y otro. Yo... bueno, a mí me sucedió lo mismo, no sé si me violaron dos o tres soldados, porque cerré los ojos, no quería ver lo que me sucedía, no quería ver a mi hermana retorcerse pidiendo piedad. Ellos se reían. De pronto llegó un oficial. Les ordenó que nos dejaran y los llamó bestias inmundas. Intentó ayudar a mi hermana a incorporarse, pero ella estaba tan asustada que empezó a gritar, entonces se acercó a mí y en sus ojos pude leer la vergüenza por lo que habían hecho sus hombres, pero no pidió perdón, se dio media vuelta y se marchó. Los soldados decían que nos habían hecho lo mismo que los soldados alemanes les habían hecho a sus madres y a sus hermanas, y que teníamos suerte porque nos habían perdonado la vida.

»Mi hermana estaba tendida sobre un charco de sangre, su propia sangre. Sólo tenía doce años. La abracé para tranquilizarla, pero ella no parecía escucharme, lloraba y tenía la mirada perdida. Cuando intenté que se incorporara apenas podía moverse. Estuvimos un largo rato sentadas en el suelo hasta que logré levantarla y obligarla a caminar. Intentamos regresar a casa, pero había tanques y soldados por todas partes y mi hermana temblaba de miedo. De repente unos soldados nos vieron y se dirigieron hacia nosotras. Mi hermana gritó aterrorizada. No sé de dónde sacó fuerzas, pero corrió sin mirar lo que tenía delante. Tropezó y… cayó delante de un tanque que pasó por encima de ella. Grité, grité como un animal salvaje. Los soldados corrieron hacia ella, pero fue inútil, el tanque la había destrozado, sólo era un trozo de carne sanguinolenta. Los soldados también parecían impresionados, pero era mi hermana la que estaba muerta. ¿Alguien sabe cuántas mujeres alemanas han sido violadas? Yo tuve suerte porque sobreviví. Ahora tengo un hijito. Su padre es uno de los soldados que me violó. Cuando miro a mi hijo y veo en él rasgos que no son míos, sé que son los de su padre. El cabello oscuro, los ojos grises, la frente amplia, la boca carnosa… Cuando descubrí que estaba embarazada quise morirme. No quería tener a ese hijo, lo odiaba. Pero nació, y ahora… ahora lo quiero con toda mi alma, es lo único que tengo. Tiene dos años y se llama Walter.

Todos nos quedamos en silencio. Yo era muy pequeño, pero comprendía el dramatismo del momento. Amelia no había podido contener las lágrimas, Garin miraba al suelo y mi padre se sentía culpable por haber desencadenado la confesión de Iris.

—No sabía que habías sufrido tanto —murmuró Amelia, cogiendo la mano de Iris.

—Bueno, no suelo contárselo a nadie. No quiero que Walter crezca con el estigma de no saber quién es su padre.

—¿Y qué le dirás cuando crezca? —quiso saber Amelia.

—Que su padre era un buen hombre que murió en la guerra.

—¿Le dirás...? ¿Le dirás que era ruso...?

—No, ¿para qué? Ruso o alemán, no tiene padre, de manera que es mejor que crezca sin hacerse preguntas para las que no tendría respuesta.

Desde aquella noche Iris y Garin fueron bienvenidos a nuestra casa. Amelia siempre insistía en que Iris trajera a Walter con ella, y aunque era más pequeño que yo, solíamos jugar en mi cuarto mientras los mayores hablaban.

Albert pidió a Garin que se inscribiera en el Partido Socialista Unificado, que era el resultado de la fusión del Partido Socialista con el Partido Comunista forzada por la presión de los soviéticos. Como Garin conservaba algunos amigos comunistas de su paso por la universidad, encontró, sin despertar sospechas, los avales para su nueva militancia. Era un militante de base, sin importancia, pero Albert sabía que Garin sería capaz de ir ganándose la confianza de los jefes del partido.

En una ocasión escuché a Albert hablar con Amelia sobre Garin.

—¿Qué te parece? —le preguntó.

—Es muy valiente e ingenioso, tiene autoridad sobre el grupo, todos le escuchamos y seguimos sus indicaciones de manera natural.

—¿Sabes?, a veces me pregunto por qué está con nosotros.

—No le gusta que los soviéticos estén aquí.

—Ya, pero ¿eso es suficiente? Era socialista, tenía amigos comunistas, estuvo prisionero en un campo y de repente se ha vuelto anticomunista, ¿por qué?

—Fuiste tú quien le captó para la red, ¿por qué lo hiciste si no confiabas en él?

—Hay algo… algo que no sé qué es, pero que a veces me hace sospechar de Garin.

—¿Crees que trabaja para los soviéticos?

—Quizá realiza tareas de espionaje… Ya sabes, los soviéticos preparan a la gente para estas actividades.

—Pero te está entregando toda la información que pasa por sus manos.

—Hasta ahora nada de importancia, vuestro grupo no es el más importante de los que tenemos aquí.

—¿Y por qué me haces trabajar con ellos?

—Porque quiero que vigiles a Garin.

—Pero expones a Max y a Friedrich a un gran peligro en caso de que él trabaje para los soviéticos… —se lamentó Amelia.

—Si en algún momento crees que mis sospechas son ciertas, os sacaré de aquí, vendréis conmigo al otro lado.

—Si estuvieras en lo cierto, no nos permitirían salir.

—No tenemos por qué pedir permiso a los soviéticos, sabes que continuamente se pasa gente a nuestro lado y ellos no lo pueden evitar.

—Y qué hay de Otto y de Konrad —preguntó Amelia.

—De ellos me fío absolutamente. No te diré por qué, sólo que sé que son leales a nosotros.

Otto servía como traductor para la administración militar soviética, y Konrad era un prestigioso profesor de física. Ambos habían luchado en la guerra de España. Cuando terminó, Otto se fue a París, donde vivió el comienzo de la otra guerra. No quiso regresar a Alemania, y combatió con los aliados contra Hitler. Por su parte, Konrad había destacado en la universidad por sus enfrentamientos con otros profesores nazis. Si no lo detuvieron fue porque sus experimentos interesaban sobremanera a Hitler, quien ordenó que lo obligaran a trabajar en un laboratorio junto a otros científicos, aunque desde el primer momento su actitud pasiva había desesperado a sus superiores, que no lograron más que una magra colaboración a lo largo de la guerra. Pero ni para Otto ni para Konrad el hecho de ser antifascistas significaba que les satisficiera ver a su país en manos de los soviéticos, y con la misma convicción que habían combatido a los nazis, lo hacían ahora contra los invasores.

También a Otto, al igual que a Garin, Albert le pidió que se afiliara al Partido Comunista. Nadie sospechó de él y le dieron la bienvenida.

Los miembros del grupo microfilmaban cuanto pasaba por sus manos fuera o no importante. Luego le entregaban los microfilmes a Amelia y ésta a su vez se los entregaba a Albert.

Yo seguía añorando los días de El Cairo aunque no se lo decía a mi padre para no irritarlo. Él quería que fuera un buen alemán, aunque me estuvieran educando los comunistas.

—Son comunistas, sí, pero primero son alemanes —me decía— y saben lo que te tienen que enseñar.

Mi padre no tenía razón. La gente del partido era primero comunista y después todo lo demás, incluido el ser alemán, pero él no lo veía así. Tenía sublimada la idea de Alemania, y creía que era importante que me educaran como un buen alemán.

La vida transcurría con cierta monotonía para mi padre y para mí, pero no para Amelia.

Por la noche, después de mandarme a la cama, solía sentarse junto a mi padre para comentarle las novedades del día. Yo les escuchaba hablar, no porque les espiara, sino porque nunca he conseguido dormirme antes de las doce, de manera que leía hasta que Amelia entraba a apagar la luz, y después permanecía despierto pensando en historias fantásticas.

Creo que fue a principios de 1950. Una tarde Amelia llegó de trabajar, parecía muy agitada, y me envió a la cama antes de lo previsto. En cuanto se quedó sola con mi padre le contó lo que la preocupaba.

—Iris vendrá esta noche, ha llamado diciéndome que debíamos vernos. No sé qué sucede.

—Espero que no la hayan descubierto —respondió Max, preocupado.

—Si lo sospechara no vendría aquí. No, no es eso, no te preocupes.

Iris llegó pasadas las ocho. Llevaba a Walter en brazos. El niño estaba medio dormido.

—No he podido venir antes —se excusó.

—No te preocupes, ¿habéis cenado? —preguntó Amelia.

—Le he dado de cenar a Walter, yo no tengo hambre.

—Deja a Walter en nuestro cuarto —le indicó Amelia, acompañándola para que el niño pudiera dormir mientras hablaban.

—Creo que los soviéticos van a firmar un acuerdo con los chinos —contó Iris.

—¿Estás segura? —Amelia parecía preocupada.

—Sí, creo que sí. Hace unos días se puso enferma una de las secretarias del ministro y me enviaron a mí para que echara una mano. Esta mañana escuché al ministro decirle a una de las chicas de la secretaría que telefoneara a nuestra embajada en Moscú; quería información, habló «sobre la visita de los chinos», y después añadió que los soviéticos estaban comportándose de manera muy misteriosa sobre el acuerdo que iban a firmar con Mao Tsé-tung.

»A mí no me conoce porque era mi primer día allí, pero ni me miró cuando salió del despacho para dar esa orden. Yo continué escribiendo a máquina lo que me había ordenado sin levantar la cabeza, como si no hubiera oído nada.

—Me pondré en contacto con Albert. Mañana intentaré pasar a la zona de los norteamericanos.

—Tienes el pase, ¿verdad?

—Sí.

—Bueno, tampoco me parece extraordinario que los soviéticos se entiendan con los chinos, todos son comunistas —comentó Max.

—Sí, pero ¿a quién esperan en Moscú? Y si firman un tratado, ¿cuál puede ser su contenido? A mí me parece importante, en todo caso hay que decírselo a Albert —afirmó Iris mirando a Amelia.

El 14 de febrero Stalin y Mao firmaron un Tratado de Amistad y Asistencia mutua en caso de agresión por otra potencia.

El carácter de Iris fue determinante para que los burócratas del ministerio se fijaran en ella. Trabajaba sin descanso, era eficaz, discreta y silenciosa; la clase de secretaria que todo el mundo quiere tener. Esas cualidades le sirvieron para un ascenso y pasó al departamento encargado de los asuntos con la «otra» Alemania.

Mientras tanto, Otto había pasado a trabajar como asistente de un miembro del Politburó. El hecho de que hablara ruso, además de francés y algo de español, le había ayudado a situarse.

Periódicamente escribía un informe sobre los asuntos que preocupaban al Politburó, las relaciones de fuerza entre sus miembros o las discusiones en el Comité Central.

En cuanto a Konrad, era el líder indiscutible de los descontentos en la universidad.

Garin también había prosperado y con él, Amelia. Ahora trabajaban en el Departamento de Propaganda del Ministerio de Cultura, donde parecía estar como pez en el agua.

Amelia le vigilaba de cerca y solía comentarle a Albert que no encontraba nada sospechoso en el comportamiento de Garin. Si algún reproche se le podía hacer era que arriesgaba demasiado, y en ocasiones se quedaba trabajando después de que la mayoría de los funcionarios se hubieran ido, momento que él aprovechaba para introducirse en otros despachos y microfilmar cuanto encontrara a mano.

—Disfruta con el riesgo. A veces me enfado con él temiendo que nos descubran. La otra tarde estuvo a punto de ocurrir. Nos quedamos trabajando en el departamento, y cuando creyó que no había nadie, intentó forzar la puerta del director. Hizo tanto ruido que vinieron los guardias de seguridad. Les explicó que se nos había caído una máquina de escribir que estaba intentando reparar. Le creyeron, o al menos eso espero —relató Amelia.

Aunque a mi padre no le gustaba que se reunieran en casa, a veces lo consentía. Para mí, que aparecieran los «amigos» de Amelia, como mi padre decía, suponía romper la monotonía.

Garin seguía siendo mi favorito, ya que tanto Otto como Konrad apenas me prestaban atención. Yo era sólo un mocoso al que preferían no tener a la vista.

—Planificar la cultura. ¡Están locos! Como si fuera posible planificar el talento, la inspiración, la imaginación —se quejó Konrad.

—Nuestro departamento tiene el encargo de contribuir a que toda la sociedad se vaya empapando de la «verdad», para lograr un nuevo hombre socialista. Y esa verdad se encuentra en Marx, en Engels, en Lenin y en Stalin —explicó Garin con ironía.

—Lo único que pretenden es el control de todos nosotros, incluido el control de nuestros pensamientos —continuó diciendo Konrad.

—El papel de la prensa es infame —añadió Otto—. ¿Es que no hay un solo periodista capaz de criticar lo que está pasando?

—Quienes lo podían hacer se han ido, y si queda alguno, ya se encarga la policía de hacerle entrar en razón. Quienes critican al partido o a sus dirigentes son delincuentes que tratan de boicotear el triunfo del socialismo —explicó Amelia, indignada.

Pero lo que más les asustaba era ver cómo los socialdemócratas eran tratados como enemigos del pueblo. Poco a poco les habían ido apartando de cualquier actividad pública; muchos optaron por el exilio, y otros, los que no querían rendirse, terminaron en la cárcel o en campos de trabajo.

—Quieren imponer el pensamiento único, una sola ideología, de manera que los socialdemócratas son los más peligrosos para ellos porque les disputan la hegemonía —se quejó Konrad.

—Tienes que tener cuidado —le aconsejó Amelia— o terminarán deteniéndote.

—Lo que no sé es cómo has logrado ganarte su confianza —preguntó Otto a Garin—, al fin y al cabo estuviste en un campo por socialdemócrata.

—Pero he renunciado a mi pasado. Me han aceptado en el SED, ahora soy miembro del partido, incluso voy a participar en el III Congreso que se va a celebrar en julio —respondió Garin.

—No sé cómo no se te revuelven las tripas —insistió Konrad.

—Tenemos un trabajo que hacer. Precisamente porque no reniego de mi ideología, hago lo que hago. En realidad estoy copiando sus métodos de infiltración, es más fácil combatirlos desde dentro que desde fuera —insistió Garin.

—Yo creo que nuestro presidente, Wilhelm Pieck, no es como Walter Ulbricht ni como Otto Grotewohl —comentó Iris.

—¿De verdad crees que es diferente? No, no te engañes, es igual de comunista, sólo que más amable —aseguró Amelia.

En 1950 se puso en marcha el servicio secreto más eficiente de cuantos actuaron en la Guerra Fría, el de la República Democrática Alemana. Si hasta aquel momento los controles sobre la población habían sido extenuantes, a partir de entonces todos los alemanes tenían la sensación de sentirse espiados por la Stasi. Nadie se fiaba de nadie. A partir de ese momento, con la puesta en marcha de la Stasi, a todos nos dominó el miedo, ya que tenía informantes en todos los sitios, incluidas las propias familias. Instauraron un régimen de terror que llevaba a la gente a delatar a sus familiares y vecinos con tal de no estar ellos mismos bajo sospecha. Otros, claro, colaboraban por convicción.

Albert James quería que alguno de sus hombres se infiltrara en la Stasi, conocida antes como Directorio Principal de Inteligencia; pero fue una tarea inútil: el proceso de selección era extremadamente riguroso.

En 1953 estallaron las protestas contra el nuevo régimen. La «socialización» obligatoria chocaba contra los deseos mayoritarios de los alemanes.

Una noche Iris se presentó en casa. Ya era tarde y se notaba que había venido corriendo porque tenía el rostro enrojecido y la respiración agitada.

—Han detenido a Konrad. Su esposa ha enviado a mi casa a uno de sus hijos para decírmelo. Tenemos que hacer algo.

Amelia intentó calmarla. Luego le dijo a Max que iba a salir con Iris para buscar a Garin. Tenían que hacer algo para ayudar a Konrad.

—Lo único que vais a conseguir es que os detengan a todos. ¿Qué vais a hacer? ¿Presentaros en la comisaría pidiendo su libertad? —dijo Max preocupado.

—Lo único que no podemos hacer es sentarnos a esperar —le respondió Amelia.

Al nuevo régimen se le iba de las manos el dominio de la situación. No podía frenar los descontentos ni las manifestaciones y las huelgas. Incluso algunos edificios del partido, así como algunos coches de los jefazos, sufrieron desperfectos por parte de los manifestantes. Los soviéticos tuvieron que intervenir porque el Gobierno alemán no era capaz de controlar la explosión de ira de los ciudadanos, y decretaron el estado de emergencia en Berlín.

Seguramente los jerarcas del partido se asustaron, o puede que los soviéticos los animaran a ello, pero lo cierto es que el 21 de junio el Comité Central decidió aprobar un programa de mejoras; sin embargo, no lograron impedir que una nueva oleada de alemanes eligiera marcharse para siempre a la República Federal.

Amelia se lo planteó a mi padre.

—Creo que deberíamos irnos, cada día que pasa esto se parece más a la Unión Soviética.

—¿Y adónde iríamos? ¿A la zona norteamericana? No, Amelia, aquí al menos tenemos una casa.

—No tenemos nada, Max. Este edificio ya no te pertenece.

—¡Claro que sí! La Constitución reconoce la propiedad privada.

—Pero el partido actúa en nombre del pueblo, y por tanto decide lo que necesita el pueblo, es decir, lo que nos corresponde a cada uno. Vivimos en la portería, Max, y no me importa, hemos hecho de estas paredes un hogar, pero no te debes engañar.

—Siempre tendremos tiempo de cambiar de opinión, al fin y al cabo Berlín no es una ciudad cerrada, podemos irnos a otra zona cuando lo deseemos.

—No siempre será así, no pueden permitir que la gente continúe marchándose. Un día harán lo que sus jefes, los soviéticos, y no nos dejarán salir.

—¡Qué tontería!

—Max, puedo hablar con Albert, él nos ayudará, quizá pueda serles útil en otra parte.

—Este edificio es la única herencia que puedo dejar a mi hijo. Mientras esté aquí no me lo quitarán.

—Ya te han quitado las tierras, las han «socializado» como dicen ellos... Max, ¿es que no te das cuenta de que esto tampoco es tuyo?

Pero no pudo convencer a mi padre. Yo escuchaba en silencio y estaba secretamente de acuerdo con Amelia. El adoctrinamiento al que nos sometían en la escuela se me antojaba insoportable. Creo que no era muy diferente al que recibían los escolares en tiempos de Hitler, sólo que habían cambiado los uniformes, los himnos y las consignas.

Konrad estuvo en la cárcel seis meses. Era tal su prestigio en la universidad, que hasta algunos profesores del partido intercedieron por él, y no por ayudarlo, sino porque veían que era mayor el perjucio de tenerle encerrado. Los alumnos de Konrad y otros muchos estudiantes no dejaban de reclamar su libertad y la de otros profesores detenidos. Aún recuerdo la emoción de Amelia el día que Konrad salió de la prisión. Garin les había pedido que no fueran a esperarlo, porque todos los que lo hicieran serían identificados por la Stasi. Amelia no pensaba hacerle caso y fue mi padre quien la conminó a no ponerse en peligro.

—Es un gesto inútil, Amelia. Un segundo y ya estarás fichada para siempre, entonces, ¿cómo podrás seguir trabajando para Albert? Garin tiene razón. Debéis ser discretos. Konrad no espera que os pongáis en evidencia, sabe lo que está en juego.

A regañadientes, obedeció. Sabía que mi padre y Garin tenían razón. Dejamos de ver a Konrad. Estaba señalado y cualquier casa que él visitara sería vigilada por la Stasi, de manera que el grupo se reunía clandestinamente.

Un día Amelia regresó llorando a casa y le tendió a mi padre el recorte de un periódico. Él lo leyó y se encogió de hombros.

—¿Te das cuenta de lo que significa? —dijo Amelia.

—La vida sigue, eso es lo que significa.

Amelia se puso en contacto con Albert y le pidió que viniera a verla con urgencia. Albert nos visitó al día siguiente, y nada más entrar, Amelia me envió a mi cuarto. Protesté. Estaba harto de que me enviaran a mi cuarto cada vez que venía alguien interesante. Además, tenía ganas de decirles que era inútil que me mandaran allí puesto que podía escuchar todo lo que decían. Pero preferí no hacerlo, no fuera a ser que se les ocurriera algo que me impidiera seguir escuchando.

—Se acabó, Albert, me retiro.

Él se sorprendió. Veía la furia en los ojos de Amelia y no entendía por qué.

—¿Qué sucede? Explícate.

—No, no soy yo quien tiene que explicarse. Eres tú quien tiene que explicarme cómo es posible que estéis permitiendo que en la República Federal los nazis ocupen cargos relevantes.

—¡Pero qué estás diciendo! ¡Vamos, Amelia, espero que no te creas la propaganda soviética!

—No, no me creo la propaganda soviética. Me creo lo que

dice el *Daily Express*. —Le tendió el recorte de un periódico, que Albert leyó por encima.

—Es un caso aislado —dijo él, incómodo.

—¿De verdad? ¿Piensas que voy a creerte? El general Reinhard Gehlen, jefe de la inteligencia alemana. El muy distinguido general que durante el III Reich se había encargado del espionaje al Ejército Rojo, ahora trabaja para el Gobierno Adenauer.

—¿Crees que a mí me gusta? Pero seríamos unos locos si rechazáramos a quienes tienen información, información muy valiosa que necesitamos. Tú conociste a Canaris, no era un fanático, muchos de sus agentes tampoco lo eran. Recuerda al coronel Oster. Los ejecutaron.

—¡Por favor, Albert! ¿Me vas a decir que porque Canaris y Oster conspiraron en contra de Hitler, ninguno de sus agentes era nazi? Por lo que se ve, todo vale; a cambio de información borráis el pasado de la gente. Entonces, ¿para qué ha servido el juicio de Nuremberg? ¿Sólo para decirle al mundo que habéis castigado a los malos mientras por otro lado pactabais con ellos? ¿Para eso me he jugado la vida en Varsovia, en Atenas, en El Cairo, aquí en Berlín...? ¿Para que ahora me digas que hay nazis con los que debéis entenderos?

—¡Basta, Amelia, no seas niña! El juicio de Nuremberg ha servido para mostrar al mundo el horror del nazismo, para decirnos que nunca más puede suceder algo así, para demostrar la malignidad del nacionalsocialismo.

—Y una vez hecha esa catarsis, borrón y cuenta nueva. ¿Me estás diciendo eso?

—Estás en este negocio antes que yo, y no hay nada inocente en él. Lo sabes bien. El Servicio de Información alemán era muy eficiente.

—¿Y eso qué significa?

—Que ahora se va a librar otra guerra, una guerra sin tanques, sin aviones, sin bombas, pero una guerra. Las relaciones con los soviéticos son cada día más difíciles. Están construyendo un imperio. ¿No sabes lo que sucede? Han ido imponiendo gobiernos comunistas en todos los países que han quedado bajo su influencia. En todos. Y han colocado al frente a dirigentes comunistas, títeres que sirven a Stalin sin rechistar. Churchill ha denunciado la creación de un «Telón de Acero». Ahora los soviéticos son nuestros adversarios, debemos tener cuidado con ellos, saber qué hacen, qué pretenden, qué pasos van a dar.

—Y para eso utilizáis a antiguos espías nazis. El fin justifica los medios. ¿Es lo que me estás diciendo?

—Dímelo tú, Amelia. Dime tú si el fin justifica los medios. Eres una agente de campo, has tenido que tomar decisiones sobre la marcha.

—Nunca a favor de los nazis, eran nuestros enemigos, hemos luchado para derrotarlos. Hay que extirpar a todos los nazis estén donde estén, se escondan donde se escondan.

—¿De verdad crees que podemos hacerlo? ¿Hacemos un proceso a todos los alemanes y liquidamos a quien no pueda demostrar fehacientemente que estuvo luchando contra Hitler? Sería una locura que no llevaría a ninguna parte.

»¿Crees que los soviéticos no tratan con algunos ex miembros del Servicio de Inteligencia alemán? ¿Crees que desprecian lo que les puedan contar sólo porque no lucharon contra Hitler? No te importó que nos lleváramos a Fritz Winkler, y no temblaste cuando mataste a su hijo. ¿Es distinto un científico nazi a un agente secreto? Dime, ¿dónde está la diferencia? Dímelo y entonces comprenderé tus escrúpulos.

—Albert tiene razón. —Max les había estado escuchando en silencio, desde su silla de ruedas.

No solía intervenir cuando Amelia se reunía con Albert o sus amigos, le daba su opinión más tarde, cuando se quedaban solos, pero en aquella ocasión lo hizo.

—¡Cómo puedes decir eso después de lo que hemos sufrido! —le reprochó ella.

—Si llevamos tu razonamiento hasta el final, entonces, ¿qué tendrían que hacer conmigo? Fui oficial de la Wehrmacht, juré lealtad al Führer aunque lo odiaba con toda mi alma. Luché, estuve en el frente, e hice cuanto pude para que ganáramos la guerra. Yo quería ver derrotado a Hitler, pero sin que eso implicara la derrota de Alemania; quería derrotarlo políticamente, o incluso haber acabado con su vida, pero jamás traicionando a mi país. No sé cuántos alemanes pensaban como yo, pero sí sé que quienes nos quedamos, quienes no nos fuimos, no tenemos coartada por haberlo hecho. Todos nosotros podemos ser acusados de ser partícipes del horror del nazismo. Yo también, Amelia, yo también.

Al escuchar la voz de mi padre, abrí la puerta de mi cuarto y por una rendija observé lo que sucedía en la sala. Amelia miraba a Max sin encontrar palabras con las que rebatir sus argumentos. Y Albert los observaba a ambos dominando su deseo de intervenir.

Transcurrió un rato antes de que Albert se decidiera a hablar.

—Habrá más, Amelia, habrá más nombres odiosos que te revolverán el estómago cuando leas en los periódicos que ocupan tal o cual cargo.

—Por eso apoyasteis a los democristianos. Los socialdemócratas jamás hubiesen consentido lo que está pasando.

—¿Estás segura? Yo no lo sé, pero sí, tienes razón, ahora mismo supone una tranquilidad saber que Alemania está en manos de los democristianos. Adenauer es un gran hombre.

—Si tú lo crees…

—Sí, lo creo.

—Aquí, a los socialdemócratas los meten en la cárcel.

—Ya lo sé.

—Entonces tienes que saber que no continuaré trabajando para vosotros, que no me jugaré la vida para que la información que obtengo termine encima de la mesa de algún nazi.

—Tú trabajas para nosotros, no para el Gobierno alemán.

—Que son vuestros aliados, a los que ayudáis y sostenéis, como no puede ser de otra manera, y yo misma comprendía que debía ser así. Por tanto puede que la información que recogemos la compartáis con ellos, al fin y al cabo mucha de esa información se refiere a planes que tienen que ver con la República Federal. Y... ¿sabes, Albert?, tienes razón. Sí, he matado a hombres, he hecho cosas terribles en mi vida, pero ésta no la haré, Albert, no la haré en nombre de nada ni de nadie.

—Respetaré tu voluntad.

Cuando Albert se marchó, Max le preguntó a Amelia si realmente iba a dejar de trabajar para los norteamericanos. Ella no respondió, comenzó a llorar.

No sería la primera decepción que sufriría Amelia. El secretario de Estado en la oficina del canciller, Hans Globke, había sido un funcionario del Ministerio del Interior durante el III Reich, del que se sabía que había apoyado con entusiasmo la Solución Final, el plan de exterminio de todos los judíos de Alemania y de los países ocupados por los nazis.

Si a Amelia le quedaba algún resto de inocencia, lo perdió para siempre. También se mantuvo inflexible respecto a dejar de trabajar para los norteamericanos. Volvió a reunirse con Albert para reiterarle que ya no podían contar con ella. Él intentó convencerla, pero fue inútil; Amelia podía tener muchos defectos, pero nunca fue una cínica.

Dispuesta a llevar hasta el final su decisión, le dijo a Garin que la sustituyera. Era preciso que su puesto fuera cubierto por alguien del grupo de oposición dispuesto a trabajar para los norteamericanos. Pero Garin le pidió que se lo pensara un poco más y que mientras tanto se tomara unos días de descanso. Diría en el trabajo que estaba enferma.

Pero Amelia no volvió, pese a que tanto Garin, como Iris, Otto y Konrad intentaron convencerla para que no abandonara.

Era difícil comprender que a una mujer capaz de matar la hubiera afectado tanto que en la Alemania Occidental algunos ex miembros del Partido Nazi estuvieran colaborando con el Gobierno de Adenauer.

Garin se presentó un día en casa. Estaba preocupado.

—Te van a investigar —anunció.

—¿Por qué? —preguntó Amelia con indiferencia.

—Has abandonado el trabajo y no pareces dispuesta a aceptar ningún otro... hay quien dice que no estás bien de la cabeza. Tienes que hacer algo o te mandarán a un hospital hasta que te restablezcas.

—¿Un hospital? No estoy enferma. —En el tono de voz de Amelia había notas de miedo.

—Si no tienes ninguna enfermedad y rechazas trabajar es porque estás enferma de la cabeza. Déjame ayudarte, Amelia. Vuelve al departamento, te lo ruego.

—Les diré que Max está enfermo y que no podía dejarlo solo. No tenemos quien lo cuide, de manera que por eso he tenido que dejar de trabajar.

—Pueden decidir que si Max es un estorbo, mejor estará en un hospital. No hay excusas, Amelia, no te engañes.

—No quiero volver a trabajar para Albert.

—No te estoy diciendo que trabajes para él, sólo que trabajes. Puedo ayudarte. Tu puesto aún no está cubierto, pero me han dicho que mañana me enviarán a una persona. Preséntate, Amelia, o desencadenarás la desgracia en esta familia. Si te llevan a ti o se llevan a Max...

—No quiero trabajar para los norteamericanos, ni para los británicos, nunca más.

—No lo hagas, no es eso lo que te estoy pidiendo. Ahora me marcho, voy a casa de Iris, pero te espero mañana.

Mi padre y Amelia estuvieron hablando hasta la madrugada. Yo me dormí, pero me desperté sobresaltado, mientras ellos continuaban en la sala. No podía escuchar lo que decían, hablaban muy bajito, como si temieran que sus palabras pudieran traspasar el silencio de la noche.

Amelia me acompañó a la escuela como todos los días. Permanecimos callados y cuando estábamos llegando me atreví a hablarle.

—Irás a trabajar, ¿verdad? No dejarás que te lleven o que se lleven a mi padre.

Me abrazó e intentó evitar las lágrimas que pugnaban por resbalar desde sus ojos.

—¡Dios mío, tienes miedo! No te preocupes, Friedrich, no pasará nada. ¡Claro que no permitiré que me lleven, ni mucho menos que le hagan nada a tu padre! ¡Cómo iba a permitirlo!

—Entonces prométeme que irás a trabajar —le supliqué.

Dudó unos segundos, después me besó y en susurros me dijo: «Te lo prometo».

Entré en la escuela más tranquilo. Confiaba en ella.

2

Durante unos cinco o seis años Amelia no colaboró ni con los norteamericanos ni con los británicos. Continuaba siendo amiga de los miembros de su antiguo grupo, pero ya no se veían tanto como antes, aunque en un par de ocasiones vinieron a casa a cenar, pero no hablaban de sus actividades, sólo de la marcha de la política y de la vida cotidiana.

Garin era su ángel de la guarda. Había dado la cara por ella y la mantenía a su lado, pero nunca le pidió que le ayudara en sus actividades de espionaje.

En esos años, desde mitad de los cincuenta hasta los sesenta, Amelia perdió buena parte de su alegría. Todas las mañanas a las seis y media se despertaba, hacía el desayuno, recogía la casa, levantaba a Max, le ayudaba a asearse, y después salíamos juntos, me acompañaba hasta la escuela y ella se dirigía al Ministerio de Cultura. Regresaba a casa a mediodía con el tiempo justo para obligar a mi padre a que comiera algo, y luego regresaba al trabajo hasta las seis.

La rutina se había instalado en su vida y eso era una fuente de infelicidad. Durante muchos años había vivido en el borde del abismo y de repente se había quedado vacía.

Mi padre era feliz. Ya no sufría pensando en lo que le pudiera pasar a Amelia y, por tanto, a nosotros. Prefería la monotonía, el ir envejeciendo sin más sobresaltos que padecer la escasez como el resto de los alemanes, aunque gracias a que Otto trabajaba para el Politburó, a veces nos obsequiaba con productos que no habrían estado a nuestro alcance, pues eran de origen occidental y sólo se los podían permitir los miembros del Politburó.

Al igual que en la Unión Soviética, la Nomenklatura de la República Democrática tenía privilegios de los que carecían el resto de los ciudadanos. Garin era especialmente hábil a la hora de hacerse con algunos de estos productos que repartía generosamente entre sus amigos.

Según me iba haciendo mayor, más admiraba lo solícita que Amelia era con mi padre. Le cuidaba como si se tratara de su bien más preciado. Pensaba que debía de quererle mucho para compartir la vida con él cuando ella podría haber tenido una existencia mejor.

Amelia pasaba de los cuarenta años, pero conservaba un aspecto tan frágil que parecía más joven. Aún no tenía canas y estaba muy delgada. Cuando paseábamos, yo observaba cómo la miraban, era muy atractiva y creo que Garin estaba secretamente enamorado de ella. Incluso Konrad, que estaba casado y tenía dos hijos, la miraba de reojo cuando ella no se daba cuenta.

En realidad Amelia parecía ignorar el efecto que causaba en los demás, y esa lejanía creo que aumentaba su atractivo. Yo me sentía orgulloso de que una mujer así quisiera a mi padre.

Recuerdo que en 1960 celebraron con nosotros mi entrada en la Universidad Humboldt de Berlín Este. Konrad intentaba convencerme de que debía ser físico porque así tendría un gran futuro, pero yo estaba decidido a ser médico, como lo había sido mi padre.

—Cuidaré de él aunque no sea alumno mío —se comprometió Konrad con mi padre.

—Procura que no se meta en líos como tú —le rogó Amelia.

Para los jóvenes estudiantes de la universidad, cada día era más patente la diferencia entre Berlín Oriental y Berlín Occidental. Todos los días miles de berlineses iban a trabajar a Berlín Occidental, que los aliados estaban convirtiendo en un escaparate de propaganda del capitalismo. Imagínese la frustración, o mejor dicho, la esquizofrenia de vivir entre dos mundos con dos monedas diferentes.

Para la República Democrática, Berlín Occidental era más que un escaparate, era una gran base militar con más de doce mil soldados entre norteamericanos, británicos y franceses. Y no les gustaba tener aquella fuerza militar en la puerta de su casa.

La política oficial de Ulbricht venía siendo la de proponer la unificación de Alemania; en realidad proponía la formación de una confederación donde no hubiera tropas extranjeras. De esa manera aparecía ante los militantes izquierdistas del resto del mundo como un hombre de paz que hacía propuestas de paz que no se llevaban a cabo por la codicia de los imperialistas de Occidente. Pura propaganda, claro. Su idea de la reunificación alemana pasaba por sumir a la Alemania Federal en el mismo sistema colectivista en que vivía la República Democrática.

Pero de lo que sí era consciente era de la sangría que suponía que continuaran emigrando muchos alemanes de la República Democrática.

Nunca olvidaré la noche del 13 de agosto de 1961. Yo estaba en mi cuarto estudiando cuando un ruido me hizo levantar la vista y vi ante mis ojos a un grupo de soldados y militantes del Partido Comunista extendiendo una alambrada de espinos. Nuestra casa, ya se lo dije, era «frontera» con Berlín Occidental.

—¡Papá! ¡Amelia! ¡Mirad por la ventana!

Los tres nos apretujamos mirando por la ventana de la sala cómo los soldados seguían extendiendo el alambre de espinos.

—La frontera —musitó Amelia.

—¿Qué frontera? —pregunté yo, que no concebía que Berlín no fuera toda ella una única ciudad.

—Churchill hablaba de un Telón de Acero... bueno, pues bien, ese telón lo están extendiendo también en Berlín —respondió ella.

—Pero es ridículo. ¿Qué pretenden con ese alambre de espinos? Lo único que van a conseguir es dificultar el paso al otro lado, y son miles los berlineses de este lado que todos los días van a trabajar al otro sector —concluí yo.

Amelia me acarició el rostro con mimo, como si aún fuera un niño pequeño que no entendiera lo que estaba pasando.

Mi padre permanecía en silencio, con la mirada perdida en el ojo con el que aún veía, y un rictus de crispación en todo el rostro.

—Deberíamos irnos, tal vez aún podamos —dijo Amelia.

—No, no me iré, pero no te impediré que lo hagas —contestó mi padre, visiblemente alterado.

Ella no respondió. ¿Qué podía decirle? Él sabía que jamás nos abandonaría, pasara lo que pasase. Pero Amelia tenía razón, debimos irnos. ¿Qué sentido tenía allí nuestra vida? En realidad nunca entendí el empecinamiento de mi padre por que permaneciéramos en Berlín Este. A veces pensaba que necesitaba castigarse por haber pertenecido a la Wehrmacht y jurado lealtad a Hitler.

Al día siguiente, Garin le explicó a Amelia que se había enterado de que el alambre de espino era sólo el primer paso.

—Quieren construir un muro de más de tres metros de altura.

—Pero ¿qué van a conseguir con eso? La gente tendrá que continuar yendo a trabajar al otro lado.

—La separación definitiva de Alemania. Creo que van a preparar un documento diciendo que sólo hay una Alemania legítima, la nuestra. Y puede que se restrinja el paso a Berlín Oeste. Ya veremos.

Garin tuvo razón. Pasar al Oeste se convirtió en una pesadilla. Se necesitaba un permiso y sobre todo acreditar el porqué. Era más fácil entrar en nuestro Berlín, ya que los visitantes no tenían la menor intención de quedarse para siempre.

Vimos desde nuestra ventana cómo a la alambrada de espinos le siguió la construcción de un muro de cemento que alcanzó los tres metros de alto y un perímetro de cincuenta y cinco kilómetros. Ahora el único paisaje que teníamos ante los ojos era aquel bloque de hormigón ante el cual patrullaban día y noche los soldados. Había apenas un metro nada más salir del pequeño jardín que delimitaba el edificio donde vivíamos; a continuación estaba la alambrada de espinos, y tras ella, el Muro. Yo tenía la sensación de vivir en una cárcel, me ahogaba, lo mismo que Amelia, pero mi padre lo aceptó sin quejas.

—No pueden soportar que la gente continúe marchándose, eso está poniendo en jaque la economía —les justificaba.

Fue aquel otoño de 1961 cuando Amelia se encontró con Iván Vasiliev. Como todas las mañanas, salíamos juntos y caminábamos un trecho hasta separarnos, ella para ir al ministerio y yo a la universidad. Íbamos hablando en árabe. Nos gustaba hacerlo cuando estábamos a solas. Amelia decía que sólo hablándolo no lo olvidaríamos. Quizá fuera su instinto, quizá la mirada insistente del hombre, pero de repente Amelia aflojó el paso.

—Amelia, Amelia Garayoa —escuchamos decir a alguien a nuestra espalda.

Un hombre que debía rondar los sesenta años era quien había pronunciado el nombre de Amelia. Ella se quedó mirándolo fijamente, intentando buscar en sus recuerdos a quién se correspondía aquel rostro.

—Iván Vasiliev —dijo el hombre hablando en ruso mientras le tendía la mano—. ¿Recuerda Moscú? Yo trabajaba con Pierre Comte.

—¡Dios mío! —exclamó ella.

—Sí, es toda una sorpresa que nos hayamos vuelto a encontrar.

—¿Qué hace aquí?

—Bueno, eso estaba pensando yo cuando la he visto, ¿qué hace usted en Berlín?

—Vivo aquí, con mi familia.

—¿Su familia? Bueno, es natural que haya rehecho su vida después de la muerte de Pierre.

—Así es. ¿Sigue usted...? Bueno... ¿Sigue trabajando en el mismo lugar...?

—¿Quiere saber si formo parte de la KGB? Ésa es una pregunta que usted no me debe hacer, ni yo debo contestar. ¿Quién es este joven?

—Mi hijo. Friedrich, te presento a Iván Vasiliev...

El hombre me miró de arriba abajo, lo cual hizo que me sintiera incómodo. Era más alto que yo, más fuerte, y aunque vestía un traje, me pareció que tenía aspecto militar.

—Si tienen tiempo, les invito a un café —propuso Iván Vasiliev.

—Lo siento, Friedrich tiene que llegar a tiempo a clase y dentro de quince minutos yo he de estar trabajando.

—¿Dónde trabaja usted?

—En un departamento del Ministerio de Cultura.

—Quizá me permita acompañarla, así recordaremos viejos tiempos.

Iba a despedirme, pero decidí que yo también acompañaría a Amelia al trabajo. Estaba tensa, pálida, como si aquel hombre fuera un fantasma.

—Siempre quise decirle que sentí mucho lo que pasó. Fue una imprudencia por parte de Pierre ir a Moscú.

—Le ordenaron hacerlo.

—Debió seguir las recomendaciones de Ígor Krisov.

—¿Ha vuelto a verle?

—¿A Krisov? No, nunca. Puede que esté muerto. No lo sé.

—¿Qué hace aquí? —insistió Amelia.

—Como usted sabe la Unión Soviética presta una valiosa ayuda a nuestros camaradas de la República Democrática. Me han destinado aquí como asesor en el Ministerio de Seguridad.

—De manera que ahora sí confían en usted.

—Sí.

—Incluso mucho, de lo contrario no le habrían enviado aquí…

—Bueno, ahora que ya cree saber que cuento con la confianza de los míos, ¿qué me dice de usted?

—No hay nada especial que contar. Vivo en Berlín.

—¿Y por qué en este Berlín? Una joven como usted encajaría mejor en la otra zona.

—Usted no sabe nada de mí. ¿No recuerda que yo también era militante comunista?

—Tiene razón, apenas tuvimos tiempo de conocernos. Fue usted muy valiente intentando salvar a Pierre con ayuda de ese periodista norteamericano. Casi lo consigue.

Llegamos a la puerta del ministerio y se despidieron con un apretón de manos. Él le preguntó nuestra dirección para visitarnos, y Amelia no tuvo más remedio que proporcionársela.

Cuando ella se fue, aquel hombre volvió a mirarme de arriba abajo.

—Así que es usted hijo de Amelia…

—Bueno, en realidad… se podría decir que soy como su hijo, me ha criado ella. Mi padre y Amelia viven juntos hace una eternidad.

—¿Y a qué se dedica su padre?

—Desgraciadamente fue herido durante la guerra, está inválido, no tiene piernas.

—Les visitaré una tarde de éstas, espero que ni a usted ni a su padre les moleste.

—¡Oh, no!, venga cuando quiera, los amigos de Amelia son siempre bienvenidos.

Cuando regresé a casa por la noche, encontré a Amelia contándole a mi padre lo sucedido. Fue en ese momento cuando descubrí que Amelia había estado enamorada de un agente soviético que se llamaba Pierre.

—Iván Vasiliev se portó bien conmigo, aunque tenía miedo —nos explicó Amelia—. Cuando fuimos a Moscú, a Pierre le pusieron a las órdenes de Vasiliev. Fue muy correcto con él, aunque Pierre me comentaba que parecía inseguro, pero que era un buen hombre. Fue él quien me dijo que habían detenido a Pierre porque sospechaban de él al haber sido uno de los agentes controlados por Ígor Krisov, otro espía al que acusaban de traición por haber desertado. Cuando conocí a Iván Vasiliev era sobre todo un hombre con miedo; ahora parece cambiado, no sólo porque ha envejecido... es como si ahora le fuese bien.

—Me preocupa que sea un hombre de la KGB —afirmó Max.

—A mí también —aceptó Amelia.

Iván Vasiliev se presentó en nuestra casa dos días después. Trajo una botella de vino del Rin, un paquete de salchichas y un trozo de pastel.

Se mostró encantador, ayudó a Amelia a preparar las salchichas y a mí a poner la mesa, y jugó una partida de ajedrez con mi padre. Si le sorprendió que hubiera sido oficial de la Wehrmacht no lo dijo, aunque escuchó con interés cuando ella explicaba cómo Max había pertenecido a un grupo de oposición a Hitler.

—Una sola bala habría evitado la guerra, pero ninguno de nosotros se atrevió a dispararla contra el Führer —admitió mi padre.

—No creo que los rusos puedan sentirse muy orgullosos del Pacto Ribbentrop-Molotov —dijo Amelia, intentando provocar a Iván Vasiliev.

—Pura táctica. Stalin en aquel momento evitó la guerra —replicó aquel hombre.

—Sólo la aplazó y destrozó la moral de miles de comunistas que jamás entendieron que la Unión Soviética pactara con Hitler —respondió Amelia.

—Sin nosotros jamás se hubiera derrotado a Hitler —sentenció Iván Vasiliev.

—Es cierto, pero si el Führer no hubiera invadido la Unión Soviética, ¿qué habrían hecho? ¿Le habrían permitido que continuara con sus atrocidades?

—La historia es la que es, no la que pudo ser o dejar de ser. Hitler se equivocó al atacarnos, lo mismo que Napoleón. Y aquí estamos.

No sé por qué, pero mi padre simpatizó con Iván Vasiliev y éste con él. Parecían sentirse cómodos el uno con el otro. Después de esa noche fueron otras muchas las que compartimos con Iván Vasiliev. Al principio Amelia estaba tensa, pero poco a poco se relajó. Era evidente que él era uno de los miembros de la KGB destinado en Berlín, luego debía de contar con la confianza absoluta de sus jefes. Si había sobrevivido a las purgas de Stalin es que era un hombre duro e inteligente.

Amelia le contó a Garin su reencuentro con Iván Vasiliev y le pidió que se lo dijera a Albert James.

—¿Quieres volver a la acción? —le propuso Garin.

—No, de ninguna manera. Si te pido que se lo digas a Albert es porque ambos coincidimos con él en Moscú hace muchos años.

—De manera que hace mucho tiempo que os conocéis…

—Mucho más del que puedas imaginar.

—Tener como amigo a alguien de la KGB es una gran oportunidad…

—¿Oportunidad para qué? Ya te he dicho que no quiero volver a trabajar ni para Albert ni para nadie. Estamos bien así, Max ahora es feliz, duerme tranquilo y yo también.

Pero la suerte no estaba de nuestra parte. Walter, el hijo de Iris, que ya era un jovencito que tenía trece o catorce años, se presentó una noche de improviso en nuestra casa. Estábamos en vísperas de Navidad, aunque el partido había desterrado la festividad sustituyéndola por vacaciones de invierno, de manera que no había clases.

—Mi madre me ha dicho que venga aquí y que avises a Garin. Cree que sospechan de ella y que la van a detener.

Walter estaba asustado y temblaba. Tenía el rostro enrojecido y hacía un gran esfuerzo para no llorar.

Amelia intentó tranquilizarle. Me mandó que le trajera un vaso de agua de la cocina y le pidió que se sosegara.

—Y ahora cuéntame lo que ha sucedido —le pidió a Walter.

—No lo sé. Mi madre lleva varios días nerviosa, dice que está segura de que la siguen. Se pasa las noches mirando a la calle a través de las cortinas. No quiere que responda al teléfono, y me ha prohibido que lleve a ningún amigo a casa. Esta tarde, cuando he llegado, la he encontrado con todas las luces apagadas. Me ha dado un dinero que tenía guardado, dólares norteamericanos, y me ha mandado aquí. Me ha dicho que no debía ponerme en contacto ni con Garin, ni con Konrad, ni con Otto, que eso ya lo harías tú, y que confiara en ti, que si alguien podía salvarme eras tú. Luego me ha dicho que viniera aquí pero no directamente, que debía coger varios autobuses en direcciones distintas, y también caminar, y cuando estuviera seguro de que nadie me seguía, venir a tu casa. No sé lo que pasa, sólo que ella estaba muy asustada.

—No puede quedarse aquí —intervino Max—. Si están siguiendo a Iris, tarde o temprano buscarán en casa de todos sus amigos y también vendrán aquí, y si encuentran a Walter, creerán que sabemos dónde está ella.

—Pues se quedará —respondió Amelia, plantándose ante Max con una furia que me sorprendió.

—No he dicho que no debamos ayudarle, sino que no debe estar aquí —respondió él muy serio.

—¿Y dónde quieres que le lleve?

—Al sótano —intervine yo—, allí no le encontrarán.

En el sótano se acumulaban nuestros antiguos muebles y los trastos viejos de los vecinos. Nosotros teníamos la llave.

—Buena idea, Friedrich —dijo mi padre.

—Pero está todo sucio y la bombilla apenas alumbra —se quejó Amelia.

—Pero allí es fácil esconderle. Yo sé de un lugar en el sótano donde no le encontrarán —insistí.

—¿Qué lugar? —preguntó Amelia con curiosidad.

—Cuando era pequeño me gustaba explorar el sótano. Iba con mi linterna, y bueno… un día casi me caí en un agujero que no había visto nunca porque estaba tapado con una madera muy fina. Descubrí un hueco, creo que ahí debían guardar carbón porque las paredes, que son de ladrillo, están muy sucias. Yo utilizaba para bajar una pequeña escalera de hierro que encontré entre los trastos viejos.

—Nunca nos hablaste de tu descubrimiento —me reprochó mi padre.

—Todos tenemos secretos, y ése era el mío.

—Pero Walter no estará bien allí… —protestó Amelia.

—Podemos preparar un escondite por si acaso la policía viniera aquí —insistí.

Aceptaron mi plan, y sin hacer ruido, cada uno con una linterna, fuimos al sótano Amelia, Walter y yo. Walter puso cara de horror cuando vio el sótano oscuro y el hueco del que les había hablado. Pero Amelia nos envió a casa a por los utensilios de limpieza.

—Lo prepararemos sólo por si te tienes que ocultar.

Cuando salió del agujero estaba tiznada de negro hasta el último cabello, pero parecía contenta.

—Bueno, ahora está mucho mejor. Y con esas mantas que he puesto en el suelo y esa almohada estarás bien si tienes que esconderte. No sé por dónde, pero entra aire. Mañana bajaremos para ver mejor, pero tengo la impresión de que ese hueco debe dar a alguna parte.

A la mañana siguiente, Amelia se levantó temprano para ir a trabajar, deseaba llegar cuanto antes para ver a Garin. A mí me encargó que cuidara de Walter y que no le permitiera salir con ninguna excusa.

—Garin, anoche Walter vino a casa. Nos ha contado que Iris cree que la siguen.

—Anoche fueron a detenerla.

—¡Dios mío!

—Hace unos días Iris me dijo que creía que su jefe sospechaba de ella y estaba segura de que la seguían. Una tarde en la que su jefe se despidió hasta el día siguiente, Iris se quedó, como solía hacer, un rato más con la excusa de ordenar papeles. Era el momento que aprovechaba para microfilmar documentos. Pero él regresó a por algo que se le había olvidado, ella escuchó sus pasos y le dio tiempo a guardar la cámara, pero los papeles que estaba microfilmando no tuvo tiempo de esconderlos. Su jefe le preguntó qué hacía, y ella respondió que estaba buscando un documento que creía que se le había traspapelado. Él no la creyó aunque se comportó como si aceptara la explicación.

—¡Dónde está! ¡Dime adónde se la han llevado!

—A ninguna parte. Tenía una pastilla de cianuro como la tenemos todos nosotros por si nos detienen. Ya lo sabes, tú tenías una igual. No permitió que la detuvieran. Solía decir que ella no podría soportar que la torturasen. Cuando la policía fue a buscarla a su casa, tiró la puerta y la encontró muerta.

—¿Cómo sabes todo esto?

—Por un amigo que trabaja en el Ministerio de Exteriores, cerca del departamento de Iris. Lo que ha pasado es un secreto a voces. Ahora están buscando a Walter.

—Está en mi casa, pero le esconderé.

—Hay que sacarle de Berlín. Es lo que Iris hubiera querido, siempre decía que algún día se marcharía con Walter para emprender una nueva vida. Estaba ahorrando para poder hacerlo. Soñaba con vivir en el otro Berlín, ya ves, tan lejos y tan cerca de aquí.

—Pero ¿cómo le sacaremos?

—No lo sé, tengo que ponerme en contacto con Albert. No es fácil salir de aquí, ya lo sabes.

—Pero debéis tener alguna ruta de escape…

—Todos los intentos de saltar el Muro ya sabes cómo terminan.

—Puede que nos estemos precipitando, contra Walter no tienen nada, es un niño.

—Un huérfano al que encerrarán en una institución del Estado y al que tratarán como al hijo de una traidora. ¿Te imaginas lo que eso significa? Eso no es lo que Iris hubiese querido y tú lo sabes. Si supone un problema para ti, trataré de sacarlo esta noche de tu casa, ya nos las arreglaremos. —El tono de voz de Garin era cortante.

—¡Sabes que quiero a Walter! También quería a Iris, haré lo que sea.

—Entonces ocúltale hasta que yo te diga. Cuando sepa cómo sacarle de Berlín, te lo diré. Al menos estamos de suerte, en la escuela no le echarán en falta porque son las vacaciones de invierno.

—Pero la policía le estará buscando y lo harán en las casas de los amigos de Iris.

—Sí, es posible que alguno de nosotros recibamos alguna visita. Ya sabes que hemos procurado ser discretos y que no nos vieran juntos, pero es inevitable que alguien nos haya visto, de manera que debemos estar preparados para todo. Tú también.

—Hace mucho tiempo que no veía a Iris…

—Lo sé, pero eso no te librará de que la policía registre tu casa. ¿Dónde vas a esconderlo?

—Puedo ocultarlo en el sótano. Friedrich encontró un agujero donde debían de guardar el carbón. Creo que allí no le encontrarán.

—Procura actuar con naturalidad, hacer vuestra vida normal. Yo me pondré en contacto contigo cuando sepa cómo sacar a Walter.

—Quizá podría saltar el Muro, ya sabes que pasa por delante de mi casa.

—No se te ocurra hacer nada. Espera a que te avise.

Mi padre pidió que le colocáramos la silla de ruedas junto a la ventana para así poder estar atentos a cualquier cosa que se saliera de lo habitual.

Walter apenas salía de mi habitación. Yo procuraba estar con él todo el tiempo posible, pero Amelia me insistió en que debía salir y estar con mis amigos. No quería que me echaran en falta y alguno se presentara en casa. Ella misma acudía todos los días a trabajar puntualmente aguardando impaciente a que Garin le dijera qué hacer. Todos los días le preguntaba, pero él aún no tenía la respuesta.

Iván Vasiliev nos sorprendía a menudo presentándose en casa sin avisar. Solía excusar su presencia explicando que pasaba cerca y que había decidido acercarse a saludarnos. Siempre era bienvenido por mi padre, que disfrutaba con él jugando al ajedrez y compartiendo una copa de coñac de una botella que Iván Vasiliev le había regalado. Nunca venía con las manos vacías. Las tiendas especiales donde compraban los jerarcas estaban bien surtidas de productos de Occidente, de manera que no era raro verle llegar con mantequilla holandesa, vino español, aceite italiano o queso francés. Para nosotros eran lujos fuera de nuestro alcance y se lo agradecíamos sinceramente. Creo que para él éramos lo más parecido a una familia.

Pero en aquellos días, de quien menos queríamos recibir una visita era precisamente de Iván Vasiliev.

El timbre de la puerta nos sobresaltó. Amelia estaba haciendo la cena y Walter ponía la mesa. Empujé a Walter a mi habitación, ya no había tiempo de esconderle en el sótano.

Iván Vasiliev me entregó sonriente un par de botellas que traía en la mano.

—¡Ah, querido Friedrich, no he podido resistir la tentación de pasar a visitaros para traer este pequeño obsequio a Amelia!

Eran dos botellas de aceite de oliva español que Amelia le agradeció sinceramente.

—¿Te quedarás a cenar? Estoy preparando una tortilla, y

ahora con este aceite... ya verás, el sabor será mucho mejor.

—Tenía la esperanza de que te apiadaras de este pobre hombre solitario —respondió Iván Vasiliev mientras buscaba acomodo junto a Max.

Amelia parecía tranquila, como si fuera una noche cualquiera, pero mi padre y yo estábamos nerviosos y nos costaba ocultarlo. Aún recuerdo cómo temía que Walter hiciera algún ruido que le delatara, y me preguntaba que si eso sucedía, qué haría Iván Vasiliev, ¿nos haría detener?

—Max, amigo mío, te veo preocupado. Y a ti también, Friedrich. ¿Sucede algo?

—Nada de importancia, pero ya sabes cómo somos los padres respecto al futuro de los hijos. Friedrich quiere especializarse en medicina interna, y Max le dice que debe ser más ambicioso.

—Pues creo que tu padre tiene razón. Eres un alumno brillante que puede aspirar a más que a ser un médico generalista. Un buen cirujano, un neurólogo, un especialista, siempre tiene más peso.

—¿Para qué? Prefiero hacer lo que me gusta, y lo que me gusta es ser como mi padre —respondí yo, siguiendo el juego de Amelia.

—No quiere hacerme caso —se lamentó Max.

—O sea que no he llegado en un buen momento...

—¡Claro que sí! Gracias a ti se ha acabado la discusión, y así podremos cenar tranquilos. —Amelia le sonreía con una inocencia tal que parecía auténtica.

La tortilla estaba buenísima, e Iván Vasiliev le prometió a Amelia que volvería a conseguir más botellas de aceite de oliva español con la condición de que le invitara a degustar lo que condimentara con el aceite. Después jugó una partida de ajedrez con mi padre, pero éste estaba distraído y no lograba centrarse, de manera que Iván Vasiliev no insistió en darle la revancha.

—Volveré pronto, queridos amigos. Y... cuídate mucho, Amelia.

—Sí, claro, ya lo hago.

Cuando Iván Vasiliev se marchó, nos preguntamos por aquella recomendación. Mi padre sugirió que aquella visita no había sido casual, como tampoco las últimas palabras del soviético. Pero Amelia no nos permitió seguir especulando.

El pobre Walter se había quedado sin cena, y tuvo que conformarse con una taza de leche y un bizcocho.

—Tenemos que estar más atentos, hoy ha sido Iván Vasiliev quien nos ha cogido desprevenidos, pero ¿y si llega a ser la Stasi...? —advirtió mi padre.

—Nuestra casa está encima del sótano, quizá deberíamos hacer un agujero y conectarlos —propuse yo.

—¡Estás loco! Se enteraría todo el vecindario si comenzamos a dar golpes para hacer un agujero en el suelo, y además no sabemos lo sólido que es, ni con qué nos vamos a encontrar —objetó mi padre.

—Creo que Friedrich tiene razón —replicó Amelia, a quien las objeciones de Max no habían convencido—, si alguien se presenta de improviso, no nos daría tiempo a sacar de aquí a Walter. Tampoco podemos confinarle todo el tiempo en ese agujero oscuro del sótano. Comunicaremos nuestra casa con el sótano; lo haremos nosotros mismos con cuidado, procurando no hacer demasiado ruido. Si los vecinos preguntan, diremos que estamos haciendo una pequeña obra porque la casa está un poco deteriorada.

—¿Cuándo empezamos? —Yo estaba entusiasmado con que Amelia hubiera aceptado mi propuesta.

—Ahora mismo, pero haremos el agujero desde abajo. Veremos si se oye el ruido.

Walter y yo bajamos al sótano con una linterna y calculamos el lugar que creíamos que se correspondía con la cocina. Empezamos a picar el techo del sótano. Amelia bajó al cabo de unos minutos asegurando que no se oía demasiado ruido, pero que aun así debíamos tener cuidado. Envolvimos las herramientas en trapos para amortiguar el ruido de los golpes, y trabajamos un buen rato, hasta que Amelia nos mandó ir a dormir.

En un par de días habíamos hecho el agujero. Podíamos haberlo terminado la noche que comenzamos, pero Amelia no nos lo permitió. Prefería que fuéramos despacio para no llamar la atención. El agujero en el techo del sótano coincidía con una pequeña despensa junto a la cocina donde Amelia guardaba la escoba, el recogedor, la plancha y otros utensilios de la casa. Disimulamos lo mejor que pudimos el agujero, pero antes comprobamos que Walter cabía por él y colocamos en el sótano un viejo colchón para que cuando se deslizara no se rompiera una pierna. Casi deseaba que Iván Vasiliev nos volviera a visitar para comprobar la efectividad de mi idea.

Garin le dijo a Amelia que Albert ya estaba al tanto de la situación y que se había comprometido a hacerse cargo de Walter.

Una tarde en la que Amelia cogió el autobús para regresar a casa, un hombre se sentó a su lado. Parecía un trabajador de alguna fábrica. Cabello gris, bigote, gorra calada, gafas, gruesos guantes y bufanda, y un abrigo desgastado por el uso.

—Ni hables ni te muevas.

A Amelia le costó no hacerlo. Reconocía la voz de Albert James en aquel hombre cuyo aspecto le resultaba desconocido.

—Hemos comprobado que nadie vigila tu casa. Hacía mucho tiempo que no veías a Iris, quizá sea por eso, o quizá porque no se atreven a vigilar a una amiga del coronel de la KGB Iván Vasiliev.

—Le pedí a Garin que te explicara la aparición de Iván Vasiliev.

—Y lo hizo. Recuerdo bien lo de Moscú, pero entonces tú decías que era un pusilánime, un hombre asustado. Ahora es todo un coronel, con una medalla al valor conseguida en el frente. Y uno de los hombres más peligrosos que existen. Sabemos que ha colocado topos en lugares estratégicos de Occidente, pero no sabemos dónde. Sólo que hay información sensible que llega a sus manos. Es amigo tuyo, y por tanto puedes ayudarnos.

—¿A traicionarle? No, no lo voy a hacer.

—Es curioso, no te importó engañar a Max y tienes escrúpulos para hacerlo con el coronel Vasiliev.

—Sé que es muy sutil la línea entre la mentira y la traición, pero yo nunca sentí que traicionaba a Max. Sabía que queríamos lo mismo, acabar con Hitler. Pero no voy a discutir eso contigo. Ya no trabajo para ti. Creía que estabas aquí para sacar a Walter.

—Sí, a eso he venido, pero también para pedirte que nos ayudes a descubrir a un topo que Vasiliev ha infiltrado no sabemos dónde, pero que tiene acceso a información nuestra y de los británicos.

—Con quienes seguís compartiéndolo todo.

—Casi todo. Son nuestros primos hermanos.

—Ya te he dicho que no voy a volver a trabajar para vosotros.

—Piénsalo. Iré a por Walter esta noche.

—¿Cómo lo sacarás?

—Eso permíteme que no te lo diga.

Cuando Amelia llegó a casa, pidió a Walter que se preparara.

—Te irás esta noche.

—Yo... yo quiero quedarme aquí, con vosotros.

—No es posible y tú lo sabes. Estarás bien, ya lo verás, y cumplirás los sueños de tu madre. Vas a tener una buena vida, te lo prometo.

Pero Walter se echó a llorar, esta vez no reprimió las lágrimas tantas veces silenciadas desde la muerte de su madre.

Max vigilaba la calle y no vio a ningún coche ni a nadie sospechoso. Pero de repente creyó ver una sombra acercarse al jardín que daba acceso al edificio.

—Puede que sea Albert. Ojalá, dentro de dos minutos los focos de los guardias iluminarán la zona.

Mi padre tenía cronometrado cada cuánto tiempo los focos iluminaban nuestra zona por las noches, y lo que tardaban las patrullas en pasar.

Amelia salió al portal y abrió la puerta, esperaba que fuera Albert y se quedó esperando en la oscuridad.

Era él. Entró con paso rápido en nuestra casa. Al igual que le había pasado a Amelia, también a nosotros nos costó reconocerle.

Walter se había escondido en la despensa y tenía la trampilla levantada por si tenía que esconderse en el sótano.

—Muy ingenioso —admitió Albert cuando le contamos lo que habíamos hecho.

Amelia le explicó que sólo nosotros teníamos llave del sótano, y que yo había encontrado un hueco en el suelo que podía servir de escondite.

—Hay aire, lo que no sé es de dónde proviene.

—¿Me dejas una linterna para echar un vistazo? —pidió Albert—. Sí, claro que sí, pero ¿no se hará tarde? —preguntó Amelia, nerviosa de que pasara el tiempo y eso dificultara que pudiera llevarse a Walter.

Acompañé a Albert al sótano, deslizándonos por el agujero que habíamos hecho en la despensa. Le ayudé a examinar el hueco que había en el suelo del sótano. Encendió una cerilla para ver de dónde llegaba el aire y descubrimos una fisura en una pared.

—Es un muro delgado que da a alguna parte, incluso… no sé, pero parece que se escucha algún ruido, puede que haya algún túnel de metro cerca de aquí…

—Lo mismo es la cloaca, en el jardín que da al edificio hay una alcantarilla, está disimulada por las plantas. La tapa no se puede levantar. Cuando era pequeño lo intenté en varias ocasiones. Me gustaba jugar a descubridor de tesoros, y bajar a las alcantarillas me parecía toda una aventura. Pero no lo conseguí.

Subimos a casa, y Albert preguntó cuántos metros nos separaban del Muro.

—Dos metros de la alambrada y veinte del Muro, pero si tienes razón y en ese hueco del sótano se filtra aire de las alcantarillas, debes saber que han tapiado todas las compuertas que dan al otro lado de la ciudad, y que hay patrullas vigilando continuamente las cloacas. Imagino que si Friedrich tiene razón y en el jardín hay una rejilla que da entrada a las cloacas, este tramo debe de estar aún más vigilado puesto que nos encontramos cerca del Muro —comentó mi padre.

—Me gustaría volver a echarle un vistazo. Veré si me puedo hacer con un mapa de cómo estaban las cloacas de Berlín antes de la guerra. Si fuera así... quizá nos podría servir para sacar a gente de aquí.

—Ya te he dicho que no trabajo para ti. —Amelia hablaba en voz baja pero con furia.

—¿Te negarías a salvar vidas? Porque a veces es de lo que se trata, de salvar la vida de alguien. No imaginas lo difícil que es sacar a la gente de aquí, cada vez más. Hemos desarrollado nuestro ingenio, pero no más que los rusos o los de la Stasi. ¿No lees los periódicos? Hace dos semanas murió otro hombre intentando saltar el Muro. ¿Cuántos más crees que van a morir?

—Se te hace tarde —le cortó mi padre.

—Sí, tienes razón. Gracias por haber cuidado de Walter.

—No me des las gracias, le queremos —dijo Amelia.

Salieron de casa y se perdieron entre las sombras de la noche. No sé si Amelia llegó a saber cómo le sacaron de Berlín. Y si lo supo, nunca nos lo dijo.

La posibilidad de que nuestro sótano conectara con las cloacas había prendido en Amelia. De manera que en cuanto pudo, ella misma comenzó a intentar hacer un agujero en la pared del hueco del sótano por donde creíamos que se filtraba aire. Yo la ayudé, pese a las protestas de mi padre, que nos conminaba a que lo dejáramos estar. No nos costó mucho hacer un pequeño agujero, pero la negrura era absoluta, de manera que con un haz de luz de la linerna iluminamos la oscuridad temiendo lo que podíamos encontrar. Oíamos ruido de agua y pudimos ver que el agujero daba a otro hueco que a su vez conectaba con las cloacas.

—No se escucha nada, de manera que abriremos más la brecha en la pared y me deslizaré al otro lado con una linterna, quiero ver adónde llega —dijo Amelia.

—Ya has oído a mi padre, los soldados patrullan las cloacas y con más motivo en los lugares cercanos al Muro. Es peligroso.

—Sí, ya lo sé, pero mientras lo hago, ve pensando en cómo podemos disimular el agujero. Si los soldados pasan, no creo que se metan en este hueco que da al nuestro; pero aun así, debemos disimularlo lo mejor posible.

—Pero ¿para qué quieres hacer esto? —pregunté, nervioso.

—No lo sé, quién sabe si algún día lo podemos necesitar.

—Déjame que te acompañe, habrá ratas.

—No, iré sola. No es la primera vez que ando por las cloacas. Ya sé cómo huelen y qué me puedo encontrar.

Fuimos quitando los ladrillos con cuidado, hasta que Amelia pudo saltar al otro lado. Vi cómo se perdía en las profundidades del subsuelo berlinés con tan sólo un haz de luz. Pasó cerca de una hora y me asusté porque a lo lejos escuché pisadas fuertes y voces. No respiré tranquilo hasta que la vi regresar. Olía a suciedad, tenía las manos raspadas y las botas mojadas, pero parecía contenta.

—¿Se te ha ocurrido algo para disimular el paso?

—Sí, haremos un bloque con los ladrillos que hemos ido quitando, luego los volveremos a poner, y así, en caso de necesidad, será fácil levantarlos. Pero dime, ¿qué ha pasado? He escuchado voces.

—Y yo también, casi me muero del susto. Tuve que apagar la linterna. Había una patrulla, creo que eran cinco o seis hombres, hablaban entre ellos, pasaron cerca de mí, pero no me vieron. Me quedé muy quieta hasta que les oí alejarse.

—De manera que mi padre tiene razón y hay soldados patrullando las cloacas…

—Así es. Ahora vayamos a casa, mañana volveré a bajar.

—¿Para qué?

—Quién sabe si encontraremos la manera de llegar al otro lado…

—Es imposible, mi padre ha dicho que han cegado todas las compuertas.

—Ya, pero las aguas residuales continúan pasando…

—¡No pretenderás meterte en esas aguas! —exclamé, horrorizado.

—Ya veremos, ya veremos…

Unos días después, mientras Amelia estaba en el archivo ordenando unas carpetas, Garin se acercó a ella. Estaban lejos de las miradas del resto de los funcionarios del departamento, de manera que podían hablar tranquilos.

—Walter ha llegado bien, quería que lo supieras.

—¡Gracias a Dios!

—Albert se ha arriesgado mucho.

—¿Cómo le sacó?

—No lo sé.

—¡Vamos, Garin!

—Lo que sí me ha pedido Albert es que te diga que irá a visitarte. Al parecer tienes un sótano muy interesante.

—Ya le dije que se olvidase de mí.

Garin sonrió, se encogió de hombros y salió del archivo.

Ni mi padre ni Amelia sabían que yo pertenecía a un grupo de estudiantes que se reunía periódicamente con Konrad. Hablábamos de política y organizábamos actividades dentro de la universidad en las que, con mucha cautela, intentábamos burlar la censura.

Obras de teatro, lecturas de textos, música… todo nos servía para creer que estábamos haciendo una dura oposición a las autoridades de la República Democrática. Sin duda en la universidad había informadores de la policía, pero estábamos convencidos de que nuestro grupo era impenetrable.

Nadie entraba sin el visto bueno de Konrad, de manera que

cuando él se presentó con dos chicas a los ensayos de una obra de teatro que estábamos preparando, no desconfiamos de ellas.

—Os presento a Ilse y a Magda, son dos de mis mejores alumnas.

Además de la obra de teatro, estábamos organizando una jornada de protesta en la universidad. Íbamos a reclamar más libertad, y que liberaran a un profesor de historia al que habían detenido acusándole de actividades contrarias a la República Democrática.

Pensábamos organizar una marcha silenciosa por el campus y llevar pancartas con una sola palabra escrita: «Libertad». No se gritarían consignas, marcharíamos en silencio. Creíamos que una manifestación silenciosa sería muy efectista. También preparábamos octavillas reclamando la libertad del profesor detenido con las que pensábamos inundar todo el recinto.

Me quedé prendado de Ilse nada más verla. Parecía una valkiria: rubia, alta, delgada, con los ojos azul oscuro... Era una belleza. Magda también, aunque era diferente a Ilse. El cabello de Magda era negro, la piel muy blanca, los ojos verdes. No era tan alta como Ilse, ni tan delgada, pero era imposible no fijarse en ella.

Se acercaba la fecha de la manifestación y Konrad había previsto una reunión en la pequeña imprenta en la que imprimía nuestro material clandestino. Ninguno de nosotros sabía dónde estaba la imprenta, pero lo más importante es que a la reunión iba a acudir la plana mayor que dirigía la oposición en la universidad y en los círculos intelectuales que apoyaba el movimiento clandestino.

—Creo que Ilse y Magda deberían venir a la reunión. Así conocerán al resto de la gente. Friedrich, tú irás a buscarlas —dijo Konrad.

—Pero no sé dónde está la imprenta —respondí yo.

—Ya lo sé, una vez que estés con las chicas, iréis al parque y allí os encontraréis con otro grupo. No os preocupéis, alguien aparecerá para guiaros.

Ilse y Magda aceptaron encantadas. Estaban deseando conocer al resto del grupo.

Aquella noche dormí mal y a la mañana siguiente Amelia notó mis ojeras.

—¿No has dormido bien?

—Supongo que estoy nervioso por los exámenes.

Salimos de casa como todas las mañanas y fuimos andando hasta la parada de autobús en la que nos separábamos. Cuando llegué a la universidad me encontré con Ilse, y hablamos de la reunión de la tarde. Estaba esperando a Magda para entrar en clase, pero se estaba retrasando.

Cuando salí a mediodía para ir a casa, Ilse me alcanzó. Estaba pálida, nerviosa, parecía fuera de sí.

—Ha ocurrido algo... yo... no sé si tiene importancia pero estoy preocupada... Estoy buscando a Konrad pero ya se ha marchado y no tengo el teléfono de su casa, ni su dirección, no sé qué hacer...

—Cálmate y dime qué ha pasado.

—Magda ha llegado tarde esta mañana. Me dijo que se había encontrado mal y que se había quedado un rato más en la cama. No parecía enferma, pero pensé que a lo mejor se había indispuesto por algo pasajero. Pero nos cruzamos con un compañero que le preguntó: «Vaya, Magda, ¿adónde ibas esta mañana tan temprano y con tanta prisa...? Te llamé pero ni me oíste... claro que yo también voy deprisa cuando paso delante de la Stasi... pero me pareció que tú ibas allí...», y luego él se echó a reír y ella hizo lo mismo; pero yo, que la conozco, sé que se había puesto nerviosa.

—¿Desde cuándo sois amigas?

—La conozco desde que comenzamos la carrera, pero nos

hemos hecho amigas este curso. Es muy inteligente, de hecho es la mejor alumna de Konrad.

—Y tú crees…

—No sé, Friedrich… pero me he asustado. Hay informadores por todas partes, sabemos que no debemos fiarnos de nadie… Puede que esté siendo injusta con Magda, es lo más seguro, pero no me quedaba tranquila si no se lo decía a alguien, y como no he encontrado a Konrad… Yo… la verdad es que nunca debí meterme en este lío, no sé, yo no creo que las cosas vayan tan mal como dice Magda, pero aun así… en fin, no me gustaría que a nadie le pasara nada…

—Y yo tengo que ir a buscaros esta tarde a su casa… —me lamenté.

—Bueno, Magda me ha dicho que a lo mejor iríamos solas. Me ha pedido que vaya a buscarla a su casa.

—¿Y cómo pensáis llegar si no sabéis dónde está la imprenta?

—Quiere que tú también vayas a su casa. No sé, Friedrich, pero me encuentro mal… no sé qué pensar…

Yo tampoco sabía ni qué pensar ni mucho menos qué hacer. Telefoneé a Konrad pero en su casa me dijeron que no iría a almorzar. Tampoco me atrevía a hablar con otros compañeros y a sembrar dudas sobre Magda. No sabía si Ilse era una paranoica, o si tenía envidia de Magda, o si, por el contrario, sus sospechas estaban fundadas.

Tomé una decisión que resultó ser la acertada. Cuando llegué a casa, le hice una seña a Amelia y cerré la puerta de la cocina. Mi padre estaba adormilado y no nos prestó atención. Le conté todo lo que sucedía, y pude ver su disgusto cuando se enteró de que yo participaba en las actividades de la oposición universitaria.

—No debes ir a casa de esa Magda, puede ser una trampa.

—O puede no ser nada.

—¿Tienes la dirección?

—Sí…

—¿Y a qué hora debes estar allí?

—A las seis.

—Iremos antes.

—¿Iremos?

—Sí, yo iré contigo.

—Pero…

—¡No hay peros! Harás lo que yo te diga.

No protesté y acepté de buena gana. Salimos de casa nada más terminar de comer.

Fuimos andando hasta la dirección de Magda y desde lejos Amelia estuvo vigilando para ver si veía algún movimiento extraño. Faltaban tres horas para la cita y ella parecía dispuesta a que esperáramos allí. Yo ya estaba aburrido cuando vimos pararse un coche cerca de la casa de Magda. La vi descender del vehículo seguida de un hombre y dirigirse a su casa; parecía preocupada. El hombre no estuvo mucho tiempo, porque volvió a salir al cabo de media hora.

—Quédate aquí y no te muevas —me ordenó Amelia.

—¿Adónde vas?

—Tú vigila si ves algo sospechoso, no tardaré mucho.

El tiempo se me hizo eterno, y estaba distraído cuando escuché la voz de Amelia junto a mí.

—No estás atento.

La miré pero no parecía ella. Llevaba unas gafas de cristal grueso que le cubrían parte del rostro, y un gorro gris que nunca antes había visto y que le cubría todo el cabello. Tampoco reconocí el abrigo.

—Pero…

—Cállate y espera. No te muevas pase lo que pase. Dame tu palabra.

—Pero…

—¡Dame tu palabra!

—Sí, te la doy, pero no te entiendo… te has disfrazado y… ¿adónde vas?

—Voy a casa de esa tal Magda.

—Voy contigo.

—No, tú no te moverás de aquí o me pondrás en peligro, y no sólo a mí, tú también lo estarás, y tu padre, y todos tus amigos.

La vi entrar en el portal de Magda. No salió hasta media hora después.

—Llamarás a tu amiga Ilse y le dirás que te has puesto enfermo, y que ella también debería descansar puesto que está acatarrada. Espero que sea lo suficientemente lista como para entender que no debe salir de casa.

—Es mejor que vaya yo a su casa…

—No, no irás a decírselo personalmente. La llamarás y le aconsejarás que se meta en la cama y le diga a todo el mundo que está enferma. ¿Lo has entendido?

—Sí, pero…

—¡Obedece! Tengo que encontrar a Konrad, esa reunión no se puede celebrar.

Y desapareció. Se perdió entre la gente. Obedecí. Llegué a casa y telefoneé a Ilse. Podía notar su estupor cuando le dije que debía meterse en la cama hasta que se restableciera del catarro.

—Pero… ¿y la cita?

—Haz lo que te digo, ya hablaremos.

Me metí en mi cuarto para evitar que mi padre notara mi nerviosismo.

Amelia llegó más tarde que de costumbre, mi padre estaba nervioso por la espera.

—¿Qué te ha pasado? —preguntó mi padre cuando la oyó cerrar la puerta.

—Mucho trabajo, ya sabes que se va a organizar un Congreso por la Paz, y a nuestro departamento lo han cargado de trabajo. Garin no puede con todo y me ha pedido que me quedara para ayudarle.

Yo había salido de mi cuarto y la miré asombrado de que volviera a ser ella. Las gafas, el gorro de lana, el abrigo… todo había desaparecido.

Cuando entró en la cocina para hacer la cena oímos sonar el timbre. Ambos nos sobresaltamos, pero fue ella quien acudió a abrir la puerta.

—No sé si soy inoportuno... —dijo Iván Vasiliev mostrando su mejor sonrisa.

—¡Claro que no, Iván! Pasa, llegas a tiempo para la cena.

—Gracias, Amelia. Si no fuera por ti, me olvidaría de lo que significa una buena comida. Hoy no he tenido tiempo de traer nada. Estos jovencitos de la universidad han dado mucho trabajo a mis amigos de la Stasi —dijo mirándome a los ojos.

—¿Ah, sí? ¿Qué han hecho? —preguntó Max con curiosidad.

—En la Stasi los ánimos están alterados. Alguien ha asesinado a uno de sus informadores y se han volcado con todo su empeño en la investigación. Nada ni nadie los detendrá hasta que no encuentren un culpable.

—¿Y eso qué tiene que ver con la universidad? —Max seguía interesado en que Iván Vasiliev contara la historia.

—Los jóvenes estaban preparando una manifestación, ¿no has oído nada, Friedrich? Bueno, una manifestación silenciosa pidiendo libertad y sobre todo que se libere a uno de sus profesores que está detenido. Cosas de estudiantes. La policía lo sabía, claro, y tenían preparada una redada. Habrían cogido a una docena de jóvenes y no habría pasado nada más. Pero al parecer los alborotadores tenían prevista una reunión con toda la plana mayor de los activistas universitarios, profesores incluidos. Una buena ocasión para detener a los profesores que corrompen las cabezas de los chicos. Pero el informador debió de cometer algún error y ha aparecido muerto, y curiosamente la reunión no se ha celebrado. En fin, me he pasado la tarde trabajando.

—¿Ahora te dedicas a perseguir estudiantes? —El tono de Amelia estaba cargado de ironía.

—No, querida, a eso no, pero aunque no es asunto mío me gustaría saber quién disparó al informador de la Stasi. Lo hizo con un arma occidental, una Walter PPK, de pequeño calibre. Un arma de mujer, según dicen los expertos. Pero un arma es un arma, no importa su tamaño. El asesino tiene buena puntería, un tiro en el corazón. Murió de inmediato. Ya te digo que debió de ser un profesional. Lo que nos lleva a pensar que estos estudiantes revoltosos y sus profesores tienen buenos amigos en Occidente, ¿no crees?

—Pero cualquiera puede tener un arma así —respondió ella.

—¿Cualquiera? ¿Tú qué crees, Friedrich...? ¿Has ido esta tarde a la universidad? No sé si sabes que ha habido una redada... Me alegro de que no estés entre los detenidos.

—¿Y por qué habría de estarlo? Mi hijo ha estado aquí conmigo, y Friedrich sabe que nunca debe meterse en política, nunca; me ha dado su palabra y sé que la cumplirá —le interrumpió oportunamente Max.

—Pero los jóvenes son díscolos y tienen ideas propias, mi querido amigo, aunque me alegro de que Friedrich estuviera aquí, y no tenga nada que ver con los alborotadores.

—Cualquiera puede tener que ver con los alborotadores, todo el mundo se conoce en la universidad —terció Amelia.

—Dejemos hablar a Friedrich —pidió Iván Vasiliev.

Yo debía de estar lívido. Sentía la mirada del coronel traspasarme como si pudiera leer todos mis pensamientos.

—Yo... la verdad es que me ha puesto nervioso lo que ha contado. No es una buena noticia saber que ha habido una redada, que se han podido llevar a gente que conozco... Y... si puedo ser sincero diré que cuando uno es joven sueña con construir un futuro mejor y eso no puede ser un delito.

No sé de dónde saqué fuerzas para esa parrafada, pero pareció impresionar a Iván Vasiliev.

—Vaya, veo que eres valiente saliendo en defensa de tus compañeros. ¿Sabes?, tienes razón, cuando uno es joven quiere cambiar el mundo, sólo que el mundo ya lo cambiamos los de mi generación. Gobierna el pueblo y son los hijos del pueblo quienes ahora van a las universidades; todos somos iguales, y estamos construyendo un mundo mejor para todos. Vosotros los jóvenes lo único que tenéis que hacer es caminar en la misma dirección.

Me quedé callado, me costaba aguantar la mirada de Iván Vasiliev pero también la de mi padre.

—Hay un profesor, un tal Konrad... ha desaparecido, le están buscando. Parece ser que es el principal agitador. Tú le conoces, ¿verdad, Friedrich?

—Es uno de los profesores más queridos de la universidad.

—Nosotros también lo conocemos, incluso en alguna ocasión ha estado en casa, de eso hace mucho tiempo —dijo Amelia con naturalidad.

—¿Y cómo es que lo conocéis, querida?

—Cuando regresamos a Berlín nos lo presentó un amigo, aún no había Muro... y una noche le trajo a cenar. Fue muy amable, y no me pareció un revolucionario peligroso. Pero de eso hace más de quince años.

—¿Y quién era ese amigo que os lo presentó?

—Alguien que desgraciadamente ha muerto. Pero en todo caso vivía en Berlín Occidental. Hace unos años las cosas eran diferentes, los berlineses no estaban separados por ningún muro y la gente iba de un sector a otro... no era tan importante cómo pensara cada uno. Entonces los alemanes de este lado no se habían vuelto todos comunistas.

—Pues el profesor Konrad es ahora el hombre más buscado de Berlín...

—Lo encontrarán, seguro que lo encontrarán. —Amelia hizo esta afirmación con rotundidad.

—Bien, me alegro de que Friedrich no tenga nada que ver con los alborotadores. Ahora debo marcharme, la cena exquisita, como siempre, querida Amelia.

—Gracias, Iván.

—Cuidaos, mis queridos amigos, cuidaos.

Hasta que Iván Vasiliev no se marchó, no respiré tranquilo. Mi padre parecía desconcertado.

—¡Qué raro! No sé, tengo la impresión de que Iván quería decirnos algo… Espero, Friedrich, que no tengas nada que ver con esos activistas de la universidad…

—No te preocupes, papá.

—Y tú, Amelia… no te comprendo. ¿Por qué le has dicho que conocemos a Konrad? Hace años que no lo vemos.

—Porque él ya lo sabe, o si no lo sabe, lo sabrá. Es mejor que vea que no tenemos nada que ocultar. Deben de estar investigando a todos los que conocen a Konrad y en algún momento alguien puede acordarse de que nosotros también lo conocimos.

Como todas las noches, ayudé a Amelia a acostar a mi padre y luego me ofrecí para fregar los platos.

—¿Qué ha pasado? —le pregunté cuando estuvimos solos en la cocina.

—Nada, sólo que has de tener cuidado.

—Ha dicho que han matado a Magda… aunque se ha referido a un informador… se trataba de ella, estoy seguro.

—Eso no nos concierne.

—Con un arma pequeña, de mujer… es lo que ha dicho.

—De eso ni tú ni yo sabemos nada y yo no tengo ningún interés en saberlo.

—Subiste a casa de Magda…

—No.

—Pero te vi entrar en el portal disfrazada de esa manera y tardaste en salir…

—Estuve vigilando, quería saber si salía de la casa alguien a quien no hubiéramos visto. Me marché porque no vi a nadie sospechoso.

—¿No subiste a su piso?

—No, claro que no, ¡qué tontería! —me mintió.

—¿Y adónde fuiste después…?

—A buscar a unos amigos que pudieran avisar a Konrad.

—Lo conseguiste.

—Parece ser que sí. Lo están buscando y aún no lo han encontrado.

Aquella noche tampoco dormí. No supe hasta unos días después que Konrad estaba en nuestro sótano. Y pasaron años hasta que Amelia me contó lo sucedido aquella tarde.

3

Durante unos días ni Max ni Amelia me permitieron ir a la universidad. Aunque me animaban a que hablara con mis amigos por teléfono para decirles que mi padre no quería que fuera. Todos sabíamos que los teléfonos estaban intervenidos, así que nadie decía una palabra de más, sólo preguntaban cuándo iría.

Una noche, cuando mi padre estaba durmiendo y yo tenía la luz del cuarto apagada, oí un ruido en la cocina. Me levanté pensando que sería Amelia quien se habría levantado a por un vaso de agua. Estaba en la despensa levantando la trampilla.

—¿Adónde vas?

—Vuelve a la cama.

—Dime adónde vas —insistí.

—No te metas en esto. Vete a la cama.

—Por favor… confía en mí.

—Está bien, ven conmigo.

La seguí a través de la trampilla hasta el sótano. Luego descubrió el hueco y lo iluminó con la pequeña linterna. Allí estaba Konrad. Amelia colocó la escalera y bajamos los dos. Le abracé con alivio.

—¡Estabas aquí!

—Sí, aquí estoy, convirtiéndome en un topo, creo que de estar a oscuras me voy a quedar ciego.

—He venido a decirte que mañana intentaremos pasar al otro

lado. Garin nos ayudará. Albert ha estudiado los planos. Si todo es como asegura, estamos a unos cinco o seis kilómetros del otro lado, mejor dicho, de una salida de alcantarilla del Berlín Occidental. Allí te estará esperando.

—Si alguien ve entrar a Garin en esta casa... —Konrad estaba preocupado.

—Trabajamos juntos, no es tan extraño que pueda venir a cenar. Intentaremos que nadie le vea entrar. Habrá gente vigilando. En realidad llevan días haciéndolo para saber si la policía o la Stasi nos sigue los pasos. No han visto nada sospechoso. Parece que no estamos entre sus prioridades.

—Puede que te salve ser amiga de ese coronel de la KGB.

—No lo sé, en todo caso lo intentaremos mañana. Ahora come esto que te he traído y descansa.

Cuando regresamos a la cocina yo estaba alterado.

—De manera que tienes a Konrad ahí escondido y no me habías dicho nada.

—¡Cállate, Friedrich! Esto no es un juego. Tú y tus amigos os habéis metido en un problema muy serio. Ya sabes que a algunos los han enviado a campos de trabajo. ¿Crees que no han hablado? Claro que lo han hecho, y habrán dado nombres, el tuyo entre otros. Por eso vino aquella noche Iván Vasiliev. Es él quien te ha salvado. Pensó que tu participación no era importante, que eras uno más del grupo de estudiantes rebeldes. Pero nos dio un aviso. No habrá más chiquilladas por tu parte.

—Tampoco han detenido a Ilse, y ella era la amiga de Magda.

—¿Cómo iban a detener a la sobrina de un miembro del Comité Central? Además, Ilse no sabía nada, os había conocido el día anterior cuando Konrad os la presentó junto a Magda.

—¿Su tío es miembro del Comité Central?

—Sí, ¿no lo sabías? Por esta vez os habéis librado los dos, pero no podéis volver a tentar a la suerte. Creen que Ilse se asustó en el último momento y decidió no ir a esa reunión. Es lo que ha mantenido su tío. Además, en los informes de Magda no había nada contra Ilse. Magda la utilizó como gancho para acercarse a Konrad. La Stasi infiltró a Magda sabiendo la debilidad de Konrad por las mujeres guapas, pero no se interesó por ella, sino que parecía tener fijación por Ilse, de manera que Magda se hizo amiga de Ilse. La sondeaba para saber qué pensaba, pero Ilse no parecía muy preocupada por las cosas de la política, a su familia les va bien, son parte de la Nomenklatura. Pero Magda insistió tanto, que se dejó convencer para acercarse a Konrad. Él no desconfió de ellas, Magda fue muy convincente respecto a su rechazo al régimen, de manera que bajó la guardia y cometió un gran error invitándolas a participar en esa reunión en la imprenta donde se iba a reunir la plana mayor del comité de dirección de la oposición en la universidad y de los círculos intelectuales.

—¿Y cómo sabes todo esto?

—Por un amigo.

—¿Mi padre sabe algo?

—Tu padre no sabe nada. ¿Es que quieres darle un disgusto? No, no le digas nada.

—¿Han interrogado a Ilse?

—Le han dado un aviso, nada más.

—Mañana os ayudaré a buscar la salida de las cloacas.

—No, es mejor que te quedes en casa. Si tu padre se despertara o alguien viniera…

—¿Por qué nos traicionó Magda?

—No os traicionó, estaba haciendo su trabajo. Era una agente de la Stasi. Llevaba dos años en la universidad intentando introducirse en los círculos de oposición. No tenía prisa, quería coger a la plana mayor de la organización, y a fe que estuvo a punto de conseguirlo. Si Konrad no hubiera actuado con tanta ligereza… pero siempre le han perdido las mujeres guapas como Ilse.

Estaba asustado, y mucho. De repente me daba cuenta de lo cerca que había estado del abismo y admiré aún más a Amelia por su sangre fría. Desde pequeño supe que ella era especial y que hacía cosas especiales, pero ahora descubría hasta dónde era capaz de llegar, y sobre todo me asombraba su frialdad.

Amelia actuaba como si nuestra vida no se hubiera salido del cauce de la cotidianidad, de manera que mi padre no sospechara nada.

Al día siguiente Garin se presentó a cenar. Hacía mucho tiempo que no lo hacía.

Le abrí yo la puerta y me sonrió.

—Hola, Friedrich, hacía tiempo que no nos veíamos. ¡Vaya, ya eres un hombre!

Mi padre le dio la bienvenida y mientras Amelia preparaba la cena, le retó a una partida de ajedrez. No es lo que más le gustaba a Garin, pero aceptó.

Cuando terminamos de cenar, charlamos un rato sobre el trabajo de Amelia y de Garin y del Congreso por la Paz que estaban ayudando a organizar.

—Vendrán jóvenes de todo el mundo. ¡Pobrecillos! De verdad creen que están haciendo algo por la paz, pero en realidad son títeres de Moscú, como lo somos todos nosotros —se lamentó Garin.

—Pero los jóvenes actúan de buena voluntad —les defendió Max.

—Sí, y se manifiestan en sus países por todo aquello por lo que nunca les permitirían manifestarse ni aquí ni en la Unión Soviética. Los agentes de la *agitprop* son auténticos maestros que han convencido a los movimientos de izquierdas de la maldad intrínseca de la burguesía. Pero están logrando su propósito, que es el de controlar el pensamiento de estos colectivos y dirigirles hacia el objetivo final que es una sociedad enteramente comunista.

»Por eso desconfían de los intelectuales, es decir, de todo aquel que piensa por sí mismo y no sigue las directrices marcadas por Moscú. El partido no puede permitir que los escritores o los artistas decidan lo que el Estado necesita en materia cultural. Es el Estado quien debe decidir qué es lo que hay que crear, cómo y cuándo —explicó Garin.

—¡Menuda aberración! —No pude reprimir mi opinión.

Mi padre dijo que estaba cansado y ayudé a Amelia a llevarlo a la cama mientras Garin quitaba la mesa y llevaba los platos a la cocina.

—No te quedes hasta muy tarde, mañana tienes clase —me recomendó mi padre.

—No te preocupes, estudiaré un rato y enseguida me iré a dormir.

Cerré la puerta de la habitación y seguí a Amelia hasta la cocina, donde Garin había comenzado a lavar los platos.

—¿Te has encontrado con algún vecino al entrar? —le preguntó a Garin.

—No, y no había nadie en la calle, ningún coche, nadie. Mi gente lleva todo el día vigilando la casa y los alrededores, dicen que no han visto nada sospechoso, de manera que podemos estar tranquilos.

—Estar tranquilos sería una insensatez —respondió Amelia.

Les ayudé a abrir la trampilla que daba al sótano y les vi deslizarse y oí el golpe seco amortiguado por el colchón que habíamos puesto debajo. Lo que sucedió a continuación me lo contaron después.

Konrad estaba adormilado, pero enseguida se espabiló y les ayudó a quitar el bloque de ladrillos que permitía acceder a las cloacas.

Llevaban linternas y una cuerda, y también pistolas por lo que pudiera pasar. Amelia se había cargado al hombro una bolsa con algunas herramientas.

Ella les guió por las cloacas siguiendo el mapa que Albert le había proporcionado a Garin. En dos ocasiones estuvieron a punto de encontrarse de frente con los soldados que patrullaban por allí, pero pudieron esconderse.

—Éste es el punto en el que, según el mapa, las cloacas continúan hacia el otro lado —señaló Amelia.

—Pero la pared está tapiada y han colocado una reja en el agua... no sé cómo podremos pasar.

—Si hacemos un hueco en el Muro, los soldados podrían oírnos —dijo Konrad.

—Sí, por eso creo que lo más conveniente es que intentemos romper la reja y pasar nadando —indicó Amelia.

—¿Nadando entre estas aguas fétidas? —Konrad parecía asustado.

—Es la mejor solución. Hemos traído herramientas para intentar forzar la reja —insistió Amelia.

Garin palpó la pared, intentando calibrar su densidad.

—Creo que Amelia tiene razón. Ayúdame, intentaré ver si puedo mover la reja.

Amelia ató la cuerda en la cintura de Garin y sacó de la bolsa unas gafas de buceo que eran mías.

—Póntelas, a lo mejor las necesitas.

—¿De dónde las has sacado? —preguntó Garin.

—Son de Friedrich, te irán bien.

—¿Es profundo? —quiso saber Konrad.

—Me temo que sí, al menos creo que los pies no me llegan al fondo. Creo que voy a vomitar, el olor es insoportable.

Se colocó las gafas de buceo y metió la cabeza en el agua. Al cabo de un minuto la volvió a sacar.

—¡Qué asco! Dame las herramientas, intentaré cortar la reja, pero el hueco no es demasiado ancho, espero que no nos quedemos atascados al pasar.

—¿Quieres que te ayude? —se ofreció Konrad.

—Sí, será más fácil si intentamos romperla entre los dos.

Estaban intentando forzar la reja cuando a lo lejos oyeron las voces y los pasos rotundos de los soldados.

—Vienen directos hacia aquí, y no hay ningún lugar donde escondernos —advirtió Amelia.

—¡Ven aquí! —Garin le tendió la mano y Amelia no se lo pensó y se metió en aquellas aguas negras.

—Cuando les escuchemos más cerca meteremos dentro la cabeza —indicó Garin.

—No podré —se quejó Konrad.

—O lo hacemos o nos descubrirán y nos matarán aquí mismo. Y te aseguro que no es una manera gloriosa de morir. Aguantaremos arriba hasta el último segundo, y luego tendremos que permanecer aquí debajo hasta que se vayan —insisitó Garin.

Sin decir ni una palabra, Amelia se acercó a Konrad y le anudó en la cintura la cuerda que sujetaba a Garin, después se la ató también ella.

—¡Pero qué haces! —En el tono de voz de Konrad había una nota de histeria.

—Es mejor que permanezcamos juntos, si uno tiene la tentación de salir, los otros no lo permitirán.

Se quedaron en silencio y con la linterna apagada mientras escuchaban cómo los pasos de la patrulla retumbaban cada vez más cerca. Un haz de luz iluminó el agua y ellos se sumergieron.

Garin conservaba las gafas de buceo pero Amelia y Konrad no tenían nada que les protegiera el rostro.

Apenas podían aguantar un segundo más bajo el agua. Amelia sentía que la cabeza le iba a explotar, y Konrad hacía esfuerzos por salir del agua, pero Garin y ella se lo impedían sujetándole por las muñecas. De repente Garin soltó a Konrad y tiró de ellos hacia arriba. Volvía a reinar la oscuridad y permanecieron en silencio unos minutos que les parecieron eternos. No querían encender la linterna por si acaso los soldados seguían cerca. Cuando por fin lo hicieron, los tres temblaban de frío y de asco.

—Hay que intentar romper la reja como sea. —Garin volvió a meter la cabeza bajo el agua. Tardaron más de una hora hasta que lograron romper varios barrotes que dejaban un hueco por el que se podía pasar.

—Quién sabe lo que nos encontraremos más adelante. —Konrad estaba preocupado.

—Sea lo que sea, no tenemos otra opción que seguir. Esperemos que los soldados no se den cuenta de que hay tres barrotes sueltos —contestó Garin.

Nadaron un buen rato hasta llegar a una isleta. Amelia consultó el mapa de Albert.

—Diez metros a la derecha deberíamos de encontrar unas escaleras de hierro que suben a la superficie hasta la boca de una alcantarilla. Espero que no nos hayamos equivocado y salgamos delante de la sede de la Stasi —bromeó Amelia.

Caminaron en silencio esos diez metros y encontraron las viejas escaleras de hierro que llevaban hacia la superficie.

Garin subió primero seguido por Konrad, y detrás Amelia.

Tal y como había acordado, Garin golpeó cuatro veces la tapa de la alcantarilla y ésta comenzó a levantarse.

—¡Gracias a Dios que estáis aquí! —escucharon decir a Albert James.

Unos hombres aguardaban junto a dos coches aparcados al lado de la boca de la alcantarilla, y uno de ellos se acercó con una manta que puso sobre los hombros de Konrad.

—Hemos de volver —afirmó Amelia mirando a Garin.

—¿Ha sido difícil? —quiso saber Albert.

—Sobre todo repugnante —y Garin acompañó con una risa su respuesta.

—Gracias, Amelia. —El tono de voz de Albert era sincero.

—No tienes por qué darme las gracias. Si de mí depende, no permitiré que nadie caiga en manos de la Stasi.

Amelia y Garin abrazaron a Konrad y le desearon suerte.

—Imagínate cómo se van a poner los sabuesos cuando descubran que estás aquí. —Garin parecía feliz de imaginarlo.

—Creo que deberíais ser prudentes y no anunciarlo demasiado pronto o eso les volverá locos y empezarán a detener a gente —les aconsejó Amelia.

—No te preocupes, seremos prudentes y... bueno, un día de estos iré a verte —se despidió Albert.

Les recorrió un escalofrío cuando sintieron cómo se cerraba

la rejilla de la alcantarilla sobre sus cabezas mientras bajaban a la profundidad de las cloacas.

—¿Sabes, Amelia?, me sorprende que no estés aterrada andando por este lugar, yo he tenido ganas de gritar unas cuantas veces —admitió Garin.

—No es la primera vez que ando por las cloacas… llegué a conocer muy bien las de Varsovia. Unos amigos me enseñaron a no tener miedo.

—Siempre logras sorprenderme. Viéndote… bueno… nadie diría que eres capaz de hacer nada de lo que haces.

Tuvieron suerte y no se toparon con ninguna patrulla, aunque Garin tardó más de lo previsto en colocar las rejas para que parecieran fijas. Cuando les vi subir por la trampilla del sótano que daba a la cocina respiré tranquilo.

—Son las seis de la mañana, pensaba que os había pasado algo.

—¿Por qué no preparas café mientras nos quitamos toda esta mierda? —me pidió Amelia.

Le dio a Garin una toalla y entró en el baño con la recomendación de que no hiciera ruido para no despertar a Max. Tuve que entrar a pedirle que saliera de la ducha para que pudiera entrar Amelia, que parecía agotada.

—Creo que tardaré años en quitarme este olor. Ahora salgo.

Mientras Garin bebía una taza de café, Amelia aprovechó su turno para la ducha.

—Lo más complicado será que salgas sin que nadie te vea —dije yo, preocupado, y sin dejar de mirar por la ventana.

—Si hubiera alguien sospechoso afuera, ya nos habrían avisado. Mi gente tenía órdenes de permanecer cerca toda la noche hasta que yo apareciera.

Se marchó un poco antes de que lo hiciéramos Amelia y yo.

—Estás agotada, hoy no deberías ir a trabajar.

—¿Y qué excusa doy? Es mejor comportarnos con normalidad.

El camino hacia las cloacas desde nuestro sótano era un lugar demasiado importante como para que Albert James no intentara utilizarlo en otras ocasiones. Así que no había pasado un mes desde la fuga de Konrad cuando Albert James fue en busca de Amelia.

Salía del ministerio cuando un anciano que caminaba con un bastón y unas gafas oscuras tropezó con ella.

—Disculpe —le pidió el anciano.

—No se preocupe... no ha sido nada...

—¿Puede ayudarme a cruzar la calle? —le pidió el anciano que parecía estar ciego.

—Desde luego, ¿en qué dirección va?

Él se lo explicó y ella se ofreció a acompañarle un trecho hasta dejarle en un lugar seguro. No habían terminado de cruzar la calle cuando la voz del anciano se transformó en la de Albert James.

—Me alegro de verte.

Ella se sobresaltó y a punto estuvo de soltarle del brazo, pero se contuvo.

—Veo que te has convertido en un experto en disfraces.

—Bueno, tú también los has utilizado.

—¿Qué quieres?

—Que vuelvas.

—No, ya te lo dije, no insistas.

—Ayudaste a Konrad.

—Konrad es un amigo, tenía la obligación de hacerlo. ¿Cómo está?

—Feliz, como te puedes imaginar. Dentro de unos días aparecerá públicamente y recibirá la bienvenida de nuestra universidad.

—Me alegro por él.

—Necesitamos ese acceso a las cloacas.

—Es muy peligroso, terminarán descubriendo que algunos

barrotes de la reja están sueltos. Y cuando lo hagan, prepararán una trampa para cogernos, y tú lo sabes.

—Debemos correr ese riesgo.

—Pero es que yo no quiero correr ese riesgo.

—Puedes salvar vidas...

—¡Vamos, Albert! No intentes conmoverme.

—Ayúdanos, Amelia, te pagaremos bien; el doble de lo que recibías.

—No, y no insistas.

—Tengo que hacerlo.

—Pues no lo hagas, y ahora he de irme, creo que podrás encontrar el camino solo —le dijo con ironía.

—Necesito tu sótano, Amelia.

—Y Max y Friedrich me necesitan a mí. Y además no estoy dispuesta a ayudar a tus amigos alemanes del Oeste, no mientras tengan a su lado a gente que colaboró con Hitler.

Pero Amelia terminó cediendo y no por la insistencia de Albert James, sino para hacer un favor a Otto.

Otto había intimado con el ayudante de un destacado miembro del Comité Central, que decía no compartir los designios de la Alemania de la República Democrática.

El hombre gozaba de algunos privilegios, pero no había podido soportar ver cómo algunos de sus amigos habían terminado en campos de trabajo por haber mostrado alguna opinión discrepante ante oídos afectos al régimen. Tenía miedo e información, una combinación que resultaba propicia para que Otto le convenciera de que se pasara a la República Federal.

—Lleva muchos años trabajando en el Comité Central, conoce todos sus entresijos, y tiene información estratégica que puede ser muy útil —le explicó Otto a Amelia.

—¿Y yo qué tengo que ver con esto?

—Garin me ha dicho que tú puedes ayudarme a sacarle de aquí. Albert está esperando a que te decidas.

—¡Por Dios, Otto, me estás poniendo entre la espada y la pared!

—Veras, él es un hombre muy especial, tiene alma de artista a pesar de trabajar como burócrata. Es... bueno, es homosexual, aunque pocos lo saben; para el partido ésa es una debilidad imperdonable. Tenía un amigo escritor que un buen día desapareció. Ha podido averiguar que está en un campo de trabajo donde le están reeducando. Teme que ni siquiera su posición le salve de las sospechas de la Stasi. Ayúdame a sacarle de Berlín.

—¿Y si es una trampa? ¿Y si te está engañando para conocer el alcance de la red y para que la Stasi os detenga a todos?

—No, no lo es. Además, no me he comprometido a nada. Sólo le he dicho que le presentaré a un amigo que le puede ayudar. Le sacaremos sin que él sepa adónde va. Cuando quiera darse cuenta, ya estará en el otro lado.

—No es tan fácil pasar al otro lado.

—Lo sé, pero en todo caso él no sabrá cuándo va a pasar. Amelia, creo que le siguen los pasos. Su amigo el escritor no se ha recatado criticando a nuestros políticos, bien es verdad que lo ha hecho en círculos restringidos, pero ya sabes que la Stasi tiene ojos y oídos en todas partes.

—Lo pensaré.

A Amelia le fastidiaba dar marcha atrás en lo que le había dicho al periodista: que nunca más trabajaría para ningún servicio secreto. Después de darle muchas vueltas llegó a un acuerdo consigo misma y con Albert.

—No cobraré ni un marco por ayudar a sacar gente de Berlín. Lo haré cuando yo quiera y dirigiré yo cada operación, desde el día y la hora hasta quién vendrá conmigo para ayudarme.

Albert intentó convencerla para que aceptara alguna remuneración, pero ella se negó en redondo.

Tras sacar al burócrata del Comité Central, otros hombres pasaron por el sótano de nuestra casa. Hasta que Amelia decidió cegar aquella vía de escape después de una de las visitas de Vasiliev.

Creo que fue a principios de los años setenta cuando Iván nos anunció que regresaba a Moscú.

Se había presentado de improviso cargado de bolsas con regalos de despedida.

Dos botellas de coñac para Max, otra de vodka, aceite de oliva, jabón suave, mantequilla, mermelada, unos vaqueros para mí... Parecía el Abuelo Invierno repartiendo sus regalos de Año Nuevo.

—He venido a despedirme, regreso a Moscú.

Le preguntamos, preocupados, qué había pasado para que tuviera que regresar.

—La edad, amigos míos, tengo que jubilarme.

—Pero ¿por qué? ¡Aún eres joven! —exclamó Amelia.

—No, no lo soy, voy a cumplir setenta y cinco, ya es hora de descansar. En realidad debería haber regresado hace tiempo.

—El camarada Leónidas Brézhnev tampoco es un niño —dije yo, pesaroso por la marcha de Iván Vasiliev, a quien había llegado a apreciar a pesar de ser de la KGB.

—¡Ah, mi querido Friedrich! Para los políticos no rigen las mismas consideraciones que para el resto de los hombres. Nuestro líder está en la cumbre; tras el cese de Nikolái Podgorni, es el primer dirigente que se convierte en jefe del Estado a la vez que secretario general del partido. Todo el poder está en sus manos. Espero llegar a tiempo para celebrar el sesenta aniversario de la revolución. Dicen que el camarada Brézhnev está preparando una celebración extraordinaria.

Jugó la última partida de ajedrez con Max como siempre hacía, y alabó la tortilla de patatas de Amelia. Después de la cena, mientras tomábamos un vaso de vodka, buscó la mirada de ella.

—¿Sabes?, nuestros amigos de la Stasi están preocupados por algunas de las últimas fugas. Se preguntan qué vía de escape, que aún no han descubierto, estarán utilizando los norteamericanos para sacar a algunos traidores de Berlín. Hay un joven comandante que dice tener una idea de lo que puede estar pasando.

Puede que sí o puede que no. Los jóvenes son ambiciosos, pero a veces aciertan. ¿Sabes lo que cree? Pues que pueden estar utilizando las cloacas. ¡Imagínate! De manera que van a vigilarlas noche y día hasta comprobar si el comandante tiene razón. ¿Y sabes por qué nuestro comandante ha llegado a esa conclusión? Te lo diré, porque un periódico sensacionalista alemán ha dejado entrever entre líneas que hay un paso secreto entre los dos Berlines que sólo tiene un problema: el mal olor. Hace años que descubrí que no es necesario tener muchos agentes en Occidente, basta con leer los periódicos. Los periodistas occidentales creen que su sacrosanta obligación es contar cuanto saben. Y yo se lo agradezco. En fin, muy pronto darán con ese paso secreto maloliente, si es que existe. Si de mí hubiera dependido, creo que hace mucho tiempo habría cazado a ese ratón tan escurridizo. Pero nuestros amigos de la Stasi son autosuficientes, en realidad aceptan nuestros consejos y colaboración pero no nos necesitan. Son el mejor servicio de espionaje del mundo... a excepción de la KGB, claro está. Pero la realidad es que para nosotros Alemania es una buena plataforma desde la cual actuar en el resto del mundo. Esto no es ningún secreto para nadie, ¿no os parece?

—¿Crees que de verdad podrías haber cazado a ese ratón? —preguntó Amelia con curiosidad, poniéndome a mí nervioso.

—Claro que sí, pero a veces nuestros amigos se muestran demasiado orgullosos y no quieren que metamos las narices en sus asuntos. Aunque creo que ese joven comandante va a empezar a dar los pasos que yo habría dado.

—¿Y qué habrías hecho con el ratón? —insistió Amelia.

Iván extendió la mano y luego cerró el puño antes de soltar una carcajada.

—Mi querida Amelia, en este juego la obligación del ratón es intentar burlar al gato, y la obligación del gato es comerse al ratón. Ambos lo saben, es parte de su razón de ser. Sí, te aseguro que yo me habría comido al ratón.

—¿Fuera quien fuese?

Se miraron durante unos segundos. Amelia sostuvo la mirada fría de Iván Vasiliev esperando la respuesta.

—Sí.

—Lo entiendo.

Yo me había quedado inmóvil, aterrado por el alcance de la conversación. No entendía lo que Amelia estaba haciendo. Mi padre también la miraba sorprendido.

—Continúas siendo un buen comunista.

—Nunca he dejado de creer.

—¿A pesar de Stalin?

—Cometió errores, persiguió a inocentes, pero hizo a Rusia grande, y por eso se le recordará.

—También por sus crímenes, Iván, también por sus crímenes.

—Ni siquiera él consiguió que yo dejara de creer que en el comunismo está la verdad.

Iván Vasiliev se despidió de nosotros con afecto. Creo que de verdad sentía la que iba a ser una separación definitiva.

—No he entendido ese duelo que habéis mantenido sobre el ratón y el gato. —Max estaba pidiendo una explicación.

—No era ningún duelo, sólo curiosidad.

—Parecía… No sé, como si uno de los dos fuera el ratón y el otro el gato… No me ha gustado… No sé… —Max estaba preocupado.

—No tienes por qué inquietarte, era sólo un juego.

—Y lo de las cloacas… No he podido evitar recordar que tú llegabas al gueto de Varsovia a través de las cloacas, de manera que no es descabellado que aquí a alguien se le haya ocurrido lo mismo.

Después de que acostáramos a Max, le hice una señal a Amelia para que fuéramos a hablar a la cocina.

—¿Crees que sabe algo? —pregunté, nervioso.

—Puede ser, o quizá sólo tiene sospechas.

—Pero lo que ha dicho es que él no habría dudado en acabar con quien sea que se ha dedicado a sacar a la gente a través de las cloacas.

—Sí, lo habría hecho, y estaría en su derecho.

—Aunque se tratara de ti...

—Sí, naturalmente. Él tiene que cumplir con su deber, de la misma manera que nosotros cumplimos con el nuestro. Cada uno actúa de acuerdo con sus principios.

—He pasado un miedo horrible... no entiendo cómo has podido plantear la conversación en esos términos.

—Era algo que ambos teníamos que decirnos. ¿Sabes?, le echaré mucho de menos.

Amelia habló con Garin para advertirle de que nunca más utilizarían el sótano de nuestra casa para llegar a las cloacas.

—Se acabó, o nos descubrirán. Friedrich va a tapiar el hueco de nuestro sótano que daba paso a las cloacas. Lo siento, pero no voy a poner en peligro a mi familia.

Albert James no tuvo más remedio que aceptar la decisión de Amelia; además, no le quedaban demasiadas fuerzas para pelear con ella. Le habían diagnosticado un cáncer en el pulmón y se retiraba del servicio.

Una tarde vino a casa. Cuando oímos el sonido del timbre, no podíamos imaginar que podía ser él.

Iba disfrazado de pastor luterano, y llevaba una peluca que le ocultaba buena parte de la frente. Fui yo quien abrió la puerta y me quedé inmóvil al no saber quién era.

Nos pidió a mi padre y a mí que le permitiéramos hablar a solas con Amelia. Llevé a mi padre a su cuarto y cerré la puerta, pero dejé entreabierta la de mi habitación. No me resignaba a no poder escuchar lo que tuviera que decir a Amelia.

Le describió la enfermedad, el dolor agudo que le quemaba el pecho, y le dijo que los médicos no eran optimistas en cuanto al tiempo que le quedaba de vida.

—No sé si serán meses o un par de años, pero el tiempo que me quede lo pasaré con Mary.

—¿Lady Mary?

—Mi esposa.

Amelia se quedó unos segundos en silencio.

—No me has hablado de ella… No sabía que te habías casado.

—No te lo he dicho, ¿para qué? Tu vida y la mía tomaron rumbos diferentes. En realidad debo agradecerte que me dejaras por Max. No sé si habría soportado todo lo que he hecho sin el apoyo de Mary. Ella me daba fuerzas, y ante cada operación, ante cada peligro, siempre me decía que tenía que salir bien para volver con ella.

—Tus padres estarían contentos, es lo que querían para ti.

—Y tenían razón, tú y yo nunca habríamos sido felices, y no sólo porque no me querías lo suficiente.

—¿Sabes?, hace años que quiero preguntarte algo: ¿qué es lo que te ha hecho cambiar tanto?

—La guerra, Amelia, la guerra. Tú tenías razón, no se podía ser neutral, te lo reconocí hace unos años cuando nos encontramos después de la guerra. Me metí en esto y cuando quise darme cuenta, ni podía ni debía volver atrás.

—Y has venido para despedirte…

—Todos estos años hemos trabajado juntos, pero nuestra relación ha sido tensa, como si estuviéramos enfrentados por algo. Nunca he sabido por qué. Tú estabas con Max y yo con Mary, los dos habíamos elegido, y sin embargo no hemos sido capaces de ser amigos. Ahora que tengo la certeza sobre la cercanía de mi muerte no quiero irme sin reconciliarme contigo. Has sido muy importante en mi vida; antes de casarme con Mary, fuiste la mujer que más he querido y me parecía imposible amar a nadie como te amaba a ti. Después descubrí un amor superior y diferente y te estuve agradecido por haberme abandonado. Pero eres parte de mi historia, Amelia, mi vida no la puedo contar sin ti, y necesito reconciliarme contigo para poder morir en paz conmigo mismo.

Se abrazaron. Estuvieron abrazados, Amelia lloraba y a Albert se le notaba que hacía esfuerzos para reprimir las lágrimas.

—Ya somos mayores, Amelia, es hora de descansar. Hazlo tú también y... sé que no debería decírtelo, pero ¿no has pensado en regresar a España para estar con los tuyos?

—No hay un solo día en que no piense en mi hijo, en mi hermana, en mis tíos, en Laura... pero no puedo dar marcha atrás. El día en que me fui con Pierre... ese día terminé con lo mejor de mí misma. Claro que les echo de menos, Javier será un hombre, se habrá casado, tendrá hijos y se habrá preguntado por qué le abandoné...

—Si quieres, puedo intentar sacarte de aquí; será peligroso, pero podemos intentarlo.

—No, nunca dejaré a Max, nunca.

—Has sacrificado tu vida por él.

—Yo le quité la suya, es justo que le dé la mía.

—No continúes atormentándote por lo que sucedió en Atenas, tú no sabías que Max iba en ese convoy, no tuviste la culpa.

—Yo apreté el detonador, fui yo quien apretó el detonador a su paso.

—En la guerra hay víctimas inocentes; miles de niños, mujeres y hombres han perdido su vida. Al menos Max está vivo.

—¿Vivo? No, tú sabes que murió aquel día. Le quité la vida. ¿Cómo puedes decir que está vivo? Vive confinado a esa silla de ruedas, sin salir de esa habitación. No le queda familia y tampoco ha querido que buscáramos a alguno de sus antiguos amigos. Sé que la mayoría están muertos, pero acaso quede alguien... Sin embargo no ha querido, no soportaría que nadie que le conociera del pasado le viese reducido a un pedazo de carne sobre una silla de ruedas. Y yo he sido quien le ha condenado a estar en esa silla de ruedas.

Amelia fue en busca de mi padre para que se despidiese de Albert, y luego me llamó a mí. Hice un esfuerzo para no evidenciar mis sentimientos. Estaba en estado de shock: acababa de saber que Amelia había causado la desgracia de mi padre. Yo sabía que él había perdido las piernas en un acto de sabotaje de la Resistencia griega, pero ahora también sabía que quien había apretado el detonador había sido Amelia.

A duras penas logré apretar la mano de Albert para la despedida. Cuando se marchó me encerré en mi habitación y comencé a llorar. La odiaba, la odiaba con toda mi alma, y la quería, la quería con toda mi alma, y me odiaba a mí mismo por quererla.

4

Tomé una decisión. Hacía tiempo que había terminado la carrera y trabajaba como médico en el hospital de Berlín. En aquellos años había consolidado mi relación con Ilse, quien me insistía en que nos casáramos o nos fuéramos a vivir juntos. Yo me resistía porque me parecía que dejar a Amelia y a Max era tanto como desertar. Él era un inválido cuya salud empeoraba día a día y Amelia le dedicaba cada minuto de su vida. Hasta aquella noche había creído que les unía un amor que no conocía límites, pero ahora sabía que lo que les unía era más fuerte y doloroso que el amor.

Hacía tiempo que Ilse había dejado de vivir con sus padres, y decidí marcharme a su casa aquella misma noche. Busqué un par de bolsas y metí algo de ropa. Salí de la casa sin hacer ruido.

Al día siguiente fui con Ilse a recoger el resto de mis cosas. Mi padre no entendía que hubiera adoptado una decisión tan repentina.

—Me parece bien, pero así… sin decirnos nada —se lamentó.

—O lo hago así o nunca seré capaz de marcharme.

—Friedrich tiene derecho a buscar su propio camino y a tener su propia vida. Hemos tenido la suerte de tenerle con nosotros más tiempo del que podíamos esperar —intervino Amelia—, pero te echaremos de menos.

Me callé y no dije que yo también les extrañaría a ellos, porque en aquel momento necesitaba alejarme.

—Vendremos a menudo, ¿verdad, Ilse?

—Pues claro que sí. Además, mi estudio no está tan lejos de aquí, andando no se tarda más de media hora.

Pero mis visitas fueron espaciándose, y me sentía culpable por ello. Necesitaba encontrarme a mí mismo, poner en orden mis sentimientos. Sabía que mi padre sufría porque no iba a verle y que eso deterioraba su salud, pero no era capaz de cambiar mi actitud. Incluso cuando nació mi primer hijo tampoco hice nada para que mi padre disfrutara de su condición de abuelo.

Una noche, Amelia me telefoneó alarmada. Mi padre parecía estar sufriendo un ataque y me pedía que fuera cuanto antes.

Cuando llegué creía que se moría, estaba sufriendo una crisis cardíaca, afortunadamente llegamos a tiempo al hospital.

Mis colegas del departamento de cardiología me habían advertido de que no tuviera muchas esperanzas, pero no contaban con la voluntad de mi padre de seguir viviendo. Estuvo hospitalizado un mes y luego le dieron el alta. A partir de ese momento me impuse a mí mismo no hacerle sufrir más de lo que ya sufría y convertí en costumbre visitarle todas las tardes cuando salía del hospital y antes de ir a casa.

Con Amelia mi relación había cambiado desde la noche en que la oí hablar con Albert, y me daba rabia que ella no me reprochara mi cambio de actitud. Simplemente lo aceptaba como parecía aceptar todo lo que le había sucedido a lo largo de su vida.

A mi padre le alegró que Ilse y yo comenzáramos a llevar a los niños con frecuencia. Le gustaba leerles cuentos y enseñarles a jugar al ajedrez. Amelia, por su parte, ejercía como la mejor de las abuelas. Pero ella seguía siendo algo más que una apacible abuela.

Ilse trabajaba en un instituto de Investigación, donde algunos de sus compañeros científicos eran contrarios al régimen. Ella conocía y simpatizaba con muchos de los opositores, pero se mantenía alejada de sus actividades.

Hasta que un día se vio implicada en un suceso.

Fue a primera hora de la mañana, porque a Ilse siempre le gustaba llegar una hora antes que el resto de sus compañeros, decía que así tenía tiempo para organizar la jornada. Creía estar sola, cuando uno de sus colegas entró en la sala.

—Hola, Erich. ¿Qué haces tan temprano aquí?

Él no respondió y cayó al suelo desmayado. Ilse se asustó, se acercó a él y vio que estaba sangrando. Le incorporó como pudo e intentó reanimarle.

—No avises a nadie —le suplicó él con apenas un hilo de voz.

—Estás herido, necesitas un médico.

—¡Por favor, no lo hagas!

—Pero...

—¡Por favor! Ayúdame a esconderme. ¡Te lo ruego!

Se puso nerviosa, sin saber qué hacer. Pensó en telefonearme al hospital, pero sabía que los teléfonos estaban intervenidos, y si me pedía que acudiera de inmediato, sospecharían.

Sin saber cómo, Ilse logró llevarle hasta un cuarto que servía de almacén.

—Tendré que buscar a alguien para que nos ayude a sacarte de aquí. ¿Puedes decirme qué ha sucedido?

—Una redada... han disparado... pero he logrado huir.

Ilse no sabía qué hacer, no quería comprometerme, pero tampoco confiaba en nadie lo suficiente como para pedir ayuda. Sin embargo sabía que había una persona en quien sí podía confiar, que no preguntaría nada, que la ayudaría.

Encerró a Erich en el cuarto, y salió corriendo del Instituto de las Ciencias para ir a casa de Amelia y de Max.

Amelia abrió la puerta y vio la desesperación y el miedo en el rostro de Ilse.

—¡Ayúdame! No sé qué hacer.

Le contó lo que sucedía y Amelia le pidió que se tranquilizara y que aguardara unos minutos.

La acompañó al instituto, donde a aquellas horas ya empezaban a llegar científicos y empleados. Entraron caminando tranquilamente. Amelia le pidió a Ilse que actuara con naturalidad.

Llegaron hasta el almacén e Ilse abrió la puerta.

Le sorprendió que Amelia sacara del bolso una venda y que después de examinar de dónde provenía la sangre, vendara fuertemente el torso de Erich.

—¿Podrá andar?

—No lo sé...

—Tendrá que hacerlo si quiere salir de aquí.

Escucharon ruidos y gritos.

—Ahora ve a averiguar qué pasa y cuando lo sepas, vuelve aquí —le ordenó.

Ilse salió tambaleándose, estaba muerta de miedo. Se encontró en el pasillo a su jefe.

—¡Vaya, Ilse, estás aquí...! Menuda se está armando. Tenemos que ir todos al salón de actos. Al parecer la policía está siguiendo la pista a alguien que podría haberse escondido aquí.

—¿Aquí?

—Sí, anoche hubo una reunión de esas en las que la gente se dedica a despotricar contra el Gobierno. Como siempre, algún infiltrado puso en alerta a la Stasi y hubo una redada. Alguien disparó y mató a un policía, y puedes imaginar cómo están. Hay cientos de detenidos.

—Pero aquí...

—Parece ser que a primera hora de la mañana una mujer vio por los alrededores a un hombre que apenas podía andar, se lo ha dicho a un vigilante y éste ha llamado a la policía, que ya estará a punto de llegar. El director ha ordenado que vayamos todos al salón de actos para identificarnos.

—Ahora voy, estaba en el baño y he salido al oír ruido, pero me he dejado el bolso allí.

Regresó al pequeño almacén y cuando les explicó a Amelia y Erich lo que estaba pasando, éste dijo que se entregaría.

—De ninguna manera, te matarán —afirmó Amelia.

—No tengo otra salida.

—Ya veremos.

A través de la megafonía se instaba a todos los empleados a acudir al salón de actos para identificarse antes de que llegara la policía.

—No tenemos más remedio que salir de aquí, y tú tendrás que mantenerte erguido aunque te duela.

Salieron del almacén, Ilse y Amelia sujetaban a Erich una por cada costado. En el pasillo ya no había nadie. Oyeron pasos que se acercaban y casi se dieron de bruces con un vigilante del edificio, un hombre del que todos sospechaban que era informante de la Stasi.

—Ustedes... ¿por qué no están con todo el mundo?... —les preguntó el vigilante.

—Trabajamos... —Ilse iba a sacar su identificación del bolso.

El vigilante dirigió la mirada a Erich y se dio cuenta de que le traspasaba la sangre a través de la chaqueta. Ilse estaba buscando su identificación pero el hombre debió de pensar que iba a sacar un arma. Fue él quien sacó su pistola y la encañonó, pero un segundo después cayó desplomado ante el estupor de la propia Ilse y de Erich.

En la mano de Amelia había un arma con silenciador.

—¡Dios mío! —gritó Ilse.

—¡Cállate! Si no le disparo te habría matado, creía que ibas a sacar un arma. Y ahora, andando.

Ilse estaba aterrorizada, lo mismo que Erich, pero la obedecieron. Estaban en la segunda planta y llegaron a la primera, en la calle se encontraron a los primeros empleados que, tras ser identificados, abandonaban el edificio quedándose en la puerta.

—¿Qué hay en la planta de abajo?

—Laboratorios...

—¿Alguna puerta que dé a ese jardín?

—Sí, sí...

—Iremos abajo, buscaremos una salida o saldremos por una ventana, ahí no se ve policía, procuraremos mezclarnos con los que han salido, luego nos dirigiremos a tu coche. ¿Lo habéis comprendido?

Erich e Ilse asintieron. Hicieron cuanto les dijo, salieron por una puerta lateral al jardín trasero y caminaron hacia donde estaban el resto de los empleados.

—Sonríe, Erich, y procura que la bufanda te tape esa parte de la chaqueta. A pesar de que te he apretado el vendaje, sangras.

Ilse aún no sabe cómo fueron capaces de llegar al aparcamiento. Amelia les llevó a casa, y cuando pudieron tumbar a Erich en la cama, él se desmayó. Tuvieron que explicarle a Max lo sucedido.

—Tienes que ayudar a este hombre, tú eres médico —le pidió Amelia.

—No puedo, sabes que no puedo. Hace más de cuarenta años que dejé de ser médico. Además, no tendría con qué hacerlo.

—Improvisa, Max, dime qué puedes necesitar, buscaré el botiquín, algo habrá...

—Se está desangrando...

—Examina la herida, al menos sabrás si le ha afectado algún órgano vital.

—¿Cómo voy a hacerlo desde esta silla?

—Max, si no lo haces, este hombre morirá. Tú juraste hace muchos años que salvarías vidas, pues hazlo.

Entre Ilse y Amelia ayudaron a mi padre a colocarse cerca de Erich. Le examinó y dijo que la bala había salido, pero no pudo asegurar que no tuviera ningún órgano afectado. Les dijo cómo limpiar y cauterizar la herida, aunque les advirtió que necesitaría una transfusión de sangre cuanto antes porque, de lo contrario, no resistiría.

—Eso no podrá ser —respondió Amelia—, al menos por ahora.

Amelia mandó a Ilse que fuera a nuestra casa y se ocupara de los niños.

—Cuando llegue Friedrich, dile que venga. Mientras, no hables con nadie; si te llama alguien de tu oficina, dile que te asustaste y te fuiste a casa.

—Pero la policía encontrará a ese hombre…

—Claro que lo encontrará.

—Y nos buscará.

—No. Nadie nos vio. Tienes que estar tranquila, y mañana cuando vayas al trabajo compórtarte como los demás, muestra curiosidad y horror por lo que ha pasado.

—Yo… quiero darte las gracias, por mi culpa estás en este lío.

—No me des las gracias, Friedrich nunca me hubiese perdonado que no cuidara de ti.

—La pistola… ¿por qué llevaste una pistola? No sabía que tenías una…

—Es mejor prevenir. Y ahora márchate, yo cuidaré de Erich.

Mi padre apenas podía creer lo que estaba escuchando. Cuando Ilse se marchó, miró enfadado a Amelia.

—Otra vez… ¿no puedes terminar nunca?

—¿Hubieras preferido que no ayudara a Ilse o incluso que hubiera permitido que la mataran? No tuve elección.

—¡Sí, claro que tuviste elección! Llevas años justificando lo que haces con esa frase: no tuve elección. Pero siempre hay elección, Amelia, siempre.

—No para mí, Max, no para mí. ¿Crees que morirá? —le preguntó señalando a Erich.

—Ha perdido mucha sangre, necesita una transfusión, de lo contrario le puede fallar el corazón.

—No podemos hacer más que esperar, puede que cuando venga Friedrich sepa qué más podemos hacer.

—Es peligroso que se quede aquí, deben de estar buscándolo por todo Berlín.

—Pero nadie le relaciona con nosotros.

—¿Estás segura de que ningún vecino os ha visto entrar?

—No, no estoy segura. Creo que no, pero no estoy segura.

—Somos demasiado viejos para que nos torturen o nos manden a un campo de trabajo. Supongo que si te descubren, nos matarán. —Max parecía desesperado.

—A ti no te harán nada, es obvio que no has podido participar en la fuga de este hombre, yo soy la única responsable.

—¿Crees que puedo vivir sin ti?

—Sí, claro que puedes. Tienes a Friedrich y a Ilse y a tus nietos que te quieren. No me necesitas tanto como crees.

—Mi vida se reduce a ti.

—No, Max, he sido yo quien ha reducido tu vida.

Me asusté al llegar a casa y ver el estado de nervios de Ilse. Había escuchado a lo largo de todo el día rumores sobre lo sucedido, incluso la había telefoneado para preguntarle si estaba bien. Me pareció asustada, pero creí que era porque todo había sucedido en el edificio en el que trabajaba.

Ilse insistió en que fuera a casa de mi padre. Erich estaba muy grave pese a los esfuerzos de Amelia y de Max. Cuando llegué, le puse una inyección y le di un calmante más potente que los que le había suministrado Amelia.

—O le llevamos a un hospital o no sé qué puede pasar —les dije, aunque en realidad sí lo sabía.

Erich entreabrió los párpados e intentó hablar aunque estaba muy débil.

—Avisad a mis amigos, ellos…

—De ninguna manera. Tus amigos y tú os habéis comportado como aficionados. Si les llamamos, terminaremos todos en las dependencias de la Stasi —le cortó Amelia.

—Entonces, ¿qué vamos a hacer? —pregunté yo, preocupado.

—Tú mantenle con vida, yo procuraré que pueda ir a algún lugar seguro.

—En el sótano no resistiría —dije yo, temiendo que le quisiera trasladar al agujero de allí abajo.

—No, no es ahí donde quiero llevarle. Aún no es muy tarde, voy a telefonear a un amigo.

Media hora después Garin llegaba a casa de mi padre. Hacía años que no le veía y me impresionó verle convertido en un anciano, aunque aún conservaba el porte recio y el bigote, a pesar de que ahora era totalmente canoso.

Amelia le contó lo sucedido. Primero rió, y después le dio una palmada en la espalda.

—Eres imprevisible, siempre lo has sido. Llevas años retirada, y de repente matas a un vigilante y te traes a casa a un fugitivo. ¿Qué quieres que haga?

—Sálvale, y si es posible, sácale de Berlín.

—Lo que me pides no se hace de un día para otro, hay que prepararlo todo, y no es fácil. Tengo que consultar a mi gente, arriesgamos mucho.

—No sólo está en juego su vida —Amelia señaló a Erich—, sino la de mi familia: Friedrich, mi nuera, los niños. Si no fuera por ellos no te lo pediría. Tienes que hacerme este favor, Garin. Me lo debes.

Durante unos minutos permaneció en silencio. Después se encogió de hombros, en lo que parecía un gesto de resignación.

—Haré lo que pueda, no te prometo nada. Pero tendrás que esconderle hasta que podamos sacarle de aquí.

—¿Cuánto tiempo? —quiso saber Amelia.

—No lo sé, dos o tres días, quizá más.

—Puede que no aguante tanto.

—Bueno, si se muere, asunto terminado; será más fácil desprendernos del cadáver que sacarle vivo de Berlín.

—¡Cómo podéis hablar así! —Max no podía contener la furia.

—Vamos, viejo amigo, en mi negocio no caben los sentimentalismos. Haré lo que pueda por ayudar a salvar el cuello de Amelia, es ella quien ha matado a un vigilante para salvar a tu nuera y a su amigo. Y ella me ha recordado que le debo algo, de manera que tengo que pagar la deuda y así estaremos en paz.

No podía quedarme sentado esperando a que Erich se muriera, ni permitir que Amelia corriera con todos los riesgos. Regresé al hospital con la excusa de examinar a uno de mis enfermos que estaba en cuidados intensivos.

Robé un par de bolsas de sangre y unas cuantas agujas hipodérmicas, así como otro material que pensaba me podía ser útil, y me dispuse a regresar a casa de mi padre. Estaba a punto de salir del hospital cuando me encontré con el director médico que estaba de guardia.

—¿Qué haces por aquí?

—He venido a ver a un paciente, llevo años tratándole y le han operado esta tarde. Prometí a su esposa que vendría a interesarme por su estado.

—Pareces preocupado…

—Lo estoy, mi padre no se encuentra bien, está muy débil. Hace un rato estuve con él y no le encontré demasiado bien, puede que antes de ir a casa vaya a echarle otro vistazo.

La transfusión de sangre reanimó a Erich, aunque seguía teniendo fiebre alta. Volví a inyectarle antibióticos. No podía hacer más, no había manera de saber si tenía una hemorragia interna o el pulmón destrozado.

Durante dos días Erich estuvo entre la vida y la muerte, hasta que apareció Garin.

—Un amigo vendrá dentro de media hora con una camioneta, pero ¿cómo le sacaremos de aquí?

—Ya he pensado en eso. Le bajaremos al sótano y le meteremos en un viejo arcón. Ya lo he preparado, he puesto un colchón dentro, y he hecho un par de agujeros en un lado para que pueda respirar.

—Has pensado en todo. —Garin parecía admirado de la propuesta de Amelia.

—Eso creo. Friedrich me ayudará a bajarle por la trampilla que une la cocina con el sótano.

Seguimos las instrucciones de Amelia. Si algún vecino husmeaba, se encontraría a unos hombres llevándose unos cuantos muebles viejos del sótano.

No pude resistir la tentación de preguntarle a Garin cómo iban a trasladar a Erich.

—Ésa es una pregunta que yo no te voy a contestar y que tú no deberías hacerme.

—Al menos podremos avisar a su familia de que se encuentra a salvo…

No pude terminar la frase, Amelia y Garin se enfurecieron, parecían a punto de pegarme.

—¡Estás loco! Nos pondrías en peligro a todos. Le salvamos la vida, le llevamos al otro lado, y tendrá que estar calladito al menos durante un año. Ya se le pasará a su familia el sufrimiento cuando puedan saber que está vivo. Pero ahora no debes acercarte a nadie que le conozca, ni familia ni amigos. Díselo a Ilse o de lo contrario… —El tono de Garin era amenazante.

Ilse aún tiembla cuando recuerda lo que sucedió. Si Amelia no hubiera disparado, ahora estaría muerta. De manera que siempre le agradeceremos a Amelia que hiciera lo que hizo. Era la segunda vez que nos salvaba a los dos, porque si a Ilse le hubiera sucedido algo... no sé qué habría hecho yo.

Unos días más tarde fui a ver a mi padre. Estaba en la cama, no se sentía demasiado bien.

—No ha querido levantarse —comentó Amelia.

Había sufrido dos infartos, tenía un problema grave de circulación, y en su mirada se notaba el cansancio de una larga vida confinado en un cuerpo mutilado. Pensé que mi padre se estaba rindiendo, que le abandonaba el deseo de vivir.

Mientras dormitaba, sentí los ojos de Amelia clavarse en mi rostro.

—Escuchaste mi última conversación con Albert James... —No me lo preguntaba, era una afirmación.

—Sí. —No quise mentirle.

—Lo sé. Te gustaba escuchar detrás de las puertas, intentar entender algunas de las cosas extrañas que veías. Tu padre y yo lo sabíamos y nos cuidamos de no hablar demasiado cuando estabas despierto. Aquella noche sabía que estabas escuchándonos. Y para mí supuso un alivio que lo hicieras. Necesitaba que supieras lo que le hice a tu padre, no imaginas las veces que le pedí a Max que te dijera la verdad, pero él se negaba, decía que saber la verdad te haría daño. ¿Sabes?, me sentía una impostora contigo.

—Te he odiado por lo que le hiciste a mi padre.

—Es justo. No podías hacer otra cosa.

—¿No te importa?

—Me importa más no pagar mis deudas y haber tenido que arrastrar esa impostura sobre mi conciencia.

—Eres una mujer extraña, Amelia.

—Ahora estamos en paz.

La vida continuó transcurriendo con la monotonía de la cotidianidad. Yo tuve otros dos hijos, mientras mi padre se moría un poco más todos los días.

A finales de los ochenta, los alemanes del Este sentíamos que algo iba a cambiar, la Perestroika rusa estaba trastocando lo que parecía un orden inalterable.

En octubre de 1989, cuando nos disponíamos a celebrar el cuadragésimo aniversario de la República Democrática de Alemania, las manifestaciones y protestas se sucedían por las calles. Por si fuera poco, Gorbachov llegó a decir que sólo continuaría apoyando a la Alemania de la República Democrática si iniciaba una vía de reformas. Aquel día entendimos que estábamos ante el fin de una época.

Los dirigentes del partido comenzaron a preocuparse; tanto, que incluso hicieron público un documento anunciando ciertas reformas. De esa manera trataban de acotar el deseo de cambio de los alemanes. Pero Erich Honecker no estaba de acuerdo y se empeñaba en mantener una línea dura, utilizando a la policía para reprimir el descontento que se evidenciaba en las calles.

Un grupo de dirigentes del partido decidió que había que jubilar a Honecker y hacerse con el control del país. El 17 de octubre de 1989 se celebró una reunión del Politburó en el que se fijaron las bases para destituir a Honecker. Al final tuvo que ceder y presentar su dimisión bajo el eufemismo de «motivos de salud». El Comité Central designó a Egon Krenz como secretario general del partido, presidente del Consejo de Estado y del Comité de Defensa Nacional.

Sin embargo, la elección de Krenz no fue recibida como una señal de apertura, y aunque propuso iniciar una nueva etapa no logró que la gente confiara en él.

Todos nosotros seguíamos los acontecimientos con el anhelo del cambio, y empezábamos a atrevernos a hablar con menos cuidado.

A mi padre todos estos acontecimientos parecían dejarle indiferente. Algunos días, tras desayunar, permanecía absorto escuchando las emisoras extranjeras a través de una radio de onda corta que Amelia guardaba como un tesoro. Pero ni los comentarios de ella ni los nuestros parecían interesarle.

El 1 de noviembre recayó y le llevamos al hospital, pero mis colegas dijeron que no había nada que se pudiera hacer y que era mejor dejarle morir tranquilo en casa, de manera que le volvimos a trasladar.

Amelia no se separaba de él ni un minuto. Creo que aquellos días envejeció rápidamente. Hasta entonces, a pesar de que ya tenía setenta y dos años, parecía más joven. Siempre iba correctamente vestida y con el cabello blanco recogido en un moño.

La tarde del 9 de noviembre Amelia me telefoneó para pedirme que fuera de inmediato a casa. Mi padre estaba comenzando a agonizar.

La agonía duró unas horas, con períodos de lucidez en los que pude despedirme de él y decirle cuánto le quería y lo feliz que había sido a su lado.

—No habría querido otra vida que la que he vivido contigo —le dije a mi padre.

Había anochecido y en la calle cientos de personas iban de un lado a otro. Las autoridades habían anunciado que a partir de medianoche se permitiría traspasar la frontera sin permisos especiales.

Miré el muro que se alzaba frente a nuestra casa, ya me había acostumbrado a él y pensé en lo extraño del destino. Mi padre se moría y en la calle miles de personas parecían celebrar algo.

Era cerca de la medianoche cuando Amelia me hizo un gesto para que me acercara a la cama de mi padre. Había abierto los ojos y cogido la mano de Amelia, vi amor en su mirada, luego mi padre me cogió también a mí la mano, y uniendo las de los tres sobre su pecho, expiró.

Amelia y yo permanecimos sin movernos, con nuestras manos sobre su pecho, el pecho de mi padre. Su corazón había dejado de latir y los nuestros latían acelerados por la emoción del momento. Los gritos de la calle nos sacaron de nuestro ensimismamiento. Amelia suavemente le besó en los labios.

Volvimos a escuchar más alboroto y nos acercamos a la ventana. No podíamos creer lo que estábamos viendo. Eran miles de personas acercándose al Muro, muchos llevaban en las manos picos, martillos y cinceles, y comenzaban a golpearlo con fuerza ante la mirada de los soldados. Permanecimos en silencio viendo aquel espectáculo, hasta que Amelia me miró a los ojos.

—Te vas —dije sabiendo que eso es lo que iba a hacer.

—Sí. Ya no tengo nada que hacer aquí.

—Lo entiendo.

Cogió una bolsa y metió algunas prendas de vestir. Luego abrió un cajón de la cómoda y buscó una caja que me entregó.

—Aquí está todo el dinero que gané cuando trabajaba para los norteamericanos. Son dólares, te vendrán bien. También están los documentos que acreditan las posesiones que tuvo tu familia. Quién sabe…

Se acercó a la cama y se puso de rodillas junto al cuerpo de Max. Le acarició el rostro y colocó su cabeza sobre su pecho. Cerró los ojos durante unos segundos, luego se levantó. Nos abrazamos y sentí que mis lágrimas mojaban sus mejillas y que las suyas empapaban las mías.

Se marchó sin que nos dijéramos adiós, aunque ambos sabíamos que se iba para siempre.

La vi salir del portal y acercarse al Muro. Se unió a los miles de berlineses que estaban derribándolo y con sus propias manos comenzó a arrancar pedazos de hormigón y de ladrillo. Al fin los manifestantes habían hecho un gran agujero, y buena parte del Muro estaba derruido. Observé cómo saltaba entre los cascotes y caminaba erguida hacia el otro lado de Berlín donde otros berlineses gritaban y cantaban de alegría. No se volvió, aunque estoy convencido de que sabía que yo estaría mirando. No me moví de allí hasta que la vi perderse entre la gente.»

Friedrich se quedó en silencio. Estaba emocionado y había logrado que yo también lo estuviera. Me di cuenta de que Ilse nos observaba desde la puerta, no sé cuánto tiempo llevaba allí.

—Y nunca más volvió —concluyó Ilse.

—No, nunca más.

—Pero ¿no le dijo adónde iba, o qué pensaba hacer?

—No, no dijo nada, simplemente se marchó.

—Alguna vez le ha escrito, le ha telefoneado...

—No, nunca. Tampoco lo esperaba. Aquella noche ella también recuperó la libertad.

Cené con Friedrich von Schumann y su esposa Ilse y especulamos sobre adónde podía haber ido Amelia, pero como decía Friedrich, mi bisabuela era imprevisible.

—No tengo ni idea de dónde murió ni dónde está enterrada. Si lo supiera, iría a poner flores sobre su tumba y a rezar —me aseguró Friedrich.

Les di las gracias a los dos por su generosidad al recibirme, y sobre todo por lo que me habían contado. Les prometí que si averiguaba el lugar donde estaba la tumba de Amelia, se lo comunicaría.

No podía hacer mucho más en Berlín. Nadie podía darme razón de dónde se había ido mi bisabuela, de manera que regresé a Londres convencido de que si le insistía al mayor Hurley y a lady Victoria, terminarían contándome qué había sido de Amelia. Estaba seguro de que ellos lo sabían.

El mayor Hurley pareció sorprendido cuando le telefoneé.

—Ya le dije que no podía contarle nada más. No puedo desvelar secretos oficiales.

—No le pido que me desvele ningún secreto de Estado, sólo que me oriente sobre adónde se fue mi bisabuela. Como comprenderá, a estas alturas a nadie le importa lo que pudiera hacer en 1989 una señora de setenta y dos años que ya estará muerta.

—No insista, Guillermo. No tengo más que decirle.

Lady Victoria se mostró más amable pero igualmente contundente en su negativa.

—Le aseguro que no sé qué fue de Amelia Garayoa, me gustaría ayudarle, pero no puedo.

—Quizá usted pueda convencer al mayor Hurley...

—¡Oh, imposible! El mayor cumple con su deber.

—Pero se trata de saber dónde está enterrada mi bisabuela, no creo que eso sea un secreto de Estado.

—Si el mayor Hurley no le quiere decir más, sus motivos tendrá.

No conseguí una nueva cita ni con el mayor Hurley ni con lady Victoria. El mayor me anunció que se iba unos días a cazar el zorro y lady Victoria pensaba marcharse a California a un torneo de golf.

5

Durante los días siguientes, ya de vuelta a mi ciudad, telefoneé a todas las personas que me habían ayudado a averiguar las peripecias de Amelia, pero nadie parecía saber nada de lo que había sido de ella, parecía que se la había tragado la tierra.

Opté por contactar con Washington para conseguir un permiso y buscar alguna pista en los archivos del Congreso.

Recordé que Avi Meir me había hablado de un amigo suyo que era sacerdote y había estado en Berlín en el 46, que ahora vivía en Nueva York y, según me había dicho, era toda una autoridad en lo que se refería a la Segunda Guerra Mundial.

Avi pareció alegrarse de mi llamada y me dio la dirección y el teléfono de su amigo.

Robert Stuart resultó ser un anciano tan encantador como Avi Meir, y sobre todo una enciclopedia andante.

Realizó todo tipo de gestiones, incluso consiguió que me recibiera un tipo de la CIA ya retirado, al que había conocido en Alemania en el 46. Resultó inútil. Si los británicos eran extremadamente cuidadosos con sus secretos, los norteamericanos aún lo eran más. Aunque habían desclasificado algunos de los papeles con nombres de personas que habían trabajado para la Inteligencia estadounidense, otros nombres todavía permanecían en secreto. Lo más que conseguí fue que un amigo de aquel ex agente que ya estaba retirado confirmara que durante la Guerra Fría había una española que colaboró con ellos desde Berlín Este.

Desesperado, decidí probar suerte con el profesor Soler. Sin avisarle de mi llegada, me presenté en su casa de Barcelona.

—Profesor, he llegado a un punto ciego, no puedo seguir salvo que usted me ayude.

—¿Qué sucede? —me preguntó, interesado.

—Amelia desapareció de Berlín Este el 9 de noviembre de 1989. ¿Le dice algo la fecha?

—Sí, claro, la caída del Muro...

—Pues parece que se la tragó la noche, a partir de ese momento es imposible encontrar rastro de ella. Me temo que he fracasado.

—No sea pesimista, Guillermo. Lo que debe hacer es hablar con doña Laura.

—Pensará que soy un desastre.

—Puede ser, pero tendrá que decirle que no puede continuar con la investigación.

—Le aseguro que lo estoy intentando todo. Ni en internet hay rastro suyo —dije.

—Pues lo que no está en internet es que no existe —respondió él con ironía.

—¿Y ahora qué hago?

—Ya se lo he dicho, llame a doña Laura y explíquele que ha llegado a un punto en el que no puede avanzar más.

—Después de tanto tiempo y todo el dinero que me he gastado... me da vergüenza.

—Pero es mejor que le diga la verdad cuanto antes, a no ser que crea que puede encontrar alguna pista.

—Si usted no me ayuda...

—Es que no sé cómo hacerlo, ya le he puesto en contacto con todas las personas que podían ayudarle.

Me tuve que tomar dos copas antes de llamar a doña Laura. Ella me escuchó en silencio mientras le daba cuenta de mis pesquisas y de cómo había perdido la pista de Amelia el 9 de noviembre de 1989.

—Lo siento, me hubiera gustado poder decirle dónde está enterrada —me disculpé.

—Póngase a escribir todo lo que ha averiguado, y en cuanto termine, llámeme.

—¿A escribir? Pero la historia está inacabada...

—No pretendo imposibles. Si ha llegado hasta 1989, bien está. Póngase a escribir y procure hacerlo con un poco de celeridad. A nuestra edad no podemos seguir esperando mucho más.

Llevaba tiempo sin ver a Ruth; entre mis viajes y los suyos, no había manera de coincidir. Y a mi madre fui a verla nada más llegar a Madrid, pero estaba tan enfadada que ni siquiera me invitó a cenar. Le anuncié que había terminado mi investigación, pero no logré conmoverla.

—Llevas mucho tiempo haciendo el idiota, de manera que tanto me da que lo hagas un poco más. Menos mal que mi hermana se ha olvidado de la idea de regalarnos por Navidad esta absurda historia.

La verdad es que durante aquellos meses no sólo había ido investigando, sino que había ido escribiendo todos los episodios que me habían ido contando sobre la vida de Amelia Garayoa, de manera que la historia la tenía ya casi toda negro sobre blanco.

Tardé tres semanas en ponerla en orden, corregirla e imprimirla. Luego la llevé a una imprenta para que le pusieran unas tapas de piel. Quería que el trabajo estuviera presentable y no decepcionar demasiado a las dos ancianas Garayoa que habían sido tan generosas conmigo.

Doña Laura se sorprendió cuando la telefoneé para decirle que ya tenía toda la historia escrita.

—¡Qué rapidez!

—Bueno, es que he ido escribiendo mientras investigaba.

—Venga usted mañana a las cuatro.

Me sentía satisfecho a la vez que un poco melancólico. Mi trabajo había terminado y una vez que hubiera entregado el libreto, tendría que reencontrar mi propia vida y olvidarme de Amelia Garayoa.

Epílogo

Cepillé mi único traje. Quería estar presentable para ver a las dos ancianas. Incluso por la mañana me acerqué al peluquero.

El ama de llaves que me abrió la puerta me acompañó al salón y me indicó que esperara.

—La señora le recibirá enseguida.

No me senté. Estaba impaciente por entregar a las dos ancianas aquel trabajo que tanto me había costado.

Doña Laura entró apoyándose en un bastón. Había envejecido más, si es que eso puede decirse de una mujer que hacía tiempo que había traspasado ya los noventa años.

—Venga, Amelia está en la biblioteca.

La seguí acompasando mis pasos a los suyos, dispuesto a ver a su hermana Melita.

—Amelia, ha venido Guillermo.

—¿Guillermo? ¿Quién es Guillermo?

Su mirada parecía perdida. Su delgadez era tal que parecía a punto de romperse.

—El chico al que le encargamos la investigación… Ha terminado y ha escrito la historia que deseabas.

—Guillermo… sí, sí, Guillermo…

Pareció que sus ojos volvían al presente y me miró fijamente.

—¿Lo has escrito todo?

—Sí, creo que sí...

—Acércate, Guillermo, y dime quién soy.

Me quedé mudo sin saber qué responder. Los ojos de la anciana eran una súplica.

—Guillermo, dime quién soy, lo he olvidado, ya no lo sé.

Busqué a doña Laura, que permanecía de pie apoyada en el bastón y observándonos a los dos.

—Yo... no entiendo —alcancé a decir.

—Dime quién soy, dime quién soy —insistió la anciana con desesperación.

Le tendí el libro encuadernado y ella lo cogió en sus manos y lo abrazó.

—Ahora podré saberlo. Recuerdo muchas cosas, pero otras se han nublado en mi memoria. Hay días que no sé nada, ni siquiera sé quién soy, ¿verdad, Laura?

De repente la anciana parecía perfectamente lúcida aunque no hablaba conmigo sino consigo misma, o quizá con sus propios fantasmas.

Yo no entendía nada o acaso empezaba a entenderlo todo, pero no acertaba a moverme, ni a decir nada.

—¿Está todo en este libro? —me preguntó doña Laura.

—Sí, hasta el 9 de noviembre de 1989. Aquel día Amelia desapareció y... —dije.

—Sí, así fue —respondió doña Laura.

—Pero...

—Todo terminó aquella noche. No hay nada más que buscar, Guillermo.

—¿Tú sabes quién soy, Guillermo? ¿Me lo dirás? —volvió a preguntarme la anciana, que seguía abrazada al libro.

—No hará falta, se lo he escrito todo, usted misma lo podrá leer.

—No quiero perder mis recuerdos, se los están llevando, Guillermo, ellos se van y yo... yo no sé dónde encontrarlos.

—Yo los he encontrado, y están todos aquí, ya nadie se los podrá quitar.

La anciana me sonrió y me tendió la mano. Se la cogí y la sentí frágil y firme al mismo tiempo.

Doña Laura me hizo una seña y salimos de la biblioteca.

—Ella es... ella es... Amelia —balbuceé.

—Sí. Ella es Amelia.

—Pero ¿no es Melita, su hermana... ? Yo creía que era Melita, todo este tiempo lo he creído, usted me lo hizo creer.

Doña Laura se encogió de hombros con indiferencia. Tanto le daba lo que yo hubiera podido pensar.

—Entonces, ¿es mi bisabuela? —Fui capaz de decirlo sin tartamudear.

—Sí. Pero ahora debe olvidarse de ella. Recuerde su compromiso: haría este trabajo para nosotras, no para su familia, y se comprometió a guardar el secreto de cuanto averiguara. Lo mantendrá, ¿verdad?

—Sí, desde luego que sí. Pero ¿por qué han confiado en mí?

—El destino le trajo hasta nosotras, y Amelia, en sus momentos de lucidez, decía que se fiaba de usted, que la encontraría y guardaría el secreto. Ella cree en usted.

—Y no la traicionaré. No le diré a nadie que... bueno, que está viva.

—No tendría sentido. Para su familia sería un shock descubrir que sigue viva, y para ella... bueno, Amelia no resistiría enfrentarse a sus nietas. Ya es demasiado tarde.

—¿Cuándo regresó?

—En noviembre de 1989. Se presentó sin avisar. Edurne abrió la puerta y pegó un grito desgarrador. Corrimos a ver qué sucedía. Yo también reconocí a Amelia. ¡Figúrate! Tenía veintitantos años la última vez que la habíamos visto y regresaba con más de setenta, pero la reconocimos de inmediato.

—Y… bueno, ¿qué explicación les dio…?

—Ninguna. Tampoco se la pedimos. Bastante doloroso fue contarle que Antonietta había muerto al poco de marcharse ella. O que Jesús, mi hermano, también había fallecido en un accidente de tráfico junto a su mujer. En cuanto a Javier, su abuelo, vivía, pero estaba enfermo.

—¿Cómo lo sabe?

—Nunca dejamos de saber sobre él, por si algún día Amelia regresaba. Supimos de su boda, de sus éxitos, de sus hijos, aunque no nos acercábamos. Cuando Santiago murió, fui con mi hermana Melita a ver a Javier, pero nos dejó claro que prefería no tener nada que ver con nosotras. Tenía razón, ¿qué podíamos decirnos?

—De manera que ustedes siempre han estado ahí, sabiendo todo de nosotros, pero nosotros nada sabíamos de esta parte de la familia.

—Ésa fue la voluntad de su bisabuelo Santiago, y de su abuelo Javier; nunca pudo superar saberse abandonado por su madre. No le culpo por ello. Lo terrible es que Amelia le sobrevivió. Acudimos a su funeral, nadie nos vio porque nos subimos al coro de la iglesia. Amelia lloró con desesperación.

—Y usted, ¿no tiene familia, hijos, nietos?

—Mi hermana Melita murió hace dos años, poco después de quedarse viuda. Sus hijos Isabel y Juanito están casados y viven en Burgos, pero nos visitan con frecuencia. El accidente de mi hermano Jesús y de su mujer fue al año y medio de casarse y de tener un hijo. Me hice cargo de mi sobrino, que fue para mí como un hijo. Desgraciadamente murió de un infarto. Era el padre de mi sobrina Amelia María, la que vive con nosotras.

—De manera que usted renunció a su propia vida…

—No, no renuncié a nada, elegí la vida que quería vivir, la que he vivido y con la que he sido feliz.

—No comprendo cómo no le preguntaron nada, ni cómo ella tampoco les contó dónde había estado todos esos años.

—Sé que es difícil de comprender, pero es así.

—Desde cuándo… Bueno, ¿desde cuándo le falla la memoria…?

—¿Desde cuándo tiene Alzheimer? Comenzó hace poco más de dos años. Un día me dijo que no se acordaba de algunas cosas. Fuimos al médico y aunque no pronunció la palabra «Alzheimer», nos dio a entender que el proceso era irreversible. Entonces Amelia comenzó a angustiarse. Le desesperaba sentir cómo se le iban borrando los recuerdos. Yo no podía ayudarla porque nada sé de lo que fue su vida. Y de repente apareció usted. Fue ella quien tuvo la idea de encargarle a usted que recuperara sus recuerdos. La intenté persuadir de que era una locura, de que al fin y al cabo usted era un extraño, pero siempre ha hecho lo que ha querido… De manera que le encargamos que investigara cuanto pudiera. He de reconocer que me sorprendió cuando me llamó para decirme que había podido investigar hasta 1989.

—¿Y por qué no se lo encargaron al profesor Soler…? —pregunté.

—A Pablo… Le queremos mucho, es uno más de la familia, pero Amelia se empecinó en que debía ser usted.

—Supongo que no quiere que vuelva por aquí.

—¿Lo cree necesario? En mi opinión, está todo dicho, y ha hecho algo impagable por su bisabuela. Recuperar su memoria es más de lo que podía esperar. Y usted se la ha devuelto. Creo que hemos llegado al final. Siempre hay que saber cuándo llega ese momento y aceptarlo. ¿No lo cree así?

Y salí de sus vidas para siempre, convirtiéndome en una de las últimas líneas de su historia.

